Ernst Theodor Amadeus Hoffmann, geboren am 24. 1. 1776 in Königsberg, ist am 25. 6. 1822 in Berlin gestorben.

Am 4. März 1814 trägt Hoffmann in sein Tagebuch ein: »Idee zu dem Buch *Die Elixiere des Teufels*«, und noch während der Arbeit am letzten Band der *Fantasiestücke in Callots Manier* berichtet er seinem Verleger Kunz: »Oneirus, der Traumgott, hat mir einen Roman inspiriert, der in lichten Farben hervorbricht, in dem Tom. I. beinahe vollendet. – Das Büchlein heißt: *Die Elixiere des Teufels* aus den nachgelassenen Papieren des Paters Medardus, eines Kapuziners. Es ist darin auf nichts Geringeres abgesehen, als in dem grausen, wunderbaren Leben eines Mannes, über den schon bei seiner Geburt die himmlischen und dämonischen Mächte walteten, jene geheimnisvollen Verknüpfungen des menschlichen Geistes mit all' den höheren Prinzipien, die in der ganzen Natur verborgen und nur dann und wann hervorblitzen, welchen Blitz wir dann Zufall nennen, recht klar und deutlich zu zeigen.« Der erwähnte erste Band ist schon am 22. April 1814 vollendet, wird jedoch von Kunz nicht verlegt. Über ein Jahr später, im September 1815, erscheint er schließlich bei Duncker & Humblot in Berlin. Der zweite Band folgte zur Ostermesse 1816.

insel taschenbuch
E. T. A. Hoffmann
Die Elixiere des Teufels

E. T. A. HOFFMANN
DIE ELIXIERE
DES TEUFELS

Nachgelassene Papiere
des Bruders Medardus, eines Kapuziners
Herausgegeben von
dem Verfasser der Fantasiestücke
in Callots Manier
Insel Verlag

insel taschenbuch
Erste Auflage 2001
© dieser Ausgabe:
Insel Verlag Frankfurt am Main und Leipzig 2001
Alle Rechte vorbehalten,
insbesondere das der Übersetzung,
des öffentlichen Vortrags sowie der Übertragung
durch Rundfunk und Fernsehen, auch einzelner Teile.
Kein Teil des Werkes darf in irgendeiner Form
(durch Fotografie, Mikrofilm oder andere Verfahren) ohne schriftliche
Genehmigung des Verlages
reproduziert oder unter Verwendung elektronischer Systeme
verarbeitet, vervielfältigt oder verbreitet werden.
Hinweise zu dieser Ausgabe am Schluß des Bandes
Vertrieb durch den Suhrkamp Taschenbuch Verlag
Umschlag: agentur büdinger, Augsburg
Druck: Ebner Ulm
Printed in Germany

1 2 3 4 5 6 – 06 05 04 03 02 01

INHALT

Vorwort des Herausgebers

ERSTER BAND

Erster Abschnitt
*Die Jahre der Kindheit
und das Klosterleben*
11
Zweiter Abschnitt
Der Eintritt in die Welt
52
Dritter Abschnitt
Die Abenteuer der Reise
94
Vierter Abschnitt
Das Leben am fürstlichen Hofe
142

ZWEITER BAND

Erster Abschnitt
Der Wendepunkt
181
Zweiter Abschnitt
Die Buße
249
Dritter Abschnitt
Die Rückkehr in das Kloster
293

Vorwort des Herausgebers

Gern möchte ich dich, günstiger Leser, unter jene dunkle Platanen führen, wo ich die seltsame Geschichte des Bruders Medardus zum ersten Male las. Du würdest dich mit mir auf dieselbe, in duftige Stauden und bunt glühende Blumen halb versteckte, steinerne Bank setzen; du würdest so wie ich recht sehnsüchtig nach den blauen Bergen schauen, die sich in wunderlichen Gebilden hinter dem sonnichten Tal auftürmen, das am Ende des Laubganges sich vor uns ausbreitet. Aber nun wendest du dich um und erblickest kaum zwanzig Schritte hinter uns ein gotisches Gebäude, dessen Portal reich mit Statüen verziert ist. - Durch die dunklen Zweige der Platanen schauen dich Heiligenbilder recht mit klaren lebendigen Augen an; es sind die frischen Freskogemälde, die auf der breiten Mauer prangen. - Die Sonne steht glutrot auf dem Gebürge, der Abendwind erhebt sich, überall Leben und Bewegung. Flüsternd und rauschend gehen wunderbare Stimmen durch Baum und Gebüsch: als würden sie steigend und steigend zu Gesang und Orgelklang, so tönt es von ferne herüber. Ernste Männer in weit gefalteten Gewändern wandeln, den frommen Blick emporgerichtet, schweigend durch die Laubgänge des Gartens. Sind denn die Heiligenbilder lebendig worden und herabgestiegen von den hohen Simsen? - Dich umwehen die geheimnisvollen Schauer der wunderbaren Sagen und Legenden, die dort abgebildet, dir ist, als geschähe alles vor deinen Augen, und willig magst du daran glauben. In dieser Stimmung liesest du die Geschichte des Medardus, und wohl magst du auch dann die sonderbaren Visionen des Mönchs für mehr halten als für das regellose Spiel der erhitzten Einbildungskraft. -

Da du, günstiger Leser, soeben Heiligenbilder, ein Kloster und Mönche geschaut hast, so darf ich kaum hinzufügen, daß es der herrliche Garten des Kapuzinerklosters in B. war, in den ich dich geführt hatte.

Als ich mich einst in diesem Kloster einige Tage aufhielt, zeigte mir der ehrwürdige Prior die von dem Bruder Medardus nachgelassene, im Archiv aufbewahrte Papiere als eine Merkwürdigkeit, und nur mit Mühe überwand ich des Priors Bedenken, sie mir mitzuteilen. Eigentlich, meinte der Alte, hätten diese Papiere verbrannt werden sollen. – Nicht ohne Furcht, du werdest des Priors Meinung sein, gebe ich dir, günstiger Leser, nun das aus jenen Papieren geformte Buch in die Hände. Entschließest du dich aber, mit dem Medardus, als seist du sein treuer Gefährte, durch finstre Kreuzgänge und Zellen – durch die bunte – bunteste Welt zu ziehen und mit ihm das Schauerliche, Entsetzliche, Tolle, Possenhafte seines Lebens zu ertragen, so wirst du dich vielleicht an den mannigfachen Bildern der Camera obscura, die sich dir aufgetan, ergötzen. Es kann auch kommen, daß das gestaltlos Scheinende, sowie du schärfer es ins Auge fassest, sich dir bald deutlich und rund darstellt. Du erkennst den verborgenen Keim, den ein dunkles Verhängnis gebar, und der, zur üppigen Pflanze emporgeschossen, fort und fort wuchert in tausend Ranken, bis *eine* Blüte, zur Frucht reifend, allen Lebenssaft an sich zieht und den Keim selbst tötet. –

Nachdem ich die Papiere des Kapuziners Medardus recht emsig durchgelesen, welches mir schwer genug wurde, da der Selige eine sehr kleine, unleserliche mönchische Handschrift geschrieben, war es mir auch, als könne das, was wir insgemein Traum und Einbildung nennen, wohl die symbolische Erkenntnis des geheimen Fadens sein, der sich durch unser Leben zieht, es festknüpfend in allen seinen Bedingungen, als sei *der* aber für verloren zu achten, der mit jener Erkenntnis die Kraft gewonnen glaubt, jenen Faden gewaltsam zu zerreißen und es aufzunehmen mit der dunklen Macht, die über uns gebietet.

Vielleicht geht es dir, günstiger Leser, wie mir, und das wünschte ich denn aus erheblichen Gründen recht herzlich.

ERSTER BAND

ERSTER ABSCHNITT
DIE JAHRE DER KINDHEIT
UND DAS KLOSTERLEBEN

Nie hat mir meine Mutter gesagt, in welchen Verhältnissen mein Vater in der Welt lebte; rufe ich mir aber alles das ins Gedächtnis zurück, was sie mir schon in meiner frühesten Jugend von ihm erzählte, so muß ich wohl glauben, daß es ein mit tiefen Kenntnissen begabter lebenskluger Mann war. Eben aus diesen Erzählungen und einzelnen Äußerungen meiner Mutter über ihr früheres Leben, die mir erst später verständlich worden, weiß ich, daß meine Eltern von einem bequemen Leben, welches sie im Besitz vieles Reichtums führten, herabsanken in die drückendste bitterste Armut, und daß mein Vater, einst durch den Satan verlockt zum verruchten Frevel, eine Todsünde beging, die er, als ihn in späten Jahren die Gnade Gottes erleuchtete, abbüßen wollte auf einer Pilgerreise nach der heiligen Linde im weit entfernten kalten Preußen. – Auf der beschwerlichen Wanderung dahin fühlte meine Mutter nach mehreren Jahren der Ehe zum erstenmal, daß diese nicht unfruchtbar bleiben würde, wie mein Vater befürchtet, und seiner Dürftigkeit unerachtet war er hoch erfreut, weil nun eine Vision in Erfüllung gehen sollte, in welcher ihm der heilige Bernardus Trost und Vergebung der Sünde durch die Geburt eines Sohnes zugesichert hatte. In der heiligen Linde erkrankte mein Vater, und je weniger er die vorgeschriebenen beschwerlichen Andachtsübungen seiner Schwäche unerachtet aussetzen wollte, desto mehr nahm das Übel überhand; er starb entsündigt und getröstet in demselben Augenblick, als ich geboren wurde. - Mit dem ersten Bewußtsein dämmern in mir die lieblichen Bilder von dem Kloster und von der herrlichen Kirche in der heiligen Linde auf. Mich umrauscht noch der dunkle Wald - mich umduften noch die üppig aufgekeimten Gräser, die bunten Blumen, die meine Wiege waren. Kein giftiges Tier, kein schädliches Insekt nistet in dem Heiligtum der Gebenedeiten; nicht das Sumsen einer Fliege, nicht das Zirpen des Heimchens unterbricht die heilige Stille, in der nur die frommen Gesänge der Priester erhallen, die, mit den Pilgern goldne Rauchfässer schwingend, aus denen der Duft des Weihrauchopfers emporsteigt, in langen Zügen daherziehen. Noch sehe ich mitten in der Kirche den mit Silber überzogenen Stamm der Linde, auf welche die Engel das wundertätige Bild der heiligen Jungfrau niedersetzten. Noch lächeln mich die bunten Gestalten der Engel - der Heiligen - von den Wänden, von der Decke der Kirche an! - Die Erzählungen meiner Mutter von dem wundervollen Kloster, wo ihrem tiefsten Schmerz gnadenreicher Trost zuteil wurde, sind so in mein Innres gedrungen, daß ich alles selbst gesehen, selbst erfahren zu haben glaubte, unerachtet es unmöglich ist, daß meine Erinnerung so weit hinausreicht, da meine Mutter nach anderthalb Jahren die heilige Stätte verließ. - So ist es mir, als hätte ich selbst einmal in der öden Kirche die wunderbare Gestalt eines ernsten Mannes gesehen, und es sei eben der fremde Maler gewesen, der in uralter Zeit, als eben die Kirche gebaut, erschien, dessen Sprache niemand verstehen konnte und der mit kunstgeübter Hand in gar kurzer Zeit die Kirche auf das herrlichste ausmalte, dann aber, als er fertig worden, wieder verschwand. - So gedenke ich ferner noch eines alten fremdartig gekleideten Pilgers mit langem grauen Barte, der mich oft auf den Armen umhertrug, im Walde allerlei bunte Moose und Steine suchte und mit mir spielte; unerachtet ich gewiß glaube, daß nur aus der Beschreibung meiner Mutter sich im Innern sein lebhaftes Bild erzeugt hat. Er brachte einmal einen fremden wunderschönen Knaben mit, der mit mir von gleichem Alter war. Uns herzend und küssend saßen wir im Grase, ich schenkte ihm alle meine bunten Steine, und er wußte damit allerlei Figuren auf dem Erdboden zu ordnen, aber immer bildete sich daraus zuletzt die Gestalt des Kreuzes. Meine Mutter saß neben uns auf einer steinernen Bank, und der Alte schaute, hinter ihr stehend, mit mildem Ernst unsern kindischen Spielen zu. Da traten einige Jünglinge aus dem Gebüsch, die, nach ihrer Kleidung und nach ihrem ganzen Wesen zu urteilen, wohl nur aus Neugierde und Schaulust nach der heiligen Linde gekommen waren. Einer von ihnen rief, indem er uns gewahr wurde, lachend: »Sieh da! eine heilige Familie, das ist etwas für meine Mappe!« – Er zog wirklich Papier und Krayon hervor und schickte sich an uns zu zeichnen, da erhob der alte Pilger sein Haupt und rief zornig: »Elender Spötter, du willst ein Künstler sein, und in deinem Innern brannte nie die Flamme des Glaubens und der Liebe; aber deine Werke werden tot und starr bleiben wie du selbst, und du wirst wie ein Verstoßener in einsamer Leere verzweifeln und untergehen in deiner eignen Armseligkeit.« – Die Jünglinge eilten bestürzt von dannen. – Der alte Pilger sagte zu meiner Mutter: »Ich habe Euch heute ein wunderbares Kind gebracht, damit es in Euerm Sohn den Funken der Liebe entzünde, aber ich muß es wieder von Euch nehmen, und Ihr werdet es wohl, so wie mich selbst, nicht mehr schauen. Euer Sohn ist mit vielen Gaben herrlich ausgestattet, aber die Sünde des Vaters kocht und gärt in seinem Blute, er kann jedoch sich zum wackern Kämpen für den Glauben aufschwingen, lasset ihn geistlich werden!« – Meine Mutter konnte nicht genug sagen, welchen tiefen unauslöschlichen Eindruck die Worte des Pilgers auf sie gemacht hatten; sie beschloß aber demunerachtet, meiner Neigung durchaus keinen Zwang anzutun, sondern ruhig abzuwarten, was das Geschick über mich verhängen und wozu es mich leiten würde, da sie an irgend eine andere höhere Erziehung, als die sie selbst mir zu geben imstande war, nicht denken konnte. – Meine Erinnerungen aus deutlicher, selbst gemachter Erfahrung heben von dem Zeitpunkt an, als meine Mutter auf der Heimreise in das Zisterzienser Nonnenkloster gekommen war, dessen gefürstete Äbtissin, die meinen Vater gekannt hatte, sie freundlich aufnahm. Die Zeit von jener Begebenheit mit dem alten Pilger, welche ich in der Tat aus eigner Anschauung weiß, so daß sie meine Mutter nur rücksichts der Reden des Malers und des alten Pilgers ergänzt hat, bis zu dem Moment, als mich meine Mutter zum erstenmal zur Äbtissin brachte, macht eine völlige Lücke: nicht die leiseste Ahnung ist mir davon übrig geblieben. Ich finde mich erst wieder, als die Mutter meinen Anzug, soviel es ihr nur möglich war, besserte und ordnete. Sie hatte neue Bänder in der Stadt gekauft, sie verschnitt mein wildverwachsnes Haar, sie putzte mich mit aller Mühe und schärfte mir dabei ein, mich ja recht fromm und artig bei der Frau Äbtissin zu betragen. Endlich stieg ich an der Hand meiner Mutter die breiten steinernen Treppen herauf und trat in das hohe, gewölbte, mit heiligen Bildern ausgeschmückte Gemach, in dem wir die Fürstin fanden. Es war eine große, majestätische schöne Frau, der die Ordenstracht eine Ehrfurcht einflößende Würde gab. Sie sah mich mit einem ernsten, bis ins Innerste dringenden Blick an und frug: »Ist das Euer Sohn?« – Ihre Stimme, ihr ganzes Ansehn – selbst die fremde Umgebung, das hohe Gemach, die Bilder, alles wirkte so auf mich, daß ich, von dem Gefühl eines inneren Grauens ergriffen, bitterlich zu weinen anfing. Da sprach die Fürstin, indem sie mich milder und gütiger anblickte: »Was ist dir, Kleiner, fürchtest du dich vor mir? – Wie heißt Euer Sohn, liebe Frau?« – »Franz«, erwiderte meine Mutter, da rief die Fürstin mit der tiefsten Wehmut: »Franziskus!« und hob mich auf und drückte mich heftig an sich, aber in dem Augenblick preßte mir ein jäher Schmerz, den ich am Halse fühlte, einen starken Schrei aus, so daß die Fürstin erschrocken mich losließ und die durch mein Betragen ganz bestürzt gewordene Mutter auf mich zusprang, um nur gleich mich fortzuführen. Die Fürstin ließ das nicht zu; es fand sich, daß das diamantne Kreuz, welches die Fürstin auf der Brust trug, mich, indem sie heftig mich an sich drückte, am Halse so stark beschädigt hatte, daß die Stelle ganz rot und mit Blut unterlaufen war. »Armer Franz«, sprach die Fürstin, »ich habe dir weh getan, aber wir wollen doch noch gute Freunde werden.« – Eine Schwester brachte Zuckerwerk und süßen Wein, ich ließ mich, jetzt schon dreister geworden, nicht lange nötigen, sondern naschte tapfer von den Süßigkeiten, die mir die holde Frau, welche sich gesetzt und mich auf den Schoß genommen hatte, selbst in den Mund steckte. Als ich einige Tropfen des süßen Getränks, das mir bis dahin ganz unbekannt gewesen, gekostet, kehrte mein munterer Sinn, die besondere Lebendigkeit, die nach meiner Mutter Zeugnis von meiner frühsten Jugend mir eigen war, zurück. Ich lachte und schwatzte zum größten Vergnügen der Äbtissin und der Schwester, die im Zimmer geblieben. Noch ist es mir unerklärlich, wie meine Mutter darauf verfiel, mich aufzufordern, der Fürstin von den schönen herrlichen Dingen meines Geburtsortes zu erzählen, und ich, wie von einer höheren Macht inspiriert, ihr die schönen Bilder des fremden unbekannten Malers so lebendig, als habe ich sie im tiefsten Geiste aufgefaßt, beschreiben konnte. Dabei ging ich ganz ein in die herrlichen Geschichten der Heiligen, als sei ich mit allen Schriften der Kirche schon bekannt und vertraut geworden. Die Fürstin, selbst meine Mutter, blickten mich voll Erstaunen an, aber je mehr ich sprach, desto höher stieg meine Begeisterung, und als mich endlich die Fürstin frug: »Sage mir, liebes Kind, woher weißt du denn das alles?« – da antwortete ich, ohne mich einen Augenblick zu besinnen, daß der schöne wunderbare Knabe, den einst ein fremder Pilgersmann mitgebracht hätte, mir alle Bilder in der Kirche erklärt, ja selbst noch manches Bild mit bunten Steinen gemalt und mir nicht allein den Sinn davon gelöset, sondern auch noch viele andere heilige Geschichten erzählt hätte. -

Man läutete zur Vesper, die Schwester hatte eine Menge Zuckerwerk in eine Tüte gepackt, die sie mir gab und die ich voller Vergnügen einsteckte. Die Äbtissin stand auf und sagte zu meiner Mutter: »Ich sehe Euern Sohn als meinen Zögling an, liebe Frau, und will von nun an für ihn sorgen.« Meine Mutter konnte vor Wehmut nicht sprechen, sie küßte, heiße Tränen vergießend, die Hände der Fürstin. Schon wollten wir zur Türe hinaustreten, als die Fürstin uns nachkam, mich nochmals aufhob, sorgfältig das Kreuz beiseite schiebend, mich an sich drückte und heftig weinend, so daß die heißen Tropfen auf meine Stirne fielen, ausrief: »Franziskus! - Bleibe fromm und gut!« - Ich war im Innersten bewegt und mußte auch weinen, ohne eigentlich zu wissen warum. -

Durch die Unterstützung der Äbtissin gewann der kleine Haushalt meiner Mutter, die unfern dem Kloster in einer kleinen Meierei wohnte, bald ein besseres Ansehen. Die Not hatte ein Ende, ich ging besser gekleidet und genoß den Unterricht des Pfarrers, dem ich zugleich, wenn er in der Klosterkirche das Amt hielt, als Chorknabe diente. -

Wie umfängt mich noch wie ein seliger Traum die Erinnerung an jene glückliche Jugendzeit! - Ach, wie ein fernes herrliches Land, wo die Freude wohnt und die ungetrübte Heiterkeit des kindlichen unbefangenen Sinns, liegt die Heimat weit, weit hinter mir, aber wenn ich zurückblicke, da gähnt mir die Kluft entgegen, die mich auf ewig von ihr geschieden. Von heißer Sehnsucht ergriffen, trachte ich immer mehr und mehr, die Geliebten zu erkennen, die ich drüben, wie im Purpurschimmer des Frührots wandelnd, erblicke, ich wähne ihre holden Stimmen zu vernehmen. Ach! - gibt es denn eine Kluft, über die die Liebe mit starkem Fittich sich nicht hinwegschwingen könnte. Was ist für die Liebe der Raum, die Zeit! - Lebt sie nicht im

Gedanken, und kennt *der* denn ein Maß? – Aber finstre Gestalten steigen auf, und immer dichter und dichter sich zusammendrängend, immer enger und enger mich einschließend, versperren sie die Aussicht und befangen meinen Sinn mit den Drangsalen der Gegenwart, daß selbst die Sehnsucht, welche mich mit namenlosem wonnevollem Schmerz erfüllte, nun zu tötender heilloser Qual wird! –

Der Pfarrer war die Güte selbst, er wußte meinen lebhaften Geist zu fesseln, er wußte seinen Unterricht so nach meiner Sinnesart zu formen, daß ich Freude daran fand und schnelle Fortschritte machte. – Meine Mutter liebte ich über alles, aber die Fürstin verehrte ich wie eine Heilige, und es war ein feierlicher Tag für mich, wenn ich sie sehen durfte. Jedesmal nahm ich mir vor, mit den neuerworbenen Kenntnissen recht vor ihr zu leuchten, aber wenn sie kam, wenn sie freundlich mich anredete, da konnte ich kaum ein Wort herausbringen, ich mochte nur *sie* anschauen, nur *sie* hören. Jedes ihrer Worte blieb tief in meiner Seele zurück, noch den ganzen Tag über, wenn ich sie gesprochen, befand ich mich in wunderbarer feierlicher Stimmung, und ihre Gestalt begleitete mich auf den Spaziergängen, die ich dann besuchte. – Welches namenlose Gefühl durchbebte mich, wenn ich, das Rauchfaß schwingend, am Hochaltare stand, und nun die Töne der Orgel von dem Chore herabströmten und, wie zur brausenden Flut anschwellend, mich fortrissen – wenn ich dann in dem Hymnus ihre Stimme erkannte, die wie ein leuchtender Strahl zu mir herabdrang und mein Inneres mit den Ahnungen des Höchsten – des Heiligsten erfüllte. Aber der herrlichste Tag, auf den ich mich wochenlang freute, ja, an den ich niemals ohne inneres Entzücken denken konnte, war das Fest des heiligen Bernardus, welches, da er der Heilige der Zisterzienser ist, im Kloster durch einen großen Ablaß auf das feierlichste begangen wurde. Schon den Tag vorher strömten aus der benachbarten Stadt sowie aus der ganzen umliegenden Gegend eine Menge Menschen herbei und lagerten sich auf der großen blumichten Wiese, die sich an das Kloster schloß, so daß das frohe Getümmel Tag und Nacht nicht aufhörte. Ich erinnere mich nicht, daß die Witterung in der günstigen Jahreszeit (der Bernardustag fällt in den August) dem Feste jemals ungünstig gewesen sein sollte. In bunter Mischung sah man hier andächtige Pilger, Hymnen singend, daherwandeln, dort Bauerbursche sich mit den geputzten Dirnen jubelnd umhertummeln – Geistliche, die in frommer Betrachtung, die Hände andächtig gefaltet, in die Wolken schauen – Bürgerfamilien im Grase gelagert, die die hochgefüllten Speisekörbe auspacken und ihr Mahl verzehren. Lustiger Gesang, fromme Lieder, die inbrünstigen Seufzer der Büßenden, das Gelächter der Fröhlichen, Klagen, Jauchzen, Jubel, Scherze, Gebet erfüllen wie in wunderbarem, betäubendem Konzert die Lüfte! Aber sowie die Glocke des Klosters anschlägt, verhallt das Getöse plötzlich – soweit das Auge nur reicht, ist alles, in dichte Reihen gedrängt, auf die Knie gesunken, und nur das dumpfe Murmeln des Gebets unterbricht die heilige Stille. Der letzte Schlag der Glocke tönt aus, die bunte Menge strömt wieder durcheinander, und aufs neue erschallt der nur minutenlang unterbrochene Jubel. – Der Bischof selbst, welcher in der benachbarten Stadt residiert, hielt an dem Bernardustage in der Kirche des Klosters, bedient von der untern Geistlichkeit des Hochstifts, das feierliche Hochamt, und seine Kapelle führte auf einer Tribüne, die man zur Seite des Hochaltars errichtet und mit reicher, seltener Hautelisse behängt hatte, die Musik aus. – Noch jetzt sind die Empfindungen, die damals meine Brust durchbebten, nicht erstorben, sie leben auf in jugendlicher Frische, wenn ich mein Gemüt ganz zuwende jener seligen Zeit, die nur zu schnell verschwunden. Ich gedenke lebhaft eines Gloria, welches mehrmals ausgeführt wurde, da die Fürstin eben diese Komposition vor allen andern liebte. – Wenn der Bischof das Gloria intoniert hatte und nun die mächtigen Töne des Chors daher brausten: Gloria in excelsis deo! - war es nicht, als öffne sich die Wolkenglorie über dem Hochaltar? - ja, als erglühten durch ein göttliches Wunder die gemalten Cherubim und Seraphim zum Leben und regten und bewegten die starken Fittiche und schwebten auf und nieder, Gott lobpreisend mit Gesang und wunderbarem Saitenspiel? - Ich versank in das hinbrütende Staunen der begeisterten Andacht, die mich durch glänzende Wolken in das ferne bekannte, heimatliche Land trug, und in dem duftenden Walde ertönten die holden Engelsstimmen, und der wunderbare Knabe trat wie aus hohen Lilienbüschen mir entgegen und frug mich lächelnd: »Wo warst du denn so lange, Franziskus? - ich habe viele schöne bunte Blumen, die will ich dir alle schenken, wenn du bei mir bleibst und mich liebst immerdar.« -

Nach dem Hochamt hielten die Nonnen unter dem Vortritt der Äbtissin, die mit der Inful geschmückt war und den silbernen Hirtenstab trug, eine feierliche Prozession durch die Gänge des Klosters und durch die Kirche. Welche Heiligkeit, welche Würde, welche überirdische Größe strahlte aus jedem Blick der herrlichen Frau, leitete jede ihrer Bewegungen! Es war die triumphierende Kirche selbst, die dem frommen gläubigen Volke Gnade und Segen verhieß. Ich hätte mich vor ihr in den Staub werfen mögen, wenn ihr Blick zufällig auf mich fiel. - Nach beendigtem Gottesdienst wurde die Geistlichkeit sowie die Kapelle des Bischofs in einem großen Saal des Klosters bewirtet. Mehrere Freunde des Klosters, Offizianten, Kaufleute aus der Stadt, nahmen an dem Mahle teil, und ich durfte, weil mich der Konzertmeister des Bischofs liebgewonnen und gern sich mit mir zu schaffen machte, auch dabei sein. Hatte sich erst mein Inneres, von heiliger Andacht durchglüht, ganz dem Überirdischen zugewendet, so trat jetzt das frohe Leben auf mich ein und umfing mich mit seinen bunten Bildern. Allerlei lustige Erzählungen, Späße und Schwänke wechselten unter dem lauten Gelächter der Gäste, wobei die Flaschen fleißig geleert wurden, bis der Abend hereinbrach und die Wagen zur Heimfahrt bereitstanden.

Sechzehn Jahre war ich alt geworden, als der Pfarrer erklärte, daß ich nun vorbereitet genug sei, die höheren theologischen Studien in dem Seminar der benachbarten Stadt zu beginnen: ich hatte mich nämlich ganz für den geistlichen Stand entschieden, und dies erfüllte meine Mutter mit der innigsten Freude, da sie hiedurch die geheimnisvollen Andeutungen des Pilgers, die in gewisser Art mit der merkwürdigen, mir unbekannten Vision meines Vaters in Verbindung stehen sollten, erklärt und erfüllt sah. Durch meinen Entschluß glaubte sie erst die Seele meines Vaters entsühnt und von der Qual ewiger Verdammnis errettet. Auch die Fürstin, die ich jetzt nur im Sprachzimmer sehen konnte, billigte höchlich mein Vorhaben und wiederholte ihr Versprechen, mich bis zur Erlangung einer geistlichen Würde mit allem Nötigen zu unterstützen. Unerachtet die Stadt so nahe lag, daß man von dem Kloster aus die Türme sehen konnte, und nur irgend rüstige Fußgänger von dort her die heitre, anmutige Gegend des Klosters zu ihren Spaziergängen wählten, so wurde mir doch der Abschied von meiner guten Mutter, von der herrlichen Frau, die ich so tief im Gemüte verehrte, sowie von meinem guten Lehrer recht schwer. Es ist ja auch gewiß, daß dem Schmerz der Trennung jede Spanne außerhalb dem Kreise der Lieben der weitesten Entfernung gleich dünkt! - Die Fürstin war auf besondere Weise bewegt, ihre Stimme zitterte vor Wehmut, als sie noch salbungsvolle Worte der Ermahnung sprach. Sie schenkte mir einen zierlichen Rosenkranz und ein kleines Gebetbuch mit sauber illuminierten Bildern. Dann gab sie mir noch ein Empfehlungsschreiben an den Prior des Kapuzinerklosters in der Stadt, den sie mir empfahl gleich aufzusuchen, da er mir in allem mit Rat und Tat eifrigst beistehen werde.

Gewiß gibt es nicht so leicht eine anmutigere Gegend, als diejenige ist, in welcher das Kapuzinerkloster dicht vor der

Stadt liegt. Der herrliche Klostergarten mit der Aussicht in die Gebürge hinein schien mir jedesmal, wenn ich in den langen Alleen wandelte und bald bei dieser, bald bei jener üppigen Baumgruppe stehen blieb, in neuer Schönheit zu erglänzen. – Gerade in diesem Garten traf ich den Prior Leonardus, als ich zum erstenmal das Kloster besuchte, um mein Empfehlungsschreiben von der Äbtissin abzugeben. – Die dem Prior eigne Freundlichkeit wurde noch erhöht, als er den Brief las, und er wußte so viel Anziehendes von der herrlichen Frau, die er schon in frühen Jahren in Rom kennen gelernt, zu sagen, daß er schon dadurch im ersten Augenblick mich ganz an sich zog. Er war von den Brüdern umgeben, und man durchblickte bald das ganze Verhältnis des Priors mit den Mönchen, die ganze klösterliche Einrichtung und Lebensweise: die Ruhe und Heiterkeit des Geistes, welche sich in dem Äußerlichen des Priors deutlich aussprach, verbreitete sich über alle Brüder. Man sah nirgends eine Spur des Mißmuts oder jener feindlichen, ins Innere zehrenden Verschlossenheit, die man sonst wohl auf den Gesichtern der Mönche wahrnimmt. Unerachtet der strengen Ordensregel waren die Andachtsübungen dem Prior Leonardus mehr Bedürfnis des dem Himmlischen zugewandten Geistes, als aszetische Buße für die der menschlichen Natur anklebende Sünde, und er wußte diesen Sinn der Andacht so in den Brüdern zu entzünden, daß sich über alles, was sie tun mußten, um der Regel zu genügen, eine Heiterkeit und Gemütlichkeit ergoß, die in der Tat ein höheres Sein in der irdischen Beengtheit erzeugte. – Selbst eine gewisse schickliche Verbindung mit der Welt wußte der Prior Leonardus herzustellen, die für die Brüder nicht anders als heilsam sein konnte. Reichliche Spenden, die von allen Seiten dem allgemein hochgeachteten Kloster dargebracht wurden, machten es möglich, an gewissen Tagen die Freunde und Beschützer des Klosters in dem Refektorium zu bewirten. Dann wurde in der Mitte des Speisesaals eine lange Tafel gedeckt, an deren oberem Ende der Prior Leonardus bei den Gästen saß. Die Brüder blieben an der schmalen, der Wand entlang stehenden Tafel und bedienten sich ihres einfachen Geschirres, der Regel gemäß, während an der Gasttafel alles sauber und zierlich mit Porzellan und Glas besetzt war. Der Koch des Klosters wußte vorzüglich auf eine leckere Art Fastenspeisen zuzubereiten, die den Gästen gar wohl schmeckten. Die Gäste sorgten für den Wein, und so waren die Mahle im Kapuzinerkloster ein freundliches, gemütliches Zusammentreten des Profanen mit dem Geistlichen, welches in wechselseitiger Rückwirkung für das Leben nicht ohne Nutzen sein konnte. Denn indem die im weltlichen Treiben Befangenen hinaustraten und eingingen in die Mauern, wo alles das ihrem Tun schnurstracks entgegengesetzte Leben der Geistlichen verkündet, mußten sie, von manchem Funken, der in ihre Seele fiel, aufgeregt, eingestehen, daß auch wohl auf andere Wege, als auf dem, den sie eingeschlagen, Ruhe und Glück zu finden sei, ja, daß vielleicht der Geist, je mehr er sich über das Irdische erhebe, dem Menschen schon hienieden ein höheres Sein bereiten könne. Dagegen gewannen die Mönche an Lebensumsicht und Weisheit, da die Kunde, welche sie von dem Tun und Treiben der bunten Welt außerhalb ihrer Mauern erhielten, in ihnen Betrachtungen mancherlei Art erweckte. Ohne dem Irdischen einen falschen Wert zu verleihen, mußten sie in der verschiedenen, aus dem Innern bestimmten Lebensweise der Menschen die Notwendigkeit einer solchen Strahlenbrechung des geistigen Prinzips, ohne welche alles farb- und glanzlos geblieben wäre, anerkennen. Über alle hocherhaben rücksichts der geistigen und wissenschaftlichen Ausbildung stand von jeher der Prior Leonardus. Außerdem daß er allgemein für einen wackern Gelehrten in der Theologie galt, so daß er mit Leichtigkeit und Tiefe die schwierigsten Materien abzuhandeln wußte und sich die Professoren des Seminars oft bei ihm Rat und Belehrung holten, war er auch mehr, als man es wohl einem Klostergeistlichen zutrauen kann, für die Welt ausgebildet. Er sprach mit Fertigkeit und Eleganz das Italienische und Französische, und seiner besonderen Gewandtheit wegen hatte man ihn in früherer Zeit zu wichtigen Missionen gebraucht. Schon damals, als ich ihn kennen lernte, war er hochbejahrt, aber indem sein weißes Haar von seinem Alter zeugte, blitzte aus den Augen noch jugendliches Feuer, und das anmutige Lächeln, welches um seine Lippen schwebte, erhöhte den Ausdruck der innern Behaglichkeit und Gemütsruhe. Dieselbe Grazie, welche seine Rede schmückte, herrschte in seinen Bewegungen, und selbst die unbehülfliche Ordenstracht schmiegte sich wundersam den wohlgebauten Formen seines Körpers an. Es befand sich kein einziger unter den Brüdern, den nicht eigne freie Wahl, den nicht sogar das von der innern geistigen Stimmung erzeugte Bedürfnis in das Kloster gebracht hätte; aber auch den Unglücklichen, der im Kloster den Port gesucht hätte, um der Vernichtung zu entgehen, hätte Leonardus bald getröstet; seine Buße wäre der kurze Übergang zur Ruhe geworden, und, mit der Welt versöhnt, ohne ihren Tand zu achten, hätte er, im Irdischen lebend, doch sich bald über das Irdische erhoben. Diese ungewöhnlichen Tendenzen des Klosterlebens hatte Leonardus in Italien aufgefaßt, wo der Kultus und mit ihm die ganze Ansicht des religiösen Lebens heitrer ist als in dem katholischen Deutschland. So wie bei dem Bau der Kirchen noch die antiken Formen sich erhielten, so scheint auch ein Strahl aus jener heitern lebendigen Zeit des Altertums in das mystische Dunkel des Christianism gedrungen zu sein und es mit dem wunderbaren Glanze erhellt zu haben, der sonst die Götter und Helden umstrahlte.

Leonardus gewann mich lieb, er unterrichtete mich im Italienischen und Französischen, vorzüglich waren es aber die mannigfachen Bücher, welche er mir in die Hände gab, sowie seine Gespräche, die meinen Geist auf besondere Weise ausbildeten. Beinahe die ganze Zeit, welche meine Studien im Seminar mir übrig ließen, brachte ich im Kapuzinerkloster zu, und ich spürte, wie immer mehr meine Neigung zunahm, mich einkleiden zu lassen. Ich eröffnete dem Prior meinen Wunsch; ohne mich indessen gerade davon abbringen zu wollen, riet er mir, wenigstens noch ein paar Jahre zu warten und unter der Zeit mich mehr als bisher in der Welt umzusehen. So wenig es mir indessen an anderer Bekanntschaft fehlte, die ich mir vorzüglich durch den bischöflichen Konzertmeister, welcher mich in der Musik unterrichtete, erworben, so fühlte ich mich doch in jeder Gesellschaft, und vorzüglich wenn Frauenzimmer zugegen waren, auf unangenehme Weise befangen, und dies sowie überhaupt der Hang zum kontemplativen Leben schien meinen innern Beruf zum Kloster zu entscheiden. –

Einst hatte der Prior viel Merkwürdiges mit mir gesprochen über das profane Leben; er war eingedrungen in die schlüpfrigsten Materien, die er aber mit seiner gewöhnlichen Leichtigkeit und Anmut des Ausdrucks zu behandeln wußte, so daß er, alles nur im mindesten Anstößige vermeidend, doch immer auf den rechten Fleck traf. Er nahm endlich meine Hand, sah mir scharf ins Auge und frug, ob ich noch unschuldig sei? – Ich fühlte mich erglühen, denn indem Leonardus mich so verfänglich frug, sprang ein Bild in den lebendigsten Farben hervor, welches so lange ganz von mir gewichen. – Der Konzertmeister hatte eine Schwester, welche gerade nicht schön genannt zu werden verdiente, aber doch, in der höchsten Blüte stehend, ein überaus reizendes Mädchen war. Vorzüglich zeichnete sie ein im reinsten Ebenmaß geformter Wuchs aus; sie hatte die schönsten Arme, den schönsten Busen in Form und Kolorit, den man nur sehen kann. – Eines Morgens, als ich zum Konzertmeister gehen wollte meines Unterrichts halber, überraschte ich die Schwester im leichten Morgenanzuge, mit beinahe ganz entblößter Brust; schnell warf sie zwar das Tuch über, aber doch schon zu viel hatten meine gierigen Blicke erhascht, ich konnte kein Wort sprechen, nie gekannte Gefühle regten sich stürmisch in mir und trieben das glühende Blut durch die Adern, daß hörbar meine Pulse schlugen. Meine Brust war krampfhaft zusammengepreßt und wollte zerspringen, ein leiser Seufzer machte mir endlich Luft. Dadurch, daß das Mädchen ganz unbefangen auf mich zukam, mich bei der Hand faßte und frug, was mir denn wäre, wurde das Übel wieder ärger, und es war ein Glück, daß der Konzertmeister in die Stube trat und mich von der Qual erlöste. Nie hatte ich indessen solche falsche Akkorde gegriffen, nie so im Gesange detoniert, als damals. Fromm genug war ich, um später das Ganze für eine böse Anfechtung des Teufels zu halten, und ich pries mich nach kurzer Zeit recht glücklich, den bösen Feind durch die aszetischen Übungen, die ich unternahm, aus dem Felde geschlagen zu haben. Jetzt bei der verfänglichen Frage des Priors sah ich des Konzertmeisters Schwester mit entblößtem Busen vor mir stehen, ich fühlte den warmen Hauch ihres Atems, den Druck ihrer Hand – meine innere Angst stieg mit jedem Momente. Leonardus sah mich mit einem gewissen ironischen Lächeln an, vor dem ich erbebte. Ich konnte seinen Blick nicht ertragen, ich schlug die Augen nieder, da klopfte mich der Prior auf die glühenden Wangen und sprach: »Ich sehe, mein Sohn, daß Sie sich gefaßt haben, und daß es noch gut mit Ihnen steht, der Herr bewahre Sie vor der Verführung der Welt, die Genüsse, die sie Ihnen darbietet, sind von kurzer Dauer, und man kann wohl behaupten, daß ein Fluch darauf ruhe, da in dem unbeschreiblichen Ekel, in der vollkommenen Erschlaffung, in der Stumpfheit für alles Höhere, die sie hervorbringen, das bessere geistige Prinzip des Menschen untergeht.« – So sehr ich mich mühte, die Frage des Priors und das Bild, welches dadurch hervorgerufen wurde, zu vergessen, so wollte es mir doch durchaus nicht gelingen, und war es mir erst geglückt, in Gegenwart jenes Mädchens unbefangen zu sein, so scheute ich doch wieder jetzt mehr als jemals ihren Anblick, da mich schon bei dem Gedanken an sie eine Beklommenheit, eine innere Unruhe überfiel, die mir um so gefährlicher schien, als zugleich eine unbekannte wundervolle Sehnsucht und mit ihr eine Lüsternheit sich regte, die wohl sündlich sein mochte. Ein Abend sollte diesen zweifelhaften Zustand entscheiden. Der Konzertmeister hatte mich, wie er manchmal zu tun pflegte, zu einer musikalischen Unterhaltung, die er mit einigen Freunden veranstaltet, eingeladen. Außer seiner Schwester waren noch mehrere Frauenzimmer zugegen, und dieses steigerte die Befangenheit, die mir schon bei der Schwester allein den Atem versetzte. Sie war sehr reizend gekleidet, sie kam mir schöner als je vor, es war, als zöge mich eine unsichtbare unwiderstehliche Gewalt zu ihr hin, und so kam es denn, daß ich, ohne selbst zu wissen wie, mich immer ihr nahe befand, jeden ihrer Blicke, jedes ihrer Worte begierig aufhaschte, ja mich so an sie drängte, daß wenigstens ihr Kleid im Vorbeistreifen mich berühren mußte, welches mich mit innerer, nie gefühlter Lust erfüllte. Sie schien es zu bemerken und Wohlgefallen daran zu finden; zuweilen war es mir, als müßte ich sie wie in toller Liebeswut an mich reißen und inbrünstig an mich drücken! – Sie hatte lange neben dem Flügel gesessen, endlich stand sie auf und ließ auf dem Stuhl einen ihrer Handschuhe liegen, den ergriff ich und drückte ihn im Wahnsinn heftig an den Mund! – Das sah eins von den Frauenzimmern, die ging zu des Konzertmeisters Schwester und flüsterte ihr etwas ins Ohr, nun schauten sie beide auf mich und kicherten und lachten höhnisch! – Ich war wie vernichtet, ein Eisstrom goß sich durch mein Inneres – besinnungslos stürzte ich fort ins Kollegium – in meine Zelle. Ich warf mich wie in toller Verzweiflung auf den Fußboden – glühende Tränen quollen mir aus den Augen, ich verwünschte – ich verfluchte das Mädchen – mich selbst – dann betete ich wieder und lachte dazwischen wie ein Wahnsinniger! Überall erklangen um mich Stimmen, die mich verspotteten, verhöhnten; ich war im Begriff, mich durch das Fenster zu stürzen, zum Glück verhinderten mich die Eisenstäbe daran, mein Zustand war in der Tat entsetzlich. Erst als der Morgen anbrach, wurde ich ruhiger, aber fest war ich entschlossen, sie niemals mehr zu sehen und überhaupt der Welt zu entsagen. Klarer als jemals stand der Beruf zum eingezogenen Klosterleben, von dem mich keine Versuchung mehr ablenken sollte, vor meiner Seele. Sowie ich nur von den gewöhnlichen Studien loskommen konnte, eilte ich zu dem Prior in das Kapuzinerkloster und eröffnete ihm, wie ich nun entschlossen sei, mein Noviziat anzutreten, und auch schon meiner Mutter sowie der Fürstin Nachricht davon gegeben habe. Leonardus schien über meinen plötzlichen Eifer verwundert, ohne in mich zu dringen, suchte er doch auf diese und jene Weise zu erforschen, was mich wohl darauf gebracht haben könne, nun mit einemmal auf meine Einweihung zum Klosterleben zu bestehen, denn er ahndete wohl, daß ein besonderes Ereignis mir den Impuls dazu gegeben haben müsse. Eine innere Scham, die ich nicht zu überwinden vermochte, hielt mich zurück, ihm die Wahrheit zu sagen, dagegen erzählte ich ihm mit dem Feuer der Exaltation, das noch in mir glühte, die wunderbaren Begebenheiten meiner Kinderjahre, welche alle auf meine Bestimmung zum Klosterleben hindeuteten. Leonardus hörte mich ruhig an, und ohne gerade gegen meine Visionen Zweifel vorzubringen, schien er doch sie nicht sonderlich zu beachten, er äußerte vielmehr, wie das alles noch sehr wenig für die Echtheit meines Berufes spräche, da eben hie eine Illusion sehr möglich sei. Überhaupt pflegte Leonardus nicht gern von den Visionen der Heiligen, ja selbst von den Wundern der ersten Verkündiger des Christentums zu sprechen, und es gab Augenblicke, in denen ich in Versuchung geriet, ihn für einen heimlichen Zweifler zu halten. Einst erdreistete ich mich, um ihn zu irgend einer bestimmten Äußerung zu nötigen, von den Verächtern des katholischen Glaubens zu sprechen und vorzüglich auf diejenigen zu schmälen, die im kindischen Übermute alles Übersinnliche mit dem heillosen Schimpfworte des Aberglaubens abfertigten. Leonardus sprach sanft lächelnd: »Mein Sohn, der Unglaube ist der ärgste Aberglaube«, und fing ein anderes Gespräch von fremden gleichgültigen Dingen an. Erst später durfte ich eingehen in seine herrlichen Gedanken über den mystischen Teil unserer Religion, der die geheimnisvolle Verbindung unsers geistigen Prinzips mit höheren Wesen in sich schließt, und mußte mir denn wohl gestehen, daß Leonardus die Mitteilung alles des Sublimen, das aus seinem Innersten sich ergoß, mit Recht nur für die höchste Weihe seiner Schüler aufsparte. –

Meine Mutter schrieb mir, wie sie es längst geahnet, daß der weltgeistliche Stand mir nicht genügen, sondern daß ich das Klosterleben erwählen werde. Am Medardustage sei ihr der alte Pilgersmann aus der heiligen Linde erschienen und habe mich im Ordenskleide der Kapuziner an der Hand geführt. Auch die Fürstin war mit meinem Vorhaben ganz einverstanden. Beide sah ich noch einmal vor meiner Einkleidung, welche, da mir, meinem innigsten Wunsche gemäß, die Hälfte des Noviziats erlassen wurde, sehr bald erfolgte. Ich nahm auf Veranlassung der Vision meiner Mutter den Klosternamen Medardus an. –

Das Verhältnis der Brüder untereinander, die innere Einrichtung rücksichts der Andachtsübungen und der ganzen Lebensweise im Kloster bewährte sich ganz in der Art, wie sie mir bei dem ersten Blick erschienen. Die gemütliche Ruhe, die in allem herrschte, goß den himmlischen Frieden in meine Seele, wie er mich, gleich einem seligen Traum aus der ersten Zeit meiner frühsten Kinderjahre im Kloster der heiligen Linde umschwebte. Während des feierlichen Akts meiner Einkleidung erblickte ich unter den Zuschauern des Konzertmeisters Schwester; sie sah ganz schwermütig aus, und ich glaubte Tränen in ihren Augen zu erblicken, aber vorüber war die Zeit der Versuchung, und vielleicht war es frevelnder Stolz auf den so leicht erfochtenen Sieg, der mir das Lächeln abnötigte, welches der an meiner Seite wandelnde Bruder Cyrillus bemerkte. »Worüber erfreuest du dich so, mein Bruder?« frug Cyrillus.

»Soll ich denn nicht froh sein, wenn ich der schnöden Welt und ihrem Tand entsage?« antwortete ich, aber nicht zu leugnen ist es, daß, indem ich diese Worte sprach, ein unheimliches Gefühl, plötzlich das Innerste durchbebend, mich Lügen strafte. – Doch dies war die letzte Anwandlung irdischer Selbstsucht, nach der jene Ruhe des Geistes eintrat. Wäre sie nimmer von mir gewichen, aber die Macht des Feindes ist groß! – Wer mag der Stärke seiner Waffen, wer mag seiner Wachsamkeit vertrauen, wenn die unterirdischen Mächte lauern. –

Schon fünf Jahre war ich im Kloster, als nach der Verordnung des Priors mir der Bruder Cyrillus, der alt und schwach worden, die Aufsicht über die reiche Reliquienkammer des Klosters übergeben sollte. Da befanden sich allerlei Knochen von Heiligen, Späne aus dem Kreuze des Erlösers und andere Heiligtümer, die in saubern Glasschränken aufbewahrt und an gewissen Tagen dem Volk zur Erbauung ausgestellt wurden. Der Bruder Cyrillus machte mich mit jedem Stücke sowie mit den Dokumenten, die über ihre Echtheit und über die Wunder, welche sie bewirkt, vorhanden, bekannt. Er stand rücksichts der geistigen Ausbildung unserm Prior an der Seite, und um so weniger trug ich Bedenken, das zu äußern, was sich gewaltsam aus meinem Innern hervordrängte. »Sollten denn, lieber Bruder Cyrillus«, sagte ich, »alle diese Dinge gewiß und wahrhaftig das sein, wofür man sie ausgibt? – Sollte auch hier nicht die betrügerische Habsucht manches untergeschoben haben, was nun als wahre Reliquie dieses oder jenes Heiligen gilt? So z. B. besitzt irgend ein Kloster das ganze Kreuz unsers Erlösers, und doch zeigt man überall wieder so viel Späne davon, daß, wie jemand von uns selbst, freilich in frevelichem Spott, behauptete, unser Kloster ein ganzes Jahr hindurch damit geheizt werden könnte.« – »Es geziemt uns wohl eigentlich nicht«, erwiderte der Bruder Cyrillus, »diese Dinge einer solchen Untersuchung zu unterziehen, allein offenherzig gestanden, bin ich der Meinung, daß, der darüber sprechenden Dokumente unerachtet, wohl wenige dieser Dinge *das* sein dürften, wofür man sie ausgibt. Allein es scheint mir auch gar nicht darauf anzukommen. Merke wohl auf, lieber Bruder Medardus, wie ich und unser Prior darüber denken, und du wirst unsere Religion in neuer Glorie erblicken. Ist es nicht herrlich, lieber Bruder Medardus, daß unsere Kirche darnach trachtet, jene geheimnisvollen Fäden zu erfassen, die das Sinnliche mit dem Übersinnlichen verknüpfen, ja unseren zum irdischen Leben und Sein gediehenen Organism so anzuregen, daß sein Ursprung aus dem höhern geistigen Prinzip, ja seine innige Verwandtschaft mit dem wunderbaren Wesen, dessen Kraft wie ein glühender Hauch die ganze Natur durchdringt, klar hervortritt und uns die Ahndung eines höheren Lebens, dessen Keim wir in uns tragen, wie mit Seraphsfittichen umweht. – Was ist jenes Stückchen Holz – jenes Knöchlein, jenes Läppchen – man sagt, aus dem Kreuz Christi sei es gehauen, dem Körper – dem Gewande eines Heiligen entnommen; aber den Gläubigen, der, ohne zu grübeln, sein ganzes Gemüt darauf richtet, erfüllt bald jene überirdische Begeisterung, die ihm das Reich der Seligkeit erschließt, das er hienieden nur geahnet; und so wird der geistige Einfluß des Heiligen, dessen auch nur angebliche Reliquie den Impuls gab, erweckt, und der Mensch vermag Stärke und Kraft im Glauben von dem höheren Geiste zu empfangen, den er im Innersten des Gemüts um Trost und Beistand anrief. Ja, diese in ihm erweckte höhere geistige Kraft wird selbst Leiden des Körpers zu überwinden vermögen, und daher kommt es, daß diese Reliquien jene Mirakel bewirken, die, da sie so oft vor den Augen des versammelten Volks geschehen, wohl nicht geleugnet werden können.« – Ich erinnerte mich augenblicklich gewisser Andeutungen des Priors, die ganz mit den Worten des Bruders Cyrillus übereinstimmten, und betrachtete nun die Reliquien, die mir sonst nur als religiöse Spielerei erschienen, mit wahrer innerer Ehrfurcht und Andacht. Dem Bruder Cyrillus entging diese Wirkung seiner

Rede nicht, und er fuhr nun fort, mit größerem Eifer und mit recht zum Gemüte sprechender Innigkeit mir die Sammlung Stück vor Stück zu erklären. Endlich nahm er aus einem wohlverschlossenen Schranke ein Kistchen heraus und sagte: »Hierinnen, lieber Bruder Medardus, ist die geheimnisvollste, wunderbarste Reliquie enthalten, die unser Kloster besitzt. Solange ich im Kloster bin, hat dieses Kistchen niemand in der Hand gehabt als der Prior und ich; selbst die andern Brüder, viel weniger Fremde, wissen etwas von dem Dasein dieser Reliquie. Ich kann die Kiste nicht ohne inneren Schauer anrühren, es ist, als sei darin ein böser Zauber verschlossen, der, gelänge es ihm, den Bann, der ihn umschließt und wirkungslos macht, zu zersprengen, Verderben und heillosen Untergang jedem bereiten könnte, den er ereilt. – Das, was darinnen enthalten, stammt unmittelbar von dem Widersacher her, aus jener Zeit, als er noch sichtlich gegen das Heil der Menschen zu kämpfen vermochte.« – Ich sah den Bruder Cyrillus im höchsten Erstaunen an; ohne mir Zeit zu lassen, etwas zu erwidern, fuhr er fort: »Ich will mich, lieber Bruder Medardus, gänzlich enthalten, in dieser höchst mystischen Sache nur irgend eine Meinung zu äußern oder wohl gar diese – jene – Hypothese aufzutischen, die mir durch den Kopf gefahren, sondern lieber getreulich dir das erzählen, was die über jene Reliquie vorhandenen Dokumente davon sagen. – Du findest diese Dokumente in jenem Schrank und kannst sie selbst nachlesen. – Dir ist das Leben des heiligen Antonius zur G'nüge bekannt, du weißt, daß er, um sich von allem Irdischen zu entfernen, um seine Seele ganz dem Göttlichen zuzuwenden, in die Wüste zog und da sein Leben den strengsten Buß- und Andachtsübungen weihte. Der Widersacher verfolgte ihn und trat ihm oft sichtlich in den Weg, um ihn in seinen frommen Betrachtungen zu stören. So kam es denn, daß der heilige Antonius einmal in der Abenddämmerung eine finstre Gestalt wahrnahm, die auf ihn zuschritt. In der Nähe erblickte er zu seinem Erstaunen, daß aus den Löchern des zerrissenen Mantels, den die Gestalt trug, Flaschenhälse hervorguckten. Es war der Widersacher, der in diesem seltsamen Aufzuge ihn höhnisch anlächelte und frug, ob er nicht von den Elixieren, die er in den Flaschen bei sich trüge, zu kosten begehre. Der heilige Antonius, den diese Zumutung nicht einmal verdrießen konnte, weil der Widersacher, ohnmächtig und kraftlos geworden, nicht mehr imstande war, sich auf irgend einen Kampf einzulassen und sich daher auf höhnende Reden beschränken mußte, frug ihn, warum er denn so viele Flaschen und auf solche besondere Weise bei sich trüge. Da antwortete der Widersacher: ›Siehe, wenn mir ein Mensch begegnet, so schaut er mich verwundert an und kann es nicht lassen, nach meinen Getränken zu fragen und zu kosten aus Lüsternheit. Unter so vielen Elixieren findet er ja wohl eins, was ihm recht mundet, und er säuft die ganze Flasche aus und wird trunken und ergibt sich mir und meinem Reiche.‹ – So weit steht das in allen Legenden; nach dem besonderen Dokument, das wir über diese Vision des heiligen Antonius besitzen, heißt es aber weiter, daß der Widersacher, als er sich von dannen hub, einige seiner Flaschen auf einem Rasen stehen ließ, die der heilige Antonius schnell in seine Höhle mitnahm und verbarg, aus Furcht, selbst in der Einöde könnte ein Verirrter, ja wohl gar einer seiner Schüler von dem entsetzlichen Getränke kosten und ins ewige Verderben geraten. – Zufällig, erzählt das Dokument weiter, habe der heilige Antonius einmal eine dieser Flaschen geöffnet, da sei ein seltsamer betäubender Dampf herausgefahren und allerlei scheußliche sinneverwirrende Bilder der Hölle hätten den Heiligen umschwebt, ja ihn mit verführerischen Gaukeleien zu verlocken gesucht, bis er sie durch strenges Fasten und anhaltendes Gebet wieder vertrieben. – In diesem Kistchen befindet sich nun aus dem Nachlaß des heiligen Antonius eben eine solche Flasche mit einem Teufelselixier, und die Dokumente sind so authentisch und genau, daß wenigstens daran, daß die Flasche wirklich nach dem Tode des heiligen Antonius unter seinen nachgebliebenen Sachen gefunden wurde, kaum zu zweifeln ist. Übrigens kann ich versichern, lieber Bruder Medardus, daß, so oft ich die Flasche, ja nur dieses Kistchen, worin sie verschlossen, berühre, mich ein unerklärliches inneres Grauen anwandelt, ja daß ich wähne, etwas von einem ganz seltsamen Duft zu spüren, der mich betäubt und zugleich eine innere Unruhe des Geistes hervorbringt, die mich selbst bei den Andachtsübungen zerstreut. Indessen überwinde ich diese böse Stimmung, welche offenbar von dem Einfluß irgend einer feindlichen Macht herrührt, sollte ich auch an die unmittelbare Einwirkung des Widersachers nicht glauben, durch standhaftes Gebet. Dir, lieber Bruder Medardus, der du noch so jung bist, der du noch alles, was dir deine von fremder Kraft aufgeregte Fantasie vorbringen mag, in glänzenderen lebhafteren Farben erblickst, der du noch wie ein tapferer, aber unerfahrner Krieger zwar rüstig im Kampfe, aber vielleicht zu kühn, das Unmögliche wagend, deiner Stärke zu sehr vertraust, rate ich, das Kistchen niemals oder wenigstens erst nach Jahren zu öffnen, und damit dich deine Neugierde nicht in Versuchung führe, es dir weit weg aus den Augen zu stellen.« –

Der Bruder Cyrillus verschloß die geheimnisvolle Kiste wieder in den Schrank, wo sie gestanden, und übergab mir den Schlüsselbund, an dem auch der Schlüssel jenes Schranks hing; die ganze Erzählung hatte auf mich einen eignen Eindruck gemacht, aber je mehr ich eine innere Lüsternheit emporkeimen fühlte, die wunderbare Reliquie zu sehen, desto mehr war ich, der Warnung des Bruders Cyrillus gedenkend, bemüht, auf jede Art mir es zu erschweren. Als Cyrillus mich verlassen, übersah ich noch einmal die mir anvertrauten Heiligtümer, dann löste ich aber das Schlüsselchen, welches den gefährlichen Schrank schloß, vom Bunde ab und versteckte es tief unter meine Skripturen im Schreibpulte. –

Unter den Professoren im Seminar gab es einen vortrefflichen Redner, jedesmal, wenn er predigte, war die Kirche überfüllt; der Feuerstrom seiner Worte riß alles unwiderstehlich fort, die inbrünstige Andacht im Innern entzündend. Auch mir drangen seine herrlichen begeisterten Reden ins Innerste, aber indem ich den Hochbegabten glücklich pries, war es mir, als rege sich eine innere Kraft, die mich mächtig antrieb, es ihm gleichzutun. Hatte ich ihn gehört, so predigte ich auf meiner einsamen Stube, mich ganz der Begeisterung des Moments überlassend, bis es mir gelang, meine Ideen, meine Worte festzuhalten und aufzuschreiben. – Der Bruder, welcher im Kloster zu predigen pflegte, wurde zusehends schwächer, seine Reden schlichen wie ein halbversiegter Bach mühsam und tonlos dahin, und die ungewöhnlich gedehnte Sprache, welche der Mangel an Ideen und Worten erzeugte, da er ohne Konzept sprach, machte seine Reden so unausstehlich lang, daß vor dem Amen schon der größte Teil der Gemeinde, wie bei dem bedeutungslosen eintönigen Geklapper einer Mühle, sanft eingeschlummert war und nur durch den Klang der Orgel wieder erweckt werden konnte. Der Prior Leonardus war zwar ein ganz vorzüglicher Redner, indessen trug er Scheu zu predigen, weil es ihn bei den schon erreichten hohen Jahren zu stark angriff, und sonst gab es im Kloster keinen, der die Stelle jenes schwächlichen Bruders hätte ersetzen können. Leonardus sprach mit mir über diesen Übelstand, der der Kirche den Besuch mancher Frommen entzog; ich faßte mir ein Herz und sagte ihm, wie ich schon im Seminar einen innern Beruf zum Predigen gespürt und manche geistliche Rede aufgeschrieben habe. Er verlangte sie zu sehen und war so höchlich damit zufrieden, daß er in mich drang, schon am nächsten heiligen Tage den Versuch mit einer Predigt zu machen, der um so weniger mißlingen werde, als mich die Natur mit allem ausgestattet habe, was zum guten Kanzelredner gehöre, nämlich mit einer einnehmenden Gestalt, einem ausdrucksvollen Gesicht und einer kräftigen tonreichen Stimme. Rücksichts des äußern

Anstandes, der richtigen Gestikulation unternahm Leonardus selbst, mich zu unterrichten. Der Heiligentag kam heran, die Kirche war besetzter als gewöhnlich, und ich bestieg nicht ohne inneres Erbeben die Kanzel. – Im Anfange blieb ich meiner Handschrift getreu, und Leonardus sagte mir nachher, daß ich mit zitternder Stimme gesprochen, welches aber gerade den andächtigen wehmutsvollen Betrachtungen, womit die Rede begann, zugesagt und bei den mehrsten für eine besondere wirkungsvolle Kunst des Redners gegolten habe. Bald aber war es, als strahle der glühende Funke himmlischer Begeisterung durch mein Inneres – ich dachte nicht mehr an die Handschrift, sondern überließ mich ganz den Eingebungen des Moments. Ich fühlte, wie das Blut in allen Pulsen glühte und sprühte – ich hörte meine Stimme durch das Gewölbe donnern – ich sah mein erhobenes Haupt, meine ausgebreiteten Arme, wie von Strahlenglanz der Begeisterung umflossen. – Mit einer Sentenz, in der ich alles Heilige und Herrliche, das ich verkündet, nochmals wie in einem flammenden Fokus zusammenfaßte, schloß ich meine Rede, deren Eindruck ganz ungewöhnlich, ganz unerhört war. Heftiges Weinen – unwillkürlich den Lippen entfliehende Ausrufe der andachtvollsten Wonne – lautes Gebet hallten meinen Worten nach. Die Brüder zollten mir ihre höchste Bewunderung, Leonardus umarmte mich, er nannte mich den Stolz des Klosters. Mein Ruf verbreitete sich schnell, und um den Bruder Medardus zu hören, drängte sich der vornehmste, der gebildetste Teil der Stadtbewohner schon eine Stunde vor dem Läuten in die nicht allzu große Klosterkirche. Mit der Bewunderung stieg mein Eifer und meine Sorge, den Reden im stärksten Feuer Ründe und Gewandtheit zu geben. Immer mehr gelang es mir, die Zuhörer zu fesseln, und, immer steigend und steigend, glich bald die Verehrung, die sich überall, wo ich ging und stand, in den stärksten Zügen an den Tag legte, beinahe der Vergötterung eines Heiligen. Ein religiöser Wahn hatte die Stadt ergriffen, alles strömte bei irgend einem

Anlaß, auch an gewöhnlichen Wochentagen, nach dem Kloster, um den Bruder Medardus zu sehen, zu sprechen. - Da keimte in mir der Gedanke auf, ich sei ein besonders Erkorner des Himmels; die geheimnisvollen Umstände bei meiner Geburt am heiligen Orte zur Entsündigung des verbrecherischen Vaters, die wunderbaren Begebenheiten in meinen ersten Kinderjahren, alles deutete dahin, daß mein Geist, in unmittelbarer Berührung mit dem Himmlischen, sich schon hienieden über das Irdische erhebe und ich nicht der Welt, den Menschen angehöre, denen Heil und Trost zu geben ich hier auf Erden wandle. Es war mir nun gewiß, daß der alte Pilgram in der heiligen Linde der heilige Joseph, der wunderbare Knabe aber das Jesuskind selbst gewesen, das in mir den Heiligen, der auf Erden zu wandeln bestimmt, begrüßt habe. Aber so wie dies alles immer lebendiger vor meiner Seele stand, wurde mir auch meine Umgebung immer lästiger und drückender. Jene Ruhe und Heiterkeit des Geistes, die mich sonst umfing, war aus meiner Seele entschwunden - ja alle gemütliche Äußerungen der Brüder, die Freundlichkeit des Priors erweckten in mir einen feindseligen Zorn. Den *Heiligen*, den hoch über sie erhabenen, sollten sie in mir erkennen, sich niederwerfen in den Staub und die Fürbitte erflehen vor dem Throne Gottes. So aber hielt ich sie für befangen in verderblicher Verstocktheit. Selbst in meine Reden flocht ich gewisse Anspielungen ein, die darauf hindeuteten, wie nun eine wundervolle Zeit, gleich der in schimmernden Strahlen leuchtenden Morgenröte, angebrochen, in der, Trost und Heil bringend der gläubigen Gemeinde, ein Auserwählter Gottes auf Erden wandle. Meine eingebildete Sendung kleidete ich in mystische Bilder ein, die um so mehr wie ein fremdartiger Zauber auf die Menge wirkten, je weniger sie verstanden wurden. Leonardus wurde sichtlich kälter gegen mich, er vermied, mit mir ohne Zeugen zu sprechen, aber endlich, als wir einst, zufällig von allen Brüdern verlassen, in der Allee des Klostergartens einhergingen, brach er los: »Nicht verhehlen kann ich es dir, lieber Bruder Medardus, daß du seit einiger Zeit durch dein ganzes Betragen mir Mißfallen erregst. – Es ist etwas in deine Seele gekommen, das dich dem Leben in frommer Einfalt abwendig macht. In deinen Reden herrscht ein feindliches Dunkel, aus dem nur noch manches hervorzutreten sich scheut, was dich wenigstens mit mir auf immer entzweien würde. – Laß mich offenherzig sein! – Du trägst in diesem Augenblick die Schuld unseres sündigen Ursprungs, die jedem mächtigen Emporstreben unserer geistigen Kraft die Schranken des Verderbnisses öffnet, wohin wir uns in unbedachtem Fluge nur zu leicht verirren! – Der Beifall, ja die abgöttische Bewunderung, die dir die leichtsinnige, nach jeder Anreizung lüsterne Welt gezollt, hat dich geblendet, und du siehst dich selbst in einer Gestalt, die nicht dein eigen, sondern ein Trugbild ist, welches dich in den verderblichen Abgrund lockt. Gehe in dich, Medardus! – entsage dem Wahn, der dich betört – ich glaube ihn zu kennen! – schon jetzt ist dir die Ruhe des Gemüts, ohne welche kein Heil hienieden zu finden, entflohen. – Laß dich warnen, weiche aus dem Feinde, der dir nachstellt. – Sei wieder der gutmütige Jüngling, den ich mit ganzer Seele liebte.« – Tränen quollen aus den Augen des Priors, als er dies sprach; er hatte meine Hand ergriffen, sie loslassend, entfernte er sich schnell, ohne meine Antwort abzuwarten. – Aber nur feindselig waren seine Worte in mein Innres gedrungen; er hatte des Beifalls, ja der höchsten Bewunderung erwähnt, die ich mir durch meine außerordentliche Gaben erworben, und es war mir deutlich, daß nur kleinlicher Neid jenes Mißbehagen an mir erzeugt habe, das er so unverhohlen äußerte. Stumm und in mich gekehrt, blieb ich, vom innern Groll ergriffen, bei den Zusammenkünften der Mönche, und ganz erfüllt von dem neuen Wesen, das mir aufgegangen, sann ich den Tag über und in den schlaflosen Nächten, wie ich alles in mir Aufgekeimte in prächtige Worte fassen und dem Volk verkünden wollte. Je mehr ich mich nun von Leonardus und den Brüdern entfernte, mit desto stärkeren Banden wußte ich die Menge an mich zu ziehen. –

Am Tage des heiligen Antonius war die Kirche so gedrängt voll, daß man die Türen weit öffnen mußte, um dem zuströmenden Volke zu vergönnen, mich auch noch vor der Kirche zu hören. Nie hatte ich kräftiger, feuriger, eindringender gesprochen. Ich erzählte, wie es gewöhnlich, manches aus dem Leben des Heiligen und knüpfte daran fromme, tief ins Leben eindringende Betrachtungen. Von den Verführungen des Teufels, dem der Sündenfall die Macht gegeben, die Menschen zu verlocken, sprach ich, und unwillkürlich führte mich der Strom der Rede hinein in die Legende von den Elixieren, die ich wie eine sinnreiche Allegorie darstellen wollte. Da fiel mein in der Kirche umherschweifender Blick auf einen langen hageren Mann, der mir schrägüber auf eine Bank gestiegen, sich an einen Eckpfeiler lehnte. Er hatte auf seltsame fremde Weise einen dunkelvioletten Mantel umgeworfen und die übereinander geschlagenen Arme darin gewickelt. Sein Gesicht war leichenblaß, aber der Blick der großen schwarzen, stieren Augen fuhr wie ein glühender Dolchstich durch meine Brust. Mich durchbebte ein unheimliches grauenhaftes Gefühl, schnell wandte ich mein Auge ab und sprach, alle meine Kraft zusammennehmend, weiter. Aber wie von einer fremden zauberischen Gewalt getrieben, mußte ich immer wieder hinschauen, und immer starr und bewegungslos stand der Mann da, den gespenstischen Blick auf mich gerichtet. So wie bittrer Hohn – verachtender Haß lag es auf der hohen gefurchten Stirn, in dem herabgezogenen Munde. Die ganze Gestalt hatte etwas Furchtbares – Entsetzliches! – Ja! – es war der unbekannte Maler aus der heiligen Linde. Ich fühlte mich wie von eiskalten grausigen Fäusten gepackt – Tropfen des Angstschweißes standen auf meiner Stirn – meine Perioden stockten – immer verwirrter und verwirrter wurden meine Reden – es entstand ein Flüstern – ein Gemurmel in der Kirche – aber starr und unbeweglich lehnte der fürchterliche Fremde am Pfeiler, den stieren Blick auf mich gerichtet. Da schrie ich auf in der Höllenangst wahnsinniger Verzweiflung: »Ha Verruchter! hebe dich weg! – hebe dich weg – denn ich bin es selbst! – ich bin der heilige Antonius!« – Als ich aus dem bewußtlosen Zustand, in den ich mit jenen Worten versunken, wieder erwachte, befand ich mich auf meinem Lager, und der Bruder Cyrillus saß neben mir, mich pflegend und tröstend. Das schreckliche Bild des Unbekannten stand mir noch lebhaft vor Augen, aber je mehr der Bruder Cyrillus, dem ich alles erzählte, mich zu überzeugen suchte, daß dieses nur ein Gaukelbild meiner durch das eifrige und starke Reden erhitzten Fantasie gewesen, desto tiefer fühlte ich bittre Reue und Scham über mein Betragen auf der Kanzel. Die Zuhörer dachten, wie ich nachher erfuhr, es habe mich ein plötzlicher Wahnsinn überfallen, wozu ihnen vorzüglich mein letzter Ausruf gerechten Anlaß gab. Ich war zerknirscht – zerrüttet im Geiste; eingeschlossen in meine Zelle, unterwarf ich mich den strengsten Bußübungen und stärkte mich durch inbrünstige Gebete zum Kampfe mit dem Versucher, der mir selbst an heiliger Stätte erschienen, nur in frechem Hohn die Gestalt borgend von dem frommen Maler in der heiligen Linde. Niemand wollte übrigens den Mann im violetten Mantel erblickt haben, und der Prior Leonardus verbreitete nach seiner anerkannten Gutmütigkeit auf das eifrigste überall, wie es nur der Anfall einer hitzigen Krankheit gewesen, welcher mich in der Predigt auf solche entsetzliche Weise mitgenommen und meine verwirrten Reden veranlaßt habe: wirklich war ich auch noch siech und krank, als ich nach mehreren Wochen wieder in das gewöhnliche klösterliche Leben eintrat. Dennoch unternahm ich es wieder, die Kanzel zu besteigen, aber, von innerer Angst gefoltert, verfolgt von der entsetzlichen bleichen Gestalt, vermochte ich kaum zusammenhängend zu sprechen, viel weniger mich wie sonst dem Feuer der Beredsamkeit zu überlassen. Meine Predigten waren gewöhnlich – steif – zerstückelt. – Die

Zuhörer bedauerten den Verlust meiner Rednergabe, verloren sich nach und nach, und der alte Bruder, der sonst gepredigt und nun noch offenbar besser redete als ich, ersetzte wieder meine Stelle. -

Nach einiger Zeit begab es sich, daß ein junger Graf, von seinem Hofmeister, mit dem er auf Reisen begriffen, begleitet, unser Kloster besuchte und die vielfachen Merkwürdigkeiten desselben zu sehen begehrte. Ich mußte die Reliquienkammer aufschließen, und wir traten hinein, als der Prior, der mit uns durch Chor und Kirche gegangen, abgerufen wurde, so daß ich mit den Fremden allein blieb. Jedes Stück hatte ich gezeigt und erklärt, da fiel dem Grafen der mit zierlichem altdeutschen Schnitzwerk geschmückte Schrank ins Auge, in dem sich das Kistchen mit dem Teufelselixier befand. Unerachtet ich nun nicht gleich mit der Sprache heraus wollte, was in dem Schrank verschlossen, so drangen beide, der Graf und der Hofmeister, doch so lange in mich, bis ich die Legende vom heiligen Antonius und dem arglistigen Teufel erzählte und mich über die als Reliquie aufbewahrte Flasche ganz getreu nach den Worten des Bruder Cyrillus ausließ, ja sogar die Warnung hinzufügte, die er mir rücksichts der Gefahr des Öffnens der Kiste und des Vorzeigens der Flasche gegeben. Unerachtet der Graf unserer Religion zugetan war, schien er doch ebensowenig als der Hofmeister auf die Wahrscheinlichkeit der heiligen Legenden viel zu bauen. Sie ergossen sich beide in allerlei witzigen Anmerkungen und Einfällen über den komischen Teufel, der die Verführungsflaschen im zerrissenen Mantel trage, endlich nahm aber der Hofmeister eine ernsthafte Miene an und sprach: »Haben Sie an uns leichtsinnigen Weltmenschen kein Ärgernis, ehrwürdiger Herr! - Sein Sie überzeugt, daß wir beide, ich und mein Graf, die Heiligen als herrliche, von der Religion hoch begeisterte Menschen verehren, die dem Heil ihrer Seele sowie dem Heil der Menschen alle Freuden des Lebens, ja, das Leben selbst opferten, was aber solche Geschichten betrifft, wie die soeben von Ihnen erzählte, so glaube ich, daß nur eine geistreiche, von dem Heiligen ersonnene Allegorie durch Mißverstand als wirklich geschehen ins Leben gezogen wurde.« -

Unter diesen Worten hatte der Hofmeister den Schieber des Kistchens schnell aufgeschoben und die schwarze, sonderbar geformte Flasche herausgenommen. Es verbreitete sich wirklich, wie der Bruder Cyrillus es mir gesagt, ein starker Duft, der indessen nichts weniger als betäubend, sondern vielmehr angenehm und wohltätig wirkte. »Ei«, rief der Graf, »ich wette, daß das Elixier des Teufels weiter nichts ist als herrlicher echter Syrakuser.« - »Ganz gewiß«, erwiderte der Hofmeister, »und stammt die Flasche wirklich aus dem Nachlaß des heiligen Antonius, so geht es Ihnen, ehrwürdiger Herr, beinahe besser wie dem Könige von Neapel, den die Unart der Römer, den Wein nicht zu pfropfen, sondern nur durch darauf getröpfeltes Öl zu bewahren, um das Vergnügen brachte, altrömischen Wein zu kosten. Ist dieser Wein auch lange nicht so alt, als jener gewesen wäre, so ist es doch fürwahr der älteste, den es wohl geben mag, und darum täten Sie wohl, die Reliquie in Ihren Nutzen zu verwenden und getrost auszunippen.« - »Gewiß«, fiel der Graf ein, »dieser uralte Syrakuser würde neue Kraft in Ihre Adern gießen und die Kränklichkeit verscheuchen, von der Sie, ehrwürdiger Herr, heimgesucht scheinen.« Der Hofmeister holte einen stählernen Korkzieher aus der Tasche und öffnete, meiner Protestationen unerachtet, die Flasche. - Es war mir, als zuckte mit dem Herausfliegen des Korks ein blaues Flämmchen empor, das gleich wieder verschwand. - Stärker stieg der Duft aus der Flasche und wallte durch das Zimmer. Der Hofmeister kostete zuerst und rief begeistert: »Herrlicher - herrlicher Syrakuser! In der Tat, der Weinkeller des heiligen Antonius war nicht übel, und machte der Teufel seinen Kellermeister, so meinte er es mit dem heiligen Mann nicht so böse, als man glaubt - kosten Sie, Graf!« - Der Graf tat es und bestätigte das, was der Hofmeister gesprochen. Beide scherzten noch mehr über die Reliquie, die offenbar die schönste in der ganzen Sammlung sei – sie wünschten sich einen ganzen Keller voll solcher Reliquien usw. Ich hörte alles schweigend mit niedergesenktem Haupte, mit zur Erde starrendem Blick an; der Frohsinn der Fremden hatte für mich in meiner düsteren Stimmung etwas Quälendes; vergebens drangen sie in mich, auch von dem Wein des heiligen Antonius zu kosten, ich verweigerte es standhaft und verschloß die Flasche, wohl zugepfropft, wieder in ihr Behältnis. –

Die Fremden verließen das Kloster, aber als ich einsam in meiner Zelle saß, konnte ich mir selbst ein gewisses innres Wohlbehagen, eine rege Heiterkeit des Geistes nicht ableugnen. Es war offenbar, daß der geistige Duft des Weins mich gestärkt hatte. Keine Spur der üblen Wirkung, von der Cyrillus gesprochen, empfand ich, und nur der entgegengesetzte wohltätige Einfluß zeigte sich auf auffallende Weise: je mehr ich über die Legende des heiligen Antonius nachdachte, je lebhafter die Worte des Hofmeisters in meinem Innern widerklangen, desto gewisser wurde es mir, daß die Erklärung des Hofmeisters die richtige sei, und nun erst durchfuhr mich wie ein leuchtender Blitz der Gedanke, daß an jenem unglücklichen Tage, als eine feindselige Vision mich in der Predigt auf so zerstörende Weise unterbrach, ich ja selbst im Begriff gewesen, die Legende auf dieselbe Weise als eine geistreiche belehrende Allegorie des heiligen Mannes vorzutragen. Diesem Gedanken knüpfte sich ein anderer an, welcher bald mich so ganz und gar erfüllte, daß alles übrige in ihm unterging. – »Wie«, dachte ich, »wenn das wunderbare Getränk mit geistiger Kraft dein Inneres stärkte, ja die erloschene Flamme entzünden könnte, daß sie in neuem Leben emporstrahlte? – Wenn schon dadurch eine geheimnisvolle Verwandtschaft deines Geistes mit den in jenem Wein verschlossenen Naturkräften sich offenbart hätte, daß derselbe Duft, der den schwächlichen Cyrillus betäubte, auf dich nur wohltätig wirkte?« – Aber war ich auch schon entschlossen, dem Rate der Fremden zu folgen, wollte ich schon zur Tat schreiten, so hielt mich immer wieder ein inneres, mir selbst unerklärliches Widerstreben davon zurück. Ja, im Begriff, den Schrank aufzuschließen, schien es mir, als erblicke ich in dem Schnitzwerk das entsetzliche Gesicht des Malers mit den mich durchbohrenden lebendigtotstarren Augen, und von gespenstischem Grauen gewaltsam ergriffen, floh ich aus der Reliquienkammer, um an heiliger Stätte meinen Vorwitz zu bereuen. Aber immer und immer verfolgte mich der Gedanke, daß nur durch den Genuß des wunderbaren Weins mein Geist sich erlaben und stärken könne. – Das Betragen des Priors – der Mönche – die mich wie einen geistig Erkrankten mit gutgemeinter, aber niederbeugender Schonung behandelten, brachte mich zur Verzweiflung, und als Leonardus nun gar mich von den gewöhnlichen Andachtsübungen dispensierte, damit ich meine Kräfte ganz sammeln solle, da beschloß ich, in schlafloser Nacht von tiefem Gram gefoltert, auf den Tod alles zu wagen, um die verlorne geistige Kraft wiederzugewinnen oder unterzugehn.

Ich stand vom Lager auf und schlich wie ein Gespenst mit der Lampe, die ich bei dem Marienbilde auf dem Gange des Klosters angezündet, durch die Kirche nach der Reliquienkammer. Von dem flackernden Schein der Lampe beleuchtet, schienen die heiligen Bilder in der Kirche sich zu regen, es war, als blickten sie mitleidvoll auf mich herab, es war, als höre ich in dem dumpfen Brausen des Sturms, der durch die zerschlagenen Fenster ins Chor hineinfuhr, klägliche warnende Stimmen, ja, als riefe mir meine Mutter zu aus weiter Ferne: »Sohn Medardus, was beginnst du, laß ab von dem gefährlichen Unternehmen!« – Als ich in die Reliquienkammer getreten, war alles still und ruhig, ich schloß den Schrank auf, ich ergriff das Kistchen, die Flasche, bald hatte ich einen kräftigen Zug getan! – Glut strömte durch meine Adern und erfüllte mich mit dem Gefühl unbeschreiblichen Wohlseins – ich trank noch einmal, und die Lust eines neuen herrlichen Lebens ging mir auf! – Schnell verschloß ich das leere Kistchen in den Schrank, eilte rasch mit der wohltätigen Flasche nach meiner Zelle und stellte sie in mein Schreibpult. – Da fiel mir der kleine Schlüssel in die Hände, den ich damals, um jeder Versuchung zu entgehen, vom Bunde löste, und doch hatte ich ohne ihn sowohl damals, als die Fremden zugegen waren, als jetzt den Schrank aufgeschlossen? – Ich untersuchte meinen Schlüsselbund, und siehe, ein unbekannter Schlüssel, mit dem ich damals und jetzt den Schrank geöffnet, ohne in der Zerstreuung darauf zu merken, hatte sich zu den übrigen gefunden. – Ich erbebte unwillkürlich, aber ein buntes Bild jug das andere bei dem wie aus tiefem Schlaf aufgerüttelten Geiste vorüber. Ich hatte nicht Ruh', nicht Rast, bis der Morgen heiter anbrach und ich hinabeilen konnte in den Klostergarten, um mich in den Strahlen der Sonne, die feurig und glühend hinter den Bergen emporstieg, zu baden. Leonardus, die Brüder bemerkten meine Veränderung; statt daß ich sonst, in mich verschlossen, kein Wort sprach, war ich heiter und lebendig. Als rede ich vor versammelter Gemeinde, sprach ich mit dem Feuer der Beredsamkeit, wie es sonst mir eigen. Da ich mit Leonardus allein geblieben, sah er mich lange an, als wollte er mein Innerstes durchdringen; dann sprach er aber, indem ein leises ironisches Lächeln über sein Gesicht flog: »Hat der Bruder Medardus vielleicht in einer Vision neue Kraft und verjüngtes Leben von oben herab erhalten?« – Ich fühlte mich vor Scham erglühen, denn in dem Augenblick kam mir meine Exaltation, durch einen Schluck alten Weins erzeugt, nichtswürdig und armselig vor. Mit niedergeschlagenen Augen und gesenktem Haupte stand ich da, Leonardus überließ mich meinen Betrachtungen. Nur zu sehr hatte ich gefürchtet, daß die Spannung, in die mich der genossene Wein versetzt, nicht lange anhalten, sondern vielleicht zu meinem Gram noch größere Ohnmacht nach sich ziehn würde; es war aber dem nicht so, vielmehr fühlte ich, wie mit der wiedererlangten Kraft auch jugendlicher Mut und jenes rastlose Streben nach dem höchsten

Wirkungskreise, den mir das Kloster darbot, zurückkehrte. Ich bestand darauf, am nächsten heiligen Tage wieder zu predigen, und es wurde mir vergönnt. Kurz vorher, ehe ich die Kanzel bestieg, genoß ich von dem wunderbaren Weine; nie hatte ich darauf feuriger, salbungsreicher, eindringender gesprochen. Schnell verbreitete sich der Ruf meiner gänzlichen Wiederherstellung, und so wie sonst füllte sich wieder die Kirche, aber je mehr ich den Beifall der Menge erwarb, desto ernster und zurückhaltender wurde Leonardus, und ich fing an, ihn von ganzer Seele zu hassen, da ich ihn von kleinlichem Neide und mönchischem Stolz befangen glaubte.

Der Bernardustag kam heran, und ich war voll brennender Begierde, vor der Fürstin recht mein Licht leuchten zu lassen, weshalb ich den Prior bat, es zu veranstalten, daß mir es vergönnt werde, an dem Tage im Zisterzienserkloster zu predigen. - Den Leonardus schien meine Bitte auf besondere Weise zu überraschen, er gestand mir unverhohlen, daß er gerade dieses Mal im Sinn gehabt habe, selbst zu predigen und daß deshalb schon das Nötige angeordnet sei, desto leichter sei indessen die Erfüllung meiner Bitte, da er sich mit Krankheit entschuldigen und mich statt seiner herausschicken werde. -

Das geschah wirklich! - Ich sah meine Mutter sowie die Fürstin den Abend vorher; mein Innres war aber so ganz von meiner Rede erfüllt, die den höchsten Gipfel der Beredsamkeit erreichen sollte, daß ihr Wiedersehen nur einen geringen Eindruck auf mich machte. Es war in der Stadt verbreitet, daß ich statt des erkrankten Leonardus predigen würde, und dies hatte vielleicht noch einen größeren Teil des gebildeten Publikums herbeigezogen. Ohne das mindeste aufzuschreiben, nur in Gedanken die Rede in ihren Teilen ordnend, rechnete ich auf die hohe Begeisterung, die das feierliche Hochamt, das versammelte andächtige Volk, ja selbst die herrliche hochgewölbte Kirche in mir erwecken würde, und hatte mich in der Tat nicht geirrt. - Wie ein Feuerstrom flossen meine Worte, die mit der

Erinnerung an den heiligen Bernhard die sinnreichsten Bilder, die frömmsten Betrachtungen enthielten, dahin, und in allen auf mich gerichteten Blicken las ich Staunen und Bewunderung. Wie war ich darauf gespannt, was die Fürstin wohl sagen werde, wie erwartete ich den höchsten Ausbruch ihres innigsten Wohlgefallens, ja es war mir, als müsse sie den, der sie schon als Kind in Erstaunen gesetzt, jetzt die ihm inwohnende höhere Macht deutlicher ahnend, mit unwillkürlicher Ehrfurcht empfangen. Als ich sie sprechen wollte, ließ sie mir sagen, daß sie, plötzlich von einer Kränklichkeit überfallen, niemanden, auch mich nicht sprechen könne. – Dies war mir um so verdrießlicher, als nach meinem stolzen Wahn die Äbtissin in der höchsten Begeisterung das Bedürfnis hätte fühlen sollen, noch salbungsreiche Worte von mir zu vernehmen. Meine Mutter schien einen heimlichen Gram in sich zu tragen, nach dessen Ursache ich mich nicht unterstand zu forschen, weil ein geheimes Gefühl mir selbst die Schuld davon aufbürdete, ohne daß ich mir dies hätte deutlicher enträtseln können. Sie gab mir ein kleines Billett von der Fürstin, das ich erst im Kloster öffnen sollte; kaum war ich in meiner Zelle, als ich zu meinem Erstaunen folgendes las:

»Du hast mich, mein lieber Sohn (denn noch will ich Dich so nennen), durch die Rede, die Du in der Kirche unseres Klosters hieltest, in die tiefste Betrübnis gesetzt. Deine Worte kommen nicht aus dem andächtigen, ganz dem Himmlischen zugewandten Gemüte, Deine Begeisterung war nicht diejenige, welche den Frommen auf Seraphsfittichen emporträgt, daß er in heiliger Verzückung das himmlische Reich zu schauen vermag. Ach! – Der stolze Prunk Deiner Rede, Deine sichtliche Anstrengung, nur recht viel Auffallendes, Glänzendes zu sagen, hat mir bewiesen, daß Du, statt die Gemeinde zu belehren und zu frommen Betrachtungen zu entzünden, nur nach dem Beifall, nach der wertlosen Bewunderung der weltlich gesinnten Menge trachtest. Du hast Gefühle geheuchelt, die nicht in Deinem

Innern waren, ja Du hast selbst gewisse sichtlich studierte Mienen und Bewegungen erkünstelt, wie ein eitler Schauspieler, alles nur des schnöden Beifalls wegen. Der Geist des Truges ist in Dich gefahren und wird Dich verderben, wenn Du nicht in Dich gehst und der Sünde entsagest. Denn Sünde, große Sünde ist Dein Tun und Treiben, um so mehr, als Du Dich zum frömmsten Wandel, zur Entsagung aller irdischen Torheit im Kloster dem Himmel verpflichtet. Der heilige Bernardus, den Du durch Deine trügerische Rede so schnöde beleidigt, möge Dir nach seiner himmlischen Langmut verzeihen, ja Dich erleuchten, daß Du den rechten Pfad, von dem Du, durch den Bösen verlockt, abgewichen, wieder findest, und er fürbitten könne für das Heil Deiner Seele. Gehab Dich wohl!«

Wie hundert Blitze durchfuhren mich die Worte der Äbtissin, und ich erglühte vor innerm Zorn, denn nichts war mir gewisser, als daß Leonardus, dessen mannigfache Andeutungen über meine Predigten ebendahin gewiesen hatten, die Andächtelei der Fürstin benutzt und sie gegen mich und mein Rednertalent aufgewiegelt habe. Kaum konnte ich ihn mehr anschauen, ohne vor innerlicher Wut zu erbeben, ja es kamen mir oft Gedanken, ihn zu verderben, in den Sinn, vor denen ich selbst erschrak. Um so unerträglicher waren mir die Vorwürfe der Äbtissin und des Priors, als ich in der tiefsten Tiefe meiner Seele wohl die Wahrheit derselben fühlte; aber immer fester und fester beharrend in meinem Tun, mich stärkend durch Tropfen Weins aus der geheimnisvollen Flasche, fuhr ich fort, meine Predigten mit allen Künsten der Rhetorik auszuschmükken und mein Mienenspiel, meine Gestikulationen sorgfältig zu studieren, und so gewann ich des Beifalls, der Bewunderung immer mehr und mehr.

Das Morgenlicht brach in farbichten Strahlen durch die bunten Fenster der Klosterkirche; einsam und in tiefe Gedanken versunken, saß ich im Beichtstuhl; nur die Tritte des dienenden Laienbruders, der die Kirche reinigte, hallten durch das

Gewölbe. Da rauschte es in meiner Nähe, und ich erblickte ein großes schlankes Frauenzimmer, auf fremdartige Weise gekleidet, einen Schleier über das Gesicht gehängt, die, durch die Seitenpforte hereingetreten, sich mir nahte, um zu beichten. Sie bewegte sich mit unbeschreiblicher Anmut, sie kniete nieder, ein tiefer Seufzer entfloh ihrer Brust, ich fühlte ihren glühenden Atem, es war, als umstricke mich ein betäubender Zauber, noch ehe sie sprach! – Wie vermag ich den ganz eignen, ins Innerste dringenden Ton ihrer Stimme zu beschreiben. – Jedes ihrer Worte griff in meine Brust, als sie bekannte, wie sie eine verbotene Liebe hege, die sie schon seit langer Zeit vergebens bekämpfe, und daß diese Liebe um so sündlicher sei, als den Geliebten heilige Bande auf ewig fesselten; aber im Wahnsinn hoffnungsloser Verzweiflung habe sie diesen Banden schon geflucht. – Sie stockte – mit einem Tränenstrom, der die Worte beinahe erstickte, brach sie los: »Du selbst – du selbst, Medardus, bist es, den ich so unaussprechlich liebe!« – Wie im tötenden Krampf zuckten alle meine Nerven, ich war außer mir selbst, ein nie gekanntes Gefühl zerriß meine Brust, sie sehen, sie an mich drücken – vergehen vor Wonne und Qual, eine Minute dieser Seligkeit für ewige Marter der Hölle! – Sie schwieg, aber ich hörte sie tief atmen. – In einer Art wilder Verzweiflung raffte ich mich gewaltsam zusammen, was ich gesprochen, weiß ich nicht mehr, aber ich nahm wahr, daß sie schweigend aufstand und sich entfernte, während ich das Tuch fest vor die Augen drückte und wie erstarrt, bewußtlos im Beichtstuhle sitzen blieb. –

Zum Glück kam niemand mehr in die Kirche, ich konnte daher unbemerkt in meine Zelle entweichen. Wie so ganz anders erschien mir jetzt alles, wie töricht, wie schal mein ganzes Streben. – Ich hatte das Gesicht der Unbekannten nicht gesehen, und doch lebte sie in meinem Innern und blickte mich an mit holdseligen dunkelblauen Augen, in denen Tränen perlten, die wie mit verzehrender Glut in meine Seele fielen und die

Flamme entzündeten, die kein Gebet, keine Bußübung mehr dämpfte. Denn diese unternahm ich, mich züchtigend bis aufs Blut mit dem Knotenstrick, um der ewigen Verdammnis zu entgehen, die mir drohte, da oft jenes Feuer, das das fremde Weib in mich geworfen, die sündlichsten Begierden, welche sonst mir unbekannt geblieben, erregte, so daß ich mich nicht zu retten wußte vor wollüstiger Qual.

Ein Altar in unserer Kirche war der heiligen Rosalia geweiht und ihr herrliches Bild in dem Moment gemalt, als sie den Märtyrertod erleidet. – Es war meine Geliebte, ich erkannte sie, ja sogar ihre Kleidung war dem seltsamen Anzug der Unbekannten völlig gleich. Da lag ich stundenlang, wie von verderblichem Wahnsinn befangen, niedergeworfen auf den Stufen des Altars und stieß heulende entsetzliche Töne der Verzweiflung aus, daß die Mönche sich entsetzten und scheu von mir wichen. – In ruhigeren Augenblicken lief ich im Klostergarten auf und ab, in duftiger Ferne sah ich sie wandeln, sie trat aus den Gebüschen, sie stieg empor aus den Quellen, sie schwebte auf blumichter Wiese, überall nur sie, nur sie! – Da verwünschte ich mein Gelübde, mein Dasein! – Hinaus in die Welt wollte ich und nicht rasten, bis ich sie gefunden, sie erkaufen mit dem Heil meiner Seele. Es gelang mir endlich wenigstens, mich in den Ausbrüchen meines den Brüdern und dem Prior unerklärlichen Wahnsinns zu mäßigen, ich konnte ruhiger scheinen, aber immer tiefer ins Innere hinein zehrte die verderbliche Flamme. Kein Schlaf! – Keine Ruhe! – Von ihrem Bilde verfolgt, wälzte ich mich auf dem harten Lager und rief die Heiligen an, nicht, mich zu retten von dem verführerischen Gaukelbilde, das mich umschwebte, nicht, meine Seele zu bewahren vor ewiger Verdammnis, nein! – mir das Weib zu geben, meinen Schwur zu lösen, mir Freiheit zu schenken zum sündigen Abfall! –

Endlich stand es fest in meiner Seele, meiner Qual durch die Flucht aus dem Kloster ein Ende zu machen. Denn nur die

Befreiung von den Klostergelübden schien mir nötig zu sein, um das Weib in meinen Armen zu sehen und die Begierde zu stillen, die in mir brannte. Ich beschloß, unkenntlich geworden durch das Abscheren meines Barts und weltliche Kleidung, so lange in der Stadt umherzuschweifen, bis ich sie gefunden, und dachte nicht daran, wie schwer, ja wie unmöglich dies vielleicht sein werde, ja, wie ich vielleicht, von allem Gelde entblößt, nicht einen einzigen Tag außerhalb der Mauern würde leben können.

Der letzte Tag, den ich noch im Kloster zubringen wollte, war endlich herangekommen, durch einen günstigen Zufall hatte ich anständige bürgerliche Kleider erhalten; in der nächsten Nacht wollte ich das Kloster verlassen, um nie wieder zurückzukehren. Schon war es Abend geworden, als der Prior mich ganz unerwartet zu sich rufen ließ. Ich erbebte, denn nichts glaubte ich gewisser, als daß er von meinem heimlichen Anschlage etwas bemerkt habe. Leonardus empfing mich mit ungewöhnlichem Ernst, ja mit einer imponierenden Würde, vor der ich unwillkürlich erzittern mußte. »Bruder Medardus«, fing er an, »dein unsinniges Betragen, das ich nur für den stärkeren Ausbruch jener geistigen Exaltation halte, die du seit längerer Zeit, vielleicht nicht aus den reinsten Absichten, herbeigeführt hast, zerreißt unser ruhiges Beisammensein, ja es wirkt zerstörend auf die Heiterkeit und Gemütlichkeit, die ich als das Erzeugnis eines stillen frommen Lebens bis jetzt unter den Brüdern zu erhalten strebte. - Vielleicht ist aber auch irgend ein feindliches Ereignis, das dich betroffen, daran schuld. Du hättest bei mir, deinem väterlichen Freunde, dem du sicher alles vertrauen konntest, Trost gefunden, doch du schwiegst, und ich mag um so weniger in dich dringen, als mich jetzt dein Geheimnis um einen Teil meiner Ruhe bringen könnte, die ich im heitern Alter über alles schätze. Du hast oftmals, vorzüglich bei dem Altar der heiligen Rosalia, durch anstößige entsetzliche Reden, die dir wie im Wahnsinn zu entfahren schienen, nicht nur den Brüdern, sondern auch Fremden, die sich zufällig in der Kirche befanden, ein heilloses Ärgernis gegeben; ich könnte dich daher nach der Klosterzucht hart strafen, doch will ich dies nicht tun, da vielleicht irgend eine böse Macht – der Widersacher selbst, dem du nicht genugsam widerstanden, an deiner Verirrung schuld ist, und gebe dir nun auf, rüstig zu sein in Buße und Gebet. – Ich schaue tief in deine Seele! – Du willst ins Freie!« –

Durchdringend schaute Leonardus mich an, ich konnte seinen Blick nicht ertragen, schluchzend stürzte ich nieder in den Staub, mich bewußt des bösen Vorhabens. »Ich verstehe dich«, fuhr Leonardus fort, »und glaube selbst, daß besser als die Einsamkeit des Klosters die Welt, wenn du sie in Frömmigkeit durchziehst, dich von deiner Verirrung heilen wird. Eine Angelegenheit unseres Klosters erfordert die Sendung eines Bruders nach Rom. Ich habe dich dazu gewählt, und schon morgen kannst du, mit den nötigen Vollmachten und Instruktionen versehen, deine Reise antreten. Um so mehr eignest du dich zur Ausführung dieses Auftrages, als du noch jung, rüstig, gewandt in Geschäften und der italienischen Sprache vollkommen mächtig bist. – Begib dich jetzt in deine Zelle; bete mit Inbrunst um das Heil deiner Seele, ich will ein gleiches tun, doch unterlasse alle Kasteiungen, die dich nur schwächen und zur Reise untauglich machen würden. Mit dem Anbruch des Tages erwarte ich dich hier im Zimmer.« –

Wie ein Strahl des Himmels erleuchteten mich die Worte des ehrwürdigen Leonardus, ich hatte ihn gehaßt, aber jetzt durchdrang mich wie ein wonnevoller Schmerz *die* Liebe, welche mich sonst an ihn gefesselt hatte. Ich vergoß heiße Tränen, ich drückte seine Hände an die Lippen. Er umarmte mich, und es war mir, als wisse er nun meine geheimsten Gedanken und erteile mir die Freiheit, dem Verhängnis nachzugeben, das, über mich waltend, nach minutenlanger Seligkeit mich vielleicht in ewiges Verderben stürzen konnte.

Nun war die Flucht unnötig geworden, ich konnte das Kloster verlassen und ihr, ihr, ohne die nun keine Ruhe, kein Heil für mich hienieden zu finden, rastlos folgen, bis ich sie gefunden. Die Reise nach Rom, die Aufträge dahin schienen mir nur von Leonardus ersonnen, um mich auf schickliche Weise aus dem Kloster zu entlassen.

Die Nacht brachte ich betend und mich bereitend zur Reise zu, den Rest des geheimnisvollen Weins füllte ich in eine Korbflasche, um ihn als bewährtes Wirkungsmittel zu gebrauchen, und setzte *die* Flasche, welche sonst das Elixier enthielt, wieder in die Kiste.

Nicht wenig verwundert war ich, als ich aus den weitläufigen Instruktionen des Priors wahrnahm, daß es mit meiner Sendung nach Rom nun wohl seine Richtigkeit hatte, und daß die Angelegenheit, welche dort die Gegenwart eines bevollmächtigten Bruders verlangte, gar viel bedeutete und in sich trug. Es fiel mir schwer aufs Herz, daß ich gesonnen, mit dem ersten Schritt aus dem Kloster ohne alle Rücksicht mich meiner Freiheit zu überlassen; doch der Gedanke an *sie* ermutigte mich, und ich beschloß, meinem Plane treu zu bleiben.

Die Brüder versammelten sich, und der Abschied von ihnen, vorzüglich von dem Vater Leonardus, erfüllte mich mit der tiefsten Wehmut. - Endlich schloß sich die Klosterpforte hinter mir, und ich war, gerüstet zur weiten Reise, im Freien.

ZWEITER ABSCHNITT
DER EINTRITT IN DIE WELT

In blauen Duft gehüllt, lag das Kloster unter mir im Tale; der frische Morgenwind rührte sich und trug, die Lüfte durchstreichend, die frommen Gesänge der Brüder zu mir herauf. Unwillkürlich stimmte ich ein. Die Sonne trat in flammender

Glut hinter der Stadt hervor, ihr funkelndes Gold erglänzte in den Bäumen, und in freudigem Rauschen fielen die Tautropfen wie glühende Diamanten herab auf tausend bunte Insektlein, die sich schwirrend und sumsend erhoben. Die Vögel erwachten und flatterten, singend und jubilierend und sich in froher Lust liebkosend, durch den Wald! - Ein Zug von Bauerburschen und festlich geschmückter Dirnen kam den Berg herauf. »Gelobt sei Jesus Christus!« riefen sie, bei mir vorüberwandelnd. »In Ewigkeit!« antwortete ich, und es war mir, als trete ein neues Leben voll Lust und Freiheit mit tausend holdseligen Erscheinungen auf mich ein! - Nie war mir so zumute gewesen, ich schien mir selbst ein andrer, und, wie von neuerweckter Kraft beseelt und begeistert, schritt ich rasch fort durch den Wald, den Berg herab. Den Bauer, der mir jetzt in den Weg kam, frug ich nach dem Orte, den meine Reiseroute als den ersten bezeichnete, wo ich übernachten sollte; und er beschrieb mir genau einen nähern, von der Heerstraße abweichenden Richtsteig mitten durchs Gebürge. Schon war ich eine ziemliche Strecke einsam fortgewandelt, als mir erst der Gedanke an die Unbekannte und an den fantastischen Plan, sie aufzusuchen, wiederkam. Aber ihr Bild war wie von fremder unbekannter Macht verwischt, so daß ich nur mit Mühe die bleichen, entstellten Züge wiedererkennen konnte; je mehr ich trachtete, die Erscheinung im Geiste festzuhalten, desto mehr zerrann sie in Nebel. Nur mein ausgelassenes Betragen im Kloster nach jener geheimnisvollen Begebenheit stand mir noch klar vor Augen. Es war mir jetzt selbst unbegreiflich, mit welcher Langmut der Prior das alles ertragen und mich statt der wohlverdienten Strafe in die Welt geschickt hatte. Bald war ich überzeugt, daß jene Erscheinung des unbekannten Weibes nur eine Vision gewesen, die Folge gar zu großer Anstrengung, und statt, wie ich sonst getan haben würde, das verführerische verderbliche Trugbild der steten Verfolgung des Widersachers zuzuschreiben, rechnete ich es nur der Täuschung der eignen aufgeregten

Sinne zu, da der Umstand, daß die Fremde ganz wie die heilige Rosalia gekleidet gewesen, mir zu beweisen schien, daß das lebhafte Bild jener Heiligen, welches ich wirklich, wiewohl in beträchtlicher Ferne und in schiefer Richtung aus dem Beichtstuhl sehen konnte, großen Anteil daran gehabt habe. Tief bewunderte ich die Weisheit des Priors, der das richtige Mittel zu meiner Heilung wählte, denn, in den Klostermauern eingeschlossen, immer von denselben Gegenständen umgeben, immer brütend und hineinzehrend in das Innere, hätte mich jene Vision, der die Einsamkeit glühendere, keckere Farben lieh, zum Wahnsinn gebracht. Immer vertrauter werdend mit der Idee, nur geträumt zu haben, konnte ich mich kaum des Lachens über mich selbst erwehren, ja mit einer Frivolität, die mir sonst nicht eigen, scherzte ich im Innern über den Gedanken, eine Heilige in mich verliebt zu wähnen, wobei ich zugleich daran dachte, daß ich ja selbst schon einmal der heilige Antonius gewesen. –

Schon mehrere Tage war ich durch das Gebürge gewandelt, zwischen kühn emporgetürmten schauerlichen Felsenmassen, über schmale Stege, unter denen reißende Waldbäche brausten; immer öder, immer beschwerlicher wurde der Weg. Es war hoher Mittag, die Sonne brannte auf mein unbedecktes Haupt, ich lechzte vor Durst, aber keine Quelle war in der Nähe, und noch immer konnte ich nicht das Dorf erreichen, auf das ich stoßen sollte. Ganz entkräftet setzte ich mich auf ein Felsstück und konnte nicht widerstehen, einen Zug aus der Korbflasche zu tun, unerachtet ich das seltsame Getränk so viel nur möglich aufsparen wollte. Neue Kraft durchglühte meine Adern, und erfrischt und gestärkt schritt ich weiter, um mein Ziel, das nicht mehr fern sein konnte, zu erreichen. Immer dichter und dichter wurde der Tannenwald, im tiefsten Dickicht rauschte es, und bald darauf wieherte laut ein Pferd, das dort angebunden. Ich trat einige Schritte weiter und erstarrte beinahe vor Schreck, als ich dicht an einem jähen entsetzlichen Abgrund stand, in den sich zwischen schroffen spitzen Felsen ein Waldbach zischend und brausend hinabstürzte, dessen donnerndes Getöse ich schon in der Ferne vernommen. Dicht, dicht an dem Sturz saß auf einem über die Tiefe hervorragenden Felsenstück ein junger Mann in Uniform, der Hut mit dem hohen Federbusch, der Degen, ein Portefeuille lagen neben ihm. Mit dem ganzen Körper über den Abgrund hängend, schien er eingeschlafen und immer mehr und mehr herüber zu sinken. – Sein Sturz war unvermeidlich. Ich wagte mich heran; indem ich ihn mit der Hand ergreifen und zurückhalten wollte, schrie ich laut: »Um Jesus willen! Herr! – erwacht! Um Jesus willen.« – Sowie ich ihn berührte, fuhr er aus tiefem Schlafe, aber in demselben Augenblick stürzte er, das Gleichgewicht verlierend, hinab in den Abgrund, daß, von Felsenspitze zu Felsenspitze geworfen, die zerschmetterten Glieder zusammenkrachten; sein schneidendes Jammergeschrei verhallte in der unermeßlichen Tiefe, aus der nur ein dumpfes Gewimmer herauftönte, das endlich auch erstarb. Leblos vor Schreck und Entsetzen stand ich da, endlich ergriff ich den Hut, den Degen, das Portefeuille und wollte mich schnell von dem Unglücksorte entfernen, da trat mir ein junger Mensch aus dem Tannenwalde entgegen, wie ein Jäger gekleidet, schaute mir erst starr ins Gesicht und fing dann an, ganz übermäßig zu lachen, so daß ein eiskalter Schauer mich durchbebte.

»Nun, gnädiger Herr Graf«, sprach endlich der junge Mensch, »die Maskerade ist in der Tat vollständig und herrlich, und wäre die gnädige Frau nicht schon vorher davon unterrichtet, wahrhaftig, sie würde den Herzensgeliebten nicht wiedererkennen. Wo haben Sie aber die Uniform hingetan, gnädiger Herr?« – »Die schleuderte ich hinab in den Abgrund«, antwortete es aus mir hohl und dumpf, denn ich war es nicht, der diese Worte sprach, unwillkürlich entflohen sie meinen Lippen. In mich gekehrt, immer in den Abgrund starrend, ob der blutige Leichnam des Grafen sich nicht mir drohend erheben werde, stand ich da. – Es war mir, als habe ich ihn ermordet, noch immer hielt ich den Degen, Hut und Portefeuille krampfhaft fest. Da fuhr der junge Mensch fort: »Nun, gnädiger Herr, reite ich den Fahrweg herab nach dem Städtchen, wo ich mich in dem Hause dicht vor dem Tor linker Hand verborgen halten will, Sie werden wohl gleich herab nach dem Schlosse wandeln, man wird sie wohl schon erwarten, Hut und Degen nehme ich mit mir.« – Ich reichte ihm beides hin. »Nun leben Sie wohl, Herr Graf! recht viel Glück im Schlosse«, rief der junge Mensch und verschwand singend und pfeifend in dem Dickicht. Ich hörte, daß er das Pferd, was dort angebunden, losmachte und mit sich fortführte. Als ich mich von meiner Betäubung erholt und die ganze Begebenheit überdachte, mußte ich mir wohl eingestehen, daß ich bloß dem Spiel des Zufalls, der mich mit einem Ruck in das sonderbarste Verhältnis geworfen, nachgegeben. Es war mir klar, daß eine große Ähnlichkeit meiner Gesichtszüge und meiner Gestalt mit der des unglücklichen Grafen den Jäger getäuscht, und der Graf gerade die Verkleidung als Kapuziner gewählt haben müsse, um irgend ein Abenteuer in dem nahen Schlosse zu bestehen. Der Tod hatte ihn ereilt und ein wunderbares Verhängnis mich in demselben Augenblick an seine Stelle geschoben. Der innere unwiderstehliche Drang in mir, wie es jenes Verhängnis zu wollen schien, die Rolle des Grafen fortzuspielen, überwog jeden Zweifel und übertäubte die innere Stimme, welche mich des Mordes und des frechen Frevels bezieh. Ich eröffnete das Portefeuille, welches ich behalten; Briefe, beträchtliche Wechsel fielen mir in die Hand. Ich wollte die Papiere einzeln durchgehen, ich wollte die Briefe lesen, um mich von den Verhältnissen des Grafen zu unterrichten, aber die innere Unruhe, der Flug von tausend und tausend Ideen, die durch meinen Kopf brausten, ließ es nicht zu.

Ich stand nach einigen Schritten wieder still, ich setzte mich auf ein Felsstück, ich wollte eine ruhigere Stimmung erzwingen, ich sah die Gefahr, so ganz unvorbereitet mich in den Kreis mir fremder Erscheinungen zu wagen; da tönten lustige Hörner durch den Wald, und mehrere Stimmen jauchzten und jubelten immer näher und näher. Das Herz pochte mir in gewaltigen Schlägen, mein Atem stockte, nun sollte sich mir eine neue Welt, ein neues Leben erschließen! Ich bog in einen schmalen Fußsteig ein, der mich einen jähen Abhang hinabführte; als ich aus dem Gebüsch trat, lag ein großes schön gebautes Schloß vor mir im Talgrunde. – Das war der Ort des Abenteuers, welches der Graf zu bestehen im Sinne gehabt, und ich ging ihm mutig entgegen. Bald befand ich mich in den Gängen des Parks, welcher das Schloß umgab; in einer dunklen Seitenallee sah ich zwei Männer wandeln, von denen der eine wie ein Weltgeistlicher gekleidet war. Sie kamen mir näher, aber ohne mich gewahr zu werden, gingen sie in tiefem Gespräch bei mir vorüber. Der Weltgeistliche war ein Jüngling, auf dessen schönem Gesichte die Totenblässe eines tief nagenden Kummers lag, der andere, schlicht, aber anständig gekleidet, schien ein schon bejahrter Mann. Sie setzten sich, mir den Rücken zuwendend, auf eine steinerne Bank, ich konnte jedes Wort verstehen, was sie sprachen. »Hermogen!« sagte der Alte, »Sie bringen durch Ihr starrsinniges Schweigen Ihre Familie zur Verzweiflung, Ihre düstre Schwermut steigt mit jedem Tage, Ihre jugendliche Kraft ist gebrochen, die Blüte verwelkt, Ihr Entschluß, den geistlichen Stand zu wählen, zerstört alle Hoffnungen, alle Wünsche Ihres Vaters! Aber willig würde er diese Hoffnungen aufgeben, wenn ein wahrer innerer Beruf, ein unwiderstehlicher Hang zur Einsamkeit von Jugend auf den Entschluß in Ihnen erzeugt hätte, er würde dann nicht *dem* zu widerstreben wagen, was das Schicksal einmal über ihn verhängt. Die plötzliche Änderung Ihres ganzen Wesens hat indessen nur zu deutlich gezeigt, daß irgend ein Ereignis, das Sie uns hartnäckig verschweigen, Ihr Inneres auf furchtbare Weise erschüttert hat und nun zerstörend fortarbeitet. – Sie waren sonst ein froher unbefangener, lebenslustiger Jüngling! Was konnte Sie denn dem Menschlichen so entfremden, daß Sie daran verzweifeln, in eines Menschen Brust könne Trost für Ihre kranke Seele zu finden sein? Sie schweigen? Sie starren vor sich hin? – Sie seufzen? Hermogen! Sie liebten sonst Ihren Vater mit seltener Innigkeit, ist es Ihnen aber jetzt unmöglich worden, ihm Ihr Herz zu erschließen, so quälen Sie ihn wenigstens nicht durch den Anblick Ihres Rocks, der auf den für ihn entsetzlichen Entschluß hindeutet. Ich beschwöre Sie, Hermogen, werfen Sie diese verhaßte Kleidung ab. Glauben Sie mir, es liegt eine geheimnisvolle Kraft in diesen äußerlichen Dingen; es kann Ihnen nicht mißfallen, denn ich glaube von Ihnen ganz verstanden zu werden, wenn ich in diesem Augenblick, freilich auf fremdartig scheinende Weise, der Schauspieler gedenke, die oft, wenn sie sich in das Kostüm geworfen, wie von einem fremden Geist sich angeregt fühlen und leichter in den darzustellenden Charakter eingehen. Lassen Sie mich, meiner Natur gemäß, heitrer von der Sache sprechen, als sich sonst wohl ziemen würde. – Meinen Sie denn nicht, daß, wenn dieses lange Kleid nicht mehr Ihren Gang zur düstern Gravität einhemmen würde, Sie wieder rasch und froh dahin schreiten, ja laufen, springen würden wie sonst? Der blinkende Schein der Epauletts, die sonst auf Ihren Schultern prangten, würde wieder jugendliche Glut auf die blassen Wangen werfen, und die klirrenden Sporen würden wie liebliche Musik dem muntern Rosse ertönen, das Ihnen entgegenwieherte, vor Lust tanzend und den Nacken beugend dem geliebten Herrn. Auf, Baron! – Herunter mit dem schwarzen Gewande, das Ihnen nicht ansteht! – Soll Friedrich Ihre Uniform hervorsuchen?«

Der Alte stand auf und wollte fortgehen, der Jüngling fiel ihm in die Arme. »Ach, Sie quälen mich, guter Reinhold!« rief er mit matter Stimme, »Sie quälen mich unaussprechlich! – Ach, je mehr Sie sich bemühen, die Saiten in meinem Innern anzuschlagen, die sonst harmonisch erklangen, desto mehr fühle ich, wie des Schicksals eherne Faust mich ergriffen, mich erdrückt hat, so daß, wie in einer zerbrochenen Laute, nur Mißtöne in mir wohnen!« - »So scheint es Ihnen, lieber Baron«, fiel der Alte ein, »Sie sprechen von einem ungeheuern Schicksal, das Sie ergriffen, worin das bestanden, verschweigen Sie, dem sei aber, wie ihm wolle, ein Jüngling, so wie Sie, mit innerer Kraft, mit jugendlichem Feuermute ausgerüstet, muß vermögen, sich gegen des Schicksals eherne Faust zu wappnen, ja er muß, wie durchstrahlt von einer göttlichen Natur, sich über sein Geschick erheben und so, dies höhere Sein in sich selbst erweckend und entzündend, sich emporschwingen über die Qual dieses armseligen Lebens! Ich wüßte nicht, Baron, welch ein Geschick denn imstande sein sollte, dies kräftige innere Wollen zu zerstören.« - Hermogen trat einen Schritt zurück, und den Alten mit einem düsteren, wie im verhaltenen Zorn glühenden Blicke, der etwas Entsetzliches hatte, anstarrend, rief er mit dumpfer, hohler Stimme: »So wisse denn, daß ich selbst das Schicksal bin, das mich vernichtet, daß ein ungeheures Verbrechen auf mir lastet, ein schändlicher Frevel, den ich abbüße in Elend und Verzweiflung. - Darum sei barmherzig und flehe den Vater an, daß er mich fortlasse in die Mauern!« - »Baron«, fiel der Alte ein, »Sie sind in einer Stimmung, die nur dem gänzlich zerrütteten Gemüte eigen, Sie sollen nicht fort, Sie dürfen durchaus nicht fort. In diesen Tagen kommt die Baronesse mit Aurelien, *die* müssen Sie sehen.« Da lachte der Jüngling wie in furchtbarem Hohn und rief mit einer Stimme, die durch mein Innres dröhnte: »Muß ich? - muß ich bleiben? - Ja, wahrhaftig, Alter, du hast recht, ich muß bleiben, und meine Buße wird hier schrecklicher sein als in den dumpfen Mauern.« Damit sprang er fort durch das Gebüsch und ließ den Alten stehen, der, das gesenkte Haupt in die Hand gestützt, sich ganz dem Schmerz zu überlassen schien. »Gelobt sei Jesus Christus!« sprach ich, zu ihm hinantretend. - Er fuhr auf, er sah mich ganz verwundert an, doch schien er sich bald auf meine Erscheinung wie auf etwas ihm schon Bekanntes zu besinnen, indem er sprach: »Ach gewiß sind Sie es, ehrwürdiger Herr, dessen Ankunft uns die Frau Baronesse zum Trost der in Trauer versunkenen Familie schon vor einiger Zeit ankündigte?« – Ich bejahte das, Reinhold ging bald ganz in die Heiterkeit über, die ihm eigentümlich zu sein schien, wir durchwanderten den schönen Park und kamen endlich in ein dem Schlosse ganz nahegelegenes Boskett, vor dem sich eine herrliche Aussicht ins Gebürge öffnete. Auf seinen Ruf eilte der Bediente, der eben aus dem Portal des Schlosses trat, herbei, und bald wurde uns ein gar stattliches Frühstück aufgetragen. Während daß wir die gefüllten Gläser anstießen, schien es mir, als betrachte mich Reinhold immer aufmerksamer, ja, als suche er mit Mühe eine halb erloschene Erinnerung aufzufrischen. Endlich brach er los: »Mein Gott, ehrwürdiger Herr! Alles müßte mich trügen, wenn Sie nicht der Pater Medardus aus dem Kapuzinerkloster in . . .r – wären, aber wie sollte das möglich sein? – und doch! Sie sind es – Sie sind es gewiß – sprechen Sie doch nur!« – Als hätte ein Blitz aus heitrer Luft mich getroffen, bebte es bei Reinholds Worten mir durch alle Glieder. Ich sah mich entlarvt, entdeckt, des Mordes beschuldigt, die Verzweiflung gab mir Stärke, es ging nun auf Tod und Leben. »Ich bin allerdings der Pater Medardus aus dem Kapuzinerkloster in . . .r – und mit Auftrag und Vollmacht des Klosters auf einer Reise nach Rom begriffen.« – Dies sprach ich mit all der Ruhe und Gelassenheit, die ich nur zu erkünsteln vermochte. »So ist es denn vielleicht nur Zufall«, sagte Reinhold, »daß Sie auf der Reise, vielleicht von der Heerstraße verirrt, hier eintrafen, oder wie kam es, daß die Frau Baronesse mit Ihnen bekannt wurde und Sie herschickte?« – Ohne mich zu besinnen, blindlings das nachsprechend, was mir eine fremde Stimme im Innern zuzuflüstern schien, sagte ich: »Auf der Reise machte ich die Bekanntschaft des Beichtvaters der Baronesse, und dieser empfahl mich, den Auftrag hier im Hause zu vollbringen.« »Es ist wahr«, fiel Reinhold ein, »so schrieb es ja die Frau Baronesse. Nun, dem Himmel sei es gedankt, der Sie zum Heil des Hauses diesen Weg führte, und daß Sie als ein frommer, wackrer Mann es sich gefallen lassen, mit Ihrer Reise zu zögern, um hier Gutes zu stiften. Ich war zufällig vor einigen Jahren in . . .r und hörte Ihre salbungsvollen Reden, die Sie in wahrhaft himmlischer Begeisterung von der Kanzel herab hielten. Ihrer Frömmigkeit, Ihrem wahren Beruf, das Heil verlorner Seelen zu erkämpfen mit glühendem Eifer, Ihrer herrlichen, aus innerer Begeisterung hervorströmenden Rednergabe traue ich zu, daß Sie das vollbringen werden, was wir alle nicht vermochten. Es ist mir lieb, daß ich Sie traf, ehe Sie den Baron gesprochen, ich will dies dazu benutzen, Sie mit den Verhältnissen der Familie bekannt zu machen, und *so* aufrichtig sein, als ich es Ihnen, ehrwürdiger Herr, als einem heiligen Manne, den uns der Himmel selbst zum Trost zu schicken scheint, wohl schuldig bin. Sie müssen auch ohnedem, um Ihren Bemühungen die richtige Tendenz und gehörige Wirkung zu geben, über manches wenigstens Andeutungen erhalten, worüber ich gern schweigen möchte. - Alles ist übrigens mit nicht gar zu viel Worten abgetan. - Mit dem Baron bin ich aufgewachsen, die gleiche Stimmung unsrer Seelen machte uns zu Brüdern und vernichtete die Scheidewand, die sonst unsere Geburt zwischen uns gezogen hätte. Ich trennte mich nie von ihm und wurde in demselben Augenblick, als wir unsere akademischen Studien vollendet und er die Güter seines verstorbenen Vaters hier im Gebürge in Besitz nahm, Intendant dieser Güter. - Ich blieb sein innigster Freund und Bruder und als solcher eingeweiht in die geheimsten Angelegenheiten seines Hauses. Sein Vater hatte seine Verbindung mit einer ihm befreundeten Familie durch eine Heirat gewünscht, und um so freudiger erfüllte er diesen Willen, als er in der ihm bestimmten Braut ein herrliches, von der Natur reich ausgestattetes Wesen fand, zu dem er sich unwiderstehlich hingezogen fühlte. Selten kam wohl der Wille der Väter so vollkommen mit dem Geschick überein, das die Kinder in allen nur möglichen Beziehungen füreinander bestimmt zu haben schien. Hermogen und Aurelie waren die Frucht der glücklichen Ehe. Mehrenteils brachten wir den Winter in der benachbarten Hauptstadt zu, als aber bald nach Aureliens Geburt die Baronesse zu kränkeln anfing, blieben wir auch den Sommer über in der Stadt, da sie unausgesetzt des Beistandes geschickter Ärzte bedurfte. Sie starb, als eben im herannahenden Frühling ihre scheinbare Besserung den Baron mit den frohsten Hoffnungen erfüllte. Wir flohen auf das Land, und nur die Zeit vermochte den tiefen zerstörenden Gram zu mildern, der den Baron ergriffen hatte. Hermogen wuchs zum herrlichen Jüngling heran, Aurelie wurde immer mehr das Ebenbild ihrer Mutter, die sorgfältige Erziehung der Kinder war unser Tagewerk und unsere Freude. Hermogen zeigte entschiedenen Hang zum Militär, und dies zwang den Baron, ihn nach der Hauptstadt zu schicken, um dort unter den Augen seines alten Freundes, des Gouverneurs, die Laufbahn zu beginnen. – Erst vor drei Jahren brachte der Baron mit Aurelien und mit mir wieder, wie vor alter Zeit, zum erstenmal den ganzen Winter in der Residenz zu, teils seinen Sohn wenigstens einige Zeit hindurch in der Nähe zu haben, teils seine Freunde, die ihn unaufhörlich dazu aufgefordert, wiederzusehen. Allgemeines Aufsehen in der Hauptstadt erregte damals die Erscheinung der Nichte des Gouverneurs, welche aus der Residenz dahin gekommen. Sie war elternlos und hatte sich unter den Schutz des Oheims begeben, wiewohl sie, einen besonderen Flügel des Palastes bewohnend, ein eignes Haus machte und die schöne Welt um sich zu versammeln pflegte. Ohne Euphemien näher zu beschreiben, welches um so unnötiger, da Sie, ehrwürdiger Herr, sie bald selbst sehen werden, begnüge ich mich zu sagen, daß alles, was sie tat, was sie sprach, von einer unbeschreiblichen Anmut belebt und so der Reiz ihrer ausgezeichneten körperlichen Schönheit bis zum Unwiderstehlichen erhöht wurde.

– Überall, wo sie erschien, ging ein neues, herrliches Leben auf, und man huldigte ihr mit dem glühendsten Enthusiasmus; den Unbedeutendsten, Leblosesten wußte sie selbst in sein eignes Inneres hinein zu entzünden, daß er wie inspiriert sich über die eigne Dürftigkeit erhob und entzückt in den Genüssen eines höheren Lebens schwelgte, die ihm unbekannt gewesen. Es fehlte natürlicherweise nicht an Anbetern, die täglich zu der Gottheit mit Inbrunst flehten; man konnte indessen nie mit Bestimmtheit sagen, daß sie diesen oder jenen besonders auszeichne, vielmehr wußte sie mit schalkhafter Ironie, die, ohne zu beleidigen, nur wie starkes brennendes Gewürz anregte und reizte, alle mit einem unauflöslichen Bande zu umschlingen, daß sie sich, festgezaubert in dem magischen Kreise, froh und lustig bewegten. Auf den Baron hatte diese Circe einen wunderbaren Eindruck gemacht. Sie bewies ihm gleich bei seinem Erscheinen eine Aufmerksamkeit, die von kindlicher Ehrfurcht erzeugt zu sein schien; in jedem Gespräch mit ihm zeigte sie den gebildetsten Verstand und tiefes Gefühl, wie er es kaum noch bei Weibern gefunden. Mit unbeschreiblicher Zartheit suchte und fand sie Aureliens Freundschaft und nahm sich ihrer mit so vieler Wärme an, daß sie sogar es nicht verschmähte, für die kleinsten Bedürfnisse ihres Anzuges und sonst wie eine Mutter zu sorgen. Sie wußte dem blöden unerfahrnen Mädchen in glänzender Gesellschaft auf eine so feine Art beizustehen, daß dieser Beistand, statt bemerkt zu werden, nur dazu diente, Aureliens natürlichen Verstand und tiefes richtiges Gefühl so herauszuheben, daß man sie bald mit der höchsten Achtung auszeichnete. Der Baron ergoß sich bei jeder Gelegenheit in Euphemiens Lob, und hier traf es sich vielleicht zum erstenmal in unserem Leben, daß wir so ganz verschiedener Meinung waren. Gewöhnlich machte ich in jeder Gesellschaft mehr den stillen aufmerksamen Beobachter, als daß ich hätte unmittelbar eingehen sollen in lebendige Mitteilung und Unterhaltung. So hatte ich auch Euphemien, die nur dann und wann nach ihrer

Gewohnheit, niemanden zu übersehen, ein paar freundliche Worte mit mir gewechselt, als eine höchst interessante Erscheinung recht genau beobachtet. Ich mußte eingestehen, daß sie das schönste, herrlichste Weib von allen war, daß aus allem, was sie sprach, Verstand und Gefühl hervorleuchtete; und doch wurde ich auf ganz unerklärliche Weise von ihr zurückgestoßen, ja ich konnte ein gewisses unheimliches Gefühl nicht unterdrücken, das sich augenblicklich meiner bemächtigte, sobald ihr Blick mich traf oder sie mit mir zu sprechen anfing. In ihren Augen brannte oft eine ganz eigne Glut, aus der, wenn sie sich unbemerkt glaubte, funkelnde Blitze schossen, und es schien ein inneres verderbliches Feuer, das nur mühsam überbaut, gewaltsam hervorzustrahlen. Nächstdem schwebte oft um ihren sonst weich geformten Mund eine gehässige Ironie, die mich, da es oft der grellste Ausdruck des hämischen Hohns war, im Innersten erbeben machte. Daß sie oft den Hermogen, der sich wenig oder gar nicht um sie bemühte, in dieser Art anblickte, machte es mir gewiß, daß manches hinter der schönen Maske verborgen, was wohl niemand ahne. Ich konnte dem ungemessenen Lob des Barons freilich nichts entgegensetzen als meine physiognomischen Bemerkungen, die er nicht im mindesten gelten ließ, vielmehr in meinem innerlichen Abscheu gegen Euphemien nur eine höchst merkwürdige Idiosynkrasie fand. Er vertraute mir, daß Euphemie wahrscheinlich in die Familie treten werde, da er alles anwenden wolle, sie künftig mit Hermogen zu verbinden. Dieser trat, als wir soeben recht ernstlich über die Angelegenheit sprachen und ich alle nur mögliche Gründe hervorsuchte, meine Meinung über Euphemien zu rechtfertigen, ins Zimmer, und der Baron, gewohnt in allem schnell und offen zu handeln, machte ihn augenblicklich mit seinen Plänen und Wünschen rücksichts Euphemiens bekannt. Hermogen hörte alles ruhig an, was der Baron darüber und zum Lobe Euphemiens mit dem größten Enthusiasmus sprach. Als die Lobrede geendet, antwortete er, wie er sich auch nicht im mindesten von Euphemien angezogen fühle, sie niemals lieben könne und daher recht herzlich bitte, den Plan jeder näheren Verbindung mit ihr aufzugeben. Der Baron war nicht wenig bestürzt, seinen Lieblingsplan so beim ersten Schritt zertrümmert zu sehen, indessen war er um so weniger bemüht, noch mehr in Hermogen zu dringen, als er nicht einmal Euphemiens Gesinnungen hierüber wußte. Mit der ihm eignen Heiterkeit und Gemütlichkeit scherzte er bald über sein unglückliches Bemühen und meinte, daß Hermogen mit mir vielleicht die Idiosynkrasie teile, obgleich er nicht begreife, wie in einem schönen interessanten Weibe solch ein zurückschreckendes Prinzip wohnen könne. Sein Verhältnis mit Euphemien blieb natürlicherweise dasselbe; er hatte sich so an sie gewöhnt, daß er keinen Tag zubringen konnte, ohne sie zu sehen. So kam es denn, daß er einmal in ganz heitrer, gemütlicher Laune ihr scherzend sagte, wie es nur einen einzigen Menschen in ihrem Zirkel gebe, der nicht in sie verliebt sei, nämlich Hermogen. – Er habe die Verbindung mit ihr, die er, der Baron, doch so herzlich gewünscht, hartnäckig ausgeschlagen.

Euphemie meinte, daß es auch wohl noch darauf angekommen sein würde, was sie zu der Verbindung gesagt, und daß ihr zwar jedes nähere Verhältnis mit dem Baron wünschenswert sei, aber nicht durch Hermogen, der ihr viel zu ernst und launisch wäre. Von der Zeit, als dieses Gespräch, das mir der Baron gleich wieder erzählte, stattgefunden, verdoppelte Euphemie ihre Aufmerksamkeit für den Baron und Aurelien: ja in manchen leisen Andeutungen führte sie den Baron darauf, daß eine Verbindung mit ihm selbst dem Ideal, das sie sich nun einmal von einer glücklichen Ehe mache, ganz entspreche. Alles, was man rücksichts des Unterschieds der Jahre oder sonst entgegensetzen konnte, wußte sie auf die eindringendste Weise zu widerlegen, und mit dem allen ging sie so leise, so fein, so geschickt Schritt vor Schritt vorwärts, daß der Baron glauben mußte, alle die Ideen, alle die Wünsche, die Euphemie gleichsam nur in sein Inneres hauchte, wären eben in seinem Innern emporgekeimt. Kräftiger, lebensvoller Natur, wie er war, fühlte er sich bald von der glühenden Leidenschaft des Jünglings ergriffen. Ich konnte den wilden Flug nicht mehr aufhalten, es war zu spät. Nicht lange dauerte es, so war Euphemie zum Erstaunen der Hauptstadt des Barons Gattin. Es war mir, als sei nun das bedrohliche grauenhafte Wesen, das mich in der Ferne geängstigt, recht in mein Leben getreten und als müsse ich wachen und auf sorglicher Hut sein für meinen Freund und für mich selbst. Hermogen nahm die Verheiratung seines Vaters mit kalter Gleichgültigkeit auf. Aurelie, das liebe ahnungsvolle Kind, zerfloß in Tränen.

Bald nach der Verbindung sehnte sich Euphemie ins Gebürge; sie kam her, und ich muß gestehen, daß ihr Betragen in hoher Liebenswürdigkeit sich so ganz gleich blieb, daß sie mir unwillkürliche Bewunderung abnötigte. So verflossen zwei Jahre in ruhigem, ungestörten Lebensgenuß. Die beiden Winter brachten wir in der Hauptstadt zu, aber auch hier bewies die Baronesse dem Gemahl so viel unbegrenzte Ehrfurcht, so viel Aufmerksamkeit für seine leisesten Wünsche, daß der giftige Neid verstummen mußte und keiner der jungen Herren, die sich schon freien Spielraum für ihre Galanterie bei der Baronesse geträumt hatten, sich auch die kleinste Glosse erlaubte. Im letzten Winter mochte ich auch wieder der einzige sein, der, ergriffen von der alten, kaum verwundenen Idiosynkrasie, wieder arges Mißtrauen zu hegen anfing.

Vor der Verbindung mit dem Baron war der Graf Viktorin, ein junger, schöner Mann, Major bei der Ehrengarde und nur abwechselnd in der Hauptstadt, einer der eifrigsten Verehrer Euphemiens und der einzige, den sie oft wie unwillkürlich, hingerissen von dem Eindruck des Moments, vor den andern auszeichnete. Man sprach einmal sogar davon, daß wohl ein näheres Verhältnis zwischen ihm und Euphemien stattfinden möge, als man es nach dem äußern Anschein vermuten solle, aber das Gerücht verscholl ebenso dumpf, als es entstanden. Graf Viktorin war eben den Winter wieder in der Hauptstadt und natürlicherweise in Euphemiens Zirkeln, er schien sich aber nicht im mindesten um sie zu bemühen, sondern vielmehr sie absichtlich zu vermeiden. Demunerachtet war es mir oft, als begegneten sich, wenn sie nicht bemerkt zu werden glaubten, ihre Blicke, in denen inbrünstige Sehnsucht, lüsternes, glühendes Verlangen wie verzehrendes Feuer brannte. Bei dem Gouverneur war eines Abends eine glänzende Gesellschaft versammelt, ich stand in ein Fenster gedrückt, so daß mich die herabwallende Draperie des reichen Vorhangs halb versteckte, nur zwei bis drei Schritte vor mit stand Graf Viktorin. Da streifte Euphemie, reizender gekleidet als je und in voller Schönheit strahlend, an ihm vorüber; er faßte, so daß es niemand als gerade ich bemerken konnte, mit leidenschaftlicher Heftigkeit ihren Arm, - sie erbebte sichtlich; ihr ganz unbeschreiblicher Blick - es war die glutvollste Liebe, die nach Genuß dürstende Wollust selbst - fiel auf ihn. Sie lispelten einige Worte, die ich nicht verstand. Euphemie mochte mich erblicken; sie wandte sich schnell um, aber ich vernahm deutlich die Worte: ›Wir werden bemerkt!‹

Ich erstarrte vor Erstaunen, Schrecken und Schmerz! - Ach, wie soll ich Ihnen, ehrwürdiger Herr, denn mein Gefühl beschreiben! - Denken Sie an meine Liebe, an meine treue Anhänglichkeit, mit der ich dem Baron ergeben war - an meine böse Ahnungen, die nun erfüllt wurden; denn die wenigen Worte hatten es mir ja ganz erschlossen, daß ein geheimes Verhältnis zwischen der Baronesse und dem Grafen stattfand. Ich mußte wohl vorderhand schweigen, aber die Baronesse wollte ich bewachen mit Argusaugen und dann bei erlangter Gewißheit ihres Verbrechens die schändlichen Bande lösen, mit denen sie meinen unglücklichen Freund umstrickt hatte. Doch wer vermag teuflischer Arglist zu begegnen; umsonst, ganz umsonst waren meine Bemühungen, und es wäre lächerlich gewesen, dem Baron das mitzuteilen, was ich gesehen und gehört, da die Schlaue Auswege genug gefunden haben würde, mich als einen abgeschmackten, törichten Geisterseher darzustellen. –

Der Schnee lag noch auf den Bergen, als wir im vergangenen Frühling hier einzogen, demunerachtet machte ich manchen Spaziergang in die Berge hinein; im nächsten Dorfe begegne ich einem Bauer, der in Gang und Stellung etwas Fremdartiges hat, als er den Kopf umwendet, erkenne ich den Grafen Viktorin, aber in demselben Augenblick verschwindet er hinter den Häusern und ist nicht mehr zu finden. – Was konnte ihn anders zu der Verkleidung vermocht haben, als das Verständnis mit der Baronesse! – Eben jetzt weiß ich gewiß, daß er sich wieder hier befindet, ich habe seinen Jäger vorüberreiten sehn, unerachtet es mir unbegreiflich ist, daß er die Baronesse nicht in der Stadt aufgesucht haben sollte! – Vor drei Monaten begab es sich, daß der Gouverneur heftig erkrankte und Euphemien zu sehen wünschte, sie reiste mit Aurelien augenblicklich dahin, und nur eine Unpäßlichkeit hielt den Baron ab, sie zu begleiten. Nun brach aber das Unglück und die Trauer ein in unser Haus, denn bald schrieb Euphemie dem Baron, wie Hermogen plötzlich von einer oft in wahnsinnige Wut ausbrechenden Melancholie befallen, wie er einsam umherirre, sich und sein Geschick verwünsche und wie alle Bemühungen der Freunde und der Ärzte bis jetzt umsonst gewesen. Sie können denken, ehrwürdiger Herr, welch einen Eindruck diese Nachricht auf den Baron machte. Der Anblick seines Sohnes würde ihn zu sehr erschüttert haben, ich reiste daher allein nach der Stadt. Hermogen war durch starke Mittel, die man angewandt, wenigstens von den wilden Ausbrüchen des wütenden Wahnsinns befreit, aber eine stille Melancholie war eingetreten, die den Ärzten unheilbar schien. Als er mich sah, war er tief bewegt – er sagte mir, wie ihn ein unglückliches Verhängnis treibe, dem

Stande, in welchem er sich jetzt befinde, auf immer zu entsagen, und nur als Klostergeistlicher könne er seine Seele erretten von ewiger Verdammnis. Ich fand ihn schon in der Tracht, wie Sie, ehrwürdiger Herr, ihn vorhin gesehen, und es gelang mir, seines Widerstrebens unerachtet, endlich ihn hieher zu bringen. Er ist ruhig, aber läßt nicht ab von der einmal gefaßten Idee, und alle Bemühungen, das Ereignis zu erforschen, das ihn in diesen Zustand versetzt, bleiben fruchtlos, unerachtet die Entdeckung dieses Geheimnisses vielleicht am ersten auf wirksame Mittel führen könnte, ihn zu heilen.

Vor einiger Zeit schrieb die Baronesse, wie sie auf Anraten ihres Beichtvaters einen Ordensgeistlichen hersenden werde, dessen Umgang und tröstender Zuspruch vielleicht besser als alles andere auf Hermogen wirken könne, da sein Wahnsinn augenscheinlich eine ganz religiöse Tendenz genommen. – Es freut mich recht innig, daß die Wahl Sie, ehrwürdiger Herr, den ein glücklicher Zufall in die Hauptstadt führte, traf. Sie können einer gebeugten Familie die verlorne Ruhe wiedergeben, wenn Sie Ihre Bemühungen, die der Herr segnen möge, auf einen doppelten Zweck richten. Erforschen Sie Hermogens entsetzliches Geheimnis, seine Brust wird erleichtert sein, wenn er sich, sei es auch in heiliger Beichte, entdeckt hat, und die Kirche wird ihn dem frohen Leben in der Welt, der er angehört, wiedergeben, statt ihn in den Mauern zu begraben. – Aber treten Sie auch der Baronesse näher. Sie wissen alles – Sie stimmen mir bei, daß meine Bemerkungen von der Art sind, daß, so wenig sich darauf eine Anklage gegen die Baronesse bauen läßt, doch ein Täuschung, ein ungerechter Verdacht kaum möglich ist. Ganz meiner Meinung werden Sie sein, wenn Sie Euphemien sehen und kennen lernen. Euphemie ist religiös schon aus Temperament, vielleicht gelingt es Ihrer besonderen Rednergabe, tief in ihr Herz zu dringen, sie zu erschüttern und zu bessern, daß sie den Verrat am Freunde, der sie um die ewige Seligkeit bringt, unterläßt. Noch muß ich sagen, ehrwürdiger

Herr, daß es mir in manchen Augenblicken scheint, als trage der Baron einen Gram in der Seele, dessen Ursache er mir verschweigt, denn außer der Bekümmernis um Hermogen kämpft er sichtlich mit einem Gedanken, der ihn beständig verfolgt. Es ist mir in den Sinn gekommen, daß vielleicht ein böser Zufall noch deutlicher ihm die Spur von dem verbrecherischen Umgange der Baronesse mit dem fluchwürdigen Grafen zeigte als mir. – Auch meinen Herzensfreund, den Baron, empfehle ich, ehrwürdiger Herr, Ihrer geistlichen Sorge.« –

Mit diesen Worten schloß Reinhold seine Erzählung, die mich auf mannigfache Weise gefoltert hatte, indem die seltsamsten Widersprüche in meinem Innern sich durchkreuzten. Mein eignes Ich, zum grausamen Spiel eines launenhaften Zufalls geworden und in fremdartige Gestalten zerfließend, schwamm ohne Halt wie in einem Meer all der Ereignisse, die wie tobende Wellen auf mich hineinbrausten. – Ich konnte mich selbst nicht wiederfinden! – Offenbar wurde Viktorin durch den Zufall, der meine Hand, nicht meinen Willen leitete, in den Abgrund gestürzt! – Ich trete an seine Stelle, aber Reinhold kennt den Pater Medardus, den Prediger im Kapuzinerkloster . . .r, und so bin ich ihm das wirklich, was ich bin! – Aber das Verhältnis mit der Baronesse, welches Viktorin unterhält, kommt auf mein Haupt, denn ich bin selbst Viktorin. Ich bin das, was ich scheine, und scheine das nicht, was ich bin, mir selbst ein unerklärlich Rätsel, bin ich entzweit mit meinem Ich!

Des Sturms in meinem Innern unerachtet, gelang es mir, die dem Priester ziemliche Ruhe zu erheucheln, und so trat ich vor den Baron. Ich fand in ihm einen bejahrten Mann, aber in den erloschenen Zügen lagen noch die Andeutungen seltner Fülle und Kraft. Nicht das Alter, sondern der Gram hatten die tiefen Furchen auf seiner breiten offnen Stirn gezogen und die Locken weiß gefärbt. Unerachtet dessen herrschte noch in allem, was er sprach, in seinem ganzen Benehmen, eine Heiterkeit und Gemütlichkeit, die jeden unwiderstehlich zu ihm hinziehen mußte. Als Reinhold mich als den vorstellte, dessen Ankunft die Baronesse angekündigt, sah er mich an mit durchdringendem Blick, der immer freundlicher wurde, als Reinhold erzählte, wie er mich schon vor mehreren Jahren im Kapuzinerkloster zu . . .r predigen gehört und sich von meiner seltnen Rednergabe überzeugt hätte. Der Baron reichte mir treuherzig die Hand und sprach, sich zu Reinhold wendend: »Ich weiß nicht, lieber Reinhold, wie so sonderbar mich die Gesichtszüge des ehrwürdigen Herrn bei dem ersten Anblick ansprachen; sie weckten eine Erinnerung, die vergebens strebte, deutlich und lebendig hervorzugehen.«

Es war mir, als würde er gleich herausbrechen: »Es ist ja Graf Viktorin«, denn auf wunderbare Weise glaubte ich nun wirklich Viktorin zu sein, und ich fühlte mein Blut heftiger wallen und aufsteigend meine Wangen höher färben. - Ich baute auf Reinhold, der mich ja als den Pater Medardus kannte, unerachtet mir das eine Lüge zu sein schien; nichts konnte meinen verworrenen Zustand lösen.

Nach dem Willen des Barons sollte ich sogleich Hermogens Bekanntschaft machen, er war aber nirgends zu finden; man hatte ihn nach dem Gebürge wandeln gesehen und war deshalb nicht besorgt um ihn, weil er schon mehrmals tagelang auf diese Weise entfernt gewesen. Den ganzen Tag über blieb ich in Reinholds und des Barons Gesellschaft, und nach und nach faßte ich mich so im Innern, daß ich mich am Abend voll Mut und Kraft fühlte, keck all den wunderlichen Ereignissen entgegenzutreten, die meiner zu harren schienen. In der einsamen Nacht öffnete ich das Portefeuille und überzeugte mich ganz davon, daß es eben Graf Viktorin war, der zerschmettert im Abgrunde lag, doch waren übrigens die an ihn gerichteten Briefe gleichgültigen Inhalts, und kein einziger führte mich nur auch mit einer Silbe ein in seine näheren Lebensverhältnisse. Ohne mich darum weiter zu kümmern, beschloß ich *dem* mich ganz zu fügen, was der Zufall über mich verhängt haben würde, wenn die Baronesse angekommen und mich gesehen. – Schon den andern Morgen traf die Baronesse mit Aurelien ganz unerwartet ein. Ich sah beide aus dem Wagen steigen und, von dem Baron und Reinhold empfangen, in das Portal des Schlosses gehen. Unruhig schritt ich im Zimmer auf und ab, von seltsamen Ahnungen bestürmt, nicht lange dauerte es, so wurde ich herabgerufen. – Die Baronesse trat mir entgegen – ein schönes, herrliches Weib, noch in voller Blüte. – Als sie mich erblickte, schien sie auf besondere Weise bewegt, ihre Stimme zitterte, sie vermochte kaum Worte zu finden. Ihre sichtliche Verlegenheit gab mir Mut, ich schaute ihr keck ins Auge und gab ihr nach Klostersitte den Segen – sie erbleichte, sie mußte sich niederlassen. Reinhold sah mich an, ganz froh und zufrieden lächelnd. In dem Augenblick öffnete sich die Türe, und der Baron trat mit Aurelien herein. –

Sowie ich Aurelien erblickte, fuhr ein Strahl in meine Brust und entzündete all die geheimsten Regungen, die wonnevollste Sehnsucht, das Entzücken der inbrünstigen Liebe, alles, was sonst nur gleich einer Ahnung aus weiter Ferne im Innern erklungen, zum regen Leben; ja das Leben selbst ging mir nun erst auf, farbicht und glänzend, denn alles vorher lag kalt und erstorben in öder Nacht hinter mir. – Sie war es selbst, sie, die ich in jener wundervollen Vision im Beichtstuhl geschaut. Der schwermütige, kindlich fromme Blick des dunkelblauen Auges, die weichgeformten Lippen, der wie in betender Andacht sanft vorgebeugte Nacken, die hohe schlanke Gestalt, nicht Aurelie, die heilige Rosalie selbst war es. – Sogar der azurblaue Shawl, den Aurelie über das dunkelrote Kleid geschlagen, war im fantastischen Faltenwurf ganz dem Gewande ähnlich, wie es die Heilige auf jenem Gemälde und eben die Unbekannte in jener Vision trug. – Was war der Baronesse üppige Schönheit gegen Aureliens himmlischen Liebreiz. Nur sie sah ich, indem alles um mich verschwunden. Meine innere Bewegung konnte den Umstehenden nicht entgehen.

»Was ist Ihnen, ehrwürdiger Herr!« fing der Baron an; »Sie scheinen auf ganz besondere Weise bewegt?« – Diese Worte brachten mich zu mir selbst, ja ich fühlte in dem Augenblick eine übermenschliche Kraft in mir emporkeimen, einen nie gefühlten Mut, alles zu bestehen, denn *sie* mußte der Preis des Kampfes werden.

»Wünschen Sie sich Glück, Herr Baron!« rief ich, wie von hoher Begeisterung plötzlich ergriffen, »wünschen Sie sich Glück! – Eine Heilige wandelt unter uns in diesen Mauern, und bald öffnet sich in segensreicher Klarheit der Himmel, und sie selbst, die heilige Rosalia, von den heiligen Engeln umgeben, spendet Trost und Seligkeit den Gebeugten, die fromm und gläubig sie anflehten. – Ich höre die Hymnen verklärter Geister, die sich sehnen nach der Heiligen und, sie im Gesange rufend, aus glänzenden Wolken herabschweben. Ich sehe ihr Haupt strahlend in der Glorie himmlischer Verklärung, emporgehoben nach dem Chor der Heiligen, der ihrem Auge sichtlich! – Sancta Rosalia, ora pro nobis!«

Ich sank mit in die Höhe gerichteten Augen auf die Knie, die Hände faltend zum Gebet, und alles folgte meinem Beispiel. Niemand frug mich weiter, man schrieb den plötzlichen Ausbruch meiner Begeisterung irgend einer Inspiration zu, so daß der Baron beschloß, wirklich am Altar der heiligen Rosalia in der Hauptkirche der Stadt Messen lesen zu lassen. Herrlich hatte ich mich auf diese Weise aus der Verlegenheit gerettet, und immer mehr war ich bereit, alles zu wagen, denn es galt Aureliens Besitz, um den mir selbst mein Leben feil war. – Die Baronesse schien in ganz besonderer Stimmung, ihre Blicke verfolgten mich, aber sowie ich sie unbefangen anschaute, irrten ihre Augen unstet umher. Die Familie war in ein anderes Zimmer getreten, ich eilte in den Garten hinab und schweifte durch die Gänge, mit tausend Entschlüssen, Ideen, Plänen für mein künftiges Leben im Schlosse arbeitend und kämpfend. Schon war es Abend worden, da erschien Reinhold und sagte mir, daß die Baronesse, durchdrungen von meiner frommen Begeisterung, mich auf ihrem Zimmer zu sprechen wünsche. -

Als ich in das Zimmer der Baronesse trat, kam sie mir einige Schritte entgegen, mich bei beiden Ärmeln fassend, sah sie mir starr ins Auge und rief: »Ist es möglich - ist es möglich! - Bist du Medardus, der Kapuzinermönch? - Aber die Stimme, die Gestalt, deine Augen, dein Haar! Sprich, oder ich vergehe in Angst und Zweifel.« - »Viktorinus!« lispelte ich leise, da umschlang sie mich mit dem wilden Ungestüm unbezähmbarer Wollust, - ein Glutstrom brauste durch meine Adern, das Blut siedete, die Sinne vergingen mir in namenloser Wonne, in wahnsinniger Verzückung; aber sündigend war mein ganzes Gemüt nur Aurelien zugewendet, und *ihr* nur opferte ich in dem Augenblick durch den Bruch des Gelübdes das Heil meiner Seele.

Ja! Nur Aurelie lebte in mir, mein ganzer Sinn war von ihr erfüllt, und doch ergriff mich ein innerer Schauer, wenn ich daran dachte, sie wiederzusehen, was doch schon an der Abendtafel geschehen sollte. Es war mir, als würde mich ihr frommer Blick heilloser Sünde zeihen und als würde ich, entlarvt und vernichtet, in Schmach und Verderben sinken. Ebenso konnte ich mich nicht entschließen, die Baronesse gleich nach jenen Momenten wiederzusehen, und alles dieses bestimmte mich, eine Andachtsübung vorschützend, in meinem Zimmer zu bleiben, als man mich zur Tafel einlud. Nur weniger Tage bedurfte es indessen, um alle Scheu, alle Befangenheit zu überwinden; die Baronesse war die Liebenswürdigkeit selbst, und je enger sich unser Bündnis schloß, je reicher an frevelhaften Genüssen es wurde, desto mehr verdoppelte sich ihre Aufmerksamkeit für den Baron. Sie gestand mir, daß nur meine Tonsur, mein natürlicher Bart sowie mein echt klösterlicher Gang, den ich aber jetzt nicht mehr so strenge als anfangs beibehalte, sie in tausend Ängsten gesetzt habe. Ja bei meiner plötzlichen begeisterten Anrufung der heiligen Rosalia sei sie beinahe überzeugt worden, irgend ein Irrtum, irgend ein feindlicher Zufall habe ihren mit Viktorin so schlau entworfenen Plan vereitelt und einen verdammten wirklichen Kapuziner an die Stelle geschoben. Sie bewunderte meine Vorsicht, mich wirklich tonsurieren und mir den Bart wachsen zu lassen, ja mich in Gang und Stellung so ganz in meine Rolle einzustudieren, daß sie oft selbst mir recht ins Auge blicken müsse, um nicht in abenteuerliche Zweifel zu geraten.

Zuweilen ließ sich Viktorins Jäger, als Bauer verkleidet, am Ende des Parks sehen, und ich versäumte nicht, insgeheim mit ihm zu sprechen und ihn zu ermahnen, sich bereit zu halten, um mit mir fliehen zu können, wenn vielleicht ein böser Zufall mich in Gefahr bringen sollte. Der Baron und Reinhold schienen höchlich mit mir zufrieden und drangen in mich, ja des tiefsinnigen Hermogen mich mit aller Kraft, die mir zu Gebote stehe, anzunehmen. Noch war es mir aber nicht möglich geworden, auch nur ein einziges Wort mit ihm zu sprechen, denn sichtlich wich er jeder Gelegenheit aus, mit mir allein zu sein, und traf er mich in der Gesellschaft des Barons oder Reinholds, so blickte er mich auf so sonderbare Weise an, daß ich in der Tat Mühe hatte, nicht in augenscheinliche Verlegenheit zu geraten. Er schien tief in meine Seele zu dringen und meine geheimsten Gedanken zu erspähen. Ein unbezwinglicher tiefer Mißmut, ein unterdrückter Groll, ein nur mit Mühe bezähmter Zorn lag auf seinem bleichen Gesichte, sobald er mich ansichtig wurde. – Es begab sich, daß er mir einmal, als ich eben im Park lustwandelte, ganz unerwartet entgegentrat; ich hielt dies für den schicklichen Moment, endlich das drückende Verhältnis mit ihm aufzuklären, daher faßte ich ihn schnell bei der Hand, als er mir ausweichen wollte, und mein Rednertalent machte es mir möglich, so eindringend, so salbungsvoll zu sprechen, daß er wirklich aufmerksam zu werden schien und eine innere Rührung nicht unterdrücken konnte. Wir hatten uns auf eine steinerne Bank am Ende eines Ganges, der nach dem Schloß führte, niedergelassen. Im Reden stieg meine Begeisterung, ich sprach davon, daß es sündlich sei, wenn der Mensch, im innern Gram sich verzehrend, den Trost, die Hülfe der Kirche, die den Gebeugten aufrichte, verschmähe und so den Zwecken des Lebens, wie die höhere Macht sie ihm gestellt, feindlich entgegenstrebe. Ja, daß selbst der Verbrecher nicht zweifeln solle an der Gnade des Himmels, da dieser Zweifel ihn eben um die Seligkeit bringe, die er, entsündigt durch Buße und Frömmigkeit, erwerben könne. Ich forderte ihn endlich auf, gleich jetzt mir zu beichten und so sein Inneres wie vor Gott auszuschütten, indem ich ihm von jeder Sünde, die er begangen, Absolution zusage; da stand er auf, seine Augenbrauen zogen sich zusammen, die Augen brannten, eine glühende Röte überflog sein leichenblasses Gesicht, und mit seltsam gellender Stimme rief er: »Bist du denn rein von der Sünde, daß du es wagst, wie der Reinste, ja wie Gott selbst, den du verhöhnest, in meine Brust schauen zu wollen, daß du es wagst, mir Vergebung der Sünde zuzusagen, du, der du selbst vergeblich ringen wirst nach der Entsündigung, nach der Seligkeit des Himmels, die sich dir auf ewig verschloß? Elender Heuchler, bald kommt die Stunde der Vergeltung, und in den Staub getreten wie ein giftiger Wurm, zuckst du im schmachvollen Tode, vergebens nach Hülfe, nach Erlösung von unnennbarer Qual ächzend, bis du verdirbst in Wahnsinn und Verzweiflung!« - Er schritt rasch von dannen, ich war zerschmettert, vernichtet, all meine Fassung, mein Mut war dahin. Ich sah Euphemien aus dem Schlosse kommen mit Hut und Shawl, wie zum Spaziergange gekleidet; bei ihr nur war Trost und Hülfe zu finden, ich warf mich ihr entgegen, sie erschrak über mein zerstörtes Wesen, sie frug nach der Ursache, und ich erzählte ihr getreulich den ganzen Auftritt, den ich eben mit dem wahnsinnigen Hermogen gehabt, indem ich noch meine Angst, meine Besorgnis, daß Hermogen vielleicht durch einen unerklärlichen Zufall unser Geheimnis verraten, hinzusetzte. Euphemie schien über alles nicht einmal betroffen, sie lächelte auf so ganz seltsame Weise, daß mich ein Schauer ergriff, und sagte: »Gehen wir tiefer in den Park, denn hier werden wir zu sehr beobachtet, und es könnte auffallen, daß der ehrwürdige Pater Medardus so heftig mit mir spricht.« Wir waren in ein ganz entlegenes Boskett getreten, da umschlang mich Euphemie mit leidenschaftlicher Heftigkeit; ihre heißen, glühenden Küsse brannten auf meinen Lippen. »Ruhig, Viktorin«, sprach Euphemie, »ruhig kannst du sein über das alles, was dich so in Angst und Zweifel gestürzt hat; es ist mir sogar lieb, daß es so mit Hermogen gekommen, denn nun darf und muß ich mit dir über manches sprechen, wovon ich so lange schwieg. – Du mußt eingestehen, daß ich mir eine seltene geistige Herrschaft über alles, was mich im Leben umgibt, zu erringen gewußt, und ich glaube, daß dies dem Weibe leichter ist als Euch. Freilich gehört nichts Geringeres dazu, als daß außer jenem unnennbaren unwiderstehlichen Reiz der äußern Gestalt, den die Natur dem Weibe zu spenden vermag, dasjenige höhere Prinzip in ihr wohne, welches eben jenen Reiz mit dem geistigen Vermögen in eins verschmilzt und nun nach Willkür beherrscht. Es ist das eigne wunderbare Heraustreten aus sich selbst, das die Anschauung des eignen Ichs vom andern Standpunkte gestattet, welches dann als ein sich dem höheren Willen schmiegendes Mittel erscheint, *dem* Zweck zu dienen, den er sich als den höchsten, im Leben zu erringenden gesetzt. – Gibt es etwas Höheres, als das Leben im Leben zu beherrschen, alle seine Erscheinungen, seine reichen Genüsse wie im mächtigen Zauber zu bannen, nach der Willkür, die dem Herrscher verstattet? – Du, Viktorin, gehörtest von jeher zu den wenigen, die mich ganz verstanden, auch du hattest dir den Standpunkt über dein Selbst gestellt, und ich verschmähte es daher nicht, dich wie den königlichen Gemahl auf meinen Thron im höheren Reiche zu erheben. Das Geheimnis erhöhte den Reiz dieses Bundes, und unsere scheinbare Trennung diente nur dazu, unserer fantastischen Laune Raum zu geben, die wie zu unserer Ergötzlichkeit mit den untergeordneten Verhältnissen des gemeinen Alltagslebens spielte. Ist nicht unser jetziges Beisammensein das kühnste Wagstück, das, im höheren Geiste gedacht, der Ohnmacht konventioneller Beschränktheit spottet? Selbst bei deinem so ganz fremdartigen Wesen, das nicht allein die Kleidung erzeugt, ist es mir, als unterwerfe sich das Geistige dem herrschenden, es bedingenden Prinzip und wirke so mit wunderbarer Kraft nach außen, selbst das Körperliche anders formend und gestaltend, so daß es ganz der vorgesetzten Bestimmung gemäß erscheint. – Wie herzlich ich nun bei dieser tief aus meinem Wesen entspringenden Ansicht der Dinge alle konventionelle Beschränktheit verachte, indem ich mit ihr spiele, weißt du. – Der Baron ist mir eine bis zum höchsten Überdruß ekelhaft gewordene Maschine, die, zu meinem Zweck verbraucht, tot daliegt wie ein abgelaufenes Räderwerk. – Reinhold ist zu beschränkt, um von mir beachtet zu werden, Aurelie ein gutes Kind, wir haben es nur mit Hermogen zu tun. – Ich gestand dir schon, daß Hermogen, als ich ihn zum ersten Male sah, einen wunderbaren Eindruck auf mich machte. – Ich hielt ihn für fähig, einzugehen in das höhere Leben, das ich ihm erschließen wollte, und irrte mich zum erstenmal. – Es war etwas mir Feindliches in ihm, was in stetem regen Widerspruch sich gegen mich auflehnte, ja der Zauber, womit ich die andern unwillkürlich zu umstricken wußte, stieß ihn zurück. Er blieb kalt, düster verschlossen und reizte, indem er mit eigner wunderbarer Kraft mir widerstrebte, meine Empfindlichkeit, meine Lust, den Kampf zu beginnen, in dem er unterliegen sollte. – Diesen Kampf hatte ich beschlossen, als der Baron mir sagte, wie er Hermogen eine Verbindung mit mir vorgeschlagen, dieser sie aber unter jeder Bedingung abgelehnt habe. – Wie ein göttlicher Funke durchstrahlte mich in demselben Moment der Gedanke, mich mit dem Baron selbst zu vermählen und so mit einemmal all die kleinen konventionellen Rücksichten, die mich oft einzwängten auf widrige Weise, aus dem Wege zu räumen; doch ich habe ja selbst mit dir, Viktorin, oft genug über jene Vermählung gesprochen, ich widerlegte deine Zweifel mit der Tat, denn es gelang mir, den Alten in wenigen Tagen zum albernen zärtlichen Liebhaber zu machen, und er mußte das, was ich gewollt, als die Erfüllung seines innigsten Wunsches, den er laut werden zu lassen kaum gewagt, ansehen. Aber tief im Hintergrunde lag noch in mir der Gedanke der Rache an Hermogen, die mir nun leichter und befriedigender werden sollte. Der Schlag wurde verschoben, um richtiger, tötender zu treffen. – Kennte ich weniger dein Inneres, wüßte ich nicht, daß du dich zu der Höhe meiner Ansichten zu erheben vermagst, ich würde Bedenken tragen, dir mehr von der Sache zu sagen, die nun einmal geschehen. Ich ließ es mir angelegen sein, Hermogen recht in seinem Innern aufzufassen, ich erschien in der Hauptstadt, düster, in mich gekehrt, und bildete so den Kontrast mit Hermogen, der in den lebendigen Beschäftigungen des Kriegsdienstes sich heiter und lustig bewegte. Die Krankheit des Oheims verbot alle glänzende Zirkel, und selbst den Besuchen meiner nächsten Umgebung wußte ich auszuweichen. – Hermogen kam zu mir, vielleicht nur um die Pflicht, die er der Mutter schuldig, zu erfüllen, er fand mich in düstres Nachdenken versunken, und als er, befremdet von meiner auffallenden Änderung, dringend nach der Ursache frug, gestand ich ihm unter Tränen, wie des Barons mißliche Gesundheitsumstände, die er nur mühsam verheimliche, mich befürchten ließen, ihn bald zu verlieren, und wie dieser Gedanke mir schrecklich, ja unerträglich sei. Er war erschüttert, und als ich nun mit dem Ausdruck des tiefsten Gefühls das Glück meiner Ehe mit dem Baron schilderte, als ich zart und lebendig in die kleinsten Einzelheiten unseres Lebens auf dem Lande einging, als ich immer mehr des Barons herrliches Gemüt, sein ganzes Ich in vollem Glanz darstellte, so daß es immer lichter hervortrat, wie grenzenlos ich ihn verehre, ja wie ich so ganz in ihm lebe, da schien immer mehr seine Verwunderung, sein Erstaunen zu steigen. – Er kämpfte sichtlich mit sich selbst, aber die Macht, die jetzt wie mein Ich selbst in sein Inneres gedrungen, siegte über das feindliche Prinzip, das sonst mir widerstrebte; mein Triumph war mir gewiß, als er schon am andern Abend wiederkam.

Er fand mich einsam, noch düsterer, noch aufgeregter als gestern, ich sprach von dem Baron und von meiner unaussprechlichen Sehnsucht, ihn wiederzusehen. Hermogen war bald nicht mehr derselbe, er hing an meinen Blicken, und ihr gefährliches Feuer fiel zündend in sein Inneres. Wenn meine Hand in der seinigen ruhte, zuckte diese oft krampfhaft, tiefe Seufzer entflohen seiner Brust. Ich hatte die höchste Spitze dieser bewußtlosen Exaltation richtig berechnet. Den Abend, als er fallen sollte, verschmähte ich selbst jene Künste nicht, die so verbraucht sind und immer wieder so wirkungsvoll erneuert werden. Es gelang! – Die Folgen waren entsetzlicher, als ich sie mir gedacht, und doch erhöhten sie meinen Triumph, indem sie meine Macht auf glänzende Weise bewährten. – Die Gewalt, mit der ich das feindliche Prinzip bekämpfte, das wie in seltsamen Ahnungen in ihm sich sonst aussprach, hatte seinen Geist gebrochen, er verfiel in Wahnsinn, wie du weißt, ohne daß du jedoch bis jetzt die eigentliche Ursache gekannt haben solltest. – Es ist etwas Eignes, daß Wahnsinnige oft, als ständen sie in näherer Beziehung mit dem Geiste, und gleichsam in ihrem eignen Innern leichter, wiewohl bewußtlos angeregt vom fremden geistigen Prinzip, oft das in uns Verborgene durchschauen und in seltsamen Anklängen aussprechen, so daß uns oft die grauenvolle Stimme eines zweiten Ichs mit unheimlichem Schauer befängt. Es mag daher wohl sein, daß, zumal in der eignen Beziehung, in der du, Hermogen, und ich stehen, er auf geheimnisvolle Weise dich durchschaut und so dir feindlich ist, allein Gefahr für uns ist deshalb nicht im mindesten vorhanden. Bedenke, selbst wenn er mit seiner Feindschaft gegen dich offen ins Feld rückte, wenn er es aussprüche: ›Traut nicht dem verkappten Priester‹, wer würde das für was anderes halten als für eine Idee, die der Wahnsinn erzeugte, zumal da Reinhold so gut gewesen ist, in dir den Pater Medardus wiederzuerkennen? - Indessen bleibt es gewiß, daß du nicht mehr, wie ich gewollt und gedacht hatte, auf Hermogen wirken kannst. Meine Rache ist erfüllt und Hermogen mir nun wie ein weggeworfenes Spielzeug unbrauchbar und um so überlästiger, als er es wahrscheinlich für eine Bußübung hält, mich zu sehen, und daher mit seinen stieren lebendigtoten Blicken mich verfolgt. Er muß fort, und ich glaube dich dazu benutzen zu können, ihn in der Idee, ins Kloster zu gehen, zu bestärken und den Baron sowie den ratgebenden Freund Reinhold zu gleicher Zeit durch die dringendsten Vorstellungen, wie Hermogens Seelenheil nun einmal das Kloster begehre, geschmeidiger zu machen, daß sie in sein Vorhaben willigten. - Hermogen ist mir in der Tat höchst zuwider, sein Anblick erschüttert mich oft, er muß fort! - Die einzige Person, der er ganz anders erscheint, ist Aurelie, das fromme kindische Kind; durch sie allein kannst du auf Hermogen wirken, und ich will dafür sorgen, daß du in nähere Beziehung mit ihr trittst. Findest du einen schicklichen Zusammenhang der äußern Umstände, so kannst du auch Reinholden oder dem Baron entdecken, wie dir Hermogen ein schweres Verbrechen gebeichtet, das du natürlicherweise deiner Pflicht gemäß verschweigen müßtest. Doch davon künftig mehr! - Nun weißt du alles, Viktorin, handle und bleibe mein. Herrsche mit mir über die läppische Puppenwelt, wie sie sich um uns dreht. Das Leben muß uns seine herrlichsten Genüsse spenden, ohne uns in seine Beengtheit einzuzwängen.« - Wir sahen den Baron in der Entfernung und gingen ihm, wie im frommen Gespräch begriffen, entgegen. -

Es bedurfte vielleicht nur Euphemiens Erklärung über die Tendenz ihres Lebens, um mich selbst die überwiegende Macht fühlen zu lassen, die wie der Ausfluß höherer Prinzipe mein Inneres beseelte. Es war etwas Übermenschliches in mein

Wesen getreten, das mich plötzlich auf einen Standpunkt erhob, von dem mir alles in anderm Verhältnis, in anderer Farbe als sonst erschien. Die Geistesstärke, die Macht über das Leben, womit Euphemie prahlte, war mir des bittersten Hohns würdig. In dem Augenblick, daß die Elende ihr loses unbedachtes Spiel mit den gefährlichsten Verknüpfungen des Lebens zu treiben wähnte, war sie hingegeben dem Zufall oder dem bösen Verhängnis, das meine Hand leitete. Es war nur *meine* Kraft, entflammt von geheimnisvollen Mächten, die sie zwingen konnte im Wahn, *den* für den Freund und Bundesbruder zu halten, der, nur ihr zum Verderben die äußere zufällige Bildung jenes Freundes tragend, sie wie die feindliche Macht selbst umkrallte, so daß keine Freiheit mehr möglich. Euphemie wurde mir in ihrem eitlen selbstsüchtigen Wahn verächtlich und das Verhältnis mit ihr um so widriger, als Aurelie in meinem Innern lebte und nur *sie* die Schuld meiner begangenen Sünden trug, wenn ich das, was mir jetzt die höchste Spitze alles irdischen Genusses zu sein schien, noch für Sünde gehalten hätte. Ich beschloß, von der mir einwohnenden Macht den vollsten Gebrauch zu machen und *so* selbst den Zauberstab zu ergreifen, um die Kreise zu beschreiben, in denen sich all die Erscheinungen um mich her mir zur Lust bewegen sollten. Der Baron und Reinhold wetteiferten miteinander, mir das Leben im Schlosse recht angenehm zu machen; nicht die leiseste Ahnung von meinem Verhältnis mit Euphemien stieg in ihnen auf, vielmehr äußerte der Baron oft, wie in unwillkürlicher Herzensergießung, daß erst durch mich ihm Euphemie ganz wiedergegeben sei, und dies schien mir die Richtigkeit der Vermutung Reinholds, daß irgend ein Zufall dem Baron wohl die Spur von Euphemiens verbotenen Wegen entdeckt haben könne, klar anzudeuten. Den Hermogen sah ich selten, er vermied mich mit sichtlicher Angst und Beklemmung, welches der Baron und Reinhold der Scheu vor meinem heiligen, frommen Wesen und vor meiner geistigen Kraft, die das zerrüttete

Gemüt durchschaute, zuschrieben. Auch Aurelie schien sich absichtlich meinem Blick zu entziehen, sie wich mir aus, und wenn ich mit ihr sprach, war auch sie ängstlich und beklommen wie Hermogen. Es war mir beinahe gewiß, daß der wahnsinnige Hermogen gegen Aurelie jene schreckliche Ahnungen, die mich durchbebten, ausgesprochen, indessen schien mir der böse Eindruck zu bekämpfen möglich. – Wahrscheinlich auf Veranlassung der Baronesse, die mich in näheren Rapport mit Aurelien setzen wollte, um durch sie auf Hermogen zu wirken, bat mich der Baron, Aurelien in den höheren Geheimnissen der Religion zu unterrichten. So verschaffte mir Euphemie selbst die Mittel, das Herrlichste zu erreichen, was mir meine glühende Einbildungskraft in tausend üppigen Bildern vorgemalt. Was war jene Vision in der Kirche anderes als das Versprechen der höheren, auf mich einwirkenden Macht, mir *die* zu geben, von deren Besitz allein die Besänftigung des Sturms zu hoffen, der, in mir rasend, mich wie auf tobenden Wellen umherwarf. – Aureliens Anblick, ihre Nähe, ja die Berührung ihres Kleides setzte mich in Flammen. Des Blutes Glutstrom stieg fühlbar auf in die geheimnisvolle Werkstatt der Gedanken, und so sprach ich von den wundervollen Geheimnissen der Religion in feurigen Bildern, deren tiefere Bedeutung die wollüstige Raserei der glühendsten verlangenden Liebe war. So sollte diese Glut meiner Rede wie in elektrischen Schlägen Aureliens Inneres durchdringen und sie sich vergebens dagegen wappnen. – Ihr unbewußt sollten die in ihre Seele geworfenen Bilder sich wunderbar entfalten und glänzender, flammender in der tieferen Bedeutung hervorgehen, und diese ihre Brust dann mit den Ahnungen des unbekannten Genusses erfüllen, bis sie sich, von unnennbarer Sehnsucht gefoltert und zerrissen, selbst in meine Arme würfe. Ich bereitete mich auf die sogenannten Lehrstunden bei Aurelien sorgsam vor, ich wußte den Ausdruck meiner Rede zu steigern; andächtig, mit gefalteten Händen, mit niedergeschlagenen Augen hörte mir das fromme Kind zu, aber nicht eine Bewegung, nicht ein leiser Seufzer verrieten irgend eine tiefere Wirkung meiner Worte. – Meine Bemühungen brachten mich nicht weiter; statt in Aurelien das verderbliche Feuer zu entzünden, das sie der Verführung preisgeben sollte, wurde nur qualvoller und verzehrender die Glut, die in meinem Innern brannte. – Rasend vor Schmerz und Wollust, brütete ich über Pläne zu Aureliens Verderben, und indem ich Euphemien Wonne und Entzücken heuchelte, keimte ein glühender Haß in meiner Seele empor, der im seltsamen Widerspruch meinem Betragen bei der Baronesse etwas Wildes, Entsetzliches gab, vor dem sie selbst erbebte. – Fern von ihr war jede Spur des Geheimnisses, das in meiner Brust verborgen, und unwillkürlich mußte sie der Herrschaft Raum geben, die ich immer mehr und mehr über sie mir anzumaßen anfing. – Oft kam es mir in den Sinn, durch einen wohlberechneten Gewaltstreich, dem Aurelie erliegen sollte, meine Qual zu enden, aber sowie ich Aurelien erblickte, war es mir, als stehe ein Engel neben ihr, sie schirmend und schützend und Trotz bietend der Macht des Feindes. Ein Schauer bebte dann durch meine Glieder, in dem mein böser Vorsatz erkaltete. Endlich fiel ich darauf, mit ihr zu beten, denn im Gebet strömt feuriger die Glut der Andacht, und die geheimsten Regungen werden wach und erheben sich wie auf brausenden Wellen und strecken ihre Polypenarme aus, um das Unbekannte zu fahen, das die unnennbare Sehnsucht stillen soll, von der die Brust zerrissen. Dann mag das Irdische, sich wie Himmlisches verkündend, keck dem aufgeregten Gemüt entgegentreten und im höchsten Genuß schon hienieden die Erfüllung des Überschwenglichen verheißen; die bewußtlose Leidenschaft wird getäuscht, und das Streben nach dem Heiligen, Überirdischen wird gebrochen in dem namenlosen, nie gekannten Entzücken irdischer Begierde. – Selbst darin, daß sie von mir verfaßte Gebete nachsprechen sollte, glaubte ich Vorteile für meine verräterische Absichten zu finden. – Es war dem so! – Denn neben mir knieend, mit zum Himmel gewandtem Blick meine Gebete nachsprechend, färbten höher sich ihre Wangen, und ihr Busen wallte auf und nieder. – Da nahm ich wie im Eifer des Gebets ihre Hände und drückte sie an meine Brust, ich war ihr so nahe, daß ich die Wärme ihres Körpers fühlte, ihre losgelösten Locken hingen über meine Schulter; ich war außer mir vor rasender Begierde, ich umschlang sie mit wildem Verlangen, schon brannten meine Küsse auf ihrem Munde, auf ihrem Busen, da wand sie sich mit einem durchdringenden Schrei aus meinen Armen; ich hatte nicht Kraft, sie zu halten, es war, als strahle ein Blitz herab, mich zerschmetternd! – Sie entfloh rasch in das Nebenzimmer! die Türe öffnete sich, und Hermogen zeigte sich in derselben, er blieb stehen, mich mit dem furchtbaren, entsetzlichen Blick des wilden Wahnsinns anstarrend. Da raffte ich alle meine Kraft zusammen, ich trat keck auf ihn zu und rief mit trotziger gebietender Stimme: »Was willst du hier? Hebe dich weg, Wahnsinniger!« Aber Hermogen streckte mir die rechte Hand entgegen und sprach dumpf und schaurig: »Ich wollte mit dir kämpfen, aber ich habe kein Schwert, und du bist der Mord, denn Blutstropfen quillen aus deinen Augen und kleben in deinem Barte!« –

Er verschwand, die Türe heftig zuschlagend, und ließ mich allein, knirschend vor Wut über mich selbst, der ich mich hatte hinreißen lassen von der Gewalt des Moments, so daß nun der Verrat mir Verderben drohte. Niemand ließ sich sehen, ich hatte Zeit genug, mich ganz zu ermannen, und der mir inwohnende Geist gab mir bald die Anschläge ein, jeder üblen Folge des bösen Beginnens auszuweichen.

Sobald es tunlich war, eilte ich zu Euphemien, und mit keckem Übermut erzählte ich ihr die ganze Begebenheit mit Aurelien. Euphemie schien die Sache nicht so leicht zu nehmen, als ich es gewünscht hatte, und es war mir begreiflich, daß, ihrer gerühmten Geistesstärke, ihrer hohen Ansicht der Dinge unerachtet, wohl kleinliche Eifersucht in ihr wohnen, sie aber überdem noch befürchten könne, daß Aurelie über mich klagen, so der Nimbus meiner Heiligkeit verlöschen und unser Geheimnis in Gefahr geraten werde; aus einer mir selbst unerklärlichen Scheu verschwieg ich Hermogens Hinzutreten und seine entsetzlichen, mich durchbohrenden Worte.

Euphemie hatte einige Minuten geschwiegen und schien, mich seltsamlich anstarrend, in tiefes Nachdenken versunken. – »Solltest du nicht, Viktorin«, sprach sie endlich, »erraten, welche herrliche Gedanken, meines Geistes würdig, mich durchströmen? – Aber du kannst es nicht, doch rüttle frisch die Schwingen, um dem kühnen Fluge zu folgen, den ich zu beginnen bereit bin. Daß du, der du mit voller Herrschaft über alle Erscheinungen des Lebens schweben solltest, nicht neben einem leidlich schönen Mädchen knien kannst, ohne sie zu umarmen und zu küssen, nimmt mich wunder, so wenig ich dir das Verlangen verarge, das in dir aufstieg. So wie ich Aurelien kenne, wird sie voller Scham über die Begebenheit schweigen und sich höchstens nur unter irgend einem Vorwande deinem zu leidenschaftlichen Unterrichte entziehen. Ich befürchte daher nicht im mindesten die verdrießlichen Folgen, die dein Leichtsinn, deine ungezähmte Begierde hätte herbeiführen können. – Ich hasse sie nicht, diese Aurelie, aber ihre Anspruchslosigkeit, ihr stilles Frommtun, hinter dem sich ein unleidlicher Stolz versteckt, ärgert mich. Nie habe ich, unerachtet ich es nicht verschmähte, mit ihr zu spielen, ihr Zutrauen gewinnen können, sie blieb scheu und verschlossen. Diese Abgeneigtheit, sich mir zu schmiegen, ja diese stolze Art, mir auszuweichen, erregt in mir die widrigsten Gefühle. – Es ist ein sublimer Gedanke, die Blume, die auf dem Prunk ihrer glänzenden Farben so stolz tut, gebrochen und dahinwelken zu sehen! – Ich gönne es dir, diesen sublimen Gedanken auszuführen, und es soll nicht an Mitteln fehlen, den Zweck leicht und sicher zu erreichen. – Auf Hermogens Haupt soll die Schuld fallen und ihn vernichten!« – Euphemie sprach noch mehr über ihren Plan und wurde mir mit jedem Worte verhaßter, denn nur das gemeine verbrecherische Weib sah ich in ihr, und so sehr ich nach Aureliens Verderben dürstete, da ich nur dadurch Befreiung von der grenzenlosen Qual wahnsinniger Liebe, die meine Brust zerfleischte, hoffen konnte, so war mir doch Euphemiens Mitwirkung verächtlich. Ich wies daher zu ihrem nicht geringen Erstaunen ihren Anschlag von der Hand, indem ich im Innern fest entschlossen war, das durch eigne Macht zu vollführen, wozu Euphemie mir ihre Beihülfe aufdringen wollte.

So wie die Baronesse es vermutet, blieb Aurelie in ihrem Zimmer, sich mit einer Unpäßlichkeit entschuldigend und so sich meinem Unterricht für die nächsten Tage entziehend. Hermogen war wider seine Gewohnheit jetzt viel in der Gesellschaft Reinholds und des Barons, er schien weniger in sich gekehrt, aber wilder, zorniger. Man hörte ihn oft laut und nachdrücklich sprechen, und ich bemerkte, daß er mich mit Blicken des verhaltenen Grimms ansah, so oft der Zufall mich ihm in den Weg führte; das Betragen des Barons und Reinholds veränderte sich in einigen Tagen auf ganz seltsame Weise. Ohne im Äußerlichen im mindesten von der Aufmerksamkeit und Hochachtung, die sie mir sonst bezeigt, nachzulassen, schien es, als wenn sie, gedrückt von einem wunderbaren ahnenden Gefühl, nicht jenen gemütlichen Ton finden konnten, der sonst unsere Unterhaltung belebte. Alles, was sie mit mir sprachen, war so gezwungen, so frostig, daß ich mich ernstlich mühen mußte, von allerlei Vermutungen ergriffen, wenigstens unbefangen zu scheinen. -

Euphemiens Blicke, die ich immer richtig zu deuten wußte, sagten mir, daß irgend etwas vorgegangen, wovon sie sich besonders aufgeregt fühlte, doch war es den ganzen Tag unmöglich, uns unbemerkt zu sprechen. -

In tiefer Nacht, als alles im Schlosse längst schlief, öffnete sich eine Tapetentüre in meinem Zimmer, die ich selbst noch nicht bemerkt, und Euphemie trat herein mit einem zerstörten

Wesen, wie ich sie noch niemals gesehen. »Viktorin«, sprach sie, »es droht uns Verrat, Hermogen, der wahnsinnige Hermogen ist es, der, durch seltsame Ahnungen auf die Spur geleitet, unser Geheimnis entdeckt hat. In allerlei Andeutungen, die gleich schauerlichen entsetzlichen Sprüchen einer dunklen Macht, die über uns waltet, lauten, hat er dem Baron einen Verdacht eingeflößt, der, ohne deutlich ausgesprochen zu sein, mich doch auf quälende Weise verfolgt. – Wer du bist, daß unter diesem heiligen Kleide Graf Viktorin verborgen, das scheint Hermogen durchaus verschlossen geblieben; dagegen behauptet er, aller Verrat, alle Arglist, alles Verderben, das über uns einbrechen werde, ruhe in dir, ja wie der Widersacher selbst sei der Mönch in das Haus getreten, der, von teuflischer Macht beseelt, verdammten Verrat brüte. – Es kann so nicht bleiben, ich bin es müde, diesen Zwang zu tragen, den mir der kindische Alte auferlegt, der nun mit kränkelnder Eifersucht, wie es scheint, ängstlich meine Schritte bewachen wird. Ich will dies Spielzeug, das mir langweilig worden, wegwerfen, und du, Viktorin, wirst dich um so williger meinem Begehren fügen, als du auf einmal selbst der Gefahr entgehst, endlich ertappt zu werden und so das geniale Verhältnis, das unser Geist ausbrütete, in eine gemeine verbrauchte Mummerei, in eine abgeschmackte Ehestandsgeschichte herabsinken zu sehen! Der lästige Alte muß fort, und wie das am besten ins Werk zu richten ist, darüber laß uns zu Rate gehen, höre aber erst meine Meinung. Du weißt, daß der Baron jeden Morgen, wenn Reinhold beschäftigt, allein hinausgeht in das Gebürge, um sich an den Gegenden nach seiner Art zu erlaben. – Schleiche dich früher hinaus und suche ihm am Ausgange des Parks zu begegnen. Nicht weit von hier gibt es eine wilde schauerliche Felsengruppe; wenn man sie erstiegen, gähnt dem Wandrer auf der einen Seite ein schwarzer bodenloser Abgrund entgegen, dort ist, oben über den Abgrund herüberragend, der sogenannte Teufelssitz. Man fabelt, daß giftige Dünste aus dem Abgrunde steigen, die den, der vermessen hinabschaut, um zu erforschen, was drunten verborgen, betäuben und rettungslos in den Tod hinabziehen. Der Baron, dieses Märchen verlachend, stand schon oft auf jenem Felsstück über dem Abgrund, um die Aussicht, die sich dort öffnet, zu genießen. Es wird leicht sein, ihn selbst darauf zu bringen, daß er dich an die gefährliche Stelle führt; steht er nun dort und starrt in die Gegend hinein, so erlöst uns ein kräftiger Stoß deiner Faust auf immer von dem ohnmächtigen Narren.« – »Nein, nimmermehr«, schrie ich heftig, »ich kenne den entsetzlichen Abgrund, ich kenne den Sitz des Teufels, nimmermehr! Fort mit dir und dem Frevel, den du mir zumutest!« Da sprang Euphemie auf, wilde Glut entflammte ihren Blick, ihr Gesicht war verzerrt von der wütenden Leidenschaft, die in ihr tobte. »Elender Schwächling«, rief sie, »du wagst es in dumpfer Feigheit, dem zu widerstreben, was ich beschloß? Du willst dich lieber dem schmachvollen Joche schmiegen, als mit mir herrschen? Aber du bist in meiner Hand, vergebens entwindest du dich der Macht, die dich gefesselt hält zu meinen Füßen! – Du vollziehst meinen Auftrag, morgen darf der, dessen Anblick mich peinigt, nicht mehr leben!« –

Indem Euphemie die Worte sprach, durchdrang mich die tiefste Verachtung ihrer armseligen Prahlerei, und im bittern Hohn lachte ich ihr gellend entgegen, daß sie erbebte und die Totenblässe der Angst und des tiefen Grauens ihr Gesicht überflog. – »Wahnsinnige«, rief ich, »die du glaubst, über das Leben zu herrschen, die du glaubst, mit seinen Erscheinungen zu spielen, habe acht, daß dies Spielzeug nicht in deiner Hand zur schneidenden Waffe wird, die dich tötet! Wisse, Elende, daß ich, den du in deinem ohnmächtigen Wahn zu beherrschen glaubst, dich wie das Verhängnis selbst in meiner Macht festgekettet halte, dein frevelhaftes Spiel ist nur das krampfhafte Winden des gefesselten Raubtiers im Käfig! – Wisse, Elende, daß dein Buhle zerschmettert in jenem Abgrunde liegt und daß du statt seiner den Geist der Rache selbst umarmtest! – Geh und verzweifle!«

Euphemie wankte; im konvulsivischen Erbeben war sie im Begriff, zu Boden zu sinken, ich faßte sie und drückte sie durch die Tapetentüre den Gang hinab. – Der Gedanke stieg mir auf, sie zu töten, ich unterließ es, ohne mich dessen bewußt zu sein, denn im ersten Augenblick, als ich die Tapetentüre schloß, glaubte ich die Tat vollbracht zu haben! – Ich hörte einen durchdringenden Schrei und Türen zuschlagen.

Jetzt hatte ich mich selbst auf den Standpunkt gestellt, der mich dem gewöhnlichen menschlichen Tun ganz entrückte; jetzt mußte Schlag auf Schlag folgen, und, mich selbst als den bösen Geist der Rache verkündend, mußte ich das Ungeheure vollbringen. – Euphemiens Untergang war beschlossen, und der glühendste Haß sollte, mit der höchsten Inbrunst der Liebe sich vermählend, mir *den* Genuß gewähren, der nun noch dem übermenschlichen, mir inwohnenden Geiste würdig. – In dem Augenblick, daß Euphemie untergegangen, sollte Aurelie mein werden.

Ich erstaunte über Euphemiens innere Kraft, die es ihr möglich machte, den andern Tag unbefangen und heiter zu scheinen. Sie sprach selbst darüber, daß sie vorige Nacht in eine Art Somnambulismus geraten und dann heftig an Krämpfen gelitten, der Baron schien sehr teilnehmend, Reinholds Blicke waren zweifelhaft und mißtrauisch. Aurelie blieb auf ihrem Zimmer, und je weniger es mir gelang, sie zu sehen, desto rasender tobte die Wut in meinem Innern. Euphemie lud mich ein, auf bekanntem Wege in ihr Zimmer zu schleichen, wenn alles im Schlosse ruhig geworden. – Mit Entzücken vernahm ich das, denn der Augenblick der Erfüllung ihres bösen Verhängnisses war gekommen. – Ein kleines spitzes Messer, das ich schon von Jugend auf bei mir trug, und mit dem ich geschickt in Holz zu schneiden wußte, verbarg ich in meiner Kutte, und so zum Morde entschlossen, ging ich zu ihr. »Ich glaube«, fing sie an, »wir haben beide gestern schwere ängstliche Träume gehabt, es kam viel von Abgründen darin vor, doch das ist nun vorbei!« - Sie gab sich darauf wie gewöhnlich meinen frevelnden Liebkosungen hin, ich war erfüllt von entsetzlichem teuflischen Hohn, indem ich nur die Lust empfand, die mir der Mißbrauch ihrer eigenen Schändlichkeit erregte. Als sie in meinen Armen lag, entfiel mir das Messer, sie schauerte zusammen, wie von Todesangst ergriffen, ich hob das Messer rasch auf, den Mord noch verschiebend, der mir selbst andere Waffen in die Hände gab. - Euphemie hatte italienischen Wein und eingemachte Früchte auf den Tisch stellen lassen. - »Wie so ganz plump und verbraucht«, dachte ich, verwechselte geschickt die Gläser und genoß nur scheinbar die mir dargebotenen Früchte, die ich in meinen weiten Ärmel fallen ließ. Ich hatte zwei, drei Gläser von dem Wein, aber aus dem Glase, das Euphemie für sich hingestellt, getrunken, als sie vorgab, Geräusch im Schlosse zu hören, und mich bat, sie schnell zu verlassen. - Nach ihrer Absicht sollte ich auf meinem Zimmer enden! Ich schlich durch die langen, schwach erhellten Korridore, ich kam bei Aureliens Zimmer vorüber, wie festgebannt blieb ich stehen. - Ich sah sie, es war, als schwebte sie daher, mich voll Liebe anblickend, wie in jener Vision, und mir winkend, daß ich ihr folgen sollte. - Die Türe wich durch den Druck meiner Hand, ich stand im Zimmer, nur angelehnt war die Türe des Kabinetts, eine schwüle Luft wallte mir entgegen, meine Liebesglut stärker entzündend, mich betäubend; kaum konnte ich atmen. - Aus dem Kabinett quollen die tiefen angstvollen Seufzer der vielleicht von Verrat und Mord Träumenden, ich hörte sie im Schlafe beten! - »Zur Tat, zur Tat, was zauderst du, der Augenblick entflieht«, so trieb mich die unbekannte Macht in meinem Innern. - Schon hatte ich einen Schritt ins Kabinett getan, da schrie es hinter mir: »Verruchter, Mordbruder! Nun gehörst du mein!« und ich fühlte mich mit Riesenkraft von hinten festgepackt. - Es war Hermogen, ich wand mich, alle meine Stärke aufbietend, endlich von ihm los und wollte mich fortdrängen, aber von neuem packte er mich hinterwärts und zerfleischte meinen Nacken mit wütenden Bissen! – Vergebens rang ich, unsinnig vor Schmerz und Wut, lange mit ihm, endlich zwang ihn ein kräftiger Stoß, von mir abzulassen, und als er von neuem über mich herfiel, da zog ich mein Messer; zwei Stiche, und er sank röchelnd zu Boden, daß es dumpf im Korridor widerhallte. – Bis heraus aus dem Zimmer hatten wir uns gedrängt im Kampfe der Verzweiflung. –

Sowie Hermogen gefallen, rannte ich in wilder Wut die Treppe herab, da riefen gellende Stimmen durch das ganze Schloß: »Mord! Mord!« – Lichter schweiften hin und her, und die Tritte der Herbeieilenden schallten durch die langen Gänge, die Angst verwirrte mich, ich war auf entlegene Seitentreppen geraten. – Immer lauter, immer heller wurde es im Schlosse, immer näher und näher erscholl es gräßlich: »Mord, Mord!« Ich unterschied die Stimme des Barons und Reinholds, welche heftig mit den Bedienten sprachen. – Wohin fliehen, wohin mich verbergen? Noch vor wenig Augenblicken, als ich Euphemien mit demselben Messer ermorden wollte, mit dem ich den wahnsinnigen Hermogen tötete, war es mir, als könne ich, mit dem blutigen Mordinstrument in der Hand, vertrauend auf meine Macht, keck hinaustreten, da keiner, von scheuer Furcht ergriffen, es wagen würde, mich aufzuhalten; jetzt war ich selbst von tödlicher Angst befangen. Endlich, endlich war ich auf der Haupttreppe, der Tumult hatte sich nach den Zimmern der Baronesse gezogen, es wurde ruhiger, in drei gewaltigen Sprüngen war ich hinab, nur noch wenige Schritte vom Portal entfernt. Da gellte ein durchdringender Schrei durch die Gänge, dem ähnlich, den ich in voriger Nacht gehört. – »Sie ist tot, gemordet durch das Gift, das sie mir bereitet«, sprach ich dumpf in mich hinein. Aber nun strömte es wieder hell aus Euphemiens Zimmern. Aurelie schrie angstvoll um Hülfe. Aufs neue erscholl es gräßlich: »Mord, Mord!« – Sie brachten

Hermogens Leichnam! – »Eilt nach dem Mörder«, hört' ich Reinhold rufen. Da lachte ich grimmig auf, daß es durch den Saal, durch die Gänge dröhnte, und rief mit schrecklicher Stimme: »Wahnwitzige, wollt ihr das Verhängnis fahen, das die frevelnden Sünder gerichtet?« – Sie horchten auf, der Zug blieb wie festgebannt auf der Treppe stehen. – Nicht fliehen wollt' ich mehr, – ja ihnen entgegenschreiten, die Rache Gottes an den Frevlern in donnernden Worten verkündend. Aber – des gräßlichen Anblicks! – vor mir! – vor mir stand Viktorins blutige Gestalt, nicht ich, er hatte die Worte gesprochen. – Das Entsetzen sträubte mein Haar, ich stürzte in wahnsinniger Angst heraus, durch den Park! – Bald war ich im Freien, da hörte ich Pferdegetrappel hinter mir, und indem ich meine letzte Kraft zusammennahm, um der Verfolgung zu entgehen, fiel ich, über eine Baumwurzel strauchelnd, zu Boden. Bald standen die Pferde bei mir. Es war Viktorins Jäger. »Um Jesus willen, gnädiger Herr«, fing er an, »was ist im Schlosse vorgefallen, man schreit Mord! Schon ist das Dorf im Aufruhr. – Nun, was es auch sein mag, ein guter Geist hat es mir eingegeben, aufzupacken und aus dem Städtchen hierher zu reiten; es ist alles im Felleisen auf Ihrem Pferde, gnädiger Herr, denn wir werden uns doch wohl trennen müssen vorderhand, es ist gewiß recht was Gefährliches geschehen, nicht wahr?« Ich raffte mich auf, und mich aufs Pferd schwingend, bedeutete ich dem Jäger, in das Städtchen zurückzureiten und dort meine Befehle zu erwarten. Sobald er sich in der Finsternis entfernt hatte, stieg ich wieder vom Pferde und leitete es behutsam in den dicken Tannenwald hinein, der sich vor mir ausbreitete.

DRITTER ABSCHNITT
DIE ABENTEUER DER REISE

Als die ersten Strahlen der Sonne durch den finstern Tannenwald brachen, befand ich mich an einem frisch und hell über glatte Kieselsteine dahinströmenden Bach. Das Pferd, welches ich mühsam durch das Dickicht geleitet, stand ruhig neben mir, und ich hatte nichts Angelegentlicheres zu tun, als das Felleisen, womit es bepackt war, zu untersuchen. – Wäsche, Kleidungsstücke, ein mit Gold gefüllter Beutel fielen mir in die Hände. – Ich beschloß, mich sogleich umzukleiden; mit Hülfe der kleinen Schere und des Kamms, den ich in einem Besteck gefunden, verschnitt ich den Bart und brachte die Haare, so gut es gehen wollte, in Ordnung. Ich warf die Kutte ab, in welcher ich noch das kleine verhängnisvolle Messer, Viktorins Portefeuille, sowie die Korbflasche mit dem Rest des Teufelselixiers vorfand, und bald stand ich da, in weltlicher Kleidung mit der Reisemütze auf dem Kopf, so daß ich mich selbst, als mir der Bach mein Bild heraufspiegelte, kaum wieder erkannte. Bald war ich am Ausgang des Waldes, und der in der Ferne aufsteigende Dampf, sowie das helle Glockengeläute, das zu mir herübertönte, ließen mich ein Dorf in der Nähe vermuten. Kaum hatte ich die Anhöhe vor mir erreicht, als ein freundliches schönes Tal sich öffnete, in dem ein großes Dorf lag. Ich schlug den breiten Weg ein, der sich hinabschlängelte, und sobald der Abhang weniger steil wurde, schwang ich mich aufs Pferd, um soviel möglich mich an das mir ganz fremde Reiten zu gewöhnen. – Die Kutte hatte ich in einen hohlen Baum verborgen und mit ihr all die feindseligen Erscheinungen auf dem Schlosse in dem finstern Wald gebannt; denn ich fühlte mich froh und mutig, und es war mir, als habe nur meine überreizte Fantasie mir Viktorins blutige gräßliche Gestalt gezeigt und als wären die letzten Worte, die ich den mich Verfolgenden entgegenrief, wie in hoher Begeisterung unbewußt aus meinem Innern hervorgegangen und hätten die wahre geheime Beziehung des Zufalls, der mich auf das Schloß brachte und das, was ich dort begann, herbeiführte, deutlich ausgesprochen. – Wie das waltende Verhängnis selbst trat ich ein, den boshaften Frevel strafend und den Sünder in dem ihm bereiteten Untergange entsündigend. Nur Aureliens holdes Bild lebte noch wie sonst in mir, und ich konnte nicht an sie denken, ohne meine Brust beengt, ja physisch einen nagenden Schmerz in meinem Innern zu fühlen. – Doch war es mir, als müsse ich sie vielleicht in fernen Landen wiedersehen, ja, als müsse sie, wie von unwiderstehlichem Drange hingerissen, von unauflöslichen Banden an mich gekettet, mein werden. –

Ich bemerkte, daß die Leute, welche mir begegneten, stillstanden und mir verwundert nachsahen, ja daß der Wirt im Dorfe vor Erstaunen über meinen Anblick kaum Worte finden konnte, welches mich nicht ängstigte. Während daß ich mein Frühstück verzehrte und mein Pferd gefüttert wurde, versammelten sich mehrere Bauern in der Wirtsstube, die, mit scheuen Blicken mich anschielend, miteinander flüsterten. – Immer mehr drängte sich das Volk zu, und mich dicht umringend, gafften sie mich an mit dummen Erstaunen. Ich bemühte mich, ruhig und unbefangen zu bleiben, und rief mit lauter Stimme den Wirt, dem ich befahl, mein Pferd satteln und das Felleisen aufpacken zu lassen. Er ging, zweideutig lächelnd, hinaus und kam bald darauf mit einem langen Mann zurück, der mit finstrer Amtsmiene und komischer Gravität auf mich zuschritt. Er faßte mich scharf ins Auge, ich erwiderte den Blick, indem ich aufstand und mich dicht vor ihn stellte. Das schien ihn etwas außer Fassung zu setzen, indem er sich scheu nach den versammelten Bauern umsah. »Nun, was ist es«, rief ich, »Ihr scheint mir etwas sagen zu wollen.« Da räusperte sich der ernsthafte Mann und sprach, indem er sich bemühte, in den Ton seiner

Stimme recht viel Gewichtiges zu legen: »Herr! Ihr kommt nicht eher von hinnen, bis Ihr Uns, dem Richter hier am Orte, umständlich gesagt, wer Ihr seid, mit allen Qualitäten, was Geburt, Stand und Würde anbelangt, auch woher Ihr gekommen und wohin Ihr zu reisen gedenkt, nach allen Qualitäten, der Lage des Orts, des Namens, Provinz und Stadt und was weiter zu bemerken, und über das alles müßt Ihr Uns, dem Richter, einen Paß vorzeigen, geschrieben und unterschrieben, untersiegelt nach allen Qualitäten, wie es recht ist und gebräuchlich!« – Ich hatte gar nicht daran gedacht, daß es nötig sei, irgend einen Namen anzunehmen, und noch weniger war mir eingefallen, daß das Sonderbare, Fremde meines Äußeren – welches durch die Kleidung, der sich mein mönchischer Anstand nicht fügen wollte, sowie durch die Spuren des übelverschnittenen Bartes erzeugt wurde – mich jeden Augenblick in die Verlegenheit setzen würde, über meine Person ausgeforscht zu werden. Die Frage des Dorfrichters kam mir daher so unerwartet, daß ich vergebens sann, ihm irgend eine befriedigende Antwort zu geben. Ich entschloß mich, zu versuchen, was entschiedene Keckheit bewirken würde, und sagte mit fester Stimme: »Wer ich bin, habe ich Ursache zu verschweigen, und deshalb trachtet Ihr vergeblich, meinen Paß zu sehen, übrigens hütet Euch, eine Person von Stande mit Eueren läppischen Weitläufigkeiten nur einen Augenblick aufzuhalten.« –»Hoho!« rief der Dorfrichter, indem er eine große Dose hervorzog, in die, als er schnupfte, fünf Hände der hinter ihm stehenden Grichtsschöppen hineingriffen, gewaltige Prisen herausholend, »hoho, nur nicht so barsch, gnädigster Herr! – Ihre Exzellenz wird sich gefallen lassen müssen, Uns, dem Richter, Rede zu stehen und den Paß zu zeigen, denn, nun gerade herausgesagt, hier im Gebürge gibt es seit einiger Zeit allerlei verdächtige Gestalten, die dann und wann aus dem Walde kucken und wieder verschwinden wie der Gottseibeiuns selbst, aber es ist verfluchtes Diebs- und Raubgesindel, die den Reisenden auflauern und allerlei Schaden anrichten durch Mord und Brand, und Ihr, mein gnädigster Herr, seht in der Tat so absonderlich aus, daß Ihr ganz dem Bilde ähnlich seid, das die hochlöbliche Landesregierung von einem großen Räuber und Hauptspitzbuben, geschrieben und beschrieben nach allen Qualitäten, an Uns, dem Richter, geschickt hat. Also nur ohne alle weitere Umstände und zeremonische Worte den Paß, oder in den Turm!« – Ich sah, daß mit dem Mann so nichts auszurichten war, ich schickte mich daher an zu einem andern Versuch. »Gestrenger Herr Richter«, sprach ich, »wenn Ihr mir die Gnade erzeigen wolltet, daß ich mit Euch allein sprechen dürfte, so wollte ich alle Eure Zweifel leicht aufklären und im Vertrauen auf Eure Klugheit Euch das Geheimnis offenbaren, das mich in dem Aufzuge, der Euch so auffallend dünkt, herführt.« »Ha, ha! Geheimnisse offenbaren«, sprach der Richter, »ich merke schon, was das sein wird; nun, geht nur hinaus, ihr Leute, bewacht die Türe und die Fenster und laßt niemanden hinein und heraus!« – Als wir allein waren, fing ich an: »Ihr seht in mir, Herr Richter, einen unglücklichen Flüchtling, dem es endlich durch seine Freunde glückte, einem schmachvollen Gefängnis und der Gefahr, auf ewig ins Kloster gesperrt zu werden, zu entgehen. Erlaßt mir die näheren Umstände meiner Geschichte, die das Gewebe von Ränken und Bosheiten einer rachsüchtigen Familie ist. Die Liebe zu einem Mädchen niedern Standes war die Ursache meiner Leiden. In dem langen Gefängnis war mir der Bart gewachsen und man hatte mir schon die Tonsur geben lassen, wie Ihr's bemerken könnet, sowie ich auch in dem Gefängnisse, in dem ich schmachtete, in eine Mönchskutte gekleidet gehen mußte. Erst nach meiner Flucht, hier im Walde, durfte ich mich umkleiden, weil man mich sonst ereilt haben würde. Ihr merkt nun selbst, woher das Auffallende in meinem Äußern rührt, das mich bei Euch in solch bösen Verdacht gesetzt hat. Einen Paß kann ich Euch, wie Ihr seht, nun nicht vorzeigen, aber für die Wahrheit meiner

Behauptungen habe ich gewisse Gründe, die Ihr wohl für richtig anerkennen werdet.« – Mit diesen Worten zog ich den Geldbeutel hervor, legte drei blanke Dukaten auf den Tisch, und der gravitätische Ernst des Herrn Richters verzog sich zum schmunzelnden Lächeln. »Eure Gründe, mein Herr«, sagte er, »sind gewiß einleuchtend genug, aber nehmt es nicht übel, mein Herr! es fehlt Ihnen noch eine gewisse überzeugende Gleichheit nach allen Qualitäten! Wenn Ihr wollt, daß ich das Ungerade für gerade nehmen soll, so müssen Eure Gründe auch so beschaffen sein.« – Ich verstand den Schelm und legte noch einen Dukaten hinzu. »Nun sehe ich«, sprach der Richter, »daß ich Euch mit meinem Verdacht unrecht getan habe; reiset nur weiter, aber schlagt, wie Ihr es wohl gewohnt sein möget, hübsch die Nebenwege ein, haltet Euch von der Heerstraße ab, bis Ihr Euch des verdächtigen Äußern ganz entledigt.« – Er öffnete die Türe nun weit und rief laut der versammelten Menge entgegen: »Der Herr da drinnen ist ein vornehmer Herr nach allen Qualitäten, er hat sich Uns, dem Richter, in einer geheimen Audienz entdeckt, er reiset inkognito, das heißt unbekannterweise, und daß ihr alle davon nichts zu wissen und zu vernehmen braucht, ihr Schlingel! – Nun, glückliche Reise, gnäd'ger Herr!« Die Bauern zogen, ehrfurchtsvoll schweigend, die Mützen ab, als ich mich auf das Pferd schwang. Rasch wollte ich durch das Tor sprengen, aber das Pferd fing an, sich zu bäumen, meine Unwissenheit, meine Ungeschicklichkeit im Reiten versagte mir jedes Mittel, es von der Stelle zu bringen, im Kreise drehte es sich mit mir herum und warf mich endlich unter dem schallenden Gelächter der Bauern dem herbeieilenden Richter und dem Wirte in die Arme. »Das ist ein böses Pferd«, sagte der Richter mit unterdrücktem Lachen. – »Ein böses Pferd!« wiederholte ich, mir den Staub abklopfend. Sie halfen mir wieder herauf, aber von neuem bäumte sich schnaubend und prustend das Pferd, durchaus war es nicht durch das Tor zu bringen. Da rief ein alter Bauer: »Ei seht doch, da sitzt ja das Zeterweib, die alte Liese, an dem Tor und läßt den gnädigen Herrn nicht fort, aus Schabernack, weil er ihr keinen Groschen gegeben.« – Nun erst fiel mir ein altes zerlumptes Bettelweib ins Auge, die dicht am Torwege niedergekauert saß und mich mit wahnsinnigen Blicken anlachte. »Will die Zeterhexe gleich aus dem Weg!« schrie der Richter, aber die Alte kreischte: »Der Blutbruder hat mir keinen Groschen gegeben, seht ihr nicht den toten Menschen vor mir liegen? Über den kann der Blutbruder nicht wegspringen, der tote Mensch richtet sich auf, aber ich drücke ihn nieder, wenn mir der Blutbruder einen Groschen gibt.« Der Richter hatte das Pferd bei dem Zügel ergriffen und wollte es, ohne auf das wahnwitzige Geschrei der Alten zu achten, durch das Tor ziehen, vergeblich war indessen alle Anstrengung, und die Alte schrie gräßlich dazwischen: »Blutbruder, Blutbruder, gib mir Groschen, gib mir Groschen!« Da griff ich in die Tasche und warf ihr Geld in den Schoß, und jubelnd und jauchzend sprang die Alte auf in die Lüfte und schrie: »Seht die schönen Groschen, die mir der Blutbruder gegeben, seht die schönen Groschen!« Aber mein Pferd wieherte laut und kurbettierte, von dem Richter losgelassen, durch das Tor. »Nun geht es gar schön und herrlich mit dem Reiten, gnädiger Herr, nach allen Qualitäten«, sagte der Richter, und die Bauern, die mir bis vors Tor nachgelaufen, lachten noch einmal über die Maßen, als sie mich unter den Sprüngen des munteren Pferdes so auf und nieder fliegen sahen, und riefen: »Seht doch, seht doch, der reitet wie ein Kapuziner!« –

Der ganze Vorfall im Dorfe, vorzüglich die verhängnisvollen Worte des wahnsinnigen Weibes, hatten mich nicht wenig aufgeregt. Die vornehmsten Maßregeln, die ich jetzt zu ergreifen hatte, schienen mir, bei der ersten Gelegenheit alles Auffallende aus meinem Äußeren zu verbannen und mir irgend einen Namen zu geben, mit dem ich mich ganz unbemerkt in die Masse der Menschen eindrängen könne. – Das Leben lag vor mir wie ein finstres, undurchschauliches Verhängnis, was konnte ich anders tun, als mich in meiner Verbannung ganz den Wellen des Stroms überlassen, der mich unaufhaltsam dahinriß. Alle Fäden, die mich sonst an bestimmte Lebensverhältnisse banden, waren zerschnitten und daher kein Halt für mich zu finden. Immer lebendiger und lebendiger wurde die Heerstraße, und alles kündigte schon in der Ferne die reiche, lebhafte Handelsstadt an, der ich mich jetzt näherte. In wenigen Tagen lag sie mir vor Augen; ohne gefragt, ja ohne einmal eben genau betrachtet zu werden, ritt ich in die Vorstadt hinein. Ein großes Haus mit hellen Spiegelfenstern, über dessen Türe ein goldner geflügelter Löwe prankte, fiel mir in die Augen. Eine Menge Menschen wogte hinein und hinaus, Wagen kamen und fuhren ab, aus den untern Zimmern schallte mir Gelächter und Gläserklang entgegen. Kaum hielt ich an der Türe, als geschäftig der Hausknecht herbeisprang, mein Pferd bei dem Zügel ergriff und es, als ich abgestiegen, hineinführte. Der zierlich gekleidete Kellner kam mit dem klappernden Schlüsselbunde und schritt mir voran die Treppe herauf; als wir uns im zweiten Stock befanden, sah er mich noch einmal flüchtig an und führte mich dann noch eine Treppe höher, wo er mir ein mäßiges Zimmer öffnete und mich dann höflich frug, was ich vorderhand beföhle, um zwei Uhr würde gespeist im Saal No. 10, erster Stock u. s. w. »Bringen Sie mir eine Flasche Wein!« Das war in der Tat das erste Wort, das ich der dienstfertigen Geschäftigkeit dieser Leute einschieben konnte.

Kaum war ich allein, als es klopfte und ein Gesicht zur Türe hereinsah, das einer komischen Maske glich, wie ich sie wohl ehemals gesehen. Eine spitze rote Nase, ein paar kleine funkelnde Augen, ein langes Kinn und dazu ein aufgetürmtes gepudertes Toupet, das, wie ich nachher wahrnahm, ganz unvermuteterweise hinten in einen Titus ausging, ein großes Jabot, ein brennend rotes Gilet, unter dem zwei starke Uhrketten hervorhingen, Pantalons, ein Frack, der manchmal zu enge, dann aber auch wieder zu weit war, kurz mit Konsequenz überall nicht paßte! – So schritt die Figur in der Krümmung des Bücklings, der in der Türe begonnen, herein, Hut, Schere und Kamm in der Hand, sprechend: »Ich bin der Friseur des Hauses und biete meine Dienste, meine unmaßgeblichen Dienste gehorsamst an.« Die kleine winddürre Figur hatte so etwas Possierliches, daß ich das Lachen kaum unterdrücken konnte. Doch war mir der Mann willkommen, und ich stand nicht an, ihn zu fragen, ob er sich getraue, meine durch die lange Reise und noch dazu durch übles Verschneiden ganz in Verwirrung geratene Haare in Ordnung zu bringen. Er sah meinen Kopf mit kunstrichterlichen Augen an und sprach, indem er die rechte Hand, graziös gekrümmt, mit ausgespreizten Fingern auf die rechte Brust legte: »In Ordnung bringen? – O Gott! Pietro Belcampo, du, den die schnöden Neider schlechtweg Peter Schönfeld nennen, wie den göttlichen Regimentspfeifer und Hornisten Giacomo Punto Jakob Stich, du wirst verkannt. Aber stellst du nicht selbst dein Licht unter den Scheffel, statt es leuchten zu lassen vor der Welt? Sollte der Bau dieser Hand, sollte der Funke des Genies, der aus diesem Auge strahlt und wie ein lieblich Morgenrot die Nase färbt im Vorbeistreifen, sollte dein ganzes Wesen nicht dem ersten Blick des Kenners verraten, daß der Geist dir einwohnt, der nach dem Ideal strebt? – In Ordnung bringen! – ein kaltes Wort, mein Herr!« –

Ich bat den wunderlichen kleinen Mann, sich nicht so zu ereifern, indem ich seiner Geschicklichkeit alles zutraue. »Geschicklichkeit?« fuhr er in seinem Eifer fort, »was ist Geschicklichkeit? – Wer war geschickt? – Jener, der das Maß nahm nach fünf Augenlängen und dann springend dreißig Ellen weit in den Graben stürzte? – Jener, der ein Linsenkorn auf zwanzig Schritte weit durch ein Nähnadelöhr schleuderte? – Jener, der fünf Zentner an den Degen hing und so ihn an der Nasenspitze balancierte sechs Stunden, sechs Minuten, sechs Sekunden und einen Augenblick? – Ha, was ist Geschicklichkeit! Sie ist fremd dem Pietro Belcampo, den die Kunst, die heilige, durchdringt. – Die Kunst, mein Herr, die Kunst! – Meine Fantasie irrt in dem wunderbaren Lockenbau, in dem künstlichen Gefüge, das der Zephirhauch in Wellenzirkeln baut und zerstört. – Da schafft sie und wirkt und arbeitet. – Ha, es ist was Göttliches um die Kunst, denn die Kunst, mein Herr, ist eigentlich nicht sowohl die Kunst, von der man soviel spricht, sondern sie entsteht vielmehr erst aus dem allen, was man die Kunst heißt! – Sie verstehen mich, mein Herr, denn sie scheinen mir ein denkender Kopf, wie ich aus dem Löckchen schließe, das sich rechter Hand über Dero verehrte Stirn gelegt.« – Ich versicherte, daß ich ihn vollkommen verstände, und indem mich die ganze originelle Narrheit des Kleinen höchlich ergötzte, beschloß ich, seine gerühmte Kunst in Anspruch nehmend, seinen Eifer, seinen Pathos nicht im mindesten zu unterbrechen. »Was gedenken Sie denn«, sagte ich, »aus meinen verworrenen Haaren herauszubringen?« – »Alles, was Sie wollen«, erwiderte der Kleine; »soll Pietro Belcampo des Künstlers Rat aber etwas vermögen, so lassen Sie mich erst in den gehörigen Weiten, Breiten und Längen Ihr wertes Haupt, Ihre ganze Gestalt, Ihren Gang, Ihre Mienen, Ihr Gebärdenspiel betrachten, dann werde ich sagen, ob Sie sich mehr zum Antiken oder zum Romantischen, zum Heroischen, Großen, Erhabenen, zum Naiven, zum Idyllischen, zum Spöttischen, zum Humoristischen hinneigen; dann werde ich die Geister des Caracalla, des Titus, Karls des Großen, Heinrich des Vierten, Gustav Adolfs oder Virgils, Tassos, Boccaccios heraufbeschwören. – Von ihnen beseelt, zucken die Muskeln meiner Finger, und unter der sonoren zwitschernden Schere geht das Meisterstück hervor. Ich werde es sein, mein Herr, der Ihre Charakteristik, wie sie sich aussprechen soll im Leben, vollendet. Aber jetzt bitte ich, die Stube einigemal auf und ab zu schreiten, ich will beobachten, bemerken, anschauen, ich bitte!«

Dem wunderlichen Mann mußte ich mich wohl fügen, ich

schritt daher, wie er gewollt, die Stube auf und ab, indem ich mir alle Mühe gab, den gewissen mönchischen Anstand, den keiner ganz abzulegen vermag, ist es auch noch so lange her, daß er das Kloster verlassen, zu verbergen. Der Kleine betrachtete mich aufmerksam, dann aber fing er an, um mich her zu trippeln, er seufzte und ächzte, er zog sein Schnupftuch hervor und wischte sich die Schweißtropfen von der Stirne. Endlich stand er still, und ich frug ihn, ob er nun mit sich einig worden, wie er mein Haar behandeln müsse. Das seufzte er und sprach: Ach, mein Herr, was ist denn das? - Sie haben sich nicht Ihrem natürlichen Wesen überlassen, es war ein Zwang in dieser Bewegung, ein Kampf streitender Naturen. Noch ein paar Schritte, mein Herr!« - Ich schlug es ihm rund ab, mich noch einmal zur Schau zu stellen, indem ich erklärte, daß, wenn er *nun* sich nicht entschließen könne, mein Haar zu verschneiden, ich darauf verzichten müsse, seine Kunst in Anspruch zu nehmen. »Begrabe dich, Pietro«, rief der Kleine in vollem Eifer, »denn du wirst verkannt in dieser Welt, wo keine Treue, keine Aufrichtigkeit mehr zu finden. Aber Sie sollen doch meinen Blick, der in die Tiefe schaut, bewundern, ja den Genius in mir verehren, mein Herr! Vergebens suchte ich lange all das Widersprechende, was in Ihrem ganzen Wesen, in Ihren Bewegungen liegt, zusammenzufügen. Es liegt in Ihrem Gange etwas, das auf einen Geistlichen hindeutet. Ex profundis clamavi ad te Domine - Oremus - Et in omnia saecula saeculorum Amen!« - Diese Worte sang der Kleine mit heisrer, quäkender Stimme, indem er mit treuster Wahrheit Stellung und Gebärde der Mönche nachahmte. Er drehte sich wie vor dem Altar, er kniete und stand wieder auf, aber nun nahm er einen stolzen trotzigen Anstand an, er runzelte die Stirn, er riß die Augen auf und sprach: »Mein ist die Welt! - Ich bin reicher, klüger, verständiger als ihr alle, ihr Maulwürfe; beugt euch vor mir! Sehen Sie, mein Herr«, sagte der Kleine, »das sind die Hauptingredienzen Ihres äußern Anstandes, und wenn Sie es wünschen, so will ich,

Ihre Züge, Ihre Gestalt, Ihre Sinnesart beachtend, etwas Caracalla, Abälard und Boccaz zusammengießen und so in der Glut, Form und Gestalt bildend, den wunderbaren antik-romantischen Bau ätherischer Locken und Löckchen beginnen.« – Es lag so viel Wahres in der Bemerkung des Kleinen, daß ich es für geraten hielt, ihm zu gestehen, wie ich in der Tat geistig gewesen und schon die Tonsur erhalten, die ich jetzt soviel möglich zu verstecken wünsche.

Unter seltsamen Sprüngen, Grimassen und wunderlichen Reden bearbeitete der Kleine mein Haar. Bald sah er finster und mürrisch aus, bald lächelte er, bald stand er in athletischer Stellung, bald erhob er sich auf den Fußspitzen, kurz, es war mir kaum möglich, nicht noch mehr zu lachen, als schon wider meinen Willen geschah. – Endlich war er fertig, und ich bat ihn, noch ehe er in die Worte ausbrechen konnte, die ihm schon auf der Zunge schwebten, mir jemanden heraufzuschicken, der sich, ebenso wie *er* des Haupthaars, meines verwirrten Barts annahmen könnte. Da lächelte er ganz seltsam, schlich auf den Zehen zur Stubentüre und verschloß sie. Dann trippelte er leise bis mitten ins Zimmer und sprach: »Goldene Zeit, als noch Bart und Haupthaar in *einer* Lockenfülle sich zum Schmuck des Mannes ergoß und die süße Sorge eines Künstlers war. – Aber du bist dahin! – Der Mann hat seine schönste Zierde verworfen, und eine schändliche Klasse hat sich hingegeben, den Bart mit entsetzlichen Instrumenten bis auf die Haut zu vertilgen. O, ihr schnöden, schmächlichen Bartkratzer und Bartputzer, wetzt nur eure Messer auf schwarzen, mit übelriechendem Öl getränkten Riemen zum Hohn der Kunst, schwingt eure betroddelten Beutel, klappert mit eueren Becken und schaumt die Seife, heißes, gefährliches Wasser umherspritzend, fragt im frechen Frevel euere Patienten, ob sie über den Daumen oder über den Löffel rasiert sein wollen. – Es gibt Pietros, die euerm schnöden Gewerbe entgegenarbeiten und, sich erniedrigend zu euerm schmachvollen Treiben, die Bärte auszurotten, noch das zu retten suchen, was sich über die Wellen der Zeit erhebt. Was sind die tausendmal variierten Backenbärte in lieblichen Windungen und Krümmungen, bald sich sanft schmiegend der Linie des sanften Ovals, bald traurig niedersinkend in des Halses Vertiefung, bald keck emporstrebend über die Mundwinkel heraus, bald bescheiden sich einengend in schmaler Linie, bald sich auseinanderbreitend in kühnem Lockenschwunge – was sind sie anders, als die Erfindung unserer Kunst, in der sich das hohe Streben nach dem Schönen, nach dem Heiligen entfaltet? Ha, Pietro! zeige, welcher Geist dir einwohnt, ja, was du für die Kunst zu unternehmen bereit bist, indem du herabsteigst zum unleidlichen Geschäft der Bartkratzer.« – Unter diesen Worten hatte der Kleine ein vollständiges Barbierzeug hervorgezogen und fing an, mich mit leichter geübter Hand von meinem Barte zu befreien. Wirklich ging ich aus seinen Händen ganz anders gestaltet hervor, und es bedurfte nur noch anderer, weniger ins Auge fallender Kleidungsstücke, um mich der Gefahr zu entziehen, wenigstens durch mein Äußeres eine mir gefährliche Aufmerksamkeit zu erregen. Der Kleine stand, in inniger Zufriedenheit mich anlächelnd, da. Ich sagte ihm, daß ich ganz unbekannt in der Stadt wäre und daß es mir angenehm sein würde, mich bald nach der Sitte des Orts kleiden zu können. Ich drückte ihm für seine Bemühung und um ihn aufzumuntern, meinen Kommissionär zu machen, einen Dukaten in die Hand. Er war wie verklärt, er beäugelte den Dukaten in der flachen Hand. »Wertester Gönner und Mäzen«, fing er an, »ich habe mich nicht in Ihnen betrogen, der Geist leitete meine Hand, und im Adlerflug des Backenbarts sind Ihre hohe Gesinnungen rein ausgesprochen. Ich habe einen Freund, einen Damon, einen Orest, der das am Körper vollendet, was ich am Haupt begonnen, mit demselben tiefen Sinn, mit demselben Genie. Sie merken, mein Herr, daß es ein Kostümkünstler ist, denn so nenne ich ihn statt des gewöhnlichen trivialen Ausdrucks *Schneider*. – Er verliert sich gern in das Ideelle, und so hat er, Formen und

Gestalten in der Fantasie bildend, ein Magazin der verschiedensten Kleidungsstücke angelegt. Sie erblicken den modernen Elegant in allen möglichen Nuancen, wie er, bald keck und kühn alles überleuchtend, bald, in sich versunken, nichts beachtend, bald naiv tändelnd, bald ironisch, witzig, übellaunicht, schwermütig, bizarr, ausgelassen, zierlich, burschikos erscheinen will. Der Jüngling, der sich zum erstenmal einen Rock machen lassen ohne einengenden Rat der Mama oder des Hofmeisters; der Vierziger, der sich pudern muß des weißen Haars wegen; der lebenslustige Alte, der Gelehrte, wie er sich in der Welt bewegt, der reiche Kaufmann, der wohlhabende Bürger: alles hängt in meines Damons Laden vor Ihren Augen; in wenigen Augenblicken sollen sich die Meisterstücke meines Freundes Ihrem Blick entfalten.« – Er hüpfte schnell von dannen und erschien bald mit einem großen, starken, anständig gekleideten Manne wieder, der gerade den Gegensatz des Kleinen machte, sowohl im Äußern als in seinem ganzen Wesen und den er mir doch eben als seinen Damon vorstellte. – Damon maß mich mit den Augen und suchte dann selbst aus dem Paket, das ihm ein Bursche nachgetragen, Kleidungsstücke heraus, die den Wünschen, welche ich ihm eröffnet, ganz entsprachen. Ja, erst in der Folge habe ich den feinen Takt des Kostümkünstlers, wie ihn der Kleine preziös nannte, eingesehen, der in dem Sinn durchaus nicht aufzufallen, sondern unbemerkt und doch beim Bemerktwerden geachtet, ohne Neugierde über Stand, Gewerbe u. s. w. zu erregen, zu wandeln, so richtig wählte. Es ist in der Tat schwer, sich so zu kleiden, daß der gewisse allgemeinere Charakter des Anzuges irgend eine Vermutung, man treibe dies oder jenes Gewerbe, nicht aufkommen läßt, ja daß niemand daran denkt, darauf zu sinnen. Das Kostüm des Weltbürgers wird wohl nur durch das Negative bedingt und läuft ungefähr darauf hinaus, was man das gebildete Benehmen heißt, das auch mehr im Unterlassen als im Tun liegt. – Der Kleine ergoß sich noch in allerlei sonderbaren grotesken

Redensarten, ja, da ihm vielleicht wenige so williges Ohr verliehen als ich, schien er überglücklich, sein Licht recht leuchten lassen zu können. – Damon, ein ernster und, wie mir schien, verständiger Mann, schnitt ihm aber plötzlich die Rede ab, indem er ihn bei der Schulter faßte und sprach: »Schönfeld, du bist heute wieder einmal recht im Zuge, tolles Zeug zu schwatzen; ich wette, daß dem Herrn schon die Ohren wehe tun von all dem Unsinn, den du vorbringst.« – Belcampo ließ traurig sein Haupt sinken, aber dann ergriff er schnell den bestaubten Hut und rief laut, indem er zur Türe hinaussprang: »So werd' ich prostituiert von meinen besten Freunden!« – Damon sagte, indem er sich mir empfahl: »Es ist ein Hasenfuß ganz eigner Art, dieser Schönfeld! – Das viele Lesen hat ihn halb verrückt gemacht, aber sonst ein gutmütiger Mensch und in seinem Metier geschickt, weshalb ich ihn leiden mag, denn leistet man recht viel wenigstens in *einer* Sache, so kann man sonst wohl etwas weniges über die Schnur hauen.« – Als ich allein war, fing ich vor dem großen Spiegel, der im Zimmer aufgehängt war, eine förmliche Übung im Gehen an. Der kleine Friseur hatte mir einen richtigen Fingerzeig gegeben. Den Mönchen ist eine gewisse schwerfällige, ungelenke Geschwindigkeit im Gehen eigen, die durch die lange Kleidung, welche die Schritte hemmt, und durch das Streben, sich schnell zu bewegen, wie es der Kultus erfordert, hervorgebracht wird. Ebenso liegt in dem zurückgebeugten Körper und in dem Tragen der Arme, die niemals herunterhängen dürfen, da der Mönche die Hände, wenn er sie nicht faltet, in die weiten Ärmel der Kutte steckt, etwas so Charakteristisches, das dem Aufmerksamen nicht leicht entgeht. Ich versuchte dies alles abzulegen, um jede Spur meines Standes zu verwischen. Nur darin fand ich Trost für mein Gemüt, daß ich mein ganzes Leben als ausgelebt, möcht' ich sagen, als überstanden ansah und nun in ein neues Sein so eintrat, als belebe ein geistiges Prinzip die neue Gestalt, von der überbaut, selbst die Erinnerung ehemaliger Existenz, immer schwächer und schwächer werdend, endlich ganz unterginge. Das Gewühl der Menschen, der fortdauernde Lärm des Gewerbes, das sich auf den Straßen rührte, alles war mir neu und ganz dazu geeignet, die heitre Stimmung zu erhalten, in die mich der komische Kleine versetzt. In meiner neuen anständigen Kleidung wagte ich mich hinab an die zahlreiche Wirtstafel, und jede Scheu verschwand, als ich wahrnahm, daß mich niemand bemerkte, ja daß mein nächster Nachbar sich nicht einmal die Mühe gab, mich anzuschauen, als ich mich neben ihn setzte. In der Fremdenliste hatte ich, meiner Befreiung durch den Prior gedenkend, mich Leonhard genannt und für einen Privatmann ausgegeben, der zu seinem Vergnügen reise. Dergleichen Reisende mochte es in der Stadt gar viele geben, und um so weniger veranlaßte ich weitere Nachfrage. – Es war mir ein eignes Vergnügen, die Straßen zu durchstreichen und mich an dem Anblick der reichen Kaufladen, der ausgehängten Bilder und Kupferstiche zu ergötzen. Abends besuchte ich die öffentlichen Spaziergänge, wo mich oft meine Abgeschiedenheit mitten im lebhaftesten Gewühl der Menschen mit bitteren Empfindungen erfüllte. – Von niemanden gekannt zu sein, in niemandes Brust die leiseste Ahnung vermuten zu können, wer ich sei, welch ein wunderbares merkwürdiges Spiel des Zufalls mich hierher geworfen, ja was ich alles in mir selbst verschließe, so wohltätig es mir in meinem Verhältnis sein mußte, hatte doch für mich etwas wahrhaft Schauerliches, indem ich mir selbst dann vorkam wie ein abgeschiedener Geist, der noch auf Erden wandle, da alles ihm sonst im Leben Befreundete längst gestorben. Dachte ich daran, wie ehemals den berühmten Kanzelredner alles freundlich und ehrfurchtsvoll grüßte, wie alles nach seiner Unterhaltung, ja nach ein paar Worten von ihm geizte, so ergriff mich bittrer Unmut. – Aber jener Kanzelredner war der Mönch Medardus, der ist gestorben und begraben in den Abgründen des Gebürges, ich bin es nicht, denn ich lebe, ja mir ist erst jetzt das Leben neu aufgegangen, das mir seine Genüsse bietet. – So war es mir, wenn Träume mir die Begebenheiten im Schlosse wiederholten, als wären sie einem anderen, nicht mir, geschehen; dieser andere war doch wieder der Kapuziner, aber nicht ich selbst. Nur der Gedanke an Aurelien verknüpfte noch mein voriges Sein mit dem jetzigen, aber wie ein tiefer, nie zu verwindender Schmerz tötete er oft die Lust, die mir aufgegangen, und ich wurde dann plötzlich herausgerissen aus den bunten Kreisen, womit mich immer mehr das Leben umfing. – Ich unterließ nicht, die vielen öffentlichen Häuser zu besuchen, in denen man trank, spielte u. d. m., und vorzüglich war mir in dieser Art ein Hotel in der Stadt lieb geworden, in dem sich des guten Weins wegen jeden Abend eine zahlreiche Gesellschaft versammelte. – An einem Tisch im Nebenzimmer sah ich immer dieselben Personen, ihre Unterhaltung war lebhaft und geistreich. Es gelang mir, den Männern, die einen geschlossenen Zirkel gebildet hatten, näher zu treten, indem ich erst in einer Ecke des Zimmers still und bescheiden meinen Wein trank, endlich irgend eine interessante, literarische Notiz, nach der sie vergebens suchten, mitteilte und so einen Platz am Tische erhielt, den sie mir um so lieber einräumten, als ihnen mein Vortrag sowie meine mannigfachen Kenntnisse, die ich, täglich mehr eindringend in all die Zweige der Wissenschaft, die mir bisher unbekannt bleiben mußten, erweiterte, zusagten. So erwarb ich mir eine Bekanntschaft, die mir wohl tat, und mich immer mehr und mehr an das Leben in der Welt gewöhnend, wurde meine Stimmung täglich unbefangener und heitrer; ich schliff all die rauhen Ecken ab, die mir von meiner vorigen Lebensweise übrig geblieben. –

Seit mehreren Abenden sprach man in der Gesellschaft, die ich besuchte, viel von einem fremden Maler, der angekommen und eine Ausstellung seiner Gemälde veranstaltet habe; alle außer mir hatten die Gemälde schon gesehen und rühmten ihre Vortrefflichkeit so sehr, daß ich mich entschloß auch hinzugehen. Der Maler war nicht zugegen, als ich in den Saal trat, doch machte ein alter Mann den Cicerone und nannte die Meister der fremden Gemälde, die der Maler zugleich mit den seinigen ausgestellt. – Es waren herrliche Stücke, mehrenteils Originale berühmter Meister, deren Anblick mich entzückte. – Bei manchen Bildern, die der Alte flüchtige, großen Freskogemälden entnommene Kopien nannte, dämmerten in meiner Seele Erinnerungen aus meiner frühen Jugend auf. – Immer deutlicher und deutlicher, immer lebendiger erglühten sie in regen Farben. Es waren offenbar Kopien aus der heiligen Linde. So erkannte ich auch bei einer heiligen Familie in Josephs Zügen ganz das Gesicht jenes fremden Pilgers, der mir den wunderbaren Knaben brachte. Das Gefühl der tiefsten Wehmut durchdrang mich, aber eines lauten Ausrufs konnte ich mich nicht erwehren, als mein Blick auf ein lebensgroßes Porträt fiel, in dem ich die Fürstin, meine Pflegemutter, erkannte. Sie war herrlich und mit jener im höchsten Sinn aufgefaßten Ähnlichkeit, wie Van Dyck seine Porträts malte, in der Tracht, wie sie in der Prozession am Bernardustage vor den Nonnen einherzuschreiten pflegte, gemalt. Der Maler hatte gerade den Moment ergriffen, als sie nach vollendetem Gebet sich anschickt, aus ihrem Zimmer zu treten, um die Prozession zu beginnen, auf welche das versammelte Volk in der Kirche, die sich in der Perspektive des Hintergrundes öffnet, erwartungsvoll harrt. In dem Blick der herrlichen Frau lag ganz der Ausdruck des zum Himmlischen erhobenen Gemüts, ach, es war, als schien sie Vergebung für den frevelnden frechen Sünder zu erflehen, der sich gewaltsam von ihrem Mutterherzen losgerissen, und dieser Sünder war ja ich selbst! Gefühle, die mir längst fremd worden, durchströmten meine Brust, eine unaussprechliche Sehnsucht riß mich fort, ich war wieder bei dem guten Pfarrer im Dorfe des Zisterzienserklosters, ein muntrer, unbefangener, froher Knabe, vor Lust jauchzend, weil der Bernardustag gekommen. Ich sah sie! – »Bist du recht fromm und gut gewesen, Fransiskus?« frug sie mit der Stimme, deren vollen Klang die Liebe dämpfte, daß sie weich und lieblich zu mir herübertönte. – »Bist du recht fromm und gut gewesen?« Ach, was konnte ich ihr antworten? – Frevel auf Frevel habe ich gehäuft, dem Bruch des Gelübdes folgte der Mord! – Von Gram und Reue zerfleischt, sank ich halb ohnmächtig auf die Knie, Tränen entstürzten meinen Augen. – Erschrocken sprang der Alte auf mich zu und frug heftig: »Was ist Ihnen, was ist Ihnen, mein Herr?« – »Das Bild der Äbtissin ist meiner, eines grausamen Todes gestorbenen Mutter so ähnlich«, sagte ich dumpf in mich hinein und suchte, indem ich aufstand, so viel Fassung als möglich zu gewinnen. »Kommen Sie, mein Herr!« sagte der Alte, »solche Erinnerungen sind zu schmerzhaft, man darf sie vermeiden, es ist noch ein Porträt hier, welches mein Herr für sein bestes hält. Das Bild ist nach dem Leben gemalt und unlängst vollendet, wir haben es verhängt, damit die Sonne nicht die noch nicht einmal ganz eingetrockneten Farben verderbe.« – Der Alte stellte mich sorglich in das gehörige Licht und zog dann schnell den Vorhang weg. – Es war Aurelie! – Mich ergriff ein Entsetzen, das ich kaum zu bekämpfen vermochte. – Aber ich erkannte die Nähe des Feindes, der mich in die wogende Flut, der ich kaum entronnen, gewaltsam hineindrängen, mich vernichten wollte, und mir kam der Mut wieder, mich aufzulehnen gegen das Ungetüm, das in geheimnisvollem Dunkel auf mich einstürmte. –

Mit gierigen Blicken verschlang ich Aureliens Reize, die aus dem in regem Leben glühenden Bilde hervorstrahlten. – Der kindliche milde Blick des frommen Kindes schien den verruchten Mörder des Bruders anzuklagen, aber jedes Gefühl der Reue erstarb in dem bittern feindlichen Hohn, der, in meinem Innern aufkeimend, mich wie mit giftigen Stacheln hinaustrieb aus dem freundlichen Leben. – Nur *das* peinigte mich, daß in jener verhängnisvollen Nacht auf dem Schlosse Aurelie nicht mein worden. Hermogens Erscheinung vereitelte das Unternehmen, aber er büßte mit dem Tode! – Aurelie lebt, und das ist genug, der Hoffnung Raum zu geben, sie zu besitzen! - Ja, es ist gewiß, daß sie noch mein wird, denn das Verhängnis waltet, dem sie nicht entgehen kann; und bin ich nicht selbst dieses Verhängnis?

So ermutigte ich mich zum Frevel, indem ich das Bild anstarrte. Der Alte schien über mich verwundert. Er kramte viel Worte aus über Zeichnung, Ton, Kolorit, ich hörte ihn nicht. Der Gedanke an Aurelie, die Hoffnung, die nur aufgeschobene böse Tat noch zu vollbringen, erfüllte mich so ganz und gar, daß ich forteilte, ohne nach dem fremden Maler zu fragen und so vielleicht näher zu erforschen, was für eine Bewandtnis es mit den Gemälden haben könne, die wie in einem Zyklus Andeutungen über mein ganzes Leben enthielten. - Um Aureliens Besitz war ich entschlossen alles zu wagen, ja es war mir, als ob ich selbst, über die Erscheinungen meines Lebens gestellt und sie durchschauend, niemals zu fürchten und daher auch niemals zu wagen haben könne. Ich brütete über allerlei Pläne und Entwürfe, meinem Ziele näher zu kommen, vorzüglich glaubte ich nun, von dem fremden Maler manches zu erfahren und manche mir fremde Beziehung zu erforschen, die mir zu wissen als Vorbereitung zu meinem Zweck nötig sein konnte. Ich hatte nämlich nichts Geringeres im Sinn, als in meiner jetzigen neuen Gestalt auf das Schloß zurückzukehren, und das schien mir nicht einmal ein sonderlich kühnes Wagstück zu sein. - Am Abend ging ich in jene Gesellschaft; es war mir darum zu tun, der immer steigenden Spannung meines Geistes, dem ungezähmten Arbeiten meiner aufgeregten Phantasie Schranken zu setzen. -

Man sprach viel von den Gemälden des fremden Malers und vorzüglich von dem seltnen Ausdruck, den er seinen Porträts zu geben wüßte; es war mir möglich, in dies Lob einzustimmen und mit einem besondern Glanz des Ausdrucks, der nur der Reflex der höhnenden Ironie war, die in meinem Innern wie verzehrendes Feuer brannte, die unnennbaren Reize, die über

Aureliens frommes engelschönes Gesicht verbreitet, zu schildern. Einer sagte, daß er den Maler, den die Vollendung mehrerer Porträts, die er angefangen, noch am Orte festhielte und der ein interessanter herrlicher Künstler, wiewohl schon ziemlich bejahrt sei, morgen abends in die Gesellschaft mitbringen wolle.

Von seltsamen Gefühlen, von unbekannten Ahnungen bestürmt, ging ich den andern Abend später als gewöhnlich in die Gesellschaft; der Fremde saß mit mir zugekehrtem Rücken am Tische. Als ich mich setzte, als ich ihn erblickte, da starrten mir die Züge jenes fürchterlichen Unbekannten entgegen, der am Antoniustage an den Eckpfeiler gelehnt stand und mich mit Angst und Entsetzen erfüllte. – Er sah mich lange an mit tiefem Ernst, aber die Stimmung, in der ich mich befand, seitdem ich Aureliens Bild geschaut hatte, gab mir Mut und Kraft, diesen Blick zu ertragen. Der Feind war nun sichtlich ins Leben getreten, und es galt, den Kampf auf den Tod mit ihm zu beginnen. – Ich beschloß, den Angriff abzuwarten, aber dann ihn mit den Waffen, auf deren Stärke ich bauen konnte, zurückzuschlagen. Der Fremde schien mich nicht sonderlich zu beachten, sondern setzte, den Blick wieder von mir abwendend, das Kunstgespräch fort, in dem er begriffen gewesen, als ich eintrat. Man kam auf seine Gemälde und lobte vorzüglich Aureliens Porträt. Jemand behauptete, daß das Bild, unerachtet es sich auf den ersten Blick als Porträt ausspreche, doch als Studie dienen und zu irgend einer Heiligen benutzt werden könnte. – Man frug nach meinem Urteil, da ich eben jenes Bild so herrlich mit allen seinen Vorzügen in Worten dargestellt, und unwillkürlich fuhr es mir heraus, daß ich die heilige Rosalie mir nicht wohl anders denken könne, als ebenso wie das Porträt der Unbekannten. Der Maler schien meine Worte kaum zu bemerken, indem er sogleich einfiel: »In der Tat ist jenes Frauenzimmer, die das Porträt getreulich darstellt, eine fromme Heilige, die im Kampfe sich zum Himmlischen erhebt. Ich habe sie gemalt, als sie, von dem entsetzlichsten Jammer ergriffen, doch in der Religion Trost und von dem ewigen Verhängnis, das über den Wolken thront, Hülfe hoffte; und den Ausdruck dieser Hoffnung, die nur in dem Gemüt wohnen kann, das sich über das Irdische hoch erhebt, habe ich dem Bilde zu geben gesucht.« – Man verlor sich in andere Gespräche, der Wein, der heute dem fremden Maler zu Ehren in beßrer Sorte und reichlicher getrunken wurde als sonst, erheiterte die Gemüter. Jeder wußte irgend etwas Ergötzliches zu erzählen, und wiewohl der Fremde nur im Innern zu lachen und dies innere Lachen sich nur im Auge abzuspiegeln schien, so wußte er doch, oft nur durch ein paar hineingeworfene kräftige Worte, das Ganze in besonderem Schwunge zu erhalten. – Konnte ich auch, so oft mich der Fremde ins Auge faßte, ein unheimliches grauenhaftes Gefühl nicht unterdrücken, so überwand ich doch immer mehr und mehr die entsetzliche Stimmung, von der ich erst ergriffen, als ich den Fremden erblickte. Ich erzählte von dem possierlichen Belcampo, den alle kannten, und wußte zu ihrer Freude seine fantastische Hasenfüßigkeit recht ins grelle Licht zu stellen, so daß ein recht gemütlicher dicker Kaufmann, der mir gegenüber zu sitzen pflegte, mit vor Lachen tränenden Augen versicherte, das sei seit langer Zeit der vergnügteste Abend, den er erlebe. Als das Lachen endlich zu verstummen anfing, frug der Fremde plötzlich: »Haben Sie schon den Teufel gesehen, meine Herren?« – Man hielt die Frage für die Einleitung zu irgend einem Schwank und versicherte allgemein, daß man noch nicht die Ehre gehabt; da fuhr der Fremde fort: »Nun, es hätte wenig gefehlt, so wäre ich zu der Ehre gekommen, und zwar auf dem Schlosse des Barons F. im Gebürge.« – Ich erbebte, aber die andern riefen lachend: »Nur weiter, weiter!« – »Sie kennen«, nahm der Fremde wieder das Wort, »wohl alle wahrscheinlich, wenn Sie die Reise durch das Gebürge machten, jene wilde schauerliche Gegend, in der, wenn der Wanderer aus dem dicken Tannenwalde auf die hohen Felsenmassen tritt, sich ihm ein tiefer schwarzer Abgrund öffnet. Es ist der sogenannte Teufelsgrund, und oben ragt ein Felsenstück hervor, welches den sogenannten Teufelssitz bildet. – Man spricht davon, daß der Graf Viktorin, mit bösen Anschlägen im Kopfe, eben auf diesem Felsen saß, als plötzlich der Teufel erschien und, weil er beschlossen, Viktorins ihm wohlgefällige Anschläge selbst auszuführen, den Grafen in den Abgrund schleuderte. Der Teufel erschien sodann als Kapuziner auf dem Schlosse des Barons, und nachdem er seine Lust mit der Baronesse gehabt, schickte er sie zur Hölle, sowie er auch den wahnsinnigen Sohn des Barons, der durchaus des Teufels Inkognito nicht dulden wollte, sondern laut verkündete: ›Es ist der Teufel!‹ erwürgte, wodurch denn aber eine fromme Seele aus dem Verderben errettet wurde, das der arglistige Teufel beschlossen. Nachher verschwand der Kapuziner auf unbegreifliche Weise, und man sagt, er sei feige geflohn vor Viktorin, der aus seinem Grabe blutig emporgestiegen. – Dem sei nun allem, wie ihm wolle, so kann ich Sie doch davon versichern, daß die Baronesse an Gift umkam, Hermogen meuchlings ermordet wurde, der Baron kurz darauf vor Gram starb und Aurelie, eben die fromme Heilige, die ich in der Zeit, als das Entsetzliche geschehen, auf dem Schlosse malte, als verlassene Waise in ein fernes Land, und zwar in ein Zisterzienserkloster, flüchtete, dessen Äbtissin ihrem Vater befreundet war. Sie haben das Bild dieser herrlichen Frau in meiner Galerie gesehn. Doch das alles wird Ihnen dieser Herr (er wies nach mir) viel umständlicher und besser erzählen können, da er während der ganzen Begebenheit auf dem Schlosse zugegen war.« – Alle Blicke waren voll Erstaunen auf mich gerichtet, entrüstet sprang ich auf und rief mit heftiger Stimme: »Ei, mein Herr, was habe ich mit Ihren albernen Teufelsgeschichten, mit Ihren Mordherzählungen zu schaffen, Sie verkennen mich, Sie verkennen mich in der Tat, und ich bitte, mich ganz aus dem Spiel zu lassen.« Bei dem Aufruhr in meinem Innern wurde es mir schwer genug, meinen

Worten noch diesen Anstrich von Gleichgültigkeit zu geben; die Wirkung der geheimnisvollen Reden des Malers sowie meine leidenschaftliche Unruhe, die ich zu verbergen mich vergebens bemühte, war nur zu sichtlich. Die heitre Stimmung verschwand, und die Gäste, nun sich erinnernd, wie ich, allen gänzlich fremd, mich so nach und nach dazu gefunden, sahen mich mit mißtrauischen, argwöhnischen Blicken an. –

Der fremde Maler war aufgestanden und durchbohrte mich mit den stieren lebendigtoten Augen wie damals in der Kapuzinerkirche. – Er sprach kein Wort, er schien starr und leblos, aber sein gespenstischer Anblick sträubte mein Haar, kalte Tropfen standen auf der Stirn, und von Entsetzen gewaltig erfaßt, erbebten alle Fibern. – »Hebe dich weg«, schrie ich außer mir, »du bist selbst der Satan, du bist der frevelnde Mord, aber über mich hast du keine Macht!«

Alles erhob sich von den Sitzen: »Was ist das, was ist das?« rief es durcheinander; aus dem Saale drängten sich, das Spiel verlassend, die Menschen hinein, von dem fürchterlichen Ton meiner Stimme erschreckt. »Ein Betrunkener, ein Wahnsinniger! Bringt ihn fort, bringt ihn fort, riefen mehrere. Aber der fremde Maler stand unbeweglich, mich anstarrend. Unsinnig vor Wut und Verzweiflung, riß ich das Messer, womit ich Hermogen getötet und das ich stets bei mir zu tragen pflegte, aus der Seitentasche und stürzte mich auf den Maler, aber ein Schlag warf mich nieder, und der Maler lachte im fürchterlichen Hohn, daß es im Zimmer widerhallte: »Bruder Medardus, Bruder Medardus, falsch ist dein Spiel, geh und verzweifle in Reue und Scham.« – Ich fühlte mich von den Gästen angepackt, da ermannte ich mich, und wie ein wütender Stier drängte und stieß ich gegen die Menge, daß mehrere zur Erde stürzten und ich mir den Weg zur Türe bahnte. – Rasch eilte ich durch den Korridor, da öffnete sich eine kleine Seitentüre, ich wurde in ein finstres Zimmer hineingezogen, ich widerstrebte nicht, weil die Menschen schon hinter mir herbrausten. Als der Schwarm vorüber, führte man mich eine Seitentreppe hinab in den Hof und dann durch das Hintergebäude auf die Straße. Bei dem hellen Schein der Laternen erkannte ich in meinem Retter den possierlichen Belcampo. »Dieselben scheinen«, fing er an, »einige Fatalität mit dem fremden Maler zu haben, ich trank im Nebenzimmer ein Gläschen, als der Lärm anging, und beschloß, da mir die Gelegenheit des Hauses bekannt, Sie zu retten, denn nur ich allein bin an der ganzen Fatalität schuld.« »Wie ist das möglich?« frug ich voll Erstaunen. – »Wer gebietet dem Moment, wer widerstrebt den Hingebungen des höhern Geistes!« fuhr der Kleine voll Pathos fort. »Als ich Ihr Haupthaar arrangierte, Verehrter, entzündeten sich in mir comme à l'ordinaire die sublimsten Ideen, ich überließ mich dem wilden Ausbruch ungeregelter Fantasie, und darüber vergaß ich nicht allein, die Locke des Zorns auf dem Hauptwirbel gehörig zur weichen Runde abzuglätten, sondern ließ auch sogar siebenundzwanzig Haare der Angst und des Entsetzens über der Stirne stehen, diese richteten sich auf bei den starren Blicken des Malers, der eigentlich ein Revenant ist, und neigten sich ächzend gegen die Locke des Zorns, die zischend und knisternd auseinanderfuhr. Ich habe alles geschaut, da zogen Sie, von Wut entbrannt, ein Messer, Verehrter, an dem schon diverse Blutstropfen hingen, aber es war ein eitles Bemühen, dem Orkus *den* zuzusenden, der dem Orkus schon gehörte, denn dieser Maler ist Ahasverus, der ewige Jude, oder Bertram de Bornis oder Mephistopheles oder Benvenuto Cellini oder der heilige Peter, kurz ein schnöder Revenant und durch nichts anders zu bannen, als durch ein glühendes Lockeneisen, welches die Idee krümmt, welche eigentlich *er* ist oder durch schickliches Frisieren der Gedanken, die er einsaugen muß, um die Idee zu nähren, mit elektrischen Kämmen. – Sie sehen, Verehrter, daß *mir*, dem Künstler und Fantasten von Profession, dergleichen Dinge wahre Pomade sind, welches Sprüchwort, aus meiner Kunst entnommen, weit bedeutender ist, als man wohl glaubt, sobald nur die Pomade echtes Nelkenöl enthält.« Das tolle Geschwätz des Kleinen, der unterdessen mit mir durch die Straßen rannte, hatte in dem Augenblick für mich etwas Grauenhaftes, und wenn ich dann und wann seine skurrile Sprünge, sein komisches Gesicht bemerkte, mußte ich wie im konvulsivischen Krampf laut auflachen. Endlich waren wir in meinem Zimmer; Belcampo half mir packen, bald war alles zur Reise bereit, ich drückte dem Kleinen mehrere Dukaten in die Hand, er sprang hoch auf vor Freude und rief laut: »Heisa, nun habe ich ehrenwertes Geld, lauter flimmerndes Gold, mit Herzblut getränkt, gleißend und rote Strahlen spielend. Das ist ein Einfall und noch dazu ein lustiger, mein Herr, weiter nichts.«

Den Zusatz mochte ihm mein Befremden über seinen Ausruf entlocken; er bat sich es aus, der Locke des Zorns noch die gehörige Ründe geben, die Haare des Entsetzens kürzer schneiden und ein Löckchen Liebe zum Andenken mitnehmen zu dürfen. Ich ließ ihn gewähren, und er vollbrachte alles unter den possierlichsten Gebärden und Grimassen. – Zuletzt ergriff er das Messer, welches ich beim Umkleiden auf den Tisch gelegt, und stach damit, indem er eine Fechterstellung annahm, in die Luft hinein. »Ich töte Ihren Widersacher«, rief er, »und da er eine bloße Idee ist, muß er getötet werden können durch eine Idee und erstirbt demnach an dieser, der meinigen, die ich, um die Expression zu verstärken, mit schicklichen Leibesbewegungen begleite. Apage Satanas, apage, apage, Ahasverus, allez-vous-en! – Nun das wäre getan«, sagte er, das Messer weglegend, tief atmend und sich die Stirne trocknend, wie einer, der sich tüchtig angegriffen, um eine schwere Arbeit zu vollbringen. Rasch wollte ich das Messer verbergen und fuhr damit in den Ärmel, als trüge ich noch die Mönchskutte, welches der Kleine bemerkte und ganz schlau belächelte. Indem blies der Postillon vor dem Hause, da veränderte Belcampo plötzlich Ton und Stellung, er holte ein kleines Schnupftuch hervor, tat, als wische er sich die Tränen aus den Augen, bückte sich einmal über das andere ganz ehrerbietig, küßte mir die Hand und den Rock und flehte: »Zwei Messen für meine Großmutter, die an einer Indigestion, vier Messen für meinen Vater, der an unwillkürlichem Fasten starb, ehrwürdger Herr! Aber für mich jede Woche eine, wenn ich gestorben. – Vorderhand Ablaß für meine vielen Sünden. – Ach, ehrwürdiger Herr, es steckt ein infamer sündlicher Kerl in meinem Innern und spricht: ›Peter Schönfeld, sei kein Affe und glaube, daß du bist, sondern ich bin eigentlich *du*, heiße Belcampo und bin eine geniale Idee, und wenn du das nicht glaubst, so stoße ich dich nieder mit einem spitzigen haarscharfen Gedanken.‹ Dieser feindliche Mensch, Belcampo genannt, Ehrwürdiger, begeht alle mögliche Laster; unter andern zweifelt er oft an der Gegenwart, betrinkt sich sehr, schlägt um sich und treibt Unzucht mit schönen jungfräulichen Gedanken; dieser Belcampo hat mich, den Peter Schönfeld, ganz verwirrt und konfuse gemacht, daß ich oft ungebührlich springe und die Farbe der Unschuld schände, indem ich singend in dulci jubilo mit weißseidenen Strümpfen in den Dr- setze. Vergebung für beide, Pietro Belcampo und Peter Schönfeld!« – Er kniete vor mir nieder und tat, als schluchze er heftig. Die Narrheit des Menschen wurde mir lästig. – »Sein Sie doch vernünftig«, rief ich ihm zu; der Kellner trat hinein, um mein Gepäck zu holen. Belcampo sprang auf, und wieder in seinen lustigen Humor zurückkommend, half er, indem er in einem fort schwatzte, dem Kellner das herbeibringen, was ich noch in der Eile verlangte. »Der Kerl ist ein ausgemachter Hasenfuß, man darf sich mit ihm nicht viel einlassen«, rief der Kellner, indem er die Wagentüre zuschlug. Belcampo schwenkte den Hut und rief: »Bis zum letzten Hauch meines Lebens!« als ich mit bedeutendem Blick den Finger auf den Mund legte.

Als der Morgen zu dämmern anfing, lag die Stadt schon weit hinter mir, und die Gestalt des furchtbaren, entsetzlichen Menschen, der wie ein unerforschliches Geheimnis mich grauenvoll umfing, war verschwunden. – Die Frage der Postmeister: »Wohin?« rückte es immer wieder aufs neue mir vor, wie ich nun jeder Verbindung im Leben abtrünnig worden und, den wogenden Wellen des Zufalls preisgegeben, umherstreiche. Aber hatte nicht eine unwiderstehliche Macht mich gewaltsam herausgerissen aus allem, was mir sonst befreundet, nur damit der mir inwohnende Geist in ungehemmter Kraft seine Schwingen rüstig entfalte und rege? – Rastlos durchstrich ich das herrliche Land, nirgends fand ich Ruhe, es trieb mich unaufhaltsam fort, immer weiter hinab in den Süden, ich war, ohne daran zu denken, bis jetzt kaum merklich von der Reiseroute abgewichen, die mir Leonardus bezeichnet, und so wirkte der Stoß, mit dem er mich in die Welt getrieben, wie mit magischer Gewalt fort in gerader Richtung.

In einer finstern Nacht fuhr ich durch einen dichten Wald, der sich bis über die nächste Station ausdehnen sollte, wie mir der Postmeister gesagt und deshalb geraten hatte, bei ihm den Morgen abzuwarten, welches ich, um nur so rasch als möglich ein Ziel zu erreichen, das mir selbst ein Geheimnis war, ausschlug. Schon als ich abfuhr, leuchteten Blitze in der Ferne, aber bald zogen schwärzer und schwärzer die Wolken herauf, die der Sturm zusammengeballt hatte und brausend vor sich her jagte: der Donner hallte furchtbar im tausendstimmigen Echo wider, und rote Blitze durchkreuzten den Horizont, soweit das Auge reichte; die hohen Tannen krachten, bis in die Wurzel erschüttert, der Regen goß in Strömen herab. Jeden Augenblick liefen wir Gefahr, von den Bäumen erschlagen zu werden, die Pferde bäumten sich, scheu geworden durch das Leuchten der Blitze, bald konnten wir kaum noch fort; endlich wurde der Wagen so hart umgeschleudert, daß das Hinterrad zerbrach. So mußten wir nun auf der Stelle bleiben und warten, bis das Gewitter nachließ und der Mond durch die Wolken brach. Jetzt bemerkte der Postillon, daß er in der Finsternis ganz von der Straße abgekommen und in einen Waldweg geraten sei; es war kein anderes Mittel, als diesen Weg, so gut es gehen wollte, zu verfolgen und so vielleicht mit Tagesanbruch in ein Dorf zu kommen. Der Wagen wurde mit einem Baumast gestützt, und so ging es Schritt vor Schritt fort. Bald bemerkte ich, der ich voranging, in der Ferne den Schimmer eines Lichts und glaubte Hundegebell zu vernehmen; ich hatte mich nicht getäuscht, denn kaum waren wir einige Minuten länger gegangen, als ich ganz deutlich Hunde anschlagen hörte. Wir kamen an ein ansehnliches Haus, das in einem großen, mit einer Mauer umschlossenen Hofe stand. Der Postillon klopfte an die Pforte, die Hunde sprangen tobend und bellend herbei, aber im Hause selbst blieb alles stille und tot, bis der Postillon sein Horn erschallen ließ; da wurde im obern Stock das Fenster, aus dem mir das Licht entgegenschimmerte, geöffnet, und eine tiefe rauhe Stimme rief herab: »Christian, Christian!« – »Ja, gestrenger Herr«, antwortete es unten. »Da klopft und bläst es«, fuhr die Stimme von oben fort, »an unserm Tor, und die Hunde sind ganz des Teufels. Nehm er einmal die Laterne und die Büchse No. 3 und sehe er zu, was es gibt.« – Bald darauf hörten wir, wie Christian die Hunde ablockte, und sahen ihn endlich mit der Laterne kommen. Der Postillon meinte, es sei kein Zweifel, wie er gleich, als der Wald begonnen, statt geradeaus zu fahren, seitwärts eingebogen sein müsse, da wir bei der Försterwohnung wären, die von der letzten Station eine Stunde rechts abliege. – Als wir dem Christian den Zufall, der uns betroffen, geklagt, öffnete er sogleich beide Flügel des Tors und half den Wagen hinein. Die beschwichtigten Hunde schwänzelten und schnüffelten um uns her, und der Mann, der sich nicht vom Fenster entfernt, rief unaufhörlich herab: »Was da, was da? Was für eine Karawane?« – ohne daß Christian oder einer von uns Bescheid gegeben. Endlich trat ich, während Christian Pferde und Wagen unterbrachte, ins Haus, das Christian geöffnet, und es kam mir ein großer starker Mann mit sonneverbranntem Gesicht, den großen Hut mit grünem Federbusch auf dem Kopf, übrigens im Hemde, nur die Pantoffeln an die Füße gesteckt, mit dem bloßen Hirschfänger in der Hand, entgegen, indem er mir barsch entgegenrief: »Woher des Landes? – Was turbiert man die Leute in der Nacht, das ist hier kein Wirtshaus, keine Poststation. – Hier wohnt der Revierförster, und das bin ich! – Christian ist ein Esel, daß er das Tor geöffnet.« Ich erzählte ganz kleinmütig meinen Unfall und daß nur die Not uns hier hineingetrieben, da wurde der Mann geschmeidiger, er sagte: »Nun freilich, das Unwetter war gar heftig, aber der Postillon ist doch ein Schlingel, daß er falsch fuhr und den Wagen zerbrach. – Solch ein Kerl muß mit verbundenen Augen im Walde fahren können, er muß darin zu Hause sein wie unsereins.« – Er führte mich herauf, und indem er den Hirschfänger aus der Hand legte, den Hut abnahm und den Rock überwarf, bat er, seinen rauhen Empfang nicht übel zu deuten, da er hier in der abgelegenen Wohnung um so mehr auf der Hut sein müsse, als wohl öfters allerlei liederlich Gesindel den Wald durchstreife und er vorzüglich mit den sogenannten Freischützen, die ihm schon oft nach dem Leben getrachtet, beinahe in offner Fehde liege. »Aber«, fuhr er fort, »die Spitzbuben können mir nichts anhaben, denn mit Hülfe Gottes verwalte ich mein Amt treu und redlich, und im Glauben und Vertrauen auf ihn und auf mein gut Gewehr biete ich ihnen Trotz.« – Unwillkürlich schob ich, wie ich es noch oft aus alter Gewohnheit nicht lassen konnte, einige salbungsvolle Worte über die Kraft des Vertrauens auf Gott ein, und der Förster erheiterte sich immer mehr und mehr. Meiner Protestationen unerachtet weckte er seine Frau, eine betagte, aber muntre rührige Matrone, die, wiewohl aus dem Schlafe gestört, doch freundlich den Gast bewillkommte und auf des Mannes Geheiß sogleich ein Abendessen zu bereiten anfing. Der Postillon sollte, so hatte es ihm der Förster als Strafe aufgegeben, noch in derselben Nacht mit dem zerbrochenen Wagen auf die Station zurück, von der er gekommen, und ich von ihm, dem Förster, nach meinem Belieben auf die nächste Station gebracht werden. Ich ließ mir das um so eher gefallen, als mir selbst wenigstens eine kurze Ruhe nötig schien. Ich äußerte deshalb dem Förster, daß ich wohl bis zum Mittag des folgenden Tages dazubleiben wünsche, um mich ganz von der Ermüdung zu erholen, die mir das beständige, unaufhörliche Fahren mehrere Tage hindurch verursacht. »Wenn ich Ihnen raten soll, mein Herr«, erwiderte der Förster, »so bleiben Sie morgen den ganzen Tag über hier und warten Sie bis übermorgen, da bringt Sie mein ältester Sohn, den ich in die fürstliche Residenz schicke, selbst bis auf die nächste Station.« Auch damit war ich zufrieden, indem ich die Einsamkeit des Orts rühmte, die mich wunderbar anziehe. »Nun, mein Herr«, sagte der Förster, »einsam ist es hier wohl gar nicht, Sie müßten denn so nach den gewöhnlichen Begriffen der Städter jede Wohnung einsam nennen, die im Walde liegt, unerachtet es denn doch sehr darauf ankommt, wer sich darin aufhält. Ja, wenn hier in diesem alten Jagdschloß noch so ein griesgramiger alter Herr wohnte, wie ehemals, der sich in seinen vier Mauern einschloß und keine Lust hatte an Wald und Jagd, da möchte es wohl ein einsamer Aufenthalt sein, aber seitdem er tot ist und der gnädige Landesfürst das Gebäude zur Försterwohnung einrichten lassen, da ist es hier recht lebendig worden. Sie sind doch wohl so ein Städter, mein Herr, der nichts weiß von Wald und Jagdlust, da können Sie sich's denn nicht denken, was wir Jägersleute für ein herrlich freudig Leben führen. Ich mit meinen Jägerburschen mache nur eine Familie aus, ja, Sie mögen das nun kurios finden oder nicht, ich rechne meine klugen anstelligen Hunde auch dazu; die verstehen mich und passen auf mein Wort, auf meinen Wink und sind mir treu bis zum Tode. – Sehen Sie wohl, wie mein Waldmann da mich so verständig anschaut, weil er weiß, daß ich von ihm rede? – Nun, Herr, gibt es beinahe immer was im Walde zu tun, da ist denn nun abends ein Vorbereiten und Wirtschaften, und sowie der Morgen graut, bin ich aus den

Federn und trete heraus, ein lustig Jägerstückchen auf meinem Horn blasend. Da rüttelt und rappelt sich alles aus dem Schlafe, die Hunde schlagen an, sie juchzen vor Mut und Jagdbegier. Die Burschen werfen sich schnell in die Kleider, Jagdtasch' umgeworfen, Gewehr über der Schulter, treten sie hinein in die Stube, wo meine Alte das Jägerfrühstück bereitet, und nun geht's heraus in Jubel und Lust. Wir kommen hin an die Stellen, wo das Wild verborgen, da nimmt jeder, vom andern entfernt, einzeln seinen Platz, die Hunde schleichen, den Kopf geduckt zur Erde, und schnüffeln und spüren und schauen den Jäger an wie mit klugen menschlichen Augen, und der Jäger steht, kaum atmend, mit gespanntem Hahn regungslos, wie eingewurzelt auf der Stelle. – Und wenn nun das Wild herausspringt aus dem Dickicht und die Schüsse knallen und die Hunde stürzen hinterdrein, ei Herr, da klopft einem das Herz, und man ist ein ganz andrer Mensch. Und jedesmal ist solch ein Ausziehen zur Jagd was Neues, denn immer kommt was ganz Besonderes vor, was noch nicht dagewesen. Schon dadurch, daß das Wild sich in die Zeiten teilt, so daß nun dies, dann jenes sich zeigt, wird das Ding so herrlich, daß kein Mensch auf Erden es satt haben kann. Aber, Herr, auch der Wald schon an und vor sich selbst, der Wald ist ja so lustig und lebendig, daß ich mich niemals einsam fühle. Da kenne ich jedes Plätzchen und jeden Baum, und es ist mir wahrhaftig so, als wenn jeder Baum, der unter meinen Augen aufgewachsen und nun seine blanken regen Wipfel in die Lüfte streckt, mich auch kennen und lieb haben müßte, weil ich ihn gehegt und gepflegt, ja ich glaube ordentlich, wenn es manchmal so wunderbar rauscht und flüstert, als spräche es zu mir mit ganz eignen Stimmen, und das wäre eigentlich das wahre Lobpreisen Gottes und seiner Allmacht und ein Gebet, wie man es gar nicht mit Worten auszusprechen vermag. – Kurz, ein rechtschaffener frommer Jägersmann führt ein gar lustig herrlich Leben, denn es ist ihm ja wohl noch etwas von der alten, schönen Freiheit geblieben, wie die Men-

schen so recht in der Natur lebten und von all dem Geschwänzel und Geziere nichts wußten, womit sie sich in ihren gemauerten Kerkern quälen, so daß sie auch ganz entfremdet sind all den herrlichen Dingen, die Gott um sie hergestellt hat, damit sie sich daran erbauen und ergötzen sollen, wie es sonst die Freien taten, die mit der ganzen Natur in Liebe und Freundschaft lebten, wie man es in den alten Geschichten lieset.« -
Alles das sagte der alte Förster mit einem Ton und Ausdruck, daß man wohl überzeugt sein mußte, wie er es tief in der Brust fühle, und ich beneidete ihn in der Tat um sein glückliches Leben, um seine im Innersten tiefbegründete ruhige Gemütsstimmung, die der meinigen so unähnlich war.
Im andern Teil des, wie ich jetzt wahrnahm, ziemlich weitläufigen Gebäudes wies mir der Alte ein kleines, nett aufgeputztes Gemach an, in welchem ich meine Sachen bereits vorfand, und verließ mich, indem er versicherte, daß mich der frühe Lärm im Hause nicht wecken würde, da ich mich von der übrigen Hausgenossenschaft ganz abgesondert befinde und daher so lange ruhen könne, als ich wolle, nur erst, wenn ich hinabrufe, würde man mir das Frühstück bringen, ich aber ihn, den Alten, erst beim Mittagessen wiedersehen, da er früh mit den Burschen in den Wald ziehe und vor Mittag nicht heimkehre. Ich warf mich auf das Lager und fiel, ermüdet wie ich war, bald in tiefen Schlaf, aber es folterte mich ein entsetzliches Traumbild. - Auf ganz wunderbare Weise fing der Traum mit dem Bewußtsein des Schlafs an, ich sagte mir nämlich selbst: »Nun, das ist herrlich, daß ich gleich eingeschlafen bin und so fest und ruhig schlummere, das wird mich von der Ermüdung ganz erlaben; nur muß ich ja nicht die Augen öffnen.« Aber demunerachtet war es mir, als könne ich das nicht unterlassen, und doch wurde mein Schlaf dadurch nicht unterbrochen; da ging die Türe auf, und eine dunkle Gestalt trat hinein, die ich zu meinem Entsetzen als mich selbst, im Kapuzinerhabit, mit Bart und Tonsur erkannte. Die Gestalt kam näher und näher an

mein Bett, ich war regungslos, und jeder Laut, den ich herauszupressen suchte, erstickte in dem Starrkrampf, der mich ergriffen. Jetzt setzte sich die Gestalt auf mein Bett und grinsete mich höhnisch an. »Du mußt jetzt mit mir kommen«, sprach die Gestalt, »wir wollen auf das Dach steigen unter die Wetterfahne, die ein lustig Brautlied spielt, weil der Uhu Hochzeit macht. Dort wollen wir ringen miteinander, und wer den andern herabstößt, ist König und darf Blut trinken.« – Ich fühlte, wie die Gestalt mich packte und in die Höhe zog, da gab mir die Verzweiflung meine Kraft wieder. »Du bist nicht ich, du bist der Teufel«, schrie ich auf und griff wie mit Krallen dem bedrohlichen Gespenst ins Gesicht, aber es war, als bohrten meine Finger sich in die Augen wie in tiefe Höhlen, und die Gestalt lachte von neuem auf in schneidendem Ton. In dem Augenblick erwachte ich, wie von einem plötzlichen Ruck emporgeschüttelt. Aber das Gelächter dauerte fort im Zimmer. Ich fuhr in die Höhe, der Morgen brach in lichten Strahlen durch das Fenster, und ich sah vor dem Tisch, den Rücken mir zugewendet, eine Gestalt im Kapuzinerhabit stehen. – Ich erstarrte vor Schreck, der grauenhafte Traum trat ins Leben. – Der Kapuziner stöberte unter den Sachen, die auf dem Tische lagen. Jetzt wandte er sich, und mir kam aller Mut wieder, als ich ein fremdes Gesicht mit schwarzem verwildertem Barte erblickte, aus dessen Augen der gedankenlose Wahnsinn lachte: gewisse Züge erinnerten entfernt an Hermogen. – Ich beschloß abzuwarten, was der Unbekannte beginnen werde, und nur irgend einer schädlichen Unternehmung Einhalt zu tun. Mein Stilett lag neben mir, ich war deshalb, und schon meiner körperlichen Leibesstärke wegen, auf die ich bauen konnte, auch ohne weitere Hülfe des Fremden mächtig. Er schien mit meinen Sachen wie ein Kind zu spielen, vorzüglich hatte er Freude an dem roten Portefeuille, das er hin und her gegen das Fenster wandte und dabei auf seltsame Weise in die Höhe sprang. Endlich fand er die Korbflasche mit dem Rest des geheimnisvollen

Weins; er öffnete sie und roch daran, da bebte es ihm durch alle Glieder, er stieß einen Schrei aus, der dumpf und grauenvoll im Zimmer widerklang. Eine helle Glocke im Hause schlug drei Uhr, da heulte er, wie von entsetzlicher Qual ergriffen, aber dann brach er wieder aus in das schneidende Gelächter, wie ich es im Traum gehört; er schwenkte sich in wilden Sprüngen, er trank aus der Flasche und rannte dann, sie von sich schleudernd, zur Türe hinaus. Ich stand schnell auf und lief ihm nach, aber er war mir schon aus dem Gesichte, ich hörte ihn die entfernte Treppe hinabpoltern und einen dumpfen Schlag, wie von einer hart zugeworfenen Türe. Ich verriegelte mein Zimmer, um eines zweiten Besuchs überhoben zu sein, und warf mich aufs neue ins Bette. Zu erschöpft war ich nun, um nicht bald wieder einzuschlafen; erquickt und gestärkt erwachte ich, als schon die Sonne ins Gemach hineinfunkelte. – Der Förster war, wie er es gesagt hatte, mit seinen Söhnen und den Jägerburschen in den Wald gezogen; ein blühendes freundliches Mädchen, des Försters jüngere Tochter, brachte mir das Frühstück, während die ältere mit der Mutter in der Küche beschäftigt war. Das Mädchen wußte gar lieblich zu erzählen, wie sie hier alle Tage froh und friedlich zusammen lebten und nur manchmal es Tumult von vielen Menschen gäbe, wenn der Fürst im Revier jage und dann manchmal im Hause übernachte. So schlichen ein paar Stunden hin, da war es Mittag, und lustiger Jubel und Hörnerklang verkündeten den Förster, der mit seinen vier Söhnen, herrlichen blühenden Jünglingen, von denen der jüngste kaum fünfzehn Jahre alt sein mochte, und drei Jägerburschen heimkehrte. – Er frug, wie ich denn geschlafen und ob mich nicht der frühe Lärm vor der Zeit geweckt habe; ich mochte ihm das überstandene Abenteuer nicht erzählen, denn die lebendige Erscheinung des grauenhaften Mönchs hatte sich so fest an das Traumbild gereiht, daß ich kaum zu unterscheiden vermochte, wo der Traum übergegangen sei ins wirkliche Leben. – Der Tisch war gedeckt, die Suppe dampfte, der Alte zog sein Käppchen ab, um das Gebet zu halten, da ging die Türe auf, und der Kapuziner, den ich in der Nacht gesehen, trat hinein. Der Wahnsinn war aus seinem Gesichte verschwunden, aber er hatte ein düstres störrisches Ansehen. »Sein Sie willkommen, ehrwürdiger Herr!« rief ihm der Alte entgegen, – »sprechen Sie das Gratias und speisen Sie dann mit uns.« – Da blickte er um sich mit zornfunkelnden Augen und schrie mit fürchterlicher Stimme: »Der Satan soll dich zerreißen mit deinem ehrwürdigen Herrn und deinem verfluchten Beten; hast du mich nicht hergelockt, damit ich der dreizehnte sein soll und du mich umbringen lassen kannst von dem fremden Mörder? – Hast du mich nicht in diese Kutte gesteckt, damit niemand den Grafen, deinen Herrn und Gebieter, erkennen soll? – Aber hüte dich, Verfluchter, vor meinem Zorn!« – Damit ergriff der Mönch einen schweren Krug, der auf dem Tische stand, und schleuderte ihn nach dem Alten, der nur durch eine geschickte Wendung dem Wurf auswich, der ihm den Kopf zerschmettert hätte. Der Krug flog gegen die Wand und zerbrach in tausend Scherben. Aber in dem Augenblick packten die Jägerburschen den Rasenden und hielten ihn fest. »Was!« rief der Förster, »du verruchter, gotteslästerlicher Mensch, du wagst es, hier wieder mit deinem rasenden Beginnen unter fromme Leute zu treten, du wagst es, mir, der ich dich aus viehischem Zustande, aus der ewigen Verderbnis errettet, aufs neue nach dem Leben zu trachten? – Fort mit dir in den Turm!« – Der Mönch fiel auf die Knie, er flehte heulend um Erbarmen, aber der Alte sagte: »Du mußt in den Turm und darfst nicht eher wieder hieher kommen, bis ich weiß, daß du dem Satan entsagt hast, der dich verblendet, sonst mußt du sterben.« Da schrie der Mönch auf wie im trostlosen Jammer der Todesnot, aber die Jägerburschen brachten ihn fort und berichteten, wiederkehrend, daß der Mönch ruhiger geworden, sobald er in das Turmgemach getreten. Christian, der ihn bewache, habe übrigens erzählt, daß der Mönch die ganze Nacht über in den Gängen des Hauses herumgepoltert und vorzüglich nach Tagesanbruch geschrien habe: »Gib mir noch mehr von deinem Wein, und ich will mich dir ganz ergeben; mehr Wein, mehr Wein!« Es habe dem Christian übrigens wirklich geschienen, als taumle der Mönch wie betrunken, unerachtet er nicht begriffen, wie der Mönch an irgend ein starkes berauschendes Getränk gekommen sein könne. – Nun nahm ich nicht länger Anstand, das überstandene Abenteuer zu erzählen, wobei ich nicht vergaß, der ausgeleerten Korbflasche zu gedenken. »Ei, das ist schlimm«, sagte der Förster, »doch Sie scheinen mir ein mutiger frommer Mann, ein anderer hätte des Todes sein können vor Schreck.« Ich bat ihn, mir näher zu sagen, was es mit dem wahnsinnigen Mönch für eine Bewandtnis habe. »Ach«, erwiderte der Alte, »das ist eine lange abenteuerliche Geschichte, so was taugt nicht beim Essen. Schlimm genug schon, daß uns der garstige Mensch, eben als wir, was uns Gott beschert, froh und freudig genießen wollten, mit seinem frevelichen Beginnen so gestört hat; aber nun wollen wir auch gleich an den Tisch.« Damit zog er sein Mützchen ab, sprach andächtig und fromm das Gratias, und unter lustigen, frohen Gesprächen verzehrten wir das ländliche, kräftige und schmackhaft zubereitete Mahl. Dem Gast zu Ehren ließ der Alte guten Wein heraufbringen, den er mir nach patriarchalischer Sitte aus einem schönen Pokal zutrank. Der Tisch war indessen abgeräumt, die Jägerburschen nahmen ein paar Hörner von der Wand und bliesen ein Jägerlied. – Bei der zweiten Wiederholung fielen die Mädchen singend ein, und mit ihnen wiederholten die Förstersöhne im Chor die Schlußstrophe. –

Meine Brust erweiterte sich auf wunderbare Weise: seit langer Zeit war mir nicht im Innersten so wohl gewesen, als unter diesen einfachen, frommen Menschen. Es wurden mehrere gemütliche wohltönende Lieder gesungen, bis der Alte aufstand und mit dem Ausruf: »Es leben alle brave Männer, die das edle Weidwerk ehren«, sein Glas leerte; wir stimmten alle ein, und so war das frohe Mahl, das mir zu Ehren durch Wein und Gesang verherrlicht wurde, beschlossen.

Der Alte sprach zu mir: »Nun, mein Herr, schlafe ich ein halbes Stündchen, aber dann gehen wir in den Wald, und ich erzähle es Ihnen, wie der Mönch in mein Haus gekommen und was ich sonst von ihm weiß. Bis dahin tritt die Dämmerung ein, dann gehen wir auf den Anstand, da es, wie mir Franz sagt, Hühner gibt. Auch *Sie* sollen ein gutes Gewehr erhalten und Ihr Glück versuchen.« Die Sache war mir neu, da ich als Seminarist zwar manchmal nach der Scheibe, aber nie nach Wild geschossen; ich nahm daher des Försters Anerbieten an, der höchlich darüber erfreut schien und mir mit treuherziger Gutmütigkeit in aller Eil' noch vor dem Schlaf, den er zu tun gedachte, die ersten, unentbehrlichen Grundsätze der Schießkunst beizubringen suchte.

Ich wurde mit Flinte und Jagdtasche ausgerüstet, und so zog ich mit dem Förster in den Wald, der die Geschichte von dem seltsamen Mönch in folgender Art anfing:

»Künftigen Herbst sind es schon zwei Jahre her, als meine Bursche im Walde oft ein entsetzliches Heulen vernahmen, das, so wenig Menschliches es auch hatte, doch, wie Franz, mein jüngst angenommener Lehrling, meinte, von einem Menschen herrühren mochte. Franz war dazu bestimmt, von dem heulenden Ungetüm geneckt zu werden, denn wenn er auf den Anstand ging, so verscheuchte das Heulen, welches sich dicht bei ihm hören ließ, die Tiere, und er sah zuletzt, wenn er auf ein Tier anlegen wollte, ein borstiges unkenntliches Wesen aus dem Gebüsch springen, das seinen Schuß vereitelte. Franz hatte den Kopf voll von all den spukhaften Jägerlegenden, die ihm sein Vater, ein alter Jäger, erzählt, und er war geneigt, das Wesen für den Satan selbst zu halten, der ihm das Weidhandwerk verleiden oder ihn sonst verlocken wolle. Die anderen Bursche, selbst meine Söhne, denen auch das Ungetüm aufgestoßen, pflichteten ihm endlich bei, und umso mehr war mir daran gelegen, dem Dinge näher auf die Spur zu kommen, als ich es für eine List der Freischützen hielt, meine Jäger vom Anstand wegzuschrecken. – Ich befahl deshalb meinen Söhnen und den Burschen, die Gestalt, falls sie sich wieder zeigen sollte, anzurufen, und falls sie nicht stehen oder Bescheid geben sollte, nach Jägerrecht ohne weiteres nach ihr zu schießen. – Den Franz traf es wieder, der erste zu sein, dem das Ungetüm auf dem Anstand in den Weg trat. Er rief ihm zu, das Gewehr anlegend, die Gestalt sprang ins Gebüsch, Franz wollte hinterdrein knallen, aber der Schuß versagte, und nun lief er voll Angst und Schrecken zu den andern, die von ihm entfernt standen, überzeugt, daß es der Satan sei, der ihm zum Trutz das Wild verscheuche und sein Gewehr verzaubere; denn in der Tat traf er, seitdem ihn das Ungetüm verfolgte, kein Tier, so gut er sonst geschossen. Das Gerücht von dem Spuk im Walde verbreitete sich, und man erzählte schon im Dorfe, wie der Satan dem Franz in den Weg getreten und ihm Freikugeln angeboten, und noch anderes tolles Zeug mehr. – Ich beschloß, dem Unwesen ein Ende zu machen und das Ungetüm, das mir selbst noch niemals aufgestoßen, auf den Stätten, wo es sich zu zeigen pflegte, zu verfolgen. Lange wollte es mir nicht glücken; endlich, als ich an einem neblichten Novemberabend gerade da, wo Franz das Ungetüm zuerst erblickt, auf dem Anstand war, rauschte es mir ganz nahe im Gebüsch, ich legte leise das Gewehr an, ein Tier vermutend, aber eine gräßliche Gestalt mit rotfunkelnden Augen und schwarzen borstigen Haaren, mit Lumpen behangen, brach hervor. Das Ungetüm stierte mich an, indem es entsetzliche heulende Töne ausstieß. Herr! – es war ein Anblick, der dem Beherztesten Furcht einjagen könnte, ja mir war es, als stehe wirklich der Satan vor mir, und ich fühlte, wie mir der Angstschweiß ausbrach. Aber im kräftigen Gebet, das ich mit starker Stimme sprach, ermutigte ich mich ganz. Sowie ich betete und den Namen Jesus Christus aussprach, heulte wütender das Ungetüm und brach endlich in entsetzliche gotteslästerliche Verwünschungen aus. Da rief ich: ›Du verfluchter, bübischer Kerl, halt ein mit deinen gotteslästerlichen Reden und gib dich gefangen, oder ich schieße dich nieder.‹ Da fiel der Mensch wimmernd zu Boden und bat um Erbarmen. Meine Bursche kamen herbei, wir packten den Menschen und führten ihn nach Hause, wo ich ihn in den Turm bei dem Nebengebäude einsperren ließ und den nächsten Morgen den Vorfall der Obrigkeit anzeigen wollte. Er fiel, sowie er in den Turm kam, in einen ohnmächtigen Zustand. Als ich den andern Morgen zu ihm ging, saß er auf dem Strohlager, das ich ihm bereiten lassen, und weinte heftig. Er fiel mir zu Füßen und flehte mich an, daß ich mit ihm Erbarmen haben solle; schon seit mehreren Wochen habe er im Walde gelebt und nichts gegessen als Kräuter und wildes Obst, er sei ein armer Kapuziner aus einem weit entlegenen Kloster und aus dem Gefängnisse, in das man ihn wahnsinnshalber gesperrt, entsprungen. Der Mensch war in der Tat in einem erbarmungswürdigen Zustande, ich hatte Mitleid mit ihm und ließ ihm Speise und Wein zur Stärkung reichen, worauf er sich sichtlich erholte. Er bat mich auf das eindringendste, ihn nur einige Tage im Hause zu dulden und ihm ein neues Ordenshabit zu verschaffen, er wolle dann selbst nach dem Kloster zurückwandeln. Ich erfüllte seinen Wunsch, und sein Wahnsinn schien wirklich nachzulassen, da die Paroxysmen minder heftig und seltner wurden. In den Ausbrüchen der Raserei stieß er entsetzliche Reden aus, und ich bemerkte, daß er, wenn ich ihn deshalb hart anredete und mit dem Tode drohte, in einen Zustand innerer Zerknirschung überging, in dem er sich kasteite, ja sogar Gott und die Heiligen anrief, ihn von der Höllenqual zu befreien. Er schien sich dann für den heiligen Antonius zu halten, so wie er in der Raserei immer tobte: er sei Graf und gebietender Herr, und er wolle uns alle ermorden lassen, wenn seine Diener kämen. In den lichten Zwischenräumen bat er mich um Gottes willen ihn nicht zu verstoßen, weil er fühle, daß nur sein Aufenthalt bei mir ihn heilen könne. Nur ein einziges Mal gab es noch einen harten Auftritt mit ihm, und zwar, als der Fürst hier eben im Revier gejagt und bei mir übernachtet hatte. Der Mönch war, nachdem er den Fürsten mit seiner glänzenden Umgebung gesehen, ganz verändert. Er blieb störrisch und verschlossen, er entfernte sich schnell, wenn wir beteten, es zuckte ihm durch alle Glieder, wenn er nur ein andächtiges Wort hörte, und dabei schaute er meine Tochter Anne mit solchen lüsternen Blicken an, daß ich beschloß, ihn fortzubringen, um allerlei Unfug zu verhüten. In der Nacht vorher, als ich den Morgen meinen Plan ausführen wollte, weckte mich ein durchdringendes Geschrei auf dem Gange, ich sprang aus dem Bette und lief schnell mit angezündetem Licht nach dem Gemach, wo meine Töchter schliefen. Der Mönch war aus dem Turm, wo ich ihn allnächtlich eingeschlossen, gebrochen und in viehischer Brunst nach dem Gemach meiner Töchter gerannt, dessen Türe er mit einem Fußtritt sprengte. Zum Glück hatte den Franz ein unausstehlicher Durst aus der Kammer, wo die Burschen schlafen, hinausgetrieben, und er wollte gerade nach der Küche gehen, um sich Wasser zu schöpfen, als er den Mönch über den Gang poltern hörte. Er lief herbei und packte ihn gerade in dem Augenblick, als er die Türe einstieß, von hinten her; aber der Junge war zu schwach, den Rasenden zu bändigen, sie balgten sich unter dem Geschrei der erwachten Mädchen in der Türe, und ich kam gerade in dem Augenblick herzu, als der Mönch den Burschen zu Boden geworfen und ihn meuchlerisch bei der Kehle gepackt hatte. Ohne mich zu besinnen, faßte ich den Mönch und riß ihn von Franzen weg, aber plötzlich, noch weiß ich nicht, wie das zugegangen, blinkte ein Messer in des Mönchs Faust, er stieß nach mir, aber Franz, der sich aufgerafft, fiel ihm in den Arm, und mir, der ich nun wohl ein starker Mann bin, gelang es bald, den Rasenden so fest an die Mauer zu drücken, daß ihm schier der Atem ausgehen wollte. Die Burschen waren ob dem Lärm alle wach worden und herbeigelaufen; wir banden den Mönch und schmissen ihn in den Turm, ich holte aber meine Hetzpeitsche herbei und zählte ihm zur Abmahnung von künftigen Untaten ähnlicher Art einige kräftige Hiebe auf, so daß er ganz erbärmlich ächzte und wimmerte; aber ich sprach: ›Du Bösewicht, das ist noch viel zu wenig für deine Schändlichkeit, daß du meine Tochter verführen wollen und mir nach dem Leben getrachtet, eigentlich solltest du sterben.‹ – Er heulte vor Angst und Entsetzen, denn die Furcht vor dem Tode schien ihn ganz zu vernichten. Den andern Morgen war es nicht möglich, ihn fortzubringen, denn er lag totenähnlich in gänzlicher Abspannung da und flößte mir wahres Mitleiden ein. Ich ließ ihm in einem bessern Gemach ein gutes Bette bereiten, und meine Alte pflegte seiner, indem sie ihm stärkende Suppen kochte und aus unserer Hausapotheke das reichte, was ihm dienlich schien. Meine Alte hat die gute Gewohnheit, wenn sie einsam sitzt, oft ein andächtig Lied anzustimmen, aber wenn es ihr recht wohl ums Herz sein soll, muß meine Anne mit ihrer hellen Stimme ihr solch ein Lied vorsingen. – Das geschah nun auch vor dem Bette des Kranken. – Da seufzte er oft tief und sah meine Alte und die Anne mit recht wehmütigen Blicken an, oft flossen ihm die Tränen über die Wangen. Zuweilen bewegte er die Hand und die Finger, als wolle er sich kreuzigen, aber das gelang nicht, die Hand fiel kraftlos nieder; dann stieß er auch manchmal leise Töne aus, als wolle er in den Gesang einstimmen. Endlich fing er an, zusehends zu genesen, jetzt schlug er oft das Kreuz nach Sitte der Mönche und betete leise. Aber ganz unvermutet fing er einmal an, lateinische Lieder zu singen, die meiner Alten und der Anne, unerachtet sie die Worte nicht verstanden, mit ihren ganz wunderbaren heiligen Tönen bis ins Innerste drangen, so daß sie nicht genug sagen konnten, wie der Kranke sie erbaue. Der Mönch war so weit hergestellt, daß er aufstehen und im Hause umherwandeln konnte, aber sein Aussehen, sein Wesen war ganz verändert. Die Augen blickten sanft, statt daß sonst ein gar böses Feuer in ihnen funkelte, er schritt ganz nach Klostersitte leise und andächtig mit gefalteten Händen umher, jede Spur des Wahnsinns war verschwunden. Er genoß nichts als Gemüse, Brot und Wasser, und nur selten konnte ich ihn in der letzten Zeit dahin bringen, daß er sich an meinen Tisch setzte und etwas von den Speisen genoß sowie einen kleinen Schluck Wein trank. Dann sprach er das Gratias und ergötzte uns mit seinen Reden, die er so wohl zu stellen wußte wie nicht leicht einer. Oft ging er im Walde einsam spazieren, so kam es denn, daß ich ihn einmal begegnete und, ohne gerade viel zu denken, frug, ob er nicht nun bald in sein Kloster zurückkehren werde. Er schien sehr bewegt, er faßte meine Hand und sprach: ›Mein Freund, ich habe dir das Heil meiner Seele zu danken, du hast mich errettet von der ewigen Verderbnis, noch kann ich nicht von dir scheiden, laß mich bei dir sein. Ach, habe Mitleid mit mir, den der Satan verlockt hat und der unwiederbringlich verloren war, wenn ihn der Heilige, zu dem er flehte in angstvollen Stunden, nicht im Wahnsinn in diesen Wald gebracht hätte. – Sie fanden mich‹, fuhr der Mönche nach einigem Stillschweigen fort, ›in einem ganz entarteten Zustande und ahnden auch jetzt gewiß nicht, daß ich einst ein von der Natur reich ausgestatteter Jüngling war, den nur eine schwärmerische Neigung zur Einsamkeit und zu den tiefsinnigsten Studien ins Kloster brachte. Meine Brüder liebten mich alle ausnehmend, und ich lebte so froh, als es nur in dem Kloster geschehen kann. Durch Frömmigkeit und musterhaftes Betragen schwang ich mich empor, man sah in mir schon den künftigen Prior. Es begab sich, daß einer der Brüder von weiten Reisen heimkehrte und dem Kloster verschiedene Reliquien, die er sich auf dem Wege zu verschaffen gewußt, mitbrachte. Unter diesen befand sich eine verschlossene Flasche, die der heilige Antonius dem Teufel, der darin ein verführerisches Elixier bewahrte, abgenommen haben sollte. Auch diese Reliquie wurde sorgfältig aufbewahrt, unerachtet mir die Sache ganz gegen den Geist der

Andacht, den die wahren Reliquien einflößen sollen, und überhaupt ganz abgeschmackt zu sein schien. Aber eine unbeschreibliche Lüsternheit bemächtigte sich meiner, das zu erforschen, was wohl eigentlich in der Flasche enthalten. Es gelang mir, sie beiseite zu schaffen, ich öffnete sie und fand ein herrlich durftendes, süß schmeckendes starkes Getränk darin, das ich bis auf den letzten Tropfen genoß. – Wie nun mein ganzer Sinn sich änderte, wie ich einen brennenden Durst nach der Lust der Welt empfand, wie das Laster in verführerischer Gestalt mir als des Lebens höchste Spitze erschien, das alles mag ich nicht sagen, kurz, mein Leben wurde eine Reihe schändlicher Verbrechen, so daß, als ich meiner teuflischen List unerachtet verraten wurde, mich der Prior zum ewigen Gefängnis verurteilte. Als ich schon mehrere Wochen in dem dumpfen, feuchten Kerker zugebracht hatte, verfluchte ich mich und mein Dasein, ich lästerte Gott und die Heiligen, da trat im glühend roten Scheine der Satan zu mir und sprach, daß, wenn ich meine Seele ganz dem Höchsten abwenden und ihm dienen wolle, er mich befreien werde. Heulend stürzte ich auf die Knie und rief: ›Es ist kein Gott, dem ich diene, du bist mein Herr, und aus deinen Gluten strömt die Lust des Lebens.‹ – Da brauste es in den Lüften wie eine Windsbraut, und die Mauern dröhnten, wie vom Erdbeben erschüttert, ein schneidender Ton pfiff durch den Kerker, die Eisenstäbe des Fensters fielen zerbröckelt herab, und ich stand, von unsichtbarer Gewalt hinausgeschleudert, im Klosterhofe. Der Mond schien hell durch die Wolken, und in seinen Strahlen erglänzte das Standbild des heiligen Antonius, das mitten im Hofe bei einem Springbrunnen aufgerichtet war. – Eine unbeschreibliche Angst zerriß mein Herz, ich warf mich zerknirscht nieder vor dem Heiligen, ich schwor dem Bösen ab und flehte um Erbarmen; aber da zogen schwarze Wolken herauf, und aufs neue brauste der Orkan durch die Luft, mir vergingen die Sinne, und ich fand mich erst im Walde wieder, in dem ich, wahnsinnig vor Hunger und

Verzweiflung, umhertobte und aus dem Sie mich erretteten.‹ - So erzählte der Mönch, und seine Geschichte machte auf mich solch einen tiefen Eindruck, daß ich nach vielen Jahren noch so wie heute imstande sein werde, alles Wort für Wort zu wiederholen. Seit der Zeit hat sich der Mönch so fromm, so gutmütig betragen, daß wir ihn alle lieb gewannen, und um so unbegreiflicher ist es mir, wie in voriger Nacht sein Wahnsinn hat aufs neue ausbrechen können.«

»Wissen Sie denn gar nicht«, fiel ich dem Förster ins Wort, »aus welchem Kapuzinerkloster der Unglückliche entsprungen ist?« -

»Er hat mir es verschwiegen«, erwiderte der Förster, »und ich mag um so weniger darnach fragen, als es mir beinahe gewiß ist, daß es wohl derselbe Unglückliche sein mag, der unlängst das Gespräch des Hofes war, unerachtet man seine Nähe nicht vermutete und auch meine Vermutung zum wahren Besten des Mönchs nicht gerade bei Hofe laut werden lassen mochte.« - »Aber ich darf sie wohl erfahren«, versetzte ich, »da ich ein Fremder bin und noch überdies mit Hand und Mund versprechen will, gewissenhaft zu schweigen.« »Sie müssen wissen«, sprach der Förster weiter, »daß die Schwester unserer Fürstin Äbtissin des Zisterzienserklosters in . . . ist. Diese hatte sich des Sohnes einer armen Frau, deren Mann mit unserm Hofe in gewissen geheimnisvollen Beziehungen gestanden haben soll, angenommen und ihn aufziehen lassen. Aus Neigung wurde er Kapuziner und als Kanzelredner weit und breit bekannt. Die Äbtissin schrieb ihrer Schwester sehr oft über den Pflegling und betrauerte vor einiger Zeit tief seinen Verlust. Er soll durch den Mißbrauch einer Reliquie schwer gesündigt haben und aus dem Kloster, dessen Zierde er so lange war, verbannt worden sein. Alles dieses weiß ich aus einem Gespräch des fürstlichen Leibarztes mit einem andern Herrn vom Hofe, das ich vor einiger Zeit anhörte. Sie erwähnten einiger sehr merkwürdiger Umstände, die mir jedoch, weil ich all die Geschichten nicht von Grund aus kenne, unverständlich geblieben und wieder entfallen sind. Erzählt nun auch der Mönch seine Errettung aus dem Klostergefängnis auf andere Weise, soll sie nämlich durch den Satan geschehen sein, so halte ich dies doch für eine Einbildung, die ihm noch vom Wahnsinn zurückblieb, und meine, daß der Mönch kein anderer als eben der Bruder Medardus ist, den die Äbtissin zum geistlichen Stande erziehen ließ, und den der Teufel zu allerlei Sünden verlockte, bis ihn Gottes Gericht mit viehischer Raserei strafte.«

Als der Förster den Namen Medardus nannte, durchbebte mich ein innerer Schauer, ja die ganze Erzählung hatte mich wie mit tödlichen Stichen, die mein Innerstes trafen, gepeinigt. - Nur zu sehr war ich überzeugt, daß der Mönch die Wahrheit gesprochen, da nur eben ein solches Getränk der Hölle, das er lüstern genossen, ihn aufs neue in verruchten gotteslästerlichen Wahnsinn gestürzt hatte. - Aber ich selbst war herabgesunken zum elenden Spielwerk der bösen, geheimnisvollen Macht, die mich mit unauflöslichen Banden umstrickt hielt, so daß ich, der ich frei zu sein glaubte, mich nur innerhalb des Käfichts bewegte, in den ich rettungslos gesperrt worden. - Die guten Lehren des frommen Cyrillus, die ich unbeachtet ließ, die Erscheinung des Grafen und seines leichtsinnigen Hofmeisters, alles kam mir in den Sinn. - Ich wußte nun, woher die plötzliche Gärung im Innern, die Änderung meines Gemüts entstanden; ich schämte mich meines frevelichen Beginnens, und diese Scham galt mir in dem Augenblick für die tiefe Reue und Zerknirschung, die ich in wahrhafter Buße hätte empfinden sollen. So war ich in tiefes Nachdenken versunken und hörte kaum auf den Alten, der nun wieder auf die Jägerei gekommen, mir manchen Strauß schilderte, den er mit den bösen Freischützen gehabt. Die Dämmerung war eingebrochen, und wir standen vor dem Gebüsch, in dem die Hühner liegen sollten; der Förster stellte mich auf meinen Platz, schärfte mir ein, weder zu sprechen noch sonst mich viel zu regen und mit gespanntem Hahn recht sorglich zu lauschen. Die Jäger schlichen leise auf ihre Plätze, und ich stand einsam in der Dunkelheit, die immer mehr zunahm. – Da traten Gestalten aus meinem Leben hervor im düstern Walde. Ich sah meine Mutter, die Äbtissin, sie schauten mich an mit strafenden Blicken. – Euphemie rauschte auf mich zu mit totenbleichem Gesicht und starrte mich an mit ihren schwarzen glühenden Augen, sie erhob ihre blutigen Hände, mir drohend, ach, es waren Blutstropfen, Hermogens Todeswunde entquollen, ich schrie auf! – Da schwirrte es über mir in starkem Flügelschlag, ich schoß blindlings in die Luft, und zwei Hühner stürzten getroffen herab. »Bravo!« rief der unfern von mir stehende Jägerbursche, indem er das dritte herabschoß. – Schüsse knallten jetzt ringsumher, und die Jäger versammelten sich, jeder seine Beute herbeitragend. Der Jägerbursche erzählte, nicht ohne listige Seitenblicke auf mich, wie ich ganz laut aufgeschrien, da die Hühner dicht über meinen Kopf weggestrichen, als hätte ich großen Schreck, und dann, ohne einmal recht anzulegen, blindlings drunter geschossen und doch zwei Hühner getroffen; ja, es sei in der Finsternis ihm vorgekommen, als hätte ich das Gewehr ganz nach anderer Richtung hingehalten, und doch wären die Hühner gestürzt. Der alte Förster lachte laut auf, daß ich so über die Hühner erschrocken sei und mich nur gewehrt habe mit Drunterschießen. – »Übrigens, mein Herr«, fuhr er scherzend fort, »will ich hoffen, daß Sie ein ehrlicher frommer Weidmann und kein Freijäger sind, der es mit dem Bösen hält und hinschießen kann, wo er will, ohne das zu fehlen, was er zu treffen willens.« – Dieser gewiß unbefangene Scherz des Alten traf mein Innerstes, und selbst mein glücklicher Schuß in jener aufgeregten entsetzlichen Stimmung, den doch nur der Zufall herbeigeführt, erfüllte mich mit Grauen. Mit meinem Selbst mehr als jemals entzweit, wurde ich mir selbst zweideutig, und ein inneres Grausen umfing mein eignes Wesen mit zerstörender Kraft.

Als wir ins Haus zurückkamen, berichtete Christian, daß der Mönch sich im Turm ganz ruhig verhalten, kein einziges Wort gesprochen und auch keine Nahrung zu sich genommen habe. »Ich kann ihn nun nicht länger bei mir behalten«, sprach der Förster, »denn wer steht mir dafür, daß sein, wie es scheint, unheilbarer Wahnsinn nach langer Zeit nicht aufs neue ausbricht und er irgend ein entsetzliches Unheil hier im Hause anrichtet; er muß morgen in aller Frühe mit Christian und Franz nach der Stadt; mein Bericht über den ganzen Vorgang ist längst fertig, und da mag er denn in die Irrenanstalt gebracht werden.«

Als ich in meinem Gemach allein war, stand mir Hermogens Gestalt vor Augen, und wenn ich sie fassen wollte mit schärferem Blick, wandelte sie sich um in den wahnsinnigen Mönch. Beide flossen in meinem Gemüt in eins zusammen und bildeten so die Warnung der höhern Macht, die ich wie dicht vor dem Abgrunde vernahm. Ich stieß an die Korbflasche, die noch auf dem Boden lag; der Mönch hatte sie bis auf den letzten Tropfen ausgeleert, und so war ich jeder neuen Versuchung, davon zu genießen, enthoben; aber auch selbst die Flasche, aus der noch ein starker berauschender Duft strömte, schleuderte ich fort durch das offne Fenster über die Hofmauer weg, um so jede mögliche Wirkung des verhängnisvollen Elixiers zu vernichten. – Nach und nach wurde ich ruhiger, ja der Gedanke ermutigte mich, daß ich auf jeden Fall in geistiger Hinsicht erhaben sein müsse über jenen Mönch, den das dem meinigen gleiche Getränk in wilden Wahnsinn stürzte. Ich fühlte, wie dies entsetzliche Verhängnis bei mir vorübergestreift; ja, daß der alte Förster den Mönch eben für den unglücklichen Medardus, für mich selbst, hielt, war mir ein Fingerzeig der höheren, heiligen Macht, die mich noch nicht sinken lassen wollte in das trostlose Elend. – Schien nicht der Wahnsinn, der überall sich mir in den Weg stellte, nur allein vermögend, mein Inneres zu durchblicken und immer dringender vor dem bösen Geiste zu warnen, der mir, wie ich glaubte, sichtbarlich in der Gestalt des bedrohlichen gespenstischen Malers erschienen? -

Unwiderstehlich zog es mich fort nach der Residenz. Die Schwester meiner Pflegemutter, die, wie ich mich besann, der Äbtissin ganz ähnlich war, da ich ihr Bild öfters gesehen, sollte mich wieder zurückführen in das fromme schuldlose Leben, wie es ehemals mir blühte, denn dazu bedurfte es in meiner jetzigen Stimmung nur ihres Anblicks und der dadurch erweckten Erinnerungen. Dem Zufall wollte ich es überlassen, mich in ihre Nähe zu bringen.

Kaum war es Tag worden, als ich des Försters Stimme im Hofe vernahm; früh sollte ich mit dem Sohne abreisen, ich warf mich daher schnell in die Kleider. Als ich herabkam, stand ein Leiterwagen mit Strohsitzen zum Abfahren bereit vor der Haustür; man brachte den Mönch, der mit totenbleichem und verstörtem Gesicht sich geduldig führen ließ. Er antwortete auf keine Frage, er wollte nichts genießen, kaum schien er die Menschen um sich zu gewahren. Man hob ihn auf den Wagen und band ihn mit Stricken fest, da sein Zustand allerdings bedenklich schien und man vor dem plötzlichen Ausbruch einer innern verhaltenen Wut keineswegs sicher war. Als man seine Arme festschnürte, verzog sich sein Gesicht krampfhaft, und er ächzte leise. Sein Zustand durchbohrte mein Herz, er war mir verwandt worden, ja nur seinem Verderben verdankte ich vielleicht meine Rettung. Christian und ein Jägerbursche setzten sich neben ihm in den Wagen. Erst im Fortfahren fiel sein Blick auf mich, und er wurde plötzlich von tiefem Staunen ergriffen; als der Wagen sich schon entfernte (wir waren ihm bis vor die Mauer gefolgt), blieb sein Kopf gewandt und sein Blick auf mich gerichtet. »Sehen sie«, sagte der alte Förster, »wie er Sie so scharf ins Auge faßt; ich glaube, daß Ihre Gegenwart im Speisezimmer, die er nicht vermutete, auch viel zu seinem rasenden Beginnen beigetragen hat, denn selbst in seiner guten Periode blieb er ungemein scheu und hatte immer den Argwohn, daß ein Fremder kommen und ihn töten würde. Vor dem Tode hat er nämlich eine ganz ungemessene Furcht, und durch die Drohung, ihn gleich erschießen zu lassen, habe ich oft den Ausbrüchen seiner Raserei widerstanden.«

Mir war wohl und leicht, daß der Mönch, dessen Erscheinung mein eignes Ich in verzerrten gräßlichen Zügen reflektierte, entfernt worden. Ich freute mich auf die Residenz, denn es war mir, als solle dort die Last des schweren finstern Verhängnisses, die mich niedergedrückt, mir entnommen werden, ja, als würde ich mich dort, erkräftigt, der bösen Macht, die mein Leben befangen, entreißen können. Als das Frühstück verzehrt, fuhr der saubre, mit raschen Pferden bespannte Reisewagen des Försters vor. – Kaum gelang es mir, der Frau für die Gastlichkeit, mit der ich aufgenommen, etwas Geld, sowie den beiden bildhübschen Töchtern einige Galanteriewaren, die ich zufällig bei mir trug, aufzudringen. Die ganze Familie nahm so herzlichen Abschied, als sei ich längst im Hause bekannt gewesen, der Alte scherzte noch viel über mein Jägertalent. Heiter und froh fuhr ich von dannen.

VIERTER ABSCHNITT
DAS LEBEN AM FÜRSTLICHEN
HOFE

Die Residenz des Fürsten bildete gerade den Gegensatz zu der Handelsstadt, die ich verlassen. Im Umfange bedeutend kleiner, war sie regelmäßiger und schöner gebaut, aber ziemlich menschenleer. Mehrere Straßen, worin Alleen gepflanzt, schienen mehr Anlagen eines Parks zu sein, als zur Stadt zu gehören; alles bewegte sich still und feierlich, selten von dem rasselnden Geräusch eines Wagens unterbrochen. Selbst in der Kleidung und in dem Anstande der Einwohner bis auf den gemeinen

Mann herrschte eine gewisse Zierlichkeit, ein Streben, äußere Bildung zu zeigen.

Der fürstliche Palast war nichts weniger als groß, auch nicht im großen Stil erbaut, aber rücksichts der Eleganz, der richtigen Verhältnisse eines der schönsten Gebäude, die ich jemals gesehen; an ihn schloß sich ein anmutiger Park, den der liberale Fürst den Einwohnern zum Spaziergange geöffnet.

Man sagte mir in dem Gasthause, wo ich eingekehrt, daß die fürstliche Familie gewöhnlich abends einen Gang durch den Park zu machen pflege und daß viele Einwohner diese Gelegenheit niemals versäumten, den gütigen Landesherrn zu sehen. Ich eilte um die bestimmte Stunde in den Park, der Fürst trat mit seiner Gemahlin und einer geringen Umgebung aus dem Schlosse. - Ach! - bald sah ich nichts mehr als die Fürstin, sie, die meiner Pflegemutter so ähnlich war! - Dieselbe Hoheit, dieselbe Anmut in jeder ihrer Bewegungen, derselbe geistvolle Blick des Auges, dieselbe freie Stirne, das himmlische Lächeln. - Nur schien sie mir im Wuchse voller und jünger als die Äbtissin. Sie redete liebreich mit mehreren Frauenzimmern, die sich eben in der Allee befanden, während der Fürst mit einem ernsten Mann im interessanten eifrigen Gespräch begriffen schien. - Die Kleidung, das Benehmen der fürstlichen Familie, ihre Umgebung, alles griff ein in den Ton des Ganzen. Man sah wohl, wie die anständige Haltung in einer gewissen Ruhe und anspruchslosen Zierlichkeit, in der sich die Residenz erhielt, von dem Hofe ausging. Zufällig stand ich bei einem aufgeweckten Mann, der mir auf alle möglichen Fragen Bescheid gab und manche muntere Anmerkung einzuflechten wußte. Als die fürstliche Familie vorüber war, schlug er mir vor, einen Gang durch den Park zu machen und mir, dem Fremden, die geschmackvollen Anlagen zu zeigen, welche überall in demselben anzutreffen; das war mir nun ganz recht, und ich fand in der Tat, daß überall der Geist der Anmut und des geregelten Geschmacks verbreitet, wiewohl mir oft in den im Park zerstreuten Gebäuden das Streben nach der antiken Form, die nur die grandiosesten Verhältnisse duldet, den Bauherrn zu Kleinlichkeiten verleitet zu haben schien. Antike Säulen, deren Kapitäler ein großer Mann beinahe mit der Hand erreicht, sind wohl ziemlich lächerlich. Ebenso gab es in entgegengesetzter Art im andern Teil des Parks ein paar gotische Gebäude, die sich in ihrer Kleinheit gar zu kleinlich ausnahmen. Ich glaube, daß das Nachahmen gotischer Formen beinahe noch gefährlicher ist als jenes Streben nach dem Antiken. Denn ist es auch allerdings richtig, daß kleine Kapellen dem Baumeister, der rücksichts der Größe des Gebäudes und der darauf zu verwendenden Kosten eingeschränkt ist, Anlaß genug geben, in jenem Stil zu bauen, so möchte es doch wohl mit den Spitzbogen, bizarren Säulen, Schnörkeln, die man dieser oder jener Kirche nachahmt, nicht getan sein, da nur *der* Baumeister etwas Wahrhaftiges in der Art leisten wird, der sich von dem tiefen Sinn - wie er in den alten Meistern wohnte, welche das willkürlich, ja das heterogen Scheinende so herrlich zu einem sinnigen bedeutungsvollen Ganzen zu verbinden wußten, - beseelt fühlt. Es ist mit einem Wort der seltene Sinn für das Romantische, der den gotischen Baumeister leiten muß, da hier von dem Schulgerechten, an das er sich bei der antiken Form halten kann, nicht die Rede ist. Ich äußerte alles dieses meinem Begleiter; er stimmte mir vollkommen bei und suchte nur für jene Kleinigkeiten darin eine Entschuldigung, daß die in einem Park nötige Abwechslung und selbst das Bedürfnis, hie und da Gebäude als Zufluchtsort bei plötzlich einbrechendem Unwetter oder auch nur zur Erholung, zum Ausruhen zu finden, beinahe von selbst jene Mißgriffe herbeiführte. - Die einfachsten, anspruchslosesten Gartenhäuser, Strohdächer, auf Baumstämme gestützt und in anmutige Gebüsche versteckt, die eben jenen angedeuteten Zweck erreichten, meinte ich dagegen, wären mir lieber als alle jene Tempelchen und Kapellchen; und sollte denn nun einmal gezimmert und gemauert werden, so stehe dem geistreichen

Baumeister, der rücksichts des Umfanges und der Kosten beschränkt sei, wohl ein Stil zu Gebote, der, sich zum antiken oder zum gotischen hinneigend, ohne kleinliche Nachahmerei, ohne Anspruch, das grandiose, alte Muster zu erreichen, nur das Anmutige, den dem Gemüte des Beschauers wohltuenden Eindruck bezwecke.

»Ich bin ganz Ihrer Meinung«, erwiderte mein Begleiter, »indessen rühren alle diese Gebäude, ja die Anlage des ganzen Parks von dem Fürsten selbst her, und dieser Umstand beschwichtigt, wenigstens bei uns Einheimischen, jeden Tadel. – Der Fürst ist der beste Mensch, den es auf der Welt geben kann, von jeher hat er den wahrhaft landesväterlichen Grundsatz, daß die Untertanen nicht seinetwegen da wären, er vielmehr der Untertanen wegen da sei, recht an den Tag gelegt. Die Freiheit, alles zu äußern, was man denkt; die Geringfügigkeit der Abgaben und der daraus entspringende niedrige Preis aller Lebensbedürfnisse; das gänzliche Zurücktreten der Polizei, die nur dem boshaften Übermute ohne Geräusch Schranken setzt und weit entfernt ist, den einheimischen Bürger sowie den Fremden mit gehässigem Amtseifer zu quälen; die Entfernung alles soldatischen Unwesens, die gemütliche Ruhe, womit Geschäfte, Gewerbe getrieben werden: alles das wird Ihnen den Aufenthalt in unserm Ländchen erfreulich machen. Ich wette, daß man Sie bis jetzt noch nicht nach Namen und Stand gefragt hat und der Gastwirt keinesweges, wie in andern Städten, in der ersten Viertelstunde mit dem großen Buche unterm Arm feierlich angerückt ist, worin man genötigt wird, seinen eignen Steckbrief mit stumpfer Feder und blasser Tinte hineinzukritzeln. Kurz, die ganze Einrichtung unseres kleinen Staats, in dem die wahre Lebensweisheit herrscht, geht von unserm herrlichen Fürsten aus, da vorher die Menschen, wie man mir gesagt hat, durch albernen Pedantismus eines Hofes, der die Ausgabe des benachbarten großen Hofes in Taschenformat war, gequält wurden. Der Fürst liebt Künste und Wissenschaften, daher ist ihm jeder geschickte Künstler, jeder geistreiche Gelehrte willkommen, und der Grad seines Wissens nur ist die Ahnenprobe, die die Fähigkeit bestimmt, in der nächsten Umgebung des Fürsten erscheinen zu dürfen. Aber eben in die Kunst und Wissenschaft des vielseitig gebildeten Fürsten hat sich etwas von dem Pedantismus geschlichen, der ihn bei seiner Erziehung einzwängte und der sich jetzt in dem sklavischen Anhängen an irgend eine Form ausspricht. Er schrieb und zeichnete den Baumeistern mit ängstlicher Genauigkeit jedes Detail der Gebäude vor, und jede geringe Abweichung von dem aufgestellten Muster, das er mühsam aus allen nur möglichen antiquarischen Werken herausgesucht, konnte ihn ebenso ängstigen, als wenn dieses oder jenes dem verjüngten Maßstab, den ihm die beengten Verhältnisse aufdrangen, sich durchaus nicht fügen wollte. Durch eben das Anhängen an diese oder jene Form, die er liebgewonnen, leidet auch unser Theater, das von der einmal bestimmten Manier, der sich die heterogensten Elemente fügen müssen, nicht abweicht. Der Fürst wechselt mit gewissen Lieblingsneigungen, die aber gewiß niemals irgend jemanden zu nahe treten. Als der Park angelegt wurde, war er leidenschaftlicher Baumeister und Gärtner, dann begeisterte ihn der Schwung, den seit einiger Zeit die Musik genommen, und dieser Begeisterung verdanken wir die Einrichtung einer ganz vorzüglichen Kapelle. – Dann beschäftigte ihn die Malerei, in der er selbst das Ungewöhnliche leistet. Selbst bei den täglichen Belustigungen des Hofes findet dieser Wechsel statt. – Sonst wurde viel getanzt, jetzt wird an Gesellschaftstagen eine Pharobank gehalten, und der Fürst, ohne im mindesten eigentlich Spieler zu sein, ergötzt sich an den sonderbaren Verknüpfungen des Zufalls, doch bedarf es nur irgend eines Impulses, um wieder etwas anderes an die Tagesordnung zu bringen. Dieser schnelle Wechsel der Neigungen hat dem guten Fürsten den Vorwurf zugezogen, daß ihm diejenige Tiefe des Geistes fehle, in der sich, wie in einem klaren sonnenhellen See, das farbenreiche Bild des Lebens unverändert spiegelt; meiner Meinung nach tut man ihm aber unrecht, da eine besondere Regsamkeit des Geistes nur ihn dazu treibt, diesem oder jenem nach erhaltenem Impuls mit besonderer Leidenschaft nachzuhängen, ohne daß darüber das ebenso Edle vergessen oder auch nur vernachlässigt werden sollte. Daher kommt es, daß Sie diesen Park so wohl erhalten sehen, daß unsere Kapelle, unser Theater fortdauernd auf alle mögliche Weise unterstützt und gehoben, daß die Gemäldesammlung nach Kräften bereichert wird. Was aber den Wechsel der Unterhaltungen bei Hofe betrifft, so ist das wohl ein heitres Spiel im Leben, das jeder dem regsamen Fürsten zur Erholung vom ernsten, oft mühevollen Geschäft recht herzlich gönnen mag.«

Wir gingen eben bei ganz herrlichen, mit tiefem malerischem Sinn gruppierten Gebüschen und Bäumen vorüber, ich äußerte meine Bewunderung, und mein Begleiter sagte: »Alle diese Anlagen, diese Pflanzungen, diese Blumengruppen sind das Werk der vortrefflichen Fürstin. Sie ist selbst vollendete Landschaftsmalerin und außerdem die Naturkunde ihre Lieblingswissenschaft. Sie finden daher ausländische Bäume, seltene Blumen und Pflanzen, aber nicht wie zur Schau gestellt, sondern mit tiefem Sinn so geordnet und in zwanglose Partien verteilt, als wären sie ohne alles Zutun der Kunst aus heimatlichem Boden entsprossen. – Die Fürstin äußerte einen Abscheu gegen all die aus Sandstein unbeholfen gemeißelten Götter und Göttinnen, Najaden und Dryaden, wovon sonst der Park wimmelte. Diese Standbilder sind deshalb verbannt worden, und Sie finden nur noch einige Kopien nach der Antike, die der Fürst gewisser, ihm teurer Erinnerungen wegen gern im Park behalten wollte, die aber die Fürstin so geschickt – mit zartem Sinn des Fürsten innerste Willensmeinung ergreifend – aufstellen zu lassen wußte, daß sie auf jeden, dem auch die geheimeren Beziehungen fremd sind, ganz wunderbar wirken.«

Es war später Abend geworden, wir verließen den Park,

mein Begleiter nahm die Einladung an, mit mir im Gasthofe zu speisen, und gab sich endlich als den Inspektor der fürstlichen Bildergalerie zu erkennen.

Ich äußerte ihm, als wir bei der Mahlzeit vertrauter geworden, meinen herzlichen Wunsch, der fürstlichen Familie näher zu treten, und er versicherte, daß nichts leichter sei als dieses, da jeder gebildete, geistreiche Fremde im Zirkel des Hofes willkommen wäre. Ich dürfe nur dem Hofmarschall den Besuch machen und ihn bitten, mich dem Fürsten vorzustellen. Diese diplomatische Art, zum Fürsten zu gelangen, gefiel mir um so weniger, als ich kaum hoffen konnte, gewissen lästigen Fragen des Hofmarschalls über das »Woher?«, über Stand und Charakter zu entgehen; ich beschloß daher, dem Zufall zu vertrauen, der mir vielleicht den kürzeren Weg zeigen würde, und das traf auch in der Tat bald ein. Als ich nämlich eines Morgens in dem zur Stunde gerade ganz menschenleeren Park lustwandelte, begegnete mir der Fürst in einem schlichten Oberrock. Ich grüßte ihn, als sei er mir gänzlich unbekannt, er blieb stehen und eröffnete das Gespräch mit der Frage, ob ich fremd hier sei. – Ich bejahte es, mit dem Zusatz, wie ich vor ein paar Tagen angekommen und bloß durchreisen wollen; die Reize des Orts und vorzüglich die Gemütlichkeit und Ruhe, die hier überall herrsche, hätten mich aber vermocht, zu verweilen. Ganz unabhängig, bloß der Wissenschaft und der Kunst lebend, wäre ich gesonnen, recht lange hier zu bleiben, da mich die ganze Umgebung auf höchste Weise anspreche und anziehe. Dem Fürsten schien das zu gefallen, und er erbot sich, mir als Cicerone alle Anlagen des Parks zu zeigen. Ich hütete mich zu verraten, daß ich das alles schon gesehen, sondern ließ mich durch alle Grotten, Tempel, gotische Kapellen, Pavillons führen und hörte geduldig die weitschweifigen Kommentare an, die der Fürst von jeder Anlage gab. Überall nannte er die Muster, nach welchen gearbeitet worden, machte mich auf die genaue Ausführung der gestellten Aufgaben aufmerksam und verbreitete sich überhaupt über die eigentliche Tendenz, die bei der ganzen Einrichtung *dieses* Parks zum Grunde gelegen und die bei jedem Park vorwalten sollte. Er frug nach meiner Meinung; ich rühmte die Anmut des Orts, die üppige herrliche Vegetation, unterließ aber auch nicht, rücksichts der Gebäude mich ebenso wie gegen den Galerie-Inspektor zu äußern. Er hörte mich aufmerksam an, er schien manches meiner Urteile nicht gerade zu verwerfen, indessen schnitt er jede weitere Diskussion über diesen Gegenstand durch die Äußerung ab, daß ich zwar in ideeller Hinsicht recht haben könne, indessen mir die Kenntnis des Praktischen und der wahren Art der Ausführung fürs Leben abzugehen scheine. Das Gespräch wandte sich zur Kunst, ich bewies mich als guter Kenner der Malerei und als praktischer Tonkünstler, ich wagte manchen Widerspruch gegen seine Urteile, die geistreich und präzis seine innere Überzeugung aussprachen, aber auch wahrnehmen ließen, daß seine Kunstbildung zwar bei weitem *die* übertraf, wie sie die Großen gemeinhin zu erhalten pflegen, indessen doch viel zu oberflächlich war, um nur die Tiefe zu ahnen, aus der dem wahren Künstler die herrliche Kunst aufgeht und in ihm den göttlichen Funken des Strebens nach dem Wahrhaftigen entzündet. Meine Widersprüche, meine Ansichten galten ihm nur als Beweis meines Dilettantismus, der gewöhnlich nicht von der wahren praktischen Einsicht erleuchtet werde. Er belehrte mich über die wahren Tendenzen der Malerei und der Musik, über die Bedingnisse des Gemäldes, der Oper. – Ich erfuhr viel von Kolorit, Draperie, Pyramidalgruppen, von ernster und komischer Musik, von Szenen für die Primadonna, von Chören, vom Effekt, vom Helldunkel, der Beleuchtung u. s. w. Ich hörte alles an, ohne den Fürsten, der sich in dieser Unterhaltung recht zu gefallen schien, zu unterbrechen. Endlich schnitt er selbst seine Rede ab mit der schnellen Frage: »Spielen Sie Pharo?« – Ich verneinte es. »Das ist ein herrliches Spiel«, fuhr er fort, »in seiner hohen Einfachheit das wahre Spiel für geistreiche Männer. Man tritt gleichsam aus sich selbst heraus, oder besser, man stellt sich auf einen Standpunkt, von dem man die sonderbaren Verschlingungen und Verknüpfungen, die die geheime Macht, welche wir Zufall nennen, mit unsichtbarem Faden spinnt, zu erblicken imstande ist. Gewinn und Verlust sind die beiden Angeln, auf denen sich die geheimnisvolle Maschine bewegt, die wir angestoßen und die nun der ihr einwohnende Geist nach Willkür forttreibt. – Das Spiel müssen Sie lernen, ich will selbst Ihr Lehrmeister sein.« – Ich versicherte, bis jetzt nicht viel Lust zu einem Spiel in mir zu spüren, das, wie mir oft versichert worden, höchst gefährlich und verderblich sein solle. – Der Fürst lächelte und fuhr, mich mit seinen lebhaften klaren Augen scharf anblickend, fort: »Ei, das sind kindische Seelen, die das behaupten, aber am Ende halten Sie mich wohl für einen Spieler, der Sie ins Garn locken will. – Ich bin der Fürst; gefällt es Ihnen hier in der Residenz, so bleiben Sie hier und besuchen Sie meinen Zirkel, in dem wir manchmal Pharo spielen, ohne daß ich zugebe, daß sich irgend jemand durch dies Spiel derangiere, unerachtet das Spiel bedeutend sein muß, um zu interessieren, denn der Zufall ist träge, sobald ihm nur Unbedeutendes dargeboten wird.«

Schon im Begriff, mich zu verlassen, kehrte der Fürst sich noch zu mir und frug: »Mit wem habe ich aber gesprochen?« – Ich erwiderte, daß ich Leonard heiße und als Gelehrter privatisiere, ich sei übrigens keineswegs von Adel und dürfe vielleicht daher von der mir angebotenen Gnade, im Hofzirkel zu erscheinen, keinen Gebrauch machen. »Was Adel, was Adel«, rief der Fürst heftig, »Sie sind, wie ich mich überzeugt habe, ein sehr unterrichteter, geistreicher Mann. – Die Wissenschaft adelt Sie und macht Sie fähig, in meiner Umgebung zu erscheinen. Adieu, Herr Leonard, auf Wiedersehen!« – So war denn mein Wunsch früher und leichter, als ich es mir gedacht hatte, erfüllt. Zum erstenmal in meinem Leben sollte ich an einem Hofe erscheinen, ja, in gewisser Art selbst am Hofe leben, und mir gingen all die abenteuerlichen Geschichten von den Kabalen, Ränken, Intrigen der Höfe, wie sie sinnreiche Romane- und Komödienschreiber aushecken, durch den Kopf. Nach Aussage dieser Leute mußte der Fürst von Bösewichtern aller Art umgeben und verblendet, insonderheit aber der Hofmarschall ein ahnenstolzer abgeschmackter Pinsel, der erste Minister ein ränkevoller habsüchtiger Bösewicht, die Kammerjunker müssen aber lockere Menschen und Mädchenverführer sein. – Jedes Gesicht ist kunstmäßig in freundliche Falten gelegt, aber im Herzen Lug und Trug; sie schmelzen vor Freundschaft und Zärtlichkeit, sie bücken und krümmen sich, aber jeder ist des andern unversöhnlicher Feind und sucht ihm hinterlistig ein Bein zu stellen, daß er rettungslos umschlägt und der Hintermann in seine Stelle tritt, bis ihm ein gleiches widerfährt. Die Hofdamen sind häßlich, stolz, ränkevoll, dabei verliebt und stellen Netze und Sprenkeln, vor denen man sich zu hüten hat wie vor dem Feuer! – So stand das Bild eines Hofes in meiner Seele, als ich im Seminar so viel davon gelesen; es war mir immer, als treibe der Teufel da recht ungestört sein Spiel, und unerachtet mir Leonardus manches von Höfen, an denen er sonst gewesen, erzählte, was zu meinen Begriffen davon durchaus nicht passen wollte, so blieb mir doch eine gewisse Scheu vor allem Höfischen zurück, die noch jetzt, da ich im Begriff stand, einen Hof zu sehen, ihre Wirkung äußerte. Mein Verlangen, der Fürstin näher zu treten, ja eine innere Stimme, die mir unaufhörlich wie in dunklen Worten zurief, daß *hier* mein Geschick sich bestimmen werde, trieben mich unwiderstehlich fort, und um die bestimmte Stunde befand ich mich, nicht ohne innere Beklemmung, im fürstlichen Vorsaal. –

Mein ziemlich langer Aufenthalt in jener Reichs- und Handelsstadt hatte mir dazu gedient, all das Ungelenke, Steife, Eckichte meines Betragens, das mir sonst noch vom Klosterleben anklebte, ganz abzuschleifen. Mein von Natur geschmeidiger, vorzüglich wohlgebauter Körper gewöhnte sich leicht an die ungezwungene freie Bewegung, die dem Weltmann eigen. Die Blässe, die den jungen Mönch auch bei schönem Gesicht entstellt, war aus meinem Gesicht verschwunden, ich befand mich in den Jahren der höchsten Kraft, die meine Wangen rötete und aus meinen Augen blitzte; meine dunkelbraunen Locken verbargen jedes Überbleibsel der Tonsur. Zu dem allen kam, daß ich eine feine, zierliche schwarze Kleidung im neuesten Geschmack trug, die ich aus der Handelsstadt mitgebracht, und so konnte es nicht fehlen, daß meine Erscheinung angenehm auf die schon Versammelten wirken mußte, wie sie es durch ihr zuvorkommendes Betragen, das, sich in den Schranken der höchsten Feinheit haltend, nicht zudringlich wurde, bewiesen. So wie nach meiner aus Romanen und Komödien gezogenen Theorie der Fürst, als er mit mir im Park sprach, bei den Worten: »Ich bin der Fürst«, eigentlich den Oberrock rasch aufknöpfen und mir einen großen Stern entgegenblitzen lassen mußte, so sollten auch all die Herren, die den Fürsten umgaben, in gestickten Röcken, steifen Frisuren usw. einhergehen, und ich war nicht wenig verwundert, nur einfache geschmackvolle Anzüge zu bemerken. Ich nahm wahr, daß mein Begriff vom Leben am Hofe wohl überhaupt ein kindisches Vorurteil sein könne, meine Befangenheit verlor sich, und ganz ermutigte mich der Fürst, der mit den Worten auf mich zutrat: »Sieh da, Herr Leonard!« und dann über meinen strengen kunstrichterlichen Blick scherzte, mit dem ich seinen Park gemustert. – Die Flügeltüren öffneten sich, und die Fürstin trat in den Konversationssaal, nur von zwei Hofdamen begleitet. Wie erbebte ich bei ihrem Anblick im Innersten, wie war sie nun beim Schein der Lichter meiner Pflegemutter noch ähnlicher als sonst. – Die Damen umringten sie, man stellte mich vor, sie sah mich an mit einem Blick, der Erstaunen, eine innere Bewegung verriet; sie lispelte einige Worte, die ich nicht verstand, und kehrte sich dann zu einer alten Dame, der sie etwas leise sagte, worüber diese unruhig wurde und mich scharf anblickte. Alles dieses geschah in einem Moment. – Jetzt teilte sich die Gesellschaft in kleinere und größere Gruppen, lebhafte Gespräche begannen, es herrschte ein freier ungezwungener Ton, und doch fühlte man es, daß man sich im Zirkel des Hofes, in der Nähe des Fürsten befand, ohne daß dies Gefühl nur im mindesten gedrückt hätte. Kaum eine einzige Figur fand ich, die in das Bild des Hofes, wie ich ihn mir sonst dachte, gepaßt haben sollte. Der Hofmarschall war ein alter lebenslustiger, aufgeweckter Mann, die Kammerjunker muntre Jünglinge, die nicht im mindesten darnach aussahen, als führten sie Böses im Schilde. Die beiden Hofdamen schienen Schwestern, sie waren sehr jung und ebenso unbedeutend, zum Glück aber sehr anspruchslos geputzt. Vorzüglich war es ein kleiner Mann mit aufgestützter Nase und lebhaft funkelnden Augen, schwarz gekleidet, den langen Stahldegen an der Seite, der, indem er sich mit unglaublicher Schnelle durch die Gesellschaft wand und schlängelte und bald hier, bald dort war, nirgends weilend, keinem Rede stehend, hundert witzige, sarkastische Einfälle wie Feuerfunken umhersprühte, überall reges Leben entzündete. Es war des Fürsten Leibarzt. – Die alte Dame, mit der die Fürstin gesprochen, hatte unbemerkt mich so geschickt zu umkreisen gewußt, daß ich, ehe ich mir's versah, mit ihr allein im Fenster stand. Sie ließ sich alsbald in ein Gespräch mit mir ein, das, so schlau sie es anfing, bald den einzigen Zweck verriet, mich über meine Lebensverhältnisse auszufragen. – Ich war auf dergleichen vorbereitet, und überzeugt, daß die einfachste, anspruchsloseste Erzählung in solchen Fällen die unschädlichste und gefahrloseste ist, schränkte ich mich darauf ein, ihr zu sagen, daß ich ehemals Theologie studiert, jetzt aber, nachdem ich den reichen Vater beerbt, aus Lust und Liebe reise. Meinen Geburtsort verlegte ich nach dem polnischen Preußen und gab ihm einen solchen barbarischen, Zähne und Zunge zerbrechenden Namen, der der alten Dame das Ohr verletzte und ihr jede Lust benahm, noch einmal zu fragen. »Ei, ei«, sagte die alte Dame, »Sie haben ein Gesicht, mein Herr, das hier gewisse traurige Erinnerungen wecken könnte, und sind vielleicht mehr als Sie scheinen wollen, da Ihr Anstand keinesweges auf einen Studenten der Theologie deutet.«

Nachdem Erfrischungen gereicht worden, ging es in den Saal, wo der Pharotisch in Bereitschaft stand. Der Hofmarschall machte den Bankier, doch stand er, wie man mir sagte, mit dem Fürsten in der Art im Verein, daß er allen Gewinn behielt, der Fürst ihm aber jeden Verlust, insofern er den Fonds der Bank schwächte, ersetzte. Die Herren versammelten sich um den Tisch bis auf den Leibarzt, der durchaus niemals spielte, sondern bei den Damen blieb, die an dem Spiel keinen Anteil nahmen. Der Fürst rief mich zu sich, ich mußte neben ihm stehen, und er wählte meine Karten, nachdem er mir in kurzen Worten das Mechanische des Spiels erklärt. Dem Fürsten schlugen alle Karten um, und auch ich befand mich, so genau ich den Rat des Fürsten befolgte, fortwährend im Verlust, der bedeutend wurde, da ein Louisdor als niedrigster Point galt. Meine Kasse war ziemlich auf der Neige, und schon oft hatte ich gesonnen, wie es gehen würde, wenn die letzten Louisdors ausgegeben, um so mehr war mir das Spiel, welches mich auf einmal arm machen konnte, fatal. Eine neue Taille begann, und ich bat den Fürsten, mich nun ganz mir selbst zu überlassen, da es scheine, als wenn ich, als ein ausgemacht unglücklicher Spieler, ihn auch in Verlust brächte. Der Fürst meinte lächelnd, daß ich noch vielleicht meinen Verlust hätte einbringen können, wenn ich nach dem Rat des erfahrnen Spielers fortgefahren, indessen wolle er nun sehn, wie ich mich benehmen würde, da ich mir so viel zutraue. – Ich zog aus meinen Karten, ohne sie anzusehen, blindlings eine heraus, es war die Dame. – Wohl mag es lächerlich zu sagen sein, daß ich in diesem blassen leblosen Kartengesicht Aureliens Züge zu entdecken glaubte. Ich starrte das Blatt an, kaum konnte ich meine innere Bewegung verbergen; der Zuruf des Bankiers, ob das Spiel gemacht sei, riß mich aus der Betäubung. Ohne mich zu besinnen, zog ich die letzten fünf Louisdors, die ich noch bei mir trug, aus der Tasche und setzte sie auf die Dame. Sie gewann, nun setzte ich immer fort und fort auf die Dame, und immer höher, so wie der Gewinn stieg. Jedesmal, wenn ich wieder die Dame setzte, riefen die Spieler: »Nein, es ist unmöglich, jetzt muß die Dame untreu werden« – und alle Karten der übrigen Spieler schlugen um. »Das ist mirakulos, das ist unerhört«, erscholl es von allen Seiten, indem ich still und in mich gekehrt, ganz mein Gemüt Aurelien zugewendet, kaum das Gold achtete, das mir der Bankier einmal übers andere zuschob. – Kurz, in den vier letzten Taillen hatte die Dame unausgesetzt gewonnen und ich die Taschen voll Gold. Es waren an zweitausend Louisdors, die mir das Glück durch die Dame zugeteilt, und unerachtet ich nun aller Verlegenheit enthoben, so konnte ich mich doch eines innern unheimlichen Gefühls nicht erwehren. – Auf wunderbare Art fand ich einen geheimen Zusammenhang zwischen dem glücklichen Schuß aufs Geratewohl, der neulich die Hühner herabwarf, und zwischen meinem heutigen Glück. Es wurde mir klar, daß nicht ich, sondern die fremde Macht, die in mein Wesen getreten, alles das Ungewöhnliche bewirke und ich nur das willenlose Werkzeug sei, dessen sich jene Macht bediene zu mir unbekannten Zwecken. Die Erkenntnis dieses Zwiespalts, der mein Inneres feindselig trennte, gab mir aber Trost, indem sie mir das allmähliche Aufkeimen eigner Kraft, die, bald stärker und stärker werdend, dem Feinde widerstehen und ihn bekämpfen werde, verkündete. – Das ewige Abspiegeln von Aureliens Bild konnte nichts anderes sein, als ein verruchtes Verlocken zum bösen Beginnen, und eben dieser freveliche Mißbrauch des frommen lieben Bildes erfüllte mich mit Grausen und Abscheu.

In der düstersten Stimmung schlich ich des Morgens durch den Park, als mir der Fürst, der um die Stunde auch zu lustwandeln pflegte, entgegentrat. »Nun, Herr Leonard«, rief er, »wie finden Sie mein Pharospiel? – Was sagen Sie von der Laune des Zufalls, der Ihnen alles tolle Beginnen verzieh und das Gold zuwarf? Sie hatten glücklicherweise die Carte Favorite getroffen, aber so blindlings dürfen Sie selbst der Carte Favorite nicht immer vertrauen.« – Er verbreitete sich weitläufig über den Begriff der Carte Favorite, gab mir die wohlersonnensten Regeln, wie man dem Zufall in die Hand spielen müsse, und schloß mit der Äußerung, daß ich nun mein Glück im Spiel wohl eifrigst verfolgen werde. Ich versicherte dagegen freimütig, daß es mein fester Vorsatz sei, nie mehr eine Karte anzurühren. Der Fürst sah mich verwundert an. – »Eben mein gestriges wunderbares Glück«, fuhr ich fort, »hat diesen Entschluß erzeugt, denn alles das, was ich sonst von dem Gefährlichen, ja Verderblichen dieses Spiels gehört, ist dadurch bewährt worden. Es lag für mich etwas Entsetzliches darin, daß, indem die gleichgültige Karte, die ich blindlings zog, in mir eine schmerzhafte, herzzerreißende Erinnerung weckte, ich von einer unbekannten Macht ergriffen wurde, die das Glück des Spiels, den losen Geldgewinn mir zuwarf, als entspröße es aus meinem eignen Innern, als wenn ich selbst, jenes Wesen denkend, das aus der leblosen Karte mir mit glühenden Farben entgegenstrahlte, dem Zufall gebieten könne, seine geheimsten Verschlingungen erkennend.« – »Ich verstehe Sie«, unterbrach mich der Fürst, »Sie liebten unglücklich, die Karte rief das Bild der verlorenen Geliebten in Ihre Seele zurück, obgleich mich das, mit Ihrer Erlaubnis, possierlich anspricht, wenn ich mir das breite, blasse komische Kartengesicht der Cœurdame, die Ihnen in die Hand fiel, lebhaft imaginiere. – Doch Sie dachten nun einmal an die Geliebte, und sie war Ihnen im Spiel treuer und wohltuender als vielleicht im Leben; aber was darin Entsetzliches, Schreckbares liegen soll, kann ich durchaus nicht begreifen, vielmehr muß es ja erfreulich sein, daß Ihnen das Glück wohlwollte. Überhaupt! – ist Ihnen denn nun einmal die ominöse Verknüpfung des Spielglücks mit Ihrer Geliebten so unheimlich, so trägt nicht das Spiel die Schuld, sondern nur Ihre individuelle Stimmung.« - »Mag das sein, gnädigster Herr«, erwiderte ich, »aber ich fühle nur zu lebhaft, daß es nicht sowohl die Gefahr ist, durch bedeutenden Verlust in die übelste Lage zu geraten, welche dieses Spiel so verderblich macht, sondern vielmehr die Kühnheit, geradezu wie in offener Fehde es mit der geheimen Macht aufzunehmen, die aus dem Dunkel glänzend hervortritt und uns wie ein verführerisches Trugbild in eine Region verlockt, in der sie uns höhnend ergreift und zermalmt. Eben dieser Kampf mit jener Macht scheint das anziehende Wagestück zu sein, das der Mensch, seiner Kraft kindisch vertrauend, so gern unternimmt und das er, einmal begonnen, beständig, ja noch im Todeskampfe den Sieg hoffend, nicht mehr lassen kann. Daher kommt meines Bedünkens die wahnsinnige Leidenschaft der Pharospieler und die innere Zerrüttung des Geistes, die der bloße Geldverlust nicht nach sich zu ziehen vermag und die sie zerstört. Aber auch schon in untergeordneter Hinsicht kann selbst dieser Verlust auch den leidenschaftlosen Spieler, in den noch nicht jenes feindselige Prinzip gedrungen, in tausend Unannehmlichkeiten, ja in offenbare Not stürzen, da er doch nur, durch die Umstände veranlaßt, spielte. Ich darf es gestehen, gnädigster Herr, daß ich selbst gestern im Begriff stand, meine ganze Reisekasse gesprengt zu sehen.« - »Das hätte ich erfahren«, fiel der Fürst rasch ein, »und Ihnen den Verlust dreidoppelt ersetzt, denn ich will nicht, daß sich jemand meines Vergnügens wegen ruiniere, überhaupt kann das bei mir nicht geschehen, da ich meine Spieler kenne und sie nicht aus den Augen lasse.« - »Aber eben diese Einschränkung, gnädigster Herr«, erwiderte ich, »hebt wieder die Freiheit des Spiels auf und setzt selbst jenen besonderen Verknüpfungen des Zufalls Schranken, deren Betrachtung Ihnen, gnädiger Herr, das Spiel so interessant macht. Aber wird nicht auch dieser oder jener, den die Leidenschaft des Spiels unwiderstehlich ergriffen, Mittel finden, zu seinem eignen Verderben der Aufsicht zu entgehen und so ein Mißverhältnis in sein Leben bringen, das ihn zerstört? – Verzeihen Sie meine Freimütigkeit, gnädigster Herr! – Ich glaube überdem, daß jede Einschränkung der Freiheit, sollte diese auch gemißbraucht werden, drückend, ja, als dem menschlichen Wesen schnurstracks entgegenstrebend, unausstehlich ist.« – »Sie sind nun einmal, wie es scheint, überall nicht meiner Meinung, Herr Leonard«, fuhr der Fürst auf und entfernte sich rasch, indem er mir ein leichtes »Adieu« zuwarf. – Kaum wußte ich selbst, wie ich dazu gekommen, mich so offenherzig zu äußern, ja ich hatte niemals, unerachtet ich in der Handelsstadt oft an bedeutenden Banken als Zuschauer stand, genug über das Spiel nachgedacht, um meine Überzeugung im Innern so zu ordnen, wie sie mir jetzt unwillkürlich von den Lippen floß. Es tat mir leid, die Gnade des Fürsten verscherzt und das Recht verloren zu haben, im Zirkel des Hofes erscheinen und der Fürstin näher treten zu dürfen. Ich hatte mich indessen geirrt, denn noch denselben Abend erhielt ich eine Einladungskarte zum Hofkonzert, und der Fürst sagte im Vorbeistreifen mit freunlichem Humor zu mir: »Guten Abend, Herr Leonard, gebe der Himmel, daß meine Kapelle heute Ehre einlegt und meine Musik Ihnen besser gefällt als mein Park.« –

Die Musik war in der Tat recht artig, es ging alles präzis, indessen schien mir die Wahl der Stücke nicht glücklich, indem eins die Wirkung des andern vernichtete, und vorzüglich erregte mir eine lange Szene, die mir wie nach einer aufgegebenen Formel komponiert zu sein schien, herzliche Langeweile. Ich hütete mich wohl, meine wahre innere Meinung zu äußern, und hatte um so klüger daran getan, als man mir in der Folge sagte, daß eben jene lange Szene eine Komposition des Fürsten gewesen.

Ohne Bedenken fand ich mich in dem nächsten Zirkel des Hofes ein und wollte selbst am Pharospiel teilnehmen, um den Fürsten ganz mit mir auszusöhnen, aber nicht wenig erstaunte ich, als ich keine Bank erblickte, vielmehr sich einige gewöhnliche Spieltische formten und unter den übrigen Herren und Damen, die sich im Zirkel um den Fürsten setzten, eine lebhafte geistreiche Unterhaltung begann. Dieser oder jener wußte manches Ergötzliche zu erzählen, ja Anekdoten mit scharfer Spitze wurden nicht verschmäht; meine Rednergabe kam mir zustatten, und es waren Andeutungen aus meinem eignen Leben, die ich unter der Hülle romantischer Dichtung auf anziehende Weise vorzutragen wußte. So erwarb ich mir die Aufmerksamkeit und den Beifall des Zirkels; der Fürst liebte aber mehr das Heitre, Humoristische, und darin übertraf niemand den Leibarzt, der in tausend possierlichen Einfällen und Wendungen unerschöpflich war.

Diese Art der Unterhaltung erweiterte sich dahin, daß oft dieser oder jener etwas aufgeschrieben hatte, das er in der Gesellschaft vorlas, und so kam es denn, daß das Ganze bald das Ansehen eines wohlorganisierten literarisch-ästhetischen Vereins erhielt, in dem der Fürst präsidierte und in welchem jeder das Fach ergriff, welches ihm am mehrsten zusagte. – Einmal hatte ein Gelehrter, der ein trefflicher tiefdenkender Physiker war, uns mit neuen interessanten Entdeckungen im Gebiet seiner Wissenschaft überrascht, und so sehr dies *den* Teil der Gesellschaft ansprach, der wissenschaftlich genug war, den Vortrag des Professors zu fassen, so sehr langweilte sich *der* Teil, dem das alles fremd und unbekannt blieb. Selbst der Fürst schien sich nicht sonderlich in die Ideen des Professors zu finden und auf den Schluß mit herzlicher Sehnsucht zu warten. Endlich hatte der Professor geendet, der Leibarzt war vorzüglich erfreut und brach aus in Lob und Bewunderung, indem er hinzufügte, daß dem tiefen Wissenschaftlichen wohl zur Erheiterung des Gemüts etwas folgen könne, das nun eben auf nichts weiter Anspruch mache als auf Erreichung dieses Zwecks. – Die Schwächlichen, die die Macht der ihnen fremden Wissenschaft gebeugt hatte, richteten sich auf, und selbst des Fürsten

Gesicht überflog ein Lächeln, welches bewies, wie sehr ihm die Rückkehr ins Alltagsleben wohltat.

»Sie wissen, gnädigster Herr«, hob der Leibarzt an, indem er sich zum Fürsten wandte, »daß ich auf meinen Reisen nicht unterließ, all die lustigen Vorfälle, wie sie das Leben durchkreuzen, vorzüglich aber die possierlichen Originale, die mir aufstießen, treu in meinem Reisejournal zu bewahren, und eben aus diesem Journal bin ich im Begriff etwas mitzuteilen, das, ohne sonderlich bedeutend zu sein, doch mir ergötzlich scheint. – Auf meiner vorjährigen Reise kam ich in später Nacht in das schöne große Dorf vier Stunden von B.; ich entschloß mich, in den stattlichen Gasthof einzukehren, wo mich ein freundlicher aufgeweckter Wirt empfing. Ermüdet, ja zerschlagen von der weiten Reise, warf ich mich in meinem Zimmer gleich ins Bette, um recht auszuschlafen, aber es mochte eben eins geschlagen haben, als mich eine Flöte, die dicht neben mir geblasen wurde, weckte. In meinem Leben hatt' ich solch ein Blasen nicht gehört. Der Mensch mußte ungeheure Lungen haben, denn mit einem schneidenden, durchdringenden Ton, der den Charakter des Instruments ganz vernichtete, blies er immer dieselbe Passage hintereinander fort, so daß man sich nichts Abscheulicheres, Unsinnigeres denken konnte. Ich schimpfte und fluchte auf den verdammten tollen Musikanten, der mir den Schlaf raubte und die Ohren zerriß, aber wie ein aufgezogenes Uhrwerk rollte die Passage fort, bis ich endlich einen dumpfen Schlag vernahm, als würde etwas gegen die Wand geschleudert, worauf es still blieb und ich ruhig fortschlafen konnte.

Am Morgen hörte ich ein starkes Gezänk unten im Hause. Ich unterschied die Stimme des Wirts und eines Mannes, der unaufhörlich schrie: ›Verdammt sei Ihr Haus, wäre ich nie über die Schwelle getreten. – Der Teufel hat mich in Ihr Haus geführt, wo man nichts trinken, nichts genießen kann! – alles ist infam schlecht und hundemäßig teuer. – Da haben Sie Ihr Geld,

Adieu, Sie sehn mich nicht wieder in Ihrer vermaladeiten Kneipe.‹ - Damit sprang ein kleiner, winddürrer Mann in einem kaffeebraunen Rocke und fuchsroter runder Perücke, auf die er einen grauen Hut ganz schief und martialisch gestülpt, schnell zum Hause heraus und lief nach dem Stalle, aus dem ich ihn bald auf einem ziemlich steifen Gaule in schwerfälligem Galopp zum Hofe hinausreiten sah.

Natürlicherweise hielt ich ihn für einen Fremden, der sich mit dem Wirt entzweit habe und nun abgereist sei; eben deshalb nahm es mich nicht wenig wunder, als ich mittags, da ich mich in der Wirtsstube befand, dieselbe komische kaffeebraune Figur mit der fuchsroten Perücke, welche des Morgens hinausritt, eintreten und ohne Umstände an dem gedeckten Tisch Platz nehmen sah. Es war das häßlichste und dabei possierlichste Gesicht, das mir jemals aufstieß. In dem ganzen Wesen des Mannes lag so etwas drollig Ernstes, daß man, ihn betrachtend, sich kaum des Lachens enthalten konnte. Wir aßen miteinander, und ein wortkarges Gespräch schlich zwischen mir und dem Wirt hin, ohne daß der Fremde, der gewaltig aß, daran Anteil nehmen wollte. Offenbar war es, wie ich nachher einsah, Bosheit des Wirts, daß er das Gespräch geschickt auf nationelle Eigentümlichkeiten lenkte und mich geradezu frug, ob ich wohl schon Irländer kennen gelernt und von ihren sogenannten Bulls etwas wisse. ›Allerdings!‹ erwiderte ich, indem mir gleich eine ganze Reihe solcher Bulls durch den Kopf ging. Ich erzählte von jenem Irländer, der, als man ihn frug, warum er den Strumpf verkehrt angezogen, ganz treuherzig antwortete: ›Auf der rechten Seite ist ein Loch!‹ - Es kam mir ferner der herrliche Bull jenes Irländers in den Sinn, der mit einem jähzornigen Schotten zusammen in einem Bette schlief und den bloßen Fuß unter der Decke hervorgestreckt hatte. Nun bemerkte dies ein Engländer, der im Zimmer befindlich, und schnallte flugs dem Irländer den Sporn an den Fuß, den er von seinem Stiefel heruntergenommen. Der Irländer zog schlafend den Fuß wieder unter die Decke und ritzte mit dem Sporn den Schotten, der darüber aufwachte und dem Irländer eine tüchtige Ohrfeige gab. Darauf entspann sich unter ihnen folgendes sinnreiche Gespräch: ›Was Teufel ficht dich an, warum schlägst du mich?‹ - ›Weil du mich mit deinem Sporn geritzt hast!‹ - ›Wie ist das möglich, da ich mit bloßen Füßen bei dir im Bette liege?‹ - ›Und doch ist es so, sieh nur her.‹ - ›Gott verdamm mich, du hast recht, hat der verfluchte Kerl von Hausknecht mir den Stiefel ausgezogen und den Sporn sitzen lassen.‹ - Der Wirt brach in ein unmäßiges Gelächter aus, aber der Fremde, der eben mit dem Essen fertig worden und ein großes Glas Bier heruntergestürzt hatte, sah mich ernst an und sprach: ›Sie haben ganz recht, die Irländer machen oft dergleichen Bulls, aber es liegt keinesweges an dem Volke, das regsam und geistreich ist, vielmehr weht dort eine solche verfluchte Luft, die einen mit dergleichen Tollheiten wie mit einem Schnupfen befällt, denn, mein Herr, ich selbst bin zwar ein Engländer, aber in Irland geboren und erzogen und nur deshalb jener verdammten Krankheit der Bulls unterworfen.‹ - Der Wirt lachte noch stärker, und ich mußte unwillkürlich einstimmen, denn sehr ergötzlich war es doch, daß der Irländer, nur von Bulls sprechend, gleich selbst einen ganz vortrefflichen zum besten gab. Der Fremde, weit entfernt, durch unser Gelächter beleidigt zu werden, riß die Augen weit auf, legte den Finger an die Nase und sprach: ›In England sind die Irländer das starke Gewürz, das der Gesellschaft hinzugefügt wird, um sie schmackhaft zu machen. Ich selbst bin in dem einzigen Stück dem Falstaff ähnlich, daß ich oft nicht allein selbst witzig bin, sondern auch den Witz anderer erwecke, was in dieser nüchternen Zeit kein geringes Verdienst ist. Sollten Sie denken, daß in dieser ledernen leeren Bierwirtsseele sich auch oft dergleichen regt, bloß auf meinen Anlaß? Aber dieser Wirt ist ein guter Wirt, er greift sein dürftig Kapital von guten Einfällen durchaus nicht an, sondern leiht hie und da in Gesellschaft der Reichen nur einen aus auf hohe Zinsen; er zeigt, ist er dieser Zinsen nicht versichert, wie eben jetzt, höchstens den Einband seines Hauptbuchs, und der ist sein unmäßiges Lachen; denn in dies Lachen hat er seinen Witz eingewickelt. Gott befohlen, meine Herrn!‹ - Damit schritt der originelle Mann zur Türe hinaus, und ich bat den Wirt sofort um Auskunft über ihn. ›Dieser Irländer‹, sagte der Wirt, ›der Ewson heißt und deswegen ein Engländer sein will, weil sein Stammbaum in England wurzelt, ist erst seit kurzer Zeit hier, es werden nun gerade zweiundzwanzig Jahre sein. - Ich hatte als ein junger Mensch den Gasthof gekauft und hielt Hochzeit, als Herr Ewson, der auch noch ein Jüngling war, aber schon damals eine fuchsrote Perücke, einen grauen Hut und einen kaffeebraunen Rock von demselben Schnitt wie heute trug, auf der Rückreise nach seinem Vaterlande begriffen, hier vorbeikam und durch die Tanzmusik, die lustig erschallte, hereingelockt wurde. Er schwur, daß man nur auf dem Schiffe zu tanzen verstehe, wo er es seit seiner Kindheit erlernt, und führte, um dies zu beweisen, indem er auf gräßliche Weise dazu zwischen den Zähnen pfiff, einen Hornpipe aus, wobei er aber bei einem Hauptsprunge sich den Fuß dermaßen verrenkte, daß er bei mir liegen bleiben und sich heilen lassen mußte. - Seit der Zeit hat er mich nicht wieder verlassen. Mit seinen Eigenheiten habe ich meine liebe Not; jeden Tag seit den vielen Jahren zankt er mit mir, er schmält auf die Lebensart, er wirft mir vor, daß ich ihn überteure, daß er ohne Roastbeef und Porter nicht länger leben könne, packt sein Felleisen, setzt seine drei Perücken auf, eine über die andere, nimmt von mir Abschied und reitet auf seinem alten Gaule davon. Das ist aber nur sein Spazierritt, denn mittags kommt er wieder zum andern Tore herein, setzt sich, wie Sie heute gesehen haben, ruhig an den Tisch und ißt von den ungenießbaren Speisen für drei Mann. Jedes Jahr erhält er einen starken Wechsel; dann sagt er mir ganz wehmütig Lebewohl, er nennt mich seinen besten Freund und vergießt Tränen, wobei mir auch die Tränen über die Backen laufen, aber vor unterdrücktem Lachen. Nachdem er noch lebens- und sterbenshalber seinen letzten Willen aufgesetzt und, wie er sagt, meiner ältesten Tochter sein Vermögen vermacht hat, reitet er ganz langsam und betrübt nach der Stadt. Den dritten oder höchstens vierten Tag ist er aber wieder hier und bringt zwei kaffeebraune Röcke, drei fuchsrote Perücken, eine gleißender wie die andere, sechs Hemden, einen neuen grauen Hut und andere Bedürfnisse seines Anzuges, meiner ältesten Tochter, seiner Lieblingin, aber ein Tütchen Zuckerwerk mit wie einem Kinde, unerachtet sie nun schon achtzehn Jahr alt worden. Er denkt dann weder an seinen Aufenthalt in der Stadt, noch an die Heimreise. Seine Zeche berichtigt er jeden Abend, und das Geld für das Frühstück wirft er mir jeden Morgen zornig hin, wenn er wegreitet, um nicht wiederzukommen. Sonst ist er der gutmütigste Mensch von der Welt, er beschenkt meine Kinder bei jeder Gelegenheit, er tut den Armen im Dorfe wohl, nur den Prediger kann er nicht leiden, weil er, wie Herr Ewson es von dem Schulmeister erfuhr, einmal ein Goldstück, das Ewson in die Armenbüchse geworfen, eingewechselt und lauter Kupferpfennige dafür gegeben hat. Seit der Zeit weicht er ihm überall aus und geht niemals in die Kirche, weshalb der Prediger ihn für einen Atheisten ausschreit. Wie gesagt, habe ich aber oft meine liebe Not mit ihm, weil er jähzornig ist und ganz tolle Einfälle hat. Erst gestern hörte ich, als ich nach Hause kam, schon von weitem ein heftiges Geschrei und unterschied Ewsons Stimme. Als ich ins Haus trat, fand ich ihn im stärksten Zank mit der Hausmagd begriffen. Er hatte, wie es im Zorn immer geschieht, bereits seine Perücke weggeschleudert und stand im kahlen Kopf, ohne Rock, in Hemdärmeln dicht vor der Magd, der er ein großes Buch unter die Nase hielt und, stark schreiend und fluchend, mit dem Finger hineinwies. Die Magd hatte die Hände in die Seiten gestemmt und schrie, er möge andere zu seinen Streichen brauchen, er sei ein schlechter Mensch, der an nichts glaube u. s. w. Mit Mühe gelang es mir, die Streitenden auseinander zu bringen und der Sache auf den Grund zu kommen. – Herr Ewson hatte verlangt, die Magd solle ihm Oblate verschaffen zum Briefsiegeln; die Magd verstand ihn anfangs gar nicht, zuletzt fiel ihr ein, daß das Oblate sei, was bei dem Abendmahl gebraucht werde, und meinte, Herr Ewson wolle mit der Hostie verruchtes Gespötte treiben, weil der Herr Pfarrer ohnedies gesagt, daß er ein Gottesleugner sei. Sie widersetzte sich daher, und Herr Ewson, der da glaubte, nur nicht richtig ausgesprochen zu haben und nicht verstanden zu sein, holte sofort ein englisch-deutsches Wörterbuch und demonstrierte daraus der Bauermagd, die kein Wort lesen konnte, was er haben wolle, wobei er zuletzt nichts als englisch sprach, welches die Magd für das sinnverwirrende Gewäsche des Teufels hielt. Nur mein Dazwischentreten verhinderte die Prügelei, in der Herr Ewson vielleicht den kürzeren gezogen.‹

Ich unterbrach den Wirt in der Erzählung von dem drolligen Manne, indem ich frug, ob das vielleicht auch Herr Ewson gewesen, der mich in der Nacht durch sein gräßliches Flötenblasen so gestört und geärgert habe. ›Ach, mein Herr!‹ fuhr der Wirt fort, ›das ist nun auch eine von Herrn Ewsons Eigenheiten, womit er mir beinahe die Gäste verscheucht. Vor drei Jahren kam mein Sohn aus der Stadt hieher; der Junge bläst eine herrliche Flöte und übte hier fleißig sein Instrument. Da fiel es Herrn Ewson ein, daß er ehemals auch Flöte geblasen, und ließ nicht nach, bis ihm Fritz seine Flöte und ein Konzert, das er mitgebracht hatte, für schweres Geld verkaufte.

Nun fing Herr Ewson, der gar keinen Sinn für Musik, gar keinen Takt hat, mit dem größten Eifer an, das Konzert zu blasen. Er kam aber nur bis zum zweiten Solo des ersten Allegros, da stieß ihm eine Passage auf, die er nicht herausbringen konnte, und diese einzige Passage bläst er nun seit den drei Jahren fast jeden Tag hundertmal hintereinander, bis er im höchsten Zorn erst die Flöte und dann die Perücke an die Wand schleudert. Da dies nun wenige Flöten lange aushalten, so braucht er gar oft neue und hat jetzt gewöhnlich drei bis vier im Gange. Ist nur ein Schräubchen zerbrochen oder eine Klappe schadhaft, so wirft er sie mit einem ›Gott verdamm mich, nur in England macht man Instrumente, die was taugen!‹ - durchs Fenster. Ganz erschrecklich ist es, daß ihn diese Passion der Flötenbläserei oft nachts überfällt und er dann meine Gäste aus dem tiefsten Schlafe dudelt. Sollten Sie aber glauben, daß hier im Amtshause sich beinahe ebenso lange, als Herr Ewson bei mir ist, ein englischer Doktor aufhält, der Green heißt und mit Herrn Ewson darin sympathisiert, daß er ebenso originell, ebenso voll sonderbaren Humors ist? - Sie zanken sich unaufhörlich und können doch nicht ohne einander leben. Es fällt mir eben ein, daß Herr Ewson auf heute abend einen Punsch bei mir bestellt hat, zu dem er den Amtmann und den Doktor Green eingeladen. Wollen Sie es sich, mein Herr, gefallen lassen, noch bis morgen früh hier zu verweilen, so können Sie heute abend bei mir das possierlichste Kleeblatt sehen, das sich nur zusammenfinden kann.‹ -

Sie stellen sich es vor, gnädigster Herr, daß ich mir den Aufschub der Reise gern gefallen ließ, weil ich hoffte, den Herrn Ewson in seiner Glorie zu sehen. Er trat, sowie es Abend worden, ins Zimmer und war artig genug, mich zu dem Punsch einzuladen, indem er hinzusetzte, wie es ihm nur leid täte, mich mit dem nichtswürdigen Getränk, das man hier Punsch nenne, bewirten zu müssen; nur in England trinke man Punsch, und da er nächstens dahin zurückkehren werde, hoffe er, käme ich jemals nach England, mir es beweisen zu können, daß er es verstehe, das köstliche Getränk zu bereiten. - Ich wußte, was ich davon zu denken hatte. - Bald darauf traten auch die eingeladenen Gäste ein. Der Amtmann war ein kleines kugelrundes, höchst freundliches Männlein mit vergnügt blickenden Augen und einem roten Näschen; der Doktor Green ein robuster Mann von mittlern Jahren mit einem auffallenden Nationalgesicht, modern, aber nachlässig gekleidet, Brill' auf der Nase,

Hut auf dem Kopfe. - ›Gebt mir Sekt, daß meine Augen rot werden!‹ rief er pathetisch, indem er auf den Wirt zuschritt und ihn, bei der Brust packend, heftig schüttelte: ›Halunkischer Cambyses, sprich! wo sind die Prinzessinnen? Nach Kaffee riecht's und nicht nach Trank der Götter!‹ - ›Laß ab von mir, o Held, weg mit der starken Faust, zermalmst im Zorne mir die Rippen!‹ - rief der Wirt keuchend. ›Nicht eher, feiger Schwächling‹, fuhr der Doktor fort, ›bis süßer Dampf des Punsches, Sinn umnebelnd, Nase kitzelt, nicht eher laß ich dich, du ganz unwerter Wirt!‹ - Aber nun schoß Ewson grimmig auf den Doktor los und schalt: ›Unwürd'ger Green! Grün soll's dir werden vor den Augen, ja greinen sollst du gramerfüllt, wenn du nicht abläßt von schmachvoller Tat!‹ Nun, dacht' ich, würde Zank und Tumult losbrechen, aber der Doktor sagte: ›So will ich, feiger Ohnmacht spottend, ruhig sein und harrn des Göttertranks, den du bereitet, würd'ger Ewson.‹ - Er ließ den Wirt los, der eiligst davonsprang, setzte sich mit einer Catos Miene an den Tisch, ergriff die gestopfte Pfeife und blies große Dampfwolken von sich. - ›Ist das nicht, als wäre man im Theater?‹ sagte der freundliche Amtmann zu mir, ›aber der Doktor, der sonst kein deutsches Buch in die Hand nimmt, fand zufällig Schlegels Shakespeare bei mir, und seit der Zeit spielt er, nach seinem Ausdruck, uralte bekannte Melodien auf einem fremden Instrumente. Sie werden bemerkt haben, daß sogar der Wirt rhythmisch spricht, der Doktor hat ihn sozusagen eingejambt.‹ - Der Wirt brachte den dampfenden Punschnapf, und unerachtet Ewson und Green schwuren, er sei kaum trinkbar, so stürzten sie doch ein großes Glas nach dem andern hinab. Wir führten ein leidlich Gespräch. Green blieb wortkarg, nur dann und wann gab er auf komische Weise, die Opposition behauptend, etwas von sich. So sprach z. B. der Amtmann von dem Theater in der Stadt, und ich versicherte, der erste Held spiele vortrefflich. - ›Das kann ich nicht finden‹, fiel sogleich der Doktor ein, ›glauben Sie nicht, daß, hätte der Mann sechsmal besser gespielt, er des Beifalls viel würd'ger sein würde?‹ Ich mußte das notgedrungen zugeben und meinte nur, daß dies sechsmal besser Spielen *dem* Schauspieler not tue, der die zärtlichen Väter ganz erbärmlich tragiere. - ›Das kann ich nicht finden‹, sagte Green wieder, ›der Mann gibt alles, was er in sich trägt! Kann er dafür, daß seine Tendenz sich zum Schlechten hinneigt? Er hat es aber im Schlechten zu rühmlicher Vollkommenheit gebracht, man muß ihn deshalb loben!‹ - Der Amtmann saß mit seinem Talent, die beiden anzuregen zu allerlei tollen Einfällen und Meinungen, in ihrer Mitte wie das exzitierende Prinzip, und so ging es fort, bis der starke Punsch zu wirken anfing. Da wurde Ewson ausgelassen lustig, er sang mit krächzender Stimme Nationallieder, er warf Perücke und Rock durchs Fenster in den Hof und fing an, mit den sonderbarsten Grimassen auf so drollige Weise zu tanzen, daß man sich vor Lachen hätte ausschütten mögen. Der Doktor blieb ernsthaft, hatte aber die seltsamsten Visionen. Er sah den Punschnapf für eine Baßgeige an und wollte durchaus darauf herumstreichen, mit dem Löffel Ewsons Lieder akkompagnierend, wovon ihn nur des Wirts dringendste Protestationen abhalten konnten. - Der Amtmann war immer stiller und stiller geworden, am Ende stolperte er in eine Ecke des Zimmers, wo er sich hinsetzte und heftig zu weinen anfing. Ich verstand den Wink des Wirts und frug den Amtmann um die Ursache seines tiefen Schmerzes. - ›Ach, ach!‹ brach er schluchzend los, ›der Prinz Eugen war doch ein großer Feldherr, und dieser heldenmütige Fürst mußte sterben. Ach! ach!‹ - und damit weinte er heftiger, daß ihm die hellen Tränen über die Backen liefen. Ich versuchte ihn über den Verlust dieses wackern Prinzen des längst vergangenen Jahrhunderts möglichst zu trösten, aber es war vergebens. Der Doktor Green hatte indessen eine große Lichtschere ergriffen und fuhr damit unaufhörlich gegen das offene Fenster. - Er hatte nichts Geringeres im Sinn, als den Mond zu putzen, der hell hineinschien. Ewson sprang und schrie, als wäre er besessen von tausend Teufeln, bis endlich der Hausknecht, des hellen Mondscheins unerachtet, mit einer großen Laterne in das Zimmer trat und laut rief: ›Da bin ich, meine Herren, nun kann's fortgehen.‹ Der Doktor stellte sich dicht vor ihm hin und sprach, ihm die Dampfwolken ins Gesicht blasend: ›Willkommen, Freund! Bist du der Squenz, der Mondschein trägt und Hund und Dornbusch? Ich habe dich geputzt, Halunke, darum scheinst du hell! Gut' Nacht denn, viel des schnöden Safts hab' ich getrunken, gut' Nacht, mein werter Wirt, gut' Nacht mein Pylades!‹ – Ewson schwur, daß kein Mensch zu Hause gehen solle, ohne den Hals zu brechen, aber niemand achtete darauf, vielmehr nahm der Hausknecht den Doktor unter den einen, den Amtmann, der noch immer über den Verlust des Prinzen Eugen lamentierte, unter den andern Arm, und so wackelten sie über die Straße fort nach dem Amtshause. Mit Mühe brachten wir den närrischen Ewson in sein Zimmer, wo er noch die halbe Nacht auf der Flöte tobte, so daß ich kein Auge zutun und mich erst, im Wagen schlafend, von dem tollen Abend im Gasthause erholen konnte.«

Die Erzählung des Leibarztes wurde oft durch lauteres Gelächter, als man es wohl sonst im Zirkel eines Hofes hören mag, unterbrochen. Der Fürst schien sich sehr ergötzt zu haben. »Nur eine Figur«, sagte er zum Leibarzt, »haben Sie in dem Gemälde zu sehr in den Hintergrund gestellt, und das ist Ihre eigne, denn ich wette, daß Ihr zuzeiten etwas boshafter Humor den närrischen Ewson sowie den pathetischen Doktor zu tausend tollen Ausschweifungen verleitet hat und daß Sie eigentlich das exzitierende Prinzip waren, für das Sie den lamentablen Amtmann ausgeben.« – »Ich versichere, gnädigster Herr«, erwiderte der Leibarzt, »daß dieser aus seltner Narrheit komponierte Klub so in sich abgeründet war, daß alles Fremde nur dissoniert hätte. Um in dem musikalischen Gleichnis zu bleiben, waren die drei Menschen der reine Dreiklang, jeder verschieden, im Ton aber harmonisch mitklingend, der

Wirt sprang hinzu wie eine Septime.« – Auf diese Weise wurde noch manches hin und her gesprochen, bis sich, wie gewöhnlich, die fürstliche Familie in ihre Zimmer zurückzog und die Gesellschaft in der gemütlichsten Laune auseinanderging. – Ich bewegte mich heiter und lebenslustig in einer neuen Welt. Je mehr ich in den ruhigen gemütlichen Gang des Lebens in der Residenz und am Hofe eingriff, je mehr man mir einen Platz einräumte, den ich mit Ehre und Beifall behaupten konnte, desto weniger dachte ich an die Vergangenheit, sowie daran, daß mein hiesiges Verhältnis sich jemals ändern könne. Der Fürst schien ein besonderes Wohlgefallen an mir zu finden, und aus verschiedenen flüchtigen Andeutungen konnte ich schließen, daß er mich auf diese oder jene Weise in seiner Umgebung festzustellen wünschte. Nicht zu leugnen war es, daß eine gewisse Gleichförmigkeit der Ausbildung, ja eine gewisse angenommene gleiche Manier in allem wissenschaftlichen und künstlerischen Treiben, die sich vom Hofe aus über die ganze Residenz verbreitete, manchem geistreichen und an unbedingte Freiheit gewöhnten Mann den Aufenthalt daselbst bald verleidet hätte; indessen kam mir, so oft auch die Beschränkung, welche die Einseitigkeit des Hofes hervorbrachte, lästig wurde, das frühere Gewöhnen an eine bestimmte Form, die wenigstens das Äußere regelt, dabei sehr zustatten. Mein Klosterleben war es, das hier, freilich unmerklicherweise, noch auf mich wirkte. – So sehr mich der Fürst auszeichnete, so sehr ich mich bemühte, die Aufmerksamkeit der Fürstin auf mich zu ziehen, so blieb diese doch kalt und verschlossen. Ja, meine Gegenwart schien sie oft auf besondere Weise zu beunruhigen, und nur mit Mühe erhielt sie es über sich, mir wie den andern ein paar freundliche Worte zuzuwerfen. Bei den Damen, die sie umgaben, war ich glücklicher; mein Äußeres schien einen günstigen Eindruck gemacht zu haben, und indem ich mich oft in ihren Kreisen bewegte, gelang es mir bald, diejenige wunderliche Weltbildung zu erhalten, welche man Galanterie nennt und die in nichts anderm besteht, als die äußere körperliche Geschmeidigkeit, vermöge der man immer da, wo man steht oder geht, hinzupassen scheint, auch in die Unterhaltung zu übertragen. Es ist die sonderbare Gabe, über nichts mit bedeutenden Worten zu schwatzen und so den Weibern ein gewisses Wohlbehagen zu erregen, von dem, wie es entstanden, sie sich selbst nicht Rechenschaft geben können. Daß diese höhere und eigentliche Galanterie sich nicht mit plumpen Schmeicheleien abgeben kann, fließt aus dem Gesagten, wiewohl in jenem interessanten Geschwätz, da wie ein Hymnus der Angebeteten erklingt, eben das gänzliche Eingehen in ihr Innerstes liegt, so daß ihr eignes Selbst ihnen klar zu werden scheint und sie sich in dem Reflex ihres eignen Ichs mit Wohlgefallen spiegeln. — Wer hätte nun noch den Mönch in mir erkennen sollen! - Der einzige mir gefährliche Ort war vielleicht nur noch die Kirche, in welcher es mir schwer wurde, jene klösterliche Andachtsübungen, die ein besonderer Rhythmus, ein besonderer Takt auszeichnet, zu vermeiden. -

Der Leibarzt war der einzige, der das Gepräge, womit alles wie gleiche Münze ausgestempelt war, nicht angenommen hatte, und dies zog mich zu ihm hin, so wie *er* sich deshalb an mich anschloß, weil ich, wie er recht gut wußte, anfangs die Opposition gebildet und meine freimütigen Äußerungen, die dem für kecke Wahrheit empfänglichen Fürsten eindrangen, das verhaßte Pharospiel mit einemmal verbannt hatten.

So kam es denn, daß wir oft zusammen waren und bald über Wissenschaft und Kunst, bald über das Leben, wie es sich vor uns ausbreitete, sprachen. Der Leibarzt verehrte ebenso hoch die Fürstin als ich und versicherte, daß nur sie es sei, die manche Abgeschmacktheit des Fürsten abwende und diejenige sonderbare Art Langeweile, welche ihn auf der Oberfläche hin- und hertreibe, dadurch zu verscheuchen wisse, daß sie ihm oft ganz unvermerkt ein unschädliches Spielzeug in die Hände gebe. Ich unterließ nicht, bei dieser Gelegenheit mich zu beklagen, daß ich, ohne den Grund erforschen zu können, der Fürstin durch meine Gegenwart oft ein unausstehliches Mißbehagen zu erregen scheine. Der Leibarzt stand sofort auf und holte, da wir uns gerade in seinem Zimmer befanden, ein kleines Miniaturbild aus dem Schreibepult, welches er mir mit der Weisung, es recht genau zu betrachten, in die Hände gab. Ich tat es und erstaunte nicht wenig, als ich in den Zügen des Mannes, den das Bild darstellte, ganz die meinigen erkannte. Nur der Änderung der Frisur und der Kleidung, die nach verjährter Mode gemalt war, nur der Hinzufügung meines starken Backenbarts, dem Meisterstück Belcampos, bedurfte es, um das Bild ganz zu meinem Porträt zu machen. Ich äußerte dies unverhohlen dem Leibarzt. »Und eben diese Ähnlichkeit«, sagte er, »ist es, welche die Fürstin erschreckt und beunruhigt, so oft Sie in ihre Nähe kommen, denn Ihr Gesicht erneuert das Andenken einer entsetzlichen Begebenheit, die vor mehreren Jahren den Hof traf wie ein zerstörender Schlag. Der vorige Leibarzt, der vor einigen Jahren starb und dessen Zögling in der Wissenschaft ich bin, vertraute mir jenen Vorgang in der fürstlichen Familie und gab mir zugleich das Bild, welches den ehemaligen Günstling des Fürsten, Francesko, darstellt und zugleich, wie Sie sehen, rücksichts der Malerei ein wahres Meisterstück ist. Es rührt von dem wunderlichen fremden Maler her, der sich damals am Hofe befand und eben in jener Tragödie die Hauptrolle spielte.« – Bei der Betrachtung des Bildes regten sich gewisse verworrene Ahnungen in mir, die ich vergebens trachtete klar aufzufassen. – Jene Begebenheit schien mir ein Geheimnis erschließen zu wollen, in das ich selbst verflochten war, und um so mehr drang ich in den Leibarzt, mir das zu vertrauen, welches zu erfahren mich die zufällige Ähnlichkeit mit Francesko zu berechtigen scheine. – »Freilich«, sagte der Leibarzt, »muß dieser höchst merkwürdige Umstand Ihre Neugierde nicht wenig aufregen, und so ungern ich eigentlich von jener Begebenheit sprechen mag, über die noch jetzt, für mich wenigstens, ein geheimnisvoller Schleier liegt, den ich auch weiter gar nicht lüften will, so sollen Sie doch alles erfahren, was ich davon weiß. Viele Jahre sind vergangen und die Hauptpersonen von der Bühne abgetreten, nur die Erinnerung ist es, welche feindselig wirkt. Ich bitte, gegen niemanden von dem, was Sie erfuhren, etwas zu äußern.« Ich versprach das, und der Arzt fing in folgender Art seine Erzählung an:

»Eben zu der Zeit, als unser Fürst sich vermählte, kam sein Bruder in Gesellschaft eines Mannes, den er Francesko nannte, unerachtet man wußte, daß er ein Deutscher war, sowie eines Malers von weiten Reisen zurück. Der Prinz war einer der schönsten Männer, die man gesehen, und schon deshalb stach er vor unserm Fürsten hervor, hätte er ihn auch nicht an Lebensfülle und geistiger Kraft übertroffen. Er machte auf die junge Fürstin, die damals bis zur Ausgelassenheit lebhaft und der der Fürst viel zu formell, viel zu kalt war, einen seltenen Eindruck, und ebenso fand sich der Prinz von der jungen bildschönen Gemahlin seines Bruders angezogen. Ohne an ein strafbares Verhältnis zu denken, mußten sie der unwiderstehlichen Gewalt nachgeben, die ihr inneres Leben, nur wie wechselseitig sich entzündend, bedingte und so die Flamme nähren, die ihr Wesen in eins verschmolz. – Francesko allein war es, der in jeder Hinsicht seinem Freunde an die Seite gesetzt werden konnte, und so wie der Prinz auf die Gemahlin seines Bruders, so wirkte Francesko auf die ältere Schwester der Fürstin. Francesko wurde sein Glück bald gewahr, benutzte es mit durchdachter Schlauheit, und die Neigung der Prinzessin wuchs bald zur heftigsten, brennendsten Liebe. Der Fürst war von der Tugend seiner Gemahlin zu sehr überzeugt, um nicht alle hämische Zwischenträgerei zu verachten, wiewohl ihn das gespannte Verhältnis mit dem Bruder drückte; und nur dem Francesko, den er seines seltnen Geistes, seiner lebensklugen Umsicht halber lieb gewonnen, war es möglich, ihn in gewissen Gleichmut zu erhalten. Der Fürst wollte ihn zu den ersten

Hofstellen befördern, Francesko begnügte sich aber mit den geheimen Vorrechten des ersten Günstlings und mit der Liebe der Prinzessin. In diesen Verhältnissen bewegte sich der Hof, so gut es gehen wollte, aber nur die vier durch geheime Bande verknüpfte Personen waren glücklich in dem Eldorado der Liebe, das sie sich gebildet und das anderen verschlossen. – Wohl mochte es der Fürst, ohne daß man es wußte, veranstaltet haben, daß mit vielem Pomp eine italienische Prinzessin am Hofe erschien, die früher dem Prinzen als Gemahlin zugedacht war, und der er, als er auf der Reise sich am Hofe ihres Vaters befand, sichtliche Zuneigung bewiesen hatte. – Sie soll ausnehmend schön und überhaupt die Grazie, die Anmut selbst gewesen sein, und dies spricht auch das herrliche Porträt aus, was Sie noch auf der Galerie sehen können. Ihre Gegenwart belebte den in düstre Langeweile versunkenen Hof, sie überstrahlte alles, selbst die Fürstin und ihre Schwester nicht ausgenommen. Franceskos Betragen änderte sich bald nach der Ankunft der Italienerin auf eine ganz auffallende Weise; es war, als zehre ein geheimer Gram an seiner Lebensblüte, er wurde mürrisch, verschlossen, er vernachlässigte seine fürstliche Geliebte. Der Prinz war ebenso tiefsinnig geworden, er fühlte sich von Regungen ergriffen, denen er nicht zu widerstehen vermochte. Der Fürstin stieß die Ankunft der Italienerin einen Dolch ins Herz. Für die zur Schwärmerei geneigte Prinzessin war nun mit Franceskos Liebe alles Lebensglück entflohen, und so waren die vier Glücklichen, Beneidenswerten in Gram und Betrübnis versenkt. Der Prinz erholte sich zuerst, indem er bei der strengen Tugend seiner Schwägerin den Lockungen des schönen verführerischen Weibes nicht widerstehen konnte. Jenes kindliche, recht aus dem tiefsten Innern entsprossene Verhältnis mit der Fürstin ging unter in der namenlosen Lust, die ihm die Italienerin verhieß, und so kam es denn, daß er bald aufs neue in den alten Fesseln lag, denen er seit nicht lange her sich entwunden. – Je mehr der Prinz dieser Liebe nachhing, desto auffallender wurde Franceskos Betragen, den man jetzt beinahe gar nicht mehr am Hofe sah, sondern der einsam umherschwärmte und oft wochenlang von der Residenz abwesend war. Dagegen ließ sich der wunderliche menschenscheue Maler mehr sehen als sonst und arbeitete vorzüglich gern in dem Atelier, das ihm die Italienerin in ihrem Hause einrichten lassen. Er malte sie mehrmals mit einem Ausdruck ohnegleichen; der Fürstin schien er abhold, er wollte sie durchaus nicht malen, dagegen vollendete er das Porträt der Prinzessin, ohne daß sie ihm ein einziges Mal gesessen, auf das ähnlichste und herrlichste. Die Italienerin bewies diesem Maler so viel Aufmerksamkeit, und er dagegen begegnete ihr mit solcher vertraulicher Galanterie, daß der Prinz eifersüchtig wurde und dem Maler, als er ihn einmal im Atelier arbeitend antraf und er, fest den Blick auf den Kopf der Italienerin, den er wieder hingezaubert, gerichtet, sein Eintreten gar nicht zu bemerken schien, - rund heraussagte, er möge ihm den Gefallen tun und hier nicht mehr arbeiten, sondern sich ein anderes Atelier suchen. Der Maler schnickte gelassen den Pinsel aus und nahm schweigend das Bild von der Staffelei. Im höchsten Unmute riß es der Prinz ihm aus der Hand mit der Äußerung, es sei so herrlich getroffen, daß *er* es besitzen müsse. Der Maler, immer ruhig und gelassen bleibend, bat, nur zu erlauben, daß er das Bild mit ein paar Zügen vollende. Der Prinz stellte das Bild wieder auf die Staffelei, nach ein paar Minuten gab der Maler es ihm zurück und lachte hell auf, als der Prinz über das gräßlich verzerrte Gesicht erschrak, zu dem das Porträt geworden. Nun ging der Maler langsam aus dem Saal, aber nah an der Türe kehrte er um, sah den Prinzen an mit ernstem durchdringendem Blick und sprach dumpf und feierlich: ›Nun bist du verloren!‹ -

Dies geschah, als die Italienerin schon für des Prinzen Braut erklärt war und in wenigen Tagen die feierliche Vermählung vor sich gehen sollte. Des Malers Betragen achtete der Prinz um so weniger, als er in dem allgemeinen Ruf stand, zuweilen von einiger Tollheit heimgesucht zu werden. Er saß, wie man erzählte, nun wieder in seinem kleinen Zimmer und starrte tagelang eine große aufgespannte Leinwand an, indem er versicherte, wie er eben jetzt an ganz herrlichen Gemälden arbeite; so vergaß er den Hof und wurde von diesem wieder vergessen.

Die Vermählung des Prinzen mit der Italienerin ging in dem Palast des Fürsten auf das feierlichste vor sich; die Fürstin hatte sich in ihr Geschick gefügt und einer zwecklosen, nie zu befriedigenden Neigung entsagt; die Prinzessin war wie verklärt, denn ihr geliebter Francesko war wieder erschienen, blühender, lebensfroher als je. Der Prinz sollte mit seiner Gemahlin den Flügel des Schlosses beziehen, den der Fürst erst zu dem Behuf einrichten lassen. Bei diesem Bau war er recht in seinem Wirkungskreise, man sah ihn nicht anders, als von Architekten, Malern, Tapezierern umgeben, in großen Büchern blätternd und Pläne, Risse, Skizzen vor sich ausbreitend, die er zum Teil selbst gemacht und die mitunter schlecht genug geraten waren. Weder der Prinz noch seine Braut durften früher etwas von der inneren Einrichtung sehen, bis am späten Abend des Vermählungstages, an dem sie von dem Fürsten in einem langen feierlichen Zuge durch die in der Tat mit geschmackvoller Pracht dekorierten Zimmer geleitet wurden, und ein Ball in einem herrlichen Saal, der einem blühenden Garten glich, das Fest beschloß. In der Nacht entstand in dem Flügel des Prinzen ein dumpfer Lärm, aber lauter und lauter wurde das Getöse, bis es den Fürsten selbst aufweckte. Unglück ahnend sprang er auf, eilte, von der Wache begleitet, nach dem entfernten Flügel und trat in den breiten Korridor, als eben der Prinz gebracht wurde, den man vor der Türe des Brautgemachs, durch einen Messerstich in den Hals ermordet, gefunden. Man kann sich das Entsetzen des Fürsten, der Prinzessin Verzweiflung, die tiefe, herzzerreißende Trauer der Fürstin denken. – Als der Fürst ruhiger worden, fing er an, der Möglichkeit, wie der Mord geschehen, wie der Mörder durch die überall mit Wachen besetzten Korridore habe entfliehen können, nachzuspähen; alle Schlupfwinkel wurden durchsucht, aber vergebens. Der Page, der den Prinzen bedient, erzählte, wie er seinen Herrn, der, von banger Ahnung ergriffen, sehr unruhig gewesen und lange in seinem Kabinett auf und ab gegangen sei, endlich entkleidet und mit dem Armleuchter in der Hand bis an das Vorzimmer des Brautgemachs geleuchtet habe. Der Prinz hätte ihm den Leuchter aus der Hand genommen und ihn zurückgeschickt; kaum sei er aber aus dem Zimmer gewesen, als er einen dumpfen Schrei, einen Schlag und das Klirren des fallenden Armleuchters gehört. Gleich sei er zurückgerannt und habe bei dem Schein eines Lichts, das noch auf der Erde fortgebrannt, den Prinzen vor der Türe des Brautgemachs und neben ihm ein kleines blutiges Messer liegen gesehen, nun aber gleich Lärm gemacht. – Nach der Erzählung der Gemahlin des unglücklichen Prinzen war er, gleich nachdem sie die Kammerfrauen entfernt, hastig ohne Licht in das Zimmer getreten, hatte alle Lichter schnell ausgelöscht, war wohl eine halbe Stunde bei ihr geblieben und hatte sich dann wieder entfernt; erst einige Minuten darauf geschah der Mord. – Als man sich in Vermutungen, wer der Mörder sein könne, erschöpfte, als es durchaus kein einziges Mittel mehr gab, dem Täter auf die Spur zu kommen, da trat eine Kammerfrau der Prinzessin auf, die in einem Nebenzimmer, dessen Türe geöffnet war, jenen verfänglichen Auftritt des Prinzen mit dem Maler bemerkt hatte; den erzählte sie nun mit allen Umständen. Niemand zweifelte, daß der Maler sich auf unbegreifliche Weise in den Palast zu schleichen gewußt und den Prinzen ermordet habe. Der Maler sollte im Augenblick verhaftet werden, schon seit zwei Tagen war er aber aus dem Hause verschwunden, niemand wußte wohin, und alle Nachforschungen blieben vergebens. Der Hof war in die tiefste Trauer versenkt, die die ganze Residenz mit ihm teilte, und es war nur Francesko, der, wieder unausgesetzt bei Hofe erscheinend, in dem kleinen Familienzirkel manchen Sonnenblick aus den trüben Wolken hervorzuzaubern wußte.

Die Prinzessin fühlte sich schwanger, und da es klar zu sein schien, daß der Mörder des Gemahls die ähnliche Gestalt zum verruchten Betruge gemißbraucht, begab sie sich auf ein entferntes Schloß des Fürsten, damit die Niederkunft verschwiegen bliebe, und so die Frucht eines höllischen Frevels wenigstens nicht vor der Welt, der der Leichtsinn der Diener die Ereignisse der Brautnacht verraten, den unglücklichen Gemahl schände. –

Franceskos Verhältnis mit der Schwester der Fürstin wurde in dieser Trauerzeit immer fester und inniger, und ebensosehr verstärkte sich die Freundschaft des fürstlichen Paars für ihn. Der Fürst war längst in Franceskos Geheimnis eingeweiht, er konnte bald nicht länger dem Andringen der Fürstin und der Prinzessin widerstehen und willigte in Franceskos heimliche Vermählung mit der Prinzessin. Francesko sollte sich im Dienst eines entfernten Hofes zu einem hohen militärischen Grad aufschwingen und dann die öffentliche Kundmachung seiner Ehe mit der Prinzessin erfolgen. An jenem Hofe war das damals, bei den Verbindungen des Fürsten mit ihm, möglich.

Der Tag der Verbindung erschien, der Fürst mit seiner Gemahlin sowie zwei vertraute Männer des Hofes (mein Vorgänger war einer von ihnen) waren die einzigen, die der Trauung in der kleinen Kapelle im fürstlichen Palast beiwohnen sollten. Ein einziger Page, in das Geheimnis eingeweiht, bewachte die Türe.

Das Paar stand vor dem Altar, der Beichtiger des Fürsten, ein alter ehrwürdiger Priester, begann das Formular, nachdem er ein stilles Amt gehalten. – Da erblaßte Francesko, und mit stieren, auf den Eckpfeiler beim Hochaltar gerichteten Augen rief er mit dumpfer Stimme: ›Was willst du von mir?‹ – An den Eckpfeiler gelehnt, stand der Maler, in fremder seltsamer Tracht, den violetten Mantel um die Schulter geschlagen, und durchbohrte Francesko mit dem gespenstischen Blick seiner hohlen schwarzen Augen. Die Prinzessin war der Ohnmacht nahe, alles erbebte, vom Entsetzen ergriffen, nur der Priester blieb ruhig und sprach zu Francesko: ›Warum erschreckt dich die Gestalt dieses Mannes, wenn dein Gewissen rein ist?‹ Da raffte sich Francesko auf, der noch gekniet, und stürzte mit einem kleinen Messer in der Hand auf den Maler, aber noch ehe er ihn erreicht, sank er mit einem dumpfen Geheul ohnmächtig nieder, und der Maler verschwand hinter dem Pfeiler. Da erwachten alle wie aus einer Betäubung, man eilte Francesko zu Hülfe, er lag totenähnlich da. Um alles Aufsehen zu vermeiden, wurde er von den beiden vertrauten Männern in die Zimmer des Fürsten getragen. Als er aus der Ohnmacht erwachte, verlangte er heftig, daß man ihn entlasse in seine Wohnung, ohne eine einzige Frage des Fürsten über den geheimnisvollen Vorgang in der Kirche zu beantworten. Den andern Morgen war Francesko aus der Residenz mit den Kostbarkeiten, die ihm die Gunst des Prinzen und des Fürsten zugewendet, entflohen. Der Fürst unterließ nichts, um dem Geheimnisse, dem gespenstischen Erscheinen des Malers auf die Spur zu kommen. Die Kapelle hatte nur zwei Eingänge, von denen einer aus den inneren Zimmern des Palastes nach den Logen neben dem Hochaltar, der andere hingegen aus dem breiten Hauptkorridor in das Schiff der Kapelle führte. Diesen Eingang hatte der Page bewacht, damit kein Neugieriger sich nahe, der andere war verschlossen, unbegreiflich blieb es daher, wie der Maler in der Kapelle erscheinen und wieder verschwinden können. – Das Messer, welches Francesko gegen den Maler gezückt, behielt er, ohnmächtig werdend, wie im Starrkrampf in der Hand, und der Page (derselbe, der an dem unglücklichen Vermählungsabende den Prinzen entkleidete und der nun die Türe der Kapelle bewachte) behauptete, es sei dasselbe gewesen, was damals neben dem Prinzen gelegen, da es seiner silbernen blinkenden Schale wegen sehr ins Auge falle. – Nicht lange nach diesen geheimnisvollen Begebenheiten kamen Nachrichten von der Prinzessin; an eben dem Tage, da Franceskos Vermählung vor sich gehen sollte, hatte sie einen Sohn geboren und war bald nach der Entbindung gestorben.- Der Fürst betrauerte ihren Verlust, wiewohl das Geheimnis der Brautnacht schwer auf ihr lag und in gewisser Art einen vielleicht ungerechten Verdacht gegen sie selbst erweckte. Der Sohn, die Frucht einer frevelichen verruchten Tat, wurde in entfernten Landen unter dem Namen des Grafen Viktorin erzogen. Die Prinzessin (ich meine die Schwester der Fürstin), im Innersten zerrissen von den schrecklichen Begebenheiten, die in so kurzer Zeit auf sie eindrangen, wählte das Kloster. Sie ist, wie es Ihnen bekannt sein wird, Äbtissin des Zisterzienser-Klosters in ***. - Ganz wunderbar und geheimnisvoll sich beziehend auf jene Begebenheiten an unserm Hofe ist nun aber ein Ereignis, das sich unlängst auf dem Schlosse des Barons F. zutrug und diese Familie so wie damals unsern Hof auseinander warf. - Die Äbtissin hatte nämlich, gerührt von dem Elende einer armen Frau, die mit einem kleinen Kinde auf der Pilgerfahrt von der heiligen Linde ins Kloster einkehrte, ihren -«

Hier unterbrach ein Besuch die Erzählung des Leibarztes, und es gelang mir, den Sturm, der in mir wogte, zu verbergen. Klar stand es vor meiner Seele, Francesko war mein Vater, *er* hatte den Prinzen mit demselben Messer ermordet, mit dem ich Hermogen tötete! - Ich beschloß, in einigen Tagen nach Italien abzureisen und so endlich aus dem Kreise zu treten, in den mich die böse feindliche Macht gebannt hatte. Denselben Abend erschien ich im Zirkel des Hofes; man erzählte viel von einem herrlichen bildschönen Fräulein, die als Hofdame in der Umgebung der Fürstin heute zum erstenmal erscheinen werde, da sie erst gestern angekommen.

Die Flügeltüren öffneten sich, die Fürstin trat herein, mit ihr die Fremde. - Ich erkannte Aurelien.

ZWEITER BAND

ERSTER ABSCHNITT
DER WENDEPUNKT

In wessen Leben ging nicht einmal das wunderbare, in tiefster Brust bewahrte Geheimnis der Liebe auf! - Wer du auch sein magst, der du künftig diese Blätter liesest, rufe dir jene höchste Sonnenzeit zurück, schaue noch einmal das holde Frauenbild, das, der Geist der Liebe selbst, dir entgegentrat. Da glaubtest du ja nur in *ihr* dich, dein höheres Sein zu erkennen. Weißt du noch, wie die rauschenden Quellen, die flüsternden Büsche, wie der kosende Abendwind von ihr, von deiner Liebe so vernehmlich zu dir sprachen? Siehst du es noch, wie die Blumen dich mit hellen freundlichen Augen anblickten, Gruß und Kuß von ihr bringend? - Und sie kam, sie wollte dein sein ganz und gar. Du umfingst sie voll glühenden Verlangens und wolltest, losgelöset von der Erde, auflodern in inbrünstiger Sehnsucht! - Aber das Mysterium blieb unerfüllt, eine finstre Macht zog stark und gewaltig dich zur Erde nieder, als du dich aufschwingen wolltest mit ihr zu dem fernen Jenseits, das dir verheißen. Noch ehe du zu hoffen wagtest, hattest du sie verloren, alle Stimmen, alle Töne waren verklungen, und nur die hoffnungslose Klage des Einsamen ächzte grauenvoll durch die düstre Einöde. - Du, Fremder! Unbekannter! Hat dich je solch namenloser Schmerz zermalmt, so stimme ein in den trostlosen Jammer des ergrauten Mönchs, der in finstrer Zelle der Sonnenzeit seiner Liebe gedenkend, das harte Lager mit blutigen Tränen netzt, dessen bange Todesseufzer in stiller Nacht durch die düstren Klostergänge hallen. - Aber auch du, du mir im Innern

Verwandter, auch du glaubst es, daß der Liebe höchste Seligkeit, die Erfüllung des Geheimnisses, im Tode aufgeht. - So verkünden es uns die dunklen weissagenden Stimmen, die aus jener, keinem irdischen Maßstab meßlichen Urzeit zu uns herübertönen, und wie in den Mysterien, die die Säuglinge der Natur feierten, ist uns ja auch der Tod das Weihfest der Liebe! -

Ein Blitz fuhr durch mein Innres, mein Atem stockte, die Pulse schlugen, krampfhaft zuckte das Herz, zerspringen wollte die Brust! - Hin zu ihr - hin zu ihr - sie an mich reißen in toller Liebeswut! - »Was widerstrebst du, Unselige, der Macht, die dich unauflöslich an mich gekettet? Bist du nicht mein! - mein immerdar?« Doch besser wie damals, als ich Aurelien zum erstenmal im Schlosse des Barons erblickte, hemmte ich den Ausbruch meiner wahnsinnigen Leidenschaft. Überdem waren aller Augen auf Aurelien gerichtet, und so gelang es mir, im Kreise gleichgültiger Menschen mich zu drehen und zu wenden, ohne daß irgend einer mich sonderlich bemerkt oder gar angeredet hätte, welches mir unerträglich gewesen sein würde, da ich nur *sie* sehen - hören - denken wollte. -

Man sage nicht, daß das einfache Hauskleid das wahrhaft schöne Mädchen am besten ziere, der Putz der Weiber übt einen geheimnisvollen Zauber, dem wir nicht leicht widerstehen können. In ihrer tiefsten Natur mag es liegen, daß im Putz recht aus ihrem Innern heraus sich alles schimmernder und schöner entfaltet, wie Blumen nur dann vollendet sich darstellen, wenn sie in üppiger Fülle in bunten glänzenden Farben aufgebrochen. - Als du die Geliebte zum erstenmal geschmückt sahst, fröstelte da nicht ein unerklärlich Gefühl dir durch Nerv und Adern? - Sie kam dir so fremd vor, aber selbst das gab ihr einen unnennbaren Reiz. Wie durchbebten dich Wonne und namenlose Lüsternheit, wenn du verstohlen ihre Hand drücken konntest! - Aurelien hatte ich nie anders als im einfachen Hauskleide gesehen, heute erschien sie, der Hofsitte gemäß, in vollem

Schmuck. – Wie schön sie war! Wie fühlte ich mich bei ihrem Anblick von unnennbarem Entzücken, von süßer Wollust durchschauert! – Aber da wurde der Geist des Bösen mächtig in mir und erhob seine Stimme, der ich williges Ohr lieh. »Siehst du es nun wohl, Medardus«, so flüsterte es mir zu, »siehst du es nun wohl, wie du dem Geschick gebietest, wie der Zufall, dir untergeordnet, nur die Fäden geschickt verschlingt, die du selbst gesponnen?« – Es gab in dem Zirkel des Hofes Frauen, die für vollendet schön geachtet werden konnten, aber vor Aureliens das Gemüt tief ergreifendem Liebreiz verblaßte alles wie in unscheinbarer Farbe. Eine eigne Begeisterung regte die Trägsten auf, selbst den älteren Männern riß der Faden gewöhnlicher Hofkonversation, wo es nur auf Wörter ankommt, denen von außen her einiger Sinn anfliegt, jählings ab, und es war lustig, wie jeder mit sichtlicher Qual darnach rang, in Wort und Miene recht sonntagsmäßig vor der Fremden zu erscheinen. Aurelie nahm diese Huldigungen mit niedergeschlagenen Augen, in holder Anmut hoch errötend, auf; aber als nun der Fürst die älteren Männer um sich sammelte und mancher bildschöne Jüngling sich schüchtern mit freundlichen Worten Aurelien nahte, wurde sie sichtlich heitrer und unbefangener. Vorzüglich gelang es einem Major von der Leibgarde, ihre Aufmerksamkeit auf sich zu ziehen, so daß sie bald in lebhaftem Gespräch begriffen schienen. Ich kannte den Major als entschiedenen Liebling der Weiber. Er wußte mit geringem Aufwande harmlos scheinender Mittel Sinn und Geist aufzuregen und zu umstricken. Mit feinem Ohr auch den leisesten Anklang erlauschend, ließ er schnell wie ein geschickter Spieler alle verwandte Akkorde nach Willkür vibrieren, so daß die Getäuschte in den fremden Tönen nur ihre eigne innere Musik zu hören glaubte. – Ich stand nicht fern von Aurelien, sie schien mich nicht zu bemerken – ich wollte hin zu ihr, aber wie mit eisernen Banden gefesselt, vermochte ich nicht, mich von der Stelle zu rühren. – Noch einmal den Major scharf anblikkend, war es mir plötzlich, als stehe Viktorin bei Aurelien. Da lachte ich auf im grimmigen Hohn: »Hei! - Hei! Du Verruchter, hast du dich im Teufelsgrunde so weich gebettet, daß du in toller Brunst trachten magst nach der Buhlin des Mönchs?« -

Ich weiß nicht, ob ich diese Worte wirklich sprach, aber ich hörte mich selbst lachen und fuhr auf wie aus tiefem Traum, als der alte Hofmarschall, sanft meine Hand fassend, frug: »Worüber erfreuen Sie sich so, lieber Herr Leonard?« - Eiskalt durchbebte es mich!

Waren das nicht die Worte des frommen Bruders Cyrill, der mich ebenso frug, als er bei der Einkleidung mein freveliches Lächeln bemerkte? - Kaum vermochte ich, etwas Unzusammenhängendes herzustammeln. Ich fühlte es, daß Aurelie nicht mehr in meiner Nähe war, doch wagte ich es nicht, aufzublikken, ich rannte fort durch die erleuchteten Säle. Wohl mag mein ganzes Wesen gar unheimlich erschienen sein; denn ich bemerkte, wie mir alles scheu auswich, als ich die breite Haupttreppe mehr herabsprang als herabstieg.

Ich mied den Hof, denn Aurelien, ohne Gefahr, mein tiefstes Geheimnis zu verraten, wiederzusehen, schien mir unmöglich. Einsam lief ich durch Flur und Wald, nur sie denkend, nur sie schauend. Fester und fester wurde meine Überzeugung, daß ein dunkles Verhängnis ihr Geschick in das meinige verschlungen habe und daß das, was mir manchmal als sündhafter Frevel erschienen, nur die Erfüllung eines ewigen unabänderlichen Ratschlusses sei. So mich ermutigend, lachte ich der Gefahr, die mir dann drohen könnte, wenn Aurelie in mir Hermogens Mörder erkennen sollte. Dies dünkte mir jedoch überdem höchst unwahrscheinlich. - Wie erbärmlich erschienen mir nun jene Jünglinge, die in eitlem Wahn sich um *die* bemühten, die so ganz und gar mein eigen worden, daß ihr leisester Lebenshauch nur durch das Sein in mir bedingt schien. - Was sind mir diese Grafen, diese Freiherren, diese Kammerherren, diese Offiziere in ihren bunten Röcken - in ihrem blinkenden Golde, ihren schimmernden Orden anders als ohnmächtige, geschmückte Insektlein, die ich, wird mir das Volk lästig, mit kräftiger Faust zermalme. – In der Kutte will ich unter sie treten, Aurelien bräutlich geschmückt in meinen Armen, und diese stolze feindliche Fürstin soll selbst das Hochzeitslager bereiten dem siegenden Mönch, den sie verachtet. – In solchen Gedanken arbeitend, rief ich oft laut Aureliens Namen und lachte und heulte wie ein Wahnsinniger. Aber bald legte sich der Sturm. Ich wurde ruhiger und fähig, darüber Entschlüsse zu fassen, wie ich nun mich Aurelien nähern wollte. – Eben schlich ich eines Tages durch den Park, nachsinnend, ob es ratsam sei, die Abendgesellschaft zu besuchen, die der Fürst ansagen lassen, als man von hinten her auf meine Schulter klopfte. Ich wandte mich um, der Leibarzt stand vor mir. »Erlauben Sie mir Ihren werten Puls!« fing er sogleich an und griff, starr mir ins Auge blickend, nach meinem Arm. »Was bedeutet das?« frug ich erstaunt. »Nicht viel«, fuhr er fort, »es soll hier still und heimlich einige Tollheit umherschleichen, die die Menschen recht banditenmäßig überfällt und ihnen eins versetzt, daß sie laut aufkreischen müssen, klingt das auch zuweilen nur wie ein unsinnig Lachen. Indessen kann alles auch nur ein Phantasma oder jener tolle Teufel nur ein gelindes Fieber mit steigender Hitze sein, darum erlauben Sie Ihren werten Puls, Liebster!« – »Ich versichere Sie, mein Herr, daß ich von dem allen kein Wort verstehe!« So fiel ich ein, aber der Leibarzt hatte meinen Arm gefaßt und zählte den Puls mit zum Himmel gerichtetem Blick – eins – zwei – drei. – Mir war sein wunderliches Betragen rätselhaft, ich drang in ihn, mir doch nur zu sagen, was er eigentlich wolle. »Sie wissen also nicht, werter Herr Leonard, daß Sie neulich den ganzen Hof in Schrecken und Bestürzung gesetzt haben? – Die Oberhofmeisterin leidet bis dato an Krämpfen, und der Konsistorial-Präsident versäumt die wichtigsten Sessionen, weil es Ihnen beliebt hat, über seine podagrischen Füße wegzurennen, so daß er, im Lehnstuhl sitzend, noch über mannigfache Stiche beträchtlich brüllt! – Das geschah nämlich, als Sie, wie von einiger Tollheit heimgesucht, aus dem Saale stürzten, nachdem Sie ohne merkliche Ursache so aufgelacht hatten, daß allen ein Grausen ankam und sich die Haare sträubten!« – In dem Augenblick dachte ich an den Hofmarschall und meinte, daß ich mich nun wohl erinnere, in Gedanken laut aufgelacht zu haben, um so weniger könne das aber von solch wunderlicher Wirkung gewesen sein, als der Hofmarschall mich ja ganz sanft gefragt hätte, worüber ich mich so erfreue. »Ei, Ei!« – fuhr der Leibarzt fort, »das will nichts bedeuten, der Hofmarschall ist solch ein homo impavidus, der sich aus dem Teufel selbst nichts macht. Er blieb in seiner ruhigen Dolcezza, obgleich erwähnter Konsistorial-Präsident wirklich meinte, der Teufel habe aus Ihnen, mein Teurer, auf seine Weise gelächelt, und unsere schöne Aurelie von solchem Grausen und Entsetzen ergriffen wurde, daß alle Bemühungen der Herrschaft, sie zu beruhigen, vergebens blieben und sie bald die Gesellschaft verlassen mußte, zur Verzweiflung sämtlicher Herren, denen sichtlich das Liebesfeuer aus den exaltierten Toupets dampfte! In dem Augenblick, als Sie, werter Herr Leonard, so lieblich lachten, soll Aurelie mit schneidendem, in das Herz dringenden Ton: ›Hermogen!‹ gerufen haben. Ei, ei! was mag das bedeuten? – Das könnten *Sie* vielleicht wissen – Sie sind überhaupt ein lieber, lustiger, kluger Mann, Herr Leonard, und es ist mir nicht unlieb, daß ich Ihnen Franceskos merkwürdige Geschichte anvertraut habe, das muß recht lehrreich für Sie werden!« – Immerfort hielt der Leibarzt meinen Arm fest und sah mir starr in die Augen. – »Ich weiß«, sagte ich, mich ziemlich unsanft losmachend, »ich weiß Ihre wunderliche Reden nicht zu deuten, mein Herr, aber ich muß gestehen, daß, als ich Aurelien von den geschmückten Herren umlagert sah, denen, wie Sie witzig bemerken, das Liebesfeuer aus den exaltierten Toupets dampfte, mir eine sehr bittere Erinnerung aus meinem früheren Leben durch die Seele fuhr und daß ich, von recht grimmigem Hohn über mancher Menschen töricht Treiben ergriffen, unwillkürlich hell auflachen mußte. Es tut mir leid, daß ich, ohne es zu wollen, so viel Unheil angerichtet habe, und ich büße dafür, indem ich mich selbst auf einige Zeit vom Hofe verbanne. Mag mir die Fürstin, mag mir Aurelie verzeihen.« »Ei, mein lieber Herr Leonard«, versetzte der Leibarzt, »man hat ja wohl wunderliche Anwandlungen, denen man leicht widersteht, wenn man sonst nur reinen Herzens ist.« – »Wer darf sich dessen rühmen hienieden?« frug ich dumpf in mich hinein. Der Leibarzt änderte plötzlich Blick und Ton. »Sie scheinen mir«, sprach er milde und ernst, »Sie scheinen mir aber doch wirklich krank. – Sie sehen blaß und verstört aus . . . Ihr Auge ist eingefallen und brennt seltsam in rötlicher Glut . . . Ihr Puls geht fieberhaft . . . Ihre Sprache klingt dumpf . . . soll ich Ihnen etwas aufschreiben?« – »Gift!« sprach ich kaum vernehmbar. – »Ho ho!« rief der Leibarzt, »steht es so mit Ihnen? Nun, nun, statt des Gifts das niederschlagende Mittel zerstreuender Gesellschaft. – Es kann aber auch sein, daß . . . Wunderlich ist es aber doch . . . vielleicht –« »Ich bitte Sie, mein Herr!« rief ich ganz erzürnt, »ich bitte Sie, mich nicht mit abgebrochenen unverständlichen Reden zu quälen, sondern lieber geradezu alles . . .« – »Halt!« unterbrach mich der Leibarzt, »halt . . . es gibt die wunderlichsten Täuschungen, mein Herr Leonard, beinahe ist's mir gewiß, daß man auf augenblicklichen Eindruck eine Hypothese gebaut hat, die vielleicht in wenigen Minuten in nichts zerfällt. Dort kommt die Fürstin mit Aurelien, nützen Sie dieses zufällige Zusammentreffen, entschuldigen Sie Ihr Betragen . . . Eigentlich . . . mein Gott! eigentlich haben Sie ja auch nur gelacht . . . freilich auf etwas wunderliche Weise, wer kann aber dafür, daß schwachnervige Personen darüber erschrecken? Adieu!« –

Der Leibarzt sprang mit der ihm eignen Behendigkeit davon. Die Fürstin kam mit Aurelien den Gang herab. – Ich erbebte. – Mit aller Gewalt raffte ich mich zusammen. Ich fühlte nach des Leibarztes geheimnisvollen Reden, daß es nun galt, mich auf der Stelle zu behaupten. Keck trat ich den Kommenden entgegen. Als Aurelie mich ins Auge faßte, sank sie mit einem dumpfen Schrei wie tot zusammen, ich wollte hinzu, mit Abscheu und Entsetzen winkte mich die Fürstin fort, laut um Hülfe rufend. Wie von Furien und Teufeln gepeitscht, rannte ich fort durch den Park. Ich schloß mich in meine Wohnung ein und warf mich, vor Wut und Verzweiflung knirschend, aufs Lager! – Der Abend kam, die Nacht brach ein, da hörte ich die Haustüre aufschließen, mehrere Stimmen murmelten und flüsterten durcheinander, es wankte und tappte die Treppe herauf – endlich pochte man an meine Türe und befahl mir im Namen der Obrigkeit, aufzumachen. Ohne deutliches Bewußtsein, was mir drohen könne, glaubte ich zu fühlen, daß ich nun verloren sei. Rettung durch Flucht – so dachte ich und riß das Fenster auf. – Ich erblickte Bewaffnete vor dem Hause, von denen mich einer sogleich bemerkte. »Wohin?« rief er mir zu, und in dem Augenblick wurde die Türe meines Schlafzimmers gesprengt. Mehrere Männer traten herein; bei dem Leuchten der Laterne, die einer von ihnen trug, erkannte ich sie für Polizeisoldaten. Man zeigte mir die Ordre des Kriminalgerichts, mich zu verhaften, vor; jeder Widerstand wäre töricht gewesen. Man warf mich in den Wagen, der vor dem Hause hielt, und als ich, an den Ort, der meine Bestimmung schien, angekommen, frug, wo ich mich befände, so erhielt ich zur Antwort: »In den Gefängnissen der obern Burg.« Ich wußte, daß man hier gefährliche Verbrecher während des Prozesses einsperre. Nicht lange dauerte es, so wurde mein Bette gebracht, und der Gefangenwärter frug mich, ob ich noch etwas zu meiner Bequemlichkeit wünsche. Ich verneinte das und blieb endlich allein. Die lange nachhallenden Tritte und das Auf- und Zuschließen vieler Türen ließen mich wahrnehmen, daß ich mich in einem der innersten Gefängnisse auf der Burg befand. Auf mir selbst unerklärliche Weise war ich während der ziemlich langen Fahrt ruhig geworden, ja in einer Art Sinnesbetäubung erblickte ich alle Bilder, die mir vorübergingen, nur in blassen, halberloschenen Farben. Ich erlag nicht dem Schlaf, sondern einer Gedanken und Fantasie lähmenden Ohnmacht. Als ich am hellen Morgen erwachte, kam mir nur nach und nach die Erinnerung dessen, was geschehen und wo ich hingebracht worden. Die gewölbte, ganz zellenartige Kammer, wo ich lag, hätte mir kaum ein Gefängnis geschienen, wenn nicht das kleine Fenster stark mit Eisenstäben vergittert und so hoch angebracht gewesen wäre, daß ich es nicht einmal mit ausgestreckter Hand erreichen, viel weniger hinausschauen konnte. Nur wenige Sonnenstrahlen fielen sparsam hinein; mich wandelte die Lust an, die Umgebungen meines Aufenthaltes zu erforschen, ich rückte daher mein Bette heran und stellte den Tisch darauf. Eben wollte ich hinaufklettern, als der Gefangenwärter hereintrat und über mein Beginnen sehr verwundert schien. Er frug mich, was ich da mache, ich erwiderte, daß ich nur hinausschauen wollen; schweigend trug er Tisch, Bette und den Stuhl fort und schloß mich sogleich wieder ein. Nicht eine Stunde hatte es gedauert, als er, von zwei andern Männern begleitet, wieder erschien und mich durch lange Gänge treppauf, treppab führte, bis ich endlich in einen kleinen Saal eintrat, wo mich der Kriminalrichter erwartete. Ihm zur Seite saß ein junger Mann, dem er in der Folge alles, was ich auf die an mich gerichtete Fragen erwidert hatte, laut in die Feder diktierte. Meinen ehemaligen Verhältnissen bei Hofe und der allgemeinen Achtung, die ich in der Tat so lange genossen hatte, mochte ich die höfliche Art danken, mit der man mich behandelte, wiewohl ich auch die Überzeugung darauf baute, daß nur Vermutungen, die hauptsächlich auf Aureliens ahnendes Gefühl beruhen konnten, meine Verhaftung veranlaßt hatten. Der Richter forderte mich auf, meine bisherigen Lebensverhältnisse genau anzugeben; ich bat ihn, mir erst die Ursache meiner plötzlichen Verhaftung zu sagen, er erwiderte, daß ich über das mir schuld gegebene Verbrechen zu seiner Zeit genau genug vernommen werden solle.

Jetzt komme es nur darauf an, meinen ganzen Lebenslauf bis zur Ankunft in der Residenz auf das genaueste zu wissen, und er müsse mich daran erinnern, daß es dem Kriminalgericht nicht an Mitteln fehlen würde, auch dem kleinsten von mir angegebenen Umstande nachzuspüren, weshalb ich denn ja der strengsten Wahrheit treu bleiben möge. Diese Ermahnung, die der Richter, ein kleiner dürrer Mann mit fuchsroten Haaren, mit heiserer, lächerlich quäkender Stimme mir hielt, indem er die grauen Augen weit aufriß, fiel auf einen fruchtbaren Boden; denn ich erinnerte mich nun, daß ich in meiner Erzählung den Faden genau so aufgreifen und fortspinnen müsse, wie ich ihn angelegt, als ich bei Hofe meinen Namen und Geburtsort angab. Auch war es wohl nötig, alles Auffallende vermeidend, meinen Lebenslauf ins Alltägliche, aber weit Entfernte, Ungewisse zu spielen, so daß die weitern Nachforschungen dadurch auf jeden Fall weit aussehend und schwierig werden mußten. In dem Augenblicke kam mir auch ein junger Pole ins Gedächtnis, mit dem ich auf dem Seminar in B. studierte; ich beschloß, seine einfachen Lebensumstände mir anzueignen. So gerüstet, begann ich in folgender Art: »Es mag wohl sein, daß man mich eines schweren Verbrechens beschuldigt, ich habe indessen hier unter den Augen des Fürsten und der ganzen Stadt gelebt, und es ist während der Zeit meines Aufenthaltes kein Verbrechen verübt worden, für dessen Urheber ich gehalten werden oder dessen Teilnehmer ich sein könnte. Es muß also ein Fremder sein, der mich eines in früherer Zeit begangenen Verbrechens anklagt, und da ich mich von aller Schuld völlig rein fühle, so hat vielleicht nur eine unglückliche Ähnlichkeit die Vermutung meiner Schuld erregt; um so härter finde ich es aber, daß man mich leerer Vermutungen und vorgefaßter Meinungen wegen, dem überführten Verbrecher gleich, in ein strenges Kriminalgefängnis sperrt. Warum stellt man mich nicht meinem leichtsinnigen, vielleicht boshaften Ankläger unter die Augen? . . . Gewiß ist es am Ende ein alberner Tor, der . . .« »Gemach,

gemach, Herr Leonard«, quäkte der Richter, »menagieren Sie sich, Sie könnten sonst garstig anstoßen gegen hohe Personen, und die fremde Person, die Sie, mein Herr Leonard, oder Herr . . . (er biß sich schnell in die Lippen) erkannt hat, ist auch weder leichtsinnig noch albern, sondern . . . Nun, und dann haben wir gute Nachrichten aus der . . .« Er nannte die Gegend, wo die Güter des Barons F. lagen, und alles klärte sich dadurch mir deutlich auf. Entschieden war es, daß Aurelie in mir den Mönch erkannt hatte, der ihren Bruder ermordete. Dieser Mönch war ja aber Medardus, der berühmte Kanzelredner aus dem Kapuzinerkloster in B. Als diesen hatte ihn Reinhold erkannt, und so hatte er sich auch selbst kund getan. Daß Francesko der Vater jenes Medardus war, wußte die Äbtissin, und so mußte meine Ähnlichkeit mit ihm, die der Fürstin gleich anfangs so unheimlich worden, die Vermutungen, welche die Fürstin und die Äbtissin vielleicht schon brieflich unter sich angeregt hatten, beinahe zur Gewißheit erheben. Möglich war es auch, daß Nachrichten selbst aus dem Kapuzinerkloster in B. eingeholt worden; daß man meine Spur genau verfolgt und so die Identität meiner Person mit dem Mönch Medardus festgestellt hatte. Alles dieses überdachte ich schnell und sah die Gefahr meiner Lage. Der Richter schwatzte noch fort, und dies brachte mir Vorteil, denn es fiel mir auch jetzt der lange vergebens gesuchte Name des polnischen Städtchens ein, das ich der alten Dame bei Hofe als meinen Geburtsort genannt hatte. Kaum endete daher der Richter seinen Sermon mit der barschen Äußerung, daß ich nun ohne weiteres meinen bisherigen Lebenslauf erzählen solle, als ich anfing: »Ich heiße eigentlich Leonard Krczynski und bin der einzige Sohn eines Edelmanns, der sein Gütchen verkauft hatte und sich in Kwiecziczewo aufhielt.« – »Wie, was?« – rief der Richter, indem er sich vergebens bemühte, meinen sowie den Namen meines angeblichen Geburtsorts nachzusprechen. Der Protokollführer wußte gar nicht, wie er die Wörter aufschreiben sollte; ich mußte beide

Namen selbst einrücken und fuhr dann fort: »Sie bemerken, mein Herr, wie schwer es der deutschen Zunge wird, meinen konsonantenreichen Namen nachzusprechen, und darin liegt die Ursache, warum ich ihn, sowie ich nach Deutschland kam, wegwarf und mich bloß nach meinem Vornamen, Leonard, nannte. Übrigens kann keines Menschen Lebenslauf einfacher sein, als der meinige. Mein Vater, selbst ziemlich unterrichtet, billigte meinen entschiedenen Hang zu den Wissenschaften und wollte mich eben nach Krakau zu einem ihm verwandten Geistlichen, Stanislaw Krczynski schicken, als er starb. Niemand bekümmerte sich um mich, ich verkaufte die kleine Habe, zog einige Schulden ein und begab mich wirklich mit dem ganzen mir von meinem Vater hinterlassenen Vermögen nach Krakau, wo ich einige Jahre unter meines Verwandten Aufsicht studierte. Dann ging ich nach Danzig und nach Königsberg. Endlich trieb es mich wie mit unwiderstehlicher Gewalt, eine Reise nach dem Süden zu machen; ich hoffte, mich mit dem Rest meines kleinen Vermögens durchzubringen und dann eine Anstellung bei irgend einer Universität zu finden, doch wäre es mir hier beinahe schlimm ergangen, wenn nicht ein beträchtlicher Gewinn an der Pharobank des Fürsten mich in den Stand gesetzt hätte, hier noch ganz gemächlich zu verweilen und dann, wie ich es in Sinn hatte, meine Reise nach Italien fortzusetzen. Irgend etwas Ausgezeichnetes, das wert wäre, erzählt zu werden, hat sich in meinem Leben gar nicht zugetragen. Doch muß ich wohl noch erwähnen, daß es mir leicht gewesen sein würde, die Wahrheit meiner Angaben ganz unzweifelhaft nachzuweisen, wenn nicht ein ganz besonderer Zufall mich um meine Brieftasche gebracht hätte, worin mein Paß, meine Reiseroute und verschiedene andere Skripturen befindlich waren, die jenem Zweck gedient hätten«. - Der Richter fuhr sichtlich auf, er sah mich scharf an und frug mit beinahe spöttischem Ton, welcher Zufall mich denn außerstande gesetzt hätte, mich, wie es verlangt werden müßte, zu legitimieren. »Vor mehreren Monaten«, so erzählte ich, »befand ich mich auf dem Wege hieher im Gebürge. Die anmutige Jahreszeit sowie die herrliche romantische Gegend bestimmten mich, den Weg zu Fuße zu machen. Ermüdet saß ich eines Tages in dem Wirtshause eines kleinen Dörfchens; ich hatte mir Erfrischungen reichen lassen und ein Blättchen aus meiner Brieftasche genommen, um irgend etwas, das mir eingefallen, aufzuzeichnen; die Brieftasche lag vor mir auf dem Tische. Bald darauf kam ein Reiter dahergesprengt, dessen sonderbare Kleidung und verwildertes Ansehen meine Aufmerksamkeit erregte. Er trat ins Zimmer, forderte einen Trunk und setzte sich, finster und scheu mich anblickend, mir gegenüber an den Tisch. Der Mann war mir unheimlich, ich trat daher ins Freie hinaus. Bald darauf kam auch der Reiter, bezahlte den Wirt und sprengte, mich flüchtig grüßend, davon. Ich stand im Begriff, weiter zu gehen, als ich mich der Brieftasche erinnerte, die ich in der Stube auf dem Tische liegen lassen; ich ging hinein und fand sie noch auf dem alten Platz. Erst des andern Tages, als ich die Brieftasche hervorzog, entdeckte ich, daß es nicht die meinige war, sondern daß sie wahrscheinlich dem Fremden gehörte, der gewiß aus Irrtum die meinige eingesteckt hatte. Nur einige mir unverständliche Notizen und mehrere an einen Grafen Viktorin gerichtete Briefe befanden sich darin. Diese Brieftasche nebst dem Inhalt wird man noch unter meinen Sachen finden; in der meinigen hatte ich, wie gesagt, meinen Paß, meine Reiseroute und, wie mir jetzt eben einfällt, sogar meinen Taufschein; um das alles bin ich durch jene Verwechslung gekommen.«

Der Richter ließ sich den Fremden, dessen ich erwähnt, von Kopf bis zu Fuß beschreiben, und ich ermangelte nicht, die Figur mit aller nur möglichen Eigentümlichkeit aus der Gestalt des Grafen Viktorin und aus der meinigen auf der Flucht aus dem Schlosse des Barons F. geschickt zusammenzufügen. Nicht aufhören konnte der Richter, mich über die kleinsten

Umstände dieser Begebenheit auszufragen, und indem ich alles befriedigend beantwortete, rundete sich das Bild davon so in meinem Innern, daß ich selbst daran glaubte und keine Gefahr lief, mich in Widersprüche zu verwickeln. Mit Recht konnte ich es übrigens wohl für einen glücklichen Gedanken halten, wenn ich, den Besitz jener an den Grafen Viktorin gerichteten Briefe, die in der Tat sich noch im Portefeuille befanden, rechtfertigend, zugleich eine fingierte Person einzuflechten suchte, die künftig, je nachdem die Umstände darauf hindeuteten, den entflohenen Medardus oder den Grafen Viktorin vorstellen konnte. Dabei fiel mir ein, daß vielleicht unter Euphemiens Papieren sich Briefe vorfanden, die über Viktorins Plan, als Mönch im Schlosse zu erscheinen, Aufschluß gaben, und daß dies aufs neue den eigentlichen Hergang der Sache verdunkeln und verwirren könne. Meine Fantasie arbeitete fort, indem der Richter mich frug, und es entwickelten sich mir immer neue Mittel, mich vor jeder Entdeckung zu sichern, so daß ich auf das Ärgste gefaßt zu sein glaubte. – Ich erwartete nun, da über mein Leben im allgemeinen alles genug erörtert schien, daß der Richter dem mir angeschuldigten Verbrechen näher kommen würde, es war aber dem nicht so; vielmehr frug er, warum ich habe aus dem Gefängnis entfliehen wollen. – Ich versicherte, daß mir dies nicht in den Sinn gekommen sei. Das Zeugnis des Gefangenwärters, der mich an das Fenster hinaufkletternd angetroffen, schien aber wider mich zu sprechen. Der Richter drohte mir, daß ich nach einem zweiten Versuch angeschlossen werden solle. Ich wurde in den Kerker zurückgeführt. – Man hatte mir das Bette genommen und ein Strohlager auf dem Boden bereitet, der Tisch war festgeschraubt, statt des Stuhles fand ich eine sehr niedrige Bank. Es vergingen drei Tage, ohne daß man weiter nach mir frug, ich sah nur das mürrische Gesicht eines alten Knechts, der mir das Essen brachte und abends die Lampe ansteckte. Da ließ die gespannte Stimmung nach, in der es mir war, als stehe ich im lustigen Kampf auf

Leben und Tod, den ich wie ein wackrer Streiter ausfechten werde. Ich fiel in ein trübes düstres Hinbrüten, alles schien mir gleichgültig, selbst Aureliens Bild war verschwunden. Doch bald rüttelte sich der Geist wieder auf, aber nur um stärker von dem unheimlichen, krankhaften Gefühl befangen zu werden, das die Einsamkeit, die dumpfe Kerkerluft erzeugt hatte und dem ich nicht zu widerstehen vermochte. Ich konnte nicht mehr schlafen. In den wunderlichen Reflexen, die der düstre flackernde Schein der Lampe an Wände und Decke warf, grinsten mich allerlei verzerrte Gesichter an; ich löschte die Lampe aus, ich barg mich in die Strohkissen, aber gräßlicher tönte dann das dumpfe Stöhnen, das Kettengerassel der Gefangenen durch die grauenvolle Stille der Nacht. Oft war es mir, als höre ich Euphemiens - Viktorins Todesröcheln. »Bin ich denn schuld an euerm Verderben? Wart ihr es nicht selbst, Verruchte, die ihr euch hingabt meinem rächenden Arm?« - So schrie ich laut auf, aber dann ging ein langer, tief ausatmender Todesseufzer durch die Gewölbe, und in wilder Verzweiflung heulte ich: »Du bist es, Hermogen! . . . Nah ist die Rache! . . . Keine Rettung mehr!« - In der neunten Nacht mochte es sein, als ich, halb ohnmächtig von Grauen und Entsetzen, auf dem kalten Boden des Gefängnisses ausgestreckt lag. Da vernahm ich deutlich unter mir ein leises, abgemessenes Klopfen. Ich horchte auf, das Klopfen dauerte fort, und dazwischen lachte es seltsamlich aus dem Boden hervor! - Ich sprang auf und warf mich auf das Strohlager, aber immerfort klopfte es und lachte und stöhnte dazwischen. - Endlich rief es leise, leise, aber wie mit häßlicher, heiserer, stammelnder Stimme hintereinander fort: »Me-dar-dus! Me-dar-dus!« - Ein Eisstrom goß sich mir durch die Glieder! Ich ermannte mich und rief: »Wer da! Wer ist da?« - Lauter lachte es nun und stöhnte und ächzte und klopfte und stammelte heiser: »Me-dar-dus . . . Me-dar-dus!« - Ich raffte mich auf vom Lager. »Wer du auch bist, der du hier tollen Spuk treibst, stell' dich her sichtbarlich vor meine

Augen, daß ich dich schauen mag, oder höre auf mit deinem wüsten Lachen und Klopfen!« - So rief ich in die dicke Finsternis hinein, aber recht unter meinen Füßen klopfte es stärker und stammelte: »Hihihi ... hihihi ... Brü-der-lein ... Brü-der-lein ... Me-dar-dus ... ich bin da ... bin da ... ma-mach auf ... auf ... wir wo-wollen in den Wa-Wald gehn ... Wald gehn!« - Jetzt tönte die Stimme dunkel in meinem Innern wie bekannt; ich hatte sie schon sonst gehört, doch nicht, wie mich es dünkte, so abgebrochen und so stammelnd. Ja, mit Entsetzen glaubte ich meinen eignen Sprachton zu vernehmen. Unwillkürlich, als wollte ich versuchen, ob es dem so sei, stammelte ich nach: »Me-dar-dus ... Me-dar-dus!« Da lachte es wieder, aber höhnisch und grimmig und rief: »Brü-der-lein ... Brü-der-lein, hast ... du, du mi-mich erkannt ... erkannt? ... ma-mach auf ... wir wo-wollen in den Wa-Wald ... in den Wald!« - »Armer Wahnsinniger«, so sprach es dumpf und schauerlich aus mir heraus, »armer Wahnsinniger, nicht aufmachen kann ich dir, nicht heraus mit dir in den schönen Wald, in die herrliche freie Frühlingsluft, die draußen wehen mag; eingesperrt im dumpfen düstern Kerker bin ich wie du!« - Da ächzte es im trostlosen Jammer, und immer leiser und unvernehmlicher wurde das Klopfen, bis es endlich ganz schwieg; der Morgen brach durch das Fenster, die Schlösser rasselten, und der Kerkermeister, den ich die ganze Zeit über nicht gesehen, trat herein. »Man hat«, fing er an, »in dieser Nacht allerlei Lärm in Ihrem Zimmer gehört und lautes Sprechen. Wie ist es damit?« - »Ich habe die Gewohnheit«, erwiderte ich so ruhig, als es mir nur möglich war, »laut und stark im Schlafe zu reden, und führte ich auch im Wachen Selbstgespräche, so glaube ich, daß mir dies wohl erlaubt sein wird.« - »Wahrscheinlich«, fuhr der Kerkermeister fort, »ist Ihnen bekannt worden, daß jeder Versuch zu entfliehen, jedes Einverständnis mit den Mitgefangenen hart geahndet wird.« - Ich beteuerte, nichts dergleichen hätte ich vor. - Ein paar Stunden nachher führte man mich hinauf zum Kriminalgericht. Nicht der Richter, der mich zuerst vernommen, sondern ein anderer, ziemlich junger Mann, dem ich auf den ersten Blick anmerkte, daß er dem vorigen an Gewandtheit und eindringenden Sinn weit überlegen sein müsse, trat freundlich auf mich zu und lud mich zum Sitzen ein. Noch steht er mir gar lebendig vor Augen. Er war für seine Jahre ziemlich untersetzt, sein Kopf beinahe haarlos, er trug eine Brille. In seinem ganzen Wesen lag so viel Güte und Gemütlichkeit, daß ich wohl fühlte, gerade deshalb müsse jeder nicht ganz verstockte Verbrecher ihm schwer widerstehen können. Seine Fragen warf er leicht, beinahe im Konversationston hin, aber sie waren überdacht und so präzis gestellt, daß nur bestimmte Antworten erfolgen konnten. »Ich muß Sie zuvörderst fragen«, (so fing er an) »ob alles das, was Sie über Ihren Lebenslauf angegeben haben, wirklich gegründet ist, oder ob bei reiflichem Nachdenken Ihnen nicht dieser oder jener Umstand einfiel, den Sie noch erwähnen wollen?«

»Ich habe alles gesagt, was ich über mein einfaches Leben zu sagen wußte.«

»Haben Sie nie mit Geistlichen . . . mit Mönchen Umgang gepflogen?«

»Ja, in Krakau . . . Danzig . . . Frauenburg . . . Königsberg. Am letzern Ort mit den Weltgeistlichen, die bei der Kirche als Pfarrer und Kapellan angestellt waren.«

»Sie haben früher nicht erwähnt, daß Sie auch in Frauenburg gewesen sind?«

»Weil ich es nicht der Mühe wert hielt, eines kurzen, wie mich dünkt, achttägigen Aufenthalts dort auf der Reise von Danzig nach Königsberg zu erwähnen.«

»Also in Kwiecziczewo sind Sie geboren?«

Dies frug der Richter plötzlich in polnischer Sprache, und zwar in echt polnischem Dialekt, jedoch ebenfalls ganz leichthin. Ich wurde in der Tat einen Augenblick verwirrt, raffte mich jedoch zusammen, besann mich auf das wenige Polnische, was ich von meinem Freunde Krczynski im Seminar gelernt hatte, und antwortete:

»Auf dem kleinen Gute meines Vaters bei Kwiecziczewo.«

»Wie hieß dieses Gut?«

»Krciniewo, das Stammgut meiner Familie.«

»Sie sprechen für einen Nationalpolen das Polnische nicht sonderlich aus. Aufrichtig gesagt, in ziemlich deutschem Dialekt. Wie kommt das?«

»Schon seit vielen Jahren spreche ich nichts als Deutsch. Ja selbst schon in Krakau hatte ich viel Umgang mit Deutschen, die das Polnische von mir erlernen wollten; unvermerkt mag ich ihren Dialekt mir angewöhnt haben, wie man leicht provinzielle Aussprache annimmt und die bessere, eigentümliche darüber vergißt.«

Der Richter blickte mich an, ein leises Lächeln flog über sein Gesicht, dann wandte er sich zum Protokollführer und diktierte ihm leise etwas. Ich unterschied deutlich die Worte: »Sichtlich in Verlegenheit« und wollte mich eben noch mehr über mein schlechtes Polnisch auslassen, als der Richter frug:

»Waren Sie niemals in B.?«

»Niemals!«

»Der Weg von Königsberg hieher kann Sie über den Ort geführt haben?«

»Ich habe eine andere Straße eingeschlagen.«

»Haben Sie nie einen Mönch aus dem Kapuzinerkloster in B. kennengelernt?«

»Nein!«

Der Richter klingelte und gab dem hereintretenden Gerichtsdiener leise einen Befehl. Bald darauf öffnete sich die Türe, und wie durchbebten mich Schreck und Entsetzen, als ich den Pater Cyrillus eintreten sah. Der Richter frug:

»Kennen Sie diesen Mann?«

»Nein! . . . ich habe ihn früher niemals gesehen!«

Da heftete Cyrillus den starren Blick auf mich, dann trat er näher; er schlug die Hände zusammen und rief laut, indem Tränen ihm aus den Augen gewaltsam hervorquollen: »Medardus, Bruder Medardus ...! um Christus willen, wie muß ich dich wiederfinden, im Verbrechen teuflisch frevelnd. Bruder Medardus, gehe in dich, bekenne, bereue ... Gottes Langmut ist unendlich!« - Der Richter schien mit Cyrillus' Rede unzufrieden, er unterbrach ihn mit der Frage: »Erkennen Sie diesen Mann für den Mönch Medardus aus dem Kapuzinerkloster in B.?«

»So wahr mir Christus helfe zur Seligkeit«, erwiderte Cyrillus, »so kann ich nicht anders glauben, als daß dieser Mann, trägt er auch weltliche Kleidung, jener Medardus ist, der im Kapuzinerkloster zu B. unter meinen Augen Noviz war und die Weihe empfing. Doch hat Medardus das rote Zeichen eines Kreuzes an der linken Seite des Halses, und wenn dieser Mann ...« »Sie bemerken«, unterbrach der Richter den Mönch, sich zu mir wendend, »daß man Sie für den Kapuziner Medardus aus dem Kloster in B. hält und daß man eben diesen Medardus schwerer Verbrechen halber angeklagt hat. Sind Sie nicht dieser Mönch, so wird es Ihnen leicht werden, dies darzutun; eben daß jener Medardus ein besonderes Abzeichen am Halse trägt, - welches Sie, sind Ihre Angaben richtig, nicht haben können - gibt Ihnen die beste Gelegenheit dazu. Entblößen Sie Ihren Hals.« - »Es bedarf dessen nicht«, erwiderte ich gefaßt, »ein besonderes Verhängnis scheint mir die treueste Ähnlichkeit mit jenem angeklagten, mir gänzlich unbekannten Mönch Medardus gegeben zu haben, denn selbst ein rotes Kreuzzeichen trage ich an der linken Seite des Halses.« - Es war dem wirklich so, jene Verwundung am Halse, die mir das diamantne Kreuz der Äbtissin zufügte, hatte eine rote, kreuzförmige Narbe hinterlassen, die die Zeit nicht vertilgen konnte. »Entblößen Sie Ihren Hals«, wiederholte der Richter. - Ich tat es, da schrie Cyrillus laut: »Heilige Mutter Gottes, es ist es, es ist das rote Kreuzzeichen! ... Medardus ... Ach, Bruder Medardus, hast du denn ganz entsagt dem ewigen Heil?« – Weinend und halb ohnmächtig sank er in einen Stuhl. »Was erwidern Sie auf die Behauptung dieses ehrwürdigen Geistlichen?« frug der Richter. In dem Augenblick durchfuhr es mich wie eine Blitzesflamme; alle Verzagtheit, die mich zu übermannen drohte, war von mir gewichen, ach, es war der Widersacher selbst, der mir zuflüsterte: »Was vermögen diese Schwächlinge gegen dich Starken in Sinn und Geist? ... Soll Aurelie denn nicht dein werden?« – Ich fuhr heraus beinahe in wildem, höhnendem Trotz: »Dieser Mönch da, der ohnmächtig im Stuhle liegt, ist ein schwachsinniger, blöder Greis, der in toller Einbildung mich für irgend einen verlaufenen Kapuziner seines Klosters hält, von dem ich vielleicht eine flüchtige Ähnlichkeit trage.« – Der Richter war bis jetzt in ruhiger Fassung geblieben, ohne Blick und Ton zu ändern; zum erstenmal verzog sich nun sein Gesicht zum finstern, durchbohrenden Ernst, er stand auf und blickte mir scharf ins Auge. Ich muß gestehen, selbst das Funkeln seiner Gläser hatte für mich etwas Unerträgliches, Entsetzliches, ich konnte nicht weiter reden; von innerer verzweifelnder Wut grimmig erfaßt, die geballte Faust vor der Stirn, schrie ich laut auf: »Aurelie!« – »Was soll das, was bedeutet der Name?« frug der Richter heftig. – »Ein dunkles Verhängnis opfert mich dem schmachvollen Tode«, sagte ich dumpf, »aber ich bin unschuldig, gewiß ... ich bin ganz unschuldig ... entlassen Sie mich ... haben Sie Mitleiden ... ich fühle es, daß Wahnsinn mir durch Nerv und Adern zu toben beginnt ... entlassen Sie mich!« – Der Richter, wieder ganz ruhig geworden, diktierte dem Protokollführer vieles, was ich nicht verstand, endlich las er mir eine Verhandlung vor, worin alles, was er gefragt und was ich geantwortet sowie was sich mit Cyrillus zugetragen hatte, verzeichnet war. Ich mußte meinen Namen unterschreiben, dann forderte mich der Richter auf, irgend etwas polnisch und deutsch aufzuzeichnen, ich tat es. Der Richter nahm das deutsche Blatt und gab es dem Pater Cyrillus, der sich unterdessen wieder erholt hatte, mit der Frage in die Hände: »Haben diese Schriftzüge Ähnlichkeit mit der Hand, die Ihr Klosterbruder Medardus schrieb?« – »Es ist ganz genau seine Hand, bis auf die kleinsten Eigentümlichkeiten«, erwiderte Cyrillus und wandte sich wieder zu mir. Er wollte sprechen, ein Blick des Richters wies ihn zur Ruhe. Der Richter sah das von mir geschriebene polnische Blatt sehr aufmerksam durch, dann stand er auf, trat dicht vor mir hin und sagte mit sehr ernstem, entscheidendem Ton:

»Sie sind kein Pole. Diese Schrift ist durchaus unrichtig, voller grammatischer und orthographischer Fehler. Kein Nationalpole schreibt so, wäre er auch viel weniger wissenschaftlich ausgebildet, als Sie es sind.«

»Ich bin in Krcziniewo geboren, folglich allerdings ein Pole. Selbst aber in dem Fall, daß ich es nicht wäre, daß geheimnisvolle Umstände mich zwängen, Stand und Namen zu verleugnen, so würde ich deshalb doch nicht der Kapuziner Medardus sein dürfen, der aus dem Kloster in B., wie ich glauben muß, entsprang.«

»Ach, Bruder Medardus«, fiel Cyrillus ein, »schickte dich unser ehrwürdiger Prior Leonardus nicht im Vertrauen auf deine Treue und Frömmigkeit nach Rom? . . . Bruder Medardus! um Christus willen, verleugne nicht länger auf gottlose Weise den heiligen Stand, dem du entronnen.«

»Ich bitte Sie, uns nicht zu unterbrechen«, sagte der Richter und fuhr dann, sich zu mir wendend, fort:

»Ich muß Ihnen bemerklich machen, wie die unverdächtige Aussage dieses ehrwürdigen Herrn die dringendste Vermutung bewirkt, daß Sie wirklich der Medardus sind, für den man Sie hält. Nicht verhehlen mag ich auch, daß man Ihnen mehrere Personen entgegenstellen wird, die Sie für jenen Mönch unzweifelhaft erkannt haben. Unter diesen Personen befindet sich eine, die Sie, treffen die Vermutungen ein, schwer fürchten müssen. Ja selbst unter Ihren eigenen Sachen hat sich manches gefunden, was den Verdacht wider Sie unterstützt. Endlich werden bald die Nachrichten über Ihre vorgebliche Familienumstände eingehen, um die man die Gerichte in Posen ersucht hat . . . Alles dieses sage ich Ihnen offner, als es mein Amt gebietet, damit Sie sich überzeugen, wie wenig ich auf irgend einen Kunstgriff rechne, Sie, haben jene Vermutungen Grund, zum Geständnis der Wahrheit zu bringen. Bereiten Sie sich vor, wie Sie wollen; sind Sie wirklich jener angeklagte Medardus, so glauben Sie, daß der Blick des Richters die tiefste Verhüllung bald durchdringen wird; Sie werden dann auch selbst sehr genau wissen, welcher Verbrechen man Sie anklagt. Sollten Sie dagegen wirklich der Leonard von Krczynski sein, für den Sie sich ausgeben, und ein besonderes Spiel der Natur Sie, selbst rücksichts besonderer Abzeichen, jenem Medardus ähnlich gemacht haben, so werden Sie selbst leicht Mittel finden, dies klar nachzuweisen. Sie schienen mir erst in einem sehr exaltierten Zustande, schon deshalb brach ich die Verhandlung ab, indessen wollte ich Ihnen zugleich auch Raum geben zum reiflichen Nachdenken. Nach dem, was heute geschehen, kann es Ihnen an Stoff dazu nicht fehlen.«

»Sie halten also meine Angaben durchaus für falsch? . . . Sie sehen in mir den verlaufenen Mönch Medardus?« – So frug ich; der Richter sagte mit einer leichten Verbeugung: »Adieu, Herr von Krczynski!« und man brachte mich in den Kerker zurück.

Die Worte des Richters durchbohrten mein Innres wie glühende Stacheln. Alles, was ich vorgegeben, kam mir seicht und abgeschmackt vor. Daß die Person, der ich entgegengestellt werden und die ich so schwer zu fürchten haben sollte, Aurelie sein mußte, war nur zu klar. Wie sollt' ich das ertragen! Ich dachte nach, was unter meinen Sachen wohl verdächtig sein könne, da fiel es mir schwer aufs Herz, daß ich noch aus jener Zeit meines Aufenthaltes auf dem Schlosse des Barons von F. einen Ring mit Euphemiens Namen besaß, sowie, daß Viktorins Felleisen, das ich auf meiner Flucht mit mir genommen, noch mit dem Kapuzinerstrick zugeschnürt war! – Ich hielt mich für verloren! – Verzweifelnd rannte ich den Kerker auf und ab. Da war es, als flüsterte, als zischte es mir in die Ohren: »Du Tor, was verzagst du? denkst du nicht an Viktorin?« – Laut rief ich: »Ha! nicht verloren, gewonnen ist das Spiel.« Es arbeitete und kochte in meinem Innern! – Schon früher hatte ich daran gedacht, daß unter Euphemiens Papieren sich wohl etwas gefunden haben müsse, was auf Viktorins Erscheinen auf dem Schlosse als Mönch hindeute. Darauf mich stützend, wollte ich auf irgend eine Weise ein Zusammentreffen mit Viktorin, ja selbst mit dem Medardus, für den man mich hielt, vorgeben; jenes Abenteuer auf dem Schlosse, das so fürchterlich endete, als von Hörensagen erzählen und mich selbst, meine Ähnlichkeit mit jenen beiden, auf unschädliche Weise geschickt hinein verflechten. Der kleinste Umstand mußte reiflich erwogen werden; aufzuschreiben beschloß ich daher den Roman, der mich retten sollte! – Man bewilligte mir die Schreibematerialien, die ich forderte, um schriftlich noch manchen verschwiegenen Umstand meines Lebens zu erörtern. Ich arbeitete mit Anstrengung bis in die Nacht hinein; im Schreiben erhitzte sich meine Fantasie, alles formte sich wie eine gerundete Dichtung, und fester spann sich das Gewebe endloser Lügen, womit ich dem Richter die Wahrheit zu verschleiern hoffte.

Die Burgglocke hatte zwölfe geschlagen, als sich wieder leise und entfernt das Pochen vernehmen ließ, das mich gestern so verstört hatte. – Ich wollte nicht darauf achten, aber immer lauter pochte es in abgemessenen Schlägen, und dabei fing es wieder an, dazwischen zu lachen und zu ächzen. – Stark auf dem Tisch schlagend, rief ich laut: »Still ihr da drunten!« und glaubte mich so von dem Grauen, das mich befing, zu ermutigen; aber da lachte es gellend und schneidend durch das Gewölbe und stammelte: »Brü-der-lein, Brü-der-lein ... zu dir her-auf ... herauf ... ma-mach auf ... mach auf!« – Nun begann es dicht neben mir im Fußboden zu schaben, zu rasseln und zu kratzen, und immer wieder lachte es und ächzte; stärker und immer stärker wurde das Geräusch, das Rasseln, das Kratzen – dazwischen dumpf dröhnende Schläge wie das Fallen schwerer Massen. – Ich war aufgestanden, mit der Lampe in der Hand. Da rührte es sich unter meinem Fuß, ich schritt weiter und sah, wie an der Stelle, wo ich gestanden, sich ein Stein des Pflasters losbröckelte. Ich erfaßte ihn und hob ihn mit leichter Mühe vollends heraus. Ein düstrer Schein brach durch die Öffnung, ein nackter Arm mit einem blinkenden Messer in der Hand streckte sich mir entgegen. Von tiefem Entsetzen durchschauert, bebte ich zurück. Da stammelte es von unten herauf: »Brü-der-lein! Brü-der-lein, Me-dar-dus ist da-da, herauf... nimm, nimm!... brich... brich... in den Wa-Wald... in den Wald!« – Schnell dachte ich Flucht und Rettung; alles Grauen überwunden, ergriff ich das Messer, das die Hand mir willig ließ und fing an, den Mörtel zwischen den Steinen des Fußbodens emsig wegzubrechen. Der, der unten war, drückte wacker herauf. Vier, fünf Steine lagen zur Seite weggeschleudert, da erhob sich plötzlich ein nackter Mensch bis an die Hüften aus der Tiefe empor und starrte mich gespenstisch an mit des Wahnsinns grinsendem, entsetzlichem Gelächter. Der volle Schein der Lampe fiel auf das Gesicht – ich erkannte mich selbst – mir vergingen die Sinne. – Ein empfindlicher Schmerz an den Armen weckte mich aus tiefer Ohnmacht! – Hell war es um mich her, der Kerkermeister stand mit einer blendenden Leuchte vor mir, Kettengerassel und Hammerschläge hallten durch das Gewölbe. Man war beschäftigt, mich in Fesseln zu schmieden. Außer den Hand- und Fußschellen wurde ich mittelst eines Ringes um den Leib und einer daran befestigten Kette an die Mauer gefesselt. »Nun wird es der Herr wohl bleiben lassen, an das Durchbrechen zu denken«, sagte der Kerkermeister. – »Was hat denn der Kerl eigentlich getan?« frug ein Schmiedeknecht. »Ei«, erwiderte der Kerkermeister, »weißt du denn das nicht, Jost?... die ganze Stadt ist ja davon voll. 's ist ein verfluchter Kapuziner, der drei Menschen ermordet hat. Sie haben's schon ganz heraus. In wenigen Tagen haben wir große Gala, da werden die Räder spielen.« - Ich hörte nichts mehr, denn aufs neue entschwanden mir Sinn und Gedanken. Nur mühsam erholte ich mich aus der Betäubung, finster blieb es, endlich brachen einige matte Streiflichter des Tages herein in das niedrige, kaum sechs Fuß hohe Gewölbe, in das, wie ich jetzt zu meinem Entsetzen wahrnahm, man mich aus meinem vorigen Kerker gebracht hatte. Mich dürstete, ich griff nach dem Wasserkruge, der neben mir stand, feucht und kalt schlüpfte es mir durch die Hand, ich sah eine aufgedunsene scheußliche Kröte schwerfällig davonhüpfen. Voll Ekel und Abscheu ließ ich den Krug fahren. »Aurelie!« stöhnte ich auf in dem Gefühl des namenlosen Elends, das nun über mich hereingebrochen. »Und darum das armselige Leugnen und Lügen vor Gericht? - alle gleißnerischen Künste des teuflischen Heuchlers? - darum, um ein zerrissenes, qualvolles Leben einige Stunden länger zu fristen? Was willst du, Wahnsinniger! Aurelien besitzen, die nur durch ein unerhörtes Verbrechen dein werden konnte? - Denn immerdar, lügst du auch der Welt deine Unschuld vor, würde sie in dir Hermogens verruchten Mörder erkennen und dich tief verabscheuen. Elender, wahnwitziger Tor, wo sind nun deine hochfliegenden Pläne, der Glaube an deine überirdische Macht, womit du das Schicksal selbst nach Willkür zu lenken wähntest; nicht zu töten vermagst du den Wurm, der an deinem Herzmark mit tödlichen Bissen nagt, schmachvoll verderben wirst du in trostlosem Jammer, wenn der Arm der Gerechtigkeit auch deiner schont.« So, laut klagend, warf ich mich auf das Stroh und fühlte in dem Augenblick einen Druck auf der Brust, der von einem harten Körper in der Busentasche meiner Weste herzurühren schien. Ich faßte hinein und zog ein kleines Messer hervor. Nie hatte ich, so lange ich im Kerker war, ein Messer bei mir getragen, es mußte daher dasselbe sein, das mir mein gespenstisches Ebenbild herauf gereicht hatte. Mühsam stand ich auf und hielt das Messer in den stärker hereinbrechenden Lichtstrahl. Ich erblickte das silberne blinkende Heft. Unerforschliches Verhängnis! es war dasselbe Messer, womit ich Hermogen getötet und das ich seit einigen Wochen vermißt hatte. Aber nun ging plötzlich in meinem Innern, wunderbar leuchtend, Trost und Rettung von der Schmach auf. Die unbegreifliche Art, wie ich das Messer erhalten, war mir ein Fingerzeig der ewigen Macht, wie ich meine Verbrechen büßen, wie ich im Tode Aurelien versöhnen solle. Wie ein göttlicher Strahl im reinen Feuer, durchglühte mich nun die Liebe zu Aurelien, jede sündliche Begierde war von mir gewichen. Es war mir, als sähe ich sie selbst, wie damals, als sie am Beichtstuhl in der Kirche des Kapuzinerklosters erschien. »Wohl liebe ich dich, Medardus, aber du verstandest mich nicht! ... meine Liebe ist der Tod!« - so umsäuselte und umflüsterte mich Aureliens Stimme, und fest stand mein Entschluß, dem Richter frei die merkwürdige Geschichte meiner Verirrungen zu gestehen und dann mir den Tod zu geben.

Der Kerkermeister trat herein und brachte mir bessere Speisen, als ich sonst zu erhalten pflegte, sowie eine Flasche Wein. - »Vom Fürsten so befohlen«, sprach er, indem er den Tisch, den ihm sein Knecht nachtrug, deckte und die Kette, die mich an die Wand fesselte, losschloß. Ich bat ihn, dem Richter zu sagen, daß ich vernommen zu werden wünsche, weil ich vieles zu eröffnen hätte, was mir schwer auf dem Herzen liege. Er versprach, meinen Auftrag auszurichten, indessen wartete ich vergebens, daß man mich zum Verhör abholen solle; niemand ließ sich mehr sehen, bis der Knecht, als es schon ganz finster worden, hereintrat und die am Gewölbe hängende Lampe anzündete. In meinem Innern war es ruhiger als jemals, doch fühlte ich mich sehr erschöpft und versank bald in tiefen Schlaf. Da wurde ich in einen langen, düstern, gewölbten Saal geführt, in dem ich eine Reihe in schwarzen Talaren gekleideter Geistlicher erblickte, die der Wand entlang auf hohen Stühlen saßen. Vor ihnen, an einem mit blutroter Decke behangenen Tisch, saß der Richter und neben ihm ein Dominikaner im Ordenshabit. »Du bist jetzt«, sprach der Richter mit feierlich erhabener Stimme, »dem geistlichen Gericht übergeben, da du, verstockter, frevelicher Mönch, vergebens deinen Stand und Namen verleugnet hast. Franziskus, mit dem Klosternamen Medardus genannt, sprich, welcher Verbrechen bist du beziehen worden?« – Ich wollte alles, was ich je Sündhaftes und Freveliches begangen, offen eingestehen, aber zu meinem Entsetzen war das, was ich sprach, durchaus nicht das, was ich dachte und sagen wollte. Statt des ernsten, reuigen Bekenntnisses verlor ich mich in ungereimte, unzusammenhängende Reden. Da sagte der Dominikaner, riesengroß vor mir dastehend und mit gräßlich funkelndem Blick mich durchbohrend: »Auf die Folter mit dir, du halsstarriger, verstockter Mönch.« Die seltsamen Gestalten rings umher erhoben sich und streckten ihre langen Arme nach mir aus und riefen in heiserem grausigem Einklang: »Auf die Folter mit ihm.« Ich riß mein Messer heraus und stieß nach meinem Herzen, aber der Arm fuhr unwillkürlich herauf! ich traf den Hals, und am Zeichen des Kreuzes sprang die Klinge wie in Glasscherben, ohne mich zu verwunden. Da ergriffen mich die Henkersknechte und stießen mich hinab in ein tiefes unterirdisches Gewölbe. Der Dominikaner und der Richter stiegen mir nach. Noch einmal forderte mich dieser auf, zu gestehen. Nochmals strengte ich mich an, aber in tollem Zwiespalt stand Rede und Gedanke. – Reuevoll, zerknirscht von tiefer Schmach, bekannte ich im Innern alles – abgeschmackt, verwirrt, sinnlos war, was der Mund ausstieß. Auf den Wink des Dominikaners zogen mich die Henkersknechte nackt aus, schnürten mir beide Arme über den Rücken zusammen, und hinaufgewunden fühlte ich, wie die ausgedehnten Gelenke knackend zerbröckeln wollten. In heillosem, wütendem Schmerz schrie ich laut auf und erwachte. Der Schmerz an den Händen und Füßen dauerte fort, er rührte von den schweren

Ketten her, die ich trug, doch empfand ich noch außerdem einen Druck über den Augen, die ich nicht aufzuschlagen vermochte. Endlich war es, als würde plötzlich eine Last mir von der Stirn genommen, ich richtete mich schnell empor, ein Dominikanermönch stand vor meinem Strohlager. Mein Traum trat in das Leben, eiskalt rieselte es mir durch die Adern. Unbeweglich wie eine Bildsäule, mit übereinander geschlagenen Armen stand der Mönch da und starrte mich an mit den hohlen schwarzen Augen. Ich erkannte den gräßlichen Maler und fiel halb ohnmächtig auf mein Strohlager zurück. - Vielleicht war es nur eine Täuschung der durch den Traum aufgeregten Sinne? Ich ermannte mich, ich richtete mich auf, aber unbeweglich stand der Mönch und starrte mich an mit den hohlen schwarzen Augen. Da schrie ich in wahnsinniger Verzweiflung: »Entsetzlicher Mensch ... hebe dich weg! ... Nein! ... Kein Mensch, du bist der Widersacher selbst, der mich stürzen will in ewige Verderbnis ... hebe dich weg, Verruchter! hebe dich weg!« - »Armer, kurzsichtiger Tor, ich bin nicht der, der dich ganz unauflöslich zu umstricken strebt mit ehernen Banden!- der dich abwendig machen will dem heiligen Werk, zu dem dich die ewige Macht berief. - Medardus! - armer, kurzsichtiger Tor! - schreckbar, grauenvoll bin ich dir erschienen, wenn du über dem offenen Grabe ewiger Verdammnis leichtsinnig gaukeltest. Ich warnte dich, aber du hast mich nicht verstanden! Auf! nähere dich mir!« Der Mönch sprach alles dieses im dumpfen Ton der tiefen, herzzerschneidendsten Klage; sein Blick, mir sonst so fürchterlich, war sanft und milde worden, weicher die Form seines Gesichts. Eine unbeschreibliche Wehmut durchbebte mein Innerstes; wie ein Gesandter der ewigen Macht, mich aufzurichten, mich zu trösten im endlosen Elend, erschien mir der sonst so schreckliche Maler. - Ich stand auf vom Lager, ich trat ihm nahe, es war kein Phantom, ich berührte sein Kleid; ich kniete unwillkürlich nieder, er legte die Hand auf mein Haupt, wie mich segnend. Da gingen in lichten Farben herrliche Gebilde in mir auf. - Ach! ich war in dem heiligen Walde! - ja, es war derselbe Platz, wo in früher Kindheit der fremdartig gekleidete Pilger mir den wunderbaren Knaben brachte. Ich wollte fortschreiten, ich wollte hinein in die Kirche, die ich dicht vor mir erblickte. Dort sollte ich (so war es mir) büßend und bereuend Ablaß erhalten von schwerer Sünde. Aber ich blieb regungslos - mein eignes Ich konnte ich nicht erschauen, nicht erfassen. Da sprach eine dumpfe, hohle Stimme: »Der Gedanke ist die Tat!« - Die Träume verschwebten; es war der Maler, der jene Worte gesprochen. »Unbegreifliches Wesen, warst du es denn selbst? an jenem unglücklichen Morgen in der Kapuzinerkirche zu B.? in der Reichsstadt, und nun?« - »Halt ein«, unterbrach mich der Maler, »ich war es, der überall dir nahe war, um dich zu retten von Verderben und Schmach, aber dein Sinn blieb verschlossen! Das Werk, zu dem du erkoren, mußt du vollbringen zu deinem eignen Heil.« - »Ach«, rief ich voll Verzweiflung, »warum hieltst du nicht meinen Arm zurück, als ich in verruchtem Frevel jenen Jüngling ...« »Das war mir nicht vergönnt«, fiel der Maler ein, »frage nicht weiter! vermessen ist es, vorgreifen zu wollen dem, was die ewige Macht beschlossen ... Medardus! du gehst deinem Ziel entgegen ... morgen!« - Ich erbebte in eiskaltem Schauer, denn ich glaubte, den Maler ganz zu verstehen. Er wußte und billigte den beschlossenen Selbstmord. Der Maler wankte mit leisem Tritt nach der Tür des Kerkers. »Wann, wann sehe ich dich wieder?« - »Am Ziele!« - rief er, sich noch einmal nach mir umwendend, feierlich und stark, daß das Gewölbe dröhnte - »Also morgen?« - Leise drehte sich die Türe in den Angeln, der Maler war verschwunden. -

Sowie der helle Tag nur angebrochen, erschien der Kerkermeister mit seinen Knechten, die mir die Fesseln von den wunden Armen und Füßen ablösten. Ich solle bald zum Verhör hinaufgeführt werden, hieß es. Tief in mich gekehrt, mit dem

Gedanken des nahen Todes vertraut, schritt ich hinauf in den Gerichtssaal; mein Bekenntnis hatte ich im Innern so geordnet, daß ich dem Richter eine kurze, aber den kleinsten Umstand mit aufgreifende Erzählung zu machen hoffte. Der Richter kam mir schnell entgegen, ich mußte höchst entstellt aussehen, denn bei meinem Anblick verzog sich schnell das freudige Lächeln, das erst auf seinem Gesicht schwebte, zur Miene des tiefsten Mitleids. Er faßte meine beiden Hände und schob mich sanft in seinen Lehnstuhl. Dann mich starr anschauend, sagte er langsam und feierlich: »Herr von Krczynski! ich habe Ihnen Frohes zu verkünden! Sie sind frei! Die Untersuchung ist auf Befehl des Fürsten niedergeschlagen worden. Man hat Sie mit einer andern Person verwechselt, woran Ihre ganz unglaubliche Ähnlichkeit mit dieser Person schuld ist. Klar, ganz klar ist Ihre Schuldlosigkeit dargetan! . . . Sie sind frei!« - Es schwirrte und sauste und drehte sich alles um mich her. - Des Richters Gestalt blinkte, hundertfach vervielfältigt, durch den düstern Nebel, alles schwand in dicker Finsternis. - Ich fühlte endlich, daß man mir die Stirne mit starkem Wasser rieb, und erholte mich aus dem ohnmachtähnlichen Zustande, in den ich versunken. Der Richter las mir ein kurzes Protokoll vor, welches sagte, daß er mir die Niederschlagung des Prozesses bekannt gemacht und meine Entlassung aus dem Kerker bewirkt habe. Ich unterschrieb schweigend, keines Wortes war ich mächtig. Ein unbeschreibliches, mich im Innersten vernichtendes Gefühl ließ keine Freude aufkommen. Sowie mich der Richter mit recht in das Herz dringender Gutmütigkeit anblickte, war es mir, als müsse ich nun, da man an meine Unschuld glaubte und mich freilassen wollte, allen verruchten Frevel, den ich begangen, frei gestehen und dann mir das Messer in das Herz stoßen. - Ich wollte reden - der Richter schien meine Entfernung zu wünschen. Ich ging nach der Türe, da kam er mir nach und sagte leise: »Nun habe ich aufgehört Richter zu sein; von dem ersten Augenblick, als ich Sie sah, interessierten Sie mich auf das höchste. So sehr, wie (Sie werden dies selbst zugeben müssen) der Schein wider Sie war, so wünschte ich doch gleich, daß Sie in der Tat nicht der abscheuliche, verbrecherische Mönch sein möchten, für den man Sie hielt. Jetzt darf ich Ihnen zutraulich sagen . . . Sie sind kein Pole. Sie sind nicht in Kwieczicewo geboren. Sie heißen nicht Leonard von Krczynski.« - Mit Ruhe und Festigkeit antwortete ich: »Nein!« - »Und auch kein Geistlicher?« frug der Richter weiter, indem er die Augen niederschlug, wahrscheinlich um mir den Blick des Inquisitors zu ersparen. Es wallte auf in meinem Innern. - »So hören Sie denn«, fuhr ich heraus - »Still«, unterbrach mich der Richter, »was ich gleich anfangs geglaubt und noch glaube, bestätigt sich. Ich sehe, daß hier rätselhafte Umstände walten, und daß Sie selbst mit gewissen Personen des Hofes in ein geheimnisvolles Spiel des Schicksals verflochten sind. Es ist nicht mehr meines Berufs, tiefer einzudringen, und ich würde es für unziemlichen Vorwitz halten, Ihnen irgend etwas über Ihre Person, über Ihre wahrscheinlich ganz eigne Lebensverhältnisse entlocken zu wollen! - Doch, wie wäre es, wenn Sie, sich losreißend von allem Ihrer Ruhe Bedrohlichem, den Ort verließen. Nach dem, was geschehen, kann Ihnen ohnedies der Aufenthalt hier nicht wohltun.« - Sowie der Richter dieses sprach, war es, als flöhen alle finstre Schatten, die sich drückend über mich gelegt hatten, schnell von hinnen. Das Leben war wiedergewonnen, und die Lebenslust stieg durch Nerv und Adern glühend in mir auf. Aurelie! *sie* dachte ich wieder, und ich sollte jetzt fort von dem Orte, fort von ihr? - Tief seufzte ich auf: »Und *sie* verlassen?« - Der Richter blickte mich im höchsten Erstaunen an und sagte dann schnell: »Ach! jetzt glaube ich klar zu sehen! Der Himmel gebe, Herr Leonard, daß eine sehr schlimme Ahnung, die mir eben jetzt recht deutlich wird, nicht in Erfüllung gehen möge.« - Alles hatte sich in meinem Innern anders gestaltet. Hin war alle Reue, und wohl mochte es beinahe frevelnde Frechheit sein, daß ich den Richter mit erheuchelter Ruhe frug: »Und Sie halten mich doch für schuldig?« - »Erlauben Sie, mein Herr«, erwiderte der Richter sehr ernst, »daß ich meine Überzeugungen, die doch nur auf ein reges Gefühl gestützt scheinen, für mich behalte. Es ist ausgemittelt nach bester Form und Weise, daß Sie nicht der Mönch Medardus sein können, da eben dieser Medardus sich hier befindet und von dem Pater Cyrill, der sich durch Ihre ganz genaue Ähnlichkeit täuschen ließ, anerkannt wurde, ja auch selbst gar nicht leugnet, daß er jener Kapuziner sei. Damit ist nun alles geschehen, was geschehen konnte, um Sie von jedem Verdacht zu reinigen, und um so mehr muß ich glauben, daß Sie sich frei von jeder Schuld fühlen.« - Ein Gerichtsdiener rief in diesem Augenblick den Richter ab, und so wurde ein Gespräch unterbrochen, als es eben begann, mich zu peinigen.

Ich begab mich nach meiner Wohnung und fand alles so wieder, wie ich es verlassen. Meine Papiere hatte man in Beschlag genommen, in ein Paket gesiegelt lagen sie auf meinem Schreibtische, nur Viktorins Brieftasche, Euphemiens Ring und den Kapuzinerstrick vermißte ich, meine Vermutungen im Gefängnis waren daher richtig. Nicht lange dauerte es, so erschien ein fürstlicher Diener, der mit einem Handbillet des Fürsten mir eine goldene, mit kostbaren Steinen besetzte Dose überreichte. »Es ist Ihnen übel mitgespielt worden, Herr von Krczynski«, schrieb der Fürst, »aber weder ich noch meine Gerichte sind schuld daran. Sie sind einem sehr bösen Menschen auf ganz unglaubliche Weise ähnlich; alles ist aber nun zu Ihrem Besten aufgeklärt; ich sende Ihnen ein Zeichen meines Wohlwollens und hoffe, Sie bald zu sehen.« - Des Fürsten Gnade war mir ebenso gleichgültig als sein Geschenk; eine düstre Traurigkeit, die geisttötend mein Inneres durchschlich, war die Folge des strengen Gefängnisses; ich fühlte, daß mir körperlich aufgeholfen werden müsse, und lieb war es mir daher, als der Leibarzt erschien. Das Ärztliche war bald besprochen. »Ist es nicht«, fing nun der Leibarzt an, »eine besondere

Fügung des Schicksals, daß eben in dem Augenblick, als man davon überzeugt zu sein glaubt, daß Sie jener abscheuliche Mönch sind, der in der Familie des Barons von F. so viel Unheil anrichtete, dieser Mönch wirklich erscheint und Sie von jedem Verdacht rettet?«

»Ich muß versichern, daß ich von den nähern Umständen, die meine Befreiung bewirkten, nicht unterrichtet bin; nur im allgemeinen sagte mir der Richter, daß der Kapuziner Medardus, dem man nachspürte und für den man mich hielt, sich hier eingefunden habe.«

»Nicht eingefunden hat er sich, sondern hergebracht ist er worden, festgebunden auf einem Wagen, und seltsamerweise zu derselben Zeit, als Sie hergekommen waren. Eben fällt mir ein, daß, als ich Ihnen einst jene wunderbaren Ereignisse erzählen wollte, die sich vor einiger Zeit an unserm Hofe zutrugen, ich gerade dann unterbrochen wurde, als ich auf den feindlichen Medardus, Franceskos Sohn, und auf seine verruchte Tat im Schlosse des Barons von F. gekommen war. Ich nehme den Faden der Begebenheit da wieder auf, wo er damals abriß. – Die Schwester unserer Fürstin, wie Sie wissen, Äbtissin im Zisterzienserkloster zu B., nahm einst freundlich eine arme Frau mit einem Kinde auf, die von der Pilgerfahrt nach der heiligen Linde wiederkehrte.«

»Die Frau war Franceskos Witwe, und der Knabe eben der Medardus.«

»Ganz recht, aber wie kommen Sie dazu, dies zu wissen?«

»Auf die seltsamste Weise sind mir die geheimnisvollen Lebensumstände des Kapuziners Medardus bekannt worden. Bis zu dem Augenblick, als er aus dem Schloß des Barons von F. entfloh, bin ich von dem, was sich dort zutrug, genau unterrichtet.«

»Aber wie? . . . von wem?« . . .

»Ein lebendiger Traum hat mir alles dargestellt.«

»Sie scherzen?«

»Keinesweges. Es ist mir wirklich so, als hätte ich träumend die Geschichte eines Unglücklichen gehört, der, ein Spielwerk dunkler Mächte, hin und her geschleudert und von Verbrechen zu Verbrechen getrieben wurde. In dem . . .tzer Forst hatte mich auf der Reise hierher der Postillon irre gefahren; ich kam in das Försterhaus, und dort . . .«

»Ha! ich verstehe alles, dort trafen Sie den Mönch an« . . .

»So ist es, er war aber wahnsinnig.«

»Er scheint es nicht mehr zu sein. Schon damals hatte er lichte Stunden und vertraute Ihnen alles?« . . .

»Nicht geradezu. In der Nacht trat er, von meiner Ankunft im Försterhause nicht unterrichtet, in mein Zimmer. Ich, mit der treuen, beispiellosen Ähnlichkeit, war ihm furchtbar. Er hielt mich für seinen Doppelgänger, dessen Erscheinung ihm den Tod verkünde. - Er stammelte - stotterte Bekenntnisse her - unwillkürlich übermannte mich, von der Reise ermüdet, der Schlaf; es war mir, als spreche der Mönch nun ruhig und gefaßt weiter, und ich weiß in der Tat jetzt nicht, wo und wie der Traum eintrat. Es dünkt mich, daß der Mönch behauptete, nicht *er* habe Euphemien und Hermogen getötet, sondern beider Mörder sei der Graf Viktorin.« -

»Sonderbar, höchst sonderbar, aber warum verschwiegen Sie das alles dem Richter?«

»Wie konnte ich hoffen, daß der Richter auch nur einiges Gewicht auf eine Erzählung legen werde, die ihm ganz abenteuerlich klingen mußte. Darf denn überhaupt ein erleuchtetes Kriminalgericht an das Wunderbare glauben?«

»Wenigstens hätten Sie aber doch gleich ahnen, daß man Sie mit dem wahnsinnigen Mönch verwechsle, und diesen als den Kapuziner Medardus bezeichnen sollen?«

»Freilich - und zwar nachdem mich ein alter blöder Greis, ich glaube, er heißt Cyrillus, durchaus für seinen Klosterbruder halten wollte. Es ist mir nicht eingefallen, daß der wahnsinnige Mönch eben der Medardus, und das Verbrechen, das er mir bekannte, Gegenstand des jetzigen Prozesses sein könne. Aber wie mir der Förster sagte, hatte er *ihm* niemals seinen Namen genannt – wie kam man zur Entdeckung?«

»Auf die einfachste Weise. Der Mönch hatte sich, wie Sie wissen, einige Zeit bei dem Förster aufgehalten; er schien geheilt, aber aufs neue brach der Wahnsinn so verderblich aus, daß der Förster sich genötigt sah, ihn hierher zu schaffen, wo er in das Irrenhaus eingesperrt wurde. Dort saß er Tag und Nacht mit starrem Blick, ohne Regung, wie eine Bildsäule. Er sprach kein Wort und mußte gefüttert werden, da er keine Hand bewegte. Verschiedene Mittel, ihn aus der Starrsucht zu wekken, blieben fruchtlos, zu den stärksten durfte man nicht schreiten, ohne Gefahr, ihn wieder in wilde Raserei zu stürzen. Vor einigen Tagen kommt des Försters ältester Sohn nach der Stadt, er geht in das Irrenhaus, um den Mönch wieder zu sehen. Ganz erfüllt von dem trostlosen Zustande des Unglücklichen, tritt er aus dem Hause, als eben der Pater Cyrillus aus dem Kapuzinerkloster in B. vorüberschreitet. Den redet er an und bittet ihn, den unglücklichen, hier eingesperrten Klosterbruder zu besuchen, da ihm Zuspruch eines Geistlichen seines Ordens vielleicht heilsam sein könne. Als Cyrillus den Mönch erblickt, fährt er entsetzt zurück. ›Heilige Mutter Gottes! Medardus, unglückseliger Medardus!‹ So ruft Cyrillus, und in dem Augenblick beleben sich die starren Augen des Mönchs. Er steht auf und fällt mit einem dumpfen Schrei kraftlos zu Boden. – Cyrillus mit den übrigen, die bei dem Ereignis zugegen waren, geht sofort zum Präsidenten des Kriminalgerichts und zeigt alles an. Der Richter, dem die Untersuchungen wider Sie übertragen, begibt sich mit Cyrillus nach dem Irrenhause; man findet den Mönch sehr matt, aber frei von allem Wahnsinn. Er gesteht ein, daß er der Mönch Medardus aus dem Kapuzinerkloster in B. sei. Cyrillus versicherte seinerseits, daß Ihre unglaubliche Ähnlichkeit mit Medardus ihn getäuscht habe. Nun bemerke er wohl, wie Herr Leonard sich in Sprache,

Blick, Gang und Stellung sehr merklich von dem Mönch Medardus, den er nun vor sich sehe, unterscheide. Man entdeckte auch das bedeutende Kreuzeszeichen an der linken Seite des Halses, von dem in Ihrem Prozeß so viel Aufhebens gemacht worden ist. Nun wird der Mönch über die Begebenheiten auf dem Schlosse des Barons von F. befragt. – ›Ich bin ein abscheulicher, verruchter Verbrecher‹, sagt er mit matter, kaum vernehmbarer Stimme, ›ich bereue tief, was ich getan. – Ach, ich ließ mich um mein Selbst, um meine unsterbliche Seele betrügen! ... Man habe Mitleiden! ... man lasse mir Zeit ... alles ... alles will ich gestehen.‹ – Der Fürst, unterrichtet, befiehlt sofort den Prozeß wider Sie aufzuheben und Sie der Haft zu entlassen. Das ist die Geschichte Ihrer Befreiung. – Der Mönch ist nach dem Kriminalgefängnis gebracht worden.«

»Und hat alles gestanden? Hat er Euphemien, Hermogen ermordet? wie ist es mit dem Grafen Viktorin?« ...

»Soviel wie ich weiß, fängt der eigentliche Kriminalprozeß wider den Mönch erst heute an. Was aber den Grafen Viktorin betrifft, so scheint es, als wenn nun einmal alles, was nur irgend mit jenen Ereignissen an unserm Hofe in Verbindung steht, dunkel und unbegreiflich bleiben müsse.«

»Wie die Ereignisse auf dem Schlosse des Barons von F. aber mit jener Katastrophe an Ihrem Hofe sich verbinden sollen, sehe ich in der Tat nicht ein.«

»Eigentlich meinte ich auch mehr die spielenden Personen als die Begebenheit.«

»Ich verstehe Sie nicht.«

»Erinnern Sie sich genau meiner Erzählung jener Katastrophe, die dem Prinzen den Tod brachte!«

»Allerdings.«

»Ist es Ihnen dabei nicht völlig klar worden, daß Francesko verbrecherisch die Italienerin liebte? daß *er* es war, der vor dem Prinzen in die Brautkammer schlich und den Prinzen niederstieß? - Viktorin ist die Frucht jener frevelichen Untat. - Er und Medardus sind Söhne *eines* Vaters. Spurlos ist Viktorin verschwunden, alles Nachforschen blieb vergebens.«

»Der Mönch schleuderte ihn hinab in den Teufelsgrund. Fluch dem wahnsinnigen Brudermörder!« -

Leise - leise ließ sich in dem Augenblick, als ich heftig diese Worte ausstieß, jenes Klopfen des gespenstischen Unholds aus dem Kerker hören. Vergebens suchte ich das Grausen zu bekämpfen, welches mich ergriff. Der Arzt schien so wenig das Klopfen als meinen innern Kampf zu bemerken. Er fuhr fort: »Was? . . . Hat der Mönch Ihnen gestanden, daß auch Viktorin durch seine Hand fiel?«

»Ja! . . . Wenigstens schließe ich aus seinen abgebrochenen Äußerungen, halte ich damit Viktorins Verschwinden zusammen, daß sich die Sache wirklich so verhält. Fluch dem wahnsinnigen Brudermörder!« - Stärker klopfte es und stöhnte und ächzte; ein feines Lachen, das durch die Stube pfiff, klang wie Medardus . . . Medardus . . . hi . . . hi . . . hi hilf! - Der Arzt, ohne das zu bemerken, fuhr fort:

»Ein besonderes Geheimnis scheint noch auf Franceskos Herkunft zu ruhen. Er ist höchstwahrscheinlich dem fürstlichen Hause verwandt. So viel ist gewiß, daß Euphemie die Tochter . . .«

Mit einem entsetzlichen Schlage, daß die Angeln zusammenkrachten, sprang die Tür auf, ein schneidendes Gelächter gellte herein. »Ho ho . . . ho . . . ho Brüderlein«, schrie ich wahnsinnig auf, »hoho . . . hieher . . . frisch, frisch, wenn du kämpfen willst mit mir . . . der Uhu macht Hochzeit; nun wollen wir auf das Dach steigen und ringen miteinander, und wer den andern herabstößt, ist König und darf Blut trinken.« - Der Leibarzt faßte mich in die Arme und rief: »Was ist das? was ist das? Sie sind krank . . . in der Tat, gefährlich krank. Fort, fort, zu Bette.« - Aber ich starrte nach der offnen Türe, ob mein scheußlicher Doppeltgänger nicht hereintreten werde, doch ich erschaute nichts und erholte mich bald von dem wilden Entsetzen, das mich gepackt hatte mit eiskalten Krallen. Der Leibarzt bestand darauf, daß ich kränker sei, als ich selbst wohl glauben möge, und schob alles auf den Kerker und die Gemütsbewegung, die mir überhaupt der Prozeß verursacht haben müsse. Ich brauchte seine Mittel, aber mehr als seine Kunst trug zu meiner schnellen Genesung bei, daß das Klopfen sich nicht mehr hören ließ, der furchtbare Doppeltgänger mich daher ganz verlassen zu haben schien.

Die Frühlingssonne warf eines Morgens ihre goldnen Strahlen hell und freundlich in mein Zimmer, süße Blumendüfte strömten durch das Fenster; hinaus ins Freie trieb mich ein unendlich Sehnen, und des Arztes Verbot nicht achtend, lief ich fort in den Park. – Da begrüßten Bäume und Büsche rauschend und flüsternd den von der Todeskrankheit Genesenen. Ich atmete auf, wie aus langem schwerem Traum erwacht, und tiefe Seufzer waren des Entzückens unaussprechbare Worte, die ich hineinhauchte in das Gejauchze der Vögel, in das fröhliche Sumsen und Schwirren bunter Insekten.

Ja! – ein schwerer Traum dünkte mir nicht nur die letztvergangene Zeit, sondern mein ganzes Leben, seitdem ich das Kloster verlassen, als ich mich in einem von dunklen Platanen beschatteten Gange befand. – Ich war im Garten der Kapuziner zu B. Aus dem fernen Gebüsch ragte schon das hohe Kreuz hervor, an dem ich sonst oft mit tiefer Inbrunst flehte um Kraft, aller Versuchung zu widerstehen. – Das Kreuz schien mir nun das Ziel zu sein, wo ich hinwallen müsse, um, in den Staub niedergeworfen, zu bereuen und zu büßen den Frevel sündhafter Träume, die mir der Satan vorgegaukelt; und ich schritt fort mit gefalteten emporgehobenen Händen, den Blick nach dem Kreuz gerichtet. – Stärker und stärker zog der Luftstrom – ich glaubte die Hymnen der Brüder zu vernehmen, aber es waren nur des Waldes wunderbare Klänge, die der Wind, durch die Bäume sausend, geweckt hatte, und der meinen Atem fortriß, so daß ich bald erschöpft stillstehen, ja mich an einem nahen Baum festhalten mußte, um nicht niederzusinken. Doch hin zog es mich mit unwiderstehlicher Gewalt nach dem fernen Kreuz; ich nahm alle meine Kraft zusammen und wankte weiter fort, aber nur bis an den Moossitz dicht vor dem Gebüsch konnte ich gelangen; alle Glieder lähmte plötzlich tödliche Ermattung; wie ein schwacher Greis ließ ich langsam mich nieder, und in dumpfem Stöhnen suchte ich die gepreßte Brust zu erleichtern. – Es rauschte im Gange dicht neben mir ... Aurelie! Sowie der Gedanke mich durchblitzte, stand sie vor mir! – Tränen inbrünstiger Wehmut quollen aus den Himmelsaugen, aber durch die Tränen funkelte ein zündender Strahl; es war der unbeschreibliche Ausdruck der glühendsten Sehnsucht, der Aurelien fremd schien. Aber so flammte der Liebesblick jenes geheimnisvollen Wesens am Beichtstuhl, das ich oft in süßen Träumen sah. »Können Sie mir jemals verzeihen!« lispelte Aurelie. Da stürzte ich, wahnsinnig vor namenlosem Entzücken, vor ihr hin, ich ergriff ihre Hände! – »Aurelie ... Aurelie ... für dich Marter! ... Tod!« Ich fühlte mich sanft emporgehoben – Aurelie sank an meine Brust, ich schwelgte in glühenden Küssen. Aufgeschreckt durch ein nahes Geräusch, wand sie sich endlich los aus meinen Armen, ich durfte sie nicht zurückhalten. »Erfüllt ist all mein Sehnen und Hoffen«, sprach sie leise, und in dem Augenblick sah ich die Fürstin den Gang heraufkommen. Ich trat hinein in das Gebüsch und wurde nun gewahr, daß ich wunderlicherweise einen dürren grauen Stamm für ein Kruzifix gehalten.

Ich fühlte keine Ermattung mehr, Aureliens Küsse durchglühten mich mit neuer Lebenskraft; es war mir, als sei jetzt hell und herrlich das Geheimnis meines Seins aufgegangen. Ach, es war das wunderbare Geheimnis der Liebe, das sich nun erst in rein strahlender Glorie mir erschlossen. Ich stand auf dem höchsten Punkt des Lebens; abwärts mußte es sich wenden, damit ein Geschick erfüllt werde, das die höhere Macht beschlossen. – Diese Zeit war es, die mich wie ein Traum aus dem Himmel umfing, als ich das aufzuzeichnen begann, was sich nach Aureliens Wiedersehen mit mir begab. Dich Fremden, Unbekannten, der du einst diese Blätter lesen wirst, bat ich, du solltest jene höchste Sonnenzeit deines eigenen Lebens zurückrufen, dann würdest du den trostlosen Jammer des in Reue und Buße ergrauten Mönchs verstehen und einstimmen in seine Klagen. Noch einmal bitte ich dich jetzt, laß jene Zeit im Innern dir aufgehen, und nicht darf ich dann dir's sagen, wie Aureliens Liebe mich und alles um mich her verklärte, wie reger und lebendiger mein Geist das Leben im Leben erschaute und ergriff, wie mich, den göttlich Begeisterten, die Freudigkeit des Himmels erfüllte. Kein finstrer Gedanke ging durch meine Seele, Aureliens Liebe hatte mich entsündigt, ja, auf wunderbare Weise keimte in mir die feste Überzeugung auf, daß nicht ich jener ruchlose Frevler auf dem Schlosse des Barons von F. war, der Euphemien – Hermogen erschlug, sondern daß der wahnsinnige Mönch, den ich im Försterhause traf, die Tat begangen. Alles, was ich dem Leibarzt gestand, schien mir nicht Lüge, sondern der wahre geheimnisvolle Hergang der Sache zu sein, der mir selbst unbegreiflich blieb. – Der Fürst hatte mich empfangen wie einen Freund, den man verloren glaubt und wiederfindet; dies gab natürlicherweise den Ton an, in den alle einstimmen mußten, nur die Fürstin, war sie auch milder als sonst, blieb ernst und zurückhaltend.

Aurelie gab sich mir mit kindlicher Unbefangenheit ganz hin, ihre Liebe war ihr keine Schuld, die sie der Welt verbergen mußte, und ebensowenig vermochte ich auch nur im mindesten das Gefühl zu verhehlen, in dem allein ich nur lebte. Jeder bemerkte mein Verhältnis mit Aurelien, niemand sprach darüber, weil man in des Fürsten Blicken las, daß er unsre Liebe, wohl nicht begünstigen, doch stillschweigend dulden wolle. So kam es, daß ich zwanglos Aurelien öfter, manchmal auch wohl ohne Zeugen sah. – Ich schloß sie in meine Arme, sie erwiderte meine Küsse, aber es fühlend, wie sie erbebte in jungfräulicher Scheu, konnte ich nicht Raum geben der sündlichen Begierde; jeder freveliche Gedanke erstarb in dem Schauer, der durch mein Innres glitt. Sie schien keine Gefahr zu ahnen, wirklich gab es für sie keine, denn oft, wenn sie im einsamen Zimmer neben mir saß, wenn mächtiger als je ihr Himmelsreiz strahlte, wenn wilder die Liebesglut in mir aufflammen wollte, blickte sie mich an so unbeschreiblich milde und keusch, daß es mir war, als vergönne es der Himmel dem büßenden Sünder, schon hier auf Erden der Heiligen zu nahen. Ja, nicht Aurelie, die heilige Rosalia selbst war es, und ich stürzte zu ihren Füßen und rief laut: »O du, fromme, hohe Heilige, darf sich denn irdische Liebe zu dir im Herzen regen?« – Dann reichte sie mir die Hand und sprach mit süßer milder Stimme: »Ach, keine hohe Heilige bin ich, aber wohl recht fromm und liebe dich gar sehr!«

Ich hatte Aurelien mehrere Tage nicht gesehen, sie war mit der Fürstin auf ein nahe gelegenes Lustschloß gegangen. Ich ertrug es nicht länger, ich rannte hin. – Am späten Abend angekommen, traf ich im Garten auf eine Kammerfrau, die mir Aureliens Zimmer nachwies. Leise, leise öffnete ich die Tür – ich trat hinein – eine schwüle Luft, ein wunderbarer Blumengeruch wallte mir sinnebetäubend entgegen. Erinnerungen stiegen in mir auf wie dunkle Träume! Ist das nicht Aureliens Zimmer auf dem Schlosse des Barons, wo ich . . . Sowie ich dies dachte, war es, als erhöbe sich hinter mir eine finstre Gestalt, und: »Hermogen!« rief es in meinem Innern! Entsetzt rannte ich vorwärts, nur angelehnt war die Türe des Kabinetts. Aurelie kniete, den Rücken mir zugekehrt, vor einem Taburett, auf dem ein aufgeschlagenes Buch lag. Voll scheuer Angst blickte ich unwillkürlich zurück – ich schaute nichts, da rief ich im höchsten Entzücken: »Aurelie, Aurelie!« – Sie wandte sich schnell um, aber noch ehe sie aufgestanden, lag ich neben ihr und hatte sie fest umschlungen. »Leonard! mein Geliebter!« – lispelte sie leise. Da kochte und gärte in meinem Innern rasende

Begier, wildes, sündiges Verlangen. Sie hing kraftlos in meinen Armen: die genestelten Haare waren aufgegangen und fielen in üppigen Locken über meine Schultern, der jugendliche Busen quoll hervor – sie ächzte dumpf – ich kannte mich selbst nicht mehr! – Ich riß sie empor, sie schien erkräftigt, eine fremde Glut brannte in ihrem Auge, feuriger erwiderte sie meine wütenden Küsse. Da rauschte es hinter uns wie starker, mächtiger Flügelschlag; ein schneidender Ton, wie das Angstgeschrei des zum Tode Getroffenen, gellte durch das Zimmer. – »Hermogen!« schrie Aurelie und sank ohnmächtig hin aus meinen Armen. Von wildem Entsetzen erfaßt, rannte ich fort! – Im Flur trat mir die Fürstin, von einem Spaziergange heimkehrend, entgegen. Sie blickte mich ernst und stolz an, indem sie sprach: »Es ist mir in der Tat sehr befremdlich, Sie hier zu sehen, Herr Leonard!« – Meine Verstörtheit im Augenblick bemeisternd, antwortete ich in beinahe bestimmterem Ton, als es ziemlich sein mochte, daß man oft gegen große Anregungen vergebens ankämpfe, und daß oft das unschicklich Scheinende für das Schicklichste gelten könne! – Als ich durch die finstre Nacht der Residenz zueilte, war es mir, als liefe jemand neben mir her, und als flüstere eine Stimme: »I . . . Imm . . . Immer bin ich bei di . . . dir . . . Brü . . . Brüderlein . . . Brüderlein Medardus!« – Blickte ich um mich her, so merkte ich wohl, daß das Phantom des Doppeltgängers nur in meiner Fantasie spuke; aber nicht los konnte ich das entsetzliche Bild werden, ja es war mir endlich, als müsse ich mit ihm sprechen und ihm erzählen, daß ich wieder recht albern gewesen sei und mich habe schrecken lassen von dem tollen Hermogen; die heilige Rosalia sollte denn nun bald mein – ganz mein sein, denn dafür wäre ich Mönch und habe die Weihe erhalten. Da lachte und stöhnte mein Doppeltgänger, wie er sonst getan, und stotterte: »Aber schn . . . schnell . . . schnell!« – »Gedulde dich nur«, sprach ich wieder, »gedulde dich nur, mein Junge! Alles wird gut werden. Den Hermogen habe ich nur nicht gut getroffen, er hat solch ein verdammtes

Kreuz am Halse, wie wir beide, aber mein flinkes Messerchen ist noch scharf und spitzig.« - »Hi . . . hi hi . . . tri . . . triff gut . . . triff gut!« - So verflüsterte des Doppeltgängers Stimme im Sausen des Morgenwindes, der von dem Feuerpurpur herstrich, welches aufbrannte im Osten.

Eben war ich in meiner Wohnung angekommen, als ich zum Fürsten beschieden wurde. Der Fürst kam mir sehr freundlich entgegen. »In der Tat, Herr Leonard!« fing er an, »Sie haben sich meine Zuneigung im hohen Grade erworben; nicht verhehlen kann ich's Ihnen, daß mein Wohlwollen für Sie wahre Freundschaft geworden ist. Ich möchte Sie nicht verlieren, ich möchte Sie glücklich sehen. Überdem ist man Ihnen für das, was Sie gelitten haben, alle nur mögliche Entschädigung zu gewähren schuldig. Wissen Sie wohl, Herr Leonard, wer Ihren bösen Prozeß einzig und allein veranlaßte? wer Sie anklagte?«

»Nein, gnädigster Herr!«

»Baronesse Aurelie! . . . Sie erstaunen? Ja ja, Baronesse Aurelie, mein Herr Leonard, die hat Sie (er lachte laut auf), die hat Sie für einen Kapuziner gehalten! - Nun bei Gott! sind Sie ein Kapuziner, so sind Sie der liebenswürdigste, den je ein menschliches Auge sah! - Sagen Sie aufrichtig, Herr Leonard, sind Sie wirklich so ein Stück von Klostergeistlichen?« -

»Gnädigster Herr, ich weiß nicht, welch ein böses Verhängnis mich immer zu dem Mönch machen will, der . . .«

»Nun nun! - ich bin kein Inquisitor! - fatal wär's doch, wenn ein geistliches Gelübde Sie bände.- Zur Sache! - möchten Sie nicht für das Unheil, das Baronesse Aurelie Ihnen zufügte, Rache nehmen?« -

»In welches Menschen Brust könnte ein Gedanke der Art gegen das holde Himmelsbild aufkommen?«

»Sie lieben Aurelien?«

Dies frug der Fürst, mir ernst und scharf ins Auge blickend. Ich schwieg, indem ich die Hand auf die Brust legte. Der Fürst fuhr weiter fort: »Ich weiß es, Sie haben Aurelien geliebt seit dem Augenblick, als sie mit der Fürstin hier zum erstenmal in den Saal trat. - Sie werden wieder geliebt, und zwar mit einem Feuer, das ich der sanften Aurelie nicht zugetraut hätte. Sie lebt nur in Ihnen, die Fürstin hat mir alles gesagt. Glauben Sie wohl, daß nach Ihrer Verhaftung Aurelie sich einer ganz trostlosen, verzweifelten Stimmung überließ, die sie auf das Krankenbett warf und dem Tode nahe brachte? Aurelie hielt Sie damals für den Mörder ihres Bruders, um so unerklärlicher war uns ihr Schmerz. Schon damals wurden Sie geliebt. Nun, Herr Leonard, oder vielmehr Herr von Krczynski, Sie sind von Adel, ich fixiere Sie bei Hofe auf eine Art, die Ihnen angenehm sein soll. Sie heiraten Aurelien. - In einigen Tagen feiern wir die Verlobung, ich selbst werde die Stelle des Brautvaters vertreten.« - Stumm, von den widersprechendsten Gefühlen zerrissen, stand ich da. - »Adieu, Herr Leonard!« rief der Fürst und verschwand, mir freundlich zuwinkend, aus dem Zimmer.

Aurelie mein Weib! - Das Weib eines verbrecherischen Mönchs! Nein! so wollen es die dunklen Mächte nicht, mag auch über die Arme verhängt sein, was da will! - Dieser Gedanke erhob sich in mir, siegend über alles, was sich dagegen auflehnen mochte. Irgend ein Entschluß, das fühlte ich, mußte auf der Stelle gefaßt werden, aber vergebens sann ich auf Mittel, mich schmerzlos von Aurelien zu trennen. Der Gedanke, sie nicht wieder zu sehen, war mir unerträglich, aber daß sie mein Weib werden sollte, das erfüllte mich mit einem mir selbst unerklärlichen Abscheu. Deutlich ging in mir die Ahnung auf, daß, wenn der verbrecherische Mönch vor dem Altar des Herrn stehen werde, um mit heiligen Gelübden freveliches Spiel zu treiben, jenes fremden Malers Gestalt, aber nicht milde tröstend wie im Gefängnis, sondern Rache und Verderben furchtbar verkündend, wie bei Franceskos Trauung, erscheinen und mich stürzen werde in namenlose Schmach, in zeitliches, ewiges Elend. Aber dann vernahm ich tief im Innern eine dunkle Stimme: »Und doch muß Aurelie dein sein!

Schwachsinniger Tor, wie gedenkst du zu ändern das, was über euch verhängt ist?« Und dann rief es wiederum: »Nieder - nieder wirf dich in den Staub! - Verblendeter, du frevelst! - nie kann sie dein werden; es ist die heilige Rosalia selbst, die du zu umfangen gedenkst in irdischer Liebe.« So im Zwiespalt grauser Mächte hin und her getrieben, vermochte ich nicht zu denken, nicht zu ahnen, was ich tun müsse, um dem Verderben zu entrinnen, das mir überall zu drohen schien. Vorüber war jene begeisterte Stimmung, in der mein ganzes Leben, mein verhängnisvoller Aufenthalt auf dem Schlosse des Barons von F. mir nur ein schwerer Traum schien. In düstrer Verzagtheit sah ich in mir nur den gemeinen Lüstling und Verbrecher. Alles, was ich dem Richter, dem Leibarzt gesagt, war nun nichts als alberne, schlecht erfundene Lüge, nicht eine innere Stimme hatte gesprochen, wie ich sonst mich selbst überreden wollte.

Tief in mich gekehrt, nichts außer mir bemerkend und vernehmend, schlich ich über die Straße. Der laute Zuruf des Kutschers, das Gerassel des Wagens weckte mich, schnell sprang ich zur Seite. Der Wagen der Fürstin rollte vorüber, der Leibarzt bückte sich aus dem Schlage und winkte mir freundlich zu; ich folgte ihm nach seiner Wohnung. Er sprang heraus und zog mich mit den Worten: »Eben komme ich von Aurelien, ich habe Ihnen manches zu sagen!« herauf in sein Zimmer. »Ei, ei«, fing er an, »Sie Heftiger, Unbesonnener! was haben Sie angefangen! Aurelien sind Sie erschienen plötzlich wie ein Gespenst, und das arme nervenschwache Wesen ist darüber erkrankt!« - Der Arzt bemerkte mein Erbleichen. »Nun nun«, fuhr er fort, »arg ist es eben nicht, sie geht wieder im Garten umher und kehrt morgen mit der Fürstin nach der Residenz zurück. Von Ihnen, lieber Leonard, sprach Aurelie viel, sie empfindet herzliche Sehnsucht, Sie wieder zu sehen und sich zu entschuldigen. Sie glaubt, Ihnen albern und töricht erschienen zu sein.«

Ich wußte, dachte ich daran, was auf dem Lustschlosse vorgegangen, Aureliens Äußerung nicht zu deuten.

Der Arzt schien von dem, was der Fürst mit mir im Sinn hatte, unterrichtet, er gab mir dies nicht undeutlich zu verstehen, und mittelst seiner hellen Lebendigkeit, die alles um ihn her ergriff, gelang es ihm bald, mich aus der düstern Stimmung zu reißen, so daß unser Gespräch sich heiter wandte. Er beschrieb noch einmal, wie er Aurelien getroffen, die, dem Kinde gleich, das sich nicht vom schweren Traum erholen kann, mit halb geschlossenen, in Tränen lächelnden Augen auf dem Ruhbette, das Köpfchen in die Hand gestützt, gelegen und ihm ihre krankhafte Visionen geklagt habe. Er wiederholte ihre Worte, die durch leise Seufzer unterbrochene Stimme des schüchternen Mädchens nachahmend, und wußte, indem er manche ihrer Klagen neckisch genug stellte, das anmutige Bild durch einige kecke ironische Lichtblicke so zu heben, daß es gar heiter und lebendig vor mir aufging. Dazu kam, daß er im Kontrast die gravitätische Fürstin hinstellte, welches mich nicht wenig ergötzte. »Haben Sie wohl gedacht«, fing er endlich an, »haben Sie wohl gedacht, als Sie in die Residenz einzogen, daß Ihnen so viel Wunderliches hier geschehen würde? Erst das tolle Mißverständnis, das Sie in die Hände des Kriminalgerichts brachte, und dann das wahrhaft beneidenswerte Glück, das Ihnen der fürstliche Freund bereitet!«

»Ich muß in der Tat gestehen, daß gleich anfangs der freundliche Empfang des Fürsten mir wohl tat; doch fühle ich, wie sehr ich jetzt in seiner, in aller Achtung bei Hofe gestiegen bin, das habe ich gewiß meinem erlittenen Unrecht zu verdanken.«

»Nicht sowohl *dem,* als einem andern ganz kleinen Umstande, den Sie wohl erraten können.«

»Keinesweges.«

»Zwar nennt man Sie, weil Sie es so wollen, schlechtweg Herr Leonard, wie vorher, jeder weiß aber jetzt, daß Sie von Adel sind, da die Nachrichten, die man aus Posen erhalten hat, Ihre Angaben bestätigten.«

»Wie kann das aber auf den Fürsten, auf die Achtung, die ich im Zirkel des Hofes genieße, von Einfluß sein? Als mich der Fürst kennenlernte und mich einlud, im Zirkel des Hofes zu erscheinen, wandte ich ein, daß ich nur von bürgerlicher Abkunft sei, da sagte mir der Fürst, daß die Wissenschaft mich adle und fähig mache, in seiner Umgebung zu erscheinen.«

»Er hält es wirklich so, kokettierend mit aufgeklärtem Sinn für Wissenschaft und Kunst. Sie werden im Zirkel des Hofes manchen bürgerlichen Gelehrten und Künstler bemerkt haben, aber die Feinfühlenden unter diesen, denen Leichtigkeit des innern Seins abgeht, die sich nicht in heitrer Ironie auf den hohen Standpunkt stellen können, der sie über das Ganze erhebt, sieht man nur selten, sie bleiben auch wohl ganz aus. Bei dem besten Willen, sich recht vorurteilsfrei zu zeigen, mischt sich in das Betragen des Adligen gegen den Bürger ein gewisses Etwas, das wie Herablassung, Duldung des eigentlich Unziemlichen aussieht; das leidet kein Mann, der im gerechten Stolz wohl fühlt, wie in adliger Gesellschaft oft nur er es ist, der sich herablassen und dulden muß das geistig Gemeine und Abgeschmackte. Sie sind selbst von Adel, Herr Leonard, aber wie ich höre, ganz geistlich und wissenschaftlich erzogen. Daher mag es kommen, daß Sie der erste Adlige sind, an dem ich selbst im Zirkel des Hofes unter Adligen auch jetzt nichts Adliges, im schlimmen Sinn genommen, verspürt habe. Sie könnten glauben, ich spräche da als Bürgerlicher vorgefaßte Meinungen aus, oder mir sei persönlich etwas begegnet, das ein Vorurteil erweckt habe, dem ist aber nicht so. Ich gehöre nun einmal zu einer der Klassen, die ausnahmsweise nicht bloß toleriert, sondern wirklich gehegt und gepflegt werden. Ärzte und Beichtväter sind regierende Herren – Herrscher über Leib und Seele, mithin allemal von gutem Adel. Sollten denn auch nicht Indigestion und ewige Verdammnis den Courfähigsten etwas weniges inkommodieren können? Von Beichtvätern gilt das aber nur bei den katholischen. Die protestantischen Prediger, wenigstens auf dem Lande, sind nur Hausoffizianten, die, nachdem sie der gnädigen Herrschaft das Gewissen gerührt, am untersten Ende des Tisches sich in Demut an Braten und Wein erlaben. Mag es schwer sein, ein eingewurzeltes Vorurteil abzulegen, aber es fehlt auch meistenteils an gutem Willen, da mancher Adliger ahnen mag, daß nur als solcher er eine Stellung im Leben behaupten könne, zu der ihm sonst nichts in der Welt ein Recht gibt. Der Ahnen- und Adelsstolz ist in unserer, alles immer mehr vergeistigenden Zeit eine höchst seltsame, beinahe lächerliche Erscheinung. – Vom Rittertum, von Krieg und Waffen ausgehend, bildet sich eine Kaste, die ausschließlich die andern Stände schützt, und das subordinierte Verhältnis des Beschützten gegen den Schutzherrn erzeugt sich von selbst. Mag der Gelehrte seine Wissenschaft, der Künstler seine Kunst, der Handwerker, der Kaufmann sein Gewerbe rühmen, ›siehe‹, sagt der Ritter, ›da kommt ein ungebärdiger Feind, dem ihr, des Krieges Unerfahrne, nicht zu widerstehen vermöget, aber ich Waffengeübter stelle mich mit meinem Schlachtschwert vor euch hin, und was mein Spiel, was meine Freude ist, rettet euer Leben, euer Hab und Gut‹. – Doch immer mehr schwindet die rohe Gewalt von der Erde, immer mehr treibt und schafft der Geist, und immer mehr enthüllt sich seine alles überwältigende Kraft. Bald wird man gewahr, daß eine starke Faust, ein Harnisch, ein mächtig geschwungenes Schwert nicht hinreichen, *das* zu besiegen, was der Geist will; selbst Krieg und Waffenübung unterwerfen sich dem geistigen Prinzip der Zeit. Jeder wird immer mehr und mehr auf sich selbst gestellt, aus seinem innern geistigen Vermögen muß er das schöpfen, womit er, gibt der Staat ihm auch irgend einen blendenden äußern Glanz, sich der Welt geltend machen muß. Auf das entgegengesetzte Prinzip stützt sich der aus dem Rittertum hervorgehende Ahnenstolz, der nur in dem Satz seinen Grund findet: ›Meine Voreltern waren Helden, also bin ich dito ein Held.‹ Je höher das hinaufgeht, desto besser; denn kann man das leicht absehen, wo einem Großpapa der Heldensinn kommen und ihm der

Adel verliehen worden, so traut man dem, wie allem Wunderbaren, das zu nahe liegt, nicht recht. Alles bezieht sich wieder auf Heldenmut und körperliche Kraft. Starke, robuste Eltern haben wenigstens in der Regel eben dergleichen Kinder, und ebenso vererbt sich kriegerischer Sinn und Mut. Die Ritterkaste rein zu erhalten, war daher wohl Erfordernis jener alten Ritterzeit, und kein geringes Verdienst für ein altstämmiges Fräulein, einen Junker zu gebären, zu dem die arme bürgerliche Welt flehte: ›Bitte, friß uns nicht, sondern schütze uns vor andern Junkern;‹ mit dem geistigen Vermögen ist es nicht so. Sehr weise Väter erzielen oft dumme Söhnchen, und es möchte, eben weil die Zeit dem physischen Rittertum das psychische untergeschoben hat, rücksichts des Beweises angeerbten Adels ängstlicher sein, von Leibniz abzustammen als von Amadis von Gallien oder sonst einem uralten Ritter der Tafelrunde. In der einmal bestimmten Richtung schreitet der Geist der Zeit vorwärts, und die Lage des ahnenstolzen Adels verschlimmert sich merklich; daher denn auch wohl jenes taktlose, aus Anerkennung des Verdienstes und widerlicher Herablassung gemischte Benehmen gegen der Welt und dem Staat hoch geltende Bürgerliche das Erzeugnis eines dunkeln, verzagten Gefühls sein mag, in dem sie ahnen, daß vor den Augen der Weisen der veraltete Tand längst verjährter Zeit abfällt und die lächerliche Blöße sich ihnen frei darstellt. Dank sei es dem Himmel, viele Adlige, Männer und Frauen, erkennen den Geist der Zeit und schwingen sich auf im herrlichen Fluge zu der Lebenshöhe, die ihnen Wissenschaft und Kunst darbieten; diese werden die wahren Geisterbanner jenes Unholds sein.«

Des Leibarztes Gespräch hatte mich in ein fremdes Gebiet geführt. Niemals war es mir eingefallen, über den Adel und über sein Verhältnis zum Bürger zu reflektieren. Wohl mochte der Leibarzt nicht ahnen, daß ich ehedem eben zu der zweiten Klasse gehört hatte, die nach seiner Behauptung der Stolz des Adels nicht trifft. – War ich denn nicht in den vornehmsten adligen Häusern zu B. der hochgeachtete, hochverehrte Beichtiger? – Weiter nachsinnend, erkannte ich, wie ich *selbst* aufs neue mein Schicksal verschlungen hatte, indem aus dem Namen Kwicziczewo, den ich jener alten Dame bei Hofe nannte, mein Adel entsprang und *so* dem Fürsten der Gedanke einkam, mich mit Aurelien zu vermählen. –

Die Fürstin war zurückgekommen. Ich eilte zu Aurelien. Sie empfing mich mit holder jungfräulicher Verschämtheit; ich schloß sie in meine Arme und glaubte in dem Augenblick daran, daß sie mein Weib werden könne. Aurelie war weicher, hingebender als sonst. Ihr Auge hing voll Tränen, und der Ton, in dem sie sprach, war wehmütige Bitte, so wie wenn im Gemüt des schmollenden Kindes sich der Zorn bricht, in dem es gesündigt. – Ich durfte an meinen Besuch im Lustschloß der Fürstin denken, lebhaft drang ich darauf, alles zu erfahren; ich beschwor Aurelien, mir zu vertrauen, was sie damals so erschrecken konnte. – Sie schwieg, sie schlug die Augen nieder, aber sowie mich selbst der Gedanke meines gräßlichen Doppeltgängers stärker erfaßte, schrie ich auf: »Aurelie! um aller Heiligen willen, welche schreckliche Gestalt erblicktest du hinter uns!« Sie sah mich voll Verwunderung an, immer starrer und starrer wurde ihr Blick, dann sprang sie plötzlich auf, als wolle sie fliehen, doch blieb sie und schluchzte, beide Hände vor die Augen gedrückt: »Nein, nein, nein – er ist es ja nicht!« – Ich erfaßte sie sanft, erschöpft ließ sie sich nieder. »Wer, wer ist es nicht?« – frug ich heftig, wohl alles ahnend, was in ihrem Innern sich entfalten mochte. – »Ach, mein Freund, mein Geliebter«, sprach sie leise und wehmütig; »würdest du mich nicht für eine wahnsinnige Schwärmerin halten, wenn ich alles ... alles ... dir sagen sollte, was mich immer wieder so verstört im vollen Glück der reinsten Liebe? – Ein grauenvoller Traum geht durch mein Leben, er stellte sich mit seinen entsetzlichen Bildern zwischen uns, als ich dich zum ersten Male sah; wie mit kalten Todesschwingen wehte er mich an, als du so plötzlich eintratst in mein Zimmer auf dem Lustschloß der Fürstin. Wisse, so wie du damals, kniete einst neben mir ein verruchter Mönch und wollte heiliges Gebet mißbrauchen zum gräßlichen Frevel. Er wurde, als er, wie ein wildes Tier listig auf seine Beute lauernd, mich umschlich, der Mörder meines Bruders! Ach und du! ... deine Züge! ... deine Sprache ... jenes Bild! ... laß mich schweigen, o laß mich schweigen.« Aurelie bog sich zurück; in halb liegender Stellung lehnte sie, den Kopf auf die Hand gestützt, in die Ecke des Sofas, üppiger traten die schwellenden Umrisse des jugendlichen Körpers hervor. Ich stand vor ihr, das lüsterne Auge schwelgte in dem unendlichen Liebreiz, aber mit der Lust kämpfte der teuflische Hohn, der in mir rief: »Du Unglückselige, du dem Satan Erkaufte, bist du ihm denn entflohen, dem Mönch, der dich im Gebet zur Sünde verlockte? Nun bist du seine Braut ... seine Braut!« – In dem Augenblick war jene Liebe zu Aurelien, die ein Himmelsstrahl zu entzünden schien, als, dem Gefängnis, dem Tode entronnen, ich sie im Park wiedersah, aus meinem Innern verschwunden, und der Gedanke, daß ihr Verderben meines Lebens glänzendster Lichtpunkt sein könne, erfüllte mich ganz und gar. – Man rief Aurelien zur Fürstin. Klar wurde es mir, daß Aureliens Leben gewisse mir noch unbekannte Beziehungen auf mich selbst haben müsse; und doch fand ich keinen Weg, dies zu erfahren, da Aurelie, alles Bittens unerachtet, jene einzelne hingeworfene Äußerungen nicht näher deuten wollte. Der Zufall enthüllte mir das, was sie zu verschweigen gedachte. – Eines Tages befand ich mich in dem Zimmer des Hofbeamten, dem es oblag, alle Privatbriefe des Fürsten und der dem Hofe Angehörigen zur Post zu befördern. Er war eben abwesend, als Aureliens Mädchen mit einem starken Briefe hineintrat und ihn auf den Tisch zu den übrigen, die schon dort befindlich, legte. Ein flüchtiger Blick überzeugte mich, daß die Aufschrift an die Äbtissin, der Fürstin Schwester, von Aureliens Hand war. Die Ahnung, alles noch nicht Erforschte sei darin enthalten, durchflog mich mit Blitzesschnelle; noch ehe der Beamte zurückgekehrt, war ich fort mit dem Briefe Aureliens.

Du Mönch oder im weltlichen Treiben Befangener, der du aus meinem Leben Lehre und Warnung zu schöpfen trachtest, lies die Blätter, die ich hier einschalte, lies die Geständnisse des frommen, reinen Mädchens, von den bittern Tränen des reuigen, hoffnungslosen Sünders benetzt. Möge das fromme Gemüt dir aufgehen, wie leuchtender Trost in der Zeit der Sünde und des Frevels.

Aurelie an die Äbtissin des Zisterzienser-Nonnenklosters zu . . .

Meine teure gute Mutter! Mit welchen Worten soll ich Dir's denn verkünden, daß Dein Kind glücklich ist, daß endlich die grause Gestalt, die, wie ein schrecklich drohendes Gespenst, alle Blüten abstreifend, alle Hoffnungen zerstörend, in mein Leben trat, gebannt wurde durch der Liebe göttlichen Zauber. Aber nun fällt es mir recht schwer aufs Herz, daß, wenn Du meines unglücklichen Bruders, meines Vaters, den der Gram tötete, gedachtest und mich aufrichtetest in meinem trostlosen Jammer - daß ich dann Dir nicht wie in heiliger Beichte mein Innres ganz aufschloß. Doch ich vermag ja auch nun erst das düstre Geheimnis auszusprechen, das tief in meiner Brust verborgen lag. Es ist, als wenn eine böse unheimliche Macht mir mein höchstes Lebensglück recht trügerisch wie ein grausiges Schreckbild vorgaukelte. Ich sollte wie auf einem wogenden Meer hin und her schwanken und vielleicht rettungslos untergehen. Doch der Himmel half, wie durch ein Wunder, in dem Augenblick, als ich im Begriff stand, unnennbar elend zu werden. - Ich muß zurückgehen in meine frühe Kinderzeit, um alles, alles zu sagen, denn schon damals wurde der Keim in mein Innres gelegt, der so lange Zeit hindurch verderblich fortwucherte. Erst drei oder vier Jahre war ich alt, als ich einst in der schönsten Frühlingszeit im Garten unseres Schlosses mit

Hermogen spielte. Wir pflückten allerlei Blumen, und Hermogen, sonst eben nicht dazu aufgelegt, ließ es sich gefallen, mir Kränze zu flechten, in die ich mich putzte. »Nun wollen wir zur Mutter gehen«, sprach ich, als ich mich über und über mit Blumen behängt hatte; da sprang aber Hermogen hastig auf und rief mit wilder Stimme: »Laß uns nur hier bleiben, klein Ding! die Mutter ist im blauen Cabinet und spricht mit dem Teufel!« – Ich wußte gar nicht, was er damit sagen wollte, aber dennoch erstarrte ich vor Schreck und fing endlich an, jämmerlich zu weinen. »Dumme Schwester, was heulst du«, rief Hermogen, »Mutter spricht alle Tage mit dem Teufel, er tut ihr nichts!« Ich fürchtete mich vor Hermogen, weil er so finster vor sich hinblickte, so rauh sprach, und schwieg stille. Die Mutter war damals schon sehr kränklich, sie wurde oft von fürchterlichen Krämpfen ergriffen, die in einen todähnlichen Zustand übergingen. Wir, ich und Hermogen, wurden dann fortgebracht. Ich hörte nicht auf zu klagen, aber Hermogen sprach dumpf in sich hinein: »Der Teufel hat's ihr angetan!« So wurde in meinem kindischen Gemüt der Gedanke erweckt, die Mutter habe Gemeinschaft mit einem bösen häßlichen Gespenst, denn anders dachte ich mir nicht den Teufel, da ich mit den Lehren der Kirche noch unbekannt war. Eines Tages hatte man mich allein gelassen, mir wurde ganz unheimlich zumute, und vor Schreck vermochte ich nicht zu fliehen, als ich wahrnahm, daß ich eben in dem blauen Cabinet mich befand, wo nach Hermogens Behauptung die Mutter mit dem Teufel sprechen sollte. Die Türe ging auf, die Mutter trat leichenblaß herein und vor eine leere Wand hin. Sie rief mit dumpfer, tief klagender Stimme: »Francesko, Francesko!« Da rauschte und regte es sich hinter der Wand, sie schob sich auseinander, und das lebensgroße Bild eines schönen, in einem violetten Mantel wunderbar gekleideten Mannes wurde sichtbar. Die Gestalt, das Gesicht dieses Mannes machte einen unbeschreiblichen Eindruck auf mich, ich jauchzte auf vor Freude; die Mutter, umblickend, wurde nun erst mich gewahr und rief heftig: »Was willst du hier, Aurelie? – wer hat dich hierher gebracht?« – Die Mutter, sonst so sanft und gütig, war erzürnter, als ich sie je gesehen. Ich glaubte daran schuld zu sein. »Ach«, stammelte ich unter vielen Tränen, »sie haben mich hier allein gelassen, ich wollte ja nicht hierbleiben.« Aber als ich wahrnahm, daß das Bild verschwunden, da rief ich: »Ach das schöne Bild, wo ist das schöne Bild!« – Die Mutter hob mich in die Höhe, küßte und herzte mich und sprach: »Du bist mein gutes, liebes Kind, aber das Bild darf niemand sehen, auch ist es nun auf immer fort!« Niemand vertraute ich, was mir widerfahren, nur zu Hermogen sprach ich einmal: »Höre! die Mutter spricht nicht mit dem Teufel, sondern mit einem schönen Mann, aber der ist nur ein Bild und springt aus der Wand, wenn Mutter ihn ruft.« Da sah Hermogen starr vor sich hin und murmelte: »Der Teufel kann aussehen, wie er will, sagt der Herr Pater, aber der Mutter tut er doch nichts.« – Mich überfiel ein Grauen, und ich bat Hermogen flehentlich, doch ja nicht wieder von dem Teufel zu sprechen. Wir gingen nach der Hauptstadt, das Bild verlor sich aus meinem Gedächtnis und wurde selbst dann nicht wieder lebendig, als wir nach dem Tode der guten Mutter auf das Land zurückgekehrt waren. Der Flügel des Schlosses, in welchem jenes blaue Cabinet gelegen, blieb unbewohnt; es waren die Zimmer meiner Mutter, die der Vater nicht betreten konnte, ohne die schmerzlichsten Erinnerungen in sich aufzuregen. Eine Reparatur des Gebäudes machte es endlich nötig, die Zimmer zu öffnen; ich trat in das blaue Cabinet, als die Arbeiter eben beschäftigt waren, den Fußboden aufzureißen. Sowie einer von ihnen eine Tafel in der Mitte des Zimmers emporhob, rauschte es hinter der Wand, sie schob sich auseinander, und das lebensgroße Bild des Unbekannten wurde sichtbar. Man entdeckte die Feder im Fußboden, welche, angedrückt, eine Maschine hinter der Wand in Bewegung setzte, die ein Feld des Tafelwerks, womit die Wand bekleidet, auseinanderschob. Nun gedachte ich lebhaft jenes Augenblicks meiner Kinderjahre, meine Mutter stand wieder vor mir, ich vergoß heiße Tränen, aber nicht wegwenden konnte ich den Blick von dem fremden herrlichen Mann, der mich mit lebendig strahlenden Augen anschaute. Man hatte wahrscheinlich meinem Vater gleich gemeldet, was sich zugetragen, er trat herein, als ich noch vor dem Bilde stand. Nur einen Blick hatte er darauf geworfen, als er, von Entsetzen ergriffen, stehen blieb und dumpf in sich hineinmurmelte: »Francesko, Francesko!« Darauf wandte er sich rasch zu den Arbeitern und befahl mit starker Stimme: »Man breche sogleich das Bild aus der Wand, rolle es auf und übergebe es Reinhold.« Es war mir, als solle ich den schönen herrlichen Mann, der in seinem wunderbaren Gewande mir wie ein hoher Geisterfürst vorkam, niemals wiedersehen, und doch hielt mich eine unüberwindliche Scheu zurück, den Vater zu bitten, das Bild ja nicht vernichten zu lassen. In wenigen Tagen verschwand jedoch der Eindruck, den der Auftritt mit dem Bilde auf mich gemacht hatte, spurlos aus meinem Innern. – Ich war schon vierzehn Jahr alt worden und noch ein wildes, unbesonnenes Ding, so daß ich sonderbar genug gegen den ernsten feierlichen Hermogen abstach und der Vater oft sagte, daß, wenn Hermogen mehr ein stilles Mädchen schiene, ich ein recht ausgelassener Knabe sei. Das sollte sich bald ändern. Hermogen fing an, mit Leidenschaft und Kraft ritterliche Übungen zu treiben. Er lebte nur in Kampf und Schlacht, seine ganze Seele war davon erfüllt, und da es eben Krieg geben sollte, lag er dem Vater an, ihn nur gleich Dienste nehmen zu lassen. Mich überfiel dagegen eben zu der Zeit eine solch unerklärliche Stimmung, die ich nicht zu deuten wußte und die bald mein ganzes Wesen verstörte. Ein seltsames Übelbefinden schien aus der Seele zu kommen und alle Lebenspulse gewaltsam zu ergreifen. Ich war oft der Ohnmacht nahe, dann kamen allerlei wunderliche Bilder und Träume, und es war mir, als solle ich einen glänzenden Himmel voll Seligkeit und

Wonne erschauen und könne nur wie ein schlaftrunknes Kind die Augen nicht öffnen. Ohne zu wissen, warum, konnte ich oft bis zum Tode betrübt, oft ausgelassen fröhlich sein. Bei dem geringsten Anlaß stürzten mir die Tränen aus den Augen, eine unerklärliche Sehnsucht stieg oft bis zu körperlichem Schmerz, so daß alle Glieder krampfhaft zuckten. Der Vater bemerkte meinen Zustand, schrieb ihn überreizten Nerven zu und suchte die Hülfe des Arztes, der allerlei Mittel verordnete, die ohne Wirkung blieben. Ich weiß selbst nicht, wie es kam, urplötzlich erschien mir das vergessene Bild jenes unbekannten Mannes so lebhaft, daß es mir war, als stehe es vor mir, Blicke des Mitleids auf mich gerichtet. »Ach! – soll ich denn sterben? – was ist es, das mich so unaussprechlich quält?« So rief ich dem Traumbilde entgegen, da lächelte der Unbekannte und antwortete: »Du liebst mich, Aurelie; das ist deine Qual, aber kannst du die Gelübde des Gottgeweihten brechen?« – Zu meinem Erstaunen wurde ich nun gewahr, daß der Unbekannte das Ordenskleid der Kapuziner trug. – Ich raffte mich mit aller Gewalt auf, um nur aus dem träumerischen Zustande zu erwachen. Es gelang mir. Fest war ich überzeugt, daß jener Mönch nur ein loses trügerisches Spiel meiner Einbildung gewesen, und doch ahnte ich nur zu deutlich, daß das Geheimnis der Liebe sich mir erschlossen hatte. Ja! – ich liebte den Unbekannten mit aller Stärke des erwachten Gefühls, mit aller Leidenschaft und Inbrunst, deren das jugendliche Herz fähig. In jenen Augenblicken träumerischen Hinbrütens, als ich den Unbekannten zu sehen glaubte, schien mein Übelbefinden den höchsten Punkt erreicht zu haben, ich wurde zusehends wohler, indem meine Nervenschwäche nachließ, und nur das stete starre Festhalten jenes Bildes, die fantastische Liebe zu einem Wesen, das nur in mir lebte, gab mir das Ansehen einer Träumerin. Ich war für alles verstummt, ich saß in der Gesellschaft, ohne mich zu regen, und indem ich, mit meinem Ideal beschäftigt, nicht darauf achtete, was man sprach, gab ich oft verkehrte

Antworten, so daß man mich für ein einfältig Ding achten mochte. In meines Bruders Zimmer sah ich ein fremdes Buch auf dem Tische liegen; ich schlug es auf, es war ein aus dem Englischen übersetzter Roman: »Der Mönch«! - Mit eiskaltem Schauer durchbebte mich der Gedanke, daß der unbekannte Geliebte ein Mönch sei. Nie hatte ich geahnt, daß die Liebe zu einem Gottgeweihten sündlich sein könne, nun kamen mir plötzlich die Worte des Traumbildes ein: »Kannst du die Gelübde des Gottgeweihten brechen?« – und nun erst verwundeten sie, mit schwerem Gewicht in mein Innres fallend, mich tief. Es war mir, als könne jenes Buch mir manchen Aufschluß geben. Ich nahm es mit mir, ich fing an zu lesen, die wunderbare Geschichte riß mich hin, aber als der erste Mord geschehen, als immer verruchter der gräßliche Mönch frevelt, als er endlich ins Bündnis tritt mit dem Bösen, da ergriff mich namenloses Entsetzen, denn ich gedachte jener Worte Hermogens: »Die Mutter spricht mit dem Teufel!« Nun glaubte ich, so wie jener Mönch im Roman, sei der Unbekannte ein dem Bösen Verkaufter, der mich verlocken wolle. Und doch konnte ich nicht gebieten der Liebe zu dem Mönch, der in mir lebte. Nun erst wußte ich, daß es frevelhafte Liebe gebe, mein Abscheu dagegen kämpfte mit dem Gefühl, das meine Brust erfüllte, und dieser Kampf machte mich auf eigne Weise reizbar. Oft bemeisterte sich meiner in der Nähe eines Mannes ein unheimliches Gefühl, weil es mir plötzlich war, als sei es der Mönch, der nun mich erfassen und fortreißen werde ins Verderben. Reinhold kam von einer Reise zurück und erzählte viel von einem Kapuziner Medardus, der als Kanzelredner weit und breit berühmt sei und den er selbst in . . .r mit Verwunderung gehört habe. Ich dachte an den Mönch im Roman, und es überfiel mich eine seltsame Ahnung, daß das geliebte und gefürchtete Traumbild jener Medardus sein könne. Der Gedanke war mir schrecklich, selbst wußte ich nicht, warum, und mein Zustand wurde in der Tat peinlicher und verstörter, als ich es zu ertragen vermochte. Ich schwamm in einem Meer von Ahnungen und Träumen. Aber vergebens suchte ich das Bild des Mönchs aus meinem Innern zu verbannen; ich unglückliches Kind konnte nicht widerstehen der sündigen Liebe zu dem Gottgeweihten. – Ein Geistlicher besuchte einst, wie er es wohl manchmal zu tun pflegte, den Vater. Er ließ sich weitläuftig über die mannigfachen Versuchungen des Teufels aus, und mancher Funke fiel in meine Seele, indem der Geistliche den trostlosen Zustand des jungen Gemüts beschrieb, in das sich der Böse den Weg bahnen wolle und worin er nur schwaches Widerstreben fände. Mein Vater fügte manches hinzu, als ob er von mir rede. Nur unbegrenzte Zuversicht, sagte endlich der Geistliche, nur unwandelbares Vertrauen, nicht sowohl zu befreundeten Menschen, als zur Religion und ihren Dienern, könne Rettung bringen. Dies merkwürdige Gespräch bestimmte mich, den Trost der Kirche zu suchen und meine Brust durch reuiges Geständnis in heiliger Beichte zu erleichtern. Am frühen Morgen des andern Tages wollte ich, da wir uns eben in der Residenz befanden, in die dicht neben unserm Hause gelegene Klosterkirche gehen. Es war eine qualvolle, entsetzliche Nacht, die ich zu überstehen hatte. Abscheuliche, freveliche Bilder, wie ich sie nie gesehen, nie gedacht, umgaukelten mich, aber dann mitten drunter stand der Mönch da, mir die Hand wie zur Rettung bietend, und rief: »Sprich es nur aus, daß du mich liebst, und frei bist du aller Not.« Da mußt' ich unwillkürlich rufen: »Ja Medardus, ich liebe dich!« – und verschwunden waren die Geister der Hölle! Endlich stand ich auf, kleidete mich an und ging nach der Klosterkirche.

Das Morgenlicht brach eben in farbigen Strahlen durch die bunten Fenster, ein Laienbruder reinigte die Gänge. Unfern der Seitenpforte, wo ich hineingetreten, stand ein der heiligen Rosalia geweihter Altar, dort hielt ich ein kurzes Gebet und schritt dann auf den Beichtstuhl zu, in dem ich einen Mönch erblickte. Hilf, heiliger Himmel! – es war Medardus! Kein

Zweifel blieb übrig, eine höhere Macht sagte es mir. Da ergriff mich wahnsinnige Angst und Liebe, aber ich fühlte, daß nur standhafter Mut mich retten könne. Ich beichtete ihm selbst meine sündliche Liebe zu dem Gottgeweihten, ja mehr als das! ... Ewiger Gott! in dem Augenblicke war es mir, als hätte ich schon oft in trostloser Verzweiflung den heiligen Banden, die den Geliebten fesselten, geflucht, und auch das beichtete ich. »Du selbst, du selbst, Medardus, bist es, den ich so unaussprechlich liebe.« Das waren die letzten Worte, die ich zu sprechen vermochte, aber nun floß lindernder Trost der Kirche, wie des Himmels Balsam, von den Lippen des Mönchs, der mir plötzlich nicht mehr Medardus schien. Bald darauf nahm mich ein alter ehrwürdiger Pilger in seine Arme und führte mich langsamen Schrittes durch die Gänge der Kirche zur Hauptpforte hinaus. Er sprach hochheilige, herrliche Worte, aber ich mußte entschlummern wie ein unter sanften, süßen Tönen eingewiegtes Kind. Ich verlor das Bewußtsein. Als ich erwachte, lag ich angekleidet auf dem Sofa meines Zimmers. »Gott und den Heiligen Lob und Dank, die Krisis ist vorüber, sie erholt sich!« rief eine Stimme. Es war der Arzt, der diese Worte zu meinem Vater sprach. Man sagte mir, daß man mich des Morgens in einem erstarrten, todähnlichen Zustande gefunden und einen Nervenschlag befürchtet habe. Du siehst, meine liebe, fromme Mutter, daß meine Beichte bei dem Mönch Medardus nur ein lebhafter Traum in einem überreizten Zustande war, aber die heilige Rosalia, zu der ich oft flehte und deren Bildnis ich ja auch im Traum anrief, hat mir wohl alles so erscheinen lassen, damit ich errettet werden möge aus den Schlingen, die mir der arglistige Böse gelegt. Verschwunden war aus meinem Innern die wahnsinnige Liebe zu dem Trugbilde im Mönchsgewand. Ich erholte mich ganz und trat nun erst heiter und unbefangen in das Leben ein. - Aber, gerechter Gott, noch einmal sollte mich jener verhaßte Mönch auf entsetzliche Weise bis zum Tode treffen. Für eben jenen Medardus, dem ich im

Traum gebeichtet, erkannte ich augenblicklich den Mönch, der sich auf unserm Schlosse eingefunden. »Das ist der Teufel, mit dem die Mutter gesprochen, hüte dich, hüte dich! – er stellt dir nach!« so rief der unglückliche Hermogen immer in mich hinein. Ach, es hätte dieser Warnung nicht bedurft. Von dem ersten Moment an, als mich der Mönch mit vor frevelicher Begier funkelnden Augen anblickte und dann in geheuchelter Verzückung die heilige Rosalia anrief, war er mir unheimlich und entsetzlich. Du weißt alles Fürchterliche, was sich darauf begab, meine gute liebe Mutter. Ach aber, muß ich es nicht Dir auch gestehen, daß der Mönch mir desto gefährlicher war, als sich tief in meinem Innersten ein Gefühl regte, dem gleich, als zuerst der Gedanke der Sünde in mir entstand und als ich ankämpfen mußte gegen die Verlockung des Bösen? Es gab Augenblicke, in denen ich Verblendete den heuchlerischen frommen Reden des Mönchs traute, ja in denen es mir war, als strahle aus seinem Innern der Funke des Himmels, der mich zur reinen überirdischen Liebe entzünden könne. Aber dann wußte er mit verruchter List, selbst in begeisterter Andacht, eine Glut anzufachen, die aus der Hölle kam. Wie den mich bewachenden Schutzengel sandten mir dann die Heiligen, zu denen ich inbrünstig flehte, den Bruder. – Denke Dir, liebe Mutter, mein Entsetzen, als hier, bald nachdem ich zum erstenmal bei Hofe erschienen, ein Mann auf mich zutrat, den ich auf den ersten Blick für den Mönch Medardus zu erkennen glaubte, unerachtet er weltlich gekleidet ging. Ich wurde ohnmächtig, als ich ihn sah. In den Armen der Fürstin erwacht, rief ich laut: »Er ist es, er ist es, der Mörder meines Bruders.« – »Ja, er ist es«, sprach die Fürstin, »der verkappte Mönch Medardus, der dem Kloster entsprang; die auffallende Ähnlichkeit mit seinem Vater Francesko ...« Hilf, heiliger Himmel, indem ich diesen Namen schreibe, rinnen eiskalte Schauer mir durch alle Glieder. Jenes Bild meiner Mutter war Francesko ... das trügerische Mönchsgebilde, das mich quälte, hatte ganz seine Züge! –

Medardus, ihn erkannte ich als jenes Gebilde in dem wunderbaren Traum der Beichte. Medardus ist Franceskos Sohn, Franz, den Du, meine gute Mutter, so fromm erziehen ließest und der in Sünde und Frevel geriet. Welche Verbindung hatte meine Mutter mit jenem Francesko, daß sie sein Bild heimlich aufbewahrte und bei seinem Anblick sich dem Andenken einer seligen Zeit zu überlassen schien? – Wie kam es, daß in diesem Bilde Hermogen den Teufel sah, und daß es den Grund legte zu meiner sonderbaren Verirrung? Ich versinke in Ahnungen und Zweifel. – Heiliger Gott, bin ich denn entronnen der bösen Macht, die mich umstrickt hielt? – Nein, ich kann nicht weiter schreiben, mir ist, als würd' ich von dunkler Nacht befangen und kein Hoffnungsstern leuchte, mir freundlich den Weg zeigend, den ich wandeln soll!

(Einige Tage später.)

Nein! Keine finstere Zweifel sollen mir die hellen Sonnentage verdüstern, die mir aufgegangen sind. Der ehrwürdige Pater Cyrillus hat Dir, meine teure Mutter, wie ich weiß, schon ausführlich berichtet, welch eine schlimme Wendung der Prozeß Leonards nahm, den meine Übereilung den bösen Kriminalgerichten in die Hände gab. Daß der wirkliche Medardus eingefangen wurde, daß sein vielleicht verstellter Wahnsinn bald ganz nachließ, daß er seine Freveltaten eingestand, daß er seine gerechte Strafe erwartet und . . . doch nicht weiter, denn nur zu sehr würde das schmachvolle Schicksal des Verbrechers, der als Knabe Dir so teuer war, Dein Herz verwunden. – Der merkwürdige Prozeß war das einzige Gespräch bei Hofe. Man hielt Leonard für einen verschmitzten, hartnäckigen Verbrecher, weil er alles leugnete. – Gott im Himmel! – Dolchstiche waren mir manche Reden, denn auf wunderbare Weise sprach eine Stimme in mir: »Er ist unschuldig, und das wird klar werden, wie der Tag.« – Ich empfand das tiefste Mitleid mit ihm, gestehen mußte ich es mir selbst, daß mir sein Bild, rief ich es mir wieder zurück, Regungen erweckte, die ich nicht mißdeuten konnte. Ja! - ich liebte ihn schon unaussprechlich, als er der Welt noch ein frevelicher Verbrecher schien. Ein Wunder mußte ihn und mich retten, denn ich starb, sowie Leonard durch die Hand des Henkers fiel. Er ist schuldlos, er liebt mich, und bald ist er ganz mein. So geht eine dunkle Ahnung aus frühen Kindesjahren, die mir eine feindliche Macht arglistig zu vertrüben suchte, herrlich, herrlich auf in regem wonnigem Leben. O gib mir, gib dem Geliebten Deinen Segen, Du fromme Mutter! - Ach könnte Dein glückliches Kind nur ihre volle Himmelslust recht ausweinen an Deinem Herzen! - Leonard gleicht ganz jenem Francesko, nur scheint er größer, auch unterscheidet ihn ein gewisser charakteristischer Zug, der seiner Nation eigen (Du weißt, daß er ein Pole ist), von Francesko und dem Mönch Medardus sehr merklich. Albern war es wohl überhaupt, den geistreichen, gewandten, herrlichen Leonard auch nur einen Augenblick für einen entlaufenen Mönch anzusehen. Aber so stark ist noch der fürchterliche Eindruck jener gräßlichen Szenen auf unserm Schlosse, daß oft, tritt Leonard unvermutet zu mir herein und blickt mich an mit seinem strahlenden Auge, das ach nur zu sehr jenem Medardus gleicht, mich unwillkürliches Grausen befällt und ich Gefahr laufe, durch mein kindisches Wesen den Geliebten zu verletzen. Mir ist, als würde erst des Priesters Segen die finstere Gestalten bannen, die noch jetzt recht feindlich manchen Wolkenschatten in mein Leben werfen. Schließe mich und den Geliebten in Dein frommes Gebet, meine teure Mutter! - Der Fürst wünscht, daß die Vermählung bald vor sich gehe; den Tag schreibe ich Dir, damit Du Deines Kindes gedenken mögest in ihres Lebens feierlicher, verhängnisvoller Stunde etc.

Immer und immer wieder las ich Aureliens Blätter. Es war, als wenn der Geist des Himmels, der daraus hervorleuchtete, in mein Inneres dringe und vor seinem reinen Strahl alle sündliche, frevelicher Glut verlösche. Bei Aureliens Anblick überfiel mich heilige Scheu, ich wagte es nicht mehr, sie stürmisch zu liebkosen, wie sonst. Aurelie bemerkte mein verändertes Betragen, ich gestand ihr reuig den Raub des Briefes an die Äbtissin; ich entschuldigte ihn mit einem unerklärlichen Drange, dem ich, wie der Gewalt einer unsichtbaren höheren Macht, nicht widerstehen können, ich behauptete, daß eben jene höhere, auf mich einwirkende Macht mir jene Vision am Beichtstuhle habe kund tun wollen, um mir zu zeigen, wie unsere innigste Verbindung ihr ewiger Ratschluß sei. »Ja, du frommes Himmelskind«, sprach ich, »auch mir ging einst ein wunderbarer Traum auf, in dem du mir deine Liebe gestandest, aber ich war ein unglücklicher, vom Geschick zermalmter Mönch, dessen Brust tausend Qualen der Hölle zerrissen. – Dich – dich liebte ich mit namenloser Inbrunst, doch Frevel, doppelter, verruchter Frevel war meine Liebe, denn ich war ja ein Mönch und du die heilige Rosalia.« Erschrocken fuhr Aurelie auf. »Um Gott«, sprach sie, »um Gott, es geht ein tiefes unerforschliches Geheimnis durch unser Leben; ach, Leonard, laß uns nie an dem Schleier rühren, der es umhüllt, wer weiß, was Grauenvolles, Entsetzliches dahinter verborgen. Laß uns fromm sein und fest aneinander halten in treuer Liebe, so widerstehen wir der dunkeln Macht, deren Geister uns vielleicht feindlich bedrohen. Daß du meinen Brief lasest, das mußte so sein; ach! ich selbst hätte dir alles erschließen sollen, kein Geheimnis darf unter uns walten. Und doch ist es mir, als kämpftest du mit manchem, was früher recht verderblich eintrat in dein Leben und was du nicht vermöchtest über die Lippen zu bringen vor unrechter Scheu! – Sei aufrichtig, Leonard! – Ach wie wird ein freimütiges Geständnis deine Brust erleichtern und heller unsere Liebe strahlen!« – Wohl fühlte ich bei diesen Worten Aureliens recht marternd, wie der Geist des Truges in mir wohne, und wie ich nur noch vor wenigen Augenblicken das fromme Kind recht frevelich getäuscht; und dies Gefühl regte sich stärker und stärker auf in wunderbarer Weise, ich mußte Aurelien alles – alles entdecken und doch ihre Liebe gewinnen. »Aurelie – du meine Heilige, – die mich rettet von ...« In dem Augenblick trat die Fürstin herein, ihr Anblick warf mich plötzlich zurück in die Hölle, voll Hohn und Gedanken des Verderbens. Sie *mußte* mich jetzt dulden, ich blieb und stellte mich als Aureliens Bräutigam kühn und keck ihr entgegen. Überhaupt war ich nur frei von allen bösen Gedanken, wenn ich mit Aurelien allein mich befand; dann ging mir aber auch die Seligkeit des Himmels auf. Jetzt erst wünschte ich lebhaft meine Vermählung mit Aurelien. – In einer Nacht stand lebhaft meine Mutter vor mir, ich wollte ihre Hand ergreifen und wurde gewahr, daß es nur Duft sei, der sich gestaltet. »Weshalb diese alberne Täuschung«, rief ich erzürnt; da flossen helle Tränen aus meiner Mutter Augen, die wurden aber zu silbernen, hellblinkenden Sternen, aus denen leuchtende Tropfen fielen und um mein Haupt kreisten, als wollten sie einen Heiligenschein bilden, doch immer zerriß eine schwarze fürchterliche Faust den Kreis. »Du, den ich rein von jeder Untat geboren«, sprach meine Mutter mit sanfter Stimme, »ist denn deine Kraft gebrochen, daß du nicht zu widerstehen vermagst den Verlockungen des Satans? – Jetzt kann ich erst dein Inneres durchschauen, denn mir ist die Last des Irdischen entnommen! – Erhebe dich, Franziskus! ich will dich schmücken mit Bändern und Blumen, denn es ist der Tag des heiligen Bernardus gekommen, und du sollst wieder ein frommer Knabe sein!« – Da war es mir, als müsse ich wie sonst einen Hymnus anstimmen zum Lobe des Heiligen, aber entsetzlich tobte es dazwischen, mein Gesang wurde ein wildes Geheul, und schwarze Schleier rauschten herab zwischen mir und der Gestalt meiner Mutter. – Mehrere Tage nach dieser Vision begegnete mir der Kriminalrichter auf der Straße. Er trat freundlich auf mich zu. »Wissen Sie schon«, fing er an, »daß der Prozeß des Kapuziners Medardus wieder zweifelhaft worden? Das Urteil, das ihm höchst wahrscheinlich den Tod zuerkannt hätte, sollte schon abgefaßt werden, als er aufs neue Spuren des

Wahnsinns zeigte. Das Kriminalgericht erhielt nämlich die Nachricht von dem Tode seiner Mutter; ich machte es ihm bekannt, da lachte er wild auf und rief mit einer Stimme, die selbst dem standhaftesten Gemüt Entsetzen erregen konnte: ›Ha ha ha! - die Prinzessin von . . . (er nannte die Gemahlin des ermordeten Bruders unsers Fürsten) ist längst gestorben!‹ - Es ist jetzt eine neue ärztliche Untersuchung verfügt, man glaubt jedoch, daß der Wahnsinn des Mönchs verstellt sei.« - Ich ließ mir Tag und Stunde des Todes meiner Mutter sagen! sie war mir in demselben Momente, als sie starb, erschienen, und tief eindringend in Sinn und Gemüt, war nun auch die nur zu sehr vergessene Mutter die Mittlerin zwischen mir und der reinen Himmelsseele, die mein werden sollte. Milder und weicher geworden, schien ich nun erst Aureliens Liebe ganz zu verstehen, ich mochte sie wie eine mich beschirmende Heilige kaum verlassen, und mein düsteres Geheimnis wurde, indem sie nicht mehr deshalb in mich drang, nun ein mir selbst unerforschliches, von höheren Mächten verhängtes Ereignis. - Der von dem Fürsten bestimmte Tag der Vermählung war gekommen. Aurelie wollte in erster Frühe vor dem Altar der heiligen Rosalia in der nahegelegenen Klosterkirche getraut sein. Wachend und nach langer Zeit zum erstenmal inbrünstig betend, brachte ich die Nacht zu. Ach! ich Verblendeter fühlte nicht, daß das Gebet, womit ich mich zur Sünde rüstete, höllischer Frevel sei! - Als ich zu Aurelien eintrat, kam sie mir, weiß gekleidet und mit duftenden Rosen geschmückt, in holder Engelsschönheit entgegen. Ihr Gewand sowie ihr Haarschmuck hatte etwas sonderbar Altertümliches, eine dunkle Erinnerung ging in mir auf, aber von tiefem Schauer fühlte ich mich durchbebt, als plötzlich lebhaft das Bild des Altars, an dem wir getraut werden sollten, mir vor Augen stand. Das Bild stellte das Martyrium der heiligen Rosalia vor, und gerade so wie Aurelie war sie gekleidet. - Schwer wurde es mir, den grausigen Eindruck, den dies auf mich machte, zu verbergen. Aurelie gab mir mit einem Blick, aus dem ein ganzer Himmel voll Liebe und Seligkeit strahlte, die Hand, ich zog sie an meine Brust, und mit dem Kuß des reinsten Entzückens durchdrang mich aufs neue das deutliche Gefühl, daß nur durch Aurelie meine Seele errettet werden könne. Ein fürstlicher Bedienter meldete, daß die Herrschaft bereit sei, uns zu empfangen. Aurelie zog schnell die Handschuhe an, ich nahm ihren Arm, da bemerkte das Kammermädchen, daß das Haar in Unordnung gekommen sei, sie sprang fort, um Nadeln zu holen. Wir warteten an der Türe, der Aufenthalt schien Aurelien unangenehm. In dem Augenblick entstand ein dumpfes Geräusch auf der Straße, hohle Stimmen riefen durcheinander, und das dröhnende Gerassel eines schweren, langsam rollenden Wagens ließ sich vernehmen. Ich eilte ans Fenster! – Da stand eben vor dem Palast der vom Henkersknecht geführte Leiterwagen, auf dem der Mönch rückwärts saß, vor ihm ein Kapuziner, laut und eifrig mit ihm betend. Er war entstellt von der Blässe der Todesangst und dem struppigen Bart – doch waren die Züge des gräßlichen Doppelgängers mir nur zu kenntlich. – Sowie der Wagen, augenblicklich gehemmt durch die andrängende Volksmasse, wieder fortrollte, warf er den stieren entsetzlichen Blick der funkelnden Augen zu mir herauf und lachte und heulte herauf: »Bräutigam, Bräutigam! ... komm ... komm aufs Dach ... aufs Dach ... da wollen wir ringen miteinander, und wer den andern herabstößt, ist König und darf Blut trinken!« Ich schrie auf: »Entsetzlicher Mensch ... was willst du ... was willst du von mir.« – Aurelie umfaßte mich mit beiden Armen, sie riß mich mit Gewalt vom Fenster, rufend: »Um Gott und der heiligen Jungfrau willen ... Sie führen den Medardus ... den Mörder meines Bruders, zum Tode ... Leonard ... Leonard!« – Da wurden die Geister der Hölle in mir wach und bäumten sich auf mit der Gewalt, die ihnen verliehen über den frevelnden verruchten Sünder. – Ich erfaßte Aurelien mit grimmer Wut, daß sie zusammenzuckte: »Ha ha ha ... Wahnsinniges, töriges

Weib ... *ich* ... *ich*, dein Buhle, dein Bräutigam, bin der Medardus ... bin deines Bruders Mörder ... du, Braut des Mönchs, willst Verderben herabwinseln über deinen Bräutigam? Ho ho ho! ... ich bin König ... ich trinke dein Blut!« - Das Mordmesser riß ich heraus - ich stieß nach Aurelien, die ich zu Boden fallen lassen - ein Blutstrom sprang hervor über meine Hand. - Ich stürzte die Treppen hinab, durch das Volk hin zum Wagen, ich riß den Mönch herab und warf ihn zu Boden; da wurde ich festgepackt, wütend stieß ich mit dem Messer um mich herum - ich wurde frei - ich sprang fort - man drang auf mich ein, ich fühlte mich in der Seite durch einen Stich verwundet, aber das Messer in der rechten Hand, und mit der linken kräftige Faustschläge austeilend, arbeitete ich mich durch bis an die nahe Mauer des Parks, die ich mit einem fürchterlichen Satz übersprang. »Mord ... Mord ... Haltet ... haltet den Mörder!« riefen Stimmen hinter mir her, ich hörte es rasseln, man wollte das verschlossene Tor des Parks sprengen, unaufhaltsam rannte ich fort. Ich kam an den breiten Graben, der den Park von dem dicht dabei gelegenen Walde trennte, ein mächtiger Sprung - ich war hinüber, und immer fort und fort rannte ich durch den Wald, bis ich erschöpft unter einem Baume niedersank. Es war schon finstre Nacht worden, als ich, wie aus tiefer Betäubung, erwachte. Nur der Gedanke, zu fliehen wie ein gehetztes Tier, stand fest in meiner Seele. Ich stand auf, aber kaum war ich einige Schritte fort, als, aus dem Gebüsch hervorrauschend, ein Mensch auf meinen Rücken sprang und mich mit den Armen umhalste. Vergebens versuchte ich, ihn abzuschütteln - ich warf mich nieder, ich drückte mich hinterrücks an die Bäume, alles umsonst. Der Mensch kicherte und lachte höhnisch; da brach der Mond hellleuchtend durch die schwarzen Tannen, und das totenbleiche, gräßliche Gesicht des Mönchs - des vermeintlichen Medardus, des Doppelgängers, starrte mich an mit dem gräßlichen Blick, wie von dem Wagen herauf. - »Hi ... hi ... hi ... Brüderlein

... Brüderlein, immer, immer bin ich bei dir ... lasse dich nicht ... lasse ... dich nicht ... Kann nicht lau ... laufen ... wie du ... mußt mich tra ... tragen ... Komme vom Ga ... Galgen ... haben mich rä ... rädern wollen ... hi hi ...« So lachte und heulte das grause Gespenst, indem ich, von wildem Entsetzen gekräftigt, hoch emporsprang wie ein von der Riesenschlange eingeschnürter Tiger! – Ich raste gegen Baum- und Felsstücke, um ihn, wo nicht zu töten, doch wenigstens hart zu verwunden, daß er mich zu lassen genötigt sein sollte. Dann lachte er stärker, und *mich* nur traf jäher Schmerz; ich versuchte seine unter meinem Kinn festgeknoteten Hände loszuwinden, aber die Gurgel einzudrücken drohte mir des Ungetümes Gewalt. Endlich, nach tollem Rasen, fiel er plötzlich herab, aber kaum war ich einige Schritte fortgerannt, als er von neuem auf meinem Rücken saß, kichernd und lachend und jene entsetzliche Worte stammelnd! Aufs neue jene Anstrengungen wilder Wut – aufs neue befreit! – aufs neue umhalst von dem fürchterlichen Gespenst. – Es ist mir nicht möglich, deutlich anzugeben, wie lange ich, von dem Doppeltgänger verfolgt, durch finstre Wälder floh, es ist mir so, als müsse das Monate hindurch, ohne daß ich Speise und Trank genoß, gedauert haben. Nur *eines* lichten Augenblicks erinnere ich mich lebhaft, nach welchem ich in gänzlich bewußtlosen Zustand verfiel. Eben war es mir geglückt, meinen Doppeltgänger abzuwerfen, als ein heller Sonnenstrahl und mit ihm ein holdes anmutiges Tönen den Wald durchdrang. Ich unterschied eine Klosterglocke, die zur Frühmette läutete. »Du hast Aurelie ermordet!« Der Gedanke erfaßte mich mit des Todes eiskalten Armen, und ich sank bewußtlos nieder.

ZWEITER ABSCHNITT
DIE BUSSE

Eine sanfte Wärme glitt durch mein Inneres. Dann fühlte ich es in allen Adern seltsam arbeiten und prickeln; dies Gefühl wurde zu Gedanken, doch war mein Ich hundertfach zerteilt. Jeder Teil hatte im eignen Regen eignes Bewußtsein des Lebens, und umsonst gebot das Haupt den Gliedern, die wie untreue Vasallen sich nicht sammeln mochten unter seiner Herrschaft. Nun fingen die Gedanken der einzelnen Teile an, sich zu drehen wie leuchtende Punkte, immer schneller und schneller, so daß sie einen Feuerkreis bildeten, der wurde kleiner, sowie die Schnelligkeit wuchs, daß er zuletzt nur eine stillstehende Feuerkugel schien. Aus der schossen rotglühende Strahlen und bewegten sich im farbichten Flammenspiel. »Das sind meine Glieder, die sich regen, jetzt erwache ich!« So dachte ich deutlich, aber in dem Augenblick durchzuckte mich ein jäher Schmerz, helle Glockentöne schlugen an mein Ohr. »Fliehen, weiter fort! - weiter fort!« rief ich laut, wollte mich schnell aufraffen, fiel aber entkräftet zurück. Jetzt erst vermochte ich die Augen zu öffnen. Die Glockentöne dauerten fort - ich glaubte noch im Walde zu sein, aber wie erstaunte ich, als ich die Gegenstände rings umher, als ich mich selbst betrachtete. In dem Ordenshabit der Kapuziner lag ich in einem hohen einfachen Zimmer auf einer wohlgepolsterten Matratze ausgestreckt. Ein paar Rohrstühle, ein kleiner Tisch und ein ärmliches Bett waren die einzigen Gegenstände, die sich noch im Zimmer befanden. Es wurde mir klar, daß mein bewußtloser Zustand eine Zeitlang gedauert haben und daß ich in demselben auf diese oder jene Weise in ein Kloster gebracht sein mußte, das Kranke aufnehme. Vielleicht war meine Kleidung zerrissen, und man gab mir vorläufig eine Kutte. Der Gefahr, so schien es mir, war ich entronnen. Diese

Vorstellungen beruhigten mich ganz, und ich beschloß abzuwarten, was sich weiter zutragen würde, da ich voraussetzen konnte, daß man bald nach dem Kranken sehen würde. Ich fühlte mich sehr matt, sonst aber ganz schmerzlos. Nur einige Minuten hatte ich so, zum vollkommenen Bewußtsein erwacht, gelegen, als ich Tritte vernahm, die sich wie auf einem langen Gange näherten. Man schloß meine Türe auf, und ich erblickte zwei Männer, von denen einer bürgerlich gekleidet war, der andere aber den Ordenshabit der Barmherzigen Brüder trug. Sie traten schweigend auf mich zu, der bürgerlich Gekleidete sah mir scharf in die Augen und schien sehr verwundert. »Ich bin wieder zu mir selbst gekommen, mein Herr«, fing ich mit matter Stimme an, »dem Himmel sei es gedankt, der mich zum Leben erweckt hat – wo befinde ich mich aber? wie bin ich hergekommen?« – Ohne mir zu antworten, wandte sich der bürgerlich Gekleidete zu dem Geistlichen und sprach auf italienisch: »Das ist in der Tat erstaunenswürdig, der Blick ist ganz geändert, die Sprache rein, nur matt . . . es muß eine besondere Krisis eingetreten sein.« – »Mir scheint«, erwiderte der Geistliche, »mir scheint, als wenn die Heilung nicht mehr zweifelhaft sein könne.« »Das kommt«, fuhr der bürgerlich Gekleidete fort, »das kommt darauf an, wie er sich in den nächsten Tagen hält. Verstehen Sie nicht so viel Deutsch, um mit ihm zu sprechen?« »Leider nein«, antwortete der Geistliche. – »Ich verstehe und spreche Italienisch«, fiel ich ein; »sagen Sie mir, wo bin ich, wie bin ich hergekommen?« – Der bürgerlich Gekleidete, wie ich wohl merken konnte, ein Arzt, schien freudig verwundert. »Ah«, rief er aus, »ah, das ist gut. Ihr befindet Euch, ehrwürdiger Herr, an einem Orte, wo man nur für Euer Wohl auf alle mögliche Weise sorgt. Ihr wurdet vor drei Monaten in einem sehr bedenklichen Zustande hergebracht. Ihr wart sehr krank, aber durch unsere Sorgfalt und Pflege scheint Ihr Euch auf dem Wege der Genesung zu befinden. Haben wir das Glück, Euch ganz zu heilen, so könnt

Ihr ruhig Eure Straße fortwandeln, denn wie ich höre, wollt Ihr nach Rom?« - »Bin ich denn«, frug ich weiter, »in der Kleidung, die ich trage, zu Euch gekommen?« - »Freilich«, erwiderte der Arzt, »aber laßt das Fragen, beunruhigt Euch nur nicht, alles sollt Ihr erfahren, die Sorge für Eure Gesundheit ist jetzt das vornehmlichste.« Er faßte meinen Puls, der Geistliche hatte unterdessen eine Tasse herbeigebracht, die er mir darreichte. »Trinkt«, sprach der Arzt, »und sagt mir dann, wofür Ihr das Getränk haltet.« - »Es ist«, erwiderte ich, nachdem ich getrunken, »es ist eine gar kräftig zubereitete Fleischbrühe.« - Der Arzt lächelte zufrieden und rief dem Geistlichen zu: »Gut, sehr gut!« - Beide verließen mich. Nun war meine Vermutung, wie ich glaubte, richtig. Ich befand mich in einem öffentlichen Krankenhause. Man pflegte mich mit stärkenden Nahrungsmitteln und kräftiger Arzenei, so daß ich nach drei Tagen imstande war, aufzustehen. Der Geistliche öffnete ein Fenster, eine warme herrliche Luft, wie ich sie nie geatmet, strömte herein, ein Garten schloß sich an das Gebäude, herrliche fremde Bäume grünten und blühten, Weinlaub rankte sich üppig an der Mauer empor, vor allem aber war mir der dunkelblaue duftige Himmel eine Erscheinung aus ferner Zauberwelt. »Wo bin ich denn«, rief ich voll Entzücken aus, »haben mich die Heiligen gewürdigt, in einem Himmelslande zu wohnen?« Der Geistliche lächelte wohlbehaglich, indem er sprach: »Ihr seid in Italien, mein Bruder, in Italien!« - Meine Verwunderung wuchs bis zum höchsten Grade, ich drang in den Geistlichen, mir genau die Umstände meines Eintritts in dies Haus zu sagen, er wies mich an den Doktor. Der sagte mir endlich, daß vor drei Monaten mich ein wunderlicher Mensch hergebracht und gebeten habe, mich aufzunehmen; ich befände mich nämlich in einem Krankenhause, das von Barmherzigen Brüdern verwaltet werde. Sowie ich mich mehr und mehr erkräftigte, bemerkte ich, daß beide, der Arzt und der Geistliche, sich in mannigfache Gespräche mit mir einließen und mir vorzüglich

Gelegenheit gaben, lange hintereinander zu erzählen. Meine ausgebreiteten Kenntnisse in den verschiedensten Fächern des Wissens gaben mir reichen Stoff dazu, und der Arzt lag mir an, manches niederzuschreiben, welches er dann in meiner Gegenwart las und sehr zufrieden schien. Doch fiel es mir oft seltsamlich auf, daß er, statt meine Arbeit selbst zu loben, immer nur sagte: »In der Tat ... das geht gut ... ich habe mich nicht getäuscht! ... wunderbar ... wunderbar!« Ich durfte nun zu gewissen Stunden in den Garten hinab, wo ich manchmal grausig entstellte, totenblasse, bis zum Geripp ausgetrocknete Menschen, von Barmherzigen Brüdern geleitet, erblickte. Einmal begegnete mir, als ich schon im Begriff stand, in das Haus zurückzukehren, ein langer, hagerer Mann, in einem seltsamen erdgelben Mantel, der wurde von zwei Geistlichen bei den Armen geführt, und nach jedem Schritt machte er einen possierlichen Sprung und pfiff dazu mit durchdringender Stimme. Erstaunt blieb ich stehen, doch der Geistliche, der mich begleitete, zog mich schnell fort, indem er sprach: »Kommt, kommt, lieber Bruder Medardus! das ist nichts für Euch.« »Um Gott«, rief ich aus, »woher wißt Ihr meinen Namen?« – Die Heftigkeit, womit ich diese Worte ausstieß, schien meinen Begleiter zu beunruhigen. »Ei«, sprach er, »wie sollten wir denn Euern Namen nicht wissen? Der Mann, der Euch herbrachte, nannte ihn ja ausdrücklich, und Ihr seid eingetragen in die Register des Hauses: Medardus, Bruder des Kapuzinerklosters zu B.« – Eiskalt bebte es mir durch die Glieder. Aber mochte der Unbekannte, der mich in das Krankenhaus gebracht hatte, sein, wer er wollte, mochte er eingeweiht sein in mein entsetzliches Geheimnis: er konnte nicht Böses wollen, denn er hatte ja freundlich für mich gesorgt, und ich war ja frei. –

Ich lag im offnen Fenster und atmete in vollen Zügen die herrliche, warme Luft ein, die, durch Mark und Adern strömend, neues Leben in mir entzündete, als ich eine kleine, dürre Figur, ein spitzes Hütchen auf dem Kopfe, und in einen ärmlichen erblichenen Überrock gekleidet, den Hauptgang nach dem Hause herauf mehr hüpfen und trippeln als gehen sah. Als er mich erblickte, schwenkte er den Hut in der Luft und warf mir Kußhändchen zu. Das Männlein hatte etwas Bekanntes, doch konnte ich die Gesichtszüge nicht deutlich erkennen, und er verschwand unter den Bäumen, ehe ich mit mir einig worden, wer es wohl sein möge. Doch nicht lange dauerte es, so klopfte es an meine Türe, ich öffnete, und dieselbe Figur, die ich im Garten gesehen, trat herein. »Schönfeld«, rief ich voll Verwunderung, »Schönfeld, wie kommen Sie her, um des Himmels willen?« – Es war jener närrische Friseur aus der Handelsstadt, der mich damals rettete aus großer Gefahr. »Ach – ach, ach!« seufzte er, indem sich sein Gesicht auf komische Weise weinerlich verzog, »wie soll ich denn herkommen, ehrwürdiger Herr, wie soll ich denn herkommen anders, als geworfen – geschleudert von dem bösen Verhängnis, das alle Genies verfolgt! Eines Mordes wegen mußte ich fliehen...« »Eines Mordes wegen?« unterbrach ich ihn heftig. »Ja, eines Mordes wegen«, fuhr er fort, »ich hatte im Zorn den linken Backenbart des jüngsten Kommerzienrates in der Stadt getötet und dem rechten gefährliche Wunden beigebracht.« – »Ich bitte Sie«, unterbrach ich ihn aufs neue, »lassen Sie die Possen, sein Sie einmal vernünftig und erzählen Sie im Zusammenhange oder verlassen Sie mich.« – »Ei, lieber Bruder Medardus«, fing er plötzlich sehr ernst an; »du willst mich fortschicken, nun du genesen, und mußtest mich doch in deiner Nähe leiden, als du krank dalagst und ich dein Stubenkamerad war und in jenem Bette schlief.« – »Was heißt das«, rief ich bestürzt aus, »wie kommen Sie auf den Namen Medardus?« – »Schauen Sie«, sprach er lächelnd, »den rechten Zipfel Ihrer Kutte gefälligst an.« Ich tat es und erstarrte vor Schreck und Erstaunen, denn ich fand, daß der Name Medardus hineingenäht war, so wie mich bei genauerer Untersuchung untrügliche Kennzeichen wahrnehmen ließen, daß ich ganz unbezweifelt dieselbe Kutte trug, die ich auf der Flucht aus dem Schlosse des Barons von F. in einen hohlen Baum verborgen hatte. Schönfeld bemerkte meine innere Bewegung, er lächelte ganz seltsam; den Zeigefinger an die Nase gelegt, sich auf den Fußspitzen erhebend, schaute er mir ins Auge; ich blieb sprachlos, da fing er leise und bedächtig an: »Ew. Ehrwürden wundern sich merklich über das schöne Kleid, das Ihnen angelegt worden, es scheint Ihnen überall wunderbar anzustehen und zu passen, besser als jenes nußbraune Kleid mit schnöden besponnenen Knöpfen, das mein ernsthafter vernünftiger Damon Ihnen anlegte ... Ich ... ich ... der verkannte, verbannte Pietro Belcampo war es, der Eure Blöße deckte mit diesem Kleide. Bruder Medardus! Ihr wart nicht im sonderlichsten Zustande, denn als Überrock-Spenzer-englischen Frack trugt Ihr simplerweise Eure eigne Haut, und an schickliche Frisur war nicht zu denken, da Ihr, eingreifend in meine Kunst, Euern Karakalla mit dem zehnzahnichten Kamm, der Euch an die Fäuste gewachsen, selbst besorgtet.« — »Laßt die Narrheiten«, fuhr ich auf, »laßt die Narrheiten, Schönfeld« ... »Pietro Belcampo heiße ich«, unterbrach er mich in vollem Zorne, »ja Pietro Belcampo, hier in Italien, und du magst es nur wissen, Medardus, ich selbst, ich selbst bin die Narrheit, die ist überall hinter dir her, um deiner Vernunft beizustehen, und du magst es nun einsehen oder nicht, in der Narrheit findest du nur dein Heil, denn deine Vernunft ist ein höchst miserables Ding und kann sich nicht aufrecht erhalten, sie taumelt hin und her wie ein gebrechliches Kind und muß mit der Narrheit in Kompagnie treten, die hilft ihr auf und weiß den richtigen Weg zu finden nach der Heimat – das ist das Tollhaus, da sind wir beide richtig angelangt, mein Brüderchen Medardus.« – Ich schauderte zusammen, ich dachte an die Gestalten, die ich gesehen; an den springenden Mann im erdgelben Mantel, und konnte nicht zweifeln, daß Schönfeld in seinem Wahnsinn mir die Wahrheit sagte. »Ja, mein Brüderchen Medardus«, fuhr Schönfeld mit erhobener Stimme und heftig gestikulierend fort, »ja, mein liebes Brüderchen. Die Narrheit erscheint auf Erden wie die wahre Geisterkönigin. Die Vernunft ist nur ein träger Statthalter, der sich nie darum kümmert, was außer den Grenzen des Reichs vorgeht, der nur aus Langerweile auf dem Paradeplatz die Soldaten exerzieren läßt, die können nachher keinen ordentlichen Schuß tun, wenn der Feind eindringt von außen. Aber die Narrheit, die wahre Königin des Volks, zieht ein mit Pauken und Trompeten: hussa hussa! – hinter ihr her Jubel – Jubel – Die Vasallen erheben sich von den Plätzen, wo sie die Vernunft einsperrte, und wollen nicht mehr stehen, sitzen und liegen, wie der pedantische Hofmeister es will; der sieht die Nummern durch und spricht: ›Seht, die Narrheit hat mir meine besten Eleven entrückt – fortgerückt – verrückt – ja sie sind verrückt worden.‹ Das ist ein Wortspiel, Brüderlein Medardus – ein Wortspiel ist ein glühendes Lockeneisen in der Hand der Narrheit, womit sie Gedanken krümmt.« – »Noch einmal«, fiel ich dem albernen Schönfeld in die Rede, »noch einmal bitte ich Euch, das unsinnige Geschwätz zu lassen, wenn Ihr es vermöget, und mir zu sagen, wie Ihr hergekommen seid und was Ihr von mir und von dem Kleide wißt, das ich trage.« – Ich hatte ihn mit diesen Worten bei beiden Händen gefaßt und in einen Stuhl gedrückt. Er schien sich zu besinnen, indem er die Augen niederschlug und tief Atem schöpfte. »Ich habe Ihnen«, fing er dann mit leiser matter Stimme an, »ich habe Ihnen das Leben zum zweitenmal gerettet, ich war es ja, der Ihrer Flucht aus der Handelsstadt behülflich war, ich war es wiederum, der Sie herbrachte.« – »Aber um Gott, um der Heiligen willen, wo fanden Sie mich?« – So rief ich laut aus, indem ich ihn losließ, doch in dem Augenblick sprang er auf und schrie mit funkelnden Augen: »Ei, Bruder Medardus, hätt' ich dich nicht, klein und schwach, wie ich bin, auf meinen Schultern fortgeschleppt, du lägst mit zerschmetterten Gliedern auf dem Rade.« – Ich erbebte – wie vernichtet sank ich in den Stuhl, die Türe öffnete sich, und hastig trat der mich pflegende Geistliche herein. »Wie kommt Ihr hieher? wer hat Euch erlaubt, dies Zimmer zu betreten?« So fuhr er auf Belcampo los, dem stürzten aber die Tränen aus den Augen, und er sprach mit flehender Stimme: »Ach, mein ehrwürdiger Herr! nicht länger konnte ich dem Drange widerstehen, meinen Freund zu sprechen, den ich dringender Todesgefahr entrissen!« Ich ermannte mich. »Sagt mir, mein lieber Bruder«, sprach ich zu dem Geistlichen, »hat mich dieser Mann wirklich hergebracht?« – Er stockte. – »Ich weiß jetzt, wo ich mich befinde«, fuhr ich fort, »ich kann vermuten, daß ich im schrecklichsten Zustande war, den es gibt, aber Ihr merkt, daß ich vollkommen genesen, und so darf ich wohl nun alles erfahren, was man mir bis jetzt absichtlich verschweigen mochte, weil man mich für zu reizbar hielt.« »So ist es in der Tat«, antwortete der Geistliche, »dieser Mann brachte Euch, es mögen ungefähr drei bis viertehalb Monate her sein, in unsere Anstalt. Er hatte Euch, wie er erzählte, für tot in dem Walde, der vier Meilen von hier das... sche von unserm Gebiet scheidet, gefunden und Euch für den ihm früher bekannten Kapuzinermönch Medardus aus dem Kloster zu B. erkannt, der auf einer Reise nach Rom durch den Ort kam, wo er sonst wohnte. Ihr befandet Euch in einem vollkommen apathischen Zustande. Ihr gingt, wenn man Euch führte, Ihr bliebt stehen, wenn man Euch losließ, Ihr setztet, Ihr legtet Euch nieder, wenn man Euch die Richtung gab. Speise und Trank mußte man Euch einflößen. Nur dumpfe, unverständliche Laute vermochtet Ihr auszustoßen, Euer Blick schien ohne alle Sehkraft. Belcampo verließ Euch nicht, sondern war Euer treuer Wärter. Nach vier Wochen fielt Ihr in die schrecklichste Raserei, man war genötiget, Euch in eins der dazu bestimmten abgelegenen Gemächer zu bringen. Ihr waret dem wilden Tier gleich – doch nicht näher mag ich Euch einen Zustand schildern, dessen Erinnerung Euch vielleicht zu schmerzlich sein würde. Nach vier Wochen kehrte plötzlich jener apathische Zustand wieder, der in eine vollkommene Starrsucht überging, aus der Ihr genesen erwachtet.« – Schönfeld hatte sich während dieser Erzählung des Geistlichen gesetzt, und, wie in tiefes Nachdenken versunken, den Kopf in die Hand gestützt. »Ja«, fing er an, »ich weiß recht gut, daß ich zuweilen ein aberwitziger Narr bin, aber die Luft im Tollhause, vernünftigen Leuten verderblich, hat gar gut auf mich gewirkt. Ich fange an, über mich selbst zu räsonieren, und das ist kein übles Zeichen. Existiere ich überhaupt nur durch mein eignes Bewußtsein, so kommt es nur darauf an, daß dies Bewußtsein dem Bewußten die Hanswurstjacke ausziehe, und ich selbst stehe da als solider Gentleman. – O Gott! – ist aber ein genialer Friseur nicht schon an und vor sich selbst ein gesetzter Hasenfuß? – Hasenfüßigkeit schützt vor allem Wahnsinn, und ich kann Euch versichern, ehrwürdiger Herr, daß ich auch bei Nordnordwest einen Kirchturm von einem Leuchtenpfahl genau zu unterscheiden vermag.« – »Ist dem wirklich so«, sprach ich, »so beweisen Sie es dadurch, daß Sie mir ruhig den Hergang der Sache erzählen, wie Sie mich fanden, und wie Sie mich herbrachten.« »Das will ich tun«, erwiderte Schönfeld, »unerachtet der geistliche Herr hier ein gar besorgliches Gesicht schneidet; erlaube aber, Bruder Medardus, daß ich dich als meinen Schützling mit dem vertraulichen Du anrede. – Der fremde Maler war den andern Morgen, nachdem du in der Nacht entflohen, auch mit seiner Gemäldesammlung auf unbegreifliche Weise verschwunden. So sehr die Sache überhaupt anfangs Aufsehen erregt hatte, so bald war sie doch im Strome neuer Begebenheiten untergegangen. Nur als der Mord auf dem Schlosse des Barons F. bekannt wurde; als die ... sche Gerichte durch Steckbriefe den Mönch Medardus aus dem Kapuzinerkloster zu B. verfolgten, da erinnerte man sich daran, daß der Maler die ganze Geschichte im Weinhause erzählt und in dir den Bruder Medardus erkannt hatte. Der Wirt des Hotels, wo du gewohnt hattest, bestätigte die Vermutung, daß *ich* deiner Flucht förderlich gewesen war. Man wurde auf mich aufmerksam, man wollte mich ins Gefängnis setzen. Leicht war mir der Entschluß, dem elenden Leben, das schon längst mich zu Boden gedrückt hatte, zu entfliehen. Ich beschloß, nach Italien zu gehen, wo es Abbates und Frisuren gibt. Auf meinem Wege dahin sah ich dich in der Residenz des Fürsten von ★★★. Man sprach von deiner Vermählung mit Aurelien und von der Hinrichtung des Mönchs Medardus. Ich sah auch diesen Mönch – Nun! – dem sei, wie ihm wolle, ich halte *dich* nun einmal für den wahren Medardus. Ich stellte mich dir in den Weg, du bemerktest mich nicht, und ich verließ die Residenz, um meine Straße weiter zu verfolgen. Nach langer Reise rüstete ich mich einst in frühster Morgendämmerung, den Wald zu durchwandern, der in düstrer Schwärze vor mir lag. Eben brachen die ersten Strahlen der Morgensonne hervor, als es in dem dicken Gebüsch rauschte und ein Mensch mit zerzaustem Kopfhaar und Bart, aber in zierlicher Kleidung, bei mir vorübersprang. Sein Blick war wild und verstört, im Augenblick war er mir aus dem Gesicht verschwunden. Ich schritt weiter fort, doch wie entsetzte ich mich, als ich dicht vor mir eine nackte menschliche Figur, ausgestreckt auf dem Boden, erblickte. Ich glaubte, es sei ein Mord geschehen, und der Fliehende sei der Mörder. Ich bückte mich herab zu dem Nackten, erkannte dich und wurde gewahr, daß du leise atmetest. Dicht bei dir lag die Mönchskutte, die du jetzt trägst; mit vieler Mühe kleidete ich dich darin und schleppte dich weiter fort. Endlich erwachtest du aus tiefer Ohnmacht, du bliebst aber in dem Zustande, wie ihn dir der ehrwürdige Herr hier erst beschrieben. Es kostete keine geringe Anstrengung, dich fortzuschaffen, und so kam es, daß ich erst am Abende eine Schenke erreichte, die mitten im Walde liegt. Wie schlaftrunken ließ ich dich auf einem Rasenplatze zurück und ging hinein, um Speise und Trank zu holen. In der Schenke saßen ★★★sche Dragoner, die sollten, wie die Wirtin sagte, einem Mönch bis an die Grenze nachspüren, der auf unbegreifliche Weise in dem

Augenblicke entflohen sei, als er schwerer Verbrechen halber in *** hätte hingerichtet werden sollen. Ein Geheimnis war es mir, wie *du* aus der Residenz in den Wald kamst, aber die Überzeugung, du seist eben der Medardus, den man suche, hieß mich alle Sorgfalt anwenden, dich der Gefahr, in der du mir zu schweben schienst, zu entreißen. Durch Schleichwege schaffte ich dich fort über die Grenze und kam endlich mit dir in dies Haus, wo man dich und auch mich aufnahm, da ich erklärte, mich von dir nicht trennen zu wollen. Hier warst du sicher, denn in keiner Art hätte man den aufgenommenen Kranken fremden Gerichten ausgeliefert. Mit deinen fünf Sinnen war es nicht sonderlich bestellt, als ich hier im Zimmer bei dir wohnte und dich pflegte. Auch die Bewegung deiner Gliedmaßen war nicht zu rühmen, Noverre und Vestris hätten dich tief verachtet, denn dein Kopf hing auf die Brust, und wollte man dich gerade aufrichten, so stülptest du um wie ein mißratner Kegel. Auch mit der Rednergabe ging es höchst traurig, denn du warst verdammt einsilbig und sagtest in aufgeräumten Stunden nur ›Hu hu!‹ und ›Me . . . me . . .‹, woraus dein Wollen und Denken nicht sonderlich zu vernehmen und beinahe zu glauben, beides sei dir untreu worden und vagabondiere auf seine eigene Hand oder seinen eignen Fuß. Endlich wurdest du mit einemmal überaus lustig, du sprangst hoch in die Lüfte, brülltest vor lauter Entzücken und rissest dir die Kutte vom Leibe, um frei zu sein von jeder naturbeschränkenden Fessel - dein Appetit . . .« »Halten Sie ein, Schönfeld«, unterbrach ich den entsetzlichen Witzling, »halten Sie ein! Man hat mich schon von dem fürchterlichen Zustande, in den ich versunken, unterrichtet. Dank sei es der ewigen Langmut und Gnade des Herrn, Dank sei es der Fürsprache der Gebenedeiten und der Heiligen, daß ich errettet worden bin!« »Ei, ehrwürdiger Herr!« fuhr Schönfeld fort, »was haben Sie denn nun davon! ich meine von der besonderen Geistesfunktion, die man Bewußtsein nennt und die nichts anders ist als die verfluchte Tätigkeit eines verdammten Toreinnehmers – Akziseoffizianten – Oberkontrollassistenten, der sein heilloses Comptoir im Oberstübchen aufgeschlagen hat und zu aller Ware, die hinaus will, sagt: ›Hei... hei... die Ausfuhr ist verboten... im Lande, im Lande bleibt's.‹ – Die schönsten Juwelen werden wie schnöde Saatkörner in die Erde gesteckt, und was emporschießt, sind höchstens Runkelrüben, aus denen die Praxis mit tausend Zentner schwerem Gewicht eine Viertelunze übelschmeckenden Zucker preßt ... Hei hei ... und doch sollte jene Ausfuhr einen Handelsverkehr begründen mit der herrlichen Gottesstadt da droben, wo alles stolz und herrlich ist. – Gott im Himmel! Herr! Allen meinen teuer erkauften Puder à la Maréchal oder à la Pompadour oder à la reine de Golconde hätte ich in den Fluß geworfen, wo er am tiefsten ist, hätte ich nur wenigstens durch Transito-Handel ein Quentlein Sonnenstäubchen von dorther bekommen können, um die Perücken höchst gebildeter Professoren und Schulkollegen zu pudern, zuvörderst aber meine eigne! – Was sage ich? hätte mein Damon Ihnen, ehrwürdigster aller ehrwürdigen Mönche, statt des flohfarbnen Fracks einen Sonnenmatin umhängen können, in dem die reichen, übermütigen Bürger der Gottesstadt zu Stuhle gehen, wahrhaftig, es wäre, was Anstand und Würde betrifft, alles anders gekommen; aber so hielt Sie die Welt für einen gemeinen glebae adscriptus und den Teufel für Ihren Cousin germain.« – Schönfeld war aufgestanden und ging oder hüpfte vielmehr, stark gestikulierend und tolle Gesichter schneidend, von einer Ecke des Zimmers zur andern. Er war im vollen Zuge, wie gewöhnlich, sich in der Narrheit durch die Narrheit zu entzünden, ich faßte ihn daher bei beiden Händen und sprach: »Willst du dich denn durchaus statt meiner hier einbürgern? Ist es dir denn nicht möglich, nach einer Minute verständigen Ernstes das Possenhafte zu lassen?« Er lächelte auf seltsame Weise und sagte: »Ist wirklich alles so albern, was ich spreche, wenn mir der Geist kommt?« »Das ist ja eben das Unglück«, erwiderte ich, »daß deinen Fratzen oft tiefer Sinn zum Grunde liegt, aber du verträdelst und verbrämst alles mit solch buntem Zeuge, daß ein guter, in echter Farbe gehaltener Gedanke lächerlich und unscheinbar wird, wie ein mit scheckigen Fetzen behängtes Kleid. - Du kannst wie ein Betrunkener nicht auf gerader Schnur gehen, du springst hinüber und herüber – deine Richtung ist schief!« - »Was ist Richtung«, unterbrach mich Schönfeld leise und fortlächelnd mit bittersüßer Miene. »Was ist Richtung, ehrwürdiger Kapuziner? Richtung setzt ein Ziel voraus, nach dem wir unsere Richtung nehmen. Sind Sie Ihres Ziels gewiß, teurer Mönch? - fürchten Sie nicht, daß Sie bisweilen zu wenig Katzenhirn zu sich genommen, statt dessen aber im Wirtshause neben der gezogenen Schnur zu viel Spirituöses genossen und nun wie ein schwindliger Turmdecker zwei Ziele sehn, ohne zu wissen, welches das rechte? - Überdem, Kapuziner, vergib es meinem Stande, daß ich das Possenhafte als eine angenehme Beimischung, spanischen Pfeffer zum Blumenkohl, in mir trage. Ohne das ist ein Haarkünstler eine erbärmliche Figur, ein armseliger Dummkopf, der das Privilegium in der Tasche trägt, ohne es zu nutzen zu seiner Lust und Freude.« Der Geistliche hatte bald mich, bald den grimassierenden Schönfeld mit Aufmerksamkeit betrachtet; er verstand, da wir deutsch sprachen, kein Wort; jetzt unterbrach er unser Gespräch. »Verzeihet, meine Herren, wenn es meine Pflicht heischt, eine Unterredung zu enden, die euch beiden unmöglich wohl tun kann. Ihr seid, mein Bruder, noch zu sehr geschwächt, um von Dingen, die wahrscheinlich aus Euerm frühern Leben schmerzhafte Erinnerungen aufregen, so anhaltend fortzusprechen; Ihr könnt ja nach und nach von Euerm Freunde alles erfahren, denn wenn Ihr auch ganz genesen unsere Anstalt verlasset, so wird Euch doch wohl Euer Freund weiter geleiten. Zudem habt Ihr (er wandte sich zu Schönfeld) eine Art des Vortrags, die ganz dazu geeignet ist, alles das, wovon Ihr sprecht, dem Zuhörer lebendig vor Augen zu bringen. In Deutschland muß man Euch für toll halten, und selbst bei uns würdet Ihr für einen guten Buffone gelten. Ihr könnt auf dem komischen Theater Euer Glück machen.« Schönfeld starrte den Geistlichen mit weit aufgerissenen Augen an, dann erhob er sich auf den Fußspitzen, schlug die Hände über den Kopf zusammen und rief auf italienisch: »Geisterstimme! . . . Schicksalsstimme, du hast aus dem Munde dieses ehrwürdigen Herrn zu mir gesprochen! . . . Belcampo . . . Belcampo . . . so konntest du deinen wahrhaften Beruf verkennen . . . es ist entschieden!« – Damit sprang er zur Türe hinaus. Den andern Morgen trat er reisefertig zu mir herein. »Du bist, mein lieber Bruder Medardus«, sprach er, »nunmehr ganz genesen, du bedarfst meines Beistandes nicht mehr, ich ziehe fort, wohin mich mein innerster Beruf leitet . . . Lebe wohl! . . . doch erlaube, daß ich zum letztenmal meine Kunst, die mir nun wie ein schnödes Gewerbe vorkommt, an dir übe.« Er zog Messer, Schere und Kamm hervor und brachte unter tausend Grimassen und possenhaften Reden meine Tonsur und meinen Bart in Ordnung. Der Mensch war mir trotz der Treue, die er mir bewiesen, unheimlich worden, ich war froh, als er geschieden. Der Arzt hatte mir mit stärkender Arznei ziemlich aufgeholfen; meine Farbe war frischer worden, und durch immer längere Spaziergänge gewann ich meine Kräfte wieder. Ich war überzeugt, eine Fußreise aushalten zu können, und verließ ein Haus, das dem Geisteskranken wohltätig, dem Gesunden aber unheimlich und grauenvoll sein mußte. Man hatte mir die Absicht untergeschoben, nach Rom zu pilgern, ich beschloß, dieses wirklich zu tun, und so wandelte ich fort auf der Straße, die als dorthin führend mir bezeichnet worden war. Unerachtet mein Geist vollkommen genesen, war ich mir doch selbst eines gefühllosen Zustandes bewußt, der über jedes im Innern aufkeimende Bild einen düstern Flor warf, so daß alles farblos, grau in grau erschien. Ohne alle deutliche Erinnerung des Vergangenen, beschäftigte mich die Sorge für den Augenblick ganz und gar. Ich sah in die Ferne, um den Ort zu erspähen, wo ich würde einsprechen können, um mir Speise oder Nachtquartier zu erbetteln, und war recht innig froh, wenn Andächtige meinen Bettelsack und meine Flasche gut gefüllt hatten, wofür ich meine Gebete mechanisch herplapperte. Ich war selbst im Geist zum gewöhnlichen stupiden Bettelmönch herabgesunken. So kam ich endlich an das große Kapuzinerkloster, das, wenige Stunden von Rom, nur von Wirtschaftsgebäuden umgeben, einzeln daliegt. Dort mußte man den Ordensbruder aufnehmen, und ich gedachte, mich in voller Gemächlichkeit recht auszupflegen. Ich gab vor, daß, nachdem das Kloster in Deutschland, worin ich mich sonst befand, aufgehoben worden, ich fortgepilgert sei und in irgend ein anderes Kloster meines Ordens einzutreten wünsche. Mit der Freundlichkeit, die den italienischen Mönchen eigen, bewirtete man mich reichlich, und der Prior erklärte, daß, insofern mich nicht vielleicht die Erfüllung eines Gelübdes weiter zu pilgern nötige, ich als Fremder so lange im Kloster bleiben könne, als es mir anstehen würde. Es war Vesperzeit, die Mönche gingen in den Chor, und ich trat in die Kirche. Der kühne, herrliche Bau des Schiffs setzte mich nicht wenig in Verwunderung, aber mein zur Erde gebeugter Geist konnte sich nicht erheben, wie es sonst geschah, seit der Zeit, als ich, ein kaum erwachtes Kind, die Kirche der heiligen Linde geschaut hatte. Nachdem ich mein Gebet am Hochaltar verrichtet, schritt ich durch die Seitengänge, die Altargemälde betrachtend, welche, wie gewöhnlich, die Martyrien der Heiligen, denen sie geweiht, darstellten. Endlich trat ich in eine Seitenkapelle, deren Altar von den durch die bunten Fensterscheiben brechenden Sonnenstrahlen magisch beleuchtet wurde. Ich wollte das Gemälde betrachten, ich stieg die Stufen hinauf. – Die heilige Rosalia – das verhängnisvolle Altarblatt meines Klosters – Ach! – Aurelien erblickte ich! Mein ganzes Leben – meine tausendfachen Frevel – meine Missetaten – Hermogens – Aureliens Mord – alles – alles nur *ein* entsetzlicher Gedanke, und *der* durchfuhr wie ein spitzes glühendes Eisen mein Gehirn. - Meine Brust - Adern und Fibern zerrissen im wilden Schmerz der grausamsten Folter! - Kein lindernder Tod! - Ich warf mich nieder - ich zerriß in rasender Verzweiflung mein Gewand - ich heulte auf im trostlosen Jammer, daß es weit in der Kirche nachhallte: »Ich bin verflucht, ich bin verflucht! - Keine Gnade - kein Trost mehr, hier und dort! - Zur Hölle - zur Hölle - ewige Verdammnis über mich verruchten Sünder beschlossen!« - Man hob mich auf - die Mönche waren in der Kapelle, vor mir stand der Prior, ein hoher ehrwürdiger Greis. Er schaute mich an mit unbeschreiblich mildem Ernst, er faßte meine Hände, und es war, als halte ein Heiliger, von himmlischem Mitleid erfüllt, den Verlornen in den Lüften über dem Flammenpfuhl fest, in den er hinabstürzen wollte. »Du bist krank, mein Bruder!« sprach der Prior, »wir wollen dich in das Kloster bringen, da magst du dich erholen.« Ich küßte seine Hände, sein Kleid, ich konnte nicht sprechen, nur tiefe angstvolle Seufzer verrieten den fürchterlichen, zerrissenen Zustand meiner Seele. - Man führte mich in das Refektorium, auf einen Wink des Priors entfernten sich die Mönche, ich blieb mit ihm allein. »Du scheinst, mein Bruder«, fing er an, »von schwerer Sünde belastet, denn nur die tiefste, trostloseste Reue über eine entsetzliche Tat kann sich so gebärden. Doch groß ist die Langmut des Herrn, stark und kräftig ist die Fürsprache der Heiligen, fasse Vertrauen - du sollst mir beichten, und es wird dir, wenn du büßest, Trost der Kirche werden!« In dem Augenblick schien es mir, als sei der Prior jener alte Pilger aus der heiligen Linde, und nur *der* sei das einzige Wesen auf der ganzen weiten Erde, dem ich mein Leben voller Sünde und Frevel offenbaren müsse. Noch war ich keines Wortes mächtig, ich warf mich vor dem Greise nieder in den Staub. »Ich gehe in die Kapelle des Klosters«, sprach er mit feierlichem Ton und schritt von dannen. - Ich war gefaßt - ich eilte ihm nach, er saß im Beichtstuhl, und ich tat augenblicklich, wozu mich der Geist unwiderstehlich trieb; ich beichtete alles – alles! – Schrecklich war die Buße, die mir der Prior auflegte. Verstoßen von der Kirche, wie ein Aussätziger verbannt aus den Versammlungen der Brüder, lag ich in den Totengewölben des Klosters, mein Leben kärglich fristend durch unschmackhafte, in Wasser gekochte Kräuter, mich geißelnd und peinigend mit Marterinstrumenten, die die sinnreichste Grausamkeit erfunden, und meine Stimme erhebend nur zur eigenen Anklage, zum zerknirschten Gebet um Rettung aus der Hölle, deren Flammen schon in mir loderten. Aber wenn das Blut aus hundert Wunden rann, wenn der Schmerz in hundert giftigen Skorpionstichen brannte und dann endlich die Natur erlag, bis der Schlaf sie wie ein ohnmächtiges Kind schützend mit seinen Armen umfing, dann stiegen feindliche Traumbilder empor, die mir neue Todesmarter bereiteten. – Mein ganzes Leben gestaltete sich auf entsetzliche Weise. Ich sah Euphemien, wie sie in üppiger Schönheit mir nahte, aber laut schrie ich auf: »Was willst du von mir, Verruchte! Nein, die Hölle hat keinen Teil an mir.« Da schlug sie ihr Gewand auseinander, und die Schauer der Verdammnis ergriffen mich. Zum Gerippe eingedorrt war ihr Leib, aber in dem Gerippe wanden sich unzählige Schlangen durcheinander und streckten ihre Häupter, ihre rotglühenden Zungen mir entgegen. »Laß ab von mir! ... Deine Schlangen stechen hinein in die wunde Brust ... sie wollen sich mästen von meinem Herzblut ... aber dann sterbe ich ... dann sterbe ich ... der Tod entreißt mich deiner Rache.« So schrie ich auf, da heulte die Gestalt: – »Meine Schlangen können sich nähren von deinem Herzblut ... aber das fühlst du nicht, denn das ist nicht deine Qual – deine Qual ist in dir und tötet dich nicht, denn du lebst in ihr. Deine Qual ist der Gedanke des Frevels, und der ist ewig!« – Der blutende Hermogen stieg auf, aber vor ihm floh Euphemie, und er rauschte vorüber, auf die Halswunde deutend, die die Gestalt des Kreuzes hatte. Ich wollte beten, da begann ein sinnverwirrendes Flüstern und

Rauschen. Menschen, die ich sonst gesehen, erschienen zu tollen Fratzen verunstaltet. – Köpfe krochen mit Heuschreckenbeinen, die ihnen an die Ohren gewachsen, umher und lachten mich hämisch an – seltsames Geflügel – Raben mit Menschengesichtern rauschten in der Luft – Ich erkannte den Konzertmeister aus B. mit seiner Schwester, die drehte sich in wildem Walzer, und der Bruder spielte dazu auf, aber auf der eigenen Brust streichend, die zur Geige worden. – Belcampo, mit einem häßlichen Eidechsengesicht, auf einem ekelhaften geflügelten Wurm sitzend, fuhr auf mich ein, er wollte meinen Bart kämmen mit eisernem glühendem Kamm – aber es gelang ihm nicht. – Toller und toller wird das Gewirre, seltsamer, abenteuerlicher werden die Gestalten, von der kleinsten Ameise mit tanzenden Menschenfüßchen bis zum langgedehnten Roßgerippe mit funkelnden Augen, dessen Haut zur Schabracke worden, auf der ein Reiter mit leuchtendem Eulenkopfe sitzt. – Ein bodenloser Becher ist sein Leibharnisch – ein umgestülpter Trichter sein Helm! – Der Spaß der Hölle ist emporgestiegen. Ich höre mich lachen, aber dies Lachen zerschneidet die Brust, und brennender wird der Schmerz, und heftiger bluten alle Wunden. – Die Gestalt eines Weibes leuchtet hervor, das Gesindel weicht – sie tritt auf mich zu! Ach, es ist Aurelie! »Ich lebe und bin nun ganz dein!« spricht die Gestalt. – Da wird der Frevel in mir wach. – Rasend vor wilder Begier, umschlinge ich sie mit meinen Armen. – Alle Ohnmacht ist von mir gewichen, aber da legt es sich glühend an meine Brust – rauhe Borsten zerkratzen meine Augen, und der Satan lacht gellend auf: »Nun bist du ganz mein!« – Mit dem Schrei des Entsetzens erwache ich, und bald fließt mein Blut in Strömen von den Hieben der Stachelpeitsche, mit der ich mich in trostloser Verzweiflung züchtige. Denn selbst die Frevel des Traums, jeder sündliche Gedanke fordert doppelte Buße. – Endlich war die Zeit, die der Prior zur strengsten Buße bestimmt hatte, verstrichen, und ich stieg empor aus dem Totengewölbe, um in dem Kloster selbst, aber in abgesonderter Zelle, entfernt von den Brüdern, die nun mir auferlegten Bußübungen vorzunehmen. Dann, immer in geringern Graden der Buße, wurde mir der Eintritt in die Kirche und in den Chor der Brüder erlaubt. Doch mir selbst genügte nicht diese letzte Art der Buße, die nur in täglicher gewöhnlicher Geißelung bestehen sollte. Ich wies standhaft jede bessere Kost zurück, die man mir reichen wollte, ganze Tage lag ich ausgestreckt auf dem kalten Marmorboden vor dem Bilde der heiligen Rosalia und marterte mich in einsamer Zelle selbst auf die grausamste Weise, denn durch äußere Qualen gedachte ich die innere gräßliche Marter zu übertäuben. Es war vergebens, immer kehrten jene Gestalten, von dem Gedanken erzeugt, wieder, und dem Satan selbst war ich preisgegeben, daß er mich höhnend foltere und verlocke zur Sünde. Meine strenge Buße, die unerhörte Weise, wie ich sie vollzog, erregte die Aufmerksamkeit der Mönche. Sie betrachteten mich mit ehrfurchtsvoller Scheu, und ich hörte es sogar unter ihnen flüstern: »Das ist ein Heiliger!« Dies Wort war mir entsetzlich, denn nur zu lebhaft erinnerte es mich an jenen gräßlichen Augenblick in der Kapuzinerkirche zu B., als ich dem mich anstarrenden Maler in vermessenem Wahnsinn entgegenrief: »Ich bin der heilige Antonius!« – Die letzte von dem Prior bestimmte Zeit der Buße war endlich auch verflossen, ohne daß ich davon abließ, mich zu martern, unerachtet meine Natur der Qual zu erliegen schien. Meine Augen waren erloschen, mein wunder Körper ein blutendes Gerippe, und es kam dahin, daß, wenn ich stundenlang am Boden gelegen, ich ohne Hülfe anderer nicht aufzustehen vermochte. Der Prior ließ mich in sein Sprachzimmer bringen. »Fühlst du, mein Bruder«, fing er an, »durch die strenge Buße dein Inneres erleichtert? Ist Trost des Himmels dir worden?« – »Nein, ehrwürdiger Herr«, erwiderte ich in dumpfer Verzweiflung. »Indem ich dir«, fuhr der Prior mit erhöhter Stimme fort, »indem ich dir, mein Bruder, da du mir eine Reihe entsetzlicher Taten gebeichtet hattest, die strengste Buße auflegte, genügte ich den Gesetzen der Kirche, welche wollen, daß der Übeltäter, den der Arm der Gerechtigkeit nicht erreichte und der reuig dem Diener des Herrn seine Verbrechen bekannte, auch durch äußere Handlungen die Wahrheit seiner Reue kund tue. Er soll den Geist ganz dem Himmlischen zuwenden und doch das Fleisch peinigen, damit die irdische Marter jede teuflische Lust der Untaten aufwäge. Doch glaube ich, und mir stimmen berühmte Kirchenlehrer bei, daß die entsetzlichsten Qualen, die sich der Büßende zufügt, dem Gewicht seiner Sünden auch nicht ein Quentlein entnehmen, sobald er darauf seine Zuversicht stützt und der Gnade des Ewigen deshalb sich würdig dünkt. Keiner menschlichen Vernunft erforschlich ist es, wie der Ewige unsere Taten mißt, verloren ist der, der, ist er auch von wirklichem Frevel rein, vermessen glaubt, den Himmel zu erstürmen durch äußeres Frommtun, und *der* Büßende, welcher nach der Bußübung seinen Frevel vertilgt glaubt, beweiset, daß seine innere Reue nicht wahrhaft ist. Du, lieber Bruder Medardus, empfindest noch keine Tröstung, das beweiset die Wahrhaftigkeit deiner Reue, unterlasse jetzt, ich will es, alle Geißelungen, nimm bessere Speise zu dir und fliehe nicht mehr den Umgang der Brüder. Wisse, daß dein geheimnisvolles Leben mir in allen seinen wunderbarsten Verschlingungen besser bekannt worden als dir selbst. – Ein Verhängnis, dem du nicht entrinnen konntest, gab dem Satan Macht über dich, und indem du freveltest, warst du nur sein Werkzeug. Wähne aber nicht, daß du deshalb weniger sündig vor den Augen des Herrn erschienest, denn dir war die Kraft gegeben, im rüstigen Kampf den Satan zu bezwingen. In wessen Menschen Herz stürmt nicht der Böse und widerstrebt dem Guten; aber ohne diesen Kampf gäb' es keine Tugend, denn diese ist nur der Sieg des guten Prinzips über das böse, so wie aus dem umgekehrten die Sünde entspringt. – Wisse fürs erste, daß du dich *eines* Verbrechens anklagst, welches du nur im Willen vollbrachtest. – Aurelie lebt, in wildem Wahnsinn verletztest du dich selbst, das Blut deiner eigenen Wunde war es, was über deine Hand floß . . . Aurelie lebt . . . ich weiß es.«

Ich stürzte auf die Knie, ich hob meine Hände betend empor, tiefe Seufzer entflohen der Brust, Tränen quollen aus den Augen! – »Wisse ferner«, fuhr der Prior fort, »daß jener alte fremde Maler, von dem du in der Beichte gesprochen, schon so lange, als ich denken kann, zuweilen unser Kloster besucht hat und vielleicht bald wieder eintreffen wird. Er hat ein Buch mir in Verwahrung gegeben, welches verschiedene Zeichnungen, vorzüglich aber eine Geschichte enthält, der er jedesmal, wenn er bei uns einsprach, einige Zeilen zusetzte. – Er hat mir nicht verboten, das Buch jemanden in die Hände zu geben, und um so mehr will ich es dir anvertrauen, als dies meine heiligste Pflicht ist. Den Zusammenhang deiner eignen, seltsamen Schicksale, die dich bald in eine höhere Welt wunderbarer Visionen, bald in das gemeinste Leben versetzten, wirst du erfahren. Man sagt, das Wunderbare sei von der Erde verschwunden, ich glaube nicht daran. Die Wunder sind geblieben, denn wenn wir selbst das Wunderbarste, von dem wir täglich umgeben, deshalb nicht mehr so nennen wollen, weil wir einer Reihe von Erscheinungen die Regel der zyklischen Wiederkehr abgelauert haben, so fährt doch oft durch jenen Kreis ein Phänomen, das all unsre Klugheit zuschanden macht und an das wir, weil wir es nicht zu erfassen vermögen, in stumpfsinniger Verstocktheit nicht glauben. Hartnäckig leugnen wir dem innern Auge deshalb die Erscheinung ab, weil sie zu durchsichtig war, um sich auf der rauhen Fläche des äußern Auges abzuspiegeln. – Jenen seltsamen Maler rechne ich zu den außerordentlichen Erscheinungen, die jeder erlauerten Regel spotten; ich bin zweifelhaft, ob seine körperliche Erscheinung *das* ist, was wir *wahr* nennen. So viel ist gewiß, daß niemand die gewöhnlichen Funktionen des Lebens bei ihm bemerkt hat. Auch sah ich ihn niemals schreiben oder zeichnen, unerachtet im Buch, worin er nur zu lesen schien, jedesmal, wenn er bei uns gewesen, mehr Blätter als vorher beschrieben waren. Seltsam ist es auch, daß mir alles im Buche nur verworrenes Gekritzel, undeutliche Skizze eines fantastischen Malers zu sein schien und nur dann erst erkennbar und lesbar wurde, als du, mein lieber Bruder Medardus, mir gebeichtet hattest. – Nicht näher darf ich mich darüber auslassen, was ich rücksichts des Malers ahne und glaube. Du selbst wirst es erraten, oder vielmehr das Geheimnis wird sich dir von selbst auftun. Gehe, erkräftige dich, und fühlst du dich, wie ich glaube, daß es in wenigen Tagen geschehen wird, im Geiste aufgerichtet, so erhältst du von mir des fremden Malers wunderbares Buch.« –

Ich tat nach dem Willen des Priors, ich aß mit den Brüdern, ich unterließ die Kasteiungen und beschränkte mich auf inbrünstiges Gebet an den Altären der Heiligen. Blutete auch meine Herzenswunde fort, wurde auch nicht milder der Schmerz, der aus dem Innern heraus mich durchbohrte, so verließen mich doch die entsetzlichen Traumbilder, und oft, wenn ich, zum Tode matt, auf dem harten Lager schlaflos lag, umwehte es mich wie mit Engelsfittichen, und ich sah die holde Gestalt der lebenden Aurelie, die, himmlisches Mitleiden im Auge voll Tränen, sich über mich hinbeugte. Sie streckte die Hand, wie mich beschirmend, aus über mein Haupt, da senkten sich meine Augenlider, und ein sanfter erquickender Schlummer goß neue Lebenskraft in meine Adern. Als der Prior bemerkte, daß mein Geist wieder einige Spannung gewonnen, gab er mir des Malers Buch und ermahnte mich, es aufmerksam in seiner Zelle zu lesen. – Ich schlug es auf, und das erste, was mir ins Auge fiel, waren die in Umrissen angedeuteten und dann in Licht und Schatten ausgeführten Zeichnungen der Fresko-Gemälde in der heiligen Linde. Nicht das mindeste Erstaunen, nicht die mindeste Begierde, schnell das Rätsel zu lösen, regte sich in mir auf. Nein! – Es gab kein Rätsel für mich, längst wußte ich ja alles, was in diesem Malerbuch aufbewahrt worden. Das, was der Maler auf den letzten Seiten des Buchs in kleiner, kaum lesbarer bunt gefärbter Schrift zusammengetragen hatte, waren meine Träume, meine Ahnungen, nur deutlich, bestimmt in scharfen Zügen dargestellt, wie ich es niemals zu tun vermochte.

Eingeschaltete Anmerkung des Herausgebers

Bruder Medardus fährt hier, ohne sich weiter auf das, was er im Malerbuche fand, einzulassen, in seiner Erzählung fort, wie er Abschied nahm von dem in seine Geheimnisse eingeweihten Prior und von den freundlichen Brüdern, und wie er nach Rom pilgerte und überall, in Sankt Peter, in St. Sebastian und Laurenz, in St. Giovanni a Laterano, in Sankta Maria Maggiore usw. an allen Altären kniete und betete, wie er selbst des Papstes Aufmerksamkeit erregte und endlich in einen Geruch der Heiligkeit kam, der ihn – da er jetzt wirklich ein reuiger Sünder worden und wohl fühlte, daß er nichts mehr als das sei – von Rom vertrieb. Wir, ich meine dich und mich, mein günstiger Leser, wissen aber viel zu wenig Deutliches von den Ahnungen und Träumen des Bruders Medardus, als daß wir, ohne zu lesen, was der Maler aufgeschrieben, auch nur im mindesten das Band zusammenzuknüpfen vermöchten, welches die verworren auseinander laufenden Fäden der Geschichte des Medardus wie in einen Knoten einigt. Ein besseres Gleichnis übrigens ist es, daß uns der Fokus fehlt, aus dem die verschiedenen bunten Strahlen brachen. Das Manuskript des seligen Kapuziners war in altes vergelbtes Pergament eingeschlagen und dies Pergament mit kleiner, beinahe unleserlicher Schrift beschrieben, die, da sich darin eine ganz seltsame Hand kund tat, meine Neugierde nicht wenig reizte. Nach vieler Mühe gelang es mir, Buchstaben und Worte zu entziffern, und wie erstaunte ich, als es mir klar wurde, daß es jene im Malerbuch aufgezeichnete Geschichte sei, von der Medardus spricht. Im alten Italienisch ist sie beinahe chronikenartig und sehr aphoristisch geschrieben. Der seltsame Ton klingt im Deutschen nur rauh und dumpf wie ein gesprungenes Glas, doch war es nötig, zum Verständnis des Ganzen hier die Übersetzung einzuschalten; dies tue ich, nachdem ich nur noch folgendes wehmütigst bemerkt. Die fürstliche Familie, aus der jener oft genannte Francesko abstammte, lebt noch in Italien, und ebenso leben noch die Nachkömmlinge des Fürsten, in dessen Residenz sich Medardus aufhielt. Unmöglich war es daher, die Namen zu nennen, und unbehülflicher, ungeschickter ist niemand auf der ganzen Welt, als derjenige, der dir, günstiger Leser, dies Buch in die Hände gibt, wenn er Namen erdenken soll da, wo schon wirkliche, und zwar schön romantisch tönende, vorhanden sind, wie es hier der Fall war. Bezeichneter Herausgeber gedachte sich sehr gut mit dem: der Fürst, der Baron usw. herauszuhelfen, nun aber der alte Maler die geheimnisvollsten, verwickeltsten Familienverhältnisse ins klare stellt, sieht er wohl ein, daß er mit den allgemeinen Bezeichnungen nicht vermag ganz verständlich zu werden. Er müßte den einfachen Chroniken-Choral des Malers mit allerlei Erklärungen und Zurechtweisungen wie mit krausen Figuren verschnörkeln und verbrämen. – Ich trete in die Person des Herausgebers und bitte dich, günstiger Leser, du wollest, ehe du weiterliesest, folgendes dir gütigst merken. Camillo, Fürst von P., tritt als Stammvater der Familie auf, aus der Francesko, des Medardus Vater, stammt. Theodor, Fürst von W., ist der Vater des Fürsten Alexander von W., an dessen Hofe sich Medardus aufhielt. Sein Bruder Albert, Fürst von W., vermählte sich mit der italienischen Prinzessin Giazinta B. Die Familie des Barons F. im Gebürge ist bekannt, und nur zu bemerken, daß die Baronesse von F. aus Italien abstammte, denn sie war die Tochter des Grafen Pietro S., eines Sohnes des Grafen Filippo S. Alles wird sich, lieber Leser, nun klärlich dartun, wenn du diese wenigen Vornamen und Buchstaben im Sinn behältst. Es folgt nunmehr statt der Fortsetzung der Geschichte

das Pergamentblatt des alten Malers

- - - Und es begab sich, daß die Republik Genua, hart bedrängt von den algierischen Korsaren, sich an den großen Seehelden Camillo, Fürsten von P., wandte, daß er mit vier wohl ausgerüsteten und bemannten Galeonen einen Streifzug gegen die verwegenen Räuber unternehmen möge. Camillo, nach ruhmvollen Taten dürstend, schrieb sofort an seinen ältesten Sohn Francesko, daß er kommen möge, in des Vaters Abwesenheit das Land zu regieren. Francesko übte in Leonardo da Vincis Schule die Malerei, und der Geist der Kunst hatte sich seiner so ganz und gar bemächtigt, daß er nichts anders denken konnte. Daher hielt er auch die Kunst höher als alle Ehre und Pracht auf Erden, und alles übrige Tun und Treiben der Menschen erschien ihm als ein klägliches Bemühen um eitlen Tand. Er konnte von der Kunst und von dem Meister, der schon hoch in den Jahren war, nicht lassen und schrieb daher dem Vater zurück, daß er wohl den Pinsel, aber nicht den Zepter zu führen verstehe und bei Leonardo bleiben wolle. Da war der alte stolze Fürst Camillo hoch erzürnt, schalt den Sohn einen unwürdigen Toren und schickte vertraute Diener ab, die den Sohn zurückbringen sollten. Als nun aber Francesko standhaft verweigerte, zurückzukehren, als er erklärte, daß ein Fürst, von allem Glanz des Throns umstrahlt, ihm nur ein elendiglich Wesen dünke gegen einen tüchtigen Maler und daß die größten Kriegestaten nur ein grausames irdisches Spiel wären, dagegen die Schöpfung des Malers die reine Abspiegelung des ihm inwohnenden göttlichen Geistes sei, da ergrimmte der Seeheld Camillo und schwur, daß er den Francesko verstoßen und seinem jüngern Bruder Zenobio die Nachfolge zusichern wolle. Francesko war damit gar zufrieden, ja er trat in einer Urkunde seinem jüngern Bruder die Nachfolge auf den fürstlichen Thron mit aller Form und Feierlichkeit ab, und so begab es sich, daß, als der alte Fürst Camillo in einem harten blutigen Kampfe mit den Algierern sein Leben verloren hatte, Zenobio zur Regierung kam, Francesko dagegen, seinen fürstlichen Stand und Namen verleugnend, ein Maler wurde und von einem kleinen Jahrgehalt, den ihm der regierende Bruder ausgesetzt, kümmerlich genug lebte. Francesko war sonst ein stolzer, übermütiger Jüngling gewesen, nur der alte Leonardo zähmte seinen wilden Sinn, und als Francesko dem fürstlichen Stand entsagt hatte, wurde er Leonardos frommer, treuer Sohn. Er half dem Alten manch wichtiges großes Werk vollenden, und es geschah, daß der Schüler, sich hinaufschwingend zu der Höhe des Meisters, berühmt wurde und manches Altarblatt für Kirchen und Klöster malen mußte. Der alte Leonardo stand ihm treulich bei mit Rat und Tat, bis er denn endlich im hohen Alter starb. Da brach wie ein lange mühsam unterdrücktes Feuer in dem Jüngling Francesko wieder der Stolz und Übermut hervor. Er hielt sich für den größten Maler seiner Zeit, und die erreichte Kunstvollkommenheit mit seinem Stande paarend, nannte er sich selbst den fürstlichen Maler. Von dem alten Leonardo sprach er verächtlich und schuf, abweichend von dem frommen, einfachen Stil, sich eine neue Manier, die mit der Üppigkeit der Gestalten und dem prahlenden Farbenglanz die Augen der Menge verblendete, deren übertriebene Lobsprüche ihn immer eitler und übermütiger machten. Es geschah, daß er zu Rom unter wilde, ausschweifende Jünglinge geriet, und wie er nun in allem der erste und vorzüglichste zu sein begehrte, so war er bald im wilden Sturm des Lasters der rüstigste Segler. Ganz von der falschen, trügerischen Pracht des Heidentums verführt, bildeten die Jünglinge, an deren Spitze Francesko stand, einen geheimen Bund, in dem sie, das Christentum auf freveliche Weise verspottend, die Gebräuche der alten Griechen nachahmten und mit frechen Dirnen verruchte sündhafte Feste feierten. Es waren Maler, aber noch mehr Bildhauer unter ihnen, die wollten nur von der antikischen Kunst etwas wissen und verlachten alles, was neue Künstler, von dem heiligen Christentum entzündet, zur Glorie desselben erfunden und herrlich ausgeführt hatten. Francesko malte in unheiliger Begeisterung viele Bilder aus der lügenhaften Fabelwelt. Keiner als er vermochte die buhlerische Üppigkeit der weiblichen Gestalten so wahrhaft darzustellen, indem er von lebenden Modellen die Karnation, von den alten Marmorbildern aber Form und Bildung entnahm. Statt wie sonst in den Kirchen und Klöstern sich an den herrlichen Bildern der alten frommen Meister zu erbauen und sie mit künstlerischer Andacht aufzunehmen in sein Inneres, zeichnete er emsig die Gestalten der lügnerischen Heidengötter nach. Von keiner Gestalt war er aber so ganz und gar durchdrungen, als von einem berühmten Venusbilde, das er stets in Gedanken trug. Das Jahrgehalt, was Zenobio dem Bruder ausgesetzt hatte, blieb einmal länger als gewöhnlich aus, und so kam es, daß Francesko bei seinem wilden Leben, das ihm allen Verdienst schnell hinwegraffte und das er doch nicht lassen wollte, in arge Geldnot geriet. Da gedachte er, daß vor langer Zeit ihm ein Kapuzinerkloster aufgetragen hatte, für einen hohen Preis das Bild der heiligen Rosalia zu malen, und er beschloß, das Werk, das er aus Abscheu gegen alle christliche Heiligen nicht unternehmen wollte, nun schnell zu vollenden, um das Geld zu erhalten. Er gedachte die Heilige nackt und in Form und Bildung des Gesichts jenem Venusbilde gleich darzustellen. Der Entwurf geriet über die Maßen wohl, und die frevelichen Jünglinge priesen hoch Franceskos verruchten Einfall, den frommen Mönchen statt der christlichen Heiligen ein heidnisches Götzenbild in die Kirche zu stellen. Aber wie Francesko zu malen begann, siehe, da gestaltete sich alles anders, als er es in Sinn und Gedanken getragen, und ein mächtigerer Geist überwältigte den Geist der schnöden Lüge, der ihn beherrscht hatte. Das Gesicht eines Engels aus dem hohen Himmelreiche fing an, aus düstern Nebeln hervor zu dämmern; aber als wie von scheuer Angst, das Heilige zu verletzen und dann dem Strafgericht des Herrn zu erliegen, ergriffen, wagte Francesko nicht, das Gesicht zu vollenden, und um den nackt gezeichneten

Körper legten in anmutigen Falten sich züchtige Gewänder, ein dunkelrotes Kleid und ein azurblauer Mantel. Die Kapuzinermönche hatten in dem Schreiben an den Maler Francesko nur des Bildes der heiligen Rosalia gedacht, ohne weiter zu bestimmen, ob dabei nicht eine denkwürdige Geschichte ihres Lebens der Vorwurf des Malers sein solle, und ebendaher hatte Francesko auch nur in der Mitte des Blatts die Gestalt der Heiligen entworfen; aber nun malte er, vom Geiste getrieben, allerlei Figuren rings umher, die sich wunderbarlich zusammenfügten, um das Martyrium der Heiligen darzustellen. Francesko war in sein Bild ganz und gar versunken, oder vielmehr das Bild war selbst der mächtige Geist worden, der ihn mit starken Armen umfaßte und emporhielt über das frevelige Weltleben, das er bisher getrieben. Nicht zu vollenden vermochte er aber das Gesicht der Heiligen, und das wurde ihm zu einer höllischen Qual, die wie mit spitzen Stacheln in sein inneres Gemüt bohrte. Er gedachte nicht mehr des Venusbildes, wohl aber war es ihm, als sähe er den alten Meister Leonardo, der ihn anblickte mit kläglicher Gebärde und ganz ängstlich und schmerzlich sprach: »Ach, ich wollte dir wohl helfen, aber ich darf es nicht, du mußt erst entsagen allem sündhaften Streben und in tiefer Reue und Demut die Fürbitte der Heiligen erflehen, gegen die du gefrevelt hast.« – Die Jünglinge, welche Francesko so lange geflohen, suchten ihn auf in seiner Werkstatt und fanden ihn wie einen ohnmächtigen Kranken ausgestreckt auf seinem Lager liegen. Da aber Francesko ihnen seine Not klagte, wie er, als habe ein böser Geist seine Kraft gebrochen, nicht das Bild der heiligen Rosalia fertig zu machen vermöge, da lachten sie alle auf und sprachen: »Ei mein Bruder, wie bist du denn mit einemmal so krank worden? – Laßt uns dem Äskulap und der freundlichen Hygeia ein Weinopfer bringen, damit jener Schwache dort genese!« Es wurde Syrakuser Wein gebracht, womit die Jünglinge die Trinkschalen füllten und, vor dem unvollendeten Bilde den heidnischen Göttern Libationen darbringend, ausgossen. Aber als sie dann wacker zu zechen begannen und dem Francesko Wein darboten, da wollte dieser nicht trinken und nicht teilnehmen an dem Gelage der wilden Brüder, unerachtet sie Frau Venus hochleben ließen! Da sprach einer unter ihnen: »Der törichte Maler da ist wohl wirklich in seinen Gedanken und Gliedmaßen krank, und ich muß nur einen Doktor herbeiholen.« Er warf seinen Mantel um, steckte seinen Stoßdegen an und schritt zur Türe hinaus. Es hatte aber nur wenige Augenblicke gedauert, als er wieder hereintrat und sagte: »Ei seht doch nur, ich bin ja selbst schon der Arzt, der jenen Siechling dort heilen will.« Der Jüngling, der gewiß einem alten Arzt in Gang und Stellung recht ähnlich zu sein begehrte, trippelte mit gekrümmten Knien einher und hatte sein jugendliches Gesicht seltsamlich in Runzeln und Falten verzogen, so daß er anzusehen war wie ein alter, recht häßlicher Mann, und die Jünglinge sehr lachten und riefen: »Ei seht doch, was der Doktor für gelehrte Gesichter zu schneiden vermag!« Der Doktor näherte sich dem kranken Francesko und sprach mit rauher Stimme und verhöhnendem Ton: »Ei, du armer Geselle, ich muß dich wohl aufrichten aus trübseliger Ohnmacht! – Ei, du erbärmlicher Geselle, wie siehst du doch so blaß und krank aus, der Frau Venus wirst du so nicht gefallen! – Kann sein, daß Donna Rosalia sich deiner annehmen wird, wenn du gesundet! – Du ohnmächtiger Geselle, nippe von meiner Wunderarzenei. Da du Heilige malen willst, wird dich mein Trank wohl zu erkräftigen vermögen, es ist Wein aus dem Keller des heiligen Antonius.« Der angebliche Doktor hatte eine Flasche unter dem Mantel hervorgezogen, die er jetzt öffnete. Es stieg ein seltsamlicher Duft aus der Flasche, der die Jünglinge betäubte, so daß sie, wie von Schläfrigkeit übernommen, in die Sessel sanken und die Augen schlossen. Aber Francesko riß in wilder Wut, verhöhnt zu sein als ein ohnmächtiger Schwächling, die Flasche dem Doktor aus den Händen und trank in vollen Zügen. »Wohl bekomm dir's«, rief der Jüngling, der nun wieder sein jugendliches Gesicht und seinen kräftigen Gang angenommen hatte. Dann rief er die andern Jünglinge aus dem Schlafe auf, worin sie versunken, und sie taumelten mit ihm die Treppe hinab. – So wie der Berg Venus in wildem Brausen verzehrende Flammen aussprüht, so tobte es jetzt in Feuerströmen heraus aus Franceskos Innern. Alle heidnische Geschichten, die er jemals gemalt, sah er vor Augen, als ob sie lebendig worden, und er rief mit gewaltiger Stimme: »Auch du mußt kommen, meine geliebte Göttin, du mußt leben und mein sein, oder ich weihe mich den unterirdischen Göttern!« Da erblickte er Frau Venus, dicht vor dem Bilde stehend und ihm freundlich zuwinkend. Er sprang auf von seinem Lager und begann an dem Kopfe der heiligen Rosalia zu malen, weil er nun der Frau Venus reizendes Angesicht ganz getreulich abzukonterfeien gedachte. Es war ihm so, als könne der feste Wille nicht gebieten der Hand, denn immer glitt der Pinsel ab von den Nebeln, in denen der Kopf der heiligen Rosalia eingehüllt war, und strich unwillkürlich an den Häuptern der barbarischen Männer, von denen sie umgeben. Und doch kam das himmlische Antlitz der Heiligen immer sichtbarlicher zum Vorschein und blickte den Francesko plötzlich mit solchen lebendig strahlenden Augen an, daß er, wie von einem herabfahrenden Blitze tödlich getroffen, zu Boden stürzte. Als er wieder nur etwas weniges seiner Sinnen mächtig worden, richtete er sich mühsam in die Höhe, er wagte jedoch nicht, nach dem Bilde, das ihm so schrecklich worden, hinzublicken, sondern schlich mit gesenktem Haupte nach dem Tische, auf dem des Doktors Weinflasche stand, aus der er einen tüchtigen Zug tat. Da war Francesko wieder ganz erkräftigt, er schaute nach seinem Bilde, es stand, bis auf den letzten Pinselstrich vollendet, vor ihm, und nicht das Antlitz der heiligen Rosalia, sondern das geliebte Venusbild lachte ihn mit üppigem Liebesblicke an. In demselben Augenblick wurde Francesko von wilden frevelichen Trieben entzündet. Er heulte vor wahnsinniger

Begier, er gedachte des heidnischen Bildhauers Pygmalion, dessen Geschichte er gemalt, und flehte so wie er zur Frau Venus, daß sie seinem Bilde Leben einhauchen möge. Bald war es ihm auch, als finge das Bild an sich zu regen, doch als er es in seine Arme fassen wollte, sah er wohl, daß es tote Leinewand geblieben. Dann zerraufte er sein Haar und gebärdete sich wie einer, der von dem Satan besessen. Schon zwei Tage und zwei Nächte hatte es Francesko so getrieben; am dritten Tag, als er wie eine erstarrte Bildsäule vor dem Bilde stand, ging die Türe seines Gemachs auf, und es rauschte hinter ihm wie mit weiblichen Gewändern. Er drehte sich um und erblickte ein Weib, das er für das Original seines Bildes erkannte. Es wären ihm schier die Sinne vergangen, als er das Bild, welches er aus seinen innersten Gedanken nach einem Marmorbilde erschaffen, nun lebendig vor sich in aller nur erdenklichen Schönheit erblickte, und es wandelte ihn beinahe ein Grausen an, wenn er das Gemälde ansah, das nun wie eine getreuliche Abspiegelung des fremden Weibes erschien. Es geschah ihm dasjenige, was die wunderbarliche Erscheinung eines Geistes zu bewirken pflegt, die Zunge war ihm gebunden, und er fiel lautlos vor der Fremden auf die Kniee und hob die Hände wie anbetend zu ihr empor. Das fremde Weib richtete ihn aber lächelnd auf und sagte ihm, daß sie ihn schon damals, als er in der Malerschule des alten Leonardo da Vinci gewesen, als ein kleines Mädchen oftmals gesehen und eine unsägliche Liebe zu ihm gefaßt habe. Eltern und Verwandte habe sie nun verlassen und sei allein nach Rom gewandert, um ihn wiederzufinden, da eine in ihrem Innern ertönende Stimme ihr gesagt habe, daß er sie sehr liebe und sie aus lauter Sehnsucht und Begierde abkonterfeit habe, was denn, wie sie jetzt sehe, auch wirklich wahr sei. Francesko merkte nun, daß ein geheimnisvolles Seelenverständnis mit dem fremden Weibe obgewaltet und daß dieses Verständnis das wunderbare Bild und seine wahnsinnige Liebe zu demselben geschaffen hatte. Er umarmte das Weib voll inbrünstiger Liebe und wollte sie sogleich nach der Kirche führen, damit ein Priester sie durch das heilige Sakrament der Ehe auf ewig binde. Dafür schien sich das Weib aber zu entsetzen, und sie sprach: »Ei, mein geliebter Francesko, bist du denn nicht ein wackrer Künstler, der sich nicht fesseln läßt von den Banden der christlichen Kirche? Bist du nicht mit Leib und Seele dem freudigen frischen Altertum und seinen dem Leben freundlichen Göttern zugewandt? Was geht unser Bündnis die traurigen Priester an, die in düstern Hallen ihr Leben in hoffnungsloser Klage verjammern; laß uns heiter und hell das Fest unserer Liebe feiern.« Francesko wurde von diesen Reden des Weibes verführt, und so geschah es, daß er mit den von sündigem, frevelichem Leichtsinn befangenen Jünglingen, die sich seine Freunde nannten, noch an demselben Abende sein Hochzeitsfest mit dem fremden Weibe nach heidnischen Gebräuchen beging. Es fand sich, daß das Weib eine Kiste mit Kleinodien und barem Geld mitgebracht hatte, und Francesko lebte mit ihr, in sündlichen Genüssen schwelgend und seiner Kunst entsagend, lange Zeit hindurch. Das Weib fühlte sich schwanger und blühte nun erst immer herrlicher und herrlicher in leuchtender Schönheit auf, sie schien ganz und gar das erweckte Venusbild, und Francesko vermochte kaum, die üppige Lust seines Lebens zu ertragen. Ein dumpfes angstvolles Stöhnen weckte in einer Nacht den Francesko aus dem Schlafe; als er erschrocken aufsprang und mit der Leuchte in der Hand nach seinem Weibe sah, hatte sie ihm ein Knäblein geboren. Schnell mußten die Diener eilen, um Wehmutter und Arzt herbeizurufen. Francesko nahm das Kind von dem Schoße der Mutter, aber in demselben Augenblick stieß das Weib einen entsetzlichen, durchdringenden Schrei aus und krümmte sich, wie von gewaltigen Fäusten gepackt, zusammen. Die Wehmutter kam mit ihrer Dienerin, ihr folgte der Arzt; als sie nun aber dem Weibe Hülfe leisten wollten, schauderten sie entsetzt zurück, denn das Weib war zum Tode erstarrt, Hals und Brust durch blaue, garstige Flecke verunstaltet, und statt des jungen schönen Gesichts erblickten sie ein gräßlich verzerrtes runzliges Gesicht mit offnen herausstarrenden Augen. Auf das Geschrei, das die beiden Weiber erhoben, liefen die Nachbarsleute herzu, man hatte von jeher von dem fremden Weibe allerlei Seltsames gesprochen; die üppige Lebensart, die sie mit Francesko führte, war allen ein Greuel gewesen, und es stand daran, daß man ihr sündhaftes Beisammensein ohne priesterliche Einsegnung den geistlichen Gerichten anzeigen wollte. Nun, als sie die gräßlich entstellte Tote sahen, war es allen gewiß, daß sie im Bündnis mit dem Teufel gelebt, der sich jetzt ihrer bemächtigt habe. Ihre Schönheit war nur ein lügnerisches Trugbild verdammter Zauberei gewesen. Alle Leute, die gekommen, flohen erschreckt von dannen, keiner mochte die Tote anrühren. Francesko wußte nun wohl, mit wem er es zu tun gehabt hatte, und es bemächtigte sich seiner eine entsetzliche Angst. Alle seine Frevel standen ihm vor Augen, und das Strafgericht des Herrn begann schon hier auf Erden, da die Flammen der Hölle in seinem Innern auflodertten.

Des andern Tages kam ein Abgeordneter des geistlichen Gerichts mit den Häschern und wollte den Francesko verhaften, da erwachte aber sein Mut und stolzer Sinn, er ergriff seinen Stoßdegen, machte sich Platz und entrann. Eine gute Strecke von Rom fand er eine Höhle, in die er sich ermüdet und ermattet verbarg. Ohne sich dessen deutlich bewußt zu sein, hatte er das neugeborne Knäblein in den Mantel gewickelt und mit sich genommen. Voll wilden Ingrimms wollte er das von dem teuflischen Weibe ihm geborne Kind an den Steinen zerschmettern, aber indem er es in die Höhe hob, stieß es klägliche bittende Töne aus, und es wandelte ihn tiefes Mitleid an, er legte das Knäblein auf weiches Moos und tröpfelte ihm den Saft einer Pommeranze ein, die er bei sich getragen. Francesko hatte, gleich einem büßenden Einsiedler, mehrere Wochen in der Höhle zugebracht und, sich abwendend von dem sündlichen Frevel, in dem er gelebt, inbrünstig zu den Heiligen gebetet. Aber vor allen andern rief er die von ihm schwer beleidigte Rosalia an, daß sie vor dem Throne des Herrn seine Fürsprecherin sein möge. Eines Abends lag Francesko, in der Wildnis betend, auf den Knien und schaute in die Sonne, welche sich tauchte in das Meer, das im Westen seine roten Flammenwellen emporschlug. Aber sowie die Flammen verblaßten im grauen Abendnebel, gewahrte Francesko in den Lüften einen leuchtenden Rosenschimmer, der sich bald zu gestalten begann. Von Engeln umgeben sah Francesko die heilige Rosalia, wie sie auf einer Wolke kniete, und ein sanftes Säuseln und Rauschen sprach die Worte: »Herr, vergib dem Menschen, der in seiner Schwachheit und Ohnmacht nicht zu widerstehen vermochte den Lockungen des Satans.« Da zuckten Blitze durch den Rosenschimmer, und ein dumpfer Donner ging dröhnend durch das Gewölbe des Himmels: »Welcher sündige Mensch hat gleich diesem gefrevelt! Nicht Gnade, nicht Ruhe im Grabe soll er finden, solange der Stamm, den sein Verbrechen erzeugte, fortwuchert in frevelicher Sünde!«-- Francesko sank nieder in den Staub, denn er wußte wohl, daß nun sein Urteil gesprochen und ein entsetzliches Verhängnis ihn trostlos umhertreiben werde. Er floh, ohne des Knäbleins in der Höhle zu gedenken, von dannen und lebte, da er nicht mehr zu malen vermochte, im tiefen, jammervollen Elend. Manchmal kam es ihm in den Sinn, als müsse er zur Glorie der christlichen Religion herrliche Gemälde ausführen, und er dachte große Stücke in der Zeichnung und Färbung aus, die die heiligen Geschichten der Jungfrau und der heiligen Rosalia darstellen sollten; aber wie konnte er solche Malerei beginnen, da er keinen Skudo besaß, um Leinwand und Farben zu kaufen, und nur von dürftigen Almosen, an den Kirchentüren gespendet, sein qualvolles Leben durchbrachte. Da begab es sich, daß, als er einst in einer Kirche, die leere Wand anstarrend, in Gedanken malte, zwei in Schleier gehüllte Frauen auf ihn zutraten, von denen eine mit holder Engelsstimme sprach: »In dem fernen Preußen ist der Jungfrau Maria, da, wo die Engel des Herrn ihr Bildnis auf einen Lindenbaum niedersetzten, eine Kirche erbaut worden, die noch des Schmuckes der Malerei entbehrt. Ziehe hin, die Ausübung deiner Kunst sei dir heilige Andacht, und deine zerrissene Seele wird gelabt werden mit himmlischem Trost.« – Als Francesko aufblickte zu den Frauen, gewahrte er, wie sie in sanftleuchtenden Strahlen zerflossen und ein Lilien- und Rosenduft die Kirche durchströmte. Nun wußte Francesko, wer die Frauen waren, und wollte den andern Morgen seine Pilgerfahrt beginnen. Aber noch am Abende desselben Tages fand ihn nach vielem Mühen ein Diener Zenobios auf, der ihm ein zweijähriges Gehalt auszahlte und ihn einlud an den Hof seines Herrn. Doch nur eine geringe Summe behielt Francesko, das übrige teilte er aus an die Armen und machte sich auf nach dem fernen Preußen. Der Weg führte ihn über Rom, und er kam in das nicht ferne davon gelegene Kapuzinerkloster, für welches er die heilige Rosalia gemalt hatte. Er sah auch das Bild in den Altar eingefugt, doch bemerkte er bei näherer Betrachtung, daß es nur eine Kopie seines Gemäldes war. Das Original hatten, wie er erfuhr, die Mönche nicht behalten mögen, wegen der sonderbaren Gerüchte, die man von dem entflohenen Maler verbreitete, aus dessen Nachlaß sie das Bild bekommen, sondern dasselbe nach genommener Kopie an das Kapuzinerkloster in B. verkauft. Nach beschwerlicher Pilgerfahrt langte Francesko in dem Kloster der heiligen Linde in Ostpreußen an und erfüllte den Befehl, den ihm die heilige Jungfrau selbst gegeben. Er malte die Kirche so wunderbarlich aus, daß er wohl einsah, wie der Geist der Gnade in ihm zu wirken beginne. Trost des Himmels floß in seine Seele.

Es begab sich, daß der Graf Filippo S. auf der Jagd in einer abgelegenen wilden Gegend von einem bösen Unwetter überfallen wurde. Der Sturm heulte durch die Klüfte, der Regen goß in Strömen herab, als solle in einer neuen Sündflut Mensch und Tier untergehen; da fand Graf Filippo eine Höhle, in die er sich samt seinem Pferde, das er mühsam hineinzog, rettete. Schwarzes Gewölk hatte sich über den ganzen Horizont gelegt, daher war es, zumal in der Höhle, so finster, daß Graf Filippo nichts unterscheiden und nicht entdecken konnte, was dicht neben ihm so raschle und rausche. Er war voll Bangigkeit, daß wohl ein wildes Tier in der Höhle verborgen sein könne, und zog sein Schwert, um jeden Angriff abzuwehren. Als aber das Unwetter vorüber und die Sonnenstrahlen in die Höhle fielen, gewahrte er zu seinem Erstaunen, daß neben ihm auf einem Blätterlager ein nacktes Knäblein lag und ihn mit hellen funkelnden Augen anschaute. Neben ihm stand ein Becher von Elfenbein, in dem der Graf Filippo noch einige Tropfen duftenden Weines fand, die das Knäblein begierig einsog. Der Graf ließ sein Horn ertönen, nach und nach sammelten sich seine Leute, die hierhin, dorthin geflüchtet waren, und man wartete auf des Grafen Befehl, ob sich nicht derjenige, der das Kind in die Höhle gelegt, einfinden würde, es abzuholen. Als nun aber die Nacht einzubrechen begann, da sprach der Graf Filippo: »Ich kann das Knäblein nicht hülflos liegen lassen, sondern will es mit mir nehmen, und daß ich dies getan, überall bekannt machen lassen, damit es die Eltern oder sonst einer, der es in die Höhle legte, von mir abfordern kann.« Es geschah so; aber Wochen, Monate und Jahre vergingen, ohne daß sich jemand gemeldet hätte. Der Graf hatte dem Fündling in heiliger Taufe den Namen Francesko geben lassen. Der Knabe wuchs heran und wurde an Gestalt und Geist ein wunderbarer Jüngling, den der Graf seiner seltenen Gaben wegen wie seinen Sohn liebte und ihm, da er kinderlos war, sein ganzes Vermögen zuzuwenden gedachte. Schon fünfundzwanzig Jahre war Francesko alt worden, als der Graf Filippo in törichter Liebe zu einem armen bildschönen Fräulein entbrannte und sie heiratete, unerachtet sie blutjung, er aber schon sehr hoch in Jahren war. Francesko wurde alsbald von sündhafter Begier nach dem Besitze der

Gräfin erfaßt, und unerachtet sie gar fromm und tugendhaft war und nicht die geschworene Treue verletzen wollte, gelang es ihm doch endlich nach hartem Kampfe, sie durch teuflische Künste zu verstricken, so daß sie sich der frevelichen Lust überließ, und er seinen Wohltäter mit schwarzem Undank und Verrat lohnte. Die beiden Kinder, Graf Pietro und Gräfin Angiola, die der greise Filippo in vollem Entzücken der Vaterfreude an sein Herz drückte, waren die Früchte des Frevels, der ihm sowie der Welt auf ewig verborgen blieb.

Von innerm Geiste getrieben, trat ich zu meinem Bruder Zenobio und sprach: »Ich habe dem Throne entsagt, und selbst dann, wenn du kinderlos vor mir sterben solltest, will ich ein armer Maler bleiben und mein Leben in stiller Andacht, die Kunst übend, hinbringen. Doch nicht fremdem Staat soll unser Ländlein anheim fallen. Jener Francesko, den der Graf Filippo S. erzogen, ist mein Sohn. Ich war es, der auf wilder Flucht ihn in der Höhle zurückließ, wo ihn der Graf fand. Auf dem elfenbeinernen Becher, der bei ihm stand, ist unser Wappen geschnitzt, doch noch mehr als das schützt des Jünglings Bildung, die ihn als aus unserer Familie abstammend getreulich bezeichnet, vor jedem Irrtum. Nimm, mein Bruder Zenobio, den Jüngling als deinen Sohn auf, und er sei dein Nachfolger!« - Zenobios Zweifel, ob der Jüngling Francesko in rechtmäßiger Ehe erzeugt sei, wurden durch die von dem Papst sanktionierte Adoptionsurkunde, die ich auswirkte, gehoben, und so geschah es, daß meines Sohnes sündhaftes, ehebrecherisches Leben endete und er bald in rechtmäßiger Ehe einen Sohn erzeugte, den er Paolo Francesko nannte. - Gewuchert hat der verbrecherische Stamm auf verbrecherische Weise. Doch kann meines Sohnes Reue nicht seine Frevel sühnen? Ich stand vor ihm wie das Strafgericht des Herrn, denn sein Innerstes lag vor mir offen und klar, und was der Welt verborgen, das sagte mir der Geist, der mächtig und mächtiger wird in mir und mich emporhebt über den brausenden Wellen des Lebens, daß ich hinabzuschauen vermag in die Tiefe, ohne daß dieser Blick mich hinabzieht zum Tode.

Franceskos Entfernung brachte der Gräfin S. den Tod, denn nun erst erwachte sie zum Bewußtsein der Sünde, und nicht überstehen konnte sie den Kampf der Liebe zum Verbrecher und der Reue über das, was sie begangen. Graf Filippo wurde neunzig Jahr alt, dann starb er als ein kindischer Greis. Sein vermeintlicher Sohn Pietro zog mit seiner Schwester Angiola an den Hof Franceskos, der dem Zenobio gefolgt war. Durch glänzende Feste wurde Paolo Franceskos Verlobung mit Vittoria, Fürstin von M., gefeiert, als aber Pietro die Braut in voller Schönheit erblickte, wurde er in heftiger Liebe entzündet, und ohne der Gefahr zu achten, bewarb er sich um Vittorias Gunst. Doch Paolo Franceskos Blicken entging Pietros Bestreben, da er selbst in seine Schwester Angiola heftig entbrannt war, die all sein Bemühen kalt zurückwies. Vittoria entfernte sich von dem Hofe, um, wie sie vorgab, noch vor ihrer Heirat in stiller Einsamkeit ein heiliges Gelübde zu erfüllen. Erst nach Ablauf eines Jahres kehrte sie zurück, die Hochzeit sollte vor sich gehen, und gleich nach derselben wollte Graf Pietro mit seiner Schwester Angiola nach seiner Vaterstadt zurückkehren. Paolo Franceskos Liebe zur Angiola war durch ihr stetes, standhaftes Widerstreben immer mehr entflammt worden und artete jetzt aus in die wütende Begier des wilden Tieres, die er nur durch den Gedanken des Genusses zu bezähmen vermochte. – So geschah es, daß er durch den schändlichsten Verrat am Hochzeitstage, ehe er in die Brautkammer ging, Angiola in ihrem Schlafzimmer überfiel und, ohne daß sie zur Besinnung kam, denn Opiate hatte sie beim Hochzeitmahl bekommen, seine freveliche Lust befriedigte. Als Angiola durch die verruchte Tat dem Tode nahe gebracht wurde, da gestand der von Gewissensbissen gefolterte Paolo Francesko ein, was er begangen. Im ersten Aufbrausen des Zorns wollte Pietro den Verräter niederstoßen, aber gelähmt sank sein Arm nieder, da er daran dachte, daß seine Rache der Tat vorangegangen. Die kleine Giazinta, Fürstin von B., allgemein für die Tochter der Schwester Vittorias geltend, war die Frucht des geheimen Verständnisses, das Pietro mit Paola Franceskos Braut unterhalten hatte. Pietro ging mit Angiola nach Deutschland, wo sie einen Sohn gebar, den man Franz nannte und sorgfältig erziehen ließ. Die schuldlose Angiola tröstete sich endlich über den entsetzlichen Frevel und blühte wieder auf in gar herrlicher Anmut und Schönheit. So kam es, daß der Fürst Theodor von W. eine gar heftige Liebe zu ihr faßte, die sie aus tiefer Seele erwiderte. Sie wurde in kurzer Zeit seine Gemahlin, und Graf Pietro vermählte sich zu gleicher Zeit mit einem teutschen Fräulein, mit der er eine Tochter erzeugte, so wie Angiola dem Fürsten zwei Söhne gebar. Wohl konnte sich die fromme Angiola ganz rein im Gewissen fühlen, und doch versank sie oft in düsteres Nachdenken, wenn ihr wie ein böser Traum Paolo Franceskos verruchte Tat in den Sinn kam, ja es war ihr oft so zumute, als sei selbst die bewußtlos begangene Sünde strafbar und würde gerächt werden an ihr und ihren Nachkommen. Selbst die Beichte und vollständige Absolution konnte sie nicht beruhigen. Wie eine himmlische Eingebung kam ihr nach langer Qual der Gedanke, daß sie alles ihrem Gemahl entdecken müsse. Unerachtet sie wohl sich des schweren Kampfes versah, den ihr das Geständnis des von dem Bösewicht Paolo Francesko verübten Frevels kosten würde, so gelobte sie sich doch feierlich, den schweren Schritt zu wagen, und sie hielt, was sie gelobt hatte. Mit Entsetzen vernahm Fürst Theodor die verruchte Tat, sein Inneres wurde heftig erschüttert, und der tiefe Ingrimm schien selbst der schuldlosen Gemahlin bedrohlich zu werden. So geschah es, daß sie einige Monate auf einem entfernten Schloß zubrachte; während der Zeit bekämpfte der Fürst die bittern Empfindungen, die ihn quälten, und es kam so weit, daß er nicht allein versöhnt der Gemahlin die Hand bot, sondern auch, ohne daß sie es wußte, für Franzens Erziehung sorgte. Nach dem Tode des Fürsten und seiner Gemahlin wußte nur Graf Pietro und der junge Fürst Alexander von W. um das Geheimnis von Franzens Geburt. Keiner der Nachkömmlinge des Malers wurde jenem Francesko, den Graf Filippo erzog, so ganz und gar ähnlich an Geist und Bildung als dieser Franz. Ein wunderbarer Jüngling, vom höheren Geiste belebt, feurig und rasch in Gedanken und Tat. Mag des Vaters, mag des Ahnherrn Sünde nicht auf ihm lasten, mag er widerstehen den bösen Verlockungen des Satans. Ehe Fürst Theodor starb, reisten seine beiden Söhne Alexander und Johann nach dem schönen Welschland, doch nicht sowohl offenbare Uneinigkeit als verschiedene Neigung, verschiedenes Streben war die Ursache, daß die beiden Brüder sich in Rom trennten. Alexander kam an Paolo Franceskos Hof und faßte solche Liebe zu Paolos jüngster mit Vittoria erzeugten Tochter, daß er sich ihr zu vermählen gedachte. Fürst Theodor wies indessen mit einem Abscheu, der dem Fürsten Alexander unerklärlich war, die Verbindung zurück, und so kam es, daß erst nach Theodors Tode Fürst Alexander sich mit Paolo Franceskos Tochter vermählte. Prinz Johann hatte auf dem Heimwege seinen Bruder Franz kennengelernt und fand an dem Jünglinge, dessen nahe Verwandtschaft mit ihm er nicht ahnte, solches Behagen, daß er sich nicht mehr von ihm trennen mochte. Franz war die Ursache, daß der Prinz, statt heimzukehren nach der Residenz des Bruders, nach Italien zurückging. Das ewige unerforschliche Verhängnis wollte es, daß beide, Prinz Johann und Franz, Vittorias und Pietros Tochter Giazinta sahen und beide in heftiger Liebe zu ihr entbrannten. – Das Verbrechen keimt, wer vermag zu widerstehen den dunkeln Mächten.

Wohl waren die Sünden und Frevel meiner Jugend entsetzlich, aber durch die Fürsprache der Gebenedeiten und der heiligen

Rosalia bin ich errettet vom ewigen Verderben, und es ist mir vergönnt, die Qualen der Verdammnis zu erdulden hier auf Erden, bis der verbrecherische Stamm verdorret ist und keine Früchte mehr trägt. Über geistige Kräfte gebietend, drückt mich die Last des Irdischen nieder, und das Geheimnis der düstern Zukunft ahnend, blendet mich der trügerische Farbenglanz des Lebens, und das blöde Auge verwirrt sich in zerfließenden Bildern, ohne daß es die wahre innere Gestaltung zu erkennen vermag! - Ich erblicke oft den Faden, den die dunkle Macht, sich auflehnend gegen das Heil meiner Seele, fortspinnt, und glaube töricht ihn erfassen, ihn zerreißen zu können. Aber dulden soll ich und gläubig und fromm in fortwährender reuiger Buße die Marter ertragen, die mir auferlegt worden, um meine Missetaten zu sühnen. Ich habe den Prinzen und Franz von Giazinta weggescheucht, aber der Satan ist geschäftig, dem Franz das Verderben zu bereiten, dem er nicht entgehen wird. - Franz kam mit dem Prinzen an den Ort, wo sich Graf Pietro mit seiner Gemahlin und seiner Tochter Aurelie, die eben funfzehn Jahr alt worden, aufhielt. So wie der verbrecherische Vater Paolo Francesko in wilder Begier entbrannte, als er Angiola sah, so loderte das Feuer verbotener Lust auf in dem Sohn, als er das holde Kind Aurelie erblickte. Durch allerlei teuflische Künste der Verführung wußte er die fromme, kaum erblühte Aurelie zu umstricken, daß sie mit ganzer Seele ihm sich ergab, und sie hatte gesündigt, ehe der Gedanke der Sünde aufgegangen in ihrem Innern. Als die Tat nicht mehr verschwiegen bleiben konnte, da warf er sich, wie voll Verzweiflung über das, was er begangen, der Mutter zu Füßen und gestand alles. Graf Pietro, unerachtet selbst in Sünde und Frevel befangen, hätte Franz und Aurelie ermordet. Die Mutter ließ den Franz ihren gerechten Zorn fühlen, indem sie ihn mit der Drohung, die verruchte Tat dem Grafen Pietro zu entdecken, auf immer aus ihren und der verführten Tochter Augen verbannte. Es gelang der Gräfin, die Tochter den Augen des Grafen Pietro zu entziehen, und sie gebar an entfernten Orten ein Töchterlein. Aber Franz konnte nicht lassen von Aurelien, er erfuhr ihren Aufenthalt, eilte hin und trat in das Zimmer, als eben die Gräfin, verlassen vom Hausgesinde, neben dem Bette der Tochter saß und das Töchterlein, das erst acht Tage alt worden, auf dem Schoße hielt. Die Gräfin stand voller Schreck und Entsetzen über den unvermuteten Anblick des Bösewichts auf und gebot ihm, das Zimmer zu verlassen. »Fort . . . fort, sonst bist du verloren; Graf Pietro weiß, was du Verruchter begonnen!« So rief sie, um dem Franz Furcht einzujagen, und drängte ihn nach der Türe; da übermannte den Franz wilde, teuflische Wut, er riß der Gräfin das Kind vom Arme, versetzte ihr einen Faustschlag vor die Brust, daß sie rücklings niederstürzte, und rannte fort. Als Aurelie aus tiefer Ohnmacht erwachte, war die Mutter nicht mehr am Leben, die tiefe Kopfwunde (sie war auf einen mit Eisen beschlagenen Kasten gestürzt) hatte sie getötet. Franz hatte im Sinn, das Kind zu ermorden, er wickelte es in Tücher, lief am finstern Abend die Treppe hinab und wollte eben zum Hause hinaus, als er ein dumpfes Wimmern vernahm, das aus einem Zimmer des Erdgeschosses zu kommen schien. Unwillkürlich blieb er stehen, horchte und schlich endlich jenem Zimmer näher. In dem Augenblick trat eine Frau, welche er für die Kinderwärterin der Baronesse von S., in deren Hause er wohnte, erkannte, unter kläglichem Jammern heraus. Franz frug, weshalb sie sich so gebärde. »Ach Herr«, sagte die Frau, »mein Unglück ist gewiß, soeben saß die kleine Euphemie auf meinem Schoße und juchzte und lachte, aber mit einemmal läßt sie das Köpfchen sinken und ist tot. – Blaue Flecken hat sie auf der Stirn, und wird man mir Schuld geben, daß ich sie habe fallen lassen!« – Schnell trat Franz hinein, und als er das tote Kind erblickte, gewahrte er, wie das Verhängnis das Leben seines Kindes wollte, denn es war mit der toten Euphemie auf wunderbare Weise gleich gebildet und gestaltet. Die Wärterin, vielleicht nicht so unschuldig an dem Tode des Kindes, als sie vorgab, und bestochen durch Franzens reichliches Geschenk, ließ sich den Tausch gefallen; Franz wickelte nun das tote Kind in die Tücher und warf es in den Strom. Aureliens Kind wurde als die Tochter der Baronesse von S., Euphemie mit Namen, erzogen, und der Welt blieb das Geheimnis ihrer Geburt verborgen. Die Unselige wurde nicht durch das Sakrament der heiligen Taufe in den Schoß der Kirche aufgenommen, denn getauft war schon das Kind, dessen Tod ihr Leben erhielt. Aurelie hat sich nach mehreren Jahren mit dem Baron von F. vermählt; zwei Kinder, Hermogen und Aurelie, sind die Frucht dieser Vermählung.

Die ewige Macht des Himmels hatte es mir vergönnt, daß, als der Prinz mit Francesko (so nannte er den Franz auf italienische Weise) nach der Residenzstadt des fürstlichen Bruders zu gehen gedachte, ich zu ihnen treten und mitziehen durfte. Mit kräftigem Arm wollte ich den schwankenden Francesko erfassen, wenn er sich dem Abgrunde nahte, der sich vor ihm aufgetan. Törichtes Beginnen des ohnmächtigen Sünders, der noch nicht Gnade gefunden vor dem Throne des Herrn! - Francesko ermordete den Bruder, nachdem er an Giazinta verruchten Frevel geübt! Franceskos Sohn ist der unselige Knabe, den der Fürst unter dem Namen des Grafen Viktorin erziehen läßt. Der Mörder Francesko gedachte sich zu vermählen mit der frommen Schwester der Fürstin, aber ich vermochte dem Frevel vorzubeugen in dem Augenblick, als er begangen werden sollte an heiliger Stätte.

Wohl bedurfte es des tiefen Elends, in das Franz versank - nachdem er, gefoltert von dem Gedanken nie abzubüßender Sünde, entflohen - um ihn zur Reue zu wenden. Von Gram und Krankheit gebeugt, kam er auf der Flucht zu einem Landmann, der ihn freundlich aufnahm. Des Landmanns Tochter, eine fromme, stille Jungfrau, faßte wunderbare Liebe zu dem Fremden und pflegte ihn sorglich. So geschah es, daß, als Francesko genesen, er der Jungfrau Liebe erwiderte, und sie wurden durch das heilige Sakrament der Ehe vereinigt. Es gelang ihm, durch seine Klugheit und Wissenschaft sich aufzuschwingen und des Vaters nicht geringen Nachlaß reichlich zu vermehren, so daß er viel irdischen Wohlstand genoß. Aber unsicher und eitel ist das Glück des mit Gott nicht versöhnten Sünders. Franz sank zurück in die bitterste Armut, und tötend war sein Elend, denn er fühlte, wie Geist und Körper hinschwanden in kränkelnder Siechheit. Sein Leben wurde eine fortwährende Bußübung. Endlich sandte ihm der Himmel einen Strahl des Trostes. – Er soll pilgern nach der heiligen Linde, und dort wird ihm die Geburt eines Sohnes die Gnade des Herrn verkünden.

In dem Walde, der das Kloster zur heiligen Linde umschließt, trat ich zu der bedrängten Mutter, als sie über dem neugebornen vaterlosen Knäblein weinte, und erquickte sie mit Worten des Trostes. – Wunderbar geht die Gnade des Herrn auf dem Kinde, das geboren wird in dem segensreichen Heiligtum der Gebenedeiten! Oftmals begibt es sich, daß das Jesuskindlein sichtbar zu ihm tritt und früh in dem kindischen Gemüt den Funken der Liebe entzündet. –

Die Mutter hat in heiliger Taufe dem Knaben des Vaters Namen, Franz, geben lassen! Wirst du es denn sein, Franziskus, der, an heiliger Stätte geboren, durch frommen Wandel den verbrecherischen Ahnherrn entsündigt und ihm Ruhe schafft im Grabe? Fern von der Welt und ihren verführerischen Lockungen, soll der Knabe sich ganz dem Himmlischen zuwenden. Er soll geistlich werden. So hat es der heilige Mann, der wunderbaren Trost in meine Seele goß, der Mutter verkündet, und es mag wohl die Prophezeiung der Gnade sein, die mich mit wundervoller Klarheit erleuchtet, so daß ich in meinem Innern das lebendige Bild der Zukunft zu erschauen vermeine.

Ich sehe den Jüngling den Todeskampf streiten mit der finstern Macht, die auf ihn eindringt mit furchtbarer Waffe! – Er fällt, doch ein göttlich Weib erhebt über sein Haupt die Siegeskrone! – Es ist die heilige Rosalia selbst, die ihn errettet! – So oft es mir die ewige Macht des Himmels vergönnt, will ich dem Knaben, dem Jünglinge, dem Mann nahe sein und ihn schützen, wie es die mir verliehene Kraft vermag. – Er wird sein wie –

Anmerkung des Herausgebers

Hier wird, günstiger Leser, die halb erloschene Schrift des alten Malers so undeutlich, daß weiter etwas zu entziffern ganz unmöglich ist. Wir kehren zu dem Manuskript des merkwürdigen Kapuziners Medardus zurück.

DRITTER ABSCHNITT
DIE RÜCKKEHR
IN DAS KLOSTER

Es war so weit gekommen, daß überall, wo ich mich in den Straßen von Rom blicken ließ, einzelne aus dem Volk still standen und in gebeugter, demütiger Stellung um meinen Segen baten. Mocht' es sein, daß meine strenge Bußübung, die ich fortsetzte, schon Aufsehen erregten, aber gewiß war es, daß meine fremdartige, wunderliche Erscheinung den lebhaften fantastischen Römern bald zu einer Legende werden mußte, und daß sie mich vielleicht, ohne daß ich es ahnte, zu dem Helden irgend eines frommen Märchens erhoben hatten. Oft weckten mich bange Seufzer und das Gemurmel leiser Gebete aus tiefer Betrachtung, in die ich, auf den Stufen des Altars liegend, versunken, und ich bemerkte dann, wie rings um mich her Andächtige knieten und meine Fürbitte zu erflehen schienen. So wie in jenem Kapuzinerkloster hörte ich hinter mir rufen: il Santo! – und schmerzhafte Dolchstiche fuhren durch meine Brust. Ich wollte Rom verlassen, doch wie erschrak ich, als der Prior des Klosters, in dem ich mich aufhielt, mir ankündigte, daß der Papst mich hätte zu sich gebieten lassen. Düstre Ahnungen stiegen in mir auf, daß vielleicht aufs neue die böse Macht in feindlichen Verkettungen mich festzubannen trachte, indessen faßte ich Mut und ging zur bestimmten Stunde nach dem Vatikan. Der Papst, ein wohlgebildeter Mann, noch in den Jahren der vollen Kraft, empfing mich, auf einem reich verzierten Lehnstuhl sitzend. Zwei wunderschöne, geistlich gekleidete Knaben bedienten ihn mit Eiswasser und durchfächelten das Zimmer mit Reiherbüschen, um, da der Tag überheiß war, die Kühle zu erhalten. Demütig trat ich auf ihn zu und machte die gewöhnliche Kniebeugung. Er sah mich scharf an, der Blick hatte aber etwas Gutmütiges, und statt des strengen Ernstes, der sonst, wie ich aus der Ferne wahrzunehmen geglaubt, auf seinem Gesicht ruhte, ging ein sanftes Lächeln durch alle Züge. Er frug, woher ich käme, was mich nach Rom gebracht – kurz das Gewöhnlichste über meine persönliche Verhältnisse, und stand dann auf, indem er sprach: »Ich ließ Euch rufen, weil man mir von Eurer seltenen Frömmigkeit erzählt. – Warum, Mönch Medardus, treibst du deine Andachtsübungen öffentlich vor dem Volk in den besuchtesten Kirchen? – Gedenkst du zu erscheinen als ein Heiliger des Herrn und angebetet zu werden von dem fanatischen Pöbel, so greife in deine Brust und forsche wohl, wie der innerste Gedanke beschaffen, der dich so zu handeln treibt. – Bist du nicht rein vor dem Herrn und vor mir, seinem Statthalter, so nimmst du bald ein schmähliches Ende, Mönch Medardus!« – Diese Worte sprach der Papst mit starker, durchdringender Stimme, und wie treffende Blitze funkelte es aus seinen Augen. Nach langer Zeit zum erstenmal fühlte ich mich nicht der Sünde schuldig, der ich angeklagt wurde, und so mußte es wohl kommen, daß ich nicht allein meine Fassung behielt, sondern auch von dem Gedanken, daß meine Buße aus wahrer innerer Zerknirschung hervorgegangen, erhoben wurde und wie ein Begeisterter zu sprechen vermochte: »Ihr hochheiliger Statthalter des Herrn, wohl ist Euch die Kraft verliehen, in mein Inneres zu schauen; wohl mögt Ihr es wissen, daß zentnerschwer mich die unsägliche Last meiner Sünden zu Boden drückt, aber ebenso werdet Ihr die Wahrheit meiner Reue erkennen. Fern von mir ist der Gedanke schnöder Heuchelei, fern von mir jede ehrgeizige Absicht, das Volk zu täuschen auf verruchte Weise. - Vergönnt es dem büßenden Mönche, o hochheiliger Herr, daß er in kurzen Worten sein verbrecherisches Leben, aber auch das, was er in der tiefsten Reue und Zerknirschung begonnen, Euch enthülle!« - So fing ich an und erzählte nun, ohne Namen zu nennen und so gedrängt als möglich, meinen ganzen Lebenslauf. Aufmerksamer und aufmerksamer wurde der Papst. Er setzte sich in den Lehnstuhl und stützte den Kopf in die Hand; er sah zur Erde nieder, dann fuhr er plötzlich in die Höhe; die Hände übereinander geschlagen und mit dem rechten Fuß ausschreitend, als wolle er auf mich zutreten, starrte er mich an mit glühenden Augen. Als ich geendet, setzte er sich aufs neue. »Eure Geschichte, Mönch Medardus«, fing er an, »ist die verwunderlichste, die ich jemals vernommen. - Glaubt Ihr an die offenbare, sichtliche Einwirkung einer bösen Macht, die die Kirche Teufel nennt?« - Ich wollte antworten, der Papst fuhr fort: »Glaubt Ihr, daß der Wein, den Ihr aus der Reliquienkammer stahlt und austranket, Euch zu den Freveln trieb, die Ihr beginget?« - »Wie ein von giftigen Dünsten geschwängertes Wasser gab er Kraft dem bösen Keim, der in mir ruhete, daß er fortzuwuchern vermochte!« - Als ich dies erwidert, schwieg der Papst einige Augenblicke, dann fuhr er mit ernstem, in sich gekehrtem Blick fort: »Wie, wenn die Natur die Regel des körperlichen Organism auch im geistigen befolgte, daß gleicher Keim nur Gleiches zu gebären vermag? ... Wenn Neigung und Wollen, - wie die Kraft, die im Kern verschlossen, des hervorschießenden Baumes Blätter wieder grün färbt - sich fortpflanzte von Vätern zu Vätern, alle Willkür aufhebend? . . . Es gibt Familien von Mördern, von Räubern! . . . Das wäre die Erbsünde, des frevelhaften Geschlechts ewiger, durch kein Sühnopfer vertilgbarer Fluch!« - »Muß der vom Sünder Geborne wieder sündigen vermöge des vererbten Organismus, dann gibt es keine Sünde«, so unterbrach ich den Papst. »Doch!« sprach er, »der ewige Geist schuf einen Riesen, der jenes blinde Tier, das in uns wütet, zu bändigen und in Fesseln zu schlagen vermag. Bewußtsein heißt dieser Riese, aus dessen Kampf mit dem Tier sich die Spontaneität erzeugt. Des Riesen Sieg ist die Tugend, der Sieg des Tieres die Sünde.« Der Papst schwieg einige Augenblicke, dann heiterte sein Blick sich auf, und er sprach mit sanfter Stimme: »Glaubt Ihr, Mönch Medardus, daß es für den Statthalter des Herrn schicklich sei, mit Euch über Tugend und Sünde zu vernünfteln?« - »Ihr habt, hochheiliger Herr«, erwiderte ich, »Euern Diener gewürdigt, Eure tiefe Ansicht des menschlichen Seins zu vernehmen, und wohl mag es Euch ziemen, über den Kampf zu sprechen, den Ihr längst, herrlich und glorreich siegend, geendet.« - »Du hast eine gute Meinung von mir, Bruder Medardus«, sprach der Papst, »oder glaubst du, daß die Tiara der Lorbeer sei, der mich als Helden und Sieger der Welt verkündet?« - »Es ist«, sprach ich, »wohl etwas Großes, König sein und herrschen über ein Volk. So im Leben hochgestellt, mag alles rings umher näher zusammengerückt, in jedem Verhältnis kommensurabler erscheinen, und eben durch die hohe Stellung sich die wunderbare Kraft des Überschauens entwickeln, die wie eine höhere Weihe sich kundtut im gebornen Fürsten.« - »Du meinst«, fiel der Papst ein, »daß selbst den Fürsten, die schwach an Verstande und Willen, doch eine gewisse wunderliche Sagazität beiwohne, die füglich für Weisheit geltend, der Menge zu imponieren vermag. Aber wie gehört das hieher?« - »Ich wollte«, fuhr ich fort, »von der Weihe der Fürsten reden, deren Reich von dieser Welt ist, und dann von der heiligen, göttlichen

Weihe des Statthalters des Herrn. Auf geheimnisvolle Weise erleuchtet der Geist des Herrn die im Konklave verschlossenen hohen Priester. Getrennt, in einzelnen Gemächern frommer Betrachtung hingegeben, befruchtet der Strahl des Himmels das nach der Offenbarung sich sehnende Gemüt, und *ein* Name erschallt wie ein die ewige Macht lobpreisender Hymnus von den begeisterten Lippen. – Nur kund getan in irdischer Sprache wird der Beschluß der ewigen Macht, die sich ihren würdigen Statthalter auf Erden erkor, und so, hochheiliger Herr, ist Eure Krone, im dreifachen Ringe das Mysterium Eures Herrn, des Herrn der Welten, verkündend, in der Tat der Lorbeer, der Euch als Helden und Sieger darstellt. – Nicht von dieser Welt ist Euer Reich, und doch seid Ihr berufen zu herrschen über alle Reiche dieser Erde, die Glieder der unsichtbaren Kirche sammelnd unter der Fahne des Herrn! – Das weltliche Reich, das Euch beschieden, ist nur Euer in himmlischer Pracht blühender Thron.« – »Das gibst du zu«, unterbrach mich der Papst, – »das gibst du zu, Bruder Medardus, daß ich Ursache habe, mit diesem mir beschiedenen Thron zufrieden zu sein. Wohl ist meine blühende Roma geschmückt mit himmlischer Pracht, das wirst du auch wohl fühlen, Bruder Medardus, hast du deinen Blick nicht ganz dem Irdischen verschlossen . . . Doch das glaub' ich nicht . . . Du bist ein wackrer Redner und hast mir zum Sinn gesprochen . . . Wir werden uns, merk' ich, näher verständigen! . . . Bleibe hier! . . . In einigen Tagen bist du vielleicht Prior, und später könnt' ich dich wohl gar zu meinem Beichtvater erwählen . . . Gehe . . . gebärde dich weniger närrisch in den Kirchen, zum Heiligen schwingst du dich nun einmal nicht hinauf – der Kalender ist vollzählig. Gehe.« Des Papstes letzte Worte verwunderten mich ebenso wie sein ganzes Betragen überhaupt, das ganz dem Bilde widersprach, wie es sonst von dem Höchsten der christlichen Gemeinde, dem die Macht gegeben zu binden und zu lösen, in meinem Innern aufgegangen war. Es war mir nicht zweifelhaft, daß er alles, was ich von der hohen Göttlichkeit seines Berufs gesprochen, für eine leere listige Schmeichelei gehalten hatte. Er ging von der Idee aus, daß ich mich hatte zum Heiligen aufschwingen wollen und daß ich, da er mir aus besondern Gründen den Weg dazu versperren mußte, nun gesonnen war, mir auf andere Weise Ansehn und Einfluß zu verschaffen. Auf dieses wollte er wieder aus besonderen mir unbekannten Gründen eingehen.

Ich beschloß - ohne daran zu denken, daß ich ja, ehe der Papst mich rufen ließ, Rom hatte verlassen wollen - meine Andachtsübungen fortzusetzen. Doch nur zu sehr im Innern fühlte ich mich bewegt, um wie sonst mein Gemüt ganz dem Himmlischen zuwenden zu können. Unwillkürlich dachte ich selbst im Gebet an mein früheres Leben; erblaßt war das Bild meiner Sünden, und nur das Glänzende der Laufbahn, die ich als Liebling eines Fürsten begonnen, als Beichtiger des Papstes fortsetzen und wer weiß auf welcher Höhe enden werde, stand grell leuchtend vor meines Geistes Augen. So kam es, daß ich, nicht weil es der Papst verboten, sondern unwillkürlich meine Andachtsübungen einstellte und statt dessen in den Straßen von Rom umherschlenderte. Als ich eines Tages über den spanischen Platz ging, war ein Haufen Volks um den Kasten eines Puppenspielers versammelt. Ich vernahm Pulcinells komisches Gequäke und das wiehernde Gelächter der Menge. Der erste Akt war geendet, man bereitete sich auf den zweiten vor. Die kleine Decke flog auf, der junge David erschien mit seiner Schleuder und dem Sack voll Kieselsteinen. Unter possierlichen Bewegungen versprach er, daß nunmehr der ungeschlachte Riese Goliath ganz gewiß erschlagen und Israel errettet werden solle. Es ließ sich ein dumpfes Rauschen und Brummen hören. Der Riese Goliath stieg empor mit einem ungeheuern Kopfe. - Wie erstaunte ich, als ich auf den ersten Blick in dem Goliathskopf den närrischen Belcampo erkannte. Dicht unter dem Kopf hatte er mittels einer besonderen Vorrichtung einen kleinen Körper mit Ärmchen und Beinchen angebracht, seine eigenen Schultern und Ärme aber durch eine Draperie versteckt, die wie Goliaths breit gefalteter Mantel anzusehen war. Goliath hielt mit den seltsamsten Grimassen und groteskem Schütteln des Zwergleibes eine stolze Rede, die David nur zuweilen durch ein feines Kichern unterbrach. Das Volk lachte unmäßig, und ich selbst, wunderlich angesprochen von der neuen fabelhaften Erscheinung Belcampos, ließ mich fortreißen und brach aus in das längst ungewohnte Lachen der innern kindischen Lust. – Ach, wie oft war sonst mein Lachen nur der konvulsivische Krampf der innern herzzerreißenden Qual. Dem Kampf mit dem Riesen ging eine lange Disputation voraus, und David bewies überaus künstlich und gelehrt, warum er den furchtbaren Gegner totschmeißen müsse und werde. Belcampo ließ alle Muskeln seines Gesichts wie knisternde Lauffeuer spielen, und dabei schlugen die Riesenärmchen nach dem kleiner als kleinen David, der geschickt unterzuducken wußte und dann hie und da, ja selbst aus Goliaths eigner Mantelfalte zum Vorschein kam. Endlich flog der Kiesel an Goliaths Haupt, er sank hin, und die Decke fiel. Ich lachte immer mehr, durch Belcampos tollen Genius gereizt, überlaut, da klopfte jemand leise auf meine Schulter. Ein Abbate stand neben mir. »Es freut mich«, fing er an, »daß Ihr, mein ehrwürdiger Herr, nicht die Lust am Irdischen verloren habt. Beinahe traute ich Euch, nachdem ich Eure merkwürdige Andachtsübungen gesehen, nicht mehr zu, daß Ihr über solche Torheiten zu lachen vermöchtet.« Es war mir so, als der Abbate dieses sprach, als müßte ich mich meiner Lustigkeit schämen, und unwillkürlich sprach ich, was ich gleich darauf schwer bereute, gesprochen zu haben. »Glaubt mir, mein Herr Abbate«, sagte ich, »daß dem, der in dem buntesten Wogenspiel des Lebens ein rüstiger Schwimmer war, nie die Kraft gebricht, aus dunkler Flut aufzutauchen und mutig sein Haupt zu erheben.« Der Abbate sah mich mit blitzenden Augen an. »Ei«, sprach er, »wie habt Ihr das Bild so gut erfunden und ausgeführt. Ich glaube Euch jetzt zu kennen ganz und gar und bewundere Euch aus tiefstem Grunde meiner Seele.«

»Ich weiß nicht, mein Herr, wie ein armer büßender Mönch Eure Bewunderung zu erregen vermochte!«

»Vortrefflich, Ehrwürdigster! – Ihr fallt zurück in Eure Rolle! – Ihr seid des Papstes Liebling?«

»Dem hochheiligen Statthalter des Herrn hat es gefallen, mich seines Blicks zu würdigen. – Ich habe ihn verehrt im Staube, wie es der Würde, die ihm die ewige Macht verlieh, als sie himmlisch reine Tugend bewährt fand in seinem Innern, geziemt.«

»Nun, du ganz würdiger Vasall an dem Thron des dreifach Gekrönten, du wirst tapfer tun, was deines Amtes ist! – Aber glaube mir, der jetzige Statthalter des Herrn ist ein Kleinod der Tugend gegen Alexander den Sechsten, und da magst du dich vielleicht doch verrechnet haben! – Doch – spiele deine Rolle – ausgespielt ist bald, was munter und lustig begann. – Lebt wohl, mein sehr ehrwürdiger Herr!«

Mit gellendem Hohngelächter sprang der Abbate von dannen, erstarrt blieb ich stehen. Hielt ich seine letzte Äußerung mit meinen eignen Bemerkungen über den Papst zusammen, so mußte es mir wohl klar aufgehen, daß er keineswegs der nach dem Kampf mit dem Tier gekrönte Sieger war, für den ich ihn gehalten, und ebenso mußte ich auf entsetzliche Weise mich überzeugen, daß wenigstens dem eingeweihten Teil des Publikums meine Buße als ein heuchlerisches Bestreben erschienen war, mich auf diese oder jene Weise aufzuschwingen. Verwundet bis tief in das Innerste, kehrte ich in mein Kloster zurück und betete inbrünstig in der einsamen Kirche. Da fiel es mir wie Schuppen von den Augen, und ich erkannte bald die Versuchung der finstern Macht, die mich aufs neue zu verstricken getrachtet hatte, aber auch zugleich meine sündige Schwachheit und die Strafe des Himmels. – Nur schnelle Flucht konnte mich retten, und ich beschloß mit dem frühesten Morgen mich auf den Weg zu machen. Schon war beinahe die Nacht eingebrochen, als die Hausglocke des Klosters stark angezogen wurde. Bald darauf trat der Bruder Pförtner in meine Zelle und berichtete, daß ein seltsam gekleideter Mann durchaus begehre mich zu sprechen. Ich ging nach dem Sprachzimmer, es war Belcampo, der nach seiner tollen Weise auf mich zusprang, bei beiden Armen mich packte und mich schnell in einen Winkel zog. »Medardus«, fing er leise und eilig an, »Medardus, du magst es nun anstellen, wie du willst, um dich zu verderben, die Narrheit ist hinter dir her auf den Flügeln des Westwindes – Südwindes oder auch Süd-Südwest – oder sonst und packt dich, ragt auch nur noch ein Zipfel deiner Kutte hervor aus dem Abgrunde, und zieht dich herauf – O Medardus, erkenne das – erkenne, was Freundschaft ist, erkenne, was Liebe vermag, glaube an David und Jonathan, liebster Kapuziner!« – »Ich habe Sie als Goliath bewundert«, fiel ich dem Schwätzer in die Rede, »aber sagen Sie mir schnell, worauf es ankommt – was Sie zu mir hertreibt?« – »Was mich hertreibt?« sprach Belcampo, »was mich hertreibt? – Wahnsinnige Liebe zu einem Kapuziner, dem ich einst den Kopf zurechtsetzte, der umherwarf mit blutiggoldenen Dukaten – der Umgang hatte mit scheußlichen Revenants – der, nachdem er was weniges gemordet hatte – die Schönste der Welt heiraten wollte, bürgerlicher- oder vielmehr adligerweise.« – »Halt ein«, rief ich, »halt ein, du grauenhafter Narr! Gebüßt habe ich schwer, was du mir vorwirfst im frevelichen Mutwillen.« – »O Herr«, fuhr Belcampo fort, »noch ist die Stelle so empfindlich, wo Euch die feindliche Macht tiefe Wunden schlug? – Ei, so ist Eure Heilung noch nicht vollbracht. – Nun, ich will sanft und ruhig sein wie ein frommes Kind, ich will mich bezähmen, ich will nicht mehr springen, weder körperlich noch geistig, und Euch, geliebter Kapuziner, bloß sagen, daß ich Euch hauptsächlich Eurer sublimen Tollheit halber so zärtlich liebe, und da es überhaupt nützlich ist, daß jedes tolle Prinzip so lange lebe und gedeihe auf Erden, als nur immer möglich, so rette ich dich aus jeder Todesgefahr, in die du mutwilligerweise dich begibst. In meinem Puppenkasten habe ich ein Gespräch belauscht, das dich betrifft. Der Papst will dich zum Prior des hiesigen Kapuzinerklosters und zu seinem Beichtiger erheben. Fliehe schnell, schnell fort von Rom, denn Dolche lauern auf dich. Ich kenne den Bravo, der dich ins Himmelreich spedieren soll. Du bist dem Dominikaner, der jetzt des Papstes Beichtiger ist, und seinem Anhange im Wege. – Morgen darfst du nicht mehr hier sein.« – Diese neue Begebenheit konnte ich gar gut mit den Äußerungen des unbekannten Abbates zusammenräumen; so betroffen war ich, daß ich kaum bemerkte, wie der possierliche Belcampo mich ein Mal über das andere an das Herz drückte und endlich mit seinen gewöhnlichen seltsamen Grimassen und Sprüngen Abschied nahm. –

Mitternacht mochte vorüber sein, als ich die äußere Pforte des Klosters öffnen und einen Wagen dumpf über das Pflaster des Hofes hereinrollen hörte. Bald darauf kam es den Gang herauf; man klopfte an meine Zelle, ich öffnete und erblickte den Pater Guardian, dem ein tief vermummter Mann mit einer Fackel folgte. »Bruder Medardus«, sprach der Guardian, »ein Sterbender verlangt in der Todesnot Euern geistlichen Zuspruch und die letzte Ölung. Tut, was Eures Amtes ist, und folgt diesem Mann, der Euch dort hinführen wird, wo man Eurer bedarf.« – Mich überlief ein kalter Schauer, die Ahnung, daß man mich zum Tode führen wolle, regte sich in mir auf; doch durfte ich mich nicht weigern und folgte daher dem Vermummten, der den Schlag des Wagens öffnete und mich nötigte einzusteigen. Im Wagen fand ich zwei Männer, die mich in ihre Mitte nahmen. Ich frug, wo man mich hinführen wolle, – *wer* gerade von *mir* Zuspruch und letzte Ölung verlange. – Keine Antwort! In tiefem Schweigen ging es fort durch mehrere Straßen. Ich glaubte an dem Klange wahrzunehmen, daß wir schon außerhalb Roms waren, doch bald vernahm ich deutlich, daß wir durch ein Tor und dann wieder durch gepflasterte Straßen fuhren. Endlich hielt der Wagen, und schnell wurden mir die Hände gebunden, und eine dicke Kappe fiel über mein Gesicht. »Euch soll nichts Böses widerfahren«, sprach eine rauhe Stimme, »nur schweigen müßt Ihr über alles, was Ihr sehen und hören werdet, sonst ist Euer augenblicklicher Tod gewiß«. – Man hob mich aus dem Wagen, Schlösser klirrten, und ein Tor dröhnte auf in schweren ungefügigen Angeln. Man führte mich durch lange Gänge und endlich Treppen hinab – tiefer und tiefer. Der Schall der Tritte überzeugte mich, daß wir uns in Gewölben befanden, deren Bestimmung der durchdringende Totengeruch verriet. Endlich stand man still – die Hände wurden mir losgebunden, die Kappe mir vom Kopfe gezogen. Ich befand mich in einem geräumigen, von einer Ampel schwach beleuchteten Gewölbe, ein schwarz vermummter Mann, wahrscheinlich derselbe, der mich hergeführt hatte, stand neben mir, rings umher saßen auf niedrigen Bänken Dominikanermönche. Der grauenhafte Traum, den ich einst in dem Kerker träumte, kam mir in den Sinn, ich hielt meinen qualvollen Tod für gewiß, doch blieb ich gefaßt und betete inbrünstig im stillen, nicht um Rettung, sondern um ein seliges Ende. Nach einigen Minuten düstern ahnungsvollen Schweigens trat einer der Mönche auf mich zu und sprach mit dumpfer Stimme: »Wir haben einen Eurer Ordensbrüder gerichtet, Medardus, das Urteil soll vollstreckt werden. Von Euch, einem heiligen Manne, erwartet er Absolution und Zuspruch im Tode! – Geht und tut, was Eures Amts ist.« Der Vermummte, welcher neben mir stand, faßte mich unter den Arm und führte mich weiter fort durch einen engen Gang in ein kleines Gewölbe. Hier lag in einem Winkel auf dem Strohlager ein bleiches, abgezehrtes, mit Lumpen behängtes Geripp. Der Vermummte setzte die Lampe, die er mitgebracht, auf den steinernen Tisch in der Mitte des Gewölbes und entfernte sich. Ich nahte mich dem Gefangenen, er drehte sich mühsam nach mir um; ich erstarrte, als ich die ehrwürdigen Züge des frommen Cyrillus erkannte. Ein himmlisches Lächeln überflog sein Gesicht. »So haben mich«, fing er mit matter Stimme an, »die entsetzlichen Diener der Hölle, welche hier hausen, doch nicht getäuscht. Durch sie erfuhr ich, daß du, mein lieber Bruder Medardus, dich in Rom befändest, und als ich mich so sehnte nach dir, weil ich großes Unrecht an dir verübt habe, da versprachen sie mir, sie wollten dich zu mir führen in der Todesstunde. Die ist nun wohl gekommen, und sie haben Wort gehalten.« Ich kniete nieder bei dem frommen ehrwürdigen Greis, ich beschwor ihn, mir nun vor allen Dingen zu sagen, wie es möglich gewesen sei, ihn einzukerkern, ihn zum Tode zu verdammen. »Mein lieber Bruder Medardus«, sprach Cyrill, »erst nachdem ich reuig bekannt, wie sündlich ich aus Irrtum an dir gehandelt, erst wenn du mich mit Gott versöhnt, darf ich von meinem Elende, von meinem irdischen Untergange zu dir reden! – Du weißt, daß ich, und mit mir unser Kloster, dich für den verruchtesten Sünder gehalten; die ungeheuersten Frevel hattest du (so glaubten wir) auf dein Haupt geladen, und ausgestoßen hatten wir dich aus aller Gemeinschaft. Und doch war es nur ein verhängnisvoller Augenblick, in dem der Teufel dir die Schlinge über den Hals warf und dich fortriß von der heiligen Stätte in das sündliche Weltleben. Dich um deinen Namen, um dein Kleid, um deine Gestalt betrügend, beging ein teuflischer Heuchler jene Untaten, die dir beinahe den schmachvollen Tod des Mörders zugezogen hätten. Die ewige Macht hat es auf wunderbare Weise offenbart, daß du zwar leichtsinnig sündigst, indem dein Trachten darauf ausging, dein Gelübde zu brechen, daß du aber rein bist von jenen entsetzlichen Freveln. Kehre zurück in unser Kloster, Leonardus, die Brüder werden dich, den verloren Geglaubten, mit Liebe und Freudigkeit aufnehmen. – O Medardus . . .« – Der Greis, von Schwäche übermannt, sank in eine tiefe Ohnmacht. Ich widerstand der Spannung, die seine Worte, welche eine neue wunderbare Begebenheit zu verkünden schienen, in mir erregt hatten, und nur an *ihn,* an das Heil *seiner* Seele denkend, suchte ich, von allen andern Hülfsmitteln entblößt, ihn dadurch ins Leben zurückzurufen, daß ich langsam und leise Kopf und Brust mit meiner rechten Hand anstrich, eine in unsern Klöstern übliche Art, Todkranke aus der Ohnmacht zu wecken. Cyrillus erholte sich bald und beichtete mir, er, der Fromme, dem frevelichen Sünder! - Aber es war, als würde, indem ich den Greis, dessen höchste Vergehen nur in Zweifel bestanden, die ihm hie und da aufgestoßen, absolvierte, von der hohen ewigen Macht ein Geist des Himmels in mir entzündet, und als sei ich nur das Werkzeug, das körpergewordene Organ, dessen sich jene Macht bediene, um schon hienieden zu dem noch nicht entbundenen Menschen menschlich zu reden. Cyrillus hob den andachtsvollen Blick zum Himmel und sprach: »O, mein Bruder Medardus, wie haben mich deine Worte erquickt! - Froh gehe ich dem Tode entgegen, den mir verruchte Bösewichter bereitet! Ich falle, ein Opfer der gräßlichsten Falschheit und Sünde, die den Thron des dreifach Gekrönten umgibt.« - Ich vernahm dumpfe Tritte, die näher und näher kamen, die Schlüssel rasselten im Schloß der Türe. Cyrillus raffte sich mit Gewalt empor, erfaßte meine Hand und rief mir ins Ohr: »Kehre in unser Kloster zurück - Leonardus ist von allem unterrichtet, er weiß, wie ich sterbe - beschwöre ihn, über meinen Tod zu schweigen. - Wie bald hätte mich ermatteten Greis auch sonst der Tod ereilt - Lebe wohl, mein Bruder! - Bete für das Heil meiner Seele! - Ich werde bei euch sein, wenn ihr im Kloster mein Totenamt haltet. Gelobe mir, daß du hier über alles, was du erfahren, schweigen willst, denn du führst nur dein Verderben herbei und verwickelst unser Kloster in tausend schlimme Händel!« - Ich tat es, Vermummte waren hereingetreten, sie hoben den Greis aus dem Bette und schleppten ihn, der vor Mattigkeit nicht fortzuschreiten vermochte, durch den Gang nach dem Gewölbe, in dem ich früher gewesen. Auf den

Wink der Vermummten war ich gefolgt, die Dominikaner hatten einen Kreis geschlossen, in den man den Greis brachte und auf ein Häufchen Erde, das man in der Mitte aufgeschüttet, niederknien hieß. Man hatte ihm ein Kruzifix in die Hand gegeben. Ich war, weil ich es meines Amts hielt, mit in den Kreis getreten und betete laut. Ein Dominikaner ergriff mich beim Arm und zog mich beiseite. In dem Augenblick sah ich in der Hand eines Vermummten, der hinterwärts in den Kreis getreten, ein Schwert blitzen, und Cyrillus' blutiges Haupt rollte zu meinen Füßen hin. – Ich sank bewußtlos nieder. Als ich wieder zu mir selbst kam, befand ich mich in einem kleinen zellenartigen Zimmer. Ein Dominikaner trat auf mich zu und sprach mit hämischem Lächeln: »Ihr seid wohl recht erschrocken, mein Bruder, und solltet doch billig Euch erfreuen, da Ihr mit eignen Augen ein schönes Martyrium angeschaut habt. *So* muß man ja wohl es nennen, wenn ein Bruder aus Euerm Kloster den verdienten Tod empfängt, denn Ihr seid wohl alle samt und sonders Heilige?« – »Nicht Heilige sind wir«, sprach ich, »aber in unserm Kloster wurde noch nie ein Unschuldiger ermordet! – Entlaßt mich – ich habe mein Amt vollbracht mit Freudigkeit! – Der Geist des Verklärten wird mir nahe sein, wenn ich fallen sollte in die Hände verruchter Mörder!« – »Ich zweifle gar nicht«, sprach der Dominikaner, »daß der selige Bruder Cyrillus Euch in dergleichen Fällen beizustehen imstande sein wird, wollet aber doch, lieber Bruder, seine Hinrichtung nicht etwa einen Mord nennen? – Schwer hatte sich Cyrillus versündigt an dem Statthalter des Herrn, und dieser selbst war es, der seinen Tod befahl. – Doch er muß Euch ja wohl alles gebeichtet haben, unnütz ist es daher, mit Euch darüber zu sprechen, nehmt lieber dieses zur Stärkung und Erfrischung, Ihr seht ganz blaß und verstört aus.« Mit diesen Worten reichte mir der Dominikaner einen kristallenen Pokal, in dem ein dunkelroter, stark duftender Wein schäumte. Ich weiß nicht, welche Ahnung mich durchblitzte, als ich den Pokal an den Mund brachte. – Doch war es gewiß, daß ich denselben Wein roch, den mir einst Euphemie in jener verhängnisvollen Nacht kredenzte, und unwillkürlich, ohne deutlichen Gedanken, goß ich ihn aus in den linken Ärmel meines Habits, indem ich, wie von der Ampel geblendet, die linke Hand vor die Augen hielt. »Wohl bekomm' es Euch«, rief der Dominikaner, indem er mich schnell zur Türe hinausschob. – Man warf mich in den Wagen, der zu meiner Verwunderung leer war, und zog mit mir von dannen. Die Schrecken der Nacht, die geistige Anspannung, der tiefe Schmerz über den unglücklichen Cyrill warfen mich in einen betäubten Zustand, so daß ich mich, ohne zu widerstehen, hingab, als man mich aus dem Wagen herausriß und ziemlich unsanft auf den Boden fallen ließ. Der Morgen brach an, und ich sah mich an der Pforte des Kapuzinerklosters liegen, dessen Glocke ich, als ich mich aufgerichtet hatte, anzog. Der Pförtner erschrak über mein bleiches, verstörtes Ansehen und mochte dem Prior die Art, wie ich zurückgekommen, gemeldet haben, denn gleich nach der Frühmesse trat dieser mit besorglichem Blick in meine Zelle. Auf sein Fragen erwiderte ich nur im allgemeinen, daß der Tod dessen, den ich absolvieren müssen, zu gräßlich gewesen sei, um mich nicht im Innersten aufzuregen, aber bald konnte ich vor dem wütenden Schmerz, den ich am linken Arme empfand, nicht weiter reden, ich schrie laut auf. Der Wundarzt des Klosters kam, man riß mir den fest an dem Fleisch klebenden Ärmel herab und fand den ganzen Arm wie von einer ätzenden Materie zerfleischt und zerfressen. – »Ich habe Wein trinken sollen – ich habe ihn in den Ärmel gegossen«, stöhnte ich, ohnmächtig von der entsetzlichen Qual! – »Ätzendes Gift war in dem Weine«, rief der Wundarzt und eilte, Mittel anzuwenden, die wenigstens bald den wütenden Schmerz linderten. Es gelang der Geschicklichkeit des Wundarztes und der sorglichen Pflege, die mir der Prior angedeihen ließ, den Arm, der erst abgenommen werden sollte, zu retten, aber bis auf den Knochen dorrte das Fleisch ein, und alle

Kraft der Bewegung hatte der feindliche Schierlingstrank gebrochen. »Ich sehe nur zu deutlich«, sprach der Prior, »was es mit jener Begebenheit, die Euch um Euern Arm brachte, für eine Bewandtnis hat. Der fromme Bruder Cyrillus verschwand aus unserm Kloster und aus Rom auf unbegreifliche Weise, und auch Ihr, lieber Bruder Medardus, werdet auf dieselbe Weise verloren gehen, wenn Ihr Rom nicht alsbald verlasset. Auf verschiedene verdächtigte Weise erkundigte man sich nach Euch während der Zeit, als Ihr krank lagt, und nur meiner Wachsamkeit und der Einigkeit der frommgesinnten Brüder möget Ihr es verdanken, daß Euch der Mord nicht bis in Eure Zelle verfolgte. So wie Ihr überhaupt mir ein verwunderlicher Mann zu sein scheint, den überall verhängnisvolle Bande umschlingen, so seid Ihr auch seit der kurzen Zeit Eures Aufenthalts in Rom gewiß wider Euern Willen viel zu merkwürdig geworden, als daß es gewissen Personen nicht wünschenswert sein sollte, Euch aus dem Wege zu räumen. Kehrt zurück in Euer Vaterland, in Euer Kloster! – Friede sei mit Euch!« –

Ich fühlte wohl, daß, solange ich mich in Rom befände, mein Leben in steter Gefahr bleiben müsse, aber zu dem peinigenden Andenken an alle begangene Frevel, das die strengste Buße nicht zu vertilgen vermocht hatte, gesellte sich der körperliche empfindliche Schmerz des abwelkenden Armes, und so achtete ich ein qualvolles siechesDasein nicht, das ich durch einen schnell mir gegebenen Tod wie eine drückende Bürde fahren lassen konnte. Immer mehr gewöhnte ich mich an den Gedanken, eines gewaltsamen Todes zu sterben, und er erschien mir bald sogar als ein glorreiches, durch meine strenge Buße erworbenes Märtyrertum. Ich sah mich selbst, wie ich zu den Pforten des Klosters hinausschritt, und wie eine finstre Gestalt mich schnell mit einem Dolch durchbohrte. Das Volk versammelte sich um den blutigen Leichnam – »Medardus – der fromme büßende Medardus ist ermordet!« – So rief man durch die Straßen, und dichter und dichter drängten sich die Menschen, laut wehklagend um den Entseelten. – Weiber knieten nieder und trockneten mit weißen Tüchern die Wunde, aus der das Blut hervorquoll. Da sieht eine das Kreuz an meinem Halse, laut schreit sie auf: »Er ist ein Märtyrer, ein Heiliger – seht hier das Zeichen des Herrn, das er am Halse trägt« – da wirft sich alles auf die Knie. – Glücklich, der den Körper des Heiligen berühren, der nur sein Gewand erfassen kann! – Schnell ist eine Bahre gebracht, der Körper hinaufgelegt, mit Blumen bekränzt, und im Triumphzuge unter lautem Gesang und Gebet tragen ihn Jünglinge nach St. Peter! – So arbeitete meine Fantasie ein Gemälde aus, das meine Verherrlichung hienieden mit lebendigen Farben darstellte, und nicht gedenkend, nicht ahnend, wie der böse Geist des sündlichen Stolzes mich auf neue Weise zu verlocken trachte, beschloß ich, nach meiner völligen Genesung in Rom zu bleiben, meine bisherige Lebensweise fortzusetzen und so entweder glorreich zu sterben oder, durch den Papst meinen Feinden entrissen, emporzusteigen zu hohen Würden der Kirche. – Meine starke lebenskräftige Natur ließ mich endlich den namenlosen Schmerz ertragen und widerstand der Einwirkung des höllischen Safts, der von außen her mein Inneres zerrütten wollte. Der Arzt versprach meine baldige Herstellung, und in der Tat empfand ich nur in den Augenblicken jenes Delirierens, das dem Einschlafen vorherzugehen pflegt, fieberhafte Anfälle, die mit kalten Schauern und fliegender Hitze wechselten. Gerade in diesen Augenblicken war es, als ich, ganz erfüllt von dem Bilde meines Martyriums, mich selbst, wie es schon oft geschehen, durch einen Dolchstich in der Brust ermordet schaute. Doch, statt daß ich mich sonst gewöhnlich auf dem spanischen Platz niedergestreckt und bald von einer Menge Volks, die meine Heiligsprechung verbreitete, umgeben sah, lag ich einsam in einem Laubgange des Klostergartens in B. – Statt des Blutes quoll ein ekelhafter farbloser Saft aus der weit aufklaffenden Wunde, und eine Stimme sprach: »Ist *das* Blut vom Märtyrer vergossen? – Doch ich will das unreine Wasser klären und färben, und dann wird das Feuer, welches über das Licht gesiegt, ihn krönen!« *Ich* war es, der dies gesprochen, als ich mich aber von meinem toten Selbst getrennt fühlte, merkte ich wohl, daß ich der wesenlose Gedanke meines Ichs sei, und bald erkannte ich mich als das im Äther schwimmende Rot. Ich schwang mich auf zu den leuchtenden Bergspitzen – ich wollte einziehn durch das Tor goldner Morgenwolken in die heimatliche Burg, aber Blitze durchkreuzten, gleich im Feuer auflodernden Schlangen, das Gewölbe des Himmels, und ich sank herab, ein feuchter, farbloser Nebel. *»Ich – ich«,* sprach der Gedanke, »ich bin es, der Eure Blumen – Euer Blut färbt – Blumen und Blut sind Euer Hochzeitschmuck, den ich bereite!« – Sowie ich tiefer und tiefer niederfiel, erblickte ich die Leiche mit weit aufklaffender Wunde in der Brust, aus der jenes unreine Wasser in Strömen floß. Mein Hauch sollte das Wasser umwandeln in Blut, doch geschah es nicht, die Leiche richtete sich auf und starrte mich an mit hohlen gräßlichen Augen und heulte wie der Nordwind in tiefer Kluft: »Verblendeter, törichter Gedanke, kein Kampf zwischen Licht und Feuer, aber das Licht ist die Feuertaufe durch das Rot, das du zu vergiften trachtest.« – Die Leiche sank nieder; alle Blumen auf der Flur neigten verwelkt ihre Häupter, Menschen, bleichen Gespenstern ähnlich, warfen sich zur Erde, und ein tausendstimmiger trostloser Jammer stieg in die Lüfte: »O Herr, Herr! ist so unermeßlich die Last unsrer Sünde, daß du Macht gibst dem Feinde, unseres Blutes Sühnopfer zu ertöten?« Stärker und stärker, wie des Meeres brausende Welle, schwoll die Klage! – Der Gedanke wollte zerstäuben in dem gewaltigen Ton des trostlosen Jammers, da wurde ich wie durch einen elektrischen Schlag emporgerissen aus dem Traum. Die Turmglocke des Klosters schlug zwölfe, ein blendendes Licht fiel aus den Fenstern der Kirche in meine Zelle. »Die Toten richten sich auf aus den Gräbern und halten Gottesdienst.« So sprach es in meinem Innern, und ich begann zu beten. Da vernahm ich ein leises Klopfen. Ich glaubte, irgend ein Mönch wolle zu mir herein, aber mit tiefem Entsetzen hörte ich bald jenes grauenvolle Kichern und Lachen meines gespenstischen Doppeltgängers, und es rief neckend und höhnend: - »Brüderchen ... Brüderchen ... Nun bin ich wieder bei dir ... die Wunde blutet ... die Wunde blutet ... rot ... rot ... Komm mit mir, Brüderchen Medardus! Komm mit mir!« - Ich wollte aufspringen vom Lager, aber das Grausen hatte seine Eisdecke über mich geworfen, und jede Bewegung, die ich versuchte, wurde zum innern Krampf, der die Muskeln zerschnitt. Nur der Gedanke blieb und war inbrünstiges Gebet: daß ich errettet werden möge von den dunklen Mächten, die aus der offenen Höllenpforte auf mich eindrangen. Es geschah, daß ich mein Gebet, nur im Innern gedacht, laut und vernehmlich hörte, wie es Herr wurde über das Klopfen und Kichern und unheimliche Geschwätz des furchtbaren Doppeltgängers, aber zuletzt sich verlor in ein seltsames Summen, wie wenn der Südwind Schwärme feindlicher Insekten geweckt hat, die giftige Saugrüssel ansetzen an die blühende Saat. Zu jener trostlosen Klage der Menschen wurde das Summen, und meine Seele frug: »Ist das nicht der weissagende Traum, der sich auf deine blutende Wunde heilend und tröstend legen will?« - In dem Augenblicke brach der Purpurschimmer des Abendrots durch den düstern farblosen Nebel, aber in ihm erhob sich eine hohe Gestalt. - Es war Christus, aus jeder seiner Wunden perlte ein Tropfen Bluts, und wiedergegeben war der Erde das Rot, und der Menschen Jammer wurde ein jauchzender Hymnus, denn das Rot war die Gnade des Herrn, die über ihnen aufgegangen! Nur Medardus' Blut floß noch farblos aus der Wunde, und er flehte inbrünstig: »Soll auf der ganzen weiten Erde *ich, ich* allein nur trostlos der ewigen Qual der Verdammten preisgegeben bleiben?« da regte es sich in den Büschen - eine Rose, von himmlischer Glut hoch gefärbt, streckte ihr Haupt empor und schaute den Medardus an mit englisch mildem Lächeln, und süßer Duft umfing ihn, und der Duft war das wunderbare Leuchten des reinsten Frühlingsäthers. »Nicht das Feuer hat gesiegt, kein Kampf zwischen Licht und Feuer. – Feuer ist das Wort, das den Sündigen erleuchtet.« – Es war, als hätte die Rose diese Worte gesprochen, aber die Rose war ein holdes Frauenbild. – In weißem Gewande, Rosen in das dunkle Haar geflochten, trat sie mir entgegen. – »Aurelie«, schrie ich auf, aus dem Traume erwachend; ein wunderbarer Rosengeruch erfüllte die Zelle, und für Täuschung meiner aufgeregten Sinne mußt' ich es wohl halten, als ich deutlich Aureliens Gestalt wahrzunehmen glaubte, wie sie mich mit ernsten Blicken anschaute und dann in den Strahlen des Morgens, die in die Zelle fielen, zu verduften schien. – Nun erkannte ich die Versuchung des Teufels und meine sündige Schwachheit. Ich eilte herab und betete inbrünstig am Altar der heiligen Rosalia. – Keine Kasteiung, – keine Buße im Sinn des Klosters, aber als die Mittagssonne senkrecht ihre Strahlen herabschoß, war ich schon mehrere Stunden von Rom entfernt. – Nicht nur Cyrillus' Mahnung, sondern eine innere unwiderstehliche Sehnsucht nach der Heimat trieb mich fort auf demselben Pfade, den ich bis nach Rom durchwandert. Ohne es zu wollen, hatte ich, indem ich meinem Beruf entfliehen wollte, den geradesten Weg nach dem mir von dem Prior Leonardus bestimmten Ziel genommen. –

Ich vermied die Residenz des Fürsten, nicht weil ich fürchtete, erkannt zu werden und aufs neue dem Kriminalgericht in die Hände zu fallen, aber wie konnte ich ohne herzzerreißende Erinnerung den Ort betreten, wo ich in frevelnder Verkehrtheit nach einem irdischen Glück zu trachten mich vermaß, dem ich Gottgeweihter ja entsagt hatte – ach, wo ich, dem ewigen reinen Geist der Liebe abgewandt, für des Lebens höchsten Lichtpunkt, in dem das Sinnliche und Übersinnliche in *einer* Flamme auflodert, den Moment der Befriedigung des irdischen Triebes nahm; wo mir die rege Fülle des Lebens, genährt von seinem eigenen üppigen Reichtum, als das Prinzip erschien, das sich kräftig auflehnen müsse gegen jenes Aufstreben nach dem Himmlischen, das ich nur unnatürliche Selbstverleugnung nennen konnte! – Aber noch mehr! – tief im Innern fühlte ich trotz der Erkräftigung, die mir durch unsträflichen Wandel, durch anhaltende schwere Buße werden sollte, die Ohnmacht, einen Kampf glorreich zu bestehen, zu dem mich jene dunkle, grauenvolle Macht, deren Einwirkung ich nur zu oft, zu schreckbar gefühlt, unversehends aufreizen könne. – Aurelien wiedersehen! – vielleicht in voller Anmut und Schönheit prangend! – Konnt' ich das ertragen, ohne übermannt zu werden von dem Geist des Bösen, der wohl noch mit den Flammen der Hölle mein Blut aufkochte, daß es zischend und gärend durch die Adern strömte. – Wie oft erschien mir Aureliens Gestalt, aber wie oft regten sich dabei Gefühle in meinem Innersten, deren Sündhaftigkeit ich erkannte und mit aller Kraft des Willens vernichtete. Nur in dem Bewußtsein alles dessen, woraus die hellste Aufmerksamkeit auf mich selbst hervorging, und dem Gefühl meiner Ohnmacht, die mich den Kampf vermeiden hieß, glaubte ich die Wahrhaftigkeit meiner Buße zu erkennen, und tröstend war die Überzeugung, daß wenigstens der höllische Geist des Stolzes, die Vermessenheit, es aufzunehmen mit den dunklen Mächten, mich verlassen habe. Bald war ich im Gebirge, und eines Morgens tauchte aus dem Nebel des vor mir liegenden Tals ein Schloß auf, das ich, näher schreitend, wohl erkannte. Ich war auf dem Gute des Barons von F. Die Anlagen des Parks waren verwildert, die Gänge verwachsen und mit Unkraut bedeckt; auf dem sonst so schönen Rasenplatz vor dem Schlosse weidete in dem hohen Grase Vieh, – die Fenster des Schlosses hin und wieder zerbrochen – der Aufgang verfallen. – Keine menschliche Seele ließ sich blicken. – Stumm und starr stand ich da in grauenvoller Einsamkeit. Ein leises Stöhnen drang aus einem noch ziemlich erhaltenen Boskett, und ich wurde einen alten eisgrauen Mann gewahr, der in dem Boskett saß und mich, unerachtet ich ihm nahe genug war, nicht wahrzunehmen schien. Als ich mich noch mehr näherte, vernahm ich die Worte: »Tot - tot sind sie alle, die ich liebte! - Ach, Aurelie! Aurelie - auch du! - die letzte! - tot - tot für diese Welt!« Ich erkannte den alten Reinhold - eingewurzelt blieb ich stehen. - »Aurelie tot? Nein, nein, du irrst. Alter, *die* hat die ewige Macht beschützt vor dem Messer des frevelichen Mörders.« - So sprach ich, da fuhr der Alte, wie vom Blitz getroffen, zusammen und rief laut: »Wer ist hier? wer ist hier? Leopold! - Leopold!« - Ein Knabe sprang herbei; als er mich erblickte, neigte er sich tief und grüßte: »Laudetur Jesus Christus!« - »In omnia saecula saeculorum«, erwiderte ich, da raffte der Alte sich auf und rief noch stärker: »Wer ist hier? - wer ist hier?« - Nun sah ich, daß der Alte blind war. - »Ein ehrwürdiger Herr«, sprach der Knabe, »ein Geistlicher vom Orden der Kapuziner ist hier.« Da war es, als erfasse den Alten tiefes Grauen und Entsetzen, und er schrie: »Fort - fort - Knabe, führe mich fort - hinein - hinein verschließ die Türen - Peter soll Wache halten - fort, fort, hinein!« Der Alte nahm alle Kraft zusammen, die ihm geblieben, um vor mir zu fliehen wie vor dem reißenden Tier. Verwundert, erschrocken sah mich der Knabe an, doch der Alte, statt sich von ihm führen zu lassen, riß ihn fort, und bald waren sie durch die Türe verschwunden, die, wie ich hörte, fest verschlossen wurde. - Schnell floh ich fort von dem Schauplatz meiner höchsten Frevel, die bei diesem Auftritt lebendiger als jemals vor mir sich wiedergestalteten, und bald befand ich mich in dem tiefsten Dickicht. Ermüdet setzte ich mich an den Fuß eines Baumes in das Moos nieder; unweit davon war ein kleiner Hügel aufgeschüttet, auf welchem ein Kreuz stand. Als ich aus dem Schlaf, in den ich vor Ermattung gesunken, erwachte, saß ein alter Bauer neben mir, der alsbald, da er mich ermuntert sah, ehrerbietig seine Mütze abzog und im Ton der vollsten, ehrlichsten Gutmütigkeit sprach: »Ei, Ihr seid wohl weit her gewandert, ehrwürdiger Herr, und recht müde geworden, denn sonst wäret Ihr hier an dem schauerlichen Plätzchen nicht in solch tiefen Schlaf gesunken. Oder Ihr wisset vielleicht gar nicht, was es mit diesem Orte hier für eine Bewandtnis hat?« - Ich versicherte, daß ich als fremder, von Italien hereinwandernder Pilger durchaus nicht von dem, was hier vorgefallen, unterrichtet sei. »Es geht«, sprach der Bauer, »Euch und Euere Ordensbrüder ganz besonders an, und ich muß gestehen, als ich Euch so sanft schlafend fand, setzte ich mich her, um jede etwanige Gefahr von Euch abzuwenden. Vor mehrern Jahren soll hier ein Kapuziner ermordet worden sein. So viel ist gewiß, daß ein Kapuziner zu der Zeit durch unser Dorf kam, und nachdem er übernachtet, dem Gebürge zuwanderte. An demselben Tag ging mein Nachbar den tiefen Talweg unterhalb des Teufelsgrundes hinab und hörte mit einemmal ein fernes durchdringendes Geschrei, welches ganz absonderlich in den Lüften verklang. Er will sogar, was mir aber unmöglich scheint, eine Gestalt von der Bergspitze herab in den Abgrund stürzen gesehen haben. So viel ist gewiß, daß wir alle im Dorfe, ohne zu wissen warum, glaubten, der Kapuziner könne wohl herabgstürzt sein, und daß mehrere von uns hingingen und, soweit es nur möglich war, ohne das Leben aufs Spiel zu setzen, hinabstiegen, um wenigstens die Leiche des unglücklichen Menschen zu finden. Wir konnten aber nichts entdecken und lachten den Nachbar tüchtig aus, als er einmal, in der mondhellen Nacht auf dem Talwege heimkehrend, ganz voll Todesschrecken einen nackten Menschen aus dem Teufelsgrunde wollte emporsteigen gesehen haben. Das war nun pure Einbildung; aber später erfuhr man denn wohl, daß der Kapuziner, Gott weiß warum, hier von einem vornehmen Mann ermordet und der Leichnam in den Teufelsgrund geschleudert worden sei. Hier auf diesem Fleck muß der Mord geschehen sein, davon bin ich überzeugt, denn seht einmal, ehrwürdiger Herr, hier sitze ich einst und schaue so in Gedanken da den hohlen Baum neben uns an. Mit einemmal ist es mir, als hinge ein Stück dunkelbraunes Tuch zur Spalte heraus. Ich springe auf, ich gehe hin und ziehe einen ganz neuen Kapuzinerhabit heraus. An dem einen Ärmel klebte etwas Blut, und in einem Zipfel war der Name Medardus hineingezeichnet. Ich dachte, arm wie ich bin, ein gutes Werk zu tun, wenn ich den Habit verkaufe und für das daraus gelöste Geld dem armen ehrwürdigen Herrn, der hier ermordet, ohne sich zum Tode vorzubereiten und seine Rechnung zu machen, Messen lesen ließe. So geschah es denn, daß ich das Kleid nach der Stadt trug, aber kein Trödler wollte es kaufen, und ein Kapuzinerkloster gab es nicht am Orte; endlich kam ein Mann, seiner Kleidung nach war's wohl ein Jäger oder ein Förster, der sagte, er brauche gerade solch einen Kapuzinerrock und bezahlte mir meinen Fund reichlich. Nun ließ ich von unserm Herrn Pfarrer eine tüchtige Messe lesen und setzte, da im Teufelsgrunde kein Kreuz anzubringen, hier eins hin zum Zeichen des schmählichen Todes des Herrn Kapuziners. Aber der selige Herr muß etwas viel über die Schnur gehauen haben, denn er soll hier noch zuweilen herumspuken, und so hat des Herrn Pfarrers Messe nicht viel geholfen. Darum bitte ich Euch, ehrwürdiger Herr, seid Ihr gesund heimgekehrt von Eurer Reise, so haltet ein Amt für das Heil der Seele Eures Ordensbruders Medardus. Versprecht mir das!« – »Ihr seid im Irrtum, mein guter Freund!« sprach ich, »der Kapuziner Medardus, der vor mehrern Jahren auf der Reise nach Italien durch Euer Dorf zog, ist nicht ermordet. Noch bedarf es keiner Seelenmesse für ihn, er lebt und kann noch arbeiten für sein ewiges Heil! – Ich bin selbst dieser Medardus!« – Mit diesen Worten schlug ich meine Kutte auseinander und zeigte ihm den in den Zipfel gestickten Namen Medardus. Kaum hatte der Bauer den Namen erblickt, als er erbleichte und mich voll Entsetzen anstarrte. Dann sprang er jählings auf und lief, laut schreiend, in den Wald hinein. Es war klar, daß er mich für das umgehende Gespenst des ermordeten Medardus hielt, und vergeblich würde mein Bestreben gewesen sein, ihm den Irrtum zu benehmen. – Die

Abgeschiedenheit, die Stille des Orts, nur von dem dumpfen Brausen des nicht fernen Waldstroms unterbrochen, war auch ganz dazu geeignet, grauenvolle Bilder aufzuregen; ich dachte an meinen gräßlichen Doppeltgänger, und, angesteckt von dem Entsetzen des Bauers, fühlte ich mich im Innersten erbeben, da es mir war, als würde er aus diesem, aus jenem finstern Busch hervortreten. – Mich ermannend, schritt ich weiter fort, und erst dann, als mich die grausige Idee des Gespenstes meines Ichs, für das mich der Bauer gehalten, verlassen, dachte ich daran, daß mir nun ja erklärt worden sei, wie der wahnsinnige Mönch zu dem Kapuzinerrock gekommen, den er mir auf der Flucht zurückließ und den ich unbezweifelt für den meinigen erkannte. Der Förster, bei dem er sich aufhielt und den er um ein neues Kleid angesprochen, hatte ihn in der Stadt von dem Bauer gekauft. Wie die verhängnisvolle Begebenheit am Teufelsgrunde auf merkwürdige Weise verstümmelt worden, das fiel tief in meine Seele, denn ich sah wohl, wie alle Umstände sich vereinigen mußten, um jene unheilbringende Verwechslung mit Viktorin herbeizuführen. Sehr wichtig schien mir des furchtsamen Nachbars wunderbare Vision, und ich sah mit Zuversicht noch deutlicherer Aufklärung entgegen, ohne zu ahnen, wo und wie ich sie erhalten würde.

Endlich, nach rastloser Wanderung mehrere Wochen hindurch, nahte ich mich der Heimat; mit klopfendem Herzen sah ich die Türme des Zisterzienser Nonnenklosters vor mir aufsteigen. Ich kam in das Dorf, auf den freien Platz vor der Klosterkirche. Ein Hymnus, von Männerstimmen gesungen, klang aus der Ferne herüber. – Ein Kreuz wurde sichtbar – Mönche, paarweise wie in Prozession fortschreitend, hinter ihm. – Ach – ich erkannte meine Ordensbrüder, den greisen Leonardus, von einem jungen, mir unbekannten Bruder geführt, an ihrer Spitze. – Ohne mich zu bemerken, schritten sie singend bei mir vorüber und hinein durch die geöffnete Klosterpforte. Bald darauf zogen auf gleiche Weise die Dominikaner und Franziskaner aus B. herbei, fest verschlossene Kutschen fuhren hinein in den Klosterhof, es waren die Klaren-Nonnen aus B. Alles ließ mich wahrnehmen, daß irgend ein außerordentliches Fest gefeiert werden solle. Die Kirchentüren standen weit offen, ich trat hinein und bemerkte, wie alles sorgfältig gekehrt und gesäubert wurde. – Man schmückte den Hochaltar und die Nebenaltäre mit Blumengewinden, und ein Kirchendiener sprach viel von frisch aufgeblühten Rosen, die durchaus morgen in aller Frühe herbeigeschafft werden müßten, weil die Frau Äbtissin ausdrücklich befohlen habe, daß mit *Rosen* der Hochaltar verziert werden solle. – Entschlossen, nun gleich zu den Brüdern zu treten, ging ich, nachdem ich mich durch kräftiges Gebet gestärkt, in das Kloster und frug nach dem Prior Leonardus; die Pförtnerin führte mich in einen Saal, Leonardus saß im Lehnstuhl, von den Brüdern umgeben; laut weinend, im Innersten zerknirscht, keines Wortes mächtig, stürzte ich zu seinen Füßen. »Medardus!« – schrie er auf, und ein dumpfes Gemurmel lief durch die Reihe der Brüder: »Medardus – Bruder Medardus ist endlich wieder da!« – Man hob mich auf, – die Brüder drückten mich an ihre Brust: »Dank den himmlischen Mächten, daß du errettet bist aus den Schlingen der arglistigen Welt – aber erzähle – erzähle, mein Bruder« – so riefen die Mönche durcheinander. Der Prior erhob sich, und auf seinen Wink folgte ich ihm in das Zimmer, welches ihm gewöhnlich bei dem Besuch des Klosters zum Aufenthalt diente. »Medardus«, fing er an, »du hast auf freveliche Weise dein Gelübde gebrochen; du hast, indem du, anstatt die dir gegebenen Aufträge auszurichten, schändlich entflohst, das Kloster auf die unwürdigste Weise betrogen. – Einmauern könnte ich dich lassen, wollte ich verfahren nach der Strenge des Klostergesetzes!« – »Richtet mich, mein ehrwürdiger Vater«, erwiderte ich, »richtet mich, wie das Gesetz es will; ach! mit Freuden werfe ich die Bürde eines elenden qualvollen Lebens ab! – Ich fühl' es wohl, daß die strenge Buße, der ich mich unterwarf, mir keinen

Trost hinieden geben konnte!« - »Ermanne dich«, fuhr Leonardus fort, »der Prior hat mit dir gesprochen, jetzt kann der Freund, der Vater mit dir reden! - Auf wunderbare Weise bist du errettet worden vom Tode, der dir in Rom drohte. - Nur Cyrillus fiel als Opfer . . .« - »Ihr wißt also?« frug ich voll Staunen. »Alles«, erwiderte der Prior, »ich weiß, daß du dem Armen beistandest in der letzten Todesnot, und daß man dich mit dem vergifteten Wein, den man dir zum Labetrunk darbot, zu ermorden gedachte. Wahrscheinlich hast du, bewacht von den Argusaugen der Mönche, doch Gelegenheit gefunden, den Wein ganz zu verschütten, denn trankst du nur einen Tropfen, so warst du hin in Zeit von zehn Minuten.« - »O, schaut her«, rief ich und zeigte, den Ärmel der Kutte aufstreifend, dem Prior meinen bis auf den Knochen eingeschrumpften Arm, indem ich erzählte, wie ich Böses ahnend, den Wein in den Ärmel gegossen. Leonardus schauerte zurück vor dem häßlichen Anblick des mumienartigen Gliedes und sprach dumpf in sich hinein: »Gebüßt hast du, der du freveltest auf jedigliche Weise; aber Cyrillus - du frommer Greis!« - Ich sagte dem Prior, daß mir die eigentliche Ursache der heimlichen Hinrichtung des armen Cyrillus unbekannt geblieben. »Vielleicht«, sprach der Prior, »hattest du dasselbe Schicksal, wenn du wie Cyrillus als Bevollmächtigter unseres Klosters auftratst. Du weißt, daß die Ansprüche unsers Klosters Einkünfte des Kardinals***, die er auf unrechtmäßige Weise zieht, vernichten; dies war die Ursache, warum der Kardinal mit des Papstes Beichtvater, den er bis jetzt angefeindet, plötzlich Feundschaft schloß und so sich in dem Dominikaner einen kräftigen Gegner gewann, den er dem Cyrillus entgegenstellen konnte. Der schlaue Mönch fand bald die Art aus, wie Cyrill gestürzt werden konnte. Er führte ihn selbst ein bei dem Papst und wußte diesem den fremden Kapuziner so darzustellen, daß der Papst ihn wie eine merkwürdige Erscheinung bei sich aufnahm, und Cyrillus in die Reihe der Geistlichen trat, von denen er umgeben. Cyrillus mußte nun bald gewahr werden, wie der Statthalter des Herrn nur zu sehr sein Reich in dieser Welt und ihren Lüsten suche und finde; wie er einer heuchlerischen Brut zum Spielwerk diene, die ihn trotz des kräftigen Geistes, der sonst ihm einwohnte, den sie aber durch die verworfensten Mittel zu beugen wußte, zwischen Himmel und Hölle herumwerfe. Der fromme Mann, das war vorauszusehen, nahm großes Ärgernis daran und fühlte sich berufen, durch feurige Reden, wie der Geist sie ihm eingab, den Papst im Innersten zu erschüttern und seinen Geist von dem Irdischen abzulenken. Der Papst, wie verweichlichte Gemüter pflegen, wurde in der Tat von des frommen Greises Worten ergriffen, und eben in diesem erregten Zustande wurde es dem Dominikaner leicht, auf geschickte Weise nach und nach den Schlag vorzubereiten, der den armen Cyrillus treffen sollte. Er berichtete dem Papst, daß es auf nichts Geringeres abgesehen sei, als auf eine heimliche Verschwörung, die ihn der Kirche als unwürdig der dreifachen Krone darstellen sollte; Cyrillus habe den Auftrag, ihn dahin zu bringen, daß er irgendeine öffentliche Bußübung vornehme, welche dann als Signal des förmlichen, unter den Kardinälen gärenden Aufstandes dienen würde. Jetzt fand der Papst in den salbungsvollen Reden unseres Bruders die versteckte Absicht leicht heraus, der Alte wurde ihm tief verhaßt, und um nur irgendeinen auffallenden Schritt zu vermeiden, litt er ihn noch in seiner Nähe. Als Cyrillus wieder einmal Gelegenheit fand, zu dem Papst ohne Zeugen zu sprechen, sagte er geradezu, daß der, der den Lüsten der Welt nicht ganz entsage, der nicht einen wahrhaft heiligen Wandel führe, ein unwürdiger Statthalter des Herrn und der Kirche eine Schmach und Verdammnis bringende Last sei, von der sie sich befreien müsse. Bald darauf, und zwar nachdem man Cyrillus aus den innern Kammern des Papstes treten gesehen, fand man das Eiswasser, welches der Papst zu trinken pflegte, vergiftet. Daß Cyrillus unschuldig war, darf ich dir, der du den frommen Greis gekannt hast, nicht versichern. Doch überzeugt war der

Papst von seiner Schuld, und der Befehl, den fremden Mönch bei den Dominikanern heimlich hinzurichten, die Folge davon. Du warst in Rom eine auffallende Erscheinung; die Art, wie du dich gegen den Papst äußertest, vorzüglich die Erzählung deines Lebenslaufs, ließ ihn eine gewisse geistige Verwandtschaft zwischen ihm und dir finden; er glaubte, sich mit dir zu einem höhern Standpunkte erheben und in sündhaftem Vernünfteln über alle Tugend und Religion recht erlaben und erkräftigen zu können, um, wie ich wohl sagen mag, mit rechter Begeisterung für die Sünde zu sündigen. Deine Bußübungen waren ihm nur ein recht klug angelegtes heuchlerisches Bestreben, zum höheren Zwecke zu gelangen. Er bewunderte dich und sonnte sich in den glänzenden, lobpreisenden Reden, die du ihm hieltest. So kam es, daß du, ehe der Dominikaner es ahnte, dich erhobst und der Rotte gefährlicher wurdest, als es Cyrillus jemals werden konnte. – Du merkst, Medardus, daß ich von deinem Beginnen in Rom genau unterrichtet bin; daß ich jedes Wort weiß, welches du mit dem Papst sprachst, und darin liegt weiter nichts Geheimnisvolles, wenn ich dir sage, daß das Kloster in der Nähe Sr. Heiligkeit einen Freund hat, der mir genau alles berichtete. Selbst als du mit dem Papst allein zu sein glaubtest, war er nahe genug, um jedes Wort zu verstehen. – Als du in dem Kapuzinerkloster, dessen Prior mir nahe verwandt ist, deine strenge Bußübungen begannst, hielt ich deine Reue für echt. Es war auch wohl dem so, aber in Rom erfaßte dich der böse Geist des sündhaften Hochmuts, dem du bei uns erlagst, aufs neue. Warum klagtest du dich gegen den Papst Verbrechen an, die du niemals begingst? – Warst du denn jemals auf dem Schlosse des Barons von F.?« – »Ach! mein ehrwürdiger Vater«, rief ich, von innerm Schmerz zermalmt, »das war ja der Ort meiner entsetzlichsten Frevel! – Das ist aber die härteste Strafe der ewigen unerforschlichen Macht, daß ich auf Erden nicht gereinigt erscheinen soll von der Sünde, die ich in wahnsinniger Verblendung beging! – Auch Euch, mein ehrwürdiger

Vater, bin ich ein sündiger Heuchler?« – »In der Tat«, fuhr der Prior fort, »bin ich jetzt, da ich dich sehe und spreche, beinahe überzeugt, daß du nach deiner Buße der Lüge nicht mehr fähig warst, dann aber waltet noch ein mir bis jetzt unerklärliches Geheimnis ob. Bald nach deiner Flucht aus der Residenz (der Himmel wollte den Frevel nicht, den du zu begehen im Begriff standest, er errettete die fromme Aurelie), bald nach deiner Flucht, sage ich, und nachdem der Mönch, den selbst Cyrillus für dich hielt, wie durch ein Wunder sich gerettet hatte, wurde es bekannt, daß nicht du, sondern der als Kapuziner verkappte Graf Viktorin auf dem Schlosse des Barons gewesen war. Briefe, die sich in Euphemiens Nachlaß fanden, hatten dies zwar schon früher kundgetan, man hielt aber Euphemien selbst für getäuscht, da Reinhold versicherte, er habe dich zu genau gekannt, um selbst bei deiner treuesten Ähnlichkeit mit Viktorin getäuscht zu werden. Euphemiens Verblendung blieb unbegreiflich. Da erschien plötzlich der Reitknecht des Grafen und erzählte, wie der Graf, der seit Monaten im Gebürge einsam gelebt und sich den Bart wachsen lassen, ihm in dem Walde, und zwar bei dem sogenannten Teufelsgrunde, plötzlich als Kapuziner gekleidet erschienen sei. Obgleich er nicht gewußt, wo der Graf die Kleider hergenommen, so sei ihm doch die Verkleidung weiter nicht aufgefallen, da er von dem Anschlage des Grafen, im Schlosse des Barons in Mönchshabit zu erscheinen, denselben ein ganzes Jahr zu tragen und so auch wohl noch höhere Dinge auszuführen, unterrichtet gewesen. Geahnt habe er wohl, wo der Graf zum Kapuzinerrock gekommen sei, da er den Tag vorher gesagt, wie er einen Kapuziner im Dorfe gesehen und von ihm, wandere er durch den Wald, seinen Rock auf diese oder jene Weise zu bekommen hoffe. Gesehen habe er den Kapuziner nicht, wohl aber einen Schrei gehört; bald darauf sei auch im Dorf von einem im Walde ermordeten Kapuziner die Rede gewesen. Zu genau habe er seinen Herrn gekannt, zu viel mit ihm noch auf der Flucht aus dem Schlosse gesprochen, als daß hier eine Verwechselung stattfinden könne. – Diese Aussage des Reitknechts entkräftete Reinholds Meinung, und nur Viktorins gänzliches Verschwinden blieb unbegreiflich. Die Fürstin stellte die Hypothese auf, daß der vorgebliche Herr von Krczynski aus Kwieczicewo eben der Graf Viktorin gewesen sei, und stützte sich auf eine merkwürdige, ganz auffallende Ähnlichkeit mit Francesko, an dessen Schuld längst niemand zweifelte, sowie auf die Motion, die ihr jedesmal sein Anblick verursacht habe. Viele traten ihr bei und wollten, im Grunde genommen, viel gräflichen Anstand an jenem Abenteurer bemerkt haben, den man lächerlicherweise für einen verkappten Mönch gehalten. Die Erzählung des Försters von dem wahnsinnigen Mönch, der im Walde hausete und zuletzt von ihm aufgenommen wurde, fand nun auch ihren Zusammenhang mit der Untat Viktorins, sobald man nur einige Umstände als wahr voraussetzte. – Ein Bruder des Klosters, in dem Medardus gewesen, hatte den wahnsinnigen Mönch ausdrücklich für den Medardus erkannt, er mußte es also wohl sein. Viktorin hatte ihn in den Abgrund gestürzt; durch irgend einen Zufall, der gar nicht unerhört sein durfte, wurde er errettet. Aus der Betäubung erwacht, aber schwer am Kopfe verwundet, gelang es ihm, aus dem Grabe heraufzukriechen. Der Schmerz der Wunde, Hunger und Durst machten ihn wahnsinnig – rasend! – So lief er durch das Gebürge, vielleicht von einem mitleidigen Bauer hin und wieder gespeiset und mit Lumpen behangen, bis er in die Gegend der Försterwohnung kam. Zwei Dinge bleiben hier aber unerklärbar, nämlich wie Medardus eine solche Strecke aus dem Gebürge laufen konnte, ohne angehalten zu werden, und wie er, selbst in den von Ärzten bezeugten Augenblicken des vollkommensten ruhigsten Bewußtseins, sich zu Untaten bekennen konnte, die er nie begangen. Die, welche die Wahrscheinlichkeit jenes Zusammenhangs der Sache verteidigten, bemerkten, daß man ja von den Schicksalen des aus dem Teufelsgrunde erretteten Medardus gar nichts wisse; es sei ja möglich, daß sein Wahnsinn erst ausgebrochen, als er auf der Pilgerreise in der Gegend der Försterwohnung sich befand. Was aber das Zugeständnis der Verbrechen, deren er beschuldigt, belange, so sei eben daraus abzunehmen, daß er niemals geheilt gewesen, sondern, anscheinend bei Verstande, doch immer wahnsinnig geblieben wäre. Daß er die ihm angeschuldigten Mordtaten wirklich begangen, dieser Gedanke habe sich zur fixen Idee umgestaltet. – Der Kriminalrichter, auf dessen Sagazität man sehr baute, sprach, als man ihn um seine Meinung frug: ›Der vorgebliche Herr von Krczynski war kein Pole und auch kein Graf, der Graf Viktorin gewiß nicht, aber unschuldig auch keinesweges – der Mönch blieb wahnsinnig und unzurechnungsfähig in jedem Fall, deshalb das Kriminalgericht auch nur auf seine Einsperrung als Sicherheitsmaßregel erkennen konnte.‹ – Dieses Urteil durfte der Fürst nicht hören, denn *er* war es allein, der, tief ergriffen von den Freveln auf dem Schlosse des Barons, jene von dem Kriminalgericht in Vorschlag gebrachte Einsperrung in die Strafe des Schwerts umwandelte. – Wie aber alles in diesem elenden vergänglichen Leben, sei es Begebenheit oder Tat, noch so ungeheuer im ersten Augenblick erscheinend, sehr bald Glanz und Farbe verliert, so geschah es auch, daß das, was in der Residenz und vorzüglich am Hofe Schauer und Entsetzen erregt hatte, herabsank bis zur ärgerlichen Klatscherei. Jene Hypothese, daß Aureliens entflohener Bräutigam Graf Viktorin gewesen, brachte die Geschichte der Italienerin in frisches Andenken, selbst die früher nicht Unterrichteten wurden von denen, die nun nicht mehr schweigen zu dürfen glaubten, aufgeklärt, und jeder, der den Medardus gesehen, fand es natürlich, daß seine Gesichtszüge vollkommen denen des Grafen Viktorin glichen, da sie Söhne *eines* Vaters waren. Der Leibarzt war überzeugt, daß die Sache sich so verhalten mußte, und sprach zum Fürsten: ›Wir wollen froh sein, gnädigster Herr, daß beide unheimliche Gesellen fort sind, und es bei der ersten vergeblich gebliebenen

Verfolgung bewenden lassen.‹ - Dieser Meinung trat der Fürst aus dem Grunde seines Herzens bei, denn er fühlte wohl, wie der doppelte Medardus ihn von einem Mißgriff zum andern verleitet hatte. ›Die Sache wird geheimnisvoll bleiben‹, sagte der Fürst, ›wir wollen nicht mehr an dem Schleier zupfen, den ein wunderbares Geschick wohltätig darüber geworfen hat.‹ - Nur Aurelie . . .« - »Aurelie«, unterbrach ich den Prior mit Heftigkeit, »um Gott, mein ehrwürdiger Vater, sagt mir, wie ward es mit Aurelien?« - »Ei, Bruder Medardus«, sprach der Prior sanft lächelnd, »noch ist das gefährliche Feuer in deinem Innern nicht verdampft? - noch lodert die Flamme empor bei leiser Berührung? - So bist du noch nicht frei von den sündlichen Trieben, denen du dich hingabst. - Und ich soll der Wahrheit deiner Buße trauen; ich soll überzeugt sein, daß der Geist der Lüge dich ganz verlassen? - Wisse, Medardus, daß ich deine Reue für wahrhaft nur dann anerkennen würde, wenn du jene Frevel, deren du dich anklagst, wirklich begingst. Denn nur in diesem Fall könnt' ich glauben, daß jene Untaten so dein Inneres zerrütteten, daß du, meiner Lehren, alles dessen, was ich dir über äußere und innere Buße sagte, uneingedenk, wie der Schiffbrüchige nach dem leichten unsichern Brett, nach jenen trügerischen Mitteln, dein Verbrechen zu sühnen, haschtest, die dich nicht allein einem verworfenen Papst, sondern jedem wahrhaft frommen Mann als einen eitlen Gaukler erscheinen ließen. - Sage, Medardus, war deine Andacht, deine Erhebung zu der ewigen Macht ganz makellos, wenn du Aurelien gedenken mußtest?« - Ich schlug, im Innern vernichtet, die Augen nieder. - »Du bist aufrichtig, Medardus«, fuhr der Prior fort, »dein Schweigen sagt mir alles. - Ich wußte mit der vollsten Überzeugung, daß du es warst, der in der Residenz die Rolle eines polnischen Edelmanns spielte und die Baronesse Aurelie heiraten wollte. Ich hatte den Weg, den du genommen, ziemlich genau verfolgt, ein seltsamer Mensch (er nannte sich den Haarkünstler Belcampo), den du zuletzt in Rom sahst, gab mir

Nachrichten; ich war überzeugt, daß du auf verruchte Weise Hermogen und Euphemien mordetest, und um so gräßlicher war es mir, daß du Aurelien so in Teufelsbanden verstricken wolltest. Ich hätte dich verderben können, doch weit entfernt, mich zum Rächeramt erkoren zu glauben, überließ ich dich und dein Schicksal der ewigen Macht des Himmels. Du bist erhalten worden auf wunderbare Weise, und schon dieses überzeugte mich, daß dein irdischer Untergang noch nicht beschlossen war. - Höre, welches besonderen Umstandes halber ich später glauben mußte, daß es in der Tat Graf Viktorin war, der als Kapuziner auf dem Schlosse des Barons von F. erschien! - Nicht gar zu lange ist es her, als Bruder Sebastianus, der Pförtner, durch ein Ächzen und Stöhnen, das den Seufzern eines Sterbenden glich, geweckt wurde. Der Morgen war schon angebrochen, er stand auf, öffnete die Klosterpforte und fand einen Menschen, der dicht vor derselben, halb erstarrt vor Kälte, lag und mühsam die Worte herausbrachte: er sei Medardus, der aus unserm Kloster entflohene Mönch. - Sebastianus meldete mir ganz erschrocken, was sich unten zugetragen; ich stieg mit den Brüdern hinab, wir brachten den ohnmächtigen Mann in das Refektorium. Trotz des bis zum Grausen entstellten Gesichts des Mannes glaubten wir doch deine Züge zu erkennen, und mehrere meinten, daß wohl nur die veränderte Tracht den wohlbekannten Medardus so fremdartig darstelle. Er hatte Bart und Tonsur, dazu aber eine weltliche Kleidung, die zwar ganz verdorben und zerrissen war, der man aber noch die ursprüngliche Zierlichkeit ansah. Er trug seidene Strümpfe, auf einem Schuhe noch eine goldene Schnalle, eine weiße Atlasweste . . .« - »Einen kastanienbraunen Rock von dem feinsten Tuch«, fiel ich ein, »zierlich genähte Wäsche - einen einfachen goldenen Ring am Finger.« »Allerdings«, sprach Leonardus erstaunt, »aber wie kannst du . . .« »Ach, es war ja der Anzug, wie ich ihn an jenem verhängnisvollen Hochzeittage trug!« - Der Doppeltgänger stand mir vor Augen. - Nein, es war nicht der wesenlose entsetzliche Teufel des Wahnsinns, der hinter mir herrannte, der, wie ein mich bis ins Innerste zerfleischendes Untier, aufhockte auf meinen Schultern; es war der entflohene wahnsinnige Mönch, der mich verfolgte, der endlich, als ich in tiefer Ohnmacht dalag, meine Kleider nahm und mir die Kutte überwarf. Er war es, der an der Klosterpforte lag, mich – mich selbst auf schauderhafte Weise darstellend! – Ich bat den Prior, nur fortzufahren in seiner Erzählung, da die Ahnung der Wahrheit, wie es sich mit mir auf die wunderbarste, geheimnisvollste Weise zugetragen, in mir aufdämmere. – »Nicht lange dauerte es«, erzählte der Prior weiter, »als sich bei dem Manne die deutlichsten, unzweifelhaftesten Spuren des unheilbaren Wahnsinns zeigten, und unerachtet, wie gesagt, die Züge seines Gesichts den deinigen auf das genaueste glichen, unerachtet er fortwährend rief: ›Ich bin Medardus, der entlaufene Mönch, ich will Buße tun bei euch‹ – so war doch bald jeder von uns überzeugt, daß es fixe Idee des Fremden sei, sich für dich zu halten. Wir zogen ihm das Kleid der Kapuziner an, wir führten ihn in die Kirche, er mußte die gewöhnlichen Andachtsübungen vornehmen, und wie er dies zu tun sich bemühte, merkten wir bald, daß er niemals in einem Kloster gewesen sein könnte. Es mußte mir wohl die Idee kommen: ›Wie, wenn dies der aus der Residenz entsprungene Mönch, wie, wenn dieser Mönch Viktorin wäre?‹ – Die Geschichte, die der Wahnsinnige ehemals dem Förster aufgetischt hatte, war mir bekannt worden, indessen fand ich, daß alle Umstände, das Auffinden und Austrinken des Teufelselixiers, die Vision in dem Kerker, kurz der ganze Aufenthalt im Kloster, wohl die durch deine auf seltsame psychische Weise einwirkende Individualität erzeugte Ausgeburt des erkrankten Geistes sein könne. Merkwürdig war es in dieser Hinsicht, daß der Mönch in bösen Augenblicken immer geschrieen hatte, er sei Graf und gebietender Herr! – Ich beschloß, den fremden Mann der Irrenanstalt zu St. Getreu zu übergeben, weil ich hoffen durfte, daß, wäre Wiederherstellung möglich, sie gewiß dem Direktor jener Anstalt, einem in jede Abnormität des menschlichen Organismus tief eindringenden, genialen Ärzte, gelingen werde. Des Fremden Genesen mußte das geheimnisvolle Spiel der unbekannten Mächte wenigstens zum Teil enthüllen. – Es kam nicht dazu. In der dritten Nacht weckte mich die Glocke, die, wie du weißt, angezogen wird, sobald jemand im Krankenzimmer meines Beistandes bedarf. Ich trat hinein, man sagte mir, der Fremde habe eifrig nach mir verlangt, und es scheine, als habe ihn der Wahnsinn gänzlich verlassen, wahrscheinlich wolle er beichten; denn er sei so schwach, daß er die Nacht wohl nicht überleben werde. ›Verzeiht‹, fing der Fremde an, als ich ihm mit frommen Worten zugesprochen, ›verzeiht, ehrwürdiger Herr, daß ich Euch täuschen zu wollen mich vermaß. Ich bin nicht der Mönch Medardus, der Euerm Kloster entfloh. Den Grafen Viktorin seht Ihr vor Euch . . . Fürst sollte er heißen, denn aus fürstlichem Hause ist er entsprossen, und ich rate Euch, dies zu beachten, da sonst mein Zorn Euch treffen könnte.‹ – Sei er auch Fürst, erwiderte ich, so wäre dies in unsern Mauern und in seiner jetzigen Lage ohne alle Bedeutung, und es schiene mir besser zu sein, wenn er sich abwende von dem Irdischen und in Demut erwarte, was die ewige Macht über ihn verhängt habe. – Er sah mich starr an, ihm schienen die Sinne zu vergehen, man gab ihm stärkende Tropfen, er erholte sich bald und sprach: ›Es ist mir so, als müsse ich bald sterben und vorher mein Herz erleichtern. Ihr habt Macht über mich, denn so sehr Ihr Euch auch verstellen möget, merke ich doch wohl, daß Ihr der heilige Antonius seid und am besten wisset, was für Unheil Eure Elixiere angerichtet. Ich hatte wohl Großes im Sinne, als ich beschloß, mich als ein geistlicher Herr darzustellen mit großem Barte und brauner Kutte. Aber als ich so recht mit mir zu Rate ging, war es, als träten die heimlichsten Gedanken aus meinem Innern heraus und verpuppten sich zu einem körperlichen Wesen, das recht graulich, doch mein Ich war. Dies zweite Ich hatte grimmige

Kraft und schleuderte mich, als aus dem schwarzen Gestein des tiefen Abgrundes zwischen sprudelndem schäumigen Gewässer die Prinzessin schneeweiß hervortrat, hinab. Die Prinzessin fing mich auf in ihren Armen und wusch meine Wunden aus, daß ich bald keinen Schmerz mehr fühlte. Mönch war ich nun freilich geworden, aber das Ich meiner Gedanken war stärker und trieb mich, daß ich die Prinzessin, die mich errettet und die ich sehr liebte, samt ihrem Bruder ermorden mußte. Man warf mich in den Kerker, aber Ihr wißt selbst, heiliger Antonius, auf welche Weise Ihr, nachdem ich Euern verfluchten Trank gesoffen, mich entführtet durch die Lüfte. Der grüne Waldkönig nahm mich schlecht auf, unerachtet er doch meine Fürstlichkeit kannte; das Ich meiner Gedanken erschien bei ihm und rückte mir allerlei Häßliches vor und wollte, weil wir doch alles zusammen getan, in Gemeinschaft mit mir bleiben. Das geschah auch, aber bald, als wir davonliefen, weil man uns den Kopf abschlagen wollte, haben wir uns doch entzweit. Als das lächerliche Ich indessen immer und ewig genährt sein wollte von meinem Gedanken, schmiß ich es nieder, prügelte es derb ab und nahm ihm seinen Rock.‹ So weit waren die Reden des Unglücklichen einigermaßen verständlich, dann verlor er sich in das unsinnige alberne Gewäsch des höchsten Wahnsinns. Eine Stunde später, als das Frühamt eingeläutet wurde, fuhr er mit einem durchdringenden entsetzlichen Schrei auf und sank, wie es uns schien, tot nieder. Ich ließ ihn nach der Totenkammer bringen, er sollte in unserm Garten an geweihter Stätte begraben werden, du kannst dir aber wohl unser Erstaunen, unsern Schreck denken, als die Leiche, da wir sie hinaustragen und einsargen wollten, spurlos verschwunden war. Alles Nachforschen blieb vergebens, und ich mußte darauf verzichten, jemals Näheres, Verständlicheres über den rätselhaften Zusammenhang der Begebenheiten, in die du mit dem Grafen verwickelt wurdest, zu erfahren. Indessen, hielt ich alle mir über die Vorfälle im Schloß bekannt gewordenen Umstände mit jenen verworrenen, durch Wahnsinn entstellten Reden zusammen, so konnte ich kaum daran zweifeln, daß der Verstorbene wirklich Graf Viktorin war. Er hatte, wie der Reitknecht andeutete, irgend einen pilgernden Kapuziner im Gebürge ermordet und ihm das Kleid genommen, um seinen Anschlag im Schlosse des Barons auszuführen. Wie er vielleicht es gar nicht im Sinn hatte, endete der begonnene Frevel mit dem Morde Euphemiens und Hermogens. Vielleicht war er schon wahnsinnig, wie Reinhold es behauptet, oder er wurde es dann auf der Flucht, gequält von Gewissensbissen. Das Kleid, welches er trug, und die Ermordung des Mönchs gestaltete sich in ihm zur fixen Idee, daß er wirklich ein Mönch und sein Ich zerspaltet sei in zwei sich feindliche Wesen. Nur die Periode von der Flucht aus dem Schlosse bis zur Ankunft bei dem Förster bleibt dunkel, sowie es unerklärlich ist, wie sich die Erzählung von seinem Aufenthalt im Kloster und der Art seiner Rettung aus dem Kerker in ihm bildete. Daß äußere Motive stattfinden mußten, leidet gar keinen Zweifel, aber höchst merkwürdig ist es, daß diese Erzählung dein Schicksal, wiewohl verstümmelt, darstellt. Nur die Zeit der Ankunft des Mönchs bei dem Förster, wie dieser sie angibt, will gar nicht mit Reinholds Angabe des Tages, wann Viktorin aus dem Schlosse entfloh, zusammenstimmen. Nach der Behauptung des Försters mußte sich der wahnsinnige Viktorin gleich haben im Walde blicken lassen, nachdem er auf dem Schlosse des Barons angekommen.« – »Haltet ein«, unterbrach ich den Prior, »haltet ein, mein ehrwürdiger Vater, jede Hoffnung, der Last meiner Sünden unerachtet, nach der Langmut des Herrn noch Gnade und ewige Seligkeit zu erringen, soll aus meiner Seele schwinden; in trostloser Verzweiflung, mich selbst und mein Leben verfluchend, will ich sterben, wenn ich nicht in tiefster Reue und Zerknirschung Euch alles, was sich mit mir begab, seitdem ich das Kloster verließ, getreulich offenbaren will, wie ich es in heiliger Beichte tat.« Der Prior geriet in das höchste Erstaunen, als ich ihm nun mein ganzes Leben mit aller nur möglichen Umständlichkeit enthüllte. - »Ich muß dir glauben«, sprach der Prior, als ich geendet, »ich muß dir glauben, Bruder Medardus, denn alle Zeichen wahrer Reue entdeckte ich, als du redetest. - Wer vermag das Geheimnis zu enthüllen, das die geistige Verwandtschaft zweier Brüder, Söhne eines verbrecherischen Vaters, und selbst in Verbrechen befangen, bildete. - Es ist gewiß, daß Viktorin auf wunderbare Weise errettet wurde aus dem Abgrunde, in den du ihn stürztest, daß *er* der wahnsinnige Mönch war, den der Förster aufnahm, der dich als dein Doppeltgänger verfolgte und hier im Kloster starb. Er diente der dunkeln Macht, die in dein Leben eingriff, nur zum Spiel, - nicht dein Genosse war er, nur das untergeordnete Wesen, welches dir in den Weg gestellt wurde, damit das lichte Ziel, das sich dir vielleicht auftun konnte, deinem Blick verhüllt bleibe. Ach, Bruder Medardus, noch geht der Teufel rastlos auf Erden umher und bietet den Menschen seine Elixiere dar! - Wer hat dieses oder jenes seiner höllischen Getränke nicht einmal schmackhaft gefunden; aber das ist der Wille des Himmels, daß der Mensch der bösen Wirkung des augenblicklichen Leichtsinns sich bewußt werde und aus diesem klaren Bewußtsein die Kraft schöpfe, ihr zu widerstehen. Darin offenbart sich die Macht des Herrn, daß, so wie das Leben der Natur durch das Gift, das sittlich gute Prinzip in ihr erst durch das Böse bedingt wird. - Ich darf zu dir so sprechen, Medardus, da ich weiß, daß du mich nicht mißverstehest. Gehe jetzt zu den Brüdern.« -

In dem Augenblick erfaßte mich wie ein jäher, alle Nerven und Pulse durchzuckender Schmerz die Sehnsucht der höchsten Liebe; »Aurelie - ach, Aurelie!« rief ich laut. Der Prior stand auf und sprach in sehr ernstem Ton: »Du hast wahrscheinlich die Zubereitungen zu einem großen Feste in dem Kloster bemerkt? - Aurelie wird morgen eingekleidet und erhält den Klosternamen Rosalia.« - Erstarrt - lautlos blieb ich vor dem Prior stehen. »Gehe zu den Brüdern!« rief er beinahe zornig, und ohne deutliches Bewußtsein stieg ich hinab in das Refektorium, wo die Brüder versammelt waren. Man bestürmte mich aufs neue mit Fragen, aber nicht fähig war ich, auch nur ein einziges Wort über mein Leben zu sagen; alle Bilder der Vergangenheit verdunkelten sich in mir, und nur Aureliens Lichtgestalt trat mir glänzend entgegen. Unter dem Vorwande einer Andachtsübung verließ ich die Brüder und begab mich nach der Kapelle, die an dem äußersten Ende des weitläuftigen Klostergartens lag. Hier wollte ich beten, aber das kleinste Geräusch, das linde Säuseln des Laubganges riß mich empor aus frommer Betrachtung. – »Sie ist es ... sie kommt ... ich werde sie wiedersehen« – so rief es in mir, und mein Herz bebte vor Angst und Entzücken. Es war mir, als höre ich ein leises Gespräch. Ich raffte mich auf, ich trat aus der Kapelle, und siehe, langsamen Schrittes, nicht fern von mir, wandelten zwei Nonnen, in ihrer Mitte eine Novize. – Ach, es war gewiß Aurelie – mich überfiel ein krampfhaftes Zittern – mein Atem stockte – ich wollte vorschreiten, aber keines Schrittes mächtig, sank ich zu Boden. Die Nonnen, mit ihnen die Novize, verschwanden im Gebüsch. Welch ein Tag! – welch eine Nacht! Immer nur Aurelie und Aurelie – kein anderes Bild – kein anderer Gedanke fand Raum in meinem Innern. –

Sowie die ersten Strahlen des Morgens aufgingen, verkündigten die Glocken des Klosters das Fest der Einkleidung Aureliens, und bald darauf versammelten sich die Brüder in einem großen Saal; die Äbtissin trat, von zwei Schwestern begleitet, herein. – Unbeschreiblich ist das Gefühl, das mich durchdrang, als ich *die* wiedersah, die meinen Vater so innig liebte, und unerachtet er durch Freveltaten ein Bündnis, das ihm das höchste Erdenglück erwerben mußte, gewaltsam zerriß, doch die Neigung, die ihr Glück zerstört hatte, auf den Sohn übertrug. Zur Tugend, zur Frömmigkeit wollte sie diesen Sohn aufziehen, aber dem Vater gleich, häufte er Frevel auf Frevel und vernichtete so jede Hoffnung der frommen Pflegemutter, die in der Tugend des Sohnes Trost für des sündigen Vaters Verderbnis finden wollte. – Niedergesenkten Hauptes, den Blick zur Erde gerichtet, hörte ich die kurze Rede an, worin die Äbtissin nochmals der versammelten Geistlichkeit Aureliens Eintritt in das Kloster anzeigte und sie aufforderte, eifrig zu beten in dem entscheidenden Augenblick des Gelübdes, damit der Erbfeind nicht Macht haben möge, sinneverwirrendes Spiel zu treiben zur Qual der frommen Jungfrau. »Schwer«, sprach die Äbtissin, »schwer waren die Prüfungen, die die Jungfrau zu überstehen hatte. Der Feind wollte sie verlocken zum Bösen, und alles, was die List der Hölle vermag, wandte er an, sie zu betören, daß sie, ohne Böses zu ahnen, sündige und dann, aus dem Traum erwachend, untergehe in Schmach und Verzweiflung. Doch die ewige Macht beschützte das Himmelskind, und mag denn der Feind auch noch heute es versuchen, ihr verderblich zu nahen, ihr Sieg über ihn wird desto glorreicher sein. Betet – betet, meine Brüder, nicht darum, daß die Christusbraut nicht wanke, denn fest und standhaft ist ihr dem Himmlischen ganz zugewandter Sinn, sondern daß kein irdisches Unheil die fromme Handlung unterbreche. – Eine Bangigkeit hat sich meines Gemüts bemächtigt, der ich nicht zu widerstehen vermag!« –

Es war klar, daß die Äbtissin mich – mich allein den Teufel der Versuchung nannte, daß sie meine Ankunft mit der Einkleidung Aureliens in Bezug, daß sie vielleicht in mir die Absicht irgend einer Greueltat voraussetzte. Das Gefühl der Wahrheit meiner Reue, meiner Buße, der Überzeugung, daß mein Sinn geändert worden, richtete mich empor. Die Äbtissin würdigte mich nicht eines Blickes; tief im Innersten gekränkt, regte sich in mir jener bittere, verhöhnende Haß, wie ich ihn sonst in der Residenz bei dem Anblick der Fürstin gefühlt, und statt daß ich, ehe die Äbtissin jene Worte sprach, mich hätte vor ihr niederwerfen mögen in den Staub, wollte ich keck und kühn vor sie hintreten und sprechen: »Warst du denn immer solch ein überirdisches Weib, daß die Lust der Erde dir nicht aufging? . . . Als du meinen Vater sahst, verwahrtest du denn immer dich so, daß der Gedanke der Sünde nicht Raum fand? . . . Ei, sage doch, ob selbst dann, als schon die Inful und der Stab dich schmückten, in unbewachten Augenblicken meines Vaters Bild nicht Sehnsucht nach irdischer Lust in dir aufregte? . . . Was empfandest du denn, Stolze, als du den Sohn des Geliebten an dein Herz drücktest und den Namen des Verlorenen, war er gleich ein frevelicher Sünder, so schmerzvoll riefst? – Hast du jemals gekämpft mit der dunklen Macht wie ich? – Kannst du dich eines wahren Sieges erfreuen, wenn kein harter Kampf vorherging? – Fühlst du dich selbst so stark, daß du *den* verachtest, der dem mächtigsten Feinde erlag und sich dennoch erhob in tiefer Reue und Buße?« – Die plötzliche Änderung meiner Gedanken, die Umwandlung des Büßenden in den, der stolz auf den bestandenen Kampf fest einschreitet in das wiedergewonnene Leben, muß selbst im Äußern sichtlich gewesen sein. Denn der neben mir stehende Bruder frug: »Was ist dir, Medardus, warum wirfst du solche sonderbare zürnende Blicke auf die hochheilige Frau?« »Ja«, erwiderte ich halblaut, »wohl mag es eine hochheilige Frau sein, denn sie stand immer so hoch, daß das Profane sie nicht erreichen konnte, doch kommt sie mir jetzt nicht sowohl wie eine christliche, sondern wie eine heidnische Priesterin vor, die sich bereitet, mit gezücktem Messer das Menschenopfer zu vollbringen.« Ich weiß selbst nicht, wie ich dazu kam, die letzten Worte, die außer meiner Ideenreihe lagen, zu sprechen, aber mit ihnen drängten sich im bunten Gewirr Bilder durcheinander, die nur im Entsetzlichsten sich zu einen schienen. – Aurelie sollte auf immer die Welt verlassen, sie sollte, wie ich, durch ein Gelübde, das mir jetzt nur die Ausgeburt des religiösen Wahnsinns schien, dem Irdischen entsagen? – So wie ehemals, als ich, dem Satan verkauft, in Sünde und Frevel den höchsten, strahlendsten Lichtpunkt des Lebens zu schauen wähnte, dachte ich jetzt daran, daß beide, ich und

Aurelie, im Leben, sei es auch nur durch den einzigen Moment des höchsten irdischen Genusses, vereint und dann als der unterirdischen Macht Geweihte sterben müßten. – Ja, wie ein gräßlicher Unhold, wie der Satan selbst ging der Gedanke des Mordes mir durch die Seele! – Ach, ich Verblendeter gewahrte nicht, daß in dem Moment, als ich der Äbtissin Worte auf mich deutete, ich preisgegeben war der vielleicht härtesten Prüfung, daß der Satan Macht bekommen über mich und mich verlokken wollte zu dem Entsetzlichsten, das ich noch begangen! Der Bruder, zu dem ich gesprochen, sah mich erschrocken an: »Um Jesus und der heiligen Jungfrau willen, was sagt Ihr da!« so sprach er; ich schaute nach der Äbtissin, die im Begriff stand, den Saal zu verlassen, ihr Blick fiel auf mich, totenbleich starrte sie mich an, sie wankte, die Nonnen mußten sie unterstützen. Es war mir, als lisple sie die Worte: »O all ihr Heiligen, meine Ahnung.« Bald darauf wurde der Prior Leonardus zu ihr gerufen. Schon läuteten aufs neue alle Glocken des Klosters, und dazwischen tönten die donnernden Töne der Orgel, die Weihgesänge der im Chor versammelten Schwestern, durch die Lüfte, als der Prior wieder in den Saal trat. Nun begaben sich die Brüder der verschiedenen Orden in feierlichem Zuge nach der Kirche, die von Menschen beinahe so überfüllt war, als sonst am Tage des heiligen Bernardus. An einer Seite des mit duftenden Rosen geschmückten Hochaltars waren erhöhte Sitze für die Geistlichkeit angebracht, der Tribüne gegenüber, auf welcher die Kapelle des Bischofs die Musik des Amts, welches er selbst hielt, ausführte. Leonardus rief mich an seine Seite, und ich bemerkte, daß er ängstlich auf mich wachte; die kleinste Bewegung erregte seine Aufmerksamkeit; er hielt mich an, fortwährend aus meinem Brevier zu beten. Die Klaren-Nonnen versammelten sich in dem mit einem niedrigen Gitter eingeschlossenen Platz dicht vor dem Hochaltar, der entscheidende Augenblick kam; aus dem Innern des Klosters, durch die Gittertüre hinter dem Altar führten die Zisterzienser-Nonnen

Aurelien herbei. – Ein Geflüster rauschte durch die Menge, als sie sichtbar worden, die Orgel schwieg, und der einfache Hymnus der Nonnen erklang in wunderbaren, tief ins Innerste dringenden Akkorden. Noch hatte ich keinen Blick aufgeschlagen; von einer furchtbaren Angst ergriffen, zuckte ich krampfhaft zusammen, so daß mein Brevier zur Erde fiel. Ich bückte mich danach, es aufzuheben, aber ein plötzlicher Schwindel hätte mich von dem hohen Sitz herabgestürzt, wenn Leonardus mich nicht faßte und festhielt. »Was ist dir, Medardus«, sprach der Prior leise, »du befindest dich in seltsamer Bewegung, widerstehe dem bösen Feinde, der dich treibt.« Ich faßte mich mit aller Gewalt zusammen, ich schaute auf und erblickte Aurelien, vor dem Hochaltar knieend. O Herr des Himmels, in hoher Schönheit und Anmut strahlte sie mehr als je! Sie war bräutlich – ach! ebenso wie an jenem verhängnisvollen Tage, da sie mein werden sollte, gekleidet. Blühende Myrten und Rosen im künstlich geflochtenen Haar. Die Andacht, das Feierliche des Moments hatte ihre Wangen höher gefärbt, und in dem zum Himmel gerichteten Blick lag der volle Ausdruck himmlischer Lust. Was waren jene Augenblicke, als ich Aurelien zum erstenmal, als ich sie am Hofe des Fürsten sah, gegen dieses Wiedersehen. Rasender als jemals flammte in mir die Glut der Liebe – der wilden Begier auf – »O Gott, – o, all ihr Heiligen! laßt mich nicht wahnsinnig werden, nur nicht wahnsinnig – rettet mich, rettet mich von dieser Pein der Hölle – Nur nicht wahnsinnig laßt mich werden – denn das Entsetzliche muß ich sonst tun und meine Seele preisgeben der ewigen Verdammnis!« – So betete ich im Innern, denn ich fühlte, wie immer mehr und mehr der böse Geist über mich Herr werden wollte. – Es war mir, als habe Aurelie teil an dem Frevel, den *ich* nur beging, als sei das Gelübde, das sie zu leisten gedachte, in ihren Gedanken nur der feierliche Schwur, vor dem Altar des Herrn *mein* zu sein. – Nicht die Christusbraut, des Mönchs, der sein Gelübde brach, verbrecherisches Weib sah ich in ihr. Sie mit aller Inbrunst der wütenden Begier umarmen und dann ihr den Tod geben – *der* Gedanke erfaßte mich unwiderstehlich. Der böse Geist trieb mich wilder und wilder – schon wollte ich schreien: »Haltet ein, verblendete Toren! Nicht die von irdischem Triebe reine Jungfrau, die Braut des Mönchs wollt ihr erheben zur Himmelsbraut!« – mich hinabstürzen unter die Nonnen, sie herausreißen – ich faßte in die Kutte, ich suchte nach dem Messer, da war die Zeremonie so weit gediehen, daß Aurelie anfing, das Gelübde zu sprechen. – Als ich ihre Stimme hörte, war es, als bräche milder Mondesglanz durch die schwarzen, von wildem Sturm gejagten Wetterwolken. Licht wurde es in mir, und ich erkannte den bösen Geist, dem ich mit aller Gewalt widerstand. – Jedes Wort Aureliens gab mir neue Kraft, und im heißen Kampf wurde ich bald Sieger. Entflohen war jeder schwarze Gedanke des Frevels, jede Regung der irdischen Begier. – Aurelie war die fromme Himmelsbraut, deren Gebet mich retten konnte von ewiger Schmach und Verderbnis. – Ihr Gelübde war mein Trost, meine Hoffnung, und hell ging in mir die Heiterkeit des Himmels auf. Leonardus, den ich nun erst wieder bemerkte, schien die Änderung in meinem Innern wahrzunehmen, denn mit sanfter Stimme sprach er: »Du hast dem Feinde widerstanden, mein Sohn! Das war wohl die letzte schwere Prüfung, die dir die ewige Macht auferlegt!« –

Das Gelübde war gesprochen; während eines Wechselgesanges, den die Klaren-Schwestern anstimmten, wollte man Aurelien das Nonnengewand anlegen. Schon hatte man die Myrten und Rosen aus dem Haar geflochten, schon stand man im Begriff, die herabwallenden Locken abzuschneiden, als ein Getümmel in der Kirche entstand – ich sah, wie die Menschen auseinander gedrängt und zu Boden geworfen wurden; – näher und näher wirbelte der Tumult. – Mit rasender Gebärde, – mit wildem, entsetzlichen Blick drängte sich ein halbnackter Mensch (die Lumpen eines Kapuzinerrocks hingen ihm um den

Leib), alles um sich her mit geballten Fäusten niederstoßend, durch die Menge. – Ich erkannte meinen gräßlichen Doppeltgänger, aber in demselben Moment, als ich, Entsetzliches ahnend, hinabspringen und mich ihm entgegenwerfen wollte, hatte der wahnsinnige Unhold die Galerie, die den Platz des Hochaltars einschloß, übersprungen. Die Nonnen stäubten schreiend auseinander; die Äbtissin hatte Aurelien fest in ihre Arme eingeschlossen. – »Ha ha ha! –« kreischte der Rasende mit gellender Stimme, »wollt ihr mir die Prinzessin rauben! – Ha ha ha! – die Prinzessin ist mein Bräutchen, mein Bräutchen« – und damit riß er Aurelien empor und stieß ihr das Messer, das er hochgeschwungen in der Hand hielt, bis an das Heft in die Brust, daß des Blutes Springquell hoch emporspritzte. »Juchhe – Juch Juch – nun hab ich mein Bräutchen, nun hab ich die Prinzessin gewonnen!« – So schrie der Rasende auf und sprang hinter den Hochaltar, durch die Gittertüre fort in die Klostergänge. Voll Entsetzen kreischten die Nonnen auf. – »Mord – Mord am Altar des Herrn«, schrie das Volk, nach dem Hochaltar stürmend. »Besetzt die Ausgänge des Klosters, daß der Mörder nicht entkomme«, rief Leonardus mit lauter Stimme, und das Volk stürzte hinaus, und wer von den Mönchen rüstig war, ergriff die im Winkel stehenden Prozessionsstäbe und setzte dem Unhold nach durch die Gänge des Klosters. Alles war die Tat eines Augenblicks; bald kniete ich neben Aurelien, die Nonnen hatten mit weißen Tüchern die Wunde, so gut es gehen wollte, verbunden und standen der ohnmächtigen Äbtissin bei. Eine starke Stimme sprach neben mir: »Sancta Rosalia, ora pro nobis«, und alle, die noch in der Kirche geblieben, riefen laut: »Ein Mirakel – ein Mirakel, ja sie ist eine Märtyrin. – Sancta Rosalia, ora pro nobis.« – Ich schaute auf. – Der alte Maler stand neben mir, aber ernst und mild, so wie er mir im Kerker erschien. – Kein irdischer Schmerz über Aureliens Tod, kein Entsetzen über die Erscheinung des Malers konnte mich fassen, denn in meiner Seele dämmerte es auf, wie nun die rätselhaften Schlingen, die die dunkle Macht geknüpft, sich lösten.

»Mirakel, Mirakel!« schrie das Volk immerfort, »seht ihr wohl den alten Mann im violetten Mantel? – Der ist aus dem Bilde des Hochaltars herabgestiegen – ich habe es gesehen – ich auch, ich auch –« riefen mehrere Stimmen durcheinander, und nun stürzte alles auf die Knie nieder, und das verworrene Getümmel verbrauste und ging über in ein von heftigem Schluchzen und Weinen unterbrochenes Gemurmel des Gebets. Die Äbtissin erwachte aus der Ohnmacht und sprach mit dem herzzerschneidenden Ton des tiefen, gewaltigen Schmerzes: »Aurelie! – mein Kind! meine fromme Tochter! – ewiger Gott – es ist dein Ratschluß!« – Man hatte eine mit Polstern und Decken belegte Bahre herbeigebracht. Als man Aurelien hinaufhob, seufzte sie tief und schlug die Augen auf. Der Maler stand hinter ihrem Haupte, auf das er seine Hand gelegt. Er war anzusehen wie ein mächtiger Heiliger, und alle, selbst die Äbtissin, schienen von wunderbarer scheuer Ehrfurcht durchdrungen. – Ich kniete beinahe dicht an der Seite der Bahre. Aureliens Blick fiel auf mich, da erfaßte mich tiefer Jammer über der Heiligen schmerzliches Märtyrertum. Keines Wortes mächtig, war es nur ein dumpfer Schrei, den ich ausstieß. Da sprach Aurelie sanft und leise: »Was klagest du über die, welche von der ewigen Macht des Himmels gewürdigt wurde, von der Erde zu scheiden in dem Augenblick, als sie die Nichtigkeit alles Irdischen erkannt, als die unendliche Sehnsucht nach dem Reich der ewigen Freude und Seligkeit ihre Brust erfüllte?« – Ich war aufgestanden, ich war dicht an die Bahre getreten. »Aurelie«, sprach ich, – »heilige Jungfrau! Nur einen einzigen Augenblick senke deinen Blick herab aus den hohen Regionen, sonst muß ich vergehen, in – meine Seele, mein innerstes Gemüt zerrüttenden, verderbenden Zweifeln. – Aurelie! verachtest du den Frevler, der, wie der böse Feind selbst, in dein Leben trat? – Ach! schwer hat er gebüßt – aber er weiß es wohl, daß alle Buße seiner Sünden Maß nicht mindert – Aurelie! bist du versöhnt im Tode?« – Wie von Engelsfittichen berührt, lächelte Aurelie und schloß die Augen. »O, – Heiland der Welt – heilige Jungfrau – so bleibe ich zurück, ohne Trost der Verzweiflung hingegeben, o Rettung! – Rettung von höllischem Verderben!« So betete ich inbrünstig, da schlug Aurelie noch einmal die Augen auf und sprach: »Medardus – nachgegeben hast du der bösen Macht! Aber blieb *ich* denn rein von der Sünde, als ich irdisches Glück zu erlangen hoffte in meiner verbrecherischen Liebe? – Ein besonderer Ratschluß des Ewigen hatte uns bestimmt, schwere Verbrechen unseres frevelichen Stammes zu sühnen, und so vereinigte uns das Band der Liebe, die nur über den Sternen thront und die nichts gemein hat mit irdischer Lust. Aber dem listigen Feinde gelang es, die tiefe Bedeutung unserer Liebe uns zu verhüllen, ja uns auf entsetzliche Weise zu verlocken, daß wir das Himmlische nur deuten konnten auf irdische Weise. – Ach! war *ich* es denn nicht, die dir ihre Liebe bekannte im Beichtstuhl, aber statt den Gedanken der ewigen Liebe in dir zu entzünden, die höllische Glut der Lust in dir entflammte, welche du, da sie dich verzehren wollte, durch Verbrechen zu löschen gedachtest? Fasse Mut, Medardus! Der wahnsinnige Tor, den der böse Feind verlockt hat zu glauben, er sei du und müsse vollbringen, was du begonnen, war das Werkzeug des Himmels, durch das sein Ratschluß vollendet wurde. – Fasse Mut, Medardus – bald, bald . . .« Aurelie, die das letzte schon mit geschlossenen Augen und hörbarer Anstrengung gesprochen, wurde ohnmächtig, doch der Tod konnte sie noch nicht erfassen. »Hat sie Euch gebeichtet, ehrwürdiger Herr? Hat sie Euch gebeichtet?« so frugen mich neugierig die Nonnen. »Mit nichten«, erwiderte ich, »nicht ich, *sie* hat meine Seele mit himmlischem Trost erfüllt.« – »Wohl dir, Medardus, bald ist deine Prüfungszeit beendet – und wohl mir dann!« Es war der Maler, der diese Worte sprach. Ich trat auf ihn zu: »So verlaßt mich nicht, wunderbarer Mann.« – Ich weiß selbst nicht, wie meine Sinne, indem ich weiter sprechen wollte, auf seltsame Weise betäubt worden; ich geriet in einen Zustand zwischen Wachen und Träumen, aus dem mich ein lautes Rufen und Schreien erweckte. Ich sah den Maler nicht mehr. Bauern - Bürgersleute - Soldaten waren in die Kirche gedrungen und verlangten durchaus, daß ihnen erlaubt werden solle, das ganze Kloster zu durchsuchen, um den Mörder Aureliens, der noch im Kloster sein müsse, aufzufinden. Die Äbtissin, mit Recht Unordnungen befürchtend, verweigerte dies, aber ihres Ansehens unerachtet, vermochte sie nicht die erhitzten Gemüter zu beschwichtigen. Man warf ihr vor, daß sie aus kleinlicher Furcht den Mörder verhehle, weil er ein Mönch sei, und immer heftiger tobend, schien das Volk sich zum Stürmen des Klosters aufzuregen. Da bestieg Leonardus die Kanzel und sagte dem Volk nach einigen kräftigen Worten über die Entweihung heiliger Stätten, daß der Mörder keineswegs ein Mönch, sondern ein Wahnsinniger sei, den er im Kloster zur Pflege aufgenommen, den er, als er tot erschienen, im Ordenshabit nach der Totenkammer bringen lassen, der aber aus dem todähnlichen Zustande erwacht und entsprungen sei. Wäre er noch im Kloster, so würden es ihm die getroffenen Maßregeln unmöglich machen, zu entspringen. Das Volk beruhigte sich und verlangte nur, daß Aurelie nicht durch die Gänge, sondern über den Hof in feierlicher Prozession nach dem Kloster gebracht werden solle. Dies geschah. Die verschüchterten Nonnen hoben die Bahre auf, die man mit Rosen bekränzt hatte. Auch Aurelie war, wie vorher, mit Myrten und Rosen geschmückt. Dicht hinter der Bahre, über welche vier Nonnen den Baldachin trugen, schritt die Äbtissin, von zwei Nonnen unterstützt, die übrigen folgten mit den Klaren-Schwestern, dann die Brüder der verschiedenen Orden, ihnen schloß sich das Volk an, und so bewegte sich der Zug durch die Kirche. Die Schwester, welche die Orgel spielte, mußte sich auf den Chor begeben haben, denn sowie der Zug in der Mitte der

Kirche war, ertönten dumpf und schauerlich tiefe Orgeltöne vom Chor herab. Aber siehe, da richtete sich Aurelie langsam auf und erhob die Hände betend zum Himmel, und aufs neue stürzte alles Volk auf die Knie nieder und rief: »Sancta Rosalia, ora pro nobis.« – So wurde *das* wahr, was ich, als ich Aurelien zum erstenmal sah, in satanischer Verblendung nur frevelich heuchelnd verkündet.

Als die Nonnen in dem untern Saal des Klosters die Bahre niedersetzten, als Schwestern und Brüder betend im Kreise umherstánden, sank Aurelie mit einem tiefen Seufzer der Äbtissin, die neben ihr kniete, in die Arme. – Sie war tot! – Das Volk wich nicht von der Klosterpforte, und als nun die Glocken den irdischen Untergang der frommen Jungfrau verkündeten, brach alles aus in Schluchzen und Jammergeschrei. – Viele taten das Gelübde, bis zu Aureliens Exequien in dem Dorf zu bleiben und erst nach denselben in die Heimat zurückzufahren, während der Zeit aber strenge zu fasten. Das Gerücht von der entsetzlichen Untat und von dem Martyrium der Braut des Himmels verbreitete sich schnell, und so geschah es, daß Aureliens Exequien, die nach vier Tagen begangen wurden, einem hohen, die Verklärung einer Heiligen feiernden Jubelfest glichen. Denn schon Tages vorher war die Wiese vor dem Kloster, wie sonst am Bernardustage, mit Menschen bedeckt, die, sich auf den Boden lagernd, den Morgen erwarteten. Nur statt des frohen Getümmels hörte man fromme Seufzer und ein dumpfes Murmeln. – Von Mund zu Mund ging die Erzählung von der entsetzlichen Tat am Hochaltar der Kirche, und brach einmal eine laute Stimme hervor, so geschah es in Verwünschungen des Mörders, der spurlos verschwunden blieb. –

Von tieferer Einwirkung auf das Heil meiner Seele waren wohl diese vier Tage, die ich meistens einsam in der Kapelle des Gartens zubrachte, als die lange strenge Buße im Kapuzinerkloster bei Rom. Aureliens letzte Worte hatten mir das Geheimnis meiner Sünden erschlossen, und ich erkannte, daß ich, ausgerüstet mit aller Kraft der Tugend und Frömmigkeit, doch wie ein mutloser Feigling dem Satan, der den verbrecherischen Stamm zu hegen trachtete, daß er fort und fort gedeihe, nicht zu widerstehen vermochte. Gering war der Keim des Bösen in mir, als ich des Konzertmeisters Schwester sah, als der freveliche Stolz in mir erwachte, aber da spielte mir der Satan jenes Elixier in die Hände, das mein Blut wie ein verdammtes Gift in Gärung setzte. Nicht achtete ich des unbekannten Malers, des Priors, der Äbtissin ernste Mahnung. – Aureliens Erscheinung am Beichtstuhl vollendete den Verbrecher. Wie eine physische Krankheit von jenem Gift erzeugt, brach die Sünde hervor. Wie konnte der dem Satan Ergebene das Band erkennen, das die Macht des Himmels als Symbol der ewigen Liebe um mich und Aurelien geschlungen? – Schadenfroh fesselte mich der Satan an einen Verruchten, in dessen Sein mein Ich eindringen, so wie er geistig auf mich einwirken mußte. Seinen scheinbaren Tod, vielleicht das leere Blendwerk des Teufels, mußte ich *mir* zuschreiben. Die Tat machte mich vertraut mit dem Gedanken des Mordes, der dem teuflischen Trug folgte. So war der in verruchter Sünde erzeugte Bruder das vom Teufel beseelte Prinzip, das mich in die abscheulichsten Frevel stürzte und mich mit den gräßlichsten Qualen umhertrieb. Bis dahin, als Aurelie nach dem Ratschluß der ewigen Macht ihr Gelübde sprach, war mein Innres nicht rein von der Sünde; bis dahin hatte der Feind Macht über mich, aber die wunderbare innere Ruhe, die wie von oben herabstrahlende Heiterkeit, die über mich kam, als Aurelie die letzten Worte gesprochen, überzeugte mich, daß Aureliens Tod die Verheißung der Sühne sei. – Als in dem feierlichen Requiem der Chor die Worte sang: »Confutatis maledictis flammis acribus addictis«, fühlte ich mich erheben, aber bei dem »Voca me cum benedictis« war es mir, als sähe ich in himmlischer Sonnenklarheit Aurelien, wie sie erst auf mich niederblickte und dann ihr von einem strahlenden Sternenringe umgebenes Haupt zum höchsten Wesen erhob, um für das ewige Heil meiner Seele zu bitten! - »Oro supplex et acclinis cor contritum quasi cinis!« - Nieder sank ich in den Staub, aber wie wenig gleich mein inneres Gefühl, mein demütiges Flehen jener leidenschaftlichen Zerknirschung, jenen grausamen, wilden Bußübungen im Kapuzinerkloster. Erst jetzt war mein Geist fähig, das Wahre von dem Falschen zu unterscheiden, und bei diesem klaren Bewußtsein mußte jede neue Prüfung des Feindes wirkungslos bleiben. Nicht Aureliens Tod, sondern nur die als gräßlich und entsetzlich erscheinende Art desselben hatte mich in den ersten Augenblicken so tief erschüttert; aber wie bald erkannte ich, daß die Gunst der ewigen Macht sie das Höchste bestehen ließ! - Das Martyrium der geprüften, entsündigten Christusbraut! - War sie denn für mich untergegangen? Nein! jetzt erst, nachdem sie der Erde voller Qual entrückt, wurde sie mir der reine Strahl der ewigen Liebe, der in meiner Brust aufglühte. Ja! Aureliens Tod war das Weihfest jener Liebe, die, wie Aurelie sprach, nur über den Sternen thront und nichts gemein hat mit dem Irdischen. - Diese Gedanken erhoben mich über mein irdisches Selbst, und so waren wohl jene Tage im Zisterzienserkloster die wahrhaft seligsten meines Lebens.

Nach der Exportation, welche am folgenden Morgen stattfand, wollte Leonardus mit den Brüdern nach der Stadt zurückkehren; die Äbtissin ließ mich, als schon der Zug beginnen sollte, zu sich rufen. Ich fand sie allein in ihrem Zimmer, sie war in der höchsten Bewegung, die Tränen stürzten ihr aus den Augen. »Alles - alles weiß ich jetzt, mein Sohn Medardus! Ja, ich nenne dich so wieder, denn überstanden hast du die Prüfungen, die über dich Unglücklichen, Bedauernswürdigen ergingen! Ach, Medardus, nur *sie,* nur *sie,* die am Throne Gottes unsere Fürsprecherin sein mag, ist rein von der Sünde. Stand ich nicht am Rande des Abgrundes, als ich, von dem Gedanken an irdische Lust erfüllt, dem Mörder mich verkaufen wollte? - Und doch! - Sohn Medardus! - verbrecherische Tränen hab' ich geweint in einsamer Zelle, deines Vaters gedenkend! – Gehe, Sohn Medardus! Jeder Zweifel, daß ich vielleicht zur mir selbst anzurechnenden Schuld in dir den frevelichsten Sünder erzog, ist aus meiner Seele verschwunden.« –

Leonardus, der gewiß der Äbtissin alles enthüllt hatte, was ihr aus meinem Leben noch unbekannt geblieben, bewies mir durch sein Betragen, daß auch er mir verziehen und dem Höchsten anheimgestellt hatte, wie ich vor seinem Richterstuhl bestehen werde. Die alte Ordnung des Klosters war geblieben, und ich trat in die Reihe der Brüder ein wie sonst. Leonardus sprach eines Tages zu mir: »Ich möchte dir, Bruder Medardus, wohl noch eine Bußübung aufgeben.« Demütig frug ich, worin sie bestehen solle. »Du magst«, erwiderte der Prior, »die Geschichte deines Lebens genau aufschreiben. Keinen der merkwürdigen Vorfälle, auch selbst der unbedeutenderen, vorzüglich nichts, was dir im bunten Weltleben widerfuhr, darfst du auslassen. Die Fantasie wird dich wirklich in die Welt zurückführen, du wirst alles Grauenvolle, Possenhafte, Schauerliche und Lustige noch einmal fühlen, ja es ist möglich, daß du im Moment Aurelien anders, nicht als die Nonne Rosalia, die das Märtyrium bestand, erblickst; aber hat der Geist des Bösen dich ganz verlassen, hast du dich ganz vom Irdischen abgewendet, so wirst du wie ein höheres Prinzip über alles schweben, und so wird jener Eindruck keine Spur hinterlassen.« Ich tat, wie der Prior geboten. Ach! – wohl geschah es so, wie er es ausgesprochen! Schmerz und Wonne, Grauen und Lust – Entsetzen und Entzücken stürmten in meinem Innern, als ich mein Leben schrieb. – Du, der du einst diese Blätter liesest, ich sprach zu dir von der Liebe höchster Sonnenzeit, als Aureliens Bild mir im regen Leben aufging! – Es gibt Höheres als irdische Lust, die meistens nur Verderben bereitet dem leichtsinnigen, blödsinnigen Menschen, und *das* ist jene höchste Sonnenzeit, wenn, fern von dem Gedanken frevelicher Begier, die Geliebte wie ein Himmelsstrahl alles Höhere, alles, was aus dem Reich der Liebe segensvoll herabkommt auf den armen Menschen, in deiner Brust entzündet. - Dieser Gedanke hat mich erquickt, wenn bei der Erinnerung an die herrlichsten Momente, die mir die Welt gab, heiße Tränen den Augen entstürzten und alle längst verharschte Wunden aufs neue bluteten.

Ich weiß, daß vielleicht noch im Tode der Widersacher Macht haben wird, den sündigen Mönch zu quälen, aber standhaft, ja mit inbrünstiger Sehnsucht erwarte ich den Augenblick, der mich der Erde entrückt, denn es ist der Augenblick der Erfüllung alles dessen, war mir Aurelie, ach! die heilige Rosalia selbst, im Tode verheißen. Bitte - bitte für mich, o heilige Jungfrau, in der dunklen Stunde, daß die Macht der Hölle, der ich so oft erlegen, nicht mich bezwinge und hinabreiße in den Pfuhl ewiger Verderbnis!

Nachtrag des Paters Spiridion,
Bibliothekar des Kapuzinerklosters zu B.

In der Nacht vom dritten auf den vierten September des Jahres 17** hat sich viel Wunderbares in unserm Kloster ereignet. Es mochte wohl um Mitternacht sein, als ich in der neben der meinigen liegenden Zelle des Bruders Medardus ein seltsames Kichern und Lachen und währenddessen ein dumpfes klägliches Ächzen vernahm. Mir war es, als höre ich deutlich von einer sehr häßlichen, widerwärtigen Stimme die Worte sprechen: »Komm mit mir, Brüderchen Medardus, wir wollen die Braut suchen.« Ich stand auf und wollte mich zum Bruder Medardus begeben, da überfiel mich aber ein besonderes Grauen, so daß ich wie von dem Frost eines Fiebers ganz gewaltig durch alle Glieder geschüttelt wurde; ich ging demnach, statt in des Medardus Zelle, zum Prior Leonardus, weckte ihn nicht ohne Mühe und erzählte ihm, was ich vernommen. Der Prior erschrak sehr, sprang auf und sagte, ich solle geweihte Kerzen holen und wir wollten uns beide dann zum

Bruder Medardus begeben. Ich tat, wie mir geheißen, zündete die Kerzen an der Lampe des Muttergottesbildes auf dem Gange an, und wir stiegen die Treppe hinauf. So sehr wir aber auch horchen mochten, die abscheuliche Stimme, die ich vernommen, ließ sich nicht wieder hören. Statt dessen hörten wir leise liebliche Glockenklänge, und es war so, als verbreite sich ein feiner Rosenduft. Wir traten näher, da öffnete sich die Türe der Zelle, und ein wunderlicher großer Mann mit weißem krausen Bart, in einem violetten Mantel, schritt heraus; ich war sehr erschrocken, denn ich wußte wohl, daß der Mann ein drohendes Gespenst sein mußte, da die Klosterpforten fest verschlossen waren, mithin kein Fremder eindringen konnte; aber Leonardus schaute ihn keck an, jedoch ohne ein Wort zu sagen. »Die Stunde der Erfüllung ist nicht mehr fern«, sprach die Gestalt sehr dumpf und feierlich und verschwand in dem dunklen Gange, so daß meine Bangigkeit noch stärker wurde und ich schier hätte die Kerze aus der zitternden Hand fallen lassen mögen. Aber der Prior, der ob seiner Frömmigkeit und Stärke im Glauben nach Gespenstern nicht viel frägt, faßte mich beim Arm und sagte: »Nun wollen wir in die Zelle des Bruders Medardus treten.« Das geschah denn auch. Wir fanden den Bruder, der schon seit einiger Zeit sehr schwach worden, im Sterben, der Tod hatte ihm die Zunge gebunden, er röchelte nur noch was weniges. Leonardus blieb bei ihm, und ich weckte die Brüder, indem ich die Glocke stark anzog und mit lauter Stimme rief: »Steht auf! - steht auf! - Der Bruder Medardus liegt im Tode!« Sie standen auch wirklich auf, so daß nicht ein einziger fehlte, als wir mit angebrannten Kerzen uns zu dem sterbenden Bruder begaben. Alle, auch ich, der ich dem Grauen endlich widerstanden, überließen uns vieler Betrübnis. Wir trugen den Bruder Medardus auf einer Bahre nach der Klosterkirche und setzten ihn vor dem Hochaltar nieder. Da erholte er sich zu unserm Erstaunen und fing an zu sprechen, so daß Leonardus selbst sogleich nach vollendeter Beichte und Absolution die letzte Ölung vornahm. Nachher begaben wir uns, während Leonardus unten blieb und immerfort mit dem Bruder Medardus redete, in den Chor und sangen die gewöhnlichen Totengesänge für das Heil der Seele des sterbenden Bruders. Gerade als die Glocke des Klosters den andern Tag, nämlich am fünften September des Jahres 17**, mittags zwölfe schlug, verschied Bruder Medardus in des Priors Armen. Wir bemerkten, daß es Tag und Stunde war, in der voriges Jahr die Nonne Rosalia auf entsetzliche Weise, gleich nachdem sie das Gelübde abgelegt, ermordet wurde. Bei dem Requiem und der Exportation hat sich noch folgendes ereignet. Bei dem Requiem nämlich verbreitete sich ein sehr starker Rosenduft, und wir bemerkten, daß an dem schönen Bilde der heiligen Rosalia, das von einem sehr alten unbekannten italienischen Maler verfertigt sein soll und das unser Kloster von den Kapuzinern in der Gegend von Rom für erkleckliches Geld erkaufte, so daß sie nur eine Kopie des Bildes behielten, ein Strauß der schönsten, in dieser Jahreszeit seltenen Rosen befestigt war. Der Bruder Pförtner sagte, daß am frühen Morgen ein zerlumpter, sehr elend aussehender Bettler, von uns unbemerkt, hinaufgestiegen und den Strauß an das Bild geheftet habe. Derselbe Bettler fand sich bei der Exportation ein und drängte sich unter die Brüder. Wir wollten ihn zurückweisen, als aber der Prior Leonardus ihn scharf angeblickt hatte, befahl er, ihn unter uns zu leiden. Er nahm ihn als Laienbruder im Kloster auf; wir nannten ihn Bruder Peter, da er im Leben Peter Schönfeld geheißen, und gönnten ihm den stolzen Namen, weil er überaus still und gutmütig war, wenig sprach und nur zuweilen sehr possierlich lachte, welches, da es gar nichts Sündliches hatte, uns sehr ergötzte. Der Prior Leonardus sprach einmal, des Peters Licht sei im Dampf der Narrheit verlöscht, in die sich in seinem Innern die Ironie des Lebens umgestaltet. Wir verstanden alle nicht, was der gelehrte Leonardus damit sagen wollte, merkten aber wohl, daß er mit dem Laienbruder Peter längst bekannt sein müsse. So habe ich den Blättern, die des Bruders Medardi Leben enthalten sollen, die ich aber nicht gelesen, die Umstände seines Todes sehr genau und nicht ohne Mühe ad majorem dei gloriam hinzugefügt. Friede und Ruhe dem entschlafenen Bruder Medardus, der Herr des Himmels lasse ihn dereinst fröhlich auferstehen und nehme ihn auf in den Chor heiliger Männer, da er sehr fromm gestorben.

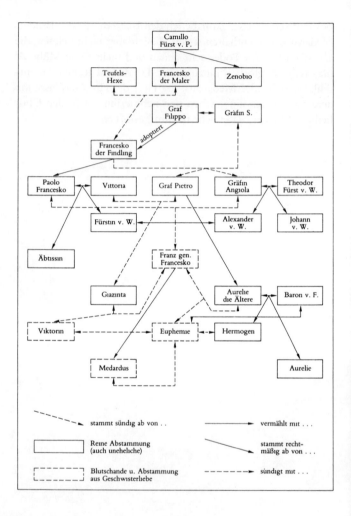

Stammtafel des Medardus

Zu dieser Ausgabe

Der Text folgt der Ausgabe *E. T. A. Hoffmann, Werke*. Insel-E.T.A. Hoffmann. Neu durchgesehen und revidiert von Herbert Kraft und Manfred Wacker, Band 1 (Fantasiestücke in Callots Manier, Die Elixiere des Teufels), Frankfurt am Main 1967. Umschlagabbildung: Mauritius

Fjodor Michailowitsch Dostojewski, geboren am 11. November 1821 in Moskau, ist am 9. Februar 1881 in Petersburg gestorben.
Fjodor M. Dostojewskis literarisches Werk hat unverändert starke Wirkung und liegt in vielen deutschen Übersetzungen vor. Eine der großen Meisterleistungen des Insel Verlages zu Beginn der zwanziger Jahre war die Veröffentlichung sämtlicher Romane und Novellen des großen Russen in der Übersetzung von Hermann Röhl – einer so sorgfältigen und klug durchdachten Übersetzung, daß sie ohne Überarbeitung heutigen Kriterien genügt.
Die Vielschichtigkeit seines Werkes mit seiner religiösen Grundhaltung, dem psychologischen Durchdringen, dem ethischen Anliegen und der ständigen Aufforderung an den Leser, selbst zu entscheiden, zieht auch heute jung und alt in seinen Bann.
Der Spieler ist das dramatische Bekenntnis eines jungen Mannes, der, anfänglich eher abgestoßen von der Atmosphäre der Spielsäle, vom Rausch des Roulettspiels gepackt wird. Die ereignisreiche Handlung erstreckt sich über einen Zeitraum von beinahe zwei Jahren. Orte des Geschehens sind Paris und eine deutsche Kurstadt.

insel taschenbuch
Fjodor M. Dostojewski
Der Spieler

Dostojewski
Der Spieler

AUS DEN AUFZEICHNUNGEN
EINES JUNGEN MANNES
AUS DEM RUSSISCHEN VON
HERMANN RÖHL

INSEL VERLAG

insel taschenbuch
Erste Auflage 2001
© dieser Ausgabe
Insel Verlag Frankfurt am Main und Leipzig 2001
Alle Rechte vorbehalten, insbesondere das des
öffentlichen Vortrags sowie der Übertragung
durch Rundfunk und Fernsehen, auch einzelner Teile.
Kein Teil des Werkes darf in irgendeiner Form
(durch Fotografie, Mikrofilm oder andere Verfahren)
ohne schriftliche Genehmigung des Verlages reproduziert
oder unter Verwendung elektronischer Systeme
verarbeitet, vervielfältigt oder verbreitet werden.
Hinweise zu dieser Ausgabe am Schluß des Bandes
Vertrieb durch den Suhrkamp Taschenbuch Verlag
Umschlag: agentur büdinger, Augsburg
Druck: Ebner Ulm
Printed in Germany

1 2 3 4 5 6 – 06 05 04 03 02 01

DER SPIELER

ERSTES KAPITEL

Endlich bin ich nach vierzehntägiger Abwesenheit zurückgekehrt. Die Unsrigen befinden sich schon seit drei Tagen in Roulettenburg. Ich hatte geglaubt, sie warteten bereits auf mich mit der größten Ungeduld; indes ist dies meinerseits ein Irrtum gewesen. Der General zeigte eine sehr stolze, selbstbewußte Miene, sprach mit mir ein paar Worte sehr von oben herab und schickte mich dann zu seiner Schwester. Offenbar waren sie auf irgendwelche Weise zu Geld gekommen. Es kam mir sogar so vor, als sei es dem General einigermaßen peinlich, mich anzusehen. Marja Filippowna hatte außerordentlich viel zu tun und redete nur flüchtig mit mir; das Geld nahm sie aber in Empfang, rechnete es nach und hörte meinen ganzen Bericht an. Zum Mittagessen erwarteten sie Herrn Mesenzow, außerdem noch einen kleinen Franzosen und einen Engländer. Das ist bei ihnen einmal so Brauch: sobald Geld da ist, werden auch gleich Gäste zum Diner eingeladen, ganz nach Moskauer Art. Als Polina Alexandrowna mich erblickte, fragte sie mich, was ich denn solange gemacht hätte; aber sie entfernte sich dann, ohne meine Antwort abzuwarten. Selbstverständlich tat sie das mit Absicht. Indessen müssen wir uns notwendigerweise miteinander aussprechen. Es hat sich viel Stoff angesammelt.

Es wurde mir ein kleines Zimmer im vierten Stock des Hotels angewiesen. Hier ist bekannt, daß ich »zur Begleitung des Generals« gehöre. Aus allem war zu entnehmen, daß sie es bereits verstanden hatten, sich ein Ansehen zu geben. Den General hält hier jedermann für einen steinreichen russischen Großen. Noch vor dem Diner gab er mir, außer anderen Kommissionen, auch den Auftrag, zwei Tausendfrancscheine, die er mir einhändigte, zu wechseln. Ich bewerkstelligte das im Büro des Hotels. Nun werden wir, wenigstens eine ganze Woche lang, für Millionäre gehalten werden. Ich wollte mit Mischa und Nadja spazierengehen, wurde aber, als ich schon auf der Treppe war, zum General zurückgerufen; er hielt es für nötig, mich zu fragen, wohin ich mit den Kindern gehen wolle. Dieser Mann ist schlechterdings nicht imstande, mir gerade in die Augen zu sehen; in dem Wunsch, es doch fertigzubringen, versucht er es öfters; aber ich antworte ihm jedesmal mit einem so unverwandten, respektlosen Blick, daß er ordentlich verlegen wird. In sehr schwülstiger Redeweise, wobei er eine hohle Phrase an die andere reihte und schließlich völlig in Verwirrung geriet, gab er mir zu verstehen, ich möchte mit den Kindern irgendwo im Park spazierengehen, in möglichst weiter Entfernung vom Kurhaus. Zum Schluß wurde er ganz ärgerlich und fügte in scharfem Ton hinzu: »Also bitte, führen Sie sie nicht ins Kurhaus zum Roulett. Nehmen Sie es mir nicht übel; aber ich weiß, Sie sind noch ziemlich leichtsinnig und wären vielleicht imstande, sich am Spiel zu beteiligen. Ich bin zwar nicht Ihr Mentor und hege auch gar nicht den Wunsch, eine solche Rolle zu übernehmen; aber jedenfalls habe ich wenigstens ein Recht darauf, mich von Ihnen nicht kompromittiert zu sehen, um mich so auszudrücken.«

»Ich habe ja gar kein Geld«, antwortete ich ruhig. »Um Geld verspielen zu können, muß man doch welches besitzen.«

»Geld sollen Sie sofort erhalten«, erwiderte der General, wühlte in seinem Schreibtisch umher, nahm ein kleines Buch heraus und sah darin nach; es ergab sich, daß er mir ungefähr hundertzwanzig Rubel schuldig war.

»Wie wollen wir also unsere Rechnung erledigen?« sagte er; »wir müssen es in Taler umrechnen. Nehmen Sie da zunächst hundert Taler; das ist eine runde Summe; das übrige bleibt Ihnen natürlich sicher.«

Ich nahm das Geld schweigend hin.

»Sie müssen sich durch meine Worte nicht gekränkt fühlen; Sie sind so empfindlich... Ich wollte Sie durch meine Bemerkung nur sozusagen warnen, und das zu tun habe ich doch natürlich ein gewisses Recht...«

Als ich vor dem Mittagessen mit den Kindern nach Hause zurückkehrte, fand ich eine ganze Kavalkade vor. Die Unsrigen machten einen Ausflug, um eine Ruine zu besuchen. Eine schöne Equipage, mit prächtigen Pferden bespannt, hielt vor dem Hotel; darin saßen Mademoiselle Blanche, Marja Filippowna und Polina; der kleine Franzose, der Engländer und unser General waren zu Pferde. Die Passanten blieben stehen und schauten; der Effekt war großartig, kam aber dem General verhältnismäßig teuer zu stehen. Ich rechnete mir aus: wenn man die viertausend Franc, die ich mitgebracht hatte, und das Geld, das sie inzwischen augenscheinlich erlangt hatten, zusammennahm, so mochten sie jetzt sieben- oder achttausend Franc haben. Das war für Mademoiselle Blanche eine gar zu geringe Summe.

Mademoiselle Blanche wohnt gleichfalls in unserem Hotel, und zwar mit ihrer Mutter; desgleichen auch unser kleiner Franzose. Die Hoteldienerschaft nennt ihn »Monsieur le comte«, und Mademoiselle Blanches Mutter wird »Madame la comtesse« betitelt; nun, vielleicht sind sie auch wirklich ein Graf und eine Gräfin.

Ich wußte vorher, daß Monsieur le comte mich nicht erkennen werde, als wir uns nach dem Mittagessen zusammenfanden. Dem General kam es natürlich nicht in den Sinn, uns miteinander bekannt zu machen oder auch nur mich ihm vorzustellen; Monsieur le comte aber hat sich selbst in Rußland aufgehalten und weiß, was für eine unbedeutende Person ein Hauslehrer in Rußland ist. Er kennt mich übrigens recht gut. Aber, die Wahrheit zu gestehen, ich erschien beim Mittagessen, ohne überhaupt dazu aufgefordert zu sein; der General hatte wohl vergessen, eine Anordnung darüber zu treffen; sonst hätte er mich wahrscheinlich geheißen, an der Table d'hôte zu essen. Ich stellte mich von selbst ein, so daß der General mir einen unzufriedenen Blick zuwarf. Die gute Marja Filippowna wies mir sogleich einen Platz an; aber mein früheres Zusammentreffen mit Mister Astley half mir aus der Verlegenheit, und so wurde ich, wie

wenn das selbstverständlich wäre, als berechtigtes Mitglied dieser Gesellschaft angesehen.
Mit diesem sonderbaren Engländer war ich zum erstenmal in Preußen zusammengetroffen, im Eisenbahnwagen, wo wir uns gegenübersaßen, als ich in Eile den Unsrigen nachreiste. Dann war ich jetzt auf ihn gestoßen, als ich nach Frankreich hineinfuhr, und endlich in der Schweiz, also während dieser zwei Wochen zweimal. Und nun kam ich mit ihm plötzlich hier in Roulettenburg zusammen. Nie in meinem Leben habe ich einen Menschen gefunden, der schüchterner gewesen wäre; seine Schüchternheit streift schon an Dummheit, und er selbst weiß das natürlich, da er ganz und gar nicht dumm ist. Im übrigen ist er ein sehr lieber, stiller Mensch. Gleich bei der ersten Begegnung in Preußen faßte er ein solches Zutrauen zu mir, daß er ganz gesprächig wurde. Er teilte mir mit, er sei in diesem Sommer am Nordkap gewesen und habe große Lust, sich die Messe in Nischni-Nowgorod anzusehen. Ich weiß nicht, wie er mit dem General bekannt wurde; mir scheint, daß er bis über die Ohren in Polina verliebt ist. Als sie eintrat, wurde sein Gesicht rot wie der Himmel beim Aufgang der Sonne. Er freute sich sehr darüber, daß ich bei Tisch neben ihm saß, und scheint mich schon als seinen Busenfreund zu betrachten.
Bei Tisch spielte sich der kleine Franzose stark auf und benahm sich gegen alle geringschätzig und hochmütig. Und dabei weiß ich noch recht gut, wie knabenhaft er in Moskau zu reden pflegte. Er sprach jetzt furchtbar viel über Finanzwesen und über die russische Politik. Der General raffte sich mitunter dazu auf, ihm zu widersprechen, aber nur in bescheidener Weise und lediglich in der Absicht, auf seine Würde nicht völlig Verzicht zu leisten.
Ich befand mich in einer eigentümlichen Stimmung. Selbstverständlich legte ich mir, schon ehe noch die Mahlzeit halb zu Ende war, meine gewöhnliche, stete Frage vor: »Warum gebe ich mich mit diesem General ab und bin nicht schon längst von all diesen Menschen weggegangen?« Mitunter blickte ich zu Polina Alexandrowna hin; sie schenkte mir gar

keine Beachtung. Schließlich wurde ich ärgerlich und bekam Lust, grob zu werden.
Ich machte den Anfang damit, daß ich mich auf einmal ohne jede Veranlassung laut und ungefragt in ein fremdes Gespräch einmischte. Namentlich hatte ich den Wunsch, mich mit dem kleinen Franzosen zu zanken. Ich wandte mich an den General und bemerkte, indem ich ihn unterbrach, auf einmal sehr laut und in sehr bestimmtem Ton, es sei in diesem Sommer für Russen so gut wie unmöglich, in den Hotels an der Table d'hôte zu speisen. Der General warf mir einen verwunderten Blick zu.
»Wenn man einige Selbstachtung besitzt«, fuhr ich fort, »so gerät man unfehlbar in Streit und setzt sich argen Beleidigungen aus. In Paris und am Rhein, sogar in der Schweiz sitzen an der Table d'hôte so viel Polen und so viel Franzosen, die mit ihnen sympathisieren, daß es unmöglich ist, ein Wort zu reden, wenn man bloß Russe ist.«
Ich hatte das auf französisch gesagt. Der General sah mich ganz verblüfft an und wußte nicht, sollte er sich darüber ärgern oder sich nur darüber wundern, daß ich mich so vergessen hatte.
»Es hat Ihnen gewiß irgendwo jemand eine Lektion erteilt«, sagte der kleine Franzose in nachlässigem, geringschätzigem Ton.
»In Paris stritt ich mich einmal zuerst mit einem Polen herum«, antwortete ich, »und dann mit einem französischen Offizier, der die Partei des Polen nahm. Darauf aber ging ein Teil der Franzosen auf meine Seite über, als ich ihnen erzählte, daß ich einmal einem Monsignore hätte in den Kaffee spucken wollen.«
»Spucken?« fragte der General mit würdevollem Erstaunen und blickte rings um sich. Der kleine Franzose sah mich ungläubig an.
»Allerdings«, erwiderte ich. »Da ich ganze zwei Tage lang glaubte, daß ich in unserer geschäftlichen Angelegenheit möglicherweise würde für ein Weilchen nach Rom reisen müssen, so ging ich in die Kanzlei der Gesandtschaft des Heiligen Vaters in Paris, um meinen Paß visieren zu lassen.

Dort fand ich so einen kleinen Abbé, etwa fünfzig Jahre alt, ein dürres Männchen mit kalter Miene; der hörte mich zwar höflich, aber sehr gleichgültig an und ersuchte mich zu warten. Obwohl ich es eilig hatte, setzte ich mich natürlich doch hin, um zu warten, zog die Opinion nationale aus der Tasche und begann eine furchtbare Schimpferei auf Rußland zu lesen. Währenddessen hörte ich, wie jemand durch das anstoßende Zimmer zu dem Monsignore ging, und sah, wie mein Abbé ihn durch eine Verbeugung grüßte. Ich wandte mich noch einmal an ihn mit meiner früheren Bitte; aber in noch trocknerem Ton ersuchte er mich wieder zu warten. Bald darauf trat noch jemand ein, kein Bekannter, sondern einer, der ein geschäftliches Anliegen hatte, ein Österreicher; er wurde angehört und sogleich nach oben geleitet. Da wurde ich nun aber sehr ärgerlich; ich stand auf, trat an den Abbé heran und sagte zu ihm in entschiedenem Ton, da der Monsignore empfange, so könne er auch mich abfertigen. Mit einer Miene des äußersten Erstaunens wankte der Abbé vor mir zurück. Es war ihm geradezu unfaßbar, wie so ein wertloser Russe es wagen könne, sich mit den andern Besuchern des Monsignore auf eine Stufe zu stellen. Im unverschämtesten Ton, wie wenn er sich darüber freute, mich beleidigen zu können, rief er, indem er mich vom Kopf bis zu den Füßen mit seinen Blicken maß: ›Meinen Sie wirklich, daß Monsignore um Ihretwillen seinen Kaffee stehenlassen wird?‹ Nun fing ich gleichfalls an zu schreien, aber noch stärker als er: ›Spucken werde ich Ihrem Monsignore in seinen Kaffee; das mögen Sie nur wissen! Wenn Sie meinen Paß nicht augenblicklich fertigmachen, so gehe ich zu ihm selbst hin.‹
›Wie? Während der Kardinal bei ihm ist?‹ rief der kleine Abbé, indem er erschrocken von mir wegtrat, zur Tür eilte, die Arme kreuzweis übereinanderlegte und dadurch zu verstehen gab, daß er eher sterben als mich durchlassen wolle.
Da antwortete ich ihm, ich sei ein Ketzer und ein Barbar, que je suis hérétique et barbare, und all diese Erzbischöfe, Kardinäle, Monsignori usw. seien mir absolut gleichgültig. Kurz, ich machte Miene, meinen Willen durchzusetzen.

Der Abbé blickte mich mit grenzenlosem Ingrimm an; dann riß er mir meinen Paß aus der Hand und ging mit ihm nach oben. Eine Minute darauf war er schon visiert. Da ist er; wollen Sie ihn sich ansehen?« Ich zog den Paß heraus und zeigte das römische Visum.

»Aber da haben Sie denn doch...«, begann der General.

»Das hat Sie gerettet, daß Sie sich als einen Barbaren und Ketzer bezeichneten«, bemerkte der kleine Franzose lachend. »Cela n'était pas si bête.«

»Sollen wir Russen uns so behandeln lassen? Aber unsere Landsleute sitzen hier, wagen nicht, sich zu mucken, und verleugnen wohl gar ihre russische Nationalität. Aber wenigstens in Paris, in meinem Hotel, gingen die Leute mit mir weit respektvoller um, nachdem ich allen mein Renkontre mit dem Abbé erzählt hatte. Ein dicker polnischer Pan, der an der Table d'hôte am feindseligsten gegen mich aufgetreten war, sah sich völlig in den Hintergrund gedrängt. Die Franzosen nahmen es sogar geduldig hin, als ich erzählte, daß ich vor zwei Jahren einen Menschen gesehen hätte, auf den im Jahre 1812 ein französischer Chasseur geschossen habe, einzig und allein, um sein Gewehr zu entladen. Dieser Mensch war damals noch ein zehnjähriger Knabe gewesen, und seine Familie hatte nicht Zeit gefunden, aus Moskau zu flüchten.«

»Das ist unmöglich!« fuhr der kleine Franzose auf. »Ein französischer Soldat wird nie auf ein Kind schießen!«

»Und es ist trotzdem wahr«, erwiderte ich. »Der Betreffende, nun ein achtungswerter Hauptmann a. D., hat es mir selbst erzählt, und ich habe auf seiner Backe die Schramme von der Kugel selbst gesehen.«

Der Franzose opponierte mit großem Wortschwall und in schnellem Tempo. Der General wollte ihm dabei behilflich sein; aber ich empfahl ihm, beispielsweise einzelne Abschnitte aus den Memoiren des Generals Perowski zu lesen, der sich im Jahre 1812 in französischer Gefangenschaft befunden hatte. Endlich begann Marja Filippowna, um dieses Gespräch abzubrechen, von etwas anderem zu reden. Der General war sehr unzufrieden mit mir, weil ich und der

Franzose schon beinahe ins Schreien hineingeraten waren. Aber Mister Astley hatte, wie es schien, an meinem Streit mit dem Franzosen großes Gefallen gefunden; als wir vom Tisch aufstanden, lud er mich ein, mit ihm ein Glas Wein zu trinken.

Am Abend gelang es mir, wie das ja auch dringend erforderlich war, eine Viertelstunde lang mit Polina Alexandrowna zu sprechen. Unser Gespräch kam auf dem Spaziergang zustande. Alle waren in den Park zum Kurhaus gegangen. Polina setzte sich auf eine Bank, der Fontäne gegenüber, und gestattete der kleinen Nadja in ihrer Nähe mit anderen Kindern zu spielen. Ich ließ Mischa gleichfalls zur Fontäne gehen, und so blieben wir beide endlich allein.

Zuerst begannen wir natürlich von den geschäftlichen Angelegenheiten zu reden. Polina wurde geradezu böse, als ich ihr insgesamt nur siebenhundert Gulden einhändigte. Sie hatte mit Bestimmtheit geglaubt, ich würde ihr aus Paris als Erlös von der Verpfändung ihrer Brillanten mindestens zweitausend Gulden oder sogar noch mehr mitbringen.

»Ich brauche unter allen Umständen Geld«, sagte sie. »Beschafft muß es werden; sonst bin ich einfach verloren.«

Ich fragte, was sich an Ereignissen während meiner Abwesenheit zugetragen habe.

»Weiter nichts, als daß wir aus Petersburg zwei Nachrichten erhielten: zuerst die, daß es der alten Tante sehr schlecht gehe, und zwei Tage darauf eine andere, daß sie, wie es verlaute, schon gestorben sei. Diese letztere Nachricht stammt von Timofej Petrowitsch«, fügte Polina hinzu, »und das ist ein verläßlicher Mensch. Wir warten nun auf die letzte, endgültige Nachricht.«

»Also befinden sich hier alle in gespannter Erwartung?« fragte ich.

»Gewiß, allesamt; seit einem halben Jahr leben sie nur von dieser Hoffnung.«

»Und auch Sie hoffen darauf?«

»Verwandt bin ich ja mit ihr eigentlich überhaupt nicht; ich bin nur eine Stieftochter des Generals. Aber ich glaube be-

stimmt, daß sie in ihrem Testament meiner gedacht haben wird.«
»Ich meine, es wird Ihnen eine bedeutende Summe zufallen«, erwiderte ich zustimmend.
»Ja, sie hatte mich gern; aber wie kommen gerade Sie zu dieser Meinung?«
»Sagen Sie«, antwortete ich mit einer Frage, »unser Marquis ist wohl gleichfalls in alle Familiengeheimnisse eingeweiht?«
»Warum interessiert Sie denn das?« fragte Polina, indem sie mich kühl und unfreundlich anblickte.
»Nun, das ist doch sehr natürlich. Wenn ich nicht irre, hat der General schon Geld von ihm geborgt.«
»Ihre Vermutung trifft durchaus zu.«
»Nun also; hätte der denn etwa das Geld hergegeben, wenn er nicht über die alte Tante orientiert wäre? Haben Sie nicht bei Tisch bemerkt: als er irgend etwas von ihr sagte, nannte er sie etwa dreimal ›Großmamachen‹. Was für ein vertrauliches, freundschaftliches Verhältnis!«
»Ja, Sie haben recht. Und sobald er erfahren wird, daß auch mir etwas durch das Testament zufällt, wird er sofort zu mir kommen und um mich werben. Das wollten Sie doch wohl gern wissen.«
»Er wird erst noch werben? Ich dachte, er täte das schon längst.«
»Sie wissen recht gut, daß das nicht der Fall ist«, sagte Polina ärgerlich. »Wo sind Sie denn mit diesem Engländer früher schon zusammengetroffen?« fügte sie nach kurzem Stillschweigen hinzu.
»Das habe ich doch gewußt, daß Sie nach dem sofort fragen würden.« Ich erzählte ihr von meinen früheren Begegnungen mit Mister Astley auf Reisen.
»Er ist schüchtern und liebebedürftig, und natürlich ist er schon in Sie verliebt?«
»Ja, er ist in mich verliebt«, antwortete Polina.
»Und er ist selbstverständlich zehnmal so reich wie der Franzose. Besitzt denn der Franzose wirklich etwas? Ist das nicht sehr zweifelhaft?«

»Nein, zweifelhaft ist das nicht. Er besitzt ein Château. Noch gestern hat der General zu mir mit aller Bestimmtheit davon gesprochen. Genügt Ihnen das?«

»Ich würde an Ihrer Stelle unbedingt den Engländer heiraten.«

»Warum?« fragte Polina.

»Der Franzose ist schöner, aber er hat einen schlechten Charakter; der Engländer dagegen ist nicht nur ein ehrenhafter Mann, sondern auch zehnmal so reich wie der andere«, erklärte ich in entschiedenem Ton.

»Ja, aber dafür ist der Franzose ein Marquis und klüger«, entgegnete sie mit größter Seelenruhe.

»Aber ist das auch sicher?« fragte ich wie vorher.

»Vollständig sicher.«

Polina war über meine Fragen sehr ungehalten, und ich sah, daß sie mich durch den scharfen Ton ihrer Antwort ärgern wollte. Das hielt ich ihr denn auch sofort vor.

»Nun ja, es amüsiert mich wirklich, wie grimmig Sie werden«, entgegnete sie darauf. »Schon allein dafür, daß ich Ihnen erlaube, solche Fragen zu stellen und solche Mutmaßungen zu äußern, müssen Sie einen Preis bezahlen.«

»Ich halte mich in der Tat für berechtigt, Ihnen solche Fragen zu stellen«, antwortete ich ganz ruhig, »namentlich deswegen, weil ich bereit bin, dafür jeden Preis zu zahlen, den Sie verlangen, und mein Leben jetzt für nichts achte.«

Polina lachte.

»Sie haben das letztemal auf dem Schlangenberg zu mir gesagt, Sie seien bereit, sich auf das erste Wort von mir kopfüber hinabzustürzen, und es geht dort, glaube ich, tausend Fuß tief hinunter. Ich werde später einmal dieses Wort aussprechen, lediglich um zu sehen, wie Sie Ihrer Verpflichtung nachkommen, und seien Sie überzeugt, daß ich nicht aus der Rolle fallen werde. Sie sind mir verhaßt, besonders weil ich Ihnen soviel erlaubt habe, und in noch höherem Grade deshalb, weil ich Sie so nötig habe. Aber solange Sie mir nötig sind, darf ich Sie nicht zu Schaden kommen lassen.«

Sie stand auf. Sie hatte in gereiztem Ton gesprochen. In der

letzten Zeit schloß sie jedes Gespräch, das sie mit mir führte, mit Ingrimm, Gereiztheit und ernstlichem Zorn.
»Gestatten Sie mir die Frage: was für eine Person ist eigentlich diese Mademoiselle Blanche?« fragte ich. Ich wollte sie nicht fortlassen, ohne einige Auskunft von ihr erhalten zu haben.
»Was für eine Person Mademoiselle Blanche ist, das wissen Sie selbst. Neues hat sich seit Ihrer Abreise weiter nicht begeben. Mademoiselle Blanche wird wahrscheinlich Frau Generalin werden, selbstverständlich nur, wenn sich das Gerücht von dem Tod der Tante bestätigt; denn Mademoiselle Blanche und ihre Mutter und ihr entfernter Vetter, der Marquis, wissen alle sehr genau, daß wir ruiniert sind.«
»Ist denn der General ernstlich in sie verliebt?«
»Das geht uns jetzt nichts an. Hören Sie einmal zu, was ich sagen will, und merken Sie es sich genau: nehmen Sie diese siebenhundert Gulden und spielen Sie damit! Gewinnen Sie mir damit am Roulett, soviel Sie nur können: ich brauche jetzt um jeden Preis Geld!«
Hierauf rief sie die kleine Nadja heran und ging nach dem Kurhaus, wo sie sich an die ganze Gesellschaft der Unsrigen anschloß. Ich meinerseits schlug, nachdenklich und verwundert, den erstbesten Steig nach links ein. Von ihrem Auftrag, zum Roulett zu gehen, fühlte ich mich wie vor den Kopf geschlagen. Es ging mir seltsam: ich hatte doch so vieles, worüber ich hätte nachdenken können und sollen; aber dennoch vertiefte ich mich vollständig in eine kritische Prüfung meiner Empfindungen gegenüber Polina. Wahrlich, während meiner vierzehntägigen Abwesenheit war mir leichter ums Herz gewesen als jetzt am Tag meiner Rückkehr, obgleich ich auf der Reise mich wie ein Unsinniger nach ihr gesehnt hatte, wie ein Verrückter umhergerannt war und sogar im Schlaf sie alle Augenblicke vor mir gesehen hatte. Als ich einmal im Waggon eingeschlafen war (es war in der Schweiz), fing ich laut mit Polina zu sprechen an, zur großen Erheiterung aller Mitreisenden. Und jetzt legte ich mir noch einmal die Frage vor: »Liebe ich sie?« Und auch diesmal wieder verstand ich nicht auf diese Frage zu

antworten, das heißt, richtiger gesagt, ich antwortete mir zum hundertsten Male wieder, daß ich von Haß gegen sie erfüllt sei. Ja, ich haßte sie. Es gab Augenblicke (namentlich jedesmal am Schluß unserer Gespräche), wo ich mein halbes Leben dafür gegeben hätte, sie zu erwürgen. Ich schwöre es: wenn ich ihr hätte ein spitzes Messer langsam in die Brust bohren können, so hätte ich, wie ich glaube, nach diesem Messer mit Wonne gegriffen. Und trotzdem schwöre ich bei allem, was heilig ist: hätte sie auf dem Schlangenberg, auf jenem Aussichtspunkt, wirklich zu mir gesagt: »Stürzen Sie sich hinab!«, so würde ich mich sogleich hinabgestürzt haben, und sogar mit Wonne; das weiß ich sicher. Aber nun mußte, so oder so, die Entscheidung kommen. Polina hat für all dies ein überaus feines Verständnis, und der Gedanke, daß ich mit vollkommener Klarheit und Richtigkeit ihre ganze Unerreichbarkeit für mich, die ganze Unmöglichkeit der Erfüllung meiner Träumereien einsehe, dieser Gedanke gewährt ihr (davon bin ich überzeugt) einen außerordentlichen Genuß; könnte sie, eine so vorsichtige, kluge Person, denn sonst mit mir in so familiärer, offenherziger Art verkehren? Mir scheint, als habe sie von mir bis jetzt eine ähnliche Anschauung gehabt wie jene Kaiserin des Altertums von ihrem Sklaven, in dessen Gegenwart sie sich entkleidete, weil sie ihn nicht für einen Menschen hielt. Ja, sie hat mich viele, viele Male nicht als einen Menschen angesehen.

Aber nun hatte sie mir einen Auftrag erteilt: am Roulett zu gewinnen, zu gewinnen um jeden Preis. Ich hatte keine Zeit, darüber nachzudenken, zu welchem Zweck und wie schnell dieser Geldgewinn nötig sei, und was für neue Pläne in diesem fortwährend spekulierenden Kopf entstanden sein mochten. Außerdem hatte sich in diesen vierzehn Tagen offenbar eine Unmenge neuer Ereignisse zugetragen, von denen ich noch keine Ahnung hatte. All dies mußte ich enträtseln, in all dies klaren Einblick gewinnen, und zwar so schnell wie möglich. Aber vorläufig, im Augenblick hatte ich dazu keine Zeit: ich mußte zum Roulett.

ZWEITES KAPITEL

Ich muß gestehen: dieser Auftrag war mir nicht angenehm. Ich hatte mir zwar vorgenommen gehabt, mich gleichfalls am Spiel zu beteiligen, dabei aber in keiner Weise angenommen, daß ich damit anfangen würde, es für andere zu tun. Das stieß mir gewissermaßen meine Pläne über den Haufen, und so betrat ich denn die Spielsäle in einer recht verdrießlichen Stimmung. Unausstehlich ist mir die Lakaienhaftigkeit in den Feuilletons der Zeitungen der ganzen Welt und namentlich unserer russischen Zeitungen, wo fast in jedem Frühjahr unsere Feuilletonisten von zwei Dingen erzählen: erstens von der prachtvollen, luxuriösen Einrichtung der Spielsäle in den Roulettstädten am Rhein, und zweitens von den Haufen Goldes, die angeblich auf den Tischen liegen. Bezahlt werden ja die Schriftsteller dafür nicht; sie erzählen das aus eigenem Antrieb, aus uneigennütziger Dienstfertigkeit. Von Pracht ist in diesen dürftigen Sälen nicht die Rede, und Gold bekommt man überhaupt kaum zu sehen, geschweige denn, daß es in Haufen auf den Tischen läge. Allerdings, manchmal erscheint im Laufe der Saison plötzlich irgendeine wunderliche Persönlichkeit, ein Engländer oder ein Asiat oder wie in diesem Sommer ein Türke, und verliert oder gewinnt auf einmal eine sehr große Summe; aber alle übrigen spielen um ein paar lumpige Gulden, und im großen und ganzen liegt auf den Tischen immer nur sehr wenig Geld.

Als ich in den Spielsaal trat (es war das erstemal in meinem Leben), konnte ich mich eine Zeitlang nicht dazu entschließen mitzuspielen. Ich fühlte mich durch das dichte Gedränge abgestoßen. Aber auch wenn ich allein dagewesen wäre, auch dann wäre ich wohl am liebsten bald wieder weggegangen und hätte nicht angefangen zu spielen. Ich bekenne: das Herz klopfte mir stark, und ich war nicht kaltblütig; ich glaubte zuverlässig und sagte mir das schon lange mit aller Bestimmtheit, daß es mir nicht beschieden sein werde, aus Roulettenburg so ohne weiteres wieder fortzukommen, daß sich da mit Sicherheit etwas zutragen werde, was für mein Lebensschicksal von tiefgehender, entscheidender Bedeutung sei. Das sei ein Ding der Notwendigkeit und werde so geschehen.

Mag es auch lächerlich sein, daß ich vom Roulett soviel für mich erwarte, für noch lächerlicher halte ich die landläufige, beliebte Meinung, daß es töricht und sinnlos sei, vom Spiel überhaupt etwas zu erwarten. Und warum soll denn das Spiel schlechter sein als irgendein anderes Mittel des Gelderwerbs, zum Beispiel schlechter als der Handel? Das ist ja richtig, daß von hundert nur einer gewinnt. Aber was geht mich das an?

Jedenfalls beschloß ich, zunächst nur zuzusehen und an diesem Abend nichts Ernstliches zu unternehmen. Wenn an diesem Abend überhaupt etwas geschah, so sollte es nur zufällig und nebenbei geschehen; das war meine Absicht. Überdies mußte ich doch auch das Spiel selbst erst lernen; denn trotz tausend Beschreibungen des Rouletts, die ich stets mit großer Gier gelesen hatte, verstand ich, ehe ich nicht seine Einrichtung selbst gesehen hatte, schlechterdings nichts davon.

Von vornherein erschien mir alles überaus schmutzig, ich meine im übertragenen Sinne garstig und schmutzig. Ich rede nicht von jenen gierigen, unruhigen Gesichtern, die zu Dutzenden, ja zu Hunderten die Spieltische umgeben. Ich sehe absolut nichts Schmutziges in dem Wunsch, möglichst schnell und möglichst viel Geld zu gewinnen; als sehr dumm ist mir immer der Gedanke eines behäbigen, wohlsituierten Moralphilosophen erschienen, der auf jemandes Entschuldigung: »Es wird ja nur niedrig gespielt«, antwortete: »Um so schlimmer, da dann der Eigennutz kleinlich ist.« Als ob kleinlicher Eigennutz und großartiger Eigennutz nicht auf dasselbe hinauskämen! Das sind nur relative Begriffe. Was für Rothschild eine Kleinigkeit ist, das ist für mich eine große Summe; aber was Gewinn und Profit anlangt, so geht das Streben der Menschen nicht etwa nur beim Roulett, sondern auf allen Gebieten nur darauf, einander etwas wegzunehmen oder abzugewinnen. Ob Profitmachen und Gewinnen überhaupt etwas Garstiges ist, das ist eine andere

Frage, auf deren Beantwortung ich mich jetzt nicht einlasse. Da ich selbst im höchsten Grade von dem Wunsch, zu gewinnen, erfüllt war, so hatte all dieser Eigennutz und, wenn man es so ansehen will, all dieser Schmutz des Eigennutzes beim Eintritt in den Saal für mich sozusagen etwas Vertrautes und Verwandtes. Das beste ist, wenn einer dem andern gegenüber keine gewundenen Redensarten macht, sondern offen und ehrlich verfährt; und nun gar sich selbst zu betrügen, was hat das für einen Zweck? Eine ganz wertlose, unökonomische Tätigkeit!
Besonders häßlich erschien mir auf den ersten Blick bei dem unfeinen Teil der Roulettspieler die Wichtigkeit, die sie ihrer Tätigkeit beilegten, das ernste, sogar respektvolle Wesen, mit dem sie alle die Tische umringten. Darum wird hier scharf unterschieden zwischen derjenigen Art zu spielen, die als »mauvais genre« bezeichnet wird, und derjenigen, die einem anständigen Menschen gestattet ist. Es gibt eben zwei Arten zu spielen: eine gentlemanhafte und eine plebejische, selbstische, das ist die der unfeinen Menge, des Pöbels. Hier wird dazwischen ein strenger Unterschied gemacht; und doch, wie wertlos ist in Wirklichkeit dieser Unterschied! Ein Gentleman wird zum Beispiel fünf oder zehn Louisdor, selten mehr, setzen oder auch, wenn er sehr reich ist, tausend Franc; aber er darf das lediglich um des Spieles willen tun, nur zum Zeitvertreib, eigentlich nur um den Vorgang des Gewinnens oder Verlierens zu verfolgen; für den Gewinn selbst darf er durchaus kein Interesse zeigen. Hat er gewonnen, so darf er zum Beispiel laut lachen, zu einem der Umstehenden eine Bemerkung machen; er darf sogar noch einmal setzen und dabei verdoppeln, aber einzig und allein aus Wißbegierde, um die Chancen zu beobachten und Berechnungen anzustellen, aber nicht in dem plebejischen Wunsch zu gewinnen. Kurz, all diese Spieltische, Rouletts und Trente-et-quarante-Spiele darf er nur als einen Zeitvertreib betrachten, der lediglich zu seinem Amüsement eingerichtet ist. Von der Gewinnsucht und den Fallstricken, die die Grundlage und Einrichtung der Spielbank bilden, darf er nicht einmal eine Ahnung haben. Sehr gut wäre es sogar,

wenn es ihm schiene, daß auch alle übrigen Spieler, dieser Pöbel, der um einen Gulden bangt und zittert, daß auch sie ebensolche reichen Leute und Gentlemen seien wie er selbst und nur zur Zerstreuung und zum Zeitvertreib spielten. Eine solche völlige Unkenntnis der Wirklichkeit und harmlose Meinung von den Menschen wäre gewiß sehr aristokratisch. Ich sah, daß viele Mütter ihre unschuldigen, hübschen, fünfzehn- oder sechzehnjährigen Töchter zum Spieltisch vorwärtsschoben, ihnen einige Goldstücke gaben und sie über das Spiel belehrten. Die jungen Damen gewannen oder verloren, lächelten aber in jedem Falle und traten sehr zufrieden wieder zurück. Unser General kam in gemessenem Schritt und würdevoller Haltung zum Spieltisch; ein Diener eilte herbei, um ihm einen Stuhl zu reichen; aber er bemerkte den Diener gar nicht. Sehr langsam zog er seine Börse heraus, sehr langsam entnahm er ihr dreihundert Franc in Gold, setzte sie auf Schwarz und gewann. Er nahm den Gewinn nicht, sondern ließ ihn auf dem Tisch. Wieder kam Schwarz; auch diesmal nahm er nichts an sich, und als nun beim drittenmal Rot kam, verlor er mit einem Schlag zwölfhundert Franc. Er ging lächelnd weg und fiel nicht aus der Rolle. Ich bin überzeugt, daß sein Herz sich krampfhaft zusammenzog, und daß, wäre der Einsatz zwei- oder dreimal so groß gewesen, er seiner Rolle nicht treu geblieben wäre, sondern seine Erregung verraten hätte. Übrigens gewann in meiner Gegenwart ein Franzose bis zu dreißigtausend Franc und verlor dann diese Summe wieder, beides mit heiterer Miene und ohne jede sichtbare Erregung. Ein wirklicher Gentleman darf, selbst wenn er sein ganzes Vermögen im Spiel verlöre, sich nicht darüber aufregen. Das Geld muß so tief unter der Würde eines Gentleman stehen, daß es kaum wert erscheint, daß man sich darum kümmere. Gewiß, es würde sehr aristokratisch sein, die ganze moralische Unsauberkeit des gesamten Pöbels und der gesamten Umgebung überhaupt nicht zu bemerken. Manchmal indessen ist das entgegengesetzte Verfahren nicht minder aristokratisch, nämlich dieses ganze Pack zu bemerken, das heißt, es zu betrachten, es etwa durch die Lorgnette in Augenschein zu nehmen, aber nur in der Weise, daß man diesen ganzen Schwarm und diesen ganzen Schmutz als eine Art von Zerstreuung auffaßt, gleichsam als eine zur Unterhaltung der Gentlemen arrangierte Vorstellung. Man kann sich selbst in dieser Menge mit herumdrängen, muß dabei aber mit der festen Überzeugung um sich blicken, daß man eigentlich nur ein Beobachter ist und in keiner Weise zu dieser Gattung gehört. Übrigens würde es auch wieder ungehörig sein, wenn man all dies sehr aufmerksam betrachten wollte; das wäre wieder nicht gentlemanhaft, weil dieses Schauspiel jedenfalls eine längere und besonders aufmerksame Betrachtung nicht verdient. Überhaupt gibt es wenige Schauspiele, die einer besonders aufmerksamen Betrachtung von seiten eines Gentleman würdig wären. Persönlich war ich trotzdem der Meinung, daß all dies recht wohl einer sehr aufmerksamen Betrachtung wert sei, namentlich für denjenigen, der nicht allein um der Betrachtung willen gekommen ist, sondern sich selbst offen und ehrlich zu diesem ganzen Pack zählt. Was aber meine innersten moralischen Überzeugungen anlangt, so ist für die natürlich in meinen jetzigen Überlegungen kein Platz vorhanden. Mag es meinetwegen so sein; ich rede, um mein Gewissen zu erleichtern. Aber eines möchte ich hervorheben: in der ganzen letzten Zeit ist es mir sehr zuwider gewesen, meine Handlungen und Gedanken an irgendwelchen moralischen Maßstab zu halten. Etwas ganz anderes hat die Herrschaft über meine Seele übernommen...

Die Art, in der der Pöbel spielt, ist tatsächlich sehr unsauber. Ich kann mich sogar des Gedankens nicht erwehren, daß dort am Tisch manchmal ganz gewöhnlicher Diebstahl vorkommt. Die Croupiers, die an den Enden der Tische sitzen, nach den Einsätzen sehen und die Zahlungen berechnen, haben eine gewaltige Arbeit. Die gehören auch mit zum Pöbel. Es sind größtenteils Franzosen. Übrigens verfolge ich hier bei meinen Beobachtungen und Bemerkungen ganz und gar nicht den Zweck, das Roulett zu beschreiben; ich stelle diese Beobachtungen vielmehr im Hinblick auf mich selbst an, um zu wissen, wie ich mich künftig zu verhalten habe. Ich bemerkte zum Beispiel als einen sehr gewöhnlichen Hergang folgendes: wenn ein am Tisch Sitzender gewonnen hat, so streckt sich auf einmal von hinten her der Arm eines anderen vor und nimmt sich den Gewinn. Dann beginnt Streit und nicht selten lautes Geschrei; und nun soll einmal der erste beweisen und Zeugen dafür suchen, daß der Einsatz der seinige war!

Anfangs war das ganze Spiel mir so unverständlich wie Chinesisch; was ich erriet und merkte, war nur, daß auf die Zahlen, auf Paar und Unpaar und auf die Farben gesetzt wurde. Von Polina Alexandrownas Geld beschloß ich es an diesem Abend mit hundert Gulden zu versuchen. Der Gedanke, daß ich mich auf das Spiel nicht für mich, sondern für einen andern einließ, verwirrte mich einigermaßen; diese Empfindung war sehr unangenehm, und ich wünschte, sie so schnell wie möglich loszuwerden. Es kam mir vor, als untergrübe ich mein eigenes Glück dadurch, daß ich damit anfinge, für Polina zu spielen. Kann man denn mit dem Spieltisch nicht in Berührung kommen, ohne sogleich vom Aberglauben angesteckt zu werden? Ich begann damit, daß ich fünf Friedrichsdor herausnahm, das sind fünfzig Gulden, und sie auf Paar setzte. Das Rad drehte sich, und es kam Dreizehn; ich hatte verloren. Mit einer peinlichen Empfindung, lediglich um irgendwie loszukommen und wegzugehen, setzte ich noch fünf Friedrichsdor auf Rot. Es kam Rot. Ich setzte alle zehn Friedrichsdor; es kam wieder Rot. Ich setzte wieder das Ganze auf einmal; es kam wieder Rot. Nachdem ich so vierzig Friedrichsdor erhalten hatte, setzte ich zwanzig auf die zwölf mittleren Zahlen, ohne zu wissen, was dabei herauskommen kann. Es wurde mir das Dreifache ausgezahlt. Auf diese Art hatte ich statt zehn Friedrichsdor auf einmal achtzig. Eine mir bisher fremde, sonderbare Empfindung bedrückte mich dermaßen, daß ich beschloß wegzugehen. Es schien mir, daß ich in ganz anderer Weise spielen würde, wenn ich für mich selbst spielte. Jedoch setzte ich alle achtzig Friedrichsdor noch einmal auf Paar. Diesmal kam Vier; es wurden mir noch achtzig Friedrichsdor hingeschüttet; ich ergriff den ganzen Haufen von hun-

dertsechzig Friedrichsdor und ging, um Polina Alexandrowna zu suchen.
Sie promenierten alle im Park, und ich fand erst nach dem Abendessen die Möglichkeit, mit ihr allein zu sprechen. Beim Abendessen war diesmal der Franzose nicht anwesend, und der General ging infolgedessen mehr aus sich heraus: unter anderem hielt er für nötig noch einmal zu bemerken, er wünsche nicht, mich am Spieltisch zu sehen. Nach seiner Meinung würde es ihn sehr kompromittieren, wenn ich große Spielverluste haben sollte. »Aber selbst wenn Sie sehr viel gewönnen, so würde auch das für mich kompromittierend sein«, fügte er ernst und bedeutsam hinzu. »Gewiß, ich habe kein Recht, Ihnen über Ihre Handlungen Vorschriften zu machen; aber Sie werden selbst zugeben...« Hier brach er nach seiner Gewohnheit mitten im Satz ab.
Ich erwiderte ihm trocken, ich hätte nur sehr wenig Geld und könne folglich keine erheblichen Summen verspielen, selbst wenn ich zu spielen anfinge. Als ich nach meinem Zimmer hinaufging, hatte ich die Möglichkeit, Polina ihren Gewinn einzuhändigen; ich erklärte ihr, ein zweites Mal würde ich nicht mehr für sie spielen.
»Warum denn nicht?« fragte sie aufgeregt.
»Weil ich für mich selbst spielen will«, antwortete ich, indem ich sie erstaunt ansah, »und das stört mich.«
»Also verbleiben Sie fest bei Ihrer Ansicht, daß das Roulett Ihr einziger Rettungsanker ist?« fragte sie spöttisch.
Ich bejahte diese Frage ernst und fügte hinzu, was meine Überzeugung betreffe, daß ich bestimmt gewinnen werde, so möge diese ja lächerlich sein, das wolle ich zugeben; aber man möge mich darin nicht zu beirren suchen.
Polina Alexandrowna bestand darauf, ich solle unter allen Umständen von dem heutigen Gewinn die Hälfte für mich nehmen, und wollte mir achtzig Friedrichsdor abgeben; sie machte mir den Vorschlag, ich möchte auch in Zukunft das Spiel unter dieser Festsetzung fortsetzen. Ich weigerte mich entschieden, die Hälfte anzunehmen, und erklärte auf das bestimmteste, ich könne für andere nicht spielen, nicht

etwa, weil ich keine Lust dazu hätte, sondern weil ich aller Wahrscheinlichkeit nach verlieren würde.

»Und doch«, sagte sie nachdenklich, »mag es auch eine Dummheit sein, setze auch ich selbst meine Hoffnung fast nur auf das Roulett. Und darum müssen Sie unbedingt weiterspielen, halbpart mit mir; und das werden Sie selbstverständlich auch tun.«

Nach diesen Worten ging sie von mir weg, ohne auf meine weiteren Erwiderungen hinzuhören.

DRITTES KAPITEL

Gestern aber sprach sie den ganzen Tag über mit mir nicht ein einziges Wort vom Spiel. Und überhaupt vermied sie es gestern, mit mir zu reden. Ihr früheres Benehmen gegen mich hatte keine Veränderung erfahren. Dieselbe völlige Gleichgültigkeit im Verkehr und bei Begegnungen und sogar eine gewisse Geringschätzung und eine Art von Haß. Überhaupt gibt sie sich keine Mühe, ihre Abneigung gegen mich zu verbergen; das sehe ich deutlich. Trotzdem verbirgt sie mir andrerseits auch nicht, daß sie mich zu irgendwelchem Zweck nötig hat und mich dazu aufspart. Es hat sich zwischen uns ein sonderbares Verhältnis herausgebildet, das mir in vieler Hinsicht unverständlich ist, wenn ich ihren Stolz und Hochmut allen gegenüber in Betracht ziehe. Sie weiß zum Beispiel, daß ich sie bis zur Raserei liebe, gestattet mir sogar, von meiner Leidenschaft zu sprechen, und sicherlich könnte sie mir ihre Geringschätzung durch nichts deutlicher ausdrücken, als eben durch diese Erlaubnis, frei und unbehindert zu ihr von meiner Liebe zu reden. Sie sagt damit gewissermaßen zu mir: »Ich schätze deine Gefühle so gering, daß es mir völlig gleichgültig ist, worüber du mit mir redest, und was du für mich empfindest.« Von ihren eigenen Angelegenheiten hat sie auch früher viel mit mir gesprochen, ist aber nie ganz offenherzig gewesen. Und nicht genug damit, in ihrer Geringschätzung gegen mich liegen auch noch gewisse Feinheiten: weiß sie zum Beispiel, daß mir irgendein Umstand ihres Lebens oder etwas von ihren Gemütsbewegungen bekannt ist, so erzählt sie mir unaufgefordert etwas von sich, wenn sie meiner irgendwie für ihre Zwecke zu Sklaven- oder Laufburschendiensten bedarf; aber sie erzählt mir immer nur gerade so viel, als jemand zu wissen nötig hat, der zu solchen Diensten benutzt wird, so daß mir der ganze Zusammenhang der Dinge noch unbekannt bleibt. Aber obgleich sie dann selbst sieht, welche Pein und Aufregung ich meinerseits über ihre Pein und Aufregung empfinde, so läßt sie sich doch nie dazu herab, mich durch freundschaftliche Offenherzigkeit zu beruhigen. Und doch wäre sie meiner Ansicht nach dazu verpflichtet, offenherzig gegen mich zu sein, da sie mich nicht selten zu recht mühevollen, ja gefährlichen Aufträgen benutzt. Ist es denn der Mühe wert, sich um meine Gefühle zu kümmern, sich darum zu kümmern, daß ich mich gleichfalls aufrege und mich vielleicht über ihre Sorgen und Nöte dreimal so sehr ängstige und quäle als sie selbst?

Ich wußte schon seit ungefähr drei Wochen von ihrer Absicht, am Roulett zu spielen. Sie hatte mir sogar angekündigt, ich müsse mit ihr zusammen spielen, weil es für sie selbst nicht schicklich sei zu spielen. An dem Ton, in dem sie sprach, hatte ich schon damals gemerkt, daß sie irgendeine ernste Sorge hatte und nicht etwa nur so einfach den Wunsch hegte, Geld zu gewinnen. Was liegt ihr denn an dem Geld an und für sich! Da muß eine bestimmte Absicht dahinterstecken, irgendwelche Umstände, die ich vielleicht erraten kann, bis jetzt aber nicht kenne. Natürlich könnte der Zustand der Erniedrigung und Sklaverei, in dem sie mich hält, mir die Möglichkeit geben (und er gibt sie mir wirklich sehr oft), sie dreist und geradezu selbst zu fragen. Da ich für sie ein Sklave bin und in ihren Augen nicht die geringste Bedeutung habe, so hat sie keinen Anlaß, sich durch meine dreiste Neugier beleidigt zu fühlen. Aber die Sache ist die, daß sie mir zwar erlaubt, Fragen zu stellen, sie aber nicht beantwortet. Manchmal beachtet sie sie überhaupt nicht. So stehen wir zueinander.

Gestern wurde bei uns viel von einem Telegramm gesprochen, das schon vor vier Tagen nach Petersburg abgeschickt, auf das aber noch keine Antwort eingegangen war. Der General ist sichtlich aufgeregt und mit seinen Gedanken beschäftigt. Es handelt sich natürlich um die alte Tante. Auch der Franzose ist in Aufregung. So sprachen sie gestern nach dem Mittagessen lange und ernst miteinander. Der Ton des Franzosen ist uns allen gegenüber sehr hochmütig und geringschätzig. Es geht hier genau nach dem Sprichwort: »Wenn man ihn an den Tisch nimmt, so legt er gleich die Füße darauf.« Sogar gegen Polina benimmt er sich geringschätzig bis zur Ungezogenheit; jedoch nimmt er mit Vergnügen an den gemeinsamen Spaziergängen im Kurpark und an den Ausflügen zu Pferde und zu Wagen in die Umgegend teil. Mir ist schon längst etwas von den Beziehungen bekannt, die zwischen dem Franzosen und dem General bestehen: in Rußland wollten sie zusammen eine Fabrik errichten; ich weiß nicht, ob das Projekt aufgegeben ist, oder ob sie noch immer davon sprechen. Außerdem ist mir zufällig ein Teil eines Familiengeheimnisses bekanntgeworden: der Franzose hat im vorigen Jahr dem General wirklich aus einer bösen Klemme geholfen, indem er ihm dreißigtausend Rubel gab zur Deckung eines Defizits bei den Staatsgeldern, das sich herausstellte, als der General sein Amt abgab. Und nun hat er natürlich den General im Schraubstock; jetzt aber, gerade jetzt spielt in allen diesen Dingen doch Mademoiselle Blanche die Hauptrolle, und ich bin überzeugt, daß ich auch hierin mich nicht irre.

Was ist diese Mademoiselle Blanche für eine Person? Hier bei uns wird gesagt, sie sei eine vornehme Französin, die mit ihrer Mutter zusammen lebe und ein kolossales Vermögen besitze. Es ist auch bekannt, daß sie eine Verwandte unseres Marquis ist, aber eine sehr entfernte Verwandte, eine weitläufige Cousine. Man sagt, vor meiner Abreise nach Paris hätten der Franzose und Mademoiselle Blanche sich gegeneinander weit förmlicher benommen und ihr Verkehr hätte sich in viel feinerer, gewählterer Form vollzogen; jetzt sähen ihre Bekanntschaft, Freundschaft und Verwandtschaft ungenierter und intimer aus. Vielleicht erscheinen ihnen unsere

Lage schon als dermaßen schlecht, daß sie es nicht für nötig erachten, vor uns erst noch viele Umstände zu machen und sich zu verstellen. Ich bemerkte schon vorgestern, daß Mister Astley Mademoiselle Blanche und ihre Mutter aufmerksam betrachtete. Es machte mir den Eindruck, als kenne er sie beide schon. Es schien mir auch, daß unser Franzose bereits früher mit Mister Astley zusammengetroffen sei. Indes ist Mister Astley so schüchtern, schwach und schweigsam, daß man sicher sein kann, er wird keine Indiskretion begehen. Wenigstens grüßt ihn der Franzose kaum und sieht ihn beinah nicht an, wonach anzunehmen ist, daß er sich nicht vor ihm fürchtet. Das kann man noch verstehen; aber warum sieht Mademoiselle Blanche ihn gleichfalls nicht an? Sie tat es nicht einmal, als der Marquis sich gestern verplapperte: bei einem Gespräch, an dem sich alle beteiligten, sagte er auf einmal, ich weiß nicht mehr aus welchem Anlaß, Mister Astley sei kolossal reich, das wisse er; da jedenfalls hätte doch Mademoiselle Blanche Mister Astley ansehen müssen! Der General befindet sich fast immer in Unruhe. Es ist begreiflich, welche Bedeutung jetzt für ihn ein Telegramm über den Tod der Tante haben würde!

Es schien mir zwar, als ob Polina ein Gespräch mit mir absichtlich vermied; aber nun nahm auch ich meinerseits eine kühle, gleichgültige Miene an; ich meinte, sie werde sich mir allmählich doch wieder nähern. Dafür wandte ich gestern und heute meine Aufmerksamkeit vorzugsweise Mademoiselle Blanche zu. Der arme General, er ist ganz hin! Mit fünfundfünfzig Jahren sich so leidenschaftlich zu verlieben, das ist gewiß ein Unglück. Wenn man dazu noch seinen Witwerstand bedenkt und seine Kinder und seine total ruinierten Vermögensverhältnisse und seine Schulden und schließlich die Frauensperson, in die er sich verliebt hat! Mademoiselle Blanche ist eine schöne Erscheinung. Aber ich weiß nicht, ob man mich versteht, wenn ich sage: sie hat eines von den Gesichtern, vor denen man erschrecken kann. Ich wenigstens habe mich vor solchen Weibern immer gefürchtet. Sie ist wahrscheinlich ungefähr fünfundzwanzig Jahre alt. Sie ist hochgewachsen und breitschultrig; ihre Schultern zeigen eine schöne Rundung, Hals und Brust sind prachtvoll, die Hautfarbe zwischen gelblich und bräunlich, das Haar dunkelschwarz und so reich und üppig, daß es für zwei Köpfe ausreichen würde. Die Augen sind schwarz, das Weiße darin gelblich, der Blick dreist, die Zähne sehr weiß, die Lippen immer pomadisiert; sie riecht nach Moschus. Sie kleidet sich auffallend, reich, eigenartig, aber mit viel Geschmack. Ihre Füße und Hände sind wundervoll. Ihre Stimme ist ein heiserer Alt. Mitunter lacht sie laut auf und zeigt dabei all ihre Zähne; aber gewöhnlich verhält sie sich schweigsam und blickt nur dreist um sich, wenigstens in Polinas und Marja Filippownas Gegenwart. (Ein sonderbares Gerücht: es heißt, Marja Filippowna werde wieder nach Rußland zurückfahren.) Wie mir scheint, ist Mademoiselle Blanche ohne alle Bildung, vielleicht sogar nicht einmal klug, aber dafür mißtrauisch und schlau. Ich vermute, daß ihr Leben nicht ohne Abenteuer gewesen ist. Wenn ich alles sagen soll, so muß ich meine Meinung dahin aussprechen, daß der Marquis vielleicht überhaupt nicht ihr Verwandter und ihre Mutter gar nicht ihre Mutter ist. Aber man glaubt zu wissen, daß sie und ihre Mutter in Berlin, wo wir mit ihnen zusammentrafen, einige anständige Bekanntschaften hatten. Was den Marquis selbst betrifft, so zweifle ich bis auf diesen Augenblick, daß er ein Marquis ist; aber daß er zur anständigen Gesellschaft gerechnet wird, sowohl bei uns, zum Beispiel in Moskau, als auch an manchen Orten Deutschlands, unterliegt, wie es scheint, keinem Zweifel. Ich weiß nicht, was er eigentlich in Frankreich vorstellt; es heißt, er besitze dort ein Château. Ich hatte vor meiner Abreise geglaubt, es werde in diesen vierzehn Tagen sich mancherlei zutragen, weiß aber immer noch nicht sicher, ob zwischen Mademoiselle Blanche und dem General ein entscheidendes Wort gesprochen ist. Alles hängt jetzt von unserer Lage ab, das heißt davon, ob der General ihnen viel Geld zeigen kann. Wenn zum Beispiel die Nachricht käme, daß die alte Tante nicht gestorben sei, so würde (davon bin ich überzeugt) Mademoiselle Blanche sofort verschwinden. Es ist mir selbst erstaunlich und lächerlich, was ich für eine Klatschschwester

geworden bin. Oh, wie ekelhaft mir das alles ist! Mit welchem Vergnügen würde ich mich von all diesen Menschen und von all diesen Verhältnissen losmachen! Aber kann ich denn von Polina weggehen? Kann ich es denn unterlassen, um sie herum zu spionieren? Gewiß, das Spionieren ist etwas Gemeines; aber was kümmert mich das?
Interessant war mir gestern und heute auch Mister Astley. Ja, ich bin überzeugt, daß er in Polina verliebt ist! Es ist merkwürdig und lächerlich, wieviel manchmal der Blick eines schüchternen, reinen und keuschen Menschen, den die Liebe ergriffen hat, ausdrücken kann, namentlich in Augenblicken, wo der Betreffende lieber in die Erde versinken als durch ein Wort oder einen Blick etwas verraten möchte. Mister Astley begegnet uns sehr oft bei Spaziergängen. Er nimmt den Hut ab und geht vorbei, obgleich er natürlich von dem sehnsüchtigen Wunsch, sich uns anzuschließen, gequält wird. Wenn er dazu aufgefordert wird, lehnt er sofort ab. An Erholungsorten, im Kurhaus, bei der Musik oder bei der Fontäne, steht er mit Sicherheit irgendwo in der Nähe unserer Bank, und wo wir auch immer sind, im Park oder im Wald oder auf dem Schlangenberg, brauchen wir nur die Augen aufzumachen und uns umzuschauen, um unfehlbar irgendwo, entweder auf dem nächsten Steig oder hinter einem Gebüsch, ein Stückchen von Mister Astley zu erblicken. Es kommt mir vor, als suche er eine Gelegenheit, mit mir allein zu reden. Heute früh begegneten wir einander und wechselten einige Worte. Er spricht mitunter ganz ohne Zusammenhang. Kaum hatte er guten Tag gesagt, da fuhr er fort:
»Ah, Mademoiselle Blanche!... Ich habe schon viele solche Damen kennengelernt wie Mademoiselle Blanche!«
Dann schwieg er und sah mich bedeutsam an. Was er damit sagen wollte, weiß ich nicht; denn auf meine Frage, was das heißen solle, nickte er nur schlau lächelnd mit dem Kopf und fügte hinzu: »Ja, ja, so ist das... Hat Mademoiselle Polina Freude an Blumen?«
»Ich weiß es nicht«, antwortete ich. »Ich kann es schlechterdings nicht sagen.«

»Wie? Das wissen Sie nicht einmal?« rief er mit dem größten Erstaunen.
»Ich weiß es nicht, ich habe gar nicht darauf geachtet«, wiederholte ich lachend.
»Hm, das bringt mich auf einen besonderen Gedanken.«
Nach diesen Worten nickte er mit dem Kopf und ging weiter. Übrigens machte er ein zufriedenes Gesicht. Unser Gespräch war in einem schrecklichen Französisch geführt worden.

VIERTES KAPITEL

Heute war ein komischer, sinnloser, verrückter Tag. Jetzt ist es elf Uhr nachts. Ich sitze in meinem Zimmerchen und überdenke das Geschehene. Es fing damit an, daß ich mich am Morgen genötigt sah, zum Roulett zu gehen, um für Polina Alexandrowna zu spielen. Ich nahm zu diesem Zwecke ihre ganzen hundertsechzig Friedrichsdor von ihr in Empfang, aber unter zwei Bedingungen: erstens, ich wolle mit ihr nicht auf Halbpart spielen, das heißt, im Falle des Gewinnens wolle ich nichts für mich nehmen, und zweitens, Polina solle mir am Abend Aufklärung darüber geben, wozu sie es eigentlich so nötig habe, Geld zu gewinnen, und wieviel Geld sie haben müsse. Ich konnte mir doch gar nicht vorstellen, daß dabei das Geld ihr letzter Zweck sein sollte. Offenbar war da irgendein besonderer Zweck, zu dem sie das Geld nötig hatte, und zwar mit solcher Eile. Sie versprach, mir die verlangte Aufklärung zu geben, und ich ging hin.
In den Spielsälen herrschte ein furchtbares Gedränge. Wie unverschämt und gierig all diese Leute aussahen! Ich drängte mich nach der Mitte hindurch und kam dicht neben einen Croupier zu stehen. Dann probierte ich das Spielen schüchtern, indem ich jedesmal zwei oder drei Goldstücke setzte. Währenddessen stellte ich meine Beobachtungen an und bemerkte dies und das; es schien mir, daß die Berechnungen eigentlich herzlich wenig zu bedeuten haben und ganz und gar nicht die Wichtigkeit besitzen, die ihnen viele

Spieler beimessen. Sie sitzen mit liniierten Papierblättern da, notieren die einzelnen Resultate, zählen, folgern daraus Chancen, rechnen, setzen endlich und – verlieren gerade ebenso wie wir gewöhnlichen Sterblichen, die wir ohne Berechnung spielen.

Dafür aber abstrahierte ich mir eine Regel, die ich für richtig halte: im Laufe der zufälligen Einzelresultate ergibt sich tatsächlich wenn auch nicht ein bestimmtes System, so doch eine gewisse Ordnung – was doch gewiß sehr seltsam ist. Es kommt zum Beispiel vor, daß nach den zwölf mittleren Zahlen die zwölf letzten herankommen; es trifft, sagen wir, zweimal diese letzten zwölf und geht dann auf die zwölf ersten über. Nachdem die zwölf ersten daran gewesen sind, geht es wieder auf die zwölf mittleren über, trifft drei-, viermal hintereinander auf die mittleren und geht wieder auf die zwölf letzten über, von wo es, wieder nach zwei Malen, zu den ersten übergeht; es trifft wieder einmal auf die ersten und geht wieder für drei Treffer zu den mittleren über, und so setzt sich das anderthalb oder zwei Stunden lang fort. Eins, drei, zwei; eins, drei, zwei. Das ist sehr interessant. An manchem Tag oder an manchem Morgen geht es so, daß Rot und Schwarz fast ohne jede Ordnung alle Augenblicke miteinander abwechseln, so daß nie mehr als zwei oder drei Treffer hintereinander auf Rot oder auf Schwarz fallen. An einem andern Tag oder an einem andern Abend kommt oftmals hintereinander, vielleicht bis zu zweiundzwanzig Malen, nur eine der beiden Farben, und dann erst wieder die andere, und so geht das unweigerlich längere Zeit hindurch, etwa einen ganzen Tag über. Vieles auf diesem Gebiet erklärte mir Mister Astley, der den ganzen Vormittag über bei den Spieltischen stand, aber selbst nicht ein einziges Mal setzte. Was mich betrifft, so verlor ich alles, alles, und zwar sehr schnell. Ich setzte ohne weiteres mit einemmal zwanzig Friedrichsdor auf Paar und gewann; ich setzte wieder und gewann wieder, und so noch zwei- oder dreimal. Ich glaube, es hatten sich in etwa fünf Minuten gegen vierhundert Friedrichsdor in meinen Händen angesammelt. Nun hätte ich weggehen sollen; aber es war in mir eine seltsame Empfindung rege geworden, der Wunsch, gewissermaßen das Schicksal herauszufordern, ein Verlangen, ihm sozusagen einen Nasenstüber zu geben und die Zunge herauszustrekken. Ich setzte den höchsten erlaubten Satz von viertausend Gulden und verlor. Hitzig geworden, zog ich alles heraus, was mir geblieben war, setzte es auf dieselbe Stelle und verlor wieder, worauf ich wie betäubt vom Tisch zurücktrat. Ich konnte gar nicht fassen, was mir widerfahren war, und machte Polina Alexandrowna von meinem Verlust erst kurz vor dem Mittagessen Mitteilung. Bis dahin war ich im Park umhergeirrt.

Bei Tisch befand ich mich wieder in erregter Stimmung, ebenso wie zwei Tage vorher. Der Franzose und Mademoiselle Blanche speisten wieder mit uns. Es kam zur Sprache, daß Mademoiselle Blanche am Vormittag in den Spielsälen gewesen war und mein kühnes Spiel mitangesehen hatte. Sie erwies mir diesmal im Gespräch etwas mehr Aufmerksamkeit. Der Franzose schlug ein kürzeres Verfahren ein und fragte mich geradezu, ob das mein eigenes Geld gewesen sei, das ich verloren hätte. Mir scheint, er hat Polina im Verdacht. Kurz, da steckt etwas dahinter. Ich log ohne Zaudern und sagte, es sei das meinige gewesen.

Der General wunderte sich sehr, woher ich so viel Geld gehabt hätte. Ich sagte zur Erklärung, ich hätte mit zehn Friedrichsdor angefangen; sechs oder sieben glückliche Treffer nacheinander, bei jedesmaliger Verdoppelung des Einsatzes, hätten mich bis auf fünf- oder sechstausend Gulden gebracht, und dann hätte ich alles auf zwei Einsätze wieder eingebüßt.

All dies klang ja wahrscheinlich. Während ich diese Erklärung vortrug, warf ich einen Blick nach Polina, konnte aber auf ihrem Gesicht keinen besonderen Ausdruck erkennen. Aber sie ließ mich doch lügen, ohne mich zu korrigieren; daraus schloß ich, daß ich in ihrem Sinne gehandelt hatte, wenn ich log und es verheimlichte, daß ich für sie gespielt hatte. In jedem Fall, dachte ich bei mir, ist sie verpflichtet, mir Aufklärung zu geben; sie hat mir ja vor kurzem versprochen, mir einiges zu enthüllen.

Ich dachte, der General würde mir irgendeine Bemerkung machen; indes er schwieg. Wohl aber bemerkte ich auf seinem Gesicht eine gewisse Erregung und Unruhe. Vielleicht war es ihm in seinen bedrängten Verhältnissen lediglich eine schmerzliche Empfindung, zu hören, daß ein so erklecklicher Haufe Gold innerhalb einer Viertelstunde einem so unpraktischen Dummkopf wie mir zugefallen und dann wieder entglitten war.

Ich vermute, daß er gestern abend mit dem Franzosen ein scharfes Renkontre gehabt hat. Sie sprachen hinter verschlossenen Türen lange und hitzig miteinander über irgend etwas. Der Franzose ging anscheinend in gereizter Stimmung weg, kam aber heute frühmorgens wieder zum General, wahrscheinlich um das gestrige Gespräch fortzusetzen.

Als der Franzose von meinem Spielverlust hörte, bemerkte er, zu mir gewendet, in scharfem und geradezu boshaftem Ton, ich hätte verständiger sein sollen. Ich weiß nicht, weshalb er noch hinzufügte, es spielten zwar viele Russen, nach seiner Meinung verständen die Russen aber gar nicht zu spielen.

»Aber nach meiner Meinung«, sagte ich, »ist das Roulett geradezu für die Russen erfunden.«

Und als der Franzose über meine Antwort geringschätzig lächelte, bemerkte ich ihm, die Wahrheit sei entschieden auf meiner Seite; denn wenn ich von der Neigung der Russen zum Spiel spräche, so sei das weit mehr ein Tadel als ein Lob, und deshalb könne man es mir glauben.

»Worauf gründen Sie denn Ihre Meinung?« fragte der Franzose.

»Meine Begründung ist folgende. In den Katechismus der Tugenden und Vorzüge, der im zivilisierten westlichen Europa gilt, hat infolge der historischen Entwicklung auch die Fähigkeit, Kapitalien zu erwerben, Aufnahme gefunden, ja sie bildet darin beinahe das wichtigste Hauptstück. Aber der Russe ist nicht nur unfähig, Kapitalien zu erwerben, sondern er vergeudet sie auch, wenn er sie besitzt, in ganz sinnloser und unverständiger Weise. Dennoch«, fuhr ich fort, »brauchen auch wir Russen Geld, und infolgedessen

greifen wir mit freudiger Gier nach solchen Mitteln wie das Roulett, wo man in der Zeit von zwei Stunden, ohne sich anzustrengen, reich werden kann. Das hat für uns einen großen Reiz; und da wir nun unbedachtsam und ohne rechte Bemühung spielen, so ruinieren wir uns durch das Spiel völlig.«
»Daran ist etwas Wahres«, bemerkte der Franzose selbstzufrieden.
»Nein, das ist nicht wahr, und Sie sollten sich schämen, so über Ihr Vaterland zu reden«, sagte der General in strengem, nachdrücklichem Ton.
»Aber ich bitte Sie«, antwortete ich ihm, »es ist ja noch nicht ausgemacht, was garstiger ist: das russische wüste Wesen oder die deutsche Art, durch ehrliche Arbeit Geld zusammenzubringen.«
»Was für ein sinnloser Gedanke!« rief der General.
»Ein echt russischer Gedanke!« rief der Franzose.
Ich lachte; ich hatte die größte Lust, sie beide ein bißchen zu reizen.
»Ich meinerseits«, sagte ich, »möchte lieber mein ganzes Leben lang mit den Kirgisen als Nomade umherziehen und mein Zelt mit mir führen, als das deutsche Idol anbeten.«
»Was für ein Idol?« fragte der General, der schon anfing, ernstlich böse zu werden.
»Die deutsche Art, Reichtümer zusammenzuscharren. Ich bin noch nicht lange hier; aber was ich bemerkt und beobachtet habe, erregt mein tatarisches Blut. Bei Gott, solche Tugenden wünsche ich mir nicht! Ich bin hier gestern zehn Werst weit umhergegangen: es ist ganz ebenso wie in den moralischen deutschen Bilderbüchern. Überall, in jedem Hause, gibt es hier einen Hausvater, der furchtbar tugendhaft und außerordentlich redlich ist, schon so redlich, daß man sich fürchten muß, ihm näherzutreten. Ich kann solche redlichen Leute nicht ausstehen, denen näherzutreten man sich fürchten muß. Jeder derartige Hausvater hat eine Familie, und abends lesen alle einander laut belehrende Bücher vor. Über dem Häuschen rauschen Ulmen und Kastanien. Sonnenuntergang, auf dem Dach ein Storch, alles

höchst rührend und poetisch... Werden Sie nur nicht böse, General; lassen Sie mich nur von solchen rührsamen Dingen reden! Ich erinnere mich aus meiner eigenen Kindheit, wie mein seliger Vater ebenfalls unter den Lindenbäumen im Vorgärtchen abends mir und meiner Mutter solche Büchelchen vorlas; ich habe daher über dergleichen selbst ein richtiges Urteil. Nun also, so lebt hier jede solche Familie beim Hausvater in vollständiger Knechtschaft und Untertänigkeit. Alle arbeiten wie die Ochsen, und alle scharren Geld zusammen wie die Juden. Gesetzt, ein Vater hat schon eine bestimmte Menge Gulden zusammengebracht und beabsichtigt, dem ältesten Sohn sein Geschäft oder sein Stückchen Land zu übergeben; dann erhält aus diesem Grunde die Tochter keine Mitgift und muß eine alte Jungfer werden, und den jüngeren Sohn verkaufen sie als Knecht oder als Soldaten und schlagen den Erlös zum Familienkapital. Wirklich, so geht das hier zu; ich habe mich erkundigt. All das geschieht nur aus Redlichkeit, aus übertriebener Redlichkeit, dergestalt, daß auch der jüngere, verkaufte Sohn glaubt, man habe ihn nur aus Redlichkeit verkauft; und das ist doch ein idealer Zustand, wenn das Opfer selbst sich darüber freut, daß es zum Schlachten geführt wird. Und nun weiter. Auch der ältere Sohn hat es nicht leicht: da hat er so eine Amalia, mit der er herzenseins ist; aber heiraten kann er sie nicht, weil noch nicht genug Gulden zusammengescharrt sind. Nun warten sie gleichfalls treu und sittsam und gehen mit einem Lächeln zur Schlachtbank. Amalias Wangen fallen schon ein, und sie trocknet zusammen. Endlich, nach etwa zwanzig Jahren, hat das Vermögen die gewünschte Höhe erreicht; die richtige Anzahl von Gulden ist auf redliche, tugendhafte Weise erworben. Der Vater segnet seinen vierzigjährigen ältesten Sohn und die fünfunddreißigjährige Amalia mit der eingetrockneten Brust und der roten Nase. Dabei weint er, hält eine moralische Ansprache und stirbt. Der Älteste verwandelt sich nun selbst in einen tugendhaften Vater, und es beginnt wieder dieselbe Geschichte von vorn. Nach etwa fünfzig oder siebzig Jahren besitzt der Enkel des ersten Vaters wirklich schon ein ansehnliches Kapital und übergibt es seinem Sohn, dieser dem seinigen, der wieder dem seinigen, und nach fünf oder sechs Generationen ist das Resultat so ein Baron Rothschild oder Hoppe & Co. oder etwas Ähnliches. Nun, ist das nicht ein erhebendes Schauspiel: hundert- oder zweihundertjährige sich vererbende Arbeit, Geduld, Klugheit, Redlichkeit, Charakterfestigkeit, Ausdauer, Sparsamkeit, der Storch auf dem Dach! Was wollen Sie noch weiter? Etwas Höheres als dies gibt es ja nicht, und in dieser Überzeugung sitzen die Deutschen selbst über die ganze Welt zu Gericht, und wer da schuldig befunden wird, das heißt ihnen irgendwie unähnlich ist, über den fällen sie sofort ein Verdammungsurteil. Also, wovon wir sprachen: ich ziehe es vor, auf russische Manier ein ausschweifendes Leben zu führen oder meine Vermögensverhältnisse beim Roulett aufzubessern; ich will nicht nach fünf Generationen Hoppe & Co. sein. Geld brauche ich für mich selbst; ich bin mir Selbstzweck und nicht nur ein zur Kapitalbeschaffung notwendiger Apparat. Ich weiß, daß ich viel törichtes Zeug zusammengeredet habe; aber wenn auch, das ist nun einmal meine Überzeugung.«

»Ich weiß nicht, ob von dem, was Sie gesagt haben, viel richtig ist«, bemerkte der General nachdenklich. »Aber das weiß ich sicher, daß Sie sich sofort in einer unerträglichen Weise aufspielen, wenn man Ihnen auch nur im geringsten...«

Nach seiner Gewohnheit brachte er den Satz nicht zu Ende. Wenn unser General von etwas zu sprechen anfängt, das einen auch nur ein klein wenig tieferen Inhalt hat als die gewöhnlichen, alltäglichen Gespräche, so redet er nie zu Ende.

Der Franzose hatte, die Augen etwas aufreißend, nachlässig zugehört und von dem, was ich gesagt hatte, fast nichts verstanden. Polina blickte mit einer Art von hochmütiger Gleichgültigkeit vor sich hin. Es schien, als seien nicht nur meine Auseinandersetzungen, sondern überhaupt alles, was diesmal bei Tisch gesprochen war, ungehört an ihrem Ohr vorbeigegangen.

FÜNFTES KAPITEL

Sie war ungewöhnlich nachdenklich; aber unmittelbar nachdem wir vom Tisch aufgestanden waren, forderte sie mich auf, sie auf einem Spaziergang zu begleiten. Wir nahmen die Kinder mit und begaben uns in den Park zur Fontäne.

Da ich mich in besonders erregter Stimmung befand, so platzte ich dumm und plump mit der Frage heraus, warum denn unser Marquis des Grieux, der kleine Franzose, sie jetzt auf ihren Ausgängen gar nicht mehr begleite, ja ganze Tage lang nicht mir ihr spreche.

»Weil er ein Lump ist«, war ihre sonderbare Antwort.

Ich hatte noch nie von ihr eine solche Äußerung über de Grieux gehört und schwieg dazu, weil ich mich davor fürchtete, den Grund dieser Gereiztheit zu erfahren.

»Haben Sie wohl bemerkt«, fragte ich, »daß er sich heute mit dem General nicht in gutem Einvernehmen befand?«

»Sie möchten gern wissen, was vorliegt«, erwiderte sie in trockenem, gereiztem Ton. »Sie wissen, daß der General bei ihm tief in Schulden steckt; das ganze Gut ist ihm verpfändet, und wenn die alte Tante nicht stirbt, so gelangt der Franzose in kürzester Zeit in den Besitz alles dessen, was ihm verpfändet ist.«

»Also ist das wirklich wahr, daß alles verpfändet ist? Ich hatte so etwas gehört, wußte aber nicht, daß es sich dabei um das ganze Besitztum handelt.«

»Allerdings.«

»Unter diesen Umständen ist es dann wohl mit Mademoiselle Blanche nichts«, bemerkte ich. »Dann wird sie nicht Generalin werden. Wissen Sie, ich glaube, der General ist so verliebt, daß er sich am Ende gar erschießt, wenn Mademoiselle Blanche ihm den Laufpaß gibt. In seinen Jahren ist es gefährlich, sich so zu verlieben.«

»Ich fürchte selbst, daß mit ihm noch etwas passiert«, erwiderte Polina Alexandrowna nachdenklich.

»Und eigentlich«, rief ich, »ist es doch prachtvoll: einen handgreiflicheren Beweis dafür kann es ja gar nicht geben, daß sie nur das Geld heiraten wollte! Nicht einmal der Anstand ist hier gewahrt worden; alles ist ganz ungeniert vorgegangen. Erstaunlich! Aber was die Tante betrifft, was kann komischer und gemeiner sein als ein Telegramm nach dem anderen abzusenden und sich zu erkundigen: ›Ist sie gestorben, ist sie gestorben?‹ Wie gefällt Ihnen das, Polina Alexandrowna?«

»Das ist ja alles dummes Zeug«, unterbrach sie mich verdrossen. »Ich wundere mich im Gegenteil darüber, daß Sie in so heiterer Stimmung sind. Worüber freuen Sie sich denn so? Etwa darüber, daß Sie mein Geld verspielt haben?«

»Warum haben Sie es mir zum Verspielen gegeben? Ich habe Ihnen doch gesagt, daß ich für andere nicht spielen kann, und am allerwenigsten für Sie. Ich gehorche jedem Befehl, den Sie mir erteilen; aber das Resultat hängt nicht von mir ab. Ich habe Sie ja gewarnt und darauf hingewiesen, daß dabei nichts Gutes herauskommen werde. Sagen Sie, sind Sie sehr niedergeschlagen, weil Sie soviel Geld verloren haben? Wozu brauchen Sie denn so viel?«

»Wozu diese Fragen?«

»Aber Sie haben mir doch selbst versprochen, mir Aufklärung zu geben... Wissen Sie was: ich bin fest überzeugt, wenn ich für mich selbst zu spielen anfange (und ich habe zwölf Friedrichsdor), so werde ich gewinnen. Dann, bitte, nehmen Sie von mir an, soviel Sie brauchen!«

Sie machte eine verächtliche Miene.

»Nehmen Sie mir diesen Vorschlag nicht übel!« fuhr ich fort. »Ich bin völlig durchdrungen von dem Bewußtsein, daß ich in Ihren Augen eine Null bin; daher können Sie ruhig von mir Geld annehmen. Ein Geschenk von mir kann Sie nicht beleidigen. Überdies habe ich Ihnen ja Ihr Geld verspielt.«

Sie richtete einen schnellen Blick auf mich, und da sie meinen gereizten, sarkastischen Gesichtsausdruck bemerkte, brach sie das Gespräch über diesen Punkt wieder ab.

»An meinen Umständen kann Sie nichts interessieren. Wenn Sie es wissen wollen: ich habe einfach Schulden. Ich habe mir Geld geliehen und möchte es gern zurückgeben.

Da kam ich auf den seltsamen, sinnlosen Gedanken, ich würde hier am Spieltisch sicher gewinnen. Woher ich das dachte, das begreife ich selbst nicht; aber ich glaubte es fest. Wer weiß, vielleicht glaubte ich es deshalb, weil mir keine andere Chance blieb.«
»Oder weil bei Ihnen das Bedürfnis zu gewinnen schon zu groß war. Es ist dieselbe Geschichte wie mit dem Ertrinkenden, der nach einem Strohhalm greift. Sie werden zugeben: wenn er nicht nahe am Ertrinken wäre, würde er den Strohhalm nicht für einen Baumast halten.«
Polina war erstaunt.
»Aber sie selbst setzen doch auch Ihre Hoffnung darauf?« fragte sie. »Vor vierzehn Tagen haben Sie mir doch selbst lang und breit auseinandergesetzt, Sie seien vollständig davon überzeugt, hier am Roulett zu gewinnen, und haben mich inständig gebeten, ich möchte Sie nicht für einen Irrsinnigen ansehen. Oder haben Sie damals nur gescherzt? Aber ich erinnere mich, Sie sprachen so ernsthaft, daß es ganz unmöglich war, es für Scherz zu halten.«
»Das ist wahr«, antwortete ich nachdenklich. »Ich bin bis auf diesen Augenblick völlig davon überzeugt, daß ich gewinnen werde. Ich will Ihnen sogar gestehen, Sie haben mich soeben veranlaßt, mir die Frage vorzulegen: wie geht es zu, daß mein heutiger sinnloser, häßlicher Verlust in mir keinen Zweifel hat rege werden lassen? Denn trotz alledem bin ich vollständig überzeugt, daß, sowie ich anfange für mich selbst zu spielen, ich unfehlbar gewinnen werde.«
»Warum sind Sie denn davon so fest überzeugt?«
»Die Wahrheit zu sagen – ich weiß es nicht. Ich weiß nur, daß ich gewinnen muß, daß dies auch für mich die einzige Rettung ist. Vielleicht ist das für mich der Grund zu glauben, daß mir ein guter Erfolg sicher ist.«
»Also ist auch bei Ihnen die Notlage sehr arg, wenn Sie eine so fanatische Überzeugung hegen?«
»Ich möchte wetten, Sie zweifeln daran, daß ich für eine ernstliche Notlage ein Empfindungsvermögen habe?«
»Das ist mir ganz gleich«, antwortete Polina ruhig und in gleichgültigem Ton. »Wenn Sie es hören wollen: ja, ich

zweifle, daß sie jemals eine ernsthafte Not gequält hat. Auch Sie mögen dies und das haben, was Sie quält, aber nicht ernsthaft. Sie sind ein unordentlicher, haltloser Mensch. Wozu haben Sie Geld nötig? Unter all den Gründen, die Sie mir damals anführten, habe ich keinen einzigen ernsthaften gefunden.«

»Apropos«, unterbrach ich sie, »Sie sagten, Sie müßten eine Schuld zurückzahlen. Nun gut, also eine Schuld. Wem sind Sie denn schuldig? Dem Franzosen?«

»Was sind das für Fragen? Sie sind heute besonders dreist. Sie sind doch wohl nicht betrunken?«

»Sie wissen, daß ich mir erlaube, alles zu sagen, was mir in den Sinn kommt, und mitunter sehr offenherzig frage. Ich wiederhole es Ihnen, ich bin Ihr Sklave, und vor einem Sklaven schämt man sich nicht, und ein Sklave kann einen nicht beleidigen.«

»Das ist lauter dummes Zeug! Ihr Gerede vom Sklaven ist mir zuwider.«

»Beachten Sie, daß ich von meiner Sklaverei nicht deshalb spreche, weil ich den Wunsch hätte, Ihr Sklave zu sein; sondern ich spreche ganz einfach von einer Tatsache, die gar nicht von meinem Willen abhängt.«

»Sagen Sie doch geradezu: wozu brauchen Sie Geld?«

»Wozu möchten Sie das wissen?« fragte ich zurück.

»Wie Sie wollen«, antwortete sie mit einer stolzen Kopfbewegung.

»Das Gerede vom Sklaven ist Ihnen zuwider; aber die Sklaverei verlangen Sie: ›Antworten, ohne zu räsonieren!‹ Nun gut, meinetwegen! Wozu ich Geld brauche, fragen Sie? Wozu? Nun, für Geld ist doch alles zu haben.«

»Das weiß ich recht wohl; aber wenn jemand es sich nur so ganz im allgemeinen wünscht, so wird er nicht in solchen Wahnsinn hineingeraten! Sie sind ja ebenfalls schon bis zur Raserei gekommen, bis zum Fatalismus. Da steckt etwas dahinter, irgendein besonderer Zweck. Sprechen Sie ohne Ausflüchte; ich verlange das von Ihnen!«

Sie schien zornig zu werden, und ich war sehr zufrieden damit, daß sie mich in so erregter Art ausfragte.

»Natürlich habe ich dabei einen Zweck«, sagte ich, »aber ich weiß nicht näher zu erklären, worin er besteht. Ich kann weiter nichts sagen, als daß ich mit Geld auch in Ihren Augen ein anderer Mensch werde und kein Sklave mehr bleibe.«
»Wie können Sie das erreichen?«
»Wie ich das erreichen kann? Sie können sich nicht einmal vorstellen, daß ich das erreichen kann, von Ihnen für etwas anderes als für einen Sklaven angesehen zu werden? Sehen Sie, eben das kann ich nicht leiden, diese Verwunderung und Verständnislosigkeit!«
»Sie sagten, diese Sklaverei sei für Sie ein Genuß. Und das habe ich auch selbst geglaubt.«
»Sie haben das geglaubt!« rief ich mit einem eigenartigen Wonnegefühl. »Ach, wie hübsch ist diese Naivität von Ihrer Seite! Ja, ja, Ihr Sklave zu sein, das ist mir ein Genuß. Es liegt wirklich ein Genuß darin, auf der untersten Stufe der Erniedrigung und Herabwürdigung zu stehen!« fuhr ich in meiner aufgeregten Rederei fort. »Wer weiß, vielleicht gewährt auch die Knute einen Genuß, wenn sie auf den Rücken niedersaust und das Fleisch in Fetzen reißt... Aber möglicherweise beabsichtige ich auch andere Genüsse kennenzulernen. Eben erst hat mir der General für die siebenhundert Rubel jährlich, die ich vielleicht gar nicht von ihm bekommen werde, in Ihrer Gegenwart bei Tisch Vorhaltungen gemacht. Der Marquis de Grieux starrt mich mit emporgezogenen Augenbrauen an und bemerkt mich gleichzeitig nicht einmal. Vielleicht hege ich meinerseits den leidenschaftlichen Wunsch, den Marquis de Grieux in Ihrer Gegenwart bei der Nase zu nehmen!«
»Das sind Reden eines unreifen jungen Menschen. In jeder Lebenslage kann man sich eine würdige Stellung schaffen. Wenn das einen Kampf kostet, so erniedrigt ein solcher Kampf den Menschen nicht, sondern er dient sogar dazu, ihn zu erhöhen.«
»Ganz wie die Vorschriften im Schreibheft! Sie nehmen an, ich verstände vielleicht nur nicht, mir eine würdige Stellung zu schaffen, das heißt, es möge ja immerhin sein, daß ich ein

Mensch sei, der eine gewisse Würde besitze; aber mir eine würdige Stellung zu schaffen, das verstände ich nicht. Sie sehen ein, daß es so sein kann? Aber alle Russen sind von dieser Art, und wissen Sie, warum? Weil die Russen zu reich und vielseitig begabt sind, um für ihr Benehmen schnell die anständige Form zu finden. Hier kommt alles auf die Form an. Wir Russen sind größtenteils so reich begabt, daß wir, um die anständige Form zu treffen, Genialität nötig hätten. Aber an Genialität fehlt es bei uns freilich sehr oft, weil die überhaupt nur selten vorkommt. Nur bei den Franzosen und vielleicht auch bei einigen anderen europäischen Völkern hat sich die Form so bestimmt herausgebildet, daß man höchst würdig aussehen und dabei der unwürdigste Mensch sein kann. Deshalb wird bei ihnen auf die Form auch so viel Wert gelegt. Der Franzose erträgt eine Beleidigung, eine wirkliche, ernste Beleidigung, ohne die Stirn kraus zu ziehen; aber einen Nasenstüber läßt er sich um keinen Preis gefallen, weil das eine Verletzung der konventionellen, für alle Zeit festgesetzten Form des Anstands ist. Daher sind auch unsere Damen in die Franzosen so vernarrt, weil diese so gute Formen haben. Oder richtiger: zu haben scheinen; denn meiner Ansicht nach besitzt der Franzose eigentlich gar keine Form, sondern ist lediglich ein Hahn, le coq gaulois. Indessen verstehe ich davon nichts; ich bin kein Frauenzimmer. Vielleicht sind die Hähne wirklich schön. Aber ich bin da in ein törichtes Schwatzen hineingeraten, und Sie unterbrechen mich auch nicht. Unterbrechen Sie mich nur öfter, wenn ich mit Ihnen rede; denn ich neige dazu, alles herauszusagen, alles, alles. Es kommt mir dabei all und jede Form abhanden. Ich gebe sogar zu, daß ich nicht nur keine Form besitze, sondern auch keinerlei wertvolle Eigenschaften. Das spreche ich Ihnen gegenüber offen aus. Es ist mir an derartigen Eigenschaften auch gar nichts gelegen. Jetzt ist in meinem Innern alles ins Stocken geraten. Sie wissen selbst, woher. Ich habe keinen einzigen verständigen Gedanken im Kopf. Ich weiß schon seit langer Zeit nicht mehr, was in der Welt passiert, in Rußland oder hier. Ich bin durch Dresden hindurchgefahren und kann mich nicht erinnern, wie diese

Stadt aussieht. Sie wissen selbst, was mich so vollständig absorbiert hat. Da ich gar keine Hoffnung habe und in Ihren Augen eine Null bin, so rede ich offen: ich sehe überall nur Sie, und alles übrige ist mir gleichgültig. Warum ich Sie liebe, und wie das so gekommen ist – ich weiß es nicht. Wissen Sie wohl, daß Sie vielleicht überhaupt nicht gut sind? Denken Sie nur an: ich weiß gar nicht, so Sie gut sind oder nicht, nicht einmal, ob Sie schön von Gesicht sind. Ihr Herz ist wahrscheinlich nicht gut und Ihre Denkweise nicht edel; das ist gut möglich.«

»Vielleicht spekulieren Sie eben deswegen darauf, mich mit Geld zu erkaufen«, sagte sie, »weil Sie bei mir keine edle Gesinnung voraussetzen.«

»Wann habe ich darauf spekuliert, Sie mit Geld zu erkaufen?« rief ich.

»Sie sind aus dem Konzept gefallen und haben mehr gesagt, als Sie eigentlich sagen wollten. Wenn Sie nicht mich selbst zu erkaufen hofften, so dachten Sie doch, meine Achtung sich durch Geld zu erwerben.«

»Nicht doch, es ist ganz und gar nicht so. Ich habe Ihnen gesagt, daß es mir schwerfällt, mich klar auszudrücken. Ihre Anwesenheit nimmt mir die Denkkraft. Seien Sie über mein Geschwätz nicht böse! Sie sehen ja wohl, warum man mir nicht zürnen kann: ich bin eben ein Wahnsinniger. Übrigens ist mir alles gleich; meinetwegen mögen Sie mir auch zürnen. Wenn ich bei mir oben in meinem Zimmerchen bin und mich nur an das Rascheln Ihres Kleides erinnere und mir das vorstelle, dann möchte ich mir die Hände zerbeißen. Und warum wollen Sie mir böse sein? Weil ich mich als Ihren Sklaven bezeichne? Nutzen Sie meine Dienste aus; ja, tun Sie das! Wissen Sie auch, daß ich Sie später einmal töten werde? Ich werde Sie töten, nicht etwa weil meine Liebe zu Ihnen ein Ende genommen hätte oder ich eifersüchtig wäre, sondern ohne solchen Grund, einfach weil ich manchmal einen Drang verspüre, Sie aufzufressen. Sie lachen...«

»Ich lache durchaus nicht«, sagte sie zornig. »Ich befehle Ihnen zu schweigen.«

Sie hielt inne, da sie vor Zorn kaum Atem holen konnte. Wahrhaftig, ich weiß nicht, ob sie schön von Gestalt war; aber ich sah sie zu gern, wenn sie so vor mir stand und ihr die Sprache versagte, und darum machte ich mir auch oft die Freude, sie zum Zorn zu reizen. Vielleicht hatte sie das bemerkt und stellte sich absichtlich zornig. Ich sprach ihr diese Vermutung aus.

»Was für ein garstiges Gerede!« rief sie mit dem Ausdruck des Widerwillens.

»Mir ist alles gleich«, fuhr ich fort. »Aber noch eins: wissen Sie, daß es gefährlich ist, wenn wir beide allein zusammen gehen? Es ist in mir oft ein unwiderstehliches Verlangen aufgestiegen, Sie zu prügeln, zu verstümmeln, zu erwürgen. Und was glauben Sie, wird es nicht dahin kommen? Sie versetzen mich in eine fieberhafte Raserei. Meinen Sie, daß ich mich vor einem öffentlichen Skandal fürchte? Oder vor Ihrem Zorn? Was kümmert mich Ihr Zorn? Ich liebe Sie ohne Hoffnung und weiß, daß ich Sie nach einer solchen Tat noch tausendmal mehr lieben werde. Wenn ich Sie einmal töte, so werde ich ja auch mich selbst töten müssen; aber ich werde den Selbstmord möglichst lange hinausschieben, um den unerträglichen Schmerz, daß Sie nicht mehr da sind, auszukosten. Ich will Ihnen etwas sagen, was kaum zu glauben ist: ich liebe Sie mit jedem Tag mehr, und doch ist das beinah unmöglich. Und bei alledem soll ich nicht Fatalist sein? Erinnern Sie sich doch, vorgestern auf dem Schlangenberg flüsterte ich, von Ihnen herausgefordert, Ihnen zu: ›Sagen Sie ein Wort, und ich springe in diesen Abgrund!‹ Hätten Sie dieses Wort gesprochen, so wäre ich damals hinuntergesprungen. Glauben Sie etwa nicht, daß ich hinuntergesprungen wäre?«

»Was für ein törichtes Geschwätz!« rief sie.

»Ob es töricht oder klug ist, das ist mir ganz gleich!« rief ich. »Ich weiß, daß ich in Ihrer Gegenwart reden muß, immer reden und reden, und so rede ich denn. In Ihrer Gegenwart verliere ich allen Ehrgeiz, und alles wird mir gleichgültig.«

»Weshalb hätte ich Sie veranlassen sollen, vom Schlangenberg hinunterzuspringen?« fragte sie in einem trockenen

Ton, der besonders beleidigend klang. »Davon hätte ich doch nicht den geringsten Nutzen gehabt.«
»Vorzüglich!« rief ich. »Sie bedienen sich absichtlich dieses vorzüglichen Ausdrucks ›nicht den geringsten Nutzen‹, um mich zu demütigen. Ich durchschaue Sie vollständig. ›Nicht den geringsten Nutzen‹, sagen Sie? Aber ein Vergnügen hat immer einen Nutzen, und die Ausübung einer wilden, unbegrenzten Gewalt (und wär's auch nur über eine Fliege), das ist in seiner Art doch auch ein Genuß. Der Mensch ist von Natur ein Despot und liebt es, andere Wesen zu quälen. Sie lieben es im höchsten Grade.«
Ich erinnere mich, sie sah mich lange und unverwandt an. Wahrscheinlich drückte mein Gesicht in diesem Augenblick alle meine törichten, unsinnigen Gedanken aus. Mein Gedächtnis sagt mir jetzt, daß unser Gespräch damals tatsächlich fast Wort für Wort so stattfand, wie ich es hier aufgezeichnet habe. Meine Augen waren mit Blut unterlaufen. An den Rändern meiner Lippen hatte sich Schaum gebildet. Was den Schlangenberg betrifft, so schwöre ich auf meine Ehre, auch jetzt noch: wenn sie mir damals befohlen hätte, mich hinabzustürzen, so hätte ich es getan! Auch wenn sie es nur im Scherz gesagt hätte oder aus Geringschätzung und Verachtung, auch dann wäre ich hinuntergesprungen!
»Nein, was hätte es für Zweck gehabt? Daß Sie es getan hätten, glaube ich Ihnen«, sagte sie, aber in einer Art, wie nur sie manchmal zu sprechen versteht, mit solcher Verachtung und Bosheit und mit solchem Hochmut, daß ich, bei Gott, sie in diesem Augenblick hätte totschlagen können.
Sie schwebte in Gefahr. Auch hierin hatte ich sie nicht belogen, als ich es ihr sagte.
»Sie sind kein Feigling?« fragte sie mich plötzlich.
»Ich weiß es nicht, vielleicht bin ich einer. Ich weiß es nicht... ich habe lange nicht darüber nachgedacht.«
»Wenn ich zu Ihnen sagte: ›Töten Sie diesen Menschen!‹ – würden Sie ihn töten?«
»Wen?«
»Denjenigen, den ich getötet sehen möchte.«
»Den Franzosen?«

»Fragen Sie nicht, sondern antworten Sie! Denjenigen, den ich Ihnen bezeichnen werde. Ich will wissen, ob Sie soeben im Ernst gesprochen haben.«

Sie wartete mit solchem Ernst und mit solcher Ungeduld auf meine Antwort, daß mir ganz sonderbar zumute wurde.

»Aber werden Sie mir nun endlich sagen, was hier eigentlich vorgeht?« rief ich. »Fürchten Sie sich etwa vor mir? Daß hier ganz tolle Zustände sind, sehe ich schon allein. Sie sind die Stieftochter eines ruinierten, verrückten Menschen, der von einer Leidenschaft für diese Teufelin, diese Mademoiselle Blanche, befallen ist; dann ist da noch dieser Franzose mit seiner geheimnisvollen Macht über Sie; und nun legen Sie mir mit solchem Ernst eine solche Frage vor! Ich muß doch wenigstens wissen, wie das zusammenhängt; sonst werde ich hier verrückt und richte irgend etwas an. Schämen Sie sich etwa, mich Ihres Vertrauens zu würdigen? Können Sie sich denn vor mir schämen?«

»Ich rede mit Ihnen von etwas ganz anderem. Ich habe Sie etwas gefragt und warte auf die Antwort.«

»Natürlich werde ich ihn töten!« rief ich. »Jeden, den Sie mich töten heißen! Aber können Sie denn... werden Sie mir denn das befehlen?«

»Denken Sie etwa, Sie werden mir leid tun? Ich werde es befehlen und selbst im Hintergrund bleiben. Werden Sie das ertragen? Nein, wie sollten Sie! Sie werden vielleicht auf meinen Befehl den Menschen töten; aber dann werden Sie darangehen, auch mich zu töten, dafür, daß ich gewagt habe, Ihnen einen solchen Auftrag zu geben.«

Bei diesen Worten hatte ich eine Empfindung, als erhielte ich einen heftigen Schlag gegen den Kopf. Allerdings hielt ich auch damals ihre Frage halb und halb für einen Scherz, für ein Auf-die-Probe-Stellen; aber sie hatte doch gar zu ernsthaft gesprochen. Es frappierte mich doch, daß sie sich in dieser Weise aussprach, daß sie ein solches Recht über mich in Anspruch nahm, daß sie sich eine solche Gewalt über mich anmaßte und so geradezu sagte: »Geh ins Verderben, und ich bleibe im Hintergrund!« In diesen Worten lag eine zynische Offenheit, die nach meiner Empfindung denn

doch zu weit ging. Wofür mußte sie mich ansehen, wenn sie so zu mir redete? Das war ja schlimmer als die unwürdigste Sklaverei. Und wie sinnlos und absurd auch unser ganzes Gespräch war, so zitterte mir doch das Herz im Leibe.
Auf einmal fing sie an zu lachen. Wir saßen in diesem Augenblick auf einer Bank dicht bei dem Platz, wo die Equipagen hielten und die Leute ausstiegen, um die Allee vor dem Kurhaus entlang zu gehen; die Kinder spielten vor unseren Augen.
»Sehen Sie diese dicke Baronin?« rief sie. »Das ist die Baronin Wurmerhelm. Sie ist erst seit drei Tagen hier. Und sehen Sie da ihren Mann? Der lange, hagere Preuße mit dem Stock in der Hand. Erinnern Sie sich noch, wie er uns vorgestern von unten bis oben musterte? Gehen Sie sogleich hin, treten Sie zu der Baronin heran, nehmen Sie den Hut ab, und sagen Sie zu ihr etwas auf französisch!«
»Wozu?«
»Sie haben neulich geschworen, vom Schlangenberg hinunterzuspringen, und jetzt haben Sie geschworen, Sie seien bereit, einen Menschen zu töten, wenn ich es befehle. Statt all solcher Mordtaten und Trauerspiele will ich nur ein Amüsement haben. Machen Sie keine Ausflüchte, und gehen Sie hin! Ich möchte gern sehen, wie der Baron Sie mit seinem Stock durchprügelt.«
»Sie wollen mich auf die Probe stellen; Sie meinen, ich werde es nicht tun?«
»Ja, ich will Sie auf die Probe stellen. Gehen Sie hin; ich will es so!«
»Wenn Sie es wollen, werde ich hingehen, wiewohl es eine tolle Kaprice ist. Nur eins: wird nicht der General Unannehmlichkeiten davon haben, und durch ihn auch Sie? Weiß Gott, ich denke dabei nicht an mich, sondern nur an Sie, nun und auch an den General. Und was ist das für ein Einfall, daß ich hingehen soll und eine Dame beleidigen!«
»Nein, Sie sind nur ein Schwätzer, wie ich sehe«, erwiderte sie verächtlich. »Ihre Augen sehen ja seit einer Weile so blutunterlaufen aus; aber das kommt vielleicht nur daher, daß Sie bei Tisch viel Wein getrunken haben. Als ob ich

nicht selbst wüßte, daß eine solche Handlung dumm und gemein ist, und daß der General sich ärgern wird. Aber ich will einfach etwas zum Lachen haben. Ich will, und damit basta! Und wozu brauchen Sie die Dame erst noch zu beleidigen? Sie werden schon vorher Ihre Prügel bekommen.«
Ich drehte mich um und ging schweigend hin, um ihren Auftrag zu erfüllen. Allerdings tat ich es aus Dummheit und weil ich mir nicht herauszuhelfen wußte; aber (das ist mir noch deutlich in der Erinnerung) als ich mich der Baronin näherte, da fühlte ich, wie mich etwas aufstachelte, eine Art von schülerhaftem Mutwillen. Auch war ich in sehr gereizter Stimmung, wie betrunken.

SECHSTES KAPITEL

Nun sind schon zwei Tage nach jenem dummen Streich vergangen. Und wieviel Geschrei und Lärm und Gerede und Skandal ist die Folge davon gewesen! Und wie häßlich war auch die ganze Geschichte, wie konfus, wie dumm und wie gemein; und ich bin an allem schuld. Manchmal kommt einem übrigens die Sache lächerlich vor, mir wenigstens. Ich weiß mir nicht Rechenschaft darüber zu geben, was mit mir eigentlich vorgegangen ist: ob ich mich wirklich in einem Zustand der Raserei befinde, oder ob ich nur aus dem Geleise geraten bin und Tollheiten treibe, bis man mir das Handwerk legt und mich bindet. Manchmal scheint es mir, daß ich irrsinnig bin; zu andern Zeiten habe ich die Vorstellung, ich sei dem Kindesalter und der Schulbank noch nicht lange entwachsen und beginge nur Schülerungezogenheiten.
Und das bewirkt alles Polina, alles sie! Wenn sie nicht wäre, würde ich mich wohl nicht so schülerhaft benehmen. Wer weiß, vielleicht habe ich das alles aus Verzweiflung getan (mag auch diese Anschauung noch so dumm sein). Und ich begreife nicht, begreife schlechterdings nicht, was an ihr Gutes ist! Schön ist sie übrigens, schön ist sie; schön muß sie wohl sein. Sie bringt ja auch andere Leute als mich um den

Verstand. Sie ist hochgewachsen und wohlgebaut. Nur sehr schlank. Es kommt mir vor, als könnte man ihre ganze Gestalt zusammenknoten oder doppelt zusammenlegen. Ihre Fußspur ist schmal und lang und hat für mich etwas Peinigendes. Ihr Haar hat einen rötlichen Schimmer. Ihre Augen sind richtige Katzenaugen; aber wie stolz und hochmütig versteht sie mit ihnen zu blicken! Vor vier Monaten, als ich eben meine Stelle angetreten hatte, führte sie einmal abends im Saal mit de Grieux ein langes, hitzig werdendes Gespräch. Und dabei sah sie ihn mit einem solchen Blick an, mit einem solchen Blick, daß ich nachher, als ich auf mein Zimmer gegangen war, um mich schlafen zu legen, mir einbildete, sie hätte ihm eine Ohrfeige gegeben und stände nun vor ihm und sähe ihn an. Von diesem Abend an bin ich in sie verliebt gewesen.
Aber zur Sache!
Ich ging auf einem schmalen Steig nach der Allee, stellte mich mitten in der Allee hin und erwartete die Baronin und den Baron. Als sie noch fünf Schritte von mir entfernt waren, nahm ich den Hut ab und verbeugte mich.
Die Baronin trug, wie ich mich erinnere, ein seidenes Kleid von gewaltigem Umfang und hellgrauer Farbe, mit Falbeln, Krinoline und Schleppe. Sie war klein von Gestalt, aber außerordentlich dick und hatte ein furchtbar dickes, herabhängendes Kinn, so daß der Hals gar nicht zu sehen war. Ihr Gesicht war dunkelrot, die Augen klein, mit einem boshaften, impertinenten Ausdruck. Sie ging einher, als ob sie allen damit eine Ehre antäte. Der Baron war ein hagerer, hochgewachsener Mensch. Sein Gesicht war schief, wie das bei den Deutschen oft der Fall ist, und mit tausend kleinen Runzeln bedeckt; er trug eine Brille und mochte fünfundvierzig Jahre alt sein. Die Beine fingen bei ihm fast unmittelbar an der Brust an; das liegt in der Rasse. Er ging stolz wie ein Pfau, aber etwas schwerfällig. Der hammelartige Ausdruck seines Gesichtes vertrat in seiner Weise den Ausdruck ernster Denkarbeit.
All diese Wahrnehmungen drängten sich für mich in einen Zeitraum von drei Sekunden zusammen.

Meine Verbeugung und der Hut, den ich in der Hand hielt, zogen anfangs kaum ihre Aufmerksamkeit auf sich. Nur zog der Baron die Augenbrauen ein wenig zusammen. Die Baronin segelte gerade auf mich zu.
»Madame la baronne«, sagte ich absichtlich sehr laut, indem ich jedes Wort besonders deutlich aussprach, »j'ai l'honneur d'être votre esclave.«
Darauf verbeugte ich mich, setzte den Hut wieder auf und ging an dem Baron vorüber, wobei ich höflich das Gesicht zu ihm hinwandte und lächelte.
Den Hut abzunehmen hatte sie mir befohlen; aber mich zu verbeugen und mich schülermäßig zu benehmen, das war mein eigener Einfall. Weiß der Himmel, was mich dazu trieb. Mir war, als flöge ich von einem Berg hinab.
»Nanu!« rief oder, richtiger gesagt, krächzte der Baron, indem er sich mit zorniger Verwunderung nach mir umdrehte.
Ich wandte mich ebenfalls um und blieb in respektvoll wartender Haltung stehen, indem ich ihn fortwährend anblickte und lächelte. Er war offenbar völlig perplex und zog die Augenbrauen so hoch hinauf, wie es nur irgend ging. Sein Gesicht wurde immer grimmiger. Auch die Baronin drehte sich nach mir um und musterte mich ebenfalls mit zornigem Erstaunen. Manche Passanten blickten nach uns hin; einige blieben sogar stehen.
»Nanu!« krächzte der Baron noch einmal mit verdoppelter Energie und verdoppeltem Zorn.
»Jawohl!« sagte ich auf deutsch. Ich sprach die beiden Silben sehr gedehnt und blickte ihm dabei gerade in die Augen.
»Sind Sie rasend?« rief er. Er schwang seinen Stock, schien jedoch gleichzeitig ein wenig den Mut zu verlieren. Vielleicht verwirrte ihn mein Kostüm. Ich war sehr anständig, sogar elegant gekleidet, wie jemand, der durchaus zur besten Gesellschaft gehört.
»Jawo-o-ohl!« schrie ich plötzlich aus voller Kehle, indem ich das o langzog, wie es die Berliner tun, die im Gespräch alle Augenblicke den Ausdruck »jawohl« gebrauchen und

dabei den Vokal o zum Ausdruck verschiedener Nuancen der Gedanken und Empfindungen mehr oder weniger in die Länge ziehen.

Der Baron und die Baronin wandten sich schnell um und entfernten sich, vor Schreck beinahe laufend, von mir. Einige aus dem Publikum sprachen miteinander über den Vorfall; andere sahen mich erstaunt an. Aber ich erinnere mich nicht genau daran.

Ich machte kehrt und ging in meinem gewöhnlichen Schritt auf Polina Alexandrowna zu. Aber als ich noch ungefähr hundert Schritte von ihrer Bank entfernt war, sah ich, daß sie aufstand und mit den Kindern die Richtung nach dem Hotel einschlug.

Ich holte sie an den Stufen beim Portal ein.

»Ich habe es getan... ich habe die Dummheit begangen«, sagte ich, sobald ich mich neben ihr befand.

»Nun schön! Sehen Sie jetzt zu, wie Sie aus der Geschichte herauskommen!« antwortete sie, ohne mich auch nur anzusehen, ging hinein und die Treppe hinauf.

Diesen ganzen Abend wanderte ich im Park umher. Den Park und dann einen Wald durchschreitend, gelangte ich sogar in ein anderes Fürstentum. In einem Bauernhaus aß ich einen Eierkuchen und trank Wein dazu; für dieses idyllische Mahl nahm man mir ganze anderthalb Taler ab.

Erst um elf Uhr kehrte ich nach Hause zurück. Ich wurde sogleich zum General gerufen.

Die Unsrigen haben im Hotel vier Zimmer belegt. Das erste, große, dient als Salon, und es steht ein Flügel darin. Daneben liegt ein gleichfalls großes Zimmer, das Wohnzimmer des Generals. Hier erwartete er mich; er stand in sehr großartiger Pose mitten im Zimmer. De Grieux saß, halb liegend, auf dem Sofa.

»Mein Herr, gestatten Sie die Frage, was Sie da angerichtet haben«, begann der General, zu mir gewendet.

»Es wäre mir lieb, General, wenn Sie gleich zur Sache kämen«, antwortete ich. »Sie wollen wahrscheinlich von meinem heutigen Renkontre mit einem Deutschen sprechen?«

»Mit einem Deutschen?! Dieser Deutsche ist der Baron

Wurmerhelm und eine hochangesehene Persönlichkeit! Sie haben sich gegen ihn und die Baronin ungezogen benommen.«

»Ganz und gar nicht.«

»Sie haben die Herrschaften brüskiert, mein Herr!« rief der General.

»Keineswegs. Schon in Berlin ärgerte mich der Ausdruck ›Jawohl‹, den die Leute dort unaufhörlich einem jeden gegenüber wiederholen und in einer widerwärtigen Weise in die Länge ziehen. Als ich dem Baron und der Baronin in der Allee begegnete, kam mir (ich weiß nicht, woher) auf einmal dieses ›Jawohl‹ ins Gedächtnis und wirkte auf mich aufreizend... Und außerdem hat die Baronin (das ist schon dreimal vorgekommen), wenn sie mir begegnet, die Gewohnheit, gerade auf mich lozugehen, als wäre ich ein Wurm, den sie mit dem Fuß zertreten könnte. Auch ich darf mein Selbstgefühl haben, das werden Sie selbst zugeben müssen. Ich nahm den Hut ab und sagte höflich (ich versichere Sie, daß ich es ganz höflich sagte): ›Madame, j'ai l'honneur d'être votre esclave‹. Als der Baron sich umwandte und ›Nanu!‹ sagte, spürte ich einen unwiderstehlichen Drang, ihm ›Jawohl‹ zu erwidern. Und so sagte ich das zweimal, das erstemal in gewöhnlicher Weise, das zweitemal sehr laut und langgezogen. Das ist die ganze Geschichte.«

Ich muß gestehen, daß mir diese meine knabenhafte Darstellung das größte Vergnügen bereitete. Es reizte mich außerordentlich, den ganzen Hergang in möglichst absurder Weise auszumalen.

Und je länger ich sprach, um so mehr kam ich auf den Geschmack.

»Sie wollen sich wohl über mich lustig machen?« rief der General. Er wandte sich zu dem Franzosen und teilte ihm auf französisch mit, ich hätte es entschieden auf einen Skandal angelegt gehabt. De Grieux lächelte geringschätzig und zuckte die Achseln.

»Denken Sie das nicht; das ist durchaus nicht richtig!« rief ich dem General zu. »Mein Benehmen war allerdings nicht schön; das gebe ich Ihnen mit größter Offenherzigkeit zu.

Man kann das, was ich getan habe, sogar einen dummen, unpassenden Schülerstreich nennen, mehr aber auch nicht. Und wissen Sie, General, ich bereue das Getane tief. Aber es ist da noch ein Umstand, der mich in meinen Augen beinah sogar der Verpflichtung zu bereuen enthebt. In der letzten Zeit, in den letzten zwei, drei Wochen, fühle ich mich nicht wohl: ich bin krank, nervös, reizbar, phantastisch und verliere manchmal vollständig die Gewalt über mich. Wirklich, es überkam mich mehrmals plötzlich ein heftiges Verlangen, mich zu dem Marquis de Grieux zu wenden und... Aber ich will den Satz nicht zu Ende sprechen; es könnte für ihn beleidigend sein. Mit einem Wort, das sind Krankheitssymptome. Ich weiß nicht, ob die Baronin Wurmerhelm diesen Umstand mit in Betracht ziehen wird, wenn ich sie um Entschuldigung bitte; denn das beabsichtige ich zu tun. Ich fürchte, daß sie es nicht tun wird, namentlich auch da, soweit mir bekannt, man in letzter Zeit in juristischen Kreisen angefangen hat, mit der Verwertung dieses Umstandes Mißbrauch zu treiben: die Advokaten verteidigen jetzt in Kriminalprozessen sehr oft ihre Klienten, die Verbrecher, mit der Behauptung, diese hätten im Augenblick des Verbrechens keine Besinnung gehabt, und das sei gewissermaßen eine Krankheit. ›Er hat zugeschlagen‹, sagen sie, ›und hat keine Erinnerung dafür.‹ Und denken Sie sich, General: die medizinische Wissenschaft stimmt ihnen bei, sie behauptet tatsächlich, es gebe eine solche Krankheit, eine solche zeitweilige Geistesstörung, wo der Mensch beinah keine Erinnerung hat oder nur eine halbe oder viertel Erinnerung. Aber der Baron und die Baronin sind Leute alten Schlages und gehören überdies noch zum preußischen Junker- und Gutsbesitzerstande. Ihnen ist dieser Fortschritt in der gerichtlichen Medizin wahrscheinlich noch unbekannt, und daher werden sie meine entschuldigende Erklärung nicht annehmen. Was meinen Sie darüber, General?«

»Genug, mein Herr!« sagte der General in scharfem Ton, mühsam seinen Grimm unterdrückend, »genug! Ich werde bemüht sein, mich ein für allemal von jeder Beziehung zu Ihren törichten Streichen freizumachen. Bei der Baronin und dem Baron werden Sie sich nicht entschuldigen. Jeder Verkehr mit Ihnen, auch wenn dieser nur in Ihrer Bitte um Verzeihung bestände, würde unter ihrer Würde sein. Der Baron, der erfahren hatte, daß Sie zu meinem Haus gehören, hat sich bereits mit mir im Kurhaus ausgesprochen, und ich muß Ihnen bekennen, es fehlte nicht viel daran, daß er von mir Genugtuung verlangt hätte. Begreifen Sie wohl, mein Herr, in was für eine unangenehme Situation Sie mich gebracht haben? Ich, ich sah mich genötigt, den Baron um Entschuldigung zu bitten, und gab ihm mein Wort, daß Sie unverzüglich, noch heute, aus meinem Haus ausscheiden würden.«

»Erlauben Sie, erlauben Sie, General, er hat also selbst entschieden verlangt, daß ich, wie Sie sich auszudrücken belieben, aus Ihrem Haus ausscheiden solle?«

»Nein, aber ich erachtete mich selbst für verpflichtet, ihm diese Genugtuung zu geben, und der Baron erklärte sich natürlich dadurch für befriedigt. Wir scheiden also hiermit voneinander, mein Herr. Sie haben von mir diese vier Friedrichsdor hier und drei Gulden nach hiesigem Geld zu erhalten. Hier ist das Geld, und hier ist auch ein Zettel mit der Berechnung; Sie können sie nachprüfen. Leben Sie wohl! Von jetzt an kennen wir einander nicht mehr. Ich habe von Ihnen nichts gehabt als Mühe und Unannehmlichkeiten. Ich werde sogleich den Kellner rufen und ihm mitteilen, daß ich vom morgigen Tage an für Ihre Ausgaben im Hotel nicht mehr aufkomme. Ergebenster Diener!«

Ich nahm das Geld und den Zettel, auf dem mit Bleistift eine Berechnung geschrieben stand, machte dem General eine Verbeugung und sagte zu ihm in durchaus ernstem Ton:

»General, die Sache kann damit nicht erledigt sein. Es tut mir sehr leid, daß Sie von seiten des Barons Unannehmlichkeiten gehabt haben; aber (nehmen Sie es mir nicht übel!) daran sind Sie selbst schuld. Warum übernahmen Sie es, dem Baron gegenüber für meine Handlungsweise einzustehen? Was bedeutet der Ausdruck, daß ich zu Ihrem Haus gehöre? Ich bin einfach bei Ihnen Hauslehrer, nichts weiter. Ich bin nicht Ihr leiblicher Sohn, stehe auch nicht unter Ihrer Vormundschaft; für das, was ich tue, tragen Sie keine Verantwortung. Ich bin im juristischen Sinne eine selbständige Persönlichkeit. Ich bin fünfundzwanzig Jahre alt, habe die Universität besucht und als Kandidat verlassen, gehöre zum Adelsstande und stehe Ihnen ganz fremd gegenüber. Nur meine unbegrenzte Hochachtung vor Ihren vortrefflichen Eigenschaften hält mich davon ab, von Ihnen jetzt Genugtuung zu verlangen, sowie auch weitere Rechenschaft darüber, daß Sie sich das Recht beigelegt haben, an meiner Statt zu antworten.«

Der General war dermaßen erstaunt, daß er die Arme auseinanderbreitete; dann wandte er sich plötzlich zu dem Franzosen und erzählte ihm eilig, ich hätte ihn soeben beinahe zum Duell gefordert. Der Franzose schlug ein lautes Gelächter auf.

»Aber den Baron beabsichtige ich das nicht so leicht hingehen zu lassen«, fuhr ich höchst kaltblütig fort, ohne mich im geringsten durch das Lachen dieses Monsieur de Grieux beirren zu lassen, »und da Sie, General, sich heute dazu verstanden haben, die Beschwerde des Barons anzuhören, auf seine Seite getreten sind und sich dadurch gewissermaßen zum Mitgenossen bei dieser ganzen Angelegenheit gemacht haben, so habe ich die Ehre, Ihnen zu vermelden, daß ich gleich morgen früh in meinem eigenen Namen von dem Baron eine förmliche Angabe der Gründe verlangen werde, aus denen er, obwohl er es mit mir zu tun hatte, sich über meinen Kopf hinweg an eine andere Person gewandt hat, als ob ich nicht imstande oder nicht würdig wäre, mich ihm gegenüber selbst zu verantworten.«

Was ich vorhergesehen hatte, trat ein. Als der General diese neue Dummheit hörte, bekam er es heftig mit der Angst.

»Was? Haben Sie wirklich vor, diese verfluchte Geschichte noch weiter fortzusetzen?« schrie er. »Was schüren Sie mir da an, gerechter Gott! Wagen Sie es nicht, wagen Sie es nicht, mein Herr, oder ich schwöre Ihnen... Auch hier gibt es eine Obrigkeit, und ich... ich... mit einem Wort, bei meinem Rang... und der Baron gleichfalls... mit einem Wort, Sie werden arretiert und unter polizeilicher Bewachung von hier entfernt werden, damit Sie hier keine Gewalttätigkeiten verüben. Das lassen Sie sich gesagt sein!« Er war so zornig, daß er kaum Luft bekam; aber trotzdem hatte er schreckliche Angst.

»General«, erwiderte ich mit einer Ruhe, die er gar nicht ertragen konnte, »für Gewalttätigkeiten kann man nicht eher arretiert werden, ehe man sie nicht verübt hat. Ich habe meine Aussprache mit dem Baron noch nicht begonnen, und es ist Ihnen noch vollständig unbekannt, in welchem Sinne und mit welcher Begründung ich in dieser Angelegenheit vorzugehen beabsichtige. Ich wünsche nur die für mich beleidigende Annahme richtigzustellen, daß ich mich unter der Vormundschaft einer andern Person befände, die gewissermaßen Gewalt über meinen freien Willen hätte. Sie erregen und beunruhigen sich ohne jeden Grund.«

»Um Gottes willen, um Gottes willen, Alexej Iwanowitsch, stehen Sie von diesem unsinnigen Vorhaben ab!« murmelte der General, indem er seinen zornigen Ton plötzlich mit einem flehenden vertauschte und mich sogar bei den Händen ergriff. »Überlegen Sie doch nur, was die Folge davon sein wird! Eine neue Unannehmlichkeit! Sie müssen doch selbst einsehen, daß ich hier ganz besonders darauf bedacht sein muß, meine Stellung zu wahren, namentlich jetzt! Namentlich jetzt!... Ach, Sie kennen meine ganze Lage nicht; Sie kennen sie nicht!... Wenn wir von hier wegreisen, bin ich gern bereit, Ihnen Ihre bisherige Stellung wieder zu übertragen. Ich muß nur jetzt so... nun, mit einem Wort, Sie verstehen ja doch meine Gründe!« rief er ganz verzweifelt. »Alexej Iwanowitsch, Alexej Iwanowitsch!«

Mich zur Tür zurückziehend, bat ich ihn nochmals dringend, sich nicht zu beunruhigen; ich versprach, es solle alles einen guten, anständigen Verlauf nehmen, und beeilte mich hinauszukommen.

Mitunter sind die Russen im Ausland gar zu feige und haben eine schreckliche Angst davor, was die Leute von ihnen sagen könnten, und wofür man sie ansehen werde, und ob auch dies und das anständig sei. Mit einem Wort, sie benehmen sich, als ob sie ein Korsett trügen, namentlich diejeni-

gen, die den Anspruch erheben, etwas vorzustellen. Am liebsten befolgen sie sklavisch irgendein vorgeschriebenes, ein für allemal festgesetztes Schema: in den Hotels, auf den Spaziergängen, in den Gesellschaften, auf der Reise... Aber der General hatte sich verplappert, wenn er sagte, es lägen für ihn noch außerdem besondere Umstände vor, und er habe besondern Anlaß, seine Stellung zu wahren. Das also war der Grund gewesen, weshalb er auf einmal so kleinmütig und ängstlich geworden war und mir gegenüber den Ton gewechselt hatte. Ich nahm das zur Kenntnis und merkte es mir. Denn da es nicht ausgeschlossen war, daß er sich morgen aus Dummheit an irgendeine Behörde wandte, so hatte ich wirklich allen Grund, vorsichtig zu sein.
Übrigens war mir gar nichts daran gelegen, gerade den General zornig zu machen; wohl aber hatte ich jetzt die größte Lust, Polina zu ärgern. Polina hatte mich äußerst grausam behandelt und mich absichtlich auf diesen dummen Weg gedrängt; daher wünschte ich lebhaft, sie so weit zu bringen, daß sie mich selbst bäte einzuhalten. Wenn ich knabenhafte Streiche beging, so konnte das schließlich auch sie kompromittieren. Außerdem wurden in mir auch noch andere Gefühle und Wünsche rege; wenn ich auch vor ihr freiwillig zu einem Nichts werde, so bedeutet das noch keineswegs, daß ich auch vor den Leuten als begossener Pudel dazustehen Lust hätte; und jedenfalls stand es dem Baron nicht zu, mich mit dem Stock zu schlagen. Ich wünschte, sie alle auszulachen und selbst als ein forscher junger Mann zu erscheinen. Da mochten sie mich dann anstaunen. Sie hat gewiß Angst vor einem Skandal und wird mich wieder zu sich rufen. Und auch wenn sie das nicht tut, soll sie doch sehen, daß ich kein begossener Pudel bin.
Eine wunderbare Nachricht: soeben höre ich von unserer Kinderfrau, die ich auf der Treppe traf, daß Marja Filippowna heute ganz allein mit dem Abendzug nach Karlsbad zu ihrer Cousine gefahren ist. Was steckt dahinter? Die Kinderfrau sagt, sie habe das schon längst vorgehabt; aber wie geht es dann zu, daß niemand etwas davon gewußt hat? Möglicherweise bin ich übrigens der einzige, der es nicht

wußte. Die Kinderfrau teilte mir mit, Marja Filippowna habe noch vorgestern mit dem General einen heftigen Wortwechsel gehabt. Ich merke: es handelt sich wahrscheinlich um Mademoiselle Blanche. Ja, bei uns steht ein entscheidendes Ereignis bevor.

SIEBENTES KAPITEL

Am Morgen rief ich den Kellner und teilte ihm mit, meine Rechnung solle von nun an gesondert geschrieben werden. Mein Zimmer war nicht so teuer, daß der Preis mich erschreckt und veranlaßt hätte, ganz aus dem Hotel auszuziehen. Ich besaß sechzehn Friedrichsdor, und dort... dort fielen mir vielleicht Reichtümer zu! Sonderbar: ich habe noch nicht gewonnen; aber ich benehme mich in meinen Gefühlen und Gedanken wie ein reicher Mann und kann mir gar nicht vorstellen, daß ich das nicht wäre.

Ich gedachte, trotz der frühen Stunde mich sogleich zu Mister Astley in das Hotel d'Angleterre zu begeben, das ganz in der Nähe des unsrigen liegt, als plötzlich de Grieux bei mir eintrat. Das war noch nie vorgekommen, und überdies hatte ich mit diesem Herrn in der ganzen letzten Zeit in einem sehr kühlen und gespannten Verhältnis gestanden. Er hatte aus seiner Geringschätzung gegen mich in keiner Weise ein Hehl gemacht, sondern im Gegenteil sie offen an den Tag zu legen gesucht; und ich meinerseits hatte meine besonderen Gründe, weshalb ich ihm nicht gewogen war. Kurz, ich haßte diesen Menschen. Sein Kommen setzte mich in großes Erstaunen. Ich sagte mir sofort, da müsse etwas Besonderes im Gange sein.

Er benahm sich bei seinem Eintritt sehr liebenswürdig und sagte mir ein Kompliment über mein Zimmer. Da er sah, daß ich den Hut in der Hand hatte, so erkundigte er sich, ob ich denn schon so früh spazierengehen wolle. Als er hörte, ich wolle zu Mister Astley gehen, um mit ihm zu reden, dachte er einen Augenblick nach und legte sich das zurecht; dabei nahm sein Gesicht einen sehr ernsten Ausdruck an.

De Grieux war wie alle Franzosen, das heißt heiter und liebenswürdig, wenn dies nötig und vorteilhaft war, aber unerträglich langweilig, wenn die Nötigung, heiter und liebenswürdig zu sein, wegfiel. Der Franzose ist selten aus eigener Natur liebenswürdig, sondern immer wie auf Befehl, aus Berechnung. Erkennt er es etwa als notwendig, sich phantasievoll und originell zu zeigen, so sind die Produkte seiner Phantasie von der dümmsten und unnatürlichsten Art und setzen sich aus altkonventionellen, längst schon vulgär gewordenen Formen zusammen. Der Franzose, wie er wirklich von Natur ist, besteht aus durchaus kleinbürgerlichem, geringwertigem, gewöhnlichem Stoff; kurz gesagt, er ist das langweiligste Wesen von der Welt. Nach meiner Meinung können nur Neulinge und namentlich junge russische Damen sich von den Franzosen blenden lassen. Jeder vernünftige Mensch wird diese ein für allemal festgesetzten Formen der salonmäßigen Liebenswürdigkeit, Gewandtheit und Heiterkeit, eine Art von Nationaleigentum, sofort erkennen und unerträglich finden.

»Ich komme aus besonderem Anlaß zu Ihnen«, begann er sehr ungezwungen, wiewohl durchaus höflich, »und ich verberge Ihnen nicht, daß ich in der Eigenschaft eines Abgesandten oder, richtiger ausgedrückt, eines Vermittlers vom General zu Ihnen komme. Da ich nur sehr schlecht Russisch kann, so habe ich gestern so gut wie nichts verstanden; aber der General hat mir nachher eingehende Mitteilungen gemacht, und ich muß gestehen...«

»Aber hören Sie einmal, Monsieur de Grieux«, unterbrach ich ihn, »Sie haben also auch in dieser Angelegenheit die Rolle eines Vermittlers übernommen. Ich bin ja allerdings nur ein Hauslehrer und habe auf die Ehre, ein naher Freund dieses Hauses zu sein, und auf irgendwelche intimeren Beziehungen zu demselben niemals Anspruch erhoben und bin daher auch nicht mit allen Verhältnissen vertraut; aber erklären Sie mir doch eines: Gehören Sie denn jetzt vollständig zu den Mitgliedern dieser Familie? Weil Sie doch an allem solchen Anteil nehmen und bei allem sofort unfehlbar als Vermittler auftreten...«

Meine Frage gefiel ihm nicht. Sie war ihm zu unverfroren, und er hatte keine Lust, mir zuviel mitzuteilen.
»Es verbinden mich mit dem General sowohl geschäftliche Beziehungen als auch gewisse besondere Umstände«, erwiderte er trocken. »Der General hat mich hergeschickt, um Sie zu bitten, Sie möchten die gestern von Ihnen ausgesprochene Absicht unausgeführt lassen. Alles, was Sie vortrugen, ist ohne Zweifel sehr scharfsinnig; aber er ersuchte mich namentlich, Ihnen vorzustellen, daß Ihnen die Ausführung Ihrer Absicht schlechterdings nicht gelingen wird; ja, der Baron wird Sie gar nicht empfangen, und schließlich stehen ihm ja jedenfalls alle erforderlichen Mittel zur Verfügung, um weiterer Unannehmlichkeiten von Ihrer Seite überhoben zu sein. Das müssen Sie doch selbst einsehen. Ich bitte Sie, was für einen Zweck hat es, der Sache noch eine Fortsetzung zu geben? Der General gibt Ihnen das bestimmte Versprechen, Sie wieder in sein Haus zu nehmen, sobald die Verhältnisse es nur irgend gestatten, und Ihr Gehalt, vos appointements, bis dahin weiterlaufen zu lassen. Das ist doch für Sie ein recht vorteilhaftes Anerbieten, nicht wahr?«
Ich erwiderte ihm sehr ruhig, daß er sich da doch einigermaßen irre und der Baron mich vielleicht doch nicht werde fortjagen lassen, sondern mich anhören werde, und bat ihn einzugestehen, daß er (was ich für wahrscheinlich hielt) gekommen sei, um in Erfahrung zu bringen, wie ich eigentlich in der ganzen Sache zu verfahren vorhätte.
»Aber, mein Gott, da der General bei der Angelegenheit so interessiert ist, so wird es ihm selbstverständlich angenehm sein zu erfahren, was Sie tun wollen, und wie. Das ist ja so natürlich!«
Ich begann meine Auseinandersetzung, und er hörte zu; er hatte sich sehr bequem hingesetzt und beugte den Kopf ein wenig zur Seite nach mir hin; auf seinem Gesicht lag offen und unverhohlen ein leiser Ausdruck von Ironie. Überhaupt benahm er sich sehr von oben herab. Ich suchte mir aus allen Kräften den Anschein zu geben, als sähe ich die Sache im allerernstesten Licht. Ich erklärte ihm, indem der Baron

sich mit einer Beschwerde über mich an den General gewandt habe, als ob ich ein Diener des Generals wäre, habe er mich erstens um meine Stelle gebracht und mich zweitens wie jemanden behandelt, der nicht imstande sei, für sich selbst einzustehen, und mit dem zu reden nicht der Mühe verlohne. Insofern hätte ich allerdings ein Recht, mich für beleidigt zu erachten; indes in Anbetracht des Unterschiedes der Jahre und der gesellschaftlichen Stellung usw. usw. (an dieser Stelle konnte ich kaum das Lachen zurückhalten) wolle ich nicht noch eine neue Unbesonnenheit begehen, das heißt vom Baron geradezu Genugtuung verlangen oder ihm diesen Weg auch nur vorschlagen. Nichtsdestoweniger hielte ich mich für völlig berechtigt, ihm und besonders der Baronin meine Bitte um Entschuldigung anzubieten, um so mehr, da ich mich tatsächlich in der letzten Zeit unwohl gefühlt und Spuren geistiger Zerrüttung sowie eine Neigung zu Exzentrizitäten an mir wahrgenommen hätte usw. usw. Jedoch habe der Baron selbst durch seine gestrige für mich beleidigende Beschwerde beim General und durch die Forderung, daß der General mich aus meiner Stelle wegschikken solle, mich in eine solche Lage gebracht, daß ich jetzt ihm und der Baronin meine Bitte um Entschuldigung nicht mehr aussprechen könne, da er und die Baronin und alle Leute dann sicher denken würden, es bewege mich zu der Abbitte nur der Wunsch, meine Stelle wiederzubekommen. Das Resultat all dieser Erwägungen sei dieses: ich hielte mich jetzt für genötigt, den Baron zu bitten, er möge sich vor allen Dingen selbst bei mir entschuldigen; dabei würden mir die maßvollsten Ausdrücke genügen; er brauche zum Beispiel nur zu sagen, daß er keineswegs die Absicht gehabt habe, mich zu beleidigen. Wenn der Baron das ausspreche, dann würden mir dadurch die Hände frei gemacht sein, und ich würde offen und ehrlich ihm auch meinerseits meine Bitte um Entschuldigung vorlegen. »Kurz«, schloß ich, »um was ich bitte, ist nur dies, daß der Baron mir die Hände frei macht.«

»Ach, was für Pedanterie und was für Spitzfindigkeiten! Und wozu brauchen Sie sich zu entschuldigen? Nun, geben

Sie es nur zu, Monsieur... Monsieur..., daß Sie diese ganze Geschichte absichtlich ins Werk gesetzt haben, um den General zu ärgern... aber vielleicht hatten Sie noch irgendwelche besonderen Absichten... mon cher monsieur... pardon, j'ai oublié votre nom, monsieur Alexis?... N'est-ce pas?«

»Aber erlauben Sie, mon cher marquis, was geht Sie das an?«

»Mais le général...«

»Und was geht es den General an? Er redete gestern so etwas, er müsse seine Stellung wahren... und dabei war er so ängstlich... aber ich habe nichts davon begriffen.«

»Es ist da... es liegt da gerade ein besonderer Umstand vor«, fiel de Grieux in bittendem Ton ein, dem aber immer mehr der Ärger anzuhören war. »Sie kennen Mademoiselle de Cominges?...«

»Sie meinen Mademoiselle Blanche?«

»Nun ja, Mademoiselle Blanche de Cominges... et madame sa mère... Sie müssen selbst zugeben, der General... mit einem Wort, der General ist verliebt, und es wird hier vielleicht sogar... sogar zur Eheschließung kommen. Und nun stellen Sie sich vor, wenn dabei allerlei Skandalgeschichten und häßliche Vorfälle...«

»Ich weiß von keinen Skandalgeschichten und häßlichen Vorfällen, die mit dieser Eheschließung etwas zu tun hätten.«

»Aber le baron est si irascible, un caractère prussien, vous savez, enfin il fera une querelle d'Allemand.«

»Das wird sich dann doch gegen mich richten und nicht gegen Sie, da ich nicht mehr zum Hause gehöre...« (Ich bemühte mich absichtlich, möglichst sinnlos zu reden.) »Aber erlauben Sie, ist denn das schon entschieden, daß Mademoiselle Blanche den General heiraten wird? Warum warten sie denn noch damit? Ich meine, warum halten Sie die Sache geheim und machen nicht wenigstens uns, den Angehörigen des Hauses, Mitteilung davon?«

»Ich kann Ihnen nicht... übrigens ist das noch nicht ganz... indessen... Sie wissen wohl, der General erwartet Nach-

richten aus Rußland; er muß seine Angelegenheiten ordnen..."
»Ach so, die liebe, alte Tante!«
De Grieux warf mir einen haßerfüllten Blick zu.
»Kurz«, unterbrach er mich, »ich verlasse mich vollständig auf Ihre angeborene Liebenswürdigkeit, auf Ihre Klugheit, auf Ihr Taktgefühl... Sie werden das gewiß für eine Familie tun, in der Sie wie ein Sohn aufgenommen und geliebt und geehrt wurden..."
»Aber ich bitte Sie! Weggejagt hat man mich! Sie versichern jetzt freilich, das sei nur so zum Schein geschehen; aber sagen Sie selbst, wenn einer zu Ihnen sagt: ›Ich will dich nicht an den Ohren ziehen; aber erlaube, daß ich es zum Schein tue‹, so kommt das beinah auf dasselbe heraus!«
»Wenn es so steht und Bitten auf Sie nichts vermögen«, begann er in strengem, hochmütigem Ton, »so gestatten Sie mir, Sie zu benachrichtigen, daß die erforderlichen Maßregeln gegen Sie werden ergriffen werden. Es gibt hier eine Obrigkeit; Sie werden noch heute von hier weggeschafft werden, que diable! Un blanc bec comme vous will eine solche Persönlichkeit wie den Baron zum Duell herausfordern! Glauben Sie etwa, daß man Sie unbehelligt lassen wird? Verlassen Sie sich darauf: Furcht hat hier vor Ihnen niemand! Wenn ich Sie bat, so tat ich das mehr von mir aus, weil Sie den General beunruhigt hatten. Können Sie wirklich etwas anderes erwarten, als daß der Baron Sie einfach durch einen Diener wegjagen läßt?«
»Ich werde ja doch nicht selbst hingehen«, antwortete ich mit großer Ruhe. »Sie irren sich, Monsieur de Grieux; es wird sich alles in weit anständigeren Formen abspielen, als Sie glauben. Ich werde mich jetzt sofort zu Mister Astley begeben und ihn bitten, mein Mittelsmann, kurz gesagt, mein Sekundant zu sein. Dieser Mann ist mir freundlich gesinnt und wird es mir aller Wahrscheinlichkeit nach nicht abschlagen. Er wird zum Baron gehen, und der Baron wird ihn empfangen. Wenn auch ich selbst nur ein Hauslehrer bin und als ein Mensch in subalterner Stellung angesehen werde und hier schutzlos dastehe, so ist doch Mister Astley der

Neffe eines Lords, eines wirklichen Lords, das ist allgemein bekannt, des Lord Peabroke, und dieser Lord ist hier anwesend. Sie können sich darauf verlassen, daß der Baron gegen Mister Astley höflich sein und ihn anhören wird. Und wenn er ihn nicht anhört, so wird Mister Astley das als eine persönliche Beleidigung auffassen (Sie wissen, wie energisch die Engländer sind) und dem Baron von sich aus einen Freund zuschicken, und er hat angesehene Freunde. Nun können Sie sich sagen, daß es vielleicht ganz anders kommt, als Sie annehmen.«

Der Franzose bekam es entschieden mit der Angst; in der Tat, all dies klang sehr wahrscheinlich, und es ergab sich also daraus, daß ich wirklich imstande war, einen Skandal hervorzurufen.

»Aber ich bitte Sie«, begann er in geradezu flehendem Ton, »unterlassen Sie doch all so etwas! Ihnen macht es ordentlich Freude, wenn es zu einem Skandal kommt! Es liegt Ihnen nicht daran, Genugtuung zu erhalten, sondern ein häßliches Aufsehen zu erregen! Ich sagte schon, daß das alles interessant und sogar geistreich klingt, worauf Sie es auch vielleicht angelegt haben; aber mit einem Wort«, schloß er, da er sah, daß ich aufstand und nach meinem Hut griff, »ich kam, um Ihnen diese Zeilen von einer gewissen Person zu übergeben. Lesen sie es durch; ich bin beauftragt, auf Antwort zu warten.« Bei diesen Worten zog er ein kleines, zusammengefaltetes, mit einer Oblate zugeklebtes Papier aus der Tasche und reichte es mir.

Darin stand, von Polinas Hand geschrieben:

»Ich hatte den Eindruck, als beabsichtigten Sie, dieser häßlichen Geschichte noch eine Fortsetzung zu geben. Sie sind in Erregung geraten und beginnen nun, schlechte Streiche zu machen. Aber es liegen hier besondere Umstände vor, und ich werde sie Ihnen vielleicht später erklären; darum seien Sie so gut aufzuhören und sich zu beruhigen! Was sind das alles für Dummheiten! Ich bedarf Ihrer, und Sie selbst haben versprochen, mir zu gehorchen. Denken Sie an den Schlangenberg! Ich bitte Sie, gehorsam zu sein, und wenn es nötig ist, befehle ich es Ihnen. Ihre P.

P. S. Wenn Sie mir wegen des gestrigen Vorfalls böse sind, so verzeihen Sie mir!«

Als ich diese Zeilen gelesen hatte, drehte sich mir alles vor den Augen herum. Die Lippen waren mir blaß geworden, und ein Zittern befiel mich.

Der verdammte Franzose verlieh seiner Miene einen besonderen Ausdruck von Diskretion und wandte die Augen von mir weg, als wolle er meine Verwirrung nicht sehen. Es wäre mir lieber gewesen, wenn er über mich laut aufgelacht hätte.

»Gut«, erwiderte ich. »Bestellen Sie, Mademoiselle möge beruhigt sein! Erlauben Sie mir aber die Frage«, fügte ich in scharfem Ton hinzu, »warum Sie so lange damit gewartet haben, mir dieses Schreiben zu übergeben. Statt leeres Geschwätz zu machen, mußten Sie, wie mir scheint, gerade damit anfangen, wenn Sie wirklich mit diesem Auftrag kamen.«

»Oh, ich wollte... Diese ganze Sache ist überhaupt so seltsam, daß Sie meine natürliche Ungeduld entschuldigen werden. Es lag mir daran, möglichst schnell persönlich von Ihnen selbst Auskunft über Ihre Absichten zu erhalten. Übrigens weiß ich gar nicht, was in diesem Schreiben steht, und meinte, es sei immer noch Zeit, es zu übergeben.«

»Ich verstehe; es ist Ihnen einfach befohlen worden, dieses Blatt nur im äußersten Notfall zu übergeben und, wenn es Ihnen gelänge, die Sache auf mündlichem Wege in Ordnung zu bringen, seine Überreichung ganz zu unterlassen. Ist es nicht so? Sprechen Sie offen, Monsieur de Grieux!«

»Peut-être«, sagte er, indem er eine Miene besonderer Zurückhaltung annahm und mich mit einem eigentümlichen Blick ansah.

Ich nahm den Hut; er nickte mit dem Kopf und ging hinaus. Es kam mir vor, als ob um seine Lippen ein spöttisches Lächeln spielte. Und wie war es auch anders möglich?

»Ich werde schon noch mit dir abrechnen, elender Franzose; wir messen uns noch miteinander!« murmelte ich, als ich die Treppe hinunterstieg. Ich konnte noch zu keinem klaren Gedanken kommen; es war mir, als hätte ich einen heftigen

Schlag auf den Kopf erhalten. Die Luft erfrischte mich ein wenig.
Nach einigen Minuten, sobald ich wieder ordentlich denken konnte, traten mir zwei Gedanken mit aller Deutlichkeit vor die Seele: erstens das Erstaunen darüber, daß aus solchen Kleinigkeiten, aus ein paar knabenhaften, unwahrscheinlichen Drohungen eines jungen Menschen, die gestern so obenhin ausgesprochen waren, sich eine so allgemeine Beunruhigung entwickelt hatte! Und zweitens die Frage: Welchen Einfluß hat dieser Franzose auf Polina? Es genügt ein Wort von ihm, und sie tut alles, was er verlangt, schreibt einen Brief und bittet mich sogar. Gewiß, das Verhältnis der beiden war immer für mich ein Rätsel gewesen, von Anfang an, gleich von der Zeit an, wo ich sie kennenlernte; aber in diesen Tagen hatte ich doch an Polina eine entschiedene Abneigung, ja sogar Verachtung gegen ihn wahrgenommen, und er seinerseits hatte sie gar nicht einmal angesehen, ja war sogar geradezu unhöflich gegen sie gewesen. Das hatte ich wohl bemerkt. Und Polina selbst hatte zu mir von ihrer Abneigung gesprochen; es waren bei ihr schon sehr bedeutsame Geständnisse zum Vorschein gekommen... Also er hatte sie völlig in seiner Gewalt; sie befand sich sozusagen in seinen Fesseln...

ACHTES KAPITEL

Auf der »Promenade«, wie man das hier nennt, das heißt in der Kastanienallee, traf ich meinen Engländer.
»Oh, oh!« begann er, als er mich erblickte, »ich wollte zu Ihnen, und Sie zu mir. Also Sie haben sich von den Ihrigen schon getrennt?«
»Sagen Sie mir zuerst, woher Sie das alles wissen«, fragte ich erstaunt. »Ist das denn schon so allgemein bekannt?«
»O nein, allgemein bekannt ist es nicht. Es hat ja auch keiner ein Interesse daran, daß es bekannt würde; und daher redet niemand davon.«
»Also woher wissen Sie es denn?«

»Ich habe es so zufällig erfahren. Wo werden Sie denn nun von hier hinfahren? Ich meine es gut mit Ihnen und wollte deshalb zu Ihnen gehen.«

»Sie sind ein prächtiger Mensch, Mister Astley«, sagte ich (ich war übrigens ganz verblüfft: woher wußte er es?), »und da ich noch nicht Kaffee getrunken habe und Sie wahrscheinlich nur schlechten, so kommen Sie mit in das Café im Kurhaus; da wollen wir uns hinsetzen und rauchen, und ich werde Ihnen alles erzählen... und Sie mir auch...«

Das Café war nur hundert Schritt entfernt. Wir setzten uns; es wurde uns Kaffee gebracht, und ich zündete mir eine Zigarette an. Mister Astley rauchte nicht; mich unverwandt ansehend, machte er sich bereit zuzuhören.

»Ich fahre nirgend hin; ich bleibe hier«, begann ich.

»Ich war davon überzeugt, daß Sie hierbleiben würden«, äußerte Mister Astley beifällig.

Als ich mich auf den Weg zu Mister Astley machte, hatte ich nicht die Absicht gehabt, ihm etwas von meiner Liebe zu Polina zu sagen; ja, ich wollte es sogar absichtlich vermeiden. All diese Tage her hatte ich mit ihm kein Wort darüber gesprochen. Überdies war er sehr zartfühlend; ich hatte gleich von Anfang an bemerkt, daß Polina auf ihn außerordentlichen Eindruck gemacht hatte; aber er hatte nie ihren Namen ausgesprochen. Jedoch es ging mir seltsam: jetzt, sowie er sich nur hingesetzt und seine starren, zinnernen Augen auf mich gerichtet hatte, jetzt bekam ich (ich weiß nicht warum) plötzlich die größte Lust, ihm alles zu erzählen, die ganze Geschichte meiner Liebe mit all ihren Einzelheiten und Schattierungen. Ich erzählte eine ganze halbe Stunde lang und hatte dabei eine höchst angenehme Empfindung; es war das erstemal, daß ich jemandem davon erzählte! Da ich bemerkte, daß er bei einigen besonders feurigen Stellen unruhig wurde, steigerte ich die Glut meiner Erzählung noch geflissentlich. Nur eines bereue ich: daß ich über den Franzosen vielleicht etwas mehr gesagt habe, als gut war...

Während Mister Astley zuhörte, saß er mir gegenüber, ohne sich zu regen und ohne ein Wort zu sprechen oder einen

Laut von sich zu geben, und blickte mir in die Augen; aber als ich von dem Franzosen zu sprechen anfing, fiel er mir plötzlich ins Wort und fragte in strengem Ton, ob ich ein Recht hätte, diesen nicht zur Sache gehörigen Umstand zu erwähnen. Mister Astley stellte seine Fragen immer in so sonderbarer Weise.

»Sie haben recht; ich fürchte, nein«, antwortete ich.

»Sie können über diesen Marquis und über Miß Polina nur bloße Vermutungen vorbringen, nichts Zuverlässiges?«

Wieder wunderte ich mich über eine so energische Frage von seiten eines so schüchternen Menschen wie Mister Astley.

»Nein, Zuverlässiges nicht«, erwiderte ich, »das freilich nicht.«

»Wenn dem so ist, so haben Sie schlecht gehandelt, nicht nur insofern, als Sie mit mir davon zu sprechen anfingen, sondern sogar schon insofern, als Sie bei sich dergleichen gedacht haben.«

»Nun ja, nun ja, ich will es zugeben; aber darum handelt es sich jetzt nicht«, unterbrach ich ihn, im stillen sehr verwundert. Hierauf erzählte ich ihm den ganzen gestrigen Vorfall mit allen Einzelheiten: Polinas tollen Einfall, meine Affäre mit dem Baron, meine Entlassung, die auffallende Ängstlichkeit des Generals, und endlich berichtete ich ihm eingehend von de Grieux' heutigem Besuch in allen seinen Phasen; zum Schluß zeigte ich ihm das Briefchen.

»Was schließen Sie nun daraus?« fragte ich. »Ich ging eben deswegen zu Ihnen, um Ihre Meinung zu hören. Was mich betrifft, so möchte ich diesen nichtswürdigen Franzosen am liebsten totschlagen, und vielleicht tue ich es auch noch.«

»Ich auch«, erwiderte Mister Astley. »Was Miß Polina betrifft, so ... Sie wissen, wir treten mitunter auch zu Leuten, die uns verhaßt sind, in Beziehung, wenn uns die Notwendigkeit dazu zwingt. Hier können Beziehungen vorliegen, die Ihnen unbekannt sind, Beziehungen, die von andersartigen Umständen abhängen. Ich glaube, daß Sie sich beruhigen dürfen, wenigstens zum Teil, selbstverständlich. Was ihr gestriges Benehmen anlangt, so ist es allerdings sonderbar, nicht deswegen, weil sie Sie loszuwerden wünschte und Sie der Gefahr aussetzte, mit dem Stock des Barons Bekanntschaft zu machen (ich begreife übrigens nicht, warum er von seinem Stock keinen Gebrauch machte, da er ihn doch in der Hand hatte), sondern weil ein derartiger toller Streich für eine so... für eine so vortreffliche junge Dame sich nicht schickt. Natürlich konnte sie nicht voraussehen, daß Sie ihren komischen Wunsch buchstäblich ausführen würden...«

»Wissen Sie was?« rief ich plötzlich und sah dabei Mister Astley unverwandt an. »Mir scheint, Sie haben das alles bereits gehört, wissen Sie von wem? Von Miß Polina selbst!«

Mister Astley blickte mich verwundert an.

»Ihre Augen funkeln ja nur so, und ich lese in ihnen einen Argwohn«, sagte er, seine Ruhe sofort wiedergewinnend. »Aber Sie haben nicht das geringste Recht, Ihren Argwohn zu äußern. Ich kann ein solches Recht nicht anerkennen und lehne es durchaus ab, Ihre Frage zu beantworten.«

»Nun, lassen Sie es gut sein! Es ist ja auch nicht nötig!« rief ich in starker Aufregung; ich begriff nicht, woher mir das hatte in den Sinn kommen können! Wann, wo und auf welche Weise hätte Mister Astley von Polina zum Vertrauten erwählt sein können? In der letzten Zeit hatte ich allerdings Mister Astley zum Teil aus den Augen verloren gehabt, und Polina war immer für mich ein Rätsel gewesen, dergestalt ein Rätsel, daß ich zum Beispiel jetzt, wo ich es unternommen hatte, Mister Astley die ganze Geschichte meiner Liebe zu erzählen, während des Erzählens davon überrascht war, daß ich über meine Beziehungen zu ihr fast nichts Bestimmtes und Positives sagen konnte. Im Gegenteil, alles war phantastisch, sonderbar, haltlos und geradezu unerhört.

»Nun gut, gut«, antwortete ich; ich konnte vor Erregung kaum Luft bekommen. »Ich bin ganz in Verwirrung geraten und kann mir jetzt vieles noch nicht zurechtlegen. Aber Sie sind ein guter Mensch. Jetzt handelt es sich um etwas andres, und ich bitte Sie nicht um Ihren Rat, sondern um Ihre Ansicht.«

Ich schwieg einen Augenblick und begann dann:

»Wie denken Sie darüber: warum wurde der General so ängstlich? Warum haben sie aus meinem törichten Narrenstreich alle eine so große Geschichte gemacht? Eine so große Geschichte, daß sogar de Grieux selbst für nötig fand sich einzumischen (und er mischt sich nur bei den wichtigsten Angelegenheiten ein), mich besuchte (was noch nie dagewesen ist!), mich bat, anflehte, er, de Grieux, mich! Beachten Sie endlich auch dies: er kam, ehe es noch neun Uhr war, und doch befand sich Miß Polinas Brief bereits in seinen Händen. Wann, frage ich, war er denn geschrieben worden? Vielleicht ist Miß Polina dazu erst aufgeweckt worden? Ich ersehe daraus, daß Miß Polina seine Sklavin ist, da sie sogar mich um Verzeihung bittet; aber außerdem: was geht diese ganze Sache denn sie, sie persönlich an? Warum interessiert sie sich so dafür? Weshalb haben sie vor so einem beliebigen Baron Angst bekommen? Und was ist das für eine Geschichte, daß der General Mademoiselle Blanche de Cominges heiraten wird? Sie sagen, infolge dieses Umstandes müßten sie ganz besonders darauf achten, ihre Stellung zu wahren; aber das ist doch gar zu eigentümlich, sagen Sie selbst! Wie denken Sie darüber? Ich sehe es Ihnen an den Augen an, daß Sie auch hiervon mehr wissen als ich!«
Mister Astley lächelte und nickte mit dem Kopf.
»In der Tat weiß ich, wie es scheint, auch hiervon wesentlich mehr als Sie«, erwiderte er. »Bei dieser ganzen Geschichte handelt es sich einzig und allein um Mademoiselle Blanche; daß das die volle Wahrheit ist, davon bin ich überzeugt.«
»Nun, was ist denn mit Mademoiselle Blanche?« rief ich ungeduldig; es erwachte auf einmal in meinem Herzen die Hoffnung, ich würde jetzt eine Enthüllung über Mademoiselle Polina zu hören bekommen.
»Es scheint mir, daß Mademoiselle Blanche im gegenwärtigen Augenblick ein besonderes Interesse daran hat, unter allen Umständen eine Begegnung mit dem Baron und der Baronin zu vermeiden, und namentlich eine unangenehme Begegnung und nun gar eine, die mit häßlichem Aufsehen verbunden wäre.«
»So, so!«

»Mademoiselle Blanche war schon einmal, vor zwei Jahren während der Saison, hier in Roulettenburg. Ich befand mich zu jener Zeit gleichfalls hier. Mademoiselle Blanche nannte sich damals nicht Mademoiselle de Cominges; auch existierte ihre Mutter, Madame veuve Cominges, damals nicht; wenigstens wurde nie von ihr gesprochen. Einen de Grieux, de Grieux gab es hier gleichfalls nicht. Ich hege die feste Überzeugung, daß die beiden miteinander gar nicht verwandt sind, ja sich sogar erst seit kurzer Zeit kennen. Marquis ist dieser de Grieux auch erst ganz kürzlich geworden; davon bin ich überzeugt, aus einem triftigen Grunde. Man kann sogar vermuten, daß er erst neuerdings angefangen hat, sich de Grieux zu nennen. Ich kenne hier jemand, der ihm früher unter einem andern Namen begegnet ist.«

»Aber er besitzt doch tatsächlich einen soliden Bekanntenkreis.«

»Oh, das kann schon sein. Selbst Mademoiselle Blanche besitzt möglicherweise einen solchen. Aber vor zwei Jahren erhielt Mademoiselle Blanche infolge einer Beschwerde eben dieser Baronin von der hiesigen Polizei die Aufforderung, die Stadt zu verlassen, und verließ sie denn auch.«

»Wie kam das?«

»Sie erschien damals hier zuerst mit einem Italiener, irgendeinem Fürsten mit einem historischen Namen, so etwas wie Barberini oder so ähnlich. Dieser Mensch trug eine Unmenge von Ringen und Brillanten an seinem Leibe, und sie waren nicht einmal falsch. Sie fuhren immer in einer wundervollen Equipage. Mademoiselle Blanche spielte beim Trente-et-quarante anfangs mit gutem Erfolg; dann aber trat bei ihr ein starker Glückswechsel ein; ich erinnere mich dessen recht wohl. Ich weiß noch, eines Abends verspielte sie eine außerordentlich hohe Summe. Aber noch schlimmer war es, daß un beau matin ihr Fürst verschwunden war, ohne daß man gewußt hätte, wo er geblieben war, und auch die Pferde waren verschwunden und die Equipage, mit einem Wort, alles. Die Schuld im Hotel war erschreckend hoch. Mademoiselle Selma (aus einer Barberini hatte sie sich plötzlich in eine Mademoiselle Selma verwandelt) be-

fand sich in größter Verzweiflung. Sie heulte und kreischte, daß man es durch das ganze Hotel hörte, und zerriß in einem Anfall von Raserei ihr Kleid. In demselben Hotel logierte ein polnischer Graf (alle reisenden Polen sind Grafen), und Mademoiselle Selma, die sich ihre Kleider zerrissen und sich ihr Gesicht mit ihren schönen, in Parfüm gewaschenen Händen wie eine Katze zerkratzt hatte, machte auf ihn einen starken Eindruck. Sie verhandelten miteinander, und beim Diner hatte sie sich bereits getröstet. Am Abend erschien er mit ihr Arm in Arm im Kurhaus. Mademoiselle Selma lachte nach ihrer Gewohnheit sehr laut und benahm sich noch ungenierter als sonst. Sie trat nun geradezu in die Klasse jener roulettspielenden Damen ein, die, wenn sie an den Spieltisch treten, durch einen kräftigen Stoß mit der Schulter einen Spieler beiseite drängen, um sich einen Platz frei zu machen. Das ist bei ihnen ein besonderer Kunstgriff. Sie haben diese Damen gewiß auch schon bemerkt?«
»O ja.«
»Sie sind nicht wert, daß man sie beachtet. Zum Ärger des anständigen Publikums lassen sie sich hier nicht vertreiben, wenigstens nicht diejenigen von ihnen, die täglich am Spieltisch Tausendfrancnoten wechseln. Allerdings, sobald sie aufhören, solche Banknoten zu wechseln, ersucht man sie sogleich, sich zu entfernen. Mademoiselle Selma wechselte noch immer Banknoten; aber sie hatte im Spiel immer mehr Unglück. Sie können die Beobachtung machen, daß diese Damen sehr oft mit Glück spielen; denn sie besitzen eine erstaunliche Selbstbeherrschung. Übrigens nähert sich meine Geschichte damit dem Ende. Ebenso, wie vorher der Fürst, verschwand nun auch der Graf. Mademoiselle Selma erschien an diesem Abend bereits ohne Begleitung beim Spiel; diesmal war niemand da, der ihr den Arm geboten hätte. In zwei Tagen hatte sie alles verloren, was sie besaß. Nachdem sie den letzten Louisdor gesetzt und verloren hatte, sah sie sich rings um und erblickte neben sich den Baron Wurmerhelm, der sie sehr aufmerksam und mit starkem Mißfallen betrachtete. Aber Mademoiselle Selma bemerkte dieses Mißfallen nicht, wandte sich mit ihrem bekannten Lächeln

an den Baron und bat ihn, für sie auf Rot zehn Louisdor zu setzen. Infolgedessen erhielt sie auf eine Beschwerde der Baronin hin am Abend die Weisung, nicht mehr im Kurhaus zu erscheinen. Wenn Sie sich darüber wundern, daß mir all diese kleinen, wenig anständigen Einzelheiten bekannt sind, so erklärt sich das daher, daß ich sie als sicher von Mister Feader, einem Verwandten von mir, gehört habe, der an demselben Abend Mademoiselle Selma in seinem Wagen von Roulettenburg nach Spaa mitnahm. Nun werden Sie verstehen: Mademoiselle Blanche möchte Frau Generalin werden, wahrscheinlich um in Zukunft nicht wieder von der Polizei eines Kurortes solche Weisungen zu erhalten wie vor zwei Jahren. Jetzt beteiligt sie sich nicht mehr am Spiel; aber das hat seinen Grund darin, daß sie jetzt, nach allen Anzeichen zu urteilen, ein Kapital besitzt, das sie hiesigen Spielern gegen Prozente vorstreckt. Das ist ein weit vorsichtigeres finanzielles Verfahren. Ich vermute sogar, daß sich auch der unglückliche General unter ihren Schuldnern befindet. Vielleicht ist auch de Grieux ihr Schuldner. Es kann aber auch sein, daß de Grieux mit ihr ein Kompaniegeschäft hat. Da werden Sie sich selbst sagen können, daß sie wenigstens bis zur Hochzeit nicht wünschen kann, die Aufmerksamkeit der Baronin und des Barons auf irgendwelche Weise auf sich zu lenken. Kurz, in ihrer Lage müßte ihr ein öffentlicher Skandal äußerst nachteilig sein. Sie aber stehen in enger Beziehung zu der Familie des Generals, und Ihre Handlungen können einen solchen Skandal für sie hervorrufen, um so mehr, da sie täglich Arm in Arm mit dem General oder mit Miß Polina in der Öffentlichkeit erscheint. Verstehen Sie jetzt?«

»Nein, ich verstehe es nicht!« rief ich und schlug dabei mit aller Kraft auf den Tisch, so daß der Kellner erschrocken herbeigelaufen kam.

»Sagen Sie, Mister Astley«, fuhr ich wütend fort, »wenn Ihnen diese ganze Geschichte schon bekannt war und Sie somit genau wußten, wes Geistes Kind diese Mademoiselle Blanche de Cominges ist, warum haben Sie dann nicht wenigstens mir davon Mitteilung gemacht, oder dem General selbst, oder endlich, was das Wichtigste, das Allerwichtigste gewesen wäre, Miß Polina, die sich hier im Kurhaus in aller Öffentlichkeit Arm in Arm mit Mademoiselle Blanche zeigt? Wie konnten Sie denn da schweigen?«

»Ihnen etwas davon mitzuteilen hatte keinen Zweck, weil Sie doch nichts bei der Sache tun konnten«, antwortete Mister Astley ruhig. »Und dann: wovon hätte ich denn Mitteilung machen sollen? Der General weiß über Mademoiselle Blanche vielleicht noch mehr als ich und geht trotzdem mit ihr und mit Miß Polina spazieren. Der General ist ein unglücklicher Mensch. Ich sah gestern, wie Mademoiselle Blanche auf einem schönen Pferd mit Monsieur de Grieux und diesem kleinen russischen Fürsten dahingaloppierte, und hinter ihnen her jagte auf einem Fuchs der General. Er hatte am Morgen gesagt, er habe Schmerzen in den Beinen; aber sein Sitz war gut. Und sehen Sie, in diesem Augenblick schoß mir auf einmal der Gedanke durch den Kopf, daß er ein vollständig verlorener Mensch ist. Außerdem geht mich das alles eigentlich nichts an, und daß ich die Ehre hatte, Miß Polina kennenzulernen, ist noch nicht lange her. Übrigens«, unterbrach sich Mister Astley plötzlich, »habe ich Ihnen bereits gesagt, daß ich Ihnen keine Berechtigung zuerkennen kann, mir irgendwelche Fragen zu stellen, obwohl ich Sie von Herzen gern habe...«

»Genug«, sagte ich, indem ich aufstand. »Jetzt ist es mir sonnenklar, daß auch Miß Polina über Mademoiselle Blanche vollkommen Bescheid weiß, sich aber von ihrem Franzosen nicht trennen kann und sich deshalb dazu versteht, mit Mademoiselle Blanche spazierenzugehen. Sie können sicher sein, daß sie sich durch keinen andern Einfluß dazu bringen lassen würde, dies zu tun und noch außerdem mich in ihrem Schreiben flehentlich zu bitten, ich möchte dem Baron nur ja nichts zuleide tun. Hier muß entschieden jene Einwirkung vorliegen, der sich hier alles fügt! Und dennoch ist sie es ja gerade gewesen, die mich auf den Baron gehetzt hat! Hol's der Teufel, klug wird man aus der Sache nicht!«

»Sie vergessen erstens, daß diese Mademoiselle de Cominges die Braut des Generals ist, und zweitens, daß Miß Polina, die Stieftochter des Generals, noch einen kleinen Bruder und eine kleine Schwester hat, die leiblichen Kinder des Generals, um die dieser Wahnsinnige sich schon gar nicht mehr kümmert, und an deren Eigentum er, wie es scheint, sich bereits vergriffen hat.«

»Ja, ja! So ist es! Wenn sie wegginge, so hieße das, die Kinder völlig dem Verderben preisgeben; wenn sie dagegen hierbleibt, kann sie sich ihrer annehmen und vielleicht noch Reste des Vermögens für sie retten. Ja, ja, das ist alles richtig. Aber trotzdem, trotzdem! Oh, ich verstehe, warum sie sich jetzt alle so für die alte Tante interessieren!«

»Für wen?« fragte Mister Astley.

»Für jene alte Hexe in Moskau, die nicht sterben will, und über deren Tod sie ein Telegramm erwarten.«

»Nun ja, natürlich konzentriert sich jetzt auf die das allgemeine Interesse. Alles kommt jetzt auf die Erbschaft an! Sobald der General die Erbschaft hat, heiratet er; Miß Polina wird dann gleichfalls Herrin ihrer selbst, und de Grieux...«

»Nun, und de Grieux?«

»De Grieux bekommt sein Geld zurückbezahlt; darauf wartet er hier doch nur.«

»Nur darauf? Meinen Sie wirklich, daß er nur darauf wartet?«

»Weiter weiß ich nichts«, erwiderte Mister Astley; er schien entschlossen, hartnäckig zu schweigen.

»Aber ich weiß mehr, ich weiß mehr!« rief ich wütend. »Er wartet ebenfalls auf die Erbschaft, weil Polina dann eine Mitgift erhält und, sobald sie Geld hat, sich ihm sofort an den Hals werfen wird. Alle Weiber sind von der Art! Und gerade die stolzesten unter ihnen, das werden die niedrigsten Sklavinnen! Polina ist keiner andern als einer leidenschaftlichen Liebe fähig! Das ist mein Urteil über sie! Betrachten Sie sie nur einmal aufmerksam, namentlich wenn sie allein sitzt und ihren Gedanken nachhängt: es ist, als ob sie zu einem bestimmten Schicksal prädestiniert, verurteilt, verdammt wäre! Sie ist fähig, alle Glut der Leidenschaft zu empfinden und allen Schrecken des Lebens zu trotzen,...

sie... sie... Aber wer ruft mich da?« unterbrach ich mich plötzlich. »Wer mag das sein? Ich hörte jemanden auf russisch rufen: ›Alexej Iwanowitsch!‹ Es war eine weibliche Stimme. Hören Sie nur, hören Sie nur!«
Wir näherten uns in diesem Augenblick schon unserm Hotel. Wir hatten schon längst, fast ohne uns selbst dessen bewußt zu werden, das Café verlassen.
»Ich hörte, daß eine Frauenstimme rief; aber ich weiß nicht, wer gerufen wurde; russisch war es. Jetzt sehe ich, von wo gerufen wird«, sagte Mister Astley und wies mit der Hand hin; »die Dame dort ruft, die auf einem großen Lehnstuhl sitzt und gerade von vielen Dienern die Stufen vor dem Portal hinangetragen wird. Hinter ihr werden Koffer gebracht; es ist offenbar soeben ein Zug angekommen.«
»Aber warum ruft sie mich? Sie ruft wieder; sehen Sie, sie winkt uns.«
»Ja, ich sehe, daß sie winkt«, erwiderte Mister Astley.
»Alexej Iwanowitsch! Alexej Iwanowitsch! Nein, was ist das hier doch für ein Tölpel!« hörte ich vom Hoteleingang her heftig rufen.
Wir eilten im schnellsten Schritt zum Portal. Ich stieg vor demselben die Stufen zur Plattform hinan, und... die Arme sanken mir vor Erstaunen am Leib hinunter, und meine Füße schienen am Boden festgewachsen zu sein.

NEUNTES KAPITEL

Oben auf der breiten Plattform vor dem Portal des Hotels saß in einem Lehnstuhl, auf dem sie die Stufen hinangetragen war, umgeben von ihrer Dienerschaft und dem zahlreichen, dienstfertigen Hotelpersonal mit Einschluß des Oberkellners selbst, der herausgekommen war, um die hohe Besucherin zu begrüßen, die mit so viel Lärm und Geräusch, mit eigener Dienerschaft und mit einer solchen Unmenge von Koffern und Schachteln angereist kam – ja, wer saß da? Die alte Tante!
Ja, sie war es selbst, die gebieterische, reiche, fünfundsieb-

zigjährige Antonida Wassiljewna Tarassewitschewa, Gutsbesitzerin und Moskauer Hausbesitzerin, die Tante, um derentwillen so viele Telegramme abgeschickt und eingelaufen waren, die Tante, die immer im Sterben gelegen hatte und doch nicht gestorben war, und die nun auf einmal selbst in höchsteigener Person wie ein Blitz aus heiterem Himmel bei uns erschien. Sie war erschienen, obgleich sie nicht gehen konnte; sie ließ sich eben, wie stets während der letzten fünf Jahre, im Sessel tragen; aber sie war wie immer: energisch, kampflustig, selbstzufrieden, saß gerade, redete laut und herrisch, schimpfte auf alle Menschen, kurz, sie war genau ebenso, wie ich sie bei zwei, drei Gelegenheiten zu sehen die Ehre gehabt hatte, seit ich in das Haus des Generals als Hauslehrer eingetreten war. Sehr natürlich, daß ich vor ihr ganz starr vor Verwunderung dastand. Sie hatte mich mit ihren Luchsaugen schon auf hundert Schritt Entfernung erblickt, als sie auf ihrem Stuhl ins Hotel getragen wurde, hatte mich erkannt und bei meinem Vornamen und Vatersnamen gerufen, wie sie denn solche Namen, wenn sie sie einmal gehört hatte, für immer im Gedächtnis zu behalten pflegte. »Und von einer solchen Frau haben sie gehofft, sie würden sie im Sarg und beerdigt sehen und ihre Erbschaft antreten!« Das war der Gedanke, der mir durch den Kopf schoß. »Die wird uns alle und die ganze Bewohnerschaft des Hotels überleben! Aber, um Gottes willen, was wird nun aus den Unsrigen, was wird aus dem General! Sie wird nun das ganze Hotel auf den Kopf stellen!«
»Nun, lieber Freund, warum stehst du denn so vor mir da und reißt die Augen auf?« schrie mich die alte Dame an. »Eine Verbeugung zu machen und guten Tag zu sagen, das verstehst du wohl nicht, he? Oder bist du stolz geworden und willst es nicht tun? Oder hast du mich vielleicht nicht wiedererkannt? Hörst du wohl, Potapytsch«, wandte sie sich an einen grauhaarigen Alten in Frack und weißer Krawatte und mit einer rosenfarbenen Glatze, ihren Haushofmeister, der sie auf der Reise begleitete, »hörst du wohl, er erkennt mich nicht wieder! Sie haben mich schon begraben! Ein Telegramm schickten sie über das andere: ›Ist sie gestorben

oder nicht?« Ja, ja, ich weiß alles! Aber siehst du wohl, ich bin noch fuchsmunter.«

»Aber ich bitte Sie, Antonida Wassiljewna, wie sollte es mir in den Sinn kommen, Ihnen Übles zu wünschen?« erwiderte ich in heiterem Ton, sobald ich meine Gedanken wieder gesammelt hatte. »Ich war nur zu erstaunt... Und wie sollte man sich auch da nicht wundern, wenn Sie so unerwartet...«

»Was ist dir dabei verwunderlich? Ich habe mich auf die Bahn gesetzt und bin hergefahren. Im Waggon fährt es sich ruhig; der stößt nicht wie ein Wagen. Du bist wohl spazierengegangen, wie?«

»Ja, ich war nach dem Kurhaus gegangen.«

»Hier ist es hübsch«, sagte die Tante, sich umschauend. »Es ist warm, und da sind herrliche Bäume. Das habe ich gern! Sind unsere Leute zu Hause? Auch der General?«

»Oh, gewiß werden sie zu Hause sein; zu dieser Stunde sind sie sicher alle zu Hause.«

»Haben sie etwa auch hier Empfangsstunden eingeführt und alle möglichen andern Zeremonien? Sie geben ja wohl den Ton in der Gesellschaft an. Ich habe gehört, sie halten sich Equipage, les seigneurs russes! Wenn sie sich in Rußland durch ihre Verschwendung ruiniert haben, dann heißt's: nun ins Ausland! Ist auch Praskowja* bei ihnen?«

»Ja, Polina Alexandrowna ist auch hier.«

»Auch der kleine Franzose? Na, ich werde sie ja bald alle selbst sehen. Alexej Iwanowitsch, zeige mir den Weg direkt zu ihm. Geht es dir hier gut?«

»Es macht sich ja, Antonida Wassiljewna.«

»Und du, Potapytsch, sage diesem Tölpel von Kellner, er solle mir ein bequemes Logis anweisen, ein hübsches Logis, nicht zu hoch gelegen; und dahin laß auch gleich die Sachen bringen! Aber warum drängen sich denn alle dazu, mich zu tragen? Warum sind sie so aufdringlich? So ein Sklavenpack! Wen hast du da bei dir?« wandte sie sich wieder zu mir.

»Das ist Mister Astley«, erwiderte ich.

---

* Ein vulgärer Name, wohl Polinas Taufname, der in der Familie des Generals durch den ausländischen Polina ersetzt worden war. (A. d. Ü.)

»Was für ein Mister Astley?«
»Ein vielgereister Mann und ein guter Bekannter von mir; er ist auch mit dem General bekannt.«
»Ein Engländer. Na ja, darum glotzt er mich auch so an und bringt die Zähne nicht auseinander. Übrigens mag ich die Engländer gern. Na also, dann tragt mich nach oben, geradeswegs zu ihnen in ihre Wohnung; wo wohnen sie denn hier?«
Die Tante wurde weitergetragen; ich ging auf der breiten Hoteltreppe voran. Unser Zug machte einen großartigen Effekt. Alle, auf die wir trafen, blieben stehen und betrachteten uns mit weit geöffneten Augen. Unser Hotel gilt als das beste, teuerste und aristokratischste dieses Badeortes. Auf der Treppe und den Korridoren begegnet man stets sehr elegant gekleideten Damen und vornehmen Engländern. Viele erkundigten sich unten beim Oberkellner, der seinerseits einen außerordentlichen tiefen Eindruck empfangen hatte. Er antwortete selbstverständlich allen Fragern, es sei eine sehr vornehme Ausländerin, une russe, une comtesse, grande dame, und sie nehme dasselbe Quartier, das eine Woche vorher la grande-duchesse de N. innegehabt habe. Den Haupteffekt machte das herrische und gebieterische äußere Wesen, das die Tante zeigte, während sie auf ihrem Stuhl nach oben getragen wurde. Bei der Begegnung mit jeder neuen Person maß sie diese sofort mit einem neugierigen Blick und befragte mich laut nach allen. Die Tante war aus einer Familie von stämmigem Körperbau, und obgleich sie von ihrem Stuhl nicht aufstand, so merkte man doch, wenn man sie ansah, daß sie sehr hochgewachsen war. Den Rücken hielt sie gerade wie ein Brett und lehnte sich nicht im Stuhl hinten an. Den grauhaarigen, großen Kopf mit den derben, scharfen Gesichtszügen trug sie hoch aufgerichtet; ihre Miene hatte dabei sogar etwas Hochmütiges und Herausforderndes. Es war deutlich, daß ihr Blick und ihre Bewegungen vollkommen natürlich waren. Trotz ihrer fünfundsiebzig Jahre sah ihr Gesicht noch ziemlich frisch aus, und selbst die Zähne hatten nicht allzuviel gelitten. Ihr Anzug bestand aus einem schwarzen Seidenkleid und einer weißen Haube.

»Sie interessiert mich außerordentlich«, flüsterte mir Mister Astley zu, der neben mir die Treppe hinaufstieg.
»Von den Telegrammen weiß sie«, dachte ich bei mir; »de Grieux ist ihr ebenfalls bekannt; aber von Mademoiselle Blanche weiß sie anscheinend noch wenig.« Ich teilte dies sogleich Mister Astley mit.
Ich bin doch ein recht schändlicher Mensch! Kaum hatte sich mein erstes Erstaunen gelegt, da freute ich mich furchtbar über den Donnerschlag, der unser Erscheinen im nächsten Augenblick für den General sein mußte. Ich hatte ein Gefühl, als ob mich innerlich etwas aufstachelte, und ging in sehr heiterer Stimmung voran.
Die Unsrigen wohnten in der dritten Etage; ich ließ uns nicht anmelden und klopfte nicht einmal an der Tür an, sondern schlug einfach die Flügel weit zurück, und die Tante wurde im Triumph hereingetragen. Alle befanden sich, wie durch eine besondere Fügung, im Zimmer des Generals beisammen. Es war zwölf Uhr, und sie besprachen, wie es schien, gerade einen geplanten Ausflug teils zu Wagen, teils zu Pferde; es sollte daran die ganze Gesellschaft teilnehmen, und es waren außerdem noch einige Bekannte aufgefordert. Außer dem General, Polina, den Kindern und ihrer Kinderfrau waren im Zimmer anwesend: de Grieux, Mademoiselle Blanche, wieder im Reitkleid, ihre Mutter, Madame veuve Cominges, der kleine Fürst und endlich ein gelehrter Reisender, ein Deutscher, den ich bei ihnen zum erstenmal sah.
Die Träger setzten den Stuhl mit der Tante gerade in der Mitte des Zimmers, drei Schritte vom General entfernt, nieder. Gott im Himmel, nie werde ich den Eindruck vergessen, den das hervorbrachte! Vor unserm Eintritt hatte der General etwas erzählt und de Grieux es berichtigt. Es muß bemerkt werden, daß Mademoiselle Blanche und de Grieux schon seit zwei, drei Tagen aus irgendwelchem Grunde dem kleinen Fürsten stark den Hof machten, worüber sich der arme General ärgerte. Die ganze Gesellschaft befand sich, wenn das auch vielleicht nur gekünstelt war, in der heitersten Stimmung, und das Gespräch wurde in munterem, familiärem Ton geführt. Beim Anblick der Tante wurde der

General plötzlich starr, riß den Mund auf und verstummte mitten in einem Wort. Die Augen traten ihm ordentlich aus dem Kopf, und er schaute sie an, als wäre er durch den Blick eines Basilisken bezaubert. Die Tante schaute ihn ebenfalls schweigend und ohne sich zu rühren an; aber was war das für ein triumphierender, herausfordernder, spöttischer Blick! So sahen sie einander wohl zehn volle Sekunden lang an, unter tiefem Schweigen aller Anwesenden. De Grieux war zunächst wie versteinert gewesen; aber sehr bald kam auf seinem Gesicht eine heftige Unruhe zum Ausbruch. Mademoiselle Blanche zog die Augenbrauen in die Höhe, machte den Mund auf und richtete ihre verstörten Blicke auf die Tante. Der Fürst und der Gelehrte betrachteten mit verständnislosem Staunen dieses ganze Bild, das sich ihnen darbot. In Polinas Blick drückte sich eine grenzenlose Verwunderung aus; aber auf einmal wurde sie bleich wie Leinwand; einen Augenblick darauf schlug ihr das Blut schnell ins Gesicht zurück, so daß ihre Wangen dunkelrot wurden. Ja, das war für sie alle eine Katastrophe! Ich ließ meine Augen fortwährend zwischen der Tante und der ganzen Gesellschaft hin und her wandern. Mister Astley stand etwas beiseite, wie gewöhnlich in ruhiger, wohlanständiger Haltung.

»Na, da bin ich also: Persönlich, statt eines Telegramms!« Mit diesen Worten unterbrach die Tante endlich das Schweigen. »Nicht wahr, das hattet ihr wohl nicht erwartet?«

»Antonida Wassiljewna... Liebe Tante... Aber wie geht es nur zu...«, murmelte der unglückliche General.

Hätte die Tante noch ein paar Sekunden länger geschwiegen, so würde ihn vielleicht der Schlag gerührt haben.

»Wie es zugeht? Ich habe mich auf die Eisenbahn gesetzt und bin hergefahren. Wozu wäre denn die Eisenbahn sonst da? Und ihr habt alle gedacht, ich hätte schon die Augen für immer zugemacht und euch meine Erbschaft hinterlassen? Siehst du, ich weiß, daß du von hier eine Menge Telegramme abgeschickt hast. Du wirst einen tüchtigen Batzen Geld dafür bezahlt haben, denke ich mir. Von so weit her ist das nicht billig. Aber ich habe mich aufgemacht und bin hierhergefahren. Ist das der Franzose von früher? Monsieur de Grieux, wenn mir recht ist?«

»Oui, madame«, erwiderte de Grieux, »et croyez, je suis si enchanté... votre santé... c'est un miracle... vous voir ici... une surprise charmante...«

»So, so, charmante; ich kenne dich, du Heuchler; ich glaube dir auch nicht so viel!« Dabei zeigte sie es ihm an ihrem kleinen Finger. »Was ist denn das für eine?« fragte sie, indem sie sich umwandte und auf Mademoiselle Blanche wies. Die hübsche Französin, im Reitkleid, die Reitpeitsche in der Hand, erregte offenbar ihr lebhaftes Interesse. »Wohl eine von hier, wie?«

»Das ist Mademoiselle Blanche de Cominges, und dort ist auch ihre Mutter, Madame de Cominges; sie wohnen ebenfalls hier im Hotel«, berichtete ich.

»Ist die Tochter verheiratet?« erkundigte sich die Tante ganz ungeniert.

»Mademoiselle de Cominges ist ledig«, antwortete ich möglichst respektvoll und absichtlich nur halblaut.

»Ist sie eine lustige Person?«

Der Sinn dieser Frage war mir nicht sofort klar.

»Ist sie im Umgang amüsant? Kann sie Russisch? Dieser de Grieux hat ja bei uns in Moskau auch ein paar Brocken Russisch aufgeschnappt.«

Ich bemerkte ihr, Mademoiselle de Cominges sei nie in Rußland gewesen.

»Bonjour«, sagte die Tante, sich plötzlich mit scharfer Drehung des Körpers zu Mademoiselle Blanche hinwendend.

»Bonjour, madame«, erwiderte Mademoiselle Blanche mit einem zeremoniellen, eleganten Knicks; sie bemühte sich, unter dem Schleier besonderer Bescheidenheit und Höflichkeit durch den gesamten Ausdruck ihres Gesichts und ihrer Gestalt ihr großes Befremden über die seltsamen Fragen und die eigentümliche Anrede zum Ausdruck zu bringen.

»Oh, sie hat die Augen niedergeschlagen, benimmt sich förmlich und ziert sich; da sieht man gleich, was das für ein Vogel ist; gewiß eine Schauspielerin? Ich habe hier im Hotel

weiter unten Wohnung genommen«, wandte sie sich auf einmal wieder an den General. »Ich werde also deine Hausgenossin sein; freust du dich darüber oder nicht?«
»Oh, liebe Tante, Sie können überzeugt sein, daß ich mich aufrichtig... aufrichtig darüber freue«, erwiderte der General eilig. Es war ihm bereits gelungen, seine Gedanken einigermaßen zu sammeln, und da er es verstand, bei gegebener Gelegenheit gewandt, würdig und bis zu einem gewissen Grade effektvoll zu reden, so schickte er sich auch jetzt an, sich etwas ausführlicher zu äußern. »Wir waren infolge der Nachrichten über Ihre Krankheit in solcher Unruhe und Aufregung... Die Telegramme, die wir erhielten, klangen so hoffnungslos, und nun auf einmal...«
»Du schwindelst, du schwindelst«, unterbrach ihn die Tante sofort.
»Aber wie in aller Welt«, unterbrach sie nun seinerseits der General möglichst schnell und sprach dabei absichtlich lauter, um den Schein zu erwecken, als habe er ihre Zwischenbemerkung ›du schwindelst‹ überhört, »wie in aller Welt haben Sie sich nur zu einer solchen Reise entschließen können? Sie werden zugeben, bei Ihren Jahren und bei Ihrem Gesundheitszustand ist dies alles mindestens so unerwartet, daß unser Erstaunen begreiflich ist. Aber ich freue mich so sehr... und wir alle« (hier wurde auf seinem Gesicht ein Lächeln der Rührung und des Entzückens sichtbar) »werden uns aus allen Kräften bemühen, Ihnen Ihren hiesigen Aufenthalt zu einer Zeit schönsten, angenehmsten Genusses zu machen...«
»Na, hör nur auf; es ist ja doch alles nur leeres Geschwätz; du plapperst nach deiner Gewohnheit allerlei Unsinn zusammen; ich weiß schon allein, wie ich mein Leben einzurichten habe. Übrigens habe ich auch nichts dagegen, mit euch zu verkehren; ich trage euch nichts nach. Wie ich mich dazu habe entschließen können, fragst du? Aber was ist da zu verwundern? Das ist auf die allereinfachste Weise zugegangen. Warum sind nur alle Leute darüber so erstaunt? Guten Tag, Praskowja. Was machst du denn hier?«
»Guten Tag, liebes Großmütterchen«, begrüßte Polina sie

freundlich und trat zu ihr hin. »Sind Sie lange unterwegs gewesen?«

»Na, seht mal, diese Frage von ihr war gescheiter als euer maßloses Erstaunen: ›Oh!‹ und ›Ach!‹ Also, siehst du wohl: ich lag immerzu zu Bette, und die Ärzte kurierten an mir herum; da jagte ich sie davon und ließ mir einen Kirchendiener von der Nikolauskirche kommen. Der hatte schon früher einmal eine alte Frau von derselben Krankheit mit Tee von Heustaub geheilt. Na also, der hat auch mir geholfen; am dritten Tag fing ich am ganzen Leibe stark zu schwitzen an, und dann stand ich auf. Nun traten meine deutschen Ärzte wieder zur Beratung zusammen, setzten sich ihre Brillen auf und kamen zu dem Resultat: ›Wenn Sie jetzt im Ausland eine Badekur durchmachen könnten, dann würden die Blutstockungen ganz behoben werden.‹ ›Na, warum nicht?‹ dachte ich. Da schlugen die Hansnarren die Hände über dem Kopf zusammen: ›Wie können Sie nur daran denken, eine so große Reise zu unternehmen!‹ Aber hast du gesehen: an einem Tag packte ich, und am Freitag der vorigen Woche nahm ich mein Mädchen und Potapytsch und den Diener Fjodor mit; diesen Fjodor habe ich aber von Berlin aus wieder zurückgeschickt, weil ich sah, daß ich ihn gar nicht nötig hatte; ich hätte sogar vollständig allein reisen können. Auf der Bahn nehme ich mir ein besonderes Abteil; und Gepäckträger sind auf allen Stationen vorhanden; die tragen einen für ein Zwanzigkopekenstück, wohin man will... Nun seht mal an, was ihr hier für ein schönes Logis habt!« schloß sie, indem sie sich rings umsah. »Aus was für Mitteln leistest du dir denn das, Freundchen? Dein ganzer Grundbesitz ist doch verpfändet. Und was bist du schon allein diesem Franzosen hier für eine Summe schuldig! Ja, ja, ich weiß alles, weiß alles!«

»Liebe Tante...«, begann der General äußerst verlegen, »ich wundere mich, liebe Tante... ich kann doch, möchte ich meinen, auch ohne Kontrolle von seiten eines andern... Überdies übersteigen meine Ausgaben durchaus nicht meine Mittel, und wir leben hier...«

»Übersteigen nicht? Übersteigen nicht? Was du sagst! Und

deinen Kindern wirst du wohl schon das letzte, was sie hatten, geraubt haben. Ein netter Vormund!«
»Wenn Sie so denken und mir dergleichen sagen...«, fing der General unwillig an, »so weiß ich wirklich nicht...«
»Ja, ja, du weißt nicht, du weißt nicht! Vom Roulett kommst du hier wohl gar nicht mehr weg? Bist wohl ganz ausgebeutelt?«
Der General war so perplex, daß er vor Aufregung beinah erstickte.
»Vom Roulett! Ich? Bei meinem Stande... Ich? Kommen Sie zur Besinnung, liebe Tante; Sie sind gewiß noch krank...«
»Na, du schwindelst, du schwindelst; bist gewiß vom Spieltisch gar nicht wegzukriegen; immer schwindelst du! Aber ich werde mir einmal ansehen, was es mit diesem Roulett für eine Bewandtnis hat, heute noch. Du, Praskowja, erzähle mir mal, was hier alles zu sehen ist, und auch Alexej Iwanowitsch da kann mich instruieren; und du, Potapytsch, notiere alle Orte, wo wir hinfahren sollen. Was ist hier zu sehen?« wandte sie sich plötzlich wieder an Polina.
»Hier in der Nähe ist eine Burgruine, und dann der Schlangenberg.«
»Was ist das, der Schlangenberg? Wohl ein Park, nicht wahr?«
»Nein, es ist nicht ein Park, sondern ein Berg. Da ist ein Aussichtspunkt, der höchste Punkt auf dem Berge, ein mit einem Geländer umgebener Platz. Von da hat man eine herrliche Aussicht.«
»Also soll ich meinen Stuhl auf den Berg tragen lassen? Werden sie ihn hinaufkriegen oder nicht?«
»Oh, Träger werden sich schon finden lassen«, erwiderte ich.
In diesem Augenblick näherte sich der alten Dame die Kinderfrau Fedosja, um sie zu begrüßen, und führte ihr auch die Kinder des Generals zu.
»Na, das Küssen laßt nur beiseite! Ich mag Kinder nicht küssen; alle Kinder haben Schmutznasen. Nun, wie geht es dir hier, Fedosja?«

»Hier ist es sehr, sehr schön, Mütterchen Antonida Wassiljewna«, antwortete Fedosja. »Wie ist es Ihnen denn gegangen, Mütterchen? Wir haben Sie so bedauert.«
»Ich weiß, du bist eine gute Seele. Was sind denn das hier für Leute bei euch, wohl alles Besuch, nicht wahr?« wandte sie sich wieder an Polina. »Wer ist denn der widerliche Mensch da mit der Brille?«
»Fürst Nilski, Großmütterchen«, flüsterte ihr Polina zu.
»Ach so, es ist ein Russe? Ich hatte gedacht, er verstände nicht, was ich sagte! Na, vielleicht hat er es nicht gehört. Mister Astley habe ich schon gesehen. Da ist er ja wieder«, fuhr sie fort, da sie seiner in diesem Augenblick ansichtig wurde. »Guten Tag!« wandte sie sich an ihn.
Mister Astley machte ihr schweigend eine Verbeugung.
»Nun, was werden Sie mir Gutes sagen? Sagen Sie doch etwas! Übersetze es ihm, Praskowja.«
Polina übersetzte es.
»Ich möchte also sagen: es ist mir ein großes Vergnügen, Sie kennenzulernen, und ich freue mich, daß Sie sich in guter Gesundheit befinden«, antwortete Mister Astley ernsthaft und mit größter Bereitwilligkeit. Seine Worte wurden der Alten übersetzt und gefielen ihr offenbar sehr.
»Was doch die Engländer immer für nette Antworten geben«, bemerkte sie. »Ich habe die Engländer immer sehr gern gehabt; gar kein Vergleich mit dem Franzosenvolk! Besuchen Sie mich!« wandte sie sich wieder an Mister Astley.
»Ich werde mich bemühen, Ihnen nicht allzu lästig zu fallen. Übersetze ihm das und sage ihm, daß ich hier unten wohne, hier unten, hören Sie wohl, unten, unten«, wiederholte sie für Mister Astley und zeigte dabei mit dem Finger nach unten.
Mister Astley war über die Einladung sehr erfreut.
Nun betrachtete die Tante mit einem aufmerksamen, zufriedenen Blick Polina vom Kopf bis zu den Füßen.
»Ich würde dich sehr lieb haben«, sagte sie dann ohne weiteres, »du bist ein prächtiges Mädchen, besser als sie alle; aber einen eigentümlichen Charakter hast du, o weh, o weh! Na, ich habe ja auch meinen besonderen Charakter. Dreh dich

mal um; hast du da auch nicht eine falsche Einlage im Haar?«
»Nein, Großmütterchen, es ist alles mein eigenes.«
»Na ja, die jetzige dumme Mode kann ich nicht leiden. Hübsch bist du. Wenn ich ein Mann wäre, würde ich mich in dich verlieben. Warum verheiratest du dich nicht? Na, aber nun habe ich keine Zeit mehr. Ich möchte eine Spaziertour machen; dieses ewige Im-Waggon-Sitzen!... Nun, und du? Bist du immer noch böse?« wandte sie sich an den General.
»Aber ich bitte Sie, liebe Tante, sprechen wir nicht davon!« fiel der erfreute General schnell ein. »Ich verstehe vollkommen, daß, wer in Ihren Jahren steht...«
»Cette vieille est tombée en enfance«, flüsterte mir de Grieux zu.
»Ich will mir hier alles ansehen«, erklärte die Tante. Und zu dem General gewendet fügte sie hinzu: »Willst du mir Alexej Iwanowitsch abtreten?«
»Oh, so lange Sie wünschen. Aber ich könnte ja auch selbst... und Polina und Monsieur de Grieux... uns allen wird es ein Vergnügen sein, Sie zu begleiten.«
»Mais, madame, cela sera un plaisir...«, beeilte sich de Grieux mit einem bezaubernden Lächeln hinzuzufügen.
»So, so, plaisir. Du kommst mir sehr komisch vor, Freundchen. Geld werde ich dir übrigens nicht geben«, fuhr sie, sich an den General wendend, unvermittelt fort. »Na, jetzt also nach meinem Logis; ich muß es doch in Augenschein nehmen; und dann wollen wir überallhin, wo es etwas zu sehen gibt. Na, nun hebt mich auf!«
Die Träger hoben sie wieder in die Höhe, und fast alle Anwesenden zogen in dichtem Haufen hinter dem Stuhl her die Treppe hinunter. Der General ging, als wäre er von einem Knittelschlag über den Kopf betäubt. De Grieux schien etwas zu überlegen. Mademoiselle Blanche hatte eigentlich zurückbleiben wollen, änderte dann aber ihre Absicht und schloß sich den andern an. Sofort folgte ihr auch der Fürst, und oben, in der Wohnung des Generals, blieben nur der Deutsche und Madame veuve Cominges zurück.

ZEHNTES KAPITEL

In den Badeorten (und, wie es scheint, auch im ganzen übrigen westlichen Europa) lassen sich die Hoteliers und Oberkellner, wenn sie den Gästen ihr Logis anweisen, nicht sowohl von deren Forderungen und Wünschen leiten, als vielmehr von ihrem eigenen persönlichen Urteil über sie, und man muß zugeben, daß sie dabei nur selten Irrtümer begehen. Aber der Tante war (warum eigentlich?) ein so großartiges Quartier angewiesen, daß sie denn doch überschätzt war: vier prachtvoll möblierte Zimmer, nebst einem Badezimmer, den erforderlichen Räumlichkkeiten für die Dienerschaft, einem besonderen Zimmerchen für die Zofe usw. usw. In diesen Zimmern hatte tatsächlich eine Woche vorher eine Großherzogin logiert, was denn auch natürlich den neuen Bewohnern sofort mitgeteilt wurde, um damit eine weitere Erhöhung des an sich schon hohen Wohnungspreises zu rechtfertigen. Die Tante wurde in allen Zimmern umhergetragen oder, richtiger gesagt, in ihrem Rollstuhl umhergefahren und unterzog sie einer aufmerksamen, strengen Musterung. Der Oberkellner, ein schon bejahrter Mann mit kahlem Kopf, begleitete sie respektvoll bei dieser ersten Besichtigung.
Wofür eigentlich alle die Tante hielten, weiß ich nicht genau; aber anscheinend taxierte man sie für eine sehr vornehme Persönlichkeit und, was die Hauptsache war, für außerordentlich reich. In das Fremdenbuch wurde sogleich eingetragen: Madame la générale princesse de Tarassevitcheva, obwohl die Tante ganz und gar keine Fürstin war.
Die eigene Dienerschaft, das besondere Abteil auf der Eisenbahn, die Unmenge unnötiger Koffer, Schachteln und Kisten, die sie mit sich führte, hatten für diese Wertschätzung wahrscheinlich den Grund gelegt; und der Lehnstuhl, der entschiedene Ton, die scharfe Stimme der alten Dame und die absonderlichen Fragen, die sie in der ungeniertesten, keinen Widerspruch duldenden Weise stellte, kurz, ihr ganzes Wesen, rücksichtslos, scharf, gebieterisch, steigerte die

allgemeine Hochachtung vor ihr noch um ein Beträchtliches.
Bei der Besichtigung ließ die Tante ein paarmal den Rollstuhl plötzlich anhalten, zeigte auf ein oder das andere Stück des Meublements und wandte sich mit unerwarteten Fragen an den respektvoll lächelnden, aber bereits etwas ängstlich werdenden Oberkellner. Sie stellte ihre Fragen auf französisch, das sie aber ziemlich schlecht sprach, so daß ich es meistens erst noch übersetzen mußte. Die Antworten des Oberkellners mißfielen ihr größtenteils und schienen ihr unbefriedigend. Aber sie fragte auch fortwährend nach Gott weiß was für Dingen. So machte sie zum Beispiel auf einmal vor einem Gemälde halt, einer ziemlich schwachen Kopie irgendeines bekannten Originals, das ein Wesen der Mythologie darstellte.
»Wessen Porträt ist das?«
Der Oberkellner erwiderte, es werde wohl eine Gräfin sein.
»Wie kommt es, daß du das nicht weißt? Wohnst hier und weißt das nicht! Wozu ist das Bild überhaupt hier? Und warum schielen auf ihm die Augen so?«
Auf all diese Fragen war der Oberkellner nicht imstande, befriedigend zu antworten und wurde ganz verlegen.
»So ein Tölpel!« rief die alte Tante auf russisch.
Sie wurde weitergefahren. Dieselbe Geschichte wiederholte sich bei einer kleinen Meißner Porzellanfigur, die die Alte lange betrachtete und dann (niemand wußte, warum) fortzuschaffen befahl. Endlich brachte sie den Oberkellner mit der Frage in Bedrängnis, was die Teppiche im Schlafzimmer gekostet hätten, und wo sie gewebt seien. Der Oberkellner versprach, sich danach zu erkundigen.
»Was sind das hier für Esel!« brummte die Tante und richtete nun ihre ganze Aufmerksamkeit auf das Bett.
»So ein luxuriöser Baldachin! Schlagt mal den Vorhang zurück!« Der Bettvorhang wurde zurückgeschlagen.
»Noch weiter, noch weiter, schlagt ihn ganz zurück! Nehmt die Kissen weg, das Laken; hebt das Federbett in die Höhe!«
Alles wurde umgewälzt. Die Tante schaute aufmerksam hin.

»Gut, daß keine Wanzen da sind. Weg mit der ganzen Bettwäsche! Das Bett soll mit meinen eigenen Kissen und mit meiner eigenen Bettwäsche zurechtgemacht werden. Aber all das ist viel zu luxuriös; wozu brauche ich alte Frau eine solche Wohnung? Da langweile ich mich nur darin, wenn ich allein bin. Alexej Iwanowitsch, komm recht oft zu mir, wenn du mit dem Unterricht der Kinder fertig bist!«

»Ich bin seit gestern nicht mehr in Stellung beim General«, antwortete ich. »Ich wohne im Hotel als ganz selbständiger Gast.«

»Woher ist denn das gekommen?«

»Es ist hier neulich ein vornehmer deutscher Baron mit seiner Gemahlin, der Baronin, aus Berlin angekommen. Ich redete die beiden gestern auf der Promenade deutsch an, ohne mich an die Berliner Aussprache zu halten.«

»Nun, und was weiter?«

»Er hielt das für eine Frechheit und beschwerte sich beim General, und der General entließ mich gestern aus meiner Stellung.«

»Du hast ihn wohl beschimpft, den Baron, nicht wahr? Aber wenn du das auch getan hättest, so schadete es nichts!«

»O nein, das habe ich nicht getan. Im Gegenteil, der Baron hat den Stock gegen mich erhoben.«

»Und du, schlapper Kerl, hast es geduldet, daß jemand deinen Hauslehrer so behandelt?« wandte sie sich brüsk an den General, »und hast ihn obendrein aus dem Dienst gejagt? Schlafmützen seid ihr hier, lauter Schlafmützen, das sehe ich schon.«

»Regen Sie sich nicht auf, liebe Tante«, erwiderte der General mit einer halb hochmütigen, halb familiären Tonfärbung; »ich weiß schon allein in meinen Angelegenheiten das Richtige zu treffen. Außerdem hat Alexej Iwanowitsch Ihnen die Sache nicht ganz zutreffend dargestellt.«

»Und du hast dir das gefallen lassen?« wandte sie sich zu mir.

»Ich wollte den Baron zum Duell fordern«, erwiderte ich möglichst bescheiden und ruhig. »Aber der General widersetzte sich meinem Vorhaben.«

»Warum hast du dich denn dem widersetzt?« wandte sich die Alte wieder zum General. »Du, mein Freundchen«, redete sie, zum Oberkellner gewendet, weiter, »kannst jetzt weggehen und brauchst erst wiederzukommen, wenn du gerufen wirst. Es hat keinen Zweck, daß du hier stehst und den Mund aufsperrst. Ich kann diese Puppenfratze nicht ausstehen!« Der Oberkellner verbeugte sich und ging, natürlich ohne das Kompliment, das ihm die Alte gemacht hatte, verstanden zu haben.
»Aber ich bitte Sie, liebe Tante, sind denn Duelle zulässig?« erwiderte der General lächelnd.
»Warum sollen sie nicht zulässig sein? Alle Männer sind Kampfhähne; da mögen sie miteinander kämpfen. Aber ihr seid hier alle Schlafmützen, wie ich sehe, und versteht nicht für die Ehre eures Vaterlandes einzutreten. Na, nun hebt mich auf! Potapytsch, sorge dafür, daß immer zwei Dienstmänner bereit sind; engagiere sie und mache mit ihnen alles ab! Mehr als zwei sind nicht nötig. Zu tragen brauchen sie mich nur auf den Treppen; wo es eben ist, auf der Straße, müssen sie mich schieben; das setze ihnen auseinander! Und bezahle ihnen ihr Geld im voraus; dann sind solche Leute respektvoller. Du selbst bleibe immer um mich, und du, Alexej Iwanowitsch, zeige mir doch diesen Baron auf der Promenade; ich möchte mir diesen ›Herrn Baron von‹ doch wenigstens einmal ansehen. Nun also, wo ist denn dieses Roulett?«
Ich berichtete ihr, das Roulett sei im Kurhaus untergebracht, in den dortigen Sälen. Nun folgten weitere Fragen: ob viele Roulettspiele da seien, ob viele Leute spielten, ob den ganzen Tag über gespielt werde, wie das Spiel eingerichtet sei. Ich antwortete schließlich, das beste wäre, es mit eigenen Augen anzusehen; denn es bloß so zu beschreiben sei eine recht schwere Aufgabe.
»Na gut, dann schafft mich geradewegs dorthin! Geh voran, Alexej Iwanowitsch!«
»Wie, liebe Tante! Wollen Sie sich denn wirklich nicht einmal erst von der Reise erholen?« fragte der General sorglich. Er war in eine gewisse Unruhe geraten, und auch die andern

waren alle einigermaßen verlegen geworden und wechselten Blicke miteinander. Wahrscheinlich genierten sie sich ein bißchen oder schämten sich sogar, die alte Tante geradeswegs nach dem Kurhaus zu begleiten, wo sie selbstverständlich irgendwelche Wunderlichkeiten begehen konnte, und zwar, was das Schlimmste war, in aller Öffentlichkeit. Indes erboten sich trotzdem alle, sie dorthin zu begleiten.

»Wozu brauche ich mich erst noch zu erholen? Ich bin nicht müde; ich habe ohnehin fünf Tage lang gesessen. Und dann wollen wir uns ansehen, was es hier für Brunnen und Heilquellen gibt, und wo sie sind. Und dann... dann wollen wir nach dem Aussichtspunkt, von dem du sagtest, Praskowja. Und was gibt es hier sonst noch zu sehen?«

»Da ist noch vielerlei, Großmütterchen«, erwiderte Polina, die sich nicht gleich zu helfen wußte.

»Na, du weißt es wohl selbst nicht. Marfa, du kommst auch mit mir mit«, sagte sie zu ihrer Zofe.

»Aber wozu soll denn die mitkommen, liebe Tante?« wandte der General beunruhigt ein. »Es wird auch gar nicht gehen; auch Potapytsch wird schwerlich in das Kurhaus hereingelassen werden.«

»Ach, dummes Zeug! Bloß weil sie eine Dienerin ist, sollte ich mich nicht um sie kümmern? Sie ist ja doch auch ein lebendiger Mensch; nun haben wir schon eine Woche auf der Bahn gesessen, da wird sie auch Lust haben, etwas zu sehen. Und mit wem soll sie ausgehen als mit mir? Allein würde sie ja nicht wagen, auch nur die Nase auf die Straße zu stecken.«

»Aber, Großmütterchen...«

»Schämst du dich etwa, mit mir zu gehen? Dann bleib doch zu Hause; es bittet dich ja niemand mitzukommen. Nun seh einer so einen vornehmen General! Aber ich bin ja auch selbst eine Frau Generalin. Und was hat das überhaupt für einen Zweck, wenn ihr alle hinter mir herzieht? Das ist ja eine ordentliche Schleppe! Ich kann mir auch mit Alexej Iwanowitsch allein alles besehen...«

Aber de Grieux bestand energisch darauf, daß alle sie begleiten müßten, und erging sich in den liebenswürdigsten

Redewendungen über das Vergnügen, mit ihr gehen zu dürfen usw. So setzten sich denn alle in Bewegung.
»Elle est tombée en enfance«, sagte de Grieux noch einmal, wie vorher zu mir, so jetzt leise zum General; »seule, elle fera des bêtises...« Was er weiter sagte, konnte ich nicht verstehen; aber offenbar hatte er irgendwelche Absichten, und vielleicht waren bei ihm auch schon wieder Hoffnungen rege geworden.
Bis zum Kurhaus waren etwa neunhundert Schritt. Unser Weg ging durch die Kastanienallee zu einem viereckigen Platz mit Anlagen; um diesen mußte man herumgehen und trat dann unmittelbar ins Kurhaus. Der General hatte sich etwas beruhigt, weil unser Aufzug, wiewohl er ziemlich auffällig war, doch in Ordnung und mit Anstand vonstatten ging. Und es war ja auch nichts Verwunderliches an dem Umstand, daß eine kranke, schwache Person, die nicht gehen konnte, sich in diesem Kurort eingefunden hatte. Aber augenscheinlich fürchtete der General den Eindruck, den unser Erscheinen in den Spielsälen machen mußte. Was hat ein kranker Mensch, der nicht gehen kann, und noch dazu eine alte Dame, beim Roulett zu suchen? Polina und Mademoiselle Blanche gingen jede an einer Seite des Rollstuhls. Mademoiselle Blanche lachte, zeigte eine bescheidene Heiterkeit und scherzte sogar mitunter in liebenswürdigster Weise mit der Tante, so daß diese sie schließlich lobte. Polina, die auf der andern Seite ging, mußte auf die zahllosen Fragen antworten, die die Tante alle Augenblicke an sie richtete, Fragen von dieser Art: »Wer war das, der da eben vorbeiging? Was fuhr da für eine Dame? Ist die Stadt groß? Ist der Park groß? Was sind das für Bäume? Was sind das für Berge? Fliegen da Adler? Was ist das für ein komisches Dach?« Mister Astley ging neben mir und flüsterte mir zu, er erwarte von diesem Vormittag vieles. Potapytsch und Marfa gingen unmittelbar hinter dem Rollstuhl, Potapytsch in seinem Frack und mit seiner weißen Krawatte, aber jetzt mit einer Schirmmütze, Marfa, ein etwa vierzigjähriges Mädchen mit frischem Teint, aber bereits ergrauendem Haar, in einem Kattunkleid, mit einem Häubchen und mit

derbledernen, knarrenden Schuhen. Die Tante drehte sich sehr häufig zu ihnen um und sprach mit ihnen. De Grieux, der mit dem General redete, zeigte eine energische Miene; vielleicht sprach er ihm Mut zu, und augenscheinlich erteilte er ihm Ratschläge. Aber die Tante hatte vorhin bereits das fatale Wort gesprochen: »Geld werde ich dir nicht geben.« Möglicherweise meinte de Grieux, diese Ankündigung sei wohl nicht so ernst gemeint; aber der General kannte sein liebes Tantchen. Ich beobachtete, daß de Grieux und Mademoiselle Blanche fortfuhren, miteinander verstohlene Blicke zu wechseln. Den Fürsten und den deutschen Reisenden bemerkte ich ganz hinten am Ende der Allee; sie waren zurückgeblieben und bogen nun, um sich von uns zu trennen, seitwärts ab.

Das Kurhaus betraten wir wie ein Triumphzug. Der Portier und die Diener legten dieselbe respektvolle Ehrerbietung an den Tag wie die Hoteldienerschaft, betrachteten uns aber dabei doch mit einer gewissen Neugier. Die Tante ließ sich zunächst durch alle Säle fahren; manches lobte sie, gegen andres blieb sie völlig gleichgültig; nach allem fragte sie. Endlich gelangten wir auch zu den Spielsälen. Der Diener, der als Schildwache an der geschlossenen Tür stand, schlug, höchlichst überrascht, schnell beide Türflügel weit zurück.

Das Erscheinen der Tante beim Roulett machte einen starken Eindruck auf das Publikum. Um die Roulettische und den Tisch mit Trente-et-quarante, der am anderen Ende des Saales aufgestellt war, drängten sich vielleicht hundertfünfzig bis zweihundert Spieler in mehreren Reihen hintereinander. Diejenigen, denen es gelungen war, sich bis unmittelbar an einen Tisch durchzudrängen, behaupteten ihre Plätze wie gewöhnlich mit zäher Energie und gaben sie nicht früher auf, als bis sie alles verspielt hatten; denn nur so als bloße Zuschauer dazustehen und nutzlos einen Platz innezuhaben, an dem gespielt werden konnte, war nicht gestattet. Wiewohl um den Tisch herum Stühle aufgestellt sind, setzen sich doch nur wenige Spieler hin, besonders bei starkem Andrang des Publikums. Denn im Stehen nimmt man weniger

Raum ein und kann darum leichter einen Platz ergattern; auch seine Einsätze macht man mit mehr Bequemlichkeit, wenn man steht. Gegen die erste Reihe drückte von hinten eine zweite und dritte, in der die Menschen darauf lauerten, wann sie selbst darankommen würden; aber mitunter schob sich aus der zweiten Reihe ungeduldig eine Hand durch die erste hindurch, um einen Einsatz zu machen. Sogar aus der dritten Reihe praktizierte ein oder der andere auf diese Weise mit besonderer Geschicklichkeit seinen Einsatz auf den Tisch; die Folge davon war, daß keine zehn oder auch nur fünf Minuten vergingen, ohne daß es an einem der Tische zu Skandalszenen wegen strittiger Einsätze gekommen wäre. Übrigens ist die Polizei des Kurhauses recht gut. Gegen das Gedränge läßt sich natürlich nichts tun; im Gegenteil freut man sich über den Andrang des Publikums wegen des damit verbundenen Vorteils; aber die acht Croupiers, die an den Tischen sitzen, passen mit angestrengter Aufmerksamkeit auf die Einsätze auf; sie sind es auch, die die Gewinne auszahlen und, falls Streitigkeiten entstehen, diese entscheiden. Schlimmstenfalls rufen sie die Polizei herbei, und dann wird die Sache im Umsehen erledigt. Die Polizisten sind dauernd im Saal stationiert und befinden sich in Zivilkleidung unter den Zuschauern, so daß man sie nicht erkennen kann. Sie passen besonders auf Diebe und Gauner auf, deren es wegen der außerordentlich bequemen Ausübung dieses Gewerbes beim Roulett sehr viele gibt. Und in der Tat, überall sonst muß man aus Taschen und verschlossenen Behältnissen stehlen, und das endet im Falle des Mißlingens sehr unangenehm. Hier aber braucht man es nur ganz einfach folgendermaßen zu machen: man geht zum Roulett, fängt an zu spielen, nimmt sich auf einmal offen und vor aller Augen einen fremden Gewinn und steckt ihn in seine Tasche; entsteht ein Streit, so behauptet der Gauner laut und mit aller Bestimmtheit, der Einsatz sei der seinige. Wenn das geschickt gemacht wird und die Zeugen sich ihrer Sache nicht ganz sicher sind, so gelingt es dem Dieb oft, sich das Geld anzueignen, selbstverständlich nur dann, wenn die Summe nicht sehr beträchtlich ist. Im letzteren Fall pflegt sie schon vorher die Aufmerksamkeit des Croupiers oder eines der Mitspieler erregt zu haben. Ist aber die Summe nicht so bedeutend, so verzichtet der wirkliche Eigentümer mitunter sogar aus Scheu vor einem Skandal auf eine Fortsetzung des Streites und geht davon. Gelingt es dagegen, einen Dieb zu überführen, so wird er sogleich unter großem Aufsehen abgeführt.

Alles das sah sich die Tante von weitem und mit scheuer Neugier an. Es gefiel ihr sehr, daß ein paar Diebe hinaustransportiert wurden. Das Trente-et-quarante erweckte ihr Interesse nur in geringem Grade; besser gefiel ihr das Roulett mit dem herumlaufenden Kügelchen. Endlich bekam sie Lust, das Spiel aus größerer Nähe mit anzusehen. Ich begreife nicht, wie es möglich war, aber die Saaldiener und einige eifrige Kommissionäre (es sind dies vorzugsweise Polen, die ihr ganzes Geld verspielt haben und nun glücklicheren Spielern sowie allen Ausländern ihre Dienste aufdrängen) fanden trotz des argen Gedränges einen Platz, den sie für die Tante frei machten, gerade in der Mitte des Tisches neben dem Obercroupier, und rollten ihren Stuhl dorthin. Eine Menge von Besuchern, die nicht selbst spielten, sondern nur aus einiger Entfernung dem Spiel zuschauten (in der Hauptsache Engländer mit ihren Familien), drängte sich sogleich zu diesem Tisch, um hinter den Spielern stehend die alte Dame zu beobachten. Viele Lorgnetten richteten sich auf sie. Die Croupiers gaben sich besonderen Hoffnungen hin: von einem so originellen Spieler konnte man allerdings etwas Ungewöhnliches erwarten. Eine fünfundsiebzigjährige Dame, die nicht gehen konnte und spielen wollte, das war freilich ein Fall, wie er nicht alle Tage vorkam. Ich drängte mich gleichfalls zum Tisch durch und stellte mich neben die Tante. Potapytsch und Marfa hatten in weiter Entfernung zurückbleiben müssen und standen dort irgendwo mitten im Menschenschwarm. Der General, Polina, de Grieux und Mademoiselle Blanche standen gleichfalls ziemlich weit entfernt von uns unter den Zuschauern.

Die Tante betrachtete zunächst die Spieler und flüsterte mir

in ihrem scharfen Ton kurze Fragen zu: »Was ist das für einer? Wer ist diese Dame?« Besonders gefiel ihr an einem Ende des Tisches ein noch sehr junger Mensch, der hoch spielte, Tausende mit einem Male setzte und, wie unter den Umstehenden geflüstert wurde, bereits gegen vierzigtausend Franc gewonnen hatte, die in einem Häufchen vor ihm lagen, Gold und Banknoten. Er sah blaß aus; seine Augen glänzten, die Hände zitterten ihm; er setzte bereits, ohne überhaupt zu zählen, soviel er mit der Hand gerade erfaßte, und dabei gewann er fortwährend und häufte immer mehr Geld zusammen. Die Saaldiener waren eifrig um ihn beschäftigt; sie rückten ihm von hinten einen Sessel heran und hielten um ihn herum etwas Raum frei, damit er sich besser bewegen könne und von den andern nicht so gedrängt werde – alles in Erwartung eines reichen Trinkgeldes. Denn manche Spieler geben von ihrem Gewinn den Dienern, ohne zu zählen, in der Freude ihres Herzens, soviel sie mit der Hand in der Tasche zu fassen bekommen. Neben dem jungen Mann hatte bereits ein Pole Aufstellung genommen, der sich aus allen Kräften um ihn bemühte und ihm respektvoll, aber ohne Unterlaß etwas zuflüsterte, Anweisungen, wie er setzen solle, Ratschläge und Belehrungen das Spiel betreffend – natürlich erwartete er ebenfalls nachher ein Geldgeschenk! Aber der Spieler sah fast gar nicht nach ihm hin, setzte, wie es sich gerade traf, und strich immer neue Gewinne ein. Er wußte offenbar gar nicht mehr, was er tat. Die Alte beobachtete ihn ein paar Minuten lang.
»Sage ihm doch«, wandte sie sich plötzlich voller Eifer an mich, indem sie mich anstieß, »sage ihm doch, er möchte aufhören, er möchte schleunigst sein Geld nehmen und davongehen. Er wird verlieren, im nächsten Augenblick wird er alles verlieren!« Sie konnte vor Aufregung kaum atmen. »Wo ist Potapytsch? Schicke doch Potapytsch zu ihm hin! Sage es ihm doch, sage es ihm doch!« wiederholte sie, mich wieder anstoßend. »Aber wo in aller Welt ist denn Potapytsch? Sortez, sortez!« begann sie selbst dem jungen Mann zuzurufen. Ich beugte mich zu ihr herunter und flüsterte ihr nachdrücklich zu, so zu rufen sei hier nicht gestattet, nicht

einmal laut zu reden, da das die Berechnungen störe; es sei zu befürchten, daß wir sofort hinausgewiesen würden.

»So ein Ärger! Der Mensch ist verloren! Na, es ist sein eigener Wille... ich mag gar nicht nach ihm hinsehen; mir wird ganz übel davon. So ein Dummkopf!« Bei diesen Worten drehte sich die Tante schnell nach der anderen Seite.

Dort, zur Linken, an der andern Hälfte des Tisches, zog unter den Spielern eine junge Dame, neben der ein Zwerg stand, die Aufmerksamkeit auf sich. Wer dieser Zwerg war, weiß ich nicht; ob es ein Verwandter von ihr war, oder ob sie ihn nur so um Aufsehen zu erregen, mitnahm. Diese Dame hatte ich schon früher bemerkt; sie erschien am Spieltisch täglich um ein Uhr mittags und ging pünktlich um zwei. Sie war schon allgemein bekannt, und es wurde ihr bei ihrem Erscheinen sofort ein Sessel hingestellt. Sie zog ein paar Goldstücke oder ein paar Tausendfrancscheine aus der Tasche und begann zu setzen, ruhig, kaltblütig, mit Überlegung; auf einem Blatt Papier notierte sie mit Bleistift die Zahlen, die herausgekommen waren, und suchte die systematische Ordnung zu erkennen, in der sich diese gruppierten. Ihre Einsätze waren von ansehnlicher Höhe. Sie gewann täglich ein-, zwei-, höchstens dreitausend Franc, nicht mehr, und ging, sobald sie die gewonnen hatte, sofort weg. Die Tante beobachtete sie längere Zeit.

»Na, die da wird nicht verlieren! Die wird nicht verlieren! Was ist das für eine? Kennst du sie nicht? Wer ist sie?«

»Es ist eine Französin, wahrscheinlich so eine«, flüsterte ich.

»Ah, man erkennt den Vogel am Fluge. Die hat offenbar scharfe Krallen. Jetzt erkläre mir, was jeder Umlauf der Kugel bedeutet, und wie man setzen muß!«

Ich setzte der Tante nach Möglichkeit auseinander, was es mit den zahlreichen Arten des Setzens für eine Bewandtnis hat: mit rouge et noir, pair et impair, manque et passe, sowie endlich mit den verschiedenen Variationen beim Setzen auf Zahlen. Die Tante hörte aufmerksam zu, merkte sich, was ich sagte, fragte, wo sie etwas nicht verstand, und gewann so einen guten Einblick. Für jede Gattung von Einsätzen konnte ich ihr sofort Beispiele vor Augen führen, so daß sie vieles sehr leicht und schnell begriff und sich einprägte. Die Tante war sehr befriedigt.

»Aber was bedeutet zéro? Dieser Croupier da, der krausköpfige, der oberste von ihnen, hat eben gerufen: ›zéro‹! Und warum hat er alles zusammengescharrt, was auf dem Tisch war? So einen Haufen, alles hat er für sich genommen! Wie hängt das zusammen?«

»Zéro, Großmütterchen, das ist der Vorteil für die Bank. Wenn die Kugel auf zéro fällt, so gehören alle Einsätze auf dem Tisch der Bank, ohne weitere Berechnung. Allerdings hat man noch die Möglichkeit des Quittspiels; aber dann zahlt im Falle des Gewinnes die Bank nichts.«

»Na, so etwas! Und ich bekomme gar nichts?«

»Nicht doch, Großmütterchen; wenn Sie vorher auf zéro gesetzt haben und zéro dann herauskommt, so wird Ihnen das Fünfunddreißigfache bezahlt.«

»Was? Das Fünfunddreißigfache? Und kommt das oft heraus? Warum setzen sie denn nicht darauf, die Dummköpfe?«

»Es sind sechsunddreißig Chancen dagegen, Großmütterchen.«

»Ach was, Unsinn! Potapytsch, Potapytsch! Warte mal, ich habe selbst Geld bei mir – da!« Sie zog eine wohlgespickte Geldbörse aus der Tasche und entnahm ihr einen Friedrichsdor. »Da! Setz das gleich mal auf zéro!«

»Großmütterchen, zéro ist eben herausgekommen«, sagte ich, »also wird es jetzt lange Zeit nicht herauskommen. Sie werden viel verlieren, wenn Sie bis dahin immer auf zéro setzen wollen. Warten Sie lieber noch ein Weilchen!«

»Rede nicht dummes Zeug! Setze nur!«

»Wie Sie wünschen; aber es kommt vielleicht bis zum Abend nicht wieder heraus; Sie können Tausende von Francs verlieren; das ist alles schon vorgekommen.«

»Ach, Unsinn, Unsinn! Wer sich vor dem Wolf fürchtet, der muß nicht in den Wald gehen. Was? Ich habe verloren? Setz noch einmal!«

Auch der zweite Friedrichsdor ging verloren: wir setzten

den dritten. Die Tante konnte kaum stillsitzen; mit heißen Augen folgte sie der Kugel, die an den Zacken des sich drehenden Rades hinsprang. Auch der dritte ging verloren. Die Tante war außer sich; sie rückte auf ihrem Sitz fortwährend hin und her und schlug sogar mit der Faust auf den Tisch, als der Croupier »trente-six« rief, statt des erwarteten zéro.

»Na so ein Kerl!« ereiferte sich die Tante. »Wird denn dieses verdammte zéro nicht bald herauskommen? Ich will des Todes sein, wenn ich nicht sitzenbleibe, bis es herauskommt! Das macht alles dieser verdammte krausköpfige Croupier da; bei dem kommt es nie heraus! Alexej Iwanowitsch, setze zwei Goldstücke mit einemmal! Du setzt ja so wenig, daß, auch wenn zéro wirklich kommt, wir nichts Ordentliches einnehmen.«

»Großmütterchen!«

»Setze, setze! Es ist nicht dein Geld!«

Ich setzte zwei Friedrichsdor. Die Kugel flog lange im Rad herum; endlich begann sie an den Zacken zu springen. Die alte Dame war ganz starr und preßte meine Hand zusammen. Und auf einmal kam's:

»Zéro!« rief der Croupier.

»Siehst du, siehst du?« wandte sich die Tante schnell zu mir; sie strahlte über das ganze Gesicht und war selig. »Ich habe es dir ja gesagt! Das hat mir Gott selbst eingegeben, gleich zwei Goldstücke zu setzen! Na, wieviel bekomme ich nun? Warum zahlen sie mir denn das Geld nicht aus? Potapytsch, Marfa! Wo sind sie denn? Wo sind die Unsrigen alle geblieben? Potapytsch, Potapytsch!«

»Großmütterchen, alles nachher, nachher!« flüsterte ich ihr zu. »Potapytsch steht an der Tür, man läßt ihn nicht bis hierher. Sehen Sie, Großmütterchen, da zahlen sie Ihnen das Geld aus; nehmen Sie es in Empfang!« Man warf ihr eine schwere, versiegelte Rolle in blauem Papier, die fünfzig Friedrichsdor enthielt, hin und zählte ihr noch zwanzig lose Friedrichsdor auf. Dieses ganze Geld zog ich mit einer Krücke zu der Tante heran.

»Faites le jeu, messieurs! Faites le jeu, messieurs! Rien ne va

plus?« rief der Croupier, zum Setzen auffordernd, und schickte sich an, das Roulett zu drehen.
»Mein Gott! Wir kommen zu spät! Er dreht gleich los! Setze, setze!« rief die Tante eifrig. »So trödle doch nicht, schnell!« Sie geriet ganz außer sich und stieß mich aus Leibeskräften an.
»Worauf soll ich denn setzen, Großmütterchen?«
»Auf zéro, auf zéro! Wieder auf zéro! Setz soviel wie möglich! Wieviel haben wir im ganzen? Siebzig Friedrichsdor? Mit denen wollen wir nicht knausern; setze immer zwanzig Friedrichsdor auf einmal!«
»Aber überlegen Sie doch, Großmütterchen! Zéro kommt mitunter bei zweihundert Malen kein einziges Mal heraus! Ich versichere Sie, Sie werden die ganze Summe wieder verlieren.«
»Törichtes Geschwätz! So setze doch! Papperlapapp! Ich weiß, was ich tue«, sagte die Tante, die vor Aufregung bebte.
»Nach dem Reglement ist es nicht gestattet, auf einmal mehr als zwölf Friedrichsdor auf zéro zu setzen, Großmütterchen. Nun, die habe ich jetzt gesetzt.«
»Wieso ist das nicht erlaubt? Redest du mir auch nichts vor? Monsieur, monsieur!« Sie stieß den Croupier an, der unmittelbar an ihrer linken Seite saß und sich bereit machte, das Rad zu drehen. »Combien zéro? Douze? Douze?«
Mit möglichster Eile verdeutlichte ich ihm auf französisch den Sinn der Frage.
»Oui, madame«, bestätigte der Croupier höflich und fügte zur Erklärung hinzu: »So wie auch jeder andere einzelne Einsatz die Summe von viertausend Gulden nicht übersteigen darf, nach dem Reglement.«
»Na, dann ist nichts zu machen. Setze zwölf!«
»Le jeu est fait!« rief der Croupier. Das Rad drehte sich, und es kam die Dreißig heraus. Wir hatten verloren!
»Noch mal, noch mal, noch mal! Setz noch mal!« rief die Alte. Ich versuchte keine Widerrede mehr und setzte achselzuckend noch zwölf Friedrichsdor. Das Rad drehte sich lange. Die Tante, die das Rad gespannt beobachtete, zitterte

am ganzen Leib. »Kann sie wirklich glauben, daß zéro wieder gewinnen wird?« dachte ich, während ich sie erstaunt anblickte. Auf ihrem strahlenden Gesicht lag der Ausdruck der festen Überzeugung, daß sie gewinnen werde, der bestimmten Erwartung, es werde im nächsten Augenblick gerufen werden: »Zéro!« Die Kugel sprang in ein Fach.
»Zéro!« rief der Croupier.
»Na also!« wandte sich die Tante mit einer Miene wilden Triumphes zu mir.
Ich war selbst Spieler; dessen wurde ich mir in eben diesem Augenblick bewußt. Hände und Füße zitterten mir; in meinem Kopf hämmerte es. Allerdings, das war ein seltener Zufall, daß unter etwa zehn Malen dreimal zéro herausgekommen war; aber etwas besonders Erstaunliches war nicht dabei. Ich war selbst Zeuge gewesen, wie zwei Tage vorher zéro dreimal nacheinander herauskam, und dabei hatte ein Spieler, der sich auf einem Blatt Papier eifrig die einzelnen Resultate notierte, laut geäußert, daß erst am vorhergehenden Tag zéro den ganzen Tag über nur ein einziges Mal gekommen sei.
Da die Tante den größten Gewinn gemacht hatte, der möglich war, so vollzog sich die Auszahlung in besonders höflicher, respektvoller Manier. Sie hatte gerade vierhundertundzwanzig Friedrichsdor zu bekommen, oder viertausend Gulden und zwanzig Friedrichsdor. Die zwanzig Friedrichsdor gab man ihr in Gold, die viertausend Gulden in Banknoten.
Diesmal rief die Tante nicht mehr nach Potapytsch; sie war mit anderem beschäftigt. Auch stieß sie mich nicht an und zitterte äußerlich nicht; aber innerlich, wenn man sich so ausdrücken kann, innerlich zitterte sie. Sie hatte alle ihre Gedanken auf einen Punkt konzentriert, sie auf ein ganz bestimmtes Ziel gerichtet.
»Alexej Iwanowitsch! Er hat gesagt, auf einmal könne man nur viertausend Gulden setzen? Na, dann nimm hier diese ganzen viertausend und setze sie auf Rot!« befahl sie.
Es wäre nutzlos gewesen, ihr davon abzureden. Das Rad begann sich zu drehen.

»Rouge!« verkündete der Croupier.
Wieder ein Gewinn von viertausend Gulden, also im ganzen achttausend.
»Viertausend gib mir her, und die anderen viertausend setze wieder auf Rot!« kommandierte die Tante.
Ich setzte wieder viertausend.
»Rouge!« rief der Croupier von neuem.
»In summa zwölftausend! Gib sie alle her! Das Gold schütte hier hinein, in die Börse, und die Banknoten verwahre für mich in deiner Tasche! Nun genug! Nach Hause! Rollt meinen Stuhl von hier weg!«

ELFTES KAPITEL

Der Stuhl wurde zur Tür nach dem andern Ende des Saales hingerollt. Die Tante strahlte. Die Unsrigen umdrängten sie sogleich alle mit Glückwünschen. Mochte auch das Benehmen der Tante sehr exzentrisch sein, ihr Triumph deckte vieles zu, und der General fürchtete jetzt nicht mehr, sich in der Öffentlichkeit durch seine verwandtschaftlichen Beziehungen zu einer so sonderbaren Dame zu kompromittieren. Mit einem leutseligen, vertraulichhiteren Lächeln, wie wenn er mit einem Kind Scherz triebe, beglückwünschte er seine Tante. Übrigens war er augenscheinlich im höchsten Grade überrascht, wie auch alle andern Zuschauer. Ringsherum sprach man von der Tante und wies auf sie hin. Viele gingen absichtlich an ihr vorbei, um sie aus der Nähe anzusehen. Mister Astley redete in einiger Entfernung mit zwei seiner englischen Bekannten über sie. Einige stolze Damen betrachteten sie mit hochmütiger Verwunderung, wie wenn sie eine Art Wundertier wäre... De Grieux leistete Unglaubliches in Komplimenten und stetem Lächeln.
»Quelle victoire!« sagte er.
»Mais, madame, c'était du feu!« fügte Mademoiselle Blanche mit einem scherzhaften Lächeln hinzu.
»Na ja, ich bin einfach hierhergekommen und habe zwölf-

tausend Gulden gewonnen! Was sage ich, zwölftausend; da ist ja noch das Gold! Mit dem Gold kommen beinah dreizehntausend heraus. Wieviel ist das nach unserem Geld? Es werden etwa sechstausend Rubel sein, nicht wahr?«
Ich bemerkte, daß es sogar siebentausend Rubel übersteige und nach dem jetzigen Kurs vielleicht an achttausend herankommen möge.
»Ein schöner Spaß, achttausend Rubel! Und ihr sitzt hier still, ihr Schlafmützen, und tut nichts! Potapytsch, Marfa, habt ihr es gesehen?«
»Mütterchen, wie haben Sie das nur angefangen? Achttausend Rubel!« rief Marfa und krümmte sich dabei ganz zusammen.
»Da! Hier hat jeder von euch fünf Goldstücke! Da, nehmt!«
Potapytsch und Marfa griffen nach den Händen der Tante, um sie stürmisch zu küssen.
»Auch die Dienstmänner sollen jeder einen Friedrichsdor haben. Gib jedem von ihnen ein Goldstück, Alexej Iwanowitsch! Warum verbeugt sich dieser Saaldiener, und der andre auch? Sie gratulieren? Gib ihnen auch jedem einen Friedrichsdor!«
»Madame la princesse... un pauvre expatrié... malheur continuel... les princes russes sont si généreux...« Mit diesen Worten scharwenzelte um den Rollstuhl herum ein schnurrbärtiges Subjekt in abgetragenem Oberrock und bunter Weste, die Mütze in der Hand, das Gesicht zu einem kriecherischen Lächeln verziehend.
»Gib ihm auch einen Friedrichsdor!... Nein, gib ihm zwei! Nun aber soll's genug sein; sonst nimmt das mit diesen Menschen kein Ende. Hebt an und tragt mich weiter! Praskowja«, wandte sie sich an Polina Alexandrowna, »ich werde dir morgen Stoff zu einem Kleid kaufen, und der hier auch, dieser Mademoisdelle, wie heißt sie doch? Mademoiselle Blanche, gut, der werde ich auch Stoff zu einem Kleid kaufen. Übersetze es ihr, Praskowja!«
»Merci, madame«, erwiderte Mademoiselle Blanche mit einem graziösen Knicks und tauschte dann spöttisch lächelnd mit de Grieux und dem General einen Blick aus. Der Gene-

ral wurde einigermaßen verlegen und war sehr froh, als wir endlich die Allee erreicht hatten.

»Da fällt mir Fedosja ein, wie die sich jetzt wundern wird«, sagte die Tante, die gerade an die ihr wohlbekannte Kinderfrau im Haushalt des Generals dachte. »Der muß ich auch Zeug zu einem Kleid schenken. Höre, Alexej Iwanowitsch, Alexej Iwanowitsch, gib diesem Bettler etwas!«

Ein zerlumpter Mensch mit gekrümmtem Rücken ging auf dem Weg an uns vorbei und sah uns an.

»Aber das ist vielleicht gar kein Bettler, Großmütterchen, sondern irgendein Vagabund.«

»Gib nur, gib! Gib ihm einen Gulden!«

Ich trat an ihn heran und gab ihm das Geld. Er sah mich mit scheuer Verwunderung an, nahm aber schweigend den Gulden hin. Er roch stark nach Branntwein.

»Hast du denn noch nicht dein Glück probiert, Alexej Iwanowitsch?«

»Nein, Großmütterchen.«

»Aber die Augen brannten dir am Spieltisch nur so; ich habe es wohl gesehen.«

»Ich werde schon noch mein Glück versuchen, Großmütterchen, ganz bestimmt, ein andermal.«

»Und setze nur geradezu auf zéro! Dann wirst du schon sehen! Wieviel Geld hast du denn?«

»Ich habe im ganzen nur zwanzig Friedrichsdor, Großmütterchen.«

»Das ist wenig. Ich will dir fünfzig Friedrichsdor borgen, wenn du willst. Hier, du kannst gleich diese Rolle nehmen. – Aber du, lieber Freund«, wandte sie sich auf einmal an den General, »mach dir keine Hoffnungen; dir gebe ich nichts!«

Der General zuckte zusammen; aber er schwieg. De Grieux machte ein finsteres Gesicht.

»Que diable, c'est une terrible vieille!« flüsterte er durch die Zähne dem General zu.

»Ein Bettler, ein Bettler, wieder ein Bettler!« rief die Tante. »Alexej Iwanowitsch, gib dem auch einen Gulden!«

Diesmal war derjenige, der uns begegnete, ein grauköpfiger alter Mann mit einem Stelzfuß; er trug einen blauen Rock

mit langen Schößen und hatte einen langen Rohrstock in der Hand. Er sah aus wie ein alter Soldat. Aber als ich ihm den Gulden hinhielt, trat er einen Schritt zurück und blickte mich grimmig an.
»Zum Teufel, was soll das vorstellen?« schrie er und fügte dem noch eine Reihe von Schimpfworten hinzu.
»Na, so ein Dummkopf!« rief die Tante. »Dann läßt er's bleiben! Fahrt mich weiter! Ich bin ganz hungrig geworden! Nun wollen wir gleich zu Mittag essen; dann will ich mich ein Weilchen hinlegen und mich dann wieder dorthin begeben.«
»Sie wollen wieder spielen, Großmütterchen?« rief ich.
»Was hast du dir denn gedacht? Weil ihr alle hier still sitzt und die Hände in den Schoß legt, soll ich es euch wohl nachmachen!«
»Mais, madame«, bemerkte nähertretend de Grieux, »les chances peuvent tourner, une seule mauvaise chance et vous perdrez tout... surtout avec votre jeu... c'était horrible!«
»Vous perdrez absolument«, zwitscherte Mademoiselle Blanche.
»Was geht denn das euch alle an? Wenn ich verliere, verliere ich ja nicht euer Geld, sondern meins! Aber wo ist denn dieser Mister Astley?« fragte sie mich.
»Er ist im Kurhaus geblieben, Großmütterchen.«
»Schade; das ist ein sehr netter Mensch.«
Als wir nach Hause gekommen waren, begegneten wir auf der Treppe dem Oberkellner, und die Tante rief ihn sogleich heran und rühmte sich ihres Spielgewinns; darauf ließ sie Fedosja rufen, schenkte ihr drei Friedrichsdor und befahl, das Mittagessen aufzutragen. Fedosja und Marfa zerrissen sich bei Tisch fast vor Dienstfertigkeit gegen sie.
»Ich sah so nach Ihnen hin, Mütterchen«, schwatzte Marfa, »und da sagte ich zu Potapytsch: ›Was will unser Mütterchen nur da machen?‹ Und auf dem Tisch lag Geld, eine Unmenge Geld, o Gott, o Gott! In meinem ganzen Leben habe ich noch nicht so viel Geld gesehen. Und darum herum saßen Herrschaften, lauter vornehme Herrschaften. Und ich sagte: ›Wo mögen bloß all diese vielen Herrschaften hier

herkommen, Potapytsch?‹ Ich dachte bei mir: ›Möge ihr die Mutter Gottes selbst beistehen!‹ Und ich betete für Sie, Mütterchen; aber mein Herz war mir so beklommen, ganz beklommen war es mir, und ich zitterte nur so, am ganzen Leibe zitterte ich. ›Gott gebe ihr alles Gute!‹ dachte ich; na, und sehen Sie, da hat Gott Ihnen denn auch seinen Segen geschickt. Bis diesen Augenblick zittere ich noch, Mütterchen; sehen Sie nur, wie ich am ganzen Leibe zittre!«

»Alexej Iwanowitsch, nach Tisch, so um vier Uhr, dann mach dich fertig; dann wollen wir wieder hin. Jetzt aber, für die Zwischenzeit, adieu! Und vergiß auch nicht, mir so einen Doktor herzuschicken; ich muß doch auch Brunnen trinken. Tu's nur bald, sonst vergißt du es am Ende noch!«

Als ich von der Tante herauskam, war ich wie betäubt. Ich suchte mir eine Vorstellung davon zu machen: was wird jetzt aus den Unsrigen allen werden, und welche Wendung werden die Dinge nehmen? Ich sah klar, daß die Unsrigen, und ganz besonders der General, noch nicht einmal von der ersten Überraschung wieder recht zur Besinnung gekommen waren. Die Tatsache, daß die alte Tante in Person eingetroffen war, statt der von Stunde zu Stunde erwarteten Nachricht von ihrem Tod und damit auch der Nachricht von der Erbschaft, diese Tatsache hatte den ganzen Aufbau ihrer Absichten und Pläne so gründlich zerstört, daß sie nun den Großtaten der Tante am Roulettisch völlig verblüfft, ja gewissermaßen wie von einem Starrkrampf befallen gegenüberstanden. Und doch fiel diese zweite Tatsache, das Glücksspiel der Tante, fast noch schwerer in die Waagschale als die erste. Denn wenn auch die Alte zweimal erklärt hatte, sie werde dem General kein Geld geben – nun, wer weiß, man brauchte darum doch nicht alle Hoffnungen aufzugeben. So gab denn auch de Grieux, der an allen Angelegenheiten des Generals stark beteiligt war, die Hoffnung nicht auf. Und ich war überzeugt, daß auch Mademoiselle Blanche, die gleichfalls bei der Sache höchst interessiert war (na, und ob! wo sie Frau Generalin zu werden und in den Besitz einer bedeutenden Erbschaft zu gelangen hoffte!), daß auch sie die Hoffnung nicht verlieren, sondern der Tante gegenüber alle Künste der Koketterie zur Anwendung bringen würde – ganz im Gegensatz zu der stolzen Polina, die zu ungelehrig war und nicht verstand, sich einzuschmeicheln. Aber jetzt, jetzt, wo die Tante so großartige Erfolge beim Roulett aufzuweisen hatte, jetzt, wo sich deren ganzes Wesen ihnen allen in voller Klarheit und Deutlichkeit als der Typus eines eigensinnigen, herrschsüchtigen, kindisch gewordenen alten Weibes enthüllt hatte, jetzt war vielleicht alles verloren. Sie freute sich ja über ihren Gewinn wie ein kleines Kind, und so war zu erwarten, daß sie, wie das so zu gehen pflegt, alles verspielen werde. »Mein Gott«, dachte ich, und Gott verzeihe mir, daß ich dabei recht schadenfroh lachte, »mein Gott, jeder Friedrichsdor, den die Alte vorhin setzte, hat gewiß dem General einen Stich ins Herz gegeben und diesen Monsieur de Grieux schwer geärgert und Mademoiselle de Cominges in Wut versetzt; dieser letzteren mag zumute gewesen sein, als ob man den vollen Löffel ihr erst gezeigt und dann an dem begehrlich geöffneten Mund vorbeigeführt hätte. Und dann war da noch eine bedenkliche Tatsache: sogar als die Tante den großen Spielgewinn gemacht hatte und voll Freude darüber war und an alle möglichen Leute Geld verteilte und jeden Passanten für einen unterstützungswürdigen Armen ansah, selbst da hatte sie zu dem General schroff gesagt: ›Dir werde ich trotzdem nichts geben!‹ Das hieß doch: ›Ich habe mich auf diesen Gedanken versteift, es mir fest vorgenommen, mir selbst das Wort darauf gegeben.‹ Eine böse, böse Sache!«

Alle diese Gedanken gingen mir durch den Kopf, während ich von dem Logis der Tante die breite Treppe nach der obersten Etage hinanstieg, in der mein Zimmerchen lag. All diese Vorgänge erregten mein lebhaftes Interesse. Zwar hatte ich schon früher die wichtigsten, stärksten Fäden erraten können, durch die die Akteure des vor meinen Augen sich abspielenden Dramas miteinander verknüpft waren; aber alle Hilfsmittel und Geheimnisses dieses Spieles kannte ich trotzdem noch nicht. Polina war gegen mich nie ganz offenherzig gewesen. Mitunter war es ja allerdings vorgekommen, daß sie mich anscheinend unwillkürlich einen Blick in

ihr Herz tun ließ; aber ich hatte bemerkt, daß sie oft, ja fast immer nach solchen Fällen von Offenherzigkeit entweder alles, was sie gesagt hatte, auf das Gebiet des Scherzes hinüberspielte oder es nachträglich wieder verwirrte und allem absichtlich einen falschen Sinn beilegte. Oh, sie verheimlichte mir vieles! Jedenfalls hatte ich das Vorgefühl, daß die letzte Phase dieses ganzen Zustandes geheimnisvoller Spannung herannahte. Noch ein Schlag, und alles war beendet und aufgedeckt. Um mein eigenes Schicksal machte ich mir, obwohl ich an der Entwicklung dieser Dinge ein hohes Interesse hatte, fast keine Sorgen. Ich befand mich in einer sonderbaren Gemütsverfassung: in der Tasche hatte ich nur zwanzig Friedrichsdor; ich befand mich fern von der Heimat in fremdem Lande, ohne Stellung und ohne Existenzmittel, ohne Hoffnung und ohne Pläne – und machte mir darüber keine Sorgen! Wäre nicht der Gedanke an Polina gewesen, so hätte ich einfach mein ganzes Interesse auf die Komik der bevorstehenden Lösung gerichtet und aus vollem Halse gelacht. Aber der Gedanke an sie regte mich auf; ihr Schicksal mußte sich jetzt entscheiden, das ahnte ich; aber, ich bekenne es, ihr Schicksal beunruhigte mich gar nicht. Ich wünschte, in ihre Geheimnisse einzudringen; ich hätte gewünscht, daß sie zu mir gekommen wäre und gesagt hätte: »Ich liebe dich ja«, und wenn das nicht geschah, wenn das eine undenkbare Verrücktheit war, dann ... ja, was hätte ich dann gewünscht? Wußte ich denn etwa, was ich wünschte? Ich war selbst ganz wirr im Kopf: nur bei ihr sein, in ihrem Strahlenkreis, in dem Glanzschimmer, der sie umgibt, immer, unaufhörlich, das ganze Leben lang! Von weiteren Wünschen wußte ich nichts! War ich denn überhaupt imstande, von ihr fortzugehen?
Als ich in der dritten Etage auf dem Korridor war, an dem die Zimmer der Unsrigen liegen, hatte ich eine Empfindung, als ob mich jemand anstieße. Ich drehte mich um und erblickte in einer Entfernung von zwanzig oder noch mehr Schritten Polina, die aus einer Tür herauskam. Sie schien auf mich gewartet und nach mir Ausschau gehalten zu haben und winkte mich sogleich zu sich heran.

»Polina Alexandrowna...«
»Leiser, leiser«, sagte sie in gedämpftem Ton.
»Können Sie sich das vorstellen«, flüsterte ich, »es war mir soeben, als stieße mich jemand von der Seite an; ich drehte mich um – und da stehen Sie! Gerade als wenn eine Art Elektrizität von Ihnen ausginge!«
»Nehmen Sie diesen Brief«, sagte Polina, die eine sorgenvolle düstere Miene zeigte; das, was ich gesagt hatte, hatte sie wahrscheinlich gar nicht ordentlich gehört, »und übergeben Sie ihn persönlich Mister Astley, aber sogleich! So schnell wie irgend möglich; ich bitte Sie darum. Eine Antwort ist nicht nötig. Er wird schon selbst...«
Sie sprach den begonnenen Satz nicht zu Ende.
»Mister Astley?« fragte ich erstaunt.
Aber Polina war schon hinter der Tür verschwunden.
»Aha! Also sie haben eine Korrespondenz miteinander!«
Selbstverständlich machte ich mich eiligst auf, um Mister Astley aufzusuchen, zuerst in seinem Hotel, wo ich ihn nicht antraf, dann im Kurhaus, wo ich durch alle Säle lief; als ich endlich ärgerlich und beinahe in Verzweiflung nach Hause zurückging, begegnete ich ihm zufällig: er ritt mit einer Kavalkade von Engländern und Engländerinnen spazieren. Durch Winken mit der Hand veranlaßte ich ihn anzuhalten und übergab ihm den Brief. Wir hatten kaum Zeit, einander ordentlich anzusehen; aber ich kann mich des Verdachtes nicht erwehren, daß Mister Astley mit Absicht sein Pferd schnell wieder in Bewegung setzte.
Quälte mich Eifersucht? Ich weiß nicht, ob das der Fall war, aber jedenfalls befand ich mich in sehr gedrückter Stimmung. Es lag mir nicht einmal daran, zu erfahren, worüber sie eigentlich korrespondierten. Also das war ihr Vertrauensmann. »Er ist ihr Freund, ihr Freund«, dachte ich; »das ist klar (nur: wann hat er Zeit gefunden, ihr Freund zu werden?); aber liegt hier auch Liebe vor?« »Nein, gewiß nicht«, flüsterte mir die Vernunft zu. Aber die Vernunft allein vermag in solchen Fällen wenig. Jedenfalls mußte ich auch diesen Punkt klarstellen. Die Angelegenheit komplizierte sich in einer unangenehmen Weise.

Kaum hatte ich das Hotel wieder betreten, als mir der Portier sowie der Oberkellner, der aus seinem Büro herauskam, mitteilten, die Herrschaften wünschten mich zu sprechen, ließen mich suchen und hätten sich schon dreimal erkundigen lassen, wo ich sei; ich würde gebeten, so schnell wie möglich in das Logis des Generals zu kommen. Ich war in der garstigsten Gemütsverfassung. Im Zimmer des Generals fand ich außer dem General selbst Monsieur de Grieux und Mademoiselle Blanche, letztere allein, ohne ihre Mutter. Die Mutter war zweifellos eine erkaufte Person, die nur zu Paradezwecken diente; sobald ernste Angelegenheiten materieller Art vorlagen, handelte Mademoiselle Blanche allein. Und jene hatte von solchen Angelegenheiten ihrer angenommenen Tochter auch kaum irgendwelche Kenntnis.
Sie waren in hitziger Beratung über irgend etwas begriffen und hatten sogar die Zimmertür zugeschlossen, was sonst noch nie geschehen war. Als ich mich der Tür näherte, hörte ich laute Stimmen und unterschied de Grieux' dreiste, boshafte Redeweise, Mademoiselle Blanches zorniges Kreischen und freches Schimpfen und die klägliche Stimme des Generals, der sich offenbar über etwas, was ihm zum Vorwurf gemacht wurde, rechtfertigte. Bei meinem Eintritt suchten alle zu einem maßvollen Benehmen zurückzukehren und ihre Mienen und ihre äußere Erscheinung wieder in Ordnung zu bringen. De Grieux strich sich die Haare zurecht und verwandelte sein Gesicht aus einem zornigen in ein lächelndes; es war jenes widerwärtige, konventionell-höfliche französische Lächeln, das mir so verhaßt ist. Der General, der den Eindruck starker Bedrücktheit und Niedergeschlagenheit gemacht hatte, bemühte sich, sein würdevolles Aussehen wiederzugewinnen, wiewohl nur in mechanischer Weise, als ob er mit seinen Gedanken nicht dabei wäre. Nur Mademoiselle Blanche änderte ihren wütenden Gesichtsausdruck mit den zornig funkelnden Augen fast gar nicht und beschränkte sich darauf, zu verstummen, wobei sie auf mich einen Blick ungeduldiger Erwartung richtete. Beiläufig bemerkt: sie hatte mich bisher mit einer un-

glaublichen Geringschätzung behandelt, nicht einmal meine Verbeugungen erwidert und mich überhaupt völlig ignoriert.

»Alexej Iwanowitsch«, begann der General im Ton milden Vorwurfs, »gestatten Sie mir die Bemerkung, daß ich Ihr Verhalten gegen mich und meine Familie... mit einem Wort, ich finde es sonderbar, im höchsten Grade sonderbar, daß Sie... mit einem Wort...«

»Eh! ce n'est pas ça«, unterbrach ihn de Grieux ärgerlich und geringschätzig; es war klar, daß er hier das Kommando führte. »Mon cher monsieur, notre cher général« (aber ich will seine Worte auf russisch wiedergeben) »hat sich im Ton vergriffen; aber er wollte Ihnen sagen... das heißt Sie davor warnen oder, richtiger gesagt, Sie inständig bitten, ihn nicht zugrunde zu richten – nun ja, ihn nicht zugrunde zu richten! Ich bediene mich absichtlich dieses Ausdrucks...«

»Aber wodurch tue ich denn das? Wodurch?« unterbrach ich ihn.

»Ich bitte Sie, Sie haben das Amt eines Mentors (oder wie soll ich mich ausdrücken?) bei dieser alten Dame, cette pauvre terrible vieille, übernommen« (hier geriet de Grieux selbst in Verwirrung); »aber sie wird ja alles verspielen; sie wird alles verspielen bis auf den letzten Groschen! Sie haben selbst gesehen. Sie waren selbst Zeuge, in welcher Art sie spielte! Wenn sie erst einmal ins Verlieren kommt, wird sie aus Hartnäckigkeit und Ingrimm nicht mehr vom Spieltisch weggehen, und wird immerzu spielen und spielen; aber auf die Art bringt man Spielverluste nie wieder ein, und dann... dann...«

»Und dann«, fiel der General ein, »dann richten Sie die ganze Familie zugrunde! Ich und meine Familie, wir sind ihre Erben; nähere Verwandte als uns hat sie nicht. Ich will Ihnen offen sagen: meine Vermögensverhältnisse sind zerrüttet, völlig zerrüttet. Zum Teil werden Sie das selbst schon gewußt haben... Wenn sie nun eine bedeutende Summe verspielt oder vielleicht am Ende gar ihr ganzes Vermögen (mein Gott, mein Gott!), was soll dann aus... aus meinen Kindern werden?« (Der General wendete sich nach de

Grieux um.) »Und aus mir selbst?« (Er blickte zu Mademoiselle Blanche, die sich aber mit verächtlicher Miene von ihm abwandte.) »Alexej Iwanowitsch, retten Sie uns, retten Sie uns!«
»Aber wodurch denn? Sagen Sie selbst, General, wodurch kann ich denn... Was habe ich denn dabei zu sagen?«
»Weigern Sie sich, ihr weiter beim Spiel behilflich zu sein; machen Sie sich von ihr los..!«
»Dann wird sich ein anderer finden!« rief ich.
»Ce n'est pas ça, ce n'est pas ça«, mischte sich wieder de Grieux hinein, »que diable! Nein, machen Sie sich nicht von ihr los; aber versuchen sie wenigstens, ihr Rat zu geben, sie zu überreden, sie zurückzuhalten... Kurz gesagt, lassen Sie sie nicht allzuviel verspielen; halten Sie sie auf irgendeine Weise zurück!«
»Aber wie soll ich das anfangen? Vielleicht wäre es das beste, wenn Sie es selbst übernähmen, Monsieur de Grieux«, fügte ich hinzu, mich möglichst naiv stellend.
In diesem Augenblick bemerkte ich, daß Mademoiselle Blanche dem Franzosen einen raschen, funkelnden, fragenden Blick zuwarf. Über dessen eigenes Gesicht huschte ein eigentümlicher Ausdruck, als ob unwillkürlich seine wahre Gesinnung zum Vorschein käme.
»Das ist es ja eben, daß sie mich jetzt nicht an sich herankommen läßt!« rief er, mißmutig den Arm schwenkend. »Ja, wenn... dann...«
Er blickte Mademoiselle Blanche schnell und bedeutsam an.
»Oh, mon cher monsieur Alexis, soyez si bon!« sagte nun Mademoiselle Blanche selbst, mit einem bezaubernden Lächeln auf mich zutretend, ergriff meine beiden Hände und drückte sie kräftig. Hol's der Teufel! Dieses diabolische Gesicht verstand es, sich in einem Augenblick vollständig zu verändern. Jetzt hatte ich auf einmal ein so inständig bittendes, ein so liebenswürdiges, kindlich lächelndes und sogar schelmisches Gesicht vor mir; und am Ende dieses Satzes zwinkerte sie mir, geheim vor den anderen, in einer ganz spitzbübischen Weise zu: sie legte es darauf an, mich mit ei-

nem Schlag zu gewinnen! Und es kam nicht übel heraus, nur allerdings zu derb, gar zu derb.

Nach ihr eilte der General auf mich zu:

»Alexej Iwanowitsch, verzeihen Sie, daß ich zu Ihnen vorhin zuerst nicht in der richtigen Art redete; ich meinte es aber ganz und gar nicht schlimm... Ich bitte Sie, ich flehe Sie an, ich verbeuge mich vor Ihnen bis zum Gürtel, wie wir Russen sagen – Sie sind der einzige, der uns retten kann, Sie allein! Ich und Mademoiselle de Cominges bitten Sie inständig – Sie verstehen, Sie verstehen ja wohl?«

So redete er in flehendem Ton und deutete mit den Augen auf Mademoiselle Blanche. Er bot einen überaus kläglichen Anblick.

In diesem Augenblick wurde dreimal leise und respektvoll an die Tür geklopft, und als geöffnet wurde, stand ein Kellner da und einige Schritte hinter ihm Potapytsch. Sie waren von der Tante geschickt und hatten den Auftrag, mich zu suchen und unverzüglich zu ihr zu bringen. »Die gnädige Frau sind schon ärgerlich«, berichtete Potapytsch.

»Aber es ist ja erst halb vier«, sagte ich.

»Die gnädige Frau konnten gar nicht einschlafen, sondern wälzten sich immer umher, standen dann auf einmal auf, verlangten den Rollstuhl und schickten nach Ihnen. Die gnädige Frau sind jetzt schon vor dem Portal...«

»Quelle mégère!« rief de Grieux.

In der Tat fand ich die Tante bereits vor dem Portal, außer sich vor Ungeduld darüber, daß ich nicht da war. Sie hatte es nicht bis vier Uhr aushalten können.

»Na, dann schafft mich hin!« rief sie, und wir begaben uns wieder zum Roulett.

ZWÖLFTES KAPITEL

Die Tante befand sich in sehr ungeduldiger, reizbarer Stimmung; es war deutlich, daß sie an weiter nichts dachte als an das Roulett. Für alles andere hatte sie keine Aufmerksamkeit übrig und war überhaupt im höchsten Grade zerstreut.

So zum Beispiel fragte sie unterwegs nach nichts mit dem Interesse wie am Vormittag. Als sie eine prächtige Equipage sah, die an uns vorbeisauste, hob sie wohl die Hand ein wenig auf und sagte: »Was war das? Wem gehörte die?« schien aber dann meine Antwort gar nicht zu verstehen. Sie saß in Gedanken versunken da, unterbrach aber diese Versunkenheit fortwährend durch heftige, ungeduldige Körperbewegungen und scharfe Worte. Als ich ihr (wir waren nicht mehr weit vom Kurhaus) in einiger Entfernung den Baron und die Baronin Wurmerhelm zeigte, sagte sie zerstreut und in ganz gleichgültigem Ton: »Ah!«, drehte sich dann hastig zu Potapytsch und Marfa um, die hinter ihr gingen, und herrschte sie an:

»Na, wozu kommt ihr denn wieder mitgelaufen? Jedesmal kann ich euch nicht mitnehmen! Macht, daß ihr nach Hause kommt! Ich habe an dir genug«, fügte sie, zu mir gewendet, hinzu, während jene beiden sich eilig verbeugten und nach Hause umkehrten.

Im Spielsaal erwartete man die Tante bereits. Es wurde ihr sofort wieder derselbe Platz neben dem Croupier freigemacht. Es will mir scheinen, daß diese Croupiers, die sich immer so wohlanständig benehmen und sich als gewöhnliche Beamte geben, denen es so gut wie gleichgültig sei, ob die Bank gewinne oder verliere, es will mir scheinen, daß diese Leute gegen Verluste der Bank durchaus nicht gleichgültig sind, sondern ihre besonderen Instruktionen zur Anlockung von Spielern und zur Erhöhung der Einnahmen der Bank haben und als Lohn für besondere Erfolge besondere Prämien erhalten. Wenigstens betrachteten sie die Tante bereits als ihr Schlachtopfer.

Nunmehr geschah, was die Unsrigen vorausgesagt hatten. Die Sache trug sich folgendermaßen zu.

Die Tante stürzte sich ohne weiteres wieder auf Zéro und befahl mir sogleich, jedesmal zwölf Friedrichsdor darauf zu setzen. Wir setzten einmal, ein zweites Mal, ein drittes Mal – Zéro kam nicht.

»Setze nur, setze!« sagte die Tante und stieß mich ungeduldig an.

Ich gehorchte.

»Wieviel haben wir schon gesetzt?« fragte sie endlich, mit den Zähnen vor Ungeduld knirschend.

»Ich habe schon zwölfmal gesetzt, Großmütterchen. Hundertvierundvierzig Friedrichsdor haben wir verloren. Ich sage Ihnen, Großmütterchen, es dauert vielleicht bis zum Abend...«

»Schweig!« unterbrach mich die Tante. »Setze auf Zéro, und setze gleich auch auf Rot tausend Gulden! Hier ist eine Banknote.«

Rot kam, aber Zéro wieder nicht. Wir erhielten tausend Gulden ausgezahlt.

»Siehst du, siehst du?« flüsterte die Tante. »Wir haben beinahe alles, was wir verloren hatten, wieder eingebracht. Setze wieder auf Zéro; noch ein dutzendmal wollen wir darauf setzen, dann wollen wir es aufgeben.«

Aber beim fünften Mal hatte sie es bereits ganz und gar satt bekommen.

»Hol dieses nichtswürdige Zéro der Teufel; ich will nichts mehr davon wissen. Da, setze diese ganzen viertausend Gulden auf Rot!« befahl sie.

»Aber Großmütterchen, das ist doch eine gar zu große Summe; wenn nun Rot nicht kommt?« sagte ich im Ton dringender Bitte; aber die Tante hätte mich beinahe durchgeprügelt. (Beiläufig: sie versetzte mir immer solche Stöße, daß man sie fast schon als Schläge bewerten konnte.) Es war nichts zu machen; ich setzte die ganzen viertausend Gulden auf Rot. Das Rad drehte sich. Die Tante saß gerade aufgerichtet mit ruhiger, stolzer Miene da, ohne im geringsten an dem bevorstehenden Gewinn zu zweifeln.

»Zéro!« rief der Croupier.

Zuerst begriff sie nicht, was es damit auf sich hatte; aber als sie sah, daß der Croupier, zusammen mit allem, was sonst noch auf dem Tisch lag, auch ihre viertausend Gulden zu sich heranharkte, und als sie zu der Erkenntnis gelangte, daß dieses Zéro, das so lange nicht gekommen war, und auf das wir über zweihundert Friedrichsdor verloren hatten, wie mit Absicht nun gerade in dem Augenblick erschienen war,

wo sie eben darauf geschimpft und es nicht mehr besetzt hatte, da stöhnte sie laut auf und schlug die Hände zusammen, so daß man es durch den ganzen Saal hörte. Die Leute um sie herum lachten.
»Ach herrje, ach herrje, gerade jetzt ist nun dieses nichtswürdige Ding gekommen!« jammerte sie. »So ein verfluchtes Ding! Daran bist du schuld! Nur du bist daran schuld!« fuhr sie grimmig auf mich los und versetzte mir Stöße in die Seite. »Du hast mir abgeredet.«
»Großmütterchen, was ich gesagt habe, war ganz vernünftig; aber wie kann ich für alle Chancen einstehen?«
»Ich werde dich lehren, Chancen!« flüsterte sie wütend. »Scher dich weg von mir!«
»Adieu, Großmütterchen!« Ich drehte mich um und wollte weggehen.
»Alexej Iwanowitsch, Alexej Iwanowitsch, bleib doch hier! Wo willst du hin? Na, was ist denn? Was ist denn? Ist der Mensch gleich ärgerlich geworden! Du Dummkopf! Na, bleib nur hier, bleib nur noch, ärgere dich nicht, ich bin selbst ein Dummkopf! Na, nun sage, was ich jetzt tun soll!«
»Nein, Großmütterchen, ich lasse mich nicht mehr darauf ein, Ihnen Rat zu geben; denn Sie würden mir nachher doch wieder die Schuld beimessen. Spielen Sie selbst! Geben Sie mir Ihre Anweisungen, und ich werde setzen.«
»Nun gut, gut! Na, dann setze noch viertausend Gulden auf Rot! Hier ist meine Brieftasche, nimm!« Sie zog sie aus der Tasche und reichte sie mir. »Na, nimm nur schnell hin; es sind zwölftausend Gulden Bargeld darin.«
»Großmütterchen«, wandte ich stockend ein, »so große Einsätze...«
»Ich will nicht am Leben bleiben, wenn ich es nicht wiedergewinne... Setze!«
Wir setzten und verloren.
»Setze, setze; setze gleich alle achttausend Gulden!«
»Das geht nicht, Großmütterchen; der höchste Einsatz ist viertausend!«
»Na, dann setz viertausend!«

Dieses Mal gewannen wir. Die Alte faßte wieder Mut.
»Siehst du wohl, siehst du wohl«, sagte sie wieder mit einem Puff in meine Seite. »Setze wieder viertausend!«
Wir setzten und verloren; darauf verloren wir noch einmal und noch einmal.
»Großmütterchen, die ganzen zwölftausend Gulden sind hin«, meldete ich ihr.
»Das sehe ich, daß sie alle hin sind«, erwiderte sie mit einer Art von ruhiger Wut, wenn man sich so ausdrücken kann. »Das sehe ich, mein Lieber, das sehe ich«, murmelte sie vor sich hin, ohne sich zu rühren und wie in Gedanken versunken. »Ach was, ich will nicht am Leben bleiben... setze noch einmal viertausend Gulden!«
»Aber ist es kein Geld mehr da, Großmütterchen. Hier in der Brieftasche sind nur noch russische fünfprozentige Staatsschuldscheine und außerdem einige Dokumente; Geld ist nicht mehr da.«
»Und in der Börse?«
»Es ist nur noch Kleingeld darin übrig, Großmütterchen.«
»Gibt es hier ein Wechselgeschäft? Ich habe mir sagen lassen, hier könne ich alle unsere Papiere umwechseln«, fragte die Tante in entschlossenem Ton.
»Oh, Papiere können Sie hier umwechseln, so viele Sie nur wollen! Aber was Sie beim Umwechseln verlieren werden... da würde selbst ein Jude einen Schreck bekommen.«
»Unsinn! Das gewinne ich alles wieder! Bring mich hin! Rufe diese Tölpel, die Dienstmänner, her!«
Ich rollte ihren Stuhl vom Tisch weg; die Dienstmänner erschienen, und wir verließen das Kurhaus.
»Schneller, schneller, schneller!« befahl die Alte. »Zeige den Weg, Alexej Iwanowitsch, aber nimm den nächsten Weg... ist es weit?«
»Nur ein paar Schritte, Großmütterchen.«
Aber in dem Augenblick, als wir von dem Schmuckplatz in die Allee einbogen, begegnete uns unsere ganze Gesellschaft: der General, de Grieux und Mademoiselle Blanche mit ihrer Mama. Polina Alexandrowna war nicht bei ihnen, auch Mister Astley nicht.

»Zu, zu! Nicht stehenbleiben!« rief die Tante. »Was wollt ihr denn? Ich habe jetzt für euch keine Zeit!«
Ich ging hinter dem Rollstuhl; de Grieux trat hastig auf mich zu.
»Den ganzen vorigen Gewinn hat sie verspielt und dazu noch zwölftausend Gulden eigenes Geld. Jetzt gehen wir, Staatsschuldscheine umwechseln«, flüsterte ich ihm schnell zu. De Grieux stampfte mit dem Fuß und beeilte sich, es dem General mitzuteilen. Wir setzten unsern Weg mit der Tante fort.
»Halten Sie sie zurück, halten Sie sie zurück!« flüsterte mir der General ganz außer sich zu.
»Versuchen Sie es einmal, sie zurückzuhalten«, erwiderte ich gleichfalls leise.
»Liebe Tante«, sagte der General, zu ihr herantretend, »liebe Tante... wir sind gerade im Begriff... wir sind gerade im Begriff...« Die Stimme fing ihm an zu zittern und versagte... »Wir wollen uns einen Wagen nehmen und eine Spazierfahrt in der Umgegend des Ortes machen... Ein entzückender Blick... ein Aussichtspunkt... wir kamen, um Sie dazu aufzufordern.«
»Ach, laß mich in Ruhe mit deinem Aussichtspunkt!« antwortete die Alte gereizt mit einer wegwerfenden Handbewegung.
»Es ist dort ein Dorf... da wollen wir Tee trinken...« fuhr der General in heller Verzweiflung fort.
»Nous boirons du lait, sur l'herbe fraîche«, fügte de Grieux mit schändlicher Bosheit hinzu.
Du lait, de l'herbe fraîche, aus diesen beiden Stücken setzt sich für den Pariser Bourgeois das Ideal einer Idylle zusammen; daraus besteht bekanntlich seine ganze Vorstellung von dem, was er la nature et la vérité nennt!
»Du mit deiner Milch! Labbere du sie allein; ich bekomme davon Bauchschmerzen. Aber warum belästigt ihr mich denn?« schrie die Tante. »Ich habe doch schon gesagt, daß ich keine Zeit habe!«
»Wir sind schon da, Großmütterchen!« sagte ich. »Hier ist es!«

Wir waren bei einem Haus angelangt, in dem sich ein Bankgeschäft befand. Ich ging hinein, um das Umwechseln zu erledigen; die Tante blieb draußen auf der Straße und wartete; der General, de Grieux und Blanche standen in einiger Entfernung von ihr und wußten nicht, was sie tun sollten. Die Alte warf ihnen zornige Blicke zu; so gingen sie denn fort und schlugen den Weg nach dem Kurhaus ein.

Was man mir in dem Bankgeschäft für die Wertpapiere bot, war so erschreckend wenig, daß ich nicht glaubte, auf eigene Hand den Verkauf abschließen zu sollen, sondern zur Tante zurückkehrte, um mir von ihr Instruktion zu erbitten.

»Ach, diese Räuber!« rief sie und schlug die Hände zusammen. »Na, aber es hilft nichts! Verkaufe sie!« fuhr sie kurz entschlossen fort. »Warte mal, rufe doch mal den Bankier zu mir her!«

»Wohl einen von den Kontoristen, Großmütterchen?«

»Na, also einen Kontoristen, ganz gleich! Ach, diese Räuber!«

Der Kontorist fand sich bereit mit hinauszukommen, als er hörte, es lasse ihn eine alte Gräfin bitten, die körperlich leidend sei und nicht gehen könne. Lange Zeit machte ihm die Tante mit lauter Stimme zornige Vorwürfe wegen solcher Gaunerei und suchte mit ihm zu handeln; sie redete dabei einen Mischmasch von Russisch, Französisch und Deutsch, bei dem ich als Dolmetscher half. Der ernste Kontorist sah uns beide an und schüttelte schweigend den Kopf. Die Tante betrachtete er sogar mit einer so beharrlichen Neugier, daß es ordentlich unhöflich herauskam; schließlich fing er an zu lächeln.

»Na, nun pack dich!« schrie die Alte. »Mögest du an meinem Gelde ersticken! Wechsle es bei ihm um, Alexej Iwanowitsch! Wir haben keine Zeit; sonst könnten wir zu einem andern fahren...«

»Der Kontorist sagt, bei andern würden wir noch weniger bekommen.«

Genau besinne ich mich nicht mehr auf die Rechnung, die uns damals gemacht wurde; aber sie war schauderhaft. Ich

erhielt etwa zwölftausend Gulden in Gold und Banknoten, nahm die Rechnung und trug alles der Tante hinaus.
»Schon gut, schon gut! Du brauchst es mir nicht erst vorzuzählen!« winkte sie ab. »Nur schnell, schnell, schnell!«
»Nie mehr werde ich auf dieses verwünschte Zéro setzen, und auf Rot auch nicht«, sagte sie vor sich hin, als wir uns dem Kurhaus näherten.
Diesmal bemühte ich mich aus allen Kräften, sie dazu zu bewegen, nur möglichst kleine Einsätze zu machen, indem ich ihr vorstellte, daß sie bei einer günstigen Wendung der Chancen immer noch Zeit habe, größere Summen zu setzen. Aber sie war für ein solches Verfahren zu ungeduldig; obwohl sie sich anfänglich damit einverstanden erklärt hatte, war es doch ein Ding der Unmöglichkeit, sie im Laufe des Spiels zurückzuhalten. Kaum fing sie an, auf Einsätze von zehn, zwanzig Friedrichsdor zu gewinnen, so hieß es unter Puffen in meine Seite:
»Na, siehst du wohl, siehst du wohl? Gewonnen haben wir; wir hätten viertausend Gulden setzen sollen statt der zehn Friedrichsdor; dann hätten wir viertausend Gulden gewonnen; aber was haben wir jetzt? Das ist nur deine Schuld, nur deine Schuld!«
Und wie sehr ich mich auch ärgerte, wenn ich ihre Art zu spielen ansah, so entschied ich mich schließlich doch dafür zu schweigen und ihr keine weiteren Ratschläge mehr zu geben.
Auf einmal trat de Grieux eilig zu ihr heran. Auch unsere übrige Gesellschaft war in der Nähe; ich bemerkte, daß Mademoiselle Blanche mit ihrer Mama etwas abseits stand und mit dem kleinen Fürsten kokettierte. Der General war in offenbarer Ungnade und so gut wie abgesetzt. Blanche wollte ihn nicht einmal ansehen, obwohl er sich aus allen Kräften mit Liebenswürdigkeiten um sie zu schaffen machte. Der arme General! Er wurde abwechselnd blaß und rot, zitterte und verfolgte nicht einmal mehr das Spiel der Tante. Schließlich gingen Blanche und der kleine Fürst hinaus; der General lief ihnen nach.
»Madame, madame«, flüsterte de Grieux der Tante zu, in-

dem er sich ganz dicht an ihr Ohr hinabbeugte, »madame, so geht das nicht mit dem Setzen... nein, nein, das ist nicht möglich...« radebrechte er auf russisch, »...nein!«

»Aber wie denn? Na, dann belehre mich mal!« antwortete ihm die Tante.

Nun begann de Grieux sehr schnell Französisch zu plappern und eifrig Ratschläge zu geben; er sagte, man müsse eine Chance abwarten, und führte irgendwelche Zahlen an – die Alte begriff nichts von alledem. Fortwährend wandte er sich dabei an mich, mit der Bitte, seine Worte zu übersetzen; er tippte mit dem Finger auf den Tisch und demonstrierte dies und das; zuletzt ergriff er einen Bleistift und begann auf einem Blatt Papier zu rechnen. Schließlich verlor die Alte die Geduld.

»Na, nun scher dich weg! Du schwatzt ja doch nur dummes Zeug! ›Madame, madame!‹ aber er selbst versteht von der Sache nichts. Scher dich weg!«

»Mais, madame«, schnatterte de Grieux wieder los und fing von neuem an zu schwadronieren und zu zeigen.

Er war in einen unhemmbaren Eifer hineingeraten.

»Na, dann setze einmal so, wie er sagt!« befahl mir die Tante. »Wir wollen mal sehen; vielleicht glückt es wirklich.«

De Grieux wollte sie nur von großen Einsätzen abbringen; er schlug ihr vor, auf Zahlen zu setzen, auf einzelne Zahlen und auf Zahlengruppen. Ich setzte nach seiner Anweisung je einen Friedrichsdor auf die ungeraden Zahlen von eins bis zwölf und je fünf Friedrichsdor auf die Zahlengruppe von zwölf bis achtzehn und auf die Zahlengruppe von achtzehn bis vierundzwanzig; im ganzen hatten wir sechzehn Friedrichsdor gesetzt.

Das Rad drehte sich.

»Zéro!« rief der Croupier.

Wir hatten alles verloren.

»So ein Esel!« rief die Alte, indem sie sich zu de Grieux umdrehte. »So ein Jammerkerl von Franzose! Der gibt noch Ratschläge, der Taugenichts! Scher dich weg, scher dich weg! Versteht nichts und tut hier wichtig!«

Tief gekränkt zuckte de Grieux mit den Achseln, warf der Tante einen Blick voller Verachtung zu und entfernte sich. Er schämte sich jetzt selbst, daß er sich mit ihr eingelassen hatte; länger hielt er es jedenfalls nicht aus.
Nach einer Stunde hatten wir, trotz allen Kämpfens und Ringens, alles verloren.
»Nach Hause!« schrie die Tante. Ehe wir die Allee erreicht hatten, sprach sie kein Wort.
Als wir in der Allee waren und uns schon dem Hotel näherten, da kamen bei ihr stoßweise die ersten Ausrufe:
»So ein dummes Weib! So ein verrücktes Weib! Du altes, altes, verrücktes Weib du!«
Sobald wir wieder in ihrem Logis waren, schrie sie:
»Bringt mir Tee! Und packt sofort ein! Wir reisen ab!«
»Wohin belieben Sie zu reisen, Mütterchen?« fragte Marfa schüchtern.
»Was geht dich das an? Kümmere dich um deine eigene Nase! Potapytsch, pack alles zusammen, mach alles fertig! Wir fahren zurück, nach Moskau. Ich habe fünfzehntausend Rubel verspielt!«
»Fünfzehntausend Rubel, Mütterchen! Mein Gott, mein Gott!« fing Potapytsch an und schlug, wie tief ergriffen, die Hände zusammen, wahrscheinlich in der Meinung, es damit der Alten recht zu machen.
»Na, na, du Schafskopf! Fang womöglich noch an zu heulen! Schweig still! Pack die Sachen! Und schnell die Rechnung, schnell.«
»Der nächste Zug geht um halb zehn, Großmütterchen«, bemerkte ich in der Absicht, ihr Toben zu hemmen.
»Und wieviel ist es jetzt?«
»Halb acht.«
»Das ist ärgerlich! Na, ganz egal! Alexej Iwanowitsch, Geld habe ich auch nicht eine Kopeke mehr. Da hast du noch zwei Staatsschuldscheine; lauf und wechsle mir die auch noch um. Sonst habe ich kein Geld zum Fahren.«
Ich ging hin. Als ich nach einer halben Stunde ins Hotel zurückkam, fand ich bei der Tante die sämtlichen Unsrigen vor. Anscheinend waren sie über die Mitteilung, daß die

Tante nach Moskau zurückzufahren beabsichtige, noch mehr bestürzt als über deren Spielverlust. Allerdings wurde durch diese Abreise das übrige Vermögen der alten Dame gerettet; aber auf der anderen Seite: was sollte jetzt aus dem General werden? Wer würde de Grieux' Forderungen begleichen? Mademoiselle Blanche würde selbstverständlich nicht warten mögen, bis die Alte stürbe, sondern wahrscheinlich gleich jetzt mit dem kleinen Fürsten oder sonst jemandem davongehen. Sie standen alle vor der Tante, trösteten sie und redeten ihr freundlich zu. Polina war wieder nicht dabei. Die Tante schrie ihnen grimmig zu:
»Macht, daß ihr fortkommt, ihr Kanaillen! Was geht euch die ganze Geschichte an? Wozu drängt sich dieser Ziegenbart« (das war Monsieur de Grieux) »mir immer auf? Und du, kokette Person« (hier wandte sie sich an Mademoiselle Blanche), »was willst du von mir? Warum scharwenzelst du um mich herum?«
»Diantre!« murmelte Mademoiselle Blanche, in deren Augen die Wut funkelte; aber plötzlich lachte sie auf und ging hinaus.
»Elle vivra cent ans!« rief sie in der Tür dem General zu.
»So, so! Also du rechnest auf meinen Tod?« kreischte die Alte den General an. »Mach, daß du fortkommst! Jage sie alle hinaus, Alexej Iwanowitsch! Was geht es euch an? Ich habe mein eigenes Geld verspielt und nicht eures!«
Der General zuckte mit den Achseln und ging in gekrümmter Haltung hinaus. De Grieux folgte ihm.
»Rufe Praskowja her!« befahl die Tante ihrer Zofe Marfa.
Nach fünf Minuten kehrte Marfa mit Polina zurück. Polina hatte diese ganze Zeit über mit den Kindern in ihrem Zimmer gesessen und sich anscheinend vorgenommen, den ganzen Tag nicht auszugehen. Ihr Gesicht war ernst, traurig und sorgenvoll.
»Praskowja«, begann die Tante, »ist das wahr, was ich vor kurzem auf einem Umweg gehört habe, daß dieser Dummkopf, dein Stiefvater, diese dumme, flatterhafte Französin heiraten will? Sie ist ja wohl eine Schauspielerin, wenn nicht etwas noch Schlimmeres? Sag, ist das wahr?«

»Sicheres weiß ich darüber nicht, Großmütterchen«, antwortete Polina; »aber aus den eigenen Worten der Mademoiselle Blanche, die es nicht für nötig hält, ein Geheimnis daraus zu machen, schließe ich...«
»Genug«, unterbrach die Alte sie energisch. »Ich verstehe alles! Ich habe mir gleich gesagt, daß ihm das ganz ähnlich sehe, und habe ihn von jeher für einen ganz hohlen, leichtsinnigen Menschen gehalten. Er hat sich so einen Dünkel zugelegt, weil er General geworden ist (eigentlich war er nur Oberst und hat den Generalsrang erst beim Abschied bekommen); darauf ist er nun stolz. Ich weiß alles, mein Kind, wie ihr ein Telegramm nach dem andern nach Moskau geschickt habt: ›Wird denn die Alte noch nicht bald die Augen zumachen?‹ Ihr wartetet auf die Erbschaft; wenn der General kein Geld hat, nimmt ihn diese gemeine Dirne (wie heißt sie doch? de Cominges, nicht wahr?) nicht einmal als Lakaien zu sich, noch dazu mit seinen falschen Zähnen. Sie hat, wie es heißt, selbst eine tüchtige Menge Geld und verleiht es auf Zinsen, ein netter Erwerbszweig! Dir, Praskowja, mache ich keine Vorwürfe; du hast keine Telegramme abgeschickt, und an alte Geschichten will ich auch nicht weiter denken. Ich weiß, daß du einen garstigen Charakter hast; du bist die reine Wespe! Wo du hinstichst, da gibt es eine Geschwulst. Aber du tust mir leid; denn ich habe deine Mutter, die verstorbene Katerina, sehr gern gehabt. Na, willst du? Laß hier alles stehn und liegen und fahr mit mir mit! Du weißt ja doch eigentlich nicht, wo du bleiben sollst, und hier bei denen zu sein paßt sich gar nicht einmal für dich. Warte« (Polina hatte schon zu einer Antwort angesetzt; aber die Alte ließ sie nicht zu Wort kommen), »ich bin noch nicht fertig. Mein Haus in Moskau ist, wie du weißt, so groß wie ein Schloß. Meinetwegen kannst du darin eine ganze Etage bewohnen und brauchst wochenlang nicht zu mir zu kommen, wenn mein Wesen dir nicht zusagt. Nun, willst du oder willst du nicht?«
»Gestatten Sie mir zunächst die Frage: wollen Sie wirklich jetzt gleich fahren?«
»Du denkst wohl, ich mache nur Scherz, mein Kind? Ich

habe gesagt, daß ich fahre, und werde es auch tun. Ich habe heute fünfzehntausend Rubel bei eurem dreimal verfluchten Roulett verloren. Auf meinem Gut bei Moskau habe ich vor fünf Jahren gelobt, eine hölzerne Kirche zu einer steinernen umzubauen, und statt dessen habe ich nun hier mein Geld vergeudet. Jetzt fahre ich hin, mein Kind, um die Kirche zu bauen.«

»Aber die Brunnenkur, Großmütterchen? Sie sind doch hergekommen, um Brunnen zu trinken?«

»Ach, geh mir mit deinem Brunnen! Mach mich nicht ärgerlich, Praskowja; oder war das gerade deine Absicht? Sag, fährst du mit oder nicht?«

»Ich bin Ihnen sehr, sehr dankbar, Großmütterchen«, erwiderte Polina mit warmer Empfindung, »für das Asyl, das Sie mit anbieten. Zum Teil haben Sie meine Lage richtig erraten. Ich erkenne Ihr Güte aus vollem Herzen an und werde (seien Sie dessen versichert!) zu Ihnen kommen, vielleicht sogar schon sehr bald; aber jetzt habe ich Gründe... wichtige Gründe... und ich kann mich so plötzlich, in diesem Augenblick, nicht dazu entschließen. Wenn Sie wenigstens noch ein paar Wochen hierblieben...«

»Also du willst nicht?«

»Ich kann es nicht. Außerdem kann ich jedenfalls meinen Bruder und meine Schwester nicht verlassen; denn... denn... denn es könnte sonst wirklich so kommen, daß sie niemand auf der Welt haben, der sich ihrer annimmt. Wenn Sie also mich mitsamt den Kleinen aufnehmen wollen, Großmütterchen, dann werde ich bestimmt zu Ihnen ziehen, und glauben Sie mir: ich werde Ihnen Ihre Güte lohnen!« fügte sie warm und herzlich hinzu. »Aber ohne die Kinder kann ich es nicht, Großmütterchen.«

»Na, heule nur nicht!« (Polina war vom Heulen weit entfernt, wie sie denn überhaupt niemals weinte.) »Es wird sich auch für deine Küchlein schon noch ein Plätzchen finden; mein Hühnerstall ist ja geräumig. Überdies ist's für sie bald Zeit, daß sie in die Schule kommen. Na, also du fährst jetzt nicht mit! Nun, Praskowja, sei auf deiner Hut! Ich meine es gut mit dir; aber ich weiß ja, warum du nicht mitfährst. Ich

weiß alles, Praskowja. Dieser Franzose wird dir keinen Segen bringen.«
Polina wurde dunkelrot. Ich fuhr ordentlich zusammen. (Alle wissen Bescheid! Nur ich weiß von nichts!)
»Nun, nun, du brauchst kein finsteres Gesicht zu machen. Ich will nicht weiter darüber reden. Sei nur auf deiner Hut, daß nichts Schlimmes passiert, verstehst du? Du bist ein verständiges Mädchen; es würde mir um dich leid tun. Na, nun genug! Hätte ich euch alle nur gar nicht wiedergesehen! Geh! Lebewohl!«
»Ich begleite Sie noch auf den Bahnhof, Großmütterchen«, sagte Polina.
»Nicht nötig; sei mir nicht im Wege; ich habe euch sowieso schon alle satt.«
Polina wollte der Alten die Hand küssen; aber diese zog die Hand weg und küßte selbst Polina auf die Wange.
Als Polina an mir vorbeiging, sah sie mich mit einem schnellen Blick an und wendete sogleich die Augen wieder weg.
»Na, dann leb auch du wohl, Alexej Iwanowitsch; es ist nur noch eine Stunde bis zur Abfahrt des Zuges. Und du wirst auch von dem Zusammensein mit mir müde geworden sein, denke ich mir. Da, nimm für dich diese fünfzig Goldstücke!«
»Ich danken Ihnen herzlich, Großmütterchen; aber es ist mir peinlich...«
»Ach was!« schrie die Tante in so energischem, grimmigem Ton, daß ich mich nicht zu weigern wagte und das Geld annahm.
»Wenn du in Moskau bist und da ohne Stellung herumläufst, dann komm zu mir; ich werde dich irgendwohin empfehlen. Na, nun mach, daß du wegkommst!«
Ich ging auf mein Zimmer und legte mich auf das Bett. Ich glaube, etwa eine halbe Stunde lang lag ich da, auf dem Rücken, die Hände unter dem Kopf. Die Katastrophe brach bereits herein; da gab es vieles, worüber ich nachdenken mußte. Ich nahm mir vor, am nächsten Tag mit Polina ein ernstes Wort zu reden. Ah, dieser kleine Franzose! Also war es wirklich wahr! Aber dennoch: von welcher Art konnte

denn dieses Verhältnis sein? Polina und de Grieux! O Gott, was für eine Zusammenstellung!
Das alles war doch geradezu unglaublich. Ich sprang plötzlich, ganz außer mir, vom Bett auf, um sofort wegzugehen und Mister Astley aufzusuchen und ihn um jeden Preis zum Reden zu bringen. Er wußte sicherlich auch hiervon mehr als ich. Mister Astley? Der war mir auch für seine eigene Person noch ein Rätsel!
Da hörte ich jemand an meine Tür kopfen. Ich sah nach – es war Potapytsch.
»Alexej Iwanowitsch, die gnädige Frau lassen Sie zu sich bitten!«
»Was gibt es denn? Sie will wohl abfahren, nicht wahr? Es sind noch zwanzig Minuten bis zur Abfahrt des Zuges.«
»Die gnädige Frau sind so unruhig und können kaum stillsitzen. ›Schnell, schnell!‹ sagen die gnädige Frau, nämlich, daß ich Sie schnell holen soll. Um Christi willen, kommen Sie schnell!«
Ich lief sogleich hinunter. Die Tante hatte sich schon auf den Korridor hinaustragen lassen. In der Hand hielt sie ihre Brieftasche.
»Alexej Iwanowitsch, geh voran; wir wollen hin!«
»Wohin, Großmütterchen?«
»Ich will nicht am Leben bleiben, wenn ich es nicht wiedergewinne! Na, marsch, ohne weiter zu fragen! Das Spiel dauert dort ja wohl bis Mitternacht?«
Ich war starr, überlegte einen Augenblick, hatte dann aber sofort meinen Entschluß gefaßt.
»Nehmen Sie es mir nicht übel, Antonida Wassiljewna, ich komme nicht mit.«
»Warum nicht? Was soll das wieder heißen? Ihr seid hier wohl alle nicht recht bei Trost?«
»Nehmen Sie es mir nicht übel; aber ich würde mir nachher selbst Vorwürfe deswegen machen; ich will nicht. Ich will weder Zeuge noch Teilnehmer sein; dispensieren Sie mich davon, Antonida Wassiljewna! Da haben Sie ihre fünfzig Friedrichsdor zurück; leben Sie wohl!« Ich legte die Rolle mit den Friedrichsdor dort auf ein Tischchen, neben dem

der Stuhl der Tante gerade vorbeikam, verbeugte mich und ging weg.

»So ein Unsinn!« rief sie mir nach. »Dann laß es bleiben, meinetwegen; ich werde den Weg auch allein finden! Potapytsch, komm du mit! Na, hebt mich auf und tragt mich!«

Mister Astley fand ich nicht und kehrte nach Hause zurück. Erst spät, nach Mitternacht, erfuhr ich von Potapytsch, wie dieser Tag für die Alte geendet hatte. Sie hatte alles verspielt, was ich ihr kurz vorher eingewechselt hatte, das heißt nach unserem Geld nochmal zehntausend Rubel. Jener selbe Pole, dem sie unlängst zwei Friedrichsdor geschenkt hatte, hatte sich an sie herangemacht und während der ganzen Zeit ihr Spiel dirigiert. Zuerst, ehe sich der Pole einfand, hatte sie den Versuch gemacht, ihre Einsätze durch Potapytsch bewerkstelligen zu lassen; aber den hatte sie bald weggejagt, und dann war der Pole eingetreten. Das Unglück wollte, daß er Russisch verstand und sogar einigermaßen sprach, in einem Gemisch von drei Sprachen, so daß sie sich leidlich untereinander verständlich machen konnten. Die Tante hatte ihm die ganze Zeit über die derbsten Schimpfworte an den Kopf geworfen, und »obgleich er«, erzählte Potapytsch, »sich fortwährend ›der gnädigen Frau zu Füßen legte‹, wurde er von ihr doch ganz anders behandelt wie Sie, Alexej Iwanowitsch; gar kein Vergleich. Mit Ihnen verkehrte sie wie mit einem wirklichen Herrn; aber der... das war der Richtige! Ich habe es selbst mit meinen eigenen Augen gesehen (ich will auf der Stelle des Todes sein!), einfach vom Tisch weg hat er ihr das Geld gestohlen. Sie hat ihn selbst ein paarmal auf dem Tisch dabei ertappt und ihn ausgescholten, mit allerlei bösen Worten hat sie ihn ausgescholten; sogar an den Haaren hat sie ihn einmal gezogen, wahrhaftig, ich lüge nicht, so daß die Leute, die drum herumstanden, anfingen zu lachen. Alles hat sie verspielt, aber auch geradezu alles, alles, was Sie ihr eingewechselt hatten. Wir haben sie dann wieder hierher gebracht; nur ein bißchen Wasser ließ sie sich zum Trinken geben; dann bekreuzigte sie sich, und zu Bett! Ganz erschöpft war sie, und sie ist sofort eingeschlafen. Gott möge ihr freundliche Träume senden! Nein, ich sage nur: dieses Ausland!« schloß Potapytsch. »Ich habe es gleich gesagt, daß dabei nichts Gutes herauskommt. Wir sollten so schnell wie möglich nach unserem lieben Moskau zurückfahren! Was haben wir nicht für schöne Dinge bei uns zu Hause, in Moskau! Der Garten, und Blumen, wie sie hier gar nicht wachsen, und der Duft, und die Äpfel werden reif, und was haben wir da für Raum! Aber nein, wir mußten ins Ausland! O weh, o weh!...«

DREIZEHNTES KAPITEL

Beinah ein ganzer Monat ist schon vergangen, seit ich diese meine Aufzeichnungen nicht mehr angerührt habe, die ich damals im Bann unklarer, aber starker Affekte begann. Die Katastrophe, deren Herannahen ich damals voraußfühlte, ist wirklich eingetreten, aber in sehr viel heftigerer Form und anderer Art, als ich es mir gedacht hatte. All diese Vorgänge trugen einen sonderbaren, widerwärtigen, ja tragischen Charakter, wenigstens für mich. Ich habe einzelnes erlebt, was an Wunder grenzt; so sehe ich wenigstens noch immer diese Dinge an, wiewohl sie von einem anderen Standpunkt aus, und namentlich wenn man erwägt, in welchem Wirbel ich damals herumgetrieben wurde, nur als Ereignisse von vielleicht nicht ganz gewöhnlicher Art erscheinen mögen. Aber das Allerwunderbarste ist für mich die Art und Weise, wie ich mich selbst diesen Ereignissen gegenüber verhielt. Noch immer bin ich nicht imstande, mich selbst zu begreifen! Und all das ist dahingeflogen wie ein Traum, sogar meine Leidenschaft, die doch stark und aufrichtig war; aber wo ist die jetzt geblieben? Wirklich: manchmal huscht mir der Gedanke durch den Kopf: habe ich vielleicht damals den Verstand verloren und dann diese ganze Zeit über irgendwo in einem Irrenhaus gesessen, oder sitze ich vielleicht auch jetzt noch in einem solchen und all diese Dinge waren und sind nur Produkte meiner Einbildung?

Ich habe meine Blätter zusammengesucht und wieder durchgelesen; vielleicht habe ich es nur in der Absicht getan, mich zu überzeugen, ob ich sie nicht wirklich in einem Irrenhaus geschrieben habe. Jetzt bin ich allein, mutterseelenallein. Der Herbst rückt heran, das Laub wird gelb. Ich sitze in diesem trostlosen Städtchen (oh, wie trostlos sind die kleinen deutschen Städte!), und statt zu überlegen, was ich nun weiter tun soll, lebe ich in den Empfindungen der jüngsten Vergangenheit, in frischen Erinnerungen und überlasse mich dem Gedanken an jenen Wirbelsturm, der mich damals packte und umherschleuderte und mich nun wieder irgendwohin ausgeworfen hat. Manchmal habe ich die Vorstellung, als drehte ich mich immer noch in diesem Wirbel herum, und als werde im nächsten Augenblick jener Sturm wieder heranbrausen und im Vorbeijagen mich mit seinem Flügel erfassen, und als werde ich wieder aus dem Geleise herausgerissen werden und alles gesunde Urteil verlieren und im Kreise herumgetrieben werden, immer im Kreise, im Kreise...

Aber vielleicht komme ich von diesem Zustand des schwindelerregenden Umherkreisens los und gelange wieder zur Ruhe, wenn ich versuche, mir von allem, was in diesem Monat vorgefallen ist, genaue Rechenschaft zu geben. Ich fühle wieder einen Drang, zur Feder zu greifen, und ich habe auch mitunter abends gar nichts zu tun. Sonderbar: um wenigstens eine Beschäftigung zu haben, entnehme ich aus der hiesigen elenden Leihbibliothek als Lektüre Romane von Paul de Kock (in deutscher Übersetzung!), obwohl ich sie nicht leiden kann; aber ich lese sie und wundere mich über mich selbst: es hat fast den Anschein, als fürchtete ich durch die Lektüre eines ernsten Buches oder irgendwelche andere ernste Beschäftigung den Zauberbann zu zerstören, in den mich die letzte Vergangenheit geschmiedet hat. Als wäre mir dieser schreckliche Traum nebst allen von ihm zurückgebliebenen Empfindung so lieb und teuer, daß ich nicht einmal mit etwas Neuem an ihn rühren möchte, damit er nicht in Rauch verfliege! Ist mir das alles so lieb und teuer, wie? Ja, gewiß, es ist mir lieb und teuer; vielleicht werde ich

noch nach vierzig Jahren mich wehmütig daran erinnern...
Ich beginne also wieder zu schreiben. Aber ich brauche das Folgende nicht mit der Ausführlichkeit zu erzählen wie das Frühere; waren doch auch meine Gefühle und Empfindungen dabei von ganz anderer Art.

*

Zuerst möchte ich das, was ich von der alten Tante berichtete, zum Abschluß bringen. Am andern Tage verspielte sie alles, was sie mithatte, schlechthin alles. Es konnte nicht anders kommen: gerät ein Mensch von solchem Charakter auf diesen Weg, so ist es, als ob er im Schlitten einen Schneeberg hinabführe: es geht immer schneller und schneller hinunter. Sie spielte den ganzen Tag bis acht Uhr abends. Ich war dabei nicht zugegen; ich weiß davon nur aus Erzählungen. Potapytsch hielt sich im Kurhaus den ganzen Tag über zu ihrer Verfügung. Die Polen, von denen die Tante sich beim Spiel beraten ließ, wechselten an diesem Tag mehrmals ab. Sie begann damit, daß sie den Polen von gestern, den sie an den Haaren gerissen hatte, wegjagte und einen andern annahm; aber es stellte sich bald heraus, daß dieser andere womöglich noch schlimmer war. Sie jagte also auch diesen weg und nahm den ersten wieder an, der nicht weggegangen war und während der ganzen Zeit, wo er sich in Ungnade befand, sich dicht dabei, hinter ihrem Stuhl, herumgedrückt und alle Augenblicke seinen Kopf zu ihr hindurchgeschoben hatte. Durch all das geriet die Tante schließlich in einen Zustand völliger Verzweiflung. Der weggejagte zweite Pole wollte gleichfalls um keinen Preis weichen; der eine postierte sich rechts vom Stuhl der Tante, der andere links. Die ganze Zeit über stritten und schimpften sie untereinander wegen der Höhe der Einsätze und wegen der Auswahl, worauf zu setzen sei, und belegten einander mit dem Titel »Lajdak«, Strolch, und andern polnischen Schmeichelnamen; dann vertrugen sie sich wieder, warfen mit dem Geld ohne alle Ordnung umher und schalteten und walteten damit ganz leichtfertig. Zu Zeiten, wo sie sich gezankt hatten, setzte ein jeder von ihnen auf seiner Seite, was ihm beliebte, zum Beispiel der eine auf Rot, der andere auf Schwarz. Schließlich machte all dies die Tante ganz schwindlig und denkunfähig, so daß sie zuletzt, dem Weinen nahe, sich an den Obercroupier wandte, mit der Bitte, sie zu beschützen und die beiden Polen wegzujagen. Diese wurden denn auch unverzüglich fortgewiesen, trotz ihres Geschreis und ihrer Proteste: sie schrien beide zugleich und behaupteten, die alte Dame sei vielmehr ihnen Geld schuldig, sie habe sie irgendwie betrogen und sich gegen sie unehrenhaft und gemein benommen. Der unglückliche Potapytsch erzählte mir alles dies unter Tränen noch an demselben Abend, an dem der Spielverlust stattgefunden hatte, und klagte mir, die beiden hätten sich die Taschen voll Geld gestopft; er habe selbst gesehen, wie sie schamlos gestohlen und sich alle Augenblicke etwas in die Taschen gesteckt hätten. Auch allerlei Kunstgriffe hätten sie angewandt. So habe zum Beispiel der eine die Tante um fünf Friedrichsdor als Belohnung für seine Dienste gebeten und dieses Geld sogleich im Roulett gesetzt, neben den Einsätzen der Tante. Habe nun die Tante gewonnen, so habe er geschrien, der Einsatz, der gewonnen habe, gehöre ihm, der der Tante habe verloren. Als sie fortgewiesen wurden, war dann Potapytsch vorgetreten und hatte der Tante berichtet, daß sie die ganzen Taschen voller Geld hätten. Die Tante hatte sofort den Croupier gebeten, sich der Sache anzunehmen, und obwohl die beiden Polen ein großes Geschrei vollführten (gerade wie zwei Hähne, die man mit den Händen greift), war die Polizei erschienen und hatte ihnen zum Vorteil der Tante die Taschen ausgeleert. Solange die Tante nicht ihr ganzes Geld verspielt hatte, erfreute sie sich an diesem ganzen Tag bei den Croupiers und überhaupt bei allen Beamten des Kurhauses offenkundiger Hochachtung. Allmählich hatte sich eine Kunde von ihr in der ganzen Stadt verbreitet. Alle Kurgäste jeder Nationalität, vornehm und gering, strömten in den Spielsaal, um sich da »une vieille russe, tombée en enfance« anzusehen, die bereits »einige Millionen« verspielt hatte.

Aber es nützte der Tante herzlich wenig, daß man sie von den beiden Polacken befreit hatte. An Stelle derselben erschien sogleich dienstbereit ein dritter Pole; dieser sprach ein vollkommen reines Russisch, war wie ein Gentleman gekleidet, wiewohl er dabei doch wie ein Lakai aussah, trug einen gewaltigen Schnurrbart und kehrte ein großes Ehrgefühl heraus. Er küßte gleichfalls, nach seinem Ausdruck, die Fußspuren der gnädigen Frau und legte sich ihr zu Füßen, benahm sich aber gegen alle, die er um sich hatte, hochmütig, maßte sich eine despotische Herrschaft an, kurz, er trat gleich von vornherein nicht als Diener der Tante, sondern als ihr Gebieter auf. Alle Augenblicke, bei jedem Einsatz, wandte er sich zu ihr und schwor mit den fürchterlichsten Eiden, er sei ein Ehrenmann und nehme nicht eine Kopeke von ihrem Geld. Er wiederholte diese Schwüre so oft, daß die Tante schließlich ganz eingeschüchtert wurde. Aber da dieser Herr tatsächlich anfangs einen günstigen Einfluß auf ihr Spiel auszuüben schien und Gewinne erzielte, so glaubte die Tante selbst, sich nicht von ihm losmachen zu sollen. Eine Stunde später erschienen die beiden früheren Polen, die aus dem Spielsaal heraustransportiert worden waren, von neuem hinter dem Stuhl der Tante und boten ihr wieder ihre Dienste an, wenn auch nur zu Botengängen. Potapytsch beteuerte eidlich, daß der Ehrenmann ihnen heimlich zugeblinzelt und ihnen sogar etwas in die Hand geschoben habe. Da die Tante nichts zu Mittag gegessen hatte und fast gar nicht von ihrem Stuhl weggegangen war, so kam ihr der eine Pole mit seiner Dienstfertigkeit ganz gelegen: er mußte nach dem Restaurant des Kurhauses laufen und ihr eine Tasse Bouillon holen, dann auch eine Tasse Tee. Übrigens liefen die Polen immer beide zugleich. Aber am Ende des Tages, als es schon allen klar war, daß sie ihre letzte Banknote verspielen werde, standen hinter ihrem Stuhl schon ganze sechs Polen, von denen vorher nichts zu sehen und zu hören gewesen war. Und als die Tante wirklich im Begriff stand, ihr letztes Geld zu verlieren, da gehorchte keiner von ihnen mehr ihren Weisungen, ja sie beachteten die Alte gar nicht mehr, drängten sich geradezu neben ihr vorbei an den

Tisch, griffen selbst nach dem Geld, verfügten eigenmächtig darüber, setzten, stritten und schrien, wobei sie mit dem Ehrenmann auf dem Duzfuß verkehrten; der Ehrenmann selbst aber hatte die Existenz der Tante beinah überhaupt vergessen. Sogar dann, als die Tante alles verspielt hatte und am Abend gegen acht Uhr ins Hotel zurückkehrte, selbst da konnten sich drei oder vier Polen immer noch nicht entschließen, von ihr abzulassen, sondern liefen rechts und links neben ihrem Stuhl her, schrien aus Leibeskräften und behaupteten in schneller Rede, die alte Dame habe sie irgendwie betrogen und müsse ihnen etwas herausgeben. So kamen sie bis zum Hotel mit, von wo sie schließlich mit Püffen und Stößen weggetrieben wurden.

Nach Potapytschs Berechnung muß die Tante an diesem Tag im ganzen gegen neunzigtausend Rubel verspielt haben, abgesehen von dem Geld, das sie tags zuvor verloren hatte. Alle fünfprozentigen Staatsschuldscheine in inländischen Anleihen, alle Aktien, die sie mithatte, ließ sie, ein Stück nach dem andern, umwechseln. Ich drückte mein Erstaunen darüber aus, wie sie es diese ganzen sieben oder acht Stunden lang habe aushalten können, auf ihrem Stuhl zu sitzen, beinahe ohne jemals vom Tisch fortzugehen; aber Potapytsch erzählte mir, sie habe etwa dreimal wirklich stark zu gewinnen angefangen; durch die wiedererwachte Hoffnung neu belebt, habe sie dann nicht von ihrem Platz weggekonnt. Spieler haben ja Verständnis dafür, wie ein Mensch es fertigbringt, fast vierundzwanzig Stunden lang auf einem Fleck bei den Karten zu sitzen und weder rechts noch links zu blicken.

Unterdes waren im Laufe des Tages bei uns im Hotel gleichfalls sehr wichtige Dinge vorgegangen. Schon am Vormittag, vor elf Uhr, als die Tante noch zu Hause war, entschlossen sich die Unsrigen, das heißt der General und de Grieux, zu einem letzten Schritt. Da sie erfahren hatten, daß die Tante nicht mehr daran dachte, abzureisen, sondern vielmehr im Begriff war, sich nach dem Kurhaus aufzumachen, so begaben sie sich als vollständiges Konklave (mit Ausnahme von Polina) zu ihr, um mit ihr nachdrücklich und sogar offenherzig zu reden. Der General, der angesichts der schrecklichen Folgen, die die Spielwut der Tante für ihn haben mußte, vor Angst verging und am ganzen Leibe zitterte, griff aber dabei zu Mitteln, die gar zu kräftig waren: nachdem er eine halbe Stunde lang gebeten und gefleht und sogar alles offenherzig gestanden hatte, nämlich alle seine Schulden und selbst seine Leidenschaft für Mademoiselle Blanche (er war eben ganz kopflos geworden), schlug er auf einmal einen drohenden Ton an und begann sogar seine Tante anzuschreien und mit den Füßen zu stampfen; er schrie, sie verunehre seine und ihre Familie, verursache in der ganzen Stadt ein skandalöses Aufsehen, und schließlich... schließlich sagte er noch: »Sie bringen Schande über unser russisches Vaterland, gnädige Frau!« und deutete darauf hin, daß es dagegen noch eine Polizei gebe! Die Alte jagte ihn endlich mit einem Stock hinaus, mit einem wirklichen Stock.

Der General und de Grieux berieten sich noch ein- oder zweimal im Laufe dieses Vormittags, wobei sie besonders die Frage beschäftigte, ob es denn wirklich ganz unmöglich sei, irgendwie ein Eingreifen der Polizei herbeizuführen. Man könnte ja sagen, diese unglückliche, aber höchst achtungswerte Dame habe den Verstand verloren und sei jetzt dabei, ihr letztes Geld zu verspielen usw. Kurz, ob es nicht möglich sei, eine Art von Aufsicht oder ein Spielverbot zu erwirken. Aber de Grieux zuckte nur mit den Achseln und lachte dem General ins Gesicht, der ohne Aufhören in diesem Sinne redete und im Zimmer auf und ab ging. Endlich verließ de Grieux mit einer wegwerfenden Handbewegung nach dem General hin das Zimmer. Am Abend wurde bekannt, daß er das Hotel mit seinem ganzen Gepäck verlassen habe, nachdem er vorher noch eine sehr ernste, geheimnisvolle Unterredung mit Mademoiselle Blanche gehabt habe. Was Mademoiselle Blanche anlangt, so hatte sie gleich am Vormittag entscheidende Maßregeln ergriffen: sie hatte den General vollständig abgehalftert und ließ ihn überhaupt nicht mehr vor ihre Augen kommen. Als der General ihr nach dem Kurhaus nachlief und sie dort Arm in

Arm mit dem kleinen Fürsten traf, kannten Mademoiselle Blanche und Madame veuve Cominges ihn gar nicht mehr. Auch der kleine Fürst grüßte ihn nicht. Diesen ganzen Tag über experimentierte Mademoiselle Blanche an dem Fürsten herum und bearbeitete ihn mit allen möglichen Mitteln, um ihn endlich zu einer entscheidenden Erklärung zu bringen. Aber o weh! In ihren Spekulationen auf den Fürsten sah sie sich grausam getäuscht! Diese kleine Katastrophe trug sich erst gegen Abend zu: Es stellte sich nämlich auf einmal heraus, daß der Fürst kahl wie eine Kirchenmaus war und sogar seinerseits darauf gehofft hatte, von ihr Geld auf einen Wechsel zu bekommen, um dann Roulett spielen zu können. Blanche gab ihm entrüstet den Laufpaß und schloß sich in ihr Zimmer ein.

Am Morgen dieses selben Tages ging ich zu Mister Astley, oder, richtiger gesagt, ich suchte Mister Astley den ganzen Vormittag über, konnte ihn aber nirgends finden. Er war weder bei sich zu Hause noch im Kurhaus oder im Park. Auch am Diner nahm er diesmal in seinem Hotel nicht teil. Zwischen vier und fünf Uhr erblickte ich ihn plötzlich, wie er vom Bahnhof geradewegs nach dem Hotel d'Angleterre ging. Er hatte es eilig und schien seine Sorgen zu haben, wiewohl es schwer war, jemals auf seinem Gesicht einen Ausdruck von Sorge oder irgendwelcher Verlegenheit zu erkennen. Er streckte mir freudig mit seinem gewöhnlichen Ausruf: »Ah!« die Hand entgegen, blieb aber nicht auf der Straße stehen, sondern setzte seinen Weg ziemlich schnellen Schrittes fort. Ich schloß mich ihm an; aber er verstand es, mir solche Antworten zu geben, daß ich nicht dazu kam, ihn nach etwas Wichtigerem zu fragen. Außerdem war es mir sehr peinlich, das Gespräch auf Polina zu bringen, und er selbst erwähnte sie mit keinem Wort. Ich erzählte ihm von der Tante; er hörte aufmerksam und mit ernster Miene zu und zuckte mit den Achseln.

»Sie wird alles verspielen«, bemerkte ich.

»O ja«, erwiderte er. »Vorhin, als ich wegfahren wollte, traf ich sie auf dem Weg zum Spielsaal, und da sagte ich ihr mit Bestimmtheit, daß sie alles verlieren werde. Wenn ich Zeit

habe, will ich nach dem Spielsaal gehen, um zuzusehen; denn so etwas ist interessant.«
»Wo waren Sie denn hingefahren?« fragte ich und wunderte mich selbst darüber, daß ich danach bisher noch nicht gefragt hatte.
»Ich war in Frankfurt.«
»In geschäftlichen Angelegenheiten?«
»Jawohl.«
Wonach konnte ich ihn nun noch weiter fragen? Ich ging immer noch neben ihm her; aber plötzlich bog er in das an unserem Weg stehende Hôtel des quatre saisons ein, nickte mir mit dem Kopf zu und war verschwunden. Nach Hause zurückgekehrt, wurde ich mir allmählich darüber klar, daß ich, selbst wenn ich zwei Stunden lang mit ihm gesprochen hätte, doch schlechterdings nichts erfahren haben würde, weil... weil es gar nichts gab, wonach ich ihn hätte fragen können! Ja, es war wirklich so! Ich war jetzt absolut nicht imstande, meine Frage zu formulieren.
Diesen ganzen Tag über ging Polina bald mit den Kindern und der Kinderfrau im Park spazieren, bald saß sie zu Hause. Den General mied sie schon seit längerer Zeit und redete mit ihm fast gar nicht, wenigstens nicht über ernsthafte Dinge. Das hatte ich schon lange bemerkt. Aber da ich wußte, in welcher Situation sich der General heute befand, so sagte ich mir, er würde wohl nicht umhin gekonnt haben mit ihr zu sprechen, das heißt, es müsse wohl mit Notwendigkeit zwischen ihnen zu einer ernsten Aussprache gekommen sein, wie sie bei so wichtigen Angelegenheiten zwischen Familienmitgliedern unerläßlich ist. Als ich jedoch nach meinem Gespräch mit Mister Astley nach dem Hotel zurückging und unterwegs Polina mit den Kindern traf, da lag auf ihrem Gesicht ein Ausdruck ungetrübter Ruhe, als ob all die Stürme, unter denen die Familie litt, nur sie allein verschonten. Meine Verbeugung erwiderte sie mit einem Kopfnicken. Ich ging wütend auf mein Zimmer.
Allerdings hatte ich es seit dem Vorfall mit dem Wurmerhelmschen Ehepaar vermieden, mit ihr zu sprechen, und war seitdem kein einziges Mal mit ihr zusammen gewesen.

Das war von mir zum Teil nur Getue und Gehabe gewesen; aber je länger es dauerte, um so heißer glühte in mir eine wirkliche Entrüstung auf. Auch wenn sie mich nicht ein bißchen liebte, durfte sie meiner Ansicht nach dennoch nicht meine Gefühle in dieser Weise mit Füßen treten und meine Geständnisse mit solcher Geringschätzung aufnehmen. Sie wußte ja doch, daß ich sie mit einer wahren, echten Liebe liebte, und hatte mir selbst gestattet und erlaubt, davon zu ihr zu reden! Freilich, diese unsere Beziehungen hatten in eigentümlicher Weise ihren Anfang genommen. Vor geraumer Zeit, schon vor zwei Monaten, hatte ich bemerkt, daß sie mich zu ihrem Freund und Vertrauten zu machen wünschte und mich gelegentlich auch schon als solchen behandelte. Aber ohne daß ich gewußt hätte warum, wollte sich dieses Verhältnis damals nicht weiterentwickeln; statt dessen kam es vielmehr zu unsern jetzigen sonderbaren Beziehungen; und eben deswegen hatte ich angefangen so mit ihr zu reden. Aber wenn ihr meine Liebe zuwider war, warum verbot sie mir dann nicht geradezu, mit ihr davon zu reden?

Sie hatte es mir nicht verboten, mich im Gegenteil manchmal zu einem solchen Gespräch herausgefordert; aber das hatte sie natürlich nur zum Spott getan. Ich hatte deutlich gemerkt und wußte genau, daß es ihr Freude machte, nachdem sie mich angehört und mich auf das äußerste gereizt hatte, dann auf einmal mich durch einen schroffen Ausdruck größter Geringschätzung und Gleichgültigkeit wie mit einem Knüttel über den Kopf zu schlagen. Und sie wußte doch, daß ich ohne sie nicht leben konnte. Jetzt waren nun drei Tage seit der Geschichte mit dem Baron vergangen, und ich konnte unsere »Scheidung« nicht mehr ertragen. Als ich ihr kurz vorher beim Kurhaus begegnet war, da hatte mir das Herz so stark geschlagen, daß ich ganz blaß wurde. Aber auch sie konnte ja ohne mich nicht existieren! Sie hatte mich nötig – ob wirklich nur als Hanswurst, um etwas zum Lachen zu haben?

Sie hatte ein Geheimnis, das war zweifellos! Ihr Gespräch mit der Tante versetzte mir einen schmerzlichen Stich ins

Herz. Ich hatte sie doch tausendmal gebeten, mir gegenüber aufrichtig zu sein, und sie wußte doch, daß ich tatsächlich bereit war, meinen Kopf für sie hinzugeben. Aber sie hatte sich immer in beinahe verächtlicher Weise von mir losgemacht oder statt des Opfers meines Lebens, das ich ihr anbot, von mir solche Exzesse verlangt wie damals mit dem Baron! War das nicht empörend? War denn dieser Franzose ihr ein und alles? Und Mister Astley? Aber hier wurde die Sache für mich nun schon vollständig unbegreiflich – und was litt ich dabei für Qualen, mein Gott, mein Gott!

Als ich nach Hause gekommen war, griff ich in heller Wut zur Feder und schrieb an sie folgendes:

»Polina Alexandrowna, ich sehe deutlich, daß die Katastrophe nahe bevorsteht, die jedenfalls auch für Sie bedeutungsvoll sein wird. Zum letzten Male frage ich Sie: können Sie das Opfer meines Lebens gebrauchen oder nicht? Wenn Sie meiner, wozu auch immer, bedürfen, so verfügen Sie über mich; ich werde vorläufig in meinem Zimmer bleiben, wenigstens den größten Teil der Zeit, und nirgends hingehen. Wenn Sie mich nötig haben, so schreiben Sie mir oder lassen Sie mich rufen.«

Ich siegelte den Brief zu und gab ihn dem Kellner zur Beförderung, mit der Weisung, ihn ihr zu eigenen Händen zu übergeben. Eine Antwort erwartete ich nicht; aber nach drei Minuten kam der Kellner zurück und meldete, das Fräulein lasse eine Empfehlung bestellen.

Zwischen sechs und sieben Uhr wurde ich zum General gerufen.

Er befand sich in seinem Zimmer, wie zum Ausgehen angekleidet. Hut und Stock lagen auf dem Sofa. Als ich eintrat, stand er, wie mir vorkam, mit gespreizten Beinen und gesenktem Kopf mitten im Zimmer und redete halblaut mit sich selbst. Aber sowie er mich erblickte, stürzte er ordentlich mit einem Aufschrei auf mich los, so daß ich unwillkürlich zurücktrat und mich schleunigst wieder entfernen wollte; aber er ergriff mich an beiden Händen und zog mich zum Sofa; er selbst setzte sich auf dieses, während er mich

auf einen Lehnstuhl ihm gerade gegenüber nötigte. Ohne meine Hände loszulassen, sagte er dann mit zitternden Lippen und unter Tränen, die plötzlich an seinen Wimpern glitzerten, in flehendem Ton zu mir:
»Alexej Iwanowitsch, retten Sie mich, retten Sie mich, haben Sie Erbarmen mit mir!«
Ich begriff lange Zeit nicht, was er eigentlich wollte; er redete und redete immerzu und wiederholte fortwährend: »Haben Sie Erbarmen mit mir, haben Sie Erbarmen mit mir!« Endlich glaubte ich zu erraten, daß er von mir so etwas wie einen Rat erwartete, oder richtiger, daß er, von allen verlassen, in seiner Aufregung und Unruhe sich meiner erinnert und mich hatte rufen lassen, lediglich um reden, reden, reden zu können.
Er war verrückt geworden oder hatte wenigstens im höchsten Grade die Fassung verloren. Er faltete die Hände und war nahe daran, vor mir auf die Knie zu fallen, um mich zu bitten, ich möchte (sollte man es für möglich halten?) sogleich zu Mademoiselle Blanche gehen und sie durch Bitten und Vorstellungen dazu bewegen, zu ihm zurückzukehren und ihn zu heiraten.
»Aber ich bitte Sie, General«, rief ich, »Mademoiselle Blanche hat mich bis jetzt vielleicht überhaupt noch nicht bemerkt! Was kann ich in dieser Sache tun?«
Aber alle Erwiderungen waren nutzlos; er verstand gar nicht, was ich sagte. Auch über die Tante begann er zu reden, aber in einer schrecklich unsinnigen Weise; er konnte immer noch nicht von dem Gedanken loskommen, daß man gut tue, nach der Polizei zu schicken.
»Bei uns, bei uns«, fing er an und kochte auf einmal vor Wut, »mit einem Wort, bei uns in einem wohlgeordneten Staat, in dem es eine Obrigkeit gibt, würde man solche alten Weiber sofort unter Vormundschaft stellen! Jawohl, mein Herr, jawohl«, fuhr er fort, indem er plötzlich in einen scheltenden Ton überging, von seinem Platz aufsprang und im Zimmer hin und her ging. »Das haben Sie wohl noch nicht gewußt, mein Herr«, wandte er sich an einen Herrn, den er sich in der Ecke vorstellte; »nun, dann mögen Sie es jetzt lernen...

jawohl... bei uns werden solche alten Weiber eingesperrt, eingesperrt, eingesperrt, jawohl... Ach, hol alles der Teufel!«

Er warf sich wieder auf das Sofa; aber einen Augenblick darauf begann er, beinahe schluchzend und nur mühsam atmend, mir in eiliger Rede zu erzählen, Mademoiselle Blanche wolle ihn deswegen nicht heiraten, weil statt eines Telegramms die Tante selbst angekommen sei und er nun offenbar die Erbschaft nicht bekommen werde. Er hatte die Vorstellung, ich wüßte von alledem noch nichts. Ich wollte von de Grieux zu reden anfangen; aber er winkte geringschätzig ab: »Der ist abgereist! Alles, was ich besitze, ist ihm verpfändet; ich bin arm wie eine Kirchenmaus! Das Geld, das Sie mir geholt haben... dieses Geld... ich weiß nicht, wieviel davon noch da ist, es mögen wohl noch siebenhundert Franc und ein bißchen übrig sein... das ist alles... aber dann... das weiß ich nicht, das weiß ich nicht..!«

»Wie werden Sie denn die Hotelrechnung bezahlen?« rief ich erschrocken. »Und... was soll dann weiter werden?«

Er sah aus, als dächte er angestrengt nach, schien aber das, was ich gesagt hatte, nicht verstanden und vielleicht überhaupt nicht gehört zu haben. Ich machte einen Versuch, von Polina Alexandrowna und den Kindern zu reden; aber er antwortete nur hastig: »Ja, ja!« und fing sogleich wieder an von dem Fürsten zu sprechen, und daß Blanche nun mit diesem davongehen werde. »Und dann... und dann... was soll ich dann anfangen, Alexej Iwanowitsch?« wandte er sich plötzlich zu mir. »Ich bitte Sie um Gottes willen! Was soll ich dann anfangen? Sagen Sie, das ist doch bitterer Undank! Das ist doch bitterer Undank!«

Er weinte, daß ihm die Tränen nur so über die Backen liefen.

Mit einem solchen Menschen war nichts zu machen; aber ihn allein zu lassen war gleichfalls gefährlich; es konnte womöglich etwas mit ihm passieren. Indessen machte ich mich doch von ihm los, so gut es ging, wies aber die Kinderfrau an, möglichst oft nach ihm zu sehen, und sprach außerdem mit dem Kellner, einem sehr verständigen jungen Menschen; dieser versprach mir, seinerseits ebenfalls ein Auge auf den General zu haben.

Kaum hatte ich den General verlassen, als Potapytsch zu mir kam und mich zur Tante rief. Es war acht Uhr, und sie war eben erst nach dem vollständigen Verlust ihres Geldes aus dem Kurhaus zurückgekommen. Ich begab mich zu ihr; die Alte saß auf ihrem Lehnstuhl, ganz erschöpft und offenbar krank. Marfa reichte ihr eine Tasse Tee und nötigte sie fast mit Gewalt, ihn auszutrinken. Ihre Stimme und der ganze Ton, in dem sie sprach, hatten sich gegen früher in auffälliger Weise verändert.

»Guten Abend, lieber Alexej Iwanowitsch«, sagte sie und neigte langsam und würdevoll den Kopf. »Entschuldige, daß ich dich noch einmal belästigt habe; verzeihe einer alten Frau! Ich habe alles dort gelassen, lieber Freund, fast hunderttausend Rubel. Du hattest recht, daß du gestern nicht mit mir mitkamst. Jetzt bin ich ganz ohne Geld; nicht einen Groschen habe ich. Ich will keine Minute länger hierbleiben, als nötig ist; um halb zehn fahre ich ab. Ich habe zu deinem Engländer, diesem Mister Astley, geschickt und will ihn bitten, mir dreitausend Franc auf eine Woche zu leihen. Setze ihm die Sache auseinander, damit er nicht etwa Schlimmes denkt und es mir abschlägt. Ich bin noch reich genug, lieber Freund. Ich habe drei Dörfer und zwei Häuser. Und auch Geld wird sich noch finden; ich habe nicht alles mit auf die Reise genommen. Ich sage das, damit er nicht mißtrauisch wird... Ah, da ist er ja selbst! Man sieht doch gleich, was ein guter Mensch ist.«

Mister Astley war, sowie man ihm die Bitte der Tante überbracht hatte, unverzüglich herbeigeeilt. Ohne sich irgendwie zu besinnen oder ein Wort zuviel zu sagen, zahlte er ihr sofort dreitausend Franc auf einen Wechsel aus, den die Tante unterschrieb. Nach Erledigung dieser Angelegenheit empfahl er sich und ging eilig wieder fort.

»Und nun geh auch du, Alexej Iwanowitsch! Ich habe noch etwas über eine Stunde Zeit; da will ich mich noch ein bißchen hinlegen; die Knochen tun mir weh. Geh mit mir alten Närrin nicht zu streng ins Gericht! Jetzt werde ich junge

Leute nicht mehr wegen ihres Leichtsinns schelten, und auch dem unglücklichen Menschen, eurem General, habe ich kein Recht mehr Vorwürfe zu machen. Geld werde ich ihm aber trotzdem nicht geben, wie er es gern möchte; denn er ist nach meiner Ansicht doch ein bißchen gar zu dumm; nur daß ich alte Närrin nicht klüger bin als er. Ja, das ist offenbar: Gott sucht einen auch im Alter heim und bestraft uns für unsern Hochmut. Na, dann leb wohl! Marfa, hebe mich auf!«

Ich wollte sie aber gern noch auf die Bahn begleiten. Außerdem befand ich mich in einem Zustand unruhiger Spannung; ich erwartete immer, daß sich im nächsten Augenblick etwas ereignen werde. Es war mir unmöglich, auf meinem Zimmer zu bleiben. Ich ging auf den Korridor hinaus, ja ich verließ sogar für kurze Zeit das Haus und ging in der Allee auf und ab. Mein Brief an Polina war, wie ich mir sagte, deutlich und energisch gewesen, und die jetzige Katastrophe war offenbar endgültig. Im Hotel hatte ich von de Grieux' Abreise gehört. Schließlich, wenn Polina mich auch als Freund verschmähte, vielleicht duldete sie mich als ihren Diener. Sie konnte mich ja gebrauchen, wenn auch nur zu allerlei Besorgungen, und ich konnte ihr gute Dienste leisten, sicherlich, sicherlich!

Zum Abgang des Zuges ging ich nach dem Bahnhof und war der Tante beim Einsteigen behilflich. Sie hatte mit ihrer Begleitung ein besonderes Abteil genommen.

»Ich danke dir, lieber Freund, für deine uneigennützige Teilnahme«, sagte sie beim Abschied zu mir. »Und erinnere Praskowja an das, worüber ich gestern mit ihr gesprochen habe; ich werde sie erwarten.«

Ich ging nach Hause. Als ich an dem Logis des Generals vorbeikam, begegnete ich der Kinderfrau und erkundigte mich nach dem General. »Es geht ihm ja ganz leidlich«, antwortete sie trübe. Ich wollte indessen doch zu ihm gehen; aber an der ein wenig geöffneten Tür seines Zimmers blieb ich starr vor Staunen stehen. Mademoiselle Blanche und der General lachten über irgend etwas um die Wette. Die veuve Cominges war auch dort und saß auf dem Sofa. Der General war offenbar ganz sinnlos vor Freude, schwatzte allen möglichen Unsinn und brach fortwährend in ein nervöses, langdauerndes Lachen aus, bei dem sich auf seinem Gesicht unzählige kleine Fältchen bildeten und die Augen ganz verschwanden. Später habe ich den Hergang von Blanche selbst erfahren: Als sie dem Fürsten den Laufpaß gegeben hatte und von dem jämmerlichen Zustand des Generals hörte, hatte sie den Einfall gehabt, ihn zu trösten, und war auf ein Augenblickchen zu ihm gegangen. Aber der arme General wußte nicht, daß in diesem Augenblick sein Schicksal bereits entschieden war und Mademoiselle Blanche schon angefangen hatte, ihre Sachen zu packen, um am andern Tag mit dem ersten Morgenzug nach Paris davonzurattern.

Nachdem ich ein Weilchen auf der Schwelle des Zimmers gestanden hatte, entschied ich mich dafür, lieber nicht einzutreten, und ging unbemerkt wieder weg. Als ich zu meinem Zimmer kam und die Tür öffnete, bemerkte ich auf einmal im Halbdunkel eine Gestalt, die auf einem Stuhl in der Ecke am Fenster saß. Sie erhob sich bei meinem Erscheinen nicht. Ich trat schnell an sie heran, sah genauer hin, und – der Atem stockte mir: es war Polina!

VIERZEHNTES KAPITEL

Ich konnte einen Schrei des Erstaunens nicht unterdrükken.
»Was ist denn? Was ist denn?« fragte sie seltsamerweise. Sie war blaß und hatte ein finsteres Gesicht.
»Wie können Sie so fragen! Sie hier? Hier bei mir?«
»Wenn ich komme, so komme ich auch ganz. Das ist meine Gewohnheit. Sie werden das sogleich selbst sehen. Machen Sie Licht!«
Ich zündete eine Kerze an. Sie stand auf, trat an den Tisch und legte einen geöffneten Brief vor mich hin.
»Lesen Sie!« befahl sie.
»Das ist ... das ist de Grieux' Handschrift!« rief ich, sobald

ich den Brief in die Hand genommen hatte. Die Hände zitterten mir, und die Buchstaben tanzten vor meinen Augen. Ich habe den genaueren Wortlaut des Briefes vergessen; aber hier ist sein Inhalt, wenn auch nicht Wort für Wort, so doch nach der Reihenfolge der Gedanken.

»Mademoiselle«, schrieb de Grieux, »unangenehme Umstände zwingen mich zu sofortiger Abreise. Sie haben gewiß selbst bemerkt, daß ich eine endgültige Aussprache mit Ihnen absichtlich vermied, ehe sich nicht die ganze Lage geklärt haben würde. Die Ankunft Ihrer alten Verwandtin (de la vieille dame) und deren unsinniges Benehmen haben all meinen Zweifeln ein Ende gemacht. Die Zerrüttung meiner eigenen Vermögensverhältnisse verbietet es mir kategorisch, jene süßen Hoffnungen länger zu hegen, an denen ich mich eine Zeitlang so gern berauschte. Ich bedaure das Zurückliegende; aber ich hoffe, daß Sie in meinem Verhalten nichts finden werden, was eines Edelmannes und eines Mannes von Ehre (gentilhomme et honnête homme) unwürdig wäre. Da ich fast mein ganzes Geld Ihrem Stiefvater geliehen habe und jetzt fürchten muß, es zu verlieren, so sehe ich mich gezwungen, auf die verbliebenen Vermögensstücke die Hand zu legen; ich habe daher bereits meine Freunde in Petersburg angewiesen, den Verkauf der mir verpfändeten Besitztümer ungesäumt in die Wege zu leiten. Da ich aber weiß, daß Ihr leichtsinniger Stiefvater auch Ihr eigenes Geld vergeudet hat, so habe ich mich entschlossen, ihm fünfzigtausend Franc zu erlassen, und gebe ihm einige seiner Pfandverschreibungen in diesem Betrag zurück, so daß Sie jetzt in den Stand gesetzt sind, alles, was Sie verloren haben, wieder einzubringen, wenn Sie Ihr Eigentum von ihm auf gerichtlichem Wege zurückfordern. Ich hoffe, Mademoiselle, daß bei dem jetzigen Stand der Dinge mein Verfahren für Sie sehr vorteilhaft sein wird. Und weiter hoffe ich, daß ich durch dieses Verfahren die Pflicht eines anständigen, ehrenhaften Mannes in vollem Maße erfülle. Seien Sie versichert, daß mein Herz die Erinnerung an Sie mein ganzes Leben lang bewahren wird.«

»Nun, das ist ja alles deutlich«, sagte ich, mich zu Polina

wendend. »Haben Sie denn auch etwas anderes erwarten können?« fügte ich ingrimmig hinzu.
»Ich habe nichts erwartet«, antwortete sie anscheinend ruhig, aber ihre Stimme klang doch, als ob es in ihrem Innern zuckte, »ich hatte schon längst meinen Entschluß gefaßt; ich las ihm seine Gedanken vom Gesicht ab und wußte, was er glaubte. Er glaubte, mein Streben ginge danach... ich würde darauf bestehen...« Sie stockte, biß sich, ohne den Satz zu Ende zu bringen, auf die Lippe und schwieg. »Ich habe ihm absichtlich in verstärktem Maße meine Verachtung bezeigt«, begann sie dann wieder; »ich wartete, wie er sich wohl benehmen werde. Wäre das Telegramm über die Erbschaft gekommen, so hätte ich ihm das Geld, das ihm dieser Idiot (der Stiefvater) schuldet, hingeworfen und ihn weggejagt! Er war mir schon lange, schon lange verhaßt. Oh, er war früher ein anderer, ein ganz, ganz anderer; aber jetzt, aber jetzt...! Oh, mit was für einem Wonnegefühl würde ich ihm jetzt die fünfzigtausend Franc in sein gemeines Gesicht schleudern und ihn anspeien...«
»Aber dieses Schriftstück, diese von ihm zurückgegebene Pfandverschreibung im Betrag von fünfzigtausend Franc, hat doch wohl der General jetzt in Händen? So lassen Sie sie sich doch von ihm geben, und stellen Sie sie diesem de Grieux wieder zu!«
»Nein, nein, das geht nicht, das geht nicht!«
»Sie haben recht, Sie haben recht, das geht nicht. Der General ist ja auch jetzt zu allem unfähig. Aber wie ist's mit der Tante?« rief ich plötzlich.
Polina sah mich zerstreut und ungeduldig an.
»Was soll dabei die Tante?« fragte sie ärgerlich. »Ich kann nicht zu ihr gehen... Und ich mag auch niemanden um Verzeihung bitten«, fügte sie gereizt hinzu.
»Was ist dann zu machen?« rief ich. »Aber wie, wie in aller Welt war es nur möglich, daß Sie einen Menschen wie diesen de Grieux liebten! O der Schurke, der Schurke! Wenn Sie wollen, werde ich ihn im Duell töten! Wo ist er jetzt?«
»Er ist in Frankfurt und wird da drei Tage bleiben.«
»Sie brauchen nur ein Wort zu sagen, so fahre ich hin, mor-

gen, mit dem ersten Zug!« erbot ich mich in einer Art von törichtem Enthusiasmus. Sie lachte auf.
»Nun ja, er wird dann vielleicht gar noch sagen: ›Geben Sie mir zuerst die fünfzigtausend Franc wieder!‹ Und was hätte er für Anlaß sich zu schlagen? ... Das ist ja Unsinn!«
»Aber wo, wo sollen wir denn diese fünfzigtausend Franc hernehmen?« rief ich zähneknirschend. »Von der Erde können wir sie nicht so ohne weiteres aufheben! Hören Sie mal: Mister Astley?« sagte ich in fragendem Ton zur ihr, da sich eine seltsame Idee in meinem Gehirn zu bilden begann. Ihre Augen fingen an zu funkeln.
»Wie? Du selbst verlangst, daß ich von dir zu diesem Engländer gehe?« sagte sie, indem sie mir mit einem durchdringenden Blick ins Gesicht sah und bitter lächelte. Es war das erstemal im Leben, daß sie zu mir du sagte.
Es schien sie in diesem Augenblick infolge der starken Aufregung ein Schwindel zu überkommen, und sie setzte sich schnell auf das Sofa, wie wenn ihr schwach würde.
Mir war, als hätte mich ein Blitz getroffen; ich stand da und traute meinen Augen nicht, traute meinen Ohren nicht! Also... also sie liebte mich! Zu mir war sie gekommen, nicht zu Mister Astley! Sie, ein junges Mädchen, kam ganz allein zu mir auf mein Zimmer, in einem Hotel, kompromittierte sich also vor allen Leuten – und ich, ich stand vor ihr und begriff noch immer nicht!
Ein toller Gedanke blitzte in meinem Kopfe auf.
»Polina, gib mir nur eine einzige Stunde Zeit! Warte hier nur eine Stunde, und... ich komme wieder! Das... das ist notwendig! Du wirst sehen! Bleib hier, bleib hier!«
Mit diesen Worten lief ich aus dem Zimmer, ohne auf ihren verwunderten, fragenden Blick zu antworten; sie rief mir etwas nach, aber ich wandte mich nicht mehr um.
Ja, mitunter setzt sich ein ganz toller, anscheinend ganz unmöglicher Gedanke derartig im Kopf fest, daß man ihn schließlich für etwas Wirkliches hält. Und noch mehr: wenn eine solche Idee mit einem starken, leidenschaftlichen Wunsch verbunden ist, so betrachtet man sie manchmal am Ende sogar als etwas vom Schicksal Verhängtes, Unver-

meidliches, Vorherbestimmtes, als etwas, was sich gar nicht anders zutragen kann! Es mag sein, daß dabei noch irgend etwas anderes mitwirkt, eine Kombination von Ahnungen, eine außerordentliche Anspannung der Willenskraft, eine Selbstvergiftung durch die eigene Phantasie oder sonst noch etwas – ich weiß es nicht; aber mir begegnete an diesem Abend, den ich in meinem ganzen Leben nie vergessen werde, ein ganz wundersames Erlebnis. Obgleich es sich durch die Regeln der Arithmetik vollständig erklären läßt, bleibt es dennoch für mich bis auf diesen Tag ein Wunder. Und woher kam es, woher kam es, daß diese Überzeugung damals in mir so tief, so fest wurzelte, und zwar schon seit so langer Zeit? Ich wiederhole es: Ich betrachtete das von mir erwartete Ereignis nicht als einen Zufall, der unter der ganzen Menge der übrigen Zufälle eintreten konnte oder somit auch ausbleiben konnte, sondern als etwas, was mit unbedingter Notwendigkeit geschehen mußte.

Es war ein Viertel auf elf. Ich ging nach dem Kurhaus in einer so festen Hoffnung und zugleich in einer so starken Aufregung, wie ich sie noch nie empfunden hatte. In den Spielsälen befanden sich noch ziemlich viel Menschen, wiewohl nur etwa halb so viel wie am Vormittag.

Nach zehn Uhr bleiben an den Spieltischen nur die echten, passionierten Spieler zurück, für die an den Kurorten nichts weiter existiert als das Roulett, die nur um deswillen hingekommen sind, die kaum bemerken, was um sie herum vorgeht, sich während der ganzen Saison für weiter nichts interessieren, sondern nur vom Morgen bis in die Nacht hinein spielen und womöglich auch noch die ganze Nacht über bis zum Morgengrauen würden spielen wollen, wenn es gestattet wäre. Nur ungern und unwillig gehen sie allabendlich weg, wenn um zwölf Uhr das Roulett geschlossen wird. Und wenn der Obercroupier vor dem Schluß des Roulett gegen Mitternacht ruft: »Les trois derniers coups, messieurs!« so setzen sie mitunter bei diesen drei letzten Malen alles, was sie in der Tasche haben, und pflegen tatsächlich gerade dann am meisten zu verlieren. Ich ging zu demselben Tisch, an dem kurz vorher die Tante gesessen hatte. Es war kein

übermäßiges Gedränge, so daß ich sehr bald einen Stehplatz erlangte. Gerade vor mir stand auf dem grünen Tuche das Wort passe geschrieben.
Passe, das bedeutet die Gruppe der Zahlen von neunzehn bis sechsunddreißig. Die erste Gruppe, von eins bis achtzehn, heißt manque; aber was kümmerte mich das? Ich rechnete nicht; ich hatte nicht einmal gehört, welche Zahl zuletzt herausgekommen war, und erkundigte mich auch nicht danach, als ich zu spielen begann, wie es doch jeder auch nur ein wenig rechnende Spieler getan hätte. Ich zog alle meine zwanzig Friedrichsdor aus der Tasche und warf sie auf das vor mir stehende passe.
»Vingt-deux!« rief der Croupier.
Ich hatte gewonnen – und setzte wieder alles: was ich gehabt hatte, und was hinzugekommen war.
»Trente et un«, ertönte die Stimme des Croupiers.
Ein neuer Gewinn. Im ganzen besaß ich jetzt also achtzig Friedrichsdor. Ich schob sie alle achtzig auf die Gruppe der zwölf mittleren Zahlen (man erhält zu seinem Einsatz das Doppelte als Gewinn hinzu, hat aber zwei Chancen gegen sich und nur eine für sich); das Rad drehte sich, und es kam Vierundzwanzig. Man legte mir drei Rollen mit je fünfzig Friedrichsdor und zehn einzelne Goldstücke hin; mit dem Früheren zusammen hatte ich jetzt zweihundertvierzig Friedrichsdor.
Ich war wie im Fieber und schob diesen ganzen Haufen Geld auf Rot – und nun kam ich plötzlich zur Besinnung! Nur dieses einzige Mal im Laufe des ganzen Abends, während meines ganzen Spiels, geschah es, daß mir vor Angst ein kalter Schauder über den Rücken lief und mir die Arme und Beine zitterten. Mit Schrecken erkannte und fühlte ich für einen Moment, was es für mich bedeutete, wenn ich jetzt verlor! Mit diesem Einsatz stand mein ganzes Leben auf dem Spiel!
»Rouge!« rief der Croupier – und ich atmete tief auf; ein feuriges Kribbeln ging über meinen ganzen Leib. Die Auszahlung an mich erfolgte in Banknoten; im ganzen hatte ich also jetzt viertausend Gulden und achtzig Friedrichsdor. Ich war

zu diesem Zeitpunkt noch imstande, die einzelnen Rechenexempel auszuführen.

Ich erinnere mich, daß ich dann zweitausend Gulden auf die zwölf mittleren Zahlen setzte und sie verlor; ich setzte mein ganzes Gold, die achtzig Friedrichsdor, und verlor es. Da packte mich die Wut: ich nahm die letzten mir verbliebenen zweitausend Gulden und setzte sie auf die zwölf ersten Zahlen – gedankenlos, aufs Geratewohl, wie es sich gerade traf, ohne jede Berechnung! Aber es trat doch für mich ein Augenblick der Erwartung ein, in welchem meine Empfindung eine gewisse Ähnlichkeit gehabt haben mag mit der Empfindung der Madame Blanchard, als sie in Paris vom Luftballon herabfiel und auf die Erde zustürzte.

»Quatre!« rief der Croupier.

Nun hatte ich mit dem Einsatz wieder sechstausend Gulden. Jetzt fühlte ich mich bereits als Sieger; ich fürchtete nichts, schlechterdings nichts mehr und warf viertausend Gulden auf Schwarz. Ein Dutzend Spieler beeilte sich, meinem Beispiel folgend, gleichfalls auf Schwarz zu setzen. Die Croupiers warfen sich wechselseitig Blicke zu und besprachen sich miteinander. Die Umstehenden redeten von diesem Einsatz und warteten gespannt auf den Ausgang.

Es kam Schwarz. Von da an besinne ich mich weder auf die Höhe noch auf die Reihenfolge meiner Einsätze. Ich habe nur eine traumhafte Erinnerung, daß ich schon stark gewonnen hatte, etwas sechzehntausend Gulden, und auf einmal, durch drei unglückliche Spiele, zwölftausend davon wieder einbüßte; dann schob ich die übrigen viertausend auf passe (aber jetzt hatte ich dabei fast gar keine besondere Empfindung mehr; ich wartete nur sozusagen mechanisch, ohne Gedanken) – und gewann wieder; darauf gewann ich noch viermal hintereinander. Ich erinnere mich nur, daß ich das Geld zu Tausenden einheimste; auch besinne ich mich, daß besonders häufig die zwölf mittleren Zahlen herauskamen, an denen ich daher auch vorzugsweise festhielt. Sie erschienen mit einer gewissen Regelmäßigkeit unfehlbar drei-, viermal hintereinander; dann verschwanden sie für zweimal und kehrten darauf wieder für drei- oder viermal nacheinander zurück. Diese wunderbare Regelmäßigkeit kommt mitunter sozusagen strichweise vor – und das ist es gerade, was die eingefleischten Spieler aus dem Konzept bringt, die mit dem Bleistift in der Hand rechnen. Und mit welchem schrecklichen Hohn und Spott behandelt das Schicksal hier nicht selten die Spieler!

Ich glaube, es war seit meiner Ankunft nicht mehr als eine halbe Stunde vergangen, da benachrichtigte mich der Croupier, ich hätte dreißigtausend Gulden gewonnen, und da die Bank bei so hohem einmaligen Verlust zur Fortsetzung des Spieles nicht verpflichtet sei, so werde das Roulett bis morgen früh geschlossen. Ich nahm all mein Gold und schüttete es mir in die Taschen; ich nahm auch alle meine Banknoten und ging an einen anderen Tisch hinüber, in einen anderen Saal, wo sich ein anderes Roulett befand; hinter mir her strömte der ganze Spielerschwarm dorthin. Hier wurde sogleich für mich ein Platz freigemacht, und ich begann wieder zu setzen, blindlings und ohne zu überlegen. Ich begreife nicht, was mich rettete!

Mitunter huschte mir allerdings der Gedanke durch den Kopf, ich müsse doch mit Berechnung setzen. Ich hielt mich dann eine Weile an bestimmte Zahlen und bestimmte andere Arten des Einsatzes, hörte damit aber bald wieder auf und setzte von neuem fast ohne Bewußtsein. Ich mußte wohl sehr zerstreut sein; denn ich erinnere mich, daß die Croupiers mein Spiel mehrfach korrigierten. Ich beging grobe Fehler. Meine Schläfen waren feucht von Schweiß, und die Hände zitterten mir. Auch die Polen wollten sich mir mit ihren Diensten aufdrängen; aber ich hatte für niemand Ohren. Das Glück blieb mir fortwährend treu! Auf einmal erhob sich um mich herum Stimmengeschwirr und Lachen. »Bravo, bravo!« riefen alle, und manche klatschten sogar in die Hände. Ich hatte auch hier dreißigtausend Gulden erbeutet, und auch diese Bank wurde bis zum nächsten Tag geschlossen.

»Gehen Sie fort, gehen Sie fort!« flüsterte mir eine Stimme von rechts zu.

Es war ein Frankfurter Jude; er hatte die ganze Zeit über ne-

ben mir gestanden und mir wohl manchmal beim Spiel geholfen.
»Um Gottes willen, gehen Sie fort!« flüsterte eine andere Stimme an meinem linken Ohr.
Ich blickte flüchtig hin. Es war eine sehr bescheiden und anständig gekleidete Dame von etwa dreißig Jahren, mit einem krankhaft blassen, müden Gesicht, das aber doch noch ihre frühere wundervolle Schönheit erkennen ließ. Ich stopfte mir in diesem Augenblick gerade die Taschen mit Banknoten voll, die ich achtlos zerknitterte, und suchte das auf dem Tisch liegende Gold zusammen. Als ich die letzte Rolle mit fünfzig Friedrichsdor gefaßt hatte, gelang es mir, sie der blassen Dame ganz unbemerkt in die Hand zu schieben; ich hatte einen unwiderstehlichen Drang gefühlt, dies zu tun, und ich erinnere mich, daß ihre schlanken, mageren Finger sich in festem Druck um meine Hand legten, zum Zeichen tief empfundener Dankbarkeit. All das geschah in einem Augenblick.
Nachdem ich all mein Geld zusammengerafft hatte, begab ich mich zum Trente-et-quarante.
Beim Trente-et-quarante sitzt ein aristokratisches Publikum. Dies ist kein Roulett, sondern ein Kartenspiel. Hier muß die Bank für Gewinne bis zu hunderttausend Talern aufkommen. Der größte Einsatz beträgt gleichfalls viertausend Gulden. Ich verstand von dem Spiel gar nichts und kannte kaum eine der möglichen Arten von Einsätzen, nämlich nur Rot und Schwarz, die es hier ebenfalls gab. An diese Farben hielt ich mich also. Das gesamte Spielerpublikum drängte sich um mich herum. Ich erinnere mich nicht, ob ich die ganze Zeit über auch nur ein einziges Mal an Polina dachte. Es machte mir damals ein unsägliches Vergnügen, immer mehr Banknoten zu fassen und an mich heranzuziehen; sie wuchsen vor mir zu einem ansehnlichen Haufen an.
Es war tatsächlich, als stieße mich das Schicksal immer weiter vorwärts. Wie wenn es gerade auf mich abgesehen wäre, begab sich diesmal etwas, was sich übrigens bei diesem Spiel ziemlich oft wiederholt. Das Glück heftet sich zum Beispiel

an Rot und bleibt bei dieser Farbe zehn-, selbst fünfzehnmal. Ich hatte erst vor zwei Tagen gehört, daß Rot in der vorigen Wochen zweiundzwanzigmal hintereinander gekommen sei; beim Roulett weiß sich an dergleichen niemand zu erinnern, und man erzählte es sich mit Erstaunen. Selbstverständlich wenden sich alle Spieler sofort von Rot ab, und zum Beispiel schon nach zehn Malen wagt fast niemand mehr auf diese Farbe zu setzen. Aber auch auf Schwarz, das Gegenstück von Rot, setzt dann kein routinierter Spieler. Der routinierte Spieler weiß, was es mit diesem »Eigensinn des Schicksals« auf sich hat. Man könnte ja zum Beispiel glauben, daß nach sechzehnmal Rot nun beim siebzehnten Male sicher Schwarz kommen werde. Auf diese Farbe stürzen sich daher die Neulinge scharenweis, verdoppeln und verdreifachen ihre Einsätze und verlieren in schrecklicher Weise.
Ich machte es anders. Als ich bemerkte, daß Rot siebenmal hintereinander gekommen war, hielt ich in sonderbarem Eigensinn mich absichtlich gerade an diese Farbe. Ich bin überzeugt, daß das zunächst die Wirkung eines gewissen Ehrgeizes war; ich wollte die Zuschauer durch meine sinnlosen Wagestücke in Staunen versetzen. Dann aber (es war eine seltsame Empfindung, deren ich mich deutlich erinnere) ergriff mich auf einmal wirklich, ohne jede weitere Reizung von seiten des Ehrgeizes, ein gewaltiger Wagemut. Vielleicht wird die Seele, die so viele Empfindungen durchmacht, von diesen nicht gesättigt, sondern nur gereizt und verlangt nach neuen, immer stärkeren und stärkeren Empfindungen bis zur vollständigen Erschöpfung. Und (ich lüge wirklich nicht) wenn es nach dem Spielreglement gestattet wäre, fünfzigtausend Gulden mit einem Male zu setzen, so hätte ich sie sicherlich gesetzt. Als die Umstehenden mich fortdauernd auf Rot setzen sahen, riefen sie, das sei sinnlos; Rot sei schon vierzehnmal gekommen!
»Monsieur a gagné déjà cent mille florins«, hörte ich jemand neben mir sagen.
Auf einmal kam ich zur Besinnung. Wie? Ich hatte an diesem Abend hunderttausend Gulden gewonnen? Wozu

brauchte ich noch mehr? Ich griff nach den Banknoten, stopfte sie in die Tasche, ohne sie zu zählen, raffte all mein Gold, Rollen und einzelne Münzen, zusammen und lief aus dem Saal. Um mich herum lachten alle, als ich durch die Säle ging, beim Anblick meiner abstehenden Taschen und meines von der Last des Goldes unsicheren Ganges. Ich glaube, es waren weit über acht Kilo. Mehrere Hände streckten sich mir entgegen; ich gab reichlich, soviel ich gerade zu fassen bekam. Zwei Juden hielten mich am Ausgang an.
»Sie sind kühn, sehr kühn!« sagten sie zu mir. »Aber fahren Sie unter allen Umständen morgen früh weg, so früh wie möglich; sonst werden Sie alles wieder verlieren, alles...«
Ich hörte nicht weiter auf sie. Die Allee war so dunkel, daß man nicht die Hand vor den Augen sehen konnte. Bis zum Hotel waren es ungefähr neunhundert Schritte. Ich hatte mich nie vor Dieben oder Räubern gefürchtet, selbst nicht als kleiner Knabe; auch jetzt dachte ich an so etwas nicht. Ich erinnere mich übrigens nicht, woran ich denn eigentlich unterwegs dachte; wirkliche Gedanken waren es nicht. Ich empfand nur eine gewaltige Freude – über das Gelingen meines Planes, über den Sieg, über die erlangte Macht – ich weiß nicht, wie ich mich ausdrücken soll. Auch Polinas Bild tauchte vor meinem geistigen Blick auf; es kam mir die Erinnerung und das Bewußtsein, daß ich auf dem Weg zu ihr sei, in wenigen Augenblicken bei ihr sein, ihr alles erzählen, ihr das Geld zeigen würde... Aber ich konnte mich kaum mehr besinnen, was sie mir eigentlich vorhin gesagt hatte, und warum ich weggegangen war, und alle die Empfindungen, die mich noch vor anderthalb Stunden so stark bewegt hatten, erschienen mir jetzt bereits als etwas längst Vergangenes, Abgetanes, Veraltetes, als etwas, woran wir nun nicht mehr denken würden, weil jetzt alles einen neuen Anfang nehmen werde. Ich war schon fast am Ende der Allee, als mich plötzlich eine Angst überkam: »Wenn ich nun jetzt ermordet und beraubt werde!« Diese Angst wurde mit jedem Schritt ärger. Ich lief fast. Auf einmal stand, als ich am Ende der Allee angelangt war, unser Hotel mit all seinen er-

leuchteten Fenstern vor mir – Gott sei Dank, ich war zu Hause!
Ich lief nach meiner Etage hinauf und öffnete schnell die Tür zu meinem Zimmer. Polina war da und saß mit verschränkten Armen bei der brennenden Kerze auf meinem Sofa. Erstaunt musterte sie mich, und allerdings mochte ich in diesem Augenblick einen seltsamen Anblick bieten. Ich blieb vor ihr stehen, holte mein ganzes Geld hervor und warf es in einem Haufen auf den Tisch.

FÜNFZEHNTES KAPITEL

Ich erinnere mich, daß sie mir ganz starr ins Gesicht blickte, aber ohne sich vom Platz zu rühren und ohne auch nur ihre Körperhaltung zu ändern.
»Ich habe zweihunderttausend Franc gewonnen!« rief ich, indem ich die letzte Goldrolle aus der Tasche zog und hinwarf.
Der gewaltige Haufe von Banknoten und Goldrollen bedeckte den ganzen Tisch; ich vermochte meine Augen nicht mehr von ihm abzuwenden; in einzelnen Augenblicken hatte ich Polinas Anwesenheit völlig vergessen. Bald begann ich diese Haufen von Banknoten in Ordnung zu bringen und zusammenzupacken, das Gold zu einem einzigen Haufen zusammenzuschieben; bald ließ ich alles stehn und liegen und ging in Gedanken versunken mit schnellen Schritten im Zimmer auf und ab; dann trat ich plötzlich wieder an den Tisch und fing wieder an, das Geld zu zählen. Auf einmal stürzte ich, wie von einem plötzlichen Einfall erfaßt, nach der Tür und schloß sie schnell zu, wobei ich den Schlüssel zweimal umdrehte. Darauf blieb ich, da mir wieder ein neuer Gedanke gekommen war, vor meinem kleinen Koffer stehen.
»Soll ich es nicht bis morgen in den Koffer legen?« fragte ich Polina; ich hatte mich erinnert, daß sie da war, und wandte mich nun hastig zu ihr.
Sie saß immer noch auf demselben Fleck da, ohne sich zu

rühren, folgte aber unablässig mit den Augen meinen Bewegungen. Auf ihrem Gesicht lag ein eigenartiger Ausdruck, ein Ausdruck, der mir nicht gefiel! Ich irre mich nicht, wenn ich sage, daß es ein Ausdruck des Hasses war.
Ich trat schnell zu ihr hin.
»Polina, hier sind fünfundzwanzigtausend Gulden; das sind fünfzigtausend Franc, sogar mehr. Nehmen Sie sie, und werfen Sie sie ihm morgen ins Gesicht!«
Sie gab mir keine Antwort.
»Wenn Sie wollen, werde ich sie ihm selbst hinbringen, morgen früh. Ja?«
Sie lachte auf. Dieses Lachen dauerte lange.
Erstaunt und gekränkt sah ich sie an. Dieses Lachen hatte die größte Ähnlichkeit mit jenem spöttischen Gelächter über mich, in das sie in letzter Zeit häufig ausgebrochen war, und zwar immer gerade, wenn ich ihr in leidenschaftlicher Weise meine Liebe erklärt hatte. Endlich hörte sie auf und machte nun ein finsteres Gesicht; unter der gesenkten Stirn hervor warf sie mir einen ärgerlichen Blick zu.
»Ich nehme Ihr Geld nicht«, sagte sie verächtlich.
»Wie? Was bedeutet das?« rief ich. »Warum nicht, Polina?«
»Ich lasse mir kein Geld schenken.«
»Ich biete es Ihnen als Freund an; ich biete Ihnen mein Leben an.«
Sie betrachtete mich mit einem langen, prüfenden Blick, als wollte sie mich durch und durch sehen.
»Sie geben einen zu hohen Preis«, sagte sie lächelnd. »De Grieux' Geliebte ist nicht fünfzigtausend Franc wert.«
»Polina, wie können Sie so zu mir reden!« rief ich vorwurfsvoll. »Bin ich denn ein de Grieux?«
»Ich hasse Sie! Ja... ja... Ich liebe Sie nicht mehr als de Grieux!« rief sie, und ihre Augen funkelten zornig auf.
In diesem Augenblick schlug sie plötzlich die Hände vor das Gesicht und brach in ein krampfhaftes Weinen aus. Ich stürzte zu ihr hin.
Es mußte während meiner Abwesenheit etwas mit ihr vorgegangen sein. Sie war wie eine Irrsinnige.

»Kaufe mich! Willst du? Willst du? Für fünfzigtausend Franc wie de Grieux?« stieß sie unter heftigem Schluchzen hervor.
Ich umarmte sie, küßte ihre Hände, ihre Füße, fiel vor ihr auf die Knie.
Der Weinkrampf war vorübergegangen. Sie legte beide Hände auf meine Schultern und betrachtete mich unverwandt; sie schien auf meinem Gesicht etwas lesen zu wollen. Sie hörte an, was ich sagte, aber offenbar ohne es zu verstehen. Ein Ausdruck von sorgenvollem Nachdenken zeigte sich auf ihrem Gesicht. Ich ängstigte mich um sie; ich hatte entschieden den Eindruck, daß sie von Irrsinn befallen wurde. Ganz unerwartet begann sie, mich leise an sich zu ziehen, und ein vertrauensvolles Lächeln breitete sich schon über ihr Gesicht; dann aber stieß sie mich plötzlich von sich und betrachtete mich wieder mit finsterer Miene.
Auf einmal umarmte sie mich stürmisch.
»Du liebst mich doch, du liebst mich doch?« sagte sie. »Du wolltest... du wolltest dich ja um meinetwillen mit dem Baron duellieren!«
Dann lachte sie auf, als hätte sie sich soeben an etwas Komisches und Hübsches erinnert. Sie weinte und lachte, alles zu gleicher Zeit. Was konnte ich tun! Ich befand mich selbst in einem fieberhaften Zustand. Ich erinnere mich, sie fing an, mir etwas zu sagen; aber ich konnte so gut wie nichts davon verstehen. Es war eine Art von Irrereden, eine Art von Gestammel, als wenn sie mir recht schnell etwas erzählen wollte; und dieses Gerede wurde ab und zu von einem sehr heiteren Lachen unterbrochen, das mich erschreckte.
»Nein, nein, du Lieber, Guter!« sagte sie einmal über das andere. »Du bist mir treu!« Und von neuem legte sie mir ihre Hände auf die Schultern, von neuem schaute sie mich prüfend an und sagte immer wieder: »Du liebst mich, nicht wahr?... Du liebst mich... Und du wirst mich immer lieben?« Ich konnte die Augen nicht von ihr abwenden; noch nie hatte ich sie in einem solchen Anfall von Zärtlichkeit und Liebe gesehen. Sie redete freilich wie im Fieber; aber als sie meinen leidenschaftlichen Blick bemerkte, lächelte sie schel-

misch und fing ohne jeden äußeren Anlaß auf einmal an von Mister Astley zu sprechen.

Sie redete von ihm geraume Zeit ohne Unterbrechung und bemühte sich eine Weile besonders, mir etwas aus der jüngsten Vergangenheit zu erzählen; aber was es eigentlich war, das konnte ich nicht verstehen; sie schien sich sogar über ihn lustig zu machen; unaufhörlich wiederholte sie, daß er warte. »Weißt du wohl«, sagte sie, »er steht gewiß in diesem Augenblick unten vor dem Fenster. Ja, ja, unten vor dem Fenster. Mach doch einmal das Fenster auf und sieh zu; er ist gewiß da, er ist gewiß da!« Sie wollte mich zum Fenster hindrängen; aber kaum machte ich eine Bewegung, um hinzugehen, als sie in ein Gelächter ausbrach. Ich blieb bei ihr stehen, und sie umarmte mich wieder leidenschaftlich.

»Wir fahren doch fort? Wir fahren doch morgen fort?« fragte sie unruhig, da ihr dieser Gedanke plötzlich in den Kopf gekommen war. »Ja...« (sie überlegte) »ja, ob wir wohl die Tante noch einholen? Was meinst du? Ich denke mir, wir werden sie in Berlin einholen. Was meinst du, was wird sie sagen, wenn wir sie einholen und sie uns sieht? Und was wird Mister Astley sagen...? Na, der wird nicht vom Schlangenberg hinabspringen, was meinst du?« (Sie kicherte.) »Hör mal zu: weißt du, wohin er im nächsten Sommer reisen wird? Er will zum Zwecke wissenschaftlicher Untersuchungen nach dem Nordpol fahren und hat mich eingeladen mitzukommen, hahaha! Er sagt, daß wir Russen ohne die Westeuropäer nichts verständen und nichts leisten könnten... Aber er ist ebenfalls ein guter Mensch! Weißt du, er entschuldigt die Handlungsweise des Generals; er sagt, daß Blanche... daß die Leidenschaft... na, ich weiß nicht mehr... ich weiß nicht mehr«, sagte sie ein paarmal hintereinander, wie wenn sie wirr geredet und den Faden verloren hätte. »Die Armen, wie leid sie mir tun; und auch die alte Tante tut mir leid... Na, hör mal, hör mal, wie willst du denn das anfangen, de Grieux zu töten? Hast du denn wirklich gedacht, daß es dazu kommen würde? Du Lieber, Dummer! Hast du denn glauben können, ich würde es zugeben, daß du dich mit de Grieux duelliertest? Und auch den Baron

wirst du nicht töten«, fügte sie auflachend hinzu. »Ach, wie komisch du damals in der Szene mit dem Baron warst! Ich beobachtete euch beide von der Bank aus. Und wie ungern du damals hingingst, als ich dich schickte! Was habe ich damals gelacht, was habe ich damals gelacht!« fügte sie kichernd hinzu.
Und dann küßte und umarmte sie mich wieder und schmiegte wieder leidenschaftlich und zärtlich ihr Gesicht an das meinige. Ich hatte jetzt keine Gedanken mehr und hörte nichts mehr; es war mir ganz schwindlig zumute.
Ich glaube, es war gegen sieben Uhr morgens, als ich erwachte; die Sonne schien ins Zimmer. Polina saß neben mir und blickte in sonderbarer Art und Weise rings um sich, als wäre sie eben erst aus einer dunklen Bewußtlosigkeit zu sich gekommen und nun bemüht, in ihre Erinnerungen Klarheit zu bringen. Sie war ebenfalls erst vor kurzem aufgewacht und blickte nun starr auf den Tisch und das Geld. Der Kopf war mir schwer und tat mir weh. Ich wollte Polinas Hand ergreifen; aber sie stieß mich zurück und sprang vom Sofa auf. Der beginnende Tag war trübe; es hatte vor Sonnenaufgang geregnet. Sie trat an das Fenster, öffnete es, bog den Kopf und den Oberkörper hinaus, stützte sich mit den Händen auf das Fensterbrett und lehnte die Ellbogen gegen den Rahmen; in dieser Stellung verharrte sie etwa drei Minuten lang, ohne sich zu mir umzuwenden und ohne zu hören, was ich zu ihr sagte. Voll Angst mußte ich denken: was wird jetzt geschehen, und wie wird das enden? Plötzlich richtete sie sich wieder auf und verließ das Fenster; sie trat an den Tisch, blickte mich mit einem Ausdruck grenzenlosen Hasses an und sagte mit Lippen, die vor Ingrimm bebten:
»Nun, dann gib mir jetzt meine fünfzigtausend Franc!«
»Polina, wie sprichst du wieder?« begann ich.
»Oder hast du dich anders besonnen? Hahaha! Es ist dir vielleicht schon wieder leid geworden?«
Die fünfundzwanzigtausend Gulden, die ich schon gestern abgezählt hatte, lagen auf dem Tisch; ich nahm sie und reichte sie ihr hin.
»Also sie gehören jetzt mir? Es ist doch so? Nicht wahr?«

fragte sie mich ergrimmt, während sie das Geld in der Hand hielt.
»Sie haben dir schon immer gehört«, erwiderte ich.
»Nun dann also: da hast du deine fünfzigtausend Franc!«
Sie holte aus und schleuderte sie mir ins Gesicht, so daß mich der Wurf schmerzte. Dann fiel das Päckchen auseinanderblätternd auf den Fußboden. Nachdem sie das vollführt hatte, lief sie aus dem Zimmer.
Ich weiß, sie hatte in diesem Augenblick sicherlich nicht ihren vollen Verstand, obgleich ich mir diese zeitweilige Geistesstörung nicht recht erklären kann. Allerdings ist sie auch jetzt noch, das heißt einen Monat nach jenem Ereignis, krank. Aber was war die Ursache dieses Zustandes und namentlich eines so schroffen Benehmens? Beleidigter Stolz? Verzweiflung darüber, daß sie sich dazu entschlossen hatte, zu mir zu kommen? Machte ich ihr vielleicht den Eindruck, als triumphiere ich wegen meines Glückes und wolle mich im Grunde ebenso wie de Grieux durch ein Geschenk von fünfzigtausend Franc von ihr losmachen? Aber das traf doch in keiner Weise zu; das kann ich auf mein Gewissen sagen. Ich glaube, ihre Handlungsweise war zum Teil eine Folge ihres Hochmutes; ihr Hochmut veranlaßte sie, mir zu mißtrauen und mich zu beleidigen, obgleich sie sich über alles dies wohl selbst nicht ganz klar wurde. Wenn dem so ist, so habe ich für de Grieux gebüßt und bin vielleicht bestraft worden, ohne daß ich selbst eine sehr große Schuld gehabt hätte. Ich muß zugeben: sie befand sich bei diesem Besuch auf meinem Zimmer in einem fieberhaften Zustand, und ich erkannte diesen Zustand, berücksichtigte ihn aber nicht, wie ich gesollt hätte. Vielleicht ist es das, was sie mir jetzt nicht verzeihen kann? Ja, für heute mag das richtig sein; aber damals, damals? So arg war schließlich ihr krankhafter Fieberzustand doch nicht, daß sie gar nicht mehr gewußt hätte, was sie tat, als sie mit de Grieux' Brief zu mir kam. Nein, sie wußte, was sie tat.
Eilig und ohne Sorgfalt legte ich meine Banknoten und meinen ganzen Haufen Gold in das Bett, deckte dieses wieder zu und ging hinaus, etwa zehn Minuten nach Polina. Ich war

überzeugt, daß sie nach ihrem Zimmer gelaufen sei, und wollte mich daher unauffällig nach dem Logis des Generals begeben und im Vorzimmer die Kinderfrau nach dem Befinden des Fräuleins fragen. Wie groß war mein Erstaunen, als ich von der Kinderfrau, die mir auf der Treppe begegnete, erfuhr, daß Polina noch nicht in die Wohnung zurückgekehrt sei, und daß sie, die Kinderfrau, auf dem Weg zu mir gewesen sei, um sie zu suchen.

»Sie ist eben erst«, sagte ich zu ihr, »eben erst von mir weggegangen, vor etwa zehn Minuten. Wo kann sie denn nur geblieben sein?«

Die Kinderfrau sah mich vorwurfsvoll an.

Unterdessen waren die einzelnen Tatsachen zu einer Skandalgeschichte zusammengefügt worden, die bereits im ganzen Hotel kursierte. In der Loge des Portiers und im Büro des Oberkellners flüsterte man sich zu, das Fräulein sei am Morgen, um sechs Uhr, im Regen aus dem Hotel gelaufen und habe die Richtung nach dem Hotel d'Angleterre eingeschlagen. Aus den Reden und Andeutungen des Hotelpersonals entnahm ich, daß bereits bekannt war, daß Polina die ganze Nacht in meinem Zimmer verbracht hatte. Auch über die ganze Familie des Generals wurde allerlei erzählt: man behauptete, der General habe am vorigen Tage den Verstand verloren und dermaßen geweint, daß man es durch das ganze Hotel habe hören können. Dazu wurde noch erzählt, die alte Dame, die angereist gekommen sei, wäre seine Mutter und wäre expreß aus Rußland hergekommen, um ihrem Sohn die Heirat mit Mademoiselle Cominges zu verbieten und ihm im Falle des Ungehorsams die Erbschaft zu entziehen, und da er ihr nun wirklich nicht gehorcht habe, so hätte die Gräfin vor seinen Augen absichtlich all ihr Geld im Roulett verspielt, damit er auf diese Weise nichts bekäme. »Diese Russen!« wiederholte der Oberkellner mehrmals mit verwundertem, tadelndem Kopfschütteln. Die andern lachten. Der Oberkellner machte die Rechnung fertig. Auch mein Spielgewinn war schon allgemein bekannt; Karl, mein Zimmerkellner, war der erste, der mir Glück wünschte. Aber ich war nicht in der Stimmung, mich mit diesen Menschen abzugeben. Ich eilte nach dem Hotel d'Angleterre.

Es war noch früh am Tag; man sagte mir, Mister Astley nehme jetzt keinen Besuch an; als er jedoch hörte, daß ich es sei, kam er zu mir auf den Korridor heraus, blieb vor mir stehen, richtete schweigend seine zinnernen Augen auf mich und wartete, was ich ihm sagen würde. Ich fragte ihn nach Polina.

»Sie ist krank«, antwortete Mister Astley und fuhr fort, mich starr und unverwandt anzusehen.

»Also ist sie wirklich bei Ihnen?«

»O ja, sie ist bei mir.«

»Aber wie können Sie denn... Beabsichtigen Sie, sie bei sich zu behalten?«

»O ja, ich beabsichtige es.«

»Mister Astley, das wird eine sehr häßliche Nachrede zur Folge haben; das geht nicht. Außerdem ist sie ernstlich krank; Sie haben das vielleicht nicht bemerkt?«

»O ja, ich habe es bemerkt und habe Ihnen ja schon selbst gesagt, daß sie krank ist. Wenn sie nicht krank wäre, hätte sie nicht die Nacht bei Ihnen zugebracht.«

»Also wissen Sie auch das?«

»Ich weiß es. Sie kam gestern hierher, und ich wollte sie zu einer Verwandten von mir bringen; aber da sie eben krank war, beging sie den Fehler, zu Ihnen zu gehen.«

»Was Sie da sagen! Nun, ich wünsche Ihnen Glück, Mister Astley. Apropos, da bringen Sie mich auf einen Gedanken: haben Sie nicht die ganze Nacht bei uns unter dem Fenster gestanden? Miß Polina verlangte in der Nacht fortwährend von mir, ich sollte das Fenster aufmachen und nachsehen, ob Sie unten ständen. Sie hat gewaltig darüber gelacht.«

»Wirklich? Nein, unter dem Fenster habe ich nicht gestanden; aber ich wartete auf dem Korridor und ging um das Hotel herum.«

»Aber sie muß in ärztliche Behandlung kommen, Mister Astley.«

»O ja, ich habe schon nach einem Arzt geschickt, und wenn

sie sterben sollte, so werden Sie mir Rechenschaft für ihren Tod geben.«

Ich war ganz erstaunt.

»Ich bitte Sie, Mister Astley«, sagte ich. »Was meinen Sie damit?«

»Ist das richtig, daß Sie gestern zweihunderttausend Taler im Spiel gewonnen haben?«

»Im ganzen nur hunderttausend Gulden.«

»Nun, sehen Sie! Fahren Sie also heute vormittag nach Paris!«

»Wozu?«

»Alle Russen, die Geld haben, fahren nach Paris«, erwiderte Mister Astley in einem Ton, als ob er diesen Satz aus einem Buch vorläse.

»Was soll ich jetzt im Sommer in Paris anfangen? Ich liebe sie, Mister Astley. Das wissen Sie selbst.«

»Wirklich? Ich bin überzeugt, daß das nicht der Fall ist. Außerdem werden Sie, wenn Sie hierbleiben, aller Wahrscheinlichkeit nach Ihren ganzen Gewinn wieder verlieren, und dann haben Sie kein Geld, um nach Paris zu fahren. Nun, leben Sie wohl; ich bin der festen Überzeugung, daß Sie heute nach Paris fahren werden.«

»Nun gut, leben Sie wohl; aber nach Paris werde ich nicht fahren. Denken Sie doch nur daran, Mister Astley, welches Schicksal jetzt bei uns der ganzen Familie bevorsteht! Der General ist, kurz gesagt... Und jetzt dieser Vorfall mit Miß Polina; diese Geschichte wird ja durch die ganze Stadt die Runde machen.«

»Ja, durch die ganze Stadt; aber der General kümmert sich meiner Ansicht nach nicht darum; der hat jetzt andere Gedanken. Außerdem hat Miß Polina ein volles Recht zu leben, wo es ihr beliebt. Diese Familie anlangend kann man wahrheitsgemäß sagen, daß sie nicht mehr existiert.«

Ich ging und amüsierte mich über den seltsamen Glauben dieses Engländers, daß ich nach Paris fahren würde. »Aber er will mich im Duell erschießen«, dachte ich, »wenn Mademoiselle Polina stirbt – das ist ja eine tolle Geschichte!« Ich schwöre es, Polina tat mir leid; aber sonderbar: von diesem

Augenblick an, wo ich gestern an den Spieltisch getreten war und angefangen hatte, Haufen Geldes zusammenzuscharren, von diesem Augenblick an war meine Liebe sozusagen in die zweite Reihe zurückgerückt. So spreche ich jetzt; aber damals hatte ich das alles noch nicht klar erkannt. Bin ich denn wirklich eine Spielernatur? Habe ich Polina wirklich nur in dieser sonderbaren Weise geliebt? Nein, ich liebe sie bis auf den heutigen Tag, das weiß Gott! Damals aber, als ich Mister Astley verlassen hatte und wieder nach Hause ging, empfand ich den bittersten Schmerz und machte mir schwere Vorwürfe. Aber... aber da passierte mir etwas sehr Seltsames, etwas sehr Dummes.

Ich war eiligen Ganges auf dem Wege nach dem Logis des Generals, als plötzlich nicht weit davon sich eine Tür öffnete und mich jemand rief. Es war Madame veuve Cominges, und sie rief mich im Auftrag der Mademoiselle Blanche. Ich ging hinein.

Sie hatten ein kleines Logis, nur aus zwei Zimmern bestehend. Aus dem Schlafzimmer hörte ich Mademoiselle Blanche lachen und laut reden. Sie schien eben aus dem Bett aufstehen zu wollen.

»Ah, c'est lui! Viens donc, bêta! Ist das wahr, que tu as gagné une montagne d'or et d'argent? J'aimerais mieux l'or.«

»Ja, ich habe gewonnen«, antwortete ich lachend.

»Wieviel?«

»Hunderttausend Gulden.«

»Bibi, comme tu es bête. Aber komm doch hier herein, ich verstehe nichts. Nous ferons bombance, n'est-ce pas?«

Ich ging zu ihr hinein. Sie lag lässig hingestreckt unter einer rosaseidenen Decke, aus der die bräunlichen, gesunden, wundervollen Schultern zum Vorschein kamen (Schultern, wie man sie sonst nur im Traume sieht), mangelhaft bedeckt von einem mit schneeweißen Spitzen besetzten Batisthemd, was zu ihrer bräunlichen Haut wundervoll paßte.

»Mon fils, as-tu du cœur?« rief sie, sobald sie mich erblickte, und kicherte munter. Sie lachte immer sehr lustig, und sogar manchmal von Herzen.

»Tout autre...«, begann ich aus Corneille zu zitieren.

»Siehst du wohl, vois-tu«, fing sie an zu schwatzen, »zuerst such mir mal meine Strümpfe und hilf mir sie anziehen; und dann, si tu n'es pas trop bête, je te prends à Paris. Du weißt wohl, ich reise gleich ab.«
»Gleich?«
»In einer halben Stunde.«
Tatsächlich war alles gepackt. Alle Koffer und ihre übrigen Sachen standen bereit. Der Kaffee wartete schon lange auf dem Tisch.
»Eh bien, wenn du willst, tu verras Paris. Dis donc qu'est-ce que c'est qu'un outchitel?* Tu étais bien bête, quand tu étais outchitel. Wo sind meine Strümpfe? Zieh sie mir an, mach!«
Sie streckte wirklich ein entzückendes, bräunliches, kleines Füßchen heraus, das nicht verunstaltet war wie fast alle jene Füßchen, die in den Modestiefelchen so zierlich aussehen. Ich lachte und machte mich daran, ihr den seidenen Strumpf anzuziehen. Mademoiselle Blanche saß unterdessen auf dem Bett und redete munter drauflos.
»Eh bien, que feras-tu, si je te prends avec? Zunächst, je veux cinquante mille francs. Die gibst du mir in Frankfurt. Nous allons à Paris; da leben wir zusammen, et je te ferai voir des étoiles en plein jour. Du wirst da Frauen kennenlernen, wie du sie noch nie gesehen hast. Hör mal…«
»Warte mal: also ich soll dir fünfzigtausend Franc geben; aber was behalte ich dann übrig?«
»Nun, hundertfünfzigtausend Franc; die hast du wohl vergessen? Und außerdem bin ich bereit, mit dir in deiner Wohnung zu wohnen, einen oder zwei Monate lang, que sais-je! In zwei Monaten werden wir natürlich die hundertfünfzigtausend Franc verbraucht haben. Siehst du wohl, je suis bonne enfant und sage es dir vorher: mais tu verras des étoiles.«
»Wie? Alles in zwei Monaten?«
»Erschreckt dich das? Ah, vil esclave! Weißt du wohl, daß ein einziger Monat eines solchen Lebens mehr wert ist als dein ganzes übriges Leben? Ein Monat – et après le déluge!

---

* Utschitel heißt im Russischen »Lehrer«. (A. d. Ü.)

Mais tu ne peux comprendre, va! Geh weg, geh weg, du bist mein Anerbieten nicht wert! Ah, que fais-tu?«
Ich zog ihr gerade den zweiten Strumpf an, konnte mich aber nicht enthalten, ihr Füßchen zu küssen. Sie riß es mir aus den Händen und stieß mich ein paarmal mit der Fußspitze ins Gesicht. Schließlich jagte sie mich hinaus.
»Eh bien, mon outchitel, je t'attends, si tu veux; in einer Viertelstunde fahre ich!« rief sie mir nach.
Als ich wieder auf mein Zimmer gekommen war, war mir der Kopf ganz schwindlig. Nun, im Grunde war es doch nicht meine Schuld, daß Mademoiselle Polina mir ein ganzes Päckchen Banknoten ins Gesicht geworfen und mir noch gestern diesen Mister Astley vorgezogen hatte. Einige der beim Fallen auseinandergeflatterten Banknoten lagen noch auf dem Fußboden umher; ich hob sie auf. In diesem Augenblick öffnete sich die Tür, und es erschien in eigener Person der Oberkellner, der früher gar keinen Blick für mich übrig gehabt hatte, und fragte an, ob es mir nicht gefällig wäre, in eine tiefer gelegene Etage überzusiedeln, etwa in das ausgezeichnete Logis, in dem eben erst der Graf B. gewohnt habe.
Ich stand einen Moment da und überlegte.
»Die Rechnung!« rief ich. »Ich reise sogleich ab, in zehn Minuten.« Und im stillen dachte ich: »Nach Paris, also doch nach Paris! Es muß wohl so im Buche des Schicksals geschrieben stehen!«
Eine Viertelstunde darauf saßen wir wirklich zu dreien auf der Bahn in einem Familienabteil: ich, Mademoiselle Blanche und Madame veuve Cominges. Mademoiselle Blanche lachte, so oft sie mich ansah, bis zu Tränen. Die veuve Cominges stimmte in dieses Gelächter ein. Ich kann nicht sagen, daß mir lustig zumute war. Mein Leben war in zwei Teile auseinandergebrochen; aber seit dem vorhergehenden Tag hatte ich mich schon daran gewöhnt, alles auf eine Karte zu setzen. Vielleicht ist es wirklich richtig, daß ich es nicht ertragen konnte, viel Geld zu besitzen, und davon schwindlig wurde. Peut-être, je ne demandais pas mieux. Es schien mir, daß für ein Weilchen (aber auch nur

für ein Weilchen) in meinem Leben die Dekorationen wechselten. »Aber in einem Monat«, sagte ich mir, »werde ich wieder hier sein, und dann... und dann messen wir uns noch einmal miteinander, Mister Astley!« Nein, wie ich mich jetzt recht gut entsinne, war mir auch damals sehr traurig zumute, obwohl ich mit dieser närrischen Blanche um die Wette lachte.

Aber es entging ihr trotzdem nicht, wie beschaffen meine wirkliche Stimmung war.

»Was ist dir denn? Wie dumm du bist! Oh, wie dumm du bist!« rief sie, ihr Lachen unterbrechend, und begann mich in allem Ernst auszuschelten. »Nun ja, nun ja, ja, wir werden deine zweihunderttausend Franc verbrauchen; aber dafür tu seras heureux, comme un petit roi. Ich selbst werde dir deine Krawatte binden und dich mit Hortense bekannt machen. Und wenn wir all unser Geld verbraucht haben, dann fährst du wieder hierher und sprengst wieder die Bank. Was haben doch die Juden zu dir gesagt? Die Hauptsache ist Kühnheit, und die besitzt du, und du wirst mir noch öfter Geld nach Paris bringen. Quant à moi je veux cinquante mille francs de rente et alors...«

»Aber der General?« fragte ich sie.

»Der General geht, wie du ja selbst weißt, jeden Tag um diese Zeit aus, um ein Bukett für mich zu kaufen. Für diesmal habe ich absichtlich verlangt, er solle suchen, gewisse besonders seltene Blumen für mich zu bekommen. Wenn der Ärmste dann nach Hause zurückkehrt, wird das Vögelchen ausgeflogen sein. Du wirst sehen: er wird uns nachfahren. Hahaha! Das wird mich sehr freuen. In Paris wird er mir gute Dienste leisten können. Hier wird Mister Astley für ihn bezahlen...«

So ging es zu, daß ich damals nach Paris fuhr.

SECHZEHNTES KAPITEL

Was soll ich von Paris sagen? Mein ganzes Leben dort war einerseits ein fieberhafter Taumel, andrerseits eine große Narrheit. Ich lebte in Paris im ganzen nur drei Wochen und einige Tage, und in diesem Zeitraum gingen meine hunderttausend Franc vollständig drauf. Ich rede nur von einhunderttausend; denn die andern hunderttausend hatte ich Mademoiselle Blanche in barem Gelde gegeben: fünfzigtausend gab ich ihr in Frankfurt, und drei Tage darauf stellte ich ihr in Paris noch einen Wechsel über fünfzigtausend Franc aus, für den sie sich aber eine Woche darauf von mir das Geld geben ließ; »et les cent mille francs, qui nous restent, tu les mangeras avec moi, mon outchitel«. Sie nannte mich beständig mit dieser Bezeichnung. Es ist schwer, sich in der Welt etwas Sparsameres, Geizigeres, Knauserigeres zu denken, als es die Gattung von Geschöpfen ist, zu der Mademoiselle Blanche gehörte. Aber das bezieht sich nur auf die Art, wie sie mit ihrem eigenen Geld umgehen. Was die hunderttausend Franc betrifft, die eigentlich mir hätten verbleiben sollen, so erklärte sie mir nachher geradezu, die habe sie für ihre erste Einrichtung in Paris gebraucht, und fügte hinzu: »Jetzt habe ich aber auch ein für allemal in der besseren Gesellschaft Fuß gefaßt; nun wird so bald niemand meine Stellung erschüttern; wenigstens habe ich getan, was in meinen Kräften stand.« Übrigens hatte ich von diesen hunderttausend Franc, bis sie zu Ende waren, fast gar nichts mehr zu sehen bekommen; das Geld hielt sie die ganze Zeit über in ihrem eigenen Gewahrsam, und meine Börse, die sie selbst täglich revidierte, enthielt nie mehr als hundert Franc und meistens weniger.

»Wozu brauchst du Geld?« sagte sie manchmal mit der harmlosesten Miene, und ich ließ mich darüber in keinen Streit mit ihr ein.

Sie dagegen richtete von diesem Geld ihre neue Wohnung außerordentlich hübsch ein, und als sie mich dann hindurchführte und mir alle Zimmer zeigte, sagte sie: »Da kannst du sehen, was sich mit den armseligsten Mitteln aus-

richten läßt, wenn man nur ökonomisch ist und Geschmack besitzt.« Diese armseligen Mittel, das waren aber genau fünfzigtausend Franc. Für die übrigen fünfzigtausend schaffte sie sich eine Equipage und Pferde an; außerdem gaben wir zwei Bälle oder vielmehr kleine Soiréen, auf denen auch Hortense und Lisette und Cléopâtre erschienen, Damen, die in vielfacher Hinsicht interessant und ganz und gar nicht häßlich waren. Auf diesen beiden Soiréen war ich genötigt, die sehr dumme Rolle des Hausherrn zu spielen und die Gäste zu empfangen und zu unterhalten. Und was für Gäste! Da waren borniete, aber reichgewordene Kaufleute, die überall sonst wegen ihrer Ignoranz und Schamlosigkeit unmöglich waren, mehrere Leutnants und jämmerliche Literaten und Journalisten, die in modernen Fracks und mit strohgelben Handschuhen erschienen, und deren Eitelkeit und Aufgeblasenheit von so kolossalen Dimensionen waren, wie es sogar bei uns in Petersburg undenkbar wäre – und das will viel sagen. Sie erdreisteten sich sogar, sich über mich lustig zu machen; aber ich trank tüchtig Champagner und legte mich dann in der Hinterstube eine Weile aufs Sofa. All das war mir im höchsten Grade widerlich. »C'est un outchitel«, sagte Blanche von mir, »il a gagné deux cent mille francs und würde ohne mich nicht wissen, wie er sie ausgeben soll. Nachher wird er wieder Lehrer werden; weiß keiner von Ihnen eine Stelle für ihn? Man muß etwas für ihn tun.«
Zum Champagner nahm ich recht oft meine Zuflucht, weil ich beständig in sehr trüber Stimmung war und mich aufs äußerste langweilte. Der Haushalt, in dem ich lebte, trug einen im höchsten Grade kleinbürgerlichen, krämerhaften Charakter: bei jedem Sou, der ausgegeben werden sollte, wurde gerechnet und überlegt. Blanche liebte mich in den ersten zwei Wochen sehr wenig; das merkte ich recht wohl. Allerdings sorgte sie dafür, daß ich elegant gekleidet ging, und band mir eigenhändig alle Tage die Krawatte; aber im Grunde ihrer Seele verachtete sie mich. Ich meinerseits kümmerte mich darum nicht im geringsten. Aus Langeweile und Trübsinn wurde ich ein regelmäßiger Besucher des Château des Fleurs, wo ich mich jeden Abend betrank und

Cancan tanzen lernte (der dort in recht garstiger Manier getanzt wird) und schließlich auf diesem Gebiet sogar einige Berühmtheit erwarb. Dann aber gewann Blanche doch etwas mehr Verständnis für mein Wesen. Aus irgendwelchem Grund hatte sie sich früher die Vorstellung gebildet, ich würde während der ganzen Dauer unseres Zusammenlebens mit dem Bleistift und dem Notizbuch in den Händen hinter ihr hergehen und alles berechnen, was sie mir gestohlen und ausgegeben habe, und was sie mir noch stehlen und ausgeben werde. Und sie war fest überzeugt, daß es bei uns um eines jeden Zehnfrancstücks willen eine hitzige Schlacht setzen werde. Auf jeden meiner Angriffe, die sie mit Sicherheit erwartete, hatte sie sich schon im voraus eine Erwiderung zurechtgelegt; aber da sie von meiner Seite keine Angriffe erfolgen sah, machte sie selbst mit ihren Erwiderungen den Anfang. Manchmal begann sie sehr hitzig; wenn sie dann aber sah, daß ich schwieg (ich rekelte mich meist auf einer Chaiselongue und blickte, ohne mich zu rühren, nach der Zimmerdecke), da wunderte sie sich schließlich doch. Anfangs dachte sie, ich sei einfach dumm, »un outchitel«, und brach einfach ihre Erklärungen ab, weil sie sich wahrscheinlich sagte: »Er ist ja dumm; es hat keinen Zweck, ihn erst auf etwas zu bringen, wenn er es nicht von selbst versteht.« Es kam jedoch vor, daß sie aus dem Zimmer ging, aber nach zehn Minuten wieder zurückkehrte und ihr Thema wieder aufnahm. Das folgende Gespräch begab sich in einem solchen Fall zur Zeit ihrer sinnlosen Ausgaben, Ausgaben, die weit über unsere Mittel hinausgingen: so gab sie zum Beispiel unsere Pferde weg und kaufte für sechzehntausend Franc ein anderes Paar.

»Na, also du bist nicht böse darüber, bibi?« fragte sie, zu mir herantretend.

»Nein, nein, wozu redest du noch?« antwortete ich gähnend und schob sie mit der Hand von mir weg. Aber dieses Benehmen von meiner Seite war ihr so merkwürdig, daß sie sich sofort neben mich setzte.

»Siehst du, wenn ich mich entschlossen habe, so viel dafür zu bezahlen, so habe ich es nur deswegen getan, weil es ein

Gelegenheitskauf war. Wir können sie für zwanzigtausend Franc wieder verkaufen.«

»Ich glaube es, ich glaube es; es sind schöne Pferde, und wenn du jetzt ausfährst, wird es sich sehr gut ausnehmen; das wird dir für deine weitere Karriere zustatten kommen. Na, nun genug davon!«

»Also du bist nicht böse?«

»Warum sollte ich böse sein? Du handelst sehr verständig, wenn du dir einiges anschaffst, was du notwendig brauchst. All das wird dir später von Nutzen sein. Ich sehe ein, daß du dir in der Tat eine solche Stellung in der Gesellschaft schaffen mußt; sonst wirst du nie eine Million erwerben. Da sind unsere hunderttausend Franc nur der Anfang, nur ein Tropfen im Meer.«

Blanche, die von mir alles andere eher erwartet hatte als solche Anschauungen (sie hatte gemeint, ich würde ein großes Geschrei erheben und ihr Vorwürfe machen), fiel aus den Wolken.

»Also so einer... also so einer bist du! Mais tu as l'esprit pour comprendre. Sais-tu, mon garçon, du bist zwar ein outchitel, aber du hättest als Prinz auf die Welt kommen müssen! Also es tut dir nicht leid, daß das Geld bei uns schnell davongeht?«

»Laß es in Gottes Namen davongehen; so schnell wie es will!«

»Mais... sais-tu... mais dis donc, bist du denn reich? Mais sais-tu, du schätzt denn doch das Geld gar zu gering. Qu'est-ce que tu feras après, dis donc?«

»Après? Ich werde nach Homburg fahren und wieder hunderttausend Franc gewinnen.«

»Qui, oui, c'est ça, c'est magnifique! Und ich weiß, du wirst bestimmt gewinnen und mir das Geld herbringen. Dis donc, du bringst es noch dahin, daß ich dich wirklich liebgewinne. Eh bien, zum Lohn dafür, daß du so bist, werde ich dich auch diese ganze Zeit über lieben und dir kein einziges Mal untreu werden. Siehst du, diese ganze Zeit her habe ich dich allerdings nicht geliebt, parce que je croyais, que tu n'es qu'un outchitel (quelque chose comme un laquais, n'est-ce pas?); aber ich bin dir trotzdem treu gewesen, parce que je suis bonne fille.«

»Na, na, rede mir nichts vor! Habe ich dich nicht das vorige Mal mit Albert, diesem kleinen, brünetten Offizier, zusammen gesehen?«

»Oh, oh, mais tu es...«

»Na, nur nicht schwindeln, nur nicht schwindeln! Aber denkst du denn, daß ich darüber böse bin? Mir ganz gleichgültig; il faut que jeunesse se passe. Du kannst ihn doch nicht wegjagen, wenn du ihn vor meiner Zeit gehabt hast und ihn liebst. Nur gib ihm kein Geld, hörst du?«

»Also auch darüber bist du nicht böse? Mais tu es un vrai philosophe, sais-tu? Un vrai philosophe!« rief sie ganz entzückt. »Eh bien, je t'aimerai, je t'aimerai – tu verras, tu seras content!«

Und wirklich bewies sie mir seitdem eine Art von Anhänglichkeit, ja Freundschaft, und so vergingen unsere letzten zehn Tage. Die »Sterne«, die sie versprochen hatte mir zu zeigen, habe ich freilich nicht gesehen; aber in mancher Beziehung hielt sie tatsächlich Wort. Auch machte sie mich mit Hortense bekannt, die eine in ihrem Genre sehr bemerkenswerte Dame war und in unserm Kreis »Thérèse philosophe« genannt wurde...

Aber es hat keinen Zweck, darüber ausführlicher zu handeln; alles dies könnte eine besondere Erzählung abgeben; eine Erzählung mit besonderem Kolorit, die ich in die hier vorliegende nicht einschieben will. In summa: ich wünschte von ganzem Herzen, daß alles recht bald zu Ende sein möchte. Aber unsere hunderttausend Franc reichten, wie schon gesagt, fast einen Monat lang – worüber ich wirklich erstaunt war: denn für mindestens achtzigtausend Franc von diesem Geld hatte Blanche sich allerlei angeschafft, und wir hatten für unsern Lebensunterhalt nicht mehr als zwanzigtausend Franc verbraucht – und es hatte doch gereicht. Blanche, die gegen Ende unseres Zusammenseins mir gegenüber beinah aufrichtig war (wenigstens in manchen Dingen belog sie mich nicht), rühmte sich, daß ich wenigstens nicht für die Schulden würde einzustehen haben, die sie ge-

nötigt gewesen sei zu machen. »Ich habe«, sagte sie zu mir, »dich keine Rechnungen und Wechsel unterschreiben lassen, weil du mir leid tatest; eine andere hätte das unbedingt getan und dich ins Schuldgefängnis gebracht. Da siehst du, wie ich dich geliebt habe, und wie gut ich bin! Was wird mich schon allein diese verwünschte Hochzeit kosten!«
Es wurde bei uns wirklich Hochzeit gehalten. Sie fiel bereits ganz an das Ende unseres Monats, und es war anzunehmen, daß für sie der letzte Rest meiner hunderttausend Franc draufgehen werde; damit war denn auch die Sache zum Abschluß gelangt, das heißt unser Monat war zu Ende, und ich trat nun in aller Form in den Ruhestand.
Das trug sich folgendermaßen zu. Eine Woche, nachdem wir uns in Paris niedergelassen hatten, kam der General angereist. Er begab sich direkt zu Blanche und blieb von seinem ersten Besuch an fast dauernd bei uns. Allerdings hatte er irgendwo in der Nähe auch eine eigene Wohnung. Blanche begrüßte ihn freudig, mit Lachen und Ausrufen des Entzückens, und umarmte ihn sogar stürmisch; das Verhältnis gestaltete sich dann so, daß sie selbst ihn gar nicht mehr von sich fortlassen wollte und er sie überallhin begleiten mußte: auf den Boulevard, bei Spazierfahrten, ins Theater und zu Bekannten. Für diese Verwendung war der General ganz wohl brauchbar; er war eine stattliche, vornehme Erscheinung von mehr als Mittelgröße, mit gefärbtem Backenbart und gefärbtem, gewaltigem Schnurrbart (er hatte seinerzeit bei den Kürassieren gedient) und mit einem angenehmen, wenn auch etwas aufgedunsenen Gesicht. Er besaß vortreffliche Manieren und trug seinen Frack mit vielem Anstand. In Paris legte er auch seine Orden wieder an. Mit einem solchen Mann auf dem Boulevard zu gehen war nicht nur möglich, sondern, wenn ich mich so ausdrücken darf, sogar eine Empfehlung. Der gutmütige, einfältige General war mit alledem höchst zufrieden; er hatte darauf gar nicht gerechnet, als er nach seiner Ankunft in Paris zu uns kam. Er hatte damals beinah gezittert vor Angst; er hatte gedacht, Blanche würde ihn anschreien und ihm die Tür weisen; da er nun einen so ganz anderen Empfang gefunden

hatte, war er in das größte Entzücken geraten und befand sich nun diesen ganzen Monat über in dem Zustand eines sinnlosen Wonnerausches; in diesem Zustand verließ ich ihn auch.

Erst hier habe ich genauer erfahren, daß ihm damals nach unserer plötzlichen Abreise aus Roulettenburg an demselben Vormittag etwas in der Art eines Schlaganfalls zugestoßen war. Er war besinnungslos niedergestürzt und war dann eine ganze Woche lang wie ein Wahnsinniger gewesen und hatte lauter törichtes Zeug geredet. Er war ärztlich behandelt worden, hatte aber auf einmal alles stehen und liegen lassen, sich auf die Bahn gesetzt und war nach Paris gefahren. Natürlich erwies sich der freundliche Empfang, den er bei Blanche fand, für ihn als das beste Heilmittel; aber Spuren seiner Krankheit blieben bei ihm noch lange Zeit zurück, trotz seiner frohen, seligen Gemütsstimmung. Etwas zu überlegen oder auch nur ein einigermaßen ernstes Gespräch zu führen war er völlig unfähig, in solchem Fall sagte er nur zu jedem Satz des andern: »Hm!« und nickte mit dem Kopf – auf weiteres ließ er sich nicht ein. Er lachte oft; aber es war ein nervöses, krankhaftes Lachen, als könnte er sich gar nicht genug tun; ein andermal saß er ganze Stunden lang da, mit einem Gesicht finster wie die Nacht, die buschigen Augenbrauen mürrisch zusammengezogen. Für viele Dinge war ihm das Gedächtnis ganz abhanden gekommen; seine Zerstreutheit ging über alles Maß, und er hatte sich angewöhnt, mit sich selbst zu reden. Nur Blanche vermochte ihn zu beleben, und diese Anfälle von Trübsinn und Schwermut, bei denen er sich in eine Ecke verkroch, traten auch nur dann ein, wenn er Blanche lange nicht gesehen hatte oder sie weggefahren war, ohne ihn mitzunehmen, oder sie beim Wegfahren ihm keine Liebkosung hatte zuteil werden lassen. Dabei hätte er selbst nicht sagen können, was er eigentlich wollte, und wußte selbst nicht, daß er finster und traurig war. Nachdem er eine oder zwei Stunden so dagesessen hatte (ich beobachtete das mehrere Male, als Blanche für den ganzen Tag weggefahren war, vermutlich zu Albert), begann er auf einmal sich nach allen Seiten umzusehen und unruhig hin und her zu laufen; es war, als ob ihm eine Frage eingefallen wäre und er jemand suchen wollte. Aber wenn er dann niemand sah und sich auch nicht mehr besinnen konnte, wonach er hatte fragen wollen, so sank er wieder in sein Dahinbrüten zurück, bis auf einmal Blanche erschien, heiter, ausgelassen, in eleganter Toilette, mit ihrem hellen Lachen; sie lief auf ihn zu, zupfte und schüttelte ihn; manchmal, wiewohl dies nur selten, küßte sie ihn sogar. Einmal freute sich der General darüber dermaßen, daß er in Tränen ausbrach. Ich war ganz verwundert.

Gleich von der Zeit an, wo der General bei uns eingetroffen war, begann Blanche ihn mir gegenüber wie ein Advokat zu verteidigen. Sie bediente sich dabei sogar aller möglichen rednerischen Kunstgriffe: sie erinnerte mich daran, daß sie dem General nur um meinetwillen untreu geworden sei, daß sie beinah schon seine Braut gewesen sei, ihm ihr Wort gegeben habe; daß er um ihretwillen seine Familie im Stich gelassen habe, und daß ich doch eigentlich bei ihm in Dienst gestanden hätte und ihn deswegen immer noch respektieren müsse, und ich solle mich schämen, jetzt über ihn zu lachen... Ich schwieg bei solchen Reden immer; aber ihr Mundwerk konnte gar nicht zur Ruhe kommen. Zuletzt pflegte ich in ein Gelächter auszubrechen, und damit war dann die Sache beendet, das heißt in der ersten Zeit hielt sie mich für einen Dummkopf, und in der letzten Zeit war sie der Ansicht, daß ich ein sehr guter, vernünftiger Mensch sei. Kurz, gegen das Ende unseres Zusammenwohnens hatte ich das Glück, mir das Wohlwollen dieses achtbaren Fräuleins erworben zu haben. (Übrigens war Blanche wirklich ein sehr gutes Mädchen – selbstverständlich nur in ihrer Art; ich hatte sie anfangs nicht richtig beurteilt.) »Du bist ein verständiger, guter Mensch«, sagte sie in der letzten Zeit manchmal zu mir, »und... und... es ist nur schade, daß du so dumm bist! Du wirst nie ordentlich Geld verdienen. Un vrai Russe, un calmouk!«

Mitunter schickte sie mich aus, um den General in den Straßen spazierenzuführen, ganz wie einen Diener mit einem Windspiel. Ich führte ihn auch ins Theater und nach dem

Bal-Mabille und in Restaurants. Dazu gab Blanche sogar Geld her, obgleich der General auch eigenes Geld hatte und mit besonderem Vergnügen vor den Augen anderer Leute seine Brieftasche hervorholte. Einmal mußte ich beinahe Gewalt anwenden, um ihn davon abzuhalten, für siebenhundert Franc im Palais-Royal eine Brosche zu kaufen, die er schön fand und durchaus Blanche zum Geschenk machen wollte. Na, was hätte sie sich aus einer Brosche für siebenhundert Franc gemacht! Und dabei besaß der General an Geld nicht mehr als tausend Franc. Ich habe nie in Erfahrung bringen können, wo er diese Summe her hatte. Ich denke mir aber, von Mister Astley, und dies um so mehr, da dieser im Hotel für den General und die Seinen bezahlt hatte. Was nun die Meinung anlangt, die der General die ganze Zeit über von mir hatte, so glaube ich, daß er meine Beziehungen zu Blanche nicht im entferntesten ahnte. Er hatte zwar dunkel davon gehört, daß ich ein Kapital gewonnen hätte, nahm aber aller Wahrscheinlichkeit nach trotzdem an, daß ich bei Blanche so eine Art von Privatsekretär oder vielleicht sogar nur Diener sei. Jedenfalls redete er zu mir stets in der früheren Weise von oben herab, im Ton des Vorgesetzten, und verstieg sich sogar zuweilen dazu, mich energisch auszuschelten. Einmal versetzte er mich und Blanche in die größte Heiterkeit; es war in unserer Wohnung, beim Morgenkaffee. Er war sonst nicht besonders empfindlich; aber damals fühlte er sich auf einmal von mir beleidigt; wodurch, das weiß ich noch heute nicht. Und er selbst hätte es damals auch nicht sagen können. Kurz, er redete und redete das sinnloseste Zeug, à bâtons rompus, schrie, ich sei ein Grünschnabel, er werde mich lehren... er werde es mir schon zeigen usw. Aber keiner konnte von dem, was er sagte, das geringste verstehen. Blanche wollte sich ausschütten vor Lachen; endlich gelang es uns, ihn einigermaßen zu beruhigen, und ich führte ihn spazieren. Nicht selten aber bemerkte ich an ihm, daß er traurig wurde, daß ihm irgend jemand oder irgend etwas leid tat, und daß ihm, sogar wenn Blanche anwesend war, jemand fehlte. In solchen Augenblicken begann er ein paarmal von selbst mit mir zu reden, war aber nie imstande, sich verständlich auszudrücken; er sprach von seiner Dienstzeit, von seiner verstorbenen Frau, von der Landwirtschaft und von seinem Gut. Kam ihm dabei zufällig irgendein Wort in den Mund, das ihm Eindruck machte, so hatte er an ihm eine kindliche Freude und wiederholte es des Tags wohl hundertmal, obgleich es in Wirklichkeit weder seine Gefühle noch seine Gedanken wiedergab. Ich versuchte es, ein Gespräch mit ihm über die Kinder in Gang zu bringen; aber er machte sich davon in seiner alten Manier frei, indem er eilig ein paar Worte sagte und dann schnell zu einem andern Gegenstand überging: »Ja, ja! Die Kinder, die Kinder, Sie haben recht, die Kinder!« Nur einmal ließ er ein tieferes Empfinden erkennen (ich war gerade mit ihm auf dem Weg ins Theater), indem er plötzlich anfing: »Es sind unglückliche Kinder; ja, mein Herr, ja, es sind unglückliche Kinder!« Und nun wiederholte er an diesem Abend mehrmals die Worte: »Unglückliche Kinder!« Als ich einmal von Polina zu sprechen anfing, geriet er geradezu in Wut: »Das ist ein undankbares Frauenzimmer!« rief er. »Sie ist boshaft und undankbar! Sie hat Schande über die Familie gebracht! Wenn es hier Gesetze gäbe, so würde ich sie gehörig fassen! Jawohl, jawohl!« Was de Grieux betrifft, so konnte er es nicht einmal ertragen, dessen Namen zu hören: »Dieser Mensch hat mich ruiniert«, sagte er; »er hat mich bestohlen, er ist mein Halsabschneider gewesen! Ganze zwei Jahre lang habe ich das Verhältnis zu ihm wie ein Alpdrücken empfunden. Monatelang habe ich jede Nacht von ihm geträumt! Das ist... das ist... Oh, erwähnen sie ihn nie wieder mir gegenüber!«

Ich sah, daß zwischen ihm und Blanche eine Verständigung zustande kam; aber ich schwieg nach meiner Gewohnheit. Eine Mitteilung darüber machte mir zuerst Blanche; es war genau eine Woche, bevor wir uns trennten. »Il a de la chance«, sagte sie in ihrer flinken Redeweise. »Seine Tante ist jetzt wirklich krank und wird bestimmt nächstens sterben. Mister Astley hat ein Telegramm geschickt. Trotz allem Geschehen wird er sie beerben; daran ist wohl kein Zweifel. Und selbst wenn das nicht eintritt, wird er mir in

keiner Weise lästig fallen. Erstens hat er seine Pension, und zweitens wird er in einer Hinterstube wohnen und sich dabei höchst glücklich fühlen. Ich werde madame la générale werden. Ich werde in die gute Gesellschaft eintreten« (das war das Ziel, von dem Blanche immer träumte und schwärmte), »und später werde ich eine russische Gutsbesitzerin werden, j'aurai un château, des moujiks, et puis j'aurai toujours mon million.«
»Na, aber wenn er eifersüchtig wird und von dir verlangt, daß du... du verstehst?«
»O nein, non, non, non! Wie sollte er das wagen! Dem habe ich vorgebeugt; da brauchst du dich nicht zu beunruhigen. Ich habe ihn schon veranlaßt, einige Wechsel mit Alberts Namen zu unterschreiben. Sowie er unangenehm werden sollte, wird er sofort wegen Wechselfälschung bestraft; aber er wird es ja nicht wagen!«
»Nun, dann heirate ihn...«
Die Hochzeit fand ohne besonderen Prunk still im Familienkreise statt. Eingeladen waren Albert und noch ein paar Bekannte. Hortense, Cléopâtre und andere Damen dieser Art wurden von diesem Fest absichtlich ferngehalten. Der Bräutigam war sehr stolz auf seine neue Würde. Blanche band ihm eigenhändig die Krawatte und pomadisierte ihm selbst das Haar; er sah in seinem Frack und in seiner weißen Weste très comme il faut aus.
»Il est pourtant très comme il faut«, äußerte Blanche mir gegenüber selbst, als sie aus dem Zimmer des Generals herauskam; daß der General très comme il faut war, schien für sie selbst eine überraschende Entdeckung zu sein. Ich kümmerte mich bei dieser Hochzeit sehr wenig um die Einzelheiten und nahm an dem ganzen Fest nur als müßiger Zuschauer teil; infolgedessen weiß ich heute nur noch mangelhaft, wie es dabei zuging. Ich erinnere mich nur, daß Blanche, wie jetzt auf einmal bekannt wurde, gar nicht de Cominges hieß (ebenso wie ihre Mutter keine veuve Cominges war), sondern du Placet. Warum die beiden sich bisher de Cominges genannt hatten, weiß ich nicht. Aber der General war auch hiermit sehr zufrieden, und der Name du

Placet gefiel ihm sogar noch besser als der Name de Cominges. Am Morgen des Hochzeitstages ging er, schon vollständig festlich gekleidet, immer im Salon auf und ab und sagte fortwährend mit überaus ernster, würdevoller Miene vor sich hin: »Mademoiselle Blanche du Placet! Blanche du Placet, du Placet! Jungfrau Blanka du Placet!...« und dabei strahlte sein Gesicht von Eitelkeit. In der Kirche, beim Maire und zu Hause beim Frühstück war er nicht nur heiter und zufrieden, sondern sogar stolz. Mit ihm sowie mit seiner jungen Frau ging etwas Besonderes vor. Blanche hatte sogar eine Art von würdigem Aussehen angenommen.

»Ich muß mir jetzt ein ganz anderes Betragen zu eigen machen«, sagte sie zu mir mit großem Ernst; »mais vois-tu, an einen häßlichen Umstand hatte ich nicht gedacht: denk dir nur, ich kann immer noch nicht meinen neuen Familiennamen im Kopf behalten: Sagorjanski, Sagosianski, madame la générale de Sago... Sago... ces diables de noms russes, enfin madame la générale à quatorze consonnes! Comme c'est agréable, n'est-ce pas?«

Endlich trennten wir uns, und Blanche, diese dumme Blanche, fing beim Abschied von mir sogar an zu weinen. »Tu étais bon enfant«, sagte sie schluchzend. »Je te croyais bête et tu en avais l'air, aber das steht dir gut.« Und als sie mir schon zum letzten Male die Hand gedrückt hatte, rief sie plötzlich: »Attends!« lief in ihr Boudoir und brachte mir einen Augenblick darauf von dort zwei Tausendfrancscheine. So etwas hätte ich nie für möglich gehalten! »Das wird dir zustatten kommen; du bist vielleicht ein sehr gelehrter outchitel, aber ein schrecklich dummer Mensch. Mehr als zweitausend gebe ich dir auf keinen Fall; denn du verspielst es doch nur. Nun adieu! Nous serons toujours bons amis, und wenn du wieder gewinnst, dann komm unter allen Umständen zu mir, et tu seras heureux.«

Ich besaß selbst noch fünfhundert Franc, und außerdem habe ich noch eine prachtvolle Uhr im Wert von tausend Franc, Hemdknöpfe mit Brillanten und mehr dergleichen, so daß ich noch ziemlich lange Zeit leben kann, ohne mir Sorgen zu machen. Ich habe mich absichtlich in diesem klei-

nen Städtchen niedergelassen, um mich zu sammeln, und, was die Hauptsache ist, ich erwarte Mister Astley.
Ich habe aus guter Quelle gehört, daß er hier durchkommen und sich in Geschäften einen Tag hier aufhalten wird. Von dem werde ich über alles, was mich interessiert, Auskunft erhalten... und dann, dann sofort nach Homburg! Nach Roulettenburg will ich diesmal nicht fahren; vielleicht tue ich es im nächsten Jahr. Es soll ein böses Omen sein, wenn man sein Glück zweimal hintereinander an ein und demselben Tisch versucht. Und dann ist auch in Homburg das wahre Spiel, das Spiel, wie es sein muß.

SIEBZEHNTES KAPITEL

Nun ist es schon ein Jahr und acht Monate, daß ich diese Aufzeichnungen nicht angesehen habe, und erst heute bin ich in meinem Kummer und Gram zufällig auf den Einfall gekommen, sie zu meiner Zerstreuung noch einmal durchzulesen.
Also ich blieb damals dabei stehen, daß ich nach Homburg fahren wollte. Wie leicht (das heißt verhältnismäßig leicht) war mir damals zumute, als ich diese letzten Zeilen schrieb! Ich will nicht sagen, daß mir so schlechthin leicht zumute gewesen wäre; aber was besaß ich für ein Selbstvertrauen, wie unerschütterlich glaubte ich an die Erfüllung meiner Hoffnungen! An mir selbst zweifelte ich nicht im geringsten. Und nun ist nur wenig mehr als eine Zeit von anderthalb Jahren vergangen, und ich bin meiner Ansicht nach weit schlechter als ein Bettler! Denn was hat ein Bettler groß zu klagen? Armut ist kein Unglück. Ich aber habe geradezu mich selbst, meine Persönlichkeit, zugrunde gerichtet! Übrigens gibt es eigentlich kaum etwas, was ich mit mir in Vergleich stellen könnte. Und es hätte keinen Zweck, wenn ich mir jetzt selbst eine Moralpredigt halten wollte! Nichts kann abgeschmackter sein als Moralpredigten in solcher Lage! O über die selbstzufriedenen Leute: mit welchem Stolz auf ihre eigenen Personen sind diese Schwätzer bereit, einem ihre

Sentenzenweisheit vorzutragen! Wenn sie wüßten, wie klar ich selbst die ganze Erbärmlichkeit meines jetzigen Zustandes erkenne, so würden sie sich die Mühe sparen, mich belehren zu wollen. In der Tat, was könnten sie mir Neues sagen, das ich nicht wüßte? Aber hier handelt es sich nicht um Sagen und Wissen; hier handelt es sich darum, daß das Rad nur eine einzige Drehung zu machen braucht, und alles ändert sich, und diese selben Moralprediger werden dann (das ist meine feste Überzeugung) die ersten sein, die mit freundschaftlichen Scherzworten zu mir kommen, um mich zu beglückwünschen. Dann werden alle sich nicht so von mir abwenden, wie sie es jetzt tun. Hol sie alle der Teufel! Was bin ich jetzt? Zéro. Und was bin ich vielleicht morgen? Morgen erstehe ich vielleicht von den Toten und beginne ein neues Leben! Ich kann in mir den Menschen wiederfinden, solange er noch nicht ganz zugrunde gegangen ist.

Ich fuhr damals wirklich nach Homburg; aber... ich war dann auch wieder in Roulettenburg, ich war auch in Spaa, ich war sogar in Baden, wohin ich als Kammerdiener eines Herrn Hinze gereist war; er war Beamter mit dem Titel eines Rates, übrigens ein widerwärtiges Subjekt. Ja, ja, auch Diener bin ich gewesen, ganze fünf Monate lang! Das war, gleich nachdem ich aus dem Schuldgefängnis gekomen war. Ich habe nämlich auch im Schuldgefängnis gesessen, in Roulettenburg. Ein Unbekannter kaufte mich los; wer mag es gewesen sein? Mister Astley? Polina? Ich weiß es nicht; aber die Schuld wurde bezahlt, im ganzen zweihundert Taler, und so kam ich frei. Wo sollte ich bleiben? So trat ich bei diesem Hinze in Dienst. Er war ein junger, leichtlebiger Mensch, der gern faulenzte; ich aber verstehe drei Sprachen zu sprechen und zu schreiben. Ich war ursprünglich bei ihm als eine Art von Sekretär eingetreten, mit dreißig Gulden Monatsgehalt; aber ich wurde schließlich bei ihm ein bloßer Diener, da es auf die Dauer doch seine Mittel überstieg, sich einen Sekretär zu halten, und er mein Gehalt verringerte; ich aber wußte keine andere Stelle, die ich hätte annehmen können. So blieb ich denn bei ihm und wandelte mich auf diese Weise ganz von selbst in einen Diener um. Ich gönnte

mir in seinem Dienste weder Essen noch Trinken in auskömmlichem Maß, sparte mir aber dadurch in den fünf Monaten siebzig Gulden. Und eines Abends in Baden machte ich ihm die Mitteilung, ich wolle aus seinem Dienst gehen, und noch an demselben Abend begab ich mich zum Roulett. Oh, wie pochte mir das Herz! Nein, nicht um das Geld war es mir zu tun! Damals wünschte ich weiter nichts als dies: es möchten am folgenden Tage alle diese Hinzes, alle diese Oberkellner, alle diese eleganten Badener Damen, die möchten alle von mir reden, einander meinen gelungenen Streich erzählen, mich bewundern und loben und vor meinem neuen Spielgewinn eine Reverenz machen. Das waren ja alles nur kindische Gedanken und Hoffnungen; aber... wer konnte es wissen: vielleicht würde ich Polina treffen und ihr alles erzählen, und sie würde sehen, daß mir all diese albernen Schicksalsschläge nichts hatten anhaben können...
Oh, nicht um das Geld war es mir zu tun! Ich war überzeugt, daß ich es wieder irgendeiner Blanche in den Schoß werfen und wieder in Paris drei Wochen lang mit einem Paar eigener Pferde für sechzehntausend Franc umherkutschieren würde. Ich weiß ja recht gut, daß ich nicht geizig bin; ich halte mich sogar für einen Verschwender; aber trotzdem, mit welchem Zittern, mit welcher Herzbeklemmung höre ich jedesmal den Croupier rufen: trente et un, rouge, impair et passe, oder: quatre, noir, pair et manque! Mit welcher Gier blicke ich auf den Spieltisch, auf dem die Louisdors und Friedrichsdors und Taler umherliegen, und auf die kleinen Stapel von Goldstücken, wenn sie unter der Krücke des Croupiers in Häufchen auseinanderfallen, die wie feurige Glut schimmern, oder auf die eine halbe Elle langen Silberrollen, die um das Rad herumliegen. Schon wenn ich mich dem Spielsaal nähere und noch zwei Zimmer von ihm entfernt bin, bekomme ich fast Krämpfe, sobald ich das Klirren des hingeschütteten Geldes höre.
Oh, jener Abend, an dem ich meine siebzig Gulden zum Spieltisch trug, war für mich äußerst merkwürdig. Ich begann mit zehn Gulden, und zwar wieder auf passe. Für passe habe ich eine Vorliebe. Ich verlor. Es blieben mir noch sech-

zig Gulden in Silbergeld; ich überlegte und wählte zéro. Ich setzte auf zéro jedesmal fünf Gulden; beim dritten Einsatz kam plötzlich zéro; ich war halbtot vor Freude, als ich hundertfünfundsiebzig Gulden bekam; so sehr hatte ich mich nicht einmal damals gefreut, als ich die hunderttausend Gulden gewann. Sofort setzte ich hundert Gulden auf rouge – ich gewann; alle zweihundert auf rouge – ich gewann; alle vierhundert auf noir – ich gewann; alle achthundert auf manque – ich gewann; mit dem Früheren zusammen waren es jetzt tausendsiebenhundert Gulden, und das in weniger als fünf Minuten! Ja, in solchen Augenblicken vergißt man alles frühere Mißgeschick! Ich hatte das erreicht dadurch, daß ich mehr als mein Leben gewagt hatte; ich hatte mich zu diesem Wagnis erkühnt, und siehe da, ich gehörte wieder zu den Menschen!

Ich nahm mir in einem Hotel ein Zimmer, schloß mich ein und saß bis drei Uhr nachts und zählte mein Geld. Am Morgen erwachte ich mit dem Bewußtsein, daß ich nicht mehr Diener war. Ich beschloß, gleich an diesem Tag nach Homburg zu fahren: dort war ich nicht Diener gewesen und hatte nicht im Schuldgefängnis gesessen. Eine halbe Stunde vor Abgang des Zuges ging ich nochmals zum Roulett, um zweimal zu setzen, nicht öfter, und verlor tausendfünfhundert Gulden. Indes ich fuhr trotzdem nach Homburg und bin jetzt schon einen Monat hier.

Ich lebe natürlich in beständiger Aufregung, spiele nur mit ganz kleinem Einsatz und warte immer auf etwas; ich rechne fortwährend und stehe ganze Tage lang am Spieltisch und beobachte das Spiel; sogar im Traum glaube ich immer das Spiel zu sehen. Aber dabei habe ich eine Empfindung, als ob ich eine Holzpuppe geworden wäre, oder als sei ich in tiefem Schlamm steckengeblieben. Ich schließe das aus meinem Gefühl bei meinem Zusammentreffen mit Mister Astley. Wir hatten uns seit jenem verhängnisvollen Tag nicht wieder gesehen und begegneten einander nun unerwartet. Das ging folgendermaßen zu. Ich ging im Park spazieren und überlegte, daß ich fast ganz abgebrannt war, da ich nur noch fünfzig Gulden besaß; im Hotel, wo ich ein geringes Kämmerchen bewohne, hatte ich meine Rechnung zwei Tage vorher vollständig beglichen. Also blieb mir die Möglichkeit, jetzt noch einmal zum Roulett zu gehen; gewann ich, und wenn's auch nur wenig war, so konnte ich das Spiel fortsetzen; verlor ich, so mußte ich wieder Bedienter werden, falls es mir nicht gelang, schleunigst eine russische Familie zu finden, die einen Hauslehrer brauchte. Mit diesem Gedanken beschäftigt, schritt ich auf meinem gewöhnlichen Spazierweg dahin, der mich täglich durch den Park und einen Wald nach dem benachbarten Fürstentum führte; manchmal machte ich auf diese Art eine vierstündige Wanderung und kehrte müde und hungrig nach Homburg zurück. Diesmal war ich kaum aus dem Kurgarten in den Park gelangt, als ich plötzlich auf einer Bank Mister Astley erblickte. Er hatte mich zuerst bemerkt und rief mich nun an. Ich setzte mich neben ihn. Da ich an ihm ein ungewöhnlich ernstes Wesen wahrnahm, so stimmte ich meine Freude sogleich herab; sonst hätte ich mich außerordentlich über das Wiedersehen gefreut.

»Also Sie sind hier! Das hatte ich mir wohl gedacht, daß ich Sie treffen würde«, sagte er zu mir. »Machen Sie sich nicht die Mühe zu erzählen, wie es Ihnen gegangen ist; ich weiß das, ich weiß das alles; Ihr ganzes Leben in diesen zwanzig Monaten ist mir bekannt.«

»Ei, sehen Sie mal! Also so verfolgen Sie die Schicksale Ihrer alten Freunde!« antwortete ich. »Das macht Ihnen Ehre, daß Sie sie nicht vergessen... Warten Sie mal, da bringen Sie mich auf einen Gedanken: sind nicht etwa Sie derjenige gewesen, der mich aus dem Roulettenburger Gefängnis losgekauft hat, wo ich wegen einer Schuld von zweihundert Talern saß? Ein Unbekannter hat mich losgekauft.«

»Nein, o nein; ich habe Sie nicht aus dem Roulettenburger Gefängnis losgekauft, wo Sie wegen einer Schuld von zweihundert Talern saßen; aber ich wußte, daß Sie wegen einer solchen Schuld im Gefängnis waren.«

»Also wissen Sie doch, wer mich losgekauft hat?«

»O nein, ich kann nicht sagen, daß ich weiß, wer Sie losgekauft hat.«

»Sonderbar; von meinen russischen Landsleuten war ich niemandem bekannt, und die Russen lassen sich hier auch wohl kaum darauf ein, einen Landsmann aus dem Schuldgefängnis loszukaufen; das kommt wohl bei uns in Rußland vor; da erweist wohl ein Rechtgläubiger einem Glaubensgenossen eine solche Liebe. Darum hatte ich mir gedacht, es hätte es irgend so ein Kauz von Engländer aus Lust am Sonderbaren getan.«

Mister Astley hörte mich einigermaßen verwundert an. Er hatte wohl gedacht, mich in trüber, niedergedrückter Stimmung zu finden.

»Nun, ich freue mich sehr zu sehen, daß Sie sich Ihre ganze seelische Festigkeit, ja Heiterkeit bewahrt haben«, sagte er mit ziemlich unzufriedener Miene.

»Das heißt, innerlich knirschen Sie vor Ärger darüber, daß ich nicht geknickt und niedergeschlagen bin«, sagte ich lachend.

Er verstand nicht gleich; aber als er es dann verstanden hatte, lächelte er.

»Ihre Bemerkung gefällt mir. Ich erkenne in diesen Worten meinen früheren verständigen, idealgesinnten und dabei zugleich zynischen Freund wieder; nur die Russen bringen es fertig, solche Gegensätze in sich gleichzeitig zu vereinigen. In der Tat, der Mensch sieht gern auch seinen besten Freund im Zustand der Erniedrigung vor sich; die Freundschaft basiert größtenteils auf der Erniedrigung des einen und der Überlegenheit des andern; das ist eine alte, allen klugen Leuten bekannte Wahrheit. Aber im vorliegenden Falle kann ich Sie versichern, ich freue mich aufrichtig darüber, daß Sie nicht niedergeschlagen sind. Sagen Sie, Sie beabsichtigen wohl nicht, das Spiel aufzugeben?«

»Ach, hol das ganze Spiel der Teufel! Ich will es sofort aufgeben, ich möchte nur...«

»Sie möchten nur erst das Verlorene wiedergewinnen? Das habe ich mir wohl gedacht; Sie brauchen nicht weiterzureden, ich weiß schon; das kam Ihnen ganz unwillkürlich heraus, also ist es Ihre wahre Meinung. Sagen Sie, außer dem Spiel beschäftigen Sie sich mit nichts?«

»Nein, mit nichts.«
Er fragte mich nach allerlei Dingen. Ich wußte nichts; ich hatte fast gar nicht in die Zeitungen gesehen und faktisch die ganze Zeit über kein Buch aufgeschlagen.
»Sie sind gegen alles stumpf und gleichgültig geworden«, bemerkte er. »Sie haben sich vom frisch pulsierenden Leben losgesagt, sich losgesagt von Ihren eigenen Interessen und von denen der Gesellschaft, von Ihrer Pflicht als Bürger und Mensch, von Ihren Freunden (und Sie hatten doch solche), von dem Streben nach irgendeinem Ziel mit Ausnahme des Gewinnes im Spiel; ja, was noch mehr ist, Sie haben sich sogar von Ihren Erinnerungen losgesagt. Sie stehen mir noch vor der Seele, wie Sie damals waren, als in Ihnen Glut und Kraft lebten; aber ich bin überzeugt, Sie haben all Ihre damaligen guten und schönen Empfindungen vergessen; Ihre Zukunftspläne, Ihre Wünsche für jeden Tag gehen jetzt nicht hinaus über pair, impair, rouge, noir, die zwölf mittleren Zahlen usw. usw.; das ist meine Überzeugung!«
»Hören Sie auf, Mister Astley; bitte, erinnern Sie mich nicht daran!« rief ich ärgerlich und beinahe grimmig. »Glauben Sie: ich habe nichts davon vergessen; nur zeitweilig habe ich das alles aus meinem Kopf verbannt, sogar die Erinnerungen, nur so lange bis ich meine Verhältnisse gründlich gebessert haben werde; dann... dann (das sollen Sie sehen!) werde ich von den Toten auferstehen!«
»Sie werden noch nach zehn Jahren hier sein«, erwiderte er. »Ich biete Ihnen eine Wette an, daß ich Sie daran erinnern werde, wenn ich solange lebe, hier auf dieser Bank.«
»Na, nun hören Sie auf!« unterbrach ich ihn ungeduldig; »und um Ihnen zu beweisen, daß ich die Vergangenheit doch nicht so ganz vergessen habe, gestatten Sie mir die Frage: wo ist jetzt Miß Polina? Wenn Sie es nicht gewesen sind, der mich damals loskaufte, dann war es wahrscheinlich sie. Seit unserer Trennung habe ich nicht das geringste von ihr gehört.«
»Nein, o nein! Ich glaube nicht, daß sie Sie losgekauft hat. Sie ist jetzt in der Schweiz, und Sie werden mir einen großen

Gefallen tun, wenn Sie mich nicht weiter nach Miß Polina fragen«, sagte er in energischem und sogar zornigem Ton.

»Danach scheint es, daß sie auch Ihrem Herzen bereits eine schwere Wunde beigebracht hat!« erwiderte ich und mußte unwillkürlich lachen.

»Miß Polina ist das beste, hochachtungswürdigste Wesen, das es auf der Welt gibt; aber ich wiederhole es Ihnen, Sie werden mir einen großen Gefallen tun, wenn Sie mich nicht weiter nach Miß Polina fragen. Sie haben sie nie gekannt, und wenn Sie ihren Namen in den Mund nehmen, so empfinde ich das als eine Beleidigung meines sittlichen Gefühls.«

»Nun sehen Sie mal! Übrigens, was das Kennen betrifft, haben Sie unrecht. Und wovon könnte ich denn auch mit Ihnen reden, wenn nicht davon? Sagen Sie selbst! Eben darin bestehen ja unsere ganzen gemeinsamen Erinnerungen. Aber seien sie unbesorgt: ich habe kein Verlangen, die Geheimnisse Ihres Seelenlebens zu erfahren. Ich interessiere mich nur für Miß Polinas äußere Lebenslage, für das Milieu, in dem sie sich jetzt befindet. Das läßt sich doch in wenigen Worten sagen.«

»Meinetwegen, aber unter der Bedingung, daß mit diesen wenigen Worten die Sache abgetan ist. Miß Polina war lange krank, und sie ist es auch jetzt noch; eine Zeitlang lebte sie bei meiner Mutter und meiner Schwester im nördlichen England. Vor einem halben Jahr ist ihre Großtante gestorben (Sie erinnern sich wohl: jenes verrückte Weib) und hat ihr persönlich ein Vermögen von siebentausend Pfund hinterlassen. Jetzt ist Miß Polina mit der Familie meiner verheirateten Schwester zusammen auf Reisen. Ihr kleiner Bruder und ihre kleine Schwester sind gleichfalls durch das Testament der Großtante versorgt und besuchen in London die Schule. Der General, ihr Stiefvater, ist vor einem Monat in Paris an einem Schlaganfall gestorben. Mademoiselle Blanche hat ihn gut behandelt, hat aber alles, was er von seiner Tante geerbt hatte, sogleich auf sich übertragen lassen... Das ist wohl alles.«

»Und de Grieux? Reist der auch in der Schweiz?«

»Nein, de Grieux reist nicht in der Schweiz, und ich weiß nicht, wo de Grieux ist; außerdem ersuche ich Sie ein für allemal, dergleichen Andeutungen und ungehörige Zusammenstellungen zu unterlassen; andernfalls werden Sie es ganz sicher mit mir zu tun bekommen.«

»Wie? Trotz unserer früheren freundschaftlichen Beziehungen.«

»Ja, trotz unserer früheren freundschaftlichen Beziehungen.«

»Ich bitte tausendmal um Verzeihung, Mister Astley. Aber gestatten Sie die Bemerkung: in dem, was ich sagte, liegt nichts Beleidigendes und Ungehöriges; ich mache ja Miß Polina in keiner Weise einen Vorwurf. Außerdem, ganz allgemein gesagt: ein Franzose und eine junge russische Dame, das ist eine Kombination, Mister Astley, bei der wir beide, Sie und ich, die Gründe für ihr Zustandekommen nicht vollständig zu erkennen und zu begreifen vermögen.«

»Wenn Sie es vermeiden wollen, den Namen de Grieux zusammen mit dem andern Namen zu erwähnen, so würde ich Sie bitten, mir zu erklären, was Sie unter dem Ausdruck ›ein Franzose und eine junge russische Dame‹ verstehen. Was ist das für eine ›Kombination‹? Warum reden Sie gerade von einem Franzosen und gerade von einer jungen russischen Dame?«

»Sehen Sie, nun haben Sie doch Interesse dafür bekommen. Aber das ist ein Thema, das sich nicht so kurz abtun läßt, Mister Astley. Man muß sich vorher über mancherlei Voraussetzungen klarwerden. Übrigens ist es eine wichtige Frage, wie lächerlich das alles auch auf den ersten Blick aussehen mag. Der Franzose, Mister Astley, gilt als die vollendet schöne Form. Sie, als Brite, können es bestreiten, und ich, als Russe, tue es ebenfalls, man mag meinetwegen sagen: aus Neid; aber unsere jungen Damen sind anderer Meinung als wir. Sie können Racine eckig und verrenkt und parfümiert finden, und Sie werden ihn wahrscheinlich nicht einmal lesen. Ich finde ihn gleichfalls verkünstelt und verrenkt und parfümiert und in gewisser Hinsicht geradezu lächerlich; aber nach allgemeiner Anschauung ist er entzükkend, Mister Astley, und vor allen Dingen ein großer Dichter, ob Sie und ich das nun zugeben wollen oder nicht. Der nationale Typus des Franzosen, das heißt des Parisers, hat sich zu einer eleganten Form herausgebildet, als wir noch Bären waren. Die Revolution wurde die Erbin des Adels. Heutzutage kann der gemeinste Franzose Manieren, Gebärden, Redewendungen und sogar Gedanken von durchaus eleganter Form besitzen, ohne zu dieser Form durch eigene Tätigkeit mitgewirkt zu haben oder an ihr mit seiner Seele und seinem Herzen beteiligt zu sein: es ist ihm alles durch Erbschaft zugefallen. An und für sich können sie die hohlsten, gemeinsten Gesellen sein. Jetzt nun, Mister Astley, will ich Ihnen verraten, daß es auf der ganzen Welt kein zutraulicheres, offenherzigeres Wesen gibt als eine gutherzige, hinreichend kluge, nicht zu verkünstelte russische junge Dame. Wenn nun so ein de Grieux in einer theatralischen Rolle, mit einer Maske vor seinem wahren Gesicht erscheint, so kann er mit größter Leichtigkeit ihr Herz erobern; er hat die elegante Form, Mister Astley, und die junge Dame hält diese Form für seine eigene Seele, für die natürliche Form seiner Seele und seines Herzens, und nicht für ein Gewand, das er durch Erbschaft erlangt hat. Gewiß zu Ihrem größten Mißvergnügen muß ich Ihnen gestehen, daß die Engländer größtenteils recht eckig und unelegant sind; die Russinnen aber besitzen ein sehr feines Urteil für Schönheit und fühlen sich zu ihr besonders hingezogen. Um dagegen die Schönheit einer Seele und die Eigenart einer Persönlichkeit zu erkennen, dazu ist sehr viel mehr Selbständigkeit und Unbefangenheit des Urteils erforderlich, als unsere Frauen und nun gar unsere jungen Damen besitzen, und jedenfalls auch mehr Erfahrung. Miß Polina – verzeihen Sie; aber das ausgesprochene Wort kann man nicht zurückholen – wird eine sehr, sehr lange Überlegung nötig haben, ehe sie sich dazu entschließt, Sie dem Schuft de Grieux vorzuziehen. Sie wird Sie hochschätzen, Ihre Freundin sein, Ihnen ihr ganzes Herz aufschließen; aber in diesem Herzen wird doch der schändliche Schurke, der ekelhafte, armselige Wucherer de Grieux herrschen. Und schon allein Eigensinn und Eitelkeit werden diesem Zustand Dauer verleihen, weil dieser selbe de Grieux ihr früher einmal mit der Aureole eines eleganten Marquis erschienen ist, eines enttäuschten liberalen Idealisten, eines Mannes, der ihrer Familie und dem leichtsinnigen General hilfreich war und sich dabei selbst zugrunde richtete (wenn's wahr wäre). Alle diese Verkleidungen sind ja nachher als solche erkannt worden; aber das tut nichts; trotz alledem: wenn Sie ihr jetzt den früheren de Grieux wiedergeben könnten, so hätte sie alles, was sie haben möchte! Und je mehr sie den jetzigen de Grieux haßt, um so mehr sehnt sie sich nach dem früheren, obgleich der frühere nur in ihrer Vorstellung existiert hat. Sie sind Zuckerfabrikant, Mister Astley?«

»Ja, ich bin jetzt bereits Kompagnon bei der bekannten Zuckerfirma Lowell und Comp.«

»Nun, dann sehen Sie selbst, Mister Astley: auf der einen Seite ein Zuckerfabrikant, auf der andern Seite ein Apollo von Belvedere; das ist ein schroffer Gegensatz. Und ich bin nicht einmal Zuckerfabrikant; ich bin weiter nichts als ein armseliger Roulettspieler und bin sogar Bedienter gewesen, was Miß Polina wahrscheinlich schon weiß, da sie ja, wie es scheint, von einer guten Geheimpolizei bedient wird.«

»Sie sind verbittert, und deshalb reden Sie all diesen Unsinn«, erwiderte nach kurzem Nachdenken Mister Astley kaltblütig. »Übrigens war in dem, was Sie sagten, nichts Neues und Originelles enthalten.«

»Das gebe ich zu! Aber gerade das ist das Schreckliche, mein verehrter Freund, daß alle diese meine Beschuldigungen, so alt und vulgär und possenhaft sie auch sein mögen, doch der Wahrheit entsprechen! Jedenfalls haben wir beide, Sie und ich, bei Miß Polina nichts erreicht!«

»Das ist abscheulicher Unsinn... denn... denn... nun, so mögen Sie es denn wissen!« rief Mister Astley mit zitternder Stimme und funkelnden Augen. »So mögen Sie denn wissen, Sie undankbarer und unwürdiger, armseliger und unglücklicher Mensch, daß ich mit Absicht nach Homburg gekommen bin, in ihrem Auftrag, um Sie wiederzusehen, eingehend und herzlich mit Ihnen zu reden und ihr dann alles zu berichten: welches Ihre Gefühle und Empfindungen seien, welche Gedanken und Pläne Sie hegten, was Sie von der Zukunft hofften, und... wie sie der Vergangenheit gedächten!«

»Wirklich? Ist das die Wahrheit?« rief ich, und die Tränen stürzten mir stromweise aus den Augen. Ich konnte sie nicht zurückhalten: es war wohl das erstemal in meinem Leben.

»Ja, Sie unglücklicher Mensch, sie hat Sie geliebt, und ich kann Ihnen das jetzt mitteilen, weil Sie ein verlorener Mensch sind! Noch mehr: selbst wenn ich Ihnen sage, daß sie Sie noch heutigen Tages liebt, so werden Sie trotzdem hierbleiben! Ja, Sie haben sich selbst zugrunde gerichtet. Sie besaßen einige Fähigkeiten und einen lebhaften Charakter und waren kein schlechter Mensch; Sie hätten sogar Ihrem Vaterland nützlich sein können, das an tüchtigen Männern wahrlich keinen Überfluß hat; aber – Sie werden hierbleiben, und Ihr Leben ist abgeschlossen. Ich mache Ihnen keine Vorwürfe. Meiner Ansicht nach sind alle Russen von dieser Art, oder sie neigen wenigstens dazu. Ist es nicht das Roulett, so ist es etwas anderes, dem Ähnliches. Ausnahmen sind nur sehr selten. Sie sind nicht der erste, der kein Verständnis dafür hat, was Arbeit bedeutet. (Ich rede nicht von den unteren Volksschichten in Ihrem Lande.) Das Roulett ist ein spezifisch russisches Spiel. Bisher waren Sie noch ehrenhaft und entschlossen sich lieber dazu, Bedienter zu werden, als zu stehlen... Aber es ist mir ein furchtbarer Gedanke, was noch in Zukunft alles geschehen kann. Aber genug! Leben Sie wohl! Sie sind gewiß in Geldnot? Hier haben Sie zehn Louisdor; mehr werde ich Ihnen nicht geben, da Sie das Geld ja doch nur verspielen werden. Nehmen Sie, und leben Sie wohl! So nehmen Sie doch!«

»Nein, Mister Astley, nach allem, was wir jetzt miteinander gesprochen haben...«

Neh-men – Sie!« rief er. »Ich bin überzeugt, daß Sie noch ein anständiger Mensch sind, und gebe es Ihnen so, wie ein Freund einem wahren Freunde etwas geben darf. Könnte ich überzeugt sein, daß Sie unverzüglich das Spiel aufgeben, Homburg verlassen und in Ihr Vaterland zurückreisen wür-

den, so wäre ich bereit, Ihnen sofort tausend Pfund zu geben, damit Sie eine neue Lebenslaufbahn beginnen könnten. Aber eben deswegen gebe ich Ihnen nicht tausend Pfund, sondern nur zehn Louisdor, weil tausend Pfund und zehn Louisdor jetzt für Sie doch ein und dasselbe sind; Sie verspielen es doch nur. Nehmen Sie, und leben Sie wohl!«
»Ich nehme es, wenn Sie mir erlauben, Sie zum Abschied zu umarmen.«
»Oh, mit Vergnügen!«
Wir umarmten uns herzlich, und Mister Astley ging weg.
Nein, er hat nicht recht! Wenn ich törichterweise mich zu scharf über Polina und de Grieux aussprach, so hat er vorschnell ein zu scharfes Urteil über die Russen gefällt. Von mir will ich nicht reden. Übrigens ... übrigens handelt es sich vorläufig um all das gar nicht: das sind alles nur Worte und wieder Worte, und hier sind Taten nötig! Die Hauptsache ist für mich jetzt die Schweiz! Morgen – o wenn ich gleich morgen hinfahren könnte! Ich will von neuem geboren werden, ich will auferstehen. Ich muß ihnen beweisen ... Polina soll sehen, daß ich noch imstande bin ein Mensch zu sein. Ich brauche ja nur ... Jetzt ist es freilich schon zu spät, aber morgen ... Oh, ich habe ein Vorgefühl, und es muß, es muß so kommen! Ich habe jetzt zehn Louisdor und fünfzig Gulden, zusammen fünfzehn Louisdor, und ich habe früher schon mit fünfzehn Gulden angefangen zu spielen. Wenn man am Anfang vorsichtig ist ... Aber bin ich denn wirklich ein so kleines Kind? Begreife ich denn nicht, daß ich ein verlorener Mensch bin? Aber doch ... warum sollte ich nicht auferstehen können? Ja! Ich brauche nur ein einziges Mal im Leben ein guter Rechner zu sein und Geduld zu haben; das ist alles! Ich brauche mich nur ein einziges Mal charakterfest zu zeigen, und in einer Stunde kann ich mein Schicksal völlig umändern! Die Hauptsache ist Charakterfestigkeit. Ich brauche nur daran zu denken, wie es mir in dieser Hinsicht vor sieben Monaten in Roulettenburg ging, in der Zeit vor meinem völligen Zusammenbruch. Oh, das war ein merkwürdiger Beweis von Entschlußfähigkeit! Ich hatte damals alles verspielt, alles. Ich verließ das Kurhaus, da

merkte ich, daß in meiner Westentasche noch ein Gulden steckte. »Ah«, dachte ich, »da habe ich ja noch etwas, wofür ich Mittagbrot essen kann!« Aber nachdem ich hundert Schritte weitergegangen war, wurde ich anderen Sinnes und kehrte wieder um. Ich setzte diesen Gulden auf manque (beim vorigen Mal war manque gekommen), und wirklich, es ist eine ganz besondere Empfindung, wenn man ganz allein, in fremdem Land, fern von der Heimat und allen Freunden, ohne zu wissen, was man an dem Tag essen soll, den letzten Gulden setzt, den allerletzten! Ich gewann, und nach zwanzig Minuten verließ ich das Kurhaus mit hundertsiebzig Gulden in der Tasche. Das ist eine Tatsache! Da sieht man, was manchmal der letzte Gulden ausrichten kann! Aber was wäre aus mir geworden, wenn ich damals den Mut verloren und nicht gewagt hätte, einen kühnen Entschluß zu fassen?...

Morgen, morgen wird alles zum guten Ende kommen!

DIE WICHTIGSTEN HANDELNDEN PERSONEN

Der General: Witwer
Polína Alexándrowna, auch Praskówja: seine Stieftochter
Alexéj Iwánowitsch: Hauslehrer im Hause des Generals, Spieler und Erzähler dieses Romans
Mademoiselle Blanche de Cominges, alias Mademoiselle Barberini, alias Mademoiselle Selma, alias Mademoiselle du Placet: Verlobte und spätere Frau des Generals
Antonída Wassíljewna Tarasséwitschewa: Gutsbesitzerin, Tante des Generals
Marquis de Grieux: Gläubiger des Generals
Mister Astley: englischer Zuckerfabrikant

Weitere Personen

Márja Filíppowna: Schwester des Generals
Míscha und Nádja: seine Kinder
Fedósja: Kinderfrau im Hause des Generals
Madame veuve de Cominges: vorgebliche Mutter von Mademoiselle Blanche de Cominges
Potápytsch: Haushofmeister von Antonída Wassíljewna Tarasséwitschewa
Márfa: ihre Zofe

INHALT

Erstes Kapitel 9
Zweites Kapitel 21
Drittes Kapitel 28
Viertes Kapitel 34
Fünftes Kapitel 41
Sechstes Kapitel 52
Siebentes Kapitel 62
Achtes Kapitel 70
Neuntes Kapitel 80
Zehntes Kapitel 92
Elftes Kapitel 107
Zwölftes Kapitel 118
Dreizehntes Kapitel 134
Vierzehntes Kapitel 149
Fünfzehntes Kapitel 160
Sechzehntes Kapitel 173
Siebzehntes Kapitel 185

ZU DIESER AUSGABE

Der Text folgt der Ausgabe: F. M. Dostojewski, Sämtliche Romane und Novellen. © Insel Verlag Leipzig 1921. Der Titel der russischen Originalausgabe lautet: *Igrok. Roman. (Iz zapisok molodogo čelovaka)*. Erstveröffentlichung: 1866
Umschlagabbildung: Bridgeman Art Library, London

Russische Literatur im Insel Verlag
Eine Auswahl

Tschingis Aitmatow. Dshamilja. Erzählung. Übersetzt von Gisela Drohla. Mit einem Vorwort von Louis Aragon und Zeichnungen von Hans G. Schellenberger. Großdruck. it 2323. 139 Seiten

Fjodor Michailowitsch Dostojewski
Sämtliche Romane und Erzählungen. Übersetzt von Hermann Röhl.
- Band 3: Onkelchens Traum. Aus der Chronik der Stadt Mordassow. Roman. it 963. 183 Seiten
- Band 4: Das Gut Stepantschikowo und seine Bewohner. Aus den Aufzeichnungen eines Unbekannten. Roman. it 964. 292 Seiten
- Band 5: Erniedrigte und Beleidigte. Ein Roman in vier Teilen. Mit einem Epilog. it 965. 484 Seiten
- Band 6: Aufzeichnungen aus einem Totenhause. it 966. 415 Seiten
- Band 8: Der Spieler. Aus den Aufzeichnungen eines jungen Mannes. it 968. 198 Seiten
- Band 9: Schuld und Sühne. Roman. it 969. 802 Seiten
- Band 10: Der Idiot. Roman. it 970. 951 Seiten
- Band 12: Die Teufel. Roman. it 972. 929 Seiten
- Band 13: Werdejahre. Roman. it 973. 801 Seiten
- Band 14: Die Brüder Karamasow. Roman. Dritter und vierter Teil. Zwei Bände. it 974. 1324 Seiten
- Band 16: Der Traum eines lächerlichen Menschen. Und andere Erzählungen. it 976. 355 Seiten

Band 1, 2, 7, 11 und 15 sind nicht mehr lieferbar.

Einzelausgaben
- Arme Leute. Roman. Übersetzt von Hermann Röhl.
  it 2146. 160 Seiten
- Der Großinquisitor. Übertragen und mit einem Nachwort von Rudolf Kassner. IB 149. 44 Seiten
- Helle Nächte. Ein empfindsamer Roman. (Aus den Erinnerungen eines Träumers.) Übersetzt von Hermann Röhl. Großdruck. it 2328. 132 Seiten
- Der Jüngling. Übersetzt von Hermann Röhl.
  it 1890. 801 Seiten
- Die Sanfte. Eine phantastische Erzählung. Übersetzt von Wolfgang Kasack. it 1138. 88 Seiten
- Der Spieler. Aus den Aufzeichnungen eines jungen Mannes. Übersetzt von Hermann Röhl. it 968. 198 Seiten

Dostojewski in Deutschland. Herausgegeben von Karla Hielscher. Mit zahlreichen Illustrationen. it 2576. 290 Seiten

Dostojewski in der Schweiz. Ein Reader. Herausgegeben von Ilma Rakusa unter Mitwirkung von Felix Philipp Ingold. Mit zahlreichen Fotografien. 348 Seiten. Leinen

Dostojewski und das Judentum. Von Felix Philipp Ingold. 292 Seiten. Leinen

Dostojewski. Leben und Werk. Von Wolfgang Kasack. Mit Abbildungen. it 2267. 160 Seiten

Nadeshda Durowa. Die Offizierin. Das ungewöhnliche Leben einer Kavalleristin. Übersetzt von Rainer Schwarz.
it 2170. 358 Seiten

Nikolai Wassiljewitsch Gogol
- Aufzeichnungen eines Wahnsinnigen. Erzählungen.
  it 1513. 183 Seiten

- Der Mantel. Und andere Erzählungen. Übersetzt von Ruth Fritze-Hanschmann. Mit Illustrationen von András Karakas. Mit einem Nachwort von Eugen Häusler.
  it 241. 359 Seiten
- Die Nacht vor Weihnachten. Mit Illustrationen von Monika Wurmdobler. it 584. 93 Seiten
- Die toten Seelen. Erzählung. Übersetzt von Hermann Röhl. it 987. 527 Seiten

Iwan Gontscharow. Oblomow. Mit Illustrationen von Theodor Eberle. it 472. 522 Seiten

Maxim Gorki. Der Landstreicher und andere Erzählungen. Übersetzt von Arthur Luther. Mit einer Einführung von Stefan Zweig und Illustrationen von András Karakas.
it 2219. 310 Seiten

Alexander Kuprin. Die schöne Olessja. Eine Liebesgeschichte aus dem alten Rußland. Übersetzt von Hermann Asemissen. Mit einem Nachwort von Wolfgang Kasack. it 2590. 140 Seiten

Romola Nijinsky. Nijinsky. Der Gott des Tanzes. Mit einem Vorwort von Paul Claudel. Übersetzt von Hans Bütow. Mit zahlreichen Fotografien. it 566. 399 Seiten

Waslaw Nijinsky. Tagebücher. Die Tagebuchaufzeichnungen in der Originalfassung. Übersetzt von Alfred Frank.
it 2249. 282 Seiten

Alexander Puschkin
- Erotische Gedichte. Ausgewählt und übersetzt von Michael Engelhard. it 2526. 160 Seiten
- Jewgeni Onegin. Roman in Versen. Ausgewählt und übersetzt von Rolf-Dietrich Keil. it 2524. 270 Seiten

Leo N. Tolstoj
- Die großen Romane. Geschenkausgabe in sieben Bänden. Anna Karenina. Krieg und Frieden. Auferstehung. 3948 Seiten. Pappband mit Dekorüberzug im Schuber

Einzelausgaben
- Anna Karenina. Herausgegeben von Gisela Drohla. Mit Illustrationen von Theodor Eberle. it 308. 1205 Seiten
- Auferstehung. Roman. Übersetzt von Adolf Hess. Mit Illustrationen von Theodor Eberle. it 791. 629 Seiten
- Die großen Erzählungen. Mit einem Nachwort von Thomas Mann. Übersetzt von Arthur Luther und Rudolf Kassner. it 18. 323 Seiten
- Hadschi Murat. Eine Ezählung aus dem Land der Tschetschenen. Übersetzt von Arthur Luther. Mit einem Nachwort von Wolfgang Kasack. it 2709. 192 Seiten
- Kindheit. Revidiert und herausgegeben von Gisela Drohla. Übersetzt von Hermann Röhl. Großdruck. it 2327. 187 Seiten
- Kindheit. Knabenalter. Jünglingsalter. Herausgegeben von Gisela Drohla. Übersetzt von Hermann Röhl. it 203. 436 Seiten
- Die Kosaken und andere Erzählungen. Herausgegeben von Gisela Drohla. it 1518. 478 Seiten
- Die Kreutzersonate. Erzählung. Übersetzt von Arthur Luther. Mit Illustrationen von Hugo Steiner-Prag. it 763. 176 Seiten
- Krieg und Frieden. Ein Roman in vier Bänden. Übersetzt von Hermann Röhl. Mit Illustrationen von Theodor Eberle. it 590. 2114 Seiten
- Die schönsten Erzählungen. Übersetzt von Gisela Drohla, Alexander Eliasberg, Arthur Luther und Hermann Röhl. it 2572. 288 Seiten
- Der Tod des Iwan Iljitsch. Übersetzt von Gisela Drohla. Mit Illustrationen von Theodor Eberle. it 864. 113 Seiten

Oscar Wilde, geboren am 16. Oktober 1854 in Dublin, ist am 30. November 1900 in Paris gestorben.

Oscar Wilde gehört nach Shakespeare zu den in Deutschland besonders geschätzten Dichtern der englischsprachigen Literatur. *Das Bildnis des Dorian Gray,* Wildes zeitloser Roman über den anmutigen Jüngling Dorian, der seine Seele verkauft, um seine Jugend zu retten, die *Märchen und Erzählungen,* die Komödie *Bunbury* zählen zu den klassischen Texten der Weltliteratur.

Die Insel-Edition der Werke Oscar Wildes ist die vollständigste Ausgabe des Œuvres in deutscher Sprache und enthält neben dem *Dorian Gray* und den *Märchen und Erzählungen* die Theaterstücke (darunter vielgespielte Stücke wie *Lady Windermeres Fächer* und *Salome*), Gedichte sowie Essays und Aphorismen.

insel taschenbuch
Oscar Wilde
Das Bildnis des Dorian Gray

OSCAR WILDE
DAS BILDNIS DES DORIAN GRAY

*Aus dem Englischen
von Christine Hoeppener*

Insel Verlag

insel taschenbuch
Erste Auflage 2001
© dieser Ausgabe: Insel Verlag Frankfurt am Main und Leipzig 2001
Alle Rechte vorbehalten,
insbesondere das des öffentlichen Vortrags sowie der Übertragung
durch Rundfunk und Fernsehen, auch einzelner Teile.
Kein Teil des Werkes darf in irgendeiner Form
(durch Fotografie, Mikrofilm oder andere Verfahren)
ohne schriftliche Genehmigung des Verlages
reproduziert oder unter Verwendung elektronischer Systeme
verarbeitet, vervielfältigt oder verbreitet werden.
Hinweise zu dieser Ausgabe am Schluß des Bandes
Vertrieb durch den Suhrkamp Taschenbuch Verlag
Umschlag: agentur büdinger, Augsburg
Druck: Ebner Ulm
Printed in Germany

1 2 3 4 5 6 – 06 05 04 03 02 01

DAS BILDNIS
DES DORIAN GRAY

DIE VORREDE

Der Künstler ist der Schöpfer schöner Dinge.

Kunst offenbaren und den Künstler verheimlichen ist das Ziel der Kunst.

Kritiker ist, wer seinen Eindruck von schönen Dingen in einen anderen Stil oder einen neuen Stoff zu übertragen vermag.

Die höchste wie die niedrigste Form der Kritik ist eine Art Autobiographie.

Wer in schönen Dingen häßliche Absichten entdeckt, ist verdorben, ohne reizvoll zu sein. Das ist ein Fehler.

Wer in schönen Dingen schöne Absichten entdeckt, ist kultiviert. Für ihn besteht Hoffnung.

Die Auserwählten sind die, für die schöne Dinge einzig und allein Schönheit bedeuten.

So etwas wie moralische oder unmoralische Bücher gibt es nicht. Bücher sind gut oder schlecht geschrieben. Weiter nichts.

Die Abneigung des neunzehnten Jahrhunderts gegen den Realismus ist die Wut Calibans, der sein Gesicht im Spiegel sieht.

Die Abneigung des neunzehnten Jahrhunderts gegen die Romantik ist die Wut Calibans, der sein Gesicht nicht im Spiegel sieht.

Das moralische Leben des Menschen gehört zum wesentlichen Gegenstand des Künstlers, die Moral der Kunst besteht jedoch in der vollkommenen Anwendung eines unvollkommenen Ausdrucksmittels.

Kein Künstler wünscht etwas zu beweisen. Selbst Wahres kann bewiesen werden.

Kein Künstler hat ethische Neigungen. Ethische Neigung ist bei einem Künstler eine unverzeihliche Manieriertheit des Stils.

Niemals ist ein Künstler morbid. Der Künstler kann alles ausdrücken.

Gedanke und Sprache sind für den Künstler Werkzeuge einer Kunst.

Laster und Tugend sind für den Künstler Stoffe einer Kunst.

Vom Gesichtspunkt der Form her ist das Urbild aller Kunst die des Musikers. Vom Gesichtspunkt des Gefühls aus ist die Kunstfertigkeit des Schauspielers das Urbild.

Alle Kunst ist zugleich Oberfläche und Symbol.

Wer unter die Oberfläche dringt, tut es auf eigene Gefahr.

Wer das Symbol deutet, tut es auf eigene Gefahr.

In Wirklichkeit spiegelt die Kunst den Beschauer, nicht das Leben.

Meinungsverschiedenheit über ein Kunstwerk zeigt an, daß das Werk neu, kompliziert und wesentlich ist.

Wenn die Kritiker uneins sind, ist der Künstler mit sich einig.

Wir können einem Menschen verzeihen, daß er etwas Nützliches schafft, solange er es nicht bewundert. Die einzige Entschuldigung dafür, etwas Nutzloses zu schaffen, besteht darin, daß man es über jedes Maß bewundert.

Alle Kunst ist ganz und gar nutzlos.

Oscar Wilde

ERSTES KAPITEL

Das Atelier war erfüllt vom üppigen Wohlgeruch der Rosen, und wenn sich der leichte Sommerwind in den Bäumen des Gartens regte, wehte durch die offene Tür der schwere Duft des Flieders und der zartere der Heckenrosen.

Von seinem Winkel aus konnte Lord Henry Wotton, der auf dem von Perserteppichen bedeckten Diwan lag und wie üblich unzählige Zigaretten rauchte, eben noch den Schimmer der honigsüßen und honigfarbenen Blüten eines Goldregens wahrnehmen, dessen bebende Äste kaum imstande zu sein schienen, die Last einer so flammengleichen Schönheit zu tragen, und hin und wieder flitzten die wunderlichen Schatten fliegender Vögel über die langen, dunkelrehfarbenen Seidenvorhänge, die vor das riesige Fenster gezogen waren, wodurch sie vorübergehend einen japanischen Effekt hervorriefen und ihn an jene bleichen Maler Tokios mit ihren wie aus Jade geschnittenen Gesichtern denken ließen, welche durch eine Kunst, die notwendigerweise unbeweglich ist, das Gefühl von Geschwindigkeit und Bewegung zu vermitteln suchen. Das träge Summen der Bienen, die sich durch das hohe, ungemähte Gras drängten oder mit monotoner Beharrlichkeit um die staubigen hellgelben Blütenhörner des wuchernden Geißblatts kreisten, schienen die Stille noch bedrückender zu machen.

In der Mitte des Raumes stand, an einer hohen Staffelei befestigt, das lebensgroße Bildnis eines jungen Mannes von ungewöhnlicher Schönheit, und davor saß in geringer Entfernung der Künstler selbst, Basil Hallward, dessen jähes Verschwinden vor einigen Jahren damals große Aufregung in der Öffentlichkeit verursachte und Anlaß zu so vielen sonderbaren Vermutungen gab.

Als der Maler auf die anmutige und reizende Gestalt blickte, welche er mit seiner Kunst so trefflich wiedergegeben hatte, glitt ein Lächeln der Freude über sein Gesicht und schien dort verweilen zu wollen. Doch plötzlich fuhr er auf, schloß die Augen und legte die Finger auf die Lider, als suche er einen seltsamen Traum in seinem Kopf zu bewahren, aus dem er zu erwachen fürchtete.

»Es ist Ihr bestes Werk, Basil, das Beste, was Sie je geschaffen haben«, sagte Lord Henry matt. »Sie müssen es unbedingt nächstes Jahr in die Grosvenor-Galerie schicken. Die Akademie ist zu groß und zu vulgär. Jedesmal, wenn ich sie besuchte, waren entweder so viele Leute da, daß ich mir nicht die Bilder ansehen konnte, was gräßlich war, oder so viele Bilder, daß ich mir die Leute nicht ansehen konnte, und das war noch schlimmer. Grosvenor House ist wirklich der einzige Ort.«

»Ich glaube nicht, daß ich es irgendwo ausstellen werde«, antwortete der Maler und warf auf jene kuriose Weise den Kopf zurück, über die bereits seine Freunde in Oxford zu lachen pflegten. »Nein, ich will es nirgendwo ausstellen.«

Lord Henry hob die Brauen und blickte ihn durch die dünnen blauen Rauchkringel, die in phantastischen Windungen von seiner schweren, opiumhaltigen Zigarette aufstiegen, erstaunt an. »Nirgendwo ausstellen? Aber warum denn nicht, mein Lieber? Haben Sie irgendeinen Grund? Was für wunderliche Kerle ihr Maler doch seid! Ihr tut alles nur Erdenkliche, um zu Ansehen zu gelangen. Und sobald ihr es habt, scheint ihr es wegwerfen zu wollen. Das ist töricht von euch, denn nur eine Sache auf der Welt ist schlimmer, als Gesprächsthema zu sein, nämlich, nicht Gesprächsthema zu sein. Ein Gemälde wie dies würde Sie weit hinausheben über alle Jungen in England und die Alten durchaus neidisch machen, sofern alte Leute überhaupt einer Empfindung fähig sind.«

»Ich weiß, daß Sie mich auslachen werden«, antwortete er, »aber ich kann es wirklich nicht ausstellen. Ich habe zuviel von mir selbst hineingelegt.«

Lord Henry streckte sich auf dem Diwan aus und lachte.

»Ich wußte es ja; aber gleichwohl ist es wahr.«

»Zuviel von Ihnen darin! Auf mein Wort, Basil, ich wußte nicht, daß Sie so eitel sind, und ich kann wahrhaftig keine Ähnlichkeit zwischen Ihnen mit Ihrem mürrischen, harten Gesicht und Ihrem kohlschwarzen Haar und diesem jungen Adonis entdecken, der aussieht, als wäre er aus Elfenbein und Rosenblättern gemacht. Er, mein lieber Basil, ist ein Narzissus, und Sie – nun ja, Sie haben natürlich einen geistigen Ausdruck und all das. Aber Schönheit, wahre Schönheit, endet da, wo der geistige Ausdruck beginnt. Geist ist an sich eine Art Übertreibung und zerstört die Harmonie eines jeden Gesichts. In dem Augenblick, da man sich niedersetzt, um zu denken, wird man ganz Nase oder ganz Stirn oder sonst etwas Gräßliches. Sehen Sie sich die erfolgreichen Männer in irgendeinem gelehrten Beruf an. Wie ganz und gar abscheulich sehen sie aus! Ausgenommen natürlich die Angehörigen der Geistlichkeit. Aber die Geistlichkeit denkt ja auch nicht. Ein Bischof sagt mit achtzig Jahren immer noch das, was dem achtzehnjährigen Jüngling eingetrichtert wurde, und eine natürliche Folge dessen ist, daß er stets uneingeschränkt reizend aussieht. Ihr geheimnisvoller junger Freund, dessen Namen sie mir nie gesagt haben, dessen Bild mich aber wirklich fasziniert, denkt nicht. Dessen bin ich ganz sicher. Er ist ein hirnloses, schönes Geschöpf und sollte stets im Winter hier sein, wenn wir keine Blumen zum Anschauen haben, und stets im Sommer, wenn wir etwas brauchen, unsern Geist zu kühlen. Schmeicheln Sie sich nicht, Basil, Sie sind ihm nicht im mindesten ähnlich.«

»Sie verstehen mich nicht, Harry«, erwiderte der Künstler. »Natürlich bin ich ihm nicht ähnlich. Das weiß ich durchaus. Es würde mir in der Tat leid tun, wenn ich ihm gliche. Sie zukken die Achseln? Ich sage Ihnen die Wahrheit. Es liegt ein Verhängnis über allen körperlichen und geistigen Vorzügen, jene Art von Verhängnis, das die Geschichte hindurch den zögernden Schritten von Königen auf dem Fuße zu folgen scheint. Es ist besser, nicht anders zu sein als seine Mitmenschen. Der Häßliche und der Dumme kommen auf dieser Welt am besten weg. Sie können gemütlich dasitzen und das Spiel begaffen. Wenn sie auch nichts von Sieg wissen, es bleibt ihnen zumindest erspart, die Niederlage kennenzulernen. Sie leben so, wie wir alle leben sollten, ungestört, gleichgültig und ohne Ruhelosigkeit. Sie bringen weder Verderben über andere, noch wird ihnen dergleichen durch andere zuteil. Ihr Rang und Ihr Reichtum, Harry, mein möglicher Verstand – meine Kunst, einerlei, was sie wert sein mag, Dorian Grays schönes Gesicht – wir werden alle leiden für das, was uns die Götter geschenkt haben, schrecklich leiden.«

»Dorian Gray? Heißt er so?« fragte Lord Henry, während er durch das Atelier auf Basil Hallward zuging.

»Ja, so heißt er. Ich hatte nicht die Absicht, Ihnen seinen Namen zu nennen.«

»Aber warum denn nicht?«

»Oh, ich kann es nicht erklären. Wenn ich einen Menschen ungeheuer gern habe, sage ich niemandem seinen Namen. Es ist, als träte ich etwas von ihm ab. Ich bin dahin gelangt, die Verschwiegenheit zu lieben. Sie scheint mir das einzige zu sein, was uns heutzutage unser Leben geheimnisvoll und wunderbar machen kann. Das Alltäglichste wird reizvoll, wenn man es verheimlicht. Wenn ich London verlasse, sage ich keinem, wohin ich reise. Ich würde um mein ganzes Vergnügen kommen, wenn ich es täte. Das ist freilich eine närrische Angewohnheit, aber irgendwie scheint sie mir doch ein groß Teil Romantik ins Leben zu bringen. Vermutlich komme ich Ihnen deswegen schrecklich albern vor?«

»Keineswegs«, entgegnete Lord Henry, »keineswegs, mein lieber Basil. Sie scheinen zu vergessen, daß ich verheiratet bin, und der einzige Reiz der Ehe ist, daß sie ein Leben der Täuschung für beide Teile absolut notwendig macht. Ich weiß nie, wo meine Frau ist, und meine Frau weiß nie, was ich tue. Wenn wir uns begegnen – denn gelegentlich begegnen wir uns bei einem Diner, zu dem wir beide geladen sind, oder wenn wir zum Herzog aufs Land fahren –, erzählen wir einander mit dem ernsthaftesten Gesicht die absurdesten Geschichten. Meine Frau ist darin sehr gut – tatsächlich viel besser als ich. Niemals irrt sie sich in Zeitangaben, und ich stets. Und wenn sie mich dabei ertappt, schlägt sie deswegen noch keinen Lärm. Manchmal wünschte ich, sie täte es; aber sie lacht mich nur aus.«

»Ich hasse die Art und Weise, wie Sie über Ihr Eheleben sprechen, Harry«, sagte Basil Hallward und schlenderte zu der Tür, die in den Garten führte. »Ich glaube, in Wirklichkeit sind Sie ein sehr guter Ehemann, nur schämen Sie sich ganz entschieden Ihrer Tugenden. Sie sind ein ungewöhnlicher Bursche.

Niemals sagen Sie etwas Moralisches, und niemals tun Sie etwas Unrechtes. Ihr Zynismus ist bloß Pose.«

»Natürlich sein ist bloß Pose, und die aufreizendste, die ich kenne«, rief Lord Henry lachend aus; damit gingen die beiden jungen Männer zusammen in den Garten hinaus und entzogen sich den Blicken auf einer langen Bambusbank, die im Schatten eines hohen Lorbeergebüsches stand. Das Sonnenlicht glitt über die glänzenden Blätter. Im Gras zitterten weiße Gänseblümchen.

Nach einer Weile holte Lord Henry eine Uhr hervor. »Ich fürchte, ich muß gehen, Basil«, murmelte er, »und ich bestehe darauf, daß Sie mir, ehe ich gehe, eine Frage beantworten, die ich Ihnen vor einer Weile gestellt habe.«

»Welche?« fragte der Maler, die Augen fest zu Boden geheftet.

»Das wissen Sie sehr gut.«

»Nein, Harry.«

»Gut, ich will es Ihnen sagen. Sie sollen mir erklären, warum Sie Dorian Grays Bild nicht ausstellen wollen. Ich will den wahren Grund wissen.«

»Ich habe Ihnen den wahren Grund gesagt.«

»Nein, das haben Sie nicht. Sie sagten, es sei deswegen, weil zuviel von Ihnen selbst darin wäre. Und das ist kindisch.«

»Harry«, sagte Basil Hallward und sah ihm gerade ins Gesicht, »jedes Porträt, das mit Gefühl gemalt wurde, ist ein Porträt des Künstlers, nicht dessen, der ihm dafür gesessen hat. Dieser ist nur Zufall, nur die Gelegenheit. Nicht er wird durch den Maler offenbart, vielmehr ist es der Maler selbst, der sich auf der farbigen Leinwand offenbart. Ich will dieses Bild nicht ausstellen, weil ich fürchte, ich habe darin das Geheimnis meiner eigenen Seele kundgetan.«

Lord Henry lachte. »Und wie lautet es?« fragte er.

»Ich werde es Ihnen sagen«, erwiderte Hallward, doch ein Ausdruck der Bestürzung überzog sein Gesicht.

»Ich bin ganz Erwartung, Basil«, fuhr sein Gefährte fort und sah ihn an.

»Oh, da ist wirklich sehr wenig zu erzählen, Harry«, sagte der Maler, »und ich fürchte, Sie werden es kaum verstehen. Vielleicht werden Sie es nicht einmal glauben.«

Lord Henry lächelte, und er beugte sich nieder, pflückte aus dem Rasen ein rotblättriges Gänseblümchen und untersuchte es. »Ich bin ganz sicher, daß ich es verstehen werde«, entgegnete er und betrachtete aufmerksam die kleine, weißbefiederte goldene Scheibe, »und was das Glauben betrifft, so vermag ich alles zu glauben, vorausgesetzt, daß es ganz und gar unglaublich ist.«

Der Wind schüttelte ein paar Blüten von den Bäumen, und die schweren Sterntrauben des Flieders schwankten in dem schwachen Luftzug. Ein Grashüpfer begann an der Mauer zu zirpen, und wie ein blauer Faden schwebte eine lange dünne Libelle auf ihren braunen Gazeflügeln vorüber. Lord Henry schien es, als könne er Basil Hallwards Herz klopfen hören, und er war neugierig auf das, was kommen würde.

»Die Geschichte ist einfach folgende«, sagte der Maler nach geraumer Zeit. »Vor zwei Monaten ging ich zu einer großen Gesellschaft bei Lady Brandon. Sie wissen, wir armen Künstler müssen uns von Zeit zu Zeit in der Gesellschaft zeigen, um den Leuten ins Gedächtnis zu rufen, daß wir keine Wilden sind. Im Abendanzug mit weißer Halsbinde kann jeder, so haben Sie mir einmal gesagt, selbst ein Makler, in den Ruf kommen, kultiviert zu sein. Als ich nun zehn Minuten in dem Raum war, im Gespräch mit mächtig aufgetakelten Witwen und langweiligen Akademikern, wurde mir plötzlich bewußt, daß mich jemand ansah. Ich drehte mich halb um und erblickte zum erstenmal Dorian Gray. Als sich unsere Augen trafen, spürte ich, daß ich bleich wurde. Ein sonderbares Gefühl des Entsetzens überkam mich. Ich wußte, daß ich von Angesicht zu Angesicht einem gegenüberstand, dessen bloße Persönlichkeit so faszinierend war, daß sie, sofern ich es zuließ, mein ganzes Wesen, meine ganze Seele und sogar meine Kunst in Anspruch nehmen würde. Ich wünschte keinen äußeren Einfluß auf mein Leben. Sie wissen selbst, Harry, wie unabhängig ich von Natur aus bin. Ich bin stets mein eigener Herr gewesen, zumindest war ich es, bis ich Dorian Gray begegnete. Dann ... Aber ich weiß nicht, wie ich Ihnen das erklären soll. Etwas schien mir zu sagen, daß ich am Rande einer schrecklichen Lebenskrise stünde. Ich hatte das seltsame Gefühl, als halte das Schicksal erlesene Freuden und erlesene Leiden für mich bereit. Mir wurde angst, und ich wandte mich zum Gehen. Das riet mir nicht die Vernunft, sondern es war so etwas wie Feigheit. Ich rechne es mir nicht als eine Ehre an, daß ich zu entfliehen suchte.«

»Vernunft und Feigheit sind in Wirklichkeit dasselbe, Basil. Vernunft ist der Geschäftsname der Firma. Weiter nichts.«

»Das glaube ich nicht, Harry, und Sie glauben es meiner Meinung nach ebensowenig. Nun, welches auch mein Beweggrund sein mochte – möglicherweise war es Stolz, denn ich war von jeher sehr stolz –, jedenfalls strebte ich der Tür zu. Dort stieß ich natürlich auf Lady Brandon. ›Sie wollen doch nicht schon so zeitig davonlaufen, Mister Hallward?‹ rief sie aus. Sie kennen ihre eigentümlich schrille Stimme?«

»Ja, sie ist ein Pfau, in allem außer der Schönheit«, sagte Lord Henry, während er mit seinen langen, nervigen Fingern das Gänseblümchen zerpflückte.

»Ich konnte sie nicht loswerden. Sie führte mich zu Hoheiten und Leuten mit Orden und Ehrenzeichen und ältlichen Damen mit gigantischen Diademen und Papageiennasen. Sie nannte mich ihren liebsten Freund. Ich war ihr vorher nur ein einziges Mal begegnet, aber sie setzte sich in den Kopf, mich zum Löwen des Tages zu machen. Ich glaube, irgendein Bild von mir hatte zu jener Zeit großen Erfolg gehabt, zumindest war in den gängigsten Zeitungen darüber geschwätzt worden, was im neunzehnten Jahrhundert der Maßstab für Unsterblichkeit ist. Plötzlich sah ich mich dem jungen Mann gegenüber, dessen Persönlichkeit mich so seltsam erregt hatte. Wir standen ganz dicht beieinander, fast in Tuchfühlung. Wieder trafen sich unsere Augen. Es war leichtsinnig von mir, aber ich bat Lady Brandon, mich mit ihm bekannt zu machen. Vielleicht war es doch nicht so leichtsinnig. Nur einfach unvermeidlich. Wir hätten auch miteinander gesprochen, ohne einander vorgestellt zu sein. Dessen bin ich gewiß. Dorian sagte es mir später ebenfalls. Auch er hatte das Gefühl, daß unsere Bekanntschaft Bestimmung war.«

»Und wie beschrieb Lady Brandon diesen wunderbaren jungen Mann?« fragte sein Gefährte. »Ich weiß, daß sie sich darin gefällt, von all ihren Gästen einen schnellen *précis** zu geben. Ich entsinne mich, wie sie mich einmal zu einem gräßlichen alten Herrn mit rotem Gesicht führte, der über und über mit Orden und Ordensbändern behängt war, und mir mit einem tragischen Getuschel, das jeder im Raum unfehlbar hören mußte, die erstaunlichsten Einzelheiten über ihn ins Ohr zischte. Ich floh einfach. Ich entdecke die Menschen gern auf eigene Faust. Lady Brandon dagegen behandelt ihre Gäste so wie ein Auktionator seine Waren. Sie erklärt sie entweder so ausführlich, daß nichts von ihnen übrigbleibt, oder erzählt einem alles über sie, mit Ausnahme dessen, was man wissen möchte.«

»Arme Lady Brandon! Sie tun ihr unrecht, Harry!« bemerkte Hallward gleichgültig.

»Mein lieber Junge, sie versuchte, einen Salon zu gründen, und es gelang ihr nur, ein Restaurant zu eröffnen. Wie könnte ich sie schätzen? Aber erzählen Sie mir, was sie über Mister Dorian Gray sagte.«

»Oh, so etwas wie: ›Bezaubernder Junge – arme gute Mutter und ich einfach unzertrennlich. Ganz vergessen, was er macht – fürchte, er tut gar nichts – o doch, spielt Klavier – oder ist es die Geige, lieber Mister Gray?‹ Wir mußten beide lachen und wurden sofort Freunde.«

»Lachen ist durchaus kein schlechter Beginn für eine Freundschaft und ihr bei weitem bestes Ende«, sagte der junge Lord und pflückte ein neues Gänseblümchen. Hallward schüttelte den Kopf. »Sie begreifen nicht, was Freundschaft ist, Harry«, murmelte er, »und was Feindschaft ist, ebensowenig. Sie haben jedermann gern, mit anderen Worten: Ihnen ist jedermann gleichgültig.«

»Wie gräßlich ungerecht von Ihnen!« rief Lord Henry aus, schob seinen Hut zurück und blickte zu den Wölkchen empor, die wie verfitzte Docken schimmernder weißer Seide über das gewölbte Türkis des Sommerhimmels zogen. »Ja, gräßlich ungerecht von Ihnen. Ich mache einen großen Unterschied zwischen den Leuten. Ich erwähle meine Freunde nach ihrem guten Aussehen, meine Bekannten nach ihrem guten Namen und meine Feinde nach ihrer gesunden Vernunft. Man kann nicht

---

* frz.: gedrängte Darstellung.

vorsichtig genug sein in der Wahl seiner Feinde. Ich besitze nicht einen, der ein Dummkopf wäre. Alle sind Menschen von einer gewissen geistigen Fähigkeit, und deshalb schätzen sie mich alle. Ist das sehr eitel von mir? Ziemlich, wie mir scheint.«

»Das sollte ich meinen, Harry. Nach Ihrer Kategorie dürfte ich aber nur ein Bekannter sein.«

»Mein lieber guter Basil, Sie sind viel mehr als ein Bekannter.«

»Und viel weniger als ein Freund. Vermutlich so etwas wie ein Bruder?«

»Ach, Bruder! Aus Brüdern mache ich mir nichts. Mein älterer Bruder will nicht sterben, und meine jüngeren scheinen nichts anderes zu tun.«

»Harry!« rief Hallward stirnrunzelnd aus.

»Das ist nicht mein voller Ernst, lieber Junge. Aber ich kann mir nicht helfen, ich verabscheue meine Verwandten. Das kommt vermutlich daher, daß unsereins es nicht ausstehen kann, wenn andere Leute dieselben Fehler haben wie wir. Ich sympathisiere durchaus mit dem Zorn der englischen Demokratie gegen das, was sie die Laster der Oberklassen nennen. Die Massen spüren, daß Trunksucht, Dummheit und Unsittlichkeit ihr ureigener Bereich sein sollten und daß jeder von uns, der sich zum Narren macht, in ihrem Jagdgehege wildert. Einfach herrlich ihre Entrüstung, als der arme Southwark vor das Scheidungsgericht kam. Und dennoch glaube ich nicht, daß auch nur ein Zehntel des Proletariats ein untadeliges Leben führt.«

»Kein einziges Ihrer Worte trifft meine Ansicht, Harry, und mehr noch, ich bin sogar überzeugt, Ihre ebensowenig.«

Lord Henry strich sich den braunen Spitzbart und klopfte mit seinem Ebenholzstock, an dem eine Quaste hing, auf die Spitze seines Lackschuhs. »Wie englisch Sie doch sind, Basil! Diese Bemerkung haben Sie nun schon zum zweiten Mal von sich gegeben. Wenn man einem echten Engländer eine Idee mitteilt – was stets eine Unvorsichtigkeit ist –, läßt er sich nie im Traum einfallen, darüber nachzudenken, ob die Idee richtig oder falsch ist. Für wichtig hält er einzig und allein, ob man selber daran glaubt. Nun hat aber der Wert einer Idee nicht das allergeringste mit der Aufrichtigkeit dessen zu tun, der sie ausspricht. Wahrscheinlich ist die Idee sogar von um so gediegenerem Geist, je unaufrichtiger der Betreffende ist, da sie in diesem Falle weder von seinen Bedürfnissen, seinen Wünschen noch von seinen Vorurteilen gefärbt ist. Wie dem auch sei, ich habe nicht die Absicht, mit Ihnen über Politik, Soziologie oder Metaphysik zu diskutieren. Mir sind Menschen lieber als Prinzipien, und Menschen ohne Prinzipien sind mir lieber als sonst etwas auf der Welt. Erzählen Sie mir mehr von Mister Dorian Gray. Wie oft sehen Sie ihn?«

»Jeden Tag. Ich wäre nicht glücklich, könnte ich ihn nicht jeden Tag sehen. Er ist mir ganz und gar unentbehrlich.«

»Wie merkwürdig! Ich dachte, Sie würden sich nie um etwas anderes als Ihre Kunst scheren.«

»Er ist mir jetzt meine ganze Kunst«, antwortete der Maler ernst. »Mitunter denke ich, es gibt in der Weltgeschichte nur zwei Perioden von einiger Bedeutung. Die erste ist das Auftreten eines neuen künstlerischen Ausdrucksmittels und die zweite das Auftreten einer neuen Persönlichkeit, ebenfalls für die Kunst. Was für die Venezianer die Erfindung der Ölmalerei war, das war das Antlitz des Antinous für die spätgriechische Plastik, und das wird eines Tages für mich das Antlitz Dorian Grays sein. Es ist nicht nur, daß ich ihn male, zeichne, skizziere. Das habe ich natürlich alles getan. Aber er ist mir viel mehr als ein Modell oder einer, der mir sitzt. Ich will Ihnen nicht einreden, ich sei unzufrieden mit dem, was ich nach ihm geschaffen habe, oder seine Schönheit sei solcherart, daß die Kunst sie nicht auszudrücken vermag. Es gibt nichts, was Kunst nicht ausdrücken kann, und ich weiß, daß alles, was ich seit der Begegnung mit Dorian Gray geschaffen habe, gute Arbeit ist, die beste Arbeit meines Lebens. Doch auf irgendeine seltsame Weise – ob Sie mich wohl verstehen werden? – hat mich seine Persönlichkeit zu einem völlig neuen Kunstgenre angeregt, zu einer völlig neuen Stilart. Ich sehe die Dinge anders, ich denke anders über sie. Ich kann nun Leben auf eine Weise neu schaffen, die mir bislang verborgen war. ›Ein Traum von der Form in Zeiten des Denkens‹ – Wer sagt das? Ich habe es vergessen; aber genau das ist mir Dorian Gray. Die bloße augenfällige Gegenwart dieses Jungen – denn für mich ist er kaum mehr als ein Junge, obgleich er in Wirklichkeit über zwanzig ist –, seine bloße augenfällige Gegenwart – ach, ob Sie sich wohl vorstellen können, was das alles für mich bedeutet? Ohne es zu wissen, bezeichnet er mir das Gebiet einer neuen Schule, einer Schule, welche die ganze Leidenschaft des romantischen Geistes enthalten muß sowie die ganze Vollkommenheit des griechischen. Die Harmonie von Seele und Leib – wieviel das bedeutet! Wir in unserm Wahnsinn haben die beiden getrennt und einen Realismus erfunden, der vulgär ist, eine Idealität, die unwirksam ist. Harry! Wenn Sie nur wüßten, was mir Dorian Gray bedeutet! Sie erinnern sich an meine Landschaft, für die mir Agnew einen so enormen Preis bot, von der ich mich aber nicht trennen wollte. Sie ist eine der besten Sachen, die ich je geschaffen habe. Und warum? Weil Dorian Gray neben mir saß, als ich sie malte. Eine fast unmerkliche Einwirkung ging von ihm aus, und zum ersten Mal in meinem Leben erblickte ich in der einfachen Waldlandschaft das Wunder, das ich stets gesucht und stets verfehlt hatte.«

»Das ist außerordentlich, Basil! Ich muß Dorian Gray sehen.«

Hallward erhob sich von der Bank und ging im Garten auf und ab. Nach einer Weile kam er zurück. »Harry«, sagte er, »Dorian Gray ist für mich einfach ein Antrieb zur Kunst. Vielleicht werden Sie gar nichts an ihm finden. Ich finde alles in ihm. Er ist in meinem Werk niemals gegenwärtiger, als wenn von seinem Abbild nichts darin enthalten ist. Er ist, wie ich schon sagte, die Anregung zu einem neuen Genre. Ich finde ihn in den Krümmungen gewisser Linien, in der Lieblichkeit und Zartheit gewisser Farben. Das ist alles.«

»Warum stellen Sie dann nicht sein Porträt aus?« fragte Lord Henry.

»Weil ich, ohne es zu beabsichtigen, einen Ausdruck dieser ganzen sonderbaren künstlerischen Götzenverehrung hineingelegt habe, von der ich ihm natürlich nichts erzählt habe. Er weiß nichts davon. Er soll nie etwas davon erfahren. Aber die Leute könnten sie erraten, und ich will meine Seele nicht seichten, zudringlichen Blicken entblößen. Mein Herz soll nie unter ihr Mikroskop kommen. Es ist zuviel von mir selbst in dem Ding, Harry – zuviel von mir selbst!«

»Dichter haben nicht so viele Bedenken wie Sie. Die wissen, wie nützlich Leidenschaft für die Veröffentlichung ist. Ein gebrochenes Herz bringt es heutzutage zu vielen Auflagen.«

»Ich verabscheue sie deswegen«, rief Hallward. »Ein Künstler sollte schöne Dinge schaffen, aber nichts aus seinem eigenen Leben hineintun. Wir leben in einer Zeit, in der die Menschen mit der Kunst umgehen, als sei sie eine Art Autobiographie. Wir haben das abstrakte Gefühl für Schönheit verloren. Eines Tages werde ich der Welt zeigen, was das ist, und aus diesem Grunde sollen die Leute mein Porträt von Dorian Gray niemals zu Gesicht bekommen.«

»Ich glaube, Sie haben unrecht, Basil, aber ich will nicht mit Ihnen streiten. Nur geistig Verirrte streiten. Sagen Sie mir, liebt Dorian Gray Sie sehr?« Der Maler überlegte einige Augenblicke. »Er hat mich gern«, antwortete er nach einer Pause, »ich weiß, daß er mich gern hat. Natürlich schmeichle ich ihm fürchterlich. Ich finde ein sonderbares Vergnügen daran, ihm Dinge zu sagen, von denen ich weiß, daß es mir leid tun wird, sie gesagt zu haben. In der Regel ist er bezaubernd zu mir, und wir sitzen im Atelier und reden über tausend Dinge. Hin und wieder ist er jedoch entsetzlich rücksichtslos, und es scheint ihm große Freude zu bereiten, wenn er mir weh tut. Dann spüre ich, Harry, daß ich meine ganze Seele einem Menschen hingegeben habe, der mit ihr umgeht wie mit einer Blume, die man ins Knopfloch steckt, einer kleinen V̇erzierung, seine Eitelkeit zu erfreuen, einem Schmuck für einen Sommertag.«

»Tage im Sommer können sich hinziehen, Basil«, murmelte Lord Henry. »Vielleicht ermüden Sie eher als er. Es ist ein verdrießlicher Gedanke, dennoch besteht kein Zweifel darüber, daß Genie länger währt als Schönheit. Das erklärt die Tatsache, daß wir uns alle solche Mühe geben, uns übermäßig zu bilden. In dem wilden Kampf ums Dasein brauchen wir etwas Dauerhaftes, und deshalb stopfen wir uns den Kopf voll mit Abfall und Wahrheiten, in der törichten Hoffnung, unsern Platz zu behaupten. Der gründlich Gebildete – er ist das heutige Ideal. Und der Geist des gründlich Gebildeten ist etwas Fürchterliches. Er gleicht einem Antiquitätenladen: nichts als Scheußlichkeiten und Staub, und alles über seinen eigentlichen Wert veranschlagt. Dennoch glaube ich, daß Sie zuerst ermüden werden. Eines Tages werden Sie Ihren Freund ansehen, und er wird Ihnen ein wenig verzeichnet vorkommen, oder Ihnen wird seine Farbtönung nicht gefallen oder sonst etwas. Sie werden ihm in Ihrem Herzen bittere Vorwürfe machen und allen Ernstes meinen, daß er sich sehr schlecht gegen Sie betragen habe. Das nächste Mal, wenn er Sie besucht, werden Sie völlig kühl und gleichgültig sein. Schade, denn es wird Sie verändern. Was Sie mir erzählt haben, ist durchaus ein Roman, man könnte ihn einen Roman der Kunst nennen, und das schlimmste am Erleben eines Romans ist, daß er einen so unromantisch zurückläßt.« – »Sprechen Sie nicht so, Harry. Solange ich lebe, wird mich Dorian Grays Persönlichkeit beherrschen. Sie können nicht empfinden, was ich empfinde. Sie wechseln zu oft.«

»Aber mein lieber Basil, gerade deshalb kann ich es empfinden. Wer treu ist, kennt nur die triviale Seite der Liebe; der Treulose ist es, der die Liebestragödien kennenlernt.« Und Lord Henry entzündete ein elegantes silbernes Feuerzeug und begann mit so selbstbewußter und zufriedener Miene eine Zigarette zu rauchen, als hätte er die ganze Welt in einem Satz zusammengefaßt. In den grünlackierten Efeublättern raschelten tschilpende Spatzen, und die blauen Wolkenschatten jagten einander wie Schwalben über den Rasen. Wie angenehm war es in dem Garten! Und wie köstlich waren die Gemütsbewegungen anderer Leute! – Viel köstlicher, wie ihm schien, als deren Ideen. Die eigene Seele und die Leidenschaften seiner Freunde – das waren die faszinierenden Dinge im Leben. Mit heimlichem Vergnügen malte er sich das langweilige Gabelfrühstück aus, das er versäumt hatte, weil er so lange bei Basil Hallward geblieben war. Wäre er zu seiner Tante gegangen, so hätte er dort, davon war er überzeugt, Lord Goodbody getroffen, und die ganze Unterhaltung hätte sich um die Armenspeisung gedreht und die Notwendigkeit von Musterheimen. Jeder Stand hätte die Bedeutung solcher Tugenden gepredigt, die er in seinem eigenen Leben zu üben nicht für erforderlich hielt. Die Reichen hätten vom Wert der Sparsamkeit geredet und die

Müßiggänger ihre Beredsamkeit über die Würde der Arbeit entfaltet. Wie bezaubernd, all dem entronnen zu sein! Als er an seine Tante dachte, schien ihm etwas einzufallen. Er wandte sich Hallward zu und sagte: »Mein lieber Junge, eben habe ich mich an etwas erinnert.«

»Woran, Harry?«

»Wo ich den Namen Dorian Gray schon gehört habe.«

»Und wo war das?« fragte Hallward mit leicht gerunzelten Brauen.

»Machen Sie nicht ein so böses Gesicht. Es war bei meiner Tante, Lady Agatha. Sie erzählte mir, daß sie einen wundervollen jungen Mann entdeckt habe, der ihr in East End helfen wolle, und sein Name sei Dorian Gray. Ich muß jedoch feststellen, daß sie mir nie gesagt hat, wie gut er aussieht. Frauen sind außerstande, Schönheit zu würdigen, zumindest tugendhafte Frauen. Sie sagte, er sei sehr ernst und von vortrefflichem Wesen. Und sofort stellte ich mir ein Geschöpf mit Brille, spärlichem Haar und gräßlichen Sommersprossen vor, das auf Quadratfüßen einhertrampelt. Ich wünschte, ich hätte gewußt, daß er Ihr Freund ist.«

»Ich bin sehr froh, daß Sie es nicht wußten, Harry.«

»Warum?«

»Ich will nicht, daß Sie mit ihm zusammenkommen.«

»Das wollen Sie nicht?«

»Nein.«

»Mister Dorian Gray ist im Atelier, Sir«, meldete der Butler, der in den Garten kam.

»Jetzt müssen Sie mich mit ihm bekannt machen«, rief Lord Henry lachend aus.

Der Maler drehte sich zu seinem Diener um, der blinzelnd im Sonnenlicht stand. »Bitten Sie Mister Gray zu warten, Parker, ich werde in wenigen Augenblicken dasein.« Der Mann verbeugte sich und ging den Weg zum Haus.

Dann sah der Maler Lord Henry an. »Dorian Gray ist mein liebster Freund«, sagte er. »Er ist eine schlichte und schöne Natur. Ihre Tante hatte völlig recht mit dem, was sie über ihn sagte. Verderben Sie ihn nicht. Versuchen Sie nicht, ihn zu beeinflussen. Ihr Einfluß wäre schlecht. Die Welt ist weit, und es gibt darin viele erstaunliche Menschen. Nehmen Sie mir nicht den einen, der meiner Kunst allen Zauber gibt, den sie besitzt; mein Leben als Künstler hängt von ihm ab. Denken Sie daran, Harry, ich vertraue Ihnen.« Er sprach sehr langsam, und die Worte schienen sich ihm fast gegen seinen Willen zu entringen.

»Welchen Unsinn Sie reden!« sagte Lord Henry lächelnd, und indem er Hallwards Arm ergriff, zog er ihn fast ins Haus.

ZWEITES KAPITEL

Als sie eintraten, erblickten sie Dorian Gray. Er saß am Klavier, mit dem Rücken zu ihnen, und blätterte in einem Band mit Schumanns ›Waldszenen‹. »Den müssen Sie mir leihen, Basil«, rief er. »Ich möchte sie spielen lernen. Sie sind einfach bezaubernd.«

»Das hängt ganz und gar davon ab, wie Sie heute sitzen, Dorian.«

»Oh, ich bin es leid zu sitzen, und ich möchte kein Bild von mir in Lebensgröße«, antwortete der junge Mann und schwang sich eigensinnig und trotzig auf dem Klavierhocker herum. Als er Lord Henry gewahrte, färbte für einen Augenblick eine schwache Röte seine Wangen, und er sprang auf. »Verzeihen Sie, Basil, aber ich wußte nicht, daß Sie Besuch haben.«

»Dies ist Lord Henry Wotton, Dorian, ein alter Freund aus der Zeit in Oxford. Ich habe ihm gerade erzählt, wie famos Sie sitzen, und nun haben Sie alles verdorben.«

»Das Vergnügen, Ihnen zu begegnen, haben Sie mir nicht verdorben, Mister Gray«, sagte Lord Henry, während er vortrat und die Hand ausstreckte. »Meine Tante hatte mir oft von Ihnen erzählt. Sie gehören zu ihren Lieblingen, und ich fürchte, zu ihren Opfern ebenfalls.«

»Im Augenblick bin ich bei Lady Agatha schlecht angeschrieben«, antwortete Dorian mit komisch reuevoller Miene. »Ich hatte ihr versprochen, sie letzten Dienstag zu einem Klub in Whitechapel zu begleiten, und habe die Sache wirklich völlig vergessen. Wir sollten zusammen vierhändig spielen – drei Stücke, glaube ich. Ich weiß nicht, was sie nun sagen wird. Ich fürchte mich viel zu sehr, sie aufzusuchen.«

»Oh, ich werde Sie schon mit meiner Tante versöhnen. Sie ist Ihnen von Herzen ergeben. Und ich glaube, es macht wirklich nichts aus, daß Sie nicht dort waren. Wahrscheinlich haben die Zuhörer gemeint, es werde vierhändig gespielt. Wenn sich Tante Agatha ans Klavier setzt, macht sie durchaus genug Lärm für zwei.«

»Das ist abscheulich gegen sie und auch nicht sehr nett gegen mich«, entgegnete Dorian lachend. Lord Henry sah ihn an. Ja, er war in der Tat erstaunlich schön mit seinen feingeschwungenen scharlachroten Lippen, seinen offenen blauen Augen und dem krausen Goldhaar. Es lag etwas in seinem Gesicht, das sofort Vertrauen zu ihm einflößte. Es hatte die ganze Aufrichtigkeit der Jugend wie auch die ganze leidenschaftliche Unschuld der Jugend. Man spürte, daß er sich von der Welt unbefleckt bewahrt hatte. Kein Wunder, daß Basil Hallward ihn anbetete.

»Sie sind zu bezaubernd, um sich mit Philanthropie abzugeben – viel zu bezaubernd.« Und Lord Henry warf sich auf den Diwan und öffnete sein Zigarettenetui.

Der Maler hatte emsig seine Farben gemischt und seine Pinsel vorbereitet. Er sah gequält aus, und als er Lord Henrys letzte Bemerkung vernahm, sah er ihn an, zögerte einen Augenblick und sagte: »Harry, ich möchte das Bild heute vollenden. Würden Sie es für schrecklich unhöflich von mir halten, wenn ich Sie bäte zu gehen?« Lord Henry lächelte und sah Dorian Gray an. »Muß ich gehen, Mister Gray?« sagte er.

»Oh, bitte nicht, Lord Henry. Ich sehe schon, daß Basil wieder einmal übellaunig ist, und ich kann ihn nicht ausstehen, wenn er schmollt. Außerdem möchte ich, daß Sie mir sagen, warum ich mich nicht mit Philanthropie abgeben sollte.«

»Ich weiß nicht, ob ich Ihnen das sagen werde, Mister Gray. Es ist ein so langweiliges Thema, daß man ernsthaft darüber reden müßte. Aber ich werde bestimmt nicht davonlaufen, nachdem Sie mich gebeten haben zu bleiben. Es macht Ihnen doch wirklich nichts aus, nicht wahr, Basil? Sie haben mir oft gesagt, wie lieb es Ihnen ist, wenn die Leute, die Ihnen sitzen, mit jemandem plaudern können.«

Hallward biß sich auf die Lippen. »Wenn Dorian es wünscht,

müssen Sie natürlich bleiben. Dorians Launen sind Gesetz für jedermann, außer für ihn selbst.«

Lord Henry nahm seinen Hut und seine Handschuhe. »Sie nötigen mich zwar sehr, Basil, aber ich fürchte doch, ich muß gehen. Ich habe mich mit einem Mann im Orleansklub verabredet. Leben Sie wohl, Mister Gray. Besuchen Sie mich doch mal am Nachmittag in der Curzon Street. Um fünf Uhr bin ich fast immer zu Hause. Schreiben Sie mir, wann Sie kommen. Es würde mir leid tun, Sie zu verfehlen.«

»Basil«, rief Dorian Gray, »wenn Lord Henry Wotton geht, werde ich auch gehen. Niemals tun Sie den Mund auf, wenn Sie malen, und es ist entsetzlich langweilig, auf einem Podest zu stehen und ein freundliches Gesicht zu machen. Bitten Sie ihn zu bleiben. Ich bestehe darauf.«

»Bleiben Sie, Harry, Dorian zu Gefallen und mir zu Gefallen«, sagte Hallward, die Augen unverwandt auf sein Bild gerichtet. »Es ist freilich wahr, beim Arbeiten rede ich nicht und höre auch nicht zu, und das muß schrecklich langweilig sein für die Unglücklichen, die mir sitzen. Bitte, bleiben Sie.«

»Aber was ist mit meinem Bekannten im Orleansklub?«

Der Maler lachte. »Das wird vermutlich kein Hindernis sein. Setzen Sie sich wieder, Harry. Und Sie, Dorian, steigen jetzt auf das Podest und bewegen sich nicht zuviel, und hören Sie nicht auf das, was Lord Henry sagt. Er hat einen sehr schlechten Einfluß auf all seine Freunde, ich bin die einzige Ausnahme.«

Mit der Miene eines jungen griechischen Märtyrers stieg Dorian auf das Podest und schnitt eine mißvergnügte Grimasse in Lord Henrys Richtung, zu dem er eine beträchtliche Neigung gefaßt hatte. Er war so ganz anders als Basil. Sie bildeten einen herrlichen Gegensatz. Und er hatte eine so schöne Stimme. Nach einer Weile fragte er ihn: »Haben Sie wirklich einen sehr schlechten Einfluß, Lord Henry? So schlecht, wie Basil behauptet?«

»So etwas wie einen guten Einfluß gibt es nicht, Mister Gray. Jeder Einfluß ist unmoralisch – unmoralisch vom wissenschaftlichen Standpunkt aus.«

»Warum?«

»Weil einen Menschen beeinflussen soviel bedeutet, wie ihm

die eigene Seele geben. Er denkt nicht mehr seine natürlichen Gedanken oder entflammt in seinen natürlichen Leidenschaften. Seine Tugenden gehören in Wahrheit nicht ihm. Seine Sünden, wenn es so etwas wie Sünden gibt, sind geborgt. Er wird das Echo der Musik eines anderen, der Darsteller einer Rolle, die nicht für ihn geschrieben wurde. Das Ziel des Lebens ist Selbstentfaltung. Seine eigene Natur vollständig zu verwirklichen – das ist es, wozu jeder von uns da ist. Heutzutage haben die Leute Angst vor sich selbst. Sie haben die höchste aller Pflichten vergessen, die Pflicht, die man sich selbst schuldig ist. Natürlich sind sie barmherzig. Sie speisen den Hungrigen und kleiden den Bettler. Aber ihre eigenen Seelen verhungern und sind nackt. Der Mut hat unser Geschlecht verlassen. Vielleicht haben wir ihn niemals wirklich besessen. Der Schrecken vor der Gesellschaft, die das Fundament der Moral ist, der Schrecken vor Gott, der das Geheimnis der Religion ist – das sind die beiden Dinge, die uns beherrschen. Und dennoch...«

»Seien Sie ein braver Junge, Dorian, und drehen Sie nur den Kopf ein wenig mehr nach rechts«, sagte der Maler, in seine Arbeit vertieft, wobei er nur gemerkt hatte, daß in das Gesicht des jungen Mannes ein Ausdruck gekommen war, den er nie zuvor darin wahrgenommen hatte.

»Und dennoch«, fuhr Lord Henry mit seiner tiefen, melodischen Stimme fort und mit jener anmutigen, für ihn so charakteristischen Handbewegung, die er bereits seinerzeit in Eton gehabt hatte, »und dennoch glaube ich, wenn auch nur ein einziger sein Leben voll und ganz auslebte, jedem Gefühl Gestalt und jedem Gedanken Ausdruck gäbe und jeden Traum verwirklichte – dann, glaube ich, würde die Welt einen so frischen Antrieb zur Freude erhalten, daß wir all die mittelalterlichen Krankheiten vergessen und zu dem hellenischen Ideal zurückkehren würden – möglicherweise zu etwas Schönerem, Köstlicherem als dem hellenischen Ideal. Aber der Tapferste unter uns hat Angst vor sich selbst. Die Verstümmelung der Wilden lebt tragisch fort in der Selbstverleugnung, die unser Leben entstellt. Wir werden gestraft für unsere Entsagungen. Jeder Impuls, den wir zu unterdrücken suchen, lagert sich in der Seele ab und vergiftet uns. Der Körper sündigt gelegentlich, und damit ist die Sünde für ihn erledigt, denn Handeln ist eine Art Läuterung. Nichts bleibt dann zurück als die Erinnerung an einen Genuß oder die Wollust des Schmerzes. Der einzige Weg, sich einer Versuchung zu entledigen, ist, ihr nachzugeben. Widerstehen Sie ihr, und Ihre Seele wird krank vor Sehnsucht nach den Dingen, die sie sich selbst verboten hat, vor Begierde nach dem, was ihre widernatürlichen Gesetze widernatürlich und gesetzwidrig gemacht haben. Es ist behauptet worden, die großen Weltereignisse trügen sich im Gehirn zu. Im Gehirn, und nur im Gehirn, tragen sich auch die großen Sünden der Welt zu. Sie, Mister Gray, Sie selbst haben in Ihrer rosenroten Jugend und Ihrem rosenweißen Knabenalter Leidenschaften gehabt, die Ihnen angst machten, Gedanken, die Sie mit Entsetzen erfüllten, Tagträume und Träume im Schlaf, die Ihre Wangen mit Schamröte verdunkeln können, wenn Sie nur daran denken...«

»Halt!« stammelte Dorian Gray. »Halt! Sie verwirren mich. Ich weiß nicht, was ich sagen soll. Es gibt eine Antwort auf Ihre Worte, aber ich kann sie nicht finden. Sprechen Sie jetzt nicht. Lassen Sie mich nachdenken. Oder besser gesagt, lassen Sie mich versuchen, nicht nachzudenken.«

Nahezu zehn Minuten stand er dort, reglos, mit geöffneten Lippen und merkwürdig glänzenden Augen. Unklar war ihm bewußt, daß völlig neue Einflüsse in ihm am Werke waren. Doch ihm schien, als kämen sie in Wahrheit aus ihm selbst. Die wenigen Worte, die Basils Freund zu ihm gesprochen hatte – Worte, die zweifellos auf gut Glück hingesagt waren und mutwillige Paradoxe enthielten –, hatten eine geheime Saite angeschlagen, die nie zuvor berührt worden war und die er nun jedoch vibrieren und in sonderbaren Impulsen beben fühlte.

So hatte ihn Musik erregt. Musik hatte ihn so manches Mal aufgerührt. Aber Musik war nicht eindeutig verständlich. Es war nicht eine neue Welt, die sie in uns hervorbrachte, sondern eher ein weiteres Chaos. Worte! Bloße Worte! Wie schrecklich sie waren! Wie klar und lebendig und grausam! Man konnte ihnen nicht entrinnen. Und doch, welch berückender Zauber lag in ihnen! Sie schienen gestaltlosen Dingen plastische Gestalt geben zu können und ihre eigene Musik zu haben, so süß wie die der Viola oder der Laute. Bloße Worte! Gab es etwas so Wahres wie Worte?

Ja, es hatte in seinem Knabenalter Dinge gegeben, die er nicht verstanden hatte. Jetzt verstand er sie. Plötzlich bekam das Leben für ihn glühende Farben. Ihm schien, als sei er durch Feuer gewandert. Warum hatte er es nicht gewußt?

Mit seinem feinen Lächeln beobachtete ihn Lord Henry. Er kannte den richtigen psychologischen Moment, da man nichts sagen durfte. Er verspürte heftiges Interesse. Er staunte über den unerwarteten Eindruck, den seine Worte hervorgerufen hatten, und da ihm ein Buch einfiel, das er mit sechzehn Jahren gelesen, ein Buch, das ihm vieles bislang Unbekannte offenbart hatte, fragte er sich, ob Dorian Gray eine ähnliche Erfahrung durchmachte. Er hatte nur einen Pfeil in die Luft abgeschossen. Hatte er das Ziel getroffen? Wie faszinierend der Junge war!

Hallward malte weiter mit seinem erstaunlich kühnen Strich, der die wahre Verfeinerung und vollendete Zartheit hatte, die zumindest in der Kunst nur aus der Kraft erwachsen. Das Schweigen war ihm nicht bewußt geworden.

»Basil, ich bin müde vom Stehen«, rief Dorian Gray plötzlich. »Ich muß hinaus und mich in den Garten setzen. Die Luft hier drin ist zum Ersticken.«

»Mein lieber Junge, es tut mir so leid. Wenn ich male, kann ich an nichts anderes denken. Aber Sie haben mir niemals besser gesessen. Sie haben sich überhaupt nicht gerührt. Und ich habe den Effekt eingefangen, den ich brauchte – die halbgeöffneten Lippen und den Glanz in den Augen. Ich weiß nicht, was Harry Ihnen gesagt hat, aber zweifellos hat er den herrlichen Ausdruck in Ihr Gesicht gezaubert. Vermutlich hat er Ihnen Komplimente gemacht. Sie dürfen kein Wort davon glauben, was er sagt.«

»Er hat mir bestimmt keine Komplimente gemacht. Vielleicht ist das der Grund, warum ich nichts von dem glaube, was er mir erzählt hat.«

»Sie wissen, daß Sie all das glauben«, sagte Lord Henry und sah ihn mit seinen träumerischen, schläfrigen Augen an. »Ich gehe mit Ihnen in den Garten. Es ist schrecklich heiß hier im Atelier, Basil, verschaffen Sie uns etwas Eisgekühltes zum Trinken, etwas mit Erdbeeren drin.«

»Natürlich, Harry. Klingeln Sie, und wenn Parker kommt, werde ich ihm sagen, was Sie wünschen. Ich muß den Hintergrund ausarbeiten, deshalb werde ich erst später zu euch hinauskommen. Halten Sie Dorian nicht zu lange auf. Niemals bin ich in besserer Verfassung zum Malen gewesen als heute. Dies wird mein Meisterwerk. Es ist schon so, wie es dasteht, mein Meisterwerk.«

Lord Henry ging hinaus in den Garten und entdeckte Dorian Gray, wie er sein Gesicht in den großen kühlen Fliederdolden vergrub und fieberhaft ihren Duft trank, als wäre er Wein. Er ging zu ihm und legte ihm die Hand auf die Schulter. »Sie haben völlig recht«, murmelte er. »Nur die Sinne können die Seele heilen, so wie nur die Seele die Sinne heilen kann.«

Der Jüngling fuhr zusammen und trat zurück. Er war barhäuptig, und die Blätter hatten seine widerspenstigen Locken in Unordnung gebracht und all ihre goldenen Fäden verwirrt. Ein Ausdruck von Furcht lag in seinen Augen, wie bei Menschen, die jäh aus dem Schlaf erwachen. Seine fein gemeißelten Nasenflügel bebten, und ein verborgener Nerv durchzuckte das Scharlachrot seiner Lippen, so daß sie zitterten.

»Ja«, fuhr Lord Henry fort, »das ist eines der großen Geheimnisse des Lebens– die Seele durch die Sinne heilen und die Sinne durch die Seele. Sie sind ein erstaunliches Geschöpf. Sie wissen mehr, als Sie zu wissen glauben, geradeso wie Sie weniger wissen, als Sie wissen müßten.«

Dorian Gray runzelte die Brauen und wandte den Kopf ab. Er konnte nicht anders, er mußte den hochgewachsenen, eleganten jungen Mann, der neben ihm stand, einfach gern haben. Sein romantisches, olivenfarbenes Gesicht und dessen verlebter Ausdruck interessierten ihn. In seiner tiefen, matten Stimme lag etwas entschieden Berückendes. Selbst seine kühlen, weißen, blumengleichen Hände waren von eigenartigem Zauber. Sie waren, wenn er sprach, in Bewegung wie Musik und schienen ihre eigene Sprache zu haben. Dennoch fürchtete er sich vor ihm und schämte sich dessen. Warum war es einem Fremden anheimgegeben, ihm sein Inneres zu offenbaren? Basil Hallward kannte er seit Monaten, aber die Freundschaft zwischen ihnen hatte ihn nicht gewandelt. Plötzlich war jemand in sein Leben getreten, der ihm augenscheinlich das Geheimnis des Lebens enthüllt hatte. Und wenn schon, was hatte er zu fürchten? Er war kein Schuljunge oder ein Mädchen. Es war lächerlich, Angst zu haben.

»Kommen Sie, wir wollen uns in den Schatten setzen«, sagte Lord Henry. »Parker hat die Getränke herausgebracht, und wenn Sie noch länger in diesem Sonnenglast bleiben, wird er Sie verwüsten, und Basil wird Sie nie wieder malen. Sie dürfen sich wirklich nicht von der Sonne verbrennen lassen. Das wäre unkleidsam.«

»Was kann das schon ausmachen?« rief Dorian Gray lachend aus und setzte sich auf die Bank am Ende des Gartens.

»Ihnen sollte es alles ausmachen, Mister Gray.«

»Warum?«

»Weil die wundervollste Jugend Ihr Besitz ist, und Jugend ist das einzige, was Wert hat.«

»So empfinde ich es nicht, Lord Henry.«

»Nein, jetzt noch nicht. Aber eines Tages, wenn Sie alt und runzlig und häßlich sind, wenn das Denken Ihre Stirn mit seinen Furchen gezeichnet und die Leidenschaft ihre furchtbare Glut in Ihre Lippen eingebrannt hat, dann werden Sie es auf erschreckende Weise empfinden. Jetzt bezaubern Sie die Welt, wohin Sie auch gehen mögen. Wird das immer so bleiben? ... Sie haben ein wunderschönes Gesicht, Mister Gray. Runzeln Sie nicht die Brauen. Es ist so. Und Schönheit ist eine Form des Genies – sie steht in der Tat noch höher als das Genie, da sie keiner Erklärung bedarf. Sie gehört zu den großen Wahrheiten der Welt, wie das Sonnenlicht oder der Frühling oder der Widerschein jener silbernen Muschel, die wir Mond nennen, auf den dunklen Wassern. Man kann darüber nicht streiten. Sie hat ihr göttliches Recht auf Souveränität. Sie macht solche, die sie besitzen, zu Fürsten. Sie lächeln? Ach, wenn Sie sie verloren haben, werden Sie nicht lächeln ... Manchmal sagen die Leute, Schönheit sei nur oberflächlich. Mag sein. Aber zumindest ist sie nicht so oberflächlich wie das Denken. Für mich ist Schönheit das Wunder aller Wunder. Nur Dumme urteilen nicht nach dem, was sie sehen. Das wahre Geheimnis der Welt ist das Sichtbare, nicht das Unsichtbare ... Ja, Mister Gray, die Götter sind gütig gegen Sie gewesen. Aber was die Götter schenken, nehmen sie bald wieder. Nur ein paar Jahre sind Ihnen beschieden, wahrhaft, gründlich und ausgiebig zu leben. Wenn Ihre Jugend schwindet, wird auch Ihre Schönheit schwinden, und plötzlich werden Sie entdecken, daß es für Sie keine Triumphe mehr gibt oder daß Sie sich mit jenen jämmerlichen Triumphen begnügen müssen, welche die Erinnerung an Ihre Vergangenheit noch bitterer macht als Niederlagen. Jeder abnehmende Mond bringt Sie etwas Schrecklichem näher. Die Zeit ist eifersüchtig auf Sie und führt Krieg gegen Ihre Lilien und Rosen. Sie werden bleich und hohlwangig, und Ihre Augen trüben sich. Sie werden entsetzlich leiden ... Ach, nutzen Sie Ihre Jugend, solange Sie ihrer teilhaftig sind. Vergeuden Sie nicht das Gold Ihrer Tage, indem Sie den Langweiligen zuhören, die hoffnungslosen Versager zu bessern suchen oder Ihr Leben an die Dummköpfe, die Gewöhnlichen und den Pöbel wegwerfen. Das sind die ungesunden Ziele, die falschen Vorstellungen unserer Zeit. Leben Sie! Leben Sie das wundervolle Leben, das in Ihnen ist! Lassen Sie sich nichts entgehen. Suchen Sie stets nach neuen Eindrücken. Scheuen Sie vor nichts zurück ... Ein neuer Hedonismus – das ist es, was unser Jahrhundert braucht. Sie könnten sein sichtbares Symbol sein. So wie Sie geschaffen sind, gibt es nichts, was Sie nicht tun könnten. Für ein Weilchen gehört Ihnen die Welt ... In dem Augenblick, da ich Ihnen gegenübertrat, erkannte ich, daß Sie keine Ahnung davon hatten, was Sie in Wirklichkeit sind oder wirklich sein könnten. Es war so viel Bezauberndes an Ihnen, daß ich das Gefühl hatte, ich müsse Ihnen einiges über Sie sagen. Mir kam der Gedanke, wie tragisch es doch wäre, wenn Sie unnütz vergeudet würden. Denn Ihre Jugend wird nur so kurze Zeit dauern – so kurze Zeit. Die gemeinen Bergblumen verdorren, erblühen jedoch aufs neue. Der Goldregen wird im nächsten Juni so gelb sein wie jetzt. In einem Monat wird die Clematis purpurne Sterne tragen, und Jahr für Jahr wird die grüne Nacht ihrer Blätter die Purpursterne enthalten. Wir jedoch kehren nie zu unserer Jugend zurück. Der Pulsschlag der Freude, der in uns pocht, wenn wir zwanzig sind, wird träge. Unsere Glieder ermatten, unsere Sinne verfaulen. Wir entarten zu abscheulichen Marionetten, verfolgt von der Erinnerung an die Leidenschaften, vor denen wir zuviel Angst hatten, und an die köstlichen Versuchungen, denen wir nicht nachgaben, weil es uns an Mut fehlte. Jugend! Jugend! Es gibt einfach nichts auf der Welt als Jugend!«

Dorian Gray lauschte mit aufgerissenen Augen und voller Staunen. Der Fliederzweig entglitt seiner Hand und fiel auf den Kies. Eine pelzige Biene kam und summte ein Weilchen um ihn herum. Dann krabbelte sie über die bestirnte langgestreckte Kugel seiner winzigen Blüten. Er beobachtete sie mit jenem sonderbaren Interesse an unbedeutenden Dingen, das wir zu entfalten suchen, wenn uns Dinge von hoher Bedeutung bange machen oder wenn uns eine bislang unbekannte Empfindung erregt, für die wir keinen Ausdruck finden können, oder wenn ein Gedanke, der uns entsetzt, plötzlich unser Hirn bestürmt und von uns fordert, daß wir uns ihm überlassen. Nach einer Weile flog die Biene davon. Er sah sie in die gefleckte Trompete einer Tyrischen Winde kriechen. Die Blüte schien zu erbeben und schwankte dann sacht hin und her.

Plötzlich erschien der Maler an der Tür zum Atelier und bedeutete ihnen mit ungeduldig wiederholten Gesten hereinzukommen. Sie wandten sich einander zu und lächelten.

»Ich warte«, rief er, »kommt herein! Das Licht ist ganz vortrefflich, und ihr könnt eure Getränke mitbringen.«

Sie standen auf und schlenderten gemeinsam den Weg hinab. Zwei grün-weiße Schmetterlinge flatterten an ihnen vorbei, und in dem Birnbaum am Ende des Gartens begann eine Amsel zu singen.

»Sie sind froh, daß Sie mir begegnet sind, Mister Gray«, sagte Lord Henry und sah ihn an.

»Ja, jetzt bin ich froh. Ob ich wohl immer froh sein werde?«

»Immer! Das ist ein schreckliches Wort. Es läßt mich schaudern, wenn ich es höre. Frauen haben eine Vorliebe dafür. Sie verderben jeden Liebesroman, indem sie ihm ewige Dauer zu geben versuchen. Überdies ist es ein sinnloses Wort. Der einzige Unterschied zwischen einer Laune und einer lebenslänglichen Leidenschaft ist der, daß die Laune ein wenig länger vorhält.«

Als sie in das Atelier traten, legte Dorian Gray seine Hand auf Lord Henrys Arm. »Wenn es so ist, dann lassen Sie unsere Freundschaft eine Laune sein«, murmelte er, über seine eigene Kühnheit errötend; dann stieg er auf das Podest und nahm seine Haltung ein.

Lord Henry warf sich in einen breiten Korbsessel und beobachtete ihn. Der Strich und das Tupfen des Pinsels auf der Leinwand waren die einzigen Laute, die die Stille durchbrachen, außer wenn Hallward hin und wieder zurücktrat, um sein Werk aus der Entfernung zu betrachten. In den schrägen Strahlen, die durch die offene Tür hereinfluteten, tanzte der Staub und war golden. Über allem schien der schwere Duft der Rosen zu lagern.

Nach etwa einer Viertelstunde hielt Hallward im Malen inne, blickte lange Zeit auf Dorian Gray und dann lange Zeit auf das Bild, wobei er an dem Ende eines seiner großen Pinsel kaute und die Stirn runzelte. »Es ist ganz und gar fertig«, rief er schließlich aus, und er beugte sich nieder und schrieb in die linke Ecke der Leinwand mit langen zinnoberroten Buchstaben seinen Namen.

Lord Henry kam herbei und prüfte das Bild. Es war wirklich ein erstaunliches Kunstwerk und von gleichfalls erstaunlicher Ähnlichkeit.

»Mein lieber Junge, ich beglückwünsche Sie von Herzen«, sagte er. »Es ist das beste Porträt unserer Zeit. Kommen Sie, Mister Gray, und schauen Sie selbst.«

Der junge Mann fuhr zusammen, als erwache er aus einem Traum. »Ist es wirklich fertig?« murmelte er und stieg von dem Podest.

»Ganz fertig«, erwiderte der Maler. »Und Sie haben mir heute herrlich gesessen. Ich bin Ihnen schrecklich dankbar.«

»Das ist entschieden mir zuzuschreiben«, warf Lord Henry ein. »Nicht wahr, Mister Gray?«

Dorian gab keine Antwort, sondern trat gleichgültig vor das Bild und kehrte sich ihm zu. Als er es erblickte, wich er zurück, und für einen Augenblick röteten sich seine Wangen vor Freude. Ein Ausdruck des Entzückens trat in seine Augen, als erkenne er sich zum ersten Mal. Er stand reglos und voller

Staunen, und dunkel war ihm bewußt, daß Hallward zu ihm sprach; er vermochte jedoch nicht den Sinn seiner Worte zu erfassen. Das Gefühl seiner eigenen Schönheit überkam ihn wie eine Offenbarung. Nie zuvor hatte er sie empfunden. Basil Hallwards Komplimente hatte er nur für die reizenden Übertreibungen der Freundschaft genommen. Er hatte sie angehört, über sie gelacht und sie vergessen. Sie hatten keinen Einfluß auf sein Wesen gehabt. Dann war Lord Henry Wotton gekommen mit seiner sonderbaren Lobrede auf die Jugend, mit seiner schrecklichen Warnung vor ihrer kurzen Dauer. Das hatte ihn vorhin erregt, und nun, da er hier stand und auf das Spiegelbild seiner eigenen Lieblichkeit starrte, zeigte sich ihm blitzartig die volle Wahrheit der Schilderung. Ja, der Tag würde kommen, an dem sein Gesicht runzlig und verwelkt wäre, seine Augen trübe und farblos, die Anmut seiner Gestalt zerstört und entstellt. Von seinen Lippen würde das Scharlachrot schwinden und aus seinem Haar das Gold entweichen. Das Leben, das seine Seele formen sollte, würde seinen Körper verunstalten. Er würde gräßlich, abscheulich und grotesk aussehen.

Bei dem Gedanken daran durchfuhr ihn ein jäher, heftiger Schmerz wie ein Messer und ließ ihn bis in die zarten Fasern seines Wesens erbeben. Seine Augen verdunkelten sich zu Amethysten, und ein Tränenschleier legte sich über sie. Ihm war, als griffe eine eisige Hand nach seinem Herzen.

»Gefällt es Ihnen nicht?« rief Hallward schließlich, ein wenig verletzt durch das Schweigen des Jünglings und ohne zu begreifen, was es besagte. »Natürlich gefällt es ihm«, bemerkte Lord Henry. »Wem würde es nicht gefallen? Es ist eins der bedeutendsten Werke der modernen Kunst. Ich gebe Ihnen dafür alles, was Sie verlangen. Ich muß es haben.«

»Es ist nicht mein Eigentum, Harry.«

»Wessen dann?«

»Dorians natürlich«, antwortete der Maler.

»Der Glückliche!«

»Wie traurig das ist!« flüsterte Dorian Gray. »Wie traurig das ist! Ich soll alt und gräßlich und abscheulich werden. Dies Bild aber wird immer jung bleiben. Niemals wird es älter sein als an eben diesem Junitag ... Wäre es doch nur umgekehrt! Wenn ich es sein könnte, der ewig jung bliebe, und das Bild müßte altern! Dafür – dafür würde ich alles hingeben! Ja, es gibt nichts auf der Welt, was ich dafür nicht hingeben würde! Meine Seele würde ich dafür geben!«

»Zu einem solchen Übereinkommen würden Sie wohl schwerlich geneigt sein, Basil«, rief Lord Henry lachend aus. »Das wäre ein ziemlich hartes Los für Ihr Werk.«

»Ich würde mich dem sehr nachdrücklich widersetzen, Harry«, sagte Hallward.

Dorian Gray drehte sich um und sah ihn an. »Das glaube ich, Basil. Sie lieben Ihre Kunst mehr als Ihre Freunde. Ich gelte Ihnen nicht mehr als eine grüne Bronzestatue. Kaum soviel, möchte ich behaupten.«

Der Maler war starr vor Staunen. Es sah Dorian gar nicht ähnlich, so zu sprechen. Was war geschehen? Er schien ganz erzürnt. Sein Gesicht war gerötet, und seine Wangen glühten.

»Ja«, fuhr er fort, »ich bedeute Ihnen weniger als Ihr Hermes aus Elfenbein oder Ihr silberner Faun. Die werden Ihnen immer gefallen. Wie lange werde ich Ihnen gefallen? Vermutlich bis zu meiner ersten Runzel. Wenn man seine Schönheit verliert, welcher Art sie auch sein mag, dann verliert man alles, das weiß ich jetzt. Ihr Bild hat mich das gelehrt. Lord Henry Wotton hat völlig recht. Jugend ist das einzige, was zu besitzen lohnt. Wenn ich merke, daß ich alt werde, dann bringe ich mich um.«

Hallward erbleichte und ergriff seine Hand. »Dorian! Dorian!« rief er. »Sprechen Sie nicht so. Niemals habe ich einen solchen Freund besessen wie Sie, und niemals werde ich einen zweiten haben. Sie sind doch nicht eifersüchtig auf unbeseelte Dinge? – Sie, der Sie schöner sind als irgendeines davon!«

»Ich bin eifersüchtig auf alles, dessen Schönheit nicht stirbt. Ich bin eifersüchtig auf das Bild, das Sie von mir gemalt haben. Warum sollte es behalten, was ich verlieren muß? Jeder Augenblick, der verrinnt, nimmt mir etwas und gibt ihm etwas. Oh, wäre es doch nur umgekehrt! Könnte sich doch das Bild ändern, und könnte ich stets so sein, wie ich jetzt bin! Warum haben Sie es gemalt? Eines Tages wird es mich verhöhnen – schrecklich verhöhnen!« Heiße Tränen stiegen ihm in die Augen, er riß seine Hand fort, warf sich auf den Diwan und barg das Gesicht in den Kissen, als bete er.

»Das ist Ihr Werk, Harry«, sagte der Maler bitter.

Lord Henry zuckte die Achseln. »Es ist der wahre Dorian Gray – weiter nichts.«

»Nein.«

»Wenn nicht, was habe dann ich damit zu tun?«

»Sie hätten gehen sollen, als ich Sie darum bat«, murmelte er.

»Ich blieb, als Sie mich darum baten«, lautete Lord Henrys Antwort.

»Harry, ich kann nicht mit meinen beiden besten Freunden gleichzeitig streiten, aber ihr beide miteinander habt es fertiggebracht, daß ich das schönste Stück Arbeit hasse, welches ich je geschaffen habe, und ich will es vernichten. Was ist es denn weiter als Leinwand und Farbe? Ich lasse nicht zu, daß es über unser dreier Leben kommt und es zerstört.«

Dorian Gray hob den Kopf mit dem Goldhaar aus den Kissen und blickte mit bleichem Gesicht und tränenverdunkelten Augen zu ihm hin, wie er zu dem Maltisch aus Tannenholz ging, der unter dem hohen, verhangenen Fenster stand. Was tat er dort? Seine Finger irrten in dem Wirrwarr von Zinntuben und trockenen Pinseln umher und suchten etwas. Ja, nach dem langen Streichmesser mit seiner biegsamen Stahlklinge. Schließlich hatte er es gefunden. Er wollte die Leinwand aufschlitzen.

Mit einem erstickten Schluchzen sprang der Jüngling von dem Lager empor, stürzte zu Hallward, riß ihm das Messer aus der Hand und warf es ans äußerste Ende des Ateliers. »Nicht, Basil, nicht!« schrie er. »Es wäre Mord!«

»Es freut mich, daß Sie meine Arbeit am Ende doch schätzen, Dorian«, entgegnete der Maler eisig, als er sich von seiner Überraschung erholt hatte. »Das hätte ich nie gedacht.«

»Schätzen? Ich liebe es, Basil. Es ist ein Teil meiner selbst. Das spüre ich.«

»Nun, sobald Sie trocken sind, werden Sie gefirnißt, gerahmt und nach Hause geschickt. Dann können Sie mit sich tun, was Sie wollen.« Und er ging durch den Raum und läutete nach dem Tee. »Sie trinken doch natürlich Tee, Dorian? Und Sie desgleichen, Harry? Oder haben Sie etwas einzuwenden gegen so simple Genüsse?«

»Ich bete simple Genüsse an«, erwiderte Lord Henry. »Sie sind die letzte Zuflucht komplizierter Menschen. Aber ich liebe keine Szenen, außer auf der Bühne. Was seid ihr beide doch für alberne Kerle! Ich frage mich, wer den Menschen als ein vernünftiges Tier definierte. Das war die voreiligste Definition, die es je gegeben hat. Der Mensch ist vielerlei, aber vernünftig ist er nicht. Alles in allem bin ich froh darüber, wenn ich auch wünschte, ihr Burschen zanktet euch nicht über das Bild. Sie sollten es lieber mir geben, Basil. Dieser törichte Junge will es in Wahrheit gar nicht, und ich wirklich.«

»Wenn Sie es einem anderen geben als mir, Basil, verzeihe ich Ihnen nie!« rief Dorian Gray. »Und ich erlaube keinem, mich törichter Junge zu nennen.«

»Sie wissen, daß das Bild Ihnen gehört, Dorian. Ich schenkte es Ihnen, ehe es noch existierte.«

»Und Sie wissen, daß Sie sich ein wenig töricht benommen haben, Mister Gray, und daß Sie in Wirklichkeit gar nichts dagegen haben, daran erinnert zu werden, wie außerordentlich jung Sie sind.«

»Heute morgen hätte ich noch sehr viel dagegen gehabt, Lord Henry.«

»Ach, heute morgen! Seitdem haben Sie gelebt.«

Es wurde an die Tür geklopft, und der Butler trat mit dem beladenen Teebrett ein und stellte es auf ein japanisches Tischchen. Darin klapperten Tassen und Teller, und eine geriffelte georgische Teemaschine zischte. Ein junger Diener brachte zwei kugelförmige Porzellanschüsseln. Dorian Gray ging hin und schenkte den Tee ein. Langsam schlenderten die beiden Männer zum Tisch und sahen nach, was sich unter den Deckeln befand.

»Laßt uns heute abend ins Theater gehen«, sagte Lord Henry. »Irgendwo ist bestimmt etwas los. Ich habe zugesagt, im Whiteklub zu dinieren, aber es handelt sich nur um einen alten Freund, so kann ich ihm telegraphieren, ich sei krank oder ich sei wegen einer späteren Verabredung verhindert. Ich glaube, das wäre eine sehr nette Entschuldigung, sie hätte in vollem Maße das Überraschende der Aufrichtigkeit.«

»Es ist so lästig, den Frack anzuziehen«, murmelte Hallward. »Und wenn man ihn anhat, sieht man so gräßlich aus.«

»Ja«, antwortete Lord Henry träumerisch, »die Tracht des neunzehnten Jahrhunderts ist abscheulich. Sie ist so düster, so deprimierend. Die Sünde ist das einzige echte Farbenelement, das unserm modernen Leben geblieben ist.«

»Sie dürfen vor Dorian wirklich nicht solche Dinge sagen, Harry.«

»Vor welchem Dorian? Vor dem, der uns Tee eingießt, oder vor dem auf dem Bild?«

»Vor beiden nicht.«

»Ich würde gern mit Ihnen ins Theater gehen, Lord Henry«, sagte der Jüngling.

»Dann sollen Sie es tun, und Sie, Basil, kommen doch auch mit, nicht wahr?«

»Ich kann wirklich nicht. Ich möchte lieber nicht. Ich habe eine Arbeit zu erledigen.«

»Nun, dann werden wir beide allein gehen, Mister Gray.«

»Das würde ich schrecklich gern.«

Der Maler biß sich auf die Lippen und ging, die Tasse in der Hand, zu dem Bild hinüber. »Ich werde bei dem echten Dorian bleiben«, sagte er traurig. »Ist das der echte Dorian?« rief das Original des Bildes und schlenderte zu Hallward. »Bin ich wirklich so?«

»Ja, genauso sind Sie.«

»Wie wundervoll, Basil!«

»Zumindest gleichen Sie ihm äußerlich. Aber es wird sich niemals verändern«, seufzte Hallward. »Das ist wichtig.«

»Was für ein Aufhebens die Leute von der Treue machen!« rief Lord Henry aus. »Selbst in der Liebe ist sie eine reine Frage der Psychologie. Mit unserm Willen hat sie nichts zu tun. Junge Leute möchten treu sein und sind es nicht, alte möchten untreu sein und können es nicht; das ist alles, was man darüber sagen kann.«

»Gehen Sie heute abend nicht ins Theater, Dorian«, bat Hallward. »Bleiben Sie hier und essen Sie mit mir.«

»Ich kann nicht, Basil.«

»Warum nicht?«

»Weil ich Lord Henry Wotton versprochen habe, mit ihm zu gehen.«

»Er wird Sie deswegen nicht lieber mögen, weil Sie Ihre Versprechen halten. Er bricht seine stets. Ich bitte Sie, nicht zu gehen.«

Dorian Gray lachte und schüttelte den Kopf.

»Ich bitte Sie inständig.«

Der junge Mann zögerte und blickte zu Lord Henry hinüber, der die beiden vom Teetisch aus mit amüsiertem Lächeln beobachtete.

»Ich muß gehen, Basil«, antwortete Dorian Gray.

»Na schön«, sagte Hallward und ging hin und stellte die Tasse auf das Tablett. »Es ist ziemlich spät, und da ihr euch noch umziehen müßt, solltet ihr keine Zeit verlieren. Adieu, Dorian. Besuchen Sie mich bald. Kommen Sie morgen.«

»Bestimmt.«

»Sie werden es nicht vergessen?«

»Natürlich nicht«, erwiderte Dorian.

»Und ... Harry?«

»Ja, Basil?«

»Denken Sie daran, worum ich Sie gebeten habe, als wir heute im Garten waren.«

»Ich habe es vergessen.«

»Ich vertraue Ihnen.«

»Ich wünschte, ich könnte mir selber vertrauen«, sagte Lord Henry lachend. »Kommen Sie, Mister Gray, mein Wagen steht draußen, ich kann Sie an Ihrer Wohnung absetzen. Auf Wiedersehen, Basil. Es war ein höchst interessanter Nachmittag.«

Als sich die Tür hinter ihnen geschlossen hatte, warf sich der Maler auf eine Polsterbank, und ein Ausdruck von Schmerz trat in sein Gesicht.

DRITTES KAPITEL

Tags darauf, gegen halb eins, schlenderte Lord Henry Wotton von der Curzon Street zum Albany, um seinen Onkel, Lord Fermor, zu besuchen, einen lustigen, wenn auch etwas rauhbeinigen alten Junggesellen, den die Außenwelt egoistisch nannte, weil sie keinen persönlichen Nutzen von ihm hatte, während er von der vornehmen Gesellschaft für freigebig gehalten wurde, da er Leute, die ihm Spaß machten, ernährte. Sein Vater war englischer Gesandter in Madrid gewesen, als Isabella noch jung und Prim noch unbeachtet war, hatte sich jedoch in einem launischen Anfall von Verdruß vom diplomatischen Dienst zurückgezogen, weil man ihm nicht die Gesandtschaft in Paris angeboten hatte, einen Posten, zu dem er sich durch seine Herkunft, seine Indolenz, das gute Englisch seiner Depeschen und seine unmäßige Vergnügungssucht vollauf berechtigt glaubte. Der Sohn, der seines Vaters Sekretär gewesen war, hatte mit seinem Chef zugleich das Amt niedergelegt, was damals für recht unklug gehalten wurde, und als er einige Monate später die Nachfolge des Titels und des Besitzes antrat, verlegte er sich auf das ernsthafte Studium der erhabenen aristokratischen Kunst des absoluten Nichtstuns. Er besaß zwei große Häuser in der Stadt, zog es jedoch vor, in einer gemieteten Junggesellenwohnung zu leben, weil er dort ungestörter war und ohnehin die meisten Mahlzeiten in seinem Klub einnahm. Er kümmerte sich ein wenig um die Verwaltung seiner Kohlenbergwerke in den mittelenglischen Grafschaften und gab als Entschuldigung für diesen Schandfleck von Gewerbefleiß an: der einzige Vorteil, Kohle zu besitzen, bestehe darin, daß sich ein Gentleman den Anstand leisten könne, in seinem eigenen Heim Holz zu brennen. Was die Politik betraf, war er ein Tory, außer wenn die Tories an der Regierung waren, denn zu dieser Zeit schimpfte er sie rundheraus eine Bande von Radikalen. Für seinen Kammerdiener, der ihn unsanft behandelte, war er ein Held, und er war ein Schrecken für die meisten seiner Verwandten, mit denen er nun wieder unsanft umging. Nur England konnte ihn hervorgebracht haben, und seine ständige Rede war, das Land gehe vor die Hunde. Seine Grundsätze waren veraltet, aber zugunsten seiner Vorurteile ließ sich vieles sagen.

Als Lord Henry das Zimmer betrat, sah er seinen Onkel in einem derben Jägerrock brummelnd über der ›Times‹ sitzen und einen Stumpen rauchen. »Nanu, Harry, was treibt dich so früh heraus?« sagte der alte Herr. »Ich dachte, ihr Dandys steht nie vor zwei auf und laßt euch vor fünf Uhr nicht blicken.«

»Pure Familienliebe, Onkel George, das versichere ich dir. Ich möchte etwas von Dir.« – »Vermutlich Geld«, entgegnete Lord Fermor und verzog das Gesicht. »Setz dich und erzähl die ganze Geschichte. Die jungen Leute von heute glauben, Geld sei alles.«

»Ja«, murmelte Lord Henry und fingerte an der Blume in seinem Knopfloch, »und wenn sie älter werden, wissen sie es. Aber ich brauche kein Geld. Nur Leute, die ihre Rechnungen bezahlen, brauchen Geld, Onkel George, und ich bezahle meine nie. Kredit ist das Kapital der jüngeren Söhne, und davon lebt man wundervoll. Außerdem kaufe ich stets bei Dartmoors Lieferanten und werde folglich niemals von ihnen belästigt. Was ich haben möchte, ist eine Auskunft, natürlich keine, die sich verwenden läßt, sondern eine ganz und gar belanglose.«

»Nun ja, ich kann dir alles erzählen, was in einem englischen Blaubuch steht, Harry, obwohl die Kerle heutzutage einen Haufen Unsinn verzapfen. Als ich noch im diplomatischen Dienst war, stand es um diese Dinge viel besser. Neuerdings soll man eine Prüfung ablegen müssen, um zugelassen zu werden. Was kann man da schon erwarten? Prüfungen, mein lieber Mann, sind von Anfang bis Ende der reinste Humbug. Wenn jemand ein Gentleman ist, weiß er durchaus genug; ist er kein Gentleman, dann nützt ihm auch sein ganzes Wissen nichts.«

»Mister Dorian Gray steht nicht in den Blaubüchern, Onkel George«, bemerkte Lord Henry gelassen.

»Mister Dorian Gray? Wer ist das?« fragte Lord Fermor und runzelte die buschigen weißen Brauen.

»Das eben will ich von dir erfahren, Onkel George. Das heißt, ich weiß, wer er ist. Er ist der Enkel des letzten Lord Kelso. Seine Mutter war eine Devereux. Ich möchte, daß du mir etwas über seine Mutter erzählst. Wie war sie? Wen hat sie geheiratet? Du hast zu deiner Zeit fast jeden gekannt, und deshalb vielleicht auch sie. Ich interessiere mich im Augenblick sehr für Mister Gray. Ich bin eben erst mit ihm zusammengetroffen.«

»Kelsos Enkel«, wiederholte der alte Herr, »Kelsos Enkel!... Natürlich... Ich kannte seine Mutter sehr gut. Ich glaube, ich war zu ihrer Taufe. Sie war ein ungewöhnlich schönes Mädchen, diese Margaret Devereux, und machte alle Männer rasend, als sie mit einem mittellosen jungen Kerl davonlief, einem reinen Niemand, Subalternoffizier in einem Infanterieregiment oder etwas Ähnliches. Sicher. Ich erinnere mich an die ganze Sache, als wäre sie erst gestern passiert. Der arme Kerl wurde wenige Monate nach der Hochzeit bei einem Duell in Spa getötet. Eine üble Geschichte hing daran. Es hieß, Kelso habe einen lumpigen Abenteurer gedungen, ein belgisches Scheusal, seinen Schwiegersohn öffentlich zu beleidigen – er habe ihn dafür bezahlt, mein Lieber, bezahlt –, und der Kerl hat dann seinen Mann aufgespießt wie eine Taube. Die Sache wurde vertuscht, aber Kelso mußte bei Gott noch eine ganze Zeit hinterher sein Kotelett im Klub allein essen. Er soll seine Tochter mit zurückgebracht haben, aber sie hat nie wieder mit ihm gesprochen. O ja, das war eine üble Sache. Nach kaum einem Jahr starb das Mädchen auch. Sie hat also einen Sohn hinterlassen? Das hatte ich vergessen. Wie ist er? Wenn er seiner Mutter ähnelt, muß er ein gut aussehender Junge sein.«

»Er sieht sehr gut aus«, bestätigte Lord Henry.

»Ich hoffe, er kommt in gute Hände«, fuhr der alte Mann fort. »Es müßte ein Haufen Geld auf ihn warten, wenn Kelso angemessen für ihn gesorgt hat. Seine Mutter war ebenfalls vermögend. Durch ihren Großvater war ihr die ganze Besitzung Selby zugefallen. Ihr Großvater haßte Kelso, er hielt ihn für einen niederträchtigen Kerl. Das war er auch. Einmal kam er nach Madrid, als ich dort war. Ich habe mich wahrhaftig seiner geschämt. Die Königin fragte mich immer wieder nach dem englischen Adligen, der ständig mit den Kutschern um den Fahrpreis streite. Sie machte direkt eine Geschichte daraus. Einen ganzen Monat wagte ich nicht, mich bei Hof sehen zu lassen. Hoffentlich hat er seinen Enkel besser behandelt als die Droschkenkutscher.«

»Ich weiß nicht«, erwiderte Lord Henry. »Ich denke mir, der Junge wird in guten Verhältnissen leben. Er ist noch nicht majorenn. Selby gehört ihm, das weiß ich. Er hat es mir erzählt. Und ... seine Mutter war sehr schön?«

»Margaret Devereux war eins der liebreizendsten Geschöpfe, die ich je gesehen habe, Harry. Ich habe nie begreifen können, was in aller Welt sie zu ihrem Verhalten trieb. Sie hätte heiraten können, wen sie nur wollte. Carlington war ganz verrückt nach ihr. Freilich war sie romantisch. Alle Frauen in der Familie waren es. Die Männer waren eine erbärmliche Bande, aber die Frauen waren bei Gott wundervoll. Carlington lag vor ihr auf den Knien. Hat es mir selber erzählt. Sie lachte ihn aus, und dabei gab es zu der Zeit kein Mädchen in London, das nicht hinter ihm her war. Und da wir gerade von törichten Ehen sprechen, Harry, was soll dieser Unsinn, den mir dein Vater erzählt, daß Dartmoor eine Amerikanerin heiraten will? Sind ihm die englischen Mädchen nicht gut genug?«

»Es ist eben jetzt ziemlich in Mode, Amerikanerinnen zu heiraten, Onkel George.«

»Ich setze gegen die ganze Welt auf englische Frauen, Harry«, sagte Lord Fermor und schlug mit der Faust auf den Tisch.

»Die Wette steht für die Amerikanerinnen.«

»Sie sollen nicht durchhalten«, murmelte sein Onkel.

»Ein langes Rennen erschöpft sie, aber bei der Steeplechase sind sie großartig. Sie nehmen die Dinge im Flug. Ich glaube nicht, daß Dartmoor eine Chance hat.«

»Wie ist ihre Familie?« knurrte der alte Herr. »Hat sie überhaupt eine?«

Lord Henry schüttelte den Kopf. »Amerikanische Mädchen sind so gescheit, ihre Eltern zu verheimlichen, so wie die englischen Frauen ihre Vergangenheit verheimlichen«, sagte er und stand auf, um zu gehen.

»Vermutlich stellen sie Schweinefleischkonserven her?«

»Um Dartmoors willen hoffe ich es, Onkel George. Das Herstellen von Schweinefleischkonserven soll nach der Politik der einträglichste Beruf in Amerika sein.«

»Ist sie hübsch?«

»Sie benimmt sich, als wäre sie schön. Das tun die meisten Amerikanerinnen. Es ist das Geheimnis ihres Reizes.«

»Warum können diese Amerikanerinnen nicht in ihrem eigenen Land bleiben? Dauernd erzählen sie uns, es sei für Frauen das Paradies.«

»Das stimmt. Und das ist der Grund, warum sie wie Eva so ungeheuer versessen darauf sind, hinauszugelangen«, sagte Lord Henry. »Leb wohl, Onkel George. Wenn ich noch länger bleibe, komme ich zu spät zum Lunch. Vielen Dank für die erbetene Auskunft. Mir ist es immer lieb, alles von meinen neuen Freunden zu wissen und nichts von meinen alten.«

»Wo bist du zum Lunch, Harry?«

»Bei Tante Agatha. Ich habe mich und Mister Gray selber eingeladen. Er ist ihr neuester Protegé.«

»Hm. Sag deiner Tante Agatha, sie soll mich nicht mehr mit ihren Bitten um Wohltätigkeitsspenden belästigen, Harry. Die Gute bildet sich ein, ich habe nichts anderes zu tun, als für ihre alberne Liebhaberei Schecks auszuschreiben.«

»Gut, Onkel George, ich werde es ihr ausrichten, aber es wird nichts nützen. Philanthropen verlieren jedes Gefühl für Menschlichkeit. Das ist ihr hervorstechender Charakterzug.«

Der alte Herr knurrte beifällig und läutete nach seinem Diener. Lord Henry ging durch die niedrigen Arkaden zur Burlington Street und lenkte seine Schritte in die Richtung zum Berkeley Square.

Das war also die Geschichte von Dorian Grays Herkunft. So nüchtern sie ihm berichtet worden war, hatte sie ihn dennoch durch die Andeutung einer sonderbaren, fast modernen Romantik erregt. Eine schöne Frau, die alles aufs Spiel setzt für eine wahnsinnige Leidenschaft. Ein paar stürmische Wochen des Glücks, jäh abgebrochen durch ein abscheuliches, heimtückisches Verbrechen. Monate stummer Qual, und dann ein im Leid geborenes Kind. Die Mutter durch den Tod hinweggerafft, der Knabe der Einsamkeit und Tyrannei eines alten, lieblosen Mannes überantwortet. Ja, es war ein interessanter Hintergrund. Er gab dem Jüngling Relief, machte ihn noch vollendeter als ohnehin. Hinter allem Erlesenen auf Erden stand etwas Tragisches. Welten müssen an der Arbeit sein, damit die geringste Blume blühen kann ... Und wie bezaubernd war er am Abend zuvor beim Dinner gewesen, als er ihm in erschrockenem Entzücken mit bestürzten Augen und halb geöffneten Lippen im Klub gegenübergesessen hatte, während die roten Lampenschirme das erwachende Wunder seines Antlitzes mit einer lebhafteren Röte färbten. Sprach man zu ihm, so war es, als spiele man auf einer kostbaren Violine. Er reagierte auf jede Berührung, jedes Vibrieren des Bogens ... Es lag etwas unheimlich Reizvolles darin, Einfluß auszuüben. Keine andere Tätigkeit kam dem gleich. Seine Seele in eine anmutige Form zu gießen und sie einen Augenblick darin verweilen zu lassen; die Ansichten des eigenen Geistes als Echo zurückkehren zu hören, bereichert um den Wohlklang von Leidenschaft und Jugend; die eigene Stimmung dem anderen zu vermitteln, als wäre sie ein feines Fluidum oder ein seltsamer Duft: darin lag eine echte Freude – möglicherweise die am meisten befriedigende Freude, die uns in einer so beschränkten und vulgären Zeit geblieben war, in einer Zeit, die überaus sinnlich in ihren Genüssen und überaus gewöhnlich in ihren Zielen war ... Er war ein wundervoller Typ, dieser junge Mann, dem er durch einen sonderbaren Zufall in Basils Atelier begegnet war, oder konnte jedenfalls zu einem wundervollen Typ geformt werden. Die Anmut und die unbefleckte Reinheit des Knabenalters waren sein, und jene Schönheit, welche uns die alten griechischen Marmorbilder bewahrt haben. Es gab nichts, was man nicht aus ihm machen konnte. Man konnte ihn zu einem Titanen oder zu einem Spielzeug machen. Welch ein Jammer, daß es solcher Schönheit bestimmt war zu welken! ... Und Basil? Wie interessant war er doch vom psychologischen Standpunkt aus! Der neue Kunststil, die neue Art der Lebensbetrachtung, die ihm merkwürdigerweise durch die bloße augenfällige Gegenwart eines Menschen eingegeben wurden, der von all dem nichts wußte; der schweigsame Geist, der im Waldesdunkel wohnte, der ungesehen über das freie Feld schritt und sich plötzlich dryadengleich und ohne Bangen zeigte, weil in der Seele dessen, der danach suchte, jenes wunderbare Sehvermögen erwacht war, dem allein sich wunderbare Dinge offenbarten, wobei die bloße Gestalt und Nachbildung der Dinge gleichsam geläutert wurde und so etwas wie symbolischen Wert erhielt, als wären sie selbst Urbilder einer anderen, vollkommeneren Form, deren Schatten ihnen Wirklichkeit verlieh; wie seltsam war das alles! Er erinnerte sich an etwas Ähnliches aus der Geschichte. War es nicht Plato, dieser Künstler im Denken, der es als erster analysiert hatte? War es nicht Buonarotti, der es in die farbigen Marmortafeln einer Sonettenfolge gemeißelt hatte? In unserm Jahrhundert war es jedoch ungewöhnlich... Ja, er wollte versuchen, für Dorian Gray das zu sein, was der Jüngling, ohne es zu wissen, für den Maler war, der das wundervolle Bildnis geschaffen hatte. Er wollte danach streben, ihn zu beherrschen – zur Hälfte war es ihm ja bereits gelungen. Er wollte diesen wunderbaren Genius zu seinem eigenen machen. Es lag etwas Faszinierendes in diesem Sohn der Liebe und des Todes.

Plötzlich blieb er stehen und blickte zu den Häusern empor. Er entdeckte, daß er bereits ein ganzes Stück über das seiner Tante hinausgegangen war, und kehrte, über sich selbst lächelnd, um. Als er die etwas düstere Diele betrat, teilte ihm der Butler mit, daß man sich schon zu Tisch begeben habe. Er überließ Hut und Stock einem Bedienten und ging in das Speisezimmer.

»Spät wie üblich, Harry«, rief seine Tante kopfschüttelnd.

Er erfand eine gefällige Entschuldigung, und nachdem er den freien Sitz neben ihr eingenommen hatte, blickte er in die Runde, um zu sehen, wer da war. Dorian verbeugte sich schüchtern vom Ende des Tisches her, in seine Wangen stahl sich ein freudiges Erröten. Gegenüber saß die Herzogin von Harley, eine erstaunlich gutartige und gutmütige Dame, von der jeder angetan war, der sie kannte, und die mit jenen stattlichen architektonischen Formen gesegnet war, welche die zeitgenössischen Geschichtsschreiber bei allen Frauen, die nicht Herzoginnen sind, als Beleibtheit bezeichnen. Zu ihrer Rechten hatte Sir Thomas Burdon Platz genommen, Radikaler und Parlamentsmitglied, der im öffentlichen Leben seinem Parteiführer nachlief und im Privatleben den besten Köchen und der die weise und wohlbekannte Regel befolgte, mit den Tories zu speisen und mit den Liberalen zu denken. Zu ihrer Linken saß Mr.

Erskine of Treadley, ein höchst charmanter und kultivierter alter Herr, der freilich in die schlechte Gewohnheit der Schweigsamkeit verfallen war, denn vor seinem dreißigsten Lebensjahr hatte er, wie er Lady Agatha einmal erklärte, bereits alles gesagt, was er zu sagen hatte.

Seine Nachbarin war Mrs. Vandeleur, eine der ältesten Freundinnen seiner Tante, eine makellose Heilige unter den Frauen, aber so gräßlich liederlich, daß sie an ein schlecht gebundenes Gesangbuch erinnerte. Zum Glück für ihn saß zu ihrer anderen Seite Lord Faudel, ein überaus intelligenter, unbedeutender Mensch mittleren Alters, so kahl wie eine ministerielle Erklärung im Unterhaus, mit dem sie sich auf jene nachdrücklich ernsthafte Weise unterhielt, die, wie er selbst einmal bemerkte, der einzige unverzeihliche Fehler ist, in den alle wahrhaft guten Menschen verfallen und dem keiner von ihnen jemals völlig entgeht.

»Wir sprechen gerade von dem armen Dartmoor, Lord Henry«, rief die Herzogin und nickte ihm freundlich über den Tisch zu. »Meinen Sie, daß er dies entzückende junge Geschöpf wirklich heiraten wird?«

»Ich glaube, sie hat sich entschlossen, ihm einen Antrag zu machen, Herzogin.«

»Wie entsetzlich!« rief Lady Agatha aus. »Da sollte wirklich jemand einschreiten.«

»Ich bin aus hervorragender Quelle unterrichtet, daß ihr Vater in Amerika einen Kurzwarenladen hat«, bemerkte Sir Thomas Burdon mit hochmütigem Gesicht.

»Mein Onkel hat bereits auf Schweinefleischkonserven getippt, Sir Thomas.«

»Kurzwaren! Was sind amerikanische Kurzwaren?« fragte die Herzogin, wobei sie staunend die großen Hände hob.

»Amerikanische Romane«, antwortete Lord Henry und legte sich eine Wachtel auf.

Die Herzogin schaute verdutzt.

»Achten Sie nicht auf ihn, meine Liebe«, flüsterte Lady Agatha. »Er meint nie, was er sagt.«

»Als Amerika entdeckt wurde...«, sagte der radikale Abgeordnete und begann langweilige Tatsachen von sich zu geben.

Wie alle Leute, die ein Thema zu erschöpfen suchen, erschöpfte er seine Zuhörer. Die Herzogin seufzte und übte ihr Vorrecht zu unterbrechen. »Ich wünschte bei Gott, es wäre überhaupt nie entdeckt worden!« rief sie aus. »Unsere Mädchen haben heutzutage wahrhaftig keine Aussichten. Das ist höchst ungerecht.«

»Vielleicht ist Amerika am Ende gar nicht entdeckt worden«, sagte Mr. Erskine, »ich würde sagen, es wurde nur ermittelt.«

»Oh, aber ich habe Exemplare seiner Bewohner erlebt«, antwortete die Herzogin vage. »Ich muß gestehen, die meisten sind ungewöhnlich hübsch. Und sie ziehen sich auch gut an. Sie beschaffen sich alle Kleider in Paris. Ich wünschte, das könnte ich mir ebenfalls leisten.«

»Es heißt, wenn gute Amerikaner sterben, gehen sie nach Paris«, kicherte Sir Thomas, der einen ganzen Kleiderschrank voll abgelegter Witze besaß.

»Was Sie nicht sagen! Und wohin gehen schlechte Amerikaner, wenn sie sterben?« fragte die Herzogin.

»Nach Amerika«, murmelte Lord Henry. Sir Thomas runzelte die Stirn. »Ich fürchte, Ihr Neffe ist gegen dieses große Land voreingenommen«, bemerkte er zu Lady Agatha. »Ich habe es von einem Ende zum anderen bereist, in Eisenbahnwagen, die mir von den Direktoren zur Verfügung gestellt wurden; sie sind in solchen Dingen überaus höflich. Ich versichere Ihnen, daß es durchaus bildend ist, dieses Land zu besuchen.«

»Aber ist es denn für unsere Bildung wirklich nötig, Chikago zu sehen?« fragte Mr. Erskine kläglich. »Ich fühle mich der Reise nicht gewachsen.«

Sir Thomas winkte ab. »Mister Erskine of Treadley hat die Welt in seinen Bücherregalen. Wir tätigen Männer wollen die Dinge sehen, nicht über sie lesen. Die Amerikaner sind ein ungemein interessantes Volk. Sie sind absolut vernünftig. Ich halte das für ihren hervorstechenden Charakterzug. Ja, Mister Erskine, sie sind ein absolut vernünftiges Volk. Ich versichere Ihnen, es gibt keinen Unsinn bei den Amerikanern.«

»Wie gräßlich!« rief Lord Henry. »Rohe Gewalt kann ich noch ertragen, aber rohe Vernunft ist ganz und gar unerträglich. Es liegt etwas Unanständiges in ihrer Anwendung. Sie steht unter dem Geist.«

»Ich verstehe Sie nicht«, sagte Sir Thomas und wurde ziemlich rot.

»Aber ich, Lord Henry«, murmelte Mr. Erskine lächelnd.

»Paradoxe sind ja auf ihre Weise ganz schön...«, versetzte der Baronet.

»War das ein Paradox?« fragte Mr. Erskine. »Ich habe es nicht dafür gehalten. Möglicherweise war es eins. Nun, der Weg der Paradoxe ist der Weg der Wahrheit. Um die Wahrheit zu prüfen, müssen wir sie seiltanzen sehen. Wenn die Wahrheiten Akrobaten werden, können wir sie beurteilen.«

»Du liebe Güte!« sagte Lady Agatha. »Wie ihr Männer argumentiert! Ich kann bestimmt niemals herausfinden, worüber ihr redet. O Harry, ich bin ganz ärgerlich über dich. Warum versuchst du unsern netten Mister Dorian Gray zu überreden, daß er East End aufgeben soll? Dabei wäre er ganz unschätzbar. Sie würden sein Spiel lieben.«

»Ich möchte, daß er für mich spielt«, entgegnete Lord Henry lächelnd, während er die Tafel hinabschaute und einen leuchtenden Blick als Antwort auffing.

»Aber die Leute in Whitechapel sind so unglücklich«, fuhr Lady Agatha fort.

»Ich kann mit allem Mitleid haben, außer mit Leiden«, erwiderte Lord Henry achselzuckend. »Dafür habe ich kein Mitleid. Es ist zu häßlich, zu abscheulich und zu peinlich. Es liegt etwas schrecklich Morbides in dem heutigen Mitleid mit dem Schmerz. Man sollte die Farbe, die Schönheit, die Lebensfreude mitempfinden. Je weniger über die Betrübnisse des Lebens geredet wird, um so besser ist es.«

»Dennoch ist East End ein sehr bedeutsames Problem«, bemerkte Sir Thomas und schüttelte ernst den Kopf.

»Ganz recht«, erwiderte der junge Lord. »Es ist das Problem der Sklaverei, und wir versuchen es zu lösen, indem wir die Sklaven belustigen.« Der Politiker sah ihn scharf an. »Welche Änderung schlagen Sie vor?« fragte er.

Lord Henry lachte. »Ich wünsche in England nichts zu ändern, außer dem Wetter«, antwortete er. »Ich gebe mich durchaus zufrieden mit philosophischer Betrachtung. Doch da das neunzehnte Jahrhundert durch eine übermäßige Verschwendung von Mitgefühl bankrott gemacht hat, würde ich vorschlagen, daß man sich an die Wissenschaft wendet, damit sie uns wieder zurechtrückt. Gefühle haben den Vorzug, daß sie uns vom Wege abführen; der Vorzug der Wissenschaft ist, daß sie mit Gefühl nichts zu tun hat.«

»Aber wir haben doch eine so schwere Verantwortung«, warf Mrs. Vandeleur schüchtern ein.

»Eine schrecklich schwere«, echote Lady Agatha.

Lord Henry blickte zu Mr. Erskine hinüber. »Die Menschen nehmen sich selbst zu ernst. Das ist die Erbsünde der Welt. Hätte der Höhlenmensch zu lachen verstanden, wäre die Weltgeschichte anders verlaufen.«

»Sie sind wirklich sehr tröstlich«, zwitscherte die Herzogin. »Ich habe mich stets, wenn ich Ihre liebe Tante besuchte, etwas schuldbewußt gefühlt, weil ich mich nicht im geringsten für East End interessiere. In Zukunft werde ich ihr, ohne zu erröten, ins Gesicht sehen können.«

»Erröten ist kleidsam, Herzogin«, bemerkte Lord Henry.

»Nur wenn man jung ist«, antwortete sie. »Wenn eine alte Frau wie ich errötet, ist das ein sehr schlechtes Zeichen. Ach, Lord Henry, ich wünschte, Sie sagten mir, wie man wieder jung wird.«

Er dachte einen Augenblick nach. »Können Sie sich auf irgendeinen großen Fehler besinnen, den Sie in Ihren jungen Jahren begangen haben, Herzogin?« fragte er und sah sie über den Tisch hinweg an.

»Ich fürchte, auf sehr viele«, rief sie.

»Dann begehen Sie die noch einmal«, sagte er ernst. »Um seine Jugend zurückzuerhalten, braucht man nur seine Torheiten zu wiederholen.«

»Eine köstliche Theorie!« rief sie aus. »Die muß ich unbedingt in die Praxis umsetzen.«

»Eine gefährliche Theorie!« kam es von Sir Thomas' schmalen Lippen. Lady Agatha schüttelte den Kopf, fühlte sich aber gleichwohl belustigt. Mr. Erskine hörte zu.

»Ja«, fuhr Lord Henry fort, »das ist eins der größten Geheimnisse des Lebens. Heutzutage sterben die meisten Leute an einer Art schleichendem gesundem Menschenverstand und entdecken erst, wenn es zu spät ist, daß die eigenen Fehler das einzige sind, was man niemals bereut.«

Ein Lachen lief um die Tafel.

Er spielte mit diesem Gedanken und wurde mutwillig; er warf ihn in die Luft und verwandelte ihn, er ließ ihn fallen und fing ihn wieder ein, er ließ ihn durch die Phantasie schillern und beflügelte ihn durch Paradoxe. Das Lob der Torheit wurde, als er weitersprach, zu einer Philosophie erhoben, und die Philosophie selbst wurde jung und tanzte in ihrem weinbefleckten Gewand und mit dem Efeukranz zu der tollen Musik des Genusses wie eine Bacchantin über die Hügel des Lebens und spottete des schwerfälligen Silen, weil er nüchtern war. Tatsachen flohen vor ihr wie aufgeschreckte Geschöpfe des Waldes. Ihre weißen Füße stampften in der mächtigen Kelter, an welcher der weise Omar sitzt, bis der wallende Traubensaft in Wogen purpurner Blasen um ihre nackten Glieder aufstieg oder als roter Schaum über die schwarzen, triefenden Schrägwände des Fasses kroch. Es war eine ungewöhnliche Improvisation. Er fühlte Dorian Grays Augen auf sich gerichtet, und das Bewußtsein, daß sich unter seinen Zuhörern einer befand, dessen Gemüt er zu bezaubern wünschte, schien seinem Witz Schärfe und seiner Phantasie Farbe zu geben. Er glänzte, er war phantastisch und unverantwortlich. Er lockte seine Zuhörer aus ihrer eigenen Haut, und lachend folgten sie seiner Pfeife. Dorian Gray wandte nicht den Blick von ihm ab, sondern saß wie unter einem Zauberbann, während Lächeln auf Lächeln über seine Lippen huschte und das Staunen in seinen dunkelnden Augen ernst wurde.

Schließlich betrat, zeitgemäß gekleidet, die Wirklichkeit in Gestalt eines Dieners den Raum, um der Herzogin zu melden, daß ihr Wagen warte. Sie rang in scheinbarer Verzweiflung die Hände. »Wie ärgerlich!« rief sie aus. »Ich muß gehen. Ich muß meinen Mann im Klub abholen und zu irgendeiner albernen Sitzung bringen, wo er präsidieren soll. Wenn ich mich verspäte, wird er bestimmt wütend, und mit diesem Hut könnte ich keine Szene ertragen. Er ist viel zu zart. Ein rauhes Wort würde ihn ruinieren. Nein, ich muß wirklich gehen, liebe Agatha. Leben Sie wohl, Lord Henry, Sie sind einfach köstlich und schrecklich demoralisierend. Ich weiß wirklich nicht, was ich über Ihre Ansichten sagen soll. Sie müssen einen Abend zum Essen zu uns kommen. Dienstag? Sind Sie Dienstag frei?«

»Ihretwegen würde ich jedem anderen absagen, Herzogin«, antwortete Lord Henry mit einer Verneigung.

»Ah, das ist sehr nett und sehr unrecht von Ihnen«, rief sie aus, »also vergessen Sie nicht, zu kommen«, worauf sie, von Lady Agatha und den anderen Damen gefolgt, aus dem Zimmer fegte.

Als sich Lord Henry wieder gesetzt hatte, kam Mr. Erskine herum, nahm neben ihm Platz und legte die Hand auf seinen Arm.

»Sie reden Bücher tot«, sagte er, »warum schreiben Sie keins?«

»Ich lese Bücher viel zu gern, als daß ich Lust hätte, welche zu schreiben, Mister Erskine. Sicherlich würde ich gern einen Roman schreiben, einen Roman, der so köstlich wäre wie ein persischer Teppich und ebenso unwirklich. Aber es gibt in England kein literarisches Publikum für etwas anderes als Zeitungen, Abc-Bücher und Enzyklopädien. Von allen Völkern der Welt haben die Engländer am wenigsten Sinn für die Schönheit der Literatur.«

»Ich fürchte, Sie haben recht«, antwortete Mr. Erskine. »Ich selbst habe einst literarischen Ehrgeiz besessen, ihn aber längst aufgegeben. Und nun, mein lieber junger Freund, wenn Sie mir gestatten, Sie so zu nennen, darf ich Sie nun fragen, ob Sie wirklich all das meinten, was Sie uns bei Tisch gesagt haben?«

»Ich habe völlig vergessen, was ich sagte«, erwiderte Lord Henry lächelnd. »War es sehr schlimm?«

»Allerdings sehr schlimm. Ich halte Sie tatsächlich für außerordentlich gefährlich, und wenn unserer guten Herzogin etwas zustößt, dann werden wir in Ihnen den in erster Linie dafür Verantwortlichen sehen. Aber ich würde mich gern mit Ihnen über das Leben unterhalten. Meine Generation war langweilig. Kommen Sie doch, wenn Sie London eines Tages satt haben, nach Treadley und erläutern Sie mir bei einem wunderbaren Burgunder, den ich zum Glück besitze, Ihre Philosophie des Genusses.«

»Ich wäre entzückt. Ein Besuch auf Treadley wäre eine große Auszeichnung. Es hat einen vollendeten Gastgeber und eine vollendete Bibliothek.«

»Sie werden Traedley vollkommen machen«, antwortete der alte Herr mit einer höflichen Verbeugung. »Aber jetzt muß ich mich von Ihrer vortrefflichen Tante verabschieden. Ich muß in den Athenaeumklub. Zu dieser Stunde pflegen wir dort zu schlafen.«

»Sie alle, Mister Erskine?«

»Unser vierzig in vierzig Lehnstühlen. Wir üben für eine englische Akademie der Wissenschaften.«

Lord Henry lachte und stand auf. »Ich gehe in den Park«, sagte er.

Als er durch die Tür hinausging, berührte Dorian Gray seinen Arm. »Lassen Sie mich mitkommen«, murmelte er.

»Aber ich denke, Sie haben Basil Hallward versprochen, ihn zu besuchen?« entgegnete Lord Henry.

»Ich möchte lieber mit Ihnen gehen, ja, ich fühle, daß ich mit Ihnen gehen muß. Erlauben Sie es mir. Und versprechen Sie mir, die ganze Zeit mit mir zu reden? Niemand redet so wundervoll wie Sie.«

»Ach, für heute habe ich durchaus genug geredet«, sagte Lord Henry lächelnd. »Jetzt möchte ich mir nur das Leben betrachten. Wenn Sie Lust haben, dürfen Sie mitkommen und es mit mir zusammen anschauen.«

VIERTES KAPITEL

Einen Monat später saß Dorian Gray eines Nachmittags in einen üppigen Lehnstuhl zurückgelehnt in der kleinen Bibliothek von Lord Henrys Haus in Mayfair. Es war ein auf seine Art überaus reizvoller Raum mit seiner hohen Täfelung aus olivgetönter Eiche, dem cremefarbenen Fries, der Decke aus erhabener Stuckarbeit und dem Bodenbelag aus ziegelrotem Filz, über den seidene Perserbrücken mit langen Fransen verstreut waren. Auf einem kleinen Tisch aus Atlasholz stand eine Statuette von Clodion, und daneben lag eine Ausgabe von ›Les Cent Nouvelles‹ in einem Einband von Clovis Eve für Marguerite de Valois, übersät mit den goldenen Gänseblümchen, welche sich die Königin zum Sinnbild erwählt hatte. Ein paar große blaue Chinavasen mit Papageientulpen waren auf dem Kaminsims angeordnet, und durch die kleinen bleigefaßten Felder des Fensters strömte das aprikosenfarbene Licht eines Londoner Sommertages.

Lord Henry war noch nicht zu Hause. Er kam prinzipiell zu spät, da sein Grundsatz lautete, Pünktlichkeit stehle einem die Zeit. Deshalb schaute der junge Mann ziemlich verdrossen drein, während er mit trägen Fingern die Seiten einer kunstvoll illustrierten Ausgabe der ›Manon Lescaut‹ umblätterte, die er in einem der Bücherregale entdeckt hatte. Das regelmäßige, monotone Ticken der Louis-Quatorze-Uhr belästigte ihn. Ein- oder zweimal dachte er daran fortzugehen.

Endlich hörte er draußen Schritte, und die Tür öffnete sich. »Wie spät Sie kommen, Harry!« murmelte er.

»Tut mir leid, aber es ist nicht Harry, Mister Gray«, antwortete eine schrille Stimme.

Er sah sich rasch um und stand auf. »Verzeihen Sie. Ich dachte...«

»Sie dachten, es sei mein Mann. Es ist nur seine Frau. Sie müssen schon erlauben, daß ich mich selber vorstelle. Ich kenne Sie sehr gut von Ihren Photographien her. Ich glaube, mein Mann besitzt siebzehn davon.«

»Doch nicht siebzehn, Lady Henry?«

»Nun, dann achtzehn. Ich habe Sie neulich abends mit ihm in der Oper gesehen.« Sie lachte nervös, während sie sprach, und betrachtete ihn mit ihren verschwommenen Vergißmeinnichtaugen. Sie war eine seltsame Frau, deren Kleider stets so aussahen, als wären sie im Zorn entworfen und im Sturm angezogen. Gewöhnlich war sie in jemanden verliebt, und da ihre Leidenschaft niemals erwidert wurde, hatte sie sich all ihre Illusionen bewahrt. Sie versuchte, malerisch auszusehen, erreichte jedoch nur, schlampig zu wirken. Sie hieß Victoria und hatte geradezu eine Manie, in die Kirche zu gehen.

»Das war bei ›Lohengrin‹, nicht wahr, Lady Henry?«

»Ja, bei dem lieben ›Lohengrin‹. Ich liebe Wagners Musik

mehr als jede andere. Sie ist so laut, daß man sich die ganze Zeit unterhalten kann, ohne daß die anderen Leute hören, was man sagt. Das ist ein großer Vorteil, meinen Sie nicht auch, Mister Gray?«

Dasselbe nervöse Stakkatolachen kam von ihren dünnen Lippen, und ihre Finger begannen mit einem langen Papiermesser aus Schildpatt zu spielen.

Dorian lächelte und schüttelte den Kopf. »Es tut mir leid, aber der Ansicht bin ich nicht, Lady Henry. Ich rede nie bei Musik – zumindest nicht bei guter Musik. Nur wenn man schlechte Musik hört, ist man verpflichtet, sie durch Konversation zu übertönen.«

»Ach, das ist eine von Harrys Ansichten, nicht wahr, Mister Gray? Ich höre Harrys Ansichten stets von seinen Freunden. Es ist die einzige Möglichkeit für mich, sie kennenzulernen. Aber Sie dürfen nicht glauben, daß ich gute Musik nicht liebe. Ich vergöttere sie, aber ich fürchte mich vor ihr. Sie macht mich zu romantisch. Ich habe Pianisten geradezu glühend verehrt – mitunter zwei zu gleicher Zeit, behauptet Harry. Ich weiß nicht, was sie an sich haben. Vielleicht liegt es daran, daß sie Ausländer sind. Das sind sie alle, nicht wahr? Sogar die in England geborenen werden nach einer gewissen Zeit Ausländer, nicht wahr? Das ist so gescheit von ihnen und ein solches Kompliment für die Kunst. Es macht sie geradezu kosmopolitisch, nicht wahr? Sie sind nie zu einer meiner Parties gewesen, nicht wahr, Mister Gray? Sie müssen kommen. Orchideen kann ich mir nicht leisten, aber ich spare keine Ausgaben für Ausländer. Sie geben den eigenen Räumen einen so malerischen Anstrich. Doch da ist Harry! Ich habe bei dir hereingeschaut, Harry, um dich etwas zu fragen – ich habe vergessen, was es war –, und da fand ich Mister Gray hier. Wir haben so köstlich über Musik geplaudert. Wir haben genau die gleichen Ansichten. Nein, ich glaube, unsere Ansichten sind ganz verschieden. Aber es war ganz reizend. Ich freue mich so, daß ich ihn kennengelernt habe.«

»Ich bin entzückt, meine Liebe, wirklich entzückt«, sagte Lord Henry, während er die dunklen Halbmonde seiner Brauen hob und beide mit belustigtem Lächeln ansah. »Tut mir leid, daß ich mich verspätet habe, Dorian. Ich war in der Wardour Street nach einem Stück alten Brokats und mußte stundenlang darum feilschen. Heutzutage kennen die Leute von allem den Preis und von nichts den Wert.«

»Ich fürchte, ich muß gehen«, rief Lady Henry aus, ein verlegenes Schweigen mit ihrem plötzlichen, albernen Lachen unterbrechend. »Ich habe der Herzogin versprochen, mit ihr auszufahren. Adieu, Mister Gray. Adieu, Harry. Vermutlich speist du auswärts. Ich auch. Vielleicht sehe ich dich bei Lady Thornbury.«

»Das möchte ich meinen, meine Liebe«, erwiderte Lord Henry und schloß die Tür hinter ihr, als sie wie ein Paradiesvogel, der die ganze Nacht draußen im Regen gehockt hat, aus dem Zimmer schoß, einen feinen Duft nach Frangipan zurücklassend. Dann zündete er sich eine Zigarette an und warf sich auf das Ruhebett.

»Heiraten Sie nie eine Frau mit strohblondem Haar, Dorian«, sagte er nach einigen Zügen. »Warum nicht, Harry?«

»Weil sie so sentimental sind.«

»Aber ich liebe sentimentale Leute.«

»Heiraten Sie überhaupt nicht, Dorian. Männer heiraten, weil sie müde, Frauen, weil sie neugierig sind; beide werden enttäuscht.«

»Ich glaube nicht, daß ich geeignet bin zu heiraten, Harry. Ich bin zu verliebt. Das ist einer von Ihren Aphorismen. Ich setze ihn wie alles, was Sie sagen, in die Praxis um.«

»In wen sind Sie verliebt?« fragte Lord Henry nach einer Pause.

»In eine Schauspielerin«, antwortete Dorian Gray errötend.

Lord Henry zuckte die Achseln. »Das ist ein ziemlich gewöhnliches Debüt.«

»Das würden Sie nicht sagen, wenn Sie sie sähen, Harry.«

»Wer ist sie?«

»Sie heißt Sibyl Vane.«

»Nie von ihr gehört.«

»Keiner hat es. Aber eines Tages werden die Leute von ihr hören. Sie ist ein Genie.«

»Mein lieber Junge, keine Frau ist ein Genie. Frauen sind ein dekoratives Geschlecht. Sie haben nie etwas zu sagen, aber sie sagen es bezaubernd. Frauen repräsentieren den Triumph der Materie über den Geist, so wie Männer den Triumph des Geistes über die Moral repräsentieren.«

»Wie können Sie nur, Harry!«

»Mein lieber Dorian, es ist die volle Wahrheit. Ich bin gerade dabei, die Frauen zu analysieren, daher sollte ich es wissen. Der Gegenstand ist gar nicht so schwer zu erforschen, wie ich glaubte. Ich finde, letzten Endes gibt es nur zwei Arten von Frauen, die ungeschminkten und die geschminkten. Die ungeschminkten Frauen sind sehr nützlich. Wenn Sie in den Ruf der Achtbarkeit kommen wollen, brauchen Sie sie nur zur Abendtafel zu führen. Die andern Frauen sind überaus reizend. Dennoch begehen sie den einen Fehler: Sie malen sich an, um jung auszusehen. Unsere Großmütter malten sich an, um brillant zu plaudern. Rouge und Esprit pflegten Hand in Hand zu gehen. Das ist jetzt alles vorbei. Solange eine Frau zehn Jahre jünger aussehen kann als ihre eigene Tochter, ist sie völlig zufrieden. Was die Unterhaltung betrifft, so gibt es in London fünf Frauen, die ein Gespräch wert sind, und zweien davon kann man in anständiger Gesellschaft keinen Zutritt gewähren. Aber erzählen Sie mir von Ihrem Genie. Wie lange sind Sie mit ihr bekannt?«

»Ach, Harry, Ihre Ansichten erschrecken mich.«

»Machen Sie sich nichts daraus. Wie lange sind Sie mit ihr bekannt?«

»Ungefähr drei Wochen.«

»Und wo sind Sie ihr über den Weg gelaufen?«

»Ich will es Ihnen erzählen, Harry, aber Sie dürfen nicht so gefühllos sein. Schließlich wäre es nie geschehen, wenn ich Ihnen nicht begegnet wäre. Sie haben mich mit einem wilden Verlangen erfüllt, alles über das Leben zu wissen. Noch tagelang, nachdem ich Ihnen begegnet war, schien etwas in meinen Adern zu klopfen. Wenn ich mich im Park herumtrieb oder die Piccadilly hinabschlenderte, pflegte ich jeden anzusehen, der an mir vorüberging, und mich mit wahnsinniger Neugier zu fragen, welch ein Leben er wohl führen mochte. Manche faszinierten mich. Andere erfüllten mich mit Schrecken. Ein köstliches Gift lag in der Luft. Ich empfand ein heftiges Verlangen nach

Sensationen ... Nun, eines Abends gegen sieben Uhr beschloß ich, auf die Suche nach einem Abenteuer zu gehen. Mir war, als müsse unser graues, ungeheures London mit seinen Myriaden von Menschen, seinen gemeinen Sündern und herrlichen Sünden, wie Sie es einmal ausdrückten, etwas für mich bereit haben. Ich stellte mir tausend Dinge vor. Die bloße Gefahr erweckte in mir ein Gefühl des Entzückens. Ich dachte daran, was Sie an jenem wundervollen Abend zu mir gesagt hatten, als wir zum erstenmal gemeinsam speisten, daß die Suche nach der Schönheit das wahre Geheimnis des Lebens ist. Ich weiß nicht, was ich erwartete, aber ich ging aus und wanderte ostwärts, wobei ich bald in einem Labyrinth schmutziger Straßen und finsterer Plätze ohne Rasen meinen Weg verlor. Gegen halb neun kam ich an einem lächerlich kleinen Theater mit großen, flakkernden Gaslaternen und prahlerischen Theaterzetteln vorbei. Ein gräßlicher Jude in dem erstaunlichsten Rock, den ich je in meinem Leben sah, stand im Eingang und rauchte eine schlechte Zigarre. Er hatte schmierige Ringellocken, und von der Mitte seines schmutzigen Hemdes glitzerte ein riesiger Diamant. ›Eine Loge, Mylord?‹ fragte er, als er mich erblickte, und zog mit einer Miene prachtvoller Unterwürfigkeit den Hut. Es war etwas an ihm, das mich belustigte, Harry. Er war ein solches Scheusal. Ich weiß, Sie werden über mich lachen, aber ich ging tatsächlich hinein und zahlte eine ganze Guinee für eine Proszeniumsloge. Bis zum heutigen Tag kann ich mir nicht erklären, warum ich es tat, und doch, hätte ich es nicht getan – mein lieber Harry, hätte ich es nicht getan, so hätte ich den größten Roman meines Lebens versäumt. Ich sehe, Sie lachen. Das ist abscheulich von Ihnen!«

»Ich lache nicht, Dorian, zumindest lache ich nicht über Sie. Aber Sie sollten nicht ›der größte Roman Ihres Lebens‹ sagen, sondern der erste Roman Ihres Lebens. Sie werden stets geliebt werden, und Sie werden immer in die Liebe verliebt sein. Eine *grande passion** ist das Vorrecht solcher Leute, die nichts zu tun haben. Das ist der einzige Vorteil der müßigen Klassen eines Landes. Haben Sie keine Angst. Köstliche Dinge warten Ihrer. Dies ist erst der Anfang.«

---

* frz.: große Leidenschaft

»Halten Sie mein Wesen für so oberflächlich?« rief Dorian Gray zornig.
»Nein, ich halte Ihr Wesen für so tief.«
»Wie meinen Sie das?«
»Mein lieber Junge, die Leute, die nur einmal in ihrem Leben lieben, sind in Wahrheit die Oberflächlichen. Was sie ihre Anständigkeit und ihre Treue nennen, das nenne ich Lethargie der Gewohnheit oder ihren Mangel an Phantasie. Treue ist für das Gefühlsleben, was Stillstand für das geistige Leben ist – nichts weiter als ein Bekenntnis des Versagens. Treue! Ich muß sie eines Tages analysieren. Die Leidenschaft für Besitz liegt darin. Es gibt viele Dinge, die wir fortwerfen würden, wenn wir nicht fürchteten, andere könnten sie aufheben. Doch ich möchte Sie nicht unterbrechen. Fahren Sie in Ihrer Geschichte fort.«
»Gut, ich saß also in einer gräßlichen kleinen Privatloge, wo mir ein ganz gemeiner Theatervorhang ins Gesicht starrte. Ich schaute hinter meinem Vorhang hervor und überblickte das Theater. Es war eine billige Angelegenheit, lauter Liebesgötter und Füllhörner, wie ein drittklassiger Hochzeitskuchen. Die Galerie und das Parterre waren ziemlich voll, aber die beiden Reihen schmutzigbrauner Sperrsitze waren leer, und es gab kaum jemanden in dem, was sie vermutlich ersten Rang nannten. Frauen gingen mit Orangen und Ingwerbier herum, und eine entsetzliche Menge Nüsse wurden verzehrt.«
»Es muß wie zur Blütezeit des britischen Dramas gewesen sein.«
»Genauso, würde ich meinen, und sehr niederdrückend. Ich begann mich zu fragen, was in aller Welt ich tun sollte, als mein Blick auf das Programm fiel. Was denken Sie, welches Stück, Harry?«
»Vermutlich ›Der Idiotenknabe oder Stumm, aber unschuldig‹. Ich glaube, unsere Väter liebten das Stück. Je länger ich lebe, Dorian, um so lebhafter empfinde ich, daß das, was für unsere Väter gut genug war, für uns nicht gut genug ist. *Les grand-pères ont toujours tort,** in der Kunst wie in der Politik.«

---

* frz.: Die Großväter haben immer unrecht.

»Dies Stück war für uns gut genug, Harry. Es war ›Romeo und Julia‹. Ich muß zugeben, daß mich der Gedanke, Shakespeare in einem so elenden Loch von Theater zu erleben, ziemlich verdroß. Dennoch war ich irgendwie interessiert. Jedenfalls beschloß ich, den ersten Akt abzuwarten. Es gab ein schauderhaftes Orchester, dirigiert von einem jungen Hebräer, der an einem gesprungenen Klavier saß, von dem ich fast hinausgetrieben wurde, doch endlich ging der Vorhang hoch, und das Spiel begann. Romeo war ein dicker älterer Herr mit geschwärzten Brauen, einer heiseren Tragödenstimme und einer Figur wie ein Bierfaß. Mercutio war beinahe ebenso arg. Er wurde von dem Komiker gespielt, der eigene Witze einstreute und auf ungemein freundschaftlichem Fuß mit dem Parterre stand. Beide waren so grotesk wie die Dekoration, und die sah aus, als stamme sie aus einer Bauernkate. Aber Julia! Harry, stellen Sie sich ein Mädchen vor, kaum siebzehn Jahre alt, mit einem blumenhaften Gesichtchen, einem schmalen, griechischen Kopf unter geflochtenen Kränzen dunkelbraunen Haares, mit Augen, die veilchenblaue Brunnen der Leidenschaft waren, und Lippen, die Rosenblättern glichen. Sie war das liebreizendste Geschöpf, das ich je in meinem Leben gesehen hatte. Sie haben mir einmal gesagt, Pathos ließe Sie ungerührt, aber Schönheit, bloße Schönheit könne Ihre Augen mit Tränen füllen. Ich sage Ihnen, Harry, ich konnte das Mädchen kaum wahrnehmen durch den Tränenschleier vor meinen Augen. Und ihre Stimme – nie zuvor habe ich eine solche Stimme gehört. Zuerst war sie sehr leise, mit tiefen, vollen Tönen, die einem einzeln ins Ohr zu dringen schienen. Dann wurde sie ein wenig lauter und klang wie eine Flöte oder eine ferne Oboe. In der Gartenszene hatte sie die ganze bebende Verzücktheit, die man kurz vor dem Morgengrauen hört, wenn die Nachtigallen schlagen. Später gab es Augenblicke, in denen sie die wilde Leidenschaft von Violinen hatte. Sie wissen, wie eine Stimme einen erregen kann. Ihre Stimme, Harry, und die Stimme von Sibyl Vane sind zwei Dinge, die ich nie vergessen werde. Wenn ich die Augen schließe, höre ich sie, und jede von ihnen sagt etwas anderes. Ich weiß nicht, welcher ich folgen soll. Wie sollte ich Sibyl nicht lieben? Harry, ich liebe sie. Sie bedeutet mir alles im Leben. Abend für Abend gehe ich hin und sehe sie spielen. Einen Abend ist sie Rosalinde, und den nächsten ist sie Imogen. Ich habe sie im Düster einer italienischen Gruft sterben sehen, das Gift von den Lippen des Geliebten saugend. Ich sah sie durch den Ardennerwald wandern, als hübscher Knabe verkleidet, in Hose, Wams und zierlichem Barett. Sie ist wahnsinnig gewesen und vor einen schuldigen König hingetreten und gab ihm Raute zu tragen und bittere Kräuter zu kosten. Sie ist unschuldig gewesen, und die schwarzen Hände der Eifersucht preßten ihr den Hals zu, der wie ein Schilfrohr war. Ich habe sie in jedem Zeitalter und in jedem Gewand gesehen. Gewöhnliche Frauen wenden sich nie an unsere Phantasie. Sie sind auf ihr Jahrhundert beschränkt. Kein Zauber verwandelt sie jemals. Man lernt ihr Gemüt so mühelos kennen, wie man ihre Hüte kennenlernt. Man kann sie stets ausfindig machen. Um keine von ihnen ist ein Geheimnis. Sie fahren vormittags in den Park und schwatzen nachmittags bei Teegesellschaften. Sie haben ihr unveränderliches Lächeln und ihre feinen Manieren. Sie sind ganz unverkennbar. Aber eine Schauspielerin! Wie anders ist doch eine Schauspielerin! Harry, warum haben Sie mir nicht gesagt, daß das einzige Geschöpf, das geliebt zu werden verdient, eine Schauspielerin ist?«

»Weil ich so viele von ihnen geliebt habe, Dorian.«

»O ja, gräßliche Leute mit gefärbtem Haar und geschminkten Gesichtern.«

»Machen Sie nicht gefärbtes Haar und geschminkte Gesichter schlecht. Mitunter liegt ein außerordentlicher Reiz darin«, sagte Lord Henry.

»Ich wünschte, ich hätte Ihnen nicht von Sibyl Vane erzählt.«

»Sie hätten gar nicht anders gekonnt, Dorian. Ihr Leben lang werden Sie mir alles erzählen, was Sie tun.«

»Ja, Harry, ich glaube, das stimmt. Ich muß Ihnen einfach alles erzählen. Sie haben einen merkwürdigen Einfluß auf mich. Wenn ich jemals ein Verbrechen beginge, würde ich kommen und es Ihnen gestehen. Sie würden mich begreifen.«

»Menschen wie Sie – die eigenwilligen Sonnenstrahlen des Lebens – begehen keine Verbrechen, Dorian. Aber gleichwohl bin ich Ihnen sehr verbunden für das Kompliment. Und nun erzählen Sie mir – seien Sie lieb und reichen Sie mir die Streichhölzer, danke –, wie ist nun Ihre tatsächliche Beziehung zu Sibyl Vane?«

Dorian Gray sprang mit geröteten Wangen und brennenden Augen auf. »Harry! Sibyl Vane ist mir heilig!«

»Nur Heiliges verdient, berührt zu werden, Dorian«, sagte Lord Henry mit einem merkwürdigen Anflug von Pathos in der Stimme. »Aber warum sollten Sie sich ärgern? Vermutlich wird sie Ihnen eines Tages gehören. Wenn man verliebt ist, betrügt man zu Anfang immer sich selbst und am Ende stets die anderen. Das nennt die Welt dann einen Roman. Jedenfalls nehme ich doch an, daß Sie mit ihr bekannt sind?«

»Natürlich bin ich mit ihr bekannt. An dem ersten Abend, als ich im Theater war, kam der gräßliche alte Jude nach der Vorstellung in meine Loge und erbot sich, mich hinter die Kulissen zu führen und mich ihr vorzustellen. Ich war wütend auf ihn und sagte ihm, Julia sei Hunderte von Jahren tot, und ihr Leichnam läge in einer Marmorgruft zu Verona. Sein leerer Blick der Verwunderung sagte mir, daß er wohl den Eindruck hatte, ich hätte zuviel Champagner oder sonst etwas getrunken.«

»Das überrascht mich nicht.«

»Dann fragte er mich, ob ich für eine Zeitung schreibe. Ich erwiderte ihm, daß ich nicht einmal eine läse. Darüber schien er schrecklich enttäuscht zu sein, und er vertraute mir an, daß sich alle Theaterkritiker gegen ihn verschworen hätten und daß sie einer wie der andere käuflich wären.«

»Es sollte mich nicht wundern, wenn er darin völlig recht hätte. Wenn man andererseits jedoch nach deren Äußerem urteilt, können die meisten wahrhaftig nicht teuer sein.«

»Nun, er schien zu glauben, sie überstiegen seine Mittel«, lachte Dorian. »Unterdessen wurden jedoch die Lampen im Theater gelöscht, und ich mußte gehen. Er wollte noch, daß ich ein paar Zigarren probierte, die er mir nachdrücklich empfahl. Ich lehnte ab. Am nächsten Abend stellte ich mich natürlich wieder dort ein. Als er mich erblickte, machte er mir eine tiefe Verbeugung und versicherte mir, ich sei ein freigebiger Gönner der Kunst. Er ist ein ganz ekelhaftes Scheusal, obgleich er eine übergroße Leidenschaft für Shakespeare hegt. Einmal erzählte er mir mit stolzem Gesicht, daß er seine fünf Bankrotte einzig und allein dem ›Barden‹ verdanke, wie er ihn hartnäckig nannte. Er schien das für eine Auszeichnung zu halten.«

»Es ist eine große Auszeichnung, mein lieber Dorian – eine große Auszeichnung. Die meisten Leute gehen bankrott, weil sie zuviel in die Prosa des Lebens investiert haben. Sich durch Poesie ruiniert zu haben ist eine Ehre. Aber wann haben Sie Miss Sibyl Vane zum erstenmal gesprochen?«

»Am dritten Abend. Sie hatte die Rosalinde gespielt. Ich mußte einfach hinter die Bühne gehen. Ich hatte ihr ein paar Blumen zugeworfen, und sie hatte mich angesehen, zumindest bildete ich mir das ein. Der alte Jude war hartnäckig. Er schien entschlossen, mich hinter die Bühne zu bringen, und so willigte ich ein. Sonderbar, daß ich sie nicht kennenlernen wollte, nicht wahr?«

»Nein, ich glaube nicht.«

»Mein lieber Harry, warum denn nicht?«

»Das werde ich Ihnen ein andermal sagen. Jetzt möchte ich alles über das Mädchen erfahren.«

»Sibyl? Oh, sie war so scheu und so sanft. Sie hat etwas von einem Kind an sich. Ihre Augen öffneten sich weit in köstlichem Staunen, als ich ihr sagte, was ich von ihrem Spiel halte, und sie schien sich ihrer Macht überhaupt nicht bewußt zu sein. Ich glaube, wir waren beide ziemlich schüchtern. Der alte Jude stand grinsend in der Tür des staubigen Gesellschaftszimmers und führte wohlgesetzte Reden über uns beide, während wir wie Kinder dastanden und uns anschauten. Er bestand darauf, mich mit ›Mylord‹ anzureden, deshalb mußte ich Sibyl versichern, daß ich nichts dergleichen sei. Sie sagte ganz einfach zu mir: ›Sie sehen eher aus wie ein Prinz. Ich muß Sie Prinz Wunderhold nennen.‹«

»Auf mein Wort, Dorian, Miss Sibyl versteht sich auf Komplimente.«

»Sie verstehen sie nicht, Harry. Sie sah in mir nur eine Gestalt aus einem Stück. Sie weiß nichts vom Leben. Sie wohnt bei ihrer Mutter, einer welken, müden Frau, die am ersten Abend in einem magentaroten Frisiermantel die Lady Capulet spielte und aussieht, als hätte sie bessere Tage gesehen.«

»Das Aussehen kenne ich. Es bedrückt mich«, murmelte Lord Henry und betrachtete eingehend seine Ringe.

»Der Jude wollte mir ihre Geschichte erzählen, aber ich sagte, sie interessiere mich nicht.«

»Sie hatten völlig recht. Anderer Leute Tragödien haben stets etwas unendlich Armseliges an sich.«

»Sibyl ist das einzige, woran mir gelegen ist. Was geht es mich an, woher sie stammt? Von ihrem kleinen Kopf bis zu ihren kleinen Füßen ist sie absolut und vollkommen göttlich. Jeden Abend meines Lebens gehe ich hin und sehe sie spielen, und jeden Abend ist sie wunderbar.«

»Das ist vermutlich der Grund, warum Sie jetzt niemals mehr mit mir speisen. Ich dachte mir schon, daß Sie in irgendeinen merkwürdigen Roman verwickelt wären. Das ist der Fall, wenn auch nicht ganz so, wie ich erwartete.«

»Mein lieber Harry, jeden Tag sind wir entweder zum Lunch oder zum Nachtessen zusammmen, und ich bin mehrmals mit Ihnen in die Oper gegangen«, sagte Dorian, während er vor Staunen seine blauen Augen aufriß.

»Sie kommen immer entsetzlich spät.«

»Aber ich muß einfach Sibyl spielen sehen«, rief er aus, »wenn auch nur einen einzigen Akt. Mich hungert es nach ihrer Gegenwart, und wenn ich an die wundervolle Seele denke, die in diesem kleinen Elfenbeinkörper verborgen ist, bin ich von Ehrfurcht erfüllt.«

»Heute abend können Sie doch mit mir essen, Dorian?«

Er schüttelte den Kopf. »Heute abend ist sie Imogen«, antwortete er, »und morgen abend wird sie Julia sein.«

»Und wann ist sie Sibyl Vane?«

»Niemals.«

»Ich beglückwünsche Sie.«

»Wie schrecklich Sie sind! In ihr sind alle großen Heldinnen der Welt vereinigt. Sie ist mehr als ein Einzelwesen. Sie lachen, aber ich sage Ihnen, sie hat Genie. Ich liebe sie, und ich muß sie dazu bringen, daß sie mich liebt. Sie, der Sie alle Geheimnisse des Lebens kennen, sagen Sie mir, wie ich Sibyl Vane bezaubern muß, daß sie mich liebt! Ich möchte Romeo eifersüchtig machen. Ich möchte, daß die toten Liebhaber der Welt unser Lachen hören und traurig werden. Ich möchte, daß ein Hauch unserer Leidenschaft ihren Staub zum Bewußtsein aufstört, ihre Asche zur Pein erweckt. Mein Gott, Harry, wie ich sie anbete!« Er ging beim Sprechen im Zimmer auf und ab. Hektische rote Flecken brannten auf seinen Wangen. Er war furchtbar erregt.

Lord Henry beobachtete ihn mit einem feinen Gefühl des Genusses. Wie verschieden war er doch jetzt von dem schüchternen, erschrockenen Knaben, dem er in Basil Hallwards Atelier begegnet war! Sein Wesen hatte sich wie eine Blume entwickelt, hatte Blüten von flammendem Scharlachrot getrieben. Aus ihrem verborgenen Schlupfwinkel war seine Seele hervorgekrochen, und das Begehren hatte sich ihr als Weggefährte zugesellt.

»Und was haben Sie nun vor zu tun?« fragte Lord Henry schließlich.

»Ich möchte, daß Sie und Basil einen Abend mitkommen und sie spielen sehen. Mir ist um das Ergebnis nicht im geringsten bange. Sie werden bestimmt ihr Genie anerkennen. Dann müssen wir sie aus den Händen des Juden befreien. Sie ist noch für drei Jahre an ihn gebunden – zumindest für zwei Jahre und acht Monate – von jetzt an gerechnet. Ich werde ihm natürlich etwas zahlen müssen. Wenn das alles geordnet ist, werde ich ein Theater im Westen pachten und sie angemessen herausbringen. Sie wird die Welt so toll machen, wie sie mich gemacht hat.«

»Unmöglich, mein lieber Junge.«

»Doch, sie wird es. Sie besitzt nicht nur Kunst, vollendeten künstlerischen Instinkt, sondern auch Persönlichkeit, und Sie haben mir oft gesagt, daß Persönlichkeiten, nicht Prinzipien, die Zeit voranbrächten.«

»Gut, an welchem Abend wollen wir hingehen?«

»Lassen Sie mich überlegen. Heute ist Dienstag. Wir wollen morgen festhalten. Morgen spielt sie die Julia.«

»Gut. Um acht Uhr im Bristol, und ich werde Basil mitbringen.«

»Bitte nicht um acht, Harry. Um halb sieben. Wir müssen dasein, ehe der Vorhang hochgeht. Sie müssen sie im ersten Akt sehen, wenn sie Romeo begegnet.«

»Halb sieben! Was für eine Zeit! Das wäre wie Tee mit kalter Küche oder die Lektüre eines englischen Romans. Frühestens sieben Uhr. Kein Gentleman speist vor sieben. Werden Sie Basil bis dahin sehen? Oder soll ich ihm schreiben?«

»Der gute Basil! Ich habe ihn eine Woche nicht zu Gesicht bekommen. Das ist ziemlich scheußlich von mir, zumal er mir mein Bild in dem herrlichsten, eigens von ihm entworfenen Rahmen geschickt hat und obgleich ich ein wenig eifersüchtig auf das Bild bin, weil es einen ganzen Monat jünger ist als ich, muß ich doch zugeben, daß ich davon entzückt bin. Vielleicht sollten Sie ihm besser schreiben. Ich möchte ihn nicht allein sehen. Er sagt Dinge, die mich ärgern. Er gibt mir gute Ratschläge.«

Lord Henry lächelte. »Die Leute lieben es, fortzugeben, was sie selbst am nötigsten brauchen. Ich nenne das den Abgrund der Freigebigkeit.«

»Oh, Basil ist der beste Kerl, nur kommt er mir ein bißchen philisterhaft vor. Das habe ich entdeckt, seit ich Sie kennenlernte, Harry.«

»Basil, mein lieber Junge, legt alles, was reizend an ihm ist, in sein Werk. Die Folge davon ist, daß ihm für das Leben nichts übrigbleibt als seine Vorurteile, seine Grundsätze und sein gesunder Menschenverstand. Die einzigen persönlich erfreulichen Künstler, die ich jemals kennenlernte, sind schlechte Künstler. Gute Künstler leben nur in dem, was sie schaffen, und sind infolgedessen völlig uninteressiert an dem, was sie sind. Ein großer Dichter, ein wirklich großer Dichter, ist das unpoetischste aller Geschöpfe. Geringere Dichter dagegen sind absolut faszinierend. Je schlechter ihre Gedichte sind, um so malerischer sehen sie aus. Die bloße Tatsache, ein Buch mit zweitklassigen Sonetten veröffentlicht zu haben, macht einen Mann ganz unwiderstehlich. Er lebt die Poesie, die er nicht schreiben kann. Die anderen schreiben die Poesie, die sie nicht zu verwirklichen wagen.«

»Ob das tatsächlich so ist, Harry?« sagte Dorian Gray und goß aus einem großen Flakon mit goldener Kapsel, der auf dem Tisch stand, ein wenig Parfüm in sein Taschentuch. »Wenn Sie es sagen, muß es wohl so sein. Und jetzt muß ich fort. Imogen wartet auf mich. Vergessen Sie unsere Verabredung morgen nicht. Auf Wiedersehen.«

Als er das Zimmer verlassen hatte, senkten sich Lord Henrys schwere Lider, und er begann nachzudenken. Gewiß hatten ihn wenige Menschen jemals so sehr interessiert wie Dorian Gray, und doch verursachte ihm die wahnsinnige Verehrung des Jünglings für jemand anders nicht die geringste Pein des Verdrusses oder der Eifersucht. Sie gefiel ihm. Es machte ihn zu einem noch interessanteren Studienobjekt. Die Methoden der Naturwissenschaft hatten ihn stets gefesselt, während ihm der übliche Stoff dieser Wissenschaft trivial und unwichtig vorgekommen war. Und deshalb hatte er angefangen, sich selbst zu vivisezieren, und hatte damit geendet, andere zu vivisezieren. Das menschliche Leben – es schien ihm das einzige zu sein, was wert war, ergründet zu werden. Im Vergleich dazu gab es nichts anderes von Bedeutung. Freilich konnte man, wenn man das Leben in seinem seltsamen Schmelztiegel von Schmerz und Freude beobachtete, keine Glasmaske vor dem Gesicht tragen oder verhindern, daß die Schwefeldämpfe das Gehirn verwirrten und die Vorstellung mit ungeheuerlichen Phantasiegebilden und häßlichen Träumen trübten. Es gab so feine Gifte, daß man an ihnen erkranken mußte, um ihre Eigenschaften zu erkennen. Es gab so sonderbare Krankheiten, daß man sie durchmachen mußte, sofern man bestrebt war, ihre Eigenart kennenzulernen. Und doch, welch großer Lohn wurde einem zuteil! Wie wundervoll wurde einem die ganze Welt! Die merkwürdig strenge Logik der Leidenschaft und das von Gefühlen gefärbte Leben des Geistes zu beobachten – darauf zu achten, wo sie sich trafen und wo sie sich trennten, an welchem Punkt sie im Einklang waren und an welchem Punkt uneinig – welch ein Reiz lag darin! Was kam es auf den Preis an? Eine Sensation kann man nie zu teuer bezahlen.

Er war sich bewußt – und dieser Gedanke brachte einen Schimmer der Freude in seine braunen Achataugen –, daß er Dorian Grays Seele durch bestimmte wohlklingende Worte, die wohlklingend gesprochen wurden, diesem reinen Mädchen zugeführt hatte, vor dem sie sich nun in Anbetung beugte. Der Jüngling war in hohem Maße seine eigene Schöpfung. Er hatte ihn vor der Zeit reif gemacht. Das war etwas. Gewöhnliche Leute warteten, bis ihnen das Leben seine Geheimnisse erschloß, doch den wenigen Auserwählten wurden die Mysterien des Lebens enthüllt, ehe der Schleier fortgezogen war. Das war mitunter der Erfolg der Kunst, und vor allem der Literatur, die ja unmittelbar zu den Leidenschaften und zum Geist spricht. Doch hin und wieder nahm eine vielseitige Persönlichkeit deren Platz ein und beanspruchte die Aufgabe der Kunst, selbst auf ihre Weise ein echtes Kunstwerk, weil ja das Leben ebensogut seine vollendeten Meisterwerke kennt wie die Poesie, die Bildhauerei oder die Malerei.

Ja, der Jüngling war vor der Zeit gereift. Er brachte seine Ernte ein, während er sich noch im Frühling befand. Er hatte noch den Pulsschlag und die Leidenschaft der Jugend, und doch wurde er schon selbstbewußt. Es war hinreißend, ihn zu beobachten. Mit seinem schönen Gesicht und seiner schönen Seele war er ein Geschöpf zum Anstaunen. Einerlei, wie das alles endete oder wie es ihm bestimmt war, zu enden. Er glich jenen anmutigen Figuren in einer Feenposse oder in einem Schauspiel, deren Freuden uns fernzuliegen scheinen, deren Schmerzen jedoch unser Gefühl für Schönheit erregen und deren Wunden rote Rosen sind.

Seele und Leib, Leib und Seele – wie geheimnisvoll waren sie! Es gab Animalisches in der Seele, und der Leib hatte seine durchgeistigten Augenblicke. Die Sinne konnten geläutert und der Geist erniedrigt werden. Wer vermochte zu sagen, wo der Trieb des Fleisches endete oder der Impuls der Seele begann? Wie oberflächlich waren die willkürlichen Definitionen der herkömmlichen Psychologen! Und doch, wie schwer war es, bei den verschiedenen Systemen zwischen ihren Ansprüchen auf Wahrheit zu entscheiden! War die Seele ein Schatten, der im Haus der Sünde wohnte? Oder hatte in Wahrheit der Leib seine Heimstatt in der Seele, wie Giordano Bruno glaubte! Die Trennung von Geist und Materie war ein Mysterium, so wie die Vereinigung von Geist und Materie ein Mysterium war.

Er begann sich zu fragen, ob wir die Psychologie jemals zu einer so vollkommenen Wissenschaft machen könnten, daß uns jeder noch so kleine Lebenstrieb offenbar würde. So wie sie jetzt beschaffen war, mißverstanden wir uns selbst immer und verstanden andere selten. Erfahrung hatte keinen ethischen Wert. Sie war nur der Name, den die Menschen ihren Irrtümern gaben. Die Moralisten hatten sie in der Regel als eine Art Ermahnung angesehen, hatten ihr eine gewisse ethische Wirksamkeit auf die Charakterbildung zugesprochen und sie als ein Etwas gepriesen, das uns lehre, was zu befolgen sei, und uns zeige, was wir meiden müßten. Aber es lag keine treibende Kraft in der Erfahrung. Sie war eine so schwach wirkende Ursache wie das Gewissen. In Wahrheit bewies sie nichts weiter, als daß unsere Zukunft so sein würde wie unsere Vergangenheit und daß wir die Sünde, die wir einmal – mit Widerwillen – begangen hatten, noch viele Male – mit Lust – begehen würden.

Ihm war klar, daß man einzig und allein durch die experimentelle Methode zu einer wissenschaftlichen Analyse der Leidenschaften gelangen konnte und daß Dorian Gray als Objekt für ihn wie geschaffen war und köstliche, fruchtbare Ergebnisse zu versprechen schien. Seine jähe, wahnsinnige Liebe zu Sibyl Vane war ein psychologisches Phänomen von nicht geringem Reiz. Zweifellos hatte damit viel die Neugier zu tun, die Neugier und das Verlangen nach neuen Erfahrungen; dennoch war es keine einfache, sondern eine sehr komplizierte Leidenschaft. Was von dem rein sinnlichen Naturtrieb des Knabenalters darin war, hatten die Gärungen der Phantasie umgemodelt und verwandelt in etwas, das dem Jüngling selbst von aller Sinnlichkeit entfernt schien und das eben deshalb um so gefährlicher war. Am heftigsten tyrannisieren uns gerade die Leidenschaften, über die wir uns täuschen. Unsere schwächsten Triebfedern sind jene, über deren Beschaffenheit wir uns klar sind. Es kommt häufig vor, daß wir mit anderen zu experimentieren glauben und dabei in Wahrheit mit uns selbst experimentieren.

Während Lord Henry saß und über diese Dinge nachsann, klopfte es an die Tür, und sein Kammerdiener trat ein und erinnerte ihn daran, daß es Zeit sei, sich zum Essen umzukleiden. Er stand auf und blickte auf die Straße hinaus. Der Sonnenuntergang hatte die oberen Fenster der gegenüberliegenden Häuser in scharlachrotes Gold getaucht. Die Fensterscheiben glühten wie erhitzte Metallplatten. Der Himmel darüber glich einer verblaßten Rose. Er dachte an das junge, feurige Leben seines Freundes und fragte sich, wie das alles enden würde.

Als er gegen halb eins nach Hause kam, sah er auf dem Tisch in der Diele ein Telegramm liegen. Er öffnete es und entdeckte, daß es von Dorian Gray war. Es sollte ihm mitteilen, daß er sich mit Sibyl Vane verlobt hatte.

FÜNFTES KAPITEL

»Mutter, Mutter, ich bin so glücklich!« flüsterte das Mädchen und barg das Gesicht im Schoß der welken, müde aussehenden Frau, die mit dem Rücken gegen das grelle, zudringliche Licht in dem einzigen Lehnstuhl saß, den ihr schmuddliges Wohnzimmer enthielt. »Ich bin so glücklich!« sagte das Mädchen noch einmal. »Und du mußt auch glücklich sein!«

Mrs. Vane fuhr zusammen und legte ihre mageren, wismutweißen Hände auf den Kopf ihrer Tochter. »Glücklich!« wiederholte sie mechanisch. »Ich bin nur glücklich, wenn ich dich spielen sehe, Sibyl. Du darfst an nichts anderes als an dein Spiel denken. Mister Isaacs ist sehr gut zu uns gewesen, und wir schulden ihm Geld.«

Das Mädchen blickte auf und verzog schmollend den Mund. »Geld, Mutter?« rief sie. »Was liegt an Geld? Liebe ist mehr als Geld.«

»Mister Isaacs hat uns fünfzig Pfund vorgeschossen, unsere Schulden zu bezahlen und für James eine anständige Ausstattung zu beschaffen. Das darfst du nicht vergessen, Sibyl. Fünfzig Pfund sind eine sehr große Summe. Mister Isaacs hat sich sehr rücksichtsvoll gezeigt.«

»Er ist kein Gentleman, Mutter, und ich hasse die Art und Weise, wie er mit mir spricht«, erwiderte das Mädchen, stand auf und ging zum Fenster. »Ich weiß nicht, wie wir ohne ihn zurechtkommen sollten«, entgegnete die Ältere klagend.

Sibyl Vane warf den Kopf zurück und lachte. »Wir brauchen ihn nicht mehr, Mutter. Jetzt regelt Prinz Wunderhold unser Leben.« Darauf hielt sie inne. Eine Röte schoß ihr ins Gesicht und verdunkelte ihre Wangen. Schnelle Atemzüge teilten die

Blütenblätter ihrer Lippen. Sie bebte. Etwas wie ein Südwind der Leidenschaft fegte über sie hin und bewegte die zierlichen Falten ihres Kleides. »Ich liebe ihn«, sagte sie schlicht.

»Törichtes Kind! Törichtes Kind!« wurde ihr als Antwort wie Papageiengeplapper entgegengeschleudert. Das Wedeln gekrümmter, mit falschen Juwelen besteckter Finger gab den Worten etwas Groteskes.

Wieder lachte das Mädchen. Die Fröhlichkeit eines Vogels in seinem Käfig war in ihrer Stimme. Die Augen fingen die Melodie ein und warfen sie strahlend zurück, dann schlossen sie sich einen Augenblick, als wollten sie ihr Geheimnis verbergen. Als sie sich wieder auftaten, war der Schleier eines Traumes darüber hingeweht.

Dünnlippige Weisheit sprach zu ihr aus dem abgenutzten Lehnstuhl, mahnte zur Vorsicht, zitierte aus jenem Buch der Feigheit, dessen Autor den Namen ›gesunder Menschenverstand‹ nachplappert. Sie hörte nicht zu. Sie war frei in ihrem Gefängnis der Leidenschaft. Ihr Prinz, Prinz Wunderhold, war bei ihr. Sie hatte die Erinnerung angerufen, ihn neu erstehen zu lassen. Sie hatte ihre Seele ausgesandt, ihn zu suchen, und sie hatte ihn ihr zurückgebracht. Aufs neue brannte sein Kuß auf ihrem Mund. Ihre Lider waren warm von seinem Atem.

Dann änderte die Weisheit ihre Methode und sprach von Auskundschaften und Enthüllen. Dieser junge Mann mochte reich sein. Wenn es so war, sollte an Heirat gedacht werden. An der Muschel ihres Ohres brachen sich die Wogen irdischer Schlauheit. Die Pfeile der List schossen an ihr vorbei. Sie sah die dünnen Lippen sich bewegen und lächelte.

Jäh empfand sie das Bedürfnis zu sprechen. Das wortträchtige Schweigen beunruhigte sie. »Mutter, Mutter«, rief sie aus, »warum liebt er mich so sehr? Ich weiß, warum ich ihn liebe. Ich liebe ihn, weil er so ist, wie die Liebe selbst sein sollte. Aber was sieht er in mir? Ich bin seiner nicht würdig. Und doch – ich kann nicht sagen, warum –, wenn ich mich auch tief unter ihm fühle, niedrig fühle ich mich nicht. Ich fühle mich stolz, schrecklich stolz. Mutter, hast du meinen Vater so geliebt, wie ich Prinz Wunderhold liebe?«

Die Ältere wurde bleich unter dem groben Puder, der ihre

Wangen übertünchte, und ihre trockenen Lippen zuckten in einem Krampf der Qual. Sibyl stürzte zu ihr hin, warf die Arme um ihren Hals und küßte sie. »Vergib mir, Mutter. Ich weiß, es schmerzt dich, über unsern Vater zu sprechen. Aber es schmerzt dich nur, weil du ihn so sehr geliebt hast. Mach nicht so ein trauriges Gesicht. Ich bin heute so glücklich, wie du vor zwanzig Jahren warst. Ach! Laß mich ewig glücklich sein!«

»Mein Kind, du bist noch viel zu jung, um ans Verlieben zu denken. Was weißt du außerdem von diesem jungen Mann? Du kennst nicht einmal seinen Namen. Die ganze Sache ist höchst unpassend, und ich muß wirklich sagen, jetzt, da James nach Australien geht und ich an so vieles zu denken habe, hättest du mehr Rücksicht an den Tag legen sollen. Doch wie ich schon sagte, wenn er reich ist...«

»Ach, Mutter, Mutter, laß mich glücklich sein!«

Mrs. Vane sah sie an und schloß sie mit einer jener falschen theatralischen Gebärden, die einem Schauspieler so häufig zur zweiten Natur werden, in die Arme. In diesem Augenblick ging die Tür auf, und ein junger Bursche mit struppigem braunem Haar trat ins Zimmer. Er war untersetzt und hatte große Hände und Füße, etwas plump in der Bewegung. Er war nicht so fein erschaffen wie seine Schwester. Die nahe Verwandschaft zwischen ihnen hätte man schwerlich vermutet. Mrs. Vane richtete die Augen auf ihn und vertiefte ihr Lächeln. Im Geist erhob sie ihren Sohn in die Würde eines Publikums. Sie war von der packenden Wirkung des Tableaus überzeugt.

»Ich denke, ein paar von deinen Küssen könntest du für mich aufheben, Sibyl«, sagte der junge Mann mit gutmütigem Knurren.

»Ach, du hast es doch gar nicht gern, geküßt zu werden, Jim«, rief sie aus. »Du bist ein gräßlicher alter Bär.« Und sie lief durch das Zimmer und umarmte ihn.

James Vane sah seiner Schwester zärtlich ins Gesicht. »Ich möchte dich zu einem Spaziergang abholen, Sibyl. Vermutlich werde ich dies abscheuliche London nie wiedersehen. Es verlangt mich bestimmt nicht danach.«

»Sag nicht so schauderhafte Dinge, mein Sohn«, murmelte Mrs. Vane, während sie mit einem Seufzer ein flitterbuntes

Theaterkostüm aufnahm und zu flicken begann. Sie empfand ein wenig Enttäuschung, daß er sich nicht in das lebende Bild eingefügt hatte. Es hätte das theatralisch Malerische der Situation gesteigert.

»Warum nicht, Mutter. Ich meine es so.«

»Du bereitest mir Schmerz, mein Sohn. Ich vertraue darauf, daß du als reicher Mann aus Australien zurückkommen wirst. Ich glaube, in den Kolonien gibt es keine irgendwie geartete Gesellschaft, nichts, was ich Gesellschaft nennen würde, deshalb mußt du, wenn du dein Glück gemacht hast, zurückkommen und dir in London Geltung verschaffen.«

»Gesellschaft!« murmelte der junge Mann. »Davon will ich überhaupt nichts wissen. Ich würde gern ein wenig Geld verdienen, um dich und Sibyl vom Theater zu nehmen. Ich hasse es.«

»O Jim!« sagte Sibyl lachend. »Wie unfreundlich von dir! Aber willst du wirklich mit mir spazierengehen? Das ist hübsch! Ich fürchtete schon, du wolltest dich von einigen deiner Freunde verabschieden – von Tom Hardy, der dir diese abscheuliche Pfeife geschenkt hat, oder von Nes Langton, der sich über dich lustig macht, weil du sie rauchst. Es ist sehr lieb von dir, daß du mir deinen letzten Nachmittag schenkst. Wohin werden wir gehen? Bitte in den Park.«

»Ich sehe zu schäbig aus«, antwortete er stirnrunzelnd. »Nur feine Leute gehen in den Park.«

»Unsinn, Jim«, flüsterte sie und streichelte seinen Rockärmel.

Er zögerte einen Augenblick. »Na schön«, sagte er schließlich, »aber zieh dich nicht so lange um.«

Sie tanzte zur Tür hinaus. Man konnte sie singen hören, als sie die Treppe hinauflief. Ihre kleinen Füße trippelten über ihren Köpfen.

Er ging ein paarmal im Zimmer auf und ab. Dann wandte er sich an die stille Gestalt im Lehnstuhl. »Sind meine Sachen fertig, Mutter?« fragte er.

»Völlig fertig, James«», antwortete sie, ohne die Augen von ihrer Arbeit zu heben. Seit einigen Monaten fühlte sie sich unbehaglich, wenn sie mit ihrem derben, strengen Sohn allein war. Ihre im Innern seichte Natur wurde beunruhigt, wenn sich ihre Augen trafen. Sie fragte sich häufig, ob er etwas argwöhne. Das Schweigen, denn er machte keine weitere Bemerkung, wurde ihr unerträglich. Sie begann zu klagen. Frauen verteidigen sich, indem sie angreifen, geradeso wie sie durch plötzliches und befremdliches Nachgeben angreifen. »Ich hoffe, du wirst mit deinem Seefahrerleben zufrieden sein, James«, sagte sie. »Du mußt daran denken, daß es deine eigene Wahl ist. Du hättest in ein Anwaltsbüro eintreten können. Anwälte sind ein höchst achtbarer Stand, und auf dem Land speisen sie häufig bei den besten Familien.«

»Ich hasse Büros, und ich hasse Schreiber«, entgegnete er. »Aber du hast ganz recht. Ich habe mir mein Leben selber erwählt. Ich sage nur, paß auf Sibyl auf. Laß ihr kein Leid geschehen. Du mußt auf sie achtgeben, Mutter.«

»Du redest wirklich sehr sonderbar, James. Natürlich gebe ich auf Sibyl acht.«

»Wie ich höre, kommt jeden Abend ein Herr ins Theater und geht hinter die Bühne, um sich mit ihr zu unterhalten. Stimmt das? Was soll das?«

»Du sprichst über Dinge, die du nicht verstehst, James. In unserm Beruf sind wir daran gewöhnt, eine Menge höchst erfreulicher Aufmerksamkeiten zu genießen. Ich selbst erhielt früher viele Buketts zu gleicher Zeit. Das war damals, als man vom Spielen wirklich noch etwas verstand. Was Sibyl betrifft, so weiß ich im Augenblick noch nicht, ob ihre Neigung ernst ist oder nicht. Aber zweifellos ist der fragliche junge Mann ein vollendeter Gentleman. Zu mir ist er immer überaus höflich. Außerdem sieht er so aus, als wäre er reich, und die Blumen, die er schickt, sind entzückend.«

»Und doch weißt du seinen Namen nicht«, entgegnete der junge Mann schroff.

»Nein«, antwortete die Mutter mit gelassener Miene. »Er hat seinen wirklichen Namen noch nicht offenbart. Ich halte das für durchaus romantisch von ihm. Wahrscheinlich gehört er der Aristokratie an.« James Vane biß sich auf die Lippen. »Gib auf Sibyl acht, Mutter«, rief er aus, »gib auf sie acht!«

»Du quälst mich sehr, mein Sohn. Sibyl befindet sich stets unter meiner besonderen Obhut. Natürlich, wenn dieser Gentleman wohlhabend ist, gibt es keinen Grund, warum sie sich nicht mit ihm vermählen sollte. Ich glaube, er gehört der Aristokratie an. Er sieht ganz und gar so aus, muß ich sagen. Er könnte eine mehr als glänzende Partie für Sibyl sein. Sie würden ein bezauberndes Paar abgeben. Seine Schönheit ist wirklich bemerkenswert; jedem fällt sie auf.«

Der junge Mann brummte etwas vor sich hin und trommelte mit seinen plumpen Fingern an die Fensterscheibe. Er hatte sich gerade umgedreht und wollte etwas sagen, als die Tür aufflog und Sibyl hereingelaufen kam.

»Wie ernst ihr beide seid!« rief sie. »Was ist los?«

»Nichts«, antwortete er. »Vermutlich muß man mitunter ernst sein. Auf Wiedersehen, Mutter; um fünf Uhr möchte ich essen. Alles ist gepackt, bis auf die Hemden; du brauchst dich also nicht zu beunruhigen.«

»Auf Wiedersehen, mein Sohn«, erwiderte sie mit einer übertrieben würdevollen Verneigung.

Sie war höchst verärgert über den Ton, den er ihr gegenüber angeschlagen hatte, und in seinem Blick lag etwas, das ihr angst machte.

»Küß mich, Mutter«, sagte das Mädchen. Ihre blütenhaften Lippen berührten die welke Wange und wärmten deren Frost.

»Mein Kind! Mein Kind!« rief Mrs. Vane und hob den Blick zur Decke, als suche sie eine imaginäre Galerie.

»Komm, Sibyl«, sagte ihr Bruder ungeduldig. Er haßte das Getue seiner Mutter.

Sie gingen hinaus in das flirrende, winddurchwehte Sonnenlicht und schlenderten die trostlose Euston Road hinunter. Die Vorübergehenden schauten verwundert auf den mürrischen, schwerfälligen Jüngling in seinem derben, schlechtsitzenden Anzug, der ein so anmutiges, vornehm aussehendes Mädchen begleitete. Er sah aus wie ein gemeiner Gärtner, der mit einer Rose einherspazierte.

Von Zeit zu Zeit, wenn er den forschenden Blick eines Fremden auffing, runzelte Jim die Stirn. Er hatte die Abneigung, angestarrt zu werden, die Genies in ihren späten Lebensjahren bekommen und die gewöhnliche Leute nie verlieren. Sibyl dagegen war sich der Wirkung, die sie hervorrief, überhaupt nicht bewußt. Ihre Liebe zitterte in dem Lachen auf ihren Lippen. Sie dachte an Prinz Wunderhold, und damit sie um so mehr an ihn denken konnte, sprach sie nicht von ihm, sondern schwatzte drauflos über das Schiff, mit dem Jim fahren sollte, über das Gold, das er sicherlich finden würde, über die wundervolle Erbin, der er vor bösen Buschräubern in roten Hemden das Leben retten würde. Denn er sollte nicht Matrose oder Superkargo oder sonst etwas bleiben, was ihm jetzt bevorstand. O nein! Das Dasein eines Matrosen war schrecklich. Man stelle sich nur vor, in einem abscheulichen Schiff eingepfercht zu sein, in das die rauhen, buckligen Wogen einzudringen suchen, während ein unheilvoller Wind die Masten niederbläst und die Segel zu langen kreischenden Fetzen zerreißt! Er müßte das Schiff in Melbourne verlassen, sich höflich von dem Kapitän verabschieden und schnurstracks zu den Goldfeldern gehen. Ehe eine Woche um war, würde er auf einen großen Klumpen puren Goldes stoßen, das größte Nugget, das je entdeckt wurde, und es in einem von sechs berittenen Polizisten bewachten Wagen zur Küste bringen. Dreimal müßten die Buschräuber sie überfallen und müßten in einem ungeheuren Gemetzel zurückgeschlagen werden. Oder nein. Er sollte überhaupt nicht zu den Goldfeldern gehen. Das waren gräßliche Orte, wo sich die Männer betranken und in den Kneipen gegenseitig abknallten und wo sie eine abscheuliche Sprache führten. Er sollte ein tüchtiger Schafzüchter werden, und eines Abends, wenn er heimritte, sollte er sehen, wie ein Räuber die schöne Erbin auf einem Rappen entführte, und er würde ihnen nachjagen und sie retten. Natürlich würde sie sich in ihn verlieben und er sich in sie, und sie würden nach London heimkommen und in einem riesengroßen Haus wohnen. Ja, herrliche Dinge warteten auf ihn. Aber er müsse auch sehr brav sein und nie heftig werden oder sein Geld töricht verschwenden. Sie sei nur ein Jahr älter als er, wisse aber soviel mehr vom Leben. Und er müsse ihr auch bestimmt mit jeder Post schreiben und jeden Abend vor dem Schlafengehen seine Gebete sprechen. Gott sei sehr gütig und werde über ihn wachen. Auch sie würde für ihn beten, und in ein paar Jahren würde er reich und glücklich zurückkommen.

Der junge Mann hörte ihr verdrossen zu und gab keine Antwort. Er war tiefbetrübt, weil er die Heimat verlassen mußte.

Doch nicht dies allein war es, was ihn traurig und verdrießlich machte. So unerfahren er war, hatte er doch ein starkes Gefühl für die Gefahr, die Sibyl in ihrer Lage drohte. Dieser junge Dandy, der ihr den Hof machte, konnte es nicht gut mit ihr meinen. Er war ein Gentleman, und deswegen haßte er ihn, haßte ihn mit einem sonderbaren Klasseninstinkt, den er sich nicht zu erklären vermochte und der eben deshalb um so gebieterischer in ihm war. Er kannte auch die Oberflächlichkeit und Eitelkeit im Wesen seiner Mutter und sah darin eine unendliche Gefahr für Sibyl und für Sibyls Glück. Zuerst lieben die Kinder ihre Eltern; wenn sie älter werden, urteilen sie über sie, und mitunter vergeben sie ihnen.

Seine Mutter! Er hatte etwas auf dem Herzen, wonach er sie fragen wollte, etwas, worüber er viele Monate in aller Stille nachgegrübelt hatte. Ein zufälliger Satz, den er im Theater gehört hatte, eine gewisperte Stichelei, die eines Abends, als er am Bühneneingang wartete, an sein Ohr gedrungen war, hatten eine Kette abscheulicher Gedanken ausgelöst. Er erinnerte sich daran wie an einen Hieb mit einer Reitpeitsche über sein Gesicht. Seine Brauen zogen sich zu einer keilförmigen Furche zusammen, und in einem krampfhaften Zucken der Qual biß er sich auf die Unterlippe.

»Du hörst ja kein Wort von dem, was ich sage, Jim«, rief Sibyl, »und ich schmiede die herrlichsten Pläne für deine Zukunft. Sag doch etwas.«

»Was soll ich denn sagen?«

»Oh, daß du ein braver Junge sein und uns nicht vergessen wirst«, antwortete sie und lächelte ihn an.

Er zuckte die Achseln. »Wahrscheinlich wirst du mich eher vergessen als ich dich, Sibyl.«

Sie errötete. »Was meinst du damit, Jim?« fragte sie.

»Wie ich höre, hast du einen neuen Freund. Wer ist das? Warum hast du mir nicht von ihm erzählt? Er meint es nicht gut mit dir.«

»Halt, Jim!« rief sie aus. »Du darfst nichts gegen ihn sagen. Ich liebe ihn.«

»Du weißt ja nicht einmal seinen Namen«, entgegnete der junge Mann. »Wer ist er? Ich habe ein Recht, es zu erfahren.«

»Man nennt ihn Prinz Wunderhold. Gefällt dir der Name nicht? O du dummer Junge! Du solltest ihn nie vergessen. Wenn du ihn nur sähest, würdest du ihn für den wundervollsten Menschen der Welt halten. Eines Tages wirst du ihm begegnen, wenn du aus Australien zurückkommst. Er wird dir sehr gefallen. Jedem gefällt er, und ich ... ich liebe ihn. Ich wünschte, du könntest heute abend ins Theater kommen. Er wird dasein, und ich werde die Julia spielen. Oh, wie ich sie spielen werde! Stell dir vor, Jim, zu lieben und die Julia zu spielen! Zu wissen, daß er da sitzt! Zu seinem Ergötzen zu spielen! Ich fürchte, ich werde die Menge vielleicht erschrecken, erschrecken oder bezaubern. Lieben bedeutet über sich selbst hinausgehen. Der arme gräßliche Mister Isaacs wird seinen Herumtreibern am Büfett zubrüllen, ich sei ein ›Genie‹. Er hat mich als ein Dogma gepredigt, heute abend wird er mich als eine Offenbarung verkünden. Ich fühle es. Und all das ist sein Werk, einzig und allein das Werk Prinz Wunderholds, meines wundervollen Geliebten, meines Gottes der Grazien. Ich bin armselig neben ihm. Armselig? Was liegt daran? Schleicht die Armut zur Tür herein, fliegt die Liebe zum Fenster hinaus. Unsere Sprichwörter müssen neu geschrieben werden. Sie wurden im Winter verfaßt, und jetzt ist es Sommer – für mich, glaube ich, Frühling, ein Tanz von Blüten in blauen Himmeln.«

»Er ist ein Gentleman«, sagte der junge Mann trotzig.

»Ein Prinz!« rief sie melodisch. »Was willst du mehr?«

»Er will dich zur Sklavin machen.«

»Mich schaudert bei dem Gedanken, frei zu sein.«

»Ich möchte, daß du dich vor ihm in acht nimmst.«

»Ihn sehen heißt ihn anbeten; ihn kennen heißt ihm vertrauen.«

»Sibyl, du bist wahnsinnig, was ihn betrifft.«

Sie lachte und nahm seinen Arm. »Mein lieber alter Jim, du redest, als wärest du hundert Jahre alt. Eines Tages wirst du selbst verliebt sein. Dann wirst du erfahren, wie das ist. Mach nicht so ein finsteres Gesicht. Du solltest doch wahrhaftig froh sein bei dem Gedanken, daß du zwar fortgehst, mich aber glücklicher zurückläßt, als ich je zuvor gewesen bin. Das Leben ist für uns beide hart gewesen, schrecklich hart und schwer. Aber jetzt wird es anders werden. Du ziehst in eine neue Welt, und ich habe ein neue entdeckt. Da sind zwei Stühle, wir wollen uns hinsetzen und die feinen Leute vorbeigehen sehen.«

Sie nahmen Platz inmitten einer Menge von Beobachtern. Die Tulpenbeete jenseits des Weges flammten wie flackernde Feuerkreise. Ein weißer Dunst, wohl eine zitternde Wolke von Veilchenwurz, hing in der flirrenden Luft. Die bunten Sonnenschirme tanzten auf und nieder wie riesige Schmetterlinge.

Sie brachte ihren Bruder dazu, von sich zu sprechen, von seinen Hoffnungen und Aussichten. Er sprach langsam und mit Anstrengung. Sie gaben einander die Worte, wie Spieler sich die Spielmarken zureichen. Sibyl fühlte sich bedrückt. Es war ihr unmöglich, ihre Freude mitzuteilen. Ein schwaches Lächeln, das sich um diesen mürrischen Mund wand, war alles, was sie an Echo erlangen konnte. Nach einer Weile verstummte sie. Plötzlich erhaschte sie einen Schimmer goldenen Haares und lachender Lippen: in einem offenen Wagen fuhr Dorian Gray mit zwei Damen vorüber.

Sie sprang auf. »Da ist er!« rief sie.

»Wer?« fragte James Vane.

»Prinz Wunderhold«, antwortete sie, während sie der Victoriachaise nachschaute.

Er sprang auf und packt derb ihren Arm. »Zeig ihn mir. Welcher ist er? Zeig mit dem Finger auf ihn. Ich muß ihn sehen!« rief er aus, doch in diesem Augenblick kam der Vierspänner des Herzogs von Berwick dazwischen, und als die Aussicht wieder frei war, hatte der Wagen den Park bereits verlassen.

»Er ist fort«, murmelte Sibyl traurig. »Ich wünschte, du hättest ihn gesehen.«

»Das wünschte ich auch, denn so wahr es einen Gott im Himmel gibt, wenn er dir jemals ein Leid antut, bringe ich ihn um.«

Entsetzt sah sie ihn an. Er wiederholte seine Worte. Sie durchschnitten die Luft wie ein Dolch. Die Leute rundum gafften schon. Eine Dame in ihrer Nähe kicherte.

»Komm fort, Jim, komm fort«, flüsterte sie. Er folgte ihr mürrisch, als sie durch die Menge ging. Er war froh über das, was er gesagt hatte.

Als sie zu der Achillesstatue kamen, drehte sie sich um. Mitleid lag in ihren Augen, das auf ihren Lippen zum Gelächter wurde. Sie schüttelte den Kopf über ihn. »Du bist närrisch, Jim, ganz und gar närrisch, ein übelgelaunter Bub, weiter nichts. Wie kannst du nur so gräßliche Dinge sagen? Du weißt gar nicht, was du redest. Du bist einfach eifersüchtig und unfreundlich. Ach, ich wünschte, du verliebtest dich. Liebe macht die Menschen gut, und was du gesagt hast, war böse.«

»Ich bin sechzehn«, antwortete er, »und ich weiß, was ich will. Mutter ist dir keine Hilfe. Sie ist nicht imstande, auf dich aufzupassen. Ich wünschte jetzt, ich ginge überhaupt nicht nach Australien. Mir ist sehr danach, die ganze Sache hinzuschmeißen. Und das würde ich auch, wenn mein Vertrag nicht schon unterschrieben wäre.«

»Oh, sei doch nicht so ernst, Jim. Du bist wie einer von den Helden in den blöden Melodramen, in denen Mutter immer so gern gespielt hat. Ich werde nicht mit dir streiten. Ich habe ihn gesehen, und ach, ihn sehen ist vollkommenes Glück. Wir wollen nicht streiten. Ich weiß, du würdest niemals einem, den ich liebe, etwas antun, nicht wahr?«

»Vermutlich nicht, solange du ihn liebst«, war die trotzige Antwort.

»Ich werde ihn immer lieben!« rief sie.

»Und er?«

»Desgleichen!«

»Das sollte er auch.«

Entsetzt fuhr sie vor ihm zurück. Dann lachte sie und legte die Hand auf seinen Arm. Er war doch nur ein kleiner Junge.

Am Marble Arch hielten sie einen Omnibus an, der sie in die Nähe ihres schäbigen Heims in der Euston Road brachte. Es war nach fünf Uhr, und Sibyl mußte ein paar Stunden ruhen, ehe sie auftrat. Jim bestand darauf. Er sagte, er wolle lieber von ihr Abschied nehmen, wenn ihre Mutter nicht anwesend sei. Sie würde bestimmt eine Szene machen, und er verabscheue Szenen, einerlei welcher Art.

In Sibyls Zimmer nahmen sie voneinander Abschied. Eifersucht brannte im Herzen des Jungen, und ein wütender, mörderischer Haß gegen den Fremden, der, wie es ihm schien, zwischen sie getreten war. Doch als sie die Arme um seinen Hals schlang und als ihre Finger durch sein Haar fuhren, wurde er weich und küßte sie mit ehrlicher Zuneigung. Tränen standen in seinen Augen, als er die Treppe hinunterging.

Unten wartete seine Mutter auf ihn. Sie murrte über seine Unpünktlichkeit, als er eintrat. Er gab keine Antwort, sondern setzte sich nieder zu seinem kärglichen Mahl. Die Fliegen summten um den Tisch und krochen über das befleckte Tischtuch. Durch das Rumpeln der Omnibusse und das Klappern der Droschken konnte er die dröhnende Stimme vernehmen, die jede ihm noch verbleibende Minute verschlang.

Nach einer Weile stieß er seinen Teller von sich und stützte den Kopf in die Hände. Er fühlte, daß er ein Recht hatte, zu wissen. Wenn es so war, wie er argwöhnte, hätte man es ihm schon längst erzählen sollen. Bleiern vor Furcht beobachtete ihn seine Mutter. Mechanisch tropften Worte von ihren Lippen. Sie zerknüllte ein zerrissenes Spitzentaschentuch zwischen den Fingern. Als die Uhr sechs schlug, stand er auf und ging zur Tür. Dann wandte er sich um und sah sie an. Ihre Augen trafen sich. In den ihren las er eine verstörte Bitte um Barmherzigkeit. Das machte ihn zornig.

»Ich muß dich etwas fragen, Mutter«, sagte er. Ihre Augen wanderten ziellos im Zimmer umher. Sie gab keine Antwort. »Sag mir die Wahrheit. Ich habe ein Recht, zu wissen. Warst du mit meinem Vater verheiratet?«

Sie stieß einen tiefen Seufzer aus. Es war ein Seufzer der Erleichterung. Der schreckliche Augenblick, der Augenblick, den sie Tag und Nacht, Wochen und Monate lang gefürchtet hatte, war endlich gekommen, und sie fühlte kein Entsetzen. In gewissem Maße war es tatsächlich eine Enttäuschung für sie. Die rohe Direktheit der Frage verlangte eine direkte Antwort. Die Situation war nicht allmählich darauf hingeführt worden. Es war unkünstlerisch. Es erinnerte sie an eine schlechte Probe.

»Nein«, antwortete sie, verwundert über die abstoßende Einfachheit des Lebens. »Dann war mein Vater ein Schuft!« rief der Junge und ballte die Fäuste.

Sie schüttelte den Kopf. »Ich wußte, daß er nicht frei war. Wir liebten uns sehr. Wäre er am Leben geblieben, dann hätte er uns versorgt. Sag nichts gegen ihn, mein Sohn. Er war dein Vater und ein Gentleman. Er hatte wirklich vornehme Verbindungen.«

Ein Fluch kam von seinen Lippen. »Mit selbst ist das einerlei«, rief er aus, »aber laß Sibyl nicht ... Es ist ein Gentleman, der sie liebt, nicht wahr, oder zumindest behauptet er es? Hat vermutlich auch vornehme Verbindungen.«

Für einen Augenblick überkam die Frau ein scheußliches Gefühl der Demütigung. Ihr Kopf sank nieder. Mit zittrigen Händen wischte sie sich die Augen. »Sibyl hat eine Mutter«, murmelte sie, »ich hatte keine.«

Der Junge war gerührt. Er ging zu ihr, beugte sich nieder und küßte sie. »Es tut mir leid, daß ich dir weh getan habe, indem ich nach meinem Vater fragte«, sagte er, »aber ich konnte nicht anders. Jetzt muß ich gehen. Leb wohl. Vergiß nicht, daß du jetzt nur noch auf ein Kind zu achten hast, und glaub mir, wenn dieser Mann meiner Schwester ein Leid zufügt, so werde ich herausfinden, wer er ist, werde ihn aufspüren und ihn wie einen Hund umbringen. Das schwöre ich.«

Die übertriebene Unsinnigkeit der Drohung, die leidenschaftliche Gebärde, die sie begleitete, die wahnsinnigen, melodramatischen Worte ließen ihr das Leben bewegter erscheinen. Diese Atmosphäre war ihr vertraut. Sie atmete freier, und zum erstenmal seit vielen Monaten bewunderte sie ihren Sohn wirklich. Sie hätte die Szene gern auf der gleichen Gefühlsskala fortgesetzt, aber er unterbrach sie. Koffer mußten hinuntergetragen und für Schals mußte gesorgt werden. Der Packesel der Pension lief geschäftig ein und aus. Mit dem Kutscher wurde über das Fahrgeld verhandelt. Der Augenblick ging unter in alltäglichen Einzelheiten. In einem neuerlichen Gefühl der Enttäuschung winkte sie mit dem zerrissenen Spitzentaschentuch aus dem Fenster, als ihr Sohn davonfuhr. Sie hatte das Bewußtsein, daß eine große Gelegenheit vertan war. Sie tröstete sich damit, daß sie Sibyl erklärte, wie trostlos ihr Leben nun sein werde, da sie nur noch auf ein Kind zu achten hätte. Sie erinnerte sich an den Satz. Er hatte ihr gefallen. Von der Drohung sagte sie nichts. Sie war lebhaft und dramatisch ausgedrückt worden. Sie hatte das Gefühl, daß sie eines Tages alle darüber lachen würden.

SECHSTES KAPITEL

»Ich nehme an, Sie haben die Neuigkeiten gehört, Basil?« sagte Lord Henry an jenem Abend, als Hallward in ein kleines Privatzimmer im Bristol geführt wurde, wo für drei Personen der Tisch gedeckt war.

»Nein, Harry«, antwortete der Künstler, während er dem sich verbeugenden Kellner Hut und Mantel gab. »Was gibt es? Hoffentlich nichts Politisches? Politik interessiert mich nicht. Kaum ein einziger im Unterhaus ist es wert, gemalt zu werden, wenn auch vielen ein wenig Tünche gut täte.«

»Dorian hat sich verlobt«, sagte Lord Henry und beobachtete ihn beim Sprechen.

Hallward erschrak und runzelte dann die Stirn. »Dorian Gray hat sich verlobt?« rief er. »Unmöglich!«

»Es ist die reine Wahrheit.«

»Mit wem?«

»Mit irgendeiner kleinen Schauspielerin.«

»Ich kann es nicht glauben. Dorian ist viel zu sensibel.«

»Dorian ist viel zu klug, um nicht hin und wieder törichte Dinge zu tun, mein lieber Basil.«

»Heiraten ist schwerlich eine Sache, die man hin und wieder tun kann, Harry.«

»Ausgenommen in Amerika«, warf Lord Henry lässig hin. »Aber ich habe nicht gesagt, daß er geheiratet hat. Ich sagte, er hat sich verlobt. Das ist ein großer Unterschied. Ich kann mich deutlich erinnern, verheiratet zu sein, habe jedoch nicht die leiseste Erinnerung daran, mich je verlobt zu haben. Ich bin geneigt zu glauben, daß ich niemals verlobt war.«

»Aber bedenken Sie doch Dorians Herkunft, seine Stellung und seinen Wohlstand. Es wäre lächerlich von ihm, so tief unter sich zu heiraten.«

»Wenn Sie wollen, daß er dieses Mädchen heiratet, dann sagen Sie ihm das, Basil. Dann wird er es bestimmt tun. Wenn ein Mann jemals etwas ganz und gar Blödsinniges tut, geschieht es immer aus den edelsten Motiven.«

»Ich hoffe, es ist ein gutes Mädchen, Harry. Ich möchte Dorian nicht an irgendein gemeines Geschöpf gebunden sehen, das sein Wesen herabziehen und seinen Geist verderben könnte.«

»Oh, sie ist besser als gut' – sie ist schön«, murmelte Lord Henry und nippte an seinem Glas Wermut mit Pomeranzenbitter. »Dorian sagt, sie ist schön, und in solchen Dingen hat er selten unrecht. Durch ihr Bild von ihm wurde sein Urteil über die äußere Erscheinung anderer Leute geschärft. Unter anderem hat es diese hervorragende Wirkung gehabt. Wir sollen sie heute abend sehen, wenn dieser Junge seine Verabredung nicht vergißt.«

»Ist das Ihr Ernst?«

»Mein völliger Ernst, Basil. Der Gedanke, daß ich jemals ernsthafter sein sollte als in diesem Augenblick, würde mich unglücklich machen.«

»Aber billigen Sie das denn, Harry?« fragte der Maler, während er im Zimmer auf und ab ging und sich auf die Lippen biß. »Sie können es unmöglich billigen. Es ist eine törichte Verblendung.«

»Ich billige oder mißbillige niemals etwas. Das ist eine abgeschmackte Haltung dem Leben gegenüber. Wir sind nicht in die Welt gesetzt worden, um uns mit unseren moralischen Vorurteilen aufzuspielen. Ich beachte niemals, was gewöhnliche Leute sagen, und mische mich nie in das ein, was reizende Leute tun. Wenn mich ein Mensch fasziniert, dann entzückt mich entschieden jede von ihm gewählte Ausdrucksweise. Dorian Gray verliebt sich in ein schönes Mädchen, das die Julia spielt, und macht ihr einen Heiratsantrag. Warum nicht? Wenn er Messalina heiratete, wäre er nichtsdestoweniger interessant. Sie wissen, ich bin kein Verfechter der Ehe. Der wahre Nachteil der Ehe ist, daß sie einen uneigennützig macht. Und uneigennützige Leute sind farblos. Es fehlt ihnen an Individualität. Dennoch gibt es bestimmte Charaktere, die durch die Ehe komplizierter werden. Sie behalten ihren Egoismus und ergänzen ihn mit vielen weiteren Egos. Sie sind gezwungen, mehr als ein Leben zu führen. Sie werden höher organisierte Menschen, und das, sollte ich meinen, ist das Ziel des menschlichen Daseins. Außerdem ist jede Erfahrung wertvoll, und was man auch gegen die Ehe sagen mag, eine Erfahrung ist sie bestimmt. Ich hoffe, Dorian Gray macht dieses Mädchen zu seiner Frau, betet sie sechs Monate lang leidenschaftlich an und wird dann plötzlich von einer anderen entzückt. Er wäre ein wundervolles Studium.«

»Sie glauben kein einziges Wort von alledem, Harry, das wissen Sie. Würde Dorian Grays Leben zerstört, so wäre niemand trauriger darüber als Sie. Sie sind viel besser, als Sie vorgeben.«

Lord Henry lachte. »Der Grund, warum wir alle so gern gut von anderen denken, ist der, daß wir uns alle vor uns selbst fürchten. Der Ausgangspunkt des Optimismus ist schiere Angst. Wir halten uns für edelmütig, weil wir unserm Nächsten Tugenden zuschreiben, die uns selbst wahrscheinlich von Nutzen wären. Wir loben den Bankier, damit wir unser Konto überziehen können, und entdecken gute Eigenschaften an dem Straßenräuber, in der Hoffnung, daß er unsere Taschen vielleicht verschont. Ich glaube alles, was ich gesagt habe. Ich hege die größte Verachtung für den Optimismus. Was ein zerstörtes Leben betrifft – kein Leben ist zerstört außer einem solchen, dessen Wachstum gehemmt ist. Wenn Sie eine Natur verderben wollen, brauchen Sie sie nur zu bessern. Und was die Heirat angeht, die wäre natürlich töricht; es gibt andere, interessantere Bande zwischen Mann und Frau. Ich werde sie bestimmt fördern. Sie haben den Reiz, beliebt zu sein. Doch da ist Dorian. Er wird Ihnen mehr sagen, als ich vermag.«

»Lieber Harry, lieber Basil, ihr müßt mich beide beglückwünschen!« sagte der Jüngling, während er seinen Abendumhang mit den seidengefütterten Flügeln abwarf und seinen Freunden abwechselnd die Hand schüttelte. »Noch nie bin ich so glücklich gewesen. Natürlich ist es unerwartet, aber das sind alle wahrhaft köstlichen Dinge. Und doch scheint es mir das eine zu sein, was ich mein Leben lang erwartet habe.« Er war gerötet vor Aufregung und Freude und sah ungemein hübsch aus.

»Ich hoffe, Sie werden stets glücklich sein, Dorian«, sagte Hallward, »aber ich verzeihe Ihnen nicht ganz, daß Sie mir Ihre Verlobung nicht mitgeteilt haben. Harry haben Sie sie bekanntgegeben.«

»Und ich verzeihe Ihnen nicht, daß Sie zum Essen zu spät gekommen sind«, warf Lord Henry ein, wobei er dem jungen Mann die Hand auf die Schulter legte und lächelte. »Kommen Sie, wir wollen uns setzen und probieren, wie der neue Koch hier ist, und dann werden Sie uns erzählen, wie alles gekommen ist.«

»Da gibt es wirklich nicht viel zu erzählen«, rief Dorian, als sie an dem kleinen runden Tisch Platz genommen hatten. »Es geschah einfach folgendes. Nachdem ich Sie gestern abend verlassen hatte, Harry, zog ich mich um, aß etwas in dem kleinen italienischen Restaurant in der Rupert Street, wo Sie mich eingeführt haben, und ging um acht Uhr ins Theater. Sibyl spielte die Rosalinde. Natürlich war die Dekoration fürchterlich und der Orlando abgeschmackt. Aber Sibyl! Sie hätten sie sehen sollen! Als sie in ihren Knabenkleidern auftrat, war sie ganz wundervoll. Sie trug ein moosgrünes Samtwams mit zimtbraunen Ärmeln, eine enge braune Hose mit kreuzweis gebundenen Kniebändern, ein schmuckes, grünes Käppchen mit einer Falkenfeder, die von einer Agraffe gehalten wurde, und einen dunkelrot gefütterten Schultermantel. Niemals war sie mir köstlicher erschienen. Sie hatte all die zarte Anmut jenes Tanagrafigürchens in Ihrem Atelier, Basil. Ihr Haar bauschte sich um ihr Gesicht wie dunkle Blätter um eine bleiche Rose. Und ihr Spiel – nun, ihr werdet sie heute abend sehen. Sie ist einfach eine geborene Künstlerin. Ich saß völlig verzaubert in der schmutzigen Loge. Ich vergaß, daß ich mich in London und im neunzehnten Jahrhundert befand. Ich war mit meiner Liebsten weit fort in einem Wald, den niemand je gesehen hatte. Nach der Vorstellung ging ich hinter die Bühne und sprach mit ihr. Als wir beisammen saßen, kam plötzlich ein Blick in ihre Augen, den ich nie zuvor wahrgenommen hatte. Meine Lippen näherten sich ihrem Mund. Wir küßten uns. Ich kann euch nicht beschreiben, was ich in diesem Augenblick empfand. Mir war, als hätte sich mein ganzes Leben auf diesen einen, vollkommenen

Gipfelpunkt rosenfarbener Freude zusammengezogen. Sie zitterte am ganzen Leibe und bebte wie eine weiße Narzisse. Dann warf sie sich auf die Knie und küßte mir die Hände. Ich spüre, daß ich euch all das nicht erzählen sollte, aber ich kann nicht anders. Natürlich ist unsere Verlobung ein unbedingtes Geheimnis. Sie hat es nicht einmal ihrer Mutter erzählt. Ich weiß nicht, was meine Vormünder sagen werden. Lord Radley wird bestimmt wütend. Das ist mir einerlei. In weniger als einem Jahr bin ich volljährig, und dann kann ich tun, was ich will. Ich habe recht getan, nicht wahr, Basil, meine Liebe aus der Poesie zu holen und meine Frau in Shakespeares Stücken zu suchen? Lippen, die Shakespeare sprechen lehrte, haben mir ihr Geheimnis ins Ohr geflüstert. Rosalinde schlang die Arme um mich, und ich habe Julias Mund geküßt.«

»Ja, Dorian, ich glaube, Sie haben recht getan«, sagte Hallward langsam. »Haben Sie sie heute gesehen?« fragte Lord Henry.

Dorian Gray schüttelte den Kopf. »Ich verließ sie im Ardennerwald und werde sie in einem Obstgarten zu Verona wiederfinden.«

Lord Henry nippte versonnen an seinem Champagner. »In welchem besonderen Augenblick erwähnten Sie das Wort Heirat, Dorian? Und was gab sie zur Antowrt? Vielleicht haben Sie das alles vergessen?«

»Mein lieber Harry, ich habe es nicht als ein geschäftliches Unternehmen betrachtet und ihr keinen förmlichen Antrag gemacht. Ich sagte ihr, daß ich sie liebe, und sie erwiderte, sie sei nicht wert, meine Frau zu werden. Nicht wert! Nun, die ganze Welt gilt mir nichts im Vergleich zu ihr.«

»Frauen sind erstaunlich praktisch«, murmelte Lord Henry, »viel praktischer als wir. In solcherart Situationen vergessen wir häufig, etwas von Heirat zu sagen, und sie erinnern uns stets daran.«

Hallward legte die Hand auf seinen Arm. »Nicht, Harry. Sie haben Dorian gekränkt. Er ist nicht wie andere Menschen. Niemals würde er jemanden ins Unglück stürzen. Er ist zu zartbesaitet.«

Lord Henry blickte über den Tisch. »Dorian fühlt sich nie

durch mich gekränkt«, antwortete er, »ich habe die Frage aus dem bestmöglichen Grund gestellt, tatsächlich aus dem einzigen Grund, der es entschuldigt, daß man überhaupt Fragen stellt – einfach aus Neugier. Nach meiner Theorie sind es stets die Frauen, die uns Heiratsanträge machen, und nicht wir, die sie den Frauen machen. Ausgenommen natürlich im Leben der Mittelklasse. Aber die Mittelklassen sind schließlich nicht modern.«

Dorian Gray lachte und schüttelte den Kopf. »Sie sind ganz unverbesserlich, Harry, aber es macht mir nichts aus. Man kann Ihnen unmöglich böse sein. Wenn Sie Sibyl Vane sehen, werden Sie spüren, daß der Mann, der ihr weh tun könnte, eine Bestie wäre, eine herzlose Bestie. Ich kann nicht begreifen, wie jemand wünschen kann, das Geschöpf, das er liebt, zu schänden. Ich liebe Sybil Vane. Ich möchte sie auf ein goldenes Piedestal stellen und alle Welt die Frau anbeten sehen, die mein ist. Was ist Ehe? Ein unwiderrufliches Gelübde. Deshalb spotten Sie darüber. Ach, spotten Sie nicht! Ich will ein unwiderrufliches Gelübde ablegen. Ihr Vertrauen macht mich treu, ihr Glaube macht mich gut. Wenn ich bei ihr bin, bereue ich alles, was Sie mich gelehrt haben. Ich werde ein anderer als der, den Sie kannten. Ich bin verwandelt, und die bloße Berührung von Sibyls Hand läßt mich Sie und all Ihre falschen, bestrickenden, vergiftenden, köstlichen Theorien vergessen.«

»Und die sind...?« fragte Lord Henry und nahm sich etwas Salat. »Oh, Ihre Theorien über das Leben, Ihre Theorien über die Liebe, Ihre Theorien über den Genuß. Tatsächlich all Ihre Theorien, Harry.«

»Genuß ist das einzige, was einer Theorie wert ist«, antwortete er mit seiner trägen, melodischen Stimme. »Aber ich fürchte, ich kann meine Theorie nicht als meine eigene in Anspruch nehmen. Sie gehört der Natur, nicht mir. Genuß ist der Prüfstein der Natur, ist ihr Zeichen der Zustimmung. Wenn wir glücklich sind, sind wir immer gut; aber wenn wir gut sind, sind wir nicht immer glücklich.«

»Ach! Aber was meinen Sie mit gut?« rief Basil Hallward.

»Ja, was meinen Sie mit gut, Harry?« kam das Echo von Dorian Gray, der sich in seinem Stuhl zurücklehnte und Lord

Henry über den schweren Strauß purpurlippiger Iris ansah, die auf dem Tisch standen.

»Gut sein heißt mit sich selbst in Einklang sein«, erwiderte Lord Henry, während er mit seinen blassen, fein zugespitzten Fingern den dünnen Stiel seines Glases berührte. »Mißklang ist die Nötigung, mit anderen zu harmonieren. Das eigene Leben – das ist das Wichtige. Was das Leben unserer Nächsten betrifft, so kann man – will man ein Tugendbold oder ein Puritaner sein – mit seinen moralischen Ansichten vor ihnen protzen, aber sie gehen niemanden etwas an. Außerdem hat der Individualismus wirklich das höhere Ziel. Die moderne Moral besteht darin, daß man den Maßstab seiner Zeit akzeptiert. Ich bin der Meinung, daß jeder kultivierte Mensch es für eine Art gröbster Unmoral halten muß, den Maßstab seiner Zeit zu akzeptieren.«

»Aber bestimmt zahlt man einen schrecklichen Preis dafür, wenn man nur für sich lebt, Harry?« bedeutete ihm der Maler.

»Ja, heutzutage werden wir bei allem überfordert. Ich möchte meinen, die wahre Tragödie der Armen ist, daß sie sich nichts anderes als Selbstverleugnung leisten können. Schöne Sünden sind wie alle schönen Dinge das Privileg der Reichen.«

»Man muß auf andere Art bezahlen als mit Geld.«

»Auf welche Art, Basil?«

»Oh, ich denke mir, mit Gewissensbissen, mit Leiden, mit ... nun ja, mit dem Bewußtsein der Erniedrigung.«

Lord Henry zuckte die Achseln. »Mein lieber Freund, mittelalterliche Kunst ist bezaubernd, aber mittelalterliche Gefühle sind unmodern. In der Dichtung kann man sie natürlich anwenden. Aber schließlich sind die einzigen Dinge, die man in der Dichtung anwenden kann, eben solche, die man in der Wirklichkeit nicht mehr benutzt. Glauben Sie mir, kein kultivierter Mensch bereut jemals einen Genuß, und kein unkultivierter Mensch weiß, was Genuß ist.«

»Ich weiß, was Genuß ist«, rief Dorian Gray. »Jemanden anbeten.«

»Das ist sicherlich besser, als angebetet zu werden«, antwortete er, mit ein paar Früchten spielend. »Angebetet zu werden, ist eine lästige Plage. Die Frauen behandeln uns geradeso, wie die Menschheit ihre Götter behandelt. Sie verehren uns und liegen uns ständig in den Ohren, etwas für sie zu tun.«

»Ich würde sagen, alles, was sie von uns fordern, haben sie uns erst gegeben«, murmelte der junge Mann ernst. »Sie erzeugen die Liebe in uns. Sie haben ein Recht, sie zurückzuverlangen.«

»Das ist völlig richtig, Dorian«, rief Hallward. »Nichts ist jemals völlig richtig«, sagte Lord Henry. »Dies aber doch«, unterbrach Dorian. »Sie müssen zugeben, Harry, daß die Frauen den Männern den wahren Reichtum ihres Lebens schenken.«

»Möglich«, seufzte er, »aber unweigerlich verlangen sie ihn dann in geringer Münze zurück. Das ist der Kummer. Frauen, so hat es ein geistreicher Franzose einmal ausgedrückt, flößen uns das Verlangen ein, Meisterwerke zu schaffen, und hindern uns stets, sie auszuführen.«

»Sie sind schrecklich, Harry! Ich weiß nicht, warum ich Sie so gern habe.«

»Sie werden mich immer gern haben, Dorian«, erwiderte er. »Wollt Ihr Kaffee, Freunde? – Ober, bringen Sie Kaffee, Fine Champagne und Zigaretten. Nein, keine Zigaretten. Ich habe welche bei mir. Basil, ich kann Ihnen nicht erlauben, Zigarren zu rauchen. Sie müssen eine Zigarette nehmen. Eine Zigarette ist das vollendete Beispiel eines vollendeten Genusses. Sie ist köstlich und läßt einen unbefriedigt. Was kann man mehr verlangen? Ja, Dorian, Sie werden mich stets gern haben. Ich verkörpere für Sie alle Sünden, die zu begehen Sie nie den Mut hatten.«

»Was für einen Unsinn Sie reden, Harry!« rief der Jüngling und zündete sich an einem feuerspeienden silbernen Drachen, den der Kellner auf den Tisch gestellt hatte, seine Zigarette an. »Laßt uns jetzt ins Theater gehen. Wenn Sibyl auf der Bühne erscheint, werdet ihr ein neues Lebensideal erhalten. Sie wird euch etwas vorstellen, was ihr nie kennengelernt habt.«

»Ich habe alles kennengelernt«, sagte Lord Henry mit einem müden Blick in den Augen, »aber ich bin stets zu einer neuen Gemütsbewegung bereit gewesen. Allerdings fürchte ich, daß es, für mich jedenfalls, dergleichen nicht gibt. Aber Ihr wundervolles Mädchen wird mich vielleicht ergreifen. Ich liebe das

Spiel. Es ist soviel wirklicher als das Leben. Wir wollen gehen. Sie fahren mit mir, Dorian. Es tut mir leid, Basil, aber in meinem Brougham ist nur Platz für zwei. Sie müssen uns in einem Hansom folgen.«

Sie standen auf, zogen ihre Mäntel an und tranken den Kaffee im Stehen. Der Maler war schweigsam und mit seinen Gedanken beschäftigt. Schwermut lastete auf ihm. Diese Heirat war ihm unerträglich, und doch erschien sie ihm besser als viele andere Dinge, die hätten geschehen können. Ein paar Minuten später gingen sie die Treppe hinunter. Er fuhr, wie verabredet, allein und beobachtete die aufblitzenden Lichter des vor ihm fahrenden kleinen Broughams. Ein sonderbares Gefühl des Verlustes überkam ihn. Ihm war, als werde ihm Dorian Gray nie wieder all das sein, was er ihm in der Vergangenheit gewesen war. Das Leben hatte sich zwischen sie gedrängt... Seine Augen verdunkelten sich, und die belebten, glänzenden Straßen verschwammen vor seinem Blick. Als der Wagen vor dem Theater vorfuhr, schien es ihm, als wäre er um Jahre gealtert.

SIEBENTES KAPITEL

Aus irgendeinem Grunde war das Theater an diesem Abend überfüllt, und der fette jüdische Direktor, der ihnen an der Tür entgegenging, erstrahlte von einem Ohr bis zum anderen in einem öligen, flackernden Lächeln. Er geleitete sie mit einer gleichsam prahlerischen Unterwürfigkeit zu ihrer Loge, wobei er seine fetten, juwelengeschmückten Hände wedelte und aus voller Kehle redete. Dorian Gray verabscheute ihn mehr denn je. Ihm war, als wäre er gekommen, Miranda zu sehen, und statt dessen wäre ihm Caliban entgegengetreten. Lord Henry dagegen gefiel er eher. Zumindest behauptete er das und bestand darauf, ihm die Hand zu schütteln und ihm zu versichern, er sei stolz darauf, einen Mann kennenzulernen, der ein wahres Genie entdeckt und um eines Dichters willen bankrott gemacht habe. Hallward unterhielt sich damit, die Gesichter der Parterrebesucher zu betrachten. Die Hitze war entsetzlich drückend, und die riesige Leuchte flammte wie eine ungeheure Dahlie mit Blütenblättern aus gelbem Feuer. Die jungen Leute auf der Galerie hatten ihre Röcke und Westen ausgezogen und über die Brüstung gehängt. Sie unterhielten sich quer durch das Theater und teilten ihre Orangen mit den billig herausgeputzten Mädchen, die bei ihnen saßen. Ein paar Frauen im Parterre lachten. Ihre Stimmen waren abscheulich schrill und mißtönend. Vom Büfett kam der Laut knallender Korken.

»Welch ein Ort, seine Gottheit zu finden!« sagte Lord Henry.

»Ja!« antwortete Dorian Gray. »Hier habe ich sie gefunden, und göttlich ist sie, über alles, was lebt. Diese gewöhnlichen ungebildeten Leute mit ihren derben Gesichtern und rohen Gebärden werden ganz anders, wenn sie auf der Bühne steht. Sie sitzen still und schauen sie an. Sie weinen und lachen auf ihr Geheiß. Sie bringt sie zur Resonanz wie eine Violine. Sie beseelt sie, und man spürt, daß sie vom gleichen Fleisch und Blut sind wie wir selbst.«

»Vom gleichen Fleisch und Blut wie wir selbst? Oh, ich hoffe nicht!« rief Lord Henry aus, der durch sein Opernglas die Galeriebesucher musterte.

»Beachten Sie ihn nicht, Dorian«, sagte der Maler. »Ich verstehe, was Sie meinen, und ich glaube an dieses Mädchen. Wen Sie lieben, der muß wundervoll sein, und ein Mädchen, das so wirkt, wie Sie es schildern, muß schön und edel sein. Seine Zeit zu beseelen – das ist der Mühe wert. Wenn dieses Mädchen solchen eine Seele zu geben vermag, die bisher ohne eine gelebt haben; wenn sie das Gefühl für Schönheit in Menschen zu erzeugen vermag, deren Leben schmutzig und häßlich gewesen ist; wenn sie die Selbstsucht von ihnen abzustreifen und ihnen Tränen zu schenken vermag um solcher Leiden willen, die nicht ihre eigenen sind, dann ist sie Ihrer ganzen Anbetung würdig, der Anbetung aller Welt würdig. Diese Heirat ist ganz richtig. Zuerst war ich nicht der Ansicht, aber jetzt gebe ich es zu. Die Götter haben Sibyl Vane für Sie erschaffen. Ohne sie wären Sie unvollkommen gewesen.«

»Danke, Basil«, antwortete Dorian Gray und drückte ihm die Hand. »Ich wußte, Sie würden mich verstehen. Harry ist so zynisch, er erschreckt mich. Aber da ist das Orchester. Es ist ganz fürchterlich, aber es dauert nur etwa fünf Minuten. Dann geht der Vorhang hoch, und ihr werdet das Mädchen sehen, dem ich mein ganzes Leben schenken werde, dem ich alles gegeben habe, was gut in mir ist.«

Eine Viertelstunde später trat unter einem ungewöhnlichen Beifallssturm Sibyl Vane auf die Bühne. Ja, sie war zweifellos liebreizend anzuschauen – eines der liebreizendsten Geschöpfe, dachte Lord Henry, das er je gesehen hatte. Ihre scheue Anmut und ihre erschrockenen Augen hatten etwas von einem Reh. Eine zarte Röte wie der Schatten einer Rose auf einem Silberspiegel stieg in ihre Wangen, als sie auf das überfüllte, begeisterte Theater blickte. Sie trat ein paar Schritte zurück, und ihre Lippen schienen zu zittern. Basil Hallward sprang auf und applaudierte. Reglos wie ein Träumender saß Dorian Gray und schaute sie an. Lord Henry sah durch sein Glas und murmelte: »Bezaubernd! Bezaubernd!«

Die Szene stellte den Saal im Hause Capulet dar, den Romeo in seinem Pilgergewand mit Mercutio und seinen anderen Freunden betreten hatte. Die Kapelle spielte recht und schlecht ein paar Takte Musik, und der Tanz begann. Durch die Menge ungeschickter, schäbig gekleideter Schauspieler bewegte sich Sybil Vane wie ein Geschöpf aus einer schöneren Welt. Ihr Körper wiegte sich im Tanz, wie sich eine Pflanze im Wasser wiegt. Die geschweiften Linien ihres Halses waren die Linien einer weißen Lilie. Ihre Hände schienen aus kühlem Elfenbein geschaffen. Aber sie war sonderbar gleichgültig. Sie ließ kein Zeichen von Freude erkennen, als ihre Augen auf Romeo ruhten. Die wenigen Worte, die sie zu sprechen hatte –

»Nein, Pilger, lege nichts der Hand zu schulden
Für ihren sittsam-andachtsvollen Gruß;
Der Heilgen Rechte darf Berührung dulden,
Und Hand in Hand ist frommer Waller Kuß« –,

sowie den folgenden kurzen Dialog sprach sie auf durchaus gekünstelte Weise. Die Stimme war herrlich, die Betonung jedoch entschieden falsch. Sie hatte nicht die richtige Färbung. Sie nahm den Versen alles Leben. Sie machte die Leidenschaft unwahr.

Dorian Gray, der sie beobachtete, wurde bleich. Er war bestürzt und unruhig. Keiner von seinen Freunden wagte ihm etwas zu sagen. Sie waren schrecklich enttäuscht. Sie empfanden jedoch als den wahren Prüfstein jeder Julia die Balkonszene im zweiten Akt. Darauf warteten sie. Wenn sie da versagte, war nichts an ihr dran.

Sie sah hinreißend aus, als sie ins Mondlicht heraustrat. Das war nicht zu leugnen. Aber das Theatralische ihres Spiels war unerträglich und wurde immer ärger. Ihre Gebärden wurden lächerlich geziert. Sie überbetonte alles, was sie zu sagen hatte. Die schöne Stelle –

»Du weißt, die Nacht verschleiert mein Gesicht,
Sonst färbte Mädchenröte meine Wangen
Um das, was du vorhin mich sagen hörtest« –

deklamierte sie mit der peinlichen Genauigkeit eines Schulmädchens, dem ein zweitklassiger Sprachlehrer den Vortrag beigebracht hat. Als sie sich über den Balkon neigte und zu den wundervollen Zeilen kam –

»Obwohl ich dein mich freue,
Freu ich mich nicht des Bundes dieser Nacht.
Er ist zu rasch, zu unbedacht, zu plötzlich;
Gleicht allzusehr dem Blitz, der nicht mehr ist,
Noch eh man sagen kann: es blitzt. – Schlaf süß!
Des Sommers warmer Hauch kann diese Knospe
Der Liebe wohl zur schönen Blum entfalten,
Bis wir das nächstemal uns wiedersehn« –,

sprach sie die Worte, als enthielten sie für sie keinen Sinn. Es war keine Nervosität. Weit davon entfernt, nervös zu sein, war sie in der Tat völlig selbstbeherrscht. Es war einfach schlechte Kunst. Sie war ein vollständiger Versager.

Selbst das gewöhnliche, ungebildete Publikum im Parterre und auf der Galerie verlor das Interesse an dem Stück. Die Leute wurden unruhig und begannen laut zu reden und zu pfeifen. Der jüdische Direktor, der im Hintergrund des ersten Ranges stand, stampfte mit den Füßen und fluchte vor Wut. Unerschüttert war einzig das Mädchen.

Als der zweite Akt vorbei war, brach ein Sturm von Pfeifen und Zischen los, und Lord Henry stand von seinem Sitz auf und zog den Mantel an. »Sie ist wunderschön, Dorian«, sagte er, »aber sie kann nicht spielen. Wir wollen gehen.«

»Ich werde mir das Stück bis zum Ende ansehen«, antwortete der junge Mann mit einer harten, bitteren Stimme. »Es tut mir schrecklich leid, daß Sie meinetwegen einen Abend vergeudet haben, Harry. Ich entschuldige mich bei euch beiden.«

»Mein lieber Dorian, ich würde meinen, Miss Vane ist krank«, unterbrach Hallward. »Wir werden ein andermal herkommen.«

»Ich wünschte, sie wäre krank«, versetzte der junge Mann. »Aber sie erscheint mir einfach gefühllos und kalt. Sie ist völlig verändert. Gestern abend war sie eine große Künstlerin. Heute ist sie nur eine gewöhnliche, mittelmäßige Schauspielerin.«

»Sprechen Sie nicht so über jemand, den Sie lieben, Dorian. Liebe ist eine herrlichere Sache als die Kunst.«

»Sie sind beide nur Formen der Nachahmung«, bemerkte Lord Henry. »Aber laßt uns gehen. Sie dürfen nicht länger bleiben, Dorian. Es ist nicht gut für unsere Moral, schlecht spielen zu sehen. Im übrigen nehme ich nicht an, daß Sie von Ihrer Frau verlangen werden, sie soll spielen. Was liegt also daran, wenn sie die Julia wie eine hölzerne Puppe spielt? Sie ist ungemein liebreizend, und wenn sie so wenig vom Leben weiß wie vom Theaterspielen, wird sie eine köstliche Erfahrung sein. Nur zwei Arten von Menschen sind wirklich faszinierend – Leute, die einfach alles wissen, und Leute, die überhaupt nichts wissen. Gütiger Himmel, machen Sie doch nicht so ein tragisches Gesicht, lieber Junge! Das Geheimnis, jung zu bleiben, ist, sich nie einer unbekömmlichen Gefühlsregung hinzugeben. Kommen Sie mit Basil und mir in den Klub. Wir wollen Zigaretten rauchen und auf Sibyl Vanes Schönheit trinken. Schön ist sie. Und was können Sie mehr verlangen?«

»Gehen Sie, Harry«, rief der Junge, »ich möchte allein sein. Basil, Sie müssen gehen. Ach, seht ihr denn nicht, daß mir das Herz bricht?« Heiße Tränen stiegen ihm in die Augen. Seine Lippen bebten, er stürzte in den Hintergrund der Loge, lehnte sich an die Wand und verbarg das Gesicht in den Händen.

»Lassen Sie uns gehen, Basil«, sagte Lord Henry mit einer ungewöhnlichen Zärtlichkeit in der Stimme, und so gingen die beiden jungen Männer zusammen hinaus.

Wenige Augenblicke später flammten die Rampenlichter auf, und der Vorhang hob sich zum dritten Akt. Dorian Gray ging wieder an seinen Platz. Er sah bleich, hochmütig und gleichgültig aus. Das Spiel schleppte sich hin und schien nicht enden zu wollen. Die Hälfte des Publikums ging, lachend und mit schweren Stiefeln trampelnd. Das Ganze war ein Fiasko. Der letzte Akt wurde vor fast leeren Bänken gespielt. Der Vorhang fiel, begleitet von Kichern und Murren.

Sobald es aus war, stürzte Dorian Gray hinter die Kulissen in das Gesellschaftszimmer. Das Mädchen stand dort allein, mit einem Ausdruck des Triumphes im Gesicht. Ihre Augen flammten in einem herrlichen Feuer. Ein Strahlen war um sie. Ihre halb geöffneten Lippen lächelten über ein Geheimnis, das ihr gehörte.

Als er eintrat, sah sie ihn an, und ein Ausdruck unendlicher Freude legte sich über sie.

»Wie schlecht ich heute abend gespielt habe, Dorian!« rief sie.

»Grausig!« antwortete er und starrte sie verwundert an. »Grausig! Es war schrecklich. Bist du krank? Du kannst dir nicht vorstellen, wie es war. Du kannst dir nicht vorstellen, wie ich gelitten habe.« Das Mädchen lächelte. »Dorian«, antwortete sie, mit einer gedehnten Melodie in der Stimme bei seinem Namen verweilend, als wäre er süßer als Honig für die roten Blütenblätter ihres Mundes. »Dorian, du hättest es verstehen müssen. Aber jetzt verstehst du es, nicht wahr?«

»Was verstehen?« fragte er zornig.

»Warum ich heute abend so schlecht war. Warum ich jetzt immer schlecht sein werde. Warum ich nie wieder gut spielen werde.«

Er zuckte die Achseln. »Vermutlich bist du krank. Wenn du krank bist, solltest du nicht spielen. Meinen Freunden war es peinlich. Mir war es peinlich.«

Sie schien ihm nicht zuzuhören. Sie war verklärt von Freude. Eine Ekstase des Glücks beherrschte sie.

»Dorian, Dorian«, rief sie, »ehe ich dich kannte, war Spielen das einzig Wirkliche in meinem Leben. Nur auf der Bühne lebte ich. Ich hielt alles für Wahrheit. An einem Abend war ich Rosalinde, am nächsten Portia. Die Freude der Beatrice war meine Freude, und Cordelias Schmerz war ebenfalls der meine. Ich glaubte an alles. Die alltäglichen Leute, die mit mir spielten, erschienen mir wie Götter. Die gemalten Kulissen waren meine Welt. Ich kannte nur Schattenbilder und hielt sie für etwas Wirkliches. Dann kamst du, o mein schöner Geliebter, und befreitest meine Seele aus dem Gefängnis. Du lehrtest mich, was in Wahrheit wirklich ist. Heute abend durchschaute ich zum ersten Mal in meinem Leben die Hohlheit, den Trug und die Albernheit des eitlen Schaugepränges, in dem ich immer gespielt hatte. Heute abend wurde mir zum erstenmal bewußt, daß Romeo häßlich und alt und geschminkt, daß das Mondlicht im Obstgarten nicht echt war, die Dekorationen gewöhnlich und die Worte, die ich zu sprechen hatte, unecht waren, nicht meine Worte, nicht das, was ich sagen wollte. Du hattest mir Höheres gebracht, etwas, wovon die Kunst nur ein Widerschein ist. Du hast mich begreifen lassen, was die Liebe wirklich ist. Mein Liebster! Mein Liebster! Prinz Wunderhold! Fürst des Lebens! Ich bin der Schattenbilder überdrüssig. Du bist mir mehr, als mir alle Kunst jemals sein kann. Was habe ich mit den Marionetten eines Spiels zu schaffen? Als ich heute abend auftrat, konnte ich nicht begreifen, woran es lag, daß alles von mir gewichen war. Ich dachte, ich würde wundervoll sein. Und ich merkte, daß mir nichts gelang. Plötzlich dämmerte mir in der Seele, was all das bedeutete. Diese Erkenntnis war köstlich für mich. Ich hörte sie zischen, und ich lächelte. Was konnten sie von einer Liebe wie der unseren wissen? Nimm mich fort, Dorian – nimm mich mit dir dahin, wo wir ganz allein sein können. Ich hasse das Theater. Ich könnte eine Leidenschaft nachahmen, die ich nicht fühle; aber ich kann keine nachahmen, die mich wie Feuer brennt. O Dorian, Dorian, begreifst du jetzt, was das bedeutet? Selbst wenn ich dazu imstande wäre, käme es für mich einer Entweihung gleich, wenn ich zu lieben spielte. Du hast mich das erkennen lassen.«

Er warf sich auf eine Ruhebank und wandte das Gesicht ab. »Du hast meine Liebe getötet«, murmelte er.

Sie schaute ihn verwundert an und lachte. Er antwortete nicht darauf. Sie ging zu ihm und streichelte mit ihren kleinen Fingern sein Haar. Sie kniete nieder und drückte seine Hände an die Lippen. Er zog sie fort, und ein Schauder durchrann ihn.

Dann sprang er auf und ging zur Tür. »Ja«, rief er, »du hast meine Liebe getötet. Sonst erregtest du meine Phantasie. Jetzt erregst du nicht einmal meine Neugier. Du bringst einfach keine Wirkung mehr hervor. Ich liebte dich, weil du ein Wunder warst, weil du Genie und Geist hattest, weil du die Träume großer Dichter zur Wirklichkeit machtest und den Schattenbildern der Kunst Form und Inhalt gabst. All das hast du von dir geworfen. Du bist seicht und dumm. Mein Gott! Wie verrückt war ich doch, dich zu lieben! Welch ein Narr war ich! Jetzt bist du mir nichts mehr. Ich will dich nie wiedersehen. Ich will nie mehr an dich denken. Nie wieder will ich deinen Namen erwähnen. Du weißt nicht, was du mir einst warst. Ja, einst... Oh, ich kann den Gedanken daran nicht ertragen! Ich wünschte, du wärest mir nie zu Gesicht gekommen! Du hast den Roman meines Lebens zerstört. Wie wenig kannst du doch von der Liebe wissen, wenn du sagst, sie vernichtet deine Kunst! Ohne deine Kunst bist du nichts. Ich hätte dich berühmt, glänzend und herrlich gemacht. Die Welt hätte dich angebetet, und du hättest meinen Namen getragen. Was bist du jetzt? Eine drittklassige Schauspielerin mit einem hübschen Gesicht.« Das Mädchen wurde weiß und zitterte. Sie krampfte die Hände zusammen, und die Stimme schien ihr im Halse steckenzubleiben. »Das ist doch nicht dein Ernst, Dorian?« murmelte sie. »Du spielst Theater.«

»Theaterspielen! Das überlasse ich dir. Du kannst es ja so gut«, antwortete er bitter.

Sie erhob sich von den Knien und ging mit einem jammervollen Ausdruck des Schmerzes im Gesicht quer durch das Zimmer zu ihm. Sie legte die Hand auf seinen Arm und sah ihn an. Er stieß sie zurück. »Rühr mich nicht an!« schrie er.

Ein tiefes Stöhnen brach aus ihr hervor, und sie warf sich ihm zu Füßen und lag dort wie eine zertretene Blume. »Dorian, Dorian, verlaß mich nicht!« flüsterte sie. »Es tut mir so leid, daß ich nicht gut gespielt habe. Ich habe die ganze Zeit an dich gedacht. Aber ich will es versuchen – wirklich, ich will es versuchen. Sie kam so plötzlich über mich, meine Liebe zu dir. Ich glaube, ich hätte es nie gewußt, wenn du mich nicht geküßt hättest – wenn wir uns nicht geküßt hätten. Küß mich wieder, mein Liebster. Geh nicht fort von mir. Mein Bruder... Nein, das brauchst du nicht zu wissen. Er meinte es nicht so. Er scherzte nur... Aber du, oh, kannst du mir wegen heute abend verzeihen? Ich will mich sehr anstrengen und versuchen, besser zu werden. Sei nicht grausam gegen mich, weil ich dich mehr liebe als irgend etwas auf der Welt. Schließlich habe ich dir nur ein einziges Mal nicht gefallen. Aber du hast ganz recht, Dorian. Ich hätte mich mehr als Künstlerin erweisen sollen. Es war dumm von mir, und doch konnte ich nicht anders. Oh, verlaß mich nicht, verlaß mich nicht!« Ein Anfall leidenschaftlichen Schluchzens erstickte sie. Sie kauerte am Boden wie ein verwundetes Geschöpf, und Dorian Gray blickte mit seinen schönen Augen auf sie nieder, und seine gemeißelten Lippen warfen sich in köstlicher Verachtung auf. Die Gefühle von Menschen, die man nicht mehr liebt, haben stets etwas Lächerliches. Sibyl Vane erschien ihm auf eine abgeschmackte Weise melodramatisch. Ihre Tränen, ihr Schluchzen ärgerten ihn.

»Ich gehe«, sagte er schließlich mit seiner ruhigen, klaren Stimme. »Ich möchte nicht unfreundlich sein, aber ich kann dich nicht wiedersehen. Du hast mich enttäuscht.«

Sie weinte still und gab keine Antwort, kroch jedoch näher. Ihre kleinen Hände streckten sich tastend aus und schienen nach ihm zu suchen. Er machte auf dem Absatz kehrt und verließ den Raum. Wenige Augenblicke später hatte er das Theater verlassen.

Er wußte kaum, wohin er ging. Er erinnerte sich, durch trübe beleuchtete Straßen gewandert zu sein, vorbei an elenden, schwarz verschatteten Torbogen und übel aussehenden Häusern. Weiber mit heiseren Stimmen und schrillem Gelächter hatten ihm nachgerufen. Trunkenbolde waren fluchend vorbeigetaumelt und hatten wie Riesenaffen mit sich selbst geschwatzt. Er hatte groteske Kinder zusammengedrängt auf Türstufen hocken sehen und aus düsteren Höfen Angstschreie und Flüche gehört.

Als die Dämmerung eben anbrach, sah er sich in der Nähe von Covent Garden. Die Dunkelheit hob sich, und von schwachen Feuern gerötet, höhlte sich der Himmel zu einer makellosen Perle aus. Große, mit nickenden Lilien gefüllte Lastkarren rumpelten langsam die glatte, leere Straße hinunter. Die Luft war schwer vom Duft der Blumen, und ihre Schönheit schien seinem Schmerz Linderung zu bringen. Er folgte ihnen bis zum Markt und sah zu, wie die Männer ihre Wagen entluden. Ein Fuhrmann in weißem Kittel bot ihm Kirschen an. Er dankte ihm, verwundert, daß er sich weigerte, Geld dafür zu nehmen, und aß sie lustlos. Sie waren um Mitternacht gepflückt, und die Kälte des Mondes war in sie gedrungen. Eine lange Reihe Buben mit Körben voll gestreifter Tulpen und gelber und roter Rosen zog an ihm vorbei und wand sich mühsam durch die ungeheuren jadegrünen Gemüsestapel. Unter der Halle mit ihren grauen, von der Sonne gebleichten Säulen lungerte eine Schar schmuddliger, barhäuptiger Mädchen herum, die auf das Ende der Versteigerung warteten. Andere drängten sich um die Windfangtüren des Kaffeehauses in dem Säulengang. Die schweren Karrengäule rutschten und stampften auf den groben Steinen und schüttelten ihre Schellen und Geschirre. Ein paar von den Fuhrleuten lagen schlafend auf einem Haufen Säcke. Mit irisfarbenen Hälsen und rosenroten Füßen liefen die Tauben umher und pickten Samen auf.

Nach einer Weile rief er einen Hansom an und fuhr heim. Ein paar Augenblicke zögerte er auf der Stufe vor der Haustür und schaute sich auf dem stillen Platz mit seinen öden, fest geschlossenen Fensterläden und starrenden Rouleaus um. Der Himmel war jetzt ein reiner Opal, und die Dächer der Häuser glitzerten gegen ihn wie Silber. Aus einem Kamin gegenüber stieg eine dünne Rauchgirlande. Sie kräuselte sich als ein violettes Band durch die perlmuttfarbene Luft.

In der großen, vergoldeten venezianischen Laterne, erbeutet aus der Barke eines Dogen, die von der Decke der ausladenden, eichegetäfelten Eingangshalle herabhing, brannte noch das Licht von drei flackernden Gasflammen, zarten, blauen Blütenblättern aus Feuer, umrandet von Weißglut. Er drehte sie aus, warf Hut und Umhang auf den Tisch und ging durch die Bibliothek zu der Tür seines Schlafzimmers, eines großen, achteckigen Raumes zu ebener Erde, den er eben erst in seinem neugeborenen Gefühl für Luxus verschönt und mit ein paar seltenen Renaissancegobelins behängt hatte, die man in einer unbenutzten Dachkammer in Selby Royal entdeckt hatte. Als er den Türknauf drehte, fiel sein Blick auf das Bild, das Basil Hallward von ihm gemalt hatte. Er fuhr gleichsam betroffen zurück. Dann ging er weiter in sein Zimmer, mit etwas bestürztem Gesicht. Als er die Blume aus seinem Knopfloch entfernt hatte, schien er zu zögern. Schließlich ging er zurück, trat vor das Bild und prüfte es. In dem matten, gedämpften Licht, das durch die cremefarbenen Seidenvorhänge drang, kam ihm das Gesicht ein wenig verändert vor. Der Ausdruck sah anders aus. Man hätte meinen können, ein Anflug von Grausamkeit läge um den Mund. Es war wirklich sonderbar.

Er drehte sich um, ging zum Fenster und zog den Vorhang auf. Der helle Morgen flutete in den Raum und fegte die eingebildeten Schatten in dunkle Winkel, wo sie schaudernd lagen. Doch der sonderbare Ausdruck, den er in dem Gesicht des Bildes bemerkt hatte, schien dort zu verweilen, ja, sogar noch stärker geworden zu sein. Das flimmernde grelle Sonnenlicht zeigte ihm die grausamen Linien um den Mund so deutlich, als blicke er in einen Spiegel, nachdem er etwas Schreckliches getan hatte.

Er fuhr zusammen, nahm vom Tisch einen ovalen Spiegel, den elfenbeinerne Liebesgötter hielten, eins der vielen Geschenke Lord Henrys, und schaute hastig in seine blanke Tiefe. Keine solche Linie verzerrte seine roten Lippen. Was bedeutete das?

Er rieb sich die Augen, ging dicht an das Bild heran und prüfte es abermals. Keinerlei Zeichen der Veränderung waren an der Malerei festzustellen, und doch gab es keinen Zweifel darüber, daß sich der ganze Ausdruck gewandelt hatte. Das war keine bloße Einbildung von ihm. Die Sache war auf grausige Weise ersichtlich.

Er warf sich in einen Sessel und begann nachzudenken. Plötzlich fuhr ihm wie ein Blitz durch den Kopf, was er in Basil Hallwards Atelier an jenem Tage gesagt hatte, als das Bild fertig wurde. Ja, er erinnerte sich genau. Er hatte den wahnsinnigen Wunsch geäußert, er selbst möge jung bleiben und das Bild altern, seine eigene Schönheit möge nicht getrübt werden und das Gesicht auf der Leinwand die Bürde seiner Leidenschaften und Sünden tragen, das gemalte Ebenbild möge versehrt werden von den Linien des Leidens und Denkens und er selbst möge die zarte Blüte und den ganzen Liebreiz seiner eben erst zum Bewußtsein erwachten Jugend behalten. Sein Wunsch war doch gewiß nicht erfüllt worden? Schon allein der Gedanke daran erschien ungeheuerlich. Und doch, da war das Bild vor ihm mit dem Anflug von Grausamkeit um den Mund.

Grausamkeit! War er grausam gewesen? Es war die Schuld des Mädchens, nicht die seine. Er hatte von ihr als einer großen Künstlerin geträumt, hatte ihr seine Liebe geschenkt, weil er sie für bedeutend gehalten hatte. Dann hatte sie ihn enttäuscht. Sie hatte sich als flach und wertlos erwiesen. Und dennoch überkam ihn ein Gefühl unendlichen Bedauerns, als er an sie dachte, wie sie zu seinen Füßen lag und gleich einem Kind schluchzte. Er erinnerte sich daran, mit welcher Gefühllosigkeit er sie beobachtet hatte. Warum war er so geschaffen? Warum war ihm eine solche Seele gegeben? Doch er hatte ebenfalls gelitten. In den drei furchtbaren Stunden, die das Stück dauerte, hatte er Jahrhunderte der Qual, Äonen der Pein durchlebt. Sein Leiden war wohl das ihre wert. Hatte er sie für ein Leben lang verwundet, so hatte sie ihn für einen Augenblick vernichtet. Außerdem waren Frauen besser geeignet, Kummer zu ertragen, als Männer. Sie lebten von ihren Gefühlen. Sie dachten nur an ihre Gefühle. Wenn sie sich Liebhaber nahmen, so geschah es nur deshalb, damit sie jemanden hatten, dem sie Szenen machen konnten. Das hatte ihm Lord Henry gesagt, und Lord Henry wußte über die Frauen Bescheid. Warum sollte er sich wegen Sibyl Vane beunruhigen? Sie bedeutete ihm nichts mehr.

Aber das Bild? Was sollte er dazu sagen? Es barg das Geheimnis seines Lebens und erzählte seine Geschichte. Es hatte ihn gelehrt, seine eigene Schönheit zu lieben. Würde es ihn lehren, seine eigene Seele zu hassen? Würde er es je wieder ansehen?

Nein, es war nur eine Täuschung der verwirrten Sinne. Die schreckliche Nacht, die er erlebte, hatte Gespenster zurückgelassen. Unvermutet war der winzige scharlachrote Fleck auf sein Gehirn gefallen, der Menschen wahnsinnig macht. Das Bild hatte sich nicht verändert. Es war unsinnig, das zu glauben.

Dennoch belauerte es ihn mit seinem schönen, verdorbenen Gesicht und seinem grausamen Lächeln. Sein helles Haar leuchtete im Sonnenlicht. Seine blauen Augen begegneten den seinen. Ein Gefühl unendlichen Mitleids, nicht mit sich selbst, sondern mit seinem gemalten Ebenbild überkam ihn. Es hatte sich bereits verändert und würde sich noch mehr verändern. Sein Gold würde zu Grau verdorren. Seine roten und weißen Rosen würden sterben. Für jede Sünde, die er beging, würde ein Schandfleck seine Schönheit besudeln und verderben. Aber er wollte nicht sündigen. Verändert oder unverändert würde ihm das Bildnis das sichtbare Symbol des Gewissens sein. Er wollte Versuchungen widerstehen. Er wollte Lord Henry nicht wiedersehen – auf jeden Fall wollte er nicht mehr jenen spitzfindigen, vergiftenden Theorien lauschen, die in Basil Hallwards Garten zum erstenmal die Leidenschaft für unmögliche Dinge in ihm erregt hatten. Er wollte zu Sibyl Vane zurückkehren, wollte wiedergutmachen, sie heiraten und sie wieder zu lieben versuchen. Ja, das war seine Pflicht. Sie mußte mehr gelitten haben als er. Armes Kind! Er hatte selbstsüchtig und grausam gegen sie gehandelt. Der Zauber, den sie auf ihn ausgeübt hatte, würde wiederkehren. Sie würden miteinander glücklich sein. Sein Leben mit ihr würde schön und ungetrübt sein.

Er stand aus seinem Sessel auf und zog vor das Bild, schaudernd bei seinem Anblick, einen großen Paravent. »Wie gräßlich!« murmelte er vor sich hin und ging zu der Glastür und öffnete sie. Als er auf den Rasen hinaustrat, holte er tief Atem. Die frische Morgenluft schien all seine düsteren Gemütserregungen zu vertreiben. Er dachte nur an Sibyl. Ein schwaches Echo seiner Liebe kehrte zu ihm zurück. Wieder und wieder sprach er ihren Namen aus. Die Vögel, die in dem taunassen Garten sangen, schienen den Blumen von ihr zu erzählen.

ACHTES KAPITEL

Mittag war längst vorbei, als er erwachte. Sein Diener war mehrmals auf Zehenspitzen ins Zimmer geschlichen, um zu sehen, ob er sich rühre, und hatte sich gewundert, warum sein junger Herr so lange schlafe. Endlich läutete er, und Victor kam leise herein mit einer Tasse Tee und einem Stapel Briefe auf einem Tablett aus altem Sèvresporzellan und zog die olivfarbenen Atlasvorhänge mit ihrem schimmernden blauen Futter von den drei großen Fenstern zurück.

»Monsieur hat heute morgen gut geschlafen«, sagte er lächelnd.

»Wie spät ist es, Victor?« fragte Dorian Gray schlaftrunken.

»Viertel zwei, Monsieur.«

Wie spät es war! Er setzte sich auf, und nachdem er etwas Tee getrunken hatte, wandte er sich seinen Briefen zu. Einer war von Lord Henry und war morgens durch einen Boten zugestellt worden. Er zögerte einen Augenblick und legte ihn dann beiseite. Die anderen öffnete er teilnahmslos. Es war die übliche Sammlung von Visitenkarten, Einladungen zum Essen, Einlaßkarten zu privaten Besichtigungen, Programmen von Wohltätigkeitskonzerten und ähnlichem, mit denen vornehme junge Leute in der Gesellschaftssaison allmorgendlich überschüttet werden. Hinzu kam eine ziemlich hohe Rechnung für eine ziselierte Louis-Quinze-Toilettengarnitur, die seinen Vormündern zu schicken er noch nicht gewagt hatte, höchst altmodischen Leuten, die keinen Sinn dafür hatten, daß man in einer Zeit lebte, in der unnötige Dinge die einzig nötigen waren, ferner mehrere sehr höflich abgefaßte Mitteilungen von Geldverleihern aus der Jermyn Street, die sich erboten, jede beliebige Summe augenblicklich und zu den mäßigsten Zinsen vorzustrecken.

Zehn Minuten später stand er auf, warf sich einen kunstvoll gearbeiteten Morgenrock aus Kaschmirwolle mit Seidenstickerei um und ging in das onyxgekachelte Badezimmer. Das kühle Wasser erfrischte ihn nach dem langen Schlaf. Er schien alles vergessen zu haben, was er durchgemacht hatte. Einige Male überkam ihn die unklare Empfindung, an einer Tragödie teilgenommen zu haben, aber sie hatte das Unwirkliche eines Traumes.

Sobald er angekleidet war, ging er in die Bibliothek und setzte sich zu einem leichten französischen Frühstück nieder, das auf einem kleinen, runden Tisch in der Nähe des offenen Fensters für ihn bereitstand. Es war ein herrlicher Tag. Die warme Luft schien von würzigen Gerüchen erfüllt. Eine Biene flog herein und summte um die Schale mit dem blauen Drachenmuster und den schwefelgelben Rosen darin, die vor ihm stand. Er fühlte sich vollkommen glücklich.

Plötzlich fiel sein Blick auf den Paravent, den er vor das Bild gestellt hatte, und er fuhr zusammen.

»Zu kalt für Monsieur?« fragte sein Diener, während er eine Omelette auf den Tisch stellte. »Soll ich das Fenster schließen?«

Dorian Gray schüttelte den Kopf. »Mir ist nicht kalt«, murmelte er.

War denn alles wahr? Hatte sich das Bild wirklich verändert? Oder hatte er sich nur eingebildet, einen bösen Ausdruck zu sehen, wo ein Ausdruck der Freude war? Eine bemalte Leinwand konnte sich doch gewiß nicht verändern? Die Sache war unsinnig. Sie war geeignet, Basil eines Tages als ein Märchen erzählt zu werden. Er würde darüber lächeln.

Und doch, wie lebendig war seine Erinnerung an das Ganze! Zuerst im trüben Zwielicht und dann im hellen Morgen hatte er den grausamen Zug um die verzerrten Lippen gesehen. Er fürchtete sich beinahe davor, wenn sein Diener den Raum verließ. Er wußte, daß er das Bild würde prüfen müssen, wenn er allein war. Er hatte Angst vor der Gewißheit. Als Victor den Kaffee und die Zigaretten gebracht hatte und sich zum Gehen wandte, verspürte er ein wildes Verlangen, ihm zu sagen, er möge bleiben. Als sich die Tür hinter ihm schloß, rief er ihn zurück. Der Diener stand da und wartete auf seine Befehle. Dorian sah ihn einen Augenblick an. »Ich bin heute für niemanden zu sprechen, Victor«, sagte er mit einem Seufzer. Der Mann verbeugte sich und ging hinaus.

Nun stand er vom Tisch auf, zündete sich eine Zigarette an und warf sich auf ein üppig mit Kissen ausgestattetes Ruhelager, das vor dem Paravent stand. Es war ein alter Paravent aus vergoldetem Saffianleder, in das ein etwas überladenes Louis-Quatorze-Muster gepreßt und geschnitten war. Er betrachtete ihn aufmerksam und fragte sich, ob er wohl schon je zuvor das Lebensgeheimnis eines Menschen verborgen habe.

Sollte er ihn überhaupt beiseite schieben? Warum sollte er ihn nicht stehenlassen? Welchen Nutzen hatte das Wissen? Wenn sich die Sache in Wahrheit so verhielt, war sie schrecklich. War sie nicht wahr, warum sollte er sich dann darüber beunruhigen? Doch was, wenn durch ein Verhängnis oder einen gefährlichen Zufall andere Augen als die seinen es dahinter erspähten und die gräßliche Veränderung sahen? Was sollte er tun, wenn Basil Hallward kam und sein eigenes Bild zu sehen verlangte? Das würde Basil bestimmt tun. Nein, der Sache mußte auf den Grund gegangen werden, und zwar sofort. Alles würde besser sein als dieser furchtbare Zustand der Ungewißheit.

Er stand auf und verschloß die Türen. Zumindest wollte er allein sein, wenn er die Maske seiner Schande betrachtete. Dann zog er den Paravent zur Seite und sah sich selbst von Angesicht zu Angesicht. Es war entschieden wahr. Das Bild hatte sich verändert.

Später entsann er sich häufig, und stets mit nicht geringer Verwunderung, daß er das Bild zunächst mit einem Gefühl fast wissenschaftlichen Interesses angestarrt hatte. Es erschien ihm unglaublich, daß sich eine solche Veränderung vollzogen haben sollte. Und doch war es eine Tatsache. Bestand irgendeine geheime Verwandtschaft zwischen den chemischen Teilchen, die sich auf der Leinwand zu Form und Farbe fügten, und der Seele in seiner Brust? Konnte es angehen, daß sie ausführten, was seine Seele dachte? Daß sie wahr machten, was diese träumte? Oder gab es eine andere, noch schrecklichere Ursache dafür? Er schauderte und fühlte Angst, und er ging zurück zu dem Ruhebett, legte sich nieder und starrte mit entsetztem Grausen auf das Bild.

Etwas jedoch, fühlte er, hatte es für ihn getan. Es hatte ihm zum Bewußtsein gebracht, wie ungerecht, wie grausam er gegen Sibyl Vane gewesen war. Es war nicht zu spät, es wiedergutzumachen. Seine unechte und selbstsüchtige Liebe würde einer höheren Gewalt nachgeben, würde in eine edlere Leidenschaft verwandelt werden, und das Bild, das Basil Hallward von ihm gemalt hatte, würde ihm ein Führer durchs Leben sein, würde ihm das sein, was für manche die Frömmigkeit, für andere das Gewissen und für uns alle die Gottesfurcht ist. Es gab Opiate gegen Gewissensbisse, Drogen, die das sittliche Gefühl einzuschläfern vermochten. Doch hier hatte er ein sichtbares Symbol für die Erniedrigung durch die Sünde. Hier war ein immer gegenwärtiges Zeichen des Verderbens, das die Menschen über ihre Seele brachten.

Es schlug drei Uhr und vier Uhr, und die halben Stunden ließen ihren Doppelschlag ertönen, aber Dorian Gray rührte sich nicht. Er versuchte, die Scharlachfäden des Lebens zu fassen und zu einem Muster zu verweben, seinen Weg durch das blutrote Labyrinth der Leidenschaft zu finden, das er durchwanderte. Er wußte nicht, was er tun oder was er denken sollte. Schließlich ging er zu dem Tisch und schrieb einen leidenschaftlichen Brief an das Mädchen, das er geliebt hatte, bat sie inständig um Verzeihung und klagte sich des Wahnsinns an. Seite um Seite bedeckte er mit schwärmerischen Worten des Schmerzes und mit noch schwärmerischeren der Qual. Es liegt eine gewisse Wollust in der Selbstanklage. Wenn wir uns selbst tadeln, so mit dem Gefühl, daß kein anderer das Recht habe, uns zu tadeln. Es ist die Beichte, die Absolution erteilt, nicht der Priester. Als Dorian den Brief beendet hatte, fühlte er, daß ihm vergeben worden war.

Plötzlich klopfte es an die Tür, und er hörte draußen Lord Henrys Stimme. »Mein lieber Junge, ich muß Sie sprechen. Lassen Sie mich sofort ein. Ich kann es nicht dulden, daß Sie sich auf diese Weise einschließen.«

Zuerst gab er keine Antwort, sondern verhielt sich ganz still. Das Klopfen hörte nicht auf und wurde lauter. Ja, es war besser, Lord Henry einzulassen und ihm zu erklären, daß er ein neues Leben führen wolle, mit ihm zu streiten, wenn es unerläßlich wurde, zu streiten, sich von ihm zu trennen, wenn die Trennung unvermeidlich war. Er sprang auf, schob hastig den Paravent vor das Bild und schloß die Tür auf.

»All das tut mir so leid, Dorian«, sagte Lord Henry, als er eintrat. »Aber Sie dürfen nicht zuviel darüber nachdenken.«

»Meinen Sie, über Sibyl Vane?« fragte der junge Mann.

»Natürlich«, antwortete Lord Henry, während er sich in einen Sessel fallen ließ und langsam seine gelben Handschuhe auszog. »Es ist von einem bestimmten Gesichtspunkt aus schrecklich, aber es war nicht Ihre Schuld. Sagen Sie, sind Sie hinter die Bühne gegangen und haben Sie mit ihr gesprochen, als das Stück aus war?«

»Ja.«

»Das dachte ich mir. Haben Sie ihr eine Szene gemacht?«

»Ich war brutal, Harry – einfach brutal. Aber jetzt ist alles in Ordnung. Ich bedaure nichts von dem, was geschehen ist. Es hat mich gelehrt, mich besser kennenzulernen.«

»Ach, Dorian, ich bin so froh, daß Sie es auf diese Weise hinnehmen! Ich fürchtete, Sie völlig zerknirscht zu finden, wie Sie sich Ihr hübsches Lockenhaar raufen.«

»All das habe ich durchgemacht«, sagte Dorian, den Kopf schüttelnd und lächelnd. »Jetzt bin ich vollkommen glücklich. Vor allem weiß ich, was Gewissen ist. Es ist nicht das, was Sie mir gesagt haben. Es ist das Göttlichste in uns. Spötteln Sie nie mehr darüber, Harry – zumindest nicht in meiner Gegenwart. Ich möchte gut sein. Ich kann den Gedanken nicht ertragen, daß meine Seele abscheulich ist.«

»Eine hinreißend künstlerische Grundlage für Moral, Dorian! Ich beglückwünsche Sie dazu. Aber wie wollen Sie damit anfangen?«

»Indem ich Sibyl Vane heirate.«

»Sibyl Vane heiraten?« rief Lord Henry, stand auf und sah ihn mit bestürzter Verwunderung an. »Aber mein lieber Dorian ...«

»Ja, Harry, ich weiß, was Sie sagen wollen. Irgend etwas Schreckliches über die Ehe. Sagen Sie mir nie wieder dergleichen Dinge. Vor zwei Tagen bat ich Sibyl Vane, mich zu heiraten. Ich werde mein Wort nicht brechen. Sie soll meine Frau werden.«

»Ihre Frau? Dorian! ... Haben Sie meinen Brief nicht erhalten? Ich habe Ihnen heute morgen geschrieben und Ihnen den Brief durch meinen eigenen Diener hergeschickt.«

»Ihren Brief? O ja, ich erinnere mich. Ich habe ihn noch

nicht gelesen, Harry. Ich fürchtete, es stünde vielleicht etwas darin, was mir nicht gefiele. Sie zerstückeln das Leben mit Ihren Aphorismen.«

»Dann wissen Sie also noch nichts?«

»Was meinen Sie?«

Lord Henry ging durch das Zimmer, setzte sich neben Dorian Gray, ergriff seine beiden Hände und hielt sie fest in den seinen. »Dorian«, sagte er, »mein Brief – erschrecken Sie nicht – sollte Ihnen sagen, daß Sibyl Vane tot ist.«

Ein Schrei des Schmerzes löste sich von den Lippen des jungen Mannes, er sprang auf und entriß seine Hände dem Griff Lord Henrys. »Tot? Sibyl tot? Das ist nicht wahr! Es ist eine gräßliche Lüge! Wie können Sie wagen, so etwas zu behaupten?«

»Es ist die volle Wahrheit, Dorian«, sagte Lord Henry ernst. »Es steht in allen Morgenzeitungen. Ich schrieb Ihnen und bat Sie, niemanden zu empfangen, bis ich käme. Es wird natürlich eine Leichenschau geben, und Sie dürfen nicht in sie verwickelt werden. In Paris macht einen dergleichen berühmt. Aber in London sind die Leute so voreingenommen. Hier sollte man nie mit einem Skandal debütieren. Das sollte man sich aufsparen, um sich auf seine alten Tage interessant zu machen. Ich nehme an, Ihr Name ist im Theater nicht bekannt? Wenn nicht, ist alles in Ordnung. Hat Sie jemand in ihre Garderobe gehen sehen? Das ist ein wichtiger Punkt.«

Dorian antwortete eine Weile nicht. Er war betäubt vor Entsetzen. Schließlich stammelte er mit erstickter Stimme: »Harry, sagten Sie, eine Leichenschau? Was haben Sie damit gemeint? Hat Sibyl...? O Harry, ich kann es nicht ertragen! Aber machen Sie es kurz. Erzählen Sie mir auf der Stelle alles.«

»Für mich besteht kein Zweifel darüber, daß es kein Unfall war, Dorian, wenn es auch der Öffentlichkeit so dargestellt werden mußte. Anscheinend hat sie, als sie gegen halb eins oder so mit ihrer Mutter das Theater verließ, behauptet, sie habe oben etwas vergessen. Man wartete eine Zeitlang auf sie, aber sie kam nicht wieder herunter. Schließlich fand man sie tot auf dem Fußboden ihrer Garderobe. Sie hatte versehentlich etwas geschluckt, irgend etwas Gräßliches, was man beim Theater braucht. Ich weiß nicht, was es war, aber es enthielt entweder Blausäure oder Bleiweiß. Ich würde meinen, es war Blausäure, denn sie scheint unmittelbar darauf gestorben zu sein.«

»Harry, Harry, das ist schrecklich!« rief der Jüngling.

»Ja, es ist natürlich sehr tragisch, aber Sie dürfen sich nicht in die Sache verwickeln lassen. Dem ›Standard‹ entnehme ich, daß sie siebzehn war. Ich hätte sie für fast noch jünger gehalten. Sie sah so kindlich aus und schien so wenig vom Theaterspielen zu verstehen. Sie dürfen sich durch die Sache nicht nervös machen lassen, Dorian. Sie müssen mitkommen und mit mir essen, und danach wollen wir einen Blick in die Oper werfen. Heute abend singt die Patti, und alle Welt wird dasein. Sie können in die Loge meiner Schwester mitkommen. Sie hat ein paar hübsche Frauen bei sich.«

»Ich habe also Sibyl Vane ermordet«, sagte Dorian Gray, mehr zu sich selbst, »so gewiß ermordet, als hätte ich ihren kleinen Hals mit einem Messer durchschnitten. Dennoch sind die Rosen deswegen nicht weniger lieblich. Die Vögel singen noch ebenso glücklich in meinem Garten. Und heute abend werde ich mit Ihnen speisen und dann in die Oper gehen und danach vermutlich irgendwo zur Nacht essen. Wie ungemein dramatisch das Leben ist! Hätte ich all das in einem Buch gelesen, Harry, ich glaube, ich hätte darüber geweint. Nun es aber wirklich geschehen und mir geschehen ist, erscheint es mir irgendwie viel zu wunderbar für Tränen. Hier liegt der erste leidenschaftliche Liebesbrief, den ich in meinem Leben geschrieben habe. Seltsam, daß mein erster leidenschaftlicher Liebesbrief an ein totes Mädchen gerichtet sein sollte. Ob sie wohl noch fühlen können, diese weißen, schweigenden Menschen, die wir Tote nennen? Sibyl! Kann sie fühlen oder wissen oder hören? O Harry, wie sehr ich sie einst liebte! Es scheint mir jetzt Jahre her zu sein. Sie war mir alles. Dann kam dieser furchtbare Abend – war es wirklich erst der gestrige Abend? –, als sie so schlecht spielte und mir fast das Herz brach. Sie hat mir alles erklärt. Es war ungeheuer rührend. Aber mich rührte es nicht ein bißchen. Ich hielt sie für flach. Plötzlich geschah etwas, das mir angst machte. Ich kann Ihnen nicht erzählen, was es war, aber es war schrecklich. Ich beschloß, zu ihr zurückzukehren.

Ich fühlte, daß ich unrecht getan hatte. Und nun ist sie tot. Mein Gott! Mein Gott! Was soll ich nur tun, Harry? Sie wissen nicht, in welcher Gefahr ich mich befinde, und es gibt nichts, was mich aufrecht halten könnte. Sie hätte es gekonnt. Sie hatte kein Recht, sich zu töten. Es war selbstsüchtig von ihr.«

»Mein lieber Dorian«, erwiderte Lord Henry, während er eine Zigarette aus seinem Etui nahm und ein Feuerzeug aus Goldmessing hervorholte, »nur auf eine einzige Art vermag eine Frau jemals einen Mann zu bessern, indem sie ihn nämlich so grenzenlos langweilt, daß er jedes nur erdenkliche Interesse am Leben verliert. Hätten Sie dieses Mädchen geheiratet, so wären Sie unglücklich geworden. Natürlich hätten Sie sie freundlich behandelt. Zu Leuten, an denen einem nichts liegt, kann man immer freundlich sein. Sie hätte aber bald herausgefunden, daß sie ihnen völlig gleichgültig war. Und wenn eine Frau das bei ihrem Mann feststellt, wird sie entweder gräßlich schlampig oder trägt sehr elegante Hüte, die ihr der Ehemann einer anderen Frau bezahlt hat. Ich rede nicht von dem gesellschaftlichen Mißgriff, er wäre erniedrigend gewesen, und ich hätte ihn natürlich nie zugelassen, aber ich versichere Ihnen, daß die ganze Sache auf jeden Fall ein absoluter Fehlschlag gewesen wäre.«

»Vermutlich«, murmelte der junge Mann, der im Zimmer auf und ab ging und erschreckend bleich aussah. »Aber ich hielt es für meine Pflicht. Es ist nicht meine Schuld, daß diese furchtbare Tragödie mich gehindert hat, das Rechte zu tun. Ich erinnere mich, daß Sie einmal sagten, es läge ein Verhängnis über guten Vorsätzen – man fasse sie stets zu spät. Bei den meinen war es bestimmt so.«

»Gute Vorsätze sind nutzlose Versuche, in wissenschaftliche Gesetze einzugreifen. Ihr Ursprung ist pure Eitelkeit. Ihr Resultat ist entschieden gleich Null. Hin und wieder verschaffen sie uns jene überschwenglichen, unfruchtbaren Gemütserregungen, die für die Schwachen einen gewissen Reiz besitzen. Das ist alles, was man zu ihren Gunsten vorbringen kann. Sie sind Schecks, auf eine Bank gezogen, bei der man kein Konto hat.«

»Harry«, rief Dorian Gray, während er zu ihm ging und sich neben ihn setzte, »wie kommt es, daß ich diese Tragödie nicht so empfinden kann, wie ich möchte? Ich halte mich nicht für herzlos. Oder Sie?«

»Sie haben in den letzten vierzehn Tagen zu viele Torheiten begangen, um eine solche Bezeichnung für sich beanspruchen zu können, Dorian«, antwortete Lord Henry mit seinem sanften, melancholischen Lächeln.

Der junge Mann runzelte die Stirn. »Diese Erklärung gefällt mir nicht, Harry«, entgegnete er, »aber ich bin froh, daß Sie mich nicht für herzlos halten. Ich bin es keineswegs. Das weiß ich. Und doch muß ich zugeben, daß mich das Geschehene nicht so ergreift, wie es sollte. Es mutet mich einfach wie der wundervolle Schluß eines wundervollen Stückes an. Es hat die ganze grausige Schönheit einer griechischen Tragödie, einer Tragödie, an der ich stark beteiligt war, ohne jedoch von ihr verwundet zu werden.«

»Das ist eine interessante Frage«, sagte Lord Henry, dem es einen köstlichen Genuß bereitete, mit dem Egoismus des jungen Mannes zu spielen, »eine außerordentlich interessante Frage. Die wahre Erklärung scheint mir folgende zu sein: Häufig spielen sich die echten Lebenstragödien auf so unkünstlerische Weise ab, daß sie uns durch ihre rohe Gewalt, durch ihre absolute Inkonsequenz, durch ihre abgeschmackte Sinnlosigkeit, ihren völligen Mangel an Stil verletzen. Sie berühren uns, wie uns das Gemeine berührt. Sie machen auf uns den Eindruck nackter, brutaler Gewalt, und wir lehnen uns dagegen auf. Doch mitunter kreuzt eine Tragödie unser Leben, die künstlerische Schönheitselemente besitzt. Wenn diese Schönheitselemente echt sind, wendet sich das Ganze durchaus an unser Gefühl für dramatische Wirkung. Plötzlich entdecken wir, daß wir nicht mehr die Darsteller, sondern die Zuschauer des Stückes sind. Oder besser gesagt, beides. Wir beobachten uns, und das bloße Wunder des Schauspiels bezaubert uns. Was ist in dem gegenwärtigen Fall wirklich geschehen? Jemand hat sich aus Liebe zu Ihnen getötet. Ich wünschte, ich hätte jemals eine solche Erfahrung gemacht. Ich wäre für den Rest meines Lebens in die Liebe verliebt gewesen. Die mich angebetet haben – es waren nicht sehr viele, aber doch einige –, haben stets darauf bestanden weiterzuleben, lange nachdem ich aufgehört hatte, mir etwas aus ihnen zu machen, oder nachdem sie sich nichts mehr aus mir machten. Sie sind dick und langweilig geworden, und wenn ich ihnen begegne, ergehen sie sich sofort in Erinnerungen. Dieses entsetzliche Gedächtnis der Frauen! Es ist eine fürchterliche Sache! Und welch einen völligen geistigen Stillstand verrät es! Man sollte die Farbe des Lebens in sich aufnehmen, sich aber nie an seine Einzelheiten erinnern. Einzelheiten sind immer gewöhnlich.«

»Ich muß in meinem Garten Mohn säen«, seufzte Dorian.

»Das ist nicht notwendig«, erwiderte sein Gefährte. »Das Leben hält stets Mohn in den Händen. Natürlich gibt es hin und wieder Dinge, die sich hinziehen. Einmal trug ich eine ganze Saison hindurch ausschließlich Veilchen, als eine Art künstlerischer Trauer um einen Roman, der nicht sterben wollte. Am Ende aber starb er doch. Ich habe vergessen, was ihn umbrachte. Ich glaube, es war ihr Angebot, mir die ganze Welt zu opfern. Das ist immer ein schrecklicher Augenblick. Er erfüllt einen mit Grausen vor der Ewigkeit. Nun, – würden Sie es wohl glauben? – vor einer Woche saß ich an Lady Hampshires Tafel neben der besagten Dame, und sie versteifte sich darauf, die ganze Sache wieder durchzukauen, die Vergangenheit auszugraben und die Zukunft aufzurühren. Ich hatte meinen Roman in einem Asphodelosbeet begraben. Sie zerrte ihn wieder hervor und versicherte mir, ich hätte ihr Leben zerstört. Ich muß allerdings feststellen, daß sie eine enorme Mahlzeit vertilgte, so daß ich mich nicht beunruhigt fühlte. Doch welchen Mangel an Geschmack bewies sie! Der einzige Reiz der Vergangenheit ist, daß sie vergangen ist. Aber Frauen wissen nie, wann der Vorhang gefallen ist. Sie wollen immer noch einen sechsten Akt, und sobald jegliches Interesse an dem Stück erloschen ist, schlagen sie vor, es fortzusetzen. Wenn man sie ihren eigenen Weg gehen ließe, würde jede Komödie tragisch enden und jede Tragödie in einer Farce gipfeln. Sie sind bezaubernd künstlich, aber sie haben kein Gefühl für Kunst. Sie, Dorian, sind glücklicher dran als ich. Ich kann Ihnen versichern, daß nicht eine von allen Frauen, die ich gekannt habe, das für mich getan hätte, was Sibyl für Sie tat. Gewöhnliche Frauen trösten sich stets. Manche, indem sie sich auf sentimentale Farben verlegen.

Trauen Sie nie einer Frau, die Mauve trägt, wie alt sie auch sein mag, oder einer Frau über fünfunddreißig, die auf rosa Bändchen versessen ist. Das bedeutet stets, daß sie eine Geschichte haben. Andere finden großen Trost darin, plötzlich die guten Eigenschaften ihrer Ehemänner zu entdecken. Sie prahlen vor uns mit ihrem Eheglück, als wäre es die faszinierendste aller Sünden. Manche tröstet die Religion. Ihre Mysterien besäßen den ganzen Reiz der Koketterie, hat mir einmal eine Frau gesagt, und das kann ich durchaus verstehen. Außerdem macht einen nichts so eitel wie die Behauptung, man sei ein Sünder. Das Gewissen macht uns alle zu Egoisten. Ja, die Tröstungen, welche die Frauen im modernen Leben finden, sind wirklich endlos. Die wichtigste habe ich freilich noch nicht erwähnt.«

»Und welche ist das, Harry?« fragte der junge Mann uninteressiert.

»Oh, die einleuchtendste. Einer anderen den Verehrer wegnehmen, wenn man den eigenen verliert. Das wäscht in der guten Gesellschaft jede Frau rein. Doch wahrhaftig. Dorian, wie verschieden muß Sibyl Vane von all den Frauen sein, denen man begegnet! Für mich liegt etwas durchaus Schönes in ihrem Tod. Ich bin froh, in einer Zeit zu leben, in der solche Wunder geschehen. Sie lassen einen an die Echtheit solcher Dinge glauben, mit denen wir alle spielen, an die Echtheit der Romantik, der Leidenschaft und der Liebe.«

»Ich war schrecklich grausam gegen sie. Das vergessen Sie.«

»Ich fürchte, Frauen schätzen Grausamkeit, unverhohlene Grausamkeit, höher als irgend etwas anderes. Sie besitzen einen erstaunlich primitiven Instinkt. Wir haben sie emanzipiert, aber sie bleiben dennoch Sklavinnen, die auf ihren Herrn und Gebieter warten. Sie lieben es, beherrscht zu werden. Bestimmt waren Sie prachtvoll. Ich habe Sie niemals wirklich und gründlich zornig gesehen, aber ich kann mir vorstellen, wie herrlich Sie aussahen. Und übrigens haben Sie mir vorgestern etwas gesagt, was mir zu dem Zeitpunkt nur phantastisch erschien, aber jetzt sehe ich ein, daß es völlig echt war und den Schlüssel zu allem enthält.«

»Was war das, Harry?«

»Sie sagten mir, Sibyl Vane verkörpere für Sie alle Heldinnen der Dichtung – an einem Abend sei sie Desdemona und am folgenden Ophelia, wenn sie als Julia stürbe, erwache sie als Imogen wieder zum Leben.«

»Jetzt wird sie nie wieder zum Leben erwachen«, murmelte der junge Mann und barg das Gesicht in den Händen.

»Nein, sie wird nie wieder zum Leben erwachen. Sie hat ihre letzte Rolle gespielt. Aber Sie müssen an diesen einsamen Tod in der geschmacklosen Garderobe wie an ein seltsames gespenstisches Fragment aus irgendeiner Tragödie zur Zeit Jakobs I. denken, wie an eine wunderbare Szene von Webster oder Ford oder Cyril Tourneur. Das Mädchen hat niemals wirklich gelebt, und so ist sie niemals wirklich gestorben. Für Sie zumindest war sie stets ein Traum, ein Phantom, das durch Shakespeares Stücke geisterte und sie durch seine Gegenwart schöner machte, eine Rohrflöte, durch die Shakespeares Musik voller und freudiger klang. In dem Augenblick, als sie nach dem wirklichen Leben griff, vernichtete sie es und wurde von ihm vernichtet. Trauern Sie, wenn Sie wollen, um Ophelia. Streuen Sie Asche auf Ihr Haupt, weil Cordelia erwürgt wurde. Schreien Sie zum Himmel, weil Brabantios Tochter starb. Aber verschwenden Sie nicht Ihre Tränen an Sibyl Vane. Sie war weniger wirklich als jene.«

Ein Schweigen entstand. Der Abend dunkelte in dem Raum. Geräuschlos und auf silbernen Füßen krochen aus dem Garten die Schatten herein. Aus allen Dingen wich müde die Farbe.

Nach einer Weile blickte Dorian Gray auf. »Sie haben mich mir selbst erklärt, Harry«, murmelte er gleichsam mit einem Seufzer der Erleichterung. »All das, was Sie sagten, habe ich gefühlt, aber irgendwie fürchtete ich mich davor, und ich konnte es nicht in Worte fassen. Wie gut Sie mich kennen! Aber wir wollen nicht wieder von dem Geschehenen sprechen. Es war eine erstaunliche Erfahrung. Weiter nichts. Ich frage mich, ob das Leben noch etwas ebenso Erstaunliches für mich bereithält.«

»Für Sie hält das Leben alles bereit, Dorian. Es gibt nichts, was Sie mit Ihrer ungewöhnlichen Schönheit nicht tun könnten.«

»Aber angenommen, ich werde hager und alt und runzlig, Harry? Was dann?«

»Ah, dann«, sagte Lord Henry und stand auf, um zu gehen, »dann, mein lieber Dorian, würden Sie sich Ihre Siege erkämpfen müssen. Jetzt werden sie Ihnen entgegengebracht. Nein, Sie müssen Ihre Schönheit behalten. Wir leben in einer Zeit, die zuviel liest, um weise zu sein, und zuviel denkt, um schön zu sein. Wir können Sie nicht entbehren. Und nun sollten Sie sich lieber anziehen und in den Klub fahren. Wir sind ohnehin schon ziemlich spät dran.«

»Ich glaube, ich werde Sie erst in der Oper treffen, Harry. Ich fühle mich zu erschöpft, um etwas zu essen. Welche Nummer hat die Loge ihrer Schwester?«

»Siebenundzwanzig, glaube ich. Im ersten Rang. Sie werden ihren Namen an der Tür sehen. Aber ich finde es schade, daß Sie nicht mit mir essen wollen.«

»Ich fühle mich dazu nicht imstande«, sagte Dorian gleichgültig. »Aber ich bin Ihnen schrecklich dankbar für alles, was Sie mir gesagt haben, Sie sind bestimmt mein bester Freund. Nie hat mich jemand so verstanden wie Sie.«

»Wir stehen erst am Beginn unserer Freundschaft, Dorian«, antwortete Lord Henry und schüttelte ihm die Hand. »Auf Wiedersehen. Hoffentlich sehe ich Sie vor halb zehn. Denken Sie daran, die Patti singt.«

Als er die Tür hinter ihm geschlossen hatte, läutete er, und wenige Minuten später erschien Victor mit den Lampen und ließ die Vorhänge herab. Ungeduldig wartete er, daß er wieder ginge. Der Diener schien sich zu allem unendlich viel Zeit zu nehmen.

Sobald er ihn verlassen hatte, stürzte er zu dem Paravent und zog ihn beiseite. Nein, es war keine weitere Veränderung an dem Bild festzustellen. Es hatte die Nachricht von Sibyl Vanes Tod eher erhalten, als er selbst davon erfahren hatte. Es wußte von den Vorgängen des Lebens, sobald sie sich ereigneten. Die böse Grausamkeit, welche die feinen Linien des Mundes verzerrte, war zweifellos in dem Augenblick sichtbar geworden, als das Mädchen Gift, oder was es war, getrunken hatte. Oder war es gleichgültig gegen Resultate? Nahm es nur zur Kenntnis, was in seiner Seele vorging? Das fragte er sich, und er hoffte, eines Tages die Veränderung vor seinen Augen stattfinden zu sehen, und während er das hoffte, schauderte es ihn.

Arme Sibyl! Welch ein Roman war das Ganze gewesen! Auf der Bühne hatte sie oft den Tod nachgeahmt. Dann hatte der Tod selbst nach ihr gegriffen und sie mitgenommen. Wie hatte sie diese grausige letzte Szene gespielt? Hatte sie ihn im Sterben verflucht? Nein, sie war aus Liebe zu ihm gestorben, und die Liebe würde nun für ihn stets ein Heiligtum sein. Sie hatte für alles gesühnt durch das Opfer, das sie mit ihrem Leben gebracht hatte. Er wollte nicht mehr an das denken, was sie ihn durchmachen ließ, an jenen schrecklichen Abend im Theater. Er würde an sie denken als an eine wundervolle tragische Gestalt, die auf die Bühne der Welt gesandt worden war, um die erhabenste Wahrheit der Liebe zu beweisen. Eine wundervolle tragische Gestalt? Tränen stiegen ihm in die Augen, als er sich an ihr kindliches Aussehen erinnerte, an ihre gewinnende, schwärmerische Art und an ihre scheue, bebende Anmut. Er wischte sich hastig die Augen und betrachtete wieder das Bild.

Er spürte, daß nun wirklich der Zeitpunkt gekommen war, eine Entscheidung zu treffen. Oder war die Entscheidung bereits getroffen? Ja, das Leben hatte für ihn entschieden – das Leben und seine eigene unendliche Neugier auf das Leben. Ewige Jugend, unendliche Leidenschaft, erlesene und geheime Genüsse, stürmische Freuden und noch stürmischere Sünden – all dessen würde er teilhaftig sein. Das Bild hatte die Last seiner Schande zu tragen, das war alles.

Ein Gefühl des Schmerzes überlief ihn, als er an die Entweihung dachte, die dem schönen Gesicht auf der Leinwand beschieden war. Einmal hatte er in knabenhaftem Mutwillen Narcissus nachgeäfft und diese gemalten Lippen, die ihn jetzt so grausam anlächelten, geküßt oder so getan, als küsse er sie. Morgen für Morgen hatte er vor dem Bild gesessen, staunend über seine Schönheit, fast verliebt in sie, wie es ihm zuweilen schien. Sollte es sich nun mit jeder Laune, der er nachgab, verändern? Sollte es ein scheußliches und ekelhaftes Ding werden, in einem verschlossenen Raum versteckt, ausgesperrt vom Sonnenlicht, das so oft das wellige Wunder seines Haares in noch leuchtenderem Gold gemalt hatte? Welch ein Jammer! Welch ein Jammer!

Einen Augenblick dachte er daran zu beten, daß die schreckliche Verwandtschaft aufhöre, die zwischen ihm und dem Bild bestand. Es hatte sich als Antwort auf ein Gebet verändert, vielleicht würde es als Antwort auf ein zweites Gebet unverändert bleiben. Und doch, wer, der etwas vom Leben wußte, würde auf die Möglichkeit verzichten, immer jung zu bleiben, wie phantastisch diese Möglichkeit auch sein oder mit welch verhängnisvollen Folgen sie auch belastet sein mochte? Und stand es überdies wirklich in seiner Macht? Hatte tatsächlich das Gebet die Stellvertretung herbeigeführt? Gab es nicht vielleicht für all das eine sonderbare wissenschaftliche Ursache? Wenn der Gedanke seinen Einfluß auf einen lebenden Organismus auszuüben vermochte, konnte er dann nicht vielleicht auch tote und anorganische Dinge beeinflussen? Ja, konnten nicht vielleicht auch ohne Gedanken und bewußte Wünsche Dinge außerhalb unserer Person im Einklang mit unseren Launen und Leidenschaften in Schwingung versetzt werden, Teilchen zu Teilchen in geheimer Liebe oder seltsamer Verwandtschaft sprechen? Die Ursache war nicht von Bedeutung. Nie wieder würde er durch ein Gebet eine schreckliche Macht herausfordern. Wenn sich das Bild verändern mußte, dann sollte es sich verändern. Das war alles. Warum allzu gründlich danach forschen?

Denn es würde ein wahrer Genuß sein, es zu beobachten. Es würde ihm möglich sein, seiner Seele bis in die verborgensten Winkel zu folgen. Dies Bild würde ihm ein Zauberspiegel sein, wie es keinen zweiten gab. So wie es ihm seinen Körper offenbart hatte, würde es ihm seine Seele offenbaren. Und wenn der Winter es überfiel, würde er immer noch dort stehen, wo der Frühling am Saum des Sommers zittert. Wenn das Blut aus seinem Gesicht entwich und eine bleiche Kreidemaske mit bleiernen Augen zurückließ, würde er den Zauber der Jugend behalten. Nicht eine Blüte seines Liebreizes würde jemals welken. Kein Pulsschlag seines Lebens würde jemals schwächer werden. Er würde stark und flink und fröhlich sein wie die Götter der Griechen. Was lag daran, was dem gemalten Ebenbild auf der Leinwand widerfuhr? Er würde unversehrt bleiben. Darauf kam alles an.

Lächelnd stellte er den Paravent an seinen Platz vor das Bild und ging in sein Schlafzimmer, wo sein Diener bereits auf ihn wartete. Eine Stunde später war er in der Oper, und Lord Henry lehnte sich über seinen Sitz.

NEUNTES KAPITEL

Als er am nächsten Morgen beim Frühstück saß, wurde Basil Hallward ins Zimmer geführt.

»Ich bin so froh, daß ich Sie antreffe, Dorian«, sagte er ernst. »Ich kam gestern abend vorbei, und mir wurde gesagt, Sie wären in der Oper. Natürlich wußte ich, daß es unmöglich so sein konnte. Aber ich wünschte, Sie hätten hinterlassen, wohin Sie wirklich gegangen waren. Ich habe einen schrecklichen Abend verbracht, weil ich schon halbwegs fürchtete, eine Tragödie werde womöglich der anderen folgen. Ich meine, Sie hätten mir telegraphieren können, als Sie die Nachricht erhielten. Ich las es ganz zufällig in einer Spätausgabe des ›Globe‹, der mir im Klub in die Hände fiel. Ich kann Ihnen gar nicht sagen, wie tief mich die ganze Sache bekümmert. Ich weiß, was Sie leiden müssen. Aber wo waren Sie denn? Haben Sie die Mutter des Mädchens besucht? Einen Augenblick dachte ich schon daran, Ihnen dorthin zu folgen. Die Adresse war in der Zeitung angegeben. Irgendwo in der Euston Road, nicht wahr? Aber ich fürchtete, bei einem Schmerz zu stören, den ich nicht lindern konnte. Die arme Frau! In welcher Verfassung muß sie sein! Und noch dazu ihr einziges Kind! Was hat sie zu alledem gesagt?«

»Mein lieber Basil, wie soll ich das wissen?« murmelte Dorian Gray, nippte ein wenig blaßgelben Wein aus einem köstlichen, goldgeränderten Kelch aus venezianischem Glas und schaute schrecklich gelangweilt drein. »Ich war in der Oper. Sie hätten auch hinkommen sollen. Ich bin zum erstenmal Lady Gwendolen, Harrys Schwester, begegnet. Wir saßen in ihrer Loge. Sie ist einfach bezaubernd, und die Patti sang göttlich. Sprechen Sie nicht über diese gräßlichen Dinge. Wenn man über eine Sache nicht redet, ist sie nicht geschehen. Nur wenn wir sie in Worte kleiden, sagt Harry, geben wir den Dingen Wirklichkeit. Ich darf wohl bemerken, daß sie nicht das einzige

Kind der Frau war. Es ist noch ein Sohn da, ein reizender Junge, glaube ich. Er ist aber nicht am Theater. Er ist Matrose oder so. Und jetzt erzählen Sie mir von sich und was Sie malen.«

»Sie sind in die Oper gegangen?« fragte Hallward sehr langsam und mit einem übertriebenen Ton des Schmerzes in der Stimme. »Sie sind in die Oper gegangen, während Sibyl Vane tot in irgendeiner schmutzigen Mietswohnung lag? Sie können mir von anderen Frauen erzählen, sie seien bezaubernd, und daß die Patti göttlich gesungen habe, während das Mädchen, daß Sie liebten, noch nicht einmal die Ruhe eines Grabes zum Schlaf gefunden hat? Menschenskind, Grauenvolles erwartet ihren kleinen weißen Körper!«

»Halt, Basil! Ich will es nicht hören!« rief Dorian aufspringend. »Sie dürfen mir nichts davon sagen. Was geschehen ist, ist geschehen. Was vergangen ist, ist vergangen.«

»Nennen Sie gestern Vergangenheit?«

»Was hat die wirklich verstrichene Zeit damit zu tun? Nur oberflächliche Leute brauchen Jahre, um ein Gefühl loszuwerden. Einer, der seiner selbst Herr ist, kann einen Kummer so leicht beenden, wie er sich ein Vergnügen ausdenken kann. Ich will nicht meinen Gefühlen ausgeliefert sein. Ich will sie nutzen, genießen und beherrschen.«

»Dorian, das ist schrecklich! Irgend etwas hat Sie völlig verwandelt. Sie sehen noch genauso aus wie der wundervolle Knabe, der Tag für Tag in mein Atelier kam und mir für sein Bild saß. Aber damals waren Sie einfach, natürlich und herzlich. Sie waren das unverdorbenste Geschöpf auf der ganzen Welt. Ich weiß nicht, was jetzt über Sie gekommen ist. Sie reden, als hätten Sie kein Herz, kein Mitleid in Ihrer Brust. Das ist alles Harrys Einfluß. Das sehe ich.«

Der Jüngling wurde rot, ging zum Fenster und schaute wenige Augenblicke hinaus in den grünen, flimmernden, von der Sonne gegeißelten Garten. »Ich verdanke Harry sehr viel, Basil«, sagte er schließlich, »mehr als ich Ihnen verdanke. Sie haben mich nur gelehrt, eitel zu sein.«

»Gut, dafür bin ich bestraft worden, Dorian – oder werde es eines Tages.«

»Ich weiß nicht, was Sie meinen, Basil«, rief er aus und drehte sich um. »Ich weiß nicht, was Sie wollen. Was wollen Sie?«

»Ich will den Dorian Gray, den ich malte«, antwortete der Maler traurig.

»Basil«, sagte der junge Mann, während er auf ihn zu ging und ihm die Hand auf die Schulter legte, »Sie sind zu spät gekommen. Gestern, als ich hörte, daß Sibyl Vane sich getötet hat...«

»Sich getötet? Gütiger Himmel! Gibt es keinen Zweifel daran?« rief Hallward und blickte mit einem Ausdruck des Entsetzens zu ihm empor.

»Mein lieber Basil! Sie glauben doch gewiß nicht, daß es ein gewöhnlicher Unfall war. Natürlich hat sie sich selbst getötet.«

Der Ältere barg das Gesicht in den Händen. »Wie furchtbar!« murmelte er, und ein Schauder durchrann ihn.

»Nein«, sagte Dorian Gray, »daran ist nichts Furchtbares. Es ist eine der größten romantischen Tragödien unserer Zeit. In der Regel führen Leute, die Theater spielen, das alltäglichste Leben. Sie sind gute Ehemänner oder getreue Ehefrauen oder sonst etwas Langweiliges. Sie wissen, was ich meine – Mittelstandstugend und all dergleichen. Wie anders war Sibyl! Ihre schönste Tragödie lebte sie. An dem letzten Abend, als sie spielte – an dem Abend, als ihr sie saht –, war sie miserabel, weil sie die Liebe in Wirklichkeit kennengelernt hatte. Als sie ihre Unwirklichkeit erkannte, starb sie, wie Julia hätte sterben können. Sie trat wieder in den Bereich der Kunst. Sie hat etwas von einer Märtyrerin. Ihr Tod hat die ganze ergreifende Nutzlosigkeit des Märtyrertums, dessen ganze vergeudete Schönheit. Aber wie ich schon sagte, Sie dürfen nicht glauben, daß ich nicht gelitten habe. Wenn Sie gestern in einem bestimmten Augenblick gekommen wären – gegen halb sechs vielleicht, oder um dreiviertel sechs –, hätten Sie mich in Tränen gefunden. Nicht einmal Harry, der hier war, der mir die Nachricht brachte, hat eine Vorstellung davon, was ich durchmachte. Ich litt ungeheuer. Dann ging es vorbei. Ich kann eine Gemütsbewegung nicht wiederholen. Niemand kann das, außer den Sentimentalen. Und Sie sind schrecklich ungerecht, Basil. Sie kommen her, um mich zu trösten. Das ist reizend von Ihnen. Sie finden mich getröstet und sind wütend. Wie ähnlich sieht das doch einem mitfühlenden Menschen! Sie erinnern mich an eine Geschichte, die mir Harry von einem gewissen Philanthropen erzählte, der zwanzig Jahre seines Lebens damit vertat, einen Übelstand beheben oder ein unbilliges Gesetz ändern zu lassen – ich habe vergessen, was es war. Schließlich hatte er Erfolg, und seine Enttäuschung war durch nichts zu überbieten. Er hatte absolut nichts mehr zu tun, starb fast vor Langerweile und wurde ein überzeugter Misanthrop. Und außerdem, mein lieber, alter Basil, wenn Sie mich wirklich trösten wollen, dann lehren Sie mich lieber, zu vergessen, was geschehen ist, oder es von einem rein künstlerischen Gesichtspunkt aus zu betrachten. War es nicht Gautier, der einst über die ›Consolation des Arts‹ schrieb? Ich erinnere mich, daß ich eines Tages in Ihrem Atelier ein kleines, in Pergament gebundenes Buch aufnahm und zufällig auf diesen köstlichen Satz stieß. Nun, ich bin nicht wie jener junge Mann, von dem Sie mir erzählten, als wir zusammen in Marlow waren, jener junge Mann, der behauptete, gelber Atlas könne einen für alle Mißgeschicke im Leben trösten. Ich liebe schöne Dinge, die man anfassen und benutzen kann. Alte Brokate, grüne Bronzen, Lackarbeiten, Elfenbeinschnitzereien, eine erlesene Umgebung, Luxus und Pracht, all das vermag einem viel zu geben. Aber die künstlerische Stimmung, die sie erzeugen oder auf jeden Fall offenbaren, bedeutet mir mehr. Seines eigenen Lebens Zuschauer zu werden bedeutet, wie Harry sagt, den Leiden des Lebens zu entrinnen. Ich weiß, Sie sind überrascht, mich so sprechen zu hören. Sie haben keine Vorstellung davon, wie ich mich entwickelt habe. Als Sie mich kennenlernten, war ich ein Schuljunge. Jetzt bin ich ein Mann. Ich habe neue Leidenschaften, neue Gedanken, neue Begriffe. Ich bin anders, aber Sie dürfen mich deswegen nicht weniger gern haben. Ich habe mich verändert, aber Sie müssen immer mein Freund bleiben. Natürlich habe ich Harry sehr gern. Aber ich weiß, daß Sie besser sind als er. Stärker sind Sie nicht – Sie haben zu große Angst vor dem Leben –, aber Sie sind besser. Und wie glücklich waren wir zusammen! Verlassen Sie mich nicht, Basil, und streiten Sie nicht mit mir. Ich bin so, wie ich bin. Weiter ist nichts dazu zu sagen.«

Der Maler fühlte sich seltsam bewegt. Der Jüngling war ihm unendlich teuer, und seine Persönlichkeit hatte für seine Kunst einen großen Wendepunkt bedeutet. Der Gedanke, ihm noch weitere Vorwürfe zu machen, war ihm unerträglich. Übrigens war seine Gleichgültigkeit wahrscheinlich nur eine Stimmung, die vorübergehen würde. Es war soviel Gutes in ihm, soviel Edles.

»Gut, Dorian«, sagte er schließlich mit einem traurigen Lächeln, »von heute an werde ich zu Ihnen nicht wieder über diese grausige Sache sprechen. Ich hoffe nur, Ihr Name wird nicht in Verbindung damit genannt. Die Leichenschau soll heute nachmittag stattfinden. Sind Sie vorgeladen worden?«

Dorian schüttelte den Kopf, und ein Ausdruck des Ärgers glitt über sein Gesicht, als das Wort ›Leichenschau‹ fiel. All dergleichen hatte etwas so Rohes und Gemeines an sich. »Mein Name ist nicht bekannt«, antwortete er.

»Aber sie kannte ihn doch sicherlich?«

»Nur meinen Vornamen, und ich bin völlig überzeugt, daß sie ihn gegen niemanden erwähnte. Sie erzählte mir einmal, daß alle ziemlich neugierig wären, zu erfahren, wer ich sei, und daß sie ihnen immer nur sagte, mein Name sei Prinz Wunderhold. Das war nett von ihr. Sie müssen mir eine Zeichnung von Sibyl machen, Basil. Ich würde gern etwas mehr von ihr besitzen als die Erinnerung an ein paar Küsse und ein paar abgerissene, rührende Worte.«

»Ich will es versuchen, Dorian, wenn es Sie freut. Aber Sie müssen kommen und mir selbst wieder sitzen. Ich kann ohne Sie nicht weiter.«

»Ich kann Ihnen nie wieder sitzen, Basil. Das ist unmöglich!« rief er, zurückschreckend aus.

Der Maler starrte ihn an. »Mein lieber Junge, welch ein Unsinn!« rief er. »Wollen Sie damit sagen, daß Ihnen das Porträt nicht gefällt, das ich nach Ihnen geschaffen habe? Wo ist es? Warum haben sie den Paravent davorgestellt? Lassen Sie mich das Bild ansehen. Es ist die beste Sache, die ich je gemacht habe. Nehmen Sie den Paravent weg, Dorian. Es ist einfach schändlich von Ihrem Diener, mein Werk auf diese Weise zu verstecken. Ich spürte gleich beim Eintreten, daß der Raum anders aussah.«

»Mein Diener hat nichts damit zu tun, Basil. Sie bilden sich doch nicht ein, ich überließe ihm die Anordnung in meinem Zimmer? Manchmal ordnet er für mich die Blumen – das ist aber auch alles. Nein, ich habe es selbst getan. Das Licht traf das Bild zu stark.«

»Zu stark? Das doch gewiß nicht, mein lieber Junge? Es hängt an einem wunderbaren Platz. Lassen Sie mich's sehen.« Und Hallward ging zu der Zimmerecke.

Ein Schrei des Entsetzens kam von Dorian Grays Lippen, und er stürzte sich zwischen den Maler und den Paravent. »Basil«, sagte er sehr bleich, »Sie dürfen es nicht ansehen. Ich wünsche es nicht.«

»Mein eigenes Werk nicht ansehen? Das ist nicht Ihr Ernst. Warum sollte ich es nicht ansehen?« rief Hallward lachend aus.

»Wenn Sie versuchen, es anzusehen, Basil, dann spreche ich, auf Ehrenwort, solange ich lebe, nie wieder ein Wort mit Ihnen! Das ist mein völliger Ernst. Ich gebe Ihnen keine Erklärung, und Sie dürfen keine von mir verlangen. Aber denken Sie daran, wenn Sie diesen Paravent anrühren, ist alles zwischen uns aus!«

Hallward stand wie vom Blitz getroffen. Völlig verblüfft schaute er Dorian Gray an. Nie zuvor hatte er ihn so gesehen. Der junge Mann war bleich vor Zorn. Er hatte die Hände geballt, und seine Pupillen glichen blauen Feuerscheiben. Er zitterte am ganzen Leibe. »Dorian!«

»Sprechen Sie nicht!«

»Aber was ist denn los? Natürlich werde ich es nicht ansehen, wenn Sie es nicht wünschen«, sagte er ziemlich kühl, drehte sich auf dem Absatz um und ging zum Fenster. »Aber es erscheint mir wirklich ziemlich absurd, daß ich mein eigenes Werk nicht sehen soll, zumal ich es im Herbst in Paris ausstellen will. Wahrscheinlich werde ich es vorher noch einmal firnissen müssen, deshalb muß ich es mir eines Tages ansehen, und warum nicht heute?«

»Das Bild ausstellen? Sie wollen es ausstellen?« rief Dorian Gray aus, während ihn ein seltsames Gefühl des Entsetzens überlief. Der Welt sollte sein Geheimnis gezeigt werden? Die Leute sollten das Geheimnis seines Lebens begaffen? Unmöglich. Es mußte sofort etwas – er wußte nicht was – getan werden.

»Ja, ich nehme nicht an, daß Sie etwas dagegen einzuwenden haben. Georges Petit wird meine besten Bilder zu einer Sonderausstellung in der Rue de Sèze zusammenholen, die in der ersten Oktoberwoche eröffnet wird. Das Bild wird nur einen Monat fort sein. Ich sollte meinen, so lange könnten Sie es leicht entbehren. Übrigens werden Sie dann sicherlich gar nicht in London sein. Und wenn Sie es immer hinter dem Paravent verstecken, kann Ihnen doch nicht viel daran gelegen sein.«

Dorian Gray fuhr sich mit der Hand über die Stirn. Sie war mit Schweißperlen bedeckt. Er spürte, daß er am Rande einer schrecklichen Gefahr stand. »Vor einem Monat haben Sie mir gesagt, Sie wollten es niemals ausstellen«, rief er. »Warum haben Sie Ihre Meinung geändert? Ihr Leute, die ihr soviel Wert auf Konsequenz legt, habt genauso viele Launen wie andere. Der einzige Unterschied ist, daß eure Launen ziemlich sinnlos sind. Sie können nicht vergessen haben, daß Sie mir auf die feierlichste Weise beteuerten, nichts auf der Welt würde Sie dazu bewegen, das Bild in eine Ausstellung zu schicken. Genau das gleiche sagten Sie zu Harry.« Plötzlich hielt er inne, und ein Lichtstrahl kam in seine Augen. Er erinnerte sich daran, daß ihm Lord Henry einmal halb ernsthaft, halb im Scherz gesagt hatte: ›Wenn Sie eine ungewöhnliche Viertelstunde erleben wollen, dann bringen Sie Basil dazu, daß er Ihnen erzählt, warum er Ihr Bild nicht ausstellen will. Mir hat er es erzählt, und es war für mich eine Offenbarung.‹ Ja, vielleicht hatte auch Basil sein Geheimnis. Er wollte ihn fragen und auf die Probe stellen.

»Basil«, sagte er; während er ganz nahe an ihn heranging und ihm direkt ins Gesicht sah, »jeder von uns beiden hat ein Geheimnis. Lassen Sie mich Ihres wissen, und ich werde Ihnen das meine sagen. Aus welchem Grunde haben Sie sich geweigert, mein Bild auszustellen?«

Den Maler schauderte es wider seinen Willen. »Dorian, wenn ich Ihnen das erzählte, würden Sie mich weniger gern haben und mich bestimmt auslachen. Weder das eine noch das andere könnte ich ertragen. Wenn Sie wünschen, daß ich das

Bild nie wieder anschaue, gebe ich mich zufrieden. Ich habe immer noch Sie zum Anschauen. Wenn Sie wünschen, das beste Werk, das ich je geschaffen habe, solle der Welt verborgen bleiben, so soll mir das genügen. Ihre Freundschaft ist mir teurer als Ruhm oder Ansehen.«

»Nein, Basil, Sie müssen es mir sagen«, beharrte Dorian Gray. »Ich meine, ich habe ein Recht darauf, es zu wissen.« Das Gefühl des Entsetzens war verschwunden, Neugier war an seine Stelle getreten. Er war entschlossen, Basil Hallwards Geheimnis zu ergründen.

»Wir wollen uns setzen, Dorian«, sagte der Maler mit verstörtem Gesicht. »Wir wollen uns setzen. Und nun beantworten Sie mir eine Frage. Haben Sie an dem Bild etwas Absonderliches bemerkt? – Etwas, das Ihnen zuerst wahrscheinlich gar nicht auffiel, das sich Ihnen dann jedoch plötzlich offenbarte?«

»Basil!« rief der junge Mann, umklammerte mit zitternden Händen die Armlehnen seines Sessels und starrte ihn mit wilden, bestürzten Augen an.

»Ich sehe, Sie haben es bemerkt. Sprechen Sie nicht. Warten Sie ab, bis Sie gehört haben, was ich zu sagen habe. Dorian, von dem Augenblick an, da ich Ihnen begegnete, hat Ihre Persönlichkeit einen ganz außerordentlichen Einfluß auf mich ausgeübt. Sie beherrschten mich, meine Seele, mein Gehirn, meine Schaffenskraft. Sie wurden mir die sichtbare Verkörperung jenes unsichtbaren Ideals, das uns Künstler im Gedenken daran wie ein köstlicher Traum verfolgt. Ich vergötterte Sie. Ich wurde eifersüchtig auf jeden, mit dem Sie sprachen. Ich wollte Sie ganz für mich haben. Ich war nur glücklich, wenn ich mit Ihnen zusammen war. Wenn Sie nicht bei mir waren, so waren Sie doch immer noch in meiner Kunst gegenwärtig... Natürlich ließ ich Sie nie etwas davon wissen. Das wäre unmöglich gewesen. Sie hätten es nicht verstanden. Ich verstand es ja selber kaum. Ich wußte nur, daß ich die Vollkommenheit von Angesicht zu Angesicht erblickt hatte und daß die Welt für meine Augen bewundernswert geworden war – vielleicht allzu bewundernswert, denn in so wahnsinnig glühender Verehrung liegt Gefahr, die Gefahr, sie zu verlieren, wie auch die Gefahr, sie zu behalten... Wochen und Wochen vergingen, und ich ging immer mehr in Ihnen auf. Dann kam eine neue Entwicklung. Ich hatte Sie als Paris in einer herrlichen Rüstung gezeichnet und als Adonis im Jagdgewand und mit blankem Speer. Bekränzt mit schweren Lotosblumen, hatten Sie im Bug der Barke Hadrians gesessen und über den trüben grünen Nil geschaut. Sie hatten sich über einen stillen griechischen Waldsee gebeugt und in dem unbewegten Silber des Wassers das Wunder Ihres Gesichts erblickt. Und all das war so gewesen, wie Kunst sein sollte, unbewußt, ideal und fern. Eines Tages – eines verhängnisvollen Tages, denke ich mitunter – entschloß ich mich, ein wundervolles Bild von Ihnen zu malen, so wie Sie in Wirklichkeit sind, nicht in der Tracht überlebter Zeiten, sondern in Ihrer eigenen Kleidung und in Ihrer Zeit. Ob es nun an dem Realismus des Verfahrens lag oder an dem bloßen Wunder Ihrer Persönlichkeit, das sich mir deutlich darbot, ohne Nebel oder Schleier, kann ich nicht sagen. Aber ich weiß, daß mir bei der Arbeit jede dicke oder dünne Schicht Farbe mein Geheimnis zu enthüllen schien. Ich fürchtete, andere würden meine Vergötterung erkennen. Ich fühlte, Dorian, daß ich zuviel ausgesagt, zuviel von mir selbst hineingelegt hatte. Da beschloß ich, niemals zu erlauben, daß das Bild ausgestellt würde. Sie waren etwas verärgert darüber; aber damals hatten Sie keine Vorstellung davon, was es alles für mich bedeutete. Harry, dem ich davon erzählte, lachte mich aus. Aber das kümmerte mich nicht. Als das Bild fertig war und ich allein davorsaß, fühlte ich, daß ich recht hatte ... Nun, ein paar Tage später verließ es mein Atelier, und sobald ich von dem unerträglichen Zauber seiner Gegenwart befreit war, schien mir, als sei es töricht von mir gewesen, mir einzubilden, ich hätte mehr darin gesehen, als daß Sie ungewöhnlich schön sind und daß ich malen kann. Selbst jetzt spüre ich unbedingt, daß es ein Irrtum ist, zu glauben, die Leidenschaft, die man beim Schaffen fühlt, komme jemals tatsächlich in dem geschaffenen Werk zum Ausdruck. Kunst ist stets abstrakter, als wir meinen. Form und Farbe erzählen uns von Form und Farbe – weiter nichts. Oft scheint es mir, als verberge die Kunst den Künstler weit mehr, als sie ihn jemals offenbart. Und als ich dieses Angebot aus Paris erhielt, entschloß ich mich daher, Ihr Bild zum Hauptgegenstand meiner Ausstellung zu machen. Es kam mir niemals in den Sinn, daß Sie sich weigern würden. Jetzt sehe ich ein, daß Sie recht hatten. Das Bild darf nicht gezeigt werden. Sie dürfen mir nicht böse sein, Dorian, über das, was ich Ihnen gesagt habe. Es ist so, wie ich einmal zu Harry sagte, Sie sind geschaffen, vergöttert zu werden.«

Dorian Gray holte tief Atem. Seine Wangen bekamen wieder Farbe, und ein Lächeln spielte um seine Lippen. Die Gefahr war vorüber. Für den Augenblick war er sicher. Dennoch konnte er nicht anders, als unendliches Mitleid mit dem Maler zu fühlen, der ihm dies sonderbare Geständnis gemacht hatte, und er fragte sich, ob ihn selbst wohl jemals die Persönlichkeit eines Freundes so sehr beherrschen würde. Lord Henry besaß den Reiz, sehr gefährlich zu sein. Aber das war auch alles. Er war zu geistreich und zu zynisch, um wirklich geliebt zu werden. Würde es je einen Menschen geben, der ihn mit einer ungewöhnlichen Vergötterung erfüllte! War das eines von den Dingen, die das Leben für ihn bereithielt?

»Es erscheint mir außergewöhnlich, Dorian«, sagte Hallward, »daß Sie all das in dem Bild gesehen haben sollten. Haben Sie es wirklich gesehen?«

»Ich sah etwas darin«, antwortete er, »etwas, das mich höchst sonderbar anmutete.«

»Gut, und jetzt haben Sie doch nichts dagegen, daß ich es betrachte.«

Dorian schüttelte den Kopf. »Das dürfen Sie nicht von mir verlangen, Basil. Ich könnte Sie unmöglich vor das Bild lassen.«

»Aber doch gewiß eines Tages?«

»Niemals.«

»Nun, vielleicht haben Sie recht. Und nun leben Sie wohl, Dorian. Sie sind der einzige Mensch in meinen Leben gewesen, der meine Kunst wirklich beeinflußt hat. Was ich je an Gutem geschaffen habe, verdanke ich Ihnen. Ach, Sie wissen nicht, was es mich kostet, Ihnen all das zu erzählen, was ich Ihnen erzählt habe.«

»Mein lieber Basil«, sagte Dorian, »was haben Sie mir erzählt? Doch nur, daß Sie das Gefühl hatten, mich allzusehr zu bewundern.«

»Es sollte kein Kompliment sein. Es war ein Bekenntnis. Nun, da ich es abgelegt habe, scheint mir, als hätte ich etwas verloren. Vielleicht sollte man seine Verehrung niemals in Worte kleiden.«

»Es war ein enttäuschendes Bekenntnis.«

»Warum? Was hatten Sie erwartet, Dorian? Sie haben doch nicht irgend etwas anderes an dem Bild wahrgenommen? Es war doch nichts anderes zu sehen?«

»Nein, es war nichts anderes zu sehen. Warum fragen Sie? Aber Sie dürfen nicht von Verehrung sprechen. Das ist töricht. Wir beide sind Freunde, Basil, und müssen immer Freunde bleiben.«

»Sie haben ja nun Harry«, sagte der Maler traurig.

»Oh, Harry?« rief der Jüngling mit einem Lachen, das an der Oberfläche blieb. »Harry verbringt seine Tage damit, Unglaubliches zu sagen, und seine Abende, Unwahrscheinliches zu tun. Das ist genau das Leben, wie ich es gern führen würde. Aber dennoch glaube ich nicht, daß ich zu Harry gehen würde, wenn ich in Schwierigkeiten wäre. Lieber würde ich zu Ihnen kommen, Basil.«

»Werden Sie mir wieder sitzen?«

»Unmöglich!«

»Sie vernichten mein Leben als Künstler, wenn Sie sich weigern, Dorian. Noch keiner ist zwei Idealen begegnet. Wenige begegnen einem.«

»Ich kann es Ihnen nicht erklären, Basil, aber ich darf Ihnen nie wieder sitzen. Ein Bild hat etwas Verhängnisvolles. Es hat sein Eigenleben. Ich werde Sie besuchen und mit Ihnen Tee trinken. Das wird ebenso angenehm sein.«

»Angenehmer für Sie, fürchte ich«, murmelte Hallward kummervoll. »Und nun leben Sie wohl. Schade, daß ich das Bild nicht noch einmal ansehen darf. Aber da kann man nichts machen. Ich verstehe völlig, was Sie dabei fühlen.«

Als er das Zimmer verließ, lächelte Dorian Gray vor sich hin. Armer Basil! Wie wenig wußte er von der wahren Ursache! Und wie seltsam war es, daß er fast durch Zufall seinem Freund ein Geheimnis entrissen hatte, statt gezwungenermaßen sein eigenes zu enthüllen! Wie vieles erklärte ihm dies ungewöhnliche

Bekenntnis! Des Malers unsinnige Anfälle von Eifersucht, seine stürmische Hingabe, seine überspannten Lobeshymnen, seine merkwürdige Schweigsamkeit – jetzt verstand er all das, und es betrübte ihn. Etwas Tragisches schien ihm in einer so sehr von Romantik gefärbten Freundschaft zu liegen.

Er seufzte und griff nach der Klingel. Das Bild mußte um jeden Preis versteckt werden. Er konnte sich nicht noch einmal der Gefahr der Entdeckung aussetzen. Es war Wahnsinn von ihm gewesen, das Ding auch nur für eine Stunde in einem Raum zu lassen, zu dem jeder von seinen Freunden Zutritt hatte.

ZEHNTES KAPITEL

Als sein Diener eintrat, sah er ihn unverwandten Blickes an und fragte sich, ob es ihm vielleicht eingefallen sei, hinter den Paravent zu schauen. Der Diener stand völlig ungerührt und wartete auf seine Befehle. Dorian zündete sich eine Zigarette an, ging zu dem Spiegel und blickte hinein. Deutlich sah er das Abbild von Victors Gesicht. Es glich einer unbewegten Maske der Servilität. Da war nichts zu befürchten. Dennoch hielt er es für das beste, auf der Hut zu sein.

Sehr langsam sprechend, befahl er ihm, die Haushälterin davon zu unterrichten, daß er sie zu sehen wünsche, und dann zu dem Rahmenmacher zu gehen und ihn zu bitten, er möge ihm sofort zwei von seinen Leuten schicken. Ihm schien, als wanderten die Augen des Dieners in die Richtung des Paravents, als er den Raum verließ. Oder bildete er sich das nur ein?

Wenige Augenblicke später eilte geschäftig in ihrem schwarzen Seidenkleid und mit altmodischen Zwirnhandschuhen an den runzligen Händen Mrs. Leaf in die Bibliothek. Er bat sie um den Schlüssel zu dem Schulzimmer.

»Zu dem alten Schulzimmer, Mister Dorian?« rief sie aus. »Aber das ist doch vollgestaubt. Ich muß es aufräumen und saubermachen lassen, ehe Sie es betreten. Es ist kein geeigneter Anblick für Sie, Sir. Wirklich nicht.«

»Ich will nicht, daß es aufgeräumt wird, Leaf. Ich will nur den Schlüssel.«

»Nun, Sir, Sie werden sich mit Spinnweben bedecken, wenn Sie hineingehen. Seit fast fünf Jahren, seit Seine Lordschaft starb, ist es ja nicht aufgeschlossen worden.«

Er fuhr zusammen bei der Erwähnung seines Großvaters. Er hatte verhaßte Erinnerungen an ihn. »Das macht nichts«, antwortete er. »Ich möchte es nur sehen – weiter nichts. Geben Sie mir den Schlüssel.«

»Hier ist der Schlüssel, Sir«, sagte die alte Dame, während sie mit zitternden, unsicheren Händen den Bestand ihres Schlüsselbundes durchging. »Hier ist der Schlüssel. Ich werde ihn gleich vom Bund haben. Aber Sie haben doch wohl nicht die Absicht, da oben zu wohnen, Sir, wo Sie es hier so behaglich haben?«

»Nein, nein«, rief er ärgerlich. »Danke, Leaf. Das genügt.«

Sie blieb noch ein paar Augenblicke und erging sich geschwätzig über irgendeine Kleinigkeit im Haushalt. Er seufzte und sagte ihr, sie solle die Dinge regeln, wie sie es für gut halte. In Lächeln eingesponnen, verließ sie das Zimmer.

Als sich die Tür schloß, steckte Dorian den Schlüssel in die Tasche und sah sich im Zimmer um. Sein Blick fiel auf eine große purpurne Atlasdecke mit schwerer Goldstickerei, ein herrliches Stück venezianischer Arbeit vom Ausgang des siebzehnten Jahrhunderts, das sein Großvater in einem Kloster bei Bologna entdeckt hatte. Ja, das würde dienlich sein, das gräßliche Ding zu verhüllen. Vielleicht hatte es oft als Bahrtuch gedient. Nun sollte es etwas verbergen, das seine eigene Art der Fäulnis in sich trug, schlimmer noch als die Fäulnis des Todes – etwas, das Greuel gebären und doch nie sterben würde. Was der Wurm für den Leichnam war, würden seine Sünden für das gemalte Ebenbild auf der Leinwand sein. Sie würden seine Schönheit zerstören und seine Anmut zerfressen. Sie würden es besudeln und schmachvoll machen. Und doch würde das Ding weiterleben. Es würde immer lebendig bleiben.

Er schauderte, und einen Augenblick bedauerte er, daß er Basil nicht den wahren Grund gesagt hatte, warum er das Bild zu verstecken wünschte. Basil hätte ihm geholfen, Lord Henrys Einfluß zu widerstehen und den noch schädlicheren Einflüssen seiner eigenen Natur. Die Liebe, die Basil ihm entgegenbrachte

– denn es war wirklich Liebe –, enthielt nichts, was nicht edel und geistig war. Es war nicht jene bloße physische Bewunderung der Schönheit, die aus den Sinnen geboren ist und stirbt, wenn die Sinne erschlaffen. Es war eine Liebe, wie Michelangelo sie gekannt hatte und Montaigne und Winckelmann und Shakespeare selbst. Ja, Basil hätte ihn retten können. Doch jetzt war es zu spät. Die Vergangenheit konnte stets aufgehoben werden. Reue, Ableugnen und Vergessen vermochten das. Doch die Zukunft war unvermeidlich. In ihm wohnten Leidenschaften, die ihren schrecklichen Weg nach außen finden, Träume, die dem Schatten ihres Unheils Wirklichkeit geben würden.

Er nahm von dem Ruhelager das große purpurgoldene Gewebe auf, mit dem es bedeckt war, und ging damit hinter den Paravent. War das Leinwandgesicht abscheulicher als zuvor? Ihm schien, als sei es unverändert, und doch hatte sich sein Widerwille verstärkt. Goldhaar, blaue Augen und rosenrote Lippen – all das war da. Nur der Ausdruck hatte sich verändert. Er war schrecklich in seiner Grausamkeit. Wie einfältig waren Basils Vorwürfe wegen Sibyl Vane gewesen im Vergleich zu dem, was er an Tadel oder Verweis darin erblickte! – Wie einfältig und wie wenig bedeutend! Aus der Leinwand blickte ihn seine eigene Seele an und forderte ihn vor Gericht. Ein Ausdruck des Schmerzes breitete sich in seinen Zügen aus, und er warf die kostbare Decke über das Bild. Während er noch dabei war, klopfte es an die Tür. Er trat hervor, als sein Diener ins Zimmer kam.

»Die Leute sind hier, Monsieur.«

Er hatte das Gefühl, daß er sich den Diener auf der Stelle vom Halse schaffen müsse. Er durfte nicht erfahren, wohin das Bild gebracht werden sollte. Er hatte etwas Verschlagenes an sich und nachdenkliche, falsche Augen. Er setzte sich an den Schreibtisch und kritzelte ein paar Zeilen an Lord Henry, worin er ihn bat, ihm etwas zum Lesen zu schicken, und ihn daran erinnerte, daß sie sich am Abend, ein Viertel nach acht, treffen wollten.

»Warten Sie auf die Antwort«, sagte er, als er dem Diener das Billett übergab, »und führen Sie die Leute hier herein.«

Zwei oder drei Minuten später klopfte es abermals, und Mr.

Hubbard selbst, der berühmte Rahmenmacher aus South Audley Street, trat mit einem etwas derb aussehenden jungen Gehilfen ein. Mr. Hubbard war ein kleiner Mann mit frischem Gesicht und rotem Backenbart, dessen Bewunderung für die Kunst erheblich herabgestimmt worden war durch den hartnäckigen Geldmangel der meisten Künstler, mit denen er zu tun hatte. Für gewöhnlich verließ er seinen Laden niemals. Er erwartete, daß die Leute zu ihm kamen. Bei Dorian Gray machte er jedoch stets eine Ausnahme. Dorian hatte etwas an sich, das alle bezauberte. Es war eine Freude, ihn nur zu sehen.

»Was kann ich für Sie tun, Mister Gray?« fragte er und rieb sich die fetten, sommersprossigen Hände. »Ich dachte, ich gebe mir die Ehre und komme persönlich. Ich habe gerade ein Schmuckstück von Rahmen bekommen, Sir. Bei einer Auktion aufgegabelt. Alter Florentiner. Kam, glaube ich, aus Fonthill. Wunderbar geeignet für ein religiöses Sujet, Mister Gray.«

»Es tut mir so leid, daß Sie sich selbst die Mühe gemacht haben, Mister Hubbard. Ich komme bestimmt mal vorbei und sehe mir den Rahmen an – obwohl ich mich im Augenblick nicht viel mit religiöser Kunst befasse –, heute möchte ich nur ein Bild ins Dachgeschoß getragen haben. Es ist ziemlich schwer, deshalb kam mir der Gedanke, Sie um ein paar von Ihren Leuten zu bitten.«

»Von Mühe kann gar keine Rede sein, Mister Gray. Ich freue mich, wenn ich Ihnen gefällig sein kann. Um welches Kunstwerk handelt es sich, Sir?«

»Um dieses«, erwiderte Dorian und schob den Paravent beiseite. »Können Sie es so, mit Decke und allem, fortschaffen? Ich möchte nicht, daß es beim Hinauftragen zerkratzt wird.«

»Das ist keine Schwierigkeit, Sir«, sagte der muntere Rahmenmacher, während er mit Hilfe seines Gesellen ans Werk ging, das Bild von den langen Messingketten zu haken, an denen es aufgehängt war. »Und wo sollen wir es nun hintragen, Mister Gray?«

»Ich zeige Ihnen den Weg, Mister Hubbard, wenn Sie mir freundlichst folgen wollen. Oder vielleicht gehen Sie besser voran. Leider ist es ganz oben im Haus. Wir werden die Vordertreppe benutzen, die ist breiter.«

Er hielt ihnen die Tür auf, und sie gingen an ihm vorbei in die Diele und schickten sich an, die Treppe zu erklimmen. Der kunstvoll gearbeitete Rahmen hatte das Bild überaus umfangreich gemacht, und ungeachtet der diensteifrigen Proteste Mr. Hubbards, der das lebhafte Mißfallen des echten Handwerkers erkennen ließ, einen Gentleman etwas Nützliches tun zu sehen, legte Dorian hin und wieder mit Hand an, um ihnen zu helfen.

»Eine ziemliche Last, Sir«, keuchte der kleine Mann, als sie den obersten Treppenabsatz erreichten. Und er wischte sich die glänzende Stirn.

»Leider ist es ziemlich schwer«, murmelte Dorian, als er die Tür aufschloß und den Raum öffnete, der das seltsame Geheimnis seines Lebens bewahren und seine Seele vor Menschenaugen verbergen sollte.

Seit mehr als vier Jahren hatte er das Zimmer nicht betreten – nein, wahrhaftig nicht, seit er es als Spielzimmer benutzt hatte, als er noch ein Kind war, und dann, etwas älter geworden, als Studierzimmer. Es war ein großer, gutproportionierter Raum, den der verstorbene Lord Kelso extra für den Gebrauch seines kleinen Enkels hatte ausbauen lassen, weil er den Jungen wegen seiner außergewöhnlichen Ähnlichkeit mit seiner Mutter und noch aus anderen Gründen stets gehaßt hatte und von sich fernhalten wollte. Dorian schien es, als habe sich das Zimmer nur wenig verändert. Da war die riesige italienische Truhe mit ihren phantastisch bemalten Füllungen und ihren matt gewordenen Goldornamenten, in der er sich als Kind so oft versteckt hatte. Dort stand das Bücherregal aus Atlasholz mit seinen Schulbüchern, die von Eselsohren strotzten. An der Wand dahinter hing noch derselbe zerschlissene flämische Gobelin, auf dem ein verblaßter König und eine verblaßte Königin in einem Garten Schach spielten, während ein Trupp Falkeniere an ihnen vorbeiritt, die auf ihren gepanzerten Stulphandschuhen aufgekappte Vögel trugen. Wie gut erinnerte er sich an all das! Jeder Augenblick seiner einsamen Kindheit erstand wieder vor ihm, als er sich umschaute. Er rief sich die makellose Reinheit seiner Knabenzeit ins Gedächtnis zurück, und es war ihm entsetzlich, daß gerade hier das verhängnisvolle Bild versteckt werden sollte. Wie wenig hatte er in jenen abgelebten Tagen an all das gedacht, was seiner wartete!

Doch es gab im Hause keinen anderen Raum, der vor neugierigen Augen so sicher war wie dieser. Er besaß den Schlüssel, und niemand anders konnte ihn betreten. Unter seiner Purpurdecke konnte das gemalte Gesicht auf der Leinwand tierisch, aufgedunsen und schmutzig werden. Was lag daran? Niemand konnte es sehen. Nicht einmal er selbst würde es sehen. Warum sollte er die gräßliche Fäulnis seiner Seele beobachten? Er behielt seine Jugend – das genügte. Und außerdem, konnte es nicht sein, daß er sich besserte? Es war kein Grund vorhanden, daß die Zukunft so schmachvoll sein mußte. Ihm konnte Liebe begegnen und ihn läutern und vor jenen Sünden beschirmen, die sich in seinem Geist und in seinem Fleisch bereits zu regen schienen – vor jenen unbekannten, gestaltlosen Sünden, denen gerade das Rätselvolle die erlesene Feinheit und den Reiz verschaffte. Eines Tages würde vielleicht der grausame Zug um den scharlachroten, sinnlichen Mund verschwunden sein, und er könnte der Welt Basil Hallwards Meisterwerk zeigen.

Nein, das war unmöglich. Stunde um Stunde und Woche um Woche wurde das Leinwandgeschöpf älter. Es mochte der Scheußlichkeit der Sünde entgehen, aber die Scheußlichkeit des Alters war ihm vorbehalten. Die Wangen würden hohl oder schlaff werden. Gelbe Krähenfüße würden um die verblaßten Augen kriechen und sie zu einem gräßlichen Anblick machen. Das Haar würde seinen Glanz verlieren, der Mund klaffen oder herabsinken, einfältig oder plump, wie die Münder alter Leute nun einmal sind. Dann der verschrumpelte Hals, die kalten Hände mit den dicken blauen Adern, der gekrümmte Körper, wie er es von seinem Großvater in Erinnerung hatte, der in seiner Kindheit so streng gegen ihn gewesen war. Das Bild mußte verborgen gehalten werden. Da half nichts. »Bringen Sie es bitte herein, Mister Hubbard«, sagte er müde und drehte sich um. »Es tut mir leid, daß ich Sie so lange aufgehalten habe. Ich dachte an etwas anderes.«

»Ich freue mich immer über eine Ruhepause, Mister Gray«, antwortete der Rahmenmacher, der noch immer nach Luft schnappte. »Wo sollen wir es hintun, Sir?«

»Oh, irgendwohin. Hierher, das geht. Ich möchte nicht, daß

es aufgehängt wird. Lehnen Sie es einfach an die Wand. Danke.«

»Darf man sich das Kunstwerk ansehen, Sir?«

Dorian erschrak. »Es würde Sie nicht interessieren, Mister Hubbard«, sagte er, wobei er den Mann im Auge behielt. Er fühlte sich imstande, sich auf ihn zu stürzen und ihn niederzuschlagen, wenn er es wagen sollte, den prächtigen Behang zu lüpfen, der das Geheimnis seines Lebens verbarg. »Ich brauche Sie jetzt nicht mehr zu bemühen. Ich bin Ihnen sehr verbunden, daß Sie die Freundlichkeit hatten, herzukommen.«

»Keine Ursache, keine Ursache, Mister Gray. Stehe Ihnen immer zur Verfügung, Sir.« Und damit trapste Mr. Hubbard die Treppe hinab, gefolgt von seinem Gesellen, der sich mit einem Ausdruck scheuer Verwunderung in dem derben, unschönen Gesicht nach Dorian umsah. Nie hatte er einen so wunderschönen Menschen gesehen.

Als das Geräusch ihrer Schritte erstorben war, verschloß Dorian die Tür und steckte den Schlüssel in die Tasche. Jetzt fühlte er sich sicher. Keiner würde je das gräßliche Ding sehen. Niemandes Augen als die seinen würden je seine Schande erblicken.

Wieder in der Bibliothek, stellte er fest, daß fünf Uhr eben vorbei und der Tee bereits serviert war. Auf einem kleinen Tisch aus dunklem, wohlriechendem Holz, der dicht mit Perlmutter inkrustiert war, einem Geschenk Lady Radleys, der Frau seines Vormunds, einer hübschen, sozusagen berufsmäßigen Kranken, die den vergangenen Winter in Kairo verbracht hatte, lag ein Briefchen von Lord Henry und daneben ein Buch in gelbem Pappeinband, der Deckel etwas beschädigt und der Schnitt nicht ganz sauber. Auf das Teebrett hatte man ein Exemplar der dritten Ausgabe der ›St. James Gazette‹ gelegt. Offenbar war Victor zurückgekommen. Er hätte gern gewußt, ob er mit den Männern, als sie das Haus verließen, in der Diele zusammengetroffen war und aus ihnen herausgeholt hatte, was sie gemacht hatten. Sicherlich würde er das Bild vermissen – hatte es zweifellos bereits vermißt, als er den Teetisch deckte. Der Paravent war nicht zurückgestellt worden, und an der Wand gähnte ein heller Fleck. Vielleicht würde er ihn eines

Nachts dabei ertappen, wie er die Treppe hinaufschlich und die Tür zu dem Zimmer mit Gewalt zu öffnen suchte. Es war schrecklich, einen Spion im eigenen Hause zu haben. Er hatte von reichen Leuten gehört, die ihr Leben lang von einem Diener erpreßt wurden, der einen Brief gelesen oder ein Gespräch belauscht oder eine Karte mit einer Adresse aufgelesen oder unter einem Kissen eine verwelkte Blume oder einen Fetzen zerknitterter Spitze gefunden hatte. .

Er seufzte, und nachdem er sich Tee eingegossen hatte, öffnete er Lord Henrys Billett. Es besagte nichts weiter, als daß er ihm die Abendzeitung und ein Buch schicke, das ihn vielleicht interessieren werde, und daß er um Viertel nach acht im Klub sei. Lässig schlug er die ›St. James‹ auf und überflog sie. Auf der fünften Seite fiel ihm ein Rotstiftstrich in die Augen. Er lenkte seine Aufmerksamkeit auf folgende Notiz:

›*Leichenschau einer Schauspielerin.* – Eine Leichenschau wurde heute morgen in der Glockenschenke, Hoxton Road, durch den Leichenbeschauer des Bezirks, Mr. Danby, an der Leiche von Sibyl Vane vorgenommen, einer jungen Schauspielerin, die zuletzt am Royal Theatre, Holborn, engagiert war. Es wurde auf Tod durch Unglücksfall erkannt. Viel Mitgefühl wurde der Mutter der Verstorbenen bekundet, die während ihrer eigenen Zeugenaussage und der von Dr. Birrell, der die Obduktion an der Verstorbenen vorgenommen hatte, sehr ergriffen war.‹

Er runzelte die Stirn, riß die Zeitung mitten entzwei, ging durch das Zimmer und warf die Stücke fort. Wie häßlich war das alles! Und wie gräßlich wahr machte Häßlichkeit die Dinge! Er ärgerte sich ein wenig über Lord Henry, daß er ihm den Bericht geschickt hatte. Und geradezu albern von ihm war es, daß er ihn mit Rotstift angestrichen hatte. Victor konnte ihn gelesen haben. Dafür konnte er mehr als genug Englisch.

Vielleicht hatte er ihn gelesen und argwöhnte bereits etwas. Und doch, was lag daran? Was hatte Dorian Gray mit Sibyl Vanes Tod zu schaffen? Da war nichts zu befürchten. Dorian Gray hatte sie nicht umgebracht.

Sein Blick fiel auf das gelbe Buch, das ihm Lord Henry geschickt hatte. Er war neugierig, was es sein mochte. Er ging zu dem perlfarbenen, achteckigen kleinen Tischchen, das ihm immer wie das Werk merkwürdiger ägyptischer Bienen vorgekommen war, die Silber verarbeiteten, nahm den Band auf, warf sich in einen Lehnstuhl und begann die Seiten umzuschlagen. Wenige Minuten später war er völlig vertieft. Es war das ungewöhnlichste Buch, das er je gelesen hatte. Ihm war, als zögen in köstlichen Gewändern zu lieblichem Flötenklang die Sünden der Welt in stummem Schauspiel an ihm vorüber. Dinge, von denen er unklar geträumt hatte, wurden ihm plötzlich zur Wirklichkeit. Dinge, von denen er nie geträumt hatte, enthüllten sich ihm nach und nach.

Es war ein Roman ohne Handlung und mit nur einer einzigen Person, im Grunde genommen nichts weiter als eine psychologische Studie über einen jungen Pariser, der sein Leben damit verbrachte, im neunzehnten Jahrhundert alle Leidenschaften und Denkarten zu verwirklichen, die jedem Jahrhundert außer dem seinen angehörten, und in sich selbst die verschiedenen Sinnesarten, die der Weltgeist je durchlebt hatte, gleichsam zusammenzufassen, wobei er jene Entsagungen, welche die Menschen törichterweise Tugend genannt haben, um ihrer reinen Künstlichkeit willen ebenso liebte wie jene Auflehnungen der Natur, die von den Weisen immer noch Sünde genannt werden. Geschrieben war er in jenem merkwürdig blumigen, lebendigen und zugleich obskuren Stil, strotzend von Argot und Archaismen, Termini technici und kunstvollen Paraphrasen, der bezeichnend ist für das Werk einiger höchst vortrefflicher Künstler der französischen Symbolistenschule. Das Buch enthielt Metaphern, so widernatürlich wie Orchideen und ebensofein in der Farbe. Das Sinnenleben wurde in Ausdrücken der mystischen Philosophie beschrieben. Mitunter war man sich nicht ganz klar darüber, ob man die geistigen Ekstasen eines mittelalterlichen Heiligen las oder die morbiden Bekenntnisse eines modernen Sünders. Es war ein vergiftendes Buch. Der schwere Geruch des Weihrauchs schien seinen Seiten anzuhaften und das Hirn zu verwirren. Schon der Rhythmus der Satzperioden, die ausgeklügelte Monotonie ihres Wohlklangs, voll von komplizierten Kehrreimen und sorgfältig wiederholten Tempi, erzeugten in dem Geist des Jünglings, wie er von Kapitel zu Kapitel fortschritt, eine Träumerei, eine Krankheit des Träumens, die ihn blind machte gegen den sinkenden Tag und die kriechenden Schatten.

Wolkenlos und von einem einzigen einsamen Stern durchbrochen, leuchtete ein kupfergrüner Himmel durch das Fenster. Er las weiter in seinem schwindenden Licht, bis er nicht mehr lesen konnte. Dann, nachdem ihn sein Diener mehrmals daran erinnert hatte, daß es schon spät sei, stand er auf, ging ins Nebenzimmer, legte das Buch auf den kleinen florentinischen Tisch, der immer an seinem Bett stand, und begann sich zum Essen umzukleiden.

Es war fast neun Uhr, ehe er im Klub anlangte und Lord Henry fand, wie er allein und mit über die Maßen gelangweiltem Gesicht im Frühstückszimmer saß. »Es tut mir so leid, Harry«, rief er, »aber es ist wirklich ganz allein Ihre Schuld. Das Buch, das Sie mir schickten, hat mich so gefesselt, daß ich darüber die Zeit vergaß.«

»Ja, ich dachte mir schon, daß es Ihnen gefallen würde«, erwiderte sein Gastgeber und stand aus seinem Sessel auf.

»Ich hab nicht gesagt, daß es mir gefällt, Harry. Ich sagte, es hat mich gefesselt. Das ist ein großer Unterschied.«

»Ah, haben Sie das entdeckt?« murmelte Lord Henry. Und sie gingen in den Speisesaal.

ELFTES KAPITEL

Jahrelang konnte sich Dorian Gray nicht von dem Einfluß dieses Buches frei machen. Oder vielleicht wäre es richtiger zu sagen, daß er niemals versuchte, sich davon zu befreien. Er verschaffte sich aus Paris nicht weniger als neun Luxusausgaben der ersten Auflage und hatte sie in verschiedenen Farben binden lassen, so daß sie seinen verschiedenen Stimmungen und den wechselnden Neigungen seiner Natur entsprachen, über die er, wie es ihm zuweilen schien, fast völlig die Macht verloren hatte. Der Held, dieser erstaunliche junge Pariser, in dem die romantischen und wissenschaftlichen Anlagen auf so sonderbare Weise vermengt waren, wurde für ihn so etwas wie ein im voraus geschaffenes Urbild seiner selbst. Und tatsächlich schien es ihm, als enthalte das ganze Buch die Geschichte seines eigenen Lebens, geschrieben, ehe er es gelebt hatte.

In einem Punkt war er glücklicher dran als der phantastische Held des Roman. Er kannte nicht – und hatte freilich auch keine Ursache dazu – diese etwas groteske Furcht vor Spiegeln und blanken Metalloberflächen und stillem Wasser, die den jungen Pariser so früh in seinem Leben überkam und die durch den jähen Verfall einer Schönheit verursacht wurde, die einst offensichtlich bemerkenswert gewesen war. Mit einer fast grausamen Freude – vielleicht hatte in fast jeder Freude so gewiß wie in jeder Lust die Grausamkeit ihren Platz – pflegte er den zweiten Teil des Buches zu lesen, mit seinem echt tragischen, wenn auch etwas überbetonten Bericht von dem Schmerz und der Verzweiflung eines Menschen, der selber verloren hatte, was er an anderen und in der Welt am höchsten schätzte.

Denn ihn schien die wunderbare Schönheit, die Basil Hallward und außer ihm noch viele andere so bezaubert hatte, niemals zu verlassen. Selbst jene, welche die ärgsten Dinge über ihn gehört hatten, denn von Zeit zu Zeit liefen seltsame Gerüchte über seine Lebensführung durch London und wurden zum Klatsch in den Klubs, konnten, sobald sie ihn sahen, nicht glauben, was ihm zur Schande gereichte. Er sah immer aus wie einer, der sich unbefleckt von der Welt bewahrt hatte. Männer, die zotige Reden führten, verstummten, wenn Dorian Gray den Raum betrat. In der Reinheit seines Gesichts lag etwas, das sie zurechtwies. Seine bloße Gegenwart schien in ihnen die Erinnerung an die Unschuld wachzurufen, die sie besudelt hatten. Sie wunderten sich darüber, wie ein so bezaubernder und anmutiger Mensch dem Makel einer Zeit hatte entgehen können, die ebenso schmutzig wie sinnlich war.

Oft, wenn er von einer jener geheimnisvollen und ausgedehnten Abwesenheiten heimkehrte, die befremdliche Vermutungen unter seinen Freunden oder jenen erregten, die sich dafür hielten, schlich er die Treppe hinauf zu dem verschlossenen Zimmer, öffnete die Tür mit dem Schlüssel, den er jetzt immer bei sich trug, stellte sich mit einem Spiegel vor das Bild, das Basil Hallward von ihm gemalt hatte und sah abwechselnd auf das böse, alternde Leinwandgesicht und das schöne, junge Antlitz, das ihn aus dem blanken Spiegel anlachte. Gerade die Schärfe des Gegensatzes pflegte seinen Sinn für Genuß anzuregen. Er wurde immer verliebter in seine Schönheit und immer interessierter an der Verderbnis seiner Seele. Mit peinlicher Sorgfalt und zuweilen mit einem ungeheuerlichen und schrecklichen Vergnügen prüfte er die häßlichen Linien, welche die runzlige Stirn durchzogen oder um den dicken, sinnlichen Mund krochen, wobei er sich mitunter fragte, was gräßlicher sei, die Zeichen der Sünde oder die Zeichen des Alters. Er legte seine weißen Hände neben die plumpen, aufgedunsenen Hände auf dem Bild und lächelte. Er verhöhnte den entstellten Körper und die verfallenden Glieder.

Freilich gab es Augenblicke, wenn er des Nachts schlaflos in seinem eigenen zartduftenden Gemach lag oder in dem schmutzigen Zimmer der kleinen, übelbeleumdeten Kneipe bei den Docks, die er unter angenommenem Namen und in Verkleidung häufig zu besuchen pflegte, Augenblicke, in denen er an das Verderben dachte, das er über seine Seele gebracht hatte, mit einem Mitleid, das um so mehr schmerzte, weil es ganz und gar selbstsüchtig war. Doch solche Augenblicke waren selten. Jene Neugier auf das Leben, die zuerst Lord Henry in ihm erregt hatte, als sie zusammen im Garten ihres Freundes saßen, schien mit der Befriedigung zu wachsen. Je mehr er kannte, um so mehr wünschte er kennenzulernen. Ein wahnsinniger Hunger war in ihm, der um so gieriger wurde, je mehr er darauf bedacht war, ihn zu stillen.

Dennoch war er nicht so wahrhaft leichtsinnig, jedenfalls nicht in seinen Beziehungen zur Gesellschaft. Ein- oder zweimal monatlich im Winter und an jedem Mittwochabend in der Saison öffnete er der Welt sein schönes Haus und ließ seine Gäste von den berühmtesten Musikern des Tages mit den Wundern ihrer Kunst bezaubern. Seine kleinen Diners, bei deren Vorbereitung ihm stets Lord Henry behilflich war, zeichneten sich ebensosehr durch die sorgfältige Auswahl und Sitzordnung der Geladenen aus wie durch den erlesenen Geschmack, der sich in der Tischdekoration mit ihren fein abgestimmten Arrangements exotischer Blumen, ihren gestickten Tafeldecken und ihrem alten Gold- und Silbergeschirr offenbarte. Tatsächlich gab es viele, vor allem unter den sehr jungen Leuten, die in Dorian Gray die wahre Verkörperung eines Typs sahen oder zu sehen glaubten, von dem sie in Eton oder Oxford oft geträumt hatten, eines Typs, der etwas von der echten Kultur des Gelehrten mit der ganzen Anmut, Vornehmheit und den vollendeten Manieren eines Weltbürgers verband. Er schien ihnen zu der Gemeinschaft jener zu gehören, von denen Dante sagt, sie suchten ›sich zu vervollkommnen durch die Verehrung der Schönheit‹. Wie Gautier war er einer, für den ›die sichtbare Welt existiert‹.

Und zweifellos war für ihn das Leben selbst die höchste, die bedeutendste aller Künste, für die alle anderen Künste nur eine Vorbereitung zu sein schienen. Die Mode, durch die das wirklich Launenhafte für einen Augenblick allgemein wird, und das Dandytum, das auf seine Weise ein Versuch ist, die absolute Modernität der Schönheit zu verfechten, hatten natürlich ihren Reiz für ihn. Seine Art, sich zu kleiden, und der besondere Stil, den er von Zeit zu Zeit bevorzugte, übten eine bemerkenswerten Einfluß auf die jungen Herren von Welt aus, welche die Mayfair-Bälle und die Fenster des Pall-Mall-Klubs bevölkerten und ihn in allem nachahmten, was er tat, und den zufälligen Reiz seiner anmutigen, von ihm nicht ganz ernst genommenen Modetorheiten ebenfalls hervorzubringen suchten.

Denn während er nur allzu bereit war, die gesellschaftliche Stellung einzunehmen, die ihm fast unmittelbar nach seiner Volljährigkeit geboten wurde, und während er ein köstliches Vergnügen empfand bei dem Gedanken, für das London seiner Zeit möglicherweise wirklich das zu werden, was einst für das Rom des Kaisers Nero der Verfasser des ›Satyrikon‹ gewesen war, wünschte er doch im innersten Herzen, etwas mehr zu sein als ein bloßer *Arbiter elegantiarum**, den man über das Tragen eines Schmucks oder das Knoten einer Krawatte oder das Führen eines Spazierstocks befragte. Er suchte ein neues Lebensschema auszuarbeiten, das seine vernunftgemäße Philosophie und seine vorgeschriebenen Prinzipien haben sollte, um in der Vergeistigung der Sinne seine höchste Verwirklichung zu finden.

---

* lat.: Schiedsrichter des guten Geschmacks.

Die Verehrung der Sinne ist oft und sehr zu Recht geschmäht worden, da die Menschen instinktiv ein natürliches Angstgefühl vor Leidenschaften und Gemütsregungen empfinden, die stärker zu sein scheinen als sie selbst und von denen sie wissen, daß sie sie mit den weniger hochorganisierten Lebewesen teilen. Dorian Gray jedoch schien es, als sei die wahre Beschaffenheit der Sinne niemals verstanden worden und als seien sie nur deshalb wild und tierisch geblieben, weil die Menschen bestrebt gewesen waren, sie durch Aushungern zu unterdrücken oder durch Schmerz abzutöten, statt daß sie danach getrachtet hätte, sie zu Elementen einer neuen geistigen Anschauung zu machen, deren Hauptmerkmal ein feiner Instinkt für Schönheit sein sollte. Wenn er zurückblickte auf den Lauf des Menschen durch die Weltgeschichte, so quälte ihn ein Gefühl des Verlustes. Auf so vieles war verzichtet worden! Und mit so geringem Ergebnis! Es hatte wahnwitzige, starrsinnige Verdammungen gegeben, ungeheuerliche Formen der Selbstkasteiung und Selbstverleugnung, deren Ursprung Angst und deren Resultat eine unendlich schrecklichere Erniedrigung war als jene eingebildete Erniedrigung, der die Menschen in ihrer Unwissenheit zu entfliehen suchten, während die Natur in ihrer wunderbaren Ironie den Anachoreten hinaustreibt, auf daß er sich mit den wilden Tieren der Wüste nähre, und dem Eremiten die Tiere des Feldes zu Gefährten gibt.

Ja, es mußte, wie Lord Henry vorausgesagt hatte, ein neuer Hedonismus kommen, der das Leben neu erschuf und vor dem strengen, unschönen Puritanismus rettete, der in unseren Tagen seine merkwürdige Wiedergeburt erlebt. Zweifellos mußte er den Dienst am Geist enthalten, aber niemals durfte er sich eine Theorie oder ein System zu eigen machen, die das Opfer irgendeiner Erscheinungsform leidenschaftlichen Erlebens in sich schlossen. Sein Ziel mußte in der Tat das Erleben selbst sein, und nicht die Früchte der Erfahrung, mochten sie süß oder bitter sein. Er durfte weder von dem Asketismus, der die Sinne abtötet, noch von der gemeinen Verworfenheit, die sie abstumpft, etwas haben. Dagegen sollte er die Menschen lehren, sich auf die Augenblicke eines Lebens zu konzentrieren, das selbst nur ein Augenblick ist.

Es gibt wenige unter uns, die nicht mitunter vor dem Morgengrauen erwacht sind, entweder nach einer von jenen traumlosen Nächten, die uns in den Tod verliebt machen, oder nach einer von jenen Nächten des Grausens und der entstellten Lust, wenn durch die Kammern des Gehirns Phantome geistern, die schrecklicher sind als die Wirklichkeit selbst und erfüllt von jenem kräftigen Leben, das in allem Grotesken lauert und das der gotischen Kunst ihre dauernde Lebensfähigkeit gibt, da diese Kunst, so möchte man meinen, vor allem die Kunst jener ist, deren Geist getrübt ist von der Krankheit des Träumens. Langsam kriechen bleiche Finger durch die Vorhänge und scheinen zu zittern. In phantastischen schwarzen Formen schleichen stumme Schatten in die Zimmerecken und kauern sich dort zusammen. Draußen regen sich die Vögel im Laub oder hört man Menschen zur Arbeit gehen oder das Seufzen und Stöhnen des Windes, der von den Hügeln herabkommt und um das schweigende Haus streift, als fürchte er, die Schläfer zu wecken, und sei dennoch gezwungen, den Schlaf aus seiner purpurnen Höhle zu rufen. Schleier um Schleier dünner, dunkler Gaze hebt sich, und nach und nach erhalten die Dinge wieder Form und Farbe, und wir beobachten, wie der Morgen unserer Welt ihre alte Gestalt zurückgibt. Die stumpfen Spiegel werden wieder durch Ebenbilder belebt. Die Kerzen ohne Flamme stehen dort, wo wir sie zurückließen, und neben ihnen liegt das halb aufgeschnittene Buch, das wir studierten, oder die auf Draht gezogene Blume, die wir auf dem Ball trugen, oder der Brief, den wir zu lesen fürchteten oder den wir zu oft lasen. Nichts scheint uns verändert. Aus den unwirklichen Schatten der Nacht kommt das wirkliche Leben zurück, das wir kannten. Wir müssen es dort wieder aufnehmen, wo wir es verließen, und es beschleicht uns ein gräßliches Gefühl der Unumgänglichkeit, in dem gleichen ermüdenden Kreis stereotyper Gewohnheiten weiterhin Kraft aufzuwenden, oder eine wilde Sehnsucht, eines Morgens die Augen aufzuschlagen und eine Welt zu erblicken, die in der Dunkelheit zu unserer Lust neu geschaffen wurde, eine Welt, in der die Dinge neue Formen und Farben haben und verwandelt sind oder andere Geheimnisse besitzen, eine Welt, in der die Vergangenheit wenig oder gar keinen Platz hat oder zumindest in keiner bewußten Form der Verpflichtung oder Reue weiterlebt, weil selbst die Erinnerung an eine Freude ihre Bitterkeit hat und den Erinnerungen an einen Genuß die Pein verbleibt.

Die Erschaffung solcher Welten wie dieser schien Dorian Gray das wahre Ziel des Lebens zu sein oder zu seinen wahren Zielen zu gehören, und auf seiner Suche nach Sensationen, die ebenso neu wie köstlich sein und das Element des Ungewöhnlichen enthalten sollten, das für die Romantik so wesentlich ist, pflegte er sich häufig gewisse Denkarten anzueignen, von denen er wußte, daß sie in Wahrheit seiner Natur fremd waren, pflegte er sich ihren feinen Einflüssen hinzugeben und sie dann, wenn er gleichsam ihre Farbe eingefangen und seine geistige Neugier befriedigt hatte, mit jener merkwürdigen Gleichgültigkeit fallenzulassen, die nicht unvereinbar ist mit einer echten Inbrunst des Gemüts und nach Ansicht gewisser moderner Psychologen tatsächlich häufig eine Voraussetzung dafür ist.

Einmal wurde das Gerücht über ihn verbreitet, er sei im Begriff, zum römisch-katholischen Glauben überzutreten, und zweifellos hatte das katholische Ritual stets einen großen Reiz für ihn. Das tägliche Meßopfer, das in der Tat ehrfurchtgebietender war als alle Opfer der Antike, erregte ihn ebensosehr durch seine herrliche Verwerfung der unleugbaren Sinne wie duch die primitive Einfachheit seiner Elemente und das ewige Pathos der menschlichen Tragödie, das es zu symbolisieren suchte. Er liebte es, auf dem kalten Marmorboden niederzuknien und den Priester zu beobachten, wie er in seiner steifen, mit Blumen bestickten Dalmatika langsam und mit weißen Händen den Vorhang des Tabernakels zur Seite schob oder die juwelenbesetzte, laternenförmige Monstranz mit der bleichen Hostie emporhob, die zuzeiten, wie man zu glauben geneigt wäre, tatsächlich das ›panis coelestis‹ ist, das Brot der Engel, oder wie er, in die Gewänder der Passion Christi gekleidet, die Hostie in den Abendmahlskelch brach und sich um seiner Sünden willen an die Brust schlug. Die qualmenden Weihrauchfässer, welche ernste Knaben in Spitzen und Scharlach wie große, goldfarbene Blumen in der Luft schwenkten, übten einen tiefen

Zauber auf ihn aus. Wenn er hinausging, blickte er bewundernd nach den schwarzen Beichtstühlen und sehnte sich danach, in ihrem dunklen Schatten zu sitzen und den Männern und Frauen zu lauschen, die ihm durch das abgegriffene Gitter die wahre Geschichte ihres Lebens zuflüsterten.

Niemals verfiel er jedoch in den Irrtum, seine geistige Entwicklung durch das förmliche Bekenntnis zu einem Glauben oder System aufzuhalten oder ein Haus, in dem man leben konnte, mit einem Wirtshaus zu verwechseln, das sich nur für eine Übernachtung schickt oder für ein paar nächtliche Stunden, wenn keine Sterne scheinen und der Mond in Kindsnöten liegt. Der Mystizismus mit seinem erstaunlichen Vermögen, uns gewöhnliche Dinge ungewöhnlich zu machen, und die geheime Antinomie, die ihn stets zu begleiten scheint, beschäftigten ihn eine Zeitlang; eine Weile neigte er den materialistischen Lehren der deutschen Bewegung des Darwinismus zu und fand einen merkwürdigen Gefallen daran, die Gedanken und Leidenschaften der Menschen zu irgendeiner perlgroßen Zelle im Gehirn oder einem weißen Nerv im Körper zurückzuverfolgen, wobei ihn die Vorstellung ergötzte, daß der Geist völlig abhängig war von bestimmten körperlichen Voraussetzungen, einerlei, ob diese nun krankhaft oder gesund, normal oder nicht normal waren. Dennoch schien ihm, wie bereits gesagt, keine Lebenstheorie irgendwelche Bedeutung zu haben im Vergleich zu dem Leben selbst. Es war ihm lebhaft bewußt, wie unfruchtbar alle geistige Spekulation ist, wenn sie von Tat und Versuch getrennt wird. Er wußte, daß die Sinne nicht weniger als die Seele ihre geistigen Geheimnisse zu offenbaren haben.

Und so pflegte er nun Parfums zu studieren und die Geheimnisse ihrer Herstellung, indem er stark duftende Öle destillierte und wohlriechende orientalische Gummiharze verbrannte. Er erkannte, daß es keine Geistesstimmung gab, die nicht ihr Gegenstück im Sinnenleben hatte, und verlegte sich darauf, ihre wahren Beziehungen zu entdecken, weil er wissen wollte, was im Weihrauch enthalten war, daß er mystisch machte, und in der Ambra, daß sie die Leidenschaften erregte, warum Veilchenduft die Erinnerung an vergangene Romanzen erweckte, Moschusgeruch das Gehirn verwirrte und der Geruch der

Champacblüte die Phantasie befleckt. Oft versuchte er, geradezu eine Psychologie der Parfums auszuarbeiten und die verschiedenen Wirkungen süß duftender Wurzeln und wohlriechender, pollenträchtiger Blüten oder aromatischer Balsame und dunkler, würziger Hölzer zu berechnen, des Nardenöls, das Übelkeit erregt, der Hovenia, die Menschen wahnsinnig macht, und des Aloesaftes, von dem es heißt, er könne die Schwermut aus der Seele vertreiben.

Zu anderer Zeit widmete er sich völlig der Musik und pflegte in einem langen, getäfelten Raum mit rotgoldener Decke und olivgrün lackierten Wänden ungewöhnliche Konzerte zu geben, bei denen unbändige Zigeuner eine wilde Musik aus kleinen Zithern rissen oder ernste Tunesier in gelben Umhängen die straff gespannten Saiten ungeheurer Lauten zupften, während grinsende Neger monoton auf kupferne Trommeln schlugen und schlanke, beturbante Inder, die auf scharlachroten Matten hockten, auf langen Rohr- oder Messingpfeifen bliesen und riesige Brillenschlangen und gräßliche Hornvipern behexten oder zu behexen schienen. Die scharfen Intervalle und die schrillen Dissonanzen barbarischer Musik erregten ihn zu Zeiten, da Schuberts Anmut, Chopins schöne Trauer und sogar die mächtigen Harmonien Beethovens unbeachtet an sein Ohr drangen. Aus allen Teilen der Welt trug er die seltsamsten Instrumente zusammen, die aufzutreiben waren, entweder in den Gräbern toter Völker oder unter den wenigen wilden Stämmen, welche die Berührung mit der westlichen Welt überlebt haben, und er liebte es, sie zu spielen und auszuprobieren. Er besaß das geheimnisvolle Juruparis der Indianer vom Rio Negro, dessen Anblick den Frauen nicht gestattet ist und das selbst Jünglinge erst dann sehen dürfen, wenn sie sich Fasten und Geißelungen unterworfen hatten; ferner die tönernen Kruken der Peruaner, die wie schrille Vogelschreie klingen, und Flöten aus Menschenknochen, wie sie Alfonso de Ovalle in Chile hörte, und die klingenden grünen Jaspissteine, die bei Cuzco gefunden werden und einen Ton von einzigartiger Süße geben. Er besaß bemalte, mit Kieselsteinen gefüllte Kürbisse, die klapperten, wenn sie geschüttelt wurden; den langen Zinken der Mexikaner, durch den der Spieler nicht bläst, sondern die Luft einzieht; die mißtönende Ture der Amazonasstämme, die von den Wachposten geblasen wird, welche den ganzen Tag über auf hohen Bäumen hocken, und die man auf eine Entfernung von drei Meilen hören soll; das Teponaztli, das zwei vibrierende Holzzungen hat und mit Stöcken geschlagen wird, auf die ein elastisches Gummiharz gestrichen ist, gewonnen aus dem milchigen Saft bestimmter Pflanzen; die Yotl-Schellen der Azteken, die in Trauben hängen wie Weinbeeren; und eine mächtige, mit den Häuten großer Schlangen bespannte, zylinderförmige Trommel, so wie jene, die Bernal Diaz sah, als er mit Cortez den mexikanischen Tempel betrat, und von deren klagendem Ton er uns eine so lebendige Schilderung hinterlassen hat. Die phantastische Beschaffenheit dieser Instrumente faszinierte ihn, und ein sonderbares Vergnügen bereitete ihm der Gedanke, daß die Kunst ebenso wie die Natur ihre Ausgeburten hat, Dinge von viehischer Gestalt und mit gräßlichen Stimmen. Nach einer gewissen Zeit wurde er ihrer jedoch überdrüssig und saß dann in seiner Opernloge, entweder allein oder mit Lord Henry, hörte sich hingerissen vor Entzücken den ›Tannhäuser‹ an und sah in der Ouvertüre zu diesem großen Kunstwerk eine Wiedergabe der Tragödie seiner eigenen Seele.

Bei anderer Gelegenheit beschäftigte er sich mit dem Studium der Edelsteine und erschien bei einem Kostümball als Anne de Joyeuse, Admiral von Frankreich, in einem Anzug, der mit fünfhundertsechzig Perlen besät war. Diese Neigung fesselte ihn jahrelang, und man kann sogar sagen, daß sie ihn niemals verließ. Häufig verbrachte er den ganzen Tag damit, die verschiedenen Steine, die er gesammelt hatte, in ihren Kästen zu ordnen und wieder zu ordnen: den olivgrünen Chrysoberyll, der bei Lampenlicht rot wird, den Cymophan mit den drahtähnlichen Silberadern, den pistaziengrünen Chrysolith, rosenrote und weingelbe Topase, Karfunkelsteine von feurigem Scharlachrot mit flirrenden vierstrahligen Sternen, flammenrote Hessonite, orange und violette Spinelle und Amethyste mit ihren wechselnden Schichten von Rubin und Saphir. Er liebte das rote Gold der Sonnensteine und des Mondsteins Perlweiße und den gebrochenen Regenbogen des milchigen Opals. Aus Amsterdam verschaffte er sich drei Smaragde von ungewöhnlicher Größe und Farbtiefe, und er besaß einen Türkis ›*de la vieille roche*‹*, um den ihn alle Kenner beneideten.

Er entdeckte auch erstaunliche Geschichten über Juwelen. In Alphonsos ›Clericalis Disciplina‹ wurde eine Schlange mit Augen aus echten Hyazinthsteinen erwähnt, und in der abenteuerlichen Geschichte Alexanders hieß es, der Eroberer von Emathia habe im Jordantal Schlangen gefunden, ›mit Halsbändern aus echten Smaragden, die ihnen auf dem Rücken wuchsen‹. Philostratus erzählt, im Gehirn des Drachen habe ein Edelstein gesteckt, und ›durch den Anblick goldener Lettern und eines scharlachroten Gewandes‹ konnte das Ungeheuer in einen Zauberschlaf versetzt und erschlagen werden. Nach der Ansicht des großen Alchimisten Pierre de Boniface machte der Diamant einen Menschen unsichtbar, und der indische Achat machte ihn beredt. Der Karneol beschwichtigte den Zorn, der Hyazinthstein rief den Schlaf herbei, und der Amethyst verjagte die Weindünste. Der Granat trieb Dämonen aus, und der Hydropicus beraubte den Mond seiner Farbe. Der Selenit nahm mit dem Mond zu und ab, und der Meloceus, der Diebe entdeckt, konnte nur durch das Blut junger Zicklein angegriffen werden. Leonardus Camillus hatte gesehen, wie aus dem Gehirn einer eben getöteten Kröte ein weißer Stein entfernt wurde, der ein sicheres Mittel gegen Gift war. Der Bezoar, der im Herzen des arabischen Hirsches gefunden wurde, war ein Zaubermittel, das die Pest zu heilen vermochte. In den Nestern arabischer Vögel befanden sich Aspilaten, die nach Demokrit den Träger vor jeder Feuersgefahr bewahrten.

Der König von Ceylon ritt zu seiner Krönungsfeier mit einem großen Rubin in der Hand durch seine Stadt. Die Tore zum Palast Johannes des Presbyters waren ›aus Karneol, in den das Horn der ägyptischen Hornviper eingearbeitet war, so daß niemand Gift hereinbringen konnte‹. Über dem Giebel befanden sich ›zwei goldene Äpfel mit zwei Karfunkeln darin‹, so daß bei Tag das Gold leuchtete und die Karfunkel in der Nacht. In dem merkwürdigen Roman von Lodge, ›Eine amerikanische Perle‹, stand zu lesen, im Schlafgemach der Königin sah man

---

* frz.: sinngemäß: kostbar, erlesen.

›alle züchtigen Damen der Welt aus ziseliertem Silber, die sich in schönen Spiegeln aus Chrysolithen, Karfunkeln, Saphiren und grünen Smaragden betrachteten‹. Marco Polo hatte gesehen, wie die Bewohner von Zipangu ihren Toten rosenfarbene Perlen in den Mund steckten. Ein Seeungeheuer war verliebt in die Perle, die der Taucher dem König Perozes brachte, und hatte den Dieb erschlagen und sieben Monde um den Verlust der Perle getrauert. Als die Hunnen den König in die große Grube lockten, warf er sie fort – so erzählt Prokopius die Geschichte –, und sie wurde nie wieder gefunden, obgleich Kaiser Anastasius fünfhundert Zentner Goldstücke dafür bot. Der König von Malabar hatte einem Venezianer einen Rosenkranz von dreihundertvier Perlen gezeigt, für jeden Götzen, den er anbetete, eine Perle.

Als der Herzog von Valentinois, Sohn Alexanders VI., König Ludwig XII. von Frankreich besuchte, war sein Pferd, wie Brantôme berichtet, mit Goldblättern überladen, und sein Barett war mit Doppelreihen von Rubinen geschmückt, die ein herrliches Feuer ausstrahlten. Karl von England war in Steigbügeln geritten, die mit vierhunderteinundzwanzig Diamanten besetzt waren. Richard II. besaß einen mit Ballasrubinen übersäten Mantel im Werte von dreißigtausend Mark. Hall beschrieb Heinrich VIII. auf seinem Weg zum Tower vor der Krönung: Er trug ›ein Wams aus getriebenem Gold, dessen Brust mit Diamanten und anderen kostbaren Steinen geschmückt war, und um den Hals ein prächtiges Gehänge aus großen Ballasrubinen‹. Die Günstlinge Jakobs I. trugen in Goldfiligran gefaßte Smaragde als Ohrringe. Eduard II. schenkte Peter Gaveston eine Rüstung aus rotem Gold, die mit Hyazinthsteinen verziert war, einen Halsschutz aus goldenen Rosen, mit Türkisen besetzt, und eine mit Perlen ›übersäte‹ Sturmhaube. Heinrich II. trug mit Edelsteinen besetzte Handschuhe, die bis zum Ellbogen reichten, und zur Falkenbeize einen Stulphandschuh mit zwölf Rubinen und zweiundfünfzig großen Perlen. Der Herzogshut Karls des Kühnen, des letzten Herzogs von Burgund, war mit birnenförmigen Perlen behängt und mit Saphiren besetzt.

Wie köstlich war das Leben einst gewesen! Wie glanzvoll in

seinem Prunk und Schmuck! Schon allein von dem Prachtaufwand der Toten zu lesen war wundervoll.

Dann wandte er seine Aufmerksamkeit Stickereien zu und den gewirkten Tapeten und Wandteppichen, die in den kalten Räumen der nordeuropäischen Völker die Fresken ersetzten. Als er den Gegenstand erforschte – und er besaß stets die außergewöhnliche Fähigkeit, sich völlig in das zu vertiefen, womit er sich im Augenblick beschäftigte –, wurde er fast traurig bei dem Gedanken an die Zerstörung, welche die Zeit über schöne und wunderbare Dinge brachte. Er wenigstens war dem entgangen. Sommer folgte auf Sommer, und die gelben Jonquillen blühten und welkten viele Male, und Nächte des Grausens wiederholten die Geschichte ihrer Schmach; er aber blieb unverändert. Kein Winter verdarb sein Gesicht oder entstellte seine blütengleiche Jugendfrische. Wie anders war es mit stofflichen Dingen! Wohin waren sie entschwunden? Wo war das prächtige, krokusfarbene Gewand, auf dem die Götter gegen die Giganten kämpften, von braunen Mädchen zum Ergötzen Athenas gewebt? Wo das Velarium, des Nero über das Kolosseum in Rom hatte breiten lassen, jenes purpurne Titanensegel, auf dem der bestirnte Himmel und Apollo dargestellt waren, wie er einen von weißen Rössern mit goldenem Zaumzeug gezogenen Wagen lenkte? Es verlangte ihn danach, die kunstvollen, für den Sonnenpriester gewebten Tafeltücher zu sehen, die mit den Leckerbissen und Fleischspeisen prunkten, die man sich bei einem Festmahl nur wünschen mochte; das Leichentuch König Chilperics mit seinen dreihundert goldenen Bienen; die phantastischen Gewänder, welche die Entrüstung des Bischofs von Pontus erregten und auf denen ›Löwen, Panther, Bären, Hunde, Wälder, Felsen, Jäger – kurzum alles, was ein Maler der Natur nachbilden kann‹ dargestellt waren; und den Rock, den einst Karl von Orléans trug, auf dessen Ärmel die Verse eines Liedes gestickt waren mit der Anfangszeile: ›*Madame, je suis tout joyeux*‹*, während die musikalische Begleitung zu den Worten mit goldenen Fäden eingewirkt und jede Note mit dem viereckigen Kopf jener Zeit aus vier Perlen gebildet war. Er las von

---

* frz.: Meine Herrin, fröhlich bin ich.

dem Gemach im Palast zu Reims, das man für die Königin Johanna von Burgund eingerichtet und ausgeschmückt hatte mit ›dreihunderteinundzwanzig gestickten Papageien, geziert mit dem Wappen des Königs, und fünfhunderteinundsechzig Schmetterlingen, deren Flügel gleicherweise das Wappen der Königin trugen, all das in Gold gearbeitet‹. Katharina von Medici hatte sich ein Trauerbett machen lassen aus schwarzem Samt, besät mit Mondsicheln und Sonnen. Seine Vorhänge waren aus Damast mit Laubgewinden und -girlanden auf goldenem und silbernem Grund und an den Rändern mit Perlenstickkerei gesäumt, und es stand in einem Raum, um den sich breite Streifen Silbertuch mit den aus schwarzem Samt geschnittenen Symbolen der Königin zogen. Ludwig XIV. hatte in seinem Gemach fünfzehn Fuß hohe, mit Gold verzierte Karyatiden. Das Prunkbett Sobieskis, des Königs von Polen, war aus Smyrnaer Goldbrokat, auf den mit Türkisen Verse aus dem Koran gestickt waren. Die Pfosten waren aus vergoldetem Silber, wunderschön ziseliert und verschwenderisch mit Medaillons aus Emaille und Edelsteinen besetzt. Es war aus einem Türkenlager vor Wien erbeutet worden, und unter der flimmernden Vergoldung des Betthimmels hatte die Fahne Mohammeds gestanden.

Und so suchte er ein ganzes Jahr lang die köstlichsten Proben von Geweben und Stickereien zusammenzutragen, die er nur finden konnte; er erwarb zarte Musseline aus Delhi, fein durchwoben mit Palmetten aus Goldfäden und benäht mit schillernden Käferflügeln; Gaze aus Dakka, die wegen ihrer Durchsichtigkeit im Orient unter dem Namen ›gewebte Luft‹, ›rinnendes Wasser‹ und ›Abendtau‹ bekannt ist; seltsam gemusterte Stoffe aus Java; kunstvoll gearbeitete chinesische Vorhänge; Bücher in lohfarbenen Atlas- oder hellblauen Seideneinbänden, mit *fleurs de lys**, Vögeln und Bildern durchwirkt; Schleier aus ungarischer Spitze; sizilianische Brokate und steife spanische Samte; georgische Handarbeiten mit ihren vergoldeten Münzen und japanische Foukousas mit ihrem grüngetönten Gold und ihren herrlich gefiederten Vögeln.

Eine besondere Leidenschaft hegte er auch für Kirchenge-

---

* frz.: Lilien.

wänder, wie freilich für alles, was mit dem Zeremoniell der Kirche verbunden war. In den langen Truhen aus Zedernholz, die sich in der Westgalerie seines Hauses aneinanderreihten, bewahrte er viele seltene und schöne Exemplare der Kleidung auf, welche die Braut Christi wahrlich tragen muß: Purpur, Juwelen und feines Linnen, um den bleichen, abgezehrten Leib zu verbergen, der erschöpft ist von dem Leiden, nach dem sie verlangt, und verwundet von selbstzugefügter Pein. Er besaß einen herrlichen Chorrock aus karmesinroter Seide und golddurchwirktem Damast mit einem wiederkehrenden Muster goldener Granatäpfel, die in stilisierten, sechsblättrigen Blütenkelchen steckten und zu beiden Seiten von dem aus Staubperlen gestickten Ananasmotiven eingerahmt waren. Die Goldverbrämungen waren in Felder aufgeteilt und stellten Szenen aus dem Leben der Heiligen Jungfrau dar, und auf die Mitra war mit farbiger Seide die Krönung der Heiligen Jungfrau gestickt. Das war eine italienische Arbeit aus dem 15. Jahrhundert. Ein anderer Chorrock war aus grünem Samt, mit herzförmig angeordneten Akanthusblättern bestickt, aus denen langstielige weiße Blüten wuchsen, von denen Einzelteile durch Silberfäden und farbige Kristalle hervorgehoben waren. Die Pektorale trug den Kopf eines Seraphs in Goldfiligran. Die Verbrämungen waren in einem Muster aus roter und goldener Seide gewebt und mit vielen Medaillons von Heiligen und Märtyrern besternt, darunter eines des heiligen Sebastian. Auch besaß er Meßgewänder aus bernsteinfarbener Seide, aus blauer Seide und aus Goldbrokat, aus gelbem Seidendamast und Goldstoff mit Darstellungen aus der Passion und der Kreuzigung Christi und bestickt mit Löwen und Pfauen und anderen Symbolen; ferner Dalmatiken aus weißem Atlas und rosa Seidendamast mit Tulpen und Delphinen und *fleurs de lys*; Altarantependien aus karmesinrotem Samt und blauem Leinen und viele Korporale, Hüllen für den Abendmahlskelch und Schweißtücher. Den mystischen Verrichtungen, bei denen diese Dinge angewandt wurden, wohnte etwas inne, das seine Phantasie anregte.

Denn diese Schätze und alles, was er in seinem wunderschönen Haus angesammelt hatte, sollten ihm Mittel zum Vergessen sein, Dinge, die so beschaffen waren, daß er eine Zeitlang der Furcht zu entrinnen vermochte, die ihm mitunter allzugroß erschien, um sie ertragen zu können. Mit eigener Hand hatte er an die Wände des einsamen, verschlossenen Zimmers, in dem er einen so großen Teil seiner Knabenjahre verbracht hatte, das entsetzliche Bild gehängt, dessen sich wandelnde Züge ihm die wirkliche Erniedrigung seines Lebens zeigten, und davor hatte er die purpurne und goldene Decke als Vorhang drapiert. Wochenlang ging er nicht hinauf, vergaß er das abscheuliche gemalte Ding und erlangte seine Sorglosigkeit zurück, seine wundervolle Fröhlichkeit, seine leidenschaftliche Hingabe an das bloße Dasein. Dann schlich er plötzlich eines Nachts aus dem Hause, ging zu den fürchterlichen Orten bei Blue Gate Fields und blieb dort tagelang, bis er davongejagt wurde. Wieder zurück, pflegte er sich vor das Bild zu setzen, wobei er mitunter Ekel vor ihm und sich selbst empfand, zu anderen Zeiten jedoch mit jenem Stolz des Individualisten darauf schaute, der schon den halben Reiz der Sünde ausmacht, und mit heimlichem Vergnügen über den entstellten Schatten lächelte, der die Bürde zu tragen hatte, die seine hätte sein sollen.

Einige Jahre später konnte er es nicht mehr aushalten, längere Zeit von England entfernt zu sein, und gab die Villa in Trouville auf, die er sich mit Lord Henry geteilt hatte, wie auch das kleine Haus mit den weißen Mauern in Algier, in dem sie mehr als einen Winter verbracht hatten. Es war ihm abscheulich, von dem Bild getrennt zu sein, das einen so großen Teil seines Lebens ausmachte, und überdies fürchtete er, in seiner Abwesenheit könne jemand Zugang zu dem Raum erlangen, trotz der vortrefflich gearbeiteten Riegel, die er an der Tür hatte anbringen lassen.

Ihm war durchaus klar, daß es niemandem etwas erzählen würde. Zwar bewahrte das Bild bei aller Schändlichkeit und Häßlichkeit des Gesichts immer noch eine deutliche Ähnlichkeit mit ihm, aber was konnte man daraus ersehen? Jeden, der ihn zu verhöhnen suchte, würde er auslachen. Er hatte es nicht gemalt. Was ging es ihn an, wie gemein und schändlich es aussah? Und würden sie es überhaupt glauben, selbst wenn er es ihnen erzählte?

Dennoch hatte er Angst. Manchmal, wenn er sich in seinem

großen Haus in Nottingham aufhielt und die eleganten jungen Leute seines Standes bewirtete, mit denen er vor allem Umgang pflegte, und die Grafschaft durch den üppigen Luxus und die verschwenderische Pracht seiner Lebensweise in Staunen versetzte, verließ er plötzlich seine Gäste und jagte nach London zurück, um zu sehen, ob sich niemand an der Tür zu schaffen gemacht habe und ob das Bild noch da war. Was, wenn es gestohlen wäre? Dann würde die Welt bestimmt sein Geheimnis erfahren. Vielleicht ahnte die Welt es bereits?

Denn während er viele bezauberte, gab es nicht wenige, die ihm mißtrauten. Um ein Haar wäre er in einem Westend-Klub, zu dessen Mitgliedschaft seine Herkunft und seine gesellschaftliche Stellung ihn vollauf berechtigten, bei der Abstimmung durchgefallen, und es hieß, einmal, als ihn ein Freund in das Rauchzimmer des Churchill-Klubs geführt habe, seien der Herzog von Berwick und noch ein Herr in auffallender Weise aufgestanden und gegangen. Merkwürdige Geschichten über ihn liefen um, nachdem er sein fünfundzwanzigstes Jahr vollendet hatte. Es ging das Gerücht, man habe ihn in einem erbärmlichen Loch von Kneipe am äußersten Ende von Whitechapel mit ausländischen Matrosen lärmen sehen und er habe Umgang mit Dieben und Falschmünzern und kenne die Geheimnisse ihres Gewerbes. Seine ungewöhnlichen Abwesenheiten wurden stadtbekannt, und wenn er dann wieder in der Gesellschaft auftauchte, wurde in den Ecken gewispert, oder man ging naserümpfend an ihm vorbei oder sah ihn mit kalten, forschenden Augen an, als sei man entschlossen, sein Geheimnis zu entdecken.

Von solchen Ungebührlichkeiten und den Versuchen, ihm Nichtachtung zu erweisen, nahm er natürlich keine Notiz, und nach Ansicht der meisten Leute waren sein offenes, freundliches Wesen, sein bezauberndes, knabenhaftes Lächeln und die unendliche Anmut jener wunderbaren Jugend, die ihn nie zu verlassen schien, eine hinreichende Antwort auf die Verleumdungen – denn so bezeichneten sie es –, die über ihn umliefen. Dennoch bemerkte man, daß ihn einige seiner ehemals intimsten Freunde nach einer gewissen Zeit zu meiden schienen. Frauen, die ihn schwärmerisch angebetet, die um seinetwillen jedem gesellschaftlichen Tadel getrotzt und der Konvention die Stirn geboten hatten, sah man vor Scham und Schrecken erbleichen, wenn Dorian Gray den Raum betrat.

Diese gewisperten Verlästerungen erhöhten jedoch in den Augen vieler seinen ungewöhnlichen Reiz. Sein großes Vermögen war ein zuverlässiges Element der Sicherheit. Die Gesellschaft, zumindest die zivilisierte Gesellschaft, findet sich niemals leicht bereit, etwas Nachteiliges von solchen zu glauben, die sowohl reich wie bezaubernd sind. Sie fühlt instinktiv, daß Manieren wichtiger sind als Moral, und nach ihrer Ansicht ist die höchste Ehrbarkeit viel weniger wertvoll als der Besitz eines guten Kochs. Und außerdem ist es ein sehr armseliger Trost, wenn einem erzählt wird, der Mann, der einem ein schlechtes Essen oder erbärmlichen Wein vorgesetzt hat, sei in seinem Privatleben ohne Tadel. Nicht einmal die Kardinaltugenden können mit lauwarmen Vorspeisen versöhnen, wie Lord Henry einmal bemerkte, als über dieses Thema gesprochen wurde, und vermutlich läßt sich viel zugunsten seiner Ansicht vorbringen. Denn die Gesetze der guten Gesellschaft sind die gleichen wie die Gesetze der Kunst, oder sie sollten es zumindest sein. Die Form ist für sie eine absolute Notwendigkeit. Sie sollte die Würde einer Zeremonie haben wie auch deren Unwirklichkeit und sollte den täuschenden Charakter eines romantischen Schauspiels mit dem Witz und der Schönheit verbinden, die uns dergleichen Stücke so ergötzlich machen. Ist Täuschung etwas so Schreckliches? Ich glaube nicht. Sie ist nur eine Methode, durch die wir unsere Persönlichkeit vervielfältigen können.

Das war jedenfalls Dorian Grays Meinung. Er pflegte sich über die seichte Psychologie jener zu verwundern, die sich das menschliche Ich als etwas Einfaches, Beständiges, Verläßliches und im Wesen Einschichtiges vorstellen. Für ihn war der Mensch ein Wesen mit Myriaden Leben und Myriaden Empfindungen, ein kompliziertes, vielgestaltiges Geschöpf, das seltsame Vermächtnisse an Denken und Leidenschaft in sich trug und dessen Fleisch sogar von den ungeheuerlichen Krankheiten der Toten angesteckt war. Er liebte es, durch die öde, kalte Bildergalerie seines Landhauses zu schlendern und die Porträts jener zu betrachten, deren Blut in seinen Adern floß. Da war Philipp Herbert, von Francis Osborne in seinen ›Erinnerungen an die Regierungen Königin Elisabeths und König Jakobs‹ als ein Mann beschrieben, der ›wegen seines hübschen Gesichts, das ihm nicht lange verblieb, vom Hofe verhätschelt wurde‹. War es das Leben des jungen Herbert, das er zuweilen führte? War irgendein seltsamer Giftkern von Körper zu Körper geschlichen, bis er den seinen erreichte? Hatte irgendein unklares Gefühl für jene zerstörte Anmut ihn so plötzlich und fast ohne Anlaß bewogen, in Basil Hallwards Atelier den wahnsinnigen Wunsch zu äußern, der sein Leben so verändert hatte?

Hier stand in goldgesticktem rotem Wams, in einem mit Juwelen besetzten Überrock, dessen Kragen und Manschetten mit Gold eingefaßt waren, Sir Anthony Sherard, seine Rüstung in Silber und Schwarz zu Füßen. Was war dieses Mannes Vermächtnis? Hatte ihm der Geliebte Johannas von Neapel ein Erbteil der Sünde und Schande hinterlassen? Waren seine eigenen Handlungen nur die Träume, die der Tote nicht zu verwirklichen gewagt hatte? Hier lächelte von der verblichenen Leinwand Lady Elisabeth Devereux herab mit ihrer Gazehaube, einem Brustlatz aus Perlen und mit rosa Schlitzärmeln. In der Rechten hielt sie eine Blume, und ihre Linke umfing ein emailliertes Halsband aus weißen und Damaszener Rosen. Auf einem Tisch neben ihr lagen eine Mandoline und ein Apfel. Ihre spitzen kleinen Schuhe trugen große, grüne Rosetten. Er kannte ihr Leben und die sonderbaren Geschichten, die über ihre Liebhaber erzählt wurden. Hatte er etwas von ihrem Charakter? Diese ovalen Augen mit den schweren Lidern schienen ihn neugierig zu betrachten. Was hatte er von George Willoughby mit seinem gepuderten Haar und den phantastischen Schönheitspflästerchen? Wie böse er blickte! Das Gesicht war mürrisch und dunkel, und die sinnlichen Lippen schienen sich vor Verachtung zu krümmen. Zarte Spitzenkrausen fielen über die mageren gelben Hände, die mit Ringen überladen waren. Er war ein Stutzer des 18. Jahrhunderts und in seiner Jugend der Freund Lord Ferrars gewesen. Was hatte er von dem zweiten Lord Beckenham, dem Gefährten des Prinzregenten in dessen wildester Zeit und einem der Zeugen bei seiner heimlichen

Trauung mit Mrs. Fitzherbert? Wie stolz und schön er war mit seinen kastanienbraunen Locken und der anmaßenden Haltung! Welche Leidenschaften hatte er ihm vererbt? Die Welt hatte ihn für infam gehalten. Er hatte die Orgien in Carlton House angeführt. Der Stern des Hosenbandordens glitzerte auf seiner Brust. Neben ihm hing das Porträt seiner Gemahlin, einer bleichen, dünnlippigen Frau in Schwarz. Auch ihr Blut regte sich in ihm. Wie sonderbar all das anmutete! Und seine Mutter mit ihrem Lady-Hamilton-Gesicht und ihren feuchten, weinbenetzten Lippen – was er von ihr mitbekommen hatte, wußte er. Von ihr hatte er seine Schönheit und seine Leidenschaft für die Schönheit anderer. In ihrem lockeren Bacchantinnengewand lachte sie ihn an. Weinblätter steckten in ihrem Haar. Purpur floß aus dem Becher, den sie hielt. Die Fleischtöne der Malerei waren verblaßt, aber die Augen waren immer noch wundervoll in ihrer Tiefe und dem Leuchten der Farbe. Sie schienen ihm zu folgen, wohin er auch ging.

Doch so wie in seinem eigenen Geschlecht hatte man auch Vorfahren in der Literatur, viele davon waren einem vielleicht in Typ und Charakter noch näher verwandt und übten zweifellos einen Einfluß aus, dessen man sich noch nicht entschiedener bewußt war. Es gab Zeiten, in denen es Dorian Gray schien, als sei die Geschichte in ihrer Gesamtheit nichts weiter als der Bericht seines eigenen Lebens, nicht wie er es in Taten und Verhältnissen gelebt, sondern wie es seine Phantasie für ihn erschaffen hatte, wie es in seinem Hirn und in seinen Leidenschaften gewesen war. Ihm war, als hätte er sie alle gekannt, jene sonderbaren, schrecklichen Gestalten, die über die Bühne der Welt geschritten waren und die Sünde so wundervoll gemacht und das Böse mit solcher Feinheit erfüllt hatten. Es schien ihm, als sei auf irgendeine geheimnisvolle Weise ihr Leben das seine gewesen.

Dem Helden des wunderbaren Romans, der so sehr auf sein Leben eingewirkt hatte, war diese merkwürdige Einbildung ebenfalls bekannt gewesen. Im siebenten Kapitel erzählte er, wie er, mit Lorbeer bekränzt, damit ihn der Blitz nicht treffe, als Tiberius in einem Garten auf Capri gesessen und die schändlichen Bücher von Elephantis gelesen habe, während

Zwerge und Pfauen um ihn herumstolzierten und der Flötenspieler den Weihrauchschwenker verspottete, und wie er als Caligula mit den grünbekittelten Pferdeknechten in ihren Ställen gezecht und gemeinsam mit einem Pferd, dessen Stirnband von Edelsteinen strotzte, aus einer elfenbeinernen Krippe gegessen habe, und wie er als Domitian durch einen von Marmorspiegeln gesäumten Gang gewandert sei, mit wilden Augen um sich schauend nach dem Abglanz des Dolches, der seine Tage enden sollte, und wie er krank war an jener Langenweile, jenem schrecklichen *Taedium vitae**, das über solche kommt, denen das Leben nichts versagt, und wie er durch einen klaren Smaragd auf die blutigen Schlachtbänke im Zirkus geblickt hatte und dann in einer Sänfte von Perlen und Purpur, auf silberbeschlagenen Maultieren durch die Straße der Granatäpfel zu einem Haus von Gold getragen worden sei und gehört habe, wie die Leute, an denen er vorbeikam, Nero Cäsar riefen, und wie er als Elagabalus sein Gesicht mit Farben bemalt und unter den Frauen am Spinnrocken gearbeitet und von Karthago den Mond geholt habe, um ihn in mystischer Ehe der Sonne zu vermählen.

Wieder und wieder las Dorian dieses phantastische Kapitel sowie die zwei unmittelbar daraufffolgenden, in denen wie auf kunstvollen Wandteppichen oder geschickt gearbeiteten Emaillen die grausig schönen Gestalten derer abgebildet waren, die Laster, Abstammung und Überdruß zu Scheusalen oder wahnsinnig gemacht hatten: Filippo, der Herzog von Mailand, der sein Weib erschlagen und ihre Lippen mit einem scharlachroten Gift bemalt hatte, damit ihr Geliebter den Tod sauge von dem toten Geschöpf, das er liebkoste. Pietro Barbi, der Venezianer, bekannt als Paul II., der sich in seiner Eitelkeit das Prädikat Formosus zulegen wollte und dessen Tiara im Werte von zweihunderttausend Gulden um den Preis schrecklicher Sünden erkauft worden war; Gian Maria Visconti, der Hunde zur Jagd auf lebende Menschen benutzte und dessen Leichnam nach der Ermordung von einer Hure, die ihn geliebt hatte, mit Rosen bedeckt wurde; der Borgia auf seinem weißen Roß, an

---

* lat.: Lebensüberdruß.

dessen Seite der Brudermörder ritt und dessen Mantel befleckt war mit dem Blut Perottos; Pietro Riario, der junge Kardinal-Erzbischof von Florenz, Kind und Lustknabe Sixtus' IV., dessen Schönheit nur seiner Lasterhaftigkeit gleichkam und der Leonora von Aragon in einem Zelt aus weißer und karmesinroter Seide empfing, das von Nymphen und Zentauren strotzte, und der einen Knaben vergoldete, damit er beim Festmahl als Ganymed oder Hylas aufwarte; Ezzelin, dessen Schwermut nur durch das Schauspiel des Todes geheilt werden konnte und der eine Leidenschaft für rotes Blut hatte wie andere Menschen für roten Wein – der Sohn des Teufels, wie er genannt wurde, der seinen Vater beim Würfeln betrogen hatte, als er mit ihm um die eigene Seele spielte; Giambattista Cibo, der aus Hohn den Namen Innozenz annahm und in dessen träge Adern von einem jüdischen Arzt das Blut dreier Jünglinge eingespritzt wurde; Sigismondo Malatesta, der Geliebte Isottas und Gebieter über Rimini, dessen Bildnis, weil er als ein Feind Gottes und der Menschen galt, in Rom verbrannt wurde, der Polyssena mit einem Mundtuch erdrosselte und Ginevra d'Este in einem Becher aus Smaragd Gift reichte und der zu Ehren einer schändlichen Leidenschaft einen Heidentempel für den christlichen Gottesdienst erbaute; Karl VI., der seines Bruders Weib so besessen liebte, daß ihn ein Aussätziger vor dem Wahnsinn warnte, der über ihn kommen werde, und der, als sein Hirn krank und wunderlich geworden war, nur durch sarazenische Spielkarten beruhigt werden konnte, auf denen Liebe, Tod und Wahnsinn abgebildet waren; und in seinem geschmückten Wams, dem juwelenbesetzten Barett und den akanthusgleichen Locken Grifonetto Baglioni, der Astorre und dessen Braut und Simonetto und dessen Pagen erschlug und dessen Schönheit so groß war, daß jene, die ihn gehaßt hatten, nicht anders konnten als weinen, als er in dem gelben Säulengang zu Perugia im Sterben lag, und daß ihn Atalanta, die ihn verflucht hatte, nun segnete.

Ein schrecklicher Zauber wohnte all diesen Menschen inne. Er sah sie des Nachts, und bei Tag erregten sie seine Phantasie. Die Renaissance kannte sonderbare Arten zu vergiften – zu vergiften mit einem Helm und einer angezündeten Fackel, durch einen bestickten Handschuh und einen edelsteinbesetzten Fächer, durch eine vergoldete Parfümkugel und durch eine Bernsteinkette. Dorian Gray war durch ein Buch vergiftet worden. Es gab Augenblicke, da er im Bösen nur ein Mittel sah, durch das er seinen Begriff vom Schönen verwirklichen konnte.

ZWÖLFTES KAPITEL

Es war am 9. November, dem Vorabend seines achtunddreißigsten Geburtstages, wie er sich später oft erinnerte. Er ging gegen elf Uhr von Lord Henry heim, bei dem er zu Abend gegessen hatte, und war in einen schweren Pelz gehüllt, da die Nacht kalt und neblig war. An der Ecke von Grosvenor Square und South Audley Street ging ein Mann im Nebel an ihm vorüber, mit sehr schnellem Schritt und den Kragen seines grauen Ulsters hochgeschlagen. Er trug eine Reisetasche in der Hand. Dorian erkannte ihn. Es war Basil Hallward. Ein seltsames Gefühl der Furcht, das er sich nicht erklären konnte, überkam ihn. Er gab kein Zeichen, daß er ihn erkannt hatte, und ging rasch weiter in Richtung seines Hauses. Doch Hallward hatte ihn gesehen. Dorian hörte, wie er zuerst auf dem Bürgersteig stehenblieb und ihm dann nacheilte. Wenige Augenblicke später lag Hallwards Hand auf seinem Arm.

»Dorian! Welch außerordentlich glücklicher Zufall! Ich habe seit neun Uhr in Ihrer Bibliothek auf Sie gewartet. Schließlich bekam ich Mitleid mit Ihrem müden Diener und sagte ihm, als er mich hinausließ, er solle zu Bett gehen. Ich fahre mit dem Mitternachtszug nach Paris und hatte den ganz besonderen Wunsch, Sie vor meiner Abreise noch zu sehen. Mir war so, als wären Sie es oder vielmehr Ihr Pelzmantel, als Sie an mir vorbeigingen. Aber ich war nicht ganz sicher. Haben Sie mich nicht erkannt?«

»In diesem Nebel, mein lieber Basil? Ich kann ja nicht einmal Grosvenor Square erkennen. Ich glaube, mein Haus muß hier irgendwo in der Nähe sein, aber ich bin durchaus nicht sicher. Schade, daß Sie wegfahren; ich habe Sie seit einer Ewigkeit nicht gesehen. Aber vermutlich werden Sie bald zurückkommen?«

»Nein, ich werde ein halbes Jahr von England fort sein. Ich habe die Absicht, mir in Paris ein Atelier zu nehmen und mich dort einzuschließen, bis ich ein großes Bild vollendet habe, das mir vorschwebt. Aber nicht über mich wollte ich mit Ihnen sprechen. Lassen Sie mich einen Augenblick mit hineinkommen. Ich muß Ihnen etwas sagen.«

»Es würde mich freuen. Aber werden Sie auch nicht Ihren Zug verpassen?« sagte Dorian Gray matt, während er die Vortreppe hinaufging und mit seinem Schlüssel die Tür öffnete.

Das Lampenlicht kämpfte sich durch den Nebel, und Hallward blickte auf seine Uhr. »Ich habe noch viel Zeit«, antwortete er. »Der Zug geht nicht vor Viertel nach zwölf, und jetzt ist es erst elf. Wirklich, ich war gerade auf dem Weg in den Klub, um Sie zu suchen, als ich Sie traf. Ich werde nicht durch Gepäck aufgehalten werden, da ich alle schweren Sachen vorausgeschickt habe. In dieser Reisetasche ist alles, was ich bei mir haben muß, und ich kann ohne Schwierigkeit in zwanzig Minuten am Victoria-Bahnhof sein.«

Dorian sah ihn an und lächelte. »Welch eine Art zu reisen für einen berühmten Maler! Eine Reisetasche und ein Ulster! Kommen Sie herein, sonst dringt der Nebel ins Haus. Und denken Sie daran, daß Sie über nichts Ernstes sprechen. Nichts ist heutzutage ernst. Zumindest sollte es nichts sein.«

Hallward schüttelte den Kopf, als er eintrat, und folgte Dorian in die Bibliothek. Ein helles Holzfeuer brannte lodernd in dem großen offenen Kamin. Die Lampen waren angezündet, und auf einem kleinen eingelegten Tisch standen ein offener, holländischer Spirituosenbehälter aus Silber, einige Siphons mit Sodawasser und große, geschliffene Gläser.

»Wie Sie sehen, Dorian, hat es mir Ihr Diener gemütlich gemacht. Er hat mir alles gegeben, was ich brauchte, einschließlich Ihrer besten Zigaretten mit Goldmundstück. Er ist ein überaus gastfreundlicher Mensch. Er gefällt mir viel besser als der Franzose, den Sie früher hatten. Was ist übrigens aus dem Franzosen geworden?«

Dorian zuckte die Achseln. »Ich glaube, er hat die Zofe von Lady Radley geheiratet und sie in Paris als englische Schneiderin etabliert. Anglomanie soll dort im Augenblick sehr in Mode sein. Es kommt einem albern vor von den Franzosen, nicht wahr? Aber – wissen Sie – er war durchaus kein schlechter Diener. Ich mochte ihn nie, aber ich hatte mich über nichts zu beklagen. Oft bildet man sich Dinge ein, die ganz absurd sind. Er war mir wirklich sehr ergeben und schien ganz traurig zu sein, als er ging. Noch einen Brandy mit Soda? Oder möchten Sie lieber einen Hochheimer mit Selters? Bestimmt sind nebenan irgendwelche Flaschen.«

»Danke, ich möchte nichts mehr«, sagte der Maler, legte Mütze und Mantel ab und warf sie über die Reisetasche, die er in die Ecke gestellt hatte. »Und nun, mein lieber Freund, möchte ich ernsthaft mit Ihnen reden. Schauen Sie nicht so finster drein. Sie machen es mir dadurch nur viel schwerer.«

»Was soll das alles?« rief Dorian in seiner launischen Art und warf sich auf das Ruhebett. »Hoffentlich nicht über mich. Ich habe mich heute nacht satt. Ich würde gern jemand anders sein.«

»Doch über Sie«, antwortete Hallward mit seiner ernsten, tiefen Stimme, »und ich muß es Ihnen sagen. Ich werde Sie nur eine halbe Stunde aufhalten.«

Dorian seufzte und zündete sich eine Zigarette an. »Eine halbe Stunde!« murmelte er.

»Das ist nicht zuviel von Ihnen verlangt, Dorian, und es ist nur zu Ihrem Besten, wenn ich spreche. Ich halte es für richtig, daß Sie erfahren sollten, welche überaus schrecklichen Dinge in London über sie erzählt werden.«

»Ich wünsche nichts davon zu erfahren. Ich liebe Klatsch über andere Leute, aber Klatsch über mich interessiert mich nicht. Er besitzt nicht den Reiz der Neuheit.«

»Er muß Sie interessieren, Dorian. Jeder Gentleman ist an seinem guten Ruf interessiert. Sie wollen doch nicht, daß die Leute von Ihnen als von etwas Gemeinem und Verworfenem reden? Natürlich haben Sie Ihre Stellung im Leben, Ihren Reichtum und all dergleichen. Aber Stellung und Reichtum sind nicht alles. Wohlgemerkt, ich schenke diesen Gerüchten durchaus keinen Glauben. Zumindest kann ich sie nicht glauben, wenn ich Sie sehe. Die Sünde ist etwas, das sich einem Menschen ins Gesicht schreibt. Sie läßt sich nicht verbergen.

Die Leute schwatzen mitunter von geheimen Lastern. So etwas gibt es nicht. Wenn ein Nichtswürdiger ein Laster besitzt, so offenbart es sich in den Linien seines Mundes, in den herabhängenden Lidern, sogar in der Form seiner Hände. Im vergangenen Jahr kam jemand – ich möchte seinen Namen nicht nennen, aber Sie kennen ihn – zu mir, um sich malen zu lassen. Ich hatte ihn vorher nie gesehen und damals auch nie etwas über ihn gehört, wenn ich auch seitdem eine ganze Menge über ihn gehört habe. Er bot mir eine verschwenderische Bezahlung. Ich wies ihn ab. An der Form seiner Finger war etwas, das meinen Abscheu erregte. Ich weiß jetzt, daß ich völlig recht hatte mit dem, was ich über ihn dachte. Sein Leben ist fürchterlich. Sie dagegen, Dorian, mit Ihrem reinen, klaren und unschuldigen Gesicht und Ihrer wundervollen, ungetrübten Jugend – was gegen Sie vorgebracht wird, davon kann ich nichts glauben. Und doch sehe ich Sie sehr selten, und Sie kommen jetzt nie mehr in mein Atelier, und wenn ich Ihnen fern bin und all diese abscheulichen Dinge höre, welche die Leute über sie flüstern, dann weiß ich nicht, was ich sagen soll. Wie kommt es, Dorian, daß ein Mann wie der Herzog von Berwick den Raum eines Klubs verläßt, wenn Sie ihn betreten? Wie kommt es, daß so viele Gentlemen in London weder in Ihr Haus kommen noch Sie in das ihre einladen? Sie waren mit Lord Staveley befreundet. Ich traf ihn letzte Woche bei einem Essen. Zufällig fiel Ihr Name im Gespräch in Verbindung mit den Miniaturen, die Sie für die Ausstellung im Dudley House zur Verfügung gestellt haben. Staveley warf die Lippen auf und sagte, Sie mögen zwar einen hochkünstlerischen Geschmack besitzen, seien jedoch ein Mann, den kein Mädchen mit reinem Gemüt kennen dürfte und mit dem keine anständige Frau im selben Zimmer sitzen sollte. Ich erinnerte ihn daran, daß ich Ihr Freund sei, und fragte ihn, was er meine. Er sagte es mir. Er sagte es mir freiweg vor allen Leuten. Es war schrecklich! Warum ist Ihre Freundschaft so verhängnisvoll für junge Leute? Da war dieser unglückliche junge Mann bei der Garde, der Selbstmord beging. Sie waren sein bester Freund. Da war Sir Henry Ashton, der mit einem Makel auf seinem Namen England verließ. Sie und er waren unzertrennlich. Was war mit Adrian Singleton und seinem schrecklichen Ende? Was mit Lord Kents einzigem Sohn und seiner Laufbahn? Ich begegnete gestern in der St. James Street seinem Vater. Er schien von Scham und Kummer gebrochen. Was war mit dem jungen Herzog von Perth? Was für ein Leben führt er jetzt? Welcher Gentleman würde noch mit ihm verkehren?«

»Halt, Basil. Sie reden über Dinge, von denen Sie nichts verstehen«, sagte Dorian Gray mit einem Ton unendlicher Verachtung in der Stimme und biß sich auf die Lippen. »Sie fragen mich, warum Berwick den Raum verläßt, wenn ich ihn betrete. Weil ich alles über sein Leben weiß, nicht weil er etwas aus dem meinen weiß. Wie kann seine Vergangenheit sauber sein bei dem Blut, das in seinen Adern fließt? Sie fragen mich nach Henry Ashton und dem jungen Perth. Habe ich den einen seine Laster gelehrt und den anderen seine Ausschweifungen? Wenn sich Kents alberner Sohn seine Frau von der Straße holt, was geht mich das an? Wenn Adrian Singleton den Namen seines Freundes auf einen Wechsel schreibt, bin ich sein Hüter? Ich weiß, wie die Leute in England klatschen. Die Mittelklassen machen ihren moralischen Vorurteilen an ihren ungepflegten Mittagstischen Luft und flüstern über das, was sie die Ruchlosigkeiten der Vornehmen nennen, um den Eindruck zu erwecken, als stünden sie in engem Verkehr und auf vertrautem Fuß mit den Leuten, die sie verlästern. In diesem Land genügt es, wenn ein Mensch vornehm ist und Geist besitzt, daß sich jede gemeine Zunge an ihm wetzt. Und was für ein Leben führen diese Leute selber, die sich für moralisch ausgeben? Mein lieber Freund, Sie vergessen, daß wir im Heimatland der Heuchler leben.«

»Dorian«, rief Hallward, »darum handelt es sich nicht. Ich weiß, England ist schlimm genug und die englische Gesellschaft durchweg im Unrecht. Das ist der Grund, warum ich Sie sauber zu sehen wünsche. Sie sind nicht sauber gewesen. Man darf mit Recht einen Menschen danach beurteilen, wie er auf seine Freunde einwirkt. Ihre Freunde scheinen jedes Gefühl für Ehre, Güte und Sauberkeit zu verlieren. Sie haben sie mit einer wahnsinnigen Genußsucht erfüllt. Ihre Freunde sind in den Abgrund gestiegen. Und Sie haben sie dort hingeführt. Ja, Sie haben sie dort hingeführt, und dennoch können Sie lächeln, wie Sie jetzt lächeln. Und es gibt noch Schlimmeres. Ich weiß, daß Sie und Harry unzertrennlich sind. Schon aus diesem, wenn aus keinem anderen Grunde, hätten Sie den Namen seiner Schwester nicht zum Schimpf machen dürfen.«

»Nehmen Sie sich in acht, Basil. Sie gehen zu weit.«

»Ich muß sprechen, und Sie müssen mich anhören. Sie werden mich anhören. Als Sie Lady Gwendolen kennenlernten, hatte nicht ein Hauch von Verleumdung sie je berührt. Gibt es jetzt noch eine einzige anständige Frau in London, die mit ihr in den Park fahren würde? Nicht einmal ihre Kinder dürfen bei ihr leben. Es gibt noch andere Geschichten – Geschichten, man habe Sie im Morgengrauen aus schrecklichen Häusern schleichen und verkleidet in die übelsten Lasterhöhlen Londons kriechen sehen. Sind sie wahr? Können sie wahr sein? Als ich sie zum erstenmal hörte, lachte ich darüber. Höre ich sie jetzt, dann lassen sie mich schaudern. Was ist mit Ihrem Landhaus und dem Leben, das Sie dort führen? Dorian, Sie wissen nicht, was über Sie geredet wird. Ich will nicht behaupten, daß ich nicht die Absicht hätte, Ihnen eine Predigt zu halten. Ich erinnere mich, daß Harry einmal gesagt hat, jeder, der eine Vorliebe dafür hat, den Pastor herauszukehren, beginne mit dieser Beteuerung und breche dann umgehend sein Wort. Ich will Ihnen eine Predigt halten. Ich will Sie ein Leben führen sehen, das der Welt Achtung abnötigt. Ich will, daß Sie einen sauberen Namen und ein makelloses Zeugnis führen. Ich will, daß Sie sich diese gräßlichen Leute vom Halse schaffen, mit denen Sie verkehren. Zucken Sie nicht so mit den Achseln. Seien Sie nicht so gleichgültig. Sie besitzen einen erstaunlichen Einfluß. Benutzen Sie ihn zum Guten, nicht zum Bösen. Es heißt, Sie verdürben jeden, mit dem Sie intim werden, und es genüge vollauf, daß Sie ein Haus betreten, um eine irgendwie geartete Schande nach sich zu ziehen. Ich weiß nicht, ob das zutrifft. Wie sollte ich es wissen? Aber es wird von Ihnen behauptet. Mir werden Dinge mitgeteilt, daß ein Zweifel ausgeschlossen scheint. Lord Gloucester war in Oxford einer meiner besten Freunde. Er hat mir einen Brief gezeigt, den ihm seine Frau schrieb, als sie in ihrer Villa in Mentone einsam im Sterben lag. Ihr Name war in die schrecklichste Beichte einbezogen, die ich je gelesen habe. Ich sagte ihm, das sei absurd – ich kenne Sie durch und durch, und Sie seien dergleichen unfähig. Sie kennen? Ich frage mich, ob ich Sie wirklich kenne. Ehe ich das beantworten könnte, müßte ich Ihre Seele sehen.«

»Meine Seele sehen!« stieß Dorian Gray leise hervor, sprang von dem Ruhebett auf und wurde fast weiß vor Furcht.

»Ja«, erwiderte Hallward ernst und mit einem tiefen Ton des Schmerzes in der Stimme, »Ihre Seele sehen. Aber das kann nur Gott.«

Ein bitteres Hohngelächter sprang von den Lippen des Jüngeren. »Sie sollen sie sehen, heute nacht!« rief er und nahm eine Lampe vom Tisch. »Kommen Sie, es ist das Werk Ihrer eigenen Hände. Warum sollten Sie es sich nicht ansehen? Sie können der Welt hinterher alles darüber erzählen, was Sie wollen. Niemand würde Ihnen glauben. Und wenn man Ihnen glaubte, würde man mich deswegen nur noch mehr lieben. Ich kenne unsere Zeit besser als Sie, mögen Sie auch noch so weitschweifig über sie schwatzen. Kommen Sie, sage ich. Sie haben genug über Verderbnis geplappert. Jetzt sollen Sie sie von Angesicht zu Angesicht sehen.«

Eine wahnsinnige Überheblichkeit lag in jedem Wort, das er äußerte. In seiner knabenhaft anmaßenden Art stampfte er mit dem Fuß auf. Er empfand eine grausige Freude bei dem Gedanken, daß ein anderer sein Geheimnis teilen sollte und daß der Mann, der das Bild gemalt hatte, diesen Ursprung all seiner Schmach, für den Rest seines Lebens mit der gräßlichen Erinnerung an das, was er geschaffen hatte, belastet sein würde.

»Ja«, fuhr er fort, wobei er näher zu ihm trat und ihm unverwandt in die ernsten Augen blickte, »ich werde Ihnen meine Seele zeigen. Sie sollen das Ding sehen, das, wie Sie meinen, nur Gott sehen kann.«

Hallward fuhr zurück. »Dorian, das ist Blasphemie!« rief er. »Sie dürfen solche Dinge nicht sagen. Sie sind schrecklich und haben überhaupt nichts zu bedeuten.«

»Meinen Sie?« Wieder lachte er.

»Ich weiß es. Was ich Ihnen heute nacht gesagt habe, geschah zu Ihrem Besten. Sie wissen, daß ich Ihnen stets ein getreuer Freund gewesen bin.«

»Versuchen Sie nicht, mich zu rühren. Sagen Sie alles, was Sie zu sagen haben.«

Ein jähes Auflodern von Schmerz zuckte über das Gesicht des Malers. Er hielt einen Augenblick inne, und ein heftiges Gefühl des Mitleids überkam ihn. Welches Recht hatte er schließlich, sich forschend in Dorian Grays Leben zu drängen? Wenn er auch nur ein Zehntel von dem getan hatte, was über ihn geredet wurde, wie sehr mußte er dann gelitten haben! Dann richtete er sich auf, ging zu dem Kamin und blieb dort stehen, den Blick auf die brennenden Scheite mit ihrer Asche wie Rauhreif und ihren zuckenden Flammenherzen gerichtet.

»Ich warte, Basil«, sagte der junge Mann mit harter, klarer Stimme.

Er drehte sich um. »Was ich zu sagen habe, ist folgendes«, rief er. »Sie müssen mir eine Antwort geben auf diese fürchterlichen Beschuldigungen, die gegen Sie erhoben werden. Wenn Sie mir sagen, daß sie von Anfang bis Ende völlig falsch sind, werde ich Ihnen glauben. Leugnen Sie, Dorian, leugnen Sie! Können Sie denn nicht sehen, was ich durchmache? Mein Gott! Sagen Sie mir nicht, daß Sie schlecht, verdorben und schändlich seien.«

Dorian Gray lächelte. Ein Zug von Verachtung lag um seine Lippen. »Kommen Sie hinauf, Basil«, sagte er ruhig. »Ich führe ein Tagebuch über mein Leben, Tag für Tag, und niemals verläßt es den Raum, in dem es geschrieben wird. Ich werde es Ihnen zeigen, wenn Sie mit mir kommen.«

»Ich werde mit Ihnen kommen, Dorian, wenn Sie es wünschen. Wie ich sehe, habe ich meinen Zug verpaßt. Das macht nichts. Ich kann auch morgen fahren. Alles, was ich will ist eine klare Antwort auf meine Frage.«

»Die werden Sie oben erhalten. Hier könnte ich sie nicht geben. Sie werden nicht lange zu lesen haben.«

DREIZEHNTES KAPITEL

Er ging aus dem Zimmer und begann hinaufzusteigen, dicht gefolgt von Basil Hallward. Sie gingen leise, wie Menschen es des Nachts unwillkürlich tun. Die Lampe warf phantastische Schatten auf Wand und Treppe. Ein aufkommender Wind ließ ein paar Fenster klappern.

Als sie den obersten Treppenabsatz erreicht hatten, stellte Dorian die Lampe auf den Boden, holte den Schlüssel heraus und drehte ihn im Schloß um. »Sie bestehen darauf, zu wissen, Basil?« fragte er mit leiser Stimme. »Ja.«

»Das freut mich«, erwiderte er lächelnd. Dann fügte er etwas grob hinzu: »Sie sind der einzige Mensch auf der Welt, der berechtigt ist, alles über mich zu wissen. Sie haben mehr mit meinem Leben zu tun gehabt, als Sie glauben«, und er nahm die Lampe auf, öffnete die Tür und ging hinein. Ein kalter Luftzug fuhr an ihnen vorbei, und das Licht zuckte für einen Augenblick in einer Flamme von düsterem Orange auf. Er schauderte. »Schließen Sie die Tür hinter sich«, flüsterte er, während er die Lampe auf den Tisch stellte.

Hallward schaute mit einem verdutzten Ausdruck um sich. Das Zimmer sah aus, als wäre es seit Jahren nicht mehr bewohnt. Ein verblichener flämischer Wandteppich, ein verhängtes Bild, eine alte italienische Truhe und ein fast leeres Bücherregal – das war alles, was es außer einem Stuhl und einem Tisch zu enthalten schien. Als Dorian Gray eine halb niedergebrannte Kerze anzündete, die auf dem Kaminsims stand, sah der Maler, daß der Raum über und über mit Staub bedeckt und daß der Teppich zerlöchert war. Ein Maus lief raschelnd hinter der Täfelung. Ein feuchter Modergeruch lag in der Luft.

»Sie glauben also, daß nur Gott die Seele sehen kann, Basil? Ziehen Sie den Vorhang beiseite, und Sie werden die meine sehen.« Die Stimme, die sprach, war kalt und grausam.

»Sie sind wahnsinnig, Dorian, oder Sie spielen eine Rolle«, murmelte Hallward und runzelte die Stirn.

»Sie wollen nicht? Dann muß ich es selbst tun«, sagte der junge Mann, und er riß den Vorhang von der Stange und schleuderte ihn zu Boden.

Ein Ausruf des Entsetzens kam von den Lippen des Malers, als er in dem trüben Licht das abscheuliche Gesicht auf der Leinwand erblickte, das ihn angrinste. In seinem Ausdruck lag etwas, das ihn mit Ekel und Widerwillen erfüllte. Gütiger Himmel! Es war Dorian Grays Gesicht, das er sah! Das Grauenvolle, was es auch sein mochte, hatte die wunderbare Schönheit noch nicht völlig zerstört. Es war immer noch etwas Gold in dem sich lichtenden Haar und ein wenig Scharlach auf dem sinnlichen Mund. Die verquollenen Augen hatten etwas von dem Liebreiz ihrer Bläue bewahrt, die edel geschwungenen Linien der gemeißelten Nüstern und des plastischen Halses waren noch nicht ganz verschwunden. Ja, es war Dorian Gray. Aber wer hatte es gemalt? Ihm war, als erkenne er seinen eigenen Pinselstrich, und den Rahmen hatte er selbst entworfen. Der Gedanke war ungeheuerlich, und doch erschrak er. Er griff nach der angezündeten Kerze und hielt sie vor das Bild. In der linken Ecke stand sein Name, in langen, zinnoberroten Buchstaben hingeworfen.

Es war eine widerwärtige Parodie, eine infame, gemeine Satire. Nie und nimmer hatte er das gemalt. Dennoch war es sein Bild. Er wußte es, und er hatte das Gefühl, als habe sich sein Blut von einem Augenblick zum andern aus Feuer in träges Eis verwandelt. Sein Bild! Was bedeutete das? Warum hatte es sich verändert? Er drehte sich um und sah Dorian Gray mit den Augen eines Kranken an. Sein Mund verzerrte sich, und seine ausgedörrte Zunge schien unfähig, Worte zu formen. Er strich sich mit der Hand über die Stirn. Sie war feucht von kaltem Schweiß.

Der junge Mann lehnte am Kaminsims und beobachtete ihn mit jenem sonderbaren Ausdruck, wie man ihn auf den Gesichtern von Menschen sieht, die völlig aufgehen in einem Stück, wenn ein großer Künstler spielt. Es lag darin weder echter Schmerz noch echte Freude. Es war einfach die Leidenschaft des Zuschauers, vielleicht mit einem Flackern des Triumphes in den Augen. Er hatte die Blume aus dem Knopfloch genommen und roch daran, oder tat wenigstens so.

»Was bedeutet das?« rief Hallward endlich. Seine Stimme klang ihm selber schrill und seltsam in den Ohren.

»Vor Jahren, als ich noch ein Knabe war«, sagte Dorian Gray, während er die Blume in seiner Hand zerdrückte, »begegneten Sie mir, schmeichelten Sie mir und lehrten Sie mich, auf meine Schönheit eitel zu sein. Eines Tages stellten Sie mich einem Freund von Ihnen vor, der mir das Wunder der Jugend erklärte, und beendeten Sie ein Bild von mir, das mir das Wunder der Schönheit offenbarte. In einem wahnsinnigen Augenblick, von dem ich selbst jetzt noch nicht weiß, ob ich ihn bedaure oder nicht, sprach ich einen Wunsch aus, Sie würden ihn vielleicht ein Gebet nennen...«

»Ich erinnere mich! Oh, wie gut ich mich daran erinnere! Nein! Die Sache ist unmöglich. Der Raum ist feucht. Moder ist in die Leinwand gedrungen. Die Farben, die ich benutzte, enthielten irgendein elendes mineralisches Gift. Ich sage Ihnen, die Sache ist unmöglich.«

»Ach, was ist unmöglich?« murmelte der junge Mann, während er zum Fenster ging und die Stirn an die kalte, vom Nebel getrübte Scheibe lehnte. »Sie sagten mir, Sie hätten es vernichtet.«

»Irrtum. Es hat mich vernichtet.«

»Ich glaube nicht, daß es mein Bild ist.«

»Können Sie nicht Ihr Ideal darin erkennen?« sagte Dorian bitter.

»Mein Ideal, wie Sie es nennen...«

»Wie Sie es nannten.«

»Darin lag nichts Böses, nichts Schimpfliches. Sie waren mir ein Ideal, wie ich es nie wieder finden werde. Dies ist das Gesicht eines Satyrs.«

»Es ist das Gesicht meiner Seele.«

»Christus! Was muß ich angebetet haben! Es hat die Augen eines Teufels!«

»Jeder von uns trägt Himmel und Hölle in sich, Basil«, rief Dorian mit einer wilden Gebärde der Verzweiflung.

Hallward wandte sich wieder dem Bild zu und starrte es an. »Mein Gott! Wenn das wahr ist«, rief er aus, »Und wenn Sie das aus Ihrem Leben gemacht haben, dann müssen Sie sogar noch schlimmer sein, als die Leute, die gegen Sie sprechen, von Ihnen glauben!« Er hielt das Licht empor zu der Leinwand und untersuchte sie. Die Oberfläche schien völlig unberührt und ganz so, wie er sie verlassen hatte. Offensichtlich war jene Fäulnis, jenes Grauenvolle von innen gekommen. Durch eine sonderbare Verschärfung des Innenlebens fraß der Aussatz der Sünde das Bild langsam weg. Das Verfaulen eines Leichnams in einem nassen Grab war nicht so fürchterlich.

Seine Hand zitterte, und die Kerze fiel aus der Tülle des Leuchters zu Boden und blieb knisternd liegen. Er trat sie mit dem Fuß aus. Dann warf er sich auf den gebrechlichen Stuhl, der am Tisch stand, und vergrub das Gesicht in den Händen.

»Gütiger Gott, Dorian, welch eine Lehre! Welch eine furchtbare Lehre!« Es kam keine Antwort, aber er konnte den jungen Mann am Fenster schluchzen hören. »Beten Sie, Dorian, beten Sie«, murmelte er. »Wie war das, was uns in der Kindheit gelehrt wurde? ›Führe uns nicht in Versuchung. Vergib uns unsere Schuld. Erlöse uns von dem Übel.‹ Wir wollen es zusammen sagen. Das Gebet Ihres Übermuts ist erhört worden. Das Gebet Ihrer Reue wird ebenfalls erhört werden. Ich habe Sie zu sehr angebetet. Dafür bin ich gestraft worden. Sie selbst haben sich zu sehr angebetet. Wir sind beide gestraft worden.«

Dorian Gray wandte sich langsam um und sah ihn mit Augen an, die von Tränen verdunkelt waren. »Es ist zu spät, Basil«, stammelte er.

»Es ist nie zu spät, Dorian. Lassen Sie uns niederknien und versuchen, ob wir uns nicht an ein Gebet erinnern können. Steht nicht irgendwo ein Vers: ›Und wenn deine Sünden wie Scharlach wären, so will ich sie dennoch weiß machen wie Schnee.‹?«

»Solche Worte bedeuten mir jetzt nichts mehr.«

»Still! Sagen Sie das nicht. Sie haben genug Böses in Ihrem Leben getan. Mein Gott! Sehen Sie, wie uns das verwünschte Ding anschielt?«

Dorian Gray schaute auf das Bild, und plötzlich überkam ihn ein unbändiges Gefühl des Hasses gegen Basil Hallward, als wäre es ihm von dem Bild auf der Leinwand eingegeben, von jenen grinsenden Lippen ins Ohr geflüstert worden. Die wahnsinnigen Leidenschaften eines gehetzten Tieres tobten in ihm, und er verabscheute den am Tisch sitzenden Mann mehr, als er in seinem ganzen Leben je etwas verabscheut hatte. Er blickte wild um sich. Etwas schimmerte auf dem Deckel der bemalten Truhe, die ihm gegenüberstand. Sein Blick fiel darauf. Er wußte, was es war. Es war ein Messer, das er vor einigen Tagen heraufgebracht hatte, um ein Stück Schnur abzuschneiden, und das er vergessen hatte, wieder mitzunehmen. Langsam bewegte er sich darauf zu, wobei er an Hallward vorbei mußte. Sobald er hinter ihm war, griff er danach und drehte sich um. Hallward rührte sich auf seinem Stuhl, als wolle er aufstehen. Er stürzte sich auf ihn, grub ihm das Messer in die große Ader hinter dem Ohr, drückte den Kopf des Mannes auf den Tisch und stieß wieder und wieder zu.

Ein gepreßtes Stöhnen war zu hören und die gräßlichen Laute eines Menschen, der im Blut erstickt. Dreimal fuhren die ausgestreckten Arme wie im Krampf empor, zuckten groteske Hände mit steifen Fingern in der Luft. Er stach noch zweimal zu, aber der Mann rührte sich nicht mehr. Etwas begann auf den Boden zu tröpfeln. Er wartete einen Augenblick, wobei er immer noch den Kopf niederdrückte. Dann warf er das Messer auf den Tisch und lauschte.

Er konnte nichts hören, nur das Tropf-tropf auf den fadenscheinigen Teppich. Er öffnete die Tür und trat hinaus auf den Treppenabsatz. Das Haus war völlig still. Niemand war wach. Ein paar Sekunden stand er über das Geländer gebeugt und spähte hinab in den schwarzen, wallenden Brunnen der Dunkelheit. Dann holte er den Schlüssel hervor, kehrte ins Zimmer zurück und schloß sich ein.

Das Wesen saß immer noch auf dem Stuhl, mit gebeugtem Kopf, gekrümmtem Rücken und langen, phantastischen Armen über den Tisch hingestreckt. Wäre nicht der rote, gezackte Riß im Nacken gewesen und die geronnene schwarze Lache unter dem Tisch, die sich langsam ausbreitete, so hätte man gemeint, der Mann schlafe nur.

Wie schnell das alles getan war! Er fühlte sich seltsam ruhig, er ging zu der Fenstertür, öffnete sie und trat auf den Balkon. Der Wind hatte den Nebel fortgeblasen, und der Himmel glich einem ungeheuren Pfauenrad, mit Myriaden goldener Augen besternt. Er blickte hinunter und sah den Polizisten, der seine

Runde machte und den langen Lichtstrahl seiner Laterne über die Türen der schweigenden Häuser gleiten ließ. Das rote Auge eines streunenden Hansom glomm an der Ecke auf und verschwand dann. Eine Frau mit flatterndem Schal schlich langsam an den Gitterzäunen entlang und taumelte hin und her. Ab und zu blieb sie stehen und spähte zurück. Einmal begann sie mit heiserer Stimme zu singen. Der Polizist kam herangeschlendert und sagte etwas zu ihr. Lachend stolperte sie weiter. Ein bitterkalter Windstoß fegte über den Platz. Die Gaslaternen flackerten und wurden blau, und die entlaubten Bäume schüttelten ihre harten, schwarzen Äste hin und her. Er fröstelte, ging zurück und schloß die Balkontür hinter sich.

Als er die Zimmertür erreicht hatte, drehte er den Schlüssel um und öffnete. Nicht einen Blick warf er noch auf den Ermordeten. Ihm schien, das Geheimnis der ganzen Sache sei, sich der Situation nicht bewußt zu werden. Der Freund, der Schöpfer des verhängnisvollen Bildes, dem er sein ganzes Elend zu verdanken hatte, war aus seinem Leben verschwunden. Das genügte.

Dann erinnerte er sich an die Lampe. Sie war ein recht ungewöhnliches Stück maurischen Kunsthandwerks aus mattem Silber, eingelegt mit Arabesken aus brüniertem Stahl und mit ungeschliffenen Türkisen besetzt. Vielleicht mochte sie der Diener vermissen, und Fragen würden gestellt werden. Er zögerte einen Augenblick, dann wandte er sich um und nahm sie vom Tisch. Dabei mußte er den Toten sehen. Wie still er war! Wie schrecklich weiß die langen Hände aussahen! Er glich einer gräßlichen Wachsfigur. Nachdem er die Tür hinter sich abgeschlossen hatte, schlich er leise hinab. Das Holzwerk knarrte und schien wie im Schmerz aufzuschreien. Mehrmals blieb er stehen und wartete. Nein, alles war ruhig. Es war nur der Laut seiner eigenen Tritte.

Als er in der Bibliothek angelangt war, erblickte er in der Ecke die Reisetasche und den Mantel. Sie mußten irgendwo versteckt werden. Er schloß ein Geheimfach in der Täfelung auf, ein Fach, in dem er seine seltsamen Verkleidungen aufbewahrte, und legte sie hinein. Später konnte er sie ohne Schwierigkeiten verbrennen. Dann zog er seine Uhr. Es war zwanzig Minuten vor zwei.

Er setzte sich und begann zu überlegen. Jedes Jahr – nahezu jeden Monat – wurden in England Leute für das, was er getan hatte, gehängt. Ein Mordwahnsinn hatte in der Luft gelegen. Irgendein glühender Stern war der Erde zu nahe gekommen... Und doch, welch ein Beweis lag gegen ihn vor? Basil Hallward hatte um elf das Haus verlassen. Niemand hatte ihn wieder hereinkommen sehen. Der größte Teil der Dienerschaft befand sich in Selby Royal. Sein Kammerdiener war zu Bett gegangen... Paris! Ja. Nach Paris war Basil gefahren, und mit dem Mitternachtszug, wie es seine Absicht gewesen war. Bei seinen merkwürdig reservierten Gewohnheiten würde es Monate dauern, ehe irgendein Argwohn erwachte. Monate! Lange vorher konnte alles vernichtet werden.

Plötzlich kam ihm ein Gedanke. Er zog seinen Pelzmantel an, setzte den Hut auf und ging in die Diele. Dort blieb er stehen, da er den langsamen, schweren Schritt des Polizisten draußen auf dem Bürgersteig hörte und das Aufblitzen der Blendlaterne als Widerschein am Fenster sah. Er wartete und hielt den Atem an.

Wenige Augenblicke später zog er den Riegel zurück, schlüpfte hinaus und schloß ganz leise die Tür hinter sich. Dann begann er zu läuten. Nach etwa fünf Minuten erschien sein Kammerdiener, halb angekleidet und sehr verschlafen aussehend.

»Tut mir leid, daß ich Sie wecken mußte, Francis«, sagte er beim Eintreten, »aber ich habe meinen Schlüssel vergessen. Wieviel Uhr ist es?«

»Zehn Minuten nach zwei, Sir«, antwortete der Diener mit einem blinzelnden Blick auf die Uhr.

»Zehn Minuten nach zwei? Wie gräßlich spät! Sie müssen mich morgen um neun wecken. Ich habe etwas zu erledigen.«

»Sehr wohl, Sir.«

»War heute abend jemand da?«

»Mister Hallward, Sir. Er blieb bis elf und ging dann, um seinen Zug zu erreichen.«

»Oh! Schade, daß ich ihn nicht gesehen habe. Hat er eine Nachricht hinterlassen?«

»Nein, Sir, nur, daß er Ihnen aus Paris schreiben würde, falls er Sie im Klub nicht antreffen sollte.«

»Gut, Francis. Vergessen Sie nicht, mich morgen um neun zu wecken.«

»Nein, Sir.«

Der Diener schlurfte in seinen Pantoffeln davon.

Dorian Gray warf Hut und Mantel auf den Tisch und ging in die Bibliothek. Eine Viertelstunde wanderte er im Zimmer auf und ab, biß sich auf die Lippen und dachte nach. Dann nahm er das Blaubuch aus einem der Bücherregale und blätterte nach. ›Alan Campbell, Mayfair, Hertford Street 152.‹ Ja, das war der Mann, den er brauchte.

VIERZEHNTES KAPITEL

Um neun Uhr am nächsten Morgen kam sein Diener mit einer Tasse Schokolade auf einem Tablett und öffnete die Fensterläden. Dorian schlief völlig friedlich, er lag auf der rechten Seite, eine Hand unter der Wange. Er sah aus wie ein Knabe, der vom Spiel oder vom Lernen ermüdet ist.

Der Diener mußte ihn zweimal an der Schulter berühren, ehe er aufwachte, und als er die Augen öffnete, flog ein leichtes Lächeln über seine Lippen, als wäre er in einem köstlichen Traum befangen. Er hatte jedoch überhaupt nicht geträumt. Seine Nacht war weder durch Bilder der Freude noch der Pein gestört worden. Doch Jugend lächelt auch ohne Grund. Das macht einen ihrer höchsten Reize aus.

Er drehte sich um, stützte sich auf den Ellbogen und begann seine Schokolade zu schlürfen. Die milde Novembersonne flutete ins Zimmer. Der Himmel war klar, und eine laue Wärme lag in der Luft. Es war fast wie ein Morgen im Mai.

Nach und nach schlichen auf leisen, blutbefleckten Füßen die Ereignisse der vorangegangenen Nacht in sein Hirn und bauten sich dort mit furchtbarer Deutlichkeit wieder auf. Er zuckte zusammen im Gedenken an all das, was er gelitten hatte, und für einen Augenblick hatte er wieder dasselbe sonderbare Gefühl des Abscheus gegen Basil Hallward, das ihn getrieben hatte, ihn zu töten, als er auf dem Stuhl saß, und er wurde kalt vor Leidenschaft. Der Tote saß immer noch dort, jetzt überdies im Sonnenlicht. Wie grauenhaft war das! Dergleichen gräßliche Dinge waren für das Dunkel, nicht für den Tag geschaffen.

Er fühlte, daß er krank oder wahnsinnig werden würde, wenn er nachgrübelte über das, was er durchgemacht hatte. Es gab Sünden, deren Reiz mehr in der Erinnerung daran lag als im Tun, seltsame Triumphe, die mehr den Stolz als die Leidenschaften befriedigten und dem Geist ein verschärftes Gefühl der Lust schenkten, größer als jede Lust, die sie den Sinnen boten oder jemals bieten konnten. Dies gehörte jedoch nicht dazu. Es war eine Sache, die aus dem Sinn getrieben, mit Mohn betäubt und erdrosselt werden mußte, damit sie ihn nicht womöglich selber erdrossele.

Als es halb schlug, strich er sich mit der Hand über die Stirn, stand hastig auf und kleidete sich mit noch größerer Sorgfalt an als sonst, wobei er viel Aufmerksamkeit auf die Wahl seiner Krawatte und seiner Nadel verwandte und mehr als einmal seine Ringe wechselte. Er brachte ebenfalls lange Zeit bei seinem Frühstück zu, indem er von den verschiedenen Gerichten kostete, sich mit seinem Diener über neue Livreen unterhielt, die er für die Dienerschaft in Selby machen lassen wollte, und seine Post durchsah. Über einige Briefe lächelte er. Drei ärgerten ihn. Einen las er mehrmals und zerriß ihn dann mit einem Anflug von Verdruß im Gesicht. ›Eine schreckliche Sache, das Gedächtnis einer Frau!‹, wie Lord Henry einmal gesagt hatte.

Nachdem er seine Tasse schwarzen Kaffee getrunken hatte, wischte er sich mit der Serviette langsam die Lippen, bedeutete seinem Diener zu warten, ging zum Schreibtisch, setzte sich und schrieb zwei Briefe. Einen steckte er in die Tasche, den anderen händigte er dem Diener aus.

»Bringen Sie den nach der Hertford Street 152, Francis, und wenn Mister Campbell nicht in London ist, lassen Sie sich seine Adresse geben.«

Sobald er allein war, zündete er sich eine Zigarette an und begann auf ein Stück Papier zu kritzeln; zuerst zeichnete er Blumen und ein bißchen Architektur, dann Menschengesichter. Plötzlich merkte er, daß jedes Gesicht, das er zeichnete, eine phantastische Ähnlichkeit mit Basil Hallward zu haben schien. Er runzelte die Stirn, stand auf, ging zum Bücherschrank und nahm aufs Geratewohl einen Band heraus. Er war entschlossen, nicht über das Vorgefallene nachzudenken, ehe es nicht absolut unerläßlich wurde.

Als er sich auf dem Ruhebett ausgestreckt hatte, blickte er auf das Titelblatt des Buches. Es war Gautiers ›Emaillen und Kameen‹ in der Ausgabe von Charpentier auf Japanpapier, mit Radierungen von Jacquemart. Der Einband war zitronengrünes Leder, darauf in Gold ein Gittermuster und punktierte Granatäpfel. Adrian Singleton hatte ihm das Buch geschenkt. Als er die Seiten umblätterte, fiel sein Blick auf das Gedicht über die Hand Lacenaires, die kalte, gelbe Hand, ›noch nicht gewaschen nach der Hinrichtung‹, mit roten Flaumhaaren und ihren ›Fingern eines Fauns‹. Er blickte, gegen seinen Willen leicht erschauernd, auf seine eigenen weißen, spitz zulaufenden Finger und blätterte weiter, bis er zu jenen wunderschönen Versen über Venedig kam:

> ›Sur une gamme chromatique,
>   Le sein de perles ruisselant,
> La Vénus de l' Adriatique
>   Sort de l'eau son corps rose et blanc.
>
> Les dômes, sur l'azur des ondes
>   Suivant la phrase au pur contour,
> S'enflent comme des gorges rondes
>   Que soulève un soupir d'amour.
>
> L'esquif aborde et me dépose,
>   Jetant son amarre au pilier,
> Devant une façade rose,
>   Sur le marbre d'un escalier.‹

Wie köstlich waren sie! Wenn man sie las, glaubte man auf den grünen Wasserwegen der rosa- und perlfarbenen Stadt dahinzutreiben in einer schwarzen Gondel mit silbernem Bug und schleppenden Vorhängen. Schon allein die Zeilen muteten ihn an wie die geraden, türkisblauen Linien, die einem folgen, wenn man zum Lido hinausgleitet. Das jähe Aufblitzen von Farbe erinnerte ihn an das Gleißen der Vögel mit ihren opal- und irisfarbenen Hälsen, die um den hohen, wabengleich durchbrochenen Campanile flattern oder mit so majestätischer Anmut durch die düsteren, staubbedeckten Arkaden stolzieren. Mit halb geschlossenen Augen zurückgelehnt, sagte er wieder und wieder vor sich hin:

> »Devant une façade rose,
> Sur le marbre d'un escalier.«

Ganz Venedig lag in diesen zwei Zeilen. Er erinnerte sich an jenen Herbst, den er dort verbracht hatte, und an eine wunderbare Liebe, die ihn zu wahnsinnigen, köstlichen Torheiten getrieben hatte. Romantik gab es überall. Aber Venedig hatte wie Oxford den Hintergrund für Romantik bewahrt, und der Hintergrund ist für die echte Romantik alles oder beinahe alles. Einen Teil der Zeit war Basil bei ihm gewesen und war über Tintoretto schwärmerisch geworden. Armer Basil! Welch gräßliche Art für einen Menschen, so zu sterben!

Er seufzte und nahm wieder das Buch auf und versuchte zu vergessen. Er las von den Schwalben, die ein und aus fliegen in dem kleinen Café in Smyrna, wo die Mekkapilger sitzen und ihren Rosenkranz aus Bernsteinperlen abbeten und wo die beturbanten Kaufleute ihre langen, mit Quasten geschmückten Pfeifen rauchen und ernst miteinander reden; er las von dem Obelisken auf der Place de la Concorde, der in seinem einsamen, sonnenlosen Exil granitne Tränen weint und sich nach dem heißen, mit Lotosblüten bedeckten Nil zurücksehnt, wo es Sphinxe gibt und rosenrote Ibisse und weiße Geier mit goldenen Klauen und Krododile mit kleinen Beryll-Augen, die durch den grünen, dampfenden Schlamm kriechen; er begann über jene Verse nachzugrübeln, die, dem von Küssen gefleckten Marmor Musik entlockend, von jener seltsamen Statue erzählen, die Gautier mit einer tiefen Altstimme vergleicht, von dem ›bezaubernden Ungeheuer‹, das im Porphyrsaal des Louvre liegt. Doch nach einer Weile fiel ihm das Buch aus der Hand. Er wurde nervös, und ein grauenhafter Anfall von Entsetzen packte ihn. Was, wenn Alan Campbell gar nicht in England wäre? Tage würden vergehen, ehe er zurückkommen könnte. Vielleicht weigerte er sich auch zu kommen. Was konnte er dann nur tun? Jeder Augenblick war lebenswichtig.

Sie waren einmal sehr befreundet gewesen, vor fünf Jahren – wirklich fast unzertrennlich. Dann hatte die enge Verbindung ein jähes Ende genommen. Wenn sie sich jetzt in einer Gesellschaft trafen, lächelte nur Dorian Gray, Alan Campbell nie.

Er war ein außergewöhnlich gescheiter junger Mann, wenn er auch die sichtbaren Künste nicht sehr schätzte, und das Wenige, was er an Sinn für die Schönheit der Poesie besaß, hatte er ganz und gar von Dorian erlangt. Seine geistige Leidenschaft galt in erster Linie der Wissenschaft. In Cambridge hatte er einen großen Teil seiner Zeit mit Arbeiten im Laboratorium verbracht und bei dem naturwissenschaftlichen Examen seines Jahrgangs gut abgeschnitten. Er widmete sich immer noch dem Studium der Chemie und besaß ein eigenes Laboratorium, in dem er sich den ganzen Tag einzuschließen pflegte, sehr zum Verdruß seiner Mutter, die ihr Herz darangehängt hatte, daß er einen Platz im Parlament einnehme, und die unklare Vorstellung nährte, ein Chemiker sei ein Mann, der Rezepturen durchführt. Allerdings war er auch ein hervorragender Musiker und spielte sowohl Geige wie Klavier besser als die meisten Dilettanten. Tatsächlich war es die Musik gewesen, die ihn und Dorian Gray zusammengeführt hatte – die Musik und jene unerklärliche Anziehungskraft, die Dorian Gray anscheinend auszuüben vermochte, wenn er es wünschte, und die er freilich auch häufig ausübte, ohne sich dessen bewußt zu sein. Sie hatten sich bei Lady Berkshire an jenem Abend kennengelernt, als Rubinstein dort spielte, und später wurden sie stets zusammen in der Oper oder überall dort gesehen, wo es gute Musik gab. Achtzehn Monate dauerte ihre enge Beziehung. Campbell war stets entweder in Selby Royal oder am Grosvenor Square. Für ihn, wie für so viele andere, war Dorian Gray das Urbild all dessen, was im Leben wundervoll und bezaubernd ist. Ob es einen Streit zwischen ihnen gegeben hatte oder nicht, erfuhr kein Mensch. Doch plötzlich fiel es den Leuten auf, daß sie kaum mehr miteinander sprachen, wenn sie sich begegneten, und daß Campbell eine Gesellschaft, in der sich Dorian Gray befand, stets sehr früh zu verlassen schien. Überdies hatte er sich verändert – war mitunter seltsam schwermütig, schien fast einen Widerwillen gegen das Anhören von Musik zu hegen und wollte niemals selbst spielen, wobei er, wenn er dazu aufgefordert wurde, als Entschuldigung vorbrachte, er sei so von der Wissenschaft in Anspruch genommen, daß ihm zum Üben keine Zeit bleibe. Und das entsprach zweifellos der Wahrheit. Jeden Tag schien er sich mehr für Biologie zu interessieren, und einige Male tauchte sein Name in Verbindung mit gewissen ungewöhnlichen Experimenten in wissenschaftlichen Zeitschriften auf.

Dies war der Mann, auf den Dorian Gray wartete. Jede Sekunde blickte er auf die Uhr. Als Minute auf Minute verstrich, wurde er schrecklich aufgeregt. Schließlich stand er auf und begann im Zimmer auf und ab zu gehen, anzuschauen wie ein schönes Tier im Käfig. Er nahm lange, verstohlene Schritte. Seine Hände waren seltsam kalt.

Das Warten wurde unerträglich. Die Zeit schien ihm mit bleiernen Füßen zu schleichen, während er von ungeheuren Stürmen dem gezackten Rand eines schwarzen Schlundes oder Abgrunds entgegengefegt wurde. Er wußte, was ihn dort erwartete, sah es vor sich und preßte schaudernd die feuchten Hände auf seine brennenden Lider, als wolle er seinem Hirn das Sehvermögen rauben und die Augäpfel in ihre Höhlen treiben. Es war zwecklos. Das Hirn hatte seine Nahrung, an der es sich mästete, und die durch das Entsetzen grotesk verzerrte Phantasie krümmte und wand sich wie ein Lebewesen in großer Qual, tanzte wie eine ekelhafte Drahtpuppe auf einem Schaugerüst und grinste durch bewegliche Masken. Dann – plötzlich – stand die Zeit für ihn still. Ja, jenes blinde, langsam atmende Ding kroch nicht mehr, und nun die Zeit tot war, rasten behende gräßliche Gedanken in den Vordergrund und zerrten eine grauenhafte Zukunft aus ihrem Grab und zeigten sie ihm. Er starrte sie an. Das Entsetzen versteinerte ihn.

Endlich ging die Tür auf, und sein Diener trat ein. Dorian Gray richtete glasige Augen auf ihn.

»Mister Campbell, Sir«, sagte der Diener.

Ein Seufzer der Erleichterung entfuhr den ausgedörrten Lippen, und in seine Wangen kehrte die Farbe zurück.

»Bitten Sie ihn sofort herein, Francis.« Er spürte, daß er wieder er selbst war. Der Anfall von Feigheit war vorüber.

Der Diener verbeugte sich und zog sich zurück. Wenige Augenblicke später trat Alan Campbell ein, mit sehr ernstem und etwas blassem Gesicht, wobei die Blässe noch verstärkt wurde durch das kohlschwarze Haar und die dunklen Brauen.

»Alan! Das ist nett von Ihnen. Ich danke Ihnen, daß Sie gekommen sind.«

»Ich hatte nicht die Absicht, Ihr Haus je wieder zu betreten, Gray. Aber Sie schrieben, es ginge um Leben und Tod.« Seine Stimme war hart und kalt. Er sprach mit bedächtiger Überlegung. Ein Schein der Verachtung lag in dem unverwandten, forschenden Blick, den er auf Dorian richtete. Er behielt die Hände in den Taschen seines Astrachanmantels und schien die Geste, mit der er begrüßt worden war, nicht bemerkt zu haben.

»Ja, es geht um Leben und Tod, Alan, und für mehr als einen Menschen. Setzen Sie sich.«

Campbell nahm auf einem Stuhl am Tisch Platz, und Dorian setzte sich ihm gegenüber. Die Augen der beiden Männer trafen sich. In Dorians Augen lag unendliches Mitleid. Er wußte, wie furchtbar das war, was er nun tun würde.

Nach einem gespannten Augenblick des Schweigens beugte er sich vor und sagte sehr ruhig, wobei er jedoch die Wirkung jedes Wortes auf dem Gesicht des Mannes beobachtete, nach dem er geschickt hatte: »Alan, in einem verschlossenen Raum im Obergeschoß dieses Hauses, in einem Raum, zu dem außer mir niemand Zutritt hat, sitzt ein Toter an einem Tisch. Er ist seit nunmehr zehn Stunden tot. Rühren Sie sich nicht und sehen Sie mich nicht so an. Wer der Mann ist, warum er starb und wie er starb, sind Dinge, die Sie nichts angehen. Was Sie zu tun haben, ist . . .«

»Halt, Gray. Ich will nichts weiter wissen. Ob das, was Sie mir erzählt haben, wahr ist oder nicht, geht mich nichts an. Behalten Sie Ihre gräßlichen Geheimnisse für sich. Sie interessieren mich nicht mehr.«

»Alan, sie werden Sie zu interessieren haben. Dies eine wird Sie zu interessieren haben. Es tut mir schrecklich leid für Sie, Alan. Aber ich kann mir selber nicht helfen. Sie sind der einzige Mensch, der imstande ist, mich zu retten. Ich bin gezwungen, Sie in die Sache hineinzuziehen. Ich habe keine Wahl.

Alan, Sie sind Naturwissenschaftler. Sie kennen sich in der Chemie und dergleichen aus. Sie haben Experimente gemacht. Was Sie zu tun haben, ist, das Wesen oben zu vernichten – es so zu vernichten, daß keine Spur davon übrigbleibt. Niemand hat diesen Menschen ins Haus kommen sehen. Tatsächlich wird angenommen, daß er sich in diesem Augenblick in Paris befindet. Er wird monatelang nicht vermißt werden. Wenn man ihn vermißt, darf hier keine Spur von ihm gefunden werden. Sie, Alan, müssen ihn und alles, was zu ihm gehört, in eine Handvoll Asche verwandeln, die ich in die Luft streuen kann.«

»Sie sind wahnsinnig, Dorian.«

»Ah! Ich habe darauf gewartet, daß Sie mich Dorian nennen.«

»Sie sind wahnsinnig, sage ich – wahnsinnig, wenn Sie sich einbilden, ich würde auch nur einen Finger heben, um Ihnen zu helfen, und wahnsinnig, daß Sie mir dies ungeheuerliche Geständnis machen. Ich will nichts mit dieser Sache zu tun haben, einerlei, was es ist. Glauben Sie wirklich, ich würde für Sie meinen Ruf aufs Spiel setzen? Was geht es mich an, welch ein Teufelswerk Sie vorhaben?«

»Es war Selbstmord, Alan.«

»Ich bin froh darüber. Aber wer hat ihn dazu getrieben? Sie, sollte ich meinen.«

»Weigern Sie sich immer noch, das für mich zu tun?«

»Natürlich weigere ich mich. Ich will absolut nichts damit zu tun haben. Es kümmert mich nicht, welche Schande über Sie kommt. All das verdienen Sie. Es würde mir nicht leid tun, Sie entehrt zu sehen, öffentlich entehrt. Wie können Sie es wagen, unter allen Menschen auf der Welt ausgerechnet von mir zu verlangen, ich solle mich mit dieser grauenhaften Sache befassen? Ich hätte gemeint, sie wüßten besser Bescheid über das Wesen der Menschen. Ihr Freund Lord Henry Wotton kann Sie nicht viel Psychologie gelehrt haben, was er Sie auch sonst gelehrt haben mag. Nichts wird mich dazu bringen, auch nur einen Schritt zu Ihrer Hilfe zu tun. Sie sind an den Unrechten geraten. Gehen Sie zu Ihren Freunden. Aber kommen Sie nicht zu mir.«

»Alan, es war Mord. Ich habe ihn getötet. Sie wissen nicht,

was ich durch ihn habe leiden müssen. Wie mein Leben auch sein mag, er hat mehr damit zu tun, wie es wurde oder was es zerstörte, als der arme Harry. Er mag es nicht gewollt haben, das Ergebnis war das gleiche.«

»Mord! Gütiger Gott, Dorian, ist es so weit mit Ihnen gekommen? Ich werde Sie nicht anzeigen. Das ist nicht meine Sache. Außerdem werden Sie zweifellos auch ohne mein Zutun gefaßt werden. Niemand begeht jemals ein Verbrechen, ohne eine Dummheit zu begehen. Aber ich will nichts damit zu tun haben.«

»Sie müssen etwas damit zu tun haben. Warten Sie, warten Sie einen Augenblick, hören Sie mich an. Hören Sie mich nur an, Alan. Ich verlange weiter nichts von Ihnen, als daß Sie ein bestimmtes wissenschaftliches Experiment durchführen. Sie gehen in Hospitäler und Leichenschauhäuser, und das Grauenvolle, das Sie dort tun, rührt Sie nicht. Wenn Sie in irgendeinem gräßlichen Seziersaal oder übelriechenden Laboratorium diesen Mann auf einem Bleitisch liegen sähen, an dem rote Traufrinnen angebracht sind, damit das Blut abfließen kann, würden Sie ihn einfach als einen prächtigen Kadaver betrachten. Kein Haar würde sich Ihnen sträuben. Sie kämen gar nicht auf den Gedanken, etwas Unrechtes zu tun. Im Gegenteil, wahrscheinlich hätten Sie das Gefühl, zum Segen der Menschheit zu arbeiten oder die Summe an Wissen in der Welt zu erhöhen oder geistige Neugier zu befriedigen oder sonst etwas dieser Art. Was ich von Ihnen wünsche, ist nur, was Sie vorher schon oft getan haben. Wobei es freilich viel weniger schrecklich sein kann, einen Leichnam zu vernichten, als die Arbeit, die Sie gewohnt sind. Und bedenken Sie, es ist das einzige Beweisstück gegen mich. Wenn es entdeckt wird, bin ich verloren, und bestimmt wird es entdeckt, wenn Sie mir nicht helfen.«

»Ich habe kein Verlangen danach, Ihnen zu helfen. Das vergessen Sie. Mir ist die ganze Sache einfach gleichgültig. Sie hat nichts mit mir zu tun.«

»Alan, ich flehe Sie an. Denken Sie an die Lage, in der ich mich befinde. Gerade eben, ehe Sie kamen, wurde ich fast ohnmächtig vor Angst. Auch Sie können eines Tages die Angst kennenlernen. Nein, denken Sie nicht daran. Betrachten Sie die Sache vom rein wissenschaftlichen Standpunkt. Sie fragen ja sonst nicht danach, woher die Kadaver kommen, mit denen Sie experimentieren. Fragen Sie auch jetzt nicht. Ich habe Ihnen schon zuviel erzählt. Aber ich bitte Sie, dies zu tun. Wir waren einmal Freunde, Alan.«

»Sprechen Sie nicht von jenen Zeiten, Dorian: sie sind tot.«

»Mitunter verweilt das Tote. Der Mann da oben will nicht fortgehen. Er sitzt mit gebeugtem Kopf und ausgestreckten Armen am Tisch. Alan! Alan! Wenn Sie mir nicht helfen, bin ich verloren. Man wird mich hängen, Alan! Begreifen Sie? Man wird mich hängen für das, was ich getan habe.«

»Es hat keinen Sinn, die Szene zu verlängern. Ich weigere mich ganz entschieden, etwas in der Sache zu tun. Es ist Wahnsinn von Ihnen, derartiges von mir zu verlangen.«

»Sie weigern sich?«

»Ja.«

»Ich bitte Sie inständig, Alan.«

»Es ist zwecklos.«

Wieder kam der mitleidige Ausdruck in Dorian Grays Augen. Dann streckte er die Hand aus, nahm ein Stück Papier und schrieb etwas darauf. Er überlas es zweimal, faltete es sorgfältig zusammen und schob es über den Tisch. Nachdem er das getan hatte, stand er auf und ging zum Fenster.

Campbell sah ihn überrascht an, worauf er das Papier nahm und auseinanderfaltete. Während er es las, wurde sein Gesicht leichenblaß, und er sank in seinen Stuhl zurück. Ein grauenhaftes Gefühl der Schwäche überkam ihn. Ihm war, als schlüge sich sein Herz in einer leeren Höhlung zu Tode.

Nach zwei oder drei Minuten schrecklichen Schweigens drehte sich Dorian um, ging zu ihm, stellte sich hinter ihn und legte ihm die Hand auf die Schulter.

»Es tut mir so leid für Sie, Alan«, murmelte er, »aber Sie ließen mir keine Wahl. Ich habe bereits einen Brief geschrieben. Hier ist er. Sie sehen die Adresse. Wenn Sie mir nicht helfen, muß ich ihn abschicken. Helfen Sie mir, so werde ich ihn nicht abschicken. Sie wissen, was das Ergebnis wäre. Aber Sie werden mir ja helfen. Jetzt können Sie sich unmöglich weigern. Ich habe versucht, Sie zu schonen. Sie werden mir die Gerechtigkeit widerfahren lassen und das zugeben. Sie waren unnachgiebig, grob und beleidigend. Sie haben mich behandelt, wie mich kein Mensch jemals zu behandeln wagte – zumindest kein lebender Mensch. All das habe ich ertragen. Jetzt ist es an mir, Forderungen zu diktieren.«

Campbell vergrub das Gesicht in den Händen, und ein Schauder überlief ihn.

»Ja, ich bin an der Reihe, Forderungen zu diktieren, Alan. Sie kennen sie. Die Sache ist ganz einfach. Nicht doch, regen Sie sich nicht auf. Die Sache muß getan werden. Sehen Sie ihr ins Gesicht und tun Sie sie.«

Ein Stöhnen kam von Campbells Lippen, und er zitterte am ganzen Leibe. Das Ticken der Uhr auf dem Kaminsims schien ihm die Zeit in einzelne Atome der Seelenangst zu zerteilen, von denen jedes zu grauenhaft war, um es ertragen zu können. Ihm war, als werde langsam ein eiserner Ring um seine Stirn geschlossen, als wäre die Schande, mit der er bedroht worden war, bereits über ihn gekommen. Die Hand auf seiner Schulter wog wie eine Hand aus Blei. Sie war unerträglich. Sie schien ihn zu zermalmen.

»Vorwärts, Alan, Sie müssen sich sofort entscheiden.«

»Ich kann es nicht tun«, sagte er mechanisch, als könnten Worte die Dinge ändern.

»Sie müssen. Sie haben keine Wahl. Ziehen Sie es nicht hinaus.«

Campbell zögerte einen Augenblick. »Gibt es in dem Zimmer oben Feuer?«

»Ja, einen Gasofen mit Asbest.«

»Ich werde nach Hause gehen und einiges aus meinem Laboratorium holen müssen.«

»Nein, Alan, Sie dürfen das Haus nicht verlassen. Schreiben Sie auf einen Notizzettel, was Sie brauchen, und mein Diener wird sich eine Droschke nehmen und Ihnen die Sachen bringen.«

Campbell kritzelte ein paar Zeilen, löschte sie ab und adressierte einen Umschlag an seinen Assistenten. Dorian nahm den Zettel und las ihn sorgfältig. Dann läutete er und übergab den Brief seinem Kammerdiener mit dem Befehl, so schnell wie möglich zurückzukommen und die Sachen mitzubringen.

Als die Haustür zuschlug, fuhr Campbell nervös zusammen, stand von seinem Stuhl auf und trat vor den Kamin. Er zitterte wie in einem Schüttelfrost. Fast zwanzig Minuten sprach keiner von beiden ein Wort. Eine Fliege summte geräuschvoll im Zimmer herum, und das Ticken der Uhr kam Hammerschlägen gleich.

Als das Glockenspiel ein Uhr läutete, drehte sich Campbell um, sah Dorian an und sah, daß seine Augen voll Tränen standen. In der Unschuld und Lauterkeit dieses Gesichts lag etwas, das ihn wütend zu machen schien. »Sie sind infam, einfach infam!« murmelte er.

»Still, Alan, Sie haben mir das Leben gerettet«, sagte Dorian.

»Ihr Leben? Gütiger Himmel! Was für ein Leben ist das schon! Sie sind von Verderbnis zu Verderbnis geschritten, und nun haben Sie den Gipfel im Verbrechen erreicht. Wenn ich das tue, wozu Sie mich zwingen, denke ich nicht an Ihr Leben.«

»Ach, Alan«, murmelte Dorian mit einem Seufzer, »ich wünschte, Sie hätten nur den tausendsten Teil des Mitleids für mich, das ich für Sie habe.« Er wandte sich bei diesen Worten ab und stand und blickte hinaus in den Garten. Campbell gab keine Antwort.

Nach etwa zehn Minuten klopfte es an die Tür, und der Diener trat ein; er trug einen großen Mahagonikasten mit Chemikalien, eine lange Rolle Stahl- und Platindraht und zwei merkwürdig geformte Eisenklammern.

»Soll ich die Sachen hierlassen, Sir?« fragte er Campbell.

»Ja«, sagte Dorian. »Tut mir leid, Francis, aber ich habe noch einen Auftrag für Sie. Wie heißt dieser Mann in Richmond, der Selby mit Orchideen versorgt?«

»Harden, Sir.«

»Ja – Harden. Sie müssen gleich nach Richmond fahren, Harden selbst sprechen und ihm sagen, er soll doppelt so viele Orchideen schicken, wie ich bestellt habe, und so wenig weiße wie möglich. Eigentlich möchte ich überhaupt keine weißen. Es ist ein schöner Tag, Francis, und Richmond ist ein hübscher Ort, sonst würde ich Sie nicht deswegen belästigen.«

»Keine Mühe, Sir. Wann soll ich zurück sein?«

Dorian sah Campbell an. »Wieviel Zeit wird Ihr Experiment

in Anspruch nehmen, Alan?« fragte er mit ruhiger, unbeteiligter Stimme. Die Anwesenheit eines Dritten im Raum schien ihm außerordentlich Mut zu machen. Campbell runzelte die Stirn und biß sich auf die Lippe. »Ungefähr fünf Stunden«, antwortete er.

»Dann genügt es, wenn Sie um halb acht zurück sind, Francis. Oder warten Sie, legen Sie mir meine Sachen zum Umziehen heraus. Sie können den Abend für sich haben. Ich esse nicht zu Hause und werde Sie daher nicht brauchen.«

»Besten Dank, Sir«, sagte der Diener und verließ das Zimmer.

»Jetzt, Alan, ist kein Augenblick zu verlieren. Wie schwer dieser Kasten ist! Ich werde ihn für Sie tragen. Nehmen Sie die anderen Sachen.« Er sprach schnell und auf eine gebieterische Art. Campbell fühlte sich in seiner Gewalt. Sie gingen zusammen aus dem Zimmer.

Als sie auf dem obersten Treppenabsatz angelangt waren, holte Dorian den Schlüssel heraus und drehte ihn im Schloß. Dann hielt er inne, und ein verstörter Ausdruck kam in seine Augen. Er schauderte. »Ich glaube, ich kann nicht hineingehen, Alan«, murmelte er. »Daran liegt mir nichts. Ich brauche Sie nicht«, entgegnete Campbell kalt.

Dorian machte die Tür halb auf. Dabei sah er, wie das Gesicht seines Bildes im Sonnenlicht nach ihm schielte. Auf dem Fußboden davor lag der zerrissene Vorhang. Er erinnerte sich, daß er in der Nacht zuvor zum erstenmal in seinem Leben vergessen hatte, die unheilvolle Leinwand zu verhüllen, und schon wollte er vorstürzen, als er schaudernd zurückfuhr.

Was war dieser ekelhafte, rote Tau, der naß und glänzend auf der einen Hand schimmerte, als habe die Leinwand Blut geschwitzt? Wie grauenhaft war das! – Grauenhafter, so schien es ihm im Augenblick, als das stille Wesen, das er über den Tisch hingestreckt wußte, jenes Wesen, dessen grotesker, ungestalter Schatten auf dem befleckten Teppich ihm zeigte, daß er sich nicht gerührt hatte, sondern immer noch da war, wie er es verlassen hatte.

Er holte tief Luft, öffnete die Tür ein wenig weiter und trat mit halbgeschlossenen Augen und abgewandtem Kopf rasch ein, entschlossen, auch nicht eine einzigen Blick auf den Toten zu werfen. Dann bückte er sich, nahm die goldene und pupurne Decke auf und warf sie über das Bild.

Dort blieb er stehen, weil er Angst hatte, sich umzudrehen, und seine Augen hefteten sich auf das verschlungene Muster vor ihm. Er hörte Campbell den schweren Kasten, die Eisen und die anderen Sachen hereintragen, die er zu seiner schrecklichen Arbeit benötigte. Er fragte, ob er und Basil Hallward sich je begegnet waren, und wenn, was sie voneinander gehalten hatten.

»Lassen Sie mich jetzt allein«, sagte eine strenge Stimme hinter ihm.

Er drehte sich um und hastete hinaus, gerade noch dessen bewußt, daß der Tote in seinem Stuhl zurückgelehnt worden war und daß Campbell in ein glänzendes gelbes Gesicht starrte. Als er die Treppe hinabging, hörte er, wie der Schlüssel im Schloß umgedreht wurde.

Es war lange nach sieben, als Campbell in die Bibliothek zurückkam. Er war bleich, aber völlig ruhig. »Ich habe getan, was Sie von mir verlangten«, murmelte er. »Und nun, adieu. Wir wollen uns nie wiedersehen.«

»Sie haben mich vorm Untergang gerettet, Alan. Das kann ich nicht vergessen«, sagte Dorian schlicht.

Sobald Campbell ihn verlassen hatte, ging er hinauf. Ein abscheulicher Geruch nach Salpetersäure lag im Raum. Aber das Wesen, das am Tisch gesessen hatte, war verschwunden.

FÜNFZEHNTES KAPITEL

Am gleichen Abend um halb neun wurde Dorian Gray, erlesen gekleidet und einen großen Strauß Parmaveilchen im Knopfloch, von sich verbeugenden Dienern in den Salon Lady Narboroughs geführt. In seiner Stirn pochten die überreizten Nerven, und er fühlte sich schrecklich erregt, aber seine Haltung, als er sich über die Hand seiner Gastgeberin neigte, war so leicht und anmutig wie stets. Vielleicht erscheint man niemals so ungezwungen, als wenn man eine Rolle zu spielen hat. Gewiß hätte niemand, der Dorian Gray an diesem Abend sah, geglaubt, daß er durch eine so furchtbare Tragödie gegangen war wie nur irgendeine in unserer Zeit. Niemals konnten diese feingeformten Finger ein Messer zur Sünde gepackt oder diese lächelnden Lippen gegen Gott und das Gute gemurrt haben. Er selbst mußte sich über die Ruhe seines Betragens wundern, und für einen Augenblick empfand er lebhaft den grausigen Genuß eines Doppellebens.

Es war eine kleine Gesellschaft und etwas überstürzt zusammengebracht von Lady Narborough, einer sehr gescheiten Frau, die die Reste einer wirklich bemerkenswerten Häßlichkeit zeigte, wie Lord Henry es zu bezeichnen pflegte. Sie hatte sich einem unserer langweiligsten Gesandten als hervorragende Gattin erwiesen, und nachdem sie ihren Mann in einem von ihr selbst entworfenen Marmormausoleum gebührend bestattet und ihre Töchter an reiche, etwas ältliche Herren verheiratet hatte, widmete sie sich nun den Genüssen französischer Dichtung, französischer Kochkunst und französischen Esprits, wenn sie dessen habhaft werden konnte.

Dorian gehörte zu ihren besonderen Lieblingen, und ihre ständige Rede war, daß sie ungeheuer froh sei, ihn nicht in ihrer Jugend kennengelernt zu haben. »Ich weiß, mein Lieber, daß ich mich wahnsinnig in Sie verliebt hätte«, pflegte sie zu sagen, »und um Ihretwillen hätte ich meine Mütze über die Mühlen geworfen, wie die Franzosen sagen. Es ist ein wahres Glück, daß zu der Zeit noch nicht die Rede von Ihnen war. Wie die Dinge lagen, waren unsere Kopfbedeckungen so unkleidsam, und die Mühlen hatten soviel zu tun, jeden Wind aufzufangen, daß ich nicht einmal eine Liebelei mit jemandem hatte. Das war allerdings Narboroughs Schuld. Er war schrecklich kurzsichtig, und es macht keinen Spaß, einen Ehemann zu betrügen, der nie etwas sieht.«

Ihre Gäste an diesem Abend waren ziemlich langweilig. Der Umstand war, wie sie Dorian hinter einem sehr schäbigen Fächer erklärte, daß eine ihrer verheirateten Töchter ganz plötzlich zu Besuch gekommen war, und um die Sache noch schlimmer zu machen, hatte sie wahrhaftig ihren Mann mitgebracht. »Ich halte das für höchst unfreundlich von ihr, mein Lieber«, flüsterte sie. »Natürlich bin ich jeden Sommer bei ihnen, wenn ich von Homburg zurückkomme, aber schließlich braucht eine alte Frau wie ich hin und wieder frische Luft, und außerdem rüttle ich sie wirklich auf. Sie haben keine Ahnung, was sie dort für ein Dasein führen. Das reine, unverfälschte Landleben. Sie stehen früh auf, weil sie so viel zu tun haben, und gehen früh zu Bett, weil sie so wenig zu denken haben. Seit der Zeit Königin Elisabeths hat es in der Nachbarschaft nicht einen einzigen Skandal gegeben, und deshalb schlafen sie alle nach dem Essen ein. Sie sollen neben keinem von beiden sitzen. Sie sollen bei mir sitzen und mich unterhalten.«

Dorian murmelte ein reizendes Kompliment und sah sich im Zimmer um. Ja, es war zweifellos eine langweilige Gesellschaft. Zwei von den Anwesenden hatte er nie zuvor gesehen, und die anderen waren Ernest Harrowden, einer von jenen unbedeutenden Leuten mittleren Alters, die in den Londoner Klubs so alltäglich sind und die keine Feinde besitzen, aber bei ihren Freunden durchaus unbeliebt sind; Lady Ruxton, eine aufgetakelte Dame von siebenundvierzig mit Hakennase, die ständig versuchte, sich zu kompromittieren, aber so bemerkenswert unansehnlich war, daß zu ihrer großen Enttäuschung niemand etwas zu ihrem Nachteil von ihr glauben wollte; Mrs. Erlynne, ein aufdringliches Nichts mit einem entzückenden Lispeln und venezianisch-rotem Haar; Lady Alice Chapman, die Tochter seiner Gastgeberin, ein nachlässig gekleidetes, geistig träges Mädchen mit einem jener charakteristischen britischen Gesichter, an die man sich nie erinnert, wenn man sie einmal gesehen hat, und ihr Gatte, ein rotbäckiger Mensch mit weißem Backenbart, der wie so viele seiner Klasse unter dem Eindruck stand, unmäßige Heiterkeit könne für einen völligen Mangel an Einfällen entschädigen.

Es tat ihm schon leid, daß er gekommen war, bis Lady Narborough mit einem Blick auf die beachtliche Uhr aus Goldbronze, die sich in protzigen Kurven auf dem malvenfarbig drapierten Kaminsims spreizte, ausrief: »Wie abscheulich von Lord Henry Wotton, sich zu verspäten. Ich habe heute morgen auf gut Glück zu ihm hingeschickt, und er versprach ehrlich, mich nicht zu enttäuschen.« Es war ein gewisser Trost, daß

Harry kommen sollte, und als sich die Tür auftat und er dessen träge, melodische Stimme hörte, die irgendeiner unaufrichtigen Entschuldigung ihren Zauber lieh, fühlte er sich nicht mehr gelangweilt.

Doch bei Tisch vermochte er nichts zu essen. Teller auf Teller verschwand unberührt. Lady Narborough schalt ihn fortgesetzt, weil er, wie sie es nannte, den armen Adolphe beleidige, der das Menü eigens für ihn ersonnen habe, und hin und wieder blickte Lord Henry zu ihm hinüber, verwundert über sein Schweigen und sein zerstreutes Wesen. Von Zeit zu Zeit füllte der Butler sein Glas mit Champagner. Er trank begierig, und sein Durst schien zu wachsen. »Dorian«, fragte Lord Henry schließlich, als das Chaudfroid herumgereicht wurde, »was ist heute abend mit Ihnen los? Sie sind gar nicht recht in Ordnung.«

»Ich glaube, er ist verliebt«, rief Lady Narborough, »und er hat Angst, es mir zu sagen, weil er fürchtet, ich könnte eifersüchtig werden. Er hat ganz recht. Das würde ich bestimmt.«

»Liebe Lady Narborough«, murmelte Dorian lächelnd, »ich bin eine ganze Woche nicht verliebt gewesen – nein, eigentlich nicht, seit Madame de Ferrol London verließ.«

»Wie könnt ihr Männer euch in diese Frau verlieben!« rief die alte Dame aus. »Das ist mir wirklich unbegreiflich.«

»Einfach deshalb, weil sie sich an Sie erinnert, als Sie noch ein kleines Mädchen waren, Lady Narborough«, sagte Lord Henry. »Sie ist die einzige Verbindung zwischen uns und Ihren kurzen Röcken.«

»Sie erinnert sich überhaupt nicht an meine kurzen Röcke, Lord Henry. Aber ich erinnere mich sehr gut an sie aus der Zeit in Wien vor dreißig Jahren und wie dekolletiert sie damals war.«

»Sie ist immer noch dekolletiert«, antwortete er und nahm mit seinen langen Fingern eine Olive, »und wenn sie eine sehr elegante Robe anhat, sieht sie aus wie eine Luxusausgabe eines schlechten französischen Romans. Sie ist wirklich wunderbar und voller Überraschungen. Ihre Befähigung zur Familienliebe ist außergewöhnlich. Als ihr dritter Mann starb, wurde ihr Haar vor Gram ganz golden.«

»Wie können Sie nur, Harry!« rief Dorian.

»Das ist eine ungemein romantische Erklärung«, lachte die Gastgeberin. »Aber ihr dritter Mann, Lord Henry? Sie wollen doch nicht etwa sagen, Ferrol sei der vierte?«

»Gewiß, Lady Narborough.«

»Ich glaube kein Wort davon.«

»Nun, dann fragen Sie Mister Gray. Er gehört zu ihren intimsten Freunden.«

»Ist es wahr, Mister Gray?«

»Sie hat es mir versichert, Lady Narborough«, sagte Dorian. »Ich fragte sie, ob sie wie Margarete von Navarra die Herzen ihrer Männer einbalsamiert am Gürtel trüge. Sie verneinte es, weil keiner von ihnen überhaupt ein Herz besessen habe.«

»Vier Ehemänner! Auf mein Wort, das ist *trop de zèle**.«

»›*Trop d'audace?*‹**, sagte ich ihr«, entgegnete Dorian.

»Oh, sie ist kühn genug zu allem, mein Lieber. Und wie ist Ferrol? Ich kenne ihn nicht.«

»Die Ehemänner sehr schöner Frauen gehören zur Verbrecherklasse«, sagte Lord Henry und trank einen Schluck Wein.

Lady Narborough schlug mit dem Fächer nach ihm. »Lord Henry, es überrascht mich nicht im geringsten, daß die Welt behauptet, Sie seien außergewöhnlich böse.«

»Aber welche Welt behauptet das?« fragte Lord Henry und hob die Brauen. »Es kann nur die nächste Welt sein. Diese Welt und ich, wir vertragen uns ausgezeichnet.«

»Alle meine Bekannten sagen, Sie seien sehr böse«, rief die alte Dame kopfschüttelnd.

Lord Henry machte für ein paar Augenblicke ein ernstes Gesicht. »Es ist einfach ungeheuerlich«, bemerkte er schließlich, »wie die Leute heutzutage herumgehen und Dinge hinter jemandes Rücken sagen, die absolut und völlig wahr sind.«

»Ist er nicht unverbesserlich?« rief Dorian und beugte sich in seinem Stuhl vor.

»Ich hoffe«, sagte die Gastgeberin lachend. »Aber wirklich, wenn ihr alle Madame de Ferrol auf diese lächerliche Weise anbetet, werde ich wieder heiraten müssen, um in Mode zu kommen.«

---

* frz.: zuviel Eifer. — ** frz.: zuviel Kühnheit.

»Sie werden nie wieder heiraten, Lady Narborough«, unterbrach Lord Henry. »Sie waren viel zu glücklich. Wenn eine Frau sich wieder verheiratet, dann geschieht es, weil sie ihren ersten Mann verabscheute. Wenn sich ein Mann wieder verheiratet, dann geschieht es, weil er seine erste Frau anbetete. Frauen versuchen ihr Glück, Männer setzen das ihre aufs Spiel.«

»Narborough war nicht vollkommen«, rief die alte Dame.

»Wäre er es gewesen, dann hätten Sie ihn nicht geliebt, meine teure Lady«, war die Antwort. »Die Frauen lieben uns um unserer Fehler willen. Wenn wir genug davon besitzen, verzeihen sie uns alles, selbst unsern Geist. Ich fürchte, Lady Narborough, nachdem ich dies gesagt habe, werden Sie mich nie wieder zum Essen einladen; aber es ist völlig wahr.«

»Natürlich ist es wahr, Lord Henry. Wenn wir Frauen euch nicht um eurer Fehler willen liebten, was wäre dann mit euch allen? Nicht einer von euch würde heiraten. Ihr wärt ein Sortiment unglücklicher Junggesellen. Das würde allerdings wenig an euch ändern. Heutzutage leben alle verheirateten Männer wie Junggesellen und alle Junggesellen wie verheiratete Männer.«

»*Fin de siècle**«, murmelte Lord Henry.

»*Fin du globe***«, erwiderte die Gastgeberin.

»Ich wünschte, es wäre *Fin du globe*«, sagte Dorian mit einem Seufzer. »Das Leben ist eine große Enttäuschung.«

»Aber mein Lieber«, rief Lady Narborough, während sie sich die Handschuhe anzog, »Sie wollen mir doch nicht erzählen, Sie hätten das Leben erschöpft. Wenn einer das sagt, weiß man, daß das Leben ihn erschöpft hat. Lord Henry ist sehr böse, und manchmal wünschte ich, ich wäre es ebenfalls gewesen; aber Sie sind geschaffen, gut zu sein – Sie haben ein so gutes Gesicht. Ich muß Ihnen eine hübsche Frau suchen. Lord Henry, meinen Sie nicht auch, daß Mister Gray heiraten sollte?«

»Ich sage es ihm ständig, Lady Narborough«, antwortete Lord Henry mit einer Verbeugung.

»Schön, dann müssen wir uns nach einer passenden Partie

---

* frz.: Ende des Jahrhunderts. – ** frz.: Ende der Welt.

für ihn umsehen. Ich werde heute nacht sorgfältig den Adelskalender durchgehen und eine Liste aller heiratsfähigen jungen Damen aufstellen.«

»Mit Altersangabe, Lady Narborough?« fragte Dorian.

»Natürlich mit Altersangabe, leicht korrigiert. Aber es darf nichts überstürzt werden. Ich möchte, daß es das wird, was die ›Morning Post‹ eine passende Verbindung nennt, und möchte euch beide glücklich sehen.«

»Welch einen Unsinn die Leute über glückliche Ehen schwatzen!« rief Lord Henry aus. »Ein Mann kann mit einer Frau glücklich sein, solange er sie nicht liebt.«

»Oh, was für ein Zyniker Sie sind!« rief die alte Dame, schob ihren Stuhl zurück und nickte Lady Ruxton zu. »Sie müssen bald wieder zu mir zum Essen kommen. Sie sind wirklich ein wunderbares Nervenstärkungsmittel, viel besser als das, welches mir Sir Andrew verschreibt. Sie müssen mir freilich sagen, mit welchen Leuten Sie zusammenkommen wollen. Ich möchte, daß es eine erfreuliche Gesellschaft wird.«

»Ich liebe Männer, die eine Zukunft, und Frauen, die eine Vergangenheit haben«, antwortete er. »Oder meinen Sie, das würde eine Damengesellschaft ergeben?«

»Ich fürchte«, sagte sie lachend und stand auf. »Ich bitte tausendmal um Verzeihung, meine liebe Lady Ruxton«, fügte sie hinzu, »ich hatte nicht gesehen, daß Sie Ihre Zigarette noch nicht aufgeraucht haben.«

»Das macht nichts, Lady Narborough. Ich rauche viel zuviel. In Zukunft werde ich mich einschränken.«

»Bitte tun Sie das nicht, Lady Ruxton«, sagte Lord Henry. »Mäßigung ist eine fatale Sache. Genug ist so schlecht wie eine Mahlzeit. Mehr als genug ist so gut wie ein Festschmaus.«

Lady Ruxton sah ihn neugierig an. »Sie müssen einen Nachmittag zu mir kommen und mir das erklären, Lord Henry. Es klingt nach einer faszinierenden Theorie«, murmelte sie, als sie aus dem Zimmer rauschte.

»Denken Sie daran, daß Sie nicht zu lange bei Ihrer Politik und Ihrem Klatsch verweilen«, rief Lady Narborough von der Tür her. »Sonst geraten wir oben bestimmt in Streit.«

Die Männer lachten, und Mr. Chapman erhob sich würdevoll vom unteren Ende der Tafel und ging zum Kopfende. Dorian Gray verließ seinen Platz und setzte sich zu Lord Henry. Mr. Chapman begann mit lauter Stimme über die Situation im Unterhaus zu reden. Er wieherte über seine Gegner. Zwischen seinen Explosionen tauchte von Zeit zu Zeit immer wieder das Wort doktrinär auf – ein Wort voller Schrecken für den britischen Geist. Eine alliterierende Vorsilbe diente ihm als Redeschmuck. Er hißte den Union Jack auf den Zinnen des Gedankens. Die angestammte Dummheit der Rasse – gesunden englischen Menschenverstand nannte er sie gönnerhaft – wurde als das eigentliche Bollwerk der Gesellschaft kundgetan.

Ein Lächeln kräuselte Lord Henrys Lippen, dann drehte er sich um und sah Dorian an.

»Ist Ihnen jetzt besser, mein Junge?« fragte er. »Beim Essen kamen Sie mir nicht recht in Ordnung vor.«

»Mir ist ganz wohl, Harry. Ich bin müde. Das ist alles.«

»Gestern abend waren Sie bezaubernd. Die kleine Herzogin ist Ihnen völlig ergeben. Sie hat mir erzählt, daß sie nach Selby fährt.«

»Sie versprach, am zwanzigsten zu kommen.«

»Wird Monmouth auch dasein?«

»O ja, Harry.«

»Er langweilt mich entsetzlich, fast so sehr, wie er sie langweilt. Sie ist sehr gescheit, allzu gescheit für eine Frau. Ihr fehlt der unerklärliche Reiz der Schwäche. Die tönernen Füße sind es, die das Gold der Bildsäule köstlich machen. Ihre Füße sind sehr hübsch, aber es sind keine tönernen. Weiße Porzellanfüße, wenn Sie so wollen. Sie sind durchs Feuer gegangen, und was das Feuer nicht zerstört, härtet es. Sie hat Erfahrungen gesammelt.«

»Wie lange ist sie verheiratet?« fragte Dorian.

»Eine Ewigkeit, sagt sie. Nach dem Adelskalender sind es, glaube ich, zehn Jahre, aber zehn Jahre mit Monmouth müssen wie eine Ewigkeit gewesen sein, die zehn Jahre hinzugerechnet. Wer kommt noch?«

»Oh, die Willoughbys, Lord Rugby und seine Frau, unsere Gastgeberin, Geoffrey Clouston – die übliche Garnitur. Ich habe Lord Grotrian eingeladen.«

»Ich mag ihn«, sagte Lord Henry. »Sehr vielen gefällt er nicht, aber ich finde ihn reizend. Dafür, daß er gelegentlich etwas übermäßig herausgeputzt ist, entschädigt er, indem er stets entschieden übermäßig gebildet ist. Er ist ein sehr moderner Typ.«

»Ich weiß nicht, ob er kommen kann, Harry. Vielleicht muß er mit seinem Vater nach Monte Carlo.«

»Ach, welche Last sind doch Verwandte! Versuchen Sie ihn zum Kommen zu bewegen. Übrigens sind Sie gestern abend sehr früh davongelaufen. Sie gingen vor elf. Was haben Sie hinterher gemacht? Sind Sie geradewegs nach Hause gegangen?«

Dorian warf einen hastigen Blick auf ihn und runzelte die Stirn. »Nein, Harry«, sagte er schließlich. »Ich bin erst gegen drei nach Hause gekommen.«

»Waren Sie im Klub?«

»Ja«, antwortete er. Dann biß er sich auf die Lippen. »Nein, das meine ich nicht. Ich war nicht im Klub. Ich bin spazierengegangen. Ich habe vergessen, was ich machte ... Wie inquisitorisch Sie sind, Harry! Sie wollen immer wissen, was man getan hat. Und ich will immer vergessen, was ich getan habe. Ich war um halb drei zu Hause, wenn Sie die genaue Zeit zu wissen wünschen. Ich hatte meinen Schlüssel vergessen, und mein Diener mußte mich einlassen. Wenn Sie ein bekräftigendes Zeugnis über die Sache wünschen, können Sie ihn fragen.«

Lord Henry zuckte die Achseln. »Mein lieber Junge, als wenn mir daran gelegen wäre! Lassen Sie uns in den Salon gehen. Keinen Sherry, danke, Mister Chapman. Etwas ist Ihnen zugestoßen, Dorian. Erzählen Sie es mir. Sie sind heute abend nicht Sie selbst.«

»Kümmern Sie sich nicht um mich, Harry. Ich bin gereizt und übler Laune. Ich werde morgen oder übermorgen zu Ihnen kommen. Entschuldigen Sie mich bei Lady Narborough. Ich gehe nicht nach oben. Ich gehe nach Hause. Ich muß nach Hause gehen.«

»Gut, Dorian. Ich sehe Sie doch wohl morgen zum Tee? Die Herzogin kommt.«

»Ich will versuchen zu kommen, Harry«, sagte er im Hinausgehen. Als er nach Hause fuhr, war ihm bewußt, daß das Gefühl des Entsetzens, das er erdrosselt zu haben glaubte, wiedergekommen war. Lord Henrys beiläufige Fragen hatten ihn für den Augenblick die Nerven verlieren lassen, und er brauchte seine Nerven noch. Dinge, die gefährlich waren, mußten verrichtet werden. Er zuckte zusammen. Der Gedanke, sie auch nur zu berühren, war ihm abscheulich.

Doch es mußte getan werden. Das vergegenwärtigte er sich, und nachdem er die Tür seiner Bibliothek verschlossen hatte, öffnete er das Geheimfach, in das er Basil Hallwards Mantel und Reisetasche geworfen hatte. Ein mächtiges Feuer flammte. Er legte noch ein Scheit auf. Der Geruch der sengenden Kleider und des brennenden Leders war gräßlich. Es dauerte eine Dreiviertelstunde, bis alles vernichtet war. Danach fühlte er sich schwach und krank, und nachdem er in einer durchbrochenen Kupferpfanne ein paar algerische Räucherkerzen angezündet hatte, badete er Hände und Stirn in einem kühlen, nach Moschus duftenden Essig.

Plötzlich fuhr er auf. Seine Augen wurden sonderbar glänzend, und er nagte nervös an der Unterlippe. Zwischen zweien der Fenster stand ein großer florentinischer Schrank aus Ebenholz, mit Elfenbein und blauem Lapislazuli eingelegt. Er betrachtete ihn wie etwas, das bezaubern und beängstigen konnte, als enthalte er etwas, wonach er sich sehnte und das er dennoch beinahe haßte. Eine wahnsinnige Begierde überkam ihn. Er zündete eine Zigarette an und warf sie dann fort. Seine Lider sanken herab, bis die langen Wimpernfransen fast die Wange berührten. Aber immer noch betrachtete er den Schrank. Schließlich erhob er sich von dem Ruhebett, auf dem er gelegen hatte, ging hinüber und berührte, nachdem er ihn aufgeschlossen hatte, eine verborgene Feder. Langsam schob sich ein dreieckiges Fach heraus. Unwillkürlich bewegten sich seine Finger darauf zu, griffen hinein und schlossen sich um etwas. Es war eine kleine chinesische Dose aus schwarzem Lack mit Goldstaub, kunstvoll gearbeitet, die Seiten mit Wellenlinien gemustert, und an den seidenen Schnüren hingen runde Kristalle und Quasten aus geflochtenen Metallfäden. Er öffnete sie. Eine grüne Paste mit wachsartigem Schimmer lag darin und strömte einen merkwürdig schweren und hartnäckigen Geruch aus.

Er zögerte einige Augenblicke mit einem seltsam unbeweglichen Lächeln auf dem Gesicht. Dann erschauerte er, obgleich die Luft im Zimmer schrecklich heiß war, richtete sich auf und blickte auf die Uhr. Es war zwanzig Minuten vor zwölf. Er legte die Dose zurück, schloß die Schranktüren und ging in sein Schlafzimmer.

Als die Mitternacht bronzene Schläge in die düstere Luft dröhnte, schlich Dorian Gray, unauffällig gekleidet und ein Tuch um den Hals gewickelt, leise aus dem Haus. In der Bond Street fand er einen Hansom mit einem tüchtigen Pferd. Er rief ihn an und gab dem Kutscher mit leiser Stimme eine Adresse.

Der Mann schüttelte den Kopf. »Das ist zu weit für mich«, brummte er.

»Hier haben Sie einen Sovereign«, sagte Dorian. »Sie bekommen noch einen, wenn Sie schnell fahren.«

»In Ordnung, Sir«, antwortete der Mann, »in einer Stunde werden Sie dort sein.« Und nachdem er sein Fahrgeld eingesteckt hatte, wendete er das Pferd und fuhr rasch dem Fluß zu.

SECHZEHNTES KAPITEL

Ein kalter Regen begann zu fallen, und die verwischten Straßenlaternen sahen gespenstisch aus in dem triefenden Naß. Die Schankwirtschaften schlossen gerade, und undeutlich zu sehen, sammelten sich Männer und Frauen in zerstreuten Häuflein um die Türen. Aus einigen Kneipen klang gräßliches Gelächter. In anderen lärmten und grölten Betrunkene.

In den Hansom zurückgelehnt und den Hut über die Stirn gezogen, beobachtete Dorian Gray mit gleichgültigen Augen die unflätige Schmach der großen Stadt und wiederholte sich von Zeit zu Zeit die Worte, die Lord Henry am ersten Tag ihrer Begegnung gesagt hatte: »Die Seele durch die Sinne und die Sinne durch die Seele heilen.« Ja, das war das Geheimnis. Oft hatte er es probiert und würde es jetzt wieder probieren. Es gab Opiumhöhlen, in denen man Vergessen kaufen konnte, Höhlen des Grauens, wo die Erinnerung an alte Sünden durch den Wahnsinn von neuen Sünden vernichtet werden konnte.

Der Mond, wie ein gelber Schädel, hing tief am Himmel.

Von Zeit zu Zeit streckte eine ungeheure, mißgestaltete Wolke den langen Arm nach ihm aus und versteckte ihn. Die Gaslaternen wurden spärlicher und die Straßen enger und düsterer. Einmal verlor der Mann den Weg und mußte eine halbe Meile zurückfahren. Dampf stieg von dem Pferd auf, das durch die Pfützen platschte. Die Seitenfenster des Hansoms waren mit dem grauen Flanell des Regendunstes bedeckt.

»Die Seele durch die Sinne und die Sinne durch die Seele heilen!« Wie ihm die Worte in den Ohren klangen! Seine Seele war wirklich zu Tode krank. Traf es zu, daß die Sinne sie zu heilen vermochten? Unschuldiges Blut war vergossen worden. Was konnte das sühnen? Ach, dafür gab es keine Sühne; aber wenn auch Vergebung unmöglich war, Vergessen war immer noch möglich, und er war entschlossen zu vergessen, die Sache auszulöschen, sie niederzutreten, wie man die Natter niedertritt, die einen gebissen hat. Wahrhaftig, welches Recht hatte Basil gehabt, so mit ihm zu sprechen, wie er es getan hatte? Wer hatte ihn zum Richter über andere gesetzt? Er hatte Dinge gesagt, die schrecklich waren, gräßlich und nicht zu dulden.

Weiter und weiter rumpelte der Hansom, fuhr mit jedem Meter langsamer, wie ihm schien. Er schlug die Klappe hoch und rief dem Mann zu, er solle schneller fahren. Der abscheuliche Hunger nach Opium begann an ihm zu nagen. Die Kehle brannte ihm, und nervös wand er seine schönen Hände umeinander. Wie wahnsinnig schlug er mit seinem Stock nach dem Pferd. Der Kutscher lachte und ließ die Peitsche sausen. Dorian lachte zurück, und der Mann verstummte.

Der Weg schien kein Ende nehmen zu wollen, und die Straßen glichen dem düsteren Gewebe einer krabbelnden Spinne. Die Eintönigkeit wurde unerträglich, und als der Nebel dichter wurde, bekam er Angst.

Dann kamen sie an einsamen Ziegeleien vorbei. Hier war der Nebel lichter, und er konnte die merkwürdigen, wie Flaschen geformten Brennöfen mit ihren orangefarbenen, fächergleichen Feuerzungen sehen. Ein Hund bellte, als sie vorbeifuhren, und weit fort in der Dunkelheit schrie eine ziehende Möwe. Das Pferd strauchelte in eine Furche, sprang zur Seite und fiel in Galopp.

Nach einer Weile verließen sie den Lehmweg und ratterten wieder über holprig gepflasterte Straßen. Die meisten Fenster waren dunkel, doch hin und wieder zeichneten sich phantastische Schatten an einem von Lampenlicht erhellten Vorhang ab. Er beobachtete sie neugierig. Sie bewegten sich wie ungeheure Marionetten und machten Gebärden wie lebendige Wesen. Er haßte sie. Eine dumpfe Wut regte sich in seinem Herzen. Als sie um eine Ecke fuhren, heulte ihnen aus einer offenen Tür ein Weib etwas zu, und zwei Männer liefen etwa hundert Schritt hinter dem Hansom her. Der Kutscher schlug mit der Peitsche nach ihnen.

Man sagt, Leidenschaft lasse einen im Kreise denken. Unausbleiblich formten Dorian Grays zerbissene Lippen in gräßlicher Wiederholung einmal um das andere jene spitzfindigen Worte über die Seele und die Sinne, bis er in ihnen gleichsam den Ausdruck seiner Stimmung gefunden und durch geistige Zustimmung Leidenschaften gerechtfertigt hatte, die auch ohne solche Rechtfertigung sein Gemüt beherrscht hätten. Von einer Gehirnzelle zur anderen kroch der eine Gedanke, und das wilde Verlangen zu leben, diese schrecklichste aller menschlichen Begierden, gab jedem zitternden Nerv, jeder Fiber lebendige Macht. Häßlichkeit, die ihn einst mit Abscheu erfüllt hatte, weil sie die Dinge wirklich machte, wurde ihm jetzt aus dem gleichen Grunde lieb. Häßlichkeit war das einzig Wirkliche. Das gemeine Gebrüll, die ekelhafte Höhle, die rohe Gewalt eines wüsten Lebens, ja, selbst die Verworfenheit von Dieben und Ausgestoßenen waren in ihrer intensiven Wirklichkeit des Eindrucks lebendiger als alle anmutigen Gestalten der Kunst, als alle träumerischen Schatten der Poesie. Sie waren das, was er zum Vergessen brauchte. In drei Tagen würde er frei sein.

Plötzlich hielt der Mann mit einem Ruck am Eingang einer dunklen Gasse. Über die niedrigen Dächer und gezackten Schornsteinkästen erhoben sich die schwarzen Masten von Schiffen. Schwaden weißen Nebels hingen wie gespenstische Segel in den Höfen.

»Irgendwo hier in der Gegend, Sir, nicht wahr?« fragte er mit heiserer Stimme durch die Klappe.

Dorian fuhr hoch und spähte in die Runde. »Es ist gut«, antwortete er, und nachdem er hastig ausgestiegen war und dem Kutscher den versprochenen Extralohn gegeben hatte, ging er schnellen Schrittes dem Kai zu. Hier und da leuchtete eine Laterne am Heck eines mächtigen Handelsschiffes. Das Licht zitterte und brach sich in den Pfützen. Ein rotes Funkeln kam von einem Überseedampfer, der Kohlen bunkerte. Das schlüpfrige Pflaster glich einem nassen Wettermantel.

Er eilte weiter nach links, wobei er sich hin und wieder umschaute, um zu sehen, ob ihm jemand folgte. Nach etwa sieben oder acht Minuten erreichte er ein schäbiges kleines Haus, das zwischen zwei dürftige Speicher gezwängt war. In einem der Oberfenster stand eine Lampe. Er blieb stehen und gab ein besonderes Klopfzeichen.

Nach kurzer Zeit hörte er Schritte im Gang, und die Kette wurde abgehakt. Leise öffnete sich die Tür, und er ging hinein, ohne ein Wort zu der vierschrötigen, häßlichen Gestalt zu sagen, die sich in den Schatten drückte, als er vorbeiging. Am Ende der Diele hing ein zerschlissener grüner Vorhang, der in dem böigen Wind, der ihm von der Straße gefolgt war, wehte und schwang. Er zog ihn beiseite und trat in einen langen, niedrigen Raum, der aussah, als wäre er einst ein drittklassiger Tanzboden gewesen. Grelle, flackernde Gasflammen, getrübt und verzerrt in den fliegenbeschmutzten Spiegeln, die ihnen gegenüber hingen, reihten sich an den Wänden. Hinter ihnen waren schmierige Reflektoren aus geripptem Zinn angebracht und warfen zitternde Lichtscheiben. Den Fußboden bedeckte ockerfarbenes Sägemehl, das stellenweise zu Schmutz getreten war, und vergossene Getränke fleckten ihn mit dunklen Kreisen. Ein paar Malayen kauerten an einem kleinen Holzkohlenofen, spielten mit beinernen Jetons und zeigten beim Schwatzen ihre weißen Zähne. In einer Ecke rekelte sich, den Kopf in den Armen vergraben, ein Matrose über einen Tisch, und an dem protzig bemalten Schanktisch, der sich über eine ganze Seite des Raumes hinzog, standen zwei hagere Weiber und machten sich über einen alten Mann lustig, der mit einem Ausdruck des Ekels seine Rockärmel abbürstete. »Er denkt, er hat sich rote Ameisen aufgeangelt«, lachte die eine, als Dorian vorbeiging. Der Mann sah sie entsetzt an und begann zu wimmern.

Am Ende des Raumes befand sich eine kleine Treppe, die zu einem verdunkelten Zimmer führte. Als Dorian die drei gebrechlichen Stufen hinaufeilte, schlug ihm der schwere Opiumgeruch entgegen. Er holte tief Atem, und seine Nasenflügel bebten vor Wonne. Als er eintrat, blickte ein junger Mann mit glattem gelbem Haar, der sich über eine Lampe beugte und eine lange, dünne Pfeife anzündete, zu ihm auf und nickte ihm zögernd zu.

»Sie hier, Adrian?« murmelte Dorian.

»Wo sollte ich sonst sein?« antwortete der andere gleichgültig. »Keiner von den Kerlen will noch mit mir sprechen.«

»Ich dachte, Sie hätten England verlassen.«

»Darlington wird nichts unternehmen. Mein Bruder hat den Wechsel schließlich bezahlt. George redet auch nicht mehr mit mir... Mir ist es egal«, fügte er mit einem Seufzer hinzu. »Solange man dies Zeug hat, braucht man keine Freunde. Ich glaube, ich habe zu viele Freunde gehabt.«

Dorian zuckte zusammen und blickte rundum auf die grotesken Geschöpfe, die in so phantastischen Stellungen auf den zerschlissenen Matratzen lagen. Die verdrehten Glieder, die klaffenden Münder, die starren, glanzlosen Augen faszinierten ihn. Er wußte, in welch sonderbaren Himmeln sie litten und welch düstere Höllen sie das Geheimnis einer neuen Lust lehrten. Sie waren besser daran als er. Er war ein Gefangener seiner Gedanken. Wie eine schreckliche Krankheit fraß die Erinnerung an seiner Seele. Von Zeit zu Zeit war ihm, als sähe er Basil Hallwards Augen auf sich gerichtet. Dennoch spürte er, daß er nicht bleiben konnte. Adrian Singletons Anwesenheit störte ihn. Er wollte irgendwo sein, wo niemand wußte, wer er war. Er wollte sich selbst entfliehen.

»Ich gehe in das andere Ding«, sagte er nach einer Weile.

»Auf der Werft?«

»Ja.«

»Da ist bestimmt die tolle Katz. Hier wollen sie die nicht mehr haben.«

Dorian zuckte die Achseln. »Weiber, die einen lieben, habe ich satt. Weiber, die einen hassen, sind viel interessanter. Außerdem ist das Zeug dort besser.«

»Ziemlich das gleiche.«

»Ich mag es lieber. Trinken Sie einen mit mir. Ich muß etwas trinken.«

»Ich brauche nichts«, murmelte der junge Mann.

»Einerlei.«

Adrian Singleton stand müde auf und folgte Dorian zu dem Schanktisch. Ein indischer Mischling in zerrissenem Turban und schäbigem Überrock grinste eine widerwärtige Begrüßung, als er eine Flasche Brandy und zwei große Gläser vor sie hinschob. Die Weiber machten sich an sie heran und begannen zu schnattern. Dorian kehrte ihnen den Rücken zu und sagte mit leiser Stimme etwas zu Adrian Singleton.

Ein schiefes Lächeln wie eine Malayenfalte wand sich über das Gesicht der einen. »Wir sind heute abend sehr stolz«, höhnte sie.

»Um Gottes willen, sprechen Sie mich nicht an«, rief Dorian und stampfte mit dem Fuß auf. »Was wollen Sie? Geld? Hier ist Geld. Reden Sie mich nie wieder an.«

Zwei rote Funken blitzten für einen Augenblick in den verquollenen Augen der Frau auf, verflackerten und ließen sie stumpf und glasig zurück. Sie warf den Kopf zurück und raffte mit gierigen Fingern die Münzen vom Zahlbrett. Ihre Gefährtin beobachtete sie neidisch.

»Es hat keinen Sinn«, seufzte Adrian Singleton. »Mir liegt nichts daran, zurückzukehren. Wozu denn? Ich bin hier ganz glücklich.«

»Sie werden mir schreiben, wenn Sie etwas brauchen, nicht wahr?« sagte Dorian nach einer Pause.

»Vielleicht.«

»Dann also gute Nacht.«

»Gute Nacht«, antwortete der junge Mann, während er die Stufen hinaufging und sich den ausgedörrten Mund mit einem Taschentuch wischte.

Dorian ging mit einem schmerzlichen Ausdruck im Gesicht zur Tür. Als er den Vorhang zur Seite zog, brach ein abscheuliches Gelächter von den gemalten Lippen der Frau, die sein Geld genommen hatte. »Da geht der Teufelsbraten!« gluckste sie mit heiserer Stimme.

»Hol dich der Satan!« antwortete er. »Nenn mich nicht so.«
Sie schnippte mit den Fingern. »Prinz Wunderhold möchtest du gern genannt werden, nicht wahr?« kreischte sie hinter ihm her.

Bei diesen Worten sprang der schlaftrunkene Matrose auf und blickte wild um sich. Das Geräusch der zufallenden Haustür drang an sein Ohr. Er stürzte hinaus, als werde er verfolgt.

Dorian Gray hastete durch den Nieselregen den Kai entlang. Seine Begegnung mit Adrian Singleton hatte ihn seltsam bewegt, und er fragte sich, ob der Untergang dieses jungen Lebens tatsächlich seine Schuld sei, wie Basil Hallward so infam beleidigend behauptet hatte. Er biß sich auf die Lippen, und sekundenlang wurden seine Augen traurig. Doch was ging ihn das schließlich an? Das Leben war zu kurz, um die Last der Fehler, die andere begangen hatten, auf die eigenen Schultern zu nehmen. Jeder lebte sein eigenes Leben und bezahlte seinen eigenen Preis dafür. Der Jammer war nur, daß man für ein einziges Vergehen so oft bezahlen mußte. Wahrhaftig, wieder und immer wieder mußte man dafür bezahlen. In seinen Geschäften mit Menschen machte das Schicksal nie einen Strich unter die Rechnung.

Es gibt Augenblicke, so meinen die Psychologen, in denen die Leidenschaft zur Sünde oder zu dem, was die Welt Sünde nennt, eine Natur so beherrscht, daß jede Fiber des Leibes, jede Gehirnzelle von furchtbaren Trieben durchdrungen zu sein scheint. Männer wie Frauen verlieren in solchen Augenblicken die Freiheit ihres Willens. Wie Automaten bewegen sie sich auf ihr schreckliches Ziel zu. Die Wahl ist ihnen genommen, und das Gewissen ist entweder tot oder lebt, wenn überhaupt, nur noch, um der Auflehnung ihren Zauber, dem Ungehorsam seinen Reiz zu geben. Denn alle Sünden sind, wie uns die Theologen unermüdlich einprägen, Sünden des Ungehorsams. Als jener erhabene Geist, jener Morgenstern des Bösen, aus dem Himmel stürzte, stürzte er als Rebell.

Unempfindlich, auf Böses konzentriert, mit beflecktem Geist und nach Empörung hungernder Seele hastete Dorian Gray weiter, wobei er seine Schritte immer mehr beschleunigte, doch als er seitwärts in einen dunklen Torweg stürzte, der ihm oft als

Abkürzung zu dem verrufenen Ort gedient hatte, den er aufsuchen wollte, fühlte er sich plötzlich von hinten gepackt, und ehe er Zeit hatte, sich zu verteidigen, wurde er gegen die Mauer geschleudert, und eine rohe Hand legte sich um seine Kehle.

Er kämpfte wie wahnsinnig um sein Leben und entwand sich mit furchtbarer Anstrengung den würgenden Fingern. Eine Sekunde später hörte er das Klicken eines Revolvers und sah den Schimmer eines genau auf seinen Kopf gerichteten blanken Laufs und die undeutliche Gestalt eines untersetzten Mannes, der vor ihm stand.

»Was wollen Sie?« keuchte er.

»Ruhig bleiben«, sagte der Mann. »Wenn Sie sich rühren, schieße ich Sie nieder.«

»Sie sind wahnsinnig. Was habe ich Ihnen getan?«

»Sie haben Sibyl Vanes Leben zugrunde gerichtet«, war die Antwort, »und Sibyl Vane war meine Schwester. Sie hat sich selber umgebracht. Ich weiß es. Sie sind schuld an Ihrem Tod. Ich habe geschworen, daß ich Sie dafür umbringen würde. Jahrelang habe ich nach Ihnen gesucht. Ich hatte keine Anhaltspunkte, keine Spur. Die beiden Menschen, die Sie hätten beschreiben können, waren tot. Ich wußte nichts von Ihnen als den Kosenamen, mit dem Sybil Sie zu nennen pflegte. Zufällig hörte ich ihn heute nacht. Machen Sie Ihren Frieden mit Gott, denn heute nacht sollen Sie sterben.«

Dorian Gray wurde übel vor Angst. »Ich habe sie nie gekannt«, stammelte er. »Ich habe nie von ihr gehört. Sie sind wahnsinnig.«

»Sie sollten lieber Ihre Sünden beichten, denn so gewiß ich James Vane bin, werden Sie sterben.« Es war ein grauenhafter Augenblick. Dorian wußte nicht, was er sagen oder tun sollte. »Auf die Knie!« knurrte der Mann. »Ich gebe Ihnen eine Minute, Ihren Frieden zu machen – mehr nicht. Heute nacht gehe ich an Bord, nach Indien, und vorher muß ich mein Geschäft erledigt haben. Eine Minute. Das ist alles.«

Dorians Arme sanken an den Seiten herab. Gelähmt vor Entsetzen, wußte er nicht, was er tun sollte. Plötzlich blitzte eine wilde Hoffnung in seinem Hirn auf. »Halt«, schrie er. »Wie lange ist es her, daß Ihre Schwester starb? Schnell, sagen Sie es mir!«

»Achtzehn Jahre«, antwortete der Mann. »Warum fragen Sie? Was kommt es auf die Jahre an?«

»Achtzehn Jahre«, lachte Dorian Gray mit einem Anflug von Triumph in der Stimme. »Achtzehn Jahre! Stellen Sie mich unter die Laterne und sehen Sie mir ins Gesicht!« James Vane zögerte einen Augenblick, weil er nicht begriff, was das bedeuten sollte. Dann packte er Dorian Gray und zerrte ihn aus dem Torweg.

So trübe und flackernd das vom Wind geblasene Licht der Laterne war, es half dennoch, seinen, wie es schien, furchtbaren Irrtum zu erkennen, in den er verfallen war, denn das Gesicht des Mannes, den er hatte töten wollen, besaß die ganze Blüte der Jugend und deren unbefleckte Reinheit. Er schien wenig älter zu sein als ein Jüngling von zwanzig Lenzen, kaum älter, wenn überhaupt, als seine Schwester gewesen war, da sie sich vor so vielen Jahren trennten. Es war klar, daß dieser hier nicht der Mann war, der ihr Leben zerstört hatte.

Er lockerte seinen Griff und wich zurück. »Mein Gott! Mein Gott!« rief er, »und Sie hätte ich ermordet!«

Dorian Gray tat einen tiefen Atemzug. »Mann, Sie waren dicht davor, ein schreckliches Verbrechen zu begehen«, sagte er und sah ihn streng an. »Lassen Sie sich das eine Warnung sein, die Rache nicht in Ihre eigenen Hände zu nehmen.«

»Verzeihen Sie mir, Sir«, murmelte James Vane. »Ich habe mich geirrt. Ein zufälliges Wort, das ich in diesem verdammten Loch hörte, hat mich auf die falsche Spur geführt.«

»Sie sollten lieber heimgehen und diese Pistole wegstecken, sonst kommen Sie womöglich noch in Schwierigkeiten«, sagte Dorian, drehte sich auf dem Absatz um und ging langsam die Straße hinunter.

James Vane stand voller Entsetzen auf dem Bürgersteig. Er zitterte von Kopf bis Fuß. Nach einer kleinen Weile glitt ein dunkler Schatten, der an der triefenden Mauer entlanggeschlichen war, ins Licht hinaus und kam mit verstohlenen Schritten auf ihn zu. Er spürte eine Hand, die sich auf seinen Arm legte, und blickte erschrocken um sich. Es war eine von den Frauen, die am Schanktisch getrunken hatten.

»Warum haben Sie ihn nicht umgebracht?« zischte sie, ihr

hageres Gesicht dicht vor dem seinen. »Ich wußte, daß Sie hinter ihm her waren, als Sie bei Daly hinausstürzten. Sie Narr! Sie hätten ihn umbringen sollen. Er hat haufenweise Geld und ist so schlecht wie nur einer.«

»Er ist nicht der Mann, den ich suche«, antwortete er, »und ich will keines Menschen Geld. Ich will nur das Leben von einem. Der Mann, dessen Leben ich will, muß jetzt beinahe vierzig sein. Dieser ist wenig älter als ein Knabe. Gott sei Dank habe ich nicht sein Blut an den Händen.«

Die Frau stieß ein bitteres Lachen aus. »Wenig älter als ein Knabe!« höhnte sie. »Mann, es ist fast achtzehn Jahre her, daß mich Prinz Wunderhold zu dem machte, was ich bin.«

»Du lügst!« schrie James Vane.

Sie hob eine Hand zum Himmel. »Bei Gott, ich sage die Wahrheit«, rief sie.

»Bei Gott?«

»Die Zunge soll mir verdorren, wenn es nicht so ist. Er ist der Schlimmste von allen, die hierherkommen. Sie sagen, er hat dem Teufel seine Seele verkauft für ein hübsches Gesicht. Es ist fast achtzehn Jahre her, daß ich ihm begegnete. Er hat sich seitdem nicht viel verändert. Ich schon«, fügte sie mit einem widerlichen Seitenblick hinzu.

»Schwörst du das?«

»Ich schwöre es«, kam das heisere Echo von ihrem schalen Mund. »Aber verrate mich ihm nicht«, winselte sie, »ich habe Angst vor ihm. Gib mir ein bißchen Geld für eine Bleibe.«

Mit einem Fluch machte er sich von ihr los und stürzte an die Straßenecke; aber Dorian Gray war verschwunden. Als er zurückschaute, war auch die Frau nicht mehr da.

SIEBZEHNTES KAPITEL

Eine Woche später saß Dorian Gray im Wintergarten von Selby Royal und sprach mit der hübschen Herzogin von Monmouth, die sich mit ihrem Gatten, einem verlebt aussehenden Sechziger, unter seinen Gästen befand. Es war die Teestunde, und das sanfte Licht der Lampe mit dem Spitzenschirm, die auf dem Tisch stand, beleuchtete das feine Porzellan und gehämmerte Silber des Geschirrs, über das die Herzogin waltete. Elegant bewegten sich ihre weißen Hände zwischen den Tassen, und ihre vollen roten Lippen lächelten über etwas, das Dorian ihr zugeflüstert hatte. Lord Henry lag zurückgelehnt in einem Rohrsessel mit seidenen Polstern und ließ den Blick auf ihnen ruhen. Auf einem pfirsichfarbenen Diwan saß Lady Narborough und gab sich den Anschein, als lausche sie des Herzogs Beschreibung von dem letzten brasilianischen Käfer, den er seiner Sammlung einverleibt hatte. Drei junge Männer in gut gearbeiteten Nachmittagsanzügen reichten einigen Damen Teegebäck. Die Hausgesellschaft bestand aus zwölf Personen, und für den nächsten Tag wurden noch mehr erwartet.

»Worüber sprecht ihr?« fragte Lord Henry, während er zum Tisch schlenderte und seine Tasse abstellte. »Ich hoffe, Dorian hat Ihnen von meinem Plan erzählt, alles umzubenennen, Gladys. Es ist eine köstliche Idee.«

»Aber ich möchte nicht umbenannt werden, Harry«, erwiderte die Herzogin und blickte mit ihren wundervollen Augen zu ihm auf. »Ich bin ganz zufrieden mit meinem Namen, und Mister Gray sollte es mit dem seinen gewiß ebenfalls sein.«

»Meine liebe Gladys, nicht um die Welt würde ich einen von beiden ändern. Sie sind beide vollkommen. Ich dachte hauptsächlich an Blumen. Gestern schnitt ich eine Orchidee für mein Knopfloch. Es war ein wunderschön geflecktes Ding, so wirkungsvoll wie die sieben Todsünden. In einem unüberlegten Augenblick fragte ich den Gärtner nach ihrem Namen. Er erklärte mir, sie sei ein schönes Exemplar der Robinsoniana oder von etwas ähnlich Gräßlichem. Es ist eine traurige Wahrheit, daß wir die Fähigkeit verloren haben, Dingen hübsche Namen zu geben. Namen sind alles. Ich streite nie um Handlungen. Mein Streit geht nur um Worte. Das ist der Grund, warum ich vulgären Realismus in der Literatur hasse. Der Mann, der einen Spaten Spaten nennen konnte, sollte gezwungen werden, einen zu benutzen. Das ist das einzige, wozu er taugt.«

»Wie sollten wir dann Sie nennen, Harry?« fragte sie.

»Er ist Fürst Paradox«, sagte Dorian.

»Ohne Zögern anerkannt«, rief die Herzogin aus.

»Ich will davon nichts hören«, lachte Lord Henry und ließ sich auf einen Stuhl fallen. »Vor einem Etikett gibt es kein Entrinnen. Ich lehne den Titel ab.«

»Majestäten dürfen nicht abdanken«, kam es warnend von hübschen Lippen.

»Sie wünschen also, daß ich meinen Thron behaupte?«

»Ja.«

»Ich sage die Wahrheiten von morgen.«

»Ich ziehe die Irrtümer von heute vor«, antwortete sie.

»Sie entwaffnen mich, Gladys«, rief er, angesteckt von ihrer mutwilligen Laune.

»Ihres Schildes, Harry, nicht Ihres Speers.«

»Ich führe ihn nie gegen die Schönheit«, sagte er mit einer leichten Handbewegung.

»Das ist Ihr Fehler, Harry, glauben Sie mir. Sie schätzen die Schönheit viel zu hoch.«

»Wie können Sie so etwas sagen? Ich gebe zu, daß ich der Ansicht bin, es sei besser, schön zu sein als gut. Doch auf der anderen Seite ist niemand schneller bereit als ich, anzuerkennen, daß es besser ist, gut zu sein als häßlich.«

»Dann ist also Häßlichkeit eine der sieben Todsünden?« rief die Herzogin. »Was wird aus Ihrem Gleichnis mit der Orchidee?«

»Häßlichkeit ist eine der sieben Todsünden, Gladys. Sie als eine gute Tory dürfen diese nicht unterschätzen. Bier, die Bibel und die sieben Todtugenden haben unser England zu dem gemacht, was es ist.«

»Sie lieben also Ihr Vaterland nicht?« fragte sie.

»Ich lebe darin.«

»Damit Sie es besser kritisieren können.«

»Wollen Sie, daß ich mir das Urteil Europas darüber zu eigen mache?« fragte er.

»Was sagt man von uns?«

»Daß Tartüff nach England emigriert sei und einen Laden aufgemacht habe.«

»Ist das von Ihnen, Harry?«

»Ich schenke es Ihnen.«

»Ich könnte es nicht anwenden. Es ist allzu wahr.«

»Sie brauchen keine Angst zu haben. Unsere Landsleute erkennen niemals das Wahre einer Beschreibung.«

»Sie denken praktisch.«

»Sie denken mehr gerissen als praktisch. Wenn sie ihr Hauptbuch abschließen, gleichen sie Dummheit mit Reichtum und Laster mit Heuchelei aus.«

»Dennoch haben wir große Dinge vollbracht.«

»Große Dinge wurden uns auferlegt, Gladys.«

»Wir haben diese Bürde getragen.«

»Nur bis zur Börse.«

Sie schüttelte den Kopf. »Ich glaube an unsere Rasse«, rief sie.

»Sie repräsentiert das Überleben des Strebertums.«

»Sie hat Entwicklungsmöglichkeiten.«

»Verfall reizt mich mehr.«

»Und die Kunst?«

»Ist eine Krankheit.«

»Die Liebe?«

»Eine Illusion.«

»Die Religion?«

»Der beliebte Ersatz für den Glauben.«

»Sie sind ein Skeptiker.«

»Niemals! Skeptizismus ist der Beginn des Glaubens.«

»Was sind Sie also?«

»Definieren heißt begrenzen.«

»Geben Sie mir einen roten Faden.«

»Fäden reißen. Sie würden in dem Labyrinth Ihren Weg verlieren.«

»Sie verwirren mich. Lassen Sie uns von etwas anderem reden.«

»Unser Gastgeber ist ein herrliches Thema. Vor Jahren wurde er Prinz Wunderhold getauft.«

»Ach! Erinnern Sie mich nicht daran«, rief Dorian Gray.

»Unser Gastgeber ist heute abend ziemlich unwirsch«, sagte die Herzogin und wurde rot. »Ich glaube, er bildet sich ein, Monmouth habe mich aus rein wissenschaftlichen Prinzipien geheiratet, als das beste Exemplar eines modernen Schmetterlings, das er finden konnte.«

»Nun, hoffentlich spießt er Sie nicht auf Stecknadeln, Herzogin«, lachte Dorian.

»Oh! Das tut bereits meine Zofe, Mister Gray, wenn sie sich über mich ärgert.«

»Und worüber ärgert sie sich bei Ihnen, Herzogin?«

»Über die allergeringsten Kleinigkeiten, Mister Gray, das versichere ich Ihnen. Gewöhnlich, weil ich um zehn Minuten vor neun heimkomme und ihr sage, daß ich um halb neun angekleidet sein muß.«

»Wie unvernünftig von ihr! Sie sollten ihr kündigen.«

»Das wage ich nicht, Mister Gray. Sie erfindet Hüte für mich. Erinnern Sie sich an den einen, den ich zu Lady Hilstones Gartenfest trug? Sie erinnern sich nicht, aber es ist nett von Ihnen, daß Sie so tun. Den hat sie aus nichts gemacht. Alle guten Hüte sind aus nichts gemacht.«

»Wie jeder gute Ruf, Gladys«, unterbrach Lord Henry. »Jeder Erfolg, den wir erzielen, verschafft uns einen Feind. Um beliebt zu sein, muß man ein unbedeutender Mensch sein.«

»Nicht bei Frauen«, sagte die Herzogin und schüttelte den Kopf. »Und Frauen regieren die Welt. Seien Sie gewiß, daß wir unbedeutende Menschen nicht ertragen können. Wir Frauen lieben mit den Ohren, wie einmal jemand gesagt hat, so wie ihr Männer mit den Augen liebt, wenn ihr überhaupt liebt.«

»Mir scheint, daß wir nie etwas anderes tun«, murmelte Dorian.

»Ach, dann lieben Sie niemals wirklich, Mister Gray«, antwortete die Herzogin mit gespielter Betrübnis.

»Meine liebe Gladys!« rief Lord Henry. »Wie können Sie so etwas behaupten? Der Roman lebt von der Wiederholung, und die Wiederholung verwandelt Begierde in Kunst. Außerdem ist jedesmal, da man liebt, das einzige Mal, da man je geliebt hat. Die Verschiedenheit des Objekts ändert nichts am Einmaligen der Leidenschaft. Sie vertieft es nur. Wir können im Leben bestenfalls ein großes Erlebnis haben, und das Geheimnis des Lebens ist, dieses Erlebnis so oft wie möglich aufs neue zu erzielen.«

»Selbst wenn es einen verwundet hat, Harry?« fragte die Herzogin nach einer Pause.

»Gerade dann, wenn es einen verwundet hat«, erwiderte Lord Henry.

Die Herzogin wandte sich zur Seite und sah mit einem merkwürdigen Ausdruck in den Augen Dorian Gray an. »Was meinen Sie dazu, Mister Gray?« fragte sie.

Dorian zögerte einen Augenblick. Dann warf er den Kopf zurück und lachte. »Ich stimme stets mit Harry überein, Herzogin.«

»Auch wenn er unrecht hat?«

»Harry hat niemals unrecht, Herzogin.«

»Und macht seine Philosophie Sie glücklich?«

»Ich habe nie das Glück gesucht. Wer braucht Glück? Ich habe den Genuß gesucht.«

»Und ihn gefunden, Mister Gray?«

»Oft. Allzuoft.«

Die Herzogin seufzte. »Ich suche Frieden«, sagte sie, »und wenn ich jetzt nicht gehe und mich umziehe, werde ich heute abend keinen haben.«

»Erlauben Sie, daß ich Ihnen ein paar Orchideen hole, Herzogin«, rief Dorian, sprang auf und ging durch den Wintergarten.

»Sie kokettieren schandbar mit ihm«, sagte Lord Henry zu seiner Kusine. »Sie sollten sich lieber in acht nehmen. Er ist überaus faszinierend.«

»Wäre er es nicht, würde es keinen Kampf geben.«

»Griechen messen sich also mit Griechen?«

»Ich stehe auf der Seite der Trojaner. Die kämpften für eine Frau.«

»Und wurden besiegt.«

»Es gibt Schlimmeres als Gefangenschaft«, antwortete sie.

»Sie galoppieren mit losem Zügel.«

»Geschwindigkeit belebt«, war die Antwort.

»Das werde ich heute nacht in mein Tagebuch schreiben.«

»Was?«

»Daß ein gebranntes Kind das Feuer liebt.«

»Ich bin nicht einmal angesengt. Meine Flügel sind unversehrt.«

»Sie benutzen sie zu allem, außer zur Flucht.«

»Der Mut ist von den Männern auf die Frauen übergegangen. Er ist eine neue Erfahrung für uns.«

»Sie haben eine Rivalin.«

»Wen?«

Er lachte. »Lady Narborough«, flüsterte er. »Sie betet ihn einfach an.«

»Sie erfüllen mich mit Besorgnis. Der Appell an das Altertum ist verhängnisvoll für uns Romantiker.«

»Romantiker! Sie verfügen über alle Methoden der Wissenschaft.«

»Die Männer haben uns erzogen.«

»Aber nicht erklärt.«

»Beschreiben Sie uns als Geschlecht«, kam die Herausforderung.

»Sphinxe ohne Geheimnis.«

Sie sah ihn lächelnd an. »Wie lange Mister Gray braucht!« sagte sie. »Wir wollen gehen und ihm helfen. Ich habe ihm noch gar nicht gesagt, welche Farbe mein Kleid hat.«

»Oh, Sie müssen Ihr Kleid seinen Blumen anpassen, Gladys.«

»Das wäre eine voreilige Übergabe.«

»Die romantische Kunst beginnt mit ihrem Gipfel.«

»Ich muß mir die Möglichkeit zum Rückzug bewahren.«

»Nach Art der Parther?«

»Die fanden Sicherheit in der Wüste. Das könnte ich nicht.«

»Frauen steht nicht immer die Wahl frei«, antwortete er, doch kaum hatte er den Satz beendet, als vom äußersten Ende des Wintergartens ein unterdrücktes Stöhnen kam, gefolgt von dem dumpfen Geräusch eines schweren Falls. Alle fuhren hoch. Die Herzogin stand reglos vor Entsetzen. Und mit angstvollen Augen stürzte Lord Henry durch die wehenden Palmen und fand Dorian Gray mit dem Gesicht am Boden in einer todesähnlichen Ohnmacht auf den Fliesen.

Er wurde sofort in den blauen Salon getragen und auf eine der Ruhebänke gelegt. Nach kurzer Zeit kam er zu sich und blickte mit bestürztem Ausdruck um sich.

»Was ist geschehen?« fragte er. »Oh! Ich erinnere mich: Bin ich hier sicher, Harry?« Er begann zu zittern.

»Mein lieber Dorian«, antwortete Lord Henry, »Sie sind nur

ohnmächtig geworden. Weiter nichts. Sie müssen übermüdet sein. Sie sollten lieber nicht zum Essen herunterkommen. Ich werde Sie vertreten.«

»Nein, ich werde herunterkommen«, sagte er und bemühte sich, aufzustehen. »Ich möchte lieber herunterkommen. Ich darf nicht allein sein.«

Er ging in sein Zimmer und kleidete sich an. Eine ausgelassene, unbekümmerte Lustigkeit lag in seinem Gehaben, als er bei Tisch saß, doch hin und wieder überlief ihn ein Schauer des Entsetzens, wenn ihm einfiel, daß er, wie ein weißes Taschentuch gegen das Fenster des Wintergartens gepreßt, das lauernde Gesicht von James Vane gesehen hatte.

ACHTZEHNTES KAPITEL

Am nächsten Tag verließ er das Haus nicht und verbrachte tatsächlich die meiste Zeit in seinem eigenen Zimmer, krank vor wilder Angst, zu sterben, und dennoch gleichgültig gegen das Leben. Das Bewußtsein, gehetzt, umstellt und aufgespürt zu sein, begann Gewalt über ihn zu erlangen. Wenn sich nur der Wandbehang sacht im Wind bewegte, schüttelte es ihn. Die toten Blätter, die gegen die bleigefaßten Scheiben geweht wurden, muteten ihn an wie seine verfallenen Entschlüsse und seine schwärmerischen Anfälle von Reue. Wenn er die Augen schloß, sah er wieder das Gesicht des Matrosen durch die nebelbeschlagene Scheibe starren, und wieder schien ihm das Entsetzen nach seinem Herzen zu greifen.

Aber vielleicht war es nur seine Einbildung gewesen, welche die Rache aus der Nacht heraufbeschworen und die grauenhaften Gestalten der Strafe vor ihn gebracht hatte.

Das wirkliche Leben war Chaos, aber die Phantasie hatte etwas ungeheuer Logisches. Die Einbildung war es, die der Sünde auf den Fersen die Reue nachhetzen ließ. Die Einbildung war es, die jedes Verbrechen seine Mißgeburt austragen ließ. In der ordinären Tatsachenwelt wurde weder der Böse bestraft noch der Gute belohnt. Erfolg war dem Starken beschieden, mit Mißerfolg der Schwache geschlagen. Das war alles.

Außerdem, wäre irgendein Fremder um das Haus geschlichen, so hätten ihn die Diener oder Hausbewahrer gesehen. Wären Fußstapfen auf den Blumenbeeten gefunden worden, dann hätten die Gärtner es gemeldet. Ja, es war nur Einbildung gewesen. Sibyl Vanes Bruder war nicht zurückgekommen, um ihn zu töten. Er war mit seinem Schiff davongesegelt und in einem winterlichen Seegang ertrunken. Schließlich wußte der Mann gar nicht, wer er war, konnte es einfach nicht wissen. Die Maske der Jugend hatte ihn gerettet.

Und doch, wenn es nur eine Täuschung gewesen war, wie schrecklich war dann der Gedanke, daß das Gewissen so furchtbare Gespenster herbeirufen, ihnen sichtbare Gestalt geben und sie vor seinen Augen in Bewegung setzen konnte! Welch ein Leben würde das sein, wenn Tag und Nacht die Gespenster seines Verbrechens aus stillen Winkeln nach ihm stierten, ihn von verschwiegenen Plätzen aus verhöhnten, ihm ins Ohr wisperten, wenn er an festlicher Tafel saß, und ihn mit eisigen Fingern weckten, wenn er schlief! Als ihm dieser Gedanke durchs Hirn kroch, wurde er bleich vor Entsetzen, und die Luft schien ihm plötzlich kälter geworden zu sein. Oh, in welch böser Wahnsinnsstunde hatte er seinen Freund getötet! Wie grauenhaft war die bloße Erinnerung an jene Szene! Er sah alles wieder vor sich. Jede abscheuliche Einzelheit kam ihm mit gesteigertem Schrecken wieder. Aus dem schwarzen Käfig der Zeit erhob sich furchtbar und in Scharlach gehüllt das Bild seiner Sünde. Als Lord Henry um sechs Uhr hereinkam, fand er ihn weinend, als sollte ihm das Herz brechen.

Erst am dritten Tag wagte er auszugehen. In der klaren, nach Kiefern duftenden Luft dieses Wintermorgens lag etwas, das ihm seine Heiterkeit und seine inbrünstige Liebe zum Leben zurückzugeben schien. Aber es war nicht nur die äußere Beschaffenheit seiner Umgebung, die den Wechsel herbeigeführt hatte. Seine eigene Natur hatte sich gegen das Übermaß der Angst empört, welche die Vollkommenheit ihrer Ruhe zu verstümmeln und zu zerstören suchte. Bei feinsinnigen und wohlgebildeten Gemütern ist das stets der Fall. Ihre starken Leidenschaften kennen nur Biegen oder Brechen. Entweder erschlagen sie den Menschen oder sterben selbst. Seichter Schmerz und seichte Liebe leben weiter. Eine Liebe und ein Schmerz, die groß sind, werden durch ihr eigenes Übermaß vernichtet. Außerdem hatte er sich überzeugt, daß er das Opfer einer von Grausen geschlagenen Einbildung gewesen war, und blickte nun gleichsam mitleidig und mit geringer Verachtung auf seine Ängste zurück.

Nach dem Frühstück ging er mit der Herzogin eine Stunde lang im Garten spazieren und fuhr dann durch den Park, um sich der Jagdgesellschaft anzuschließen. Der frische Rauhreif lag wie Salz auf dem Gras. Der Himmel war eine umgedrehte Schale aus blauem Metall. Ein dünner Eisfilm säumte den flachen, schilfbewachsenen See.

An der Ecke des Kiefernwaldes sichtete er Sir Geoffrey Clouston, den Bruder der Herzogin, der zwei verbrauchte Patronen aus seinem Gewehr stieß. Er sprang vom Wagen, und nachdem er dem Reitknecht befohlen hatte, die Stute nach Hause zu bringen, ging er durch das welke Farnkraut und struppige Unterholz auf seinen Gast zu.

»Haben Sie gute Jagd gehabt, Geoffrey?« fragte er.

»Nicht sehr gut, Dorian. Ich glaube, die meisten Vögel haben sich aufs freie Feld davongemacht. Ich möchte meinen, wenn wir nach dem Lunch in neues Gelände kommen, wird es besser werden.«

Dorian schlenderte an seiner Seite dahin. Die beißende, aromatische Luft, die braunen und roten Lichter, die im Wald schimmerten, das heisere Geschrei der Treiber und das scharfe Knallen der Gewehre, das darauf folgte, faszinierten ihn und erfüllten ihn mit einem Gefühl köstlicher Freiheit. Die Sorglosigkeit des Glücks und die erhabene Gleichgültigkeit der Freude beherrschten ihn.

Plötzlich brach aus einem klumpigen Büschel alten Grases etwa zwanzig Schritt vor ihnen mit aufgerichteten, schwarzgeränderten Löffeln und langen Hinterläufen, die ihn voranwarfen, ein Hase. Er stürzte auf ein Erlendickicht zu. Sir Geoffrey legte das Gewehr an, aber in der anmutigen Bewegung des Tieres lag etwas, das Dorian Gray seltsam entzückte, und sofort rief er: »Schießen Sie nicht, Geoffrey. Lassen Sie ihn leben.«

»Welch ein Unsinn, Dorian!« lachte sein Gefährte, und als

der Hase in das Dickicht sprang, feuerte er. Zwei Schreie waren zu hören, der Schrei eines Hasen in Not, der schrecklich ist, und der Schrei eines Menschen in Todesqual, der noch schrecklicher ist.

»Gütiger Himmel! Ich habe einen Treiber getroffen!« rief Sir Geoffrey aus. »Welch ein Esel von Kerl, sich vor die Gewehre zu stellen! Nicht mehr schießen!« rief er, so laut er nur konnte. »Ein Mann ist verwundet!«

Der Obertreiber kam mit einem Stock in der Hand angelaufen.

»Wo, Sir? Wo ist er?« schrie er. Gleichzeitig wurde an der ganzen Linie das Feuer eingestellt.

»Hier«, antwortete Sir Geoffrey ärgerlich und eilte auf das Dickicht zu. »Warum in aller Welt halten Sie Ihre Leute nicht zurück? Verdirbt mir die Jagd für den ganzen Tag.«

Dorian sah zu, wie sie in das Erlengebüsch tauchten, wobei sie die biegsamen, schwingenden Äste zur Seite fegten. Wenige Augenblicke später kamen sie wieder hervor und schleiften einen Körper hinter sich her ins Sonnenlicht. Er wandte sich entsetzt ab. Es schien ihm, als folge ihm das Unglück überallhin. Er hörte Sir Geoffrey fragen, ob der Mann wirklich tot sei, und die bejahende Antwort des Treibers. Der Wald schien ihm plötzlich von Gesichtern belebt zu sein. Da war das Trappen von Myriaden Füßen und das leise Summen von Stimmen. Ein großer Fasan mit kupferfarbener Brust stieß flügelschlagend durch die Zweige über seinem Kopf.

Nach wenigen Augenblicken, die ihm in seinem verstörten Zustand wie endlose Stunden der Qual erschienen, spürte er eine Hand auf seiner Schulter. Er fuhr zusammen und blickte um sich.

»Dorian«, sagte Lord Henry, »es ist wohl besser, wenn ich ihnen sage, daß für heute Schluß ist mit der Jagd. Es würde keinen guten Eindruck machen, wenn man fortführe.«

»Ich wünschte, man machte für immer damit Schluß, Harry«, antwortete er bitter. »Die ganze Sache ist abscheulich und grausam. Ist der Mann ...?«

Er vermochte den Satz nicht zu beenden.

»Ich fürchte, ja«, erwiderte Lord Henry. »Er hat die ganze

Ladung in die Brust bekommen. Er muß fast augenblicklich tot gewesen sein. Kommen Sie, lassen Sie uns heimgehen.«

Sie gingen Seite an Seite fast fünfzig Schritt, ohne zu sprechen, auf die Allee zu. Dann sah Dorian Lord Henry an und sagte mit einem schweren Seufzer: »Das ist ein böses Omen, Harry, ein sehr böses Omen.«

»Was?« fragte Lord Henry. »Oh, vermutlich dieser Unfall. Das ist nicht zu ändern. Warum lief er auch vor die Flinten. Außerdem geht es uns nichts an. Für Geoffrey ist es natürlich ziemlich unangenehm. Es geht nicht an, auf Treiber zu schießen. Es bringt die Leute zu der Ansicht, man sei ein unbesonnener Schütze. Und das ist Geoffrey nicht, er schießt sehr gut. Aber es hat keinen Sinn, über die Sache zu reden.«

Dorian schüttelte den Kopf. »Es ist ein böses Omen, Harry. Ich habe das Gefühl, als werde einigen von uns etwas Schreckliches zustoßen. Vielleicht mir«, setzte er hinzu und führte mit schmerzlicher Gebärde die Hand über die Augen.

Der Ältere lachte. »Das einzig Schreckliche auf der Welt ist Langeweile, Dorian. Das ist die einzige Sünde, für die es keine Vergebung gibt. Doch wir werden wahrscheinlich nicht darunter zu leiden haben, sofern diese Burschen beim Essen nicht etwa immer noch über die Sache schwatzen. Ich muß ihnen sagen, daß das Thema tabu zu sein hat. Und was Omen betrifft: so etwas wie ein Omen gibt es nicht. Das Schicksal sendet uns keine Herolde. Dazu ist es zu weise oder zu grausam. Was in aller Welt könnte Ihnen außerdem zustoßen, Dorian. Sie haben alles auf Erden, was sich ein Mensch nur wünschen kann. Es gibt keinen, der nicht entzückt wäre, seinen Platz mit Ihnen zu tauschen.«

»Es gibt keinen, mit dem ich nicht tauschen würde, Harry. Lachen Sie nicht so. Ich sage Ihnen die Wahrheit. Der elende Bauer, der eben starb, ist besser daran als ich. Ich habe keine Angst vor dem Tod. Das Nahen des Todes ist es, wovor mir graust. Seine ungeheuren Schwingen scheinen in der bleiernen Luft um mich zu kreisen. Gütiger Himmel! Sehen Sie nicht den Mann dort hinter den Bäumen, der mich belauert, der auf mich wartet?«

Lord Henry blickte in die Richtung, die ihm die zitternde behandschuhte Hand wies. »Ja«, sagte er lächelnd, »ich sehe den Gärtner auf Sie warten. Vermutlich will er Sie fragen, welche Blumen Sie heute abend auf der Tafel wünschen. Wie lächerlich nervös Sie sind, mein lieber Junge! Sie müssen meinen Arzt aufsuchen, wenn wir wieder in London sind.«

Dorian stieß einen Seufzer der Erleichterung aus, als er den Gärtner näher kommen sah. Der Mann griff an seinen Hut, sah Lord Henry einen Augenblick unschlüssig an und holte dann einen Brief hervor, den er seinem Herrn aushändigte. »Ihre Gnaden befahl mir, auf Antwort zu warten«, murmelte er.

Dorian steckte den Brief in die Tasche. »Sagen Sie Ihrer Gnaden, daß ich komme«, bemerkte er kalt. Der Mann machte kehrt und ging rasch dem Haus zu.

»Wie sehr es doch die Frauen lieben, gefährliche Dinge zu tun!« lachte Lord Henry. »Das ist eine von jenen Eigenschaften an ihnen, die ich am meisten bewundere. Eine Frau wird mit jedem auf der Welt kokettieren, solange andere Leute zuschauen.«

»Wie sehr Sie es lieben, gefährliche Dinge zu sagen, Harry! Im vorliegenden Fall sind Sie völlig im Irrtum. Ich mag die Herzogin sehr gern, aber ich liebe sie nicht.«

»Und die Herzogin liebt Sie sehr und mag Sie nicht weniger gern, deshalb passen Sie ausgezeichnet zusammen.«

»Sie reden Klatsch, Harry, und Klatsch hat nie eine Basis.«

»Die Basis jeden Klatsches ist unmoralische Gewißheit«, sagte Lord Henry und zündete sich eine Zigarette an.

»Für einen Aphorismus würden Sie jeden opfern, Harry.«

»Die Welt geht freiwillig zum Altar«, war die Antwort.

»Ich wünschte, ich könnte lieben«, rief Dorian mit einem feierlichen Ton von Pathos in der Stimme. »Aber ich scheine die Leidenschaft verloren und das Begehren vergessen zu haben. Ich bin zu sehr auf mich selbst konzentriert. Mein eigenes Ich ist mir eine Last geworden. Ich möchte entfliehen, fortgehen, vergessen. Es war dumm von mir, überhaupt herzukommen. Ich glaube, ich werde nach Harvey telegraphieren, daß die Yacht klargemacht wird. Auf einer Yacht ist man sicher.«

»Sicher wovor, Dorian? Sie sind irgendwie in Schwierigkeiten. Warum sagen Sie mir nicht, was es ist? Sie wissen, daß ich Ihnen helfen würde.«

»Ich kann es Ihnen nicht sagen, Harry«, antwortete er traurig. »Und vermutlich ist es nur eine Einbildung von mir. Dieser unselige Unfall hat mich aus der Fassung gebracht. Ich habe die gräßliche Ahnung, daß mir womöglich etwas Ähnliches zustößt.«

»Welch ein Unsinn!«

»Ich hoffe, es ist Unsinn, und trotzdem empfinde ich so. Ah! Da ist die Herzogin und sieht aus wie Artemis in einem Schneiderkostüm. Wie Sie sehen, sind wir zurückgekommen, Herzogin.«

»Ich habe schon alles gehört, Mister Gray«, entgegnete sie. »Der arme Geoffrey ist ganz aus dem Häuschen. Und anscheinend haben Sie ihn noch gebeten, nicht auf den Hasen zu schießen. Wie seltsam!«

»Ja, es war sehr seltsam. Ich weiß nicht, warum ich es sagte. Vermutlich irgendein wunderlicher Einfall. Er sah so allerliebst aus. Aber es tut mir leid, daß man Ihnen von dem Mann erzählt hat. Es ist ein abscheuliches Thema.«

»Es ist ein langweiliges Thema«, unterbrach Lord Henry. »Es hat überhaupt keinen psychologischen Wert. Wie interessant würde dagegen die Sache, wenn Geoffrey es absichtlich getan hätte! Ich möchte gern jemanden kennenlernen, der einen echten Mord begangen hat.«

»Wie gräßlich von Ihnen, Harry!« rief die Herzogin. »Ist das nicht wahr, Mister Gray? Harry, Mister Gray fühlt sich wieder schlecht. Er wird ohnmächtig.« Mit großer Anstrengung richtete sich Dorian auf und lächelte. »Es ist nichts, Herzogin«, murmelte er, »meine Nerven sind schrecklich in Unordnung. Das ist alles. Ich fürchte, ich bin heute vormittag zu weit spazierengegangen. Ich habe nicht gehört, was Harry sagte. War es sehr schlimm? Sie müssen es mir ein andermal erzählen. Ich glaube, ich muß mich hinlegen. Sie entschuldigen mich, nicht wahr?«

Sie hatten die große Treppe erreicht, die vom Wintergarten zur Terrasse führte. Als sich die Glastür hinter Dorian schloß, drehte sich Lord Henry um und sah die Herzogin mit seinen schläfrigen Augen an. »Sind Sie sehr verliebt in ihn?« fragte er.

Sie hielt mit der Antwort eine Weile zurück und stand nur

da und starrte auf die Landschaft. »Ich wünschte, ich wüßte es«, sagte sie am Ende.

Er schüttelte den Kopf. »Wissen wäre fatal. Die Ungewißheit ist es, die uns reizt. Ein Nebel macht die Dinge wunderschön.«

»Man kann den Weg verlieren.«

»Alle Wege enden am gleichen Punkt, meine liebe Gladys.«

»Welcher ist das?«

»Enttäuschung.«

»Die war mein Debüt im Leben«, seufzte sie.

»Sie kam gekrönt zu Ihnen.«

»Ich bin der Erdbeerblätter müde.«

»Sie stehen Ihnen.«

»Nur in der Öffentlichkeit.«

»Sie würden sie vermissen«, sagte Lord Henry.

»Von keinem Blättchen will ich mich trennen.«

»Monmouth hat Ohren.«

»Alter ist schwerhörig.«

»Ist er nie eifersüchtig gewesen?«

»Ich wünschte, es wäre so.«

Er schaute um sich, als suche er etwas.

»Was suchen Sie?« fragte sie.

»Den Knopf Ihres Floretts«, antwortete er. »Sie haben ihn fallenlassen.«

Sie lachte. »Ich habe immer noch die Maske.«

»Die macht Ihre Augen noch liebreizender«, war die Antwort.

Wieder lachte sie. Ihre Zähne sahen aus wie weiße Kerne in einer scharlachfarbenen Frucht.

Oben in seinem Zimmer lag Dorian auf einem Ruhebett, Entsetzen in jedem kribbelnden Nerv seines Körpers. Das Leben war ihm plötzlich eine zu abscheuliche Last geworden, sie zu tragen. Der schreckliche Tod des unglücklichen Treibers, im Dickicht erschossen wie ein wildes Tier, war ihm wie eine Vorbedeutung seines eigenen Todes erschienen. Er war beinahe ohnmächtig geworden über das, was Lord Henry in einer zufälligen Laune zynischen Scherzes gesagt hatte.

Um fünf Uhr läutete er nach seinem Diener und gab ihm den Befehl, seine Sachen für den Nachtexpreß nach London zu packen und dafür zu sorgen, daß um halb neun der Brougham vor der Tür stehe. Er war entschlossen, nicht noch eine Nacht in Selby Royal zu schlafen. Es war ein Unglücksort. Der Tod wanderte hier im Sonnenlicht umher. Das Gras im Wald war mit Blut befleckt.

Dann schrieb er ein paar Zeilen an Lord Henry, worin er ihm mitteilte, daß er nach London fahren und seinen Arzt konsultieren wolle, und ihn bat, während seiner Abwesenheit seine Gäste zu unterhalten. Als er den Brief in den Umschlag steckte, klopfte es an die Tür, und sein Diener meldete ihm, daß der Obertreiber ihn zu sprechen wünsche. Er runzelte die Stirn und biß sich auf die Lippen. »Schicken Sie ihn herein«, murmelte er nach einigem Zögern.

Als der Mann eintrat, nahm Dorian sein Scheckbuch aus der Schublade und legte es aufgeschlagen vor sich hin.

»Vermutlich sind Sie wegen des unseligen Unfalls heute morgen gekommen, Thornton?« sagte er und griff nach einer Feder.

»Ja, Sir«, antwortete der Wildhüter.

»War der arme Kerl verheiratet? Hat er Verwandte, die von ihm abhängig sind?« fragte Dorian mit gelangweiltem Gesicht. »Wenn ja, dann möchte ich nicht, daß sie Not leiden, und werde ihnen jede Summe schicken, die Sie für notwendig halten.«

»Wir wissen nicht, wer er ist, Sir. Deshalb nahm ich mir die Freiheit, zu Ihnen zu kommen.«

»Sie wissen nicht, wer er ist?« wiederholte Dorian teilnahmslos. »Was meinen Sie damit? Gehörte er nicht zu Ihren Leuten?«

»Nein, Sir. Habe ihn nie vorher gesehen. Sieht aus wie ein Matrose, Sir.« Die Feder fiel Dorian aus der Hand, und ihm war, als habe sein Herz plötzlich aufgehört zu schlagen. »Ein Matrose?« rief er aus. »Sagten Sie, ein Matrose?«

»Ja, Sir. Er sieht aus, als sei er so etwas wie ein Matrose gewesen, an beiden Armen tätowiert und dergleichen.«

»Wurde irgend etwas bei ihn gefunden?« fragte Dorian, wobei er sich vorbeugte und den Mann mit erschrockenen Augen ansah. »Irgend etwas, worauf sein Name stand?«

»Etwas Geld, Sir – nicht viel, und ein sechsschüssiger Revolver. Nirgendwo ein Name. Ein anständig aussehender Mann, Sir, nur ziemlich derb. So was wie ein Matrose, glauben wir.«

Dorian sprang auf. Eine mächtige Hoffnung flackerte in ihm auf. Wie wahnsinnig klammerte er sich an sie. »Wo ist die Leiche?« rief er aus. »Schnell! Ich muß sie sofort sehen.«

»Sie liegt in einem leeren Stall der Home Farm, Sir. Die Leute wollen so etwas nicht im Haus haben. Sie sagen, eine Leiche bringt Unglück.«

»Home Farm! Gehen Sie sofort hin und warten Sie auf mich. Sagen Sie einem von den Stallknechten, er soll mein Pferd vors Haus bringen. Nein. Lassen Sie. Ich gehe selber zu den Ställen. Das spart Zeit.«

Nach weniger als einer Viertelstunde galoppierte Dorian Gray, so schnell er nur konnte, die lange Allee entlang. Die Bäume schienen in gespenstischem Zug an ihm vorbeizufegen, und phantastische Schatten warfen sich auf seinen Weg. Einmal scheute die Stute vor einem weißen Gatterpfosten und warf ihn um ein Haar ab. Er schlug ihr mit der Reitpeitsche über den Hals. Sie durchschnitt die dämmrige Luft wie ein Pfeil.

Endlich erreichten sie die Home Farm. Zwei Männer lungerten im Hof herum. Er sprang aus dem Sattel und warf einem von ihnen die Zügel zu. In dem entferntesten Stall schimmerte ein Licht. Etwas schien ihm zu sagen, daß der Leichnam dort war, und er hastete zur Tür und legte die Hand auf den Riegel.

Er hielt einen Augenblick inne, in dem Gefühl, dicht vor einer Entdeckung zu stehen, die ihm entweder das Leben gab oder es vernichtete. Dann stieß er die Tür auf und trat ein.

Auf einem Haufen Sackleinwand in der äußersten Ecke lag der Leichnam eines Mannes, der mit einem groben Hemd und blauen Hosen bekleidet war. Ein fleckiges Taschentuch war über sein Gesicht gebreitet. Daneben knisterte eine gewöhnliche Kerze, die in einer Flasche steckte.

Dorian Gray schauderte. Er fühlte, daß nicht seine Hand das Taschentuch fortziehen konnte, und rief einem der Knechte zu, er solle hereinkommen.

»Nehmen Sie das Ding vom Gesicht. Ich will es sehen«, sagte er und klammerte sich an den Türpfosten, um sich aufrecht zu halten.

Als der Knecht es getan hatte, trat er vor. Ein Schrei der Freude kam von seinen Lippen. Der im Dickicht erschossene Mann war James Vane.

Einige Minuten stand er und blickte auf den Leichnam. Als er heimritt, waren seine Augen voll Tränen, denn nun wußte er, daß er sicher war.

NEUNZEHNTES KAPITEL

»Es hat keinen Sinn, mir zu erzählen, daß Sie gut werden wollen«, rief Lord Henry, während er seine weißen Finger in eine mit Rosenwasser gefüllte Schale aus rotem Kupfer tauchte. »Sie sind durchaus vollkommen. Bitte ändern Sie sich nicht.

Dorian Gray schüttelte den Kopf. »Nein, Harry, ich habe zu viele schreckliche Dinge in meinem Leben getan. Ich will keine mehr begehen. Gestern habe ich mit meinen guten Taten begonnen.«

»Wo waren Sie gestern?«

»Auf dem Land, Harry. Ich hielt mich ganz allein in einem kleinen Gasthof auf.«

»Mein lieber Junge«, sagte Lord Henry lächelnd, »auf dem Land kann jeder gut sein. Dort gibt es keine Versuchungen. Das ist der Grund, warum Leute, die nicht in der Stadt wohnen, so völlig unzivilisiert sind. Zivilisation ist keineswegs leicht zu erlangen. Es gibt nur zwei Wege, sie zu erwerben. Entweder man ist kultiviert, oder man ist verdorben. Landleute haben zu keinem von beiden die Gelegenheit, deshalb stagnieren sie.«

»Kultur und Verderbnis«, wiederholte Dorian, »von beiden habe ich einiges kennengelernt. Es erscheint mir jetzt schrecklich, daß man sie je zusammen finden sollte. Denn ich habe ein neues Ideal, Harry. Ich will mich ändern. Ich glaube, ich habe mich bereits geändert.«

»Sie haben mir noch nicht erzählt, wie Ihre gute Tat aussah. Oder sagten Sie, Sie hätten mehr als eine getan?« fragte sein Gefährte, schüttete auf seinen Teller eine kleine rote Pyramide reifer Erdbeeren und beschneite sie mit Zucker aus einem durchbrochenen, muschelförmigen Löffel.

»Ich kann es Ihnen erzählen, Harry. Es ist eine Geschichte, die ich niemandem sonst erzählen könnte. Ich habe jemanden verschont. Das klingt eitel, aber Sie verstehen, was ich meine. Sie war sehr schön und glich auf erstaunliche Weise Sibyl Vane. Das war es, glaube ich, was mich zuerst zu ihr hinzog. Sie erinnern sich doch noch an Sibyl? Wie lange das her scheint! Nun ja, Hetty gehörte natürlich nicht unserem Stand an. Sie war einfach ein Dorfmädchen. Aber ich liebte sie wirklich. Ich bin ganz sicher, daß ich sie liebte. Den ganzen wundervollen Mai hindurch, den wir hatten, pflegte ich zwei- oder dreimal in der Woche hinzufahren und sie zu besuchen. Gestern erwartete sie mich in einem kleinen Obstgarten. Die Apfelblüten fielen die ganze Zeit auf ihr Haar nieder, und sie lachte. Wir wollten heute im Morgengrauen zusammen auf und davon gehen. Plötzlich entschloß ich mich, sie so blütenhaft zu verlassen, wie ich sie gefunden hatte.«

»Ich möchte meinen, die Neuheit dieser Gefühlsregung muß Sie wie ein wirklicher Genuß durchrieselt haben, Dorian«, unterbrach Lord Henry. »Aber ich kann Ihre Idylle an Ihrer Statt zu Ende erzählen. Sie gaben ihr gute Ratschläge und brachen ihr das Herz. So sah der Anfang Ihrer Besserung aus.«

»Harry, Sie sind gräßlich! Sie dürfen nicht solche schrecklichen Dinge sagen. Hetty ist nicht das Herz gebrochen. Natürlich weinte sie und all das. Aber es ist keine Schande über sie gekommen. Sie kann wie Perdita in ihrem Garten voll Minze und Ringelblumen leben.«

»Und über einen ungetreuen Florizel weinen«, sagte Lord Henry lachend und lehnte sich in seinem Sessel zurück. »Mein lieber Dorian, Sie haben die sonderbarsten Knabenlaunen. Glauben Sie, dieses Mädchen wird jetzt jemals mit einem ihres eigenen Standes wirklich zufrieden sein? Vermutlich wird sie eines Tages mit einem groben Fuhrmann oder grinsenden Bauern verheiratet werden. Aber die Tatsache, daß sie Ihnen begegnet ist und Sie geliebt hat, wird sie lehren, ihren Mann zu verachten, und sie wird unglücklich sein. Ich kann nicht behaupten, daß ich vom moralischen Standpunkt aus viel von Ihrem großartigen Verzicht halte. Selbst für den Anfang ist er ziemlich kläglich. Woher wissen Sie außerdem, daß Hetty in diesem Augenblick nicht in einem von Sternen beschienenen Mühlteich treibt, von lieblichen Seerosen umgeben, wie Ophelia?«

»Ich kann das nicht ertragen, Harry! Sie spotten über alles, und dann deuten Sie die ernstesten Tragödien an. Es tut mir schon leid, daß ich Ihnen davon erzählt habe. Was Sie mir sagen, kümmert mich nicht. Ich weiß, daß ich recht gehandelt habe. Arme Hetty! Als ich heute morgen an dem Gehöft vorbeiritt, sah ich ihr weißes Gesicht am Fenster wie einen Zweig Jasmin. Lassen Sie uns nicht mehr davon sprechen, und versuchen Sie nicht, mich zu überzeugen, daß die erste gute Tat, die ich seit Jahren begangen, das erste bißchen Selbstaufopferung, das ich je gekannt habe, in Wirklichkeit so etwas wie eine Sünde sei. Ich will besser werden. Ich werde besser werden. Erzählen Sie mir etwas von sich. Was gibt es in der Stadt? Ich bin seit Tagen nicht im Klub gewesen.«

»Die Leute reden immer noch über das Verschwinden des armen Basil.«

»Ich hätte geglaubt, dessen wären sie inzwischen überdrüssig geworden«, sagte Dorian und goß sich mit leichtem Stirnrunzeln ein wenig Wein ins Glas.

»Mein lieber Junge, sie reden erst seit sechs Wochen darüber, und die britische Öffentlichkeit ist im Grunde genommen nicht der geistigen Anstrengung gewachsen, alle drei Monate mehr als ein Thema zu haben. In der letzten Zeit hat sie allerdings großes Glück gehabt. Sie hatte meine Scheidungssache und Alan Campbells Selbstmord. Und jetzt hat sie das geheimnisvolle Verschwinden eines Künstlers. Scotland Yard behauptet weiterhin hartnäckig, der Mann im grauen Ulster, der am neunten November den Mitternachtszug nach Paris benutzte, sei der arme Basil gewesen, und die französische Polizei erklärt, Basil sei überhaupt nie in Paris angekommen. Vermutlich werden wir in vierzehn Tagen hören, er sei in San Franzisko gesehen worden. Es ist eine merkwürdige Sache, aber von jedem, der verschwindet, wird behauptet, man habe ihn in San Franzisko gesehen. Es muß eine entzückende Stadt sein, und sie muß alle Reize der nächsten Welt besitzen.«

»Was meinen Sie, was mit Basil geschehen ist?« fragte Dorian, während er seinen Burgunder gegen das Licht hielt und sich darüber wunderte, wie er so ruhig über die Sache sprechen konnte.

»Ich habe nicht die leiseste Vorstellung. Wenn es Basil gefällt, sich zu verstecken, so ist das nicht meine Angelegenheit. Wenn er tot ist, möchte ich nicht an ihn denken. Tod ist das einzige, was mich schreckt. Ich hasse ihn.«

»Warum?« fragte der Jüngere müde.

»Weil man heutzutage alles überleben kann, außer dem einen«, erwiderte Lord Henry und ließ das vergoldete Gitter einer offenen Riechdose unter seinen Nasenflügeln hin und her gleiten. »Tod und Vulgarität sind im neunzehnten Jahrhundert die beiden einzigen Tatsachen, die nicht wegdemonstriert werden können. Lassen Sie uns den Kaffee im Musikzimmer trinken, Dorian. Sie müssen mir Chopin vorspielen. Der Mann, mit dem meine Frau durchgebrannt ist, spielte hervorragend Chopin. Arme Victoria! Ich hatte sie sehr gern. Das Haus ist recht einsam ohne sie. Natürlich ist das Eheleben nur eine Gewohnheit, eine schlechte Gewohnheit. Aber schließlich bedauert man sogar den Verlust seiner ärgsten Gewohnheiten. Vielleicht trauert man denen am meisten nach. Sie machen einen so wesentlichen Teil unserer Persönlichkeit aus.«

Dorian sagte nichts, stand jedoch vom Tisch auf und ging ins Nebenzimmer, wo er sich vor das Klavier setzte und seine Finger über die weißen und schwarzen Tasten gleiten ließ. Als der Kaffee gebracht worden war, hielt er inne, blickte zu Lord Henry hinüber und sagte: »Harry, ist Ihnen jemals in den Sinn gekommen, daß Basil ermordet sein könnte?«

Lord Henry gähnte. »Basil war sehr beliebt und trug stets eine billige Waterbury-Uhr. Warum sollte er ermordet worden sein? Er war nicht klug genug, um Feinde zu haben. Natürlich war er ein wunderbares Malgenie. Aber man kann malen wie Velázquez und doch im höchsten Grade langweilig sein. Basil war wirklich ziemlich langweilig. Er hat mich nur einmal interessiert, und das war, als er mir vor Jahren erzählte, er hege eine schwärmerische Anbetung für Sie, und Sie seien der vorherrschende Antrieb seiner Kunst.«

»Ich hatte Basil sehr gern«, sagte Dorian mit einem traurigen

Ton in der Stimme. »Aber behaupten die Leute nicht, er sei ermordet worden?«

»Oh, ein paar Zeitungen tun das. Es kommt mir durchaus nicht wahrscheinlich vor. Ich weiß, daß es in Paris schreckliche Gegenden gibt, aber Basil war nicht der Mann, sie aufzusuchen. Er war nicht neugierig. Das war sein Hauptfehler.«

»Was würden Sie sagen, Harry, wenn ich Ihnen erzählte, daß ich Basil ermordet habe?« bemerkte der Jüngere. Er beobachtete ihn genau, nachdem er gesprochen hatte.

»Mein lieber Junge, ich würde sagen, Sie posieren in einer Rolle, die nicht zu Ihnen paßt. Jedes Verbrechen ist vulgär, so wie Vulgarität ein Verbrechen ist. Es liegt nicht in Ihrer Natur, Dorian, einen Mord zu begehen. Es tut mir leid, wenn ich mit diesen Worten Ihre Eitelkeit verletzt habe, aber ich versichere Ihnen, daß sie die Wahrheit sind. Das Verbrechen ist ausschließlich Sache der niederen Klassen. Ich tadle sie deswegen nicht im geringsten. Ich möchte meinen, das Verbrechen ist für sie das, was für uns die Kunst ist, einfach eine Methode, außergewöhnliche Gemütsbewegungen hervorzurufen.«

»Eine Methode, Gemütsbewegungen hervorzurufen? Glauben Sie denn, ein Mensch, der einmal einen Mord begangen hat, könne dasselbe Verbrechen womöglich wieder begehen? Erzählen Sie mir doch so etwas nicht.«

»Oh, alles wird zum Genuß, wenn man es zu oft tut«, rief Lord Henry lachend. »Das ist eins der wichtigsten Geheimnisse im Leben. Allerdings möchte ich meinen, daß Mord stets ein Fehler ist. Man sollte nie etwas tun, worüber man nach Tisch nicht plaudern kann. Aber nun lassen Sie uns von dem armen Basil abkommen. Ich wünschte, ich könnte glauben, daß er ein so wahrhaft romantisches Ende genommen hat, wie Sie andeuten; aber ich kann es nicht. Vermutlich ist er aus einem Omnibus in die Seine gefallen, und der Wagenführer hat den Skandal vertuscht. Ja, ich vermute, so hat er geendet. Ich sehe ihn in dem trüben grünen Wasser auf dem Rücken liegen, und die schweren Kähne treiben über ihn hinweg, und lange Wasserpflanzen haben sich in seinem Haar verfangen. Wissen Sie, ich glaube nicht, daß er noch sehr viel Gutes geschaffen hätte. In den letzten zehn Jahren hatte seine Malerei erheblich nachgelassen.«

Dorian stieß einen Seufzer aus, und Lord Henry schlenderte durch den Raum und begann einem absonderlichen javanischen Papagei den Kopf zu kraulen. Es war ein großer Vogel mit grauem Gefieder und rosa Schopf und Schwanz, der auf einem Bambusstab hin und her trippelte. Als seine spitz zulaufenden Finger ihn berührten, ließ er die weiße Haut der runzligen Lider über die schwarzen, wie Glas anmutenden Augen fallen und begann sich vor- und rückwärts zu schwingen.

»Ja«, fuhr Lord Henry fort, während er sich umdrehte und sein Taschentuch hervorholte, »seine Malerei hatte durchaus nachgelassen. Sie kam mir vor, als habe sie etwas verloren. Sie hatte ein Ideal verloren. Als ihr beide aufhörtet, so große Freunde zu sein, hörte er auf, ein großer Künstler zu sein. Was hat euch getrennt? Vermutlich hat er Sie gelangweilt. Und wenn das der Fall war, hat er Ihnen nie verziehen. Das haben langweilige Leute so an sich. Was ist übrigens aus dem wundervollen Bild geworden, das er von Ihnen gemalt hat? Ich glaube, ich habe es nicht mehr gesehen, seit er es beendete. Oh, ich erinnere mich, daß Sie mir vor Jahren erzählten, Sie hätten es nach Selby geschickt, und unterwegs wäre es abhanden gekommen oder gestohlen worden. Haben Sie es nie zurückerhalten? Welch ein Jammer! Es war wirklich ein Meisterwerk. Ich erinnere mich, daß ich es kaufen wollte. Ich wünschte jetzt, ich hätte es getan. Es war aus Basils bester Zeit. Danach waren seine Arbeiten jene merkwürdige Mischung von schlechter Malerei und guten Absichten, die einen Menschen stets berechtigen, ein repräsentativer britischer Künstler genannt zu werden. Haben Sie eine Anzeige veröffentlicht? Das hätten Sie tun sollen.«

»Ich weiß nicht mehr«, antwortete Dorian. »Vermutlich habe ich es getan. Aber das Bild hat mir niemals wirklich gefallen. Es tut mir leid, daß ich dafür gesessen habe. Die Erinnerung an das Ding ist mir verhaßt. Warum sprechen Sie davon? Es erinnerte mich stets an jene sonderbaren Zeilen in einem Stück – ›Hamlet‹, glaube ich – wie lauten sie doch? –

>... seid Ihr, gleich dem Gram im Bilde,
Ein Antlitz ohne Herz?‹

Ja, so war das Bild.«

Lord Henry lachte. »Wenn ein Mensch das Leben künstlerisch ansieht, dann ist sein Hirn für ihn das Herz«, antwortete er und ließ sich in einen Lehnstuhl fallen.

Dorian Gray schüttelte den Kopf und schlug ein paar leise Akkorde auf dem Klavier an. »Gleich dem Gram im Bilde«, wiederholte er, »ein Antlitz ohne Herz.«

Der Ältere lehnt sich zurück und sah ihn mit halb geschlossenen Augen an. »Übrigens, Dorian«, sagte er nach einer Weile, »was hülfe es dem Menschen, so er die ganze Welt gewönne – wie heißt doch die Stelle? – und nähme doch Schaden an seiner Seele?«

Die Musik endete mit einem Mißton, und Dorian Gray fuhr auf und starrte seinen Freund an. »Warum fragen Sie mich das, Harry?«

»Mein lieber Junge«, sagte Lord Henry und hob überrascht die Brauen, »ich fragte Sie, weil ich dachte, Sie wären vielleicht imstande, mir eine Antwort zu geben. Weiter nichts. Letzten Sonntag ging ich durch den Park, und in der Nähe des Marble Arch stand eine kleine Schar schäbig gekleideter Leute und lauschte einem gewöhnlichen Straßenprediger. Als ich vorbeiging, vernahm ich, wie der Mann seinen Zuhörern mit gellender Stimme diese Frage entgegenschleuderte. Es fiel mir auf, weil es ziemlich dramatisch war. London ist sehr reich an dergleichen sonderbaren Vorgängen. Ein regnerischer Sonntag, ein wunderlicher Christ in einem Wettermantel, ein Kreis von krankhaft weißen Gesichtern unter einem durchbrochenen Dach triefender Regenschirme und ein herrlicher Satz, von schrillen, hysterischen Lippen in die Luft geschleudert – das war auf seine Art wirklich sehr gut, geradezu wie eine Suggestion. Mir kam der Gedanke, dem Propheten zu sagen, daß die Kunst eine Seele besitze, der Mensch dagegen nicht. Allerdings fürchte ich, er würde mich nicht verstehen.«

»Tun Sie es nicht, Harry. Die Seele ist eine schreckliche Wahrheit. Man kann sie weder kaufen noch verkaufen oder verschachern. Sie kann vergiftet oder vollkommen gemacht werden. In jedem von uns wohnt eine Seele. Ich weiß es.«

»Sind Sie ganz sicher, Dorian?«

»Ganz sicher.«

»Ah, dann muß es eine Täuschung sein. Die Dinge, von denen man absolut überzeugt ist, sind niemals wahr. Das ist das Verhängnis des Glaubens und die Lehre der Romantik. Wie ernst Sie sind! Seien Sie nicht so feierlich. Was haben Sie oder ich mit den abergläubischen Vorstellungen unserer Zeit zu schaffen? Nein, wir haben unsern Glauben an die Seele aufgegeben. Spielen Sie mir etwas vor. Spielen Sie mir ein Notturno, Dorian, und während Sie spielen, erzählen Sie mir leise, wie Sie Ihre Jugend bewahrt haben. Sie müssen ein Geheimnis haben. Ich bin nur zehn Jahre älter als Sie, und bin runzlig und verbraucht und gelb. Sie sind wirklich erstaunlich, Dorian. Nie haben Sie so bezaubernd ausgesehen wie heute abend. Sie erinnern mich an den Tag, als ich Sie zum erstenmal sah. Sie waren ziemlich keck, sehr schüchtern und entschieden außergewöhnlich. Natürlich haben Sie sich verändert, aber nicht im Aussehen. Ich wünschte, Sie sagten mir Ihr Geheimnis. Um meine Jugend zurückzuerhalten, würde ich alles auf der Welt tun, außer Leibesübungen, früh aufstehen oder ehrbar werden. Jugend! Es gibt nichts, was ihr gleichkommt. Es ist absurd, von der Unwissenheit der Jugend zu sprechen. Die einzigen, deren Ansichten ich mir noch mit einer gewissen Achtung anhöre, sind Leute, die viel jünger sind als ich. Sie scheinen mir voraus zu sein. Das Leben hat ihnen sein letztes Wunder enthüllt. Was die Betagten betrifft, so widerspreche ich ihnen stets. Nicht aus Prinzip. Wenn Sie diese Leute nach ihrer Meinung über etwas fragen, das gestern geschah, geben Sie Ihnen mit feierlichem Ernst die Ansichten zum besten, die achtzehnhundertzwanzig kursierten, als die Leute hohe Halsbinden trugen, an alles glaubten und absolut nichts wußten. Wie wunderhübsch das ist, was Sie da spielen! Ich möchte wissen, ob Chopin es auf Mallorca schrieb, während das Meer rings um seine Villa weinte und der salzige Gischt gegen seine Fensterscheiben sprühte? Es ist wundervoll romantisch. Welch ein Segen, daß uns eine Kunst geblieben ist, die nicht nachahmend ist! Hören Sie nicht auf. Heute abend brauche ich Musik. Mir ist, als wären Sie der junge Apoll und ich Marsyas, der Ihnen lauscht. Ich habe selber Sorgen, Dorian, von denen nicht einmal Sie etwas wissen. Die Tragödie des Alters ist nicht, daß man alt ist, sondern daß man jung ist. Mitunter staune ich selbst über meine Aufrichtigkeit. Ach, Dorian, wie glücklich Sie sind! Welch ein köstliches Leben haben Sie gehabt! Sie haben von allem gründlich getrunken. Sie haben die Trauben an Ihrem Gaumen zerdrückt. Nichts ist Ihnen verborgen geblieben. Und alles ist für Sie nicht mehr gewesen als der Klang von Musik. Es hat Sie nicht zerstört. Sie sind immer noch derselbe.«

»Ich bin nicht mehr derselbe, Harry.«

»Doch, Sie sind derselbe. Ich frage mich, wie der Rest Ihres Lebens verlaufen wird. Verderben Sie ihn nicht durch Verzicht. Im Augenblick sind Sie vollkommen. Machen Sie sich nicht unvollkommen. Jetzt sind Sie ganz makellos. Sie brauchen nicht den Kopf zu schütteln; Sie wissen, daß Sie es sind. Außerdem, Dorian, täuschen Sie sich nicht selbst. Das Leben wird nicht von Wille oder Absicht regiert. Das Leben ist eine Frage der Nerven und Fibern, der langsam aufgebauten Zellen, in denen sich der Gedanke verbirgt und die Leidenschaft ihre Träume hat. Sie können sich sicher glauben und für stark halten. Aber ein zufälliger Farbton in einem Zimmer oder an einem Morgenhimmel, ein besonderer Duft, den Sie einst liebten und der zarte Erinnerungen im Gefolge hat, eine Zeile aus einem vergessenen Gedicht, auf die Sie wieder stoßen, eine Kadenz aus einem Musikstück, das Sie nicht mehr gespielt haben – lassen Sie sich sagen, Dorian, von Dingen wie diesen hängt unser Leben ab. Browning schreibt irgendwo darüber, aber unsere eigenen Sinne halten es uns schon vor Augen. Es gibt Augenblicke, wenn plötzlich der Duft weißen Flieders über mich hinweht, in denen ich den seltsamsten Monat meines Lebens noch einmal erleben muß. Ich wünschte, ich könnte mit Ihnen tauschen, Dorian. Die Welt hat sich über uns beide beklagt, aber Sie wurden von ihr stets angebetet. Immer wird die Welt Sie anbeten. Sie sind das Urbild dessen, wonach unsere Zeit sucht und was sie mit Bangen gefunden sieht. Ich bin so froh, daß Sie nie etwas getan haben, nie eine Statue gemeißelt oder ein Bild gemalt oder etwas außerhalb Ihrer selbst hervorgebracht haben. Ihre Kunst ist Ihr Leben gewesen. Sie haben sich selbst in Musik gesetzt. Ihre Tage sind Ihre Sonette.«

Dorian stand vom Klavier auf und fuhr sich mit der Hand

durchs Haar. »Ja, das Leben ist köstlich gewesen«, murmelte er, »aber ich werde es so nicht weiterführen, Harry. Und Sie dürfen mir nicht solche überspannten Dinge sagen, Sie wissen nicht alles von mir. Ich glaube, wenn Sie alles wüßten, würden selbst Sie sich von mir abwenden. Sie lachen. Lachen Sie nicht.«

»Warum haben Sie aufgehört zu spielen, Dorian? Gehen Sie zurück und schenken Sie mir noch einmal das Notturno. Schauen Sie auf den großen honigfarbenen Mond, der in der dämmrigen Luft hängt. Er wartet darauf, von Ihnen verzaubert zu werden, und wenn Sie spielen, wird er der Erde näher kommen. Sie wollen nicht? Dann lassen Sie uns in den Klub gehen. Es war ein bezaubernder Abend, und wir müssen ihn bezaubernd enden. Im White-Klub ist jemand, der förmlich darauf brennt, Sie kennenzulernen – der junge Lord Poole, Bournemouth' ältester Sohn. Er hat bereits Ihre Krawatten kopiert und mich gebeten, Sie miteinander bekannt zu machen. Er ist ganz entzückend und erinnert mich etwas an Sie.«

»Ich hoffe nicht«, sagte Dorian mit einem traurigen Ausdruck in den Augen. »Aber ich bin heute müde, Harry. Ich werde nicht in den Klub gehen. Es ist fast elf, und ich möchte früh zu Bett.«

»Bleiben Sie. Nie haben Sie so gut gespielt wie heute abend. In Ihrem Anschlag lag etwas ganz Wundervolles. Er war ausdrucksvoller, als ich ihn je zuvor gehört habe.«

»Deshalb, weil ich gut werden will«, antwortete er lächelnd. »Ich habe mich bereits ein wenig verändert.«

»Mir gegenüber können Sie sich nicht verändern, Dorian«, sagte Lord Henry. »Sie und ich werden immer Freunde sein.«

»Dennoch haben Sie mich einst mit einem Buch vergiftet. Das sollte ich Ihnen nicht verzeihen. Harry, versprechen Sie mir, daß Sie das Buch nie wieder jemandem leihen werden. Es richtet Unheil an.«

»Mein lieber Junge, jetzt fangen Sie wahrhaftig an zu moralisieren. Bald werden Sie wie der Bekehrte und Erweckungsprediger umherwandern und die Leute vor allen Sünden warnen, deren Sie überdrüssig geworden sind. Um das zu tun, sind Sie viel zu entzückend. Außerdem ist es sinnlos. Sie und ich, wir sind, was wir sind, und werden sein, was wir sein werden. Von einem Buch vergiftet werden, so etwas gibt es nicht. Kunst hat keinen Einfluß auf das Handeln. Sie hebt das Verlangen zu handeln auf. Sie ist im höchsten Grade unfruchtbar. Die Bücher, die von der Welt unmoralisch genannt werden, sind Bücher, die der Welt ihre eigene Schande zeigen. Das ist alles. Aber wir wollen nicht über Literatur reden. Kommen Sie morgen her. Um elf Uhr reite ich aus. Wir können es gemeinsam tun, und danach nehme ich Sie zum Lunch bei Lady Branksome mit. Sie ist eine entzückende Frau und möchte Ihren Rat über irgendwelche Wandbehänge einholen, die sie zu kaufen gedenkt. Vergessen Sie nicht zu kommen. Oder sollen wir bei unserer kleinen Herzogin essen? Sie behauptet, Sie jetzt gar nicht mehr zu Gesicht zu bekommen. Vielleicht ist Ihnen Gladys schon leid geworden? Das dachte ich mir. Ihre gescheite Zunge fällt einem auf die Nerven. Nun ja, auf jeden Fall seien Sie um elf bei mir.«

»Muß ich wirklich kommen, Harry?«

»Natürlich. Der Park ist jetzt ganz wunderschön. Ich glaube, solchen Flieder hat es nicht gegeben seit dem Jahr, als wir uns kennenlernten.«

»Also gut. Ich werde um elf hier sein«, sagte Dorian. »Gute Nacht, Harry.« Als er an der Tür war, zögerte er einen Augenblick, als hätte er noch etwas zu sagen. Dann seufzte er und ging hinaus.

ZWANZIGSTES KAPITEL

Es war eine herrliche Nacht, so warm, daß er seinen Mantel über den Arm warf und nicht einmal seinen Seidenschal um den Hals legte. Als er, seine Zigarette rauchend, heimwärts schlenderte, kamen zwei junge Männer im Abendanzug an ihm vorüber. Er hörte, wie der eine dem anderen zuflüsterte: »Das ist Dorian Gray.« Er erinnerte sich, wie es ihn früher gefreut hatte, wenn man auf ihn hindeutete oder ihn anstarrte oder über ihn sprach. Jetzt war er es leid, seinen Namen zu hören. Den halben Reiz des kleinen Dorfes, wo er in der letzten Zeit so oft gewesen war, machte es aus, daß dort niemand wußte, wer er war. Oft hatte er dem Mädchen, das er verlockt hatte, ihn zu lieben, gesagt, er sei arm, und sie hatte ihm geglaubt. Einmal hatte er ihr gesagt, er sei böse, und sie hatte ihn ausgelacht und erwidert, böse Menschen seien stets sehr alt und sehr häßlich.

Wie sie lachen konnte! – Wie eine Singdrossel. Und wie hübsch sie ausgesehen hatte in ihren Kattunkleidern und den großen Hüten! Sie wußte nichts, aber sie besaß alles, was er verloren hatte.

Als er zu Hause anlangte, fand er noch seinen Diener vor, der auf ihn wartete. Er schickte ihn zu Bett, warf sich auf die Ruhebank in der Bibliothek und begann über einige Dinge nachzudenken, die ihm Lord Henry gesagt hatte.

Traf es wirklich zu, daß man sich niemals ändern konnte? Er verspürte ein ungestümes Verlangen nach der unbefleckten Reinheit seiner Knabenjahre – seiner rosenweißen Knabenjahre, wie Lord Henry sie einst genannt hatte. Er wußte, daß er sich selbst besudelt, seinen Geist mit Verderbnis angefüllt und seine Phantasie mit Greueln belastet hatte, daß er auf andere einen schlechten Einfluß ausgeübt und dabei eine gräßliche Freude empfunden hatte und daß er von all den Menschenleben, die das seine gekreuzt hatten, gerade die schönsten und verheißungsvollsten in Schande gebracht hatte. Aber war all das nicht wiedergutzumachen? Gab es keine Hoffnung für ihn?

Ach, welch ungeheuerlicher Augenblick der Anmaßung und Leidenschaft, als er darum gefleht hatte, das Bild möge die Bürde seiner Tage tragen und er den ungetrübten Glanz ewiger Jugend bewahren! Dem waren all seine Verfehlungen zuzuschreiben. Es wäre besser für ihn gewesen, wenn jede Sünde seines Lebens ihre unausbleibliche, schnelle Strafe im Gefolge gehabt hätte. In der Bestrafung lag Läuterung. Nicht ›Vergib uns unsere Schuld‹, sondern ›Züchtige uns für unsere Missetaten‹ sollte das Gebet der Menschen zu einem allgerechten Gott lauten.

Der eigenartig geschnitzte Spiegel, den ihm Lord Henry vor so vielen Jahren geschenkt hatte, stand auf dem Tisch, und die weißgliedrigen Liebesgötter, die ihn umrahmten, lachten wie einst. Er nahm ihn auf, wie er es in jener Schreckensnacht getan hatte, als er zum erstenmal eine Veränderung an dem verhängnisvollen Bild bemerkte, und blickte mit wilden, von Tränen verdunkelten Augen in den blanken Schild. Einmal hatte ihm jemand, der ihn ungeheuer liebte, einen wahnsinnigen Brief geschrieben, der mit den abgöttischen Worten schloß: ›Die Welt ist anders geworden, weil Sie aus Elfenbein und Gold gemacht sind. Die geschwungenen Linien Ihrer Lippen schreiben die Geschichte neu.‹ Die Sätze kamen ihm wieder ins Gedächtnis, und er sprach sie einmal übers andere vor sich hin. Dann ergriff ihn Abscheu vor seiner Schönheit, und er schleuderte den Spiegel zu Boden und zertrat ihn unter dem Absatz zu silbernen Splittern. Seine Schönheit war es, die ihn zugrunde gerichtet hatte, seine Schönheit und die Jugend, um die er gefleht hatte. Ohne diese beiden wäre sein Leben vielleicht frei von Makel gewesen. Seine Schönheit war ihm nur eine Maske gewesen, seine Jugend nur Trug. Was war denn Jugend bestenfalls? Eine grüne, unreife Zeit, eine Zeit alberner Launen und angekränkelter Gedanken. Warum hatte er ihre Tracht getragen! Die Jugend hatte ihn verdorben.

Es war besser, nicht an die Vergangenheit zu denken. Nichts vermochte sie zu ändern. An sich und an seine Zukunft hatte er zu denken. James Vane war in einem namenlosen Grab auf dem Friedhof zu Selby verborgen. Alan Campbell hatte sich eines Nachts in seinem Laboratorium erschossen, aber nicht das Geheimnis enthüllt, das er ihm aufgezwungen hatte. Die Aufregung über Basil Hallwards Verschwinden würde sich bald legen. Sie nahm bereits ab. In dieser Beziehung war er völlig sicher. Eigentlich war es auch nicht der Tod Basil Hallwards, der am schwersten auf seinem Gemüt lastete. Es war der lebendige Tod seiner Seele, der ihn beunruhigte. Von Basil stammte das Bild, das sein Leben verdorben hatte. Das konnte er ihm nicht verzeihen. Es war das Bild, das alles getan hatte. Basil hatte die Dinge gesagt, die unerträglich waren, und dennoch hatte er sie mit Geduld ertragen. Der Mord war nur der Wahnsinn eines Augenblicks gewesen. Und Alan Campbells Selbstmord war dessen eigene Tat gewesen. Er hatte ihn aus freier Wahl begangen. Ihn selbst ging er nichts an.

Ein neues Leben! Das war es, was er brauchte. Das war es, was er erwartete. Zweifellos hatte er es bereits begonnen. Auf jeden Fall hatte er ein unschuldiges Geschöpf verschont. Nie wieder würde er Unschuld in Versuchung führen. Er wollte gut sein.

Als er an Hetty Merton dachte, wurde er neugierig, ob sich das Bild in dem verschlossenen Raum wohl verändert habe. Gewiß war es nicht mehr so gräßlich, wie es gewesen war! Vielleicht konnte er, wenn sein Leben rein wurde, jedes Zeichen böser Leidenschaft aus jenem Gesicht verbannen. Er wollte hinaufgehen und nachsehen.

Er nahm die Lampe vom Tisch und schlich hinauf. Als er die Tür aufriegelte, glitt ein Lächeln der Freude über sein seltsam jung aussehendes Gesicht und verweilte einen Augenblick um seine Lippen. Ja, er wollte gut werden, und das abscheuliche Ding, das er versteckt hatte, würde nicht mehr ein Grauen für ihn sein. Ihm war, als wäre die Last bereits von ihm genommen.

Rasch trat er ein, verschloß die Tür hinter sich, wie es seine Gewohnheit war, und zog den purpurnen Vorhang von dem Bild. Ein Schrei der Qual und Empörung entfuhr ihm. Er konnte keine Veränderung wahrnehmen, abgesehen davon, daß die Augen einen verschlagenen Ausdruck bekommen hatten und um den Mund die nach oben gekrümmten Falten des Heuchlers lagen. Das Ding war immer noch widerwärtig – womöglich noch widerwärtiger als zuvor –, und der scharlachrote Tau, der die Hand befleckte, glänzte heller und sah noch mehr nach frisch vergossenem Blut aus. Da erbebte er. War es nur Eitelkeit gewesen, die ihn zu seiner einzigen guten Tat bewogen hatte? Oder das Verlangen nach einer neuen Gemütsbewegung, wie Lord Henry mit seinem spöttischen Lachen angedeutet hatte? Oder jene Leidenschaft, eine Rolle zu spielen, die uns mitunter Dinge tun läßt, die sauberer sind als wir selbst? Oder vielleicht all das miteinander? Und warum war der rote Fleck größer als vorher? Er schien sich wie eine gräßliche Krankheit über die runzligen Finger ausgebreitet zu haben. Auf dem gemalten Fuß war Blut, als sei es niedergetropft – Blut sogar auf der Hand, die nicht das Messer gehalten hatte. Gestehen? Bedeutete es, daß er gestehen sollte? Sich ausliefern und zum

Tode verurteilt werden? Er lachte. Der Gedanke erschien ihm ungeheuerlich. Außerdem, selbst wenn er gestand, wer würde ihm glauben? Nirgendwo gab es eine Spur des Ermordeten. Alles, was zu ihm gehörte, war vernichtet worden. Er selbst hatte verbrannt, was unten geblieben war. Die Welt würde einfach sagen, er sei verrückt. Man würde ihn einsperren, wenn er auf seiner Geschichte beharrte ... Dennoch war es seine Pflicht, zu gestehen, die öffentliche Schande zu erdulden und öffentlich Buße zu tun. Es gab einen Gott, der von den Menschen forderte, der Erde wie dem Himmel ihre Sünden zu bekennen. Nichts konnte er tun, um sich zu reinigen, ehe er nicht seine Sünde bekannt hatte. Seine Sünde? Er zuckte die Achseln. Der Tod Basil Hallwards erschien ihm sehr unbedeutend. Er dachte an Hetty Merton. Denn es war ein ungerechter Spiegel, dieser Spiegel seiner Seele, in den er blickte. Eitelkeit? Neugier? Heuchelei? Hatte nichts weiter als das in seinem Verzicht gelegen? Es war noch etwas anderes dagewesen. Zumindest glaubte er es. Aber wer konnte das sagen? ... Nein, es war nichts weiter gewesen. Aus Eitelkeit hatte er sie verschont. Aus Heuchelei hatte er die Maske der Güte getragen. Um der Neugier willen hatte er die Selbstverleugnung ausprobiert. Das erkannte er jetzt.

Aber dieser Mord – sollte er ihn sein Leben lang verfolgen? Sollte er selbst für immer die Last seiner Vergangenheit tragen? Sollte er wirklich gestehen? Niemals. Es gab nur noch ein Beweisstück gegen ihn. Das Bild selbst – es war ein Beweis. Er würde es vernichten. Warum hatte er es so lange aufbewahrt? Einst hatte es ihm Vergnügen bereitet, zu beobachten, wie es sich veränderte und alt wurde. Dies Vergnügen hatte er in letzter Zeit nicht verspürt. Es hatte ihn nachts nicht schlafen lassen. Wenn er fortgewesen war, hatte es ihn mit Entsetzen erfüllt, daß womöglich andere Augen es erblickten. Es hatte seine Leidenschaften mit Trübsinn durchkreuzt. Die bloße Erinnerung daran hatte ihm viele Augenblicke der Lust verdorben. Es war wie das Gewissen für ihn gewesen. Ja, es war das Gewissen gewesen. Er wollte es vernichten.

Er schaute um sich und erblickte das Messer, das Basil Hallward erstochen hatte. Er hatte es viele Male gesäubert, bis kein Fleck darauf zurückgeblieben war. Es war blank und schimmerte. So wie er den Maler umgebracht hatte, würde er sein Werk umbringen und alles, was es bedeutete. Er würde die Vergangenheit umbringen, und wenn sie tot war, würde er frei sein. Er würde dieses ungeheuerliche Seelenleben töten, und ohne dessen gräßliche Warnungszeichen würde er Frieden haben. Er griff nach dem Messer und erstach das Bild.

Ein Schrei war zu hören und ein Lärm. Der Schrei war so grauenhaft in seiner Todesqual, daß die erschrockenen Diener erwachten und aus ihren Kammern schlichen. Zwei Herren, die unten auf dem Platz vorübergingen, blieben stehen und blickten zu dem vornehmen Haus empor. Dann gingen sie weiter, bis sie auf einen Polizisten stießen, und kamen mit ihm zurück. Der Mann läutete mehrmals, aber nichts rührte sich. Bis auf ein Licht in einem der Oberfenster lag das Haus in völligem Dunkel. Nach einer Weile ging er fort, stellte sich unter einen benachbarten Hauseingang und blieb auf der Hut.

»Wem gehört das Haus, Konstabler?« fragte der ältere der beiden Herren.

»Mister Dorian Gray, Sir«, antwortete der Polizist.

Sie sahen einander an, als sie davongingen, und blickten verächtlich. Der eine von ihnen war Sir Henry Ashtons Onkel.

Drinnen, im Bediententeil des Hauses, flüsterten die halb angekleideten Dienstboten miteinander. Die alte Mrs. Leaf weinte und rang die Hände. Francis war totenbleich.

Nach etwa einer Viertelstunde nahm er den Kutscher und einen Diener mit und schlich hinauf. Sie klopften, erhielten jedoch keine Antwort. Sie riefen laut. Alles war still. Schließlich, nachdem sie vergeblich versucht hatten, die Tür mit Gewalt zu öffnen, stiegen sie auf das Dach und ließen sich von dort auf den Balkon hinab. Die Glastüren gaben mühelos nach, ihre Riegel waren alt.

Als sie eintraten, sahen sie an der Wand ein prächtiges Bild ihres Herrn hängen, so wie sie ihn zuletzt gesehen hatten in dem ganzen Wunder seiner ungewöhnlichen Jugend und Schönheit. Auf dem Fußboden lag ein Toter, im Abendanzug und mit einem Messer im Herzen. Er war welk, runzlig und ekelhaft von Angesicht. Erst als sie die Ringe sahen, erkannten sie, wer es war.

Zu dieser Ausgabe

Der Text folgt dem insel taschenbuch 2644, Oscar Wilde, Sämtliche Werke in sieben Bänden. Herausgegeben von Norbert Kohl. Band 1: Das Bildnis des Dorian Gray. Aus dem Englischen von Christine Hoeppener. Mit einem Nachwort von Norbert Kohl. © für die Übersetzung: Insel-Verlag Leipzig 1976. Erstveröffentlichung in Buchform: London 1891 unter dem Titel *The Picture of Dorian Gray*. Umschlagabbildung: Photonica, Hamburg.

Oscar Wilde
im Insel Verlag

Oscar Wilde. Sämtliche Werke in sieben Bänden. Herausgegeben von Norbert Kohl. it 2644. In Kassette. 1850 Seiten. Leinen in Kassette. 2500 Seiten

Einzelausgaben

Aphorismen. Herausgegeben von Frank Thissen.
it 1020. 169 Seiten

Das Bildnis des Dorian Gray. Übersetzt von Hedwig Lachmann und Gustav Landauer. Mit einem Essay, einer Auswahlbibliographie und einer Zeittafel herausgegeben von Norbert Kohl. it 843. 326 Seiten

Bunbury oder Wie wichtig es ist, ernst zu sein. Ein leichtes Stück für ernsthafte Leute. Übersetzt von Christine Hoeppener. Herausgegeben von Norbert Kohl. Mit einigen Abbildungen. it 2235. 161 Seiten

De Profundis. Ein Brief. Übersetzt von Hedda Soellner. Mit einem Essay von Norbert Kohl. it 2645. 203 Seiten

Erzählungen und Märchen. Mit einem Nachwort von Norbert Kohl. it 2358. Großdruck. 385 Seiten

Gedichte. Herausgegeben von Norbert Kohl.
it 1455. 260 Seiten

Das Gespenst von Canterville. Erzählung. Übersetzt von Franz Blei. Mit Illustrationen von Oski. it 344. 89 Seiten

Der glückliche Prinz und andere Märchen. Übersetzt von Franz Blei. Mit Illustrationen von Michael Schroeder und einem Nachwort von Norbert Kohl. it 1256. 90 Seiten

Lord Arthur Saviles Verbrechen. Und andere Geschichten. Übersetzt von Christine Hoeppener. Mit Illustrationen von Michael Schroeder. it 1151. 135 Seiten

Salome. Dramen, Schriften, Aphorismen und Die Ballade vom Zuchthaus zu Reading. Mit Illustrationen von Marcus Behmer. it 107. 250 Seiten

Die schönsten Märchen. Übersetzt von Franz Blei und Christine Hoeppener. it 2355. Großdruck. 167 Seiten

Zu Oscar Wilde

Oscar Wilde im Spiegel des Jahrhunderts. Herausgegeben von Norbert Kohl. it 2639. 250 Seiten

Oscar Wilde. Leben und Werk. Herausgegeben von Norbert Kohl. Gebunden. 320 Seiten

Englische und amerikanische Literatur
im insel taschenbuch
Eine Auswahl

Elizabeth von Arnim
- Alle meine Hunde. Roman. Übersetzt von Karin von Schab. it 1502. 177 Seiten
- April, May und June. Übersetzt von Angelika Beck. it 1722. 88 Seiten
- Christine. Roman. Übersetzt von Angelika Beck. it 2211. 223 Seiten
- Einsamer Sommer. Roman. Übersetzt von Leonore Schwartz. Großdruck. it 2375. 186 Seiten
- Elizabeth und ihr Garten. Roman. Übersetzt von Adelheid Dormagen. Großdruck. it 2338. 216 Seiten
- In ein fernes Land. Roman. Übersetzt von Angelika Beck. it 2292. 402 Seiten
- Der Garten der Kindheit. Übersetzt von Leonore Schwartz. Großdruck. it 2361. 80 Seiten
- Jasminhof. Roman. Übersetzt von Helga Herborth. Großdruck. it 2363. 506 Seiten
- Liebe. Roman. Übersetzt von Angelika Beck. it 1591. 436 Seiten
- Sallys Glück. Roman. Übersetzt von Schamma Schahadat. it 1764. 352 Seiten
- Vera. Roman. Übersetzt von Angelika Beck. it 1808. 335 Seiten
- Verzauberter April. Roman. Übersetzt von Adelheid Dormagen. it 2346. 370 Seiten

Jane Austen
- Die Abtei von Northanger. Übersetzt von Margarete Rauchenberger. Mit Illustrationen von Hugh Thomson. it 931. 254 Seiten

- Anne Elliot. Übersetzt von Margarete Rauchenberger. Mit Illustrationen von Hugh Thomson. it 511. 549 Seiten
- Lady Susan. Ein Roman in Briefen. Übersetzt von Angelika Beck. it 1192. 253 Seiten
- Mansfield Park. Übersetzt von Angelika Beck. Mit Illustrationen von Hugh Thomson. it 1503. 579 Seiten
- Stolz und Vorurteil. Übersetzt von Margarete Rauchenberger. Mit Illustrationen von Hugh Thomson und mit einem Essay von Norbert Kohl. it 787. 439 Seiten
- Verstand und Gefühl. Übersetzt von Angelika Beck. Mit Illustrationen von Hugh Thomson. it 1615. 449 Seiten

Charlotte Brontë
- Jane Eyre. Eine Autobiographie. Überetzt von Helmut Kossodo. Mit einem Essay und einer Bibliographie herausgegeben von Norbert Kohl. it 813. 645 Seiten
- Der Professor. Übersetzt von Gottfried Röckelein. it 1354. 373 Seiten
- Shirley. Übersetzt von Johannes Reiher und Horst Wolf. it 1145 Seiten. 715 Seiten
- Über die Liebe. Herausgegeben von Elsemarie Maletzke. Übertragen von Eva Groepler und Hans J. Schütz. it 1249. 80 Seiten
- Villette. Übersetzt von Christiane Agricola. it 1447. 777 Seiten

Emily Brontë
- Die Sturmhöhe. Übersetzt von Grete Rambach. Großdruck. it 2348. 598 Seiten

Lewis Carroll
- Alice hinter den Spiegeln. Übersetzt von Christian Enzensberger. Mit Illustrationen von John Tenniel. it 97. 145 Seiten
- Alice im Wunderland. Übersetzt von Christian Enzensberger. Mit Illustrationen von John Tenniel. it 42. 138 Seiten

Kate Chopin
- Das Erwachen. Roman. Übersetzt von Ingrid Rein.
  it 2149. 222 Seiten

Daniel Defoe
- Glück und Unglück der berühmten Moll Flanders. Übersetzt von Martha Erler. Mit Illustrationen von William Hogarth und einem Essay von Norbert Kohl. it 707. 440 Seiten
- Robinson Crusoe. Übersetzt von Hannelore Novak. Mit Illustrationen von Ludwig Richter. it 41. 404 Seiten

Charles Dickens
- Bleak House. Übersetzt von Richard Zoozmann. Mit Illustrationen von Phiz. it 1110. 1031 Seiten
- David Copperfield. Mit Illustrationen von Phiz.
  it 468. 1245 Seiten
- Eine Geschichte aus zwei Städten. Mit Illustrationen von Phiz. it 1033. 506 Seiten
- Nikolaus Nickleby. Mit Illustrationen von Phiz.
  it 1304. 1022 Seiten
- Oliver Twist. Übersetzt von Reinhard Kilbel. Mit einem Nachwort von Rudolf Marx und Illustrationen von George Cruikshank. it 242. 607 Seiten
- Die Pickwickier. Mit Illustrationen von Robert Seymour, William Buss und Phiz. it 896. 1006 Seiten

D. H. Lawrence
- Liebesgeschichten. Übersetzt von Heide Steiner.
  it 1678. 308 Seiten

Katherine Mansfield
- Eine indiskrete Reise. Erzählungen. Ausgewählt von Franz-Friedrich Hackel. Übersetzt von Heide Steiner. Großdruck.
  it 2364. 214 Seiten

- Das Gartenfest und andere Erzählungen. Übersetzt von Heide Steiner. it 1724. 232 Seiten
- Reise in den Sommer. Erzählungen und Briefe. Großdruck. it 2388. 120 Seiten
- Über die Liebe. it 1703. 110 Seiten

Herman Melville
- Moby Dick. Übersetzt von Alice und Hans Seifert. Mit einem Nachwort von Rudolf Sühnel. it 233. 781 Seiten

Edgar Allan Poe
- Sämtliche Erzählungen. Herausgegeben von Günter Gentsch. Vier Bände in Kassette. it 1528-1531. 1568 Seiten
- Grube und Pendel. Schaurige Erzählungen. Übersetzt von Erika Gröger und Heide Steiner. it 2351. 188 Seiten
- Der Untergang des Hauses Usher. Meistererzählungen. Übersetzt von Babara Cramer-Nauhaus, Erika Gröger und Heide Steiner. it 1373. 182 Seiten

William Shakespeare
- Hamlet. Prinz von Dänemark. Übersetzt von August Wilhelm Schlegel. Mit Illustrationen von Eugène Delacroix. Herausgegeben und mit einem Essay versehen von Norbert Kohl. it 364. 270 Seiten
- Romeo und Julia. Übersetzt von Thomas Brasch. it 1383. 151 Seiten
- Die Sonette des William Shakespeare. Englisch und deutsch. Übersetzt von Wolfgang Kaußen. Mit einem Nachwort von Friedrich Apel. it 2228. 335 Seiten
- Die Tragödie des Macbeth. Übersetzt von Thomas Brasch. it 1440. 112 Seiten
- Was ihr wollt. Übersetzt von Thomas Brasch. it 1205. 132 Seiten
- Wie es euch gefällt. Übersetzt und bearbeitet von Thomas Brasch. it 1509. 121 Seiten

Mary Shelley
- Frankenstein oder Der moderne Prometheus. Übersetzt von Karl Bruno Leder und Gerd Leetz. Mit einem Essay und einer Bibliographie von Norbert Kohl.
  it 1030. 373 Seiten

Mark Twain
- Mark Twains Abenteuer. Herausgegeben von Norbert Kohl. Fünf Bände in Kassette. it 1891-1895. 2496 Seiten
- Huckleberry Finns Abenteuer. Übersetzt von Barbara Cramer-Nauhaus. Mit Illustrationen der Erstausgabe von Edward W. Kembe. it 1892. 413 Seiten
- Reisen um das Mittelmeer. Vergnügliche Geschichten. it 1799. 215 Seiten

Wer kennt nicht die unheimliche Geschichte von dem ehrenwerten Dr. Jekyll und seiner »Nachtseite«, dem furchteinflößenden Mr. Hyde? Als Klassiker des Gruselfilms ist die Verfilmung mit Spencer Tracy in die Filmgeschichte eingegangen. Die literarische Vorlage wurde 1886 zum ersten großen Publikumserfolg des bis dahin nur wenig bekannten Autors Robert Louis Stevenson.

Dr. Jekyll, der seit seiner Jugend an einer Art Persönlichkeitsspaltung leidet und ein Doppelleben führt, ist es mit Hilfe von chemischen Experimenten gelungen, der bösen, triebhaften Seite seines Wesens eine eigene Gestalt zu geben. Unter dem Namen Mr. Hyde treibt dieser Doppelgänger im nebelverhangenen London sein Unwesen. Zu seinem Entsetzen bemerkt Jekyll bald, daß die Rückverwandlung von Hyde zu Jekyll immer schwieriger wird ...

insel taschenbuch
Robert Louis Stevenson
Der seltsame Fall
von Dr. Jekyll und Mr. Hyde

Robert Louis Stevenson

Der seltsame Fall von Dr. Jekyll und Mr. Hyde

Aus dem Englischen von
Grete Rambach

Insel Verlag

insel taschenbuch
Erste Auflage 2001
Insel Verlag Frankfurt am Main und Leipzig 2001
© für die Übersetzung: Insel-Verlag 1930
Alle Rechte vorbehalten, insbesondere das
des öffentlichen Vortrags sowie der Übertragung
durch Rundfunk und Fernsehen, auch einzelner Teile.
Kein Teil des Werkes darf in irgendeiner Form
(durch Fotografie, Mikrofilm oder andere Verfahren)
ohne schriftliche Genehmigung des Verlages
reproduziert oder unter Verwendung elektronischer Systeme
verarbeitet, vervielfältigt oder verbreitet werden.
Hinweise zu dieser Ausgabe am Schluß des Bandes
Vertrieb durch den Suhrkamp Taschenbuch Verlag
Umschlag: agentur büdinger, Augsburg
Druck: Nomos Verlagsgesellschaft, Baden-Baden
Printed in Germany

1 2 3 4 5 6 – 06 05 04 03 02 01

Der seltsame Fall von Dr. Jekyll und Mr. Hyde

Die Geschichte der Tür

Der Rechtsanwalt Utterson hatte ein zerfurchtes Gesicht, über das nie ein Lächeln huschte; er war kühl, wortkarg und verlegen in der Unterhaltung, schwerfällig in Gefühlsangelegenheiten, lang, hager, verstaubt und farblos – und doch irgendwie liebenswert. Kam er mit Freunden zusammen und war der Wein nach seinem Geschmack, so leuchtete aus seinem Blick etwas ungemein Menschliches – etwas, das sich beileibe nie in seine Rede verirrt hätte, das aber nicht nur bei solchen Gelegenheiten aus den Zügen seines Gesichtes, sondern öfter und deutlicher noch im Leben aus seinen Handlungen sprach. Er war hart gegen sich selbst, trank, wenn er allein war, Wacholderschnaps, um seine Schwäche für edlen Wein zu unterdrücken, und war, obgleich er eine Vorliebe fürs Theater hatte, seit zwanzig Jahren in keinem gewesen. Dabei war er voll Duldsamkeit gegen andere, ja bestaunte, manchmal fast neidisch, das Draufgängertum, das ihre Missetaten beseelte, und war im Notfall eher zu helfen als zu tadeln bereit. »Ich neige zu Kains ketzerischer Ansicht«, pflegte er bedächtig zu sagen: »Ich lasse meinen Nächsten zur Hölle fahren, wie es ihm beliebt.« – Daher war es häufig sein Schicksal, daß er die letzte achtbare Bekanntschaft und der letzte gute Einfluß im Leben von Menschen war, die sich auf abschüssiger

Bahn befanden. Und gerade sie ließ er auch nicht den Schatten eines veränderten Benehmens merken, solange sie bei ihm aus und ein gingen.

Allerdings war dies kein Kunststück für Mr. Utterson; denn er war von Natur zurückhaltend, und auch seine Freundschaften schienen in einer ähnlich gutmütigen Vorurteilslosigkeit begründet zu sein. Es ist das Kennzeichen eines bescheidenen Mannes, daß er seinen Freundeskreis fix und fertig aus den Händen der Vorsehung entgegennimmt, und so erging es dem Rechtsanwalt. Seine Freunde waren Verwandte oder Leute, die er schon lange kannte; seine Zuneigungen waren mit der Zeit gewachsen, gleich Efeu, und machten keinen Anspruch auf Tauglichkeit des Objekts. Daraus erwuchs zweifellos auch das Band, das ihn mit Mr. Richard Enfield, einem entfernten Verwandten und stadtbekannten Mann, verknüpfte. Vielen war es ein Rätsel, was diese beiden zueinander zog oder was sie wohl für gemeinsame Interessen haben mochten. Leute, die ihnen auf ihren Sonntagsspaziergängen begegneten, wußten zu berichten, daß sie nichts miteinander sprachen, außerordentlich gelangweilt dreinschauten und mit offensichtlicher Erleichterung das Erscheinen eines Bekannten begrüßten. Dabei aber legten beide Männer den größten Wert auf diese Ausflüge, betrachteten sie als Höhepunkt der Woche und gingen, um sie ungestört genießen zu können, nicht nur Vergnügungen aus dem Wege, sondern ließen auch Geschäft Geschäft sein.

Auf einem dieser Streifzüge geschah es, daß ihr Weg sie durch eine Seitenstraße in ein Geschäftsviertel Londons führte. Es war eine schmale, sogenannte ruhige Straße, in der jedoch an Werktagen ein ersprießlicher Handel getrieben wurde. Ihren Bewohnern ging es anscheinend gut, und alle strebten danach, daß es ihnen noch besser ginge. Was ihnen vom Gewinn übrigblieb, legten sie in der Verschönerung ihrer Häuser an, so daß die Läden dieser Durchgangsstraße etwas Einladendes an sich hatten, wie eine Reihe lächelnder Verkäuferinnen. Selbst sonntags, wenn sie ihre wahren Reize verbarg und verhältnismäßig menschenleer dalag, wirkte die Straße im Gegensatz zu ihrer schmutzigen Nachbarschaft wie ein weißer Rabe und bestach mit ihren frisch angestrichenen Rolläden und blankpolierten Messingschildern, ihrer allgemeinen Sauberkeit und einer gewissen heiteren Note sofort die Augen der Vorübergehenden und erregte ihr Wohlgefallen.

Zwei Häuser hinter einer Kreuzung wurde die Straßenfront linker Hand, und zwar nach Osten, von einem Hofeingang unterbrochen, und dort ragte der Giebel eines düsteren Gebäudes über die Straße empor. Es war zwei Stockwerke hoch, hatte keine Fenster, nur eine Tür im unteren Stockwerk und darüber eine leere, mißfarbene Wand und trug allenthalben den Stempel jahrelanger Verkommenheit und Vernachlässigung. Die Tür, an der man vergeblich nach Klingel und Klopfer gesucht hätte, war verwittert und schmutzig. Landstreicher fanden Unterschlupf in der Mauernische und entzündeten ihre Streichhölzer an den Türfüllungen, Kinder spielten auf den Stufen Kaufladen, Schuljungen bearbeiteten die Gesimse mit ihren Taschenmessern, und seit fast einem Menschenalter war niemand gekommen, der diese Zufallsgäste vertrieben oder ihre Spuren beseitigt hätte.

Mr. Enfield und der Anwalt gingen auf der anderen Seite der Straße, und als sie sich dem Eingang gegenüber befanden, hob Mr. Enfield seinen Stock und wies hinüber.

»Haben Sie jemals die Tür dort bemerkt?« fragte er und fuhr, als der andere genickt hatte, fort: »Sie ist in meiner Erinnerung mit einer äußerst seltsamen Geschichte verknüpft.«

»So?« sagte Mr. Utterson mit leichtem Schwanken in der Stimme, »und was war das?«

»Das war so«, berichtete Mr. Enfield: »In einer schwarzen Winternacht gegen drei Uhr kam ich vom andern Ende der Stadt und wollte nach Hause. Mein Weg führte mich durch einen Stadtteil, in dem buchstäblich nichts anderes zu sehen war als Laternen. Weit und breit – die Leute schliefen alle – waren die Straßen wie für eine Prozession erleuchtet und still wie eine Kirche, und schließlich geriet ich in den Zustand, in dem man sein Gehör anstrengt und immerfort lauscht und anfängt, sich nach dem Anblick eines Schutzmannes zu sehnen. – Auf einmal sah ich zwei Gestalten: die eine, ein kleiner Mann, der mit schnellen, schweren Schritten in östlicher Richtung dahinging, und die andere, ein Mädchen von etwa acht bis zehn Jahren, das, so schnell es konnte, eine Querstraße heruntergelaufen kam. Die beiden prallten natürlich an der Ecke aufeinander; und jetzt kommt das Schreckliche an der Sache: der Mann schritt ruhig über den Körper des Kindes hinweg und ließ es schreiend am Boden liegen. Wenn man das hört, klingt es nach gar nichts; aber es war greulich anzusehen. Das war kein Mensch, das war wie ein unheimliches Fabelwesen, das alles niedertritt, was sich ihm in den Weg stellt. – Ich rief ihn an, lief ihm nach, ergriff den Burschen beim Kragen und brachte ihn zu der Stelle zurück, wo sich bereits eine Gruppe um das schreiende Kind gebildet hatte. Er war vollkommen ruhig und leistete keinen Widerstand, doch streifte er mich mit einem so widerwärtigen Blick, daß mir der kalte Schweiß ausbrach. Die Leute auf der Straße waren die Verwandten des Mädchens, und bald darauf erschien auch der Arzt, von dem es vorhin gekommen war.

Nun, dem Kinde war nichts weiter geschehen; es

war, nach des Knochensägers Aussagen, mehr erschrocken – und jetzt werden Sie wahrscheinlich denken, daß die Geschichte zu Ende ist. Aber da war ein merkwürdiger Umstand. Mich hatte auf den ersten Blick ein heftiger Widerwille gegen den Mann gepackt, genauso ging es der Familie des Kindes, was nur natürlich war; was mich jedoch aufs äußerste erstaunte, war das Verhalten des Doktors. Er war der übliche Feld-, Wald- und Wiesen-Apotheker, dessen Alter ebenso unbestimmbar war wie seine Haarfarbe, sprach starken Edinburgher Dialekt und hatte so ungefähr das Temperament einer Dudelsackpfeife. Nun, ihm erging es nicht anders als uns allen; jedesmal, wenn der Knochensäger nach meinem Gefangenen hinblickte, merkte ich, daß es ihm rot vor Augen wurde, in dem Wunsch, ihn zu töten. Ich wußte, was in ihm vorging, genauso wie er es von mir wußte, und da Totschlagen nicht in Frage kam, taten wir das Nächstbeste. Wir sagten dem Mann, daß wir von dieser Sache ein solches Aufhebens machen wollten und würden, daß sein Name von einem Ende Londons bis zum andern gen Himmel stinken wollte. Wenn er irgendwelche Freunde und Kredit besäße, so wollten wir dafür sorgen, daß er sie verlor. Und während wir das, weißglühend vor Wut, auf ihn niederprasseln ließen, wehrten wir, so gut wir konnten, die Frauen von ihm ab; denn sie waren wild wie Furien.

Ich habe nie einen Kreis von so haßerfüllten Gesichtern gesehen, und in ihrer Mitte stand der Mann mit finsterer, ja spöttischer Kaltblütigkeit, obgleich er selbst erschrocken war – das konnte ich sehen –, doch wußte er das teuflisch gut zu verbergen. ›Wenn Sie Kapital aus dieser Begebenheit zu schlagen gedenken‹, sagte er, ›so bin ich natürlich machtlos. Jeder Ehrenmann wünscht einen Skandal zu vermeiden, nennen Sie Ihre Forderungen!‹ Wir verlangten hundert Pfund für die Familie des Kindes; er hätte sich sicher gern darum gedrückt, doch es lag etwas über uns allen, das nichts Gutes verhieß, darum gab er schließlich nach. – Nun hieß es, das Geld zu bekommen, und denken Sie sich, da führte er uns zu eben jener Tür dort, zog einen Schlüssel aus der Tasche, ging hinein und kam kurz darauf mit zehn Pfund in Gold und einem Scheck über die Restsumme auf eine Bank zurück. Der Scheck lautete auf den Überbringer und war mit einem Namen unterzeichnet, den ich nicht nennen kann, obgleich er einer der springenden Punkte meiner Geschichte ist; jedenfalls war es ein wohlbekannter Name, den man häufig gedruckt liest. Es war eine große Summe, aber die Unterschrift bürgte für noch mehr – vorausgesetzt, daß sie echt war. Ich nahm mir die Freiheit, den Mann darauf hinzuweisen, daß die ganze Sache einen höchst zweifelhaften Eindruck mache, denn im gewöhnlichen Leben gehe kein Mensch nachts um vier in eine Kellertür und komme mit dem Scheck eines anderen Mannes über annähernd hundert Pfund wieder heraus. Er war aber ganz unbesorgt und lächelte spöttisch. ›Beruhigen Sie sich‹, sagte er, ›ich werde bei Ihnen bleiben, bis die Bank geöffnet wird, und den Scheck selbst einlösen.‹ So machten wir uns alle auf, der Arzt, der Vater des Kindes, unser Freund und ich, und verbrachten den Rest der Nacht in meiner Wohnung; am Morgen, als wir gefrühstückt hatten, gingen wir dann gemeinschaftlich zur Bank. Ich gab den Scheck eigenhändig ab und bemerkte dazu, ich hätte allen Grund anzunehmen, daß es eine Fälschung sei. – Aber nicht die Spur! Der Scheck war echt!!«

»Na, na«, meinte Mr. Utterson.

»Ich sehe, Sie haben das gleiche Gefühl wie ich«, sagte Mr. Enfield.

»Ja, es ist eine tolle Geschichte, denn der Mann war ein Bursche, mit dem man nichts zu tun haben möchte – ein ganz verbotener Kerl, und der Aussteller des Schecks ist der Inbegriff der Wohlanständigkeit, geradezu bekannt dafür und, was das Schlimmste ist, einer der Leute, die viel Gutes tun. Ich taxiere: Erpressung! Ein ehrenwerter Mann, der für irgendeine Jugendeselei blechen muß. Erpresserhaus nenne ich seither das Gebäude mit der Tür. Obgleich auch das bei weitem nicht alles erklärt«, fügte er hinzu und verfiel darauf in tiefes Nachdenken.

Mr. Utterson rief ihn in die Wirklichkeit zurück, indem er etwas plötzlich fragte: »Und Sie wissen nicht, ob der Aussteller des Schecks hier wohnt?« »Der Ort scheint mir nicht recht geeignet zu sein«, entgegnete Mr. Enfield. »Nein, zufällig weiß ich seine Adresse; er wohnt irgendwo anders.«

»Und haben Sie nie nachgeforscht, was es mit dem Haus mit der Tür auf sich hat?« fragte Mr. Utterson.

»Nein, ich scheute mich davor«, war die Antwort. »Ich vermeide nach Möglichkeit, Fragen zu stellen, es erinnert zu sehr an das Jüngste Gericht. Wenn Sie eine Frage aufwerfen, so ist es, als ob Sie an einen Stein stoßen. Sie sitzen ganz ruhig oben auf einem Berg, und der Stein gerät ins Rollen und reißt andere mit sich, und plötzlich wird irgendein biederer alter Knabe – an den Sie am allerwenigsten gedacht hätten –, während er arglos in seinem Garten sitzt, am Kopf getroffen, und die Familie muß sich nach einem neuen Ernährer umsehen. Nein, ich habe es mir zur Regel gemacht: je mehr ich Unrat wittere, desto weniger frage ich.«

»Das ist ein sehr guter Grundsatz«, sagte der Anwalt.

»Doch habe ich die Örtlichkeit auf eigene Faust untersucht«, fuhr Mr. Enfield fort. »Man kann es kaum ein Haus nennen. Es existiert keine andere Tür, und durch diese geht niemand aus noch ein, außer in großen Zeitabständen der Held meines Abenteuers. Im ersten Stock befinden sich drei Fenster, die nach dem Hof gehen; unten ist keins. Die Fenster sind immer geschlossen, doch sind sie sauber. Und dann ist da noch ein Schornstein, der gewöhnlich raucht, also muß jemand dort wohnen; aber auch das ist nicht sicher, denn die Häuser kleben in dem Hof so dicht aneinander, daß es schwer zu sagen ist, wo das eine aufhört und das andere anfängt.«

Die beiden Männer gingen eine Weile schweigend nebeneinander her, dann sagte Mr. Utterson: »Enfield, das ist ein guter Grundsatz, den Sie da haben.«

»Das glaube ich auch«, entgegnete Enfield.

»Und doch«, fuhr der Anwalt fort«, möchte ich Sie etwas fragen: ich möchte den Namen des Mannes wissen, der über das Kind weggeschritten ist.«

»Nun«, meinte Mr. Enfield, »ich trage keine Bedenken. Es war ein Mann namens Hyde.«

»Hm«, machte Mr. Utterson. »Was für eine Sorte Mensch ist er dem Äußeren nach?«

»Es ist nicht leicht, ihn zu beschreiben. Irgend etwas haftet seiner Erscheinung an, etwas Unangenehmes, ja geradezu Verabscheuenswürdiges. Ich habe nie einen Menschen gesehen, gegen den ich eine solche Abneigung empfunden hätte, und weiß doch kaum, warum. Er muß irgendwie verwachsen sein, jedenfalls hat man bei ihm ausgesprochen das Gefühl von Mißgestaltung, obgleich sie sich nicht näher bestimmen läßt. Sein Aussehen ist außergewöhnlich, und doch kann ich nichts anführen, was aus dem Rahmen fällt. Nein, es geht nicht! Ich kann ihn einfach nicht beschreiben. Dabei ist es nicht mangelndes Erinnerungsvermögen, denn ich sehe ihn noch deutlich vor mir.«

Wieder schritt Mr. Utterson schweigend weiter, sichtlich in Betrachtungen vertieft. »Sind Sie sicher, daß er einen Schlüssel hatte?« fragte er endlich.

»Aber, mein Lieber ...«, begann Enfield sehr überrascht.

»Ja, ich weiß«, sagte Utterson, »ich weiß, es muß seltsam anmuten. Der Grund, warum ich nicht nach dem Namen des anderen Beteiligten frage, ist, daß ich ihn bereits weiß. Sie sehen, Richard, Ihre Geschichte hat ihn mir verraten. Und wenn Sie in irgendeinem Punkt nicht ganz genau waren, so sollten Sie es lieber richtigstellen.«

»Sie hätten mir eigentlich einen Wink geben können«, entgegnete der andere mit einem Anflug von Verstimmung. »Übrigens war ich pedantisch genau – wie Sie es nennen. Der Bursche hatte einen Schlüssel, und, was wichtiger ist, er hat ihn noch. Ich habe gesehen, wie er ihn vor kaum einer Woche benutzt hat.«

Mr. Utterson seufzte tief, doch sprach er kein Wort weiter, und der junge Mann nahm das Gespräch wieder auf.

»Das war wieder eine Lehre für mich, den Mund zu halten. Ich schäme mich wegen meiner Schwatzhaftigkeit. Wir wollen nie wieder hierauf zurückkommen. Abgemacht?«

»Von Herzen gern«, sagte der Anwalt. »Da haben Sie meine Hand darauf, Richard!«

Auf der Suche nach Mr. Hyde

An jenem Abend kehrte Mr. Utterson in gedrückter Stimmung in seine Junggesellenwohnung zurück und setzte sich ohne Appetit zu Tisch. Sonntags war es sonst seine Gewohnheit, sich nach beendeter Mahlzeit mit irgendeiner trockenen, theologischen Schrift auf dem Lesepult dicht neben den Kamin zu setzen, bis die Uhr der benachbarten Kirche zwölf schlug, um dann mit klarem Kopf und dankerfülltem Herzen zu Bett zu gehen. Heute aber nahm er, kaum daß der Tisch abgeräumt war, eine Kerze zur Hand und ging in sein Büro. Dort öffnete er den Geldschrank, entnahm dem Geheimfach ein Dokument, das auf dem Umschlag als Dr. Jekylls Testament bezeichnet war, und setzte sich mit gefurchter Stirn nieder, um dessen Inhalt zu studieren. Das Testament war von dem Doktor selbständig abgefaßt worden, denn Mr. Utterson hatte sich geweigert, bei seiner Abfassung auch nur im geringsten mitzuwirken, wenn er es auch später in Verwahrung genommen hatte. Es bestimmte, daß die Besitztümer von Henry Jekyll, Dr. med., Dr. jur., Mitglied der Königlichen Akademie usw., im Fall seines Todes an seinen ›Freund und Wohltäter Edward Hyde‹ übergehen sollten. Ferner besagte es, daß im Fall von Dr. Jekylls ›Verschwinden oder unerklärbarer Abwesenheit, falls sie drei Kalendermonate überschritte‹, besagter Edward Hyde Henry Jekylls Rechtsnachfolger werden sollte, und zwar ohne weiteren Verzug und ohne daß ihm andere Verpflichtungen daraus erwachsen sollten als die Zahlung einiger kleiner Summen an Hausangestellte des Doktors.

Dieses Dokument war dem Rechtsanwalt schon lange ein Dorn im Auge. Es verletzte ihn gleicherweise als Juristen wie als Menschen, der alles Vernünftige und Herkömmliche im Leben liebte und im Phantastischen etwas Unschickliches sah. Bis dahin hatte die Tatsache, daß er nichts über Mr. Hyde wußte, seinen Unwillen erregt, nun tat das mit einem Schlage der Umstand, *daß* er etwas über ihn erfahren hatte. Es war schon schlimm gewesen, als der Name ihm nichts als ein bloßer Name war, der ihm nichts sagte. Schlimmer wurde es nun, da sich ihm mit dem Namen die Vorstellung von etwas Verabscheuenswürdigen verband. Und plötzlich fiel es ihm wie Schuppen von den Augen, und es erwuchs in ihm die Gewißheit, es mit einem Teufel zu tun zu haben.

»Ich hatte es für Wahnsinn gehalten«, sagte er, als er das ominöse Schriftstück in den Geldschrank zurücklegte, »aber jetzt fange ich an zu fürchten, daß etwas Ehrenrühriges dahintersteckt.«

Dann blies er die Kerze aus, zog einen Mantel an und machte sich auf den Weg nach Cavendish Square, der Hochburg der medizinischen Wissenschaft, wo sein Freund, der berühmte Dr. Lanyon, wohnte und seine zahlreichen Patienten empfing. Er sagte sich: »Wenn irgend jemand Bescheid weiß, so ist es Lanyon.«

Der würdige Diener, der ihn kannte, ließ ihn eintreten und führte ihn ohne weitere Förmlichkeiten ins Eßzimmer, wo Dr. Lanyon allein bei seinem Glase Wein saß. Er war ein liebenswürdiger, gesunder, rotbackiger, feiner Herr, mit frühzeitig ergrautem Haar und lautem, sicherem Auftreten.

Beim Anblick von Mr. Utterson sprang er von seinem Stuhl auf und hieß ihn mit ausgestreckten Händen willkommen. Die Herzlichkeit, die dem Manne eigen war, erschien auf den ersten Blick theatralisch, doch entsprang sie echtem Gefühl. Denn die beiden waren alte Freunde und Kameraden von der Schule und der Universität her, beide hatten Achtung vor sich selbst und voreinander und, was nicht immer daraus folgt, waren sehr gern zusammen.

Nachdem sie über dies und jenes geplaudert hatten, kam der Anwalt auf den Gegenstand zu sprechen, der seinen Geist so stark beschäftigte und bedrückte.

»Wenn ich es mir überlege, Lanyon«, sagte er, »sind wir beide, du und ich, die ältesten Freunde, die Henry Jekyll hat.«

»Ich wollte, die Freunde wären jünger«, scherzte Dr. Lanyon.

»Aber es wird schon stimmen. Wie kommst du darauf? Ich sehe ihn jetzt selten.«

»So?« meinte der Anwalt. »Ich dachte, ihr hättet gemeinsame Interessen.«

»Die hatten wir«, lautete die Antwort. »Doch schon vor mehr als zehn Jahren wurde mir Henry Jekyll zu phantastisch. Er geriet auf Irrwege, auf geistige Irrwege, möchte ich sagen, und obgleich ich mich natürlich um alter Zeiten willen weiter für ihn interessiere, höre und sehe ich doch verdammt wenig von ihm. Solch unwissenschaftliches Gewäsch hätte selbst Damon und Pythias auseinandergebracht«, fügte der Doktor heftig hinzu und bekam plötzlich einen roten Kopf.

Dieser kleine Temperamentsausbruch brachte Mr. Utterson eine gewisse Erleichterung. ›Sie stimmen nur über eine wissenschaftliche Frage nicht überein‹ dachte er, und da er selbst keine wissenschaftlichen Passionen hatte (außer in juristischen Dingen), fügte er sogar hinzu: Gut, daß es nichts Schlimmeres ist.‹ Er ließ seinem Freunde Zeit, sich zu beruhigen, und stellte ihm dann die Frage, derentwegen er gekommen war. »Bist du je einem Protegé von ihm begegnet – einem gewissen Hyde?« – »Hyde?« wiederholte Lanyon. »Nein. Nie was von ihm gehört, jedenfalls nicht zu meiner Zeit.«

Das war alles, was der Anwalt an Aufklärungen mit

nach Hause und in sein großes düsteres Bett nahm, in dem er sich von einer Seite auf die andere warf, bis aus der Nacht ein neuer Morgen wurde. Diese Nacht war keine Erquickung für seinen arbeitenden Geist, der in völliger Dunkelheit von quälenden Fragen bestürmt wurde.

Von der so angenehm nahe liegenden Kirche schlug es sechs, und immer noch grübelte er über das Problem nach. Hatte es bisher nur seinen Verstand beschäftigt, so fing es jetzt an, seine Phantasie zu erregen und gefangenzunehmen, und während er sich in der Dunkelheit der Nacht hinter dichtverhangenen Fenstern in seinem Bett hin und her wälzte, rollten die Einzelheiten von Mr. Enfields Erzählung wie grellbeleuchtete Bilder vor seinem inneren Auge ab. So sah er die endlose Reihe von Laternen in der nächtlichen Stadt, sah die Gestalt eines eilig daherkommenden Mannes und das Kind, das vom Arzt gelaufen kam, sah, wie beide zusammenstießen und wie jener Teufel in Menschengestalt das Kind niedertrat und ungerührt von seinem Geschrei seinen Weg fortsetzte. Oder er sah ein Zimmer in einem vornehmen Hause, in dem sein Freund im Schlafe lag und im Traume lächelte. – Die Tür öffnet sich, die Bettvorhänge werden beiseite geschoben, der Schläfer erwacht – und da – am Bett steht eine Gestalt, ein Mann, dem Macht über ihn gegeben ist, und selbst zu dieser nächtlichen Stunde muß er aufstehen und tun, was er von ihm verlangt. – In dieser zwiefachen Gestalt verfolgte der Unbekannte den Anwalt die ganze Nacht hindurch; und wenn er wirklich einmal einschlummerte, so sah er ihn nur noch spukhafter durch schlafende Häuser gleiten oder noch schneller und immer schneller, ja schwindelerregend schnell durch Labyrinthe von erleuchteten Straßen laufen und an jeder Ecke ein Kind niederrennen und schreiend liegenlassen. Und doch hatte die Gestalt kein Gesicht, an dem er sie hätte erkennen können; nicht einmal in seinen Träumen hatte sie ein Gesicht oder doch nur eins, das ihn verwirrte und sich vor seinen Augen in Nebel auflöste. Und da entstand im Bewußtsein des Anwalts und wuchs zusehends ein eigenartig starkes, ja fast ausschweifendes Verlangen, die Gesichtszüge des wirklichen Mr. Hyde zu schauen. Wenn er ihn – so glaubte er – erst einmal mit eigenen Augen sehen könnte, würde sich das Geheimnis lichten oder vielleicht überhaupt in Nichts zerfließen, so wie es mit geheimnisvollen Dingen geschieht, wenn man ihnen auf den Grund geht. Er würde dann vielleicht eine Erklärung für seines Freundes seltsame Zuneigung oder Knechtschaft (oder wie man es sonst nennen mochte) und selbst für die seltsamen Klauseln des Testamentes finden. Zum mindesten würde es ein Gesicht sein, das zu betrachten sich lohnen müßte, das Gesicht eines

Mannes, der kein Mitleid kennt – ein Gesicht, dessen bloßer Anblick genügt hatte, um in dem nicht leicht zu beeinflussenden Gemüt von Enfield das Gefühl unauslöschlichen Hasses zu erwecken.

Von jenem Zeitpunkt an begann Mr. Utterson die Tür in der kleinen Ladenstraße zu überwachen. Morgens, vor den Bürostunden, mittags, auch wenn er viel zu tun und wenig Zeit hatte, bei Nacht, angesichts des verschwommenen Großstadtmondes, bei jeder Beleuchtung und zu allen Zeiten, einerlei, ob die Straße einsam dalag oder ob sie belebt war, immer konnte man den Anwalt auf seinem selbstgewählten Posten antreffen.

›Wenn Mr. Hyde sich verbergen will‹, so sagte er sich, ›so werde ich ihn eben suchen.‹

Und schließlich wurde seine Geduld belohnt. Es war eine schöne, windstille Frostnacht, die Straßen waren glatt und sauber wie ein Tanzboden, auf den die Laternen ein regelmäßiges Muster von Licht und Schatten zauberten. Um zehn Uhr, nach Ladenschluß, lag die Seitenstraße einsam da, und obgleich London ringsumher leise brodelte, war es sehr still. Kleinste Laute wurden wahrgenommen, alltägliche Geräusche in den Häusern waren auf beiden Seiten der Straße zu vernehmen, und der Lärm, der von einem nahenden Fußgänger verursacht wurde, eilte ihm längere Zeit voraus. Mr. Utterson stand erst einige

Minuten auf seinem Posten, als er bemerkte, daß ein seltsam leichter Schritt näher kam. – Im Lauf seiner nächtlichen Streifzüge hatte er sich längst an die eigenartige Wirkung gewöhnt, die hervorgerufen wird, wenn sich der Klang der Schritte eines einzelnen Menschen plötzlich, obgleich er noch ein gutes Stück entfernt ist, aus dem allgemeinen Gesumm und Geräusch der Großstadt herauslöst. Und doch war seine Aufmerksamkeit nie zuvor so entschieden und zwingend wachgerufen worden, und mit einer starken, fast abergläubischen Zuversicht auf Erfolg zog er sich in den Eingang zum Hof zurück.

Die Schritte kamen schnell näher und erklangen plötzlich lauter, als sie um die Ecke bogen. Der Anwalt konnte von seinem Versteck aus bald sehen, mit welcher Sorte Mensch er es zu tun hatte. Er war klein, sehr einfach gekleidet, und sein Aussehen ging dem Beobachter, selbst aus dieser Entfernung, irgendwie stark gegen den Strich. Er ging geradenwegs auf die Tür zu, und zwar schräg über den Fahrdamm, um Zeit zu sparen, und zog im Gehen einen Schlüssel aus der Tasche, wie einer, der sich seinem Hause nähert.

Mr. Utterson trat vor und berührte seine Schulter, als er vorbeigehen wollte.

»Mr. Hyde, nicht wahr?«

Mr. Hyde fuhr zurück und zog hörbar den Atem ein. Doch sein Schreck ging bald vorüber, und, obgleich er dem Anwalt nicht ins Auge sah, versetzte er ziemlich gelassen: »So heiße ich. Was wünschen Sie?«

»Sie wollen dort hineingehen, wie ich sehe«, erwiderte der Anwalt. »Ich bin ein alter Freund von Dr. Jekyll – Mr. Utterson aus Gaunt Street –, Sie werden meinen Namen sicher gehört haben; und da es sich so günstig trifft, dachte ich, Sie könnten mich hineinlassen.«

»Sie würden Dr. Jekyll nicht antreffen, er ist nicht zu Hause«, entgegnete Mr. Hyde, indem er den Schlüssel ins Schloß steckte. Und plötzlich, jedoch ohne aufzublicken: »Woher kennen Sie mich?«

»Würden Sie mir«, sagte Mr. Utterson, »Ihrerseits einen Gefallen erweisen?«

»Mit Vergnügen«, versetzte der andere. »Was soll ich tun?«

»Würden Sie mich Ihr Gesicht sehen lassen?« fragte der Anwalt.

Mr. Hyde schien zu zögern, um ihm dann, wie auf Grund einer plötzlichen Überlegung, mit trotziger Gebärde sein Gesicht darzubieten, und die beiden sahen sich einige Sekunden lang starr in die Augen. »Jetzt werde ich Sie wiedererkennen«, sagte Mr. Utterson. »Das könnte von Nutzen sein.« »Ja«, gab Mr. Hyde zu, »es ist ganz gut, daß wir uns getroffen haben. Übrigens wäre es vielleicht nützlich, wenn Sie meine Adresse hätten.«

Und er gab ihm die Nummer einer Straße in Soho an.

›Großer Gott!‹ dachte Mr. Utterson, ›ist es möglich, daß auch er an das Testament gedacht hat?‹ Doch behielt er seine Gedanken für sich und murmelte nur einen Dank für die Adresse.

»Und nun«, sagte der andere, »woher kannten Sie mich?«

»Nach einer Beschreibung«, war die Antwort.

»Wessen Beschreibung?«

»Wir haben gemeinsame Freunde«, sagte Mr. Utterson.

»Gemeinsame Freunde?« wiederholte Mr. Hyde ein wenig heiser. »Welche?«

»Zum Beispiel Jekyll«, sagte der Anwalt.

»Der hat Ihnen nichts erzählt«, rief Mr. Hyde mit einem Anflug von Ärger. »Ich hätte nicht geglaubt, daß Sie mich anlügen würden.«

»Nun, nun«, sagte Mr. Utterson, »solche Sprache schickt sich nicht.«

Der andere brach in wildes Gelächter aus, hatte im nächsten Augenblick mit unglaublicher Geschwindigkeit die Tür geöffnet und war im Innern des Hauses verschwunden.

Nachdem Mr. Hyde ihn verlassen hatte, blieb der Anwalt noch eine Weile stehen – ein Bild der Unruhe.

Dann ging er langsam die Straße hinauf, hielt aber

alle paar Augenblicke den Schritt an und griff sich mit der Hand an die Stirn, wie ein Mensch, der sich in völliger Ratlosigkeit befindet. Das Problem, mit dem er sich beim Gehen auseinandersetzte, gehörte zu denen, die selten gelöst werden. – Mr. Hyde war blaß und von kleinem Wuchs, er machte den Eindruck von Mißgestaltung, obgleich er nicht eigentlich verwachsen war, sein Lächeln war unangenehm, sein Benehmen dem Anwalt gegenüber eine ekelhafte Mischung von Schüchternheit und Dreistigkeit, und seine Stimme war heiser, zischelnd und brüchig. All das sprach gegen ihn, und doch konnte alles zusammengenommen nicht den unbegreiflichen Abscheu, ja den Widerwillen und die Furcht erklären, die Mr. Utterson ihm gegenüber empfand. ›Dahinter muß noch etwas anderes stecken‹, sagte sich der bestürzte Anwalt. ›Und da ist noch etwas, wenn ich es nur beim Namen nennen könnte. Bei Gott, der Mann scheint nichts Menschliches an sich zu haben! Etwas von einem Höhlenbewohner, möchte ich sagen. Oder ist es der bloße Widerschein eines ruchlosen Charakters, der auf diese Weise seine wahre Wesensart offenbart und Gestalt gewinnt? Dies letztere wird es sein; denn ach, mein armer alter Henry Jekyll, wenn je ein Antlitz vom Satan gezeichnet war, so ist es das deines neuen Freundes!‹

Wenn man von der Nebenstraße aus um die Ecke bog, kam man an einen Platz mit alten schönen Häusern, die jetzt größtenteils ihre einstige vornehme Bestimmung verleugneten und etagen- und zimmerweise an Menschen jeden Standes und jeder Art vermietet wurden; an Landkartenzeichner, Architekten, Winkeladvokaten und Leute, die zweifelhafte Geschäfte betrieben. Ein Haus jedoch, das zweite von der Ecke, war noch im ganzen bewohnt und wies, obgleich es in Dunkelheit getaucht und nur von der Straße aus schwach beleuchtet war, unverkennbare Spuren von Wohlhabenheit und Behäbigkeit auf. Mr. Utterson blieb an der Tür stehen und klopfte. Ein älterer livrierter Diener öffnete.

»Ist Dr. Jekyll zu Hause, Poole?« fragte der Anwalt. »Ich werde nachsehen, Mr. Utterson«, sagte Poole; dabei führte er den Gast in eine große, gemütliche, niedrige Halle, die mit Fliesen ausgelegt war. Sie wurde von einem hellflackernden, offenen Kaminfeuer erwärmt, wie man es in Landhäusern antrifft, und war mit kostbaren Eichenmöbeln eingerichtet. »Wollen Sie hier am Kamin Platz nehmen, gnädiger Herr, oder soll ich im Eßzimmer Licht machen?«

»Danke, ich warte hier«, sagte der Anwalt, näherte sich dem Feuer und lehnte sich an das hohe Kamingitter.

Diese Halle, in der er nun allein zurückblieb, war eine besondere Liebhaberei seines Freundes, und Utterson selbst pflegte sie als den angenehmsten Aufenthaltsraum in London zu bezeichnen. Doch heute nacht war sein Blut erregt; das Gesicht von Hyde lastete schwer auf seiner Erinnerung, und er verspürte – was ihm selten widerfuhr – etwas wie Übelkeit und Lebensüberdruß. Aus seiner düsteren Stimmung heraus glaubte er in dem flackernden Feuerschein, der über die blanken Möbel huschte, und in dem ruhelosen Spiel der Schatten an der Decke eine Drohung zu erkennen und atmete zu seiner eigenen Beschämung erleichtert auf, als Poole zurückkehrte und ihm meldete, daß Dr. Jekyll ausgegangen sei.

»Ich sah Mr. Hyde durch die Tür des alten Sezierraums hineingehen, Poole«, sagte er. »Hat das seine Richtigkeit, wenn Dr. Jekyll nicht da ist?«

»Vollkommen, Mr. Utterson«, erwiderte der Diener. »Mr. Hyde hat den Schlüssel.«

»Ihr Herr scheint diesem jungen Mann sehr viel Vertrauen zu schenken«, meinte der andere nachdenklich.

»Ja, gnädiger Herr, das tut er«, sagte Poole. »Wir alle haben Order, ihm zu gehorchen.«

»Meines Wissens habe ich Mr. Hyde niemals hier getroffen?« fragte Utterson.

»O nein, gnädiger Herr. Er speist nie hier«, entgegnete der Diener. »Auch wir sehen ihn sehr selten in diesem Teil des Hauses; er kommt und geht meistenteils durch das Laboratorium.«

»Na, dann gute Nacht, Poole.«

»Gute Nacht, Mr. Utterson.«

Und der Anwalt machte sich schweren Herzens auf den Heimweg. Armer Henry Jekyll, dachte er, mein Gefühl sagt mir, daß er sich in Not befindet. In seiner Jugend war er ausschweifend; zwar ist das schon lange her, aber vor Gott gilt keine Verjährung. Ja, das wird es sein, das Gespenst irgendeiner alten Sünde, das schleichende Gift eines geheimgehaltenen Vergehens! Nachdem die Schuld dem Gedächtnis seit Jahren entschwunden und von der Eigenliebe längst verziehen ist, kommt pede claudo die Strafe. Durch diesen Gedanken aufgerüttelt, grübelte der Anwalt eine Zeitlang über seine eigene Vergangenheit nach und kramte in allen Fächern seiner Erinnerung herum, ob nicht am Ende irgendwo der Spukteufel einer alten Missetat ans Licht käme. Seine Vergangenheit war nahezu untadelig, nur wenige Menschen konnten, wie er, ohne Besorgnis in den Seiten ihres Lebensbuches blättern, und doch erfüllte ihn das wenige Schlechte, das er getan hatte, mit Demut und Reue, so wie es ihm andererseits eine ängstliche scheue Genugtuung gewährte, daß er manches Böse vermieden hatte, obgleich er nahe daran gewesen war, es zu tun. Und als er sich wieder dem Ausgangspunkt seiner Betrachtungen zuwandte, glaubte er klarer zu sehen. Dieser junge Hyde, dachte er, muß, falls er ein gelehrter Mann ist, persönliche Geheimnisse haben; schwarze Geheimnisse, nach seinem Aussehen zu schließen – Geheimnisse, mit denen verglichen die schlimmsten von dem armen Jekyll so hell wie die Sonne wären. Jedenfalls darf es so nicht weitergehen. Es überläuft mich eiskalt bei dem Gedanken, daß sich diese Kreatur wie ein Dieb an Henrys Bett schleicht. Armer Henry, welch ein Erwachen! Und welche Gefahr! Denn, wenn dieser Hyde die Existenz des Testamentes ahnt, so könnte er es mit dem Erben eilig haben. – Ja, ich muß dem Rad in die Speichen greifen – wenn Jekyll es mir nur erlaubt, wenn Jekyll es mir nur erlaubt. Denn wieder sah er vor seinem geistigen Auge klar und deutlich die seltsamen Bestimmungen des Testamentes.

Dr. Jekyll ist ganz unbefangen

Vierzehn Tage später – es traf sich ausgezeichnet – gab der Doktor eins seiner beliebten Diners, zu dem fünf oder sechs alte Bekannte geladen waren, kluge und angesehene Männer und allesamt gute Weinkenner, und Mr. Utterson wußte es so einzurichten, daß er noch blieb, als die andern gegangen waren. Dies war nichts Besonderes, sondern hatte sich im Lauf der Zeiten zur Gewohnheit herausgebildet. Wo Utterson beliebt war, da war er sehr beliebt.

Gastgeber hielten den trockenen Juristen gern noch zurück, wenn sich die Vergnügungssüchtigen und Schwatzhaften verabschiedeten, und liebten es, sich noch eine Weile seiner unaufdringlichen Gesellschaft zu erfreuen, um den Übergang zum Alleinsein zu finden und angesichts der Ruhe dieses seltenen Mannes nach all dem Aufwand und den Anstrengungen der Geselligkeit ihren klaren Kopf zurückzugewinnen. Dr. Jekyll bildete keine Ausnahme von dieser Regel, und als er seinem Freunde am Kamin gegenübersaß – ein großer, wohlgebauter Fünfziger mit glattem Gesicht, vielleicht mit einem kleinen Zug von Verschlagenheit darin, jedoch ausgesprochen klug und gutherzig –, konnte man ihm ansehen, daß er für Mr. Utterson eine aufrichtige und herzliche Zuneigung empfand.

»Ich hatte das Bedürfnis, mit dir zu sprechen, Jekyll«, begann der Anwalt. »Es handelt sich um dein Testament.«

Ein aufmerksamer Beobachter hätte bemerken können, daß das Thema dem Doktor unerwünscht war, doch griff er es willig auf.

»Mein armer Utterson«, sagte er, »du hast kein Glück mit deinem Klienten. Ich habe nie einen Menschen so betrübt gesehen, wie du es über mein Testament warst, außer vielleicht den engherzigen Pedanten Lanyon über das, was er meine wissenschaftlichen Ketzereien nannte. Ja, ja, ich weiß, er ist ein lieber Kerl – du brauchst die Stirn nicht zu runzeln –, ein vortrefflicher Mensch, ich nehme mir immer vor, ihn öfter zu sehen, aber doch ein engherziger Pedant! Ein unwissender, eifernder Pedant! Ich war nie so enttäuscht von einem Menschen wie von Lanyon.«

»Wie du weißt, war ich nie einverstanden damit«, fuhr Utterson fort, indem er die neue Wendung des Gespräches geflissentlich nicht beachtete.

»Mit meinem Testament? Ja, natürlich weiß ich das«, sagte der Doktor mit einem Anflug von Schärfe. »Du hast es mir ja gesagt.«

»Nun, dann sage ich es dir noch einmal«, versetzte der Anwalt. »Ich habe etwas von dem jungen Hyde erfahren.«

Das große, schöne Gesicht von Dr. Jekyll erblaßte bis in die Lippen, und seine Augen wurden ganz schwarz. »Ich will nichts weiter davon hören«, sagte er. »Ich dächte, wir wären übereingekommen, diesen Gegenstand nicht mehr zu berühren.«

»Was ich gehört habe, war abscheulich«, fuhr Utterson fort.

»Das ändert nichts daran. Du kannst dich nicht in meine Lage versetzen«, entgegnete der Doktor, scheinbar ohne Zusammenhang. »Sie ist sehr peinlich, ja, meine Lage ist äußerst seltsam – äußerst seltsam. Das ist eine Angelegenheit, die durch Worte nicht geklärt werden kann.«

»Jekyll«, sagte Utterson, »du kennst mich: ich bin ein Mann, auf den man sich verlassen kann. Erleichtere dein Herz, indem du mir Vertrauen schenkst, und ich zweifle nicht daran, daß ich dir helfen kann.«

»Guter Utterson«, sagte der Doktor, »das ist sehr nett von dir, das ist ganz außerordentlich nett von dir, und ich weiß nicht, wie ich dir danken soll. Ich glaube dir durchaus; ich würde dir mehr vertrauen, als jedem anderen Menschen, ja mehr als mir selbst, wenn ich die Wahl hätte. Aber es ist nicht so, wie du es dir denkst, so schlimm ist es nicht, und um dein gutes Herz zu beruhigen, will ich dir eins verraten: in demselben Augenblick, da ich es will, kann ich Mr. Hyde los sein. Ich gebe dir meine Hand darauf und danke dir von Herzen. Und noch etwas möchte ich hinzufügen und weiß, daß du es richtig auffassen wirst:

dies ist eine ganz private Angelegenheit, und ich bitte dich, sie ruhen zu lassen.«

Utterson sah ins Feuer und überlegte.

»Ich bin überzeugt, daß du vollkommen recht hast« sagte er schließlich und stand auf.

»Schön, aber da wir die Sache einmal berührt haben – hoffentlich zum letzten Mal«, fuhr der Doktor fort, »möchte ich dir gern noch etwas begreiflich machen. Ich interessiere mich tatsächlich sehr für den armen Hyde. Ich weiß, daß du ihn gesehen hast, er hat es mir erzählt, und ich fürchte, er war grob zu dir. Aber, du kannst es mir glauben, ich interessiere mich wirklich stark, sehr stark für den jungen Mann, und wenn ich einmal nicht mehr bin, Utterson, so mußt du mir versprechen, dich seiner anzunehmen und ihm zu seinem Recht zu verhelfen. Ich weiß, du würdest es tun, wenn du alles wüßtest, und du würdest mir eine Zentnerlast vom Herzen nehmen, wenn du mir das Versprechen geben wolltest.«

»Ich müßte lügen, wenn ich sagte, daß er mir jemals sympathisch sein wird«, entgegnete der Anwalt.

»Das verlange ich gar nicht«, meinte Jekyll und legte seine Hand bittend auf des andern Arm. »Ich fordere nur Gerechtigkeit, ich bitte dich nur, ihm um meinetwillen zu helfen, wenn ich nicht mehr bin.«

Utterson konnte einen tiefen Seufzer nicht unterdrücken. »Nun gut«, sagte er, »ich verspreche es dir.«

Die Ermordung von Sir Danvers Carew

Fast ein Jahr später, im Oktober 18.., wurde London durch ein Verbrechen von ungewöhnlicher Bestialität erschreckt, ein Verbrechen, das durch die angesehene Stellung des Opfers noch an Bedeutung gewann. Man erfuhr nur spärliche, aufsehenerregende Einzelheiten. – Ein Dienstmädchen, das allein in einem Hause nahe am Fluß wohnte, war gegen elf Uhr in ihr oben gelegenes Zimmer gegangen, um sich schlafen zu legen. Obgleich in den frühen Abendstunden die Stadt im Nebel gelegen hatte, war der Himmel zu Beginn der Nacht wolkenlos, und der Weg vor des Mädchens Fenster wurde vom Vollmond hell beschienen. Offenbar romantisch veranlagt, setzte sie sich auf ihren Koffer, der unmittelbar am Fenster stand und verfiel in einen träumerischen Zustand. Nie (so pflegte sie unter strömenden Tränen zu sagen, wenn sie ihr Erlebnis erzählte), nie hatte sie sich so voll Frieden mit aller Welt gefühlt und so gut von den Menschen gedacht. Als sie so saß, erblickte sie einen schönen alten Herrn mit weißem Haar, der den Weg entlangkam. Und ihm entgegen kam ein anderer, sehr kleiner Herr, den sie anfangs weniger beachtete. Als sie in Hörweite voneinander gekommen waren (was gerade unter des Mädchens Fenster war), verbeugte sich der ältere und redete den anderen mit ausgesuchter Höflichkeit an. Der Inhalt seiner Worte schien von keiner besonderen Bedeutung zu sein, ja, nach seiner Handbewegung zu schließen, schien er nur nach dem Weg zu fragen. Der Mond schien ihm ins Gesicht, während er sprach, und das Mädchen betrachtete es mit Wohlgefallen, denn es strahlte eine unschuldsvolle, altfränkische Güte des Wesens aus und gleichzeitig etwas Hoheitsvolles, wie begründete Selbstzufriedenheit. Als sie sich dem andern zuwandte, war sie überrascht, in ihm einen gewissen Mr. Hyde zu erkennen, der einmal ihre Herrschaft besucht und der ihr Mißfallen erregt hatte. In der Hand trug er einen schweren Stock, den er hin- und herschwang. Er antwortete kein Wort und schien mit schlecht verhehlter Ungeduld zuzuhören. Und plötzlich geriet er in furchtbare Wut, stampfte mit den Füßen, erhob drohend den Stock und gebärdete sich (wie das Mädchen es beschrieb) wie ein Toller. Der alte Herr trat einen Schritt zurück mit der Miene eines Menschen, der sehr überrascht und ein wenig beleidigt ist, und da fielen von Mr. Hyde alle Hemmungen ab, und er schlug ihn mit dem Stock nieder. Im nächsten Augenblick trampelte er mit affenartiger Wut auf seinem Opfer herum und bearbeitete es mit einem Hagel von Hieben, unter denen die Knochen hörbar zerbrachen und der Körper auf der Straße hin und her geworfen wurde. Das Entsetzen über den Anblick und die Geräusche raubten dem Mädchen die Besinnung.

Es war zwei Uhr, als sie wieder zu sich kam und die Polizei holte. Der Mörder war längst entkommen, aber sein Opfer lag, schauerlich verstümmelt, mitten auf dem Weg. Der Stock, mit dem die Tat begangen worden war, obgleich aus einem seltenen, sehr harten und festen Holz, war unter der Wucht der wahnsinnigen Schläge mitten durchgebrochen, und die eine zersplitterte Hälfte war in die nahe Gosse gerollt – die andere war zweifellos vom Mörder mitgenommen worden. Eine Geldbörse und eine goldene Uhr wurden bei dem Opfer gefunden, aber weder Visitenkarten noch Papiere, nur ein gesiegelter und frankierter Brief, den er wahrscheinlich zur Post hatte bringen wollen und der den Namen und die Adresse von Mr. Utterson trug. Dieser wurde dem Anwalt am nächsten Morgen gebracht, bevor er aufgestanden war, und als er ihn gesehen und die näheren Umstände des Verbrechens erfahren hatte, machte er ein sehr nachdenkliches Gesicht.

»Ich kann nichts sagen, bevor ich die Leiche gesehen habe«, meinte er, »doch halte ich den Fall für sehr ernst. Wollen Sie bitte warten, bis ich fertig bin.« Und mit derselben nachdenklichen Miene verzehrte er hastig sein Frühstück und fuhr mit zur Polizeiwache, wohin die Leiche geschafft worden war. Als er die Zelle betrat, nickte er mit dem Kopf:

»Ja«, bemerkte er, »ich erkenne ihn. Ich muß Ihnen

leider sagen, daß das Sir Danvers Carew ist.« – »Großer Gott«, rief der Beamte, »wie ist das möglich?« Doch schon im nächsten Augenblick leuchteten seine Augen in beruflichem Ehrgeiz auf. »Das wird viel Staub aufwirbeln«, sagte er, »und vielleicht können Sie uns behilflich sein, den Mörder aufzuspüren.« Darauf berichtete er in Kürze, was das Mädchen gesehen hatte, und zeigte den zerbrochenen Stock.

Mr. Utterson hatte schon davor gezittert, den Namen Hyde zu hören, aber als ihm nun der Stock vorgelegt wurde, konnte er nicht länger zweifeln – obgleich er zerbrochen und beschädigt war, erkannte er in ihm ein Geschenk, das er selbst Henry Jekyll vor Jahren gemacht hatte.

»Ist dieser Mr. Hyde ein Mann von kleinem Wuchs?« fragte er.

»Auffallend klein und von ausgesprochen niederträchtigem Gesichtsausdruck, wie das Mädchen aussagt«, entgegnete der Beamte.

Mr. Utterson überlegte, dann blickte er auf und sagte: »Ich glaube, ich kann Sie zu seiner Wohnung führen, wenn Sie in meinem Wagen mitkommen wollen.«

Es war inzwischen etwa neun Uhr morgens, und der erste Herbstnebel senkte sich herab. Der Himmel war wie mit einem großen, bräunlich gefärbten Leichentuch verhangen, aber der Wind fuhr fortwährend in die zusammengeballten Schwaden und verscheuchte sie, so daß Mr. Utterson, während der Wagen durch die Straßen fuhr, eine verwunderliche Menge von Abstufungen und Färbungen des Dämmerlichtes wahrnehmen konnte. Einmal war es schwarz wie hereinbrechende Nacht, dann wieder leuchtete es in düster gelblichbraunem Glanz, wie der Widerschein einer fernen Feuersbrunst, und dann teilte sich der Nebel ganz plötzlich für eine Sekunde, und ein Stück fahlen Tageslichts blickte aus den jagenden Wolken hervor. In diesen wechselnden Beleuchtungen erschien dem Anwalt der düstere Stadtteil Soho mit seinen schmutzigen Straßen, den verwahrlosten Bewohnern und den Laternen, die entweder noch gar nicht ausgelöscht oder schon wieder angezündet worden waren, um gegen diesen traurigen erneuten Einfall der Dunkelheit zu kämpfen, wie das Bild einer schreckhaft im Traum geschauten Stadt. Zudem befand er sich in denkbar düsterer Gemütsverfassung, und wenn er einen Blick auf seine Begleiter warf, überkam ihn etwas von dem Grauen vor dem Gesetz und seinen Vollstreckern, das auch den ehrenhaftesten Mann zuzeiten befallen kann.

Als der Wagen vor dem bezeichneten Hause hielt, lichtete sich der Nebel gerade und ließ ihn eine schmutzige Straße, eine Destille, ein elendes französisches Speisehaus und eine Bude erkennen, in der billige Zeitschriften und verschiedene Salate in Groschenportionen feilgeboten wurden. Unmengen von zerlumpten Kindern drängten sich in den Torwegen, und Frauen verschiedener Nationalitäten holten sich, mit dem Hausschlüssel in der Hand, ihren morgendlichen Schnaps. Im nächsten Augenblick senkte sich der schmutzig braune Nebel wieder über das Bild und schnitt den Anwalt von seiner trostlosen Umgebung ab. Hier also war der Günstling Henry Jekylls zu Hause, der künftige Erbe einer Viertelmillion Pfund Sterling!

Eine alte Frau mit elfenbeinfarbigem Gesicht und silberweißem Haar öffnete die Tür. Der Ausdruck von Bosheit in ihrem Gesicht verkroch sich hinter einer Maske von Heuchelei, und ihr Benehmen war zuvorkommend. Jawohl, sagte sie, dies wäre Mr. Hydes Wohnung, aber er sei nicht zu Hause; letzte Nacht wäre er sehr spät gekommen, sei aber nach kaum einer Stunde wieder fortgegangen. Das wäre nichts Besonderes, denn er wäre ein Mann von unregelmäßigen Lebensgewohnheiten und oft abwesend. Gestern zum Beispiel hätte sie ihn nach zwei Monaten zum ersten Mal wieder gesehen.

»Es ist gut«, erwiderte der Anwalt, »wir möchten seine Zimmer sehen«, und als die Frau erklärte, daß das unmöglich sei, fügte er hinzu: »Es ist vielleicht besser, wenn ich Ihnen sage, wer dieser Herr ist. Es ist Inspektor Newcomen von Scotland Yard.«

Über das Gesicht der Frau huschte ein Anflug von Schadenfreude. »Oh«, sagte sie, »er wird gesucht! Was hat er denn getan?«

Mr. Utterson wechselte einen Blick mit dem Inspektor. »Er scheint nicht sehr beliebt zu sein«, bemerkte dieser. »Und nun, gute Frau, lassen Sie den Herrn und mich die Sache hier in Augenschein nehmen!«

Mr. Hyde hatte von dem ganzen Hause, das abgesehen von der alten Frau unbewohnt war, nur zwei Zimmer inne. Doch waren diese mit Luxus und gutem Geschmack eingerichtet. Da war ein mit Wein gefüllter Wandschrank, das Eßgeschirr war aus Silber und das Leinenzeug kostbar; ein wertvolles Bild hing an der Wand – wie Mr. Utterson vermutete, ein Geschenk Henry Jekylls, der Kenner auf diesem Gebiet war – und die Teppiche waren schwer und schön in den Farben.

Im Augenblick jedoch boten die Zimmer einen Anblick dar, als ob sie vor kurzem eilig durchsucht worden wären. Kleidungsstücke lagen – mit den Taschen nach außen gekehrt – auf dem Fußboden umher, verschließbare Schubladen standen offen, und im Kamin befand sich ein Haufen grauer Asche, als ob ein Stoß Papiere verbrannt worden wäre. Aus der Aschenglut zog der Inspektor das Blockende eines grünen Scheckbuches hervor, das dem Feuer widerstanden hatte, hinter der Tür wurde die andere Hälfte des Stockes gefunden, und der Inspektor war beglückt darüber, weil es seinen Argwohn bestätigte. Noch gesteigert wurde seine Befriedigung durch einen Besuch bei der Bank, wo sich herausstellte, daß sich mehrere tausend Pfund auf dem Konto des Mörders befanden.

»Sie können sich darauf verlassen«, sagte er zu Mr. Utterson, »ich habe ihn in der Hand. Er muß den Kopf verloren haben, sonst hätte er nie im Leben den Stock dagelassen oder gar das Scheckbuch verbrannt. Denn das Geld ist Lebensbedingung für den Mann, und es bleibt uns nur noch übrig, ihn in der Bank zu erwarten und ihm Handschellen anzulegen.«

Das jedoch war nicht so leicht in die Tat umgesetzt; denn Mr. Hyde hatte nur wenige Bekannte – selbst die Herrschaft des Dienstmädchens hatte ihn zur zweimal gesehen. Seine Familie konnte nicht ermittelt werden, es existierte keine Photographie von ihm, und die wenigen, die ihn beschreiben konnten, wichen in ihren Aussagen sehr voneinander ab, wie das bei Durchschnittszeugen der Fall ist. Nur in einem Punkt stimmten sie überein, das war das unheimliche Gefühl von einer unerklärlichen Mißgestaltung, das der Flüchtling in jedem hervorrief, der ihn gesehen hatte.

Der Brief

Erst am späten Nachmittag fand Mr. Utterson den Weg zu Dr. Jekylls Haus, wo er von Poole sogleich eingelassen und durch die Wirtschaftsräume über einen Hof, der früher einmal ein Garten gewesen war, zu dem Gebäude geführt wurde, das allgemein als Laboratorium oder Seziersaal bekannt war. Der Doktor hatte das Haus von den Erben eines bedeutenden Chirurgen erworben, und da seine Neigungen eher chemischer als anatomischer Natur waren, hatte er das Bauwerk am Ende des Gartens für seine Zwecke hergerichtet. Es war das erste Mal, daß der Anwalt in diesen Teil von seines Freundes Wohnsitz geführt wurde, und neugierig betrachtete er das düstere fensterlose Gebäude und blickte mit einem unangenehm fremden Gefühl umher, als er den Vorlesungsraum durchschritt. Einst hatten ihn lernbegierige Studenten bevölkert, nun lag er einsam und verlassen da, auf den Tischen standen chemische Apparate herum, der Fußboden war mit Kisten und verstreuter Holzwolle bedeckt, und trübes Licht drang durch die milchige Kuppel. Am entgegengesetzten Ende führten einige Stufen zu einer mit rotem Fries ausgeschlagenen Tür, durch die Mr. Utterson endlich in des Doktors Arbeitszimmer eingelassen wurde.

Dies war ein mit Glasschränken ausgestatteter, großer Raum, dessen drei staubige, vergitterte Fenster nach dem Hof gingen und in dem sich unter anderem ein drehbarer Toilettenspiegel und ein Schreibtisch befanden. Im Kamin brannte ein Feuer, und auf dem Sims stand eine brennende Lampe, denn der Nebel war bis ins Innere der Häuser gedrungen.

Und dort, dicht am Feuer, saß Dr. Jekyll – leichenblaß. Er stand nicht auf, als der Besucher eintrat, streckte ihm nur eine eiskalte Hand entgegen und hieß ihn mit veränderter Stimme willkommen.

Sobald Poole sie allein gelassen hatte, fragte Mr. Utterson: »Du hast die Neuigkeit gehört?«

Der Doktor schauerte zusammen. »Sie haben es draußen auf dem Platz ausgeschrien«, erwiderte er. »Ich konnte es bis in mein Eßzimmer hören.« – »Vor allem eins«, sagte der Anwalt, »Carew war mein Klient, aber du bist es ebenfalls, darum möchte ich wissen, was ich zu tun habe. Du bist doch nicht etwa so wahnsinnig gewesen, den Burschen zu verbergen?«

»Utterson«, schrie der Doktor, »beim allmächtigen Gott schwöre ich es dir, er soll mir nie wieder vor die Augen kommen. Ich gebe dir mein Ehrenwort, ich bin fertig mit ihm, solange ich lebe. Es ist alles aus. Im übrigen braucht er meine Hilfe nicht; du kennst ihn nicht, wie ich ihn kenne; er ist in Sicherheit – in völliger Sicherheit. Glaube meinen Worten, man wird nie wieder etwas von ihm hören.«

Mit gemischten Gefühlen hörte der Anwalt zu; das aufgeregte Wesen seines Freundes gefiel ihm nicht. »Du scheinst seiner sehr sicher zu sein«, meinte er, »und um deinetwillen hoffe ich, daß du recht hast. Wenn es zu einem Prozeß käme, würde dein Name darin verwickelt werden.«

»Ich bin seiner ganz sicher«, erwiderte Jekyll, »und zwar habe ich bestimmte Gründe dafür, die ich aber niemand mitteilen kann. Doch in einer Sache brauche ich deinen Rat. Ich habe – ich habe einen Brief erhalten und bin mir nicht schlüssig, ob ich ihn der Polizei vorlegen soll. Ich möchte es ganz dir überlassen, Utterson, ich bin überzeugt, du wirst das Richtige treffen; ich vertraue dir voll und ganz.«

»Wenn ich recht vermute, fürchtest du, es könnte zu seiner Entdeckung führen?« fragte der Anwalt.

»Nein«, versetzte der andere, »ich muß sagen, es läßt mich ganz kalt, was aus Hyde wird; ich bin vollständig fertig mit ihm. Ich dachte an meine eigene Stellung und daß ich in diese abscheuliche Geschichte verwickelt werden könnte.«

Utterson sann eine Weile nach. Die Selbstsucht seines Freundes überraschte ihn, doch erleichterte sie ihn auch wieder.

»Nun gut«, meinte er schließlich, »zeige mir das Schreiben!«

Der Brief war in einer seltsam steilen Schrift geschrieben und ›Edward Hyde‹ unterzeichnet. Er besagte in kurzen Worten, daß der Wohltäter des Schreibers, Dr. Jekyll, dem er seine tausend Wohltaten seit langem übel vergolten hätte, unter keinen Umständen um seine, Mr. Hydes, Sicherheit besorgt zu sein brauche, da ihm Mittel zur Flucht zu Gebote stünden, auf die er sich fest verlassen könnte.

Eigentlich gefiel dem Anwalt dieser Brief. Er zeigte das Verhältnis der beiden in einem besseren Licht, als es ihm erschienen war, und er machte sich im stillen Vorwürfe wegen seines früheren Argwohns.

»Hast du den Briefumschlag da?« fragte er.

»Den habe ich verbrannt«, versetzte Jekyll, »bevor es mir recht zum Bewußtsein kam. Aber der Brief war nicht frankiert. Das Schreiben ist abgegeben worden.«

»Soll ich es behalten und unter Verschluß nehmen?« fragte Utterson.

»Ich bitte dich, zu tun, was du für gut hältst«, lautete die Antwort. »Ich habe das Vertrauen zu mir verloren.«

»Schön, ich werde darüber nachdenken«, entgegnete der Anwalt. »Und nun noch eins: Hat Hyde dir den Passus über das Verschwinden in deinem Testament diktiert?«

Den Doktor schien eine Schwäche anzuwandeln; er preßte die Lippen fest aufeinander und nickte. »Ich wußte es«, sagte Utterson. »Er wollte dich ermorden. Du hast Glück gehabt, daß du dem entgangen bist.«

»Es war viel mehr als Glück,« erwiderte der Doktor in feierlichem Ton: »Es war mir eine Lehre – und, großer Gott, was für eine Lehre, Utterson!« Und er bedeckte sein Gesicht mit den Händen.

Als der Anwalt wegging, wechselte er ein paar Worte mit Poole. »Heute ist ein Brief abgegeben worden; wie sah der Bote aus?«

Aber Poole wußte bestimmt, daß außer mit der Post nichts gekommen war. »Und auch da nur Drucksachen«, fügte er hinzu.

Diese Auskunft erweckte von neuem Mr. Uttersons Verdacht. Offenbar war der Brief durch die Laboratoriumstür gekommen, möglicherweise war er sogar im Arbeitszimmer geschrieben worden, und wenn das der Fall war, so mußte er anders beurteilt und mit mehr Vorsicht behandelt werden. Während er weiterging, schrien sich die Zeitungsjungen auf den Bürgersteigen heiser: »Extrablatt! Grauenerregender Mord an einem Parlamentsmitglied!« Das war der Nachruf für einen seiner Freunde und Klienten, und er konnte sich einer gewissen Besorgnis nicht erwehren, ob nicht der gute Name eines anderen womöglich in den Strudel des Skandals hineingezogen werden würde. Es war zum mindesten eine schwierige Entscheidung, die er zu treffen hatte, und auf sich selbst gestellt, wie er es durch Gewohnheit war, fing er an, sich nach einem Rat zu sehnen. Nicht, daß er ihn gerade einholen wollte, aber vielleicht – so dachte er – mochte er sich von selbst ergeben.

Und bald darauf saß er neben seinem eigenen Kamin, ihm gegenüber Mr. Guest, sein Bürovorsteher, und zwischen ihnen, in abgemessener Entfernung vom Feuer, stand eine Flasche besonders alten Weines, der schon lange in der dunklen Abgeschlossenheit des Kellers gelagert hatte. Der Nebel hing immer noch schwer über der nächtlichen Stadt, in der die Laternen düster wie Karfunkelsteine glühten, und inmitten dieser dampfenden und qualmenden Schwaden pulsierte wie immer das Leben durch die Adern der Großstadt, mit einem Geräusch, das dem Tosen des Windes glich. Das Zimmer aber war vom Schein des Feuers freundlich erhellt. Der Wein in der Flasche hatte seinen Läuterungsprozeß längst vollendet, seine prächtige Färbung hatte sich mit den Jahren vertieft, so wie die Farben der Glasmalereien mit der Zeit immer wärmer werden, und nun war er bereit, die über sanften Weinbergen lagernde Glut heißer Herbstnachmittage, die er eingefangen hatte, der Flasche entsteigen zu lassen und den Londoner Nebel damit zu besiegen.

Unmerklich löste sich des Anwalts Zunge. Vor keinem Menschen hatte er weniger Geheimnisse als vor

Mr. Guest, weniger sogar, als er manchmal wünschte. Guest war öfter geschäftlich bei dem Doktor gewesen, er kannte Poole, es war kaum denkbar, daß er nichts von Mr. Hydes bevorzugter Stellung in dem Hause gehört haben sollte, und er konnte Schlußfolgerungen ziehen. War es da nicht ganz gut, ihm einen Brief zu zeigen, der das Geheimnis aufklärte? Und vor allem würde Guest, der ein eifriger Handschriftenforscher und -deuter war, diesen Schritt nicht ganz natürlich und als Gefälligkeit betrachten? Außerdem war der Sekretär ein Mann von Überlegung; er würde kaum ein so seltsames Dokument lesen, ohne eine Bemerkung darüber fallenzulassen, und darnach konnte Mr. Utterson dann vielleicht seine spätere Handlungsweise richten.

»Das ist eine traurige Geschichte mit Sir Danvers«, sagte er.

»Allerdings«, entgegnete Guest, »das Mitleid der Öffentlichkeit ist in hohem Maße wachgerufen worden. Der Mann war natürlich wahnsinnig.«

»Ich würde gern Ihre Ansicht darüber hören«, erwiderte Utterson. »Ich habe hier ein Dokument in seiner Handschrift; es bleibt natürlich unter uns, denn ich weiß noch nicht, was ich tun soll. Jedenfalls ist es eine häßliche Geschichte. Aber hier ist es und so recht etwas für Sie: das Autogramm eines Mörders.«

Guests Augen leuchteten auf; er setzte sich sofort

hin und studierte es eifrig. »Nein«, äußerte er dann, »wahnsinnig ist er nicht, aber es ist eine sonderbare Handschrift.«

»Und jedenfalls ein sehr sonderbarer Schreiber«, fügte der Anwalt hinzu.

In diesem Augenblick brachte der Diener einen Brief herein.

»Von Dr. Jekyll?« fragte der Sekretär. »Mir kam die Handschrift bekannt vor. Oder ist es etwas Vertrauliches?«

»Nur eine Einladung zum Mittagessen. Warum fragen Sie? Wollen Sie es sehen?«

»Nur einen Augenblick. Ich danke Ihnen«, und der Sekretär legte die beiden Bogen nebeneinander und verglich emsig ihren Inhalt. »Ich danke Ihnen«, sagte er noch einmal, als er beide zurückgab. »Es ist ein sehr interessantes Autogramm.«

Es folgte eine Pause, in der Mr. Utterson sichtlich mit sich kämpfte. »Warum haben Sie sie miteinander verglichen, Guest?« fragte er plötzlich.

»Ja, wissen Sie«, entgegnete der Sekretär, »es existiert da eine eigentümliche Ähnlichkeit. Die beiden Handschriften stimmen in manchen Punkten überein, nur die Richtung ist verschieden.«

»Merkwürdig«, meinte Utterson.

»Da haben Sie recht«, versetzte Guest, »es ist merkwürdig.«

»Ich würde von diesem Schreiben nichts verlauten lassen«, sagte sein Chef.

»Nein«, versetzte der Sekretär. »Ich verstehe.«

Und kaum war Mr. Utterson an jenem Abend allein, so verschloß er das Schreiben in seinen Geldschrank, wo er es im weiteren Verlauf ruhen ließ. ›Wie?‹ dachte er, ›sollte Henry Jekyll um eines Mörders willen zum Fälscher geworden sein?‹ Und das Blut erstarrte ihm in den Adern.

Dr. Lanyons sonderbares Erlebnis

Die Zeit verging. Mehrere tausend Pfund waren als Belohnung ausgesetzt worden, denn Sir Danvers Tod wurde als öffentliche Herausforderung empfunden; Mr. Hyde jedoch war aus dem Gesichtskreis der Polizei verschwunden, als ob er nie existiert hätte. Zwar kam über seine Vergangenheit vieles ans Licht, und alles war ekelhaft. So erzählte man sich von des Mannes rücksichtsloser Grausamkeit, von seiner Heftigkeit und Härte, seinem schlechten Lebenswandel, seinem sonderbaren Verkehr und dem Haß, der ihm anscheinend überall in seinem Leben begegnete, aber über seinen gegenwärtigen Aufenthaltsort nicht ein Wort. Seitdem er am Morgen des Mordes das Haus in Soho verlassen hatte, war er wie ausgelöscht, und allmählich, als die Zeit verstrich, fing Mr. Utterson an, sich von seiner heftigen Bestürzung zu erholen und innerlich ruhiger zu werden. Durch Mr. Hydes Verschwinden war, nach seinem Empfinden, der Tod Sir Danvers mehr als gesühnt. Jetzt, da der schlechte Einfluß nicht mehr vorhanden war, begann für Dr. Jekyll ein neues Leben. Er kam aus seiner Zurückgezogenheit hervor, nahm den Verkehr mit seinen Freunden wieder auf und wurde von neuem ihr vertrauter Gast und Gastgeber. War er früher als barmherzig bekannt gewesen, so zeichnete er sich jetzt nicht weniger durch Frömmigkeit aus. Er war tätig, bewegte sich viel im Freien und verrichtete gute Werke. Der Ausdruck seines Gesichtes schien offener und fröhlicher zu werden, als wenn er sich innerlich eines Gottesdienstes bewußt wäre. Über zwei Monate lang war der Doktor voll inneren Gleichgewichtes.

Am 8. Januar hatte Utterson in kleiner Gesellschaft bei dem Doktor gegessen; Dr. Lanyon war auch dagewesen, und die Blicke des Gastgebers waren von einem zum andern gewandert wie in alten Zeiten, als die Freunde ein unzertrennliches Trio bildeten. Am 12. und auch am 14. fand der Anwalt keinen Einlaß. »Der Doktor ist ans Haus gefesselt und empfängt niemanden«, sagte Poole. Am 15. machte er wiederum einen Versuch und wurde wieder abgewiesen, und da er sich in den letzten zwei Monaten daran gewöhnt hatte, seinen Freund nahezu täglich zu sehen, begann dessen Rückkehr zur Einsamkeit sein Gemüt zu belasten. Am fünften Abend war Guest bei ihm zum Essen, und am sechsten machte er sich auf den Weg zu Dr. Lanyon.

Dort wurde er wenigstens nicht abgewiesen, doch als er eintrat, war er entsetzt über die Veränderung, die mit dem Doktor vorgegangen war. Das Todesurteil stand ihm auf dem Gesicht geschrieben. Der sonst rosige Mann war blaß und zusammengefallen, sein Haar hatte sich merklich gelichtet, und er sah alt aus.

Doch waren es weniger diese Merkmale eines rapiden körperlichen Verfalls, die den Anwalt betroffen machten, als vielmehr sein Augenausdruck und sein Gebaren, die beide von einer schreckensvollen, tiefen Gemütsbewegung zu zeugen schienen. Es war nicht anzunehmen, daß sich der Doktor vor dem Tode fürchtete, und doch fühlte sich Utterson versucht, das zu glauben. ›Natürlich‹, dachte er, ›er ist Arzt, er kennt seinen eigenen Zustand und weiß, daß seine Tage gezählt sind, und diese Erkenntnis ist mehr, als er ertragen kann.‹ Als Utterson jedoch eine Bemerkung über sein schlechtes Aussehen machte, erklärte Lanyon mit dem Ausdruck völliger Gefaßtheit, daß er ein verlorener Mann sei.

»Ich habe etwas Furchtbares erlebt«, sagte er, »und werde mich nie wieder davon erholen. Es ist nur noch eine Frage von Wochen. Das Leben war schön, und ich habe es geliebt – ja, ich habe es geliebt. Doch manchmal denke ich, wenn wir alles wüßten, müßten wir eigentlich froh sein, es zu verlassen.«

»Jekyll ist ebenfalls krank«, bemerkte Utterson. »Hast du ihn gesehen?«

Lanyons Gesicht verzerrte sich, und abweisend hob er seine zitternde Hand. »Ich wünsche nichts mehr von Dr. Jekyll zu sehen oder zu hören«, sagte er mit lauter, schwankender Stimme. »Ich bin vollkommen fertig mit dem Mann und ich bitte dich, mich mit jeder Anspielung auf einen, den ich als tot betrachte, zu verschonen.«

»Nun, nun«, versetzte Mr. Utterson und dann – nach einer beträchtlichen Pause: »Kann ich irgend etwas tun? Wir sind drei alte Freunde, Lanyon, zu unseren Lebzeiten werden wir keine anderen Freundschaften mehr schließen.«

»Da kann man nichts tun«, entgegnete Lanyon, »frage ihn selbst!«

»Er läßt mich nicht vor«, bemerkte der Anwalt.

»Das überrascht mich nicht«, lautete die Antwort. »Wenn ich tot bin, Utterson, wirst du vielleicht eines Tages alles erfahren. Ich kann es dir nicht sagen. Inzwischen aber, wenn du es fertigbringst, bei mir zu sitzen und von anderen Dingen zu sprechen, so bleibe um Gottes willen hier und tue es, doch wenn du das verwünschte Thema nicht vermeiden kannst, so geh in Gottes Namen weg; denn ich vermag es nicht zu ertragen.«

Sobald Utterson wieder zu Hause war, setzte er sich hin und schrieb an Jekyll; er bedauerte, daß man ihn in seinem Hause nicht vorließ, und fragte nach der Ursache des unglückseligen Bruches mit Lanyon. Schon der nächste Tag brachte ihm eine lange Antwort, die zum Teil in sehr pathetischen Worten abgefaßt und zum Teil dunkel und geheimnisvoll war. Der Bruch mit Lanyon war unheilbar. ›Ich mache unserm alten Freund keinen Vorwurf‹, schrieb Jekyll, ›doch teile ich seine Auffassung, daß wir uns nie wieder begegnen dürfen. Ich denke fortan ein völlig zurückgezogenes Leben zu führen, und du mußt dich nicht wundern oder gar an meiner Freundschaft zweifeln, wenn meine Tür selbst dir oft verschlossen ist. Du mußt mich meinen dunklen Weg gehen lassen. Ich habe eine Schuld auf mich geladen und mich einer Gefahr ausgesetzt, die ich nicht nennen kann. Wenn ich ein großer Sünder bin, so bin ich auch ein großer Märtyrer. Ich wußte nicht, daß auf dieser Erde so viel Raum für Leiden und Schrecken vorhanden ist, und du kannst nur eines tun, Utterson, um mir mein Schicksal zu erleichtern, und das ist, mein Schweigen zu achten.‹ Utterson war bestürzt. Der dunkle Einfluß von Hyde war von ihm genommen, der Doktor war zu seinen alten Aufgaben und Freundschaften zurückgekehrt, noch vor einer Woche hatte ihm die Aussicht auf einen heiteren und geachteten Lebensabend gelächelt, und nun waren mit einem Schlage Freundschaft, Seelenfrieden und Lebensinhalt zerstört. Ein so großer und unvorhergesehener Umschwung ließ auf Wahnsinn schließen, doch angesichts von Lanyons Benehmen und Worten mußte ein tieferer Grund dafür vorhanden sein.

Eine Woche später legte sich Dr. Lanyon, und keine zwei Wochen darauf war er tot. Am Abend nach der

Beerdigung, der Utterson in aufrichtiger Trauer beigewohnt hatte, verriegelte er die Tür seines Arbeitszimmers. Er saß beim Schein einer melancholischen Kerze da, holte einen Umschlag hervor, der von der Hand seines toten Freundes adressiert und gesiegelt worden war, und legte ihn vor sich hin. ›Vertraulich: Nur für J. G. Utterson, und im Fall seines vorherigen Ablebens ungelesen zu vernichten‹, so war ausdrücklich darauf vermerkt, und der Anwalt fürchtete sich, den Inhalt kennenzulernen. ›Einen Freund habe ich heute begraben‹, dachte er, ›wenn mich nun dies den anderen kosten sollte!‹ Und dann verwarf er die Furcht als eine Untreue gegen den Freund und erbrach das Siegel. Der Umschlag enthielt einen zweiten, der ebenfalls versiegelt war und die Aufschrift trug: ›Nicht vor dem Tode oder dem Verschwinden Dr. Henry Jekylls zu öffnen.‹ Utterson glaubte seinen Augen nicht zu trauen. Ja, da stand ›Verschwinden‹ – auch hier, wie in dem verrückten Testament, das er seinem Verfasser längst zurückgegeben hatte – auch hier war der Begriff des Verschwindens mit dem Namen Henry Jekylls in Verbindung gebracht worden. In dem Testament war der Gedanke dem unheilvollen Einfluß des Mannes Hyde entsprungen und war in allzu durchsichtiger und schrecklicher Absicht hineingesetzt worden. Was aber konnte es – von Lanyons Hand geschrieben – bedeuten? Den Sachwalter überkam ein starkes Verlangen, das Verbot nicht zu beachten und den Geheimnissen sofort auf den Grund zu gehen; aber berufliche Ehre und Treue gegen seinen toten Freund waren starke Bindungen, und bald ruhte das Päckchen im tiefsten Winkel seines Geheimfaches.

Es ist zweierlei, ob man Neugierde unterdrückt oder ob man ihrer Herr wird, und es ist zweifelhaft, ob es Utterson seit jenem Tage mit derselben Heftigkeit nach der Gesellschaft seines überlebenden Freundes verlangte. Er dachte freundlich an ihn, doch waren seine Gedanken beunruhigt und voll Angst. Wohl ging er zu ihm, doch war er gewissermaßen erleichtert, wenn man ihn abwies. Vielleicht zog er es im Inneren vor, umgeben von der Luft und den Geräuschen der Großstadt, an der Tür mit Poole zu sprechen, als in das Haus der freiwilligen Haft geführt zu werden, um dort zu sitzen und mit dem rätselhaften Einsiedler zu sprechen. Was Poole zu berichten wußte, lautete jedenfalls nicht sehr erfreulich. Der Doktor hatte sich anscheinend mehr denn je in sein Arbeitszimmer über dem Laboratorium zurückgezogen, ja er schlief sogar manchmal dort. Er befand sich in schlechter Stimmung, war sehr schweigsam geworden, las nicht, und es schien, als ob ihn etwas bedrückte. Und Utterson gewöhnte sich endlich so an die stets gleichlautenden Berichte, daß er mit der Zeit seltener vorsprach.

Die Begegnung am Fenster

Am Sonntag, als Mr. Utterson seinen gewohnten Spaziergang mit Mr. Enfield machte, geschah es, daß ihr Weg sie wieder einmal durch die Seitenstraße führte und daß sie beide, als sie sich der Tür gegenüber befanden, stehenblieben und hinüberblickten.

»Na«, meinte Enfield, »diese Geschichte ist wenigstens erledigt. Mr. Hyde werden wir nicht wieder zu Gesicht bekommen.«

»Ich hoffe nicht«, sagte Utterson. »Habe ich Ihnen eigentlich erzählt, daß ich ihn einmal gesehen habe und Ihr Gefühl der Abneigung teilte?«

»Das eine war ohne das andere nicht denkbar«, versetzte Enfield. »Übrigens müssen Sie mich für einen rechten Dummkopf gehalten haben, weil ich nicht wußte, daß dies der Hintereingang von Dr. Jekylls Haus ist. Wissen Sie auch, daß Sie es waren, der mich darauf gebracht hat?«

»Also sind Sie doch dahintergekommen«, bemerkte Utterson.

»Aber wenn das der Fall ist, könnten wir eigentlich in den Hof gehen und einen Blick auf die Fenster werfen. Offen gesagt, ich mache mir Sorgen um den armen Jekyll, und selbst hier draußen habe ich das Gefühl, als wenn die Nähe eines Freundes ihm von Nutzen sein könnte.«

Der Hof war kühl und etwas feucht und in vorzeitiges Dämmerlicht getaucht, obgleich der Himmel hoch über den Häusern noch den Sonnenuntergang widerspiegelte. Das mittelste der drei Fenster war halb geöffnet, und dicht daran, wie um Luft zu schöpfen, sah Utterson Dr. Jekyll mit unendlich trauriger Miene sitzen, gleich einem trostlosen Gefangenen.

»Sieh da, Jekyll!« rief er. »Es geht dir also besser?«
»Ich bin sehr schwach, Utterson«, erwiderte der Doktor kläglich, »sehr schwach. Es wird gottlob nicht lange dauern.«

»Du sitzt zu viel zu Hause«, sagte der Anwalt, »du solltest ausgehn und das Blut in Umlauf bringen, wie Mr. Enfield und ich. Dies ist mein Vetter, Mr. Enfield – Dr. Jekyll. Komm, nimm deinen Hut und geh ein Stück mit uns!«

»Das ist sehr nett von dir«, seufzte der andere. »Ich täte es so gern, aber – nein, nein, nein, es ist ganz unmöglich; ich wage es nicht. Aber Utterson, ich freue mich wirklich riesig, dich zu sehen; du kannst es mir glauben, es ist mir eine große Freude. Ich würde dich und Mr. Enfield heraufbitten, doch bin ich nicht darauf eingerichtet.«

»Nun«, sagte der Anwalt gutmütig, »das Beste, was wir tun können, ist, hier unten stehenzubleiben und uns von hier aus mit dir zu unterhalten.«

»Gerade dasselbe wollte ich mir eben erlauben vorzuschlagen«, versetzte der Doktor mit einem Lächeln. Doch kaum hatte er die Worte ausgesprochen, als das Lächeln aus seinem Gesicht verschwand und von einem Ausdruck so voller Entsetzen und Verzweiflung verdrängt wurde, daß den beiden Männern unten das Blut in den Adern gefror. Sie sahen es nur für den Bruchteil einer Sekunde, denn das Fenster wurde im selben Augenblick zugeschlagen, doch hatte der eine flüchtige Blick genügt. Sie kehrten um, verließen wortlos den Hof und überschritten schweigend die Seitenstraße. Erst als sie in eine benachbarte Verkehrsstraße kamen, die selbst am Sonntag belebt war, wandte sich Mr. Utterson zu seinem Begleiter und sah ihn an. Beide waren blaß, und in ihren Augen lag ein Widerschein des geschauten Entsetzens.

»Gott sei uns gnädig«, sagte Mr. Utterson, »Gott sei uns gnädig!«

Aber Mr. Enfield nickte nur sehr ernst mit dem Kopf, und schweigend setzten sie ihren Weg fort.

Die letzte Nacht

Eines Abends saß Mr. Utterson nach dem Essen am Kamin, als er durch den Besuch von Poole überrascht wurde.

»Um Gottes willen, was führt Sie her, Poole?« rief er, und als er ihn näher betrachtete: »Was fehlt Ihnen? Ist der Doktor krank?«

»Mr. Utterson« sagte der Mann, »da stimmt etwas nicht.«

»Setzen Sie sich; hier haben Sie ein Glas Wein!« bemerkte der Anwalt. »Und nun lassen Sie sich Zeit und erzählen Sie mir, was Sie auf dem Herzen haben.«

»Sie kennen des Doktors Gewohnheiten und wissen, daß er sich gern einschließt«, erwiderte Poole. »Nun hat er sich wieder in sein Arbeitszimmer eingeschlossen, und das gefällt mir nicht, gnädiger Herr – ich will mich hängen lassen, wenn mir das gefällt! – Mr. Utterson – ich fürchte mich!«

»Nun, mein guter Mann«, sagte der Anwalt, »erklären Sie sich näher! Wovor haben Sie Angst?«

»Seit einer Woche schon fürchte ich mich«, entgegnete Poole und überhörte hartnäckig die Frage, »und ich halte es nicht länger aus.«

Das ganze Gebaren des Mannes bestätigte seine Worte, er war verändert in seinem Wesen, und abgesehen von dem Augenblick, als er zum ersten Mal seine Furcht erwähnte, hatte er dem Anwalt nicht ein einziges Mal ins Gesicht gesehen. Und noch immer saß er mit dem unberührten Glas Wein auf dem Knie da und stierte in eine Ecke des Zimmers. »Ich halte es nicht länger aus«, wiederholte er.

»Kommen Sie«, sagte der Anwalt, »Sie haben sicher gute Gründe dafür, und ich glaube, es ist tatsächlich etwas nicht in Ordnung. Nun versuchen Sie, mir zu sagen, was es ist.«

»Ich glaube, es ist ein Verbrechen verübt worden«, sagte Poole mit heiserer Stimme.

»Ein Verbrechen?« rief der Anwalt sehr erschrocken und in fast gereiztem Ton: »Was für ein Verbrechen? Was meint der Mann nur?«

»Ich getraue mich nicht, es zu sagen, gnädiger Herr«, lautete die Antwort. »Aber wenn Sie mit mir kommen und selbst zusehen wollten?«

Sofort stand Mr. Utterson auf und nahm seinen Hut und Mantel. Mit Erstaunen bemerkte er den Ausdruck allergrößter Erleichterung auf dem Gesicht des anderen, und nicht weniger verwunderte es ihn, daß der Wein immer noch unberührt war, als der Diener das Glas hinsetzte, um ihm zu folgen.

Es war eine stürmische und kalte Märznacht, der bleiche Mond hing schief am Himmel, wie wenn der Wind ihn umgeblasen hätte, und durchscheinende Fetzen jagenden Gewölks zogen darüber hin. Der

Wind hinderte am Sprechen und trieb einem das Blut ins Gesicht. Er schien die Straßen völlig von Menschen reingefegt zu haben, denn Mr. Utterson erinnerte sich nicht, diesen Teil von London je so verlassen gesehen zu haben. Fast wünschte er, es wäre anders. Nie im Leben war er sich so des brennenden Wunsches bewußt geworden, Mitmenschen zu sehen und mit ihnen in Berührung zu kommen; denn so stark er auch dagegen ankämpfen mochte – in seinem Innern erwuchs ein drohendes Vorgefühl von irgendeinem Unglück. Auf dem Platz, den sie nun erreichten, tobte der Wind und wirbelte den Staub auf, und die kahlen Bäume des Gartens bogen sich, vom Wind gepeitscht, über den Zaun. Poole, der während des ganzen Weges ein bis zwei Schritte vorausgegangen war, blieb nun plötzlich mitten auf der Straße stehen, nahm trotz des schneidenden Windes den Hut vom Kopf und wischte sich die Stirn mit einem roten Taschentuch. Doch waren die Schweißtropfen, die er abwischte, nicht durch die Anstrengung des schnellen Gehens verursacht, sie entsprangen vielmehr einer würgenden Angst, denn sein Gesicht war leichenblaß und seine Stimme, als er jetzt sprach, rauh und brüchig.

»So, gnädiger Herr«, bemerkte er, »da wären wir, und Gott gebe, daß nichts passiert ist.«

»Amen, Poole«, sagte der Anwalt.

Hierauf klopfte der Diener äußerst behutsam, die Tür wurde hinter der Sicherheitskette geöffnet, und eine Stimme von drinnen fragte: »Sind Sie es Poole?«

»Ja, ich bin's«, erwiderte Poole. »Ihr könnt aufmachen.«

Die Halle war hell erleuchtet, als sie eintraten, das Feuer hochgeschichtet, und um den Kamin herum stand die gesamte Dienerschaft – Männer und Frauen – zusammengedrängt wie eine Herde Schafe. Beim Anblick von Mr. Utterson brach das Hausmädchen in hysterisches Wimmern aus, und die Köchin schrie: »Gott sei gelobt! Es ist Mr. Utterson« und lief ihm entgegen, als ob sie ihm um den Hals fallen wollte.

»Nanu? Ihr alle hier?« fragte der Anwalt in ungehaltenem Ton. »Das ist ganz gegen die Ordnung und gehört sich nicht. Euer Herr wäre nicht im geringsten davon erbaut.«

»Sie fürchten sich alle«, antwortete Poole.

Lautlose Stille folgte, da niemand widersprach, nur das Mädchen erhob seine Stimme und weinte laut heraus.

»Halt den Mund!« herrschte Poole sie in einem wütenden Ton an, der Zeugnis von der Überreiztheit seiner eigenen Nerven ablegte.

Tatsächlich waren alle zusammengefahren, als das Mädchen so plötzlich in laute Klagen ausbrach, und hatten mit dem Ausdruck furchtsamer Erwartung zu der inneren Tür hin geblickt. »Und nun«, fuhr der Diener fort und wandte sich an den Küchenjungen, »reich mir eine Kerze, und wir wollen der Sache sogleich zuleibe gehen.« Dann bat er Mr. Utterson, ihm zu folgen, und schlug den Weg zum rückwärtigen Garten ein.

»Und jetzt, gnädiger Herr«, sagte er, »seien Sie so leise wie möglich. Ich möchte, daß Sie hören, daß Sie aber nicht gehört werden. Und noch eins, gnädiger Herr, wenn er Sie bitten sollte, hineinzukommen, so gehen Sie nicht.«

Bei dieser unerwarteten Wendung ging durch Mr. Uttersons Nerven ein Schreck, der ihn fast aus dem Gleichgewicht gebracht hätte, doch nahm er allen Mut zusammen und folgte dem Diener in das Laboratoriumsgebäude und durch den Vorlesungsraum mit seinem Gerümpel von Kisten und Flaschen bis an den Fuß der Treppe. Hier bedeutete ihm Poole, sich an die Seite zu stellen und zu horchen, während er selbst die Kerze niedersetzte und, indem er sich sichtlich einen Ruck gab, die Stufen emporstieg und mit unsicherer Hand an den roten Fries der Arbeitszimmertür klopfte.

»Mr. Utterson ist da und möchte Sie sprechen, gnädiger Herr«, rief er, und dabei gab er dem Anwalt von neuem durch heftige Zeichen zu verstehen, daß er gut hinhören sollte.

Von innen antwortete eine klagende Stimme: »Sage ihm, ich könnte niemand empfangen.«

»Sehr wohl, gnädiger Herr«, versetzte Poole mit einem Anflug von Triumph in der Stimme. Dann nahm er die Kerze auf und führte Mr. Utterson wieder über den Hof in die große Küche, wo das Feuer ausgegangen war und die Schaben auf dem Fußboden herumliefen.

»Gnädiger Herr«, begann er und sah Mr. Utterson fest in die Augen, »war das die Stimme meines Herrn?«

»Sie scheint sich sehr verändert zu haben«, entgegnete der Anwalt. Er war sehr bleich, doch hielt er dem Blick stand.

»Verändert? Ja, das will ich meinen«, sagte der Diener. »Bin ich zwanzig Jahre im Dienst meines Herrn, um mich über seine Stimme täuschen zu lassen? Nein, gnädiger Herr, mein Herr ist aus dem Wege geräumt worden, er ist vor acht Tagen, als wir ihn schreien und Gott anrufen hörten, aus dem Wege geräumt worden. Und wer jetzt statt seiner da drin ist und warum er dort bleibt, das ist etwas, das zum Himmel schreit!«

»Das ist eine äußerst seltsame Geschichte, Poole, eine ganz tolle Geschichte, mein guter Mann«, meinte Mr. Utterson und biß sich auf den Finger. »Nehmen wir an, es wäre so, wie Sie vermuten – nehmen wir an, Dr. Jekyll wäre – er wäre ermordet worden, was sollte denn den Mörder veranlassen, zu bleiben? Das würde doch aller Vernunft hohnsprechen.«

»Nun gut, Mr. Utterson, Sie sind ein Mann, der schwer zufriedenzustellen ist, aber ich will es dennoch tun«, sagte Poole. »Sie müssen wissen, diese ganze letzte Woche hat er oder es, oder was immer sich nun in dem Arbeitszimmer aufhält, Tag und Nacht nach einer bestimmten Medizin geschrieen und konnte sie nicht kriegen. Es war manchmal seine – ich meine meines Herrn – Gewohnheit, seine Befehle auf ein Blatt Papier zu schreiben und es auf die Treppe zu legen. In der vergangenen Woche haben wir nichts anderes zu Gesicht bekommen, nichts als Zettel und eine verschlossene Tür, und die Mahlzeiten, die wir hinstellten, wurden sogar heimlich hineingenommen, wenn es niemand sehen konnte. Und, gnädiger Herr, jeden Tag, ja zwei- und dreimal an einem Tag, lagen Befehle und Beschwerden da, und ich bin zu allen Grossisten für Chemikalien in der Stadt herumgehetzt worden. Jedesmal, wenn ich mit dem Zeug wiederkam, lag bald darauf wieder ein Zettel da, mit dem Befehl, es zurückzubringen, weil es nicht rein wäre, und eine neue Bestellung an eine andere Firma. Diese Arznei muß bitter nötig sein, einerlei wozu.«

»Haben Sie noch einen von den Zetteln?« fragte Mr. Utterson.

Poole langte in seine Tasche und holte ein zerknittertes Papier hervor, das der Anwalt, über die Kerze gebeugt, sorgfältig prüfte. Sein Inhalt lautete folgendermaßen: ›Dr. Jekyll gibt sich die Ehre, Messrs. Maw darauf aufmerksam zu machen, daß ihre letzte Probe unrein und für seinen gegenwärtigen Zweck völlig wertlos war. Im Jahr 18.. hat Dr. Jekyll eine ziemlich große Menge von Messrs. M. bezogen. Er bittet sie nun, mit der größten Sorgfalt nachzuforschen, und wenn sich noch etwas von derselben Qualität finden sollte, es ihm sofort zukommen zu lassen. Kosten spielen keine Rolle. Die Sache ist für Dr. J. von der allergrößten Wichtigkeit.‹ Bis dahin klang der Brief ganz verständig, aber plötzlich hatte sich, mit einem Spritzen der Feder, die Gemütsbewegung des Schreibers Bahn gebrochen. ›Um Gottes willen‹, hatte er hinzugefügt, ›verschaffen Sie mir etwas von dem alten!‹

»Das ist ein merkwürdiger Brief«, sagte Mr. Utterson, und dann in strengem Ton: »Wie kamen Sie dazu, ihn zu öffnen?«

»Der Mann bei Maw war sehr ärgerlich und warf ihn mir vor die Füße, als wäre es Dreck«, versetzte Poole.

»Dies ist doch fraglos des Doktors Handschrift, nicht wahr?« fragte der Anwalt.

»Ja, es schien mir so«, antwortete der Diener verdrießlich, und dann in anderem Ton: »Aber was besagt die Handschrift? – Ich habe ihn gesehen!« – »Ihn gesehen?« wiederholte Mr. Utterson. »Nun und?«

»Das ist es ja«, meinte Poole. »Das war so: Ich kam plötzlich vom Garten in den Vorlesungsraum. Er war anscheinend herausgeschlüpft, um nach der Arznei oder nach sonst etwas zu suchen; denn die Tür zum Arbeitszimmer stand offen, und er kramte am andern Ende des Raumes in den Kisten herum. Er blickte auf, als ich hereinkam, stieß eine Art Schrei aus und stürzte die Treppe hinauf in sein Zimmer. Ich sah ihn nur eine Minute, aber die Haare standen mir zu Berge. Gnädiger Herr, wenn das mein Herr war, warum hatte er dann eine Maske vor dem Gesicht? Wenn es mein Herr war, warum schrie er dann wie ein Tier und lief vor mir davon? Ich habe ihm lange genug gedient. Und dann ...« Der Mann hielt inne und fuhr sich mit der Hand übers Gesicht.

»Das sind alles äußerst seltsame Dinge«, sagte Mr. Utterson, »aber ich glaube, ich fange an klarzusehen. Poole, Ihr Herr ist einfach von einer jener Krankheiten befallen worden, die den, der daran leidet, peinigen und entstellen. Daher, nach meiner Auffassung, seine veränderte Stimme, daher die Maske und seine Flucht vor seinen Freunden, daher sein heftiges Verlangen nach der Medizin, in der für den Ärmsten die Hoffnung auf endliche Genesung enthalten ist – Gott gebe, daß er nicht enttäuscht wird! Das ist meine Erklärung. Sie ist traurig genug und schrecklich auszudenken, aber sie ist einleuchtend, natürlich und folgerichtig und schützt uns vor übertriebener Angst.«

»Gnädiger Herr«, versetzte der Diener und wurde blaß, »der da war nicht mein Herr, so wahr ich hier stehe. Mein Herr« – hier blickte er sich um und fuhr im Flüsterton fort – »ist ein großer wohlgebauter Mann, und der da war mehr wie ein Zwerg.« Utterson versuchte zu widersprechen.

»O gnädiger Herr«, rief Poole, »glauben Sie, ich kenne meinen Herrn nicht, nach zwanzig Jahren? Glauben Sie, ich kenne nicht die Stelle an der Tür, wo ich seinen Kopf Morgen für Morgen erscheinen sah? Nein, gnädiger Herr, das Geschöpf mit der Maske war nie und nimmer Dr. Jekyll. – Gott weiß, wer es sonst war, aber Dr. Jekyll war es nie im Leben, und es ist meine innerste Überzeugung, daß da ein Mord geschehen ist.«

»Wenn Sie das sagen, Poole«, entgegnete der Anwalt, »so ist es meine Pflicht, mir Gewißheit zu verschaffen. So sehr ich auch die Gefühle Ihres Herrn schonen möchte und so sehr mir der Zettel zu denken gibt – denn er beweist anscheinend, daß Ihr Herr am Leben ist –, so betrachte ich es doch als meine Pflicht, die Tür zu erbrechen.«

»O Mr. Utterson, das ist ein Wort!« rief der Diener.

»Nun kommt die zweite Frage«, fuhr Utterson fort:

»Wer soll es tun?«

»Nun, Sie und ich, gnädiger Herr«, war die unerschrockene Antwort.

»Recht so!« versetzte der Anwalt, »und was auch daraus entstehen mag, ich werde dafür sorgen, daß Ihnen kein Schaden daraus erwächst.«

»Im Laboratorium ist eine Axt«, sagte Poole, »und Sie könnten den Feuerhaken aus der Küche nehmen.«

Der Anwalt nahm das primitive, aber schwere Gerät und wog es in der Hand. »Poole«, meinte er, »wissen Sie auch, daß Sie und ich im Begriff sind, uns in Gefahr zu begeben?«

»Ja, gnädiger Herr, das weiß ich«, erwiderte der Diener.

»Da wäre es gut, wenn wir aufrichtig zueinander wären«, sagte der andere. »Wir denken beide mehr, als wir ausgesprochen haben; wollen wir uns nicht reinen Wein einschenken? Haben Sie die maskierte Gestalt, die Sie gesehen haben, erkannt?« »Ja, wissen Sie, gnädiger Herr, das Geschöpf lief so schnell und war so zusammengekrümmt, daß ich es nicht beschwören kann«, lautete die Antwort. »Aber wenn Sie meinen, ob es Mr. Hyde war? – Nun ja, ich glaube wohl! Die Größe stimmte ungefähr, auch die schnelle und leichte Art der Bewegung – und außerdem, wer hätte wohl sonst durch die Laboratoriumstür hineingekonnt? Sie haben doch nicht vergessen, daß er zur

Zeit des Mordes noch im Besitz des Schlüssels war? Aber das ist noch nicht alles. Ich weiß nicht, ob Sie diesem Mr. Hyde jemals begegnet sind, Mr. Utterson?«

»Ja«, antwortete der Anwalt, »ich habe einmal mit ihm gesprochen.«

»Dann müssen Sie, ebensogut wie wir andern alle, wissen, daß diesem Herrn etwas Sonderbares anhaftet – etwas, das einem einen Stich versetzte – ich weiß nicht, wie ich es ausdrücken soll – etwas, das einem durch Mark und Bein ging.«

»Ich gebe zu, Ähnliches habe auch ich empfunden«, sagte Mr. Utterson.

»Nun sehen Sie, gnädiger Herr«, versetzte Poole, »als das maskierte Geschöpf wie ein Affe von den Chemikalien aufsprang und ins Arbeitszimmer stürzte, lief es mir eiskalt den Rücken herunter. – Oh, ich weiß wohl, daß das kein Beweis ist, ich habe genug gelesen, um das zu wissen; aber man hat doch sein Gefühl, und ich gebe Ihnen mein heiliges Wort – es war Mr. Hyde!«

»Ja, ja«, sagte der Anwalt, »meine Befürchtungen bewegen sich in derselben Richtung. Ich fürchte, dieses Verhältnis war auf Böses gegründet, darum konnte nur Böses daraus entstehen. Ja, ich glaube Ihnen, ich glaube, daß der arme Henry ermordet worden ist und daß sein Mörder – Gott mag wissen, warum – immer noch im Zimmer seines Opfers auf der Lauer liegt. Uns kommt es zu, ihn zu rächen. Rufen Sie Bradshaw!«

Auf den Ruf hin kam der Bediente, sehr blaß und zitternd.

»Nimm dich zusammen, Bradshaw!« rief der Anwalt. »Ich weiß, diese Ungewißheit lastet auf euch allen, aber wir wollen dem nun ein Ende machen. Hier, Poole und ich werden uns den Eintritt ins Arbeitszimmer erzwingen. Wenn alles klappt, so bin ich stark genug, alles auf mich zu nehmen. Für den Fall aber, daß doch etwas schiefgehen oder der Missetäter versuchen sollte, durch den hinteren Ausgang zu entkommen – müßt ihr euch, du und der Junge, mit ein paar derben Knüppeln an der Laboratoriumstür aufstellen. Wir geben euch zehn Minuten Zeit, um euren Posten einzunehmen.«

Als Bradshaw hinausging, sah der Anwalt nach der Uhr. »Und nun, Poole, lassen Sie uns auf unsern Posten gehen«, sagte er, nahm den Feuerhaken unter den Arm und betrat den Hof. Die Wolken hatten sich vor den Mond geschoben, und es war nun vollständig dunkel. Der Wind, der nur stoßweise in diesen rings eingeschlossenen Teil des Grundstückes drang, ließ den Schein der Kerze ihren Schritten vorauslanzen, bis sie in den Schutz des Laboratoriums gelangten, wo sie sich niedersetzten und schweigend warteten. In der Ferne summte feierlich die Großstadt, in unmittelbarer Nähe aber wurde die Stille nur durch den Klang der Schritte unterbrochen, die im Arbeitszimmer auf und nieder gingen.

»So geht das den ganzen Tag, gnädiger Herr«, flüsterte Poole, »und den größten Teil der Nacht. Nur wenn vom Chemiker eine neue Mischung gebracht wird, tritt eine kleine Pause ein. Das ist das schlechte Gewissen, das ihn nicht ruhen läßt. Ach, gnädiger Herr, an jedem dieser Schritte klebt ruchlos vergossenes Blut! Aber horchen Sie noch einmal – etwas näher –, horchen Sie mit dem Herzen, Mr. Utterson, und sagen Sie mir, ob das des Doktors Schritt ist?«

Die Schritte waren leicht und sonderbar, etwas schleifend und langsam. Jedenfalls klang das ganz anders als Henry Jekylls schwerer, knarrender Gang.

Utterson seufzte. »Ist nie etwas anderes zu hören gewesen?« fragte er.

Poole nickte. »Doch, einmal«, erwiderte er. »Einmal habe ich es weinen hören.«

»Weinen? Wieso denn?« fragte der Anwalt und wurde sich eines plötzlichen Schauderns bewußt.

»Es weinte wie eine Frau oder wie eine verlorene Seele«, sagte der Diener. »Ich lief weg und hatte im Herzen ein Gefühl, als wenn ich auch weinen müßte.«

Die zehn Minuten gingen zu Ende. Poole grub die Axt unter einem Packen Holzwolle hervor. Die Kerze war auf den nächsten Tisch gestellt worden, um ihnen bei ihrem Angriff zu leuchten, und sie näherten sich mit angehaltenem Atem der Tür, hinter der die geduldigen Schritte noch immer in der Stille der Nacht auf und nieder – auf und nieder gingen.

»Jekyll«, rief Utterson mit lauter Stimme. »Ich will dich sehen.« Er hielt einen Augenblick inne, doch es kam keine Antwort. »Ich warne dich«, fuhr er fort. »Unser Verdacht ist geweckt, und ich muß und werde dich sehen, wenn nicht im Guten, dann im Bösen – wenn nicht mit deiner Einwilligung, dann mit Gewalt!«

»Utterson«, bat die Stimme – »um Gottes willen, habe Erbarmen!«

»Ha! Das ist nicht Jekylls – das ist Hydes Stimme!« schrie Utterson. »Weg mit der Tür, Poole!«

Poole schwang die Axt über der Schulter. Der Schlag erschütterte das Gebäude, und die mit rotem Fries verkleidete Tür erbebte in Schloß und Angeln. Ein mißtönender Schrei, wie in tierischem Schrecken ausgestoßen, erklang aus dem Zimmer. Wieder fiel die Axt nieder, und wieder krachten die Füllungen, und der Rahmen zersplitterte. Viermal fielen die Schläge, aber das Holz war hart und vortrefflich zusammengefügt, und erst beim fünften Schlag gab das Schloß nach, und die Trümmer der Tür fielen nach innen auf den Teppich.

Die Belagerer, über den von ihnen verursachten Lärm und die nun folgende Stille erschrocken, traten einen Schritt zurück und blickten hinein. Und da lag das Arbeitszimmer in ruhigem Lampenschein vor ihren Augen, das Feuer brannte knisternd im Kamin, der Wasserkessel summte, eine oder zwei Schubladen standen offen, Papiere waren ordentlich auf dem Arbeitstisch geschichtet, und in der Nähe des Kamins war alles für den Tee vorbereitet: das ruhigste Zimmer, hätte man sagen können, und abgesehen von den Glasschränkchen voller Chemikalien, das alltäglichste Zimmer in London.

In der Mitte lag der Körper eines Mannes, krampfhaft verzogen und noch zuckend. Sie näherten sich auf Zehenspitzen, drehten ihn herum und sahen in das Gesicht von Edward Hyde. Bekleidet war er mit viel zu großen Sachen, einem Anzug für die Größe des Doktors. Die Muskeln seines Gesichtes bewegten sich noch und täuschten Leben vor, doch war er bereits tot. An dem zerdrückten Fläschchen in seiner Hand und an dem starken Blausäuregeruch, der in der Luft schwebte, erkannte Mr. Utterson, daß er an der Leiche eines Selbstmörders stand.

»Wir sind zu spät gekommen«, sagte er ernst, »zu spät, zu retten wie zu strafen. Hyde ist vor einen höheren Richter getreten; uns bleibt nur noch übrig, die Leiche Ihres Herrn zu suchen.«

Der weitaus größte Teil des Gebäudes wurde von dem Laboratorium eingenommen, das fast das ganze untere Stockwerk ausfüllte und sein Licht von oben und aus dem Arbeitszimmer erhielt. Dieses wiederum stellte auf der einen Seite ein höheres Stockwerk dar und ging auf den Hof. Ein Korridor verband das Laboratorium mit der Tür an der Seitenstraße, zu der, gesondert, vom Arbeitszimmer eine Treppe führte. Außerdem waren da noch ein paar dunkle Kammern und ein geräumiger Keller. Diese alle wurden nun gründlich durchsucht. Bei den Kammern genügte ein Blick, denn sie waren alle leer und, nach dem Staub zu schließen, der von ihren Türen herabfiel, lange nicht geöffnet worden. Der Keller war allerdings mit allerhand Gerümpel gefüllt, das größtenteils aus der Zeit des Arztes stammte, dessen Nachfolger Jekyll geworden war, doch schon als sie die Tür öffneten, überzeugte sie das Zerreißen eines regelrechten Vorhanges von Spinnweben, der den Eintritt seit Jahren versperrt hatte, von der Nutzlosigkeit weiterer Nachforschungen. – Nirgends war eine Spur des lebenden oder toten Henry Jekyll zu entdecken.

Poole stampfte auf die Fliesen des Korridors. Hierunter muß er begraben sein«, sagte er und lauschte dem Klang.

»Oder er ist geflohen«, äußerte Utterson und wandte sich, um die Tür an der Seitenstraße zu untersuchen. Sie war verschlossen, und dicht daneben, auf den Fliesen, fanden sie den bereits verrosteten Schlüssel.

»Das sieht nicht nach Benutzung aus«, bemerkte der Anwalt.

»Benutzung?« wiederholte Poole. »Sehen Sie nicht, daß er zerbrochen ist, gnädiger Herr, so als ob jemand darauf herumgetrampelt hätte.«

»Ja«, sagte Utterson, »und sogar die Bruchstellen sind rostig.« Die beiden Männer sahen sich erschrocken an. »Das geht über meinen Verstand, Poole«, meinte der Anwalt. »Kommen Sie, wir wollen wieder ins Arbeitszimmer gehen!«

Schweigend stiegen sie die Treppe hinauf und begannen den Inhalt des Zimmers eingehender zu untersuchen, nicht ohne von Zeit zu Zeit einen scheuen Blick auf den Leichnam zu werfen. Auf einem Tisch sah man die Spuren chemischer Arbeit, denn verschiedene, abgemessene Mengen irgendeines weißen Salzes waren auf Glasschälchen verteilt, wie zu einem Experiment, an dem der unglückliche Mann verhindert worden war.

»Das ist dasselbe Pulver, das ich ihm immer geholt habe«, erklärte Poole, und während er sprach, kochte der Wasserkessel mit zischendem Geräusch über.

Das veranlaßte sie, zum Kamin zu gehen, wo der gemütliche Lehnstuhl stand und wo in Reichweite zum Tee gedeckt war – in der Tasse sogar schon ein

Stück Zucker. Auf einem Regal standen mehrere Bücher; eins lag geöffnet neben den Teesachen, und Utterson war erstaunt, in ihm das Exemplar eines religiösen Werkes wiederzusehen, worüber sich Jekyll verschiedentlich sehr anerkennend geäußert hatte, und das am Rand von seiner eigenen Hand mit gräßlichen Gotteslästerungen beschrieben war.

Bei nochmaliger Durchsicht des Zimmers kamen die Suchenden vor den drehbaren Toilettenspiegel und blickten mit einem unwillkürlichen Schauder in seine Tiefe. Doch war er so gestellt, daß er ihnen nur das Spiel der rötlichen Glut an der Decke und das in hundertfacher Wiederholung über die Glaswände der Schränke funkelnde Feuer zeigte, und ihre eigenen blassen und furchtsamen Gesichter, die hineinschauten.

»Dieser Spiegel mag seltsame Dinge gesehen haben, gnädiger Herr«, flüsterte Poole.

»Gewiß! Und es ist sehr seltsam, daß er überhaupt hier ist«, erwiderte der Anwalt im selben Tonfall, »denn was hat Jekyll« – als er den Namen aussprach, gab es ihm einen Ruck, aber er überwand seine Schwäche –, »wozu mag Jekyll ihn gebraucht haben?«

»Ja, das ist die Frage«, sagte Poole.

Danach wandten sie sich dem Schreibtisch zu. Auf der Platte, zwischen den geordneten Papierreihen, lag zuoberst ein großer Umschlag, der, von des Doktors

Hand geschrieben, den Namen von Mr. Utterson trug. Der Anwalt erbrach das Siegel, und mehrere Einlagen fielen zu Boden. Die erste war ein Testament, mit dem gleichen exzentrischen Wortlaut wie jenes andere, das er vor einem halben Jahr zurückerstattet hatte. Es sollte im Fall des Todes als Testament und im Fall des Verschwindens als Schenkungsurkunde gelten. Doch an Stelle von Edward Hydes Namen las der Anwalt mit unbeschreiblichem Erstaunen den Namen Gabriel John Utterson. Er blickte Poole an, dann wieder das Papier und schließlich den toten Übeltäter, der da auf dem Teppich hingestreckt lag.

»In meinem Kopf dreht sich alles«, meinte er. »Dies ist in all den letzten Tagen in seinem Besitz gewesen, er hatte keine Ursache, mich zu lieben, er muß gerast haben, als er sich zurückgesetzt sah, und doch hat er das Dokument nicht vernichtet.« Er nahm das nächste Papier zur Hand. Es war ein kurzes Schreiben in des Doktors Handschrift und trug oben ein Datum. »Oh, Poole«, rief der Anwalt aus, »er war heute noch am Leben und ist hier gewesen. In so kurzer Zeit kann er nicht beiseite geschafft worden sein, er muß noch leben und muß geflohen sein! Geflohen? Aber warum und wie? Und können wir in dem Fall das dort als Selbstmord betrachten? Oh, wir müssen vorsichtig sein. Mir ahnt, daß Ihr Herr noch in eine gräßliche Katastrophe verstrickt werden wird.«

»Warum lesen Sie es nicht, gnädiger Herr?« fragte Poole.

»Weil ich mich fürchte«, erwiderte der Anwalt in ernstem Ton.

»Gott gebe, daß es grundlos ist.« Und damit griff er nach dem Blatt und las folgendes:

›Mein lieber Utterson, wenn dies in Deine Hände fällt, werde ich verschwunden sein, unter welchen Umständen, das vorherzusehen, bin ich nicht imstande. Doch sagen mir mein Gefühl und die Begleiterscheinungen meiner unaussprechlichen Lage, daß das Ende gewiß ist und bald eintreten muß. So geh denn und lies zuerst den Bericht, den Lanyon, wie er mir seinerzeit sagte, in Deine Hände legen wollte, und wenn Dir daran liegt, mehr zu erfahren, dann lies das Bekenntnis

Deines unwürdigen und unglücklichen
Freundes
Henry Jekyll‹

»War nicht noch eine dritte Einlage vorhanden?« fragte Utterson.

»Hier, gnädiger Herr«, erwiderte Poole und überreichte ihm ein ansehnliches, an mehreren Stellen gesiegeltes Päckchen.

Der Anwalt steckte es in die Tasche.

„Wir wollen über dieses Papier nicht sprechen, Poole! Wenn Ihr Herr geflohen oder tot ist, so können wir wenigstens seinen guten Namen retten. Jetzt ist es zehn Uhr. Ich muß nach Hause gehn und diese Schriftstücke in Ruhe lesen. Vor Mitternacht werde ich aber zurück sein, und dann werden wir die Polizei verständigen.«

Damit gingen sie hinaus, verschlossen die Laboratoriumstür hinter sich, und Utterson überließ die um das Feuer in der Halle versammelte Dienerschaft sich selbst und schleppte sich in sein Büro zurück, um die beiden Aufzeichnungen zu lesen, die den Schleier dieses Geheimnisses lüften sollten.

Dr. Lanyons Aufzeichnungen

Am 9. Januar, also vor vier Tagen, erhielt ich mit der Abendpost einen eingeschriebenen Brief, adressiert von der Hand meines Kollegen und alten Schulkameraden Henry Jekyll. Ich war ziemlich erstaunt darüber, denn wir waren ganz und gar nicht gewöhnt, zu korrespondieren. Außerdem hatte ich ihn kürzlich gesehen, hatte sogar am Abend vorher mit ihm gespeist und konnte mich an nichts in unserer Unterhaltung erinnern, was die Förmlichkeit eines eingeschriebenen Briefes gerechtfertigt hätte. Der Inhalt vermehrte mein Erstaunen, denn er lautete folgendermaßen:

9. Januar 18..
›Lieber Lanyon!
Du bist einer meiner ältesten Freunde, und obgleich unsere Meinungen über wissenschaftliche Fragen manchmal auseinandergehen mochten, so ist mir ein Nachlassen unserer Zuneigung – wenigstens von meiner Seite – nicht erinnerlich. Zu jeder Zeit, wenn Du zu mir gesagt hättest: ›Jekyll, mein Leben, mein Verstand, meine Ehre hängen von Dir ab!‹ – würde ich mein Vermögen oder meine linke Hand geopfert haben, um Dir zu helfen. – Lanyon, mein Leben, mein Verstand, meine Ehre hängen von Deiner Barmherzigkeit ab! Wenn Du mich heute abend im Stich läßt,

bin ich verloren. Du wirst nach dieser Einleitung vielleicht annehmen, daß ich etwas Unehrenhaftes von Dir verlangen werde. Urteile selbst!

Ich bitte Dich, für heute abend alle anderen Verpflichtungen abzusagen – selbst wenn Du an das Krankenbett eines Kaisers gerufen würdest –, eine Droschke zu nehmen, wenn nicht Dein eigener Wagen gerade vor der Tür stehen sollte, und mit diesem Brief voller Anweisungen geradenwegs zu meinem Haus zu fahren. Poole, mein Diener, hat seine Instruktionen und wird, gemeinschaftlich mit einem Schlosser, Deine Ankunft erwarten. Die Tür zu meinem Arbeitszimmer soll sogleich erbrochen werden, und Du sollst allein hineingehen, den Glasschrank linker Hand, mit dem Buchstaben E, öffnen, ihn aufbrechen, wenn er verschlossen sein sollte, und die vierte Schublade von oben oder, was dasselbe bedeutet, die dritte von unten mit ihrem gesamten Inhalt wie er liegt und steht, herausnehmen. In meiner entsetzlichen Gemütsverfassung habe ich eine krankhafte Angst, Dich falsch zu instruieren; aber selbst, wenn ich mich irren sollte, kannst Du die richtige Schublade an ihrem Inhalt erkennen: einige Pulver, ein Fläschchen und ein Notizbuch. Diese Schublade bitte ich Dich, so wie sie ist, nach Cavendish Square mitzunehmen.

Das ist der erste Teil des Liebesdienstes, nun zum

zweiten. Wenn Du Dich nach Erhalt dieses Briefes gleich auf den Weg machst, mußt Du lange vor Mitternacht zurück sein. Doch will ich Dir diesen Spielraum lassen, nicht nur aus Angst vor solchen Hindernissen, die weder vorhergesehen noch vermieden werden können, sondern auch, weil ich die Zeit, wenn Deine Dienstboten schlafen, für das, was dann noch zu geschehen hat, vorziehe. Um Mitternacht muß ich Dich dann bitten, allein in Deinem Sprechzimmer zu sein, einen Mann, der in meinem Namen zu Dir kommt, persönlich einzulassen und ihm die Schublade, die Du aus meinem Arbeitszimmer geholt hast, auszuhändigen. Damit hättest Du dann das Deinige getan und Dir meine größte Dankbarkeit gesichert. Wenn Du auf einer Erklärung bestehst, so wirst Du fünf Minuten später begriffen haben, daß meine Anordnungen von allergrößter Wichtigkeit sind und daß Du durch Außerachtlassen einer einzigen von ihnen, so phantastisch sie auch scheinen mögen, Dein Gewissen mit meinem Tod oder dem Verlust meines Verstandes belasten würdest.

Obgleich ich die feste Zuversicht habe, daß Du diese dringende Bitte nicht leichtnehmen wirst, klopft mir das Herz, und meine Hand zittert beim bloßen Gedanken an eine solche Möglichkeit. Gedenke meiner zu dieser Stunde, in der ich an fremdem Ort unter der Wucht einer Bedrängnis leide, die keine Einbildung übertreiben kann. Und doch weiß ich, daß, wenn Du nur alles genau ausführst, meine Sorgen vorbeiziehen werden wie eine Geschichte, die uns erzählt wird. Hilf mir, mein lieber Lanyon! und rette

Deinen Freund H. J.

PS. Ich hatte dieses Schreiben schon versiegelt, als mich ein neuer Schrecken ergriff. Es ist möglich, daß die Post mich im Stich läßt und Du diesen Brief erst morgen früh erhältst. In diesem Fall, lieber Lanyon, führe meinen Auftrag aus, wann es Dir im Laufe des Tages am besten paßt, und erwarte meinen Boten wieder um Mitternacht. Vielleicht ist es dann schon zu spät, und sollte die Nacht vergehen, ohne daß sich etwas ereignet, so wirst Du wissen, daß Du Henry Jekyll zum letzten Mal gesehen hast.‹

Beim Lesen dieses Briefes wurde es mir klar, daß mein Kollege wahnsinnig geworden war, doch ehe dies über allen Zweifel erhaben war, fühlte ich mich verpflichtet, zu tun, was er verlangte. So wenig ich von dem Geschreibsel verstand, so wenig war ich in der Lage, seine Wichtigkeit zu beurteilen, und ich konnte einen so abgefaßten Appell nicht unbeachtet lassen, ohne eine schwere Verantwortung auf mich zu laden. So stand ich denn auf, nahm einen Wagen und fuhr geradenwegs zu Jekylls Haus. Der Diener erwartete mich; er hatte mit gleicher Post einen eingeschriebenen Brief mit Instruktionen erhalten und hatte sogleich nach einem Schlosser und einem Zimmermann geschickt. Die Handwerker kamen, während wir noch miteinander sprachen, und wir begaben uns gemeinschaftlich in das chirurgische Laboratorium des alten Dr. Denman, von wo aus – wie Du zweifellos wissen wirst – Dr. Jekylls Arbeitszimmer bequem zu erreichen ist. Die Tür war sehr stark, das Schloß ausgezeichnet, der Zimmermann erklärte, daß es ihm viel Mühe machen und er die Tür beschädigen würde, wenn Gewalt angewandt werden müßte, und der Schlosser war ganz verzweifelt. Doch war dieser ein geschickter Bursche, und nach zweistündiger Arbeit war die Tür geöffnet. Der mit E bezeichnete Schrank war unverschlossen, ich nahm die Schublade heraus, füllte sie mit Stroh aus, verpackte sie in einen Bogen Papier und kehrte damit nach Cavendish Square zurück.

Hier machte ich mich daran, den Inhalt zu untersuchen. Die Pulver waren sauber verpackt, doch nicht mit der Genauigkeit des Apothekers, der sie nach Vorschrift zubereitet, und es war klar, daß es eigenhändiges Fabrikat von Jekyll war. Als ich eine Papierhülle öffnete, fand ich darin etwas, was mir als gewöhnliches, kristallartiges Salz von weißer Farbe erschien. Das Fläschchen, dem ich dann meine Aufmerksamkeit zuwandte, war etwa zur Hälfte mit einer blutroten Flüssigkeit gefüllt, die außerordentlich stark auf die Geruchsnerven wirkte und anscheinend Phosphor und flüchtigen Äther enthielt. Die übrigen Bestandteile konnte ich nicht erraten. Das Buch war ein gewöhnliches Notizbuch und enthielt nur Reihen von Daten. Diese erstreckten sich über einen Zeitraum von vielen Jahren, doch bemerkte ich, daß die Eintragungen ungefähr vor einem Jahr ganz plötzlich abbrachen. Hin und wieder war einem Datum eine kurze Bemerkung zugefügt, gewöhnlich nicht mehr als ein einziges Wort: ›Doppelt‹, das unter mehreren hundert Eintragungen insgesamt etwa sechsmal vorkam. Und einmal, ganz zu Beginn der Liste, mit mehreren Ausrufungszeichen versehen, ›vollständiges Versagen!!!‹ Obgleich dies alles meine Neugierde reizte, gab es mir keinerlei Aufschluß. Da war ein Fläschchen mit irgendeiner Flüssigkeit, Papierhüllen mit irgendeinem Salz und ein schriftlicher Bericht über eine Reihe von Experimenten, die, wie allzu viele von Jekylls Versuchen, zu keinem praktisch-nützlichen Ziel geführt hatten. Wie konnte die Anwesenheit dieser Gegenstände in meinem Haus Einfluß auf die Ehre, die Zurechnungsfähigkeit oder das Leben meines flatterhaften Kollegen ausüben? Wenn sein Bote an einen Ort kommen konnte, warum konnte er nicht anderswo hingehen? Und selbst irgendein Hindernis angenommen, warum sollte dieser Herr im geheimen von mir empfangen werden? Je mehr ich nachdachte, desto überzeugter wurde ich, daß ich es hier mit einem Fall von Geisteskrankheit zu tun hatte. Ich schickte zwar meine Dienstboten zu Bett, doch lud ich einen alten Revolver, um mich im Notfall verteidigen zu können.

Kaum hatte es von den Kirchen Londons zwölf geschlagen, als der Klopfer sehr leise gegen die Tür schlug. Ich ging selbst hinaus, um zu öffnen, und fand einen kleinen Mann vor, der sich gegen die Pfeiler der Säulenhalle drückte.

»Kommen Sie von Dr. Jekyll?« fragte ich.

Er bejahte mit einer ungeduldigen Gebärde; als ich ihn aufforderte, hereinzukommen, tat er es nicht, ohne vorher einen prüfenden Blick hinter sich in die Dunkelheit des Platzes zu werfen. In einiger Entfernung war ein Schutzmann zu sehen, der sich mit offener Blendlaterne näherte, und es war mir, als ob mein Besucher bei seinem Anblick zusammenfuhr und seinen Gang beschleunigte. Ich gestehe, daß mich seine Art unangenehm berührte, und während ich ihm in das helle Licht des Sprechzimmers folgte, hielt ich meine Hand an der Waffe. Dort angelangt, hatte ich endlich Gelegenheit, ihn genau zu betrachten. Ich hatte ihn nie zuvor gesehen, so viel war gewiß. Er war klein, wie ich schon bemerkte, außerdem machte mich der schreckliche Ausdruck seines Gesichtes betroffen, in dem sich eine auffallende Mischung von angespannter Muskeltätigkeit und anscheinend großer körperlicher Schwäche ausprägte, und – nicht zuletzt – die seltsame, subjektive Unruhe, die seine Gegenwart auslöste. Dieses Gefühl hatte eine gewisse Ähnlichkeit mit beginnender Erstarrung und wurde von einem merklichen Sinken des Pulses begleitet. Damals schob ich es auf irgendeine Idiosynkrasie, einen persönlichen Abscheu, und wunderte mich nur über die Heftigkeit der Symptome. Seither habe ich jedoch guten Grund zu glauben, daß die Ursache viel tiefer in der menschlichen Natur begründet liegt und auf einem edleren Motiv beruht, als es der Haß ist. Dieser Mann, der vom ersten Augenblick seines Erscheinens an etwas in mir erregt hatte, was ich nur als neugierigen Widerwillen bezeichnen kann, war in einer Weise gekleidet, die einen gewöhnlichen Menschen lächerlich gemacht hätte. Obgleich nämlich seine Sachen elegant und gut gearbeitet waren, waren sie nach jeder Richtung hin bei weitem zu groß für ihn. Die Hosenbeine hingen tief herab und waren aufgerollt, weil sie sonst auf den Boden geschleift hätten, die Taille des Rockes saß unter den Hüften, und der Kragen reichte bis auf die Schultern. Es mag sonderbar scheinen, daß dieser spaßige Aufzug mich keineswegs zum Lachen brachte. Da, wie bei einer Mißgeburt, etwas Unnormales in der ganzen Erscheinung dieses Geschöpfes lag, das mir jetzt sein Gesicht zukehrte – etwas Fesselndes, Überraschendes und Abstoßendes –, schien mir dieses Mißverhältnis sogar zu ihm zu passen und den Eindruck zu verstärken. Meinem Interesse an des Mannes Beschaffenheit und Charakter gesellte sich daher eine Neugierde bei, die seine Herkunft, sein Leben, seine Vermögenslage und seine Stellung in der Welt betraf.

Obgleich die Aufzeichnung dieser Beobachtungen sehr viel Platz eingenommen hat, waren sie selbst doch das Werk von wenigen Sekunden. In Wirklichkeit brannte mein Besucher vor Aufregung lichterloh.

»Haben Sie es?« schrie er. »Haben Sie es?« Und seine Ungeduld war so stark, daß er sogar meinen Arm packte und mich zu schütteln versuchte.

Ich stieß ihn zurück, denn bei seiner Berührung schlich sich ein Gefühl eisiger Angst in mein Blut. »Mein Herr«, sagte ich, »Sie vergessen, daß ich bis jetzt noch nicht das Vergnügen Ihrer Bekanntschaft hatte. Bitte, nehmen Sie Platz!« Und ich ging ihm mit gutem Beispiel voran und setzte mich auf meinen gewohnten Platz, und zwar in so naturgetreuer Nachahmung meiner üblichen Art Patienten gegenüber, als es die späte Stunde, die Art der Gedanken, die mich beschäftigten, und der Schrecken, den mein Besucher mir einflößte, zuließen.

»Verzeihen Sie, Dr. Lanyon«, erwiderte er in höflichem Ton, »Sie haben ein Recht, so zu sprechen; meine Ungeduld hat mich die Höflichkeit vergessen lassen. Ich komme im Auftrage Ihres Kollegen Dr. Henry Jekyll in einer Angelegenheit von einiger Wichtigkeit, und ich dachte...«, er hielt inne, griff sich mit der Hand an die Kehle, und trotz seines beherrschten Wesens konnte ich sehen, daß er gegen einen Ausbruch von Hysterie ankämpfte. »Ich dachte – eine Schublade...«

Hier erbarmte ich mich der qualvollen Spannung meines Besuchers und vielleicht auch ein wenig meiner eigenen wachsenden Neugierde.

»Da ist sie«, erwiderte ich, und wies auf die Schublade, die, noch verpackt, auf dem Fußboden hinter einem Tisch lag.

Er stürzte hin, hielt inne und legte seine Hand aufs Herz; ich konnte hören, wie seine Zähne unter der krampfhaften Bewegung seiner Kiefer knirschten, und sein Gesicht war so gräßlich anzusehen, daß ich für sein Leben und seinen Verstand zu fürchten begann.

»Beruhigen Sie sich!« sagte ich.

Mit einem furchtbaren Lächeln drehte er sich nach mir um und entfernte dann wie in einem verzweifelten Entschluß die Papierhülle. Beim Anblick des Inhalts stieß er einen lauten Seufzer so unendlicher Erleichterung aus, daß ich wie versteinert dasaß. Und im nächsten Augenblick fragte er mit einer Stimme, über die er bereits wieder Gewalt hatte. »Haben Sie ein Meßglas?«

Ich erhob mich mit einiger Anstrengung von meinem Platz und gab ihm das Gewünschte.

Er dankte, indem er lächelnd nickte, maß ein paar Tropfen der roten Flüssigkeit ab und fügte eins der Pulver hinzu. Die Mischung, die anfangs eine rötliche Färbung hatte, nahm, als die Kristalle schmolzen, eine hellere Farbe an, schäumte hörbar und entwickelte kleine Dampfwolken. Ganz plötzlich hörte das Schäumen auf, und die Verbindung verwandelte sich in tiefes Rot, das sich nun langsamer in ein wäßriges Grün verwandelte. Mein Besucher, der diese Metamorphosen mit wachsamen Augen verfolgt hatte, lächelte, stellte das Glas auf den Tisch, wandte sich dann zu mir und sah mich mit prüfendem Blick an.

»Und nun«, meinte er, »wollen wir uns über das Weitere einigen. Werden Sie weise sein? Werden Sie sich beherrschen können? Werden Sie es ertragen, daß ich dieses Glas zur Hand nehme und ohne weitere Worte ihr Haus verlasse? Oder hat die Neugierde Sie zu fest in ihren Krallen? Denken Sie nach, bevor Sie antworten; denn es soll das geschehen, wofür Sie sich entscheiden. Je nachdem, wie Sie sich entscheiden, werden Sie bleiben, was Sie waren, weder reicher noch weiser, wenn nicht das Gefühl, einem Mann in tödlicher Not einen Dienst erwiesen zu haben, Reichtum der Seele genannt werden kann. Oder ein neues Wissensgebiet und neue Wege zu Ruhm und Macht werden sich Ihnen auftun, hier in diesem Zimmer, in dieser Minute, und Ihre Augen sollen von einem Wunder geblendet werden, das selbst Satans Ungläubigkeit ins Wanken bringen würde.«

»Mein Herr«, versetzte ich und täuschte eine Kaltblütigkeit vor, die ich nicht im entferntesten besaß, »Sie sprechen in Rätseln, und Sie werden sich wohl nicht wundern, daß ich dem, was Sie sagen, keinen großen Glauben schenke. Doch bin ich auf dem Wege unerklärlicher Dienstleistungen schon zu weit gegangen, um stehenzubleiben, ehe ich das Ende gesehen habe.«

»Es ist gut«, entgegnete mein Besucher, »Lanyon, denken Sie an Ihren Eid: was jetzt geschieht, ist für Sie Berufsgeheimnis. – Sie, der Sie so lange den engherzigsten materialistischen Ansichten gefrönt haben, Sie, der Sie die Wirksamkeit transzendentaler Medizin geleugnet haben, Sie, der Sie Leute verlacht haben, die Ihnen überlegen waren – – geben Sie acht!«

Er führte das Glas an die Lippen und leerte es in einem Zug. Ein Schrei folgte – – er taumelte, schwankte, griff nach dem Tisch und hielt sich mit hervorquellenden Augen und keuchendem Atem fest. Und da war es mir, als wenn sich unter meinen Blicken eine Wandlung vollzog – er schien zu wachsen –, sein Gesicht wurde plötzlich blauschwarz, und seine Züge schienen zu verschwimmen und sich zu verändern –, und im nächsten Augenblick sprang ich auf, taumelte rückwärts gegen die Wand und erhob, von Entsetzen gepackt, den Arm, wie um mich vor dem Ungeheuerlichen zu schützen.

»O Gott!« schrie ich, und wieder und immer wieder: »O Gott!« Denn dort vor meinen Augen – blaß und zitternd und halb bewußtlos – mit den Händen um sich tastend wie einer, der ins Leben zurückgerufen wurde – stand Henry Jekyll.

Mein Geist vermag es nicht, das zu Papier zu bringen, was er mir im Verlauf der nächsten Stunde sagte. Ich habe es mit eigenen Augen gesehen und mit eigenen Ohren gehört, und meine Seele wurde krank. Noch jetzt, da der Anblick meinen Augen entschwunden ist, frage ich mich, ob ich es glaube – und finde keine Antwort. Meine Lebenskraft ist bis in ihre Wurzel erschüttert, der Schlaf flieht mich, der tödlichste Schrecken sitzt mir zu allen Stunden des Tages und der Nacht im Genick. Ich fühle, daß meine Tage gezählt sind und daß ich sterben muß, und doch werde ich ungläubig sterben. Was die moralische Schändlichkeit anbelangt, die der Mann, wenn auch mit Tränen der Reue, vor mir enthüllte, so kann ich, selbst in der Erinnerung nicht daran denken, ohne von einem Schauder des Entsetzens gepackt zu werden. Ich will Dir nur eins sagen, Utterson, und das wird, wenn Du es fertigbringst, mir zu glauben, mehr als genug sein: Die Kreatur, die in jener Nacht in mein Haus schlich, war, nach Jekylls eigener Aussage, unter dem Namen Hyde bekannt und wurde im ganzen Land als Mörder von Sir Danvers Carew verfolgt.

Hastie Lanyon

Henry Jekylls vollständige
Darlegung des Falles

Ich wurde im Jahre 18.. als Erbe eines großen Vermögens geboren, hatte glänzende Gaben mitbekommen, neigte meiner Natur nach zum Fleiß, genoß die Achtung kluger und guter Mitmenschen und hatte, wie man hätte annehmen sollen, die gewisse Aussicht auf eine ehrenvolle und angesehene Zukunft. Tatsächlich war mein schlimmster Fehler eine gewisse ausschweifende Veranlagung, die manchen Menschen Glück bedeutet. Ich aber konnte sie schwer mit dem heftigen Wunsch in Einklang bringen, meinen Mitmenschen mit erhobenem Haupt und ungewöhnlich gesetzter Miene begegnen zu können. So kam es, daß ich meine Vergnügungen verbarg, und als ich in die Jahre kam, wo man überlegt, und als mir meine Erfolge und die Stellung, die ich einnahm, zum Bewußtsein kamen, war ich bereits einem ausgesprochenen Doppelleben verfallen. Mancher würde sich vielleicht mit dem, was ich tat, gebrüstet haben; doch da ich mir hohe Ziele gesetzt hatte, betrachtete und verbarg ich es mit einem fast krankhaften Schamgefühl. Es war mehr die ernsthafte Art meines Strebens als eine besondere Niedrigkeit meiner Fehler, was mich zu dem machte, was ich war, und mit einem tieferen Schnitt als bei der Mehrzahl der Menschen die Sphäre des Guten und des Bösen in mir trennte, die die zwiefache Natur des Menschen ausmacht. Das brachte mich dahin, viel und hartnäckig über jenes unerbittliche Naturgesetz nachzudenken, das seine Wurzeln in der Religion hat und eine der stärksten Quellen des Leides ist. Trotz dieser tiefen Zwiespältigkeit war ich doch in keiner Weise ein Heuchler, denn mit beiden war es mir todernst. Ich war genau so ich selbst, wenn ich alle Hemmungen abschüttelte und in Schändlichkeit untertauchte, wie wenn ich, angesichts des Tages, an der Förderung der Wissenschaft oder an der Linderung von Not und Elend arbeitete. Und so geschah es, daß die Richtung meiner wissenschaftlichen Forschungen, die völlig dem Mystischen und Transzendentalen zuneigten, auf dieses Bewußtsein des dauernden Krieges in mir selbst zurückwirkte und es in hellem Licht erscheinen ließ. Mit jedem Tag, und zwar sowohl von der moralischen als von der intellektuellen Seite meines Denkens aus, geriet ich der Wahrheit näher, deren teilweise Entdeckung mich so furchtbaren Schiffbruch hat leiden lassen: nämlich, daß der Mensch in Wahrheit nicht einer ist, sondern tatsächlich zwei. Ich sage zwei, weil das Gebiet meiner eigenen Erfahrungen nicht über diesen Punkt hinausgeht. Es werden andere kommen und mich auf meinem Weg überflügeln, und ich wage die Vermutung, daß dermaleinst ein einzelner Mensch als ganzes Staatswesen mannigfacher, verschiedenartiger und voneinander unabhängiger Bürger gelten wird. Ich für mein Teil habe mich, meiner Natur gemäß, unvermeidlich in einer Richtung fortbewegt und nur in einer. Ich erfuhr an mir selbst, und zwar in moralischer Beziehung, die völlige und ursprüngliche Zwiespältigkeit des Menschen. Wenn die beiden Wesen in meinem Bewußtsein miteinander rangen, selbst wenn ich für eins von ihnen gehalten wurde, konnte das nur geschehen, weil beide in mir wurzelten. Und schon früh, schon ehe der Verlauf meiner wissenschaftlichen Entdeckungen anfing, mir die bloße Möglichkeit eines solchen Wunders vorzugaukeln, verweilte ich mit Genuß, wie bei einem Lieblingstraum, bei dem Gedanken einer Trennung dieser Elemente. Wenn jedes, so sagte ich mir, in verschiedenen Körpern untergebracht werden könnte, so würde das Leben von all dem befreit werden, was es unerträglich macht. Der Böse könnte, unberührt von dem Streben und den Gewissensbissen seines besseren Ichs, seinen Weg gehen, und der Gute könnte festen Schrittes und sicher seinen aufwärtsführenden Pfad beschreiten; er könnte gute Werke tun, in denen er Befriedigung fände, und wäre durch das ihm fremde Böse nicht länger der Schande und der Reue ausgesetzt. Es war der Fluch der Menschheit, daß diese verschiedenartigen Elemente so zusammengeschweißt waren, daß die entgegengesetzten Ichs in den Tiefen des gequälten Bewußtseins dauernd miteinander ringen mußten. – Wie, wenn man sie trennte?!

So weit war ich in meinen Betrachtungen gekommen, als mir vom Laboratoriumstisch her eine Erleuchtung kam. Ich spürte deutlicher, als es bisher je berichtet worden ist, die schwankende Wesenlosigkeit, die nebelgleiche Vergänglichkeit dieses anscheinend so festgefügten Körpers, in den gekleidet wir einhergehen. Ich fand, daß gewisse Kräfte die Macht haben, an diesem fleischlichen Gewand zu reißen und zu zerren, so wie der Wind an den Vorhängen eines Gartenhauses zausen kann. Aus zwei guten Gründen will ich nicht tiefer auf den wissenschaftlichen Teil meines Geständnisses eingehen. Erstens, weil ich zu dem Wissen gelangt bin, daß das Schicksal und die Bürde des Lebens für immer auf den Schultern des Menschen lasten; wenn der Versuch gemacht wird, sie abzuschütteln, so kehren sie nur mit neuem und fürchterlichem Druck zu uns zurück. Zweitens, weil meine Entdeckungen – wie meine Erzählung es leider nur zu deutlich machen wird – unvollständig waren. Es mag genügen, daß ich nicht nur meinen irdischen Körper als bloßen Wohnsitz und als Ausstrahlung gewisser Kräfte, die meinen Geist bildeten, erkannte, sondern auch, daß es mir gelang, eine Medizin herzustellen, durch die diese Kräfte entthront wurden. An ihre Stelle traten ein zweites Äußere und ein zweites

Gesicht, die nicht weniger zu mir paßten, da sie den Stempel niederer Triebe meiner Seele trugen und ihr Ausdruck waren.

Ich zögerte lange, bis ich diese Theorie in die Praxis umsetzte. Ich wußte, daß ich mein Leben dabei aufs Spiel setzte; denn eine Medizin, die so mächtig an dem Bollwerk der Identität rüttelte und es bezwang, konnte durch die geringste Überdosierung oder durch die kleinste Unachtsamkeit im Augenblick der Einverleibung den Körper, den ich umwandeln wollte, völlig vernichten.

Aber die Versuchung, eine derart einzigartige und einschneidende Entdeckung zu machen, brachte schließlich die Stimme der Furcht zum Schweigen. Ich hatte meine Tinktur schon seit langem hergestellt, nun verschaffte ich mir von einer Großhandelsfirma für Chemikalien eine größere Menge eines besonderen Salzes, das, wie ich von meinen Versuchen her wußte, der letzte erforderliche Bestandteil war. Und in einer verwünschten Nacht verband ich die Elemente, beobachtete, wie sie sich kochend und schäumend im Glas vereinigten, und als die Wallung sich gelegt hatte, trank ich, von Mut durchglüht, das Gebräu.

Die mörderlichsten Qualen folgten: ein Knirschen in den Knochen, eine tödliche Übelkeit und ein Angstgefühl, wie es sich nicht schlimmer in der Geburts- oder Sterbestunde äußern kann. Dann legte sich die Agonie schnell, und ich kam, wie nach einer tiefen Ohnmacht, wieder zu mir. Da war etwas Fremdes in meinen Empfindungen, etwas unbeschreiblich Neues und in seiner Neuheit unglaublich Süßes. Ich fühlte mich jünger, leichter, glücklicher, empfand eine berauschende Unbekümmertheit, die in meiner Phantasie eine Fülle sich überstürzender, sinnlicher Vorstellungen hervorrief, und nahm eine Lösung aller Bande der Verantwortlichkeit wahr, eine bisher unbekannte, aber nicht unschuldsvolle innere Befreitheit der Seele. Vom ersten Atemzug dieses neuen Lebens an war ich mir bewußt, schlechter – zehnfach schlechter – und Sklave des ursprünglich Bösen in mir zu sein, und der Gedanke stärkte und berauschte mich in jenem Augenblick wie Wein. Die Neuartigkeit dieser Empfindungen ließ mich frohlockend die Arme ausbreiten, und dabei wurde es mir plötzlich bewußt, daß ich kleiner geworden war.

Damals war noch kein Spiegel in meinem Zimmer. Der jetzt, während ich schreibe, neben mir steht, wurde erst später und eigens für die Zwecke dieser Umwandlungen hingebracht. Die Nacht war schon weit fortgeschritten, wurde schon vom Morgen abgelöst, der, wenngleich noch dunkel, doch schon bereit war, den Tag zu empfangen. Die Bewohner meines Hauses lagen zur dieser Stunde im festen Schlaf, und so entschloß ich mich, von Hoffnung und Triumph geschwellt, mich in meiner neuen Gestalt bis in mein Schlafzimmer zu wagen. Ich schritt über den Hof, wo die Sterne, wie ich glaubte, voller Verwunderung auf mich niederblickten, als auf das erste Geschöpf dieser Art, das sich ihrer steten Wachsamkeit offenbarte. Ich stahl mich durch die Korridore, ein Fremdling im eigenen Haus, und als ich in meinem Zimmer angelangt war, erblickte ich zum ersten Mal die Erscheinung von Edward Hyde.

Ich kann hier nur rein theoretisch sprechen und nicht sagen, was ich weiß, sondern nur das, was ich für das Wahrscheinlichste halte. Die schlechte Seite meines Wesens, der ich jetzt leibhaftige Form gegeben hatte, war weniger stark und weniger entwickelt als die gute, die ich gerade abgeschüttelt hatte. Im Verlauf meines Lebens, das trotz allem zu neun Zehnteln ein Leben der Arbeit, der Tugend und der Selbstbeherrschung gewesen war, war das Böse viel weniger geübt worden und zutage getreten. Daher kam es, wie ich glaube, daß Edward Hyde so viel kleiner, schwächer und jünger war als Henry Jekyll. So wie das Gute die Züge des einen durchleuchtete, so stand das Böse klar und deutlich auf dem Gesicht des andern geschrieben. Das Böse, das ich immer noch für den sterblichen Teil im Menschen halte, hatte übrigens jener Gestalt einen Stempel von Mißgestaltung und

Zwergenhaftigkeit aufgedrückt. Aber als ich das häßliche Zerrbild im Spiegel erblickte, wurde ich mir keines Widerwillens bewußt, eher eines Gefühls freudiger Begrüßung. Das da war ebenfalls ich. Es erschien mir natürlich und menschlich. In meinen Augen war es ein lebendigeres Abbild des Geistes, es schien mir ausdrucksvoller und eigenartiger als das andere, unvollkommene Gesicht, das ich bisher als das meine betrachtet hatte. Und soweit hatte ich zweifellos recht. Ich habe beobachtet, daß, wenn ich Edward Hydes Züge trug, mir niemand nahen konnte, ohne auf den ersten Blick eine sichtbare Abwehr zu empfinden. Ich führe es darauf zurück, daß alle menschlichen Wesen, denen wir begegnen, ein Gemisch von Gut und Böse sind; Edward Hyde, als einziger unter allen Menschen, war ausschließlich böse.

Ich verweilte nur einen Augenblick vor dem Spiegel; das zweite und endgültige Experiment mußte noch gemacht werden. Noch mußte ich sehen, ob ich meine Identität, ohne Möglichkeit der Wiedergewinnung, verloren hatte und noch vor Tagesanbruch aus einem Hause fliehen mußte, das nicht länger mir gehörte. Ich eilte in mein Arbeitszimmer zurück, mischte und trank noch einmal die Medizin, machte noch einmal die Todesqualen durch und kam mit dem Wesen, der Gestalt und dem Gesicht von Henry Jekyll wieder zu mir. In jener Nacht stand ich an dem verhängnisvollen Scheideweg. Wäre ich in edlerer Gemütsverfassung an meine Entdeckung herangegangen, wäre ich bei dem Experiment von großmütigen und frommen Bestrebungen geleitet worden, so hätte alles anders kommen müssen, und ich wäre aus diesen Todes- und Geburtswehen als Engel statt als Teufel hervorgegangen. Die Medizin besaß keine Fähigkeit der Unterscheidung – sie war weder teuflisch noch göttlich. Sie öffnete meinen Anlagen nur die Tür ihres Gefängnisses, und sie entwichen wie die Gefangenen von Philippi. Damals schlief meine Tugend; das Böse in mir, durch Ehrgeiz wachgehalten, lag auf der Lauer, bereit, die Gelegenheit zu erfassen, und was zutage gefördert wurde – war Edward Hyde. Und obgleich ich nun sowohl zwei Charaktere als auch zwei äußere Erscheinungen besaß, so war das eine Wesen vollkommen böse, und das andere war immer noch der alte Henry Jekyll, der aus Verschiedenartigem zusammengesetzt war und an dessen Verbesserung und Vervollkommnung ich schon hatte verzweifeln wollen. Es war also ganz und gar eine Veränderung zum Schlechteren.

Zu jener Zeit hatte ich meine Abneigung gegen ein Leben trockenen Studiums noch nicht bekämpft. Ich pflegte zeitweise noch sehr unternehmungslustig zu sein; da meine Vergnügungen zum mindesten unwürdig waren, ich aber andrerseits nicht nur stadtbekannt und hoch angesehen war, sondern auch älter wurde, empfand ich den Widerspruch in meinem Leben täglich störender. In dieser Richtung führte mich meine neue Macht in Versuchung, bis ich in Sklaverei fiel. Ich brauchte nur den Trank zu schlucken, um sofort den Körper des berühmten Gelehrten abzulegen und wie in einen Mantel in den von Edward Hyde zu schlüpfen. Bei dieser Vorstellung lächelte ich; damals erschien es mir komisch, und ich traf mit eifriger Sorgfalt meine Vorbereitungen. Ich mietete und richtete jenes Haus in Soho ein, in dem Hyde durch die Polizei gesucht wurde, und stellte als Haushälterin eine Person an, die ich als verschwiegen und skrupellos kannte. Meinen Dienstboten wiederum erklärte ich, daß ein Mr. Hyde, den ich beschrieb, in meinem Haus und Grundstück volle Freiheit und Macht genießen sollte, und, um unglücklichen Zufällen vorzubeugen, ließ ich mich in meiner zweiten Gestalt dort sehen und machte mich zu einer vertrauten Erscheinung. Sodann setzte ich das Testament auf, gegen das Du so viel einzuwenden hattest, damit, wenn mir etwas in der Person von Henry Jekyll zustoßen sollte, ich mich ohne pekuniäre Verluste in die von Edward Hyde umwandeln konnte. Und so nach allen Seiten gesichert, wie ich glaubte, begann ich aus der seltsamen Immunität meiner Lage Nutzen zu ziehen.

Früher haben die Menschen Banditen gedungen,

um ihre Verbrechen auszuführen, während ihre eigene Person und ihr Ruf gedeckt waren. Ich war der erste, der es um seiner Vergnügungen willen tat. Ich war der erste, der in den Augen der Welt unter der Bürde verdienter Achtung einhergehen und im nächsten Augenblick wie ein Schuljunge diese Fesseln abstreifen und in ein Meer von Freiheit tauchen konnte. In meinem undurchdringlichen Gewand war für mich die Sicherheit vollkommen. Denk doch – ich existierte ja gar nicht! Ich brauchte nur in meine Laboratoriumstür zu schlüpfen, in dem Zeitraum einiger Sekunden die Medizin zu mischen und zu trinken, die immer bereit dastand, und – was Edward Hyde auch begangen haben mochte – er verschwand wie der Hauch des Atems an einem Spiegel, und an seiner Statt saß ruhig beim Schein der mitternächtigen Lampe in seinem Arbeitszimmer ein Mann, der es sich leisten konnte, über einen Verdacht zu lachen – Henry Jekyll.

Die Vergnügungen, die ich eiligst in meiner Verkleidung aufsuchte, waren, wie ich schon gesagt habe, unwürdig; einen härteren Ausdruck brauche ich nicht darauf anzuwenden. Unter der Führung von Edward Hyde aber nahmen sie bald einen ungeheuerlichen Umfang an. Wenn ich von solchen Exkursionen zurückkam, habe ich mich oft über die Verderbtheit meines anderen Ichs gewundert. Dieser Vertraute, den ich aus meiner eigenen Seele herauslöste und allein aussandte, um seinem Vergnügen nachzugehen, war ein von Grund auf boshaftes und schändliches Geschöpf; all seine Handlungen und Gedanken waren selbstisch. Mit tierischer Gier sog er Genuß aus der Qual anderer, unbarmherzig wie ein Steinbild. Zuzeiten stand Henry Jekyll entsetzt vor den Taten Edward Hydes. Doch unterlag diese Situation nicht den gewöhnlichen Gesetzen, und die Stimme des Gewissens wurde heimtückisch zum Schweigen gebracht. Schließlich war es Hyde, und Hyde allein, der schuldig war. Jekyll wurde deshalb nicht schlechter, er erwachte stets wieder – anscheinend unverändert – mit seinen guten Eigenschaften und beeilte sich, wo es möglich war, das wiedergutzumachen, was Hyde Böses getan hatte. Dadurch schläferte er sein Gewissen ein.

Ich habe nicht die Absicht, im einzelnen auf die Schändlichkeiten einzugehen, die ich auf diese Art duldete (denn noch jetzt bin ich nicht der Ansicht, daß ich sie beging). Ich möchte nur die Warnungszeichen und die Vorboten erwähnen, die meine Strafe ankündigten. Es ereignete sich etwas, was ich nur kurz streifen will, weil es keine weiteren Folgen hatte. Ein Akt der Grausamkeit gegen ein Kind brachte einen Vorübergehenden gegen mich auf, den ich neulich in der Person Deines Verwandten wiedererkannte. Der Arzt und die Familie des Kindes schlugen sich auf seine

Seite, und es gab Augenblicke, da ich für mein Leben fürchtete. Schließlich mußte Edward Hyde die Leute, um ihre nur zu gerechte Empörung zu besänftigen, zu der Tür führen und sie mit einem von Henry Jekyll ausgestellten Scheck bezahlen. Diese Gefahr war jedoch für die Zukunft leicht aus der Welt geschafft durch Eröffnung eines Kontos auf den Namen Edward Hyde bei einer anderen Bank, und nachdem ich meinem zweiten Ich durch Verstellen meiner Handschrift eine Unterschrift verschafft hatte, glaubte ich, vom Schicksal nicht mehr erreicht werden zu können. Etwa zwei Monate vor der Ermordung von Sir Danvers war ich auf Abenteuer ausgewesen, war zu später Stunde zurückgekehrt und wachte am nächsten Morgen mit einer seltsamen Empfindung auf. Es nützte nichts, daß ich mich umblickte, daß ich die schönen Möbel und die stattliche Größe meines an dem Platz gelegenen Zimmers betrachtete und daß ich das Muster am Betthimmel und die Form des Mahagonirahmens erkannte – etwas in mir bestand darauf, daß ich nicht dort war, wo ich mich befand, daß ich nicht dort erwacht war, wo ich zu sein schien, sondern in dem kleinen Zimmer in Soho, wo ich in der Gestalt von Edward Hyde zu schlafen pflegte. Ich lachte mich selbst aus, und in meiner Art, den Sachen psychologisch auf den Grund zu gehen, begann ich allmählich nach den Ursachen dieser Vorstellung zu forschen, fiel dabei aber hin und wieder in einen leichten Morgenschlummer. Während ich so döste, fielen meine Blicke in einem wacheren Augenblick auf meine Hand. Nun war die Hand von Henry Jekyll (wie Du oft konstatiert hast) in Größe und Form die eines Arztes: breit, fest, weiß und wohlgebildet. Aber die Hand, die ich jetzt deutlich im gelben Licht eines Londoner Morgens halb geschlossen auf dem Bettuch liegen sah, war mager, verkrümmt, knochig, von schwärzlicher Blässe und dicht mit dunklen Haaren bedeckt. Es war die Hand von Edward Hyde. Ich muß wohl eine halbe Minute, stumpfsinnig in die Betrachtung dieses Wunders vertieft, darauf hingestarrt haben, bevor mich – plötzlich und erschreckend wie Posaunenton – Entsetzen packte. Ich sprang aus dem Bett und vor den Spiegel. Bei dem Anblick, der sich mir bot, gefror mir das Blut in den Adern. Ja, als Henry Jekyll war ich zu Bett gegangen, und als Edward Hyde war ich aufgewacht. Wie war das zu erklären? – fragte ich mich, und gleich darauf mit erneutem Schrecken – wie war dem abzuhelfen? Es war schon spät am Morgen, die Dienstboten waren wach, meine Medizin befand sich in meinem Arbeitszimmer – eine weite Reise – zwei Treppen hinunter, durch den hinteren Flur, über den offenen Hof und durch das Laboratorium. Der Schreck darüber lähmte mich. Wohl wäre es möglich gewesen, mein Gesicht zu bedecken, aber was nützte das, wenn ich nicht imstande war, meine Gestalt zu verbergen? Aber plötzlich, mit einem überwältigend köstlichen Gefühl der Erleichterung, erinnerte ich mich daran, daß ja die Dienstboten bereits an das Kommen und Gehen meines zweiten Selbsts gewöhnt waren. Schnell hatte ich mich, so gut es ging, mit Sachen meiner eigenen Größe bekleidet und war durch das Haus geeilt, wo Bradshaw große Augen machte und zurückwich, als er Mr. Hyde zu solcher Stunde und in solch einem Aufzug sah. Zehn Minuten später hatte Dr. Jekyll wieder seine eigene Gestalt angenommen, setzte sich mit umwölkter Stirn nieder und gab sich den Anschein zu frühstücken.

Der Appetit war mir begreiflicherweise vergangen. Dieser unerklärliche Vorgang, der meine bisherige Erfahrung über den Haufen warf, schien mir wie ein Menetekel an der Wand, das meine Verurteilung bedeutete, und ich fing an, ernster als je zuvor, über die Folgen und Möglichkeiten meiner doppelten Existenz nachzudenken. Jener Teil meines Wesens, dem ich durch meine Macht Gestalt verleihen konnte, hatte sich in letzter Zeit oft bestätigt und entwickelt. Neuerdings schien es mir, als ob der Körper von Edward Hyde gewachsen wäre, als ob mir (wenn ich seine Gestalt annahm) das Blut feuriger durch die Adern rollte. Ich fing an, Gefahr zu wittern – die Gefahr, daß, wenn dies länger fortgesetzt würde, das Gleichgewicht meines Wesens für die Dauer verlorengehen, die Macht freiwilliger Verwandlung verwirkt und der Charakter von Edward Hyde unwiderruflich der meinige werden könnte. Die Wirkung der Medizin war nicht immer gleich stark gewesen. Einmal, zu Beginn meiner Laufbahn, hatte sie völlig versagt. Seither hatte ich mehr als einmal die Menge verdoppeln, einmal sogar unter Lebensgefahr verdreifachen müssen, und diese gelegentliche Unzuverlässigkeit hatte von da an den einzigen Schatten auf meine Zufriedenheit geworfen. Nun aber, und im Lichte des morgendlichen Vorfalles gesehen, wurde mein Augenmerk darauf gerichtet, daß, wenn anfangs eine Schwierigkeit bestand, mich des Körpers von Jekyll zu entäußern, sich das neuerdings allmählich aber entschieden ins Gegenteil verwandelt hatte. Somit schien alles darauf hinzuweisen, daß mir mein ursprüngliches, besseres Ich langsam entglitt und ich allmählich in mein zweites, schlechteres verwandelt wurde.

Ich fühlte, daß ich jetzt zwischen beiden wählen mußte. Meine beiden Wesen hatten die Erinnerung miteinander gemein, alle anderen Eigenschaften waren äußerst ungleich unter sie verteilt. Jekyll, der aus beiden Elementen Zusammengesetzte, plante und teilte, bald mit leichterregter Besorgnis, bald mit gierigem Vergnügen, die Genüsse und Abenteuer von Hyde. Hyde dagegen war gleichgültig gegenüber Jekyll oder dachte an ihn nicht anders, als der Räuber in den Bergen an die Höhle denkt, in der er sich vor Verfolgung verbirgt. Jekylls Interesse war das eines Vaters, Hydes Gleichgültigkeit die eines Sohnes. Mein Los mit Jekyll verknüpfen hieß auf die Begierden verzichten, denen ich so lange im geheimen und in letzter Zeit im Übermaß gefrönt hatte. Es mit Hyde zu verknüpfen, hieß tausend Interessen und Bestrebungen aufzugeben und mit einem Schlage und für immer verachtet und freundlos zu sein. Der Einsatz mochte ungleich erscheinen, doch war noch eine andere Betrachtung auf die Waagschale zu legen: während Jekyll heftig in den Feuern der Enthaltsamkeit schmachten würde, würde Hyde sich nicht einmal dessen bewußt werden, was er verloren hatte. So seltsam meine Lage war, so waren die Dinge, um die sich dieser Kampf drehte, so alt und alltäglich wie die Menschheit selbst. Aus denselben Anlässen und Befürchtungen waren schon für manchen in Versuchung geratenen und zitternden Sünder die Würfel gefallen. Und mir erging es, wie es der Mehrzahl meiner Mitmenschen ergeht: ich wählte das bessere Teil und hatte nicht die Kraft, daran festzuhalten.

Ja, ich wählte den ältlichen, grämlichen Doktor, der von Freunden umgeben war und ehrenhaften Zielen zustrebte, und sagte der Freiheit, der Jugend, dem leichten Gang, dem jagenden Puls und den geheimen

Ausschweifungen, die ich in der Gestalt von Hyde genossen hatte, entschlossen Lebewohl. Vielleicht traf ich diese Wahl mit einem unbewußten Vorbehalt; denn weder gab ich das Haus in Soho auf, noch vernichtete ich die Kleidung von Edward Hyde, die immer noch in meinem Arbeitszimmer bereitlag. Zwei Monate aber blieb ich meinem Entschluß treu, zwei Monate lang führte ich ein derart strenges Leben, wie ich es nie zuvor fertiggebracht hatte, und genoß als Ausgleich die Wohltat eines guten Gewissens. Aber mit der Zeit verblaßte die Heftigkeit meiner Befürchtungen, das gute Gewissen wurde etwas Selbstverständliches, ich fing an, von schmerzlichem Verlangen gepeinigt zu werden, so, als ob Hyde nach Freiheit rang, und endlich mischte ich in einer schwachen Stunde die verwandelnde Medizin und nahm sie ein.

Ich glaube nicht, daß sich ein Trunkenbold, wenn er über sein Laster nachdenkt, von fünfhundert Malen auch nur ein einziges Mal der Gefahr bewußt wird, der er durch seine tierische, körperliche Gefühllosigkeit ausgesetzt ist. Genausowenig hatte ich, seit ich meine Lage überdachte, die völlige, moralische Unempfindlichkeit und rücksichtslose Bereitschaft zum Bösen, die die hervorstechendsten Eigenschaften von Edward Hyde waren, genügend in Betracht gezogen. Und gerade durch diese wurde ich gestraft. Der Teufel in mir war lange gefangen gewesen, und brüllend kam er zum Vorschein. Schon als ich die Medizin nahm, wurde ich mir eines ungezähmteren, wütenderen Hanges zum Bösen bewußt. Ich glaube, er war es auch, der in meinem Inneren den Sturm von Ungeduld entfachte, mit der ich den höflichen Worten meines unglücklichen Opfers lauschte. Jedenfalls erkläre ich vor Gott dem Herrn, daß kein moralisch zurechnungsfähiger Mensch sich dieses Verbrechens auf eine so klägliche Herausforderung hin schuldig gemacht hätte und daß ich mich, als ich zuschlug, in keiner vernünftigeren Gemütsverfassung befand als ein krankes Kind, das sein Spielzeug zertrümmert. Aber ich hatte freiwillig all die abwägenden Instinkte abgestreift, die selbst den Bösesten unter uns mit einem gewissen Grad von Festigkeit inmitten von Versuchungen einhergehen lassen; darum bedeutete in meinem Fall in Versuchung kommen, und mochte sie noch so gering sein, ihr unterliegen.

Urplötzlich erwachte der Geist der Hölle und raste in mir. In einer Art Ekstase schlug ich auf den widerstandslosen Körper los und empfand Wonne bei jedem Schlag. Erst als sich Müdigkeit bei mir einstellte, wurde ich plötzlich, auf dem Höhepunkt meines Deliriums, bis ins Herz von kaltem Entsetzen gepackt. Der Nebel teilte sich, ich sah, daß mein Leben zerstört war und floh vom Schauplatz meiner Ausschweifung, frohlockend und zitternd zugleich, da meine Lust am

Bösen befriedigt und angeregt, meine Liebe zum Leben aufs höchste gesteigert worden war. Ich lief zu dem Haus in Soho und verbrannte meine Papiere, um meine Sicherheit zwiefach zu befestigen, dann nahm ich meinen Weg durch die lichterhellen Straßen in derselben geteilten Hochstimmung, weidete mich an meinem Verbrechen und ersann leichtsinnig für die Zukunft neue Untaten, dabei aber hastete ich vorwärts und glaubte hinter mir schon die Schritte der Verfolger zu vernehmen. Hyde hatte ein Lied auf den Lippen, als er die Medizin mischte und sie trank auf das Wohl des toten Mannes. Die Qualen der Verwandlung waren kaum vorüber, als Henry Jekyll mit strömenden Tränen der Dankbarkeit und der Reue auf die Knie fiel und seine gefalteten Hände zu Gott erhob. Der Schleier der Selbstbeschönigung war mitten durchgerissen, und ich sah mein ganzes Leben vor mir liegen. Ich sah die Tage der Kindheit, als ich an der Hand meines Vater spazierenging, sah die Zeiten selbstverleugnender Arbeit im beruflichen Leben und kam wieder und immer wieder mit dem gleichen Gefühl der Unwirklichkeit zu den verfluchten Schrecknissen dieses Abends zurück. Ich hätte laut herausschreien können, ich versuchte, die Fülle grauenhafter Bilder und Laute, die meine Erinnerung gegen mich anmarschieren ließ, in Tränen und Gebeten zu ersticken, und doch starrte mich während meiner Gebete das häßliche Gesicht meiner Schlechtigkeit an. Als die Heftigkeit der Selbstvorwürfe nachließ, machte sie einem Gefühl von Freude Platz. Das Problem meiner künftigen Einstellung war gelöst. Hyde war unmöglich geworden. Ob ich wollte oder nicht, ich mußte mich jetzt auf das bessere Teil meines Ichs beschränken, und ach, wie froh war ich bei dem Gedanken! Mit welch bereitwilliger Demut begrüßte ich die Einschränkungen einer normalen Lebensweise! In aufrichtiger Entsagung verschloß ich die Tür, durch die ich so oft ein und aus gegangen war, und zertrat den Schlüssel mit dem Absatz.

Am nächsten Tag erschienen die Berichte, daß der Mörder erkannt worden, daß Hydes Schuld aller Welt offenbar war und daß das Opfer ein Mann von hohem öffentlichen Ansehen gewesen war. Es war nicht nur ein Verbrechen, es war eine tragische Torheit gewesen. Ich glaube, ich war froh, es zu wissen; ich glaube, ich war froh, daß meine besseren Triebe auf diese Art, durch die Angst vor dem Schafott, gestärkt und behütet wurden. Jekyll war jetzt mein Zufluchtsort. Sollte sich Hyde auch nur für einen Augenblick sehen lassen, so würde sich alle Welt auf ihn stürzen und ihn niedermachen.

Ich beschloß, durch mein künftiges Betragen das Vergangene wiedergutzumachen, und ich kann ehrlich sagen, daß mein Entschluß gute Früchte getragen hat. Du weißt selbst, wie ich in den letzten Monaten des vergangenen Jahres ernstlich bemüht war, Leiden zu lindern. Du weißt, daß ich viel für andere getan habe und daß die Tage ruhig, ja fast glücklich für mich dahinflossen. Ich kann nicht einmal sagen, daß ich dieses wohltätigen und unschuldigen Lebens müde wurde; nein, ich genoß es täglich mehr. Doch lag meine Zwiespältigkeit immer noch wie ein Fluch auf mir, und als sich die erste Heftigkeit meiner Reue gelegt hatte, begannen meine niederen Triebe, die so lange genährt und so plötzlich in Ketten gelegt worden waren, nach Befreiung zu lechzen. Nicht, daß ich daran dachte, Hyde wieder zu erwecken, der bloße Gedanke brachte mich dem Wahnsinn nahe – nein, in eigener Person wurde ich noch einmal versucht, mit meinem Gewissen zu spielen, und als gemeiner, heimlicher Sünder gab ich schließlich dem Ansturm der Versuchung nach.

Alle Dinge kommen einmal zum Abschluß; selbst das geräumigste Maß wird einmal voll, und dieses kurze Nachgeben gegenüber dem Bösen in mir zerstörte zuletzt das Gleichgewicht meiner Seele. Und doch ängstigte ich mich nicht; der Fall schien mir natürlich, wie eine Wiederkehr der alten Zeiten, ehe ich meine Entdeckung gemacht hatte.

Es war an einem schönen, klaren Tag im Januar; auf der Erde, wo es getaut hatte, war es naß; aber der

Himmel war wolkenlos. Im Regent's Park hörte man das winterliche Gezwitscher der Spatzen, doch roch es schon nach Frühling. Ich saß auf einer Bank in der Sonne; das Tier in mir schwelgte in Erinnerungen, mein Geist – etwas eingeschläfert – war zu späterer Reue bereit, aber noch nicht in der Stimmung, damit zu beginnen. Ich überlegte, daß ich mich eigentlich nicht von meinen Mitmenschen unterschied, und ich lächelte, als ich mich mit anderen verglich, meinen tatkräftigen guten Willen an der trägen Grausamkeit ihrer Unterlassungen messend. Kaum hatte ich diesen selbstherrlichen Gedanken zu Ende gedacht, als mich eine Anwandlung entsetzlicher Übelkeit, verbunden mit Schüttelfrost befiel. Sie hinterließ eine große Schwäche, und als auch diese überwunden war, wurde ich mir einer Veränderung in meinen Gedankengängen bewußt, einer größeren Kühnheit, einer Nichtachtung der Gefahr und eines Fallens aller Schranken von Verantwortlichkeit. Ich blickte an mir herab: mein Anzug hing formlos an meinen zusammengeschrumpften Gliedern, die Hand, die auf meinem Knie lag, war knochig und behaart – ich war wieder einmal Edward Hyde. Noch vor einem Augenblick war ich der Achtung aller Menschen gewiß – wohlhabend und beliebt – der Tisch zu Hause war für mich gedeckt – und plötzlich war ich der gemeinste Abschaum der Menschheit, verfolgt und heimatlos, ein bekannter Mörder – dem Galgen verfallen. Mein Verstand verwirrte sich, doch ließ er mich nicht ganz im Stich. Ich habe schon mehrfach bemerkt, daß sich meine Eigenschaften in meiner zweiten Gestalt zuzuspitzen schienen und mein Denkvermögen straffer und elastischer war. So kam es, daß, wo Jekyll vielleicht unterlegen wäre, Hyde sich der Bedeutung des Augenblicks anpaßte. Meine Medizin befand sich in einem der Schränke meines Arbeitszimmers; wie konnte ich dazu gelangen? Dieses Problem versuchte ich – die Hände an die Schläfen gepreßt – zu lösen. Die Laboratoriumstür hatte ich verschlossen. Wenn ich versucht hätte, durch mein Haus hinzugelangen, hätten mich meine eigenen Dienstboten dem Galgen ausgeliefert. Ich sah ein, daß ich mich fremder Hilfe bedienen mußte, und dachte an Lanyon. Aber wie sollte ich ihn erreichen und wie ihn überzeugen? Angenommen selbst, ich entginge meiner Festnahme in den Straßen, wie sollte ich mich bei ihm einführen? Wie sollte ich – ein fremder und lästiger Besucher – den berühmten Arzt dazu bewegen, in das Arbeitszimmer seines Kollegen Dr. Jekyll einzubrechen? Aber da fiel mir ein, daß mir von meinem ursprünglichen Selbst etwas geblieben war: meine Handschrift! Und kaum hatte ich diesen Lichtpunkt wahrgenommen, als auch schon der Weg, den ich einzuschlagen hatte, klar und deutlich vor mir lag.

Daraufhin brachte ich, so gut es ging, meine Kleidung in Ordnung, rief eine vorbeifahrende Droschke an und fuhr in ein Hotel in Portland Street, an dessen Namen ich mich durch Zufall erinnerte. Bei meinem Anblick (der wirklich komisch genug war, welch tragisches Geschick diese Kleidung auch deckte) konnte der Kutscher seine Heiterkeit nicht verbergen. Ich knirschte in einem Anfall teuflischer Wut mit den Zähnen, und das Lächeln erstarb auf seinen Lippen. Das war sein Glück, noch mehr aber mein eigenes; denn im nächsten Augenblick hätte ich ihn vom Bock heruntergerissen. In dem Gasthaus sah ich mich bei meinem Eintritt mit so finsterer Miene um, daß die Bediensteten zitterten. In meiner Gegenwart jedoch wechselten sie keinen Blick miteinander, nahmen vielmehr meine Befehle unterwürfig entgegen, führten mich in ein besonderes Zimmer und brachten mir Schreibzeug. Der in Lebensgefahr befindliche Hyde war ein ganz neues Geschöpf für mich: vor zügelloser Wut bebend – zu jedem Mord bereit –, voll Gier, Schmerzen zu bereiten. Das Geschöpf war aber schlau; es meisterte seine Wut mit großem Willensaufwand, setzte die beiden wichtigen Briefe, einen an Lanyon, einen an Poole, auf, und um den Beweis ihrer Beförderung in die Hand zu bekommen, befahl es, sie einschreiben zu lassen.

Von da an saß er den ganzen Tag am Feuer in seinem Zimmer und kaute an den Nägeln. Dort speiste er auch, allein mit seinen Ängsten. Der Kellner erbebte sichtlich unter seinen Blicken. – Als es Nacht geworden war, drückte er sich in die Ecke eines geschlossenen Wagens und ließ sich kreuz und quer durch die Straßen der Stadt fahren. Er – ich kann nicht sagen – ich. Diese Ausgeburt der Hölle hatte nichts Menschliches – hatte nichts anderes in sich als Furcht und Haß. Als er schließlich glaubte, der Kutscher könnte Verdacht schöpfen, entließ er den Wagen und wagte sich zu Fuß – in seiner schlechtsitzenden Kleidung, die ihn zu einer auffallenden Erscheinung machte – in den Strom der nächtlichen Spaziergänger, während die beiden niedrigen Leidenschaften wie ein Sturm in ihm tobten. Er ging schnell – von seiner Angst gehetzt –, sprach vor sich hin – schlich durch die unbelebteren Straßen und zählte die Minuten, die ihn noch von der Mitternacht trennten. Einmal sprach ihn eine Frau an und bot ihm, glaube ich, Streichhölzer an. Er schlug ihr ins Gesicht, und sie entfloh.

Als ich bei Lanyon wieder zu mir kam, ergriff mich das Entsetzen meines alten Freundes vielleicht ein wenig – ich weiß es nicht; jedenfalls war das wie ein Tropfen im Meer, verglichen mit dem Abscheu, mit dem ich auf die letzten Stunden zurückblickte. Eine Verwandlung war mit mir vorgegangen. Es war nicht mehr die Furcht vor dem Galgen, es war das Entsetzen davor, Hyde zu sein, das mich folterte. Lanyons Verdammungsurteil vernahm ich wie im Traum. Wie im Traum ging ich nach Hause und legte mich zu Bett. Mein Schlaf war nach den Erschütterungen des Tages fest und tief, und nicht einmal dem Alpdruck, der mich würgte, gelang es, ihn zu unterbrechen. Ich erwachte am Morgen zitternd, schwach, aber erquickt. Ich haßte und fürchtete immer noch den Gedanken an das Scheusal, das in mir schlummerte, und ich hatte natürlich die fürchterlichen Gefahren des vorhergehenden Tages nicht vergessen. Aber ich war wieder zu Hause, in meinem Hause, in der Nähe meiner Medizin, und Dankbarkeit für mein Entrinnen durchdrang mich fast so stark wie ein Hoffnungsstrahl.

Nach dem Frühstück schlenderte ich gemächlich durch den Hof und atmete mit Genuß die kalte Luft ein, als mich wieder jene unbeschreiblichen Empfindungen überkamen, die die Umwandlung ankündigten. Ich hatte gerade noch Zeit, mich in den Schutz meines Arbeitszimmers zu retten, ehe wiederum Hydes Leidenschaften in mir tobten. Bei dieser Gelegenheit nahm ich die doppelte Dosis zu mir, um wieder ich selbst zu werden, und ach, sechs Stunden später, als ich trübsinnig vor mich hin ins Feuer blickte, überfielen mich die Wehen wieder, und die Medizin mußte von neuem eingenommen werden. Kurz, von dem Tage an schien ich nur noch mit Hilfe großer Anstrengung wie Turnübungen und nur durch sofortige Anwendung der Medizin imstande zu sein, Jekylls Züge zu tragen. Zu allen Stunden des Tages und der Nacht wurde ich von dem unheilverkündenden Schauder erfaßt; vor allem wenn ich schlief, ja selbst wenn ich für Sekunden in meinem Stuhl einschlummerte, erwachte ich immer als Edward Hyde. Unter dem Eindruck dieser beständig über mir schwebenden Gefahr und durch die Schlaflosigkeit, zu der ich mich nun selbst, weit über das Maß des Menschlichen hinaus, verurteilte, wurde ich, was meine eigene Person anbetrifft, zu einem Geschöpf, das, vom Fieber zerfressen und ausgesaugt, an Körper und Geist dahinsiechte und nur von einem Gedanken beseelt war: dem Entsetzen vor meinem anderen Ich. Aber wenn ich schlief oder wenn die Wirkung der Medizin nachließ, konnte ich fast ohne Übergang (denn die Qualen der Umwandlung wurden von Tag zu Tag weniger wahrnehmbar) in den Besitz einer Phantasie gelangen, die mit Bildern des Schreckens angefüllt war, einer Seele, die vor grundlosem Haß überschäumte, und eines Körpers, der nicht stark genug schien, um so rasende Lebensenergien zu beherbergen. Hydes Kräfte schienen mit der Hinfälligkeit Jekylls gewachsen zu sein. Und der Haß, der die beiden trennte, war jetzt ohne Zweifel gegenseitig. Für Jekyll war es eine

Lebensfrage. Er hatte jetzt die volle Scheußlichkeit dieses Geschöpfes erkannt, das einige Erscheinungen des Bewußtseins mit ihm gemein hatte und mit ihm zusammen dem Tod unterworfen war. Abgesehen von diesen Gemeinsamkeiten, die den ausgeprägtesten Teil seiner Leiden ausmachten, dachte er an Hyde, trotz all seiner Lebensenergie, nicht nur als an etwas Teuflisches, sondern etwas Unorganisches. Das war das Fürchterliche: daß aus dem Schlamm dieses Abgrundes Stimmen und Schreie zu kommen schienen, daß der formlose Staub sich bewegte und sündigte, daß, was tot war und keine Gestalt besaß, sich die Äußerungen des Lebens aneignete. Und auch dies, daß dieses aufrührerische Entsetzen ihm enger verbunden war als eine Ehefrau, enger als sein Auge, daß es in seinem Fleisch gefangenlag, wo er hörte, wie es murrte und fühlte, wie es danach rang, geboren zu werden, und in jeder schwachen Stunde, im Vertrauen des Schlummers, Oberhand gewann und ihn aus dem Leben drängte. Hydes Haß gegen Jekyll war ganz anderer Art. Seine Angst vor dem Galgen veranlaßte ihn immer wieder, vorübergehenden Selbstmord zu begehen und in die untergeordnete Stellung eines Teiles zurückzukehren, statt eine selbständige Persönlichkeit darzustellen. Doch fluchte er der Notwendigkeit, er fluchte der Verzagtheit, die Jekyll jetzt befallen hatte, und er war beleidigt über die Abneigung, mit der er betrachtet wurde. Daher auch die unwürdigen Possen, die er mir spielte, indem er in meiner Handschrift Gotteslästerungen an die Seiten meiner Bücher schrieb, Briefe meines Vaters verbrannte und sein Porträt vernichtete, und wenn er nicht Angst vor dem Tode gehabt hätte, so hätte er sich schon längst zugrunde gerichtet, um mich mitzureißen. Aber seine Liebe zum Leben ist wunderbar; ich gehe sogar weiter: obgleich mich eine Schwäche befällt und ich zu Eis erstarre beim bloßen Gedanken an ihn, bringe ich es fertig, ihn von Herzen zu bemitleiden, wenn ich mir die Verworfenheit und Leidenschaft seines Hanges zum Leben vergegenwärtige und wenn ich daran denke, wie er sich vor meiner Macht fürchtet, ihn durch Selbstmord auszulöschen.

Es ist sinnlos, und es fehlt mir an Zeit, diesen Bericht auszudehnen. Kein Mensch hat je solche Qualen erduldet, das mag Dir genügen. Und selbst meinen Leiden verlieh die Gewöhnung – wenn auch keine Erleichterung – so doch eine gewisse seelische Unempfindlichkeit, eine gewisse Ergebung in die Verzweiflung. Die Prüfung hätte sich vielleicht über Jahre erstrecken können, wenn mich nicht dies neue Unglück betroffen hätte, das mich endgültig von meinem eigenen Gesicht und Wesen getrennt hat. Mein Vorrat an Salz, der seit dem Zeitpunkt meines ersten Experiments nie erneuert worden war, begann dahinzuschwinden. Ich ließ eine frische Menge kommen und mischte den Trank, die Aufwallung erfolgte und die erste Veränderung in der Farbe, nicht aber die zweite; ich trank – und es war wirkungslos. Du wirst von Poole gehört haben, wie ich ganz London habe durchsuchen lassen – umsonst. Jetzt bin ich überzeugt, daß mein erster Vorrat unrein war und daß es diese unbekannte Unreinheit war, die dem Trank seine Wirkung verlieh.

Fast eine Woche ist vergangen, und ich beschließe meinen Bericht unter der Einwirkung des letzten alten Pulvers. Dies ist nun also – wenn nicht ein Wunder geschieht – das letzte Mal, daß Henry Jekyll seine eigenen Gedanken denken und sein eigenes (jetzt so traurig verändertes) Gesicht im Spiegel sehen kann. Ich darf auch nicht zu lange zögern, meine Aufzeichnungen zu Ende zu bringen; denn wenn mein Bericht bisher der Vernichtung entgangen ist, so habe ich das nur größter Vorsicht und großem Glück zu verdanken. Sollten mich die Wehen der Verwandlung überfallen, während ich dies schreibe, so würde Hyde es in Stücke reißen. Aber wenn einige Zeit vergangen ist, nachdem ich es beiseite gelegt habe, wird seine wunderbare Selbstsucht und Hingabe an den Augenblick es wahrscheinlich noch einmal vor den Äußerungen seiner affenartigen Bosheit bewahren. Denn tatsächlich hat das Verhängnis, das über uns beide hereinbricht, ihn bereits verwandelt und zerbrochen. Ich weiß, daß ich in einer halben Stunde, wenn ich mich wieder, und diesmal für immer, in jene verhaßte Kreatur verwandle, schaudernd und weinend in meinem Stuhl sitzen werde. Oder ich werde in angespanntester, furchtgepeitschter Erregung, lauschend in diesem Zimmer (meinem letzten irdischen Zufluchtsort) auf und ab gehen und auf jeden drohenden Laut horchen. – Wird Hyde auf dem Schafott sterben? Oder wird er den Mut aufbringen, sich im letzten Augenblick selbst zu befreien? Das weiß nur Gott – ich sorge mich darum nicht. Dieses ist in Wirklichkeit meine Todesstunde, und was nachher kommt, betrifft einen anderen als mich. Und indem ich die Feder niederlege und mein Bekenntnis versiegle, beschließe ich das Leben dieses unglückseligen Henry Jekyll.

Zu dieser Ausgabe

Der Text folgt der Ausgabe im insel taschenbuch 572, Robert Louis Stevenson, Der seltsame Fall von Dr. Jekyll und Mr. Hyde. Deutsch von Grete Rambach. Die Erzählung erschien erstmals 1886 unter dem Titel *The Strange Case of Dr. Jekyll and Mr. Hyde*. Umschlagabbildung: Photonica, Hamburg.

Englische und amerikanische Literatur im insel taschenbuch
Eine Auswahl

Elizabeth von Arnim
- Alle meine Hunde. Roman. Übersetzt von Karin von Schab. it 1502. 177 Seiten
- April, May und June. Übersetzt von Angelika Beck. it 1722. 88 Seiten
- Christine. Roman. Übersetzt von Angelika Beck. it 2211. 223 Seiten
- Einsamer Sommer. Roman. Übersetzt von Leonore Schwartz. Großdruck. it 2375. 186 Seiten
- Elizabeth und ihr Garten. Roman. Übersetzt von Adelheid Dormagen. Großdruck. it 2338. 216 Seiten
- In ein fernes Land. Roman. Übersetzt von Angelika Beck. it 2292. 402 Seiten
- Der Garten der Kindheit. Übersetzt von Leonore Schwartz. Großdruck. it 2361. 80 Seiten
- Jasminhof. Roman. Übersetzt von Helga Herborth. Großdruck. it 2363. 506 Seiten
- Liebe. Roman. Übersetzt von Angelika Beck. it 1591. 436 Seiten
- Sallys Glück. Roman. Übersetzt von Schamma Schahadat. it 1764. 352 Seiten
- Vera. Roman. Übersetzt von Angelika Beck. it 1808. 335 Seiten
- Verzauberter April. Roman. Übersetzt von Adelheid Dormagen. it 2346. 370 Seiten

Jane Austen
- Die Abtei von Northanger. Übersetzt von Margarete Rauchenberger. Mit Illustrationen von Hugh Thomson. it 931. 254 Seiten

- Anne Elliot. Übersetzt von Margarete Rauchenberger. Mit Illustrationen von Hugh Thomson. it 511. 549 Seiten
- Lady Susan. Ein Roman in Briefen. Übersetzt von Angelika Beck. it 1192. 253 Seiten
- Mansfield Park. Übersetzt von Angelika Beck. Mit Illustrationen von Hugh Thomson. it 1503. 579 Seiten
- Stolz und Vorurteil. Übersetzt von Margarete Rauchenberger. Mit Illustrationen von Hugh Thomson und mit einem Essay von Norbert Kohl. it 787. 439 Seiten
- Verstand und Gefühl. Übersetzt von Angelika Beck. Mit Illustrationen von Hugh Thomson. it 1615. 449 Seiten

Charlotte Brontë
- Jane Eyre. Eine Autobiographie. Überetzt von Helmut Kossodo. Mit einem Essay und einer Bibliographie herausgegeben von Norbert Kohl. it 813. 645 Seiten
- Der Professor. Übersetzt von Gottfried Röckelein. it 1354. 373 Seiten
- Shirley. Übersetzt von Johannes Reiher und Horst Wolf. it 1145 Seiten. 715 Seiten
- Über die Liebe. Herausgegeben von Elsemarie Maletzke. Übertragen von Eva Groepler und Hans J. Schütz. it 1249. 80 Seiten
- Villette. Übersetzt von Christiane Agricola. it 1447. 777 Seiten

Emily Brontë
- Die Sturmhöhe. Übersetzt von Grete Rambach. Großdruck. it 2348. 598 Seiten

Lewis Carroll
- Alice hinter den Spiegeln. Übersetzt von Christian Enzensberger. Mit Illustrationen von John Tenniel. it 97. 145 Seiten
- Alice im Wunderland. Übersetzt von Christian Enzensberger. Mit Illustrationen von John Tenniel. it 42. 138 Seiten

Kate Chopin
- Das Erwachen. Roman. Übersetzt von Ingrid Rein.
  it 2149. 222 Seiten

Daniel Defoe
- Glück und Unglück der berühmten Moll Flanders. Übersetzt von Martha Erler. Mit Illustrationen von William Hogarth und einem Essay von Norbert Kohl. it 707. 440 Seiten
- Robinson Crusoe. Übersetzt von Hannelore Novak. Mit Illustrationen von Ludwig Richter. it 41. 404 Seiten

Charles Dickens
- Bleak House. Übersetzt von Richard Zoozmann. Mit Illustrationen von Phiz. it 1110. 1031 Seiten
- David Copperfield. Mit Illustrationen von Phiz. it 468. 1245 Seiten
- Eine Geschichte aus zwei Städten. Mit Illustrationen von Phiz. it 1033. 506 Seiten
- Nikolaus Nickleby. Mit Illustrationen von Phiz. it 1304. 1022 Seiten
- Oliver Twist. Übersetzt von Reinhard Kilbel. Mit einem Nachwort von Rudolf Marx und Illustrationen von George Cruikshank. it 242. 607 Seiten
- Die Pickwickier. Mit Illustrationen von Robert Seymour, William Buss und Phiz. it 896. 1006 Seiten

D. H. Lawrence
- Liebesgeschichten. Übersetzt von Heide Steiner. it 1678. 308 Seiten

Katherine Mansfield
- Eine indiskrete Reise. Erzählungen. Ausgewählt von Franz-Friedrich Hackel. Übersetzt von Heide Steiner. Großdruck. it 2364. 214 Seiten

- Das Gartenfest und andere Erzählungen. Übersetzt von Heide Steiner. it 1724. 232 Seiten
- Reise in den Sommer. Erzählungen und Briefe. Großdruck. it 2388. 120 Seiten
- Über die Liebe. it 1703. 110 Seiten

Herman Melville
- Moby Dick. Übersetzt von Alice und Hans Seifert. Mit einem Nachwort von Rudolf Sühnel. it 233. 781 Seiten

Edgar Allan Poe
- Sämtliche Erzählungen. Herausgegeben von Günter Gentsch. Vier Bände in Kassette. it 1528-1531. 1568 Seiten
- Grube und Pendel. Schaurige Erzählungen. Übersetzt von Erika Gröger und Heide Steiner. it 2351. 188 Seiten
- Der Untergang des Hauses Usher. Meistererzählungen. Übersetzt von Babara Cramer-Nauhaus, Erika Gröger und Heide Steiner. it 1373. 182 Seiten

William Shakespeare
- Hamlet. Prinz von Dänemark. Übersetzt von August Wilhelm Schlegel. Mit Illustrationen von Eugène Delacroix. Herausgegeben und mit einem Essay versehen von Norbert Kohl. it 364. 270 Seiten
- Romeo und Julia. Übersetzt von Thomas Brasch. it 1383. 151 Seiten
- Die Sonette des William Shakespeare. Englisch und deutsch. Übersetzt von Wolfgang Kaußen. Mit einem Nachwort von Friedrich Apel. it 2228. 335 Seiten
- Die Tragödie des Macbeth. Übersetzt von Thomas Brasch. it 1440. 112 Seiten
- Was ihr wollt. Übersetzt von Thomas Brasch. it 1205. 132 Seiten
- Wie es euch gefällt. Übersetzt und bearbeitet von Thomas Brasch. it 1509. 121 Seiten

Mary Shelley
- Frankenstein oder Der moderne Prometheus. Übersetzt von Karl Bruno Leder und Gerd Leetz. Mit einem Essay und einer Bibliographie von Norbert Kohl.
  it 1030. 373 Seiten

Mark Twain
- Mark Twains Abenteuer. Herausgegeben von Norbert Kohl. Fünf Bände in Kassette. it 1891-1895. 2496 Seiten
- Huckleberry Finns Abenteuer. Übersetzt von Barbara Cramer-Nauhaus. Mit Illustrationen der Erstausgabe von Edward W. Kembe. it 1892. 413 Seiten
- Reisen um das Mittelmeer. Vergnügliche Geschichten. it 1799. 215 Seiten

Klassische französische Literatur
im insel taschenbuch
Eine Auswahl

Gustave Flaubert
- Romane und Erzählungen. 8 Bände. it 1861-1868. 2752 Seiten
- Bouvard und Pécuchet. it 1861. 448 Seiten
- Drei Erzählungen. it 1862. 288 Seiten
- Lehrjahre des Gefühls. it 1863. 496 Seiten
- Madame Bovary. it 1864. 432 Seiten
- November. it 1865. 160 Seiten
- Reise in den Orient. it 1866. 464 Seiten
- Salammbô. it 1867. 464 Seiten
- Die Versuchung des heiligen Antonius. it 1868. 272 Seiten

Edmond de Goncourt/Jules de Goncourt
Tagebücher. Aufzeichnungen aus den Jahren 1851-1870.
Ausgewählt, übertragen und herausgegeben von Justus Franz
Wittkop. Mit zeitgenössischen Abbildungen.
it 1834. 447 Seiten

George Sand
- Geschichte meines Lebens. Aus ihrem autobiographischen Werk. Auswahl und Einleitung von Renate Wiggershaus. Mit Abbildungen und Fotografien. it 313. 254 Seiten
- Indiana. Übersetzt von A. Seubert. Mit einem Essay von Annegret Stopczyk. it 711. 321 Seite
- Lélia. Übersetzt von Anna Wheill. Mit einem Essay von Nike Wagner. it 737. 289 Seiten
- Lucrezia Floriani. Roman. Übersetzt von Anna Wheill. it 858. 198 Seiten
- Ein Winter auf Mallorca. Übersetzt von Maria Dessauer. it 2102. 220 Seiten

- George Sand. Leben und Werk in Texten und Bildern. Von Gisela Schlientz. it 565. 407 Seiten

Emile Zola
- Das Geld. Übersetzt von Leopold Rosenzweig. it 1749. 554 Seiten
- Germinal. Übersetzt von Armin Schwarz. Mit Illustrationen von Renate Sendler-Peters. it 720. 587 Seiten
- Nana. Übersetzung und Nachwort von Erich Marx. Mit Illustrationen von Renate Sendler-Peters. it 398. 533 Seiten
- Thérèse Raquin. Roman. Übersetzt von Ernst Hardt. it 1146. 274 Seiten

Edgar Allan Poe, geboren am 19. Januar 1809 in Boston, ist am 7. Oktober 1849 in Baltimore gestorben.

Erst das 20. Jahrhundert hat so recht die Visionen des großen amerikanischen Erzählers Edgar Allan Poe wahr- und ernst genommen. Dabei wollte Poe mit seinen unheimlichen Erzählungen, den Nachtstücken, dem Grauen, den Alpträumen, den Nervenkrisen, der Flucht ins Jenseits des Grabes, mit dem Überwirklichen und Kriminellen, nicht nur die zynische Grausamkeit und das menschliche Verbrechen messerscharf analysieren, sondern auch seiner inhumanen Mitwelt einen düsteren Groteskspiegel vorsetzen.

Die Erzählungen sind hier chronologisch nach der Erstveröffentlichung angeordnet.

insel taschenbuch
Edgar Allan Poe
Die Morde in der Rue Morgue

EDGAR ALLAN POE
DIE MORDE IN DER RUE MORGUE

und andere Erzählungen
Herausgegeben von Günter Gentsch
Aus dem Amerikanischen
von Barbara Cramer-Nauhaus,
Erika Gröger
und Heide Steiner
Insel Verlag

insel taschenbuch
Erste Auflage 2001
© dieser Ausgabe
Insel Verlag Frankfurt am Main und Leipzig 2001
Alle Rechte vorbehalten,
insbesondere das des öffentlichen Vortrags
sowie der Übertragung durch Rundfunk und Fernsehen,
auch einzelner Teile.
Kein Teil des Werkes darf in irgendeiner Form
(durch Fotografie, Mikrofilm oder andere Verfahren)
ohne schriftliche Genehmigung des Verlages
reproduziert oder unter Verwendung elektronischer Systeme
verarbeitet, vervielfältigt oder verbreitet werden.
Hinweise zu dieser Ausgabe am Schluß des Bandes
Vertrieb durch den Suhrkamp Taschenbuch Verlag
Umschlag: agentur büdinger, Augsburg
Druck: Ebner Ulm
Printed in Germany

1 2 3 4 5 6 – 06 05 04 03 02 01

INHALT

Die Morde in der Rue Morgue 9
Sturz in den Malström 53
Feeneiland 75
Das Gespräch zwischen Monos und Una 82
Mit dem Teufel ist schlecht wetten 94
Eleonora 107
Drei Sonntage in einer Woche 115
Das ovale Porträt 124
Die Maske des Roten Todes 128
Die Grube und das Pendel 136
Der Landschaftspark 156
Das Geheimnis um Marie Rogêt 169
Das verräterische Herz 235
Der Goldkäfer 242
Der schwarze Kater 288
Morgen auf dem Wissahiccon 301
Das Diddeln als eine der exakten Wissenschaften
  betrachtet 307
Die Brille 321
Eine Geschichte aus den Ragged Mountains 352
Die längliche Kiste 365

Zu dieser Ausgabe 381

DIE MORDE IN DER RUE MORGUE

> Welches Lied die Sirenen sangen oder welchen Namen Achill sich gab, als er sich bei den Frauen barg, das sind wohl verwirrende Fragen, doch sie entziehen sich nicht ganz *aller* Mutmaßung.
>
> Sir Thomas Browne

Die Geisteskräfte, die man die analytischen nennt, sind in sich selbst kaum analysierbar. Nur in ihren Auswirkungen vermögen wir sie zu fassen. Wir wissen von ihnen unter anderem, daß sie für ihren Eigner, wenn er sie im Übermaß besitzt, stets eine Quelle lebhaftesten Vergnügens sind. So wie der Starke über seine Körperkraft frohlockt und in Übungen schwelgt, die seine Muskeln in Aktion treten lassen, so erfreut sich der Analytiker jener geistigen Behendigkeit, welche Verworrenes *entwirrt*. Selbst die trivialsten Beschäftigungen, wenn sie nur sein Talent ins Spiel bringen, ergötzen ihn. Er ist versessen auf Rätsel, auf Vexierfragen, auf Hieroglyphen; und bei einer jeden Lösung legt er einen Grad von *Scharfsinn* an den Tag, der den Durchschnittsverstand geradezu übernatürlich anmutet. Seine Lösungen, allein und einzig durch die rechte Methode zuwege gebracht, wirken gleichwohl wie pure Intuition.

Mag sein, daß die Fähigkeit zum Ent-wirren durch mathematische Studien erheblich gefördert wird, Studien vor allem in jenem wichtigsten Zweig, den man zu Unrecht und nur wegen seiner rückläufigen Operationen analytisch genannt hat – gleichsam analytisch *par excellence*. Doch ist Berechnen an sich noch nicht Analysieren. Ein Schachspieler zum Beispiel tut das eine, ohne sich um das andere auch nur zu bemühen. Daraus folgt, daß man das Schachspiel in seiner Wirkung auf die Geistesanlagen gröblich mißverstanden hat. Doch will ich hier keine Abhandlung schreiben, sondern nur einer ziemlich eigenartigen Erzählung ein paar ganz zufällige Bemerkungen vorausschicken; so möchte ich die Gelegenheit ergreifen, zu behaupten, daß die sublimeren Kräfte des denkenden Verstandes entschiedener und zweckdienlicher von dem bescheidenen Damespiel beansprucht werden als von aller ausgeklügelten Oberflächlichkeit des Schachspiels. Bei letzterem, wo den Figuren verschiedenartige und *bizarre* Züge mit unterschiedlichen und variablen Werten eignen, wird (ein nicht ungewöhnlicher Irrtum) das, was nur kompliziert ist, fälschlich für tiefgründig gehalten. Die *Aufmerksamkeit* wird hier mit allem Nachdruck auf den Plan gerufen. Erlahmt sie für einen Augenblick, so unterläuft auch schon ein Versehen, das Schaden oder Niederlage zur Folge hat. Da die möglichen Züge nicht nur mannigfaltig, sondern auch verworren sind, vervielfacht sich die Gefahr solchen Versehens; und in neun von zehn Fällen ist es eher der konzentriertere als der scharfsinnigere Spieler, der gewinnt. Beim Damespiel hingegen, wo die Züge *einheitlich* sind und kaum voneinander abweichen, ist eine Unachtsamkeit weniger wahrscheinlich, und da die pure Aufmerksamkeit verhältnismäßig unbeschäftigt bleibt, sind die Vorteile, die die eine oder andere Partei erringt, allein überlegenem *Scharfsinn* zuzuschreiben. Um mich weniger abstrakt auszudrükken: Stellen wir uns ein Damespiel vor, wo die Steine sich auf vier Damen reduziert haben und wo ein Versehen natürlich nicht zu erwarten ist. Es leuchtet ein, daß der Sieg (gleichrangig, wie die Spieler sind) hier nur durch irgendeinen ausgeklügelten Zug errungen werden kann, das Ergebnis einer entschiedenen Anstrengung des Verstandes. Gängiger Hilfsmittel beraubt, versetzt sich der Analytiker in den Geist seines Gegenspielers, identifiziert sich damit und erkennt so nicht selten auf den ersten Blick, auf welchem Wege allein (mitunter wirklich einem lächerlich einfachen) er den anderen in eine Falle locken oder zu einer Fehlrechnung verleiten kann.

Seit langem rühmt man dem Whistspiel nach, daß es das

sogenannte Berechnungsvermögen schule; und Geister von höchstem Rang haben, wie man weiß, ein scheinbar unerklärliches Vergnügen daran gefunden, während sie das Schachspiel als oberflächlich verwarfen. Zweifellos gibt es nichts Vergleichbares, was derart hohe Ansprüche an die Fähigkeit zum Analysieren stellt. Der beste Schachspieler der Christenheit mag kaum mehr sein als nur eben der beste Schachmeister; Fertigkeit im Whist dagegen begreift in sich die Befähigung, in all jenen gewichtigeren Unternehmen erfolgreich zu sein, wo Geist gegen Geist streitet. Wenn ich Fertigkeit sage, so meine ich jene Vollkommenheit im Spiel, die ein Erfassen *aller* Möglichkeiten einschließt, aus denen sich rechtens Vorteil ziehen läßt. Diese sind nicht nur mannigfaltig, sondern auch vielgestaltig und liegen oft in Schlupfwinkeln des Denkens verborgen, die dem gewöhnlichen Verstand ganz und gar unzugänglich sind. Aufmerksam beobachten heißt deutlich im Gedächtnis behalten; und insofern wird der konzentrierte Schachspieler auch beim Whist bestehen; zumal die Regeln von Hoyle (die auf dem reinen Mechanismus des Spiels basieren) hinlänglich und allgemein verständlich sind. So sind ein gutes Gedächtnis und ein Vorgehen streng ›nach dem Buche‹ Kernpunkte, die allgemein als die Summe guten Spielens gelten. Das Geschick des Analytikers aber zeigt sich auf Gebieten, die jenseits der Grenzen purer Regeln liegen. Stillschweigend stellt er zahllose Beobachtungen an und zieht seine Schlüsse. Das gleiche tun vielleicht auch seine Mitspieler; doch die unterschiedliche Spannweite der gewonnenen Information liegt nicht so sehr in der Stichhaltigkeit der Schlüsse wie in der Qualität der Beobachtung. Wissen muß man vor allem, *was* es zu beobachten gilt. Unser Spieler legt sich da keinerlei Beschränkungen auf; und sein Hauptanliegen, das Spiel, hindert ihn nicht, Schlüsse aus Dingen zu ziehen, die außerhalb des Spiels liegen. Er prüft die Miene seines Partners und vergleicht sie sorgfältig mit der seiner beiden Gegenspieler. Er beachtet, auf welche Art und Weise ein jeder die Karten in der Hand gruppiert, und liest an den Blicken, die ihre Eigentümer auf jede Karte werfen, oft Trumpf um Trumpf und Bildkarte um Bildkarte ab. Er bemerkt jede Veränderung des Gesichtsausdrucks im Verlauf des Spiels und erschließt eine Fülle von Gedanken aus den Schattierungen von Gewißheit, Bestürzung, Triumph oder Verdruß. Aus der Art, wie jemand einen Stich aufnimmt, folgert er, ob derselbe Spieler einen zweiten Stich in der Farbe gewinnen kann. Er erkennt eine Finte an der Gebärde, mit der die Karte auf den Tisch geworfen wird. Ein beiläufiges oder unachtsames Wort; das versehentliche Fallenlassen oder Aufdecken einer Karte, begleitet von dem ängstlichen oder unbekümmerten Bemühen, sie zu verbergen; das Zählen der Stiche und ihre Anordnung; Verlegenheit, Zögern, Eifer oder Zagen – alles bietet seiner scheinbar intuitiven Wahrnehmung Hinweise auf den wahren Stand der Dinge. Nachdem die ersten zwei oder drei Runden gespielt sind, weiß er genau, was jeder in Händen hält, und von nun an spielt er seine Karten mit so entschiedener Zielsicherheit aus, als hätte die übrige Gesellschaft die Bildseiten ihrer Karten nach außen gekehrt.

Die analytische Begabung sollte nicht mit einfachem Scharfsinn verwechselt werden; denn während der Analytiker notwendigerweise auch scharfsinnig ist, ist der Scharfsinnige oft erstaunlich unfähig zu analysieren. Die konstruktive Begabung oder Kombinationsfähigkeit, durch die Scharfsinn sich gewöhnlich manifestiert und der die Phrenologen (ich glaube zu Unrecht) ein gesondertes Organ zugeordnet haben, weil sie sie für ein Urvermögen hielten, ist so oft bei Menschen beobachtet worden, deren Denkvermögen im übrigen geradezu an Schwachsinn grenzte, daß es bei den Sittenlehrern allgemeine Aufmerksamkeit erregt hat. Zwischen Scharfsinn und analytischer Begabung besteht tatsächlich ein weitaus größerer Unterschied als zwischen Phantasie und Vorstellungskraft, wiewohl er seiner Natur nach durchaus analog ist. In der Tat wird man gewahren, daß scharfsinnige Leute immer phantasiereich sind, daß *echte* Vorstellungskraft hingegen stets mit analytischer Begabung einhergeht.

Die folgende Erzählung wird den Leser gewissermaßen wie ein Kommentar zu den eben vorgebrachten Behauptungen anmuten.

Als ich mich während des Frühjahrs und eines Teils des Sommers 18.. in Paris aufhielt, machte ich dort die Bekanntschaft eines Monsieur C. Auguste Dupin. Dieser junge Herr war von bester – ja von illustrer Familie, aber durch eine Reihe widriger Umstände in so große Armut geraten, daß seine tatkräftige Natur ihr unterlag und er aufhörte, sich in der Welt zu tummeln oder sich um die Wiedergewinnung seines Vermögens zu kümmern. Dank der Gefälligkeit seiner Gläubiger war ihm noch ein kleiner Rest seines väterlichen Erbteils verblieben, und mit den Einkünften, die ihm daraus zuflossen, gelang es ihm durch rigorose Sparsamkeit, seinen puren Lebensunterhalt zu bestreiten, ohne sich um die Entbehrlichkeiten des Lebens zu scheren. Bücher allerdings waren sein einziger Luxus, und die sind in Paris wohlfeil zu erwerben.

Zum ersten Mal begegneten wir uns in einer obskuren Bücherei in der Rue Montmartre, wo der Umstand, daß wir beide auf der Suche nach demselben sehr seltenen und merkwürdigen Buche waren, uns in engere Verbindung brachte. Wir sahen uns ein ums andere Mal. Ich nahm tiefen Anteil an der kleinen Familiengeschichte, die er mit all der Offenheit vor mir ausbreitete, welche dem Franzosen eigen ist, wo immer es um die eigene Person geht. Zudem erstaunte mich das Ausmaß seiner Belesenheit; und vor allem entflammten mich das lodernde Feuer und die lebhafte Frische seiner Vorstellungskraft. Da ich in Paris das zu finden hoffte, wonach ich damals trachtete, glaubte ich, daß die Gesellschaft eines solchen Mannes ein unschätzbarer Gewinn für mich sein werde, und freimütig bekannte ich ihm diese meine Meinung. Schließlich vereinbarten wir, für die Dauer meines Aufenthalts in der Stadt zusammen zu wohnen, und da meine Lebensumstände etwas weniger verworren waren als die seinen, überließ er es mir, auf meine Kosten ein altersschwaches wunderliches Haus zu mieten und in einem Stil einzurichten, welcher der recht phantastischen Düsternis unserer beider Gemütsverfassung angemessen war; ein Haus, das lange schon leergestanden hatte, abergläubischer Vorstellungen wegen, denen wir nicht nachforschten, und das in einem abgelegenen, einsamen Viertel des Faubourg St. Germain nun seinem Einsturz entgegenschwankte.

Wären der Welt unsere Lebensgewohnheiten an diesem Ort bekannt geworden, so hätte man uns für Verrückte gehalten – wenn auch vielleicht für Verrückte harmloser Natur. Unsere Zurückgezogenheit war vollkommen. Wir empfingen keinen Besuch. Freilich hatte ich unseren Zufluchtsort sorgfältig vor meinen früheren Freunden geheimgehalten; und Dupin hatte schon seit vielen Jahren jeden Umgang gemieden und war selbst ein Unbekannter in Paris. Wir lebten ganz auf uns selbst bezogen.

Es war eine merkwürdige Marotte meines Freundes (denn wie sonst soll ich es nennen?), in die Nacht, ganz um ihrer selbst willen, verliebt zu sein; und gelassen schickte ich mich in diese *bizarrerie*, wie in all seine anderen; ja, ich überließ mich seinen wilden Anwandlungen mit schrankenloser *Hingabe*. Die finstere Gottheit selbst wollte nicht immer bei uns verweilen; aber wir konnten ihre Gegenwart vortäuschen. Beim ersten Morgengrauen schlossen wir alle wuchtigen Fensterläden unseres alten Gebäudes und entzündeten ein paar stark duftende Wachskerzen, die nur einen ganz matten geisterbleichen Schein verbreiteten. Bei diesem Lichtschimmer tummelten wir unsere Seelen nun in Träumen – lasen, schrieben oder führten Gespräche, bis die Uhr uns den Anbruch der echten Dunkelheit kündete. Dann wanderten wir Arm in Arm hinaus auf die Straßen, setzten die Gespräche des Tages fort oder streiften bis in die tiefe Nacht weit umher und suchten inmitten der schwankenden Lichter und Schatten der volkreichen Stadt jenes Übermaß geistig-seelischer Erregung, das ruhige Betrachtung gewähren kann.

Bei solchen Gelegenheiten konnte ich nicht umhin, eine eigentümliche analytische Fähigkeit (die ich freilich bei seiner reichen Vorstellungskraft hätte erwarten können) an

Dupin zu gewahren und zu bewundern. Auch schien er lebhaftes Vergnügen daran zu finden, diese Gabe zu betätigen – wo nicht gar zur Schau zu stellen –, und bekannte mir ohne Zögern, welch großen Genuß ihm das bereite. Er rühmte sich mir gegenüber mit verhaltenem, kicherndem Lachen, daß für ihn die meisten Menschen Fenster in der Brust trügen, und pflegte solchen Behauptungen eindeutige und geradezu bestürzende Proben folgen zu lassen, die seine gründliche Kenntnis meines eigenen Innenlebens bekundeten. In solchen Augenblicken gab er sich kühl und abwesend; seine Augen waren ausdruckslos, während seine Stimme, gewöhnlich ein volltönender Tenor, sich zu einem schrillen Diskant erhob, der wohl mißlaunig geklungen haben würde, wäre dieser Eindruck nicht von der bedachtsamen und völlig deutlichen Ausdrucksweise widerlegt worden. Beobachtete ich ihn in solchen Anwandlungen, so hing ich oft gedankenvoll der alten Lehre von der zweigeteilten Seele nach und ergötzte mich an der Vorstellung von einem doppelten Dupin – dem schöpferischen und dem zergliedernden.

Aus dem soeben Gesagten möge man nicht schließen, daß ich hier irgendein Geheimnis preisgeben oder eine phantastische Geschichte erdichten will. Was ich an dem Franzosen geschildert habe, war nur die Auswirkung eines erregten oder vielleicht auch krankhaften Erkenntnisvermögens. Doch wird ein Beispiel am besten erhellen, welcher Natur seine Bemerkungen bei solchen Gelegenheiten waren.

Wir schlenderten eines Nachts durch eine lange schmutzige Straße in der Nähe des Palais Royal. Beide hatten wir, offenbar tief in Gedanken versunken, seit mindestens fünfzehn Minuten keine Silbe gesprochen. Mit einem Mal brach Dupin das Schweigen mit folgenden Worten:

»Er ist wirklich sehr klein geraten und würde sich viel besser für das *Théâtre des Variétés* eignen.«

»Daran ist nicht zu zweifeln«, erwiderte ich arglos und bemerkte zunächst gar nicht (so sehr war ich in meinen Gedanken befangen), auf welch außergewöhnliche Weise der

Sprecher sich in meine Überlegungen eingedrängt hatte. Im nächsten Augenblick besann ich mich, und meine Verwunderung war grenzenlos.

»Dupin«, sagte ich ernst, »dies geht über meinen Horizont. Ohne Zögern gebe ich zu, daß ich bestürzt bin und kaum meinen Sinnen trauen kann. Wie in aller Welt konnten Sie wissen, daß meine Gedanken gerade bei ...« Hier hielt ich inne, um mit absoluter Sicherheit herauszubringen, ob er wirklich wußte, an wen ich dachte.

»... bei Chantilly waren«, sagte er, »warum halten Sie inne? Sie stellten fest, daß seine winzige Gestalt ihn für die Tragödie ungeeignet macht.«

Haargenau dies war der Gegenstand meiner Überlegungen gewesen. Chantilly war ein ehemaliger Flickschuster aus der Rue St. Denis, der sich, von plötzlicher Leidenschaft für die Bühne ergriffen, in der Rolle des Xerxes in Crébillons gleichnamiger Tragödie versucht hatte und für seine Bemühungen sattsam verspottet worden war.

»Verraten Sie mir um des Himmels willen«, rief ich aus, »die Methode – wenn es eine Methode gibt –, die es Ihnen erlaubt, auf diese Weise mein Inneres auszuloten.« In Wahrheit war ich noch viel bestürzter, als ich mir wollte anmerken lassen.

»Es war der Obsthändler«, erwiderte mein Freund, »der Sie zu dem Schluß kommen ließ, daß der Sohlenflicker für Xerxes *et id genus omne* nicht die ausreichende Körpergröße habe.«

»Der Obsthändler! – Sie setzen mich in Erstaunen – ich kenne überhaupt keinen Obsthändler.«

»Der Mann, der mit Ihnen zusammenstieß, als wir in diese Straße einbogen – es mag fünfzehn Minuten her sein.«

Jetzt erinnerte ich mich, daß wirklich ein Obsthändler, der einen großen Korb Äpfel auf dem Kopf trug, mich versehentlich fast umgerissen hätte, als wir aus der Rue C... in die große Durchgangsstraße einbogen, in der wir jetzt standen; was aber dies mit Chantilly zu tun hatte, war mir schlechterdings unverständlich.

An Dupin war auch kein Fünkchen von Scharlatanerie. »Ich will es Ihnen erklären«, sagte er, »und damit Sie alles lückenlos begreifen können, wollen wir zunächst den Gang Ihrer Betrachtungen zurückverfolgen, von dem Augenblick an, da ich das Wort an Sie richtete, bis zu dem der *rencontre* mit besagtem Obsthändler. Die größeren Glieder der Kette sind folgende: Chantilly, Orion, Dr. Nichol, Epikur, Stereotomie, die Pflastersteine, der Obsthändler.«

Es gibt wohl nur wenige Menschen, die sich nicht zu irgendeiner Zeit ihres Lebens damit vergnügt hätten, die Schritte zurückzuverfolgen, durch die sie zu bestimmten Schlußfolgerungen gelangt sind. Diese Beschäftigung ist oft überaus reizvoll, und wer sich zum erstenmal darauf einläßt, ist erstaunt über den scheinbar unermeßlichen Abstand und das Fehlen jeden Zusammenhangs zwischen dem Ausgangspunkt und dem Ziel. Wie groß mußte also meine Verblüffung gewesen sein, als ich den Franzosen die eben angeführten Worte sprechen hörte und nicht umhin konnte, zuzugeben, daß er die reine Wahrheit gesagt hatte. Er fuhr fort:

»Wir hatten, kurz bevor wir die Rue C... verließen, von Pferden gesprochen, wenn ich mich recht erinnere. Das war das letzte Thema, das wir erörterten. Als wir in diese Straße einbogen, fegte ein Obsthändler mit einem großen Korb auf dem Kopf eilig an uns vorüber und drängte Sie ab auf einen Haufen Pflastersteine, die an einer Stelle lagen, wo der Damm instand gesetzt wird. Sie traten auf einen der losen Bruchsteine, glitten aus, verstauchten sich leicht den Knöchel, schienen verärgert oder mißgestimmt, murmelten ein paar Worte, wandten sich um, den Steinhaufen zu betrachten, und setzten dann schweigend Ihren Weg fort. Ich gab nicht sonderlich acht auf Ihr Tun; doch ist exaktes Beobachten bei mir in letzter Zeit zu einer Art Zwang geworden.

Sie hefteten den Blick auf den Boden – sahen mit verdrossener Miene auf die Löcher und Furchen im Pflaster (so daß ich merkte, daß Sie noch immer an die Steine dachten), bis wir die kleine, ›Lamartine‹ genannte Gasse erreichten, die man probehalber mit lückenlos aneinandergefügten Blöcken gepflastert hat. Hier hellten Ihre Züge sich auf, und als ich gewahrte, daß sich Ihre Lippen bewegten, konnte ich gar nicht daran zweifeln, daß Sie das Wort ›Stereotomie‹ murmelten, eine Bezeichnung, die man recht gespreizt auf diese Art von Pflasterung anwendet. Ich wußte, daß Sie den Ausdruck ›Stereotomie‹ nicht formen konnten, ohne an Atome erinnert zu werden und somit an die Lehren von Epikur; und da ich Sie vor noch nicht langer Zeit, als wir über diesen Gegenstand sprachen, darauf hinwies, wie einzigartig – und dabei kaum bemerkt – die vagen Vermutungen jenes erlauchten Griechen von der jüngsten Nebularkosmogonie bestätigt worden sind, glaubte ich, daß Sie nun zwangsläufig Ihre Augen zu dem großen Nebel im Orion aufheben müßten, ja, ich rechnete mit Sicherheit darauf. Sie schauten wirklich hinauf; und jetzt war ich überzeugt, daß ich Ihren Schritten richtig gefolgt war. Nun machte in jener bissigen Tirade gegen Chantilly, die im gestrigen ›Musée‹ erschien, der Krittler ein paar zynische Anspielungen auf des Flickschusters Namenswechsel beim Anlegen des Kothurns und zitierte dabei eine lateinische Verszeile, über die wir oft gesprochen haben. Ich meine die Worte:

Perdidit antiquum litera prima sonum.

Ich hatte Ihnen erklärt, daß sich dies auf Orion beziehe, den man früher Urion schrieb; und wegen gewisser Sarkasmen, die mit dieser Erklärung einhergingen, wußte ich wohl, daß Sie sie nicht vergessen haben konnten. Es lag deshalb auf der Hand, daß Sie nicht verfehlen würden, die beiden Gedanken – an Orion und an Chantilly – zu koppeln. Daß Sie es wirklich taten, sah ich an der Art des Lächelns, das über Ihre Lippen huschte. Sie dachten an des armen Flickschusters Opferung. Bis dahin waren Sie leicht gebeugt gegangen; nun aber sah ich, daß Sie sich zu voller Höhe emporrichteten. Da war ich denn sicher, daß Sie über das winzige Format von Chantilly nachdachten. An dieser Stelle unterbrach ich Ihre Betrachtungen, um zu bemerken, daß er – da er in der Tat sehr klein geraten sei, dieser Chantilly – sich viel besser für das *Théâtre des Variétés* eignen würde.«

Nicht lange darauf durchblätterten wir eine Abendausgabe der ›Gazette des Tribunaux‹, als plötzlich die folgenden Abschnitte unsere Aufmerksamkeit bannten:

›UNGEHEUERLICHE MORDFÄLLE. – Heute morgen gegen drei Uhr wurden die Bewohner des Quartier St. Roch durch eine Reihe entsetzlicher Schreie aus dem Schlaf gerissen, die allem Anschein nach aus dem vierten Stockwerk eines Hauses in der Rue Morgue drangen, das, wie man wußte, nur von einer Madame L'Espanaye und ihrer Tochter, Mademoiselle Camille L'Espanaye, bewohnt wurde. Nach einiger Verzögerung durch den vergeblichen Versuch, sich auf die übliche Weise Einlaß zu verschaffen, wurde mit einem Brecheisen das Haustor aufgebrochen, und acht oder zehn Leute aus der Nachbarschaft betraten in Begleitung von zwei Gendarmen das Haus. Um diese Zeit waren die Schreie verstummt; doch als die Gesellschaft die erste Treppe hinaufstürmte, waren zwei oder mehr rauhe Stimmen in zornigem Streit zu vernehmen, die aus dem oberen Teil des Hauses herzukommen schienen. Als man den zweiten Treppenabsatz erreicht hatte, waren auch diese Laute verstummt, und alles blieb völlig ruhig. Die Gruppe verteilte sich und eilte von Zimmer zu Zimmer. Beim Betreten eines geräumigen Hinterzimmers im vierten Stock (dessen Tür aufgebrochen wurde, da sie verschlossen war und der Schlüssel innen steckte) bot sich ein Anblick, der alle Anwesenden mit Bestürzung, ja mit Grausen erfüllte.

Das Zimmer war in einem chaotischen Zustand – das Mobiliar zertrümmert und in alle Richtungen wüst umhergeworfen. Nur eine einzige Bettstatt war zu sehen; und aus dieser war das Bettzeug herausgerissen und mitten auf den Fußboden geworfen worden. Auf einem Stuhl lag ein Rasiermesser, mit Blut beschmiert. Auf dem Feuerrost fanden sich zwei oder drei lange dicke Strähnen grauen Menschenhaars, blutbesudelt auch sie und allem Anschein nach mit den Wurzeln ausgerissen. Auf dem Fußboden fand man vier Napoleondors, einen Topasohrring, drei große Silberlöffel, drei kleinere aus Neusilber und zwei Beutel, die an die viertausend Franc in Gold enthielten. Die Schubladen einer Kommode, die in einer Ecke stand, waren aufgezogen und offensichtlich ausgeraubt worden, wiewohl noch viele Gegenstände darin verblieben waren. Einen kleinen eisernen Safe entdeckte man unter dem Bettzeug (nicht unter der Bettstatt). Er war offen, und der Schlüssel steckte noch im Schloß. Es war nichts weiter darin als ein paar alte Briefe und andere Papiere von geringer Bedeutung.

Von Madame L'Espanaye fehlte jede Spur; da man aber eine ungewöhnliche Menge Ruß auf der Feuerstelle entdeckte, untersuchte man den Rauchfang und zerrte (entsetzlich zu sagen!) die Leiche der Tochter, mit dem Kopf nach unten, daraus hervor, die in dieser Haltung ein beträchtliches Stück den engen Schacht hinaufgezwängt worden war. Der Körper war noch warm. Bei näherem Hinsehen entdeckte man zahlreiche Hautabschürfungen, die zweifellos von dem gewaltsamen Hinaufstoßen und Herausziehen herrührten. Auf dem Gesicht fanden sich viele schlimme Kratzwunden und auf dem Hals dunkle Quetschungen und tiefe Einschnitte von Fingernägeln, als sei die Verstorbene erdrosselt worden.

Nach einer gründlichen Durchsuchung aller Teile des Hauses, die aber keinen weiteren Aufschluß brachte, begab sich die Gesellschaft in einen kleinen gepflasterten Hof hinter dem Gebäude, wo die Leiche der alten Dame lag, deren Hals fast völlig durchtrennt war, so daß bei dem Versuch, sie aufzuheben, der Kopf abfiel. Der Körper wie auch der Kopf waren grauenhaft zugerichtet – jener so schlimm, daß er kaum mehr etwas Menschenähnliches hatte.

Bisher gibt es, soviel wir wissen, nicht den geringsten Anhaltspunkt, dieses schreckliche Rätsel zu lösen.‹

Die Zeitung des nächsten Tages brachte folgende ergänzende Einzelheiten:

›*Die Tragödie in der Rue Morgue.* Viele Personen sind im Hinblick auf diese ungeheuerliche und gräßliche Affäre befragt worden‹ (das Wort *affaire* hat in Frankreich noch nicht jenen Hauch von Leichtfertigkeit, der ihm bei uns anhaftet), ›aber nichts, was irgend Licht darauf werfen könnte, ist dabei verlautbart. Wir geben im Folgenden alle wesentlichen Zeugenaussagen wieder, die sich beibringen ließen.

Pauline Dubourg, Wäscherin, sagt aus, daß sie die beiden Verstorbenen seit drei Jahren gekannt hat, da sie in diesem Zeitraum für sie gewaschen hat. Die alte Dame und ihre Tochter schienen sich gut zu verstehen – gingen sehr zärtlich miteinander um. Sie waren vorbildliche Zahler. Konnte nichts über ihre Lebensweise oder ihre Erwerbsquellen sagen. Glaubte, daß Madame L. ihren Unterhalt mit Kartenlegen verdiente. Es hieß, sie habe Ersparnisse. Traf nie eine Menschenseele im Haus, wenn sie die Wäsche abholte oder zurückbrachte. War sicher, daß sie keinen Dienstboten beschäftigten. Das ganze Haus schien völlig unmöbliert zu sein, mit Ausnahme des vierten Stockwerks.

Pierre Moreau, Tabakhändler, sagt aus, daß er etwa vier Jahre lang kleine Mengen von Tabak und Schnupftabak an Madame L'Espanaye zu verkaufen pflegte. Ist in dem Viertel geboren und war immer dort ansässig. Die Verstorbene und ihre Tochter lebten seit über sechs Jahren in dem Haus, in welchem die Leichen gefunden wurden. Vorher wurde es von einem Juwelier bewohnt, der die oberen Räume an verschiedene Personen untervermietete. Das Haus gehörte Madame L. Sie wurde ungehalten über den Mißbrauch des Gebäudes durch ihren Mieter und zog selbst hinein, lehnte es aber ab, irgendeinen Teil davon zu vermieten. Die alte Dame war kindisch. Zeuge hatte die Tochter nur etwa fünf- oder sechsmal in den sechs Jahren gesehen. Die beiden lebten äußerst zurückgezogen – es hieß, sie hätten Geld. Hatte unter den Nachbarn sagen hören, daß Madame L. wahrsage – glaubte es aber nicht. Hatte nie einen Menschen das Haus betreten sehen, außer der alten Dame selbst und ihrer Tochter, ein- oder zweimal einem Dienstmann und etwa acht- oder zehnmal einem Arzt.

Viele andere Personen, Nachbarn, machten Aussagen gleichen Inhalts. Nicht einem einzigen Menschen wurde nachgesagt, er habe das Haus öfter besucht. Niemand wußte, ob es irgendwelche lebenden Verwandten von Madame L. und ihrer Tochter gab. Die Läden der Frontfenster wurden selten geöffnet. Die auf der Rückseite waren immer geschlossen, bis auf die des großen Hinterzimmers im vierten Stock. Das Haus war in gutem Zustand – nicht sehr alt.

Isidore Musèt, Gendarm, sagt aus, daß er etwa um drei Uhr morgens zu dem Haus gerufen wurde und einige zwanzig oder dreißig Personen vor der Haustür antraf, die sich bemühten, hineinzugelangen. Brach die Tür schließlich mit einem Bajonett auf – nicht mit einem Brecheisen. Hatte nicht viel Mühe damit, weil es eine Doppel- oder Flügeltür war, weder unten noch oben durch einen Riegel gesichert. Die Schreie dauerten an, bis die Tür aufgebrochen war – und verstummten dann plötzlich. Es schienen die Wehlaute eines Menschen (oder mehrerer Menschen) in höchster Todesnot zu sein – sie waren laut und langgedehnt – nicht kurz und rasch aufeinanderfolgend. Zeuge stieg den anderen voran die Treppe hinauf. Hörte, auf dem ersten Absatz angekommen, zwei Stimmen in lautem und zornigem Wortwechsel – rauh die eine, die andere viel schriller – eine sehr merkwürdige Stimme. Konnte einige Wörter der ersteren unterscheiden, welche zu einem Franzosen gehörte. War überzeugt, daß es keine Frauenstimme war. Konnte die Wörter ‚sacré' und ‚diable' unterscheiden. Die schrille Stimme war die eines Ausländers. War sich nicht im klaren, ob es eine Männer- oder eine Frauenstimme war. Konnte nicht ausmachen, was gesagt wurde, glaubte aber, daß es Spanisch war. Der Zustand des Zimmers und der Leichen wurde von diesem Zeugen genauso beschrieben, wie wir es gestern schilderten.

Henri Duval, ein Nachbar und von Beruf Silberschmied, sagt aus, daß er zu der Gruppe von Leuten gehörte, die als erste das Haus betraten. Bestätigt im großen und ganzen die Aussage von Musèt. Sobald sie sich den Zutritt erzwungen hatten, schlossen sie die Tür wieder ab, um die Menge fernzuhalten, die trotz der späten Stunde sehr rasch zusammenströmte. Die schrille Stimme war nach Meinung dieses Zeugen die eines Italieners. War sicher, daß es kein Französisch war. War sich nicht klar darüber, ob es eine Männerstimme war. Es könnte auch eine Frauenstimme gewesen sein. Ist nicht vertraut mit der italienischen Sprache. Konnte die Wörter nicht ausmachen, war aber wegen des Tonfalls überzeugt, daß der Sprecher ein Italiener war. Kannte Madame L. und ihre Tochter. Hatte des öfteren mit beiden gesprochen. War sicher, daß die schrille Stimme keiner der beiden Verstorbenen gehörte.

... *Odenheimer, restaurateur.* Dieser Zeuge erbot sich freiwillig, eine Aussage zu machen. Wurde, da er nicht Französisch spricht, durch einen Dolmetsch befragt. Stammt aus Amsterdam. Ging um die Zeit der Schreie am Haus vorüber. Sie dauerten etliche Minuten an – schätzungsweise zehn. Sie waren langgedehnt und laut – überaus schrecklich und beklemmend. War einer von denen, die in das Gebäude eindrangen. Bestätigte die vorhergehenden Aussagen in allen Punkten bis auf einen. War sicher, daß die schrille Stimme die eines Mannes war – eines Franzosen. Konnte die ausgestoßenen Wörter nicht unterscheiden. Sie waren laut und hastig – abgerissen – offenbar in Furcht wie auch in Wut gesprochen. Die Stimme war krächzend – nicht so sehr schrill wie krächzend. Konnte sie nicht eigentlich eine schrille Stimme nennen. Die rauhe Stimme sagte wiederholt ‚sacré‘, ‚diable‘ und einmal ‚mon Dieu‘.

Jules Mignaud, Bankier vom Bankhaus Mignaud et Fils, Rue Deloraine. Ist Mignaud senior. Madame L'Espanaye besaß etwas Vermögen. Hatte im Frühjahr ... (vor acht Jahren) ein Konto bei seiner Bank eröffnet. Zahlte häufig kleine Summen ein. Hatte nie etwas abgehoben, bis sie sich drei Tage vor ihrem Tod persönlich die Summe von viertausend Franc abholte. Diese Summe wurde in Gold ausgezahlt, und ein Angestellter mußte ihr das Geld nach Hause tragen.

Adolphe Le Bon, Angestellter bei Mignaud et Fils, sagt aus, daß er an dem fraglichen Tage um Mittag mit den in zwei Beuteln verwahrten viertausend Franc Madame L'Espanaye zu ihrer Wohnung begleitete. Nach dem Öffnen der Haustür erschien Mademoiselle L. und nahm ihm den einen Beutel ab, während die alte Dame sich den anderen aushändigen ließ. Dann verbeugte er sich und ging. Sah um diese Zeit nicht einen einzigen Menschen auf der Straße. Es ist eine Nebenstraße – sehr einsam.

William Bird, Schneider, sagt aus, daß er zu der Gruppe gehörte, die in das Haus eindrang. Ist Engländer. Lebt seit zwei Jahren in Paris. War einer der ersten, die die Treppe hinaufeilten. Hörte die streitenden Stimmen. Die rauhe Stimme war die eines Franzosen. Konnte verschiedene Wörter ausmachen, kann sich aber nicht mehr an alle erinnern. Vernahm deutlich ‚sacré' und ‚mon Dieu'. Zu gleicher Zeit war ein Geräusch zu hören, als wenn mehrere Personen miteinander rängen – ein scharrendes, schlurfendes Geräusch. Die schrille Stimme war sehr laut – lauter als die rauhe. Ist sicher, daß es nicht die Stimme eines Engländers war. Schien die eines Deutschen zu sein. Hätte eine Frauenstimme sein können. Versteht kein Deutsch.

Vier der obengenannten Zeugen sagten bei nochmaliger Befragung aus, daß die Tür des Zimmers, in dem die Leiche von Mademoiselle L. gefunden wurde, von innen verschlossen war, als die Gruppe dort anlangte. Alles war völlig still – kein Stöhnen, keinerlei Geräusche irgendwelcher Art. Nach dem Aufbrechen der Tür war niemand zu sehen. Die Schiebefenster sowohl des hinteren wie des vorderen Zimmers waren heruntergelassen und von innen fest verriegelt. Eine Tür zwischen den beiden Räumen war zugeklinkt, aber nicht verschlossen. Die Tür, die vom vorderen Zimmer in den Korridor führt, war abgeschlossen, und der Schlüssel steckte innen. Ein kleiner Raum im vierten Stockwerk, an der Frontseite des Hauses und am oberen Ende des Korridors, stand offen; das heißt, die Tür war nur angelehnt. Dieser Raum war vollgestopft mit alten Betten, Kisten und Kasten und dergleichen. Diese wurden sorgfältig auseinandergerückt und durchsucht. Es gab nicht einen

Zollbreit im ganzen Hause, der nicht sorgfältig durchsucht wurde. Stoßbesen wurden die Kamine hinauf- und heruntergeschoben. Das Haus war vierstöckig, mit Bodenkammern (Mansarden). Eine Klapptür am Dach war fest zugenagelt – schien seit Jahren nicht geöffnet worden zu sein. Die Zeit zwischen dem Gewahrwerden der streitenden Stimmen und dem Aufbrechen der Zimmertür wurde von den Zeugen unterschiedlich angegeben. Bei einigen waren es nicht mehr als drei Minuten – bei anderen nicht weniger als fünf. Die Tür ließ sich nur mit Mühe öffnen.

Alfonzo Garcio, Leichenbestatter, sagt aus, daß er in der Rue Morgue ansässig ist. Stammt aus Spanien. Gehörte zu der Gruppe, die in das Haus eindrang. Stieg nicht mit die Treppe hinauf. Ist nervös und fürchtete die Folgen der Aufregung. Hörte die streitenden Stimmen. Die rauhe Stimme war die eines Franzosen. Konnte nicht ausmachen, was gesagt wurde. Die schrille Stimme war die eines Engländers – ist dessen sicher. Versteht zwar kein Englisch, urteilt aber nach dem Tonfall.

Alberto Montani, Zuckerbäcker, sagt aus, daß er unter den ersten war, die die Treppe hinaufstiegen. Hörte die fraglichen Stimmen. Die rauhe Stimme war die eines Franzosen. Unterschied mehrere Wörter. Der Sprecher schien jemanden zur Rede zu stellen. Konnte nicht ausmachen, was die schrille Stimme sagte. Sprach schnell und abgehackt. Hält sie für die Stimme eines Russen. Bestätigt im ganzen die übrigen Aussagen. Ist Italiener. Hat nie mit einem gebürtigen Russen gesprochen.

Mehrere Zeugen erklärten hier auf neuerliche Befragung, daß die Rauchabzüge aller Zimmer im vierten Stock zu eng seien, um einen Menschen hindurchzulassen. Mit ‚Stoßbesen' waren zylindrische Kehrbürsten gemeint, wie sie zum Reinigen der Schornsteine gebraucht werden. Diese Bürsten wurden, auf und nieder, durch jede Esse im Haus geschoben. Es gibt keinen hinteren Treppenaufgang, durch den irgend jemand hätte entweichen können, während die Gesellschaft treppauf stieg. Die Leiche der Mademoiselle L'Espanaye war so fest in den Abzug hineingezwängt worden, daß es erst der vereinten Kraft von vier oder fünf Männern gelang, sie herauszuziehen.

Paul Dumas, Arzt, sagt aus, daß er gegen Tagesanbruch herbeigeholt wurde, um die Leichen in Augenschein zu nehmen. Sie lagen zu dem Zeitpunkt beide auf dem Sackleinen der Bettstelle, in dem Zimmer, wo Mademoiselle L. gefunden worden war. Der Leichnam der jungen Dame war voller blauer Flecke und Schürfwunden. Die Tatsache, daß er den Kamin hinaufgezwängt worden war, würde diesen Befund hinlänglich erklären. Der Hals war arg zerschunden. Dicht unterm Kinn fanden sich mehrere tiefe Kratzwunden, außerdem eine Reihe bläulicher Flecke, die offenbar von Fingereindrücken herrührten. Das Gesicht war entsetzlich verfärbt, die Augäpfel quollen aus den Höhlen. Die Zunge war zum Teil zerbissen. Eine große Quetschung, die offensichtlich vom Eindruck eines Knies herrührte, fand sich über der Magengrube. Nach Ansicht von M. Dumas ist Mademoiselle L'Espanaye von einer oder mehreren unbekannten Personen erdrosselt worden. Die Leiche der Mutter war gräßlich verstümmelt. Alle Knochen des rechten Beines und Armes waren mehr oder weniger zertrümmert. Die linke *tibia* erheblich zersplittert, desgleichen alle Rippen auf der linken Seite. Der ganze Körper furchtbar zerschunden und verfärbt. Es ließ sich nicht feststellen, wodurch die Verletzungen verursacht worden sind. Eine schwere Holzkeule oder eine breite Eisenstange – ein Stuhl – jede große, schwere und stumpfe Waffe, von einem sehr starken Mann gehandhabt, könnte solche Folgen gezeitigt haben. Niemals hätte eine Frau mit irgendeiner Waffe die Schläge führen können. Der Kopf der Verstorbenen war, als der Zeuge ihn sah, völlig vom Rumpf abgetrennt und ebenfalls schlimm zugerichtet. Der Hals war zweifellos mit einem sehr scharfen Instrument durchschnitten worden – vermutlich einem Rasiermesser.

Alexandre Etienne, Wundarzt, wurde zusammen mit M. Dumas herbeigeholt, um die Leichen in Augenschein zu nehmen. Bestätigte die Aussage und die Ansichten von M. Dumas.

Sonst wurde nichts Bedeutsames herausgebracht, obwohl noch verschiedene andere Personen vernommen wurden. Ein so rätselhafter Mord – sofern es sich hier überhaupt um einen Mord handelt –, so bestürzend in allen Einzelheiten, ist nie zuvor in Paris begangen worden. Die Polizei ist in der größten Verlegenheit – ein ungewöhnliches Vorkommnis bei derartigen Begebenheiten. Doch ist auch nicht der geringste Anhaltspunkt zu sehen.‹

Die Abendausgabe der Zeitung meldete, daß im Quartier St. Roch noch immer die größte Aufregung herrsche – daß das fragliche Grundstück noch einmal sorgfältig durchsucht und neuerlich Zeugen vernommen worden seien, doch alles ohne Erfolg. Ein Nachtrag indessen berichtete, daß Adolphe Le Bon verhaftet und gefangengesetzt worden sei – obschon außer den bereits angeführten Tatsachen offenbar nichts Belastendes gegen ihn vorliege.

Dupin schien außerordentlich interessiert am Fortgang dieser Angelegenheit – jedenfalls schloß ich das aus seinem Verhalten, denn er äußerte sich nicht. Erst nachdem wir die Notiz gelesen, daß man Le Bon festgenommen habe, fragte er mich nach meiner Meinung über die Mordfälle.

Ich konnte nur der Ansicht von ganz Paris beipflichten und sie für ein unlösbares Rätsel halten. Ich sah keinen Weg, der dazu führen könnte, den Mörder aufzuspüren.

»Wir dürfen uns«, sagte Dupin, »nach diesem bloßen Gerippe von einer Untersuchung kein Urteil über den Weg bilden. Die Pariser Polizei, so hoch gepriesen wegen ihres Scharfsinns, ist gewitzt, aber nicht mehr. Es ist keine Methode in ihrem Verfahren, außer der Methode, die der Augenblick eingibt. Sie paradieren mit großspurigen Maßnahmen; doch nicht selten sind diese den jeweiligen Zwecken so wenig angepaßt, daß wir an Monsieur Jourdain erinnert werden, der nach seiner *robe-de-chambre* verlangte – *pour mieux entendre la musique*. Die so erzielten Ergebnisse sind oft überraschend, werden aber meistenteils durch puren Eifer und Geschäftigkeit zuwege gebracht. Sind diese

Eigenschaften unzulänglich, so schlagen die Pläne fehl. Vidocq zum Beispiel konnte gut raten und war ein beharrlicher Mann. Aber ungeschult im Denken, ging er gerade durch den Übereifer seiner Nachforschungen ständig fehl. Er schmälerte sein Sehvermögen, indem er sich den Gegenstand allzu dicht an die Augen hielt. Er mochte vielleicht das eine oder andere Teilstück mit ungewöhnlicher Deutlichkeit sehen, aber dabei verlor er notwendigerweise die Sache als Ganzes aus den Augen. So ergeht es auch dem allzu Tiefgründigen. Die Wahrheit liegt nicht immer in einem Brunnen. Ja, was die wichtigeren Aufschlüsse betrifft, so glaube ich fest, daß sie sich immer an der Oberfläche befindet. Dunkel ist in den Tälern, wo wir sie suchen, nicht aber auf den Berggipfeln, wo sie zu finden ist. Für Art und Ursprung solchen Irrtums bietet die Betrachtung der Himmelskörper ein gutes Beispiel. Einen Stern nur eben streifen mit den Blicken – ihn aus halbem Auge anschauen, indem man ihm nur die äußeren Teile der *retina* zukehrt (die empfänglicher sind für schwache Lichteindrücke als die inneren) – das heißt, den Stern deutlich sehen – heißt, seinen Glanz am besten gewahr werden – einen Glanz, der in ebendem Maße trüb wird, wie wir ihm den *vollen* Blick zuwenden. Gewiß trifft in letzterem Fall eine größere Anzahl von Strahlen auf das Auge, in ersterem aber ist das Wahrnehmungsvermögen ungleich schärfer. Durch unangemessene Tiefgründigkeit irritieren und schwächen wir das Denken; und es ist wohl möglich, die Venus selbst vom Firmament verschwinden zu lassen, wenn man sie allzu beharrlich, allzu konzentriert oder allzu direkt aufs Korn nimmt.

Was nun diese Morde anbelangt, so wollen wir zunächst auf eigene Faust einige Untersuchungen anstellen, ehe wir uns eine Meinung darüber bilden. Eine Nachforschung wird uns Vergnügen bereiten« (ich fand diesen Ausdruck seltsam in solchem Zusammenhang, sagte aber nichts), »und zudem hat mir Le Bon einmal einen Dienst erwiesen, für den ich ihm dankbar bin. Wir wollen uns aufmachen und uns das Grundstück mit eigenen Augen besehen. Ich kenne G., den Polizeipräsidenten, und werde mühelos die notwendige Erlaubnis erwirken.«

Die Erlaubnis wurde erteilt, und wir begaben uns sogleich zur Rue Morgue. Sie ist eine jener kümmerlichen Verbindungsstraßen zwischen der Rue Richelieu und der Rue St. Roch. Es war spät am Nachmittag, als wir dort anlangten, denn dieses Stadtviertel ist weit von dem entfernt, in dem wir wohnten. Das Haus war leicht zu finden; denn noch immer gafften viele Leute von der gegenüberliegenden Straßenseite aus mit zielloser Neugier zu den geschlossenen Fensterläden hinauf. Es war ein alltägliches Pariser Haus mit einem überdachten Eingang, auf dessen einer Seite sich ein verglastes Wärterhäuschen mit einem Schiebefenster befand, das eine *loge de concierge* vorstellte. Ehe wir eintraten, gingen wir ein Stück weiter die Straße hinauf, bogen in eine Gasse ein und gelangten, wiederum abbiegend, an die Rückseite des Gebäudes – und fortwährend beobachtete Dupin die ganze Gegend sowie das Haus mit minutiöser Aufmerksamkeit, für die ich freilich keinerlei irgend ergiebiges Objekt sehen konnte.

Denselben Weg zurückgehend, kamen wir wieder an die Frontseite des Hauses, läuteten und wurden, nachdem wir unsere Beglaubigungsschreiben vorgezeigt hatten, von den wachhabenden Beamten eingelassen. Wir stiegen die Treppe hinauf – bis in das Zimmer, wo man die Leiche der Mademoiselle L'Espanaye gefunden hatte und wo nun noch immer die beiden Toten lagen. Das heillose Durcheinander in diesem Raum hatte man, wie üblich, unverändert belassen. Ich sah nicht mehr als das, was schon in der ›Gazette des Tribunaux‹ berichtet worden war. Dupin untersuchte alles und jedes – die Körper der Opfer nicht ausgenommen. Dann gingen wir in die anderen Räume und in den Hof; ein Gendarm begleitete uns auf Schritt und Tritt. Die Untersuchung beschäftigte uns, bis es dunkel war; dann erst entfernten wir uns. Auf dem Heimweg verschwand mein Gefährte für einen Augenblick in der Redaktion einer der Tageszeitungen.

Ich sagte schon, daß die Marotten meines Freundes vielfältig waren und *je les ménageais* – hierfür gibt es keine entsprechende englische Wendung. Jetzt ließ er sich's einfallen, bis gegen Mittag des nächsten Tages jeglicher Unterhaltung über das Mordthema auszuweichen. Dann fragte er mich plötzlich, ob ich irgend etwas *Eigentümliches* am Ort der Greueltat beobachtet hätte.

In der Art und Weise, wie er das Wort ›eigentümlich‹ betonte, war irgend etwas, das mich schaudern machte, ohne daß ich wußte warum.

»Nein, nichts *Eigentümliches*«, sagte ich; »nicht mehr wenigstens, als wir beide schon in der Zeitung gelesen haben.«

»Die ›Gazette‹«, erwiderte er, »hat, wie ich fürchte, das ungewöhnlich Grauenhafte der Geschichte überhaupt nicht begriffen. Aber sehen Sie einmal ab von den nichtigen Ansichten dieses Blattes. Mir scheint, daß dieses Rätsel aus ebendem Grunde als unlösbar angesehen wird, der vielmehr Anlaß geben sollte, es für leicht lösbar zu halten – ich meine wegen des *outrierten* Charakters seiner Grundzüge. Die Polizei ist irritiert durch das scheinbare Fehlen eines Motivs – nicht für den Mord selbst, sondern für die Ungeheuerlichkeit des Mordes. Auch verwirrt sie die scheinbare Unmöglichkeit, die streitenden Stimmen, die man vernommen, mit den Tatsachen in Einklang zu bringen, daß außer der ermordeten Mademoiselle L'Espanaye niemand im oberen Stockwerk zu entdecken war und daß der Täter keinesfalls hätte entweichen können, ohne von der hinaufeilenden Gesellschaft bemerkt zu werden. Das wüste Durcheinander im Zimmer; die mit dem Kopf nach unten in den Rauchfang hinaufgezwängte Leiche; die entsetzliche Verstümmelung des Leichnams der alten Dame: diese Umstände sowie die eben erwähnten und andere, die ich nicht zu erwähnen brauche, haben hingereicht, um die Geisteskräfte der Polizeibeamten zu lähmen, indem sie ihren vielgepriesenen *Scharfsinn* völlig in die Irre führten. Sie sind dem groben, aber weitverbreiteten Irrtum verfallen, das Ungewöhnliche mit dem Abstrusen zu verwechseln. Doch sind es gerade diese Abweichungen von der ebenen Bahn des Alltäglichen, an denen der Verstand auf seiner Suche nach Wahrheit allenfalls seinen Weg ertastet. Bei Untersuchungen, wie wir sie jetzt anstellen, sollte nicht so sehr gefragt werden: ›Was ist geschehen?‹ als vielmehr: ›Was ist geschehen, das nie zuvor so geschehen ist?‹ Tatsächlich entspricht die Leichtigkeit, mit der ich dieses Rätsels Lösung finden werde oder bereits gefunden habe, genau seiner scheinbaren Unlösbarkeit in den Augen der Polizei.«

In sprachlosem Staunen starrte ich den Sprecher an.

»Ich erwarte jetzt«, fuhr er fort und blickte nach der Tür unseres Zimmers – »ich erwarte jetzt eine Person, die, obzwar vielleicht nicht gerade der Urheber dieser Metzeleien, doch gewissermaßen in das Verbrechen verwickelt gewesen sein muß. An dem ärgsten Teil der verübten Untaten ist er wahrscheinlich unschuldig. Ich vermute, daß ich mit dieser Annahme recht habe; denn darauf gründe ich meine Hoffnung, das ganze Rätsel zu lösen. Ich erwarte den Mann hier – in diesem Zimmer – jeden Augenblick. Freilich kann es sein, daß er nicht kommt; aber aller Wahrscheinlichkeit nach wird er kommen. Sollte er erscheinen, wird es notwendig sein, ihn festzuhalten. Hier sind Pistolen; und beide wissen wir mit ihnen umzugehen, wenn es die Notwendigkeit gebietet.«

Kaum wissend, was ich tat, kaum glaubend, was ich hörte, nahm ich die Pistolen, während Dupin fast wie im Selbstgespräch fortfuhr. Ich erwähnte schon seine abwesende Art bei solchen Gelegenheiten. Seine Rede war an mich gerichtet; aber seine Stimme, obwohl keineswegs laut, hatte jenen Tonfall, wie er sich gewöhnlich einstellt, wenn man über eine weite Entfernung hin zu jemandem spricht. Seine Augen, bar jeden Ausdrucks, hefteten sich nur auf die Zimmerwand.

»Daß die streitenden Stimmen«, sagte er, »welche die Gesellschaft auf der Treppe gehört hatte, nicht die Stimmen der Frauen selbst waren, ist durch die Zeugenaussagen vollauf bestätigt worden. Das enthebt uns jeden Zweifels angesichts der Frage, ob die alte Dame etwa zuerst die

Tochter umgebracht und danach Selbstmord verübt haben könnte. Ich spreche von diesem Punkt hauptsächlich um der Methode willen; denn die Kräfte der Madame L'Espanaye wären der Aufgabe, die Leiche der Tochter den Rauchfang hinaufzuzwängen, so wie man sie dann vorgefunden hat, ganz und gar nicht gewachsen gewesen; und die Art der Wunden an ihrer eigenen Person schließen den Gedanken an Selbstmord völlig aus. Der Mord ist also von einer dritten Partei verübt worden; und die Stimmen dieser dritten Partei waren es denn auch, die man miteinander hatte streiten hören. Nicht auf die ganze Zeugenaussage hinsichtlich dieser Stimmen möchte ich nunmehr Ihre Aufmerksamkeit lenken, sondern auf das, was an dieser Zeugenaussage *eigentümlich* war. Haben Sie irgend etwas Eigentümliches daran wahrgenommen?«

Ich bemerkte, daß zwar alle Zeugen einhellig annahmen, die rauhe Stimme sei die eines Franzosen gewesen, daß aber in bezug auf die schrille oder, wie eine Person es nannte, die scharfe Stimme die Meinungen weit auseinanderklafften.

»Das waren die Aussagen selbst«, sagte Dupin, »aber es war nicht das Eigentümliche daran. Sie haben nichts Besonderes bemerkt. Und doch *gab* es etwas Besonderes zu bemerken. Die Zeugen, wie Sie sagen, stimmten hinsichtlich der rauhen Stimme überein; hier waren sie ganz einer Meinung. Was aber die schrille Stimme angeht, so ist das Eigentümliche – nicht daß sie einander widersprachen, sondern daß einer wie der andere, ein Italiener, ein Engländer, ein Spanier, ein Holländer und ein Franzose, bei dem Versuch, sie zu beschreiben, sie als die Stimme *eines Ausländers* bezeichneten. Jeder ist überzeugt, daß es nicht die Stimme eines seiner eigenen Landsleute war. Nicht einer vergleicht sie mit der Stimme eines Angehörigen irgendeines Volkes, mit dessen Sprache er vertraut ist – im Gegenteil. Der Franzose hält sie für die Stimme eines Spaniers und ›hätte wohl einige Worte ausmachen können, *wenn ihm das Spanische vertraut gewesen wäre*‹. Der Holländer behauptet, es sei die Stimme eines Franzosen gewesen; doch wird erwähnt, daß ›dieser Zeuge, da er *kein Französisch versteht, mit Hilfe eines Dolmetschs verhört wurde*‹. Der Engländer hält sie für die Stimme eines Deutschen und ›*versteht kein Deutsch*‹. Der Spanier ›ist sicher‹, daß es die Stimme eines Engländers war, urteilt aber ›ausschließlich nach dem Tonfall, *da er kein Englisch versteht*‹, der Italiener glaubt, es sei die Stimme eines Russen gewesen, hat aber ›*noch nie mit einem gebürtigen Russen gesprochen*‹. Ein zweiter Franzose ist gar noch anderer Meinung als der erste und ist absolut sicher, daß es die Stimme eines Italieners gewesen sei; da er aber *dieser Sprache nicht mächtig ist*, hat ihn, wie auch den Spanier, ›der Tonfall davon überzeugt‹. Nun, wie extrem abartig muß jene Stimme in der Tat gewesen sein, daß sie Zeugenaussagen wie diese hervorlocken konnte! – daß Bürger dieser fünf großen Länder Europas nicht einmal in ihrem *Klang* etwas irgend Vertrautes erkennen konnten! Sie werden sagen, daß es die Stimme eines Asiaten – eines Afrikaners gewesen sein könnte. Asiaten wie Afrikaner sind in Paris nicht eben dicht gesät; doch ohne die Hypothese zu verwerfen, will ich Ihre Aufmerksamkeit jetzt nur auf drei Punkte lenken. Die Stimme ist von einem Zeugen ›eher scharf als schrill‹ genannt worden. Von zwei anderen ist sie als ›hastig und *abgerissen*‹ bezeichnet worden. Keine Wörter – keine wortähnlichen Laute – wurden von irgendeinem Zeugen als auch nur erkennbar erwähnt.

Ich weiß nicht«, fuhr Dupin fort, »welche Wirkung ich bisher auf Ihr eigenes Denkvermögen ausgeübt haben mag; doch zögere ich nicht, zu behaupten, daß die logischen Schlüsse allein schon aus diesem Teil der Zeugenaussagen – dem Teil, der die rauhe und die schrille Stimme betrifft – in sich ausreichend sind, um einen Verdacht zu erwecken, der für alles weitere Vorgehen bei der Aufhellung des Geheimnisses wegweisend sein sollte. Ich sagte ›logische Schlüsse‹; aber was ich meine, ist damit noch nicht völlig ausgedrückt. Ich wollte zu verstehen geben, daß diese Schlüsse die allein angemessenen sind und daß der Verdacht sich *unweigerlich* als das einzig mögliche Resultat aus ihnen ergibt. Welcher Verdacht das ist, will ich jedoch vorerst noch nicht sagen. Ich möchte Ihnen nur vergegenwärtigen, daß er bei mir selbst zwingend genug war, um meinen Untersuchungen im Zimmer eine klar umrissene Form – eine bestimmte Richtung zu geben.

Versetzen wir uns nun im Geist in dieses Zimmer. Wonach werden wir hier zuallererst suchen? Nach dem Fluchtweg, den die Mörder benutzt haben. Es ist wohl nicht zuviel gesagt, daß keiner von uns beiden an übernatürliche Ereignisse glaubt. Madame und Mademoiselle L'Espanaye wurden nicht von Geistern umgebracht. Die Täter waren real und entkamen auf reale Weise. Aber wie? Glücklicherweise gibt es nur eine einzige Methode, diese Frage zu durchdenken, und diese Methode *muß* uns zu einem eindeutigen Ergebnis führen. – Prüfen wir also der Reihe nach die möglichen Fluchtwege. Es ist klar, daß die Mörder, als die Gesellschaft die Treppe hinaufeilte, in dem Raum waren, wo Mademoiselle L'Espanaye gefunden wurde, oder doch wenigstens in dem angrenzenden Raum. Also brauchen wir nur nach Ausgängen aus diesen beiden Zimmern zu forschen. Die Polizei hat die Fußböden, die Decken und das Mauerwerk der Wände in allen Richtungen freigelegt. Keine *geheimen* Ausgänge konnten ihrer Umsicht entgangen sein. Dennoch mißtraute ich *ihren* Augen und forschte mit meinen eigenen. Es gab denn wirklich *keine* geheimen Ausgänge. Die beiden Türen, die von den Zimmern in den Korridor führen, waren fest verschlossen; die Schlüssel steckten innen. Wenden wir uns den Rauchabzügen zu. Diese, zwar von gewöhnlicher Weite bis zu einigen acht oder zehn Fuß über den Feuerstellen, würden in ihrer ganzen Ausdehnung nicht einmal dem Körper einer großen Katze Platz bieten. Da ein Entweichen auf den genannten Wegen sich denn als absolut unmöglich erwiesen hat, kommen für uns nur noch die Fenster in Frage. Durch die des Vorderzimmers hätte keiner entfliehen können, ohne von der Menge auf der Straße bemerkt zu werden. Die Mörder *müssen* also durch die Fenster des Hinterzimmers entkommen sein. Und uns, die wir auf so eindeutige Weise zu diesem Schluß gelangt sind, steht es als logisch denkenden Menschen nicht an, ihn wegen scheinbarer Unmöglichkeiten zu verwerfen. Uns bleibt nur übrig zu beweisen, daß diese scheinbaren Unmöglichkeiten in Wirklichkeit gar keine sind.

Es gibt zwei Fenster in dem Zimmer. Das eine ist nicht von Möbeln verstellt und in voller Größe sichtbar. Der untere Teil des anderen wird dem Blick durch das Kopfende der klobigen Bettstelle verdeckt, die dicht vor das Fenster geschoben ist. Das erstgenannte fand man von innen fest verriegelt. Es widerstand der äußersten Kraftanstrengung derer, die es hochzuschieben versuchten. Ein großes Loch war auf der linken Seite in den Rahmen gebohrt, und darein eingepaßt, fast bis zum Kopf, fand man einen sehr starken Nagel. Beim Untersuchen des anderen Fensters bemerkte man einen ähnlichen Nagel, der auf ähnliche Weise eingepaßt war; und ein angestrengter Versuch, dieses Schiebefenster zu öffnen, mißlang ebenfalls. Die Polizei war nun gänzlich davon überzeugt, daß auf diesem Wege niemand entkommen sein konnte. Und *deshalb* hielt man es für überflüssig, die Nägel herauszuziehen und die Fenster zu öffnen.

Meine eigenen Untersuchungen waren etwas eingehender, und zwar aus ebendem Grunde, den ich gerade nannte – weil sich nämlich hier, wie ich nicht zweifelte, erweisen *mußte*, daß alle scheinbaren Unmöglichkeiten in Wirklichkeit gar keine waren.

Meine weiteren Überlegungen – *a posteriori* – waren diese: Die Mörder *mußten* durch eines dieser Fenster entkommen sein. Da dem so war, konnten sie die Schiebefenster nicht von innen wieder so gesichert haben, wie man sie vorgefunden hatte – eine Überlegung, die wegen ihrer Augenfälligkeit den Untersuchungen der Polizei an dieser Stelle ein Ende setzte. Doch die Schiebefenster *waren* fest geschlossen. Sie *mußten* sich also selbsttätig schließen können. Diesem Schluß war nicht auszuweichen. Ich trat zu dem unverstellten Fenster, zog mit einiger Mühe den Nagel heraus und versuchte, das Fenster hochzuschieben. Es widerstand, wie ich vorausgesehen hatte, allen meinen Anstrengungen. Es mußte, das war mir nun klar, eine verborgene Feder geben; und die Bestätigung meiner Mutmaßung überzeugte mich, daß zumindest meine Prämissen stimmten, so rätselhaft auch noch immer die Sache mit den Nägeln schien. Eine sorgfältige Untersuchung brachte bald die verborgene Feder ans Licht. Ich drückte sie nieder, stand aber, zufrieden mit meiner Entdeckung, davon ab, das Fenster hochzuschieben.

Nun setzte ich den Nagel wieder ein und betrachtete ihn aufmerksam. Eine Person, die durch dieses Fenster entkommen war, hätte es wohl wieder schließen können, und die Feder wäre eingeschnappt – der Nagel aber konnte nicht wieder eingesetzt worden sein. Der Schluß war eindeutig und verengte wiederum das Feld meiner Nachforschungen. Die Mörder *mußten* durch das andere Fenster entkommen sein. Vorausgesetzt also, daß die Federn beider Fenster sich glichen, was wahrscheinlich war, *mußte* sich ein Unterschied bei den Nägeln finden, oder doch zumindest in der Art ihrer Befestigung. Ich kletterte auf das Sackleinen der Bettstelle und betrachtete über das Kopfbrett hinweg eingehend das zweite Fenster. Indem ich meine Hand hinter dem Brett nach unten führte, entdeckte und betätigte ich sogleich die Feder, die, wie vermutet, von gleicher Beschaffenheit war wie die benachbarte. Dann besah ich mir den Nagel. Er war ebenso stark wie der andere und anscheinend auf die gleiche Weise eingepaßt – nahezu bis zum Kopf in den Rahmen getrieben.

Sie werden meinen, daß ich nun doch ratlos war; aber wenn Sie das denken, haben Sie wohl die Art meiner Schlußfolgerungen nicht begriffen. Um einen Jagdausdruck zu gebrauchen: ich bin nicht ein einziges Mal ›auf falscher Fährte‹ gewesen. Nie habe ich auch nur für einen Augenblick die Spur verloren. In nicht einem Glied der Kette war ein Sprung. Ich war dem Rätsel bis zu seiner endgültigen Lösung nachgegangen – und diese Lösung war *der Nagel*. Er glich, sage ich, äußerlich in jeder Hinsicht seinem Bruder im anderen Fenster; doch war diese Tatsache (unwiderlegbar, wie sie scheinen mochte) eine absolute Nichtigkeit gegenüber der Einsicht, daß hier, an diesem Punkt, der Ariadnefaden endete. ›Es *mußte*‹, sagte ich mir, ›mit dem Nagel irgend etwas nicht stimmen.‹ Ich berührte ihn, und der Kopf mit etwa einem Viertelzoll vom Schaft glitt in meine Finger. Der übrige Schaft steckte abgebrochen im Bohrloch. Der Bruch war alt (denn die Bruchstellen waren mit Rost überzogen) und rührte offenbar vom Schlag eines Hammers her, der das Kopfende des Nagels teilweise in den oberen Rahmenteil des unteren Schiebefensters hineingetrieben hatte. Sorgfältig paßte ich dieses Kopfteil nun wieder in die Vertiefung ein, aus der ich es herausgelöst hatte, und das Erscheinungsbild eines makellosen Nagels war komplett – der Bruch war nicht zu sehen. Die Feder niederdrückend, schob ich behutsam das Fenster um ein paar Zoll in die Höhe; der Nagel hob sich mit und verharrte fest in seiner Höhlung. Ich schloß das Fenster, und wiederum war das Bild des heilen Nagels perfekt.

Das Rätsel war nun soweit enträtselt. Der Mörder war durch das Fenster entkommen, das sich hinter dem Bett befand. Nach seinem Abgang von selbst niederfallend (oder vielleicht auch vorsätzlich heruntergeschoben), hatte es sich mittels der Feder geschlossen; und die Funktion ebendieser Feder hatte die Polizei fälschlich für die des Nagels genommen – und damit weiteres Nachforschen für überflüssig erachtet.

Die nächste Frage ist die nach der Art und Weise des Abstiegs. Über diesen Punkt hatte mir schon der Gang mit Ihnen rings um das Gebäude Aufschluß gegeben. Etwa fünfeinhalb Fuß von dem fraglichen Fenster entfernt verläuft ein Blitzableiter. Von diesem aus das Fenster selbst zu erreichen oder gar einzusteigen, wäre jedem unmöglich gewesen. Ich bemerkte jedoch, daß die Fensterläden im vierten Stock von jener besonderen Art waren, welche die Pariser Zimmerleute *ferrades* nennen – eine Art, die heutzutage kaum noch verwendet wird, die man aber häufig an sehr alten herrschaftlichen Häusern in Lyon und Bordeaux findet. Sie haben die Gestalt einer gewöhnlichen Tür (einer einfachen, nicht einer Flügeltür), nur daß die obere Hälfte aus Latten- oder Gitterwerk besteht – und somit den Händen einen vortrefflichen Halt bietet. In unserem Fall sind diese Läden gut dreieinhalb Fuß breit. Als wir sie von der Rückseite des Hauses her erblickten, waren sie beide etwa halb geöffnet – das heißt, sie standen im rechten Winkel von der Mauer ab. Es ist anzunehmen, daß die Polizisten so gut wie ich selbst die Rückseite des Hauses untersucht haben; wenn sie es taten, so sahen sie diese *ferrades* aber von der Kante her in der Verkürzung (mußten sie so sehen) und bemerkten gar nicht die große Breite der Läden oder versäumten jedenfalls, sie gebührend in Betracht zu ziehen. Da sie ja nun einmal davon überzeugt waren, daß an dieser Stelle keiner entkommen sein konnte, dürften sie hier natürlich nur sehr flüchtige Untersuchungen angestellt haben. Mir war indessen klar, daß der Laden, der zu dem Fenster am Kopfende des Bettes gehörte, wenn man ihn bis zur Hauswand aufstieße, nur noch zwei Fuß von dem Blitzableiter entfernt wäre. Auch war nicht zu bezweifeln, daß es durch Aufbietung eines ganz ungewöhnlichen Maßes von Gewandtheit und Mut gelungen sein könnte, vom Blitzableiter aus in das Fenster zu gelangen. Über die Spanne von zweieinhalb Fuß hinwegreichend (gesetzt, der Laden war gänzlich geöffnet), hätte ein Räuber einen soliden Anhalt an dem Lattenwerk finden können. Den Halt am Blitzableiter fahrenlassend, die Füße fest gegen die Hauswand gestemmt und sich kühn davon abstoßend, hätte er den Laden herumklappen und somit schließen, ja, sich sogar ins Zimmer hineinschwingen können, vorausgesetzt, das Fenster war zu der Zeit geöffnet.

Ich bitte Sie, insonderheit zu bedenken, daß ich von einem ganz ungewöhnlichen Maß von Gewandtheit gesprochen habe, welches zum Gelingen eines so gewagten und so schwierigen Kunststücks erforderlich ist. Mir liegt daran, Ihnen zunächst zu verdeutlichen, daß die Sache durchaus so hat vollbracht werden können; zweitens aber und *vor allem* möchte ich Ihrem Denkvermögen den *ganz außergewöhnlichen* – den fast übernatürlichen Charakter jener

Behendigkeit einprägen, die solches hat vollbringen können.

Sie werden zweifellos einwenden, sich der Sprache des Rechts bedienend, daß ich, ›um meine Gründe als stichhaltig zu beweisen‹, die in dieser Sache erforderliche Gewandtheit lieber herunterspielen als auf ihrer vollen Würdigung bestehen sollte. Dies mag in Rechtsdingen der Brauch sein, aber es ist nicht die Gewohnheit der Vernunft. Mein höchstes Ziel ist allein die Wahrheit. Mein derzeitiges Anliegen aber ist, Sie zu bestimmen, jene *ganz ungewöhnliche* Behendigkeit, von der ich soeben sprach, und jene *ganz eigentümlich* schrille (oder scharfe) und *abgerissene* Stimme nebeneinander zu halten, über deren Nationalität keine zwei Personen gleicher Meinung befunden werden konnten und in deren Äußerungen nicht einmal Silben auszumachen waren.«

Bei diesen Worten Dupins huschte mir, vage und nur halb geformt, eine Ahnung von ihrer Bedeutung durch den Sinn. Ich schien auf der Schwelle des Begreifens zu stehen, ohne die Kraft, zu begreifen – so wie man sich bisweilen am Rande des Erinnerns befindet, ohne am Ende der Erinnerung habhaft werden zu können. Mein Freund fuhr in seinen Darlegungen fort.

»Sie werden bemerken«, sagte er, »daß sich meine Frage verlagert hat von der Art des Entkommens auf die des Hineingelangens. Ich wollte zu verstehen geben, daß beides auf die gleiche Weise, an derselben Stelle bewerkstelligt wurde. Kehren wir nun ins Innere des Zimmers zurück. Prüfen wir sorgsam, was sich hier unseren Blicken darbietet. Die Schubladen der Kommode, heißt es, seien ausgeplündert worden, wiewohl viele Kleidungsstücke noch darin verblieben waren. Die Schlußfolgerung hierbei ist absurd. Es ist eine reine Vermutung – eine sehr törichte – und nicht mehr. Wie können wir wissen, daß die in den Schubladen vorgefundenen Gegenstände nicht alles waren, was diese Schubladen schon vorher enthalten hatten? Madame L'Espanaye und ihre Tochter lebten äußerst zurückgezogen – verkehrten mit niemandem – gingen selten aus –

hatten kaum Verwendung für eine große Auswahl an Kleidungsstücken. Was man vorfand, war zumindest von so guter Qualität, daß es schwerlich Besseres im Besitz dieser Damen gegeben haben dürfte. Wenn ein Dieb überhaupt einige Sachen entwendet hatte, warum nahm er dann nicht die besten – warum nahm er nicht alles? Kurzum, warum ließ er viertausend Franc in Gold liegen, um sich mit einem Bündel Wäsche zu beschweren? Denn das Gold blieb *tatsächlich* liegen. Fast die ganze von Monsieur Mignaud, dem Bankier, erwähnte Summe fand man in Beuteln auf dem Fußboden. Sie sollten deshalb aus Ihren Gedanken die irreführende Vorstellung von einem *Motiv* verbannen, die jener Teil der Zeugenaussage, welcher von dem an der Haustür abgelieferten Gelde spricht, in den Hirnen der Polizei erzeugt hat. Koinzidenzen, zehnmal so bemerkenswert wie diese (die Ablieferung des Geldes und drei Tage später die Ermordung der Empfänger), begegnen uns allen zu jeder Stunde unseres Lebens, ohne daß sie auch nur flüchtig unsere Aufmerksamkeit erregen. Koinzidenzen sind im allgemeinen große Hemmschuhe auf dem Weg jener Kategorie von Denkern, die von Haus aus rein gar nichts von der Wahrscheinlichkeitslehre wissen – jener Lehre, der die großartigsten Gegenstände menschlicher Forschung das großartigste Anschauungsmaterial zu verdanken haben. Wäre nun in unserem Fall das Gold nicht mehr dagewesen, so hätte die Tatsache, daß es drei Tage zuvor ausgehändigt worden war, etwas mehr als eine Koinzidenz ausgemacht. Sie hätte die Vorstellung von einem Tatmotiv bekräftigt. Wollten wir aber unter den hier gegebenen Umständen Gold als das Motiv dieser Greueltat ansehen, so müßten wir zugleich den Täter für einen ganz unschlüssigen Idioten halten, der sein Gold und sein Motiv gleichermaßen fahrenließ.

Halten wir uns nun beharrlich die Punkte vor Augen, auf die ich Ihre Aufmerksamkeit gelenkt habe – jene eigentümliche Stimme, jene ungewöhnliche Behendigkeit und das bestürzende Fehlen jeden Motivs bei einem so außerordentlich grauenhaften Mord wie diesem –, und betrachten wir die Metzelei selbst. Da ist eine Frau von starken Händen zu Tode gewürgt und, den Kopf nach unten, in einen Rauchfang gezwängt worden. Gewöhnliche Mörder bedienen sich nicht derartiger Mordmethoden. Am allerwenigsten entledigen sie sich des Ermordeten auf solche Weise. In der Art, die Leiche den Rauchfang hinaufzuzwängen, liegt, das werden Sie zugeben, etwas *ungemein Outriertes* – etwas, das völlig unvereinbar ist mit unseren gängigen Vorstellungen von menschlichem Tun, selbst da, wo wir die Täter für den Abschaum der Menschheit halten. Bedenken Sie auch, wie groß jene Kraft gewesen sein muß, die den Körper durch eine derartige Öffnung *hinauf* zwängen konnte, so gewaltsam, daß die vereinte Stärke von mehreren Personen sich als kaum zulänglich erwies, ihn wieder *herunter* zuzerren!

Wenden wir uns nun weiteren Anzeichen einer schier wunderbaren Kraftentfaltung zu. Auf der Feuerstelle lagen dicke Strähnen – sehr dicke Strähnen – grauen Menschenhaars. Diese waren mit den Wurzeln ausgerissen worden. Sie werden wissen, welch großer Kraftaufwand nötig ist, um auch nur zwanzig oder dreißig Haare zugleich aus dem Kopf herauszureißen. Sie sahen die besagten Haarbüschel so gut wie ich selbst. Ihre Wurzeln (ein gräßlicher Anblick!) waren verklumpt mit Fetzen der Kopfhaut – sicheres Zeichen der ungeheuren Stärke, die aufgeboten wurde, um etwa eine halbe Million Haare auf einmal mit den Wurzeln herauszureißen. Nicht nur war die Kehle der alten Dame durchschnitten, sondern der Kopf war vollends vom Rumpf abgetrennt: das Instrument war nichts weiter als ein Rasiermesser. Bitte beachten Sie auch die *brutale* Wildheit dieser Untaten. Von den Prellungen am Körper von Madame L'Espanaye will ich nicht reden. Monsieur Dumas und sein ehrenwerter Kollege Monsieur Etienne haben erklärt, sie seien ihr mit irgendeinem stumpfen Gegenstand beigebracht worden; und insofern haben diese Herren ganz recht. Der stumpfe Gegenstand war fraglos das Steinpflaster des Hofes, auf welchem das Opfer aufschlug, als es vom Fenster hinter dem Bett hinabgeworfen wurde. Diese

Erklärung, so simpel sie jetzt auch scheinen mag, entging der Polizei aus ebendem Grunde, aus dem ihr auch die Breite der Fensterläden entging – weil nämlich die Sache mit den Nägeln ihr Wahrnehmungsvermögen hermetisch vor der Möglichkeit verschlossen hatte, die Fenster könnten überhaupt je geöffnet worden sein.

Wenn Sie nun zu alledem auch das merkwürdige Durcheinander im Zimmer gebührend bedacht haben, sind wir so weit gediehen, daß wir die einzelnen Eindrücke zueinander in Beziehung setzen können: eine verblüffende Behendigkeit, eine übermenschliche Kraft, eine brutale Wildheit, eine Metzelei ohne Tatmotiv, eine *grotesquerie* des Grauens, die jedes menschliche Maß sprengt, und eine Stimme, die in ihrem Klang den Ohren von Menschen vieler Nationen fremd war und die jeder deutlichen oder erkennbaren Silbenbildung ermangelte. Was also ergibt sich daraus? Welchen Eindruck habe ich in Ihrem Vorstellungsvermögen hinterlassen?«

Es überrieselte mich kalt, als mir Dupin diese Frage stellte. »Ein Wahnsinniger«, sagte ich, »hat diese Tat verübt – irgendein rasender Irrer, der aus einer benachbarten *Maison de Santé* entflohen ist.«

»In gewisser Hinsicht«, erwiderte er, »ist Ihr Gedanke nicht von der Hand zu weisen. Aber noch nie, selbst in den wildesten Ausbrüchen nicht, hatten die Stimmen von Wahnsinnigen Ähnlichkeit mit jener eigentümlichen Stimme, die man da auf der Treppe gehört hat. Auch Wahnsinnige gehören irgendeinem Volk an, und ihre Sprache, so zusammenhanglos die Wörter auch sein mögen, wahrt doch immer noch den Zusammenhang von Silben. Außerdem ist das Haar eines Irrsinnigen nicht von der Art, wie ich es hier in der Hand halte. Ich löste dieses kleine Büschel aus den fest zusammengekrallten Fingern der Madame L'Espanaye. Sagen Sie mir, was Sie davon halten.«

»Dupin!« sagte ich, völlig außer Fassung; »dieses Haar ist höchst ungewöhnlich – das ist kein *Menschen*haar.«

»Ich habe nicht behauptet, daß es das ist«, sagte er; »doch bevor wir diese Frage entscheiden, sollten Sie einen

Blick auf die kleine Skizze werfen, die ich hier auf diesem Blatt festgehalten habe. Es ist eine genaue Nachbildung dessen, was in einem Teil der Zeugenaussage als ›dunkle Quetschungen und tiefe Einschnitte von Fingernägeln‹ auf dem Hals von Mademoiselle L'Espanaye beschrieben worden ist und in einem anderen (nämlich von den Herren Dumas und Etienne) als eine ›Reihe bläulicher Flecke, die offenbar von Fingereindrücken herrührten‹.

Sie werden bemerken«, fuhr mein Freund fort, indem er das Blatt auf dem Tisch vor uns ausbreitete, »daß diese Zeichnung die Vorstellung von einem starken und festen Zugriff vermittelt. Kein *Abgleiten* ist wahrzunehmen. Jeder Finger hat – möglicherweise bis zum Tode des Opfers – den furchtbaren Klammergriff beibehalten, mit dem er sich ursprünglich eingrub. Versuchen Sie nun einmal, alle Ihre Finger zu gleicher Zeit auf die entsprechenden Abdrücke zu legen, die Sie hier sehen.«

Ich versuchte es vergebens.

»Vielleicht ist unser Experiment nicht ganz angemessen«, sagte er. »Das Blatt liegt ausgebreitet auf einer ebenen Fläche; doch der menschliche Hals ist zylindrisch. Hier ist ein Holzklotz, dessen Umfang ungefähr dem des Halses entspricht. Wickeln Sie die Zeichnung herum, und machen Sie den Versuch noch einmal.«

Ich gehorchte; aber das Mißlingen war gar noch augenfälliger als zuvor. »Dies hier«, sagte ich, »ist nicht der Abdruck einer Menschenhand.«

»Lesen Sie nun«, erwiderte Dupin, »diesen Abschnitt aus Cuvier.«

Es war eine eingehende anatomische und allgemein beschreibende Darstellung des großen gelbbraunen Orang-Utan von den ostindischen Inseln. Der gigantische Wuchs, die ungeheure Stärke und Behendigkeit, die unbändige Wildheit und der Nachahmungstrieb dieser Säugetiere sind allen zur Genüge bekannt. Auf der Stelle begriff ich die Greuel der Mordtat in ihrem ganzen Ausmaß.

»Die Beschreibung der Finger«, sagte ich, als ich zu Ende gelesen hatte, »stimmt genau mit dieser Zeichnung überein. Mir ist klar, daß kein anderes Tier als allein ein Orang-Utan der hier erwähnten Spezies die Eindrücke, wie Sie sie skizziert haben, verursacht haben kann. Auch dieses Büschel gelbbraunen Haars entspricht in seiner Beschaffenheit genau dem Haar von Cuviers Bestie. Aber die Einzelheiten dieses schrecklichen Geheimnisses kann ich ganz und gar nicht begreifen. Auch hörte man doch *zwei* Stimmen im Streit miteinander, und die eine war fraglos die Stimme eines Franzosen.«

»Richtig; und Sie werden sich eines Ausrufs erinnern, der von den Zeugen fast einmütig dieser Stimme zugeschrieben wurde – des Ausrufs ›mon Dieu!‹. Unter den obwaltenden Umständen ist er von einem der Zeugen (Montani, dem Zuckerbäcker) mit Recht als ein Ausruf der Ermahnung und Zurechtweisung charakterisiert worden. Auf diese zwei Wörter habe ich deshalb hauptsächlich meine Hoffnungen gegründet, das Rätsel vollends zu lösen. Ein Franzose wußte von dem Mord. Es ist möglich – ja, es ist weit mehr als wahrscheinlich, daß er an jeglicher Mitwirkung bei den blutigen Vorgängen unschuldig ist. Der Orang-Utan mag ihm entlaufen sein. Er mag von ihm bis in das Zimmer verfolgt worden sein; aber unter den aufregenden Umständen, die dann eintraten, hätte der Besitzer das Tier niemals wieder einfangen können. Es ist noch immer auf freiem Fuß. Ich will mich über diese Mutmaßungen nicht weiter auslassen – denn sie anders zu nennen habe ich kein Recht; sind doch die Schatten von Überlegungen, auf die sie sich gründen, kaum klar genug umrissen, um meinen eigenem Verstand faßbar zu sein, so daß ich mir nicht anmaßen dürfte, sie jemand anderem begreiflich zu machen. So wollen wir sie denn Mutmaßungen nennen und von ihnen auch als solchen sprechen. Wenn besagter Franzose wirklich, wie ich annehme, an dieser Greueltat unschuldig ist, so wird dieses Inserat, das ich gestern abend auf unserem Heimweg in der Redaktion von ›Le Monde‹ aufgab (einer Zeitung, die sich Marinebelangen widmet und bei Seeleuten sehr gefragt ist), ihn in unsere Wohnung führen.«

Er reichte mir ein Blatt, und ich las das Folgende:

›Eingefangen wurde im Bois de Boulogne früh am Morgen des ... dieses Monats (dem Morgen des Mordes) ein sehr großer gelbbrauner Orang-Utan der Borneo-Spezies. Der Eigentümer (wie man ermittelt hat, ein Matrose von einem Malteser Schiff) kann sich das Tier abholen, sofern er sich glaubhaft als Besitzer ausweist und die geringfügigen Kosten begleicht, die aus Einfangen und Unterhalt entstanden sind. Zu erfragen Faubourg St. Germain, Rue ..., No. ... – *au troisième.*‹

»Wie nur konnten Sie wissen«, fragte ich, »daß der Mann ein Matrose ist und zu einem Malteser Schiff gehört?«

»Ich weiß es durchaus nicht«, sagte Dupin. »Ich bin dessen keineswegs sicher. Hier ist jedoch ein schmales Stück Band, das, aus seiner Form und seinem schmierigen Aussehen zu schließen, offenbar dazu benutzt worden ist, das Haar zu einer jener langen *queues* zu binden, die bei Matrosen so beliebt sind. Überdies ist das ein Knoten, wie ihn außer den Matrosen nur wenige zu schürzen verstehen und wie er gerade für die Malteser charakteristisch ist. Ich hob das Band am Fuße des Blitzableiters auf. Zu einer der beiden Verstorbenen kann es nicht gehört haben. Wenn ich aber am Ende doch fehlgehe mit meiner Schlußfolgerung aus diesem Band, daß nämlich der Franzose ein Seemann von einem Malteser Schiff sei, so kann ich mit dem, was ich in dem Inserat behauptet habe, dennoch keinen Schaden angerichtet haben. Wenn ich mich irre, wird er lediglich annehmen, daß ich durch irgendeinen Umstand, dem nachzuforschen er sich keine Mühe geben wird, fehlgeleitet worden bin. Habe ich aber recht, so ist Entscheidendes gewonnen. Von dem Morde wissend, wenn auch unschuldig daran, wird der Matrose natürlich Bedenken haben, auf das Inserat einzugehen – sich den Orang-Utan einzufordern. Er wird folgende Überlegungen anstellen: ›Ich bin unschuldig; ich bin arm; mein Orang-Utan ist von großem Wert – für jemand in meinen Verhältnissen ein ganzes Vermögen –, warum sollte ich ihn durch nichtige Furcht vor Gefahr verlieren? Hier ist er, zum Greifen nahe. Man hat ihn im Bois de Boulogne gefunden – weit entfernt vom Schauplatz jenes Blutbades. Wie sollte jemals der Verdacht aufkommen, daß ein wildes Tier die Tat begangen haben könnte? Die Polizei ist in größter Verlegenheit – sie hat nicht den geringsten Anhaltspunkt entdecken können. Selbst wenn sie dem Tier auf die Spur kommen sollte, wäre es doch unmöglich, mir nachzuweisen, daß ich von dem Mord gewußt habe, oder mich gar auf Grund dieser Mitwisserschaft in Schuld zu verwickeln. Vor allem aber *weiß man bereits von mir.* Der Inserent bezeichnet mich als den Besitzer des Tieres. Ich bin mir nicht sicher, wieweit sein Wissen reichen mag. Wenn ich es mir versagte, ein Eigentum von so großem Wert zurückzufordern, von dem bekannt ist, daß es mir gehört, so würde ich zumindest das Tier einem Verdacht aussetzen. Es liegt mir fern, die Aufmerksamkeit auf mich oder auf den Affen zu lenken. Ich werde also dem Inserat Folge leisten, den Orang-Utan abholen und ihn verborgen halten, bis über die Sache Gras gewachsen ist.‹«

In diesem Augenblick hörten wir einen Schritt auf der Treppe.

»Halten Sie die Pistolen bereit«, sagte Dupin; »aber machen Sie keinen Gebrauch davon und lassen Sie sie nicht sehen, bis ich Ihnen ein Zeichen gebe.«

Die Haustür war offengelassen worden, und der Besucher war eingetreten, ohne zu klingeln, und einige Stufen die Treppe hinaufgestiegen. Jetzt aber schien er zu zögern. Bald darauf hörten wir ihn hinuntergehen. Dupin lief rasch an die Tür; da hörten wir ihn wiederum heraufkommen. Er machte kein zweites Mal kehrt, sondern stieg entschlossen treppauf und pochte an die Tür unseres Zimmers.

»Herein!« sagte Dupin in munterem und herzlichem Ton.

Ein Mann trat ein. Es war offensichtlich ein Matrose – ein großer kräftiger und muskulös anmutender Mensch, dessen Gesichtsausdruck, keineswegs abstoßend, eine gewisse Verwegenheit verriet. Sein Gesicht, tief dunkel gebräunt von der Sonne, war zum guten Teil verdeckt von Backenbart und *mustachio*. Er führte einen riesigen Eichenknüttel mit sich, schien aber sonst unbewaffnet. Er verbeugte sich linkisch und wünschte uns einen guten Abend, in einem Französisch, das zwar etwas provinziell-neufchâtellisch klang, aber doch zur Genüge auf eine Pariser Herkunft deutete.

»Nehmen Sie Platz, mein Freund«, sagte Dupin. »Ich nehme an, Sie kommen wegen des Orang-Utans. Auf mein Wort, ich beneide Sie fast um diesen Besitz; ein bemerkenswert schönes und zweifellos sehr wertvolles Tier. Für wie alt halten Sie ihn wohl?«

Der Matrose atmete tief auf, mit der Miene eines Mannes, der von einer unerträglichen Last befreit ist, und erwiderte dann in forschem Ton: »Das kann ich Ihnen nicht sagen – aber mehr als vier oder fünf Jahre alt kann er nicht sein. Haben Sie ihn hier?«

»O nein; hier konnten wir ihn nicht gut unterbringen. Er ist ganz in der Nähe in einem Mietstall in der Rue Dubourg. Sie können ihn morgen früh abholen. Sie sind doch gewiß in der Lage, Ihren Besitzeranspruch glaubhaft zu machen?«

»Natürlich bin ich das, mein Herr.«

»Es tut mir leid, mich von ihm zu trennen«, sagte Dupin.

»Ich möchte nicht, daß Sie sich diese ganze Schererei für nichts aufgehalst haben, mein Herr«, sagte der Mann. »Kann ich nicht erwarten. Bin durchaus bereit, einen Finderlohn für das Tier zu zahlen – das heißt, wenn er sich in Grenzen hält.«

»Gut«, erwiderte mein Freund, »das ist alles recht und billig. Lassen Sie mich überlegen! – was sollte ich wohl bekommen? Oh, ich will es Ihnen sagen. Sie sollen mir mitteilen, was immer Sie von diesen Mordfällen in der Rue Morgue wissen.«

Dupin äußerte die letzten Worte in sehr leisem Ton und sehr ruhig. Ebenso ruhig ging er auch zur Tür, schloß sie ab und steckte den Schlüssel in die Tasche. Dann zog er eine Pistole aus dem Rock und legte sie ohne jede Hast auf den Tisch.

Das Gesicht des Matrosen lief rot an, als kämpfte er mit dem Ersticken. Er sprang auf und packte seinen Knüttel; aber schon im nächsten Augenblick fiel er auf seinen Sitz zurück, heftig zitternd und bleich wie der leibhaftige Tod. Er sprach kein Wort. Mir tat er in der Seele leid.

»Mein Freund«, sagte Dupin begütigend, »Sie regen sich unnötig auf – wirklich. Wir wollen Ihnen kein Haar krümmen. Bei der Ehre eines Gentleman und eines Franzosen verspreche ich Ihnen, daß wir nichts Unbilliges mit Ihnen vorhaben. Ich weiß ganz genau, daß Sie an den Greueltaten in der Rue Morgue unschuldig sind. Doch läßt sich nicht gut leugnen, daß Sie bis zu einem gewissen Grade darin verwickelt sind. Aus dem, was ich bereits gesagt habe, werden Sie ersehen, daß ich Mittel und Wege fand, mir über diese Angelegenheit Aufschluß zu verschaffen – Mittel und Wege, an die Sie im Traum nicht gedacht hätten. Nun steht die Sache so: Sie haben nichts getan, was Sie hätten vermeiden können – ganz gewiß nichts, womit Sie sich strafbar gemacht hätten. Nicht einmal des Raubes sind Sie schuldig, obwohl Sie ungestraft hätten rauben können. Sie haben nichts zu verheimlichen. Sie haben keinen Grund dazu. Andererseits muß Ihnen Ihr Ehrgefühl gebieten, alles zu bekennen, was Sie wissen. Ein Unschuldiger sitzt jetzt im Gefängnis, dem man ebenjenes Verbrechen zur Last legt, dessen Urheber Sie benennen können.«

Der Matrose hatte, während Dupin diese Worte vorbrachte, seine Geistesgegenwart bis zu einem gewissen Grade wiedergewonnen; aber sein erst so forsches Gebaren war ganz dahin.

»So helfe mir Gott«, sagte er nach einer kurzen Pause, »ich will Ihnen alles erzählen, was ich über diese Sache weiß; aber ich erwarte nicht, daß Sie auch nur die Hälfte von dem glauben, was ich sage – ich wäre wirklich ein Narr, wenn ich das täte. Doch unschuldig *bin* ich, und ich will mir's von der Seele reden, und wenn's das Leben kostete.«

Was er aussagte, war im wesentlichen dies: Er hatte vor kurzem eine Fahrt zum ostindischen Archipel gemacht. Eine Gruppe von Seeleuten, darunter auch er, ging auf Borneo an Land und unternahm zum Zeitvertreib einen Ausflug ins Innere. Er selbst und ein Kamerad hatten den Orang-Utan eingefangen. Als dieser Kamerad starb, fiel das Tier ihm allein zu. Nach vielen Scherereien auf der Heimreise, verursacht durch die unbändige Wildheit seines Gefangenen, gelang es ihm schließlich, das Tier sicher in seiner eigenen Behausung in Paris einzuquartieren, wo er es, um nicht die unliebsame Neugier der Nachbarn auf sich zu lenken, sorgsam unter Verschluß hielt, bis es eines Tages von einer Wunde am Fuß genesen sein würde, die ihm ein Splitter an Bord des Schiffes beigebracht hatte. Seine Absicht war letztlich, es zu verkaufen.

Als er in der Nacht oder vielmehr am Morgen der Mordtat von irgendeinem Seemannsvergnügen heimkam, fand er das Tier in seiner eigenen Schlafkammer vor, entwichen aus einem angrenzenden Verschlag, wo es, wie er geglaubt hatte, fest eingeschlossen gewesen war. Das Rasiermesser in der Hand und gründlich eingeseift, saß es vor einem Spiegel und versuchte sich in der Prozedur des Rasierens, bei der es zweifellos seinen Herrn schon öfter durchs Schlüsselloch des Verschlages beobachtet hatte. Entsetzt beim Anblick einer so gefährlichen Waffe im Besitz eines so wilden Tieres, das sie obendrein so gut zu handhaben verstand, wußte der Mann einige Augenblicke nicht, was tun. Doch hatte er das Tier bisher selbst in seinen unbändigsten Launen mit Hilfe einer Peitsche gefügig machen können, und dazu nahm er auch jetzt seine Zuflucht. Bei ihrem Anblick sprang der Orang-Utan sogleich durch die Kammertür, die Treppe hinunter und von dort durch ein Fenster, das unglücklicherweise offenstand, auf die Straße.

Der Franzose folgte voller Verzweiflung, während der Affe, in der Hand noch immer das Rasiermesser, hin und wieder haltmachte, um zurückzusehen und den Verfolger mit Gebärden zu narren, bis dieser ihn fast eingeholt hatte. Dann nahm er aufs neue Reißaus. Auf diese Weise dauerte die Jagd noch eine gute Weile so fort. Die Straßen waren totenstill, denn es ging auf drei Uhr morgens. Beim Passieren eines Gäßchens hinter der Rue Morgue wurde die Aufmerksamkeit des Flüchtlings von einem Licht gebannt, das aus dem offenen Fenster von Madame L'Espanayes Schlafzimmer im vierten Stock ihres Hauses schimmerte. Auf das Gebäude zujagend, entdeckte er den Blitzableiter, kletterte mit unvorstellbarer Behendigkeit hinauf, packte den Fensterladen, der bis an die Hauswand zurückgeschlagen war, und schwang sich mit dessen Hilfe geradewegs auf das Kopfbrett des Bettes. Das ganze Kunststück dauerte keine Minute. Der Laden wurde von dem Orang-Utan, als er ins Zimmer eindrang, mit einem Tritt wieder aufgestoßen.

Der Matrose war unterdessen erfreut und bestürzt zugleich. Er hoffte zuversichtlich, das Tier nun wieder einzufangen, da es kaum aus der Falle entwischen konnte, in die es sich gewagt, außer über den Blitzableiter, wo man es abfangen könnte, wenn es herunterkam. Andererseits hatte er alle Ursache, sich Sorgen zu machen, was es in dem Hause anstellen mochte. Letztere Überlegung nötigte den Mann, den Flüchtigen noch weiter zu verfolgen. Ein Blitzableiter läßt sich mühelos erklimmen, zumal von einem Matrosen; als er aber in der Höhe des Fensters angelangt war, das weit entfernt zu seiner Linken lag, da war seine Kletterpartie zu Ende; allenfalls vermochte er sich so weit hinüberzubeugen, daß er einen flüchtigen Blick ins Innere des Zimmers werfen konnte. Bei diesem Anblick verlor er fast den Halt vor namenlosem Entsetzen. Um die Zeit geschah es, daß jene schrecklichen Schreie in die Nacht brachen, welche die Bewohner der Rue Morgue aus dem Schlummer gerissen hatten. Madame L'Espanaye und ihre Tochter, beide mit ihren Nachtgewändern angetan, waren offensichtlich damit beschäftigt gewesen, ein paar Papiere in dem bereits erwähnten eisernen Kasten zu ordnen, der in die Mitte des Zimmers gerückt worden war. Er stand offen, und sein Inhalt lag daneben auf dem Fußboden. Die Opfer müssen mit dem Rücken zum Fenster gesessen haben; und da zwischen dem Eindringen des Tieres und den Schreien einige Zeit verstrich, ist zu vermuten, daß man es nicht sofort bemerkte. Das Zuschlagen des Fensterladens dürfte man natürlicherweise dem Wind zugeschrieben haben.

Als der Matrose durchs Fenster sah, hatte das gewaltige Tier Madame L'Espanaye beim Haar gepackt (das gelöst war, da sie es gerade gekämmt hatte) und fuchtelte mit dem Rasiermesser vor ihrem Gesicht herum, als wollte es die Bewegungen eines Barbiers nachahmen. Die Tochter lag hingestreckt und reglos am Boden; sie war ohnmächtig geworden. Das Zetern und Zappeln der alten Dame (während ihr das Haar aus dem Kopf gerissen wurde) hatte zur Folge, daß die vermutlich friedlichen Absichten des Orang-Utans sich in hellen Zorn verkehrten. Mit einem einzigen entschlossenen Schwung seines muskelstarken Armes trennte er ihren Kopf nahezu vom Rumpf ab. Der Anblick des Blutes entfachte seine Wut vollends zur Raserei. Zähneknirschend, mit funkensprühenden Augen stürzte er sich auf den Leib des Mädchens, grub seine schrecklichen Klauen in ihren Hals und ließ nicht ab von seinem Würgegriff, bis sie verblichen war. Seine schweifenden, wilden Blicke fielen jetzt auf das Kopfende des Bettes, über dem, starr vor Entsetzen, das Gesicht seines Herrn zu sehen war. Die Wut des Tieres, das sich zweifellos der gefürchteten Peitsche erinnerte, verkehrte sich unversehens in Angst. Wohl wissend, daß es Strafe verdient hatte, schien es dringlich darauf bedacht, seine blutigen Taten zu vertuschen, sprang in einem Taumel furchtsamer Erregung im Zimmer umher, warf bei seiner Jagd die Möbel um und zerbrach sie und zerrte das Bettzeug aus der Bettstelle. Schließlich packte es den Leichnam der Tochter und zwängte ihn in den Rauchfang, so wie man ihn dann gefunden hat; danach die Leiche der alten Dame, die es im Handumdrehen kopfüber aus dem Fenster warf.

Wie sich der Affe nun mit seiner verstümmelten Bürde dem Fenster näherte, schrak der Matrose entsetzt zurück, ließ sich mehr gleitend als kletternd am Blitzableiter hinunter und eilte schnurstracks nach Hause – voller Furcht vor den Folgen des Blutbades und in seinem Grauen alle

Sorge um das Schicksal des Orang-Utans gern fahrenlassend. Die Worte, welche die Gesellschaft auf der Treppe vernommen hatte, waren die Schreckens- und Entsetzensrufe des Franzosen, vermischt mit dem höllischen Geschnatter des Untiers.

Ich habe kaum noch etwas hinzuzufügen. Der Orang-Utan muß, unmittelbar bevor die Tür aufgebrochen wurde, aus dem Zimmer und über den Blitzableiter entwichen sein. Er muß beim Hinausspringen das Fenster geschlossen haben. Er wurde später von seinem Besitzer selbst eingefangen, der im Jardin des Plantes eine sehr hohe Geldsumme für ihn erhielt. Auf Grund unserer Darstellung des wahren Sachverhalts (mit einigen Erläuterungen von seiten Dupins) im Büro des Polizeipräsidenten wurde Le Bon unverzüglich auf freien Fuß gesetzt. Jener Beamte, so wohlgesinnt er meinem Freund auch war, konnte doch nicht ganz seinen Verdruß über die unerwartete Wendung der Dinge verbergen und machte sich in ein paar sarkastischen Bemerkungen Luft – des Inhalts, daß sich doch gefälligst jeder um seine eigenen Angelegenheiten kümmern sollte.

»Lassen Sie ihn reden«, sagte Dupin, der es nicht für nötig gehalten hatte, etwas zu erwidern. »Lassen Sie ihn schulmeistern; das wird sein Gewissen beruhigen. Ich bin es zufrieden, ihn in seiner eigenen Festung geschlagen zu haben. Gleichwohl ist sein Versagen beim Lösen dieses Rätsels keineswegs so verwunderlich, wie er annimmt; denn in Wahrheit ist unser Freund, der Präsident, etwas zu gescheit, um scharfsinnig zu sein. Seine Klugheit ist ohne Saft und Kraft. Sie ist nur Kopf und kein Leib, gleich den Bildern der Göttin Laverna – oder bestenfalls nur Kopf und Schultern wie beim Dorsch. Aber letzten Endes ist er doch ein guter Kerl. Ich mag ihn vor allem wegen seines bravourösen Redeflusses, der ihm den Ruf eingetragen hat, ein Wunder an Scharfsinn zu sein. Ich meine seine Gewohnheit, ›*de nier ce qui est, et d'expliquer ce qui n'est pas*‹.«[1]

---

1 Rousseau, ›La Nouvelle Héloïse‹

STURZ IN DEN MALSTRÖM

> Die Wege Gottes in der Natur wie in der Vorsehung gleichen nicht *unseren* Wegen; noch entsprechen die Modelle, welche wir uns formen, in irgendeiner Weise der Unermeßlichkeit, Abgründigkeit und Unerforschlichkeit Seiner Werke, *welche eine Tiefe an sich haben, unergründlicher denn der Brunnen des Demokrit.*
> Joseph Glanvill

Wir hatten jetzt den Gipfel der höchsten Felsklippe erreicht. Einige Minuten lang schien der alte Mann zu erschöpft, um sprechen zu können.

»Es ist noch gar nicht lange her«, sagte er schließlich, »da hätte ich Sie auf diesem Wege ebensogut wie der jüngste meiner Söhne geführt; doch vor etwa drei Jahren habe ich etwas erlebt, was noch keinem Sterblichen zuvor widerfahren ist – oder wenigstens wie es noch kein Mensch je überlebt hat, um davon berichten zu können – und die sechs Stunden tödlichen Grauens, die ich damals durchlitt, haben mich an Leib und Seele gebrochen. Sie halten mich gewiß für einen *sehr* alten Mann – das bin ich aber nicht. Weniger denn einen einzigen Tag hat es gebraucht, da war dieses Haar, früher pechschwarz, weiß geworden, meine Glieder kraftlos und meine Nerven schwach, so daß ich bei der geringsten Anstrengung zittre und mir schon vor einem Schatten bange ist. Wissen Sie, daß ich kaum über den Rand dieser kleinen Klippe blicken kann, ohne daß mir schwindlig wird?«

Die ›kleine Klippe‹, an deren Rand er sich so unbekümmert hingeworfen hatte, um auszuruhen, daß der schwerere Teil seines Körpers darüberhing, indes ihn nur sein auf der äußersten und schlüpfrigen Kante aufgestützter Ellenbogen vorm Hinunterfallen bewahrte – diese ›kleine Klippe‹, ein glatter, senkrechter Absturz schwarzglänzenden Felsgesteins, ragte wohl fünfzehn- oder sechzehnhundert Fuß hoch aus dem Felsenmeer unter uns auf. Nichts in der Welt hätte mich dazu bewegen können, ihrem Rand auch nur auf ein halbes Dutzend Yards nahe zu kommen. Wahrhaftig, schon die gefährliche Lage meines Gefährten erregte mich derart, daß ich der Länge lang mich zu Boden fallen ließ, an die Büsche ringsum klammerte und nicht einmal wagte, zum Himmel aufzublicken – während ich mich vergeblich gegen die Vorstellung wehrte, daß durch des Sturmes Wüten dem Berg selbst in den Grundfesten Gefahr drohe. Es dauerte lange, bis ich mir durch vernünftiges Zureden genügend Mut gemacht, daß ich mich aufsetzen und in die Ferne blicken konnte.

»Über solche Anwandlungen müssen Sie wegkommen«, sagte mein Führer, »denn ich habe Sie hierhergebracht, damit Sie den Schauplatz, wo sich besagtes Geschehen zugetragen hat, möglichst gut zu sehen vermöchten – und Sie die Stelle genau vor Augen haben, wenn ich Ihnen das Ganze erzähle.

Wir befinden uns jetzt«, fuhr er in der ihm eigenen umständlichen Weise fort, »wir befinden uns jetzt nahe der norwegischen Küste – auf dem achtundsechzigsten Breitengrad – in der großen Provinz Nordland – und im düstren Distrikt der Lofoten. Der Berg, auf dessen Gipfel wir sitzen, heißt Helseggen, der Wolkenverhangene. Nun richten Sie sich ein wenig höher auf – halten Sie sich am Grase fest, wenn Ihnen schwindlig wird – so – und schauen Sie über den Dunstgürtel unter uns weg hinaus aufs Meer.«

Benommen blickte ich dahin und sah eine endlose Fläche Ozean, dessen Wasser eine so tintenschwarze Färbung aufwiesen, daß mir sogleich der Bericht des Nubischen Geographen vom *Mare Tenebrarum* in den Sinn kam. Ein trostloser ödes Panorama vermag keines Menschen Phantasie sich vorzustellen. Rechts und links, so weit das Auge reichte, dehnten sich, gleich irdischen Festungswällen, Reihen von schaurig schwarzen und rauh ragenden Klippen, deren Düsternis nur desto eindringlicher noch ins Bild gesetzt ward durch die Brandung, welche unter unendlichem Brüllen und Tosen sich mit ihrem weißen, grausigen Gischtkamm hoch daran aufbäumte. Genau gegenüber dem Vorgebirge, auf dessen Gipfel wir uns befanden, war in einer Entfernung von wohl fünf oder sechs Meilen draußen im Meer eine kleine, öd wirkende Insel zu sehen; genauer gesagt, ihre Lage ließ sich im Gewirre und Gewoge der See erkennen, die sie umtoste. Vielleicht zwei Meilen näher zum Land hin ragte noch ein kleineres Eiland auf, fürchterlich zerklüftet und wüst, und umgeben, in verschiedenen Abständen, von einer Gruppe finsterer Felsen.

In dem Raume zwischen der entfernteren Insel und der Küste hatte der Anblick des Ozeans etwas sehr Ungewöhnliches an sich. Obzwar zur Zeit eine so steife Brise landeinwärts wehte, daß eine Brigg draußen auf hoher See unter doppeltgerefftem Gaffelsegel beigedreht lag und mit dem Rumpf ständig untertauchte, so herrschte hier dennoch keine richtige Dünung, sondern das Wasser schlug nur kurz, rasch und heftig kreuz und quer nach allen Richtungen – gegen den Wind als auch sonstwie. Gischt gab es kaum, höchstens in der unmittelbaren Nähe der Felsen.

»Die Insel da draußen«, nahm der Alte die Rede wieder auf, »nennen die Norweger Vurrgh. Die da in der Mitte ist Moskö. Dort, eine Meile nordwärts, liegt Ambaaren. Da drüben sind Iflesen, Hoeyholm, Kieldholm, Suarven und Buckholm. Weiter weg – zwischen Moskö und Vurrgh – liegen Otterholm, Flimen, Sandflesen und Skarholm. So lauten ihre richtigen Namen – doch warum man es überhaupt für notwendig gehalten hat, ihnen Namen zu geben, können Sie und ich wohl sowieso nicht begreifen. Hören Sie etwas? Sehen Sie im Wasser irgendeine Veränderung?«

Wir befanden uns nun etwa zehn Minuten auf der Spitze des Helseggen, zu welchem wir vom Lofoten-Innern aus aufgestiegen waren, so daß wir vom Meere nichts gesehen, bis wir den Gipfel erreicht und es sich mit einem Male unserem Blicke darbot. Während der Alte noch sprach, vernahm ich einen lauten, allmählich anschwellenden Ton, ähnlich dem Gestöhn einer riesigen Büffelherde auf einer amerikanischen Prärie; und im selbigen Augenblick gewahrte ich, wie unter uns das, was die Seeleute das *stoßweise Schlagen* des Ozeans nennen, sich unversehens in eine Strömung wandelte, die ostwärts verlief. Noch während ich hinschaute, nahm diese Strömung eine reißende Geschwindigkeit an. Mit jedem Augenblick gewann sie an Schnelle – an rasendem Ungestüm. Binnen fünf Minuten war die ganze See bis hin nach Vurrgh in unbändiger Wut aufgepeitscht; doch zwischen Moskö und der Küste herrschte der größte Aufruhr. Hier barst das ungeheure Bett der Wasser, in tausend widerstreitende Stromrinnen zerrissen und zerfurcht, mit einem Male in rasendem Tumult auseinander – da wogte und brodelte und zischte es – kreiste in zahllosen gigantischen Strudeln, und das Ganze wirbelte und stürzte ostwärts hin mit einer Schnelligkeit, wie Wasser sie sonst nie erreicht, es sei denn, es fällt steil hinab.

Wenige Minuten später wandelte sich das Bild abermals von Grund auf. Der Wasserspiegel glättete sich im ganzen etwas, und die Strudel verschwanden einer nach dem andern, indes ungeheure Schaumstreifen erschienen, wo vorher keine zu sehen gewesen. Diese Streifen breiteten sich schließlich auf weite Entfernung hin aus, vereinigten sich, nahmen die Kreiselbewegung der abgeflauten Strudel in sich auf und schienen den Keim zu einem neuen, noch gewaltigeren Wirbel zu bilden. Plötzlich – urplötzlich – nahm dieser in einem Kreise von mehr als einer halben Meile im Durchmesser deutlich bestimmtes Dasein an. Den Rand des Strudels bildete ein breiter Gürtel von schimmernder Gischt; doch kein Teilchen davon glitt in den Schlund des fürchterlichen Trichters, dessen Inneres, so weit das Auge zu dringen vermochte, eine glatte, glänzende, pechschwarze Wand von Wasser war, zum Horizont hin in einem Winkel von wohl fünfundvierzig Grad geneigt, und diese nun wirbelte schwindelerregend herum und herum in schwingend-schwankender Bewegung und stieß in die Lüfte empor einen entsetzlichen Laut, halb Schrei, halb Gebrüll, wie ihn nicht einmal der mächtige Niagara-Katarakt je in seiner Agonie gen Himmel schickt.

Der Berg erzitterte bis auf den tiefsten Grund, und der Felsen bebte. Über die Maßen erschreckt, warf ich mich zu Boden und klammerte mich an das spärliche Gras.

»Das«, sprach ich schließlich zu dem alten Manne – »das *kann* nichts andres sein denn der große Strudel des Malström.« – »So wird er zuweilen genannt«, sagte er. »Wir Norweger heißen ihn den Mosköström, nach der Insel Moskö da in der Mitte.«

Die gewöhnlichen Beschreibungen dieses Strudels hatten mich in keiner Weise auf das vorbereitet, was ich hier sah. Die des Jonas Ramus, welche vielleicht von allen die ausführlichste ist, vermag nicht die geringste Vorstellung zu vermitteln, weder vom Grandiosen noch vom Grausigen des Schauspiels – auch nicht von dem wild verwirrenden Gefühl des *Neuartigen*, das den Betrachter ganz betroffen macht. Ich weiß nicht sicher, von welchem Blickpunkte aus der genannte Verfasser ihn gesehen hat, noch, zu welcher Zeit; doch konnte dies weder vom Gipfel des Helseggen noch während eines Sturms gewesen sein. Indes enthält seine Beschreibung einige Passagen, die um ihrer Einzelheiten willen hier zitiert seien, obgleich sie kaum vermögen, einen Eindruck von dem Schauspiel zu vermitteln.

›Zwischen Lofoten und Moskö‹, heißt es dort, ›beträgt die Wassertiefe zwischen sechsunddreißig und vierzig Faden; doch auf der anderen Seite, nach Ver (Vurrgh) zu, nimmt diese Tiefe derart ab, daß ein Seeschiff nicht ausreichend Fahrwasser findet, ohne Gefahr zu laufen, auf den Felsen zu zerschellen, was selbst bei ruhigstem Wetter vorkommt. Bei Flut tobt der Strom zwischen Lofoten und Moskö mit rasender Schnelligkeit dem Lande zu; doch flutet die Ebbe wildtosend ins Meer zurück, kommt seinem Gebrüll kaum der lauteste und schrecklichste Katarakt gleich; meilenweit hört man das Brausen, und die Strudel oder Wasserschlünde sind von solchem Ausmaß und solcher Tiefe, daß ein Schiff, gerät es in ihren Sog, unweigerlich verschlungen und auf den Grund hinuntergerissen wird, wo es an den Felsen zerschellt; und wenn das Toben des Wassers nachläßt, werden die Trümmer wieder ausgespien. Doch diese Ruhepausen gibt es nur beim Wechsel von Ebbe und Flut und bei ruhigem Wetter, und nur eine Viertelstunde dauern sie, dann fängt der Aufruhr allmählich wieder an. Wenn der Strom am wildesten tobt und seine Wut noch durch Sturm verstärkt wird, ist es gefährlich, ihm auf eine norwegische Meile nahe zu kommen. Boote, Jachten und Seeschiffe sind fortgerissen worden, weil sie sich nicht vorgesehen hatten, ehe sie in seine Reichweite gerieten. Gleicherweise geschieht es häufig, daß Wale der Strömung zu nahe kommen und von ihrer Heftigkeit überwältigt werden; und nicht zu beschreiben ist dann, wie sie heulen und brüllen bei ihrem vergeblichen Kampf freizukommen. Einmal wurde ein Bär, der von Lofoten nach Moskö zu schwimmen versuchte, vom Strome erfaßt und hinabgerissen, wobei er so entsetzlich brüllte, daß es an Land zu hören war. Mächtige Stämme von Fichten und Föhren tauchen, nachdem die Strömung sie verschluckt, derart zertrümmert und zerrissen wieder auf, als würden Borsten darauf sprießen. Dies erweist deutlich, daß der Grund aus zerklüfteten Felsen besteht, zwischen denen sie hin und her gewirbelt werden. Dieser Strom wird von Flut und Ebbe des Meeres geregelt – gleichbleibend alle sechs Stunden wechseln Hoch- und Niedrigwasser. Im Jahre 1645, früh am Morgen des Sonntags Sexagesima, tobte er so laut und wütend, daß an der Küste sogar die Steinmauern der Häuser einstürzten.‹

Was die Wassertiefe betrifft, so vermochte ich nicht zu begreifen, wie man diese in der unmittelbaren Nähe des Strudels überhaupt hatte feststellen können. Die ›vierzig Faden‹ beziehen sich wohl lediglich auf die Teile der Stromrinne ganz in Küstennähe von Moskö oder der Lofoten. In der Mitte des Mosköström muß die Tiefe unermeßlich größer sein; und für diese Tatsache braucht es keines besseren Beweises, als ihn schon ein seitlicher Blick in den Abgrund des Strudels bietet, wie man ihn von der höchsten Felsspitze des Helseggen herab haben kann. Als ich von dieser Zinne auf den heulenden Phlegethon hinuntersah, konnte ich nicht umhin, über die Einfalt zu lächeln, mit welcher der ehrenwerte Jonas Ramus die Geschichten von den Walen und Bären wie etwas schier Unglaubliches erzählt; denn mir schien es in der Tat selbstverständlich, daß auch das größte Linienschiff, das es gibt, geriete es in den Bereich jenes tödlichen Sogs, ihm ebensowenig widerstehen könnte wie eine Feder dem Hurrikan und ganz und gar und auf der Stelle darin verschwinden müßte.

Die Versuche, das Phänomen zu erklären – von denen mir einige, so erinnere ich mich, beim Lesen hinlänglich plausibel vorgekommen waren –, zeigten sich jetzt in einem ganz anderen und unzureichenden Lichte. Die allgemein anerkannte Auffassung besagt, es habe dieser Strudel ebenso wie drei kleinere zwischen den Färöischen Inseln ›keine andere Ursache denn den Zusammenprall der bei Ebbe und Flut steigenden und fallenden Wassermassen gegen eine Kette von Riffen und Felsbänken, wodurch sich das Wasser so staut, daß es wie ein Katarakt hinabstürzt; je höher somit die Flut steigt, desto tiefer muß der Fall sein, und das natürliche Ergebnis von alledem ist ein Strudel oder Wirbel, dessen gewaltige Sogkraft aus kleineren Experimenten hinlänglich bekannt ist.‹ – So die ›Encyclopaedia Britannica‹. Kircher und andere vermuten, daß es mitten in der Malström-Rinne einen Abgrund gebe, der den ganzen Erdball durchdringe und in irgendeiner sehr entlegenen Gegend wieder hervorkomme – in einem Falle ist einigermaßen bestimmt vom Bottnischen Meerbusen die Rede. Diese an sich müßige Meinung war es nun, welche meine Phantasie, indes ich hinabschaute, am ehesten guthieß; und als ich dies meinem Führer gegenüber äußerte, überraschte es mich doch einigermaßen, von ihm zu hören, daß diese Ansicht nicht die seine sei, wenngleich so fast alle Norweger vom Gegenstande dächten. Was die zuvor erwähnte Auffassung betreffe, so bekannte er sich unfähig, diese zu begreifen; und hierin pflichtete ich ihm bei – denn wie einleuchtend sie sich auch auf dem Papier ausnehmen mag, sie wird inmitten des Donnergetöses aus dem Abgrund doch gänzlich unverständlich, ja nachgerade absurd.

»Sie haben den Strudel jetzt lange genug gesehen«, sagte der alte Mann, »und wenn Sie nun um diesen Felsvorsprung kriechen wollen, wo wir uns im Windschatten befinden und das Brüllen des Wassers gedämpfter ist, so möchte ich Ihnen eine Geschichte erzählen, die Sie davon überzeugen wird, daß ich den Mosköström ganz gut kenne.«

Ich ließ mich nieder, wo gewünscht, und er fuhr fort.

»Meine beiden Brüder und ich besaßen einst eine Siebzig-Tonnen-Schmacke mit Schoner-Takelung, damit pflegten wir zwischen den Inseln hinter Moskö, in der Nähe von Vurrgh, auf Fischfang zu gehen. In allen heftigen Strudelgewässern des Meeres kann man gut fischen, zu den rechten Gelegenheiten, wenn man nur den Mut hat, es zu wagen; doch unter allen Küstenfahrern der Lofoten waren wir drei die einzigen, die regelmäßig zu den Inseln hinauszufahren pflegten, das sage ich Ihnen. Die üblichen Fanggründe liegen ein ganzes Stück weiter unten im Süden. Dort kann man jederzeit ohne viel Gefahr fischen, und deshalb sind diese Plätze auch bevorzugt. Die ausgesucht guten Stellen hier drüben zwischen den Felsen liefern jedoch nicht nur die feinsten Sorten, sondern auch in weit größerer Fülle, so daß wir oft an einem einzigen Tage soviel gefangen hatten, wie die Ängstlicheren im Gewerbe in einer ganzen Woche nicht zusammenkratzen konnten. Ja, in der Tat wurde dies für uns eine verzweifelte Spekulation – Lebensgefahr trat an die Stelle von Arbeit, Mut ersetzte das Kapital.

Die Schmacke hatten wir in einer kleinen Bucht liegen, von hier ungefähr fünf Meilen die Küste weiter aufwärts; und für gewöhnlich machten wir uns bei schönem Wetter die Viertelstunde Stillwasser zunutze, um über die Hauptrinne des Mosköström zu kommen, weit oberhalb von dem Strudel, und dann irgendwo bei Otterholm oder Sandflesen Anker zu werfen, wo die Wirbel nicht so heftig sind wie anderswo. Hier sind wir dann geblieben, bis es bald wieder Zeit für Stillwasser war, da haben wir dann den Anker gelichtet und uns auf den Heimweg gemacht. Nie sind wir zu dieser Unternehmung aufgebrochen, ohne daß für die Hin- wie Rückfahrt ein beständiger Seitenwind geweht hätte – einer, bei dem wir sicher sein konnten, daß er uns bis zur Rückkehr nicht im Stich lassen würde –, und in diesem Punkte haben wir uns nur selten geirrt. Zweimal in sechs Jahren waren wir gezwungen, die ganze Nacht wegen Flaute vor Anker liegenzubleiben, was hier in der Gegend wirklich kaum vorkommt; und einmal mußten wir bald eine Woche da draußen auf unserm Fangplatz bleiben und wären fast verhungert, und zwar war kurz nach unserer Ankunft draußen Sturm aufgekommen, und der Strom war viel zu reißend, als daß an Heimfahrt zu denken gewesen wäre. Damals hätte es uns trotz allem noch aufs offene Meer hinausgetrieben (denn die Strudel wirbelten uns immerzu so wild herum, daß unser Anker schließlich unklar kam und wir vor ihm trieben), wären wir nicht in eine der zahllosen Gegenströmungen geraten – heute hier und morgen wieder fort –, welche uns in den Schutz von Flimen brachte, wo wir zu unserm Glück vor Anker gingen.

Ich könnte Ihnen auch nicht den zwanzigsten Teil der Schwierigkeiten schildern, auf die wir ›in unsern Gründen‹ gestoßen sind – es ist kein angenehmer Aufenthaltsort, auch bei gutem Wetter –, doch haben wir es immer geschafft, den Spießrutenlauf durch den Mosköström selbst ohne Zwischenfall zu überstehen; obgleich ich zuzeiten mächtiges Herzklopfen hatte, wenn es geschah, daß wir vielleicht eine Minute vor oder nach dem Stillwasser kamen. Manchmal war der Wind nicht ganz so stark, wie wir beim Ausfahren gedacht, und dann ging es langsamer voran, als uns lieb sein konnte, während die Schmacke in der Strömung dem Ruder nicht gehorchen wollte. Mein ältester Bruder hatte einen Sohn von achtzehn Jahren, und ich selber besaß auch zwei kräftige Jungen. Die wären uns in solchen Zeiten eine große Hilfe gewesen, an den Petschen, und dann beim Fischen – doch ob wir schon selber das Risiko auf uns nahmen, haben wir es irgendwie nicht übers Herz gebracht, die Kinder der Gefahr auszusetzen – denn schließlich und endlich *war* es furchtbar gefährlich, und das ist wahr.

In ein paar Tagen werden es drei Jahre, daß sich das zutrug, was ich Ihnen nun erzählen will. Es war am zehnten Juli 18 – –, einem Tag, den die Leute in diesem Teile der Welt wohl nie vergessen werden – denn da blies der schrecklichste Orkan, den der Himmel jemals geschickt. Und doch hatte den ganzen Morgen über, ja, noch bis in den späten Nachmittag eine sanfte, stetige Brise aus Südwest geweht, dazu strahlende Sonne geschienen, so daß auch der älteste Seemann unter uns nicht hatte voraussehen können, was dann folgen sollte.

Wir drei – meine beiden Brüder und ich – waren nachmittags gegen zwei Uhr zu den Inseln hinübergefahren und hatten bald die Schmacke voll feinster Fische geladen, welche, so stellten wir alle fest, es an dem Tage dort noch weit mehr gab, als wir je zuvor erlebt hatten. Es war, *nach meiner Uhr*, gerade sieben, als wir den Anker lichteten und die Heimfahrt antraten, um den schlimmsten Teil des Ström bei Stillwasser hinter uns zu bringen, das, wie wir wußten, um acht einsetzen würde.

Bei frischem Wind von Steuerbord fuhren wir los und machten eine Weile tüchtig Fahrt, niemals hätten wir auch nur im Traum an Gefahr gedacht, denn wir sahen wirklich nicht den leisesten Grund zu Besorgnis. Da wurden wir mit einem Mal von einer Brise vom Helseggen drüben überrascht. Dies war ganz und gar ungewöhnlich – etwas, das uns noch nie vorgekommen war –, und ich wurde ein wenig unruhig, ohne daß ich gewußt hätte, warum. Wir gingen nun an den Wind, konnten aber wegen der Strudel überhaupt nicht vorwärts kommen, und schon wollte ich vorschlagen, wieder zu unserem Ankerplatz zurückzukehren, als wir bei einem Blick nach achtern sahen, wie den ganzen Horizont eine einzige, seltsam kupferrote Wolke bedeckte, die mit erschreckender Geschwindigkeit heraufzog.

Inzwischen hatte sich die Brise, die uns entgegengeblasen, wieder gelegt, und in völliger Windstille trieben wir richtungslos umher. Dieser Zustand hielt aber nicht lange genug an, daß wir Zeit gehabt hätten, darüber nachzudenken. In weniger denn einer Minute war der Sturm über uns – in weniger denn zweien hatte sich der Himmel völlig überzogen – und hierdurch wie durch den aufgewirbelten Gischt wurde es mit einem Mal so finster, daß wir einander in der Schmacke nicht mehr sehen konnten.

Einen solchen Orkan, wie er dann losbrach, beschreiben zu wollen wäre Wahnsinn. So etwas hat auch der älteste Seemann in Norwegen nie erlebt. Wir hatten die Segel zwar eilends geborgen, ehe es gänzlich über uns hereinbrach; doch schon beim ersten Windstoß gingen unsere beiden Masten über Bord, als wären sie abgesägt worden – der Großmast riß meinen jüngsten Bruder mit sich, der sich zur Sicherheit daran festgebunden hatte.

Unser Boot war das federleichteste Ding, das je auf dem Wasser schwamm. Es hatte ein komplettes Glattdeck, nur am Bug befand sich eine kleine Luke, und diese Luke pflegten wir immer zu verschalken, wenn es über den Ström gehen sollte, zur Vorsicht gegen Sturzseen. Wäre dieser Umstand nicht gewesen, so wären wir auf der Stelle gesunken – denn ein paar Augenblicke blieben wir völlig begraben. Wie mein älterer Bruder dem Verderben entging, kann ich nicht sagen, denn nie mehr fand ich Gelegenheit, dies festzustellen. Was mich betraf, so warf ich mich, sobald ich das Focksegel losgemacht hatte, flach aufs Deck, die Füße gegen den schmalen Dollbord des Bugs gestemmt, während die Hände einen Ringbolzen am Fuße des Fockmastes umklammerten. Es war bloßer Instinkt, der mich dies tun ließ – zweifellos das allerbeste, das ich tun konnte –, denn zu denken vermochte ich in meiner Verwirrung nicht.

Eine Weile waren wir, wie gesagt, vollkommen überflutet, und die ganze Zeit hielt ich den Atem an und klammerte mich an den Bolzen. Als ich es nicht mehr aushalten konnte, erhob ich mich auf die Knie, indes ich mich noch immer mit den Händen festhielt, und bekam so den Kopf frei. Im selben Augenblick schüttelte sich unser kleines Boot, wie es ein Hund tut, wenn er aus dem Wasser kommt, und befreite sich so in gewissem Maße von den Fluten. Ich versuchte nun, mich aus der Betäubung zu befreien, die sich meiner bemächtigt hatte, und meine Sinne zu sammeln, um zu sehen, was sich tun ließe, da spürte ich, wie mich jemand am Arm packte. Es war mein älterer Bruder, und mein Herz tat einen Sprung vor Freude, denn ich wähnte ihn ganz gewiß über Bord – doch im nächsten Augenblick schon hatte sich all diese Freude in Entsetzen verkehrt – denn er schob den Mund dicht an mein Ohr und schrie laut das Wort: *Mosköström!*

Was ich in jenem Augenblicke empfand, wird keiner jemals wissen. Es schüttelte mich von Kopf bis Fuß, als hätte mich ein Anfall der schrecklichsten Fieberschauer gepackt. Nur zu gut wußte ich, was er mit diesem einen Worte meinte – wußte, was er mir begreiflich machen wollte. Bei dem Wind, der uns jetzt vor sich her jagte, trieben wir unweigerlich dem Strudel des *Malström* zu, und nichts konnte uns retten!

Schauen Sie, um die *Rinne* des Ström zu überqueren, sind wir immer einen großen Umweg bis weit oberhalb des Strudels gefahren, auch bei ruhigstem Wetter, und mußten dann warten und genau das Stillwasser abpassen – doch nun trieben wir geradewegs auf den Strudelschlund selber zu, und noch dazu bei einem solchen Orkan! ›Bestimmt‹, dachte ich, ›werden wir gerade bei Stillwasser dort eintreffen – darin liegt noch ein wenig Hoffnung‹ – doch im nächsten Augenblick verwünschte ich mich und schalt mich einen Narren, überhaupt noch von Hoffnung zu träumen. Ich wußte sehr wohl, daß wir verloren waren, und wären wir zehnmal auch ein Neunzig-Kanonen-Schiff gewesen.

Um diese Zeit hatte sich die erste Wut des Sturmes gelegt, oder vielleicht empfanden wir es nur nicht mehr so sehr, da wir ja davor lenzten, jedenfalls aber türmten sich nun die Wellen, die zunächst vom Winde niedergehalten worden waren, flach und schäumend dagelegen hatten, zu wahren Bergen auf. Auch mit dem Himmel war eine seltsame Veränderung vorgegangen. Rundum in jeder Richtung war er noch immer so schwarz wie Pech, doch fast direkt über uns riß es auf, und ein kreisrundes Stück klaren Himmels drängte sich plötzlich hervor – so klar, als ich ihn je gesehen – und leuchtete in tiefem Blau – und daraus erstrahlte der volle Mond mit einem Glanze, wie ich ihn nie zuvor an ihm geschaut. Er erhellte alles um uns herum mit größter Deutlichkeit – doch, o Gott!, welches Bild bot sich da in seinem Lichte!

Nun nahm ich ein paar Anläufe, mit meinem Bruder zu sprechen – doch auf irgendeine mir unbegreifliche Weise hatte der Lärm so zugenommen, daß er kein einziges Wort verstehen konnte, wiewohl ich ihm, so laut ich's vermochte, ins Ohr schrie. Gleich darauf schüttelte er den Kopf, sein Gesicht war bleich wie der Tod, als er einen Finger hob, wie wenn er sagen wollte: ›*Horch!*‹

Zuerst vermochte ich nicht auszumachen, was er meinte – doch bald durchfuhr mich ein gräßlicher Gedanke. Ich zog meine Uhr aus der kleinen Tasche meiner Hose. Sie ging nicht mehr. Im Mondlicht blickte ich auf ihr Zifferblatt und brach dann in Tränen aus, als ich sie weit hinaus ins Meer schleuderte. *Sie war um sieben Uhr stehengeblieben! Wir hatten die Zeit des Stillwassers verpaßt, und der Strudel des Malström tobte mit voller Gewalt!*

Ist ein Boot gut gebaut, richtig getrimmt und nicht zu tief beladen, scheinen bei starkem Sturm die Wellen, wenn es raumschots segelt, immer unter ihm hervorzugleiten – was eine Landratte sehr seltsam anmutet –, und das heißt bei den Seeleuten *reiten*. Nun, bis jetzt waren wir sehr geschickt auf der Dünung geritten; bald aber erfaßte uns eine gigantische Woge direkt unter der Gillung und riß uns, als sie sich auftürmte, mit sich empor – höher – immer höher, als sollte es in den Himmel gehen. Nie hätte ich geglaubt, daß Wellen sich so steil aufrichten können. Und dann ging es wieder hinab: wir flogen, glitten, stürzten kopfüber zu Tale, daß mir Hören und Sehen verging, so als fiele ich im Traum von hohem Bergesgipfel. Doch während wir oben waren, hatte ich rasch den Blick schweifen lassen – und dieser eine Blick sagte mir genug. Im Nu hatte ich unsere genaue Lage erfaßt. Direkt vor uns, eine Viertelmeile etwa, befand sich der Strudel des Mosköström – doch war er dem gewöhnlichen Mosköström ebensowenig ähnlich, wie der Strudel, den Sie jetzt sehen, einem Mühlgerinne gleicht. Hätte ich nicht gewußt, wo wir waren und was unser harrte, hätte ich die Stelle überhaupt nicht erkannt. Angesichts der Lage schloß ich vor Grauen unwillkürlich die Augen. Wie im Krampfe preßten sich die Lider zusammen.

Es waren höchstens zwei Minuten vergangen, da merkten wir plötzlich, wie die Wellen nachließen und Schaum uns umgab. Das Boot vollführte jählings eine halbe Drehung nach Backbord und schoß dann wie ein Blitz in der neuen Richtung fort. Im selben Augenblick ging das Brüllen des Wassers gänzlich in einer Art gellenden Geschrills unter – das klang etwa, vielleicht können Sie sich's so vorstellen, wie wenn viele tausend Dampfschiffe allesamt gleichzeitig den Dampf aus ihren Ventilen entweichen lassen. Wir befanden uns nun in dem Brandungsgürtel, welcher immer den Strudel umgibt; und ich dachte natürlich, im nächsten Augenblick würden wir in die Tiefe stürzen – in die wir auf Grund der fürchterlichen Geschwindigkeit, mit der wir dahingerissen wurden, nur undeutlich hinabzusehen vermochten. Das Boot, so wollte es scheinen, tauchte überhaupt nicht mehr ins Wasser ein, sondern flog wie eine Luftblase auf der Oberfläche der wogenden See dahin. Sein Steuerbord war dem Strudel zugekehrt, und Backbord türmte sich das Wassergebirge, das wir hinter uns gelassen. Es stand da wie eine riesige wogende Wand zwischen uns und dem Horizont.

Es mag sonderbar anmuten, doch nun, da wir uns genau im Rachen des Schlundes befanden, war ich gefaßter als zuvor, da wir nur auf ihn zutrieben. Nachdem ich mich damit abgefunden hatte, daß keine Hoffnung mehr bestehe, wurde ich einen Großteil jenes Schreckens los, der mich anfangs hatte verzagen lassen. Es war wohl Verzweiflung, die mir die Nerven stärkte.

Es mag nach Prahlerei aussehen – doch was ich Ihnen erzähle, ist die Wahrheit – ich fing an, mir Gedanken zu machen, welch großartige Sache es doch sei, auf solche Weise den Tod zu erleiden, und wie töricht von mir, angesichts einer so wunderbaren Offenbarung von Gottes Macht an etwas so Armseliges wie mein eigenes Leben zu denken. Ich glaube gar, ich wurde rot vor Scham, als dieser Gedanke mir durch den Sinn fuhr. Nach einer kleinen Weile ergriff die lebhafteste Neugier von mir Besitz, den Strudel selbst kennenzulernen. Ich verspürte geradezu den *Wunsch*, seine Tiefen zu ergründen, auch um den Preis des Opfers, das zu bringen ich im Begriffe stand; und am meisten Kummer bereitete mir, daß es mir nie vergönnt wäre, meinen alten Gefährten an der Küste von den Geheimnissen zu erzählen, welche ich schauen würde. Das waren ganz zweifellos seltsame Vorstellungen im Geiste eines Menschen, der sich in solch äußerster Not befindet – und seither habe ich oft gedacht, daß die Umdrehungen des Bootes um den Strudelschlund mir vielleicht ein wenig den Kopf verwirrt hatten.

Und noch ein Umstand mochte wohl dazu beigetragen haben, meine Geistesgegenwart wiederherzustellen: der Wind hatte aufgehört, er konnte uns in unserer jetzigen Lage nicht erreichen – denn wie Sie selber gesehen haben, liegt der Brandungsgürtel beträchtlich niedriger als die allgemeine Fläche des Meeres, und dies letztere nun türmte sich über uns auf, ein hoher, schwarzer Gebirgsgrat. Wenn Sie noch nie einen schweren Sturm auf See erlebt haben, so können Sie sich gar keinen Begriff davon machen, wie Wind zusammen mit Gischt den Geist doch verwirren. Blind werden Sie und taub, es benimmt Ihnen die Luft, und Sie sind außerstande, etwas zu tun oder zu denken. Doch dieser Plagen waren wir nun weitestgehend ledig – ganz wie man zum Tode verurteilten Verbrechern im Gefängnis geringfügige Vergünstigungen gewährt, die ihnen, solange das Urteil noch ungewiß, versagt sind.

Wie oft wir den Brandungsgürtel umkreist, läßt sich unmöglich sagen. Wohl eine Stunde lang rasten wir immerzu rundherum im Kreise, schwebten mehr denn daß wir schwammen, und gerieten allmählich mehr und mehr in die Mitte der Sturzsee, näher und näher dann an ihren entsetzlichen Innenrand. Diese ganze Zeit hatte ich den Ringbolzen nicht losgelassen. Mein Bruder befand sich im Heck und hielt sich an einem großen leeren Wasserfasse fest, das unter dem Fischkorb der Gillung festgezurrt war, das einzige Ding an Deck, das nicht über Bord gegangen, als zum ersten Mal der Sturm uns angegriffen hatte. Da wir uns nun dem Rande des Höllenloches näherten, ließ er das Faß los und wollte nach dem Ringe greifen, von welchem er in seiner Todesangst meine Hände gar zu verdrängen suchte, war der Bolzen doch nicht groß genug, uns beiden sicheren Griff zu bieten. Niemals empfand ich tieferen Schmerz als in dem Augenblick, da ich ihn dies versuchen sah – obwohl mir klar war, der es tat, war nicht bei Sinnen – ein Wahnsinniger, den pure Angst um den Verstand gebracht. Doch lag mir nichts daran, mit ihm in diesem Punkte zu streiten. Ich dachte mir, es sei ja sowieso egal, ob sich nun einer von uns festhielt oder nicht; so ließ ich ihm den Bolzen und ging nach achtern zu dem Fasse hin. Dies war ohne große Mühe getan; denn die Schmacke flog recht gleichmäßig herum im Kreis und auf ebenem Kiel – nur mit dem ungeheuren Wirbeln und Schwirbeln des Strudels schwang sie hin und her. Kaum hatte ich an meinem neuen Standort festen Halt gewonnen, da tat es einen heftigen Ruck nach Steuerbord, und kopfüber schossen wir in den Abgrund hinab. Ich murmelte noch schnell ein Gebet zu Gott und dachte, nun sei alles vorbei.

Als ich den schwindelerregenden Sturz in die Tiefe spürte, hatte ich mich instinktiv nur um so fester an das Faß geklammert und die Augen geschlossen. Sekundenlang wagte ich nicht, sie zu öffnen – indes ich augenblicks das Ende erwartete und mich wunderte, daß mein Todesringen mit dem Wasser noch nicht begonnen hatte. Doch ein Augenblick nach dem andern verstrich. Ich lebte noch. Das Gefühl des Fallens hatte aufgehört; und die Bewegung des Schiffes schien ganz dieselbe zu sein, wie sie es zuvor

im Streifen von Gischt gewesen, nur daß es jetzt mehr
krängte. Ich faßte Mut und sah mich noch einmal am Orte
um.

Nie werde ich vergessen, mit welchem Gefühl von
Grauen, Schrecken und Bewunderung ich um mich
schaute. Es sah aus, als hinge das Boot, wie durch Magie,
auf halber Höhe an der Innenwand eines Trichters von
enormem Umfang und ungeheurer Tiefe, dessen vollkommen
glatte Seitenwände man leicht für Ebenholz hätte halten
können, wäre nicht die verwirrende Geschwindigkeit
gewesen, mit welcher sie im Kreise wirbelten, und der gleißende,
gespenstisch-grausige Schimmer, der von ihnen ausging,
als die Strahlen des Vollmonds aus jenem kreisrunden
Loch in den Wolken, welches ich bereits beschrieben,
in einer Flut von goldenem Glanz die schwarzen Wände
dahinströmten, weit, weit hinab in die tiefsten Tiefen des
Abgrunds.

Zunächst war ich zu verwirrt, um genauer Beobachtung
fähig zu sein. Die plötzliche Allgegenwart schreckenerregender
Größe war alles, was ich wahrnahm. Als ich mich
jedoch wieder ein wenig gefaßt hatte, fiel mein Blick unwillkürlich
nach unten. So wie die Schmacke an der schrägen
Wandung des Wassertrichters hing, hatte ich in dieser
Richtung ungehinderte Sicht. Sie schwamm noch ganz
auf ebenem Kiel – das heißt, das Deck lag in einer Ebene
parallel zu der des Wassers – letzteres aber neigte sich
in einem Winkel von mehr denn fünfundvierzig Grad, so
daß wir fast zu kentern schienen. Desungeachtet konnte
ich nicht umhin festzustellen, daß ich bei dieser Stellung
kaum mehr Mühe hatte, meinen festen Halt mit Händen
und Füßen zu behaupten, als wenn wir uns in waagerechter
Lage befunden hätten; und dies, denke ich, lag wohl an der
Geschwindigkeit, mit welcher wir uns drehten.

Die Strahlen des Mondes schienen bis in den tiefsten
Grund des unermeßlichen Schlundes zu dringen; aber dennoch
konnte ich nichts deutlich erkennen, war da unten
doch alles eingehüllt in dichtem Nebelschleier, und darüber
hing, der schmalen, schwankenden Brücke gleich, die,

so sagen die Muselmänner, der einzige Pfad zwischen Zeit und Ewigkeit sei, ein prachtvoller Regenbogen. Dieser Nebel oder Gischt wurde zweifellos vom Aufeinanderprall der gewaltigen Wände des Trichters verursacht, die da unten in der Tiefe alle zusammentrafen – das Geschrei aber, das aus diesem Nebel zum Himmel aufgellte, wage ich nicht zu beschreiben.

Unser erstes Gleiten vom Brandungsgürtel droben in den Abgrund selber hatte uns ein großes Stück auf der Schrägwandung hinabgetragen; doch im weiteren verlief unser Fall unvergleichlich anders. Rundherum wirbelten wir, immer rundherum – nicht in gleichförmiger Bewegung, sondern in schwindelerregenden Schwüngen und Schüben, die uns bald nur wenige hundert Fuß weit – bald um nahezu den ganzen Kreis des Strudels herumschleuderten. Bei jeder Umdrehung ging es langsam, aber sehr merklich weiter hinunter.

Als ich meinen Blick über die weite Wüste aus flüssigem Ebenholz schweifen ließ, die uns solcherart trug, gewahrte ich, daß unser Boot nicht der einzige Gegenstand in der Umarmung des Wirbels war. Über wie unter uns waren Wrackteile zu sehen, riesige Mengen Bauholz und Baumstämme, dazu viele kleinere Dinge wie etwa Stücke von Hausrat, zerbrochene Kisten, Fässer und Stabholz. Die unnatürliche Neugier, die an die Stelle meines ursprünglichen Entsetzens getreten war, habe ich schon geschildert. Sie schien gar noch zu wachsen in mir, dieweil ich meinem fürchterlichen Verhängnis immer näher kam. Ich fing nun an, mit ungewöhnlichem Interesse mir die zahllosen Gegenstände anzusehen, die in unserer Gesellschaft dahintrieben. Ich *muß* einfach wahnsinnig gewesen sein – denn ich suchte sogar *Vergnügen* darin, Spekulationen über die Geschwindigkeit anzustellen, mit der sie jeweils zum Gischtkessel drunten hinabtrieben. ›Diese Föhre‹, so ertappte ich mich einmal, ›wird bestimmt als nächstes den furchtbaren Sturz tun und verschwinden‹ – und dann war ich geradezu enttäuscht, als ich sah, wie das Wrack eines holländischen Kauffahrteischiffes sie überholte und vor ihr hinabtauchte. Nachdem ich schließlich verschiedene solche Mutmaßungen angestellt und mich jedesmal darin geirrt hatte, brachte mich diese Tatsache – die Tatsache meiner beständigen Fehlkalkulation – auf einen Gedankengang, der mich wieder an allen Gliedern zittern und mein Herz ungestüm schlagen ließ.

Es war nicht etwa neuerliche Angst, die mich so gepackt, sondern das Aufdämmern einer viel aufregenderen *Hoffnung*. Diese Hoffnung stieg zum Teil aus der Erinnerung auf, zum Teil aus gegenwärtiger Beobachtung. Ich rief mir die große Vielfalt des Treibguts ins Gedächtnis, wie es, vom Mosköström einst verschlungen, dann wieder ausgespien, die Lofoten-Küste bedeckte. Bei weitem die meisten Gegenstände waren in der ungewöhnlichsten Weise zertrümmert – so zerscheuert und zerschabt, daß es aussah, als steckten sie voller Splitter – dann aber erinnerte ich mich deutlich, daß *einige* von ihnen überhaupt nicht verunstaltet waren. Nun konnte ich mir diesen Unterschied nicht anders erklären als mit der Annahme, daß die aufgerissenen Trümmer die einzigen seien, welche *gänzlich hinabgesogen* worden waren – die anderen aber so spät nach Eintritt der Gezeiten erst in den Strudel geraten oder aus irgendeiner Ursache so langsam hinabgesunken seien, nachdem sie hineingeraten, daß sie nicht mehr den Grund erreichten, ehe die Flut – oder die Ebbe, je nachdem – wieder wechselte. In beiden Fällen hielt ich es für möglich, daß sie dadurch wieder an die Oberfläche des Meeres emporgewirbelt werden könnten, ohne das Schicksal jener Gegenstände zu erleiden, die früher in den Sog gezogen oder schneller verschlungen worden waren. Außerdem machte ich drei wichtige Beobachtungen. Die erste war, daß in der Regel die Körper desto schneller sanken, je größer sie waren; zweitens, daß bei zwei gleich großen Massen, von denen die eine sphärische und die andere eine *beliebig andere Gestalt* hatte, die sphärische die höhere Sinkgeschwindigkeit aufwies; und drittens, daß von zwei Massen gleicher Größe, eine davon zylindrisch, die andere von beliebiger Gestalt, der Zylinder langsamer hinabgezogen wurde. Seit meiner Rettung habe ich verschiedentlich mich über dieses Thema mit einem alten Schulmeister aus der Gegend hier besprochen; und von ihm habe ich auch gelernt, die Wörter ›Zylinder‹ und ›sphärisch‹ zu gebrauchen. Er hat mir erklärt – die Erklärung habe ich allerdings vergessen –, wie das, was ich da beobachtet, sich tatsächlich als ganz natürliche Folge aus den Formen der treibenden Trümmer ergab – und mir gezeigt, wie es kommt, daß ein in einem Wirbel treibender Zylinder dem Sog einen größeren Widerstand entgegensetzt und schwerer hineingezogen wird als ein gleich großer Körper von beliebig anderer Gestalt.[1]

Ein verblüffender Umstand hat mich besonders nachdrücklich auf diese Beobachtungen gelenkt und das Verlangen in mir geweckt, sie mir zunutze zu machen, nämlich der, daß wir bei jeder Umdrehung an irgendwelchen Gegenständen vorüberkamen, einem Faß, einer zerbrochenen Segelstange oder einem Schiffsmast, indes viele dieser Dinge, welche mit uns auf gleicher Höhe gewesen waren, da ich zum ersten Mal meine Augen über den Wundern des Strudels geöffnet hatte, jetzt hoch über uns schwebten und sich nur wenig von ihrer Ausgangslage entfernt zu haben schienen.

Nun wußte ich, was ich zu tun hatte. Ich beschloß, mich an dem Wasserfaß festzubinden, an dem ich mich jetzt anhielt, es von der Gillung loszumachen und mich damit ins Wasser zu stürzen. Durch allerlei Zeichen zog ich die Aufmerksamkeit meines Bruders auf mich, wies auf die treibenden Fässer, die in unsere Nähe kamen, und tat alles, was in meiner Macht stand, ihm begreiflich zu machen, was ich vorhatte. Endlich glaubte ich, er habe meine Absicht verstanden – doch, ob dies nun der Fall war oder nicht, er schüttelte verzweifelt den Kopf und weigerte sich, von dem Ringbolzen zu lassen. Es war unmöglich, ihn zu zwingen; die Not duldete kein Zögern mehr; und so schwer es mir fiel, überließ ich ihn also seinem Schicksal, band mich vermittels der Taue, welche es an der Gillung hielten,

---

[1] Siehe Archimedes, ›De incidentibus in fluido‹, Lib. 2.

an dem Fasse fest und stürzte mich damit, ohne auch nur einen Augenblick länger zu zaudern, in die See.

Es kam genauso, wie ich es gehofft hatte. Da ich selber es bin, der Ihnen das alles erzählt – da Sie sehen, daß ich *tatsächlich* daraus entkommen bin – und da Sie auch bereits wissen, auf welche Weise die Rettung ins Werk gesetzt wurde, und Sie sich also alles, was noch zu sagen bleibt, im weiteren denken können –, will ich meine Geschichte rasch zu Ende bringen. Es mochte vielleicht eine Stunde vergangen sein, nachdem ich die Schmacke verlassen hatte, da wirbelte diese, inzwischen tief unter mir, drei- oder viermal rasch hintereinander wild im Kreise herum und stürzte, mit meinem geliebten Bruder, kopfüber urplötzlich und für immer hinab in das Chaos aus Gischt. Das Faß, an dem ich festgebunden war, sank nur sehr wenig weiter denn bis auf die halbe Strecke zwischen dem Grunde des Strudels und der Stelle, an der ich über Bord gesprungen war, als mit dem Wirbel eine große Veränderung vor sich ging. Die Neigung der Wände des riesigen Trichters nahm mit jedem Augenblick mehr und mehr ab. Allmählich wurden die heftigen Kreiselbewegungen des Strudels schwächer und immer schwächer. Nach und nach schwanden Schaum und Regenbogen, und der Grund des Kraters schien sich langsam zu heben. Der Himmel war klar, der Sturm hatte sich gelegt, und leuchtend ging im Westen der Vollmond unter, als ich mich auf der Oberfläche des Meeres fand, gerade vor den Ufern der Lofoten, über die Stelle, wo der Strudelschlund des Mosköström *gewesen war.* Es war die Zeit des Stillwassers – doch noch immer ging die See in berghohen Wellen als Folge des Orkans. Heftig ward ich in die Rinne des Mosköström gerissen, und in wenigen Minuten trieb ich die Küste hinunter zu den ›Fanggründen‹ der Fischer. Ein Boot nahm mich auf – ich war total erschöpft – und (nun, da die Gefahr vorüber war) sprachlos in Erinnerung an das Entsetzliche. Die mich an Bord zogen, waren meine alten Freunde und täglichen Gefährten – doch kannten sie mich ebensowenig, wie sie einen Wanderer aus Geisterlanden erkannt hätten. Mein Haar, das tags zuvor noch rabenschwarz gewesen, war so weiß, wie Sie es jetzt sehen. Auch mein ganzer Gesichtsausdruck soll sich vollkommen geändert haben. Ich habe ihnen meine Geschichte erzählt. Sie glaubten sie mir nicht. Nun erzähle ich sie *Ihnen* – und ich darf wohl kaum erwarten, daß Sie ihr mehr Glauben schenken als die fröhlichen Lofotenfischer.«

FEENEILAND

Nullus enim locus sine genio est.
Servius

›*La musique*‹, sagt Marmontel in jenen ›Contes moraux‹,[1] welche in all unseren Übersetzungen wir so beharrlich, ihrem Geist gleichsam zum Hohn, ›Moralische Erzählungen‹ geheißen – ›*la musique est le seul des talens qui jouissent de lui-même; tous les autres veulent des témoins.*‹ Hierbei verwechselt er wohl die Lust, aus süßem Klang bereitet, mit der Fähigkeit, solchen hervorzubringen. Nicht mehr denn irgend sonst ein *Talent* vermag das musikalische dort, wo kein zweiter teilhat, die Ausübung zu würdigen, vollkommenen Genuß gewähren. Und genau wie andere Talente erzielt sie *Wirkungen*, welche man für sich allein vollkommen genießen kann. Der Gedanke, welchen der *raconteur* entweder nicht in aller Klarheit erwogen oder im Ausdruck der seiner Nation eigenen Vorliebe für *Pointen* geopfert hat, ist nun zweifellos der sehr vertretbare, daß nämlich die höhere Ordnung der Musik aufs vollkommenste dann geschätzt wird, wenn man ganz für sich allein ist. In dieser Form dürfte die Behauptung sogleich von all jenen zugestanden werden, welche die Lyra um ihrer selbst wie um ihrer geistigen Nutznießung willen lieben. Doch noch ein Genuß ist indes den gefallenen Sterblichen erreichbar – und vielleicht nur der eine –, welcher dem zusätzlichen Empfinden von Abgeschiedenheit gar mehr noch schuldet denn die Musik. Ich meine das Glücksgefühl, welches man bei der Betrachtung natürlicher Landschaft erfährt. Wahrlich, der Mensch, so er hienieden die

[1] *Moraux* leitet sich von *mœurs* her und bedeutet soviel wie ›modern, modisch‹, eigentlich ›die Sitten betreffend‹.

Herrlichkeit Gottes so recht erschauen will, muß diese Herrlichkeit in Einsamkeit schauen. Mir zumindest ist die Gegenwart – nicht nur menschlichen Lebens – sondern von Leben in jeglicher anderen Form denn der jener Grüngestalten, welche dem Erdreich entwachsen und ohne Stimme sind – ein Fleck auf einer Landschaft – dem Geist des Ortes abhold. Ja, gern betrachte ich die dunklen Täler und die grauen Felsen und die Wasser, die da lächeln so still, und die Wälder, die seufzen in ruhlosem Schlaf, und die Berge, wachsam und stolz, die auf alles herabschauen – gern betrachte ich diese als nichts denn die gewaltigen Teile eines lebendigen und empfindenden mächtigen Ganzen – eines Ganzen, dessen (sphärische) Gestalt die vollkommenste und umfassendste von allen ist; dessen Bahn im Bunde der Planetengesellen dahinführt; dessen demütiger Knecht der Mond, dessen mittelbare Gebieterin die Sonne ist; dessen Leben ewig währt; dessen Denken das eines Gottes, dessen Genuß Wissen ist; dessen Geschicke sich in Unendlichkeit verlieren; dessen Kenntnis von uns selbst zu vergleichen ist unserer eigenen Kenntnis der *animalculae*, wie in großer Zahl das Gehirn sie plagen – ein Wesen, das wir folglich als rein unbelebt und stofflich betrachten, ganz auf dieselbe Weise, wie diese *animalculae* mithin uns betrachten müssen.

Unsere Teleskope wie unsere mathematischen Forschungen überzeugen uns allenthalben – unbeschadet des Kauderwelschs der Unbedarfteren aus der Priesterschaft –, daß Raum und mithin, daß Masse eine Sache von wesentlichem Belang in den Augen des Allmächtigen sei. Die Kreise, in denen die Sterne sich bewegen, sind von solcher Art, wie sie wohl aufs beste sich eignet, daß, ohne Kollision, die größtmögliche Zahl von Körpern darauf wandern kann. Die Gestalt dieser Körper ist genau diejenige, welche innerhalb einer gegebenen Oberfläche die größtmögliche Menge an Materie enthält; die Oberflächen selbst hinwiederum erscheinen derart beschaffen, einer dichteren Population Raum zu bieten, als sie sonst auf einer gleich großen, doch anders gegliederten Oberfläche Platz fände. Dagegen, daß Masse für Gott von Bedeutung sei, gilt auch das nicht als Argument, es sei der Raum selber ja unendlich; mag es doch eine unendliche Materie geben, ihn zu füllen. Und da wir klar erkennen, wie es um ein Prinzip sich handelt – ja, soweit wir zu urteilen vermögen, um das *Haupt*prinzip im Wirken der Gottheit, der Materie Leben zu verleihen, erscheint es wohl kaum logisch, sich vorzustellen, es sei auf die Bereiche des Winzig-Kleinen beschränkt, wo wir es täglich antreffen, und erstrecke sich nicht auf die des Erhabenen. Da Weltenkreis in Weltenkreis wir finden, ohne Ende – die aber sämtlich um ein weit entferntes Zentrum sich drehen, die Gottheit –, dürfen wir da nicht analog hierzu annehmen, in der gleichen Weise sei Leben in Leben beschlossen, das geringere im größeren, und jegliches im Göttlichen Geiste? Kurzum, wir sind, aus Eigendünkel, einem törichten Irrtum verfallen, wenn wir glauben, es sei der Mensch, in seinem zeitlichen oder künftigen Geschick, von größerer Bedeutung im Universum denn jene gewaltige ›Scholle des Tales‹, welche er bestellt und geringschätzt und welcher er eine Seele aus keinem tieferen Grunde abspricht, als daß er eine solche nicht wirken sehe.[1]

Solche und ähnliche Vorstellungen haben nun stets meinen Betrachtungen inmitten der Berge und Wälder, an Flüssen und am Meere einen Hauch dessen verliehen, was die gemeine Welt nicht verfehlen würde, das Phantastische zu nennen. So manchesmal bin ich in solchen Gefilden gewandert, weit, und oft allein; und die Hingabe, mit welcher ich manch dämmertiefes Tal durchstreift oder in manch schimmerndem See das Spiegelbild des Himmels geschaut habe, diese Hingabe fand Stärkung in dem Gedanken, daß *allein* ich wanderte und schaute. Wie hieß doch jener frivol geschwätzige Franzose,[2] welcher in Anspielung auf das bekannte Werk Zimmermanns sagte: ›*La solitude est une belle chose; mais il faut quelqu'un pour vous dire que la solitude est une*

---

[1] In seiner Schrift ›De situ orbis‹ sagt Pomponius Mela, da er von den Gezeiten spricht: ›Entweder ist die Welt ein großes Tier, oder …‹ usw.

[2] Balzac – sinngemäß – der genaue Wortlaut ist mir entfallen.

belle chose‹? Das Epigramm sei nicht bestritten; doch eine solche Notwendigkeit besteht nun sicher nicht.

Auf einer meiner einsamen Wanderungen nun begab es sich, in einer weit abgelegenen Gegend, da sich ein Berg an den andern reihte, dazwischen sich düstere Flüsse schlängelten oder trübdunkle Seen dämmerten – daß ich von ungefähr an ein Flüßchen mit einem Eiland kam. Ganz unversehens stieß ich darauf, im laubreichen Juni, und warf mich unterm Gezweig eines unbekannten duftenden Strauches ins Gras, daß ich, in den Anblick der Gegend versunken, vor mich hindämmern mochte. Ich meinte, nur so sollte ich sie betrachten – derart war der unwirkliche Eindruck, der allem anhaftete.

Auf allen Seiten – außer nach West, wo die Sonne gerade unterzugehen im Begriffe stand – ragten die grünen Wände des Waldes auf. Der kleine Fluß, welcher sich scharf in seinem Laufe krümmte und dem Blicke alsogleich entschwand, schien keinen Ausgang aus seinem Gefängnis zu haben, sondern aufgesogen zu werden vom tiefgrünen Laubwerk der Bäume im Osten – indes in entgegengesetzter Himmelsrichtung (so dünkte es mir, da ich lang ausgestreckt lag und hinaufschaute) still und unaufhörlich aus den himmlischen Springbrunnen der untergehenden Sonne ein prächtig goldenroter Wasserfall sich ins Tal herab ergoß.

Wohl auf halbem Wege in der begrenzten Aussicht, welche mein verträumter Blick umfing, ruhte im Schoße des Gewässers ein kleines kreisrundes Eiland in üppigstem Grün.

> Ufer und Schatten sich verweben,
> wesenseins im Äther schweben –

So spiegelgleich war das glasklare Wasser, daß es kaum möglich gewesen wäre zu bestimmen, an welchem Punkte der Böschung des smaragdgrünen Rasens sein kristallenes Reich denn eigentlich begann.

Mein Standort erlaubte es mir, mit einem einzigen Blicke das östliche wie das westliche Ende des Inselchens zu umfassen; und in der Erscheinung beider fiel mir ein eigentümlich ausgeprägter Unterschied auf. Das letztere war ein einziger strahlender Harem von Gartenschönheiten. Da glühte und blühte es im rötlichen Scheine des schräg herniederfallenden Sonnenlichts und lachte im Blumenkleide. Das Gras war kurz, saftig, süßduftend, hie und da von Asphodill durchwirkt. Die Bäume waren aufrecht, heiter, biegsam – licht und schlank und anmutig – orientalisch von Gestalt und Laubwerk, die glatten Rinden schimmerten blank und bunt. Ein tiefes Gefühl von Leben und Freude schien über dem Ganzen zu liegen; und obschon vom Himmel her kein Lüftchen wehte, regte sich doch alles im sanften Hin und Her zahlloser Schmetterlinge, welche auch für Tulpen hätten gelten können, denen Schwingen gewachsen.[1]

Das andere oder östliche Ende des Eilands war unter schwärzestem Schatten verschüttet. Dunkles, doch schönes und friedvolles Düster durchdrang hier alle Dinge. Die Bäume trugen finstre Farbe und trauerten in Haltung wie Gestalt – krümmten sich, trüb-ernste, gespenstische Schemen, daß an irdisches Leid und vorzeitigen Tod man denken mußte. Das Gras hatte die dunkle Tönung der Zypresse, und kraftlos hingen die Spitzen seiner Halme herab, und dazwischen wölbten sich hie und da viele unscheinbare winzige Hügelchen, flach und schmal und nicht sehr lang, welche Gräbern glichen, doch keine waren; obschon allenthalben darauf Raute und Rosmarin rankten. Der Schatten der Bäume fiel schwer auf das Wasser, als durchtränke er die Tiefen des Elements, sich darein zu begraben, mit Finsternis. Ich stellte mir vor, wie jeder Schatten, während tiefer und tiefer die Sonne sank, gramvoll von dem Stamme sich löste, der ihn geboren, und so verschluckt wurde vom Flusse; indes jeden Augenblick andere Schatten hervortraten aus den Bäumen, den Platz ihrer so bestatteten Vorgänger einzunehmen.

Nachdem diese Vorstellung meine Phantasie einmal ergriffen, ward diese beflügelt, und ich verlor mich alsbald in

[1] *Florem putares nare per liquidum aethera.* – P. Commire

Träumereien. ›Wenn je ein Eiland verwunschen war‹, sprach ich bei mir, ›so dieses. Hier ist der Ort der wenigen guten Feen, welche den Untergang ihres Geschlechts überdauert. Sind diese grünen Gräber die ihren? – oder geben sie ihren holden Geist auf ebensolche Weise auf wie der Mensch den seinen? Heißt sterben für sie nicht vielmehr, trauervoll dahinzuschwinden; schrittweis Gott ihr Sein zu geben, so wie diese Bäume Schatten um Schatten hingeben und ihre Wesenheit erschöpfen bis zur Auflösung? Was der dahinschwindende Baum dem Wasser ist, das seinen Schatten aufsaugt und so schwärzer wird von dem, was es erbeutet, mag das Leben der Fee nicht dem Tode sein, welcher es verschlingt?‹

Wie ich so, die Augen halb geschlossen, in Sinnen versunken war, indes die Sonne rasch zur Rüste ging und flinke Wasserwirbel das Eiland rings umspielten, auf welchen zuoberst große, wirrweiße Flocken von Sykomorenrinde flirrten – Flocken, deren Vielgestalt allüberall auf dem Wasser eine lebhaft-gewandte Phantasie in alles Mögliche verwandeln mochte –, dieweil ich so in Sinnen versunken war, dünkte mir, wie wenn die Gestalt grad einer jener Feen, welchen ich in Gedanken nachgehangen, langsam aus dem Lichte an des Eilands westlichem Ende ihren Weg in die Dunkelheit nähme. Aufgerichtet stand sie in einem ungemein zierlich-zerbrechlichen Kanu und trieb es mit reinstem Geisterruder an. Solange die Sonnenstrahlen noch auf ihr verweilten, schien ihre Haltung von Freude zu künden – doch Kummer entstellte sie, da sie im Schatten vorbeizog. Langsam ward sie dahingetragen, umrundete endlich das Eiland und kehrte erneut ein in den Bereich des Lichts. ›Die Kreisbahn, welche die Fee gerade vollzogen‹, fuhr ich in meinem Sinnen fort, ›entspricht wohl dem Ablauf ihres kurzen Lebensjahres. Sie ist dahingeglitten durch ihren Winter und ihren Sommer. Ein Jahr näher kam sie dem Tode: denn mir ist nicht entgangen, wie ihr Schatten, da sie ins Dunkel eintrat, von ihr fiel und im finsteren Wasser verschlungen ward, so daß dessen Schwärze sich noch schwärzer färbte.‹

Und wieder erschien das Boot und die Fee; doch aus der Haltung der letzteren sprach jetzt mehr Sorge und Ungewißheit und weniger lebhafte Freude. Abermals glitt sie aus dem Lichte hinaus in Düsternis (welche sogleich düstrer ward), und abermals fiel ihr Schatten von ihr ins ebenholzdunkle Wasser und ward in dessen Schwärze aufgesogen. Wieder und immer wieder umfuhr sie das Eiland (indes die Sonne eilends zur Ruhe sich hinab begab), und jedesmal, da ins Licht sie herauskam, verriet größeren Kummer ihre Gestalt, dieweil schwächer sie ward und weit matter und weniger deutlich; und jedesmal, da sie in die Düsterkeit glitt, fiel ein dunklerer Schatten von ihr, welcher von noch schwärzerer Finsternis verschlungen ward. Schließlich jedoch, als die Sonne endgültig Abschied genommen, fuhr die Fee, nunmehr der bloße Schatten ihres früheren Selbst, traurig mit ihrem Nachen ein in das Reich der ebenholzschwarzen Flut – und ob sie daraus wieder aufgetaucht, kann ich nicht sagen – denn Dunkelheit senkte sich auf alles herab, und ich sah ihre Zaubergestalt nicht mehr.

DAS GESPRÄCH ZWISCHEN MONOS UND UNA

Μέλλοντα ταῦτα
Diese Dinge sind zukünftig.
Sophokles, ›Antigone‹

UNA: ›Von neuem geboren?‹
MONOS: Ja, schönste und geliebteste Una, ›von neuem geboren‹. Dies waren die Worte, über deren mystischen Gehalt ich so lang nachgesonnen, hab ich doch die Erklärungen der Priesterschaft verschmäht, bis der Tod nun selber mir das Geheimnis löste.
UNA: Der Tod!
MONOS: Wie seltsam, süße Una, du meine Worte nachsprichst! Auch bemerke ich ein Zaudern in deinem Schritt – eine freudige Unrast in deinen Augen. Du bist verwirrt und bedrückt ob der majestätischen Neuheit des Ewigen Lebens. Ja, vom Tode war's, daß ich gesprochen. Und wie so sonderbar klingt hier nun dieses Wort, das ehedem stets Schrecken in alle Herzen getragen – das wie ein Mehltau fiel auf alle Wonnen!
UNA: Ah, der Tod, gespenstisch Gevatter aller Feste! Wie oft nur, Monos, hatten wir uns in Mutmaßungen über sein Wesen verloren! Wie so geheimnisvoll trat er nicht auf, tat Einhalt menschlichem Entzücken – indem er also sprach: ›Bis hierher und nicht weiter!‹ Diese unsere tiefe Liebe, mein innig geliebter Monos, die in unser beider Herzen brannte – wie wiegten wir uns nicht, glücklich, wie wir waren in ihrem ersten Sprießen, in eitler Hoffnung, es werde unser Glück erstarken mit ihrer Stärke! Ach, wie sie wuchs, so wuchs auch in unseren Herzen die Furcht vor jener unseligen Stunde, die ei-

lends nahte, auf immer uns zu trennen! So ward zu lieben mit der Zeit zur Qual. Haß wäre Gnade da gewesen.

Monos: Sprich hier nicht mehr von diesen Betrübnissen, liebste Una – mein, jetzt für immer mein!

Una: Doch die Erinnerung an vergangenes Leid – ist sie nicht Freude in der Gegenwart? Viel hab ich noch zu reden von dem, was einst gewesen. Vor allem brenne ich darauf zu wissen, wie es dir ergangen ist, da du gewandert bist durchs finstre Tal.

Monos: Und wann je hätte von ihrem Monos die strahlende Una vergebens etwas erbeten? Ich werde treulich alles dir erzählen – an welchem Punkte aber soll die Schicksalskunde ich beginnen?

Una: An welchem Punkte?

Monos: Du sagst es.

Una: Monos, ich verstehe dich. Im Tode haben beide wir des Menschen Neigung wohl erkannt, das Unbestimmbare zu bestimmen. So will ich denn nicht sagen, beginne mit dem Augenblick, da das Leben endigte – sondern: beginne mit jenem traurigen, ach so traurigen Moment, da das Fieber von dir gewichen und du in atem- und reglose Starre gesunken warst und ich mit den heißen Fingern der Liebe die bleichen Lider dir schloß.

Monos: Ein Wort erst, meine Una, über des Menschen allgemeine Lage zu jenem Zeitpunkt. Du wirst dich erinnern, daß ein paar der Weisen unter unseren Vorfahren – Weisen in Wahrheit, wenngleich nicht in den Augen der Welt – es gewagt hatten, die Richtigkeit des Begriffs ›Vervollkommnung‹ in Zweifel zu ziehen, wie er auf das Fortschreiten unserer Zivilisation angewendet ward. Es gab Zeiten in jedem der fünf oder sechs Jahrhunderte, welche unserer Auflösung unmittelbar vorausgegangen, da ein starker Geist aufstand und kühn um jene Grundgedanken stritt, deren Wahrheit nun unserm allen Vorrechtsdenkens ledigen Verstande so vollkommen klar erscheint – Grundgedanken, welche uns Menschen hätten lehren sollen, sich von den Naturgesetzen leiten zu lassen, statt zu versuchen, sich zum Herren über sie zu machen. In langen Zeitabständen traten des Geistes Koryphäen auf, die jeden Fortschritt in der praktischen Wissenschaft als einen Rückgang hinsichtlich der wahren Nützlichkeit betrachteten. Gelegentlich ging der poetische Verstand – jener Verstand, welcher nach unserm jetzigen Empfinden der erhabenste überhaupt gewesen ist – da jene Wahrheiten, die für uns von höchst bleibender Wichtigkeit waren, nur vermöge jener *Analogie* erreicht werden konnten, welche in überzeugenden Tönen einzig die Phantasie anspricht und dem hilflosen Verstande nichts gilt – gelegentlich also ging dieser poetische Geist einen Schritt weiter bei der Entfaltung der vagen Idee des Philosophischen und fand in dem mystischen Gleichnis, das vom Baume der Erkenntnis erzählt und von dessen verbotener Frucht, der todbringenden, einen deutlichen Fingerzeig, daß Erkenntnis dem Menschen nicht zieme im infantilen Zustande seiner Seele. Und diese Männer – die Dichter – die da lebten und starben allen ›Utilitariern‹ zum Gespött – rohen Pedanten, welche sich einen Titel anmaßten, der recht eigentlich nur den Verhöhnten gebührt hätte –, diese Männer nun, die Dichter, sie sannen sehnsuchtsvoll, jedoch nicht töricht, über die alten Zeiten nach, da unsere Bedürfnisse nicht einfacher waren als unsere Freuden stark – Zeiten, da *Lust* als Wort noch unbekannt, so tief und feierlich gestimmt klang ja das Glück – heilige, hehre und selige Zeiten, da blaue Flüsse uneingedämmt noch zwischen ungerodeten Hügeln dahinströmten, weit fort in Waldeseinsamkeit, urzeitlich, duftend, unerforscht.

Doch diese edlen Ausnahmen von der allgemeinen Mißherrschaft dienten nur dazu, diese durch Opposition zu stärken. Ach! von all unsren schlimmen Tagen war nun der schlimmste angebrochen. Die große ›Bewegung‹ – so lautete das Schlagwort – ging weiter: ein krankhafter Aufruhr von Seele und Leib. Die Kunst – die Künste – stiegen auf zu allerhöchstem Rang, und einmal auf dem

Throne, legten Ketten sie dem Geiste an, welcher sie an die Macht erhoben. Der Mensch, da er die Majestät der Natur nun einmal anerkennen mußte, verfiel in kindisches Frohlocken ob seiner erlangten und noch weiter wachsenden Herrschaft über ihre Elemente. Und während er einherstolzierte, ein Gott in seiner eigenen Einbildung, überkam ihn kindischer Schwachsinn. Wie vom Ursprung seiner Zerrüttung her vermutet werden darf, ward von System und Abstraktion er infiziert. Er hüllte sich ein in Allgemeinheiten. Unter anderen absonderlichen Ideen gewann auch die der allgemeinen Gleichheit Boden; und vor dem Angesicht von Analogie und von Gott – trotz der laut warnenden Stimme der *Gradations*gesetze, welche so sichtbarlich alle Dinge im Himmel und auf Erden durchdringen – versuchte man sich aufs heftigste an einer allbeherrschenden Demokratie. Doch dieses Übel entsprang notwendigerweise dem Grundübel, der Erkenntnis. Der Mensch konnte nicht beides: wissen und unterliegen. Indem erhoben sich ungeheure qualmende Städte, ohne Zahl. Das grüne Laub verdorrte im heißen Atem der Schlote. Wie von den Verheerungen einer ekelhaften Krankheit ward das schöne Antlitz der Natur entstellt. Und mich dünkt, holde Una, selbst unser schlummernder Sinn für das Gekünstelt-Gezwungene und Weithergeholte hätte uns hier Einhalt tun können. Nun aber scheint es, daß wir in der Verirrung unseres *Geschmacks* oder vielmehr in der blinden Vernachlässigung seiner Ausbildung an den Schulen unser eigenes Verderben geschaffen hatten. Denn wahrhaftig, in dieser Krisis war es allein der Geschmack – jenes Vermögen, welches, da es eine Mittelstellung zwischen dem reinen Intellekt und dem moralischen Empfinden innehat, niemals ohne Gefahr mißachtet wird –, an diesem kritischen Punkte war es nun einzig der Geschmack, der uns sanft zu Schönheit, Natur und Leben hätte zurückführen können. Aber ach, der reine kontemplative Geist und die majestätische Intuition Platons! Ach, die μουσική, welche er zu Recht als allgenügend erachtete, die Seele zu erziehen! Ach, weh ihm und weh ihr! – denn beide waren sie bitternötig, als beide so ganz und gar vergessen oder verachtet waren.[1]

Pascal, ein Philosoph, den wir beide lieben, hat, wie wahr!, gesagt, daß ›*tout notre raisonnement se réduit à céder au sentiment*‹; und es ist nicht unmöglich, daß das Gefühl für das Natürliche, hätte die Zeit es zugelassen, sein altes Übergewicht über den strengen mathematischen Verstand der Schulen wiedergewonnen hätte. Doch dazu kam es nicht. Vorzeitig herbeigeführt durch Unmäßigkeit in der Erkenntnis, näherte sich das Greisenalter der Welt. Dies sahen die meisten Menschen jedoch nicht beziehungsweise wollten es, glücklos zwar, doch munter dahinlebend, nicht sehen. Was mich indes betraf, so hatte mich die irdische Vergangenheit gelehrt, als den Preis höchster Zivilisation tiefstes Verderben zu erwarten. Ich hatte ein Vorwissen um unser Geschick aus der Vergleichung Chinas erworben, des einfachen und dauerhaften, mit Assyrien, dem Architekten, mit Ägypten, dem Astro-

---

[1] ›Wohl schwerlich wird sich eine bessere Erziehungsmethode finden lassen denn jene, welche die Erfahrung so vieler Zeitalter bereits gefunden hat; und diese, so darf man zusammenfassen, besteht in Leibesübungen für den Körper und *Musik* für die Seele.‹ – ›Staat‹, Buch 2.

›Aus diesem Grunde ist eine musikalische Erziehung höchst wesentlich; da sie Rhythmus und Harmonie innigst in die Seele dringen läßt, ergreift sie diese zutiefst, erfüllt sie mit *Schönheit* und verleiht dem Menschen *schöne Gesittung* ... Er wird *das Schöne* preisen und bewundern; wird es freudig in seine Seele einlassen, wird sich davon nähren und *seinen eigenen Zustand ihm assimilieren*.‹ – Ebd., Buch 3.

Musik (μουσική) hatte freilich bei den Athenern eine weitaus umfassendere Bedeutung denn bei uns. Sie beinhaltete nicht nur die Harmonie von Zeitmaß und Melos, sondern desgleichen die poetische Diktion, Empfindung und Schöpfung, jeweils im weitesten Sinne. Das Studium der *Musik* bildete bei ihnen faktisch die allgemeine Kultivierung des Geschmacks – jenes Vermögens also, welches das Schöne erkennt –, im Gegensatz zum Verstande, der es nur mit dem Wahren zu tun hat.

logen, und mit Nubien, das kunstreicher war als sie beide, die ungestüme Mutter aller Künste. In der Geschichte[1] dieser Regionen stieß ich auf einen Strahl aus der Zukunft. Bei dem jeweils eigentümlichen Merkmal der drei letztgenannten handelte es sich um lokale Krankheitsbilder der Erde, und in ihrem jeweilig ebenso eigentümlichen Untergange sahen wir lokale Heilmittel angewendet; aber für die infizierte Welt im ganzen vermochte ich keine Regeneration zu erhoffen, es sei denn im Tode. Damit das Menschengeschlecht nicht unterginge – müßte der Mensch, so erkannte ich, *von neuem geboren* werden.

Und nun geschah es, Schönste und Liebste, daß wir täglich unsere Seelen in Träume hüllten. Nun kam es, daß in der Dämmerung wir von den Zeiten sprachen, die da kommen sollten, da die von den Narben der Kunst gezeichnete Oberfläche der Erde, nachdem sie jene Läuterung erfahren,[2] welche allein ihre rechtwinkligen Obszönitäten auszumerzen vermöchte, sich neuerlich schmücken würde mit dem frischen Grün und den Bergeshängen und den lächelnden Wassern des Paradieses und endlich dem Menschen wieder eine angemessene Wohnstatt würde: – dem Menschen, den Tod geläutert – dem Menschen, dessen nunmehr erhabenem Geist Erkenntnis nicht Gift mehr wäre – dem erlösten, wiedergeborenen, seligen und nun unsterblichen, doch noch immer *leiblichen* Menschen.

UNA: Sehr wohl erinnere ich mich dieser Gespräche, lieber Monos; doch der Zeitpunkt des feurigen Unterganges stand nicht so nahe bevor, wie wir geglaubt und wie die Verderbnis, von welcher du sprichst, uns mit Gewißheit zu glauben erlaubte. Die Menschen lebten; und starben jeder für sich allein. Du selber wurdest krank und sankst

---

[1] ›Geschichte‹ oder ›Historie‹ kommt von ἱστορεῖν – betrachten, nachdenken.

[2] Das Wort ›Läuterung‹ oder ›Purifikation‹ scheint hier mit Bezug auf seine Wurzel im griechischen πῦρ (Feuer) verwendet zu sein.

ins Grab; und dahin folgte dir deine getreue Una bald nach. Und obschon das Jahrhundert, das seitdem vergangen ist und dessen Ende uns also erneut zusammengebracht, unsere schlummernden Sinne mit keiner Ungeduld der Dauer wegen gequält, so war's, mein Monos, dennoch ein Jahrhundert.

Monos: Sag lieber, ein Punkt in der unbestimmten Unendlichkeit. Unzweifelhaft war es in der Zeit, da die greise Erde kindisch ward, daß ich gestorben. Im Herzen müde ob all der Sorgen, welche ihren Ursprung im allgemeinen Aufruhr hatten und Verfall, erlag ich dem wütenden Fieber. Nach einigen wenigen Tagen der Qual und vielen des traumverworrenen Fieberwahns voller Ekstase, dessen Symptome du irrtümlich für Schmerzen hieltest, dieweil ich dir so gerne darob die Augen geöffnet hätte, es aber nicht vermochte – nach ein paar Tagen kam über mich, wie du gesagt, atem- und reglose Starre; und die mich umstanden, nannten dies den *Tod*.

Worte sind vage Gebilde. Mein Zustand raubte mir nicht das Empfindungsvermögen. Mir kam er nicht sehr viel anders vor als die ungeheure Ruhe dessen, der lange und tief geschlummert hat, nun reglos hingestreckt daliegt im Mittsommermittag und langsam beginnt, wieder ins Bewußtsein zurückzufinden, nicht daß er durch äußere Störungen wach geworden wäre, sondern einfach, weil er lange genug geschlafen.

Ich atmete nicht mehr. Der Puls stand still. Das Herz hatte zu schlagen aufgehört. Die Willenskraft war nicht gewichen, doch war sie kraftlos. Die Sinne waren ungewöhnlich rege, wenngleich auf recht exzentrische Weise – aufs Geratewohl übernahm der eine oftmals eines anderen Funktionen. Geschmacks- und Geruchssinn waren unentwirrbar ineinander verstrickt und wurden eine Empfindung, abnorm und intensiv. Das Rosenwasser, mit welchem deine zarte Sorge mir bis zum letzten Atemzug die Lippen genetzt hatte, erweckte in mir süße Phantasien von Blumen – phantastischen Blumen, weit lieblicher als alle auf der alten Erde, deren Urbilder aber nun um uns herum hier blühen. Die Augenlider, transparent und blutlos, verwehrten nicht gänzlich den Blick. Da die Willenskraft nichts mehr vermochte, konnten die Augäpfel sich nicht in den Höhlen bewegen – doch waren alle im Gesichtskreis befindlichen Gegenstände mehr oder weniger deutlich zu erkennen; wobei die Strahlen, welche auf die äußere Netzhaut oder in den Winkel des Auges fielen, eine lebhaftere Wirkung hervorriefen als jene, welche auf die Vorder- oder Innenfläche trafen. Doch im ersteren Falle war diese Wirkung so ganz und gar anormal, daß ich sie nur als *Klang* wahrnahm – als Wohlklang oder als Mißklang, je nachdem, ob die Dinge, die sich mir zur Seite darboten, von hellerer oder dunklerer Schattierung – von gerundetem oder eckigem Umriß waren. Zu gleicher Zeit verhielt sich das Gehör, obzwar einigermaßen überreizt, aber nicht abweichend in seiner Tätigkeit – es nahm wirkliche Töne mit ebenso ungeheurer Schärfe als auch Empfindlichkeit auf. Der Tastsinn hingegen hatte sich auf seltsamere Weise verändert. Eindrücke empfing er nur langsam, zögernd, bewahrte sie jedoch hartnäckig, und stets endete dies in höchster physischer Lust. So geschah es auch mit dem Druck, den deine holden Finger auf meine Augenlider übten: zuerst war's nur ein optischer Eindruck, schließlich dann, lange, nachdem du sie weggenommen, erfüllte er mein ganzes Wesen mit unermeßlich sinnlicher Wonne. Mit sinnlicher Wonne, sage ich. *All* meine Wahrnehmungen waren rein sinnlich. Dem Material, welches die Sinne dem passiven Hirn zuleiteten, ward nicht im mindesten Grade von dem abgestorbenen Verstand Gestalt anverwandelt. Schmerz empfand ich nur wenig; Lust hingegen viel; doch geistigen Schmerz oder geistige Lust ganz und gar nicht. So flutete dein wildes Schluchzen mir ins Ohr mit all seinen Trauerkadenzen und ward in der ganzen Ausdrucksskala des Klagetons wahrgenommen; doch waren es lieblich sanfte Klänge von Musik, nichts mehr; dem erloschenen Verstande übermittelten sie nichts von dem Gram, der sie hervorgebracht; und derweil die großen Tränen, die unablässig auf mein Gesicht niederfielen, den Umstehenden von einem Herzen sprachen, das brach, jagten einzig Schauder der Verzückung sie in jede Faser meines Leibes mir. Und dies war in Wahrheit der *Tod*, von dem diese Umstehenden ehrfurchtsvoll sprachen, leis flüsterten sie – du, liebste Una, seufztest und schluchztest laut.

Sie kleideten mich für den Sarg – drei oder vier dunkle Gestalten, welche geschäftig hin und her huschten. Wenn diese meine direkte Sehlinie kreuzten, wirkten sie auf mich als *Formen*; doch wandten sie sich mir zur Seite, erfüllten ihre Bilder mich mit der Vorstellung von Schreien, Stöhnen und anderen bedrückenden Bekundungen von Grauen, Entsetzen oder Weh. Du allein, in deinem weißen Gewande, warst Wohlklang mir, ganz gleich, wohin du dich auch wandtest.

Der Tag neigte sich; und als sein Licht dahinschwand, befiel mich ein vages Unbehagen – eine Bangigkeit, ganz wie sie ein Schläfer empfindet, wenn unaufhörlich schwermütige Töne, wirkliche, ins Ohr ihm dringen – feierliches Glockengeläut, leis und fern, in langen, aber gleichen Intervallen, und sich mit trüben Träumen mischen. Es kam die Nacht; und mit ihren Schatten schwere Unruhe. Sie lastete wie eine dumpfe Last mir auf den Gliedern, war fühlbar gar. Auch klang da ein Ächzen, nicht unähnlich dem fernen Widerhall der Brandung, stetiger nur, welches mit der ersten Dämmerung eingesetzt und mit dem Dunkel dann an Stärke zugenommen hatte. Plötzlich wurden Lichter in den Raum gebracht, und sogleich ward dieser Widerhall zerrissen in unregelmäßig wiederkehrende Ausbrüche desselben Lauts, doch weniger düster nun und weniger deutlich. Die bleierne Last ward nun um vieles leichter; und aus der Flamme einer jeden Lampe (denn deren waren es viele) hervor strömte unaufhaltsam in meine Ohren eine wohlklingend monotone Melodie. Und als nun du, liebe Una, ans Bette tratst, auf welchem ich ausgestreckt lag, und setztest dich sanft neben mich, dein süßer Atem streifte mich, und du preßtest auf die Stirn mir die Lippen, da regte sich zitternd etwas in meiner Brust und vermischt mit den rein körperlichen Empfindungen, welche die Umstände hervorgerufen hatten, ein Etwas, das dem Empfinden an sich entsprach – ein Gefühl, das deine tiefe Liebe und Bekümmernis halb gewahrte und halb sie auch erwiderte; doch faßte dies Gefühl nicht Wurzel im pulslosen Herzen, ja wirkte eher wie ein Schatten denn etwas tatsächlich Vorhandenes und schwand gar rasch dahin, zuerst in äußerste Ruhe und dann, wie schon zuvor, in rein sinnliche Lust.

Und nun schien es, als sei aus den Trümmern und dem Chaos der gewöhnlichen Sinne ein sechster, höchst vollkommener, mir erstanden. Ihn zu gebrauchen war mir ungeheure Wonne – doch eine Wonne, die noch immer körperlich war, insofern als der Verstand keinen Teil daran hatte. In der animalischen Hülle hatte jede Regung aufgehört. Kein Muskel zitterte; kein Nerv zuckte; keine Ader pulste. Im Hirn jedoch, so schien es, war *jenes* entstanden, wovon dem bloß menschlichen Geiste keine Worte auch nur einen undeutlichen Begriff zu geben vermögen. Ich will es ein geistig-schwebend Pulsieren nennen. Es war die innerliche Verkörperung von des Menschen abstraktem Begriffe der *Zeit*. Durch die absolute Ausgleichung dieser Bewegung – oder einer solchen wie dieser – waren die Zyklen der himmlischen Gestirne selber in Übereinstimmung gebracht worden. Damit nun maß ich die Unregelmäßigkeiten der Uhr auf dem Kamine und der Taschenuhren der Anwesenden. Ihr Tikken drang sonor an meine Ohren. Die leichteste Abweichung vom rechten Maß – und solche Abweichungen waren allüberall – wirkte auf mich genauso, wie Verstöße gegen die abstrakte Wahrheit auf Erden das sittliche Empfinden zu verletzen pflegten. Obschon keine zwei der Zeitmesser im Zimmer auf die Sekunde genau übereinstimmten in ihrem Schlag, hatte ich doch keine Schwierigkeit, den Klang und jeweils im Augenblicke die Fehler eines jeden mir zu merken. Und dies – dieses scharfe, vollkommene, aus sich heraus bestehende Empfinden von *Dauer* – dieses Empfinden, welches (auf eine Weise, wie es sich der Mensch unmöglich hatte vorzustellen vermocht) unabhängig von jeglicher Ereignisfolge existierte – diese Vorstellung – dieser sechste Sinn, der aus der Asche der übrigen entsproß, war der erste unverkennbare und gewisse Schritt der zeitlosen Seele über die Schwelle der zeitlichen Ewigkeit.

Es war Mitternacht; und noch immer saßest du an meiner Seite. Alle andern hatten die Kammer des Todes verlassen. Man hatte mich in den Sarg gelegt. Die Lampen brannten flackernd; wohl erkannte ich dies am zittrigen Klang der monotonen Melodien. Plötzlich aber ließen diese Weisen in Deutlichkeit und Stärke nach. Schließlich verstummten sie. Der Duft in meiner Nase verging. Formen erschienen nicht mehr meinem Blick. Der Druck der Düsternis hob sich von meiner Brust. Ein dumpfer Schlag, gleich dem von Elektrizität, fuhr mir durch den Leib, wonach ich dann gänzlich den Begriff von Berührung verlor. All das, was der Mensch Sinn geheißen, ging im alleinigen Bewußtsein von Wesenheit auf und in dem einen bleibenden Empfinden von Dauer. Die sterbliche Hülle war endlich getroffen von der Hand des tödlichen *Verfalls*.

Doch war nicht alles Empfinden geschwunden; denn das Bewußtsein und das Gefühl, soweit sie mir verblieben, ersetzten einige ihrer Funktionen durch eine lethargische Intuition. Ich war mir des gräßlichen Wandels, welcher nun mit dem Fleische vorging, durchaus bewußt, und wie der Träumer zuweilen die körperliche Gegenwart spürt, wenn sich jemand über ihn beugt, so, süße Una, fühlte ich noch immer dumpf, daß du an meiner Seite saßest. Auch als der Mittag des zweiten Tages kam, entgingen mir nicht jene Bewegungen, welche dich von meiner Seite entfernten, welche mich in den Sarg einschlossen, welche mich in den Leichenwagen schoben, welche mich zum Grabe trugen, welche mich darein niedersenkten, welche schwer die Erde auf mich häuften und

welche mich so, in Schwärze und Fäulnis, dem traurigernst-trüben Schlummer überließen mit dem Wurm.
Und hier, in dem Kerker, der wenige Geheimnisse nur zu enthüllen hat, gingen dahin Tage und Wochen und Monde; und die Seele achtete genau jeder Sekunde, die da floh, und vermerkte ohne Mühe ihre Flucht – ohne Mühe und ohne Ziel.
Es verging ein Jahr. Das Bewußtsein des *Seins* war mit jeder Stunde weniger deutlich geworden, und das bloßer *Örtlichkeit* hatte in großem Maße sich seiner Stelle bemächtigt. Der Begriff des Seins ging mählich auf in dem des *Orts*. Der enge Raum, der unmittelbar das umgab, was einst der Leib gewesen, ward nun zum Leibe selbst. Schließlich, wie es oft dem Schläfer widerfährt (einzig durch Schlaf und seine Welt läßt der *Tod* im Bild sich denken) – schließlich, wie es auf Erden zuweilen dem tief Schlafenden widerfuhr, wenn irgendein flüchtiges Licht ihn halb aufgeweckt, doch halb in Träume befangen ihn ließ – so drang zu mir in der engen Umarmung der *Finsternis jenes* Licht, welches allein wohl mich aufzuwecken vermocht hätte – das Licht beständiger *Liebe*. Männer mühten sich am Grabe, darin ich im Dunkeln lag. Sie warfen die feuchte Erde auf. Herab auf mein modernd Gebein senkte sich Unas Sarg.
Und wieder war nun alles leer. Jenes Nebellicht war erloschen. Jener schwache Schauder war zitternd ausgeklungen in Ruhe. Viele *lustra* waren vergangen. Erde war zu Erde geworden. Der Wurm fand keine Nahrung mehr. Das Gefühl des Seins war schließlich ganz und gar geschwunden, und an seiner Statt – an Statt aller Dinge – herrschten – mächtig und immerdar – die Autokraten *Raum* und *Zeit*. *Dem*, was *nicht war* – dem, was nicht Gestalt hatte – dem, was ohne Gedanken war und ohne Empfinden auch – dem, was seelenlos, daran Materie doch keinen Teil mehr hatte – all dieser Nichtigkeit, Unsterblichkeit gleichwohl, war das Grab noch immer eine Heimstatt, waren Gefährten die nagenden Stunden.

MIT DEM TEUFEL
IST SCHLECHT WETTEN

Eine Geschichte mit einer Moral

›Con tal que las costumbres de un autor‹, sagt Don Tomás de las Torres in der Vorrede zu seinen ›Liebesgedichten‹, ›sean puras y castas, importa muy poco que no sean igualmente severas sus obras‹ – was in schlichten Worten heißt: wofern nur die Moral eines Autors persönlich recht rein ist, so ist die Moral seiner Bücher ohne Belang. Wir nehmen an, daß Don Tomás für diese Behauptung jetzt im Fegefeuer schmort. Auch wäre es, mit Rücksicht auf die poetische Gerechtigkeit, das Gescheiteste, man ließe ihn dort, bis seine ›Liebesgedichte‹ vergriffen sind oder aus Mangel an Lesern endgültig beiseite getan. Jede Dichtung *sollte* nämlich *unbedingt* eine Moral haben; und was zu dem Zweck noch dienlicher ist, so haben ja die Kunstrichter festgestellt, daß jede Dichtung auch eine *hat*. Philipp Melanchthon, es ist schon einige Zeit her, hat einen Kommentar zur ›Batrachomyomachia‹ geschrieben, darin er nachgewiesen, es sei des Dichters Gegenstand, Widerwillen gegen den Aufruhr zu wecken. Einen Schritt weiter noch geht Pierre la Seine, als er zeigt, die Absicht bestehe darin, jungen Männern Mäßigung im Essen und Trinken nahezulegen. Desgleichen hat sich auch Jacobus Hugo der Überzeugung verschrieben, daß Homer mit Euenis auf den Johann Calvin habe anspielen wollen; mit Antinoos auf Martin Luther; mit den Lotophagen auf die Protestanten ganz allgemein; und mit den Harpyien auf die Holländer. Unsere moderneren Scholiasten sind gleichermaßen scharfsinnig. Diese Zeitgenossen zeigen einen verborgenen tieferen Sinn in den ›Antediluvianern‹ auf, eine Parabel im ›Powhatan‹, ganz neue Aspekte in ›Alle meine Entchen‹ und transzendentale Philosophie im ›Däumling‹. Kurzum, es ist erwiesen, daß kein Mensch sich zum Schreiben hinsetzen kann ohne gar tiefsinnigen Plan. Auf diese Weise wird den Autoren im allgemeinen viel Mühe erspart. Ein Romanschreiber zum Beispiel braucht sich um seine Moral nicht den Kopf zu zerbrechen. Sie ist ja da – das heißt, irgendwo steckt sie schon –, und Moral wie Kunstrichter können sich selber darum kümmern. Wenn die rechte Zeit gekommen ist, wird alles, was der edle Herr beabsichtigte, wie auch alles, was er nicht beabsichtigte, ans Licht gebracht werden, im ›Dial‹ oder im ›Down-Easter‹, im Vereine mit all dem, was er eigentlich hätte beabsichtigen sollen, nebst allem übrigen, das er ganz offenbar hatte beabsichtigen wollen: – so daß am Ende denn alles in schönster Ordnung sich findet.

Es besteht gar kein rechter Grund für die Beschwerde, welche seitens gewisser Ignoramusse gegen mich erhoben wird – daß ich niemals eine moralische Geschichte geschrieben hätte oder, besser gesagt: eine Geschichte mit einer Moral. Das sind nun freilich nicht die Kunstrichter, welche dazu berufen wären, mich herauszubringen und meine diversen Moralien *zutage zu fördern*: – das ist das ganze Geheimnis. Später einmal wird sie der ›Nordamerikanische Quartalsheckmeck‹ ob ihres Stumpfsinns beschämen. Inzwischen – um die Vollstreckung zu sistieren – um den Beschuldigungen gegen mich die Schärfe zu nehmen – offeriere ich die nachstehende traurige Mär – eine Geschichte, an deren unverkennbarer Moral es keinerlei Zweifel geben kann, da sie ohne weiteres, quasi im Vorübergehen, in den Großbuchstaben zu lesen ist, welche den Titel der Erzählung bilden. Ich hätte Anerkennung verdient ob dieser Anordnung – ist sie doch weitaus vernünftiger als die des La Fontaine und anderer, welche die Wirkung, auf die sie es abgesehen, bis zum letzten Augenblick aufsparen, um sie erst kurz vor Toresschluß in ihre Fabeln hineinzuheimsen.

Defuncti injuria ne afficiantur lautete eines der Zwölftafelgesetze, und *De mortuis nil nisi bonum* ist ein treffliches Gebot – selbst wenn der besagte Tote nichts weiter denn ein rechter Niemand gewesen. Es ist daher also keineswegs meine Absicht, meinen verblichenen Freund Toby Dammit etwa schmähen zu wollen. Zwar hat er's arg getrieben, der elende Kerl, das ist wahr, und arg und elend war auch der Tod, den er gefunden; doch war er selber für seine Laster nicht zu schelten. Sie erwuchsen aus einem persönlichen Defekt seiner Mutter. Sie tat ihr Bestes, ihn im zarten Kindesalter zu züchtigen – denn ihrem wohlgeregelten Sinne waren Pflichten stets auch Freuden, und kleine Kinder geraten ja, wie zähe Steaks oder die modernen griechischen Olivenbäume, durch Schlagen nur desto besser – doch, die Ärmste! sie hatte das Mißgeschick, Linkshänder zu sein, und ein Kind, von linker Hand geprügelt, wäre wohl besser ohne Prügel geblieben. Die Welt dreht sich von rechts nach links. Es geht also nicht an, ein Kleinstkind von links nach rechts zu verhauen. Wenn jeder Schlag in der richtigen Richtung eine üble Neigung austreibt, so folgt doch daraus, daß jeder Hieb, entgegengesetzt verabreicht, seinen Anteil Schlechtigkeit hineinbleut. Ich war des öfteren bei Tobys Züchtigungen zugegen, und selbst schon an der Art, wie er sich mit Händen und Füßen wehrte, vermochte ich zu erkennen, daß er von Tag zu Tag immer schlimmer ward. Zuletzt nun sah ich, durch die Tränen in meinen Augen, daß es um den Schelm ganz und gar hoffnungslos stand, und eines Tages, als die Faustschläge auf ihn niedergehagelt, bis im Gesicht er so schwarz aussah, daß man ihn für einen kleinen Afrikaner hätte halten können, und keine andere Wirkung erzielt worden war, als daß er sich im Krampfe wand, vermochte ich es nicht länger zu ertragen, sondern fiel sogleich nieder auf die Knie, und mit erhobener Stimme prophezeite ich seinen Untergang.

Tatsache ist, daß seine Frühreife im Laster entsetzlich war. Im Alter von fünf Monaten bereits pflegte er sich in solch heftige Wutausbrüche zu steigern, daß er der Sprache nicht mehr mächtig war. Mit sechs Monaten ertappte ich ihn einmal dabei, wie er an einem Pack Spielkarten knabberte. Mit sieben Monaten pflog er hartnäckig die Gewohnheit, die Babymädchen zu haschen und zu küssen. Mit acht Monaten weigerte er sich mit aller Entschiedenheit, dem Mäßigkeitsvereine seine Unterschrift zu geben.

So nahm er denn, Monat um Monat, immer mehr zu an Schlechtigkeit, bis er zu Ende des ersten Jahres nicht nur darauf bestand, einen *Schnurrbart* zu tragen, sondern auch die Neigung gefaßt hatte, gotteslästerlich zu fluchen und zu wettern und seinen Behauptungen mit Wetten Nachdruck zu verleihen.

Durch diese letztere, so überaus unanständige und für einen Gentleman höchst unwürdige Gepflogenheit ereilte Toby Dammit denn schließlich auch der Untergang, welchen ich ihm vorausgesagt hatte. Diese seine Unsitte war ›mit seinem Wachsen gewachsen und mit seiner Stärke erstarkt‹, so daß er, als er zum Manne herangereift, kaum einen Satz mehr zu äußern vermochte, ohne daß darinnen eine Aufforderung zum Wetten enthalten gewesen wäre. Nicht, daß er sich *wirklich* auf Wetten eingelassen hätte – o nein. Ich will meinem Freund die Gerechtigkeit widerfahren lassen zu sagen, daß er ebenso gern sich aufs Eierlegen eingelassen hätte. Bei ihm war das Ganze eine bloße Formel – weiter nichts. Seine Äußerungen in diesem Betrachte wollten ganz und gar nichts besagen. Es waren einfache, wenn nicht überhaupt arglose Füllsel – phantasiereiche Redensarten, um einen Satz zum gehörigen Schlusse zu bringen. Wenn er sagte ›Ich wette mit dir um dies und das‹, so wäre es nie jemandem in den Sinn gekommen, ihn beim Wort zu nehmen; aber dennoch konnte ich nicht umhin, es für meine Pflicht zu halten, ihn zum Schweigen zu bringen. Die Angewohnheit war eine unmoralische, und das sagte ich ihm denn auch. Sie war ordinär – dies bat ich ihn zu glauben. Sie hatte die Mißbilligung der Gesellschaft – damit sagte ich nichts denn die Wahrheit. Sie war durch Kongreßbeschluß verboten – hierbei hatte ich nicht die leiseste Absicht, eine Lüge aufzutischen. Ich protestierte – doch umsonst. Ich monierte – vergebens. Ich flehte – er lächelte. Ich bettelte – er lachte. Ich predigte – er grinste nur höhnisch. Ich drohte – er fluchte. Ich versetzte ihm einen Tritt mit dem Fuße – er rief nach der Polizei. Ich zog ihn an der Nase – da schneuzte er diese und erbot sich, dem Teufel seinen Kopf zu verwetten, daß ich es nicht wagen würde, selbiges Experiment noch einmal zu probieren.

Armut war ein weiteres Laster, welches das besondere körperliche Gebrechen von Dammits Mutter auf den Sohn vererbt hatte. Er war aufs abscheulichste arm; und dies war nun zweifelsohne der Grund dafür, daß seine Wettfloskeln selten eine pekuniäre Wendung nahmen. Niemals, auf mein Wort, habe ich ihn eine Redewendung gebrauchen hören wie ›Ich wette um einen Dollar‹. Gewöhnlich ging seine Rede ›Ich gehe mit Ihnen jede Wette ein‹ oder ›Was gilt die Wette‹ oder ›Da wett ich aber eine Kleinigkeit‹ oder sonst, bezeichnender noch, ›Teufel, ich wette meinen Kopf‹.

Die letztere Form schien ihm am besten zu behagen: – vielleicht weil sie das geringste Risiko beinhaltete; denn Dammit war überaus knauserig geworden. Hätte ihn jemand beim Wort genommen, so wäre, da sein Kopf klein war, auch sein Verlust nur ein kleiner gewesen. Doch dies sind meine eigenen Gedanken, und ich bin mir keineswegs sicher, ob ich sie ihm mit Fug unterstellen darf. Jedenfalls stieg besagter Ausdruck von Tag zu Tag in seiner Gunst, ungeachtet der Tatsache, wie gar gröblich ungehörig es doch ist, sein Gehirn wie Banknoten zu verwetten: – doch war dies ein Punkt, den zu begreifen meines Freundes verderbte Gemütsart nicht zulassen wollte. Am Ende verzichtete er dann auf alle anderen Formen eines Einsatzes und widmete sich gänzlich dem Geschäfte, *dem Teufel seinen Kopf zu verwetten*, mit einer so hartnäckigen und ausschließlichen Hingabe, die mir nicht minder mißfiel, als sie mich überraschte. Umstände, die ich mir nicht erklären kann, empfinde ich stets als Ärgernis. Geheimnisse zwingen den Menschen zum Denken und schaden mithin seiner Gesundheit. Die Wahrheit ist, es gab da etwas in *dem Gebaren*, mit welchem Mr. Dammit seine anstößige Redensart zu äußern pflegte – etwas in der *Art und Weise, wie* er es sagte – was zunächst wohl Interesse weckte, mir hernach aber äußerst lästig ward – etwas, das – in Ermangelung eines entschiedeneren Ausdrucks – gegenwärtig *wunderlich* zu nennen mir verstattet sei; das jedoch Mr. Coleridge mystisch, Mr. Kant pantheistisch, Mr. Carlyle kryptoistisch und Mr. Emerson hyperkasuistizistisch genannt hätte. Es begann mir im höchsten Grade zu mißfallen. Mr. Dammits Seele befand sich in einem gefährlichen Zustand. Ich beschloß, meine ganze Beredsamkeit aufzubieten, sie zu retten. Ich gelobte, ihm so zu dienen, wie St. Patrick in der irischen Chronik der Kröte gedient haben soll, das heißt, ›ihn zum Bewußtsein seiner Lage zu erwecken‹. Sogleich widmete ich mich dieser Aufgabe. Noch einmal verlegte ich mich auf mahnende Einwendungen. Wieder sammelte ich meine Kräfte zu einem endgültigen Versuch, ihn ins Gebet zu nehmen.

Als ich mit meiner Strafpredigt geendigt, legte Mr. Dammit ein höchst zweifelhaftes Betragen an den Tag. Eine Weile schwieg er und sah mir nur forschend ins Gesicht. Alsbald aber warf er den Kopf auf die Seite und zog die Augenbrauen ganz gewaltig in die Höhe. Dann breitete er die Handflächen aus und zuckte die Achseln. Dann zwinkerte er mit dem rechten Auge. Dann wiederholte er den Vorgang mit dem linken. Dann schloß er sie beide fest. Dann riß er sie wieder so überaus weit auf, daß ich mich ob der Folgen ernstlich ängstigte. Dann fand er es, indem er den Daumen an die Nase hielt, für tunlich, mit den restlichen Fingern eine unbeschreibliche Bewegung zu vollführen. Endlich bequemte er sich, die Arme in die Seite gestemmt, zu einer Erwiderung.

Ich kann mich nur noch an die Hauptpunkte seiner Rede entsinnen. Er wäre mir sehr verbunden, wenn ich den Mund halten wollte. Er wünsche mitnichten meinen Rat. Er verachte all meine Insinuationen. Er sei alt genug, selbst auf sich achtzugeben. Ob ich ihn noch immer für das Baby Dammit hielte? Ob ich gar irgend etwas gegen seinen Charakter sagen wolle? Ob ich die Absicht hätte, ihn zu beleidigen? Ob ich ein Dummkopf sei? Kurzum, ob wohl mein mütterlicher Elternteil überhaupt von meiner Abwesenheit von Haus und Heim wisse? Diese letztere Frage wolle er an mich als einen wahrheitsliebenden Mann richten, und er stehe dafür, sich an meine Antwort zu halten. Noch einmal verlange er ausdrücklich zu erfahren, ob meine Mutter wisse, daß ich ausgegangen sei. Meine Verwirrung, so sagte er, verrate mich, und gern wolle er dem Teufel seinen Kopf verwetten, daß sie es nicht wisse.

Eine Erwiderung meinerseits wartete Mr. Dammit nicht ab. Er machte auf dem Absatz kehrt und entfernte sich aus meiner Gegenwart mit würdeloser Hast. Daran hat er gut getan. Denn meine Gefühle waren verwundet. Selbst mein Zorn war geweckt. Dieses eine Mal wäre ich auf sein schmähliches Wettgebot eingegangen. Und ich hätte dem Erzfeind Mr. Dammits kleinen Kopf gewonnen – denn Tatsache ist, meine Frau Mama war *sehr wohl* im Bilde über meine nur zeitweilige Abwesenheit von zu Hause.

Doch *Khoda shefa midêhed* – der Himmel gibt Linderung –, wie die Muselmänner sagen, wenn man ihnen auf die Zehen tritt. Es war im Verfolge meiner Pflichterfüllung, daß man mich gekränkt, und ich trug die Kränkung wie ein Mann. Nun wollte es mir freilich scheinen, ich hätte im Falle dieses Nichtswürdigen alles getan, was man von mir verlangen konnte, und ich beschloß, ihn nicht länger mit meinem Ratschlag zu behelligen, sondern ihn sich selbst und seinem Gewissen zu überlassen. Doch obgleich ich es vermied, ihm meinen Rat aufzudrängen, vermochte ich es doch nicht über mich zu bringen, seiner Gesellschaft gänzlich zu entsagen. Ich ging sogar so weit, einigen seiner minder sträflichen Neigungen gefällig zu sein; und es gab Zeiten, da ich mich gar dabei ertappte, wie ich seine lästerlichen Scherze pries, mit Tränen in den Augen zwar, wie Feinschmecker beim Senfe: – so zutiefst grämte es mich, seine ruchlosen Reden zu hören.

Eines schönen Tages, da wir Arm in Arm zusammen umhergeschlendert, führte uns unser Weg an einen Fluß. Dort gab es eine Brücke, und wir beschlossen, sie zu überschreiten. Zum Schutze vor dem Wetter war sie überdacht, und da der Bogengang mit nur wenigen Fensteröffnungen versehen, war es höchst unangenehm dunkel dort. Als wir den Durchgang betraten, fiel mir der Gegensatz zwischen der

Grelle draußen und dem Grauduster drinnen schwer aufs Gemüt. Nicht so jedoch auf das des unglücklichen Dammit, der sich sogleich erbot, dem Teufel seinen Kopf zu verwetten, daß ich an Trübsinn leide. Er schien bei außerordentlich guter Laune zu sein. Er sprühte vor maßloser Lebhaftigkeit – und zwar so sehr, daß mir ich weiß gar nicht was alles an beklemmendem Argwohn kam. Schon möglich, daß er an den Transzendentelen litt. Allerdings bin ich in der Diagnose dieser Krankheit nicht genug bewandert, um mit Entschiedenheit darüber sprechen zu können; und unglücklicherweise war keiner meiner Freunde vom ›Dial‹ zugegen. Wenn ich dessenungeachtet den Gedanken anzudeuten wage, so ist es wegen einer gewissen Art von abstoßender Hanswursterei, welche meinen armen Freund zu bedrängen schien und ihn veranlaßte, einen rechten Narren aus sich zu machen. Er war es nicht anders zufrieden, als schlängelnd und tänzelnd herumzuspringen, drunter und drüber, was immer ihm in den Weg kam; und dabei, bald laut jauchzend, bald leise lispelnd, allerlei komische, kleine und große Worte auszustoßen, wobei er dennoch die ganze Zeit das ernsteste Gesicht von der Welt behielt. Ich vermochte wirklich zu keinem Entschlusse zu kommen, ob ich ihm einen Fußtritt oder Mitleid gönnen sollte. Schließlich, da wir die Brücke beinahe überschritten hatten, gelangten wir an das Ende des Fußwegs, wo sich uns ein Drehkreuz von einiger Höhe als Hindernis in den Weg stellte. Dieses passierte ich gemächlich, indem ich es, wie üblich, herumschob. Doch diese Drehung war nicht Mr. Dammits Dreh. Er bestand darauf, über das Kreuz zu springen, und behauptete, er könne obendrein noch in der Luft einen Kobolz schießen. Daß er dies könne, glaubte ich nun, ehrlich gesagt, nicht. Die besten Kobolze, stil- und kreuzweis alleweil, schoß nämlich mein Freund Mr. Carlyle, und da ich wußte, *er* vermöchte dies nicht, traute ich es Toby Dammit erst recht nicht zu. Also sagte ich ihm ausdrücklich, er sei ein Prahlhans und habe den Mund wohl etwas zu voll genommen. Dies sollte mir hernach mit gutem Grund noch leid tun – denn stracks erbot er sich, *dem Teufel seinen Kopf zu verwetten*, daß er dies doch vermöchte.

Schon wollte ich zu einer Erwiderung anheben, um ihm, ungeachtet meines letzthin gefaßten Vorsatzes, ob seines ruchlosen Anerbietens mit Vorwürfen zu bedenken, als ich dicht an meinem Ellenbogen ein Hüsteln vernahm, welches so ganz wie der Stoßseufzer ›ä-hem!‹ klang. Ich stutzte und sah mich überrascht um. Mein Blick fiel schließlich in einen Winkel im Brückengebälk und auf die Gestalt eines lahmen kleinen alten Herrn von ehrfurchtgebietendem Äußern. Nichts konnte ehrwürdiger sein als seine ganze Erscheinung; denn nicht nur trug er einen Anzug, ganz in Schwarz, sondern sein Hemd war vollkommen sauber und der Kragen sehr ordentlich über eine weiße Krawatte geschlagen, während sein Haar wie bei einem Mädchen vorn gescheitelt war. Die Hände hielt er gedankenvoll über dem Leibe gefaltet und seine beiden Augen bedachtsam gen Himmel verdreht.

Bei näherem Hinsehen bemerkte ich, daß er über seinen engen Beinkleidern eine schwarze Seidenschürze trug; und dies dünkte mich nun gar merkwürdig. Ehe ich jedoch Zeit gefunden, mich zu einem so eigentümlichen Umstand zu äußern, unterbrach er mich mit einem neuerlichen ›ä-hem!‹.

Auf diese Bemerkung zu antworten war ich nicht sogleich gefaßt. Ja, tatsächlich sind Äußerungen solch lakonischer Natur beinahe nicht zu beantworten. Mir ist eine gewisse Vierteljahreszeitschrift bekannt, welcher es von dem Worte ›Blödsinn!‹ gänzlich die Sprache verschlagen. Ich schäme mich daher keineswegs zu gestehen, daß ich mich an Mr. Dammit um Beistand wandte.

»Dammit«, sprach ich, »was machen Sie da? hören Sie denn nicht? – der Herr sagt ›ä-hem!‹ –« Ich blickte meinen Freund gestreng an, während ich ihn solcherart anredete; denn, um die Wahrheit zu sagen, ich fühlte mich ganz irr verwirrt, und wenn ein Mann ganz irr verwirrt ist, muß er die Stirne runzeln und gar grimmig dreinschauen, sonst sieht er gewißlich wie ein Dummkopf aus.

»Dammit«, bemerkte ich – und obschon das ganz wie

ein Fluch klang, lag doch nichts meinen Gedanken ferner – »Dammit«, äußerte ich – »der Herr hier sagt ›ähem!‹«

Ich möchte mitnichten versuchen, meine Bemerkung ob besonderen Tiefsinnes zu verteidigen; ich fand sie selber ja nicht gerade tiefgründig; doch habe ich festgestellt, daß die Wirkung unserer Reden durchaus nicht immer im angemessenen Verhältnis steht zu ihrer Bedeutsamkeit in unseren eigenen Augen; und hätte ich Mr. D. mit einer Paixhans-Bombe gänzlich mittendurch geschossen oder ihm mit den ›Dichtern und Dichtungen Amerikas‹ den Schädel eingeschlagen, hätte er wohl kaum fassungsloser sein können, als da ich ihn mit so schlichten Worten ansprach – ›Dammit, was machen Sie da? – hören Sie denn nicht? – der Herr sagt ‚ä-hem!'‹

»Nein, wirklich?« keuchte er schließlich, nachdem er öfter die Farben gewechselt hatte, als ein Pirat sie aufzieht, eine nach der andern, wenn er von einem Kriegsschiff verfolgt wird. »Sind Sie ganz sicher, daß er *das* gesagt hat? Na schön, da sitze ich nun jedenfalls drin und kann dem Ganzen also ebensogut auch beherzt die Stirn bieten. Wohlan denn – *ä-hem!*«

Darob schien der kleine alte Herr höchlichst erfreut – Gott allein weiß, warum. Er verließ seinen Standort im Winkel der Brücke, humpelte mit huldvoller Miene herbei, nahm Dammit bei der Hand und schüttelte diese herzlich, wobei er ihm die ganze Zeit über unentwegt mit einem Ausdruck des unverfälschtesten Wohlwollens, wie es menschlichem Geiste nur vorstellbar, direkt ins Gesicht blickte.

»Ich bin ganz sicher, Sie werden gewinnen, Dammit«, sagte er mit dem allerfreiesten Lächeln, »doch sind wir, wie Sie wissen, verpflichtet, eine Probe zu machen, der bloßen Form halber.«

»Ä-hem!« erwiderte mein Freund, legte mit einem tiefen Seufzer seinen Rock ab, schlang sich ein Taschentuch um den Leib und veränderte, indem er die Augen verdrehte und die Mundwinkel herabzog, in schier unerklärlicher

Weise den Ausdruck seines Gesichts – »ä-hem!« Und »ä-hem!« sagte er noch einmal nach einer Pause; und kein anderes Wort als »ä-hem!« habe ich je danach von ihm vernommen. ›Aha!‹ dachte ich, ohne mich freilich laut zu äußern – ›dies ist ja eine ganz beachtliche Schweigsamkeit auf Seiten Toby Dammits und ohne Zweifel eine Folge der Redseligkeit, wie er sie zu früherer Gelegenheit bewiesen. Ein Extrem bedingt das andere. Ich möchte wohl wissen, ob er die vielen nicht zu beantwortenden Fragen vergessen hat, mit welchen er mich so geläufig und fließend an dem Tage, da ich ihm meine letzte Strafpredigt hielt, traktierte? Von den Transzendenteln jedenfalls ist er kuriert.‹

»Ä-hem!« erwiderte hier Toby, ganz so, als hätte er meine Gedanken gelesen, dabei blickte er drein wie ein sehr altes dösendes Schaf.

Nun ergriff ihn der alte Herr beim Arm und geleitete ihn tiefer ins Dunkel der Brücke – wenige Schritte von dem Drehkreuz zurück. »Guter Freund«, sagte er, »mein Gewissen gebietet mir, Ihnen soviel Anlauf zu gewähren. Warten Sie hier, bis ich meinen Platz an dem Drehkreuz eingenommen habe, damit ich sehen kann, ob Sie auch vortrefflich und hübsch transzendental hinüberkommen und keine Wendung beim Kobolz unterlassen. Eine bloße Formsache, wissen Sie. Ich sage ›eins, zwei, drei und los‹. Und bei dem Worte ›los‹ geht's los.« Hiermit nahm er seinen Platz beim Drehkreuz ein, verhielt einen Augenblick wie in tiefem Sinnen, dann *schaute er auf* und, so dachte ich, lächelte ganz leicht, dann band er sich die Schürze fester, darauf warf er einen langen Blick auf Dammit und rief schließlich, wie vereinbart, die Worte –

Eins – zwei – drei – und los!

Prompt beim Worte ›los‹ setzte mein armer Freund sich in Galopp. Das Drehkreuz war der Bildung nach nicht gar so hoch wie Mr. Lord – doch auch nicht ganz so niedrig wie Mr. Lords Rezensenten, und im ganzen war ich mir sicher, daß Dammit darüber springen werde. Und wenn nicht, was wäre dann? – ah, das war die Frage – was geschah, wenn es ihm nicht gelingen sollte? »Welches Recht«, sprach ich,

»hatte denn dieser alte Herr, einen anderen Herrn überhaupt springen zu lassen? Das kleine alte Hinkebein! wer *ist* er denn? Sollte er *mich auffordern* zu springen, ich würd's nicht tun, das ist klar, und mir ist's gleich, wer *zum Teufel er ist*.« Die Brücke war, wie gesagt, überwölbt und auf eine sehr absurde Art überdacht, und die ganze Zeit gab es darunter ein höchst unangenehmes Echo – ein Echo, wie ich es noch nie so sonderbar bemerkt wie da, als ich die vier letzten Worte meiner Rede äußerte.

Doch was ich gesagt oder was ich gedacht oder was ich gehört, nahm nur einen Augenblick in Anspruch. In weniger denn fünf Sekunden nach dem Start hatte mein armer Toby den Sprung vollbracht. Ich sah, wie er hurtig rannte und gewaltig vom Boden der Brücke absprang, wobei er, als er hochschnellte, die Beine gar behende schwang. Ich sah ihn hoch in der Luft, wie er in bewundernswerter Weise genau über dem Drehkreuz den Kobolz schoß; und natürlich dünkte es mir ein gar eigen Ding, daß er nicht *weiter-* und also drübersprang. Doch der ganze Sprung war die Sache eines Augenblicks, und ehe ich auch nur im mindesten die Möglichkeit zu tieferer Überlegung gehabt hätte, war Mr. Dammit auch schon wieder unten und lag flach auf dem Rücken, auf derselben Seite des Drehkreuzes, von welcher er abgesprungen war. Im gleichen Augenblick sah ich, wie der alte Herr in höchster Eile davonhumpelte, nachdem er in seiner Schürze etwas, das aus der Dunkelheit des Gewölbes gerade über dem Drehkreuz schwer hineingefallen war, aufgefangen und darein gewickelt hatte. All dies wunderte mich gar sehr; doch blieb mir keine Muße, darüber nachzudenken, denn Mr. Dammit lag sonderbar still da, und ich kam zu dem Schlusse, daß seine Gefühle verletzt seien und er meines Beistandes dringend bedürfe. Ich eilte hin zu ihm und stellte fest, daß er etwas erlitten hatte, was man wohl eine schwere Verletzung nennen darf. Ja, wahrhaftig, er hatte seinen Kopf verloren, welchen ich auch nach gründlicher Suche nirgends finden konnte – so beschloß ich denn, ihn heimzuschaffen und nach den Homöopathen zu schicken. Unterdessen war mir ein Gedanke gekommen, und ich stieß ein Brückenfenster in der Nähe auf; worauf mir sogleich wie ein Blitz die traurige Wahrheit aufging. Etwa fünf Fuß oberhalb vom Drehkreuz, quer durch den Gewölbebogen über dem Fußweg, verlief als Verstrebung ein flacher Eisenbalken, dessen Breite waagerecht lag und der zu einer ganzen Reihe gehörte, welche dazu diente, das Bauwerk in seiner gesamten Ausdehnung zu festigen. Ganz offensichtlich schien mit der Kante dieser Verstrebung der Hals meines unglücklichen Freundes genau in Berührung gekommen zu sein.

Nicht lange überlebte er seinen schrecklichen Verlust. Die Homöopathen verabreichten ihm wohl nicht wenig genug Arznei, und das Wenige, das sie ihm gaben, zögerte er noch zu nehmen. So ward es am Ende schlimmer noch mit ihm, und schließlich starb er gar, eine Lehre für alle aufrührerischen Menschen. Ich benetzte sein Grab mit meinen Tränen, brachte auf seinem Familienwappen einen Schräg*balken* an und schickte über die allgemeinen Begräbniskosten meine sehr bescheidene Rechnung an die Transzendentalisten. Die Schurken weigerten sich zu zahlen, so ließ ich Mr. Dammit denn unverzüglich wieder ausgraben und verkaufte ihn als Hundefutter.

ELEONORA

Sub conservatione formae specificae salva anima.
Raymond Lully

Ich entstamme einem Geschlecht, das berühmt ist ob der Kraft seiner Phantasie und der Glut seiner Leidenschaft. Die Menschen haben mich verrückt genannt; doch steht die Frage noch dahin, ob der Wahnsinn gar als höchstes Genie zu gelten habe oder nicht – ob vieles, das glorreich – ob alles, das tief – nicht doch krankem Geiste entspringe – *Launen* des Gemüts, welche auf Kosten des allgemeinen Verstandes zu Verzückung sich erhoben. Sie, die bei Tage träumen, wissen um viele Dinge, welche denen entgehen, die nur bei Nacht zu träumen pflegen. In ihren grauen Visionen werden ihnen flüchtige Blicke in die Ewigkeit, und erwachend überrieselt sie ein Schauer, da sie erkennen, wie sie dem großen Geheimnis nahe waren. Hie und da, für Augenblicke nur, erfahren sie ein wenig von der Weisheit, die des Guten ist, und mehr aber von der bloßen Erkenntnis, die des Bösen ist. Sie wagen sich, und sei es auch noch so steuer- oder kompaßlos, hinaus auf den weiten Ozean des ›unsäglichen Lichts‹ und wieder, gleich den Abenteurern des Nubischen Geographen, ›*aggressi sunt mare tenebrarum, quid in eo esset exploraturi*‹.

Sagen wir denn also, ich sei verrückt. Zumindest räume ich ein, daß es zwei voneinander unterschiedliche Zustände meiner geistigen Existenz gibt – den Zustand klarer Vernunft, welcher ganz unbestreitbar ist und die Erinnerung an Ereignisse betrifft, welche die erste Epoche meines Lebens bilden – und einen Zustand voller Schatten und Ungewißheit, welcher der Gegenwart angehört und der Rückbesinnung auf das, was die zweite große Ära meines

Daseins ausmacht. Darum mag getrost man dem vertrauen, was ich von der früheren Periode erzählen werde; und dem, was ich aus der späteren Zeit berichte, schenke man nur insofern Glauben, als füglich dies geraten scheint; oder ziehe gänzlich es in Zweifel; oder, falls Zweifel gar unmöglich, dann spiele den Ödipus man bei dem Rätsel.

Sie, die ich als Jüngling geliebt und von der ich nun ruhig und bestimmt diese Erinnerungen zu Papier bringe, war die einzige Tochter der einzigen Schwester meiner längst verstorbenen Mutter. Eleonora war meine Base geheißen. Unter einer tropischen Sonne hatten wir stets beieinander gewohnt im Tale des Mannigfarbenen Grases. Kein Schritt, der nicht geleitet, verirrte sich in dieses Tal; denn weitab lag es, hoch droben inmitten einer Kette gigantischer Berge, welche ringsum hoch aufragten über dem Grund und dem Sonnenlicht so den Zutritt zu seinen lieblichsten Winkeln wehrten. Kein Pfad war getreten in seiner Nähe; und um unser glücklich Heim zu erreichen, hätte man, kraftvoll und mit Gewalt, das Laubwerk Tausender und aber Tausender Waldbäume beiseite drängen und die Pracht vieler Millionen duftender Blumen zu Tode trampeln müssen. So lebten wir denn ganz allein und ohne Kenntnis von der Welt dort jenseits unseres Tales – ich, die Base mein und deren Mutter.

Aus den Dämmerregionen hinter den Bergen am oberen Ende unseres umschlossenen Reiches stahl sich gemächlich ein schmaler und tiefer Fluß hervor, klarer denn alles, außer Eleonorens Augen allein; verstohlen schlängelte er sich dahin auf gewundenen Wegen und floß schließlich davon durch eine schattige Schlucht zwischen Hügeln, noch dämmriger denn die, aus denen er hervorgetreten. Wir hießen ihn den ›Fluß des Schweigens‹; denn es war, als ginge von seinem Fließen sanfte Ruhe aus. Kein Murmeln stieg aus seinem Bett empor, und so sanft wanderte er dahin, daß die perlklaren Kiesel, auf denen unser Blick so gerne weilte, tief drunten in seinem Schoße, sich nie und nimmer rührten, sondern in regloser Genüge ruhten, ein jeglicher am angestammten Platze, leuchtend im Glanze, immerdar.

Die Ufer des Flusses wie auch die der vielen flirrenden Bächlein, welche sich auf allerlei Umwegen in sein Wasserbett schlängelten, desgleichen die Flächen, welche sich von den Rändern bis in die Tiefen der Wasser hinab erstreckten, bis sie das Kieselbett drunten erreichten – diese Stellen, und der ganze Grund des Tales nicht minder, vom Flusse bis hin zu den Bergen, welche es umschlossen, waren allüberall bedeckt von einem Teppich aus weichem grünem Gras, dicht, kurz, aufs vollkommenste glatt und vanilleduftend, doch so über und über gesprenkelt vom gelben Hahnenfuß, dem weißen Maßliebchen, dem blauen Veilchen und dem rubinroten Asphodill, daß die gar grenzenlose Schönheit laut unseren Herzen von Gottes Liebe und Herrlichkeit kündete.

Und hie und da auf diesem grasigen Grunde wuchsen in Hainen, Wildnissen in Träumen gleich, phantastische Bäume empor, deren hohe schlanke Stämme nicht kerzengerade aufragten, sondern sich anmutig neigten, dem Lichte entgegen, welches zur Mittagszeit hereinlugte in des Tales Mitte. Ihre Rinde, schöngescheckt, schimmerte lebhaft, wechselnd zwischen Ebenholz und Silber, und war glatter denn alles, außer Eleonorens Wangen allein; so daß, wäre nicht das Glitzergrün der großen Blätter gewesen, das von ihren Wipfeln in langen Linien herabflimmerte und mit den Zephirn tändelte, man sie für Syriens gigantische Schlangen hätte halten können, die ihrem Souverän, der Sonne, huldigen.

Hand in Hand durch dieses Tal, fünfzehn lange Jahre, streifte ich mit Eleonoren, ehe die Liebe in unsere Herzen Einzug hielt. Eines Abends war es, da das dritte Lustrum ihres Lebens zu Ende sich neigte, und das vierte des meinigen, daß wir, eins vom andern fest umschlungen, unter den schlangengleichen Bäumen saßen, am Flusse des Schweigens, und auf unsere Spiegelbilder drunten in seinen Wassern schauten. Keiner sprach in Worten mehr den Rest des ganzen süßen Tages; und auch am andern Morgen noch waren bebend unsere Worte und gar wenige nur. Wir hatten den Gott Eros jener Woge entlockt, und spürten nun, wie er unsrer Vorfahren Feuerseelen in uns entfachte. Die Leidenschaften, die unserem Geschlecht jahrhundertelang zu eigen, drängten nun herbei, mitsamt den wunderlichen Phantasien, für die es gleichermaßen berühmt gewesen, und aus ihrer beider Odem strömte unbändige Wonne über das Tal des Mannigfarbenen Grases. Alles wandelte sich mit einem Male. Seltsam schimmernde Blumen, sternengleich, brachen plötzlich an den Bäumen auf, wo Blumen zuvor unbekannt gewesen. Der grüne Teppich ward tiefer in seiner Tönung; und wie, eins nach dem andern, die weißen Maßliebchen schwanden, da schossen an ihrer Stelle zehn mal zehn der rubinroten Asphodillblüten empor. Und Leben erwachte auf unseren Pfaden; denn mit all den farbenprächtigen Vögeln plusterte der ranke Flamingo, bislang hier nicht gesichtet, sein Scharlachgefieder vor uns auf. Gold- und Silberfische tummelten sich im Flusse, aus dessen Tiefe nach und nach leises Rauschen sich erhob und schließlich anschwoll zu einer Wiegenmelodie, himmlischer als die der Äolsharfe – süßer als alles, außer Eleonorens Stimme allein. Und nun – wir hatten lang sie schon in Hespers Regionen erspäht – schwebte von dort auch eine gewaltige Wolke heran, allschimmernd in Gold und Karmin, hing friedvoll da droben über uns und senkte sich hernieder, Tag um Tag, tiefer und tiefer, bis ihre Ränder auf den Gipfeln der Berge ruhten, daß deren Dämmerdunkel zu Herrlichkeit gewandelt ward und wir, wie für ewig, eingeschlossen waren in ein verwunschenes Gefängnis aus Größe und aus Glanz.

Die Lieblichkeit Eleonorens war die der Seraphim; doch war sie eine Jungfrau, natürlich und rein, wie das kurze Leben, das sie inmitten der Blumen geführt. Kein Arg verhüllt die Liebesglut, welche ihr Herz beseelte, und mit mir gemeinsam ergründete sie dessen innerste Winkel, indes wir zusammen im Tale des Mannigfarbenen Grases wandelten und die gewaltigen Veränderungen besprachen, welche sich seit kurzem darin vollzogen.

Schließlich, da unter Tränen sie eines Tages von der letzten düsteren Veränderung gesprochen, so sie dem

Menschsein zwangsläufig beschieden ist, verweilte sie hinfort nur bei diesem einen traurigen Thema noch und wob es in all unsere Gespräche ein, ganz so, wie in den Versen des Dichters von Schiras die nämlichen Bilder sich wiederholen, immer und immer wieder, in jeder nur möglichen eindrucksvollen Sprach-Variation.

Sie hatte erkannt, daß der Finger des Todes ihren Busen berührt hatte – daß sie, der Ephemera gleich, in vollkommener Lieblichkeit geschaffen war, nur um zu sterben; doch das Grauen des Grabes bestand für sie einzig in der einen Vorstellung, welche sie mir eines Abends zur Dämmerung an den Ufern des Flusses des Schweigens offenbarte. Sie grämte sich ob des Gedankens, daß ich, nachdem im Tale des Mannigfarbenen Grases ich sie begraben hätte, für immer dessen glückliche Gefilde verlassen würde, um die Liebe, welche jetzt so leidenschaftlich ihr gehörte, auf ein Mädchen der äußeren und gemeinen Welt zu übertragen. Und alsogleich warf ich mich Eleonoren hastig zu Füßen nieder und brachte ihr und dem Himmel ein Gelübde dar, daß ich mich niemals mit einer Tochter der Erde in Ehe verbinden wolle – daß ich in keiner Weise mich ihrem teuren Andenken treulos erweisen wolle oder dem Andenken der innigen Zuneigung, mit der sie mich gesegnet hatte. Und ich rief den mächtigen Herrscher des Alls zum Zeugen des fromm-feierlichen Ernstes meines Gelübdes an. Und der Fluch, welchen ich, sollte ich meinem Versprechen je untreu werden, mir von IHM und von ihr, einer Heiligen in Helusion dann, erflehte, schloß eine Strafe ein, so über die Maßen grausig, daß hier ich füglich nicht davon berichten kann. Und die strahlenden Augen Eleonorens strahlten noch heller bei meinen Worten; und sie seufzte, als wäre eine tödliche Last ihr von der Brust genommen; und sie zitterte und weinte gar bitterlich; aber sie ließ das Gelübde gelten (denn was war sie anders denn ein Kind?), und es machte ihr das Sterbebett leicht. Und sie sagte zu mir, nicht viele Tage darauf, indes sie ruhig ans Sterben ging, daß sie darob, was ich ihrem Geiste zum Troste getan, sie in ebenjenem Geiste, wenn sie dahingegangen sei, über mich wachen wolle und, so es ihr gestattet sei, in den Stunden der Nacht sichtbar zu mir zurückkehren wolle; sollte dies jedoch außerhalb der Macht der Seelen im Paradiese stehen, so wolle sie zumindest häufige Zeichen ihrer Gegenwart mir geben; mir zuseufzen im Abendwind oder die Luft, die ich atmete, mit Wohlgeruch füllen aus den Weihrauchgefäßen der Engel. Und mit diesen Worten auf den Lippen gab sie ihr unschuldiges Leben auf und setzte der ersten Periode des meinigen ein Ende.

Soweit habe ich getreulich berichtet. Doch nun, da ich die Sperre passiere, welche der Tod meiner Geliebten auf dem Pfade der Zeit errichtet hat, und zu dem zweiten Abschnitt meines Lebens übergehe, fühle ich, wie ein Schatten über mein Hirn sich breitet, und ich zweifle an der vollkommenen Vernunft des Berichtes. Doch will ich fortfahren. – Die Jahre schleppten sich träge dahin, und noch immer weilte ich im Tale des Mannigfarbenen Grases – doch nun hatten sich alle Dinge ein zweites Mal verändert. Die sterngleichen Blumen zogen sich in die Baumstämme zurück und erschienen nimmermehr. Die Tönung des grünen Teppichs verblaßte; und einer nach dem andern welkten die rubinroten Asphodille dahin; und an ihrer Stelle wuchsen zehn mal zehn dunkle Veilchen augengleich empor, die sich ängstlich krümmten, immerzu schwer von Tau. Und das Leben schwand von unseren Pfaden; denn es prunkte der schlanke Flamingo vor uns mit seinem Scharlachgefieder nicht mehr, sondern flog traurig aus dem Tale von dannen in die Berge, samt der ganzen farbenprächtigen Vogelschar, die sich in seinem Gefolge eingestellt hatte. Und die Gold- und Silberfische schwammen davon durch die Schlucht am unteren Ende unseres Reiches und schmückten den lieblichen Fluß nimmermehr. Und die Wiegenmelodie, welche sanfter denn die Windharfe des Äolus und himmlischer denn alles gewesen war, außer Eleonorens Stimme allein, sie starb nach und nach dahin, raunte leiser und immer leiser, bis der Fluß schließlich wieder gänzlich in sein ursprüngliches feierliches Schweigen verfiel. Und zuletzt dann hob sich die gewaltige Wolke empor, überließ die Gipfel der Berge dem Dämmer von einst, versank wieder in Hespers Regionen und nahm mit sich all die Mannigfalt goldglänzender Glorie aus dem Tale des Mannigfarbenen Grases.

Doch die Versprechen Eleonorens waren nicht vergessen; denn ich vernahm das Gesäusel, da die Engel die Weihrauchgefäße schwangen; und immerfort strömten heilige Düfte durch das Tal; und in einsamen Stunden, wenn das Herz mir schwer, strichen Lüfte, mit sanften Seufzern beladen, mir über die Stirn; und oft erfüllte Raunen undeutlich die nächtliche Luft; und einmal – ach, ein einziges Mal nur!, ward ich geweckt aus meinem Schlummer, dem Schlaf des Todes gleich, als sich Geisterlippen auf die meinen preßten.

Doch die Leere in meinem Herzen wollte sich, selbst so, nicht ausfüllen lassen. Ich sehnte mich nach der Liebe, welche zuvor zum Überströmen es erfüllt. Am Ende gar *peinigte* mich das Tal ob der Erinnerungen an Eleonoren, und ich verließ es für immer, für die Eitelkeiten und die turbulenten Triumphe dieser Welt.

Ich fand mich wieder in einer fremden Stadt, wo alles dazu angetan sein mochte, aus meinem Gedächtnis die süßen Träume zu tilgen, die ich im Tale des Mannigfarbenen Grases so lange geträumt. Die prunkvolle Pracht einer stattlichen Hofhaltung, der Waffen tolles Getöse und die strahlende Schönheit der Frauen verwirrten und betörten meinen Verstand. Aber noch war meine Seele ihrem Gelübde treu geblieben, und in den stillen Stunden der Nacht empfing ich noch immer die Zeichen von Eleonorens Gegenwart. Urplötzlich nun hörten sie auf, diese Bekundungen; und die Welt ward dunkel vor meinen Augen; und erschrocken stand ich da ob der glutvollen Gedanken, welche von mir Besitz ergriffen – ob der schrecklichen Versuchungen, welche mich bedrängten; denn da kam von weit, weit her, aus einem fernen fremden Land, an den kurzweiligen Hof des Königs, dem ich diente, eine Jungfrau, deren Schönheit mein ganzes ungetreues Herz sofort erlag – an deren Schemel ich mich kampflos niederbeugte, in der feurigsten, in der unterwürfigsten Verehrung der Liebe. Ja, wahrhaftig, was war meine Leidenschaft für das junge Mädchen in dem Tale gewesen, verglichen mit der Glut und der Raserei und der den Geist beflügelnden Ekstase dieser Anbetung, in welcher ich meine ganze Seele zu Füßen der himmlischen Ermengarde in Tränen ergoß? – Oh, strahlend war der Seraph Ermengarde! und in diesem Wissen hatte ich nicht Raum für eine andere. – Oh, göttlich war der Engel Ermengarde! und da ich schaute in die Tiefen ihrer erinnernden Augen, dachte ich nur an diese – und *an sie.*

Ich ließ mich trauen – und spürt' kein Grauen vor dem Fluch, den ich erfleht; auch ward seine Bitternis nicht heimgesucht an mir. Und einmal – doch noch einmal nur drangen in nächtlicher Stille durch mein Gitterfenster die sanften Seufzer, die mir verstummt; und sie wurden zur vertrauten süßen Stimme, die da sprach:

»Ruhe in Frieden! – denn der Geist der Liebe heischet und herrschet, und da an dein leidenschaftlich Herz du genommen, die da heißt Ermengarde, bist du erlöset – die Ursach sollst dereinst im Himmel du erfahren – von dem Gelübde, so du getan Eleonoren.«

DREI SONNTAGE IN EINER WOCHE

›Du hartherziger, dämlicher, störrischer, blöder, öder, spröder, schnöder alter Hundsfott!‹ sprach ich in Gedanken eines Nachmittags zu meinem Großonkel Rumdussel und drohte ihm im Geiste mit der Faust.

Im Geiste nur. Die Sache ist nämlich die, daß just da eine unerhebliche Diskrepanz bestand zwischen dem, was ich sagte und was zu sagen ich den Mut nicht hatte – zwischen dem, was ich tat und was zu tun ich nicht übel Lust verspürte.

Als ich die Tür zum Wohnzimmer öffnete, saß der alte Fettwanst da, die Füße auf dem Kaminsims und einen Humpen Portwein in der Pfote, und plagte sich im Schweiße seines Angesichts, dem Liedlein Genüge zu tun, das da geht

> *Remplis ton verre vide!*
> *Vide ton verre plein!*

»Mein *teurer* Onkel«, sagte ich, indem ich die Türe sachte schloß und mit dem gewinnendsten Lächeln auf ihn zutrat, »Sie sind stets so *überaus* gütig und aufmerksam und haben Ihr Wohlwollen auf so vielerlei – so *überaus* vielfältige Weise bewiesen – daß – daß ich fühle, ich brauche zu Ihnen nur noch einmal andeutungsweise die kleine Angelegenheit zu erwähnen, um mich Ihrer vollen Einwilligung zu versichern.«

»Hm!« sagte er, »guter Junge! fahre fort!«

»Ich bin sicher, mein teuerster Onkel (du verdammter alter Schuft!), daß Sie nicht wirklich im Ernste die Absicht hegen, sich meiner Verbindung mit Kate entgegenzustellen. Das ist nur ein Scherz von Ihnen, ich weiß – ha! ha! ha! –, wie so *ungeheuer* witzig Sie bisweilen doch sind.«

»Ha! ha! ha!« sagte er, »zum Teufel mit dir! ja!«

»Gewiß – natürlich! Ich habe doch *gewußt*, Sie haben nur Spaß gemacht. Nun, Onkel, Kate und ich möchten im Augenblick nur das eine, daß Sie die Güte hätten, uns Ihren Rat angedeihen zu lassen, was – was den *Zeitpunkt* betrifft – Sie wissen schon, Onkel – kurz, wann es Ihnen selber wohl am besten passen wolle, daß die Hochzeit – äh – hm, abläuft, Sie verstehen?«

»Abläuft, du Gauner! – was soll denn das heißen? – Warte doch lieber, bis sie anläuft.«

»Ha! ha! ha! – he! he! he! – hi! hi! hi! – ho! ho! ho! – hu! hu! hu! – oh, das ist gut! – oh, ganz groß! – *so* ein Witz! Doch *jetzt* im Augenblick, Onkel, verstehen Sie, ist alles, was wir wollen, daß Sie den Zeitpunkt genau nennen.«

»Ah! – genau?«

»Ja, Onkel – das heißt, wenn es Ihnen recht ist.«

»Würde es nicht reichen, Bobby, wenn ich es so ungefähr beließe – sagen wir zum Beispiel irgendwann innerhalb eines Jahres oder so? – *muß* es denn ganz genau sein?«

»*Wenn* Sie die Güte haben wollten, Onkel – genau.«

»Na schön, also dann, Bobby, mein Junge – du bist ein kluges Kerlchen, nicht wahr? – da du den genauen Zeitpunkt *wünschst*, will ich – also, da will ich dir dies eine Mal den Gefallen tun.«

»Liebster Onkel!«

»Still, Sir!« (meine Stimme übertönend) – »ich will dir dies eine Mal den Gefallen tun. Du sollst mein Einverständnis haben – und den Mammon dazu, die hunderttausend Pfündchen, die dürfen wir ja nicht vergessen – laß mal sehen! wann soll's denn also sein? Heute ist Sonntag – stimmt's? Nun denn, die Hochzeit soll genau dann sein – paß gut auf jetzt! – *genau dann, wenn drei Sonntage in eine Woche fallen!* Hörst du, mein Herr! Was glotzt du denn so? Ich sage, du sollst Kate und den Mammon kriegen, wenn drei Sonntage in eine Woche fallen – aber nicht *eher* – du junger Bruder Liederlich – nicht *eher*, und sollte es mein

Leben kosten. Du kennst mich – *ich bin ein Mann von Wort* – und nun fort mit dir!« Und damit leerte er seinen Humpen Portwein, dieweil ich verzweifelt aus dem Zimmer stürzte.

Ein sehr ›feiner alter englischer Gentleman‹, das war mein Großonkel Rumdussel, doch anders als der im Liede hatte er seine schwachen Punkte. Sie war schon wer, diese kleine, pralle, prahlerische, passionierte Halbkugel, mit einer roten Nase, einem dicken Schädel, einer wohlgefüllten Börse und einem ausgeprägten Bewußtsein der eigenen Wichtigkeit. Trotz des besten Herzens von der Welt brachte er es doch durch einen allbeherrschenden *Widerspruchs*geist fertig, bei denen, die ihn nur flüchtig kannten, sich den Ruf eines Griesgrams und Geizkragens zu erwerben. Gleich vielen ausgezeichneten Menschen schien er regelrecht von einem *Quäl*geist besessen, dessen Schurigelei man bei flüchtigem Hinsehen leicht als Bosheit mißverstehen konnte. Auf jegliches Ersuchen antwortete er sofort mit einem entschiedenen »Nein!«; doch am Ende – am fernen, fernen Ende – gab es nur außerordentlich wenige Bitten, welche er wirklich abgeschlagen hätte. Gegen alle Angriffe auf seinen Geldbeutel wehrte er sich aufs entschiedenste; doch der Betrag, den man ihm schließlich abnötigte, stand allgemein im direkten Verhältnis zur Länge der Belagerung und zur Hartnäckigkeit des Widerstandes. Für mildtätige Zwecke gab keiner großzügiger oder widerwilliger.

Für die schönen Künste und im besonderen die Literatur hegte er abgrundtiefe Verachtung. Das hatte ihm Casimir Périer eingegeben, dessen kleine freche Frage ›*A quoi un poète est-il bon?*‹ er mit sehr possierlicher Aussprache als das *non plus ultra* logischen Witzes zu zitieren pflegte. So hatte auch meine eigene Neigung zu den Musen sein völliges Mißfallen erregt. Eines Tages, als ich ihn um eine neue Horaz-Ausgabe bat, versicherte er mir, die Übersetzung von *Poeta nascitur non fit* laute ›Ein Poet ist ein genasführter Taugenichts‹ – eine Bemerkung, welche mich sehr verstimmte. Seine Abneigung gegen ›die Humaniora‹ war in letzter Zeit auch sehr viel größer geworden durch eine jähe, zufällig entstandene Vorliebe für etwas, das er als Naturwissenschaft ansah. Da hatte ihn doch einer auf der Straße angesprochen und ihn für keinen Geringeren als den Doktor Dee R. Juhr gehalten, den Professor für Naturhokuspokus. Dies veranlaßte ihn zu jäher Schwenkung; und just zur Zeit dieser Geschichte – denn eine Geschichte soll es schließlich und endlich doch noch werden – war mein Großonkel Rumdussel ansprechbar und friedfertig nur auf Punkte hin, welche zufällig mit den Kapriolen des Steckenpferds, das er derzeit ritt, übereinstimmten. Ansonsten lachte er mit Armen und Beinen, und seine politischen Ansichten waren eigensinnig und leicht verständlich. Er meinte mit Horsley, daß ›das Volk mit den Gesetzen nichts anderes zu tun hat, als ihnen zu gehorchen‹.

Ich hatte mein Lebtag lang bei dem alten Herrn gelebt. Auf dem Sterbebett hatten meine Eltern mich ihm zum köstlichen Vermächtnis hinterlassen. Ich glaube, der alte Schurke liebte mich wie sein eigenes Kind – beinahe, wenn nicht gar ganz so, wie er Kate liebte –, doch war's bei alledem ein Hundeleben, das er mir bereitete. Vom ersten bis zum fünften Lebensjahr erwies er sich mir mit regelmäßigen Züchtigungen gefällig. Von fünf bis fünfzehn drohte er mir stündlich mit der Besserungsanstalt. Von fünfzehn bis zwanzig verging nicht ein Tag, an dem er mir nicht gelobte, mich zu enterben. Ich trieb's gar arg, das ist wahr – doch war es nun einmal Teil meiner Natur – ein Artikel meines Glaubens. In Kate jedoch besaß ich eine treue Freundin, und ich wußte das. Sie war ein gutes Mädchen und sagte mir in sehr süßen Worten, daß ich sie haben könne (mitsamt dem Mammon und allem), wann immer ich meinen Großonkel Rumdussel dazu breitzuschlagen vermöchte, sich zu der notwendigen Einwilligung zu verstehen. Das arme Ding! – sie war kaum fünfzehn, und ohne diese Zustimmung wäre an ihr kleines in Staatspapieren angelegtes Vermögen nicht eher heranzukommen, als bis fünf endlose Sommer ›ihre träge Länge dahingeschleppt‹ hätten. Was also tun? Mit fünfzehn oder selbst mit einundzwanzig (denn ich hatte nun meine fünfte Olympiade bereits hinter mir) dünken einen fünf zu gewärtigende Jahre dasselbe wie fünfhundert. Vergebens bestürmten wir den alten Herrn mit beharrlichen Bitten. Hier lag eine *pièce de résistance* vor (wie die Herren Ude und Carême sagen würden), wie sie seiner verstockten Phantasie aufs Haar genau paßte. Es hätte sogar Hiob höchstpersönlich Entrüstung entlockt, hätte er mit ansehen müssen, als welch arger Mäusefänger er sich uns zwei armen elenden Mäuslein gegenüber gebärdete. Im Herzen wünschte er dabei nichts sehnlicher denn unsere Verbindung. Dies war für ihn schon längst beschlossene Sache. Ja, er hätte sogar zehntausend Pfund aus seiner eigenen Tasche darangegeben (Kates hunderttausend *gehörten ihr*), wenn ihm so etwas wie eine Ausrede hätte einfallen mögen, um unseren so natürlichen Wünschen entgegenzukommen. Doch wir waren nun einmal so unklug gewesen, *selbst* davon anzufangen. Sich unter solchen Umständen nicht zu widersetzen, davon bin ich zutiefst überzeugt, stand einfach nicht in seiner Macht.

Wie gesagt, er hatte seine schwachen Punkte; doch wenn ich davon spreche, so darf man das nicht so verstehen, als meinte ich damit seinen Eigensinn: der war eine seiner Stärken – ›*assurément ce n'était pas sa foible*‹. Wenn ich von seiner Schwäche rede, so spiele ich damit auf einen *wunderlichen* Altweiber-Aberglauben an, in dem er befangen war. Träume, Vorzeichen *et id genus omne* von Geschwätz, da war er ganz groß. Auch achtete er mit übertriebener Peinlichkeit auf all die kleinen Ehrensachen, und ohne Zweifel war er, auf seine eigene Weise, ein Mann von Wort. Tatsächlich war dies eines seiner Steckenpferde. Den *Geist* seiner Gelübde für nichts zu achten, kannte er keine Skrupel, der *Buchstabe* jedoch war ihm heilige Verpflichtung. Diese letztere Eigenart in seinem Charakter war es nun, welche Kates Findigkeit eines schönen Tages, nicht lange nach unserer Unterredung im Speisezimmer, auf höchst unerwartete Weise sich zunutze zu machen verstand; und nachdem ich solcherart im Stile aller modernen Barden und Redner die ganze mir zu Gebote stehende Zeit und nahezu den ganzen mir verfügbaren Raum mit den *prolegomena* aufgebraucht habe, will ich nun mit wenigen Worten zusammenfassen, was im ganzen die Quintessenz der Geschichte ausmacht.

Der Zufall wollte es – so hatten es die Schicksalsschwestern bestimmt –, daß sich unter den seemännischen Bekannten meiner Anverlobten zwei Herren befanden, die soeben den Fuß auf englischen Boden gesetzt hatten, nachdem ein jeder von ihnen ein Jahr lang auf Reisen in fremde Länder unterwegs gewesen war. In Begleitung dieser Herren statteten meine Base und ich nach vorheriger Verabredung Onkel Rumdussel einen Besuch ab, am Nachmittag des zehnten Oktober, einem Sonntag – genau drei Wochen nach jener denkwürdigen Entscheidung, die auf so grausame Weise unsere Hoffnungen zerschlagen hatte. Wohl eine halbe Stunde lang ging die Unterhaltung über gewöhnliche Gegenstände, endlich aber gelang es uns, ihr ganz selbstverständlich die folgende Wendung zu geben:

Kapitän Pratt: »Nun, ich bin genau ein Jahr fort gewesen. Heute ist's genau ein Jahr, so wahr ich lebe – lassen Sie mich sehen! ja! – heute ist der zehnte Oktober. Sie erinnern sich doch, Mr. Rumdussel, heute vor einem Jahr war ich bei Ihnen, um mich zu verabschieden. Ach, übrigens, ist das nicht *wirklich* ein merkwürdiger Zufall, wie – daß unser Freund hier, Kapitän Smitherton, ebenfalls genau ein Jahr fort gewesen ist – auf den Tag genau ein Jahr?«

Smitherton: »Jawohl! haargenau ein Jahr! Sie werden sich erinnern, Mr. Rumdussel, daß ich voriges Jahr am selben Tag zusammen mit Kapitän Pratt bei Ihnen meinen Abschiedsbesuch gemacht habe.«

Onkel: »Ja, ja, ja – ich erinnere mich sehr wohl – wirklich sehr merkwürdig! Beide sind Sie genau ein Jahr weg gewesen. Wahrhaftig, ein sehr merkwürdiges Zusammentreffen! Genau das, was Doktor Dee R. Juhr eine außergewöhnliche Koinzidenz der Ereignisse nennen würde. Doktor Dee –«

Kate (ihm ins Wort fallend): »Gewiß, Papa, das *ist* schon merkwürdig; aber andererseits sind Kapitän Pratt und Kapitän Smitherton ja gar nicht zusammen die gleiche Route gefahren, und das ist denn doch ein Unterschied, weißt du.«

Onkel: »Davon weiß ich ganz und gar nichts, du vorlautes Ding! – Woher auch? Ich meine, das macht die Sache nur noch bemerkenswerter. Doktor Dee R. Juhr –«

Kate: »Freilich, Papa, Kapitän Pratt ist um Kap Hoorn gefahren, und Kapitän Smitherton segelte um das Kap der Guten Hoffnung.«

Onkel: »Ganz recht! – der eine ist also gen Osten und der andere gen Westen gefahren, du Wildfang, und beide sind sie rund um die ganze Welt gekommen. Nebenbei bemerkt, Doktor Dee R. Juhr –«

Meine Wenigkeit (hastig): »Kapitän Pratt, Sie müssen morgen abend zu uns kommen – Sie und Smitherton – Sie können uns dann alles von Ihrer Reise erzählen, wir spielen noch eine Partie Whist und –«

Pratt: »Whist, mein Bester – Sie haben wohl vergessen. Morgen ist Sonntag. An einem andern Abend –«

Kate: »Ach nein, pfui! – *Ganz* so schlecht ist Robert ja nun doch nicht. *Heute* ist Sonntag.«

Onkel: »Gewiß – gewiß!«

Pratt: »Ich bitte Sie beide um Verzeihung – aber so kann ich mich nun wirklich nicht irren. Ich weiß genau, morgen ist Sonntag, weil –«

Smitherton (sehr überrascht): »Wo haben Sie denn alle Ihre Gedanken? War denn nicht *gestern* Sonntag, das hätte ich doch gern gewußt?«

Alle: »Gestern, Sie erst noch! unmöglich! Da irren Sie sich!«

Onkel: »Heute ist Sonntag, sage ich – nicht wahr?«

Pratt: »O nein! – morgen ist Sonntag.«

Smitherton: »Sie sind wohl *alle* miteinander nicht bei Trost – jeder einzelne von Ihnen. So sicher, daß ich auf dem Stuhl hier sitze, so genau weiß ich auch, daß gestern Sonntag war.«

Kate (heftig aufspringend): »Ich hab's – ich verstehe das Ganze. Papa, das ist die Strafe Gottes für dich – wegen –

wegen, du weißt schon, weswegen. Laßt mich ausreden, und ich will das Ganze augenblicklich erklären. Das ist wirklich eine sehr einfache Sache. Kapitän Smitherton sagt, gestern sei Sonntag gewesen: so war's auch; er hat recht. Vetter Bobby und Onkel und ich sind der Meinung, daß heute Sonntag ist: so ist's; wir haben auch recht. Kapitän Pratt behauptet, morgen wäre Sonntag: stimmt; er hat ebenfalls recht. Die Sache ist die, wir haben alle recht, und so sind *drei Sonntage in eine Woche gefallen.*«

Smitherton (nach einer Pause): »Tja, Pratt, Kate hat den Finger drauf. Wie dumm von uns beiden! Mr. Rumdussel, die Sache verhält sich so: die Erde hat, wie Sie wissen, vierundzwanzigtausend Meilen Umfang. Nun kreist ja diese Erdkugel um ihre eigene Achse – sie rotiert – sie dreht sich um sich selber – also um diese Strecke von vierundzwanzigtausend Meilen, welche sie in genau vierundzwanzig Stunden von Westen nach Osten zurücklegt. Verstehen Sie, Mr. Rumdussel?«

Onkel: »Gewiß – gewiß – Doktor Dee –«

Smitherton (seine Stimme übertönend): »Nun gut, Sir; das bedeutet also eine Geschwindigkeit von tausend Meilen in der Stunde. Nun, nehmen wir einmal an, ich fahre von dieser Position aus tausend Meilen nach Osten. Natürlich komme ich dem Sonnenaufgang hier in London um genau eine Stunde zuvor. Ich sehe die Sonne eine Stunde eher aufgehen als Sie. Bewege ich mich nun in derselben Richtung noch weitere tausend Meilen, so ist der Sonnenaufgang für mich zwei Stunden vorher – nochmals tausend, und es sind schon drei Stunden, und so weiter und so fort, bis ich den Erdball einmal vollkommen umfahren habe und wieder an der Stelle hier ankomme, wonach ich dann also, da ich vierundzwanzigtausend Meilen nach Osten gefahren bin, dem Londoner Sonnenaufgang um nicht weniger als vierundzwanzig Stunden voraus bin; das heißt, ich habe vor Ihrer Zeit einen ganzen Tag *Vorsprung.* Klar, hm?«

Onkel: »Aber Dee R. Juhr –«

Smitherton (sehr laut): »Kapitän Pratt hingegen war, wenn er tausend Meilen von hier aus nach Westen gefahren ist, eine Stunde, und wenn er vierundzwanzigtausend Meilen nach Westen zurückgelegt hatte, vierundzwanzig Stunden oder einen ganzen Tag *hinter* der Londoner Zeit zurück. Und so war denn für mich schon gestern Sonntag – und so ist für Sie also heute Sonntag – und so ist für Pratt eben erst morgen Sonntag. Und was noch wichtiger ist, Mr. Rumdussel, es ist sonnenklar, daß wir *alle recht* haben; denn es läßt sich wohl keinerlei philosophischer Grund anführen, warum die Meinung des einen von uns der des andern vorzuziehen sei.«

Onkel: »Du lieber Himmel! – nun, Kate – nun, Bobby! – da trifft mich wirklich die Strafe Gottes, wie ihr sagt. Aber ich stehe zu meinem Wort – *merkt euch das!* Du sollst sie also haben, mein Junge (Mammon und alles), wenn du möchtest. Reingefallen, Donnerwetter! Drei Sonntage gleich hintereinander! Da muß ich gleich gehen und sehen, was Dee R. Juhr *dazu* meint.«

DAS OVALE PORTRÄT

Das *château*, in welches mein Diener gewaltsam eingedrungen, damit ich, schwer verwundet, die Nacht nicht im Freien zubringen müsse, war eines jener gewaltigen Gemäuer aus düstrer Gräue und Größe zugleich, wie sie schon von alters her finster in den Apenninen ragen, in der Wirklichkeit nicht minder denn in der Phantasie der Mrs. Radcliffe. Allem Anschein nach war es erst vor kurzem und vorübergehend nur verlassen worden. Wir richteten uns in einem der kleinsten und nicht ganz so verschwenderisch ausgestatteten Gemächer ein. Es befand sich in einem entlegenen Turme des Schlosses. Die Ausschmückung war zwar prächtig, doch alt schon und verschlissen. Die Wände waren mit gewirkten Tapeten behangen, auch zierten diese mannigfaltige und vielgestaltige wappengeschmückte Siegeszeichen, desgleichen eine ungewöhnlich große Zahl überaus beseelter moderner Gemälde in prunkvollen gülden-arabesken Rahmen. Vielleicht lag es an meinem beginnenden Fieberwahn, doch diese Gemälde, welche allenthalben an den Wänden hingen, nicht nur da, wo sich große glatte Flächen boten, sondern ebenso in den vielen Nischen, wie sie die bizarre Architektur des Schlosses nun einmal geschaffen hatte – diese Gemälde zogen meine Aufmerksamkeit unwiderstehlich an; so daß ich Pedro bat, die schweren Fensterläden des Raumes zu schließen – war es doch bereits Nacht –, die Kerzen eines großen Kandelabers anzuzünden, welcher am Kopfende meines Bettes stand – und die schwarzen, gefransten Samtvorhänge, welche das Bett selber einhüllten, weit aufzuziehen. Dies alles veranlaßte ich, damit ich mich, wenn schon nicht dem Schlafe, so doch zumindest wechselweise der Betrachtung dieser Bilder hingeben konnte sowie der Lektüre eines Büchleins, das auf dem Kissen ich gefunden und das eine kritische Beschreibung der Bilder enthielt.

Lang – lange las ich – und andächtig-andachtsvoll schaute ich. Schnell und köstlich verflogen die Stunden, und tiefe Mitternacht kam. Die Stellung des Leuchters gefiel mir nicht, also streckte ich – meinen schlafenden Diener wollte ich nicht wecken – mit einiger Mühe die Hand aus und rückte ihn so, daß sein Licht stärker auf das Buch fiel.

Doch damit erzielte ich eine gänzlich unerwartete Wirkung. Der Schein der zahlreichen Kerzen (waren es deren doch viele) drang nun in eine Nische des Gemachs, welche bisher tief im Schatten eines der Bettpfosten gelegen hatte. So sah ich denn in hellem Lichte ein Bild, das mir vorher völlig entgangen war. Es war das Porträt eines jungen, zur Frau heranreifenden Mädchens. Einen hastigen Blick nur warf ich auf das Bild, dann schloß ich die Augen. Weshalb ich dies tat, wußte ich zunächst selber nicht genau. Doch während meine Lider also geschlossen blieben, suchte ich im Geiste den Grund dafür zu finden, daß ich sie geschlossen. Es war eine impulsive Bewegung gewesen, um Zeit zum Nachdenken zu gewinnen – um mich zu vergewissern, daß mein Blick mich nicht trog – um meine Phantasie zu beruhigen und ihr zugunsten eines nüchterneren, sichereren Blickes Zügel anzulegen. Alsbald schaute ich abermals gebannt auf das Bild. Daß ich nun richtig sah, daran konnte und wollte ich nicht zweifeln; denn kaum hatte der Kerzenschein die Leinwand erhellt, da schien die traumartige Lähmung, welche sich meiner Sinne bemächtigen wollte, auch schon verflogen und ich wieder hellwach.

Das Porträt stellte, ich sagte es schon, ein junges Mädchen dar. Es war nur ein Brustbild, gemalt in der sogenannten *Vignetten*manier, im Stile den beliebten Bildnissen Sullys ähnlich. Die Arme, der Busen und selbst die Spitzen des leuchtenden Haars verschmolzen unmerklich mit dem unbestimmten, doch tiefen Dunkel, welches den Hintergrund des Ganzen bildete. Der Rahmen war oval, reich vergoldet und von arabeskem Filigran. Als Kunstwerk konnte nichts bewundernswerter sein denn das Gemälde selbst. Doch daß ich so unvermittelt und so heftig davon angerührt, mochte weder an der Ausführung des Werkes liegen noch an der überirdischen Schönheit des Antlitzes. Und am allerwenigsten daran, daß meine Phantasie, aus dem Halbschlaf aufgeschreckt, den Kopf etwa für den einer lebendigen Person gehalten hätte. Ich sah sogleich, wie die Eigenart von Darstellung, Vignettierung und Rahmen einen solchen Gedanken wohl sofort hätte verjagen müssen – ja, ihn gar nicht erst auch nur einen Augenblick lang hätte aufkommen lassen. So grübelte ich, indes ich wohl eine Stunde halb sitzend, halb zurückgelehnt verharrte und den Blick nicht von dem Bildnis wandte. Endlich ließ ich mich ins Bett zurücksinken, zufrieden darob, nun das wahre Geheimnis dieser Wirkung zu kennen. Ich hatte herausgefunden, daß der Zauber des Bildes in der absoluten *Lebensechtheit* des Ausdrucks lag, die mich zunächst bestürzt, schließlich verwirrt, überwältigt und entsetzt hatte. Voll tiefer, ehrfurchtsvoller Scheu stellte ich den Kandelaber wieder an seinen früheren Platz. Nachdem die Ursache meiner heftigen Erregung so dem Blick entzogen war, suchte ich begierig in dem Buche nach, darin sich die Gemälde und ihre Geschichte erklärt fanden. Als ich die Nummer aufgeschlagen, unter der das ovale Porträt verzeichnet war, las ich die folgenden seltsam dunklen Worte:

›Sie war eine Jungfrau von außergewöhnlicher Schönheit und genauso heiteren Gemüts wie lieblich anzuschaun. Und verrucht war die Stunde, da sie den Maler sah, ihn liebte und sein Weib ward. Er, der leidenschaftliche, arbeitsame, ernste Mann, hatte schon in seiner Kunst eine Braut; und sie, ein Mädchen von außergewöhnlicher Schönheit und genauso heiteren Gemüts wie lieblich anzuschaun; eitel Licht und Lust und übermütig wie ein junges Reh; allem war sie lieb und gut; haßte nur die Kunst, ihre Nebenbuhlerin; und fürchtete nur Palette und Pinsel und anderes widerwärtiges Utensil, welches das Antlitz des Geliebten ihr raubte. So war es ein gar schrecklich Ding für die junge Gebieterin, als sie den Maler von seinem Wunsche sprechen hörte, er wolle nun auch sie, seine junge

Frau, porträtieren. Sie war aber demütig und gehorsam und saß viele Wochen lang holdselig in dem dunklen, hohen Turmgemach, wo das Licht einzig von oben auf die fahle Leinwand sickerte. Doch er, der Maler, schwelgte in seiner Arbeit, welche Stund um Stunde, Tag um Tag ihren Fortgang nahm. Und er war ein leidenschaftlicher und ungestümer und launischer Mann, der sich in Schwärmerei verlor und also nicht sehen *wollte*, wie das Licht, welches so gespenstisch bleich in jenen einsamen Turm hinabfiel, sein junges Weib an Leib und Seele welken ließ; so siechte sie dahin, alle sahen es, nur er nicht. Doch klagte sie nicht, lächelte fort und fort, weil sie sah, daß der Maler (der hohen Ruhm genoß) mit leidenschaftlicher Glut in seinem Werke aufging und Tag und Nacht sich mühte, sie zu malen, die ihn so liebte und doch mit jedem Tage mutloser und schwächer ward. Und wahrlich, manche, die das Bildnis geschaut, sprachen leise davon, wie ähnlich es sei, als sprächen sie von einem gewaltigen Wunder, und so beweise sich nicht weniger die Macht des Malers denn auch seine tiefe Liebe zu ihr, die er so unübertrefflich malte. Doch schließlich, da die Arbeit ihrer Vollendung nahte, fand keiner Einlaß mehr im Turm; denn der Maler war wie von Sinnen, seine Besessenheit grenzenlos, und kaum mehr wandte den Blick er von der Leinwand, nicht einmal, das Antlitz seines Weibes zu schaun. Und nicht sehen *wollte* er, wie die Farben, die auf die Leinwand er auftrug, den Wangen derer entzogen waren, die da neben ihm saß. Und als viele Wochen vergangen und nur wenig noch zu tun blieb – ein Pinselstrich am Mund und ein Hauch Farbe noch am Aug –, da flackerte das Lebenslicht der jungen Frau noch einmal auf wie die Flamme in der Hülse der Lampe. Und dann war der Pinselstrich getan und der Farbhauch aufgetragen; und einen Augenblick stand der Maler verzückt vor dem Werke, das er geschaffen; im nächsten aber, indes er darauf noch starrte, begann er zu zittern, sehr bleich ward er und erschrak. ‚Wahrhaftig', rief er mit lauter Stimme, ‚das ist das *Leben* selbst!' und wandte sich sogleich, seine Liebste zu schaun: – *Sie war tot!*'

DIE MASKE DES ROTEN TODES

Der Rote Tod hatte lang das Land verheert. Keine Pestilenz war je so unheilvoll gewesen, so gräßlich. Blut war ihr Avatara und ihr Siegel – die Röte und das Grauen des Blutes. Sie brachte heftige Schmerzen und plötzliche Benommenheit, dann starke Blutungen aus allen Poren und schließlich den Tod. Die scharlachroten Flecken auf dem Körper und besonders im Gesicht des Opfers waren der Pestbann, der es von der Hilfe und dem Mitgefühl seiner Gefährten ausschloß. Und Ausbruch, Fortschreiten und Ende des Leidens waren insgesamt das Werk einer halben Stunde.

Fürst Prospero aber war glücklich und furchtlos und weise. Als sein Land schon halb entvölkert, befahl er tausend gesunde und frohgemute Ritter und Damen seines Hofes zu sich, und mit ihnen zog er sich in die tiefe Abgeschiedenheit eines seiner befestigten Schlösser zurück. Dies war ein geräumiges und prächtiges Bauwerk, erschaffen nach des Fürsten eigenem überspannten, doch erlesenem Geschmack. Eine gewaltige, hochragende Mauer faßte es ein. Diese Mauer hatte Tore von Eisen. Nachdem sich die Höflinge hineinbegeben hatten, holten sie Schmelzöfen und mächtige Hämmer und schmiedeten die Riegel. Sie beschlossen, den plötzlichen Regungen von Verzweiflung oder Raserei von drinnen weder Eingang noch Ausgang zu gewähren. Das Schloß war reichlich mit Proviant versehen. Solcherart gerüstet, mochten die Höflinge der Ansteckung wohl Trotz bieten. Die Welt draußen konnte für sich selbst sorgen! Inzwischen wäre es töricht, sich zu grämen und zu grübeln. Der Prinz hatte alle Vorkehrungen zur Sinnenlust getroffen. Da waren Spaßmacher und Stegreifdichter, da waren Ballettänzer und Musikanten, da war Schönheit, da war Wein. All dies und Sicherheit war im Schloß. Draußen war der Rote Tod.

Es war gegen Ende des fünften oder sechsten Monats seines abgeschiedenen Daseins und als die Pestilenz am schlimmsten im Lande wütete, da lud Fürst Prospero seine tausend Freunde zu einem Maskenball von außergewöhnlicher Pracht.

Es war ein überwältigendes Schauspiel, diese Maskerade! Aber zuerst will ich von den Gemächern berichten, in denen sie stattfand. Ihrer waren sieben – eine fürstliche Suite! In vielen Palästen bilden solche Zimmerfluchten einen langen und geraden Gang, und die Flügeltüren lassen sich nach beiden Seiten bis an die Wand zurückschieben, so daß die Sicht auf die Gesamtheit der Räume kaum behindert ist. Hier aber lag der Fall ganz anders, als von des Fürsten Vorliebe für alles *Bizarre* zu erwarten war. Die Gemächer waren so unregelmäßig angelegt, daß der Blick kaum mehr als jeweils eines erfaßte. Alle zwanzig bis dreißig Meter gab es eine scharfe Biegung und bei jeder Biegung einen neuen Eindruck. Rechts und links, in der Mitte jeder Wand, ging ein hohes, schmales gotisches Fenster auf einen abgeschlossenen Korridor, der den Windungen der Suite folgte. Diese Fenster waren aus buntem Glas, dessen Tönung auf die vorherrschende Farbe der Einrichtung des Zimmers abgestimmt war, in das es führte. Das am östlichen Ende gelegene war zum Beispiel in Blau gehalten – und leuchtend blau waren seine Fenster. Das zweite Gemach hatte purpurfarbenen Zierat und Wandbehang, und hier erglänzten die Scheiben purpurrot. Das dritte war vollkommen grün und desgleichen auch die Fenster. Das vierte war orangen beleuchtet und möbliert – das fünfte weiß – das sechste violett. Der siebente Raum war dicht mit schwarzen Samtbehängen ausgeschlagen, die Decke und Wände einhüllten und in schweren Falten auf einen Teppich aus gleichem Material und Farbton herniederfielen. Doch in diesem Raum allein stimmten die Farben von Fenstern und Einrichtung nicht überein. Hier waren die Scheiben scharlachfarben – wie tiefrotes Blut. In keinem der sieben Gemächer gab es eine Lampe oder einen Kandelaber inmitten des verschwenderischen goldenen Zierats, der hier und dort verstreut lag oder von der Decke hing. Da war kein Licht jedweder Art, von einer Lampe oder Kerze in dieser Zimmerflucht entsandt. Doch in den Korridoren daneben stand vor jedem Fenster ein schwerer Dreifuß, eine Feuerschale tragend, die ihre Strahlen durch das bunte Glas warf und den Raum glänzend erhellte. Und so wurde eine Vielheit glitzernder und phantastischer Gebilde geschaffen. Im Westzimmer aber, im schwarzen Zimmer, war die Wirkung des Feuerscheins, der durch die blutroten Fensterscheiben auf die dunklen Wandbehänge flutete, höchst gespenstisch und rief auf den Gesichtern der Eintretenden ein solch wildes Aussehen hervor, daß nur wenige aus der Gesellschaft sich erkühnten, den Fuß über die Schwelle zu setzen.

In ebendiesem Zimmer stand an der Westwand eine riesige Uhr aus Ebenholz. Ihr Pendel schwang hin und her mit dumpfem, schwerem, eintönigem Schlag; und sobald der Minutenzeiger seinen Kreis auf dem Zifferblatt beschrieben und den Schlag der vollen Stunde ankündete, drang aus den ehernen Lungen der Uhr ein Ton, der klar war und laut und tief und überaus melodisch, von so eigenartigem Klang jedoch und solchem Nachdruck, daß die Musiker des Orchesters bei jedem Stundenschlag unfreiwillig eine Weile in ihrer Darbietung innehielten, um dem Klang zu lauschen; und auch die Tänzer verharrten, einem Zwang gehorchend, in ihren schwungvollen Bewegungen, und die ganze ausgelassene Gesellschaft wurde für einen Augenblick von Unbehagen erfaßt; und während die Glocken der Uhr noch schlugen, sah man die Übermütigsten erbleichen, und die Bejahrteren und Besonneneren strichen mit der Hand über die Stirn, wie in wirres Traumgebild und tiefes Sinnen verloren. Doch sobald die letzten Klänge völlig verhallt waren, ging augenblicks ein leises Lachen durch die Gesellschaft; die Musiker blickten einander an und lächelten ob ihrer eigenen Schwäche und Torheit und schworen flüsternd, einer dem anderen, sich vom nächsten

Glockenschlag nicht wieder solcherart aus der Fassung bringen zu lassen – und dann, als die Uhr nach Ablauf von sechzig Minuten (dreitausendsechshundert Sekunden der dahinschwindenden Zeit) ein neues Mal schlug, dann folgten wieder, wie schon zuvor, Beklommenheit und Furcht und Nachdenklichkeit.

Doch ungeachtet dieser Begebnisse war es ein übermütiges und prächtiges Festgelage. Der Geschmack des Prinzen war auserlesen. Er besaß einen feinen Blick für Farben und Wirkungen. Den *decora* bloßer Mode unterwarf er sich nicht. Seine Pläne waren kühn und leidenschaftlich, und seine Einfälle funkelten in wild-großartigem Glanz. Manche mochten ihn wohl für geisteskrank gehalten haben. Sein Gefolge war überzeugt, daß er es nicht war. Man mußte ihn hören und sehen und berühren, um *sicher* zu sein, daß er es nicht war.

Er hatte zum großen Teil die Ausgestaltung der sieben Gemächer aus Anlaß dieser großen *fête* selbst geleitet; und es war sein eigener tonangebender Geschmack, der den Maskierten Charakter verlieh. Und sie waren wirklich grotesk! Da gab es viel Glänzendes und Glitzerndes, Pikantes und Phantasievolles – vieles, was man seither in ›Hernani‹ betrachten kann. Da gab es arabeskenhafte Gestalten mit unförmigen Gliedern und Gewändern. Da gab es närrische Wahngebilde nach Art der Irren. Es gab viel Schönes, viel Tolles, viel *Bizarres*; es gab manches Grausige und nicht wenig, was Abscheu hätte hervorrufen können. Und da wandelte wahrhaftig in den sieben Räumen auf und ab eine Vielzahl von Träumen! Und sie – die Träume – schoben einander hin und her, schillerten im Widerschein der Zimmerfarbe und ließen die wilde Musik des Orchesters wie das Echo ihrer Schritte scheinen. Und wieder schlägt die Ebenholzuhr, die in dem samtenen Gemache steht. Und dann, einen Augenblick lang, ist alles still, und alles schweigt bis auf die Stimme der Uhr. Die Träume stehen schreckversteint. Doch die Echos des Schlages ersterben – sie haben nur einen Augenblick gewährt –, und ein leichtes, halb unterdrücktes Lachen flutet ihnen nach, wie sie verwehen. Und nun schwillt die Musik von neuem an, und die Träume leben und bewegen sich ausgelassener denn je in den Räumen, eingehüllt in die Farben der vielen getönten Fenster, durch welche sich die Strahlen aus den Dreifüßen ergießen. Doch zu dem Zimmer hin, das am westlichsten liegt von den sieben, wagt sich nun keine Maske; denn die Nacht entschwindet schon, und durch die blutfarbenen Scheiben wallt noch grelleres Licht; und die Schwärze des düsteren Wandbehangs macht entsetzen, und er, der seinen Fuß auf den dunklen Teppich setzt, vernimmt von der nahen Ebenholzuhr ein dumpfes Schlagen, das noch erregend ernster klingt als irgendeines, welches in die Ohren derer dringt, die sich in den weiter entfernten Gemächern dem närrischen Treiben hingegeben.

Die anderen Räume indes wimmelten von Leibern, und in ihnen schlug fieberhaft das Herz des Lebens. Und der Trubel ging wirbelnd fort, bis schließlich die Uhr Mitternacht zu schlagen anhob. Und dann verstummte die Musik, wie ich schon sagte, und die Bewegungen der Tänzer wurden sanfter, und wie zuvor trat ein unheilschwangerer Stillstand aller Dinge ein. Doch nun waren es zwölf Schläge, die die Glocke der Uhr erschallen lassen sollte; und so geschah es vielleicht, daß mehr Gedanken sich mit mehr Zeit einschlichen in das Sinnen der Nachdenklichen unter denen, die sich ergötzten. Und so geschah es vielleicht auch, daß viele Personen aus der Menge – ehe noch der letzte Hall des letzten Glockenschlags in tiefstem Schweigen versunken – Muße fanden, eine maskierte Gestalt zu gewahren, der die Beachtung nicht eines einzigen Menschen zuvor gegolten. Und kaum hatte sich die Nachricht von diesem neuen Gast im Flüsterton verbreitet, erhob sich schon aus der gesamten Gesellschaft ein Raunen oder Murmeln, Mißbilligung und Staunen bekundend – dann schließlich Schaudern, Grauen und Entsetzen.

Wo sich in Scharen Truggebilde häufen, wie ich sie hier gezeichnet, mag man mit Fug vermuten, daß keine alltägliche Erscheinung solch Aufregung hätte bewirken können. Die Maskenfreiheit dieser Nacht war wahrhaft schrankenlos; doch hatte die bewußte Gestalt noch einen Herodes übertroffen und war selbst über die Grenzen der unbestimmten Wohlanständigkeit des Fürsten hinausgegangen. Es gibt in den Herzen der Leichtsinnigsten Saiten, die ohne Gefühlsbewegung nicht berührt werden können. Ja, sogar für die unrettbar Verlorenen, denen Leben und Tod gleichwie ein Scherz sind, gibt es Dinge, über die sie nicht zu scherzen wagen. Die ganze Gesellschaft schien nun tief im Inneren zu empfinden, daß sich in Kostüm und Gebaren des Fremden weder Geisteskraft noch Schicklichkeit nachweisen ließen. Die Gestalt war groß und hager und von Kopf bis Fuß in die Tücher des Grabes gehüllt. Die Maske, die ihr Gesicht verbarg, war bis aufs Haar dem Antlitz eines erstarrten Leichnams nachgebildet, daß es selbst bei genauester Prüfung schwerfiele, die Täuschung zu gewahren. Und doch hätte all dies von dem närrischen Volk umher ertragen, wenn nicht sogar gebilligt werden können. Doch war der Vermummte so weit gegangen, die Gestalt des Roten Todes anzunehmen, sein Gewand war *blut*befleckt – und seine breite Stirn wie auch das ganze Gesicht mit dem scharlachroten Schrecken besprenkelt.

Als Fürst Prosperos Blick auf dieses gespenstische Abbild fiel (das mit gemessenen und feierlichen Schritten zwischen den Tanzenden hin und her wandelte, als wolle es seine *rôle* noch mehr betonen), sah man, wie er im ersten Augenblick plötzlich schaudernd zusammenzuckte vor Furcht und Abscheu, aber schon im nächsten rötete sich seine Stirn vor Zorn.

»Wer wagt es«, heischte er schroff von den Höflingen zu wissen, die in seiner Nähe standen – »wer wagt es, uns mit diesem gottlästerlichen Spottbild zu verhöhnen? Packt ihn und reißt ihm die Maske ab – damit wir wissen, wen wir bei Sonnenaufgang an die Zinnen hängen müssen!«

Im östlichen oder blauen Zimmer war es, wo Fürst Prospero stand, als er diese Worte ausstieß. Sie schallten laut und deutlich durch die sieben Räume – denn der Prinz war ein mutiger und kräftiger Mann, und die Musik war auf seinen Wink hin verstummt.

Im blauen Zimmer war es, wo der Fürst stand, umringt von einer Schar bleicher Höflinge. Dieweil er sprach, drängte sich die Gruppe zunächst kaum merklich dem Eindringling entgegen, der, in dem Moment auch nahbei, sich jetzt langsam, majestätischen Schrittes dem Sprecher näherte. Aber aus einer gewissen unerklärlichen Scheu heraus, die die wahnsinnige Anmaßung des Vermummten der ganzen Gesellschaft eingeflößt hatte, fand sich kein einziger, der die Hand ausgestreckt hätte, um ihn zu ergreifen, so daß er sich dem Fürsten ungehindert bis auf Reichweite nähern konnte. Und während alle anderen, wie einer einzigen Eingebung folgend, von der Mitte der Räume bis an die Wände zurückwichen, gelangte er ungehindert mit denselben feierlichen und gemessenen Schritten wie zu Anbeginn durch das blaue Zimmer zum purpurfarbenen – durch das purpurfarbene zum grünen – durch das grüne zum orangefarbenen – von hier weiter bis zum weißen – ja, sogar bis zum violetten Zimmer, ehe etwas Entscheidendes geschah, um ihn aufzuhalten. In dem Augenblick stürzte Fürst Prospero, wütend vor Zorn und Scham über seine flüchtige Feigheit, durch die sechs Zimmer, während niemand ihm folgte, da alle von lähmendem Entsetzen erfaßt waren. Er schwang einen Dolch und war der zurückweichenden Gestalt voll rasender Wut bis auf drei oder vier Schritt nahe gekommen, als sich diese, nachdem sie bereits am Ende des samtenen Zimmers angelangt war, plötzlich umwandte und ihrem Verfolger entgegentrat. Ein gellender Schrei – und der Dolch fiel blitzend auf den schwarzen Teppich, auf den auch Fürst Prospero auf der Stelle tot herniedersank. Da stürmte auf einmal eine Schar von Gästen mit dem wilden Mut der Verzweiflung in das schwarze Gemach, und während sie den Maskierten packten, dessen große Gestalt aufrecht und reglos im Schatten der Ebenholzuhr stand, keuchten sie in unaussprechlichem Grausen, als sie bemerkten, daß die Grabgewänder und die Leichenmaske, die sie mit roher Gewalt ergriffen, keine greifbare Form in sich bargen.

Und nun war die Gegenwart des Roten Todes gewiß.

Wie ein Dieb war er in tiefer Nacht gekommen. Und ein Gast nach dem anderen sank in den blutbesudelten Gemächern des Maskenballs zu Boden, und jeder starb in der verzweifelten Stellung seines Falls. Und das Leben der Uhr aus Ebenholz erlosch mit dem des letzten der fröhlichen Runde. Und die Flammen der Dreifüße verglommen. Und Finsternis, Fäulnis und der Rote Tod herrschten unumschränkt über allem.

DIE GRUBE UND DAS PENDEL

> Impia tortorum longas hic turba furores
> Sanguinis innocui, non satiata, aluit.
> Sospite nunc patria, fracto nunc funeris antro,
> Mors ubi dira fuit, vita salusque patent.
>
> > Vierzeiler, verfaßt für ein Markttor, das auf dem Gelände des Jakobinerklub-Hauses in Paris errichtet werden sollte.

Ich war krank – krank auf den Tod von dieser langen Qual; und als man mir schließlich die Fesseln abnahm und ich mich setzen durfte, spürte ich, daß mir die Sinne schwanden. Das Urteil – das gefürchtete Urteil zum Tode – war das letzte, was deutlich hervorgehoben meine Ohren erreichte. Danach schien der Klang der Inquisitorenstimmen zu einem einzigen unbestimmten Traumgemurmel zu verschmelzen. Es beschwor in meiner Seele die Vorstellung, daß sich etwas *drehe* – wohl weil sich in der Phantasie das Bild eines kreisenden Mühlrades einstellte. Dies aber nur kurze Zeit; denn bald darauf hörte ich nichts mehr. Doch konnte ich eine Weile noch sehen; mit welch schrecklich übergreller Schärfe aber! Die Lippen der Richter in schwarzer Robe sah ich. Sie erschienen mir weiß – weißer denn das Blatt, auf das ich diese Worte schreibe – und gar bis zum Grotesken dünn; dünn in dem ingrimmigen Ausdruck ihrer Festigkeit – unerschütterlicher Entschlossenheit – grausamer Verachtung menschlicher Qual. Ich sah, wie der Spruch, der mir Schicksal war, noch immer diesen Lippen entströmte. Ich sah, wie sie sich zu tödlicher Rede verzerrten. Ich sah sie die Silben meines Namens formen; und ich schauderte, weil kein Laut darauf folgte. Auch sah ich während weniger Augenblicke wahnsinnigen Entsetzens das sachte und nahezu unmerkliche Wehen der schwarzen Draperien, welche die Wände des Raumes verhüllten. Und dann fiel mein Blick auf die sieben hohen Kerzen auf dem Tische. Zuerst erweckten sie den Eindruck von Barmherzigkeit und wirkten wie weiße schlanke Engel, die mich retten würden; doch dann kam auf einmal eine tödlich-schreckliche Übelkeit über meinen Geist, und jede Fiber meines Leibes fühlte ich erbeben, als hätte ich den Draht einer galvanischen Batterie berührt, während die Engelsgestalten wesenlose Gesichte wurden, mit Flammenhäuptern, und ich erkannte, daß von ihnen keine Hilfe käme. Und dann stahl sich, wie eine köstliche Melodie, der Gedanke mir in den Sinn, wie süß doch die Ruhe im Grabe sein müsse. Ganz sachte und heimlich nahte er sich, und es schien lange zu währen, bis ich ihn klar erfaßt; doch eben als mein Geist ihn endlich recht zu spüren und in sich aufzunehmen begann, verschwanden die Gestalten der Richter vor mir, wie durch Zauberkraft; die hohen Kerzen sanken ins Nichts; ihre Flammen erloschen; das Dunkel der Finsternis brach herein; alle Empfindungen schienen verschlungen von einem wild rasenden Sturze, wie wenn die Seele niederführe in den Hades. Dann waren Schweigen und Stille und Nacht das All.

Ich war ohnmächtig geworden; will aber dennoch nicht sagen, daß das Bewußtsein mir gänzlich geschwunden war. Was mir davon verblieben war, will ich nicht zu bestimmen versuchen noch gar zu beschreiben; doch war nicht alles geschwunden. Im tiefsten Schlummer – nein! Im Fieberwahne – nein! In einer Ohnmacht – nein! Im Tode – nein! selbst im Grabe ist *nicht alles* verloren. Sonst gäbe es ja keine Unsterblichkeit für den Menschen. Erwachen wir aus allertiefstem Schlaf, zerreißen wir das zartfeine Gewebe *irgendeines* Traumes. Doch schon eine Sekunde danach (so dünn mag das Gespinst gewesen sein) erinnern wir uns nicht einmal mehr, daß wir geträumt. Bei der Rückkehr aus der Ohnmacht ins Leben gibt es zwei Stadien; erstens das seelisch-geistige Bewußtwerden; zweitens das Bewußtwerden der physischen Existenz. Es dünkt wahrscheinlich, daß bei Erreichen des zweiten Stadiums – gesetzt den Fall, wir könnten uns der Eindrücke des ersten noch entsinnen – diese Eindrücke uns von Erinnerungen an den Abgrund dahinter Kunde gäben. Und dieser Abgrund ist – was? Wie sollen wir zumindest seine Schatten von denen der Gruft unterscheiden? Doch wenn die Eindrücke dessen, was ich das erste Stadium genannt habe, auch nicht nach Belieben wieder ins Gedächtnis gerufen werden können, kehren sie nicht dennoch nach langer Zwischenzeit ungebeten wieder, indes wir uns verwundert fragen, woher sie kommen mögen? Wer nie die Ohnmacht kennengelernt, der wird auch nie in der Kohlen Glut seltsame Paläste finden und erschreckend vertraute Gesichter; nie wird er, in den Lüften schwebend, die düsteren Visionen schauen, welche dem Blicke der Vielen verwehrt; nie wird er über den Duft einer unbekannten Blume sinnen – nie wird dessen Hirn in Verwirrung geraten ob der Bedeutung irgendeiner melodischen Kadenz, wie sie nie zuvor noch seine Aufmerksamkeit gefesselt.

Inmitten häufiger und nachdenklicher Mühen, mich zu erinnern, inmitten ernsten Ringens, Zeichen jenes Zustandes des scheinbaren Nichtseins wiederzugewinnen, in welches meine Seele versunken war, gab es Augenblicke, da mir Gelingen träumte; gab es kurze, sehr kurze Momente, da ich Erinnerungen heraufbeschwor, die sich, wie es bei klarem Verstand späterer Zeit mir gewiß, nur auf jenen Zustand scheinbarer Bewußtlosigkeit beziehen konnten. Diese Schatten der Erinnerung erzählen undeutlich von großen Gestalten, die mich aufhoben und schweigend hinabtrugen – tiefer hinab – immer tiefer – bis ein gräßlicher Schwindel mich faßte bei dem bloßen Gedanken, es gehe hinab ins Bodenlose. Sie erzählen auch von einem vagen Schauder, der mein Herz gepackt darob, daß dieses Herz so unnatürlich still. Dann kommt, jäh, ein Gefühl der Regungslosigkeit aller Dinge; wie wenn die, welche mich trugen (ein grausig-gespenstischer Zug!), in ihrem Abstieg gar die Grenzen des Grenzenlosen überschritten hätten und nun von den Mühen ihrer Arbeit ruhten. Danach weiß von Ödheit mein Gedächtnis und von Dumpfheit; und dann ist alles *Irrsinnigkeit* – der Irrsinn einer Erinnerung, die mit verbotenen Dingen sich quält.

Ganz plötzlich aber kam in meine Seele Bewegung und Schall zurück – das stürmisch-stoßende Pochen des Herzens und, mir im Ohr, der Klang seines Klopfens. Dann eine Pause, leer ist alles, blank und bar. Dann wieder Laut und Bewegung und Berührung – ein Prickeln geht durch meinen Leib. Dann nichts als das Bewußtsein zu existieren, ohne jeden Gedanken – ein Zustand, der lange anhielt. Dann, ganz plötzlich, *Denken*; und schauderndes Entsetzen, und bedrückendes Bemühen, mein wirkliches Befinden zu erfassen. Dann sehnliches Verlangen, in Empfindungslosigkeit zu versinken. Dann ein jähes Wiederaufleben der Seele, und die Anstrengung, mich zu bewegen, gelingt. Und nun völliges Erinnern: an den Prozeß, die Richter, die schwarzen Draperien, an das Urteil, meine Übelkeit, die Ohnmacht. Dann gänzliches Vergessen von allem, was hernach folgte; von all dem, was spätere Zeit und nachdrückliches Bemühen mir vage wieder in Erinnerung zu bringen vermochten.

Bis dahin hatte ich die Augen nicht geöffnet. Ich spürte, daß ich ungefesselt auf dem Rücken lag. Ich streckte die Hand aus, sie fiel schwer auf etwas Feuchtes, Hartes. Dort ließ ich sie viele Minuten liegen, während ich mir vorzustellen suchte, wo und *was* ich sein könne. Es verlangte mich, meine Augen zu brauchen, doch ich wagte es nicht. Mir bangte vor diesem ersten Blick auf das, was mich umgab. Nicht daß ich fürchtete, Schreckliches zu schauen, sondern mir graute davor, es könne *nichts* zu sehen sein. Endlich riß ich, wilde Verzweiflung im Herzen, die Augen auf. Da bestätigten sich denn meine schlimmsten Ahnungen. Um mich herum herrschte die Schwärze ewiger Nacht. Ich rang nach Atem. Die tiefe, dichte Finsternis schien mich zu erdrücken und zu ersticken. Die Luft war unerträglich dumpf. Noch immer lag ich ruhig da und bemühte mich, meinen Verstand zu gebrauchen. Ich rief mir das Inquisitionsverfahren ins Gedächtnis und versuchte, mir von jenem Punkte aus meine wirkliche Lage abzuleiten. Das Urteil war gefällt; und es wollte mir scheinen, daß seither sehr lange Zeit vergangen sei. Doch nicht einen Augenblick lang hielt ich mich für tatsächlich tot. Eine solche Annahme ist, trotz allem, was wir bei den Dichtern lesen – ganz unvereinbar mit dem wirklichen Sein – doch wo nun und in welcher Lage war ich? Die zum Tode Verurteilten fanden gewöhnlich bei den *autos de fé* ihr Ende, das wußte ich, und ein solches war gerade in der Nacht jenes Tages abgehalten worden, da ich vor Gericht gestanden. Hatte man mich in mein Verlies zurückgebracht, um die nächste Opferung abzuwarten, die erst in vielen Monaten stattfinden würde? Das, so erkannte ich gleich, konnte nicht sein. Opfer hatte man unmittelbar gebraucht. Überdies hatte mein Kerker, wie alle Todeszellen in Toledo, einen steinernen Boden besessen, auch war das Taglicht nicht gänzlich ausgesperrt gewesen.

Ein grauenhafter Gedanke jagte mir nun plötzlich das Blut in Strömen zum Herzen, und für kurze Zeit sank ich erneut in Empfindungslosigkeit zurück. Als ich wieder zu mir kam, sprang ich sogleich auf die Füße, ein krampfhaftes Zittern in allen Gliedern. Wild warf ich nach allen Richtungen die Arme über und um mich. Ich fühlte nichts; doch fürchtete ich, mich auch nur einen Schritt von der Stelle zu bewegen, aus Angst, daß ich an die Wände eines *Grabes* stoßen könnte. Schweiß brach mir aus allen Poren und stand in kalten dicken Tropfen auf meiner Stirn. Die Qual der Ungewißheit ward schließlich unerträglich, und vorsichtig bewegte ich mich vorwärts, die Arme ausgestreckt, und die Augen traten mir bald aus den Höhlen in der Hoffnung, doch einen schwachen Lichtschein zu erspähen. Viele Schritte tat ich vorwärts; doch noch immer war alles Schwärze und Leere. Ich atmete auf. Offenbar schien wenigstens nicht das gräßlichste aller Geschicke meiner zu harren.

Und nun, da ich mich vorsichtig Schritt um Schritt weiter vorwärts tastete, drängten sich mir tausend dunkle Gerüchte von den Schrecken Toledos in die Erinnerung. Seltsame Dinge hatte man sich von den Verliesen erzählt – ich hatte sie stets für Fabeln gehalten – dennoch aber sonderbar und viel zu grausig, als daß man sie anders als flüsternd wiederholen könnte. Hatte man mich bisher verschont, damit ich hier in dieser unterirdischen Welt der Finsternis Hungers sterben sollte; oder welches vielleicht noch furchtbarere Schicksal erwartete mich? Daß am Ende der Tod stehen würde, ein Tod von mehr denn üblicher Grausamkeit, daran zweifelte ich nicht, kannte ich doch die Sinnesart meiner Richter nur zu gut. Die Art nur und die Stunde waren es, die mich beschäftigten und quälten.

Meine ausgestreckten Hände stießen schließlich auf ein festes Hindernis. Es war eine Wand, dem Anschein nach steinernes Mauerwerk – sehr glatt, glitschig und kalt. Ich ging daran entlang; behutsamen Schritts und mit all dem Mißtrauen, welches gewisse alte Erzählungen mir eingeflößt hatten. Dies Vorgehen gewährte mir jedoch keinerlei Aufschluß, um die Ausmaße meines Kerkers bestimmen zu können; mochte ich doch wohl im Kreise gehen und, ohne es recht eigentlich zu merken, zu dem Punkte zurückkehren, von dem ich ausgegangen; so vollkommen gleichförmig wirkte die Wand. Darum suchte ich nach dem Messer, welches in meiner Tasche gewesen war, als man mich vor das Inquisitionsgericht geführt hatte; doch es war fort; meine Kleider waren gegen einen Kittel aus grobem Serge vertauscht worden. Ich hatte die Klinge in einen winzigen Spalt des Mauerwerks treiben wollen, um so meinen Ausgangspunkt zu markieren. Dennoch war die Schwierigkeit nur gering; wiewohl sie mir in meiner verwirrten Phantasie zunächst unüberwindlich schien. Ich riß ein Stück vom Saume des Kittels ab und legte den Fetzen in voller Länge und im rechten Winkel zur Wand. Wenn ich mich nun rings um mein Gefängnis herumtastete, müßte ich unweigerlich wieder auf diesen Stoffetzen stoßen, sobald ich die Runde vollendet hätte. So wenigstens dachte ich: doch ich hatte nicht mit der Ausdehnung des Kerkers gerechnet noch mit meiner eigenen Schwäche. Der Boden war feucht und schlüpfrig. Eine Weile war ich dahingewankt, da strauchelte ich und stürzte. Meine übergroße Erschöpfung ließ mich auf dem Boden liegenbleiben; und wie ich so lag, übermannte mich alsbald Schlaf.

Als ich erwachte und einen Arm ausstreckte, fand ich neben mir einen Laib Brot und einen Krug mit Wasser. Ich war viel zu erschöpft, um über diesen Umstand nachzudenken, sondern aß und trank nur voller Gier. Kurz darauf nahm ich meinen Rundgang in meinem Gefängnis wieder auf, und mit viel Mühe gelangte ich schließlich zu dem Fetzen Serge. Bis zu dem Zeitpunkt, da ich hingefallen, hatte ich zweiundfünfzig Schritte gezählt, und als ich meinen Weg fortsetzte, hatte ich noch achtundvierzig weitere gezählt – wonach ich bei dem Stoffetzen angelangt war. Insgesamt waren es also hundert Schritte; und wenn ich ihrer zwei auf ein Yard rechnete, so mochte das Verlies wohl fünfzig Yards im Umfang messen. Allerdings war ich in der Mauer auf viele Winkel gestoßen, und so vermochte ich mir keine rechte Vorstellung von der Form des Gewölbes zu machen; denn ein unterirdisches Gewölbe, anders konnte ich es mir nicht denken, mußte es wohl sein.

Ich verband mit diesen Nachforschungen kaum ein Ziel – gewiß keine Hoffnung; doch eine unbestimmte Neugier trieb mich dazu, darin fortzufahren. Ich ließ ab von der Mauer und beschloß, den Raum im Innern des Gemäuers zu durchqueren. Zuerst setzte ich meine Schritte äußerst vorsichtig, denn der Boden, obzwar dem Anschein nach von festem Untergrund, war tückisch glitschig. Endlich jedoch faßte ich mir ein Herz und zögerte nicht mehr, fest auszuschreiten – bemüht, in möglichst gerader Linie hinüberzukommen. Auf diese Weise hatte ich wohl zehn oder zwölf Schritte zurückgelegt, als sich der Rest des abgerissenen Kittelsaums zwischen meinen Beinen verfing. Ich trat darauf und fiel heftig aufs Gesicht.

In der Verwirrung, die mit dem Sturz einherging, bemerkte ich nicht gleich einen einigermaßen erschreckenden Umstand, welcher jedoch ein paar Sekunden später, während ich noch hingestreckt lag, meine Aufmerksamkeit gefangennahm. Und zwar war dies folgendes: mein Kinn ruhte auf dem Boden des Kerkers, meine Lippen aber und der obere Teil des Kopfes, wiewohl allem Anschein nach in geringerer Höhe als das Kinn, berührten nichts. Zugleich schien meine Stirn in feuchtem, kaltem Dunst gebadet, und der eigentümliche Geruch fauligen Schwammes stieg mir in die Nase. Ich streckte den Arm aus und stellte schaudernd fest, daß ich genau am Rande einer kreisrunden Grube hingestürzt war, deren Ausdehnung ich im Augenblick natürlich nicht auszumachen vermochte. Ich tastete am Mauerwerk gleich unterhalb der Kante hin, und es gelang mir, einen kleinen Brocken herauszuklauben, den ich in den Abgrund fallen ließ. Sekundenlang lauschte ich dem Widerhall, da er im Fallen gegen die Seitenwände des Schachtes prallte: schließlich tauchte er mit dumpfem Schlag in Wasser, gefolgt von lautem Echohall. Im selbigen Augenblick vernahm ich einen Laut, wie wenn über mir sich eine Tür hastig öffnete und ebenso rasch wieder schloß, während ein schwacher Lichtschimmer plötzlich durch das Dunkel blitzte und ebenso plötzlich wieder erlosch.

Klar erkannte ich, welches Schicksal mir bestimmt gewesen, und gratulierte mir selber ob des Mißgeschicks, welches mich zur rechten Zeit ereilt hatte, so daß ich diesem Los entronnen war. Noch ein Schritt, bevor ich stürzte, und die Welt hätte mich nie mehr gesehen. Und der Tod, dem ich soeben entgangen, war genau von jener Art, welche mir in den Geschichten über die Inquisition als freie Erfindungen gegolten hatte. Den Opfern ihrer Tyrannei blieb die Wahl zwischen einem Tode unter entsetzlichsten physischen Qualen oder einem Tode voll der gräßlichsten seelischen Torturen. Mir hatte man letzteren bestimmt. Von langem Leiden waren meine Nerven zerrüttet, so daß ich schon beim Klange meiner eigenen Stimme erzitterte und in jeglicher Hinsicht ein passendes Objekt für jene Art der Folter geworden war, die meiner harrte.

An allen Gliedern zitternd, tastete ich mich zur Mauer zurück – entschlossen, lieber dort zugrunde zu gehen, als mich den Greueln der Brunnenlöcher auszusetzen, wie sie meine Phantasie sich nun in großer Zahl allenthalben in dem Verliese vorstellte. In anderer Gemütsverfassung hätte ich vielleicht den Mut gefunden, meinem Elend sogleich durch einen Sprung in einen dieser Abgründe ein Ende zu machen; jetzt aber war ich der allergrößte Feigling. Auch konnte ich nicht vergessen, was ich über diese Gruben gelesen hatte – daß es nämlich keineswegs zu ihrer entsetzlichen Bestimmung gehörte, das Leben *jäh* zu enden.

Heftige Erregung hielt mich viele Stunden wach; doch endlich schlummerte ich wieder ein. Beim Erwachen fand ich, wie zuvor, neben mir einen Laib Brot und einen Krug Wasser. Ein brennender Durst verzehrte mich, und ich leerte das Gefäß auf einen Zug. Es mußte ein Betäubungsmittel enthalten haben – denn kaum hatte ich getrunken, so überkam mich unwiderstehliche Schläfrigkeit. Ich sank in tiefen – todesähnlichen – Schlaf. Wie lange er währte, weiß ich natürlich nicht; doch als ich dann wieder die Augen aufschlug, waren die Dinge um mich her zu erkennen. Durch einen schauerlich schwefelgelben Schimmer, dessen Ursprung ich zunächst nicht entdecken konnte, vermochte ich Ausmaß und Umriß des Gefängnisses wahrzunehmen.

In seiner Größe hatte ich mich gewaltig getäuscht. Der gesamte Umfang seiner Mauern betrug nicht über fünfundzwanzig Yards. Mehrere Minuten lang bereitete mir diese Tatsache eine Menge eitler Sorgen; ja, eitel fürwahr – denn was konnte unter den schrecklichen Umständen, in denen ich mich befand, geringere Bedeutung haben denn die bloßen Maße meines Kerkers? Doch meine Seele zeigte ein ganz unbändiges Interesse an Kleinigkeiten, und ich plagte mich redlich, den Irrtum aufzuklären, welchen ich bei meiner Vermessung begangen. Blitzartig ging mir endlich die Wahrheit auf. Bei meinem ersten Erkundungsversuch hatte ich bis zu dem Zeitpunkt, da ich hinfiel, zweiundfünfzig Schritte gezählt: da mußte ich bis auf einen oder zwei Schritt an dem Sergestreifen gewesen sein; tatsächlich hatte ich meinen Rundgang um das Gewölbe schon fast vollendet. Dann hatte ich geschlafen – und beim Erwachen muß ich wohl denselben Weg wieder zurückgegangen sein – wodurch ich den Umfang beinahe für doppelt so groß gehalten, als er in Wirklichkeit war. Meine geistige Verwirrung ließ mich nicht bemerken, daß ich, die Mauer zur Linken, meinen Rundgang begonnen hatte, und diese am Ende dann zu meiner Rechten lag.

Auch hinsichtlich der Form des Gemäuers hatte ich mich getäuscht. Als ich meinen Weg ertastete, hatte ich viele Winkel gefunden und daraus die Vorstellung großer Unregelmäßigkeit abgeleitet; so mächtig wirkt totale Finsternis auf einen, der aus Betäubung oder Schlaf erwacht! Die Winkel waren nichts weiter, als daß sich in unregelmäßigen Abständen ein paar geringfügige Vertiefungen oder Nischen fanden. Im allgemeinen war der Kerker quadratisch. Was ich für Mauerwerk gehalten, schien mir nun Eisen zu sein oder irgendein anderes Metall, gewaltige Platten, deren Naht- oder Verbindungsstellen jene Vertiefungen bildeten. Die gesamte Oberfläche dieser metallenen Umwandung war aufs primitivste beschmiert mit all den gräßlichen und abstoßenden Ausgeburten, wie sie den abergläubischen Grabesvorstellungen der Mönche entspringen. Teufelsgestalten in drohender Gebärde, daneben Gerippe und andere, tatsächlich viel ärgere Schreckensbilder bedeckten und verunstalteten die Wände. Ich bemerkte, daß die Umrisse dieser Ungeheuer hinreichend deutlich waren, die Farben aber verblaßt und verschwommen wirkten, als habe feuchte Luft das Ihre getan. Nun nahm ich auch den Boden wahr, der aus Stein bestand. In der Mitte gähnte die kreisrunde Grube, deren Schlund ich entronnen war; doch war es die einzige im Verlies.

All dies sah ich nur undeutlich und mit großer Mühe – denn während des Schlafs hatte sich meine Situation sehr verändert. Ich lag jetzt auf dem Rücken, lang ausgestreckt, auf einer Art niedrigem Holzgestell. Mit einem langen Riemen, der einem Sattelgurt ähnelte, war ich darauf festgebunden. Er schlang sich in vielen Windungen mir um Glieder und Leib, nur den Kopf und meinen linken Arm ließ er so weit frei, daß ich unter großer Anstrengung Nahrung aus einer irdenen Schüssel zu mir nehmen konnte, die neben mir auf dem Boden stand. Zu meinem Entsetzen sah ich, daß man den Krug fortgenommen hatte. Zu meinem Entsetzen, sage ich – denn unerträglicher Durst verzehrte mich. Diesen Durst anzuregen schien offenbar die Absicht meiner Peiniger zu sein – denn das Essen in dem Napfe bestand aus scharf gewürztem Fleisch.

Ich hob den Blick und musterte nun die Decke meines Gefängnisses. Sie war etwa dreißig oder vierzig Fuß hoch über mir und ganz so beschaffen wie die Seitenwände. Auf einer ihrer Platten fesselte eine sehr seltsame Figur meine ganze Aufmerksamkeit. Es war die gemalte Gestalt der Zeit, wie sie gewöhnlich dargestellt wird, nur daß sie an Stelle der Sense etwas hielt, das auf den ersten flüchtigen Blick mir die Abbildung eines gewaltigen Pendels dünkte, wie man es an alten Uhren findet. Doch hatte dieses Gerät etwas an sich, das mich veranlaßte, es genauer zu betrachten. Während ich geradezu hinaufstarrte (denn es befand sich genau über mir), kam es mir vor, ich sähe es in Bewegung. Einen Augenblick später bestätigte sich diese Einbildung. Kurz, und natürlich langsam, schwang es hin und her. Ein paar Minuten beobachtete ich es, ein wenig ängstlich, doch mehr noch erstaunt. Schließlich aber ward ich es müde, dem einförmigen Pendeln zuzusehen, und ich wandte den Blick den anderen Gegenständen in der Zelle zu.

Ein schwaches Geräusch ließ mich aufmerken, und als ich auf den Boden schaute, sah ich mehrere riesengroße Ratten darüber hinhuschen. Sie waren aus dem Brunnenloch gekommen, welches rechter Hand gerade in meinem Blickfeld lag. Selbst jetzt, da ich hinschaute, drängten sie, vom Geruch des Fleisches angelockt, in Scharen herauf, eilig, mit gierigen Blicken. Es bedurfte vieler Mühe und Aufmerksamkeit, sie davon zu verscheuchen.

Eine halbe Stunde, vielleicht gar eine ganze Stunde mochte vergangen sein (war doch mein Zeitempfinden nur noch unvollkommen), bis ich wieder den Blick nach oben richtete. Was ich nun sah, verwirrte und bestürzte mich. Das Pendel schwang um nahezu ein Yard weiter aus. Infolgedessen hatte nun natürlich auch seine Geschwindigkeit beträchtlich zugenommen. Doch was mich am meisten beunruhigte, war das unbestimmte Gefühl, es habe sich merklich *gesenkt*. Ich sah nun – mit welchem Entsetzen, bedarf wohl keiner besonderen Erwähnung –, daß sein unteres Ende die Form einer glitzernden stählernen Mondsichel hatte, die von Horn zu Horn wohl ein Fuß in der Länge maß; die Hörner zeigten nach oben, und der untere Bogenrand war offenbar so scharf wie die Schneide eines Rasiermessers. Wie ein Rasiermesser auch schien es massiv und schwer zu sein, lief die Schneide doch, nach oben zu sich verbreiternd, in einer festen starken Oberkante aus. Es hing an einer schweren Bronzestange, und das Ganze *zischte*, als es durch die Luft schwang. Ich konnte nicht länger mehr zweifeln, welches Los mir das Foltergenie der Mönche bestimmt hatte. Daß ich um die Grube wußte, hatten die Schergen der Inquisition inzwischen gemerkt – *jene Grube*, deren Greuel man einem so unbotmäßigen Ketzer wie mir bestimmt hatte – *jene Grube*, Sinnbild der Hölle, die dem Gerücht nach als die schlimmste all ihrer Strafen galt. Dem Sturz in diese Grube war ich nur durch bloßen Zufall entgangen, und ich wußte, daß Überraschung beziehungsweise listige Lockung in die Folterfalle ein wichtiges Moment all dieser greulich-grotesken Kerkertode bildete. Da ich also nicht hinabgestürzt war, gehörte es nun mitnichten zu dem teuflischen Plane, mich in den Abgrund hineinzustoßen; und so (eine Alternative gab es nicht) erwartete mich denn ein anderer und milderer Tod. Milder! Fast mußte ich lächeln in all meiner Qual, wenn ich solchen Ausdruck in solchem Gebrauche bedachte.

Was nützt es, von den langen, langen Stunden eines grausigeren denn Todesgrauens zu sagen, in denen ich die immer schneller schwirrenden Schwingungen des Stahls zählte! Zoll um Zoll – Strich um Strich – nur merklich in Abständen, die wie Ewigkeiten anmuteten – senkte er sich tiefer und immer tiefer! Tage vergingen – viele

Tage mochten gar vergangen sein –, ehe er so dicht über mir schwang, daß er mich mit seinem beißenden Atem umfächelte. Der Geruch des scharfen Stahls drang mir in die Nase. Ich betete – ich quälte den Himmel mit meinem Gebet, das Pendel möge doch schneller herabsinken. Wilder Wahnsinn packte mich, und mit aller Kraft versuchte ich, mich aufzubäumen, dem Streich des gräßlichen Krummsäbels entgegen. Und dann ward ich plötzlich ruhig, lag da und lächelte dem glitzernden Tode zu wie ein Kind einem seltenen Spielzeug.

Ein weiteres Mal verfiel ich in tiefe Bewußtlosigkeit; sie währte nur kurz; denn als ich wieder ins Leben zurückglitt, hatte sich das Pendel nicht merklich weiter gesenkt. Doch mochte sie ebensogut auch lange gedauert haben – denn ich wußte ja, da waren Teufel, die meine Ohnmacht bemerkt und die Schwingung ganz nach Belieben angehalten haben konnten. Auch fühlte ich mich, da ich wieder zu mir gekommen, sehr – oh, unsäglich – schwach und elend, wie durch lange Entkräftung ausgezehrt. Selbst unter den Qualen jenes Augenblicks verlangte die menschliche Natur nach Nahrung. Mühsam und unter Schmerzen streckte ich meinen linken Arm so weit aus, wie es die Fesseln zuließen, und nahm mir den kleinen Rest, den mir die Ratten übriggelassen. Als ich mir einen Bissen davon zwischen die Lippen schob, fuhr mir, noch unausgegoren, ein halbfertiger Gedanke der Freude – der Hoffnung durch den Sinn. Doch wie kam *ich* dazu, an Hoffnung zu denken? Es war, wie gesagt, ein halbfertiger Gedanke – der Mensch hat deren viele, ohne daß sie je vollendet würden. Ich spürte, er verhieß Freude – Hoffnung; doch spürte ich auch, daß er vergangen war, noch ehe er Gestalt gewonnen. Vergebens bemühte ich mich, ihn zu vollenden – ihn wiederzufinden. Das lange Leiden hatte alle Geisteskräfte, über die ich gewöhnlich gebot, nahezu zerstört. Schwachsinnig war ich – ein Idiot.

Das Pendel schwang im rechten Winkel zu meiner Körperlänge. Ich sah, die Sichel, so war es bestimmt, sollte mich in der Herzgegend treffen. Sie würde den Serge meines Kittels zertrennen – sie würde zurückschwingen und ihr Werk wiederholen – wieder – immer wieder. Trotz ihres ungeheuer weit ausgreifenden Schwunges (etwa dreißig Fuß oder mehr) und der zischenden Wucht, mit der sie herabkam und die ausgereicht hätte, selbst diese Eisenwände zu zerschneiden, wäre doch das Aufschlitzen meines Kittels alles, was sie mehrere Minuten lang vollbringen würde. Und bei diesem Gedanken hielt ich inne. Ich wagte nicht, darüber hinauszudenken. So hartnäckig, so ganz und gar verbohrte ich mich darein – als könnte ich vermittels solchen Beharrens den Stahl *hier* aufhalten, daß er nicht tiefer sinke. Ich zwang mich, mir vorzustellen, wie es wohl klingen mochte, wenn die Sichel über mein Gewand dahinfuhr – welch eigentümliches Erschauern die Reibung von Stoff in den Nerven auslöse. Auf all diese Nichtigkeiten war mein Sinnen gerichtet, bis ich aufs äußerste nervös geworden.

Herab kam es gekrochen – unablässig herab. Ich fand wahnsinniges Vergnügen daran, die Geschwindigkeit der Abwärtsbewegung mit der seitwärtigen zu vergleichen. Nach rechts – nach links – hin und her – mit dem schrillenden Schrei einer verdammten Seele! hin zu meinem Herzen mit dem heimlichen Schleichen des Tigers. Ich lachte und heulte abwechselnd, je nachdem die eine oder die andere Vorstellung die Oberhand gewann.

Herab – stetig, unbarmherzig herab! Schon schwang es drei Zoll nur über meiner Brust! Ich mühte mich aufs heftigste – ja verzweifelt –, meinen linken Arm zu befreien. Dieser war frei nur vom Ellbogen bis zur Hand. Letztere konnte ich von der Schüssel neben mir bis zum Munde führen, mit vieler Mühe, doch weiter nicht. Hätte ich es vermocht, die Fesseln über dem Ellbogen zu sprengen, so hätte ich das Pendel gepackt und anzuhalten versucht. Doch ebensogut hätte ich wohl versuchen können, eine Lawine aufzuhalten!

Herab – unaufhörlich noch – unentrinnbar noch herab! Bei jeder Schwingung rang ich nach Luft und bäumte mich auf. Bei jedem Schwunge zuckte ich krampfhaft zusammen. Meine Augen folgten den schwirrenden Ausholbewegungen mit der Gier sinnlosester Verzweiflung; sie schlossen sich im Krampfe, sowie es herabkam, obgleich der Tod eine – oh, wie unsägliche! – Erlösung gewesen wäre. Dennoch bebte jeder Nerv in mir bei dem Gedanken, wie schon durch ein leichtes Sinken der Vorrichtung diese scharfe, glänzende Axt auf meine Brust herabsausen würde. *Hoffnung* war es, welche die Nerven erzittern – den Leib erschaudern ließ. *Hoffnung* war es – jene Hoffnung, die noch über die Folter triumphiert – die selbst den zum Tode Verurteilten noch in den Kerkern der Inquisition zuflüstert.

Ich sah, daß wohl zehn oder zwölf Schwingungen den Stahl nun tatsächlich mit meinem Kittel in Berührung bringen würden – und mit dieser Beobachtung kam plötzlich die ganze gespannte, gefaßte Ruhe der Verzweiflung über meinen Geist. Zum ersten Male seit vielen Stunden – vielleicht seit Tagen – *dachte* ich. Da fiel mir jetzt denn auf, daß das Band oder der Gurt, womit ich gefesselt, aus *einem Stück* bestand. Ich war mit keinem anderen Strick gebunden. Der erste Streich der rasiermesserscharfen Sichel quer über irgendeinen Teil der Fessel würde diese so durchtrennen, daß ich sie mit meiner linken Hand von meinem Leibe losbinden könnte. Doch wie furchtbar wäre in solchem Falle die Nähe des Stahls! Wie tödlich würde schon die geringste Zuckung wirken! War es überdies wahrscheinlich, daß die Büttel meiner Peiniger diese Möglichkeit nicht vorausgesehen und dagegen Vorsorge getroffen haben sollten? War es anzunehmen, daß die Fessel meine Brust auch in der Bahn des Pendels umschlang? Voller Angst, meine schwache und, wie es schien, letzte Hoffnung vereitelt zu finden, hob ich so weit den Kopf, daß ich meine Brust deutlich zu übersehen vermochte. Der Gurt schlang sich allenthalben mir dicht um Glieder und Leib, überall – *nur dort nicht, wo die todbringende Sichel ihren Weg nahm.*

Kaum hatte ich den Kopf in die ursprüngliche Lage zurücksinken lassen, da fuhr mir plötzlich etwas durch den

Sinn, das ich nicht besser zu beschreiben vermag denn die noch nicht Gestalt gewordene Hälfte jener rettenden Idee, von der ich weiter oben gesprochen und die mir nur halb und verschwommen vorgeschwebt hatte, als ich an meine brennenden Lippen die Nahrung hielt. Nun war mir der ganze Gedanke gegenwärtig – schwach zwar, kaum vernünftig klar, kaum definitiv – dennoch aber in Gänze. Sogleich ging ich mit der energischen Kraft der Verzweiflung an den Versuch, ihn auszuführen.

Seit vielen Stunden wimmelte die unmittelbare Umgebung des niedrigen Gestells, auf dem ich lag, buchstäblich von Ratten. Wild waren sie, dreist, heißhungrig – ihre roten Augen funkelten mich an, als lauerten sie nur darauf, daß ich mich nicht mehr rege, um über mich, ihre Beute, herzufallen. ›An welche Nahrung‹, dachte ich, ›mögen sie wohl in dem Brunnenloche gewöhnt sein?‹

Trotz aller meiner Anstrengungen, sie daran zu hindern, hatten sie den ganzen Inhalt des Napfes bis auf einen kleinen Rest verschlungen. Ich war darauf verfallen, beständig die Hand über der Schüssel hin und her zu schwenken; doch schließlich hatte die unbewußte Einförmigkeit der Bewegung dieser die Wirkung genommen. In seiner Gefräßigkeit schlug das Rattengezücht mir des öfteren seine scharfen Zähne in meine Finger. Mit den Überresten der ölichten, scharf gewürzten Fleischspeise rieb ich nun gründlich das mich fesselnde Band überall ein, wo immer ich es nur erreichen konnte; dann hob ich die Hand vom Boden und lag atemlos, still da.

Zunächst waren die gierigen Tiere verstört und erschrocken über die Veränderung – daß sich nun nichts mehr regte. Aufgeregt wichen sie zurück; viele suchten das Brunnenloch auf. Doch das währte nur einen Augenblick. Ich hatte nicht umsonst mit ihrer Gefräßigkeit gerechnet. Als sie merkten, daß ich reglos blieb, sprangen ein oder zwei der dreistesten auf das Gestell und schnupperten an dem Gurt. Dies schien das Signal zum allgemeinen Angriff. In hellen Scharen stürzten sie vom Wasserloch herbei. Sie klammerten sich ans Holz – sie rannten darüber hin und sprangen zu Hunderten auf mich. Die gemessene Bewegung des Pendels störte sie nicht im geringsten. Sie wichen seinen Schlägen aus und fielen gierig über die eingeschmierten Fesseln her. Sie drangen auf mich ein – sie wimmelten über mich hin in immer größeren Haufen. Sie wanden sich auf meiner Kehle; ihre kalten Lippen suchten die meinen; ich war halb erstickt unter ihrem geballten Druck; ein Ekel, für den die Welt keinen Namen kennt, wollte schier überquellen in mir, und mein Herz erstarrte gleichsam unter seiner feucht-klebrigen Schwere. Nur eine Minute noch, und, ich spürte es, der Kampf wäre vorbei. Recht deutlich merkte ich schon, wie die Fesseln sich lockerten. Ich wußte, daß sie an mehr denn einer Stelle bereits zernagt sein mußten. Mit übermenschlicher Entschlossenheit hielt ich *still*.

Und meine Rechnung ging auf – ich hatte nicht umsonst ausgeharrt. Endlich spürte ich, daß ich *frei* war. Der Gurt hing mir in Fetzen vom Leibe. Doch schon drängte mir der Schlag des Pendels zur Brust. Es hatte den Serge des Kittels zertrennt. Es hatte das Leinenzeug darunter durchschnitten. Zweimal noch schwang es, und ein scharfer Schmerz fuhr mir durch jeden Nerv. Doch der Augenblick des Entrinnens war gekommen. Auf ein Schwenken meiner Hand hin stürzten meine Befreier ungestüm davon. In stetiger Bewegung – vorsichtig, schaudernd und sacht – glitt ich seitwärts aus der Umschlingung der Fessel und aus der Reichweite des Krummsäbels. Für den Augenblick zumindest *war ich frei*.

Frei! – und in den Klauen der Inquisition! Kaum war ich von meinem hölzernen Schreckensbett auf den Steinboden des Gefängnisses getreten, als die Bewegung der Höllenmaschine aufhörte und ich sah, wie sie von unsichtbarer Kraft durch die Decke emporgezogen ward. Dies war eine Lehre, welche ich mir verzweifelt zu Herzen nahm. Unzweifelhaft war jede meiner Bewegungen überwacht. Frei! – Ich war nur dem Tode in einer Marterform entronnen, um einer anderen, schlimmer denn Tod, ausgeliefert zu werden. Bei diesem Gedanken ließ ich meine Augen angstvoll über die eisernen Schranken schweifen, die mich umschlossen. Etwas Ungewöhnliches – eine Veränderung, welche ich anfangs noch gar nicht richtig zu erfassen vermochte – hatte sich offenbar in dem Raume begeben. Viele Minuten träumerischen, schauderbangen Sinnens erging ich mich vergeblich in zusammenhanglosen Mutmaßungen. Während dieser Zeit gewahrte ich zum ersten Male den Ursprung des schwefelgelben Lichts, welches die Zelle erhellte. Es drang aus einem wohl einen halben Zoll breiten Spalt, der rund um das ganze Gefängnis am Fuße der Wände verlief, wodurch diese völlig vom Boden getrennt schienen und auch waren. Ich versuchte, durch die Öffnung zu spähen, aber natürlich vergebens.

Als ich mich von dem Versuche erhob, war mir schlagartig das Geheimnis der Veränderung in der Kammer klar. Ich sagte schon, daß zwar die Umrisse der Figuren an den Wänden recht deutlich waren, die Farben aber verschwommen und unbestimmt wirkten. Diese Farben leuchteten nun, und von Augenblick zu Augenblick wuchs der erschreckend grelle Glanz, welcher den gespenstischen und teuflischen Bildern ein Aussehen verlieh, das selbst stärkere Nerven denn die meinen schaudern gemacht hätte. Dämonenaugen von wilder und gräßlicher Lebendigkeit starrten mich aus tausend Ecken an, wo vorher keine zu sehen gewesen waren, und schimmerten in so fahlem Scheine eines Feuers, welches für unwirklich zu halten ich meine Phantasie nicht zu zwingen vermochte.

Unwirklich! – Sogar beim Atmen stieg mir ja schon der Brodem erhitzten Eisens in die Nase! Erstickender Geruch durchdrang den Kerker! Und mit jedem Augenblick glühten die Augen, die auf meine Qualen starrten, in hellerer Glut! Ein kräftigerer Ton von Karmesin ergoß sich über die gemalten blutigen Greuel. Ich keuchte! Ich rang nach Luft! Kein Zweifel konnte mehr sein an der Absicht meiner Peiniger – oh! dieser unerbittlichsten! oh! dieser teuflischsten der Menschen! Ich wich vor dem glühenden Metall in die Mitte der Zelle zurück. Und mitten im Bewußtsein des Feuertodes, der mir drohte, kam der Gedanke an die Kühle des Brunnens wie Balsam über meine Seele. Ich eilte an seinen tödlichen Rand. Ich warf einen spähenden Blick in die Tiefe. Der Schein der flammenden Decke erhellte seine innersten Winkel. Doch einen wahnsinnigen Augenblick lang weigerte sich mein Geist, die Bedeutung dessen zu fassen, was ich sah. Schließlich erzwang, ja bahnte es sich gewaltsam seinen Weg in meine Seele – es brannte sich ins erschauernde Hirn. Ach! hätt ich doch nur *eine* Stimme, es zu sagen! – Oh! Grauen! – Oh! jeglich Grauen, nur nicht dies! Mit einem Schrei wich ich vom Rande zurück, vergrub mein Gesicht in den Händen – und weinte bitterlich.

Die Hitze nahm rasch zu, und schaudernd, wie im Schüttelfrost, sah ich noch einmal auf. Abermals war eine Veränderung in der Zelle vor sich gegangen – und nun war es offensichtlich die *Form*, die sich verändert hatte. Wie zuvor war es zu Anfang vergebens, daß ich zu erkennen oder begreifen suchte, was geschah. Doch nicht lange ward ich im Zweifel gelassen. Mein zweimaliges Entrinnen hatte die Rache der Inquisition noch angestachelt, und da gab es nun kein Tändeln mehr mit dem König der Schrecken. Der Raum war quadratisch gewesen. Nun sah ich, daß zwei seiner eisernen Winkel spitz geworden waren – zwei, folglich, stumpf. Der fürchterliche Unterschied wuchs rasch unter leisem Poltern oder Ächzen. Im nächsten Augenblick hatte das Gelaß seine Form zu einem Rhombus gewandelt. Doch dabei blieb es nicht – auch hatte ich weder gehofft noch gewünscht, daß es dabei bliebe. Ich hätte die rotglühenden Wände mir um den Busen legen mögen als Gewand des ewigen Friedens. »Den Tod«, sprach ich, »jeden Tod, nur nicht den der Grube!« Ich Narr! hätte ich nicht wissen können, daß *in die Grube* mich zu treiben eben der Zweck des glühenden Eisens war? Konnte ich denn seiner Glut widerstehen? oder, selbst diesen Fall gesetzt, könnte ich dann seinem Druck standhalten? Flacher und flacher ward nun der Rhombus, mit einer Geschwindigkeit, die mir keine Zeit zum Überlegen ließ. Seine Mitte, und damit natürlich seine größte Weite, lag genau über dem gähnenden Schlund. Ich wich zurück – doch die sich nähernden Wände trieben mich unwiderstehlich darauf zu. Endlich fand mein versengter und gekrümmter Leib keinen Zoll Halt mehr auf dem festen Boden des Kerkers. Ich kämpfte nicht mehr, die Qual meiner Seele aber machte sich Luft in einem einzigen langen, lauten, letzten Schrei der Verzweiflung. Ich fühlte, ich taumelte an den Rand – ich wandte die Augen ab –

Da – ein wirres Gemurmel menschlicher Stimmen! Da schmetterte es laut wie aus vielen Trompeten! Da dröhnte es rauh und grollte, als wären's tausend Donner! Die feurigen Wände wichen zurück! Ein ausgestreckter Arm packte den meinen, da ich, von Ohnmacht umfangen, in den Abgrund stürzen wollte. Es war der Arm von General Lasalle. Die französische Armee hatte Toledo erobert. Die Inquisition war in den Händen ihrer Feinde.

DER LANDSCHAFTSPARK

> Es lag der Garten, einer Schönen gleich,
>   Die seliger Schlummer fest umfangen hält,
> Das Aug geschlossen vor des Äthers Reich;
>   Gewaltig Rund, darin das Himmelszelt
> Azurn sich mit der Blum des Lichts gesellt:
> Schwertlilien rein und all die Tropfen Tau,
> Die glitzern an den Blüten aus Azur –
> Wie Sterne funkeln sie im Abendblau.
> Giles Fletcher

Nie hat ein bemerkenswerterer Mann gelebt denn mein Freund, der junge Ellison. Bemerkenswert war er ob der so vollkommenen und immerwährenden Fülle guter Gaben, mit welchen Fortuna verschwenderisch ihn überschüttete. Von der Wiege bis zum Grabe ward vom Winde gütigsten Wohlergehens er dahingetragen. Und das Wort Wohlergehen gebrauche ich dabei mitnichten in seinem rein weltlichen oder äußerlichen Sinne. Ich will es als gleichbedeutend mit Glück verstanden wissen. Die Person, von der ich spreche, schien zu dem Zwecke geboren, die phantastischen Doktrinen der Herren Turgot, Price, Priestley und Condorcet vorwegzunehmen – am besonderen Falle das zu exemplifizieren, was als reines Hirngespinst der Perfektionisten gilt. An Ellisons kurzem Dasein vermeine ich, jenes Dogma widerlegt gesehen zu haben – daß in des Menschen physischer wie geistiger Natur ein Prinzip verborgen liege, Widerpart aller Seligkeit. Eine gründliche und angelegentliche Untersuchung seines Lebensweges hat mich begreifen gelehrt, wie im allgemeinen aus der Verletzung einiger weniger, ganz einfacher Gebote des Menschseins das ganze Elend der Menschheit entsteht; wie wir, als Gattung betrachtet, die natürlichen Elemente zur Zufriedenheit durchaus in unserem Besitze haben und wie, selbst heutzutage, in der derzeitigen Blindheit und Dunkelheit all der Auffassungen hinsichtlich der großen Frage der sozialen Zustände es nicht unmöglich ist, daß der Mensch, als Individuum, unter gewissen ungewöhnlichen und höchst zufälligen Bedingungen glücklich sein kann.

Von derlei Ansichten war auch mein junger Freund völlig durchdrungen; und so ist es wohl ganz besonders des Anmerkens wert, daß der fortwährende Genuß, welcher sein Leben auszeichnete, weitgehend das Ergebnis vorgefaßter Planung war. Ja, es liegt auf der Hand, daß Mr. Ellison mit einem Weniger an instinktiver Philosophie, wie sie zuweilen der Erfahrung so wohl zustatten kommt, sich ob des so außergewöhnlich erfolgreichen Verlaufs seines Lebens kopfüber jählich in dem gemeinen Strudel des Elends drunten wiedergefunden hätte, welcher sich all jenen gierig weit auftut, denen hervorragende Talente zu eigen. Doch ist es keineswegs jetzt meine Absicht, eine Abhandlung über das Glück zu verfassen. Die Ansichten meines Freundes lassen sich in wenigen Worten zusammenfassen. Er ließ nur vier unwandelbare Gesetze oder vielmehr Grundprinzipien der Seligkeit gelten. Dasjenige, welches er für das wichtigste erachtete, war (merkwürdigerweise!) ein einfaches und rein physisches, nämlich körperliche Bewegung in freier Luft. »Gesundheit«, sprach er, »welche anders denn auf diese Weise gewonnen wird, verdient kaum so genannt zu werden.« Er verwies auf den Ackersmann – den einzigen, der, als Klasse, sprichwörtlich glücklicher ist denn andere –, und dann führte er zum weiteren Exempel die hohen Wonnen des Fuchsjägers an. Sein zweiter Grundsatz beinhaltete die Liebe des Weibes. Der dritte bestand in der Verachtung jeglichen Ehrgeizes. Der vierte verlangte einen Gegenstand unablässigen Trachtens; und er behauptete, daß das Ausmaß des Glücks, gesetzt, die anderen Dinge seien gleich, genau der Vergeistigung dieses Gegenstandes entspreche.

Wie gesagt, Ellison war bemerkenswert ob der immerwährenden Fülle guter Gaben, mit welchen Fortuna ihn verschwenderisch überschüttete. An persönlicher Anmut und Schönheit übertraf er alle anderen Männer. Sein Geist war von jenem Range, für den die Erwerbung von Wissen weniger mühselige Arbeit bedeutet denn Notwendigkeit und Intuition. Seine Familie war eine der erlauchtesten im Königreiche, seine Braut die lieblichste und hingebungsvollste der Frauen. Mit irdischen Gütern war er zu allen Zeiten reich gesegnet gewesen; doch da er das einundzwanzigste Lebensjahr erreichte, stellte es sich heraus, daß zu seinem Frommen das launische Schicksal einen jener außergewöhnlichen Streiche gespielt, welche die gesamte Gesellschaftssphäre, in der sie vorfallen, in Aufregung versetzen und nur selten verfehlen, das ganze moralische Gefüge derer, die davon betroffen, von Grund auf zu verändern. Es zeigt sich, daß etwa hundert Jahre, bevor Mr. Ellison volljährig ward, in einer entlegenen Provinz ein gewisser Mr. Seabright Ellison gestorben war. Dieser Herr nun hatte ein fürstliches Vermögen angehäuft, und da er keine unmittelbaren Angehörigen hinterließ, war er auf den absonderlichen Gedanken verfallen, seinen Reichtum sich ein volles Jahrhundert lang nach seinem Ableben vermehren zu lassen. Peinlich genau und scharfblickend verfügte er also die diversen Arten der Investition und vermachte die angehäufte Summe dem nächsten Blutsverwandten, welcher den Namen Ellison trüge und nach Ablauf der hundert Jahre noch am Leben wäre. Viele vergebliche Versuche waren bereits unternommen worden, dieses eigentümliche Legat für nichtig zu erklären; ihr *ex-post-facto*-Charakter ließ sie scheitern; doch war die Aufmerksamkeit einer argwöhnischen Staatsregierung geweckt und schließlich ein Erlaß erwirkt, wonach alle derartigen Kapitalansammlungen fürderhin untersagt waren. Dieser Gesetzesbeschluß hinderte den jungen Ellison jedoch nicht daran, an seinem einundzwanzigsten Geburtstage als der Erbe seines Vorfahren Seabright den Besitz eines Vermögens von *vierhundertfünfzig Millionen Dollar* anzutreten.[1]

Als es endgültig dann bekannt geworden, daß der ererbte Reichtum derart enorm wäre, kam es natürlich zu vielerlei Spekulationen hinsichtlich der Art und Weise, wie dieser zu verwenden sei. Daß die Summe so ungeheuer groß, dazu sofortig verfügbar war, erschreckte und verwirrte alle, die über den Fall nachdachten. Der Besitzer einer nur irgend *abschätzbaren* Summe Geldes hätte ja, so vermochte man sich vorzustellen, tausenderlei Dinge damit anfangen können. Bei Reichtümern, welche diejenigen irgendeines Bürgers lediglich überstiegen, wäre es leicht gewesen, sich vorzustellen, wie er aufs maßloseste den modisch vornehmen Extravaganzen seiner Zeit nun huldigte oder sich mit politischen Intrigen abgäbe, vielleicht mit einem Ministerposten liebäugelte; oder sich höhere Adelswürden zu erkaufen suchte; oder monumentale Prachtbauten zu errichten trachtete; oder in großem Stile Kunstgegenstände sammelte; oder den großzügigen Mäzen der Kunst und Literatur spielte; oder umfängliche Wohlfahrtseinrichtungen stiftete, die dann seinen Namen trügen. Doch im Betrachte des unvorstellbaren Reichtums, wie er tatsächlich im unmittelbaren Besitze des jungen Erben sich fand, schienen diese Zwecke samt allen herkömmlichen Zwecken gänzlich unangemessen. Man nahm seine Zuflucht zu Zahlen; doch Zahlen gereichten erst recht nur zur

---

[1] Ein Fall, dem hier erdachten in den Grundzügen ganz ähnlich, hat sich vor gar nicht allzu langer Zeit in England tatsächlich zugetragen. Der Name des glücklichen Erben (welcher noch lebt) ist Thelluson. Einen Bericht von dieser Angelegenheit habe ich zuerst in dem Reisetagebuch des Fürsten Pückler-Muskau gelesen. Dieser gibt die ererbte Summe mit neunzig Millionen Pfund an und bemerkt mit großem Nachdruck, daß der Aussicht, ›so viel Geld zu haben, etwas Großes‹ anhafte. ›Welche wunderbaren ... Dinge ließen sich mit einem solchen Privatvermögen ... ausrichten!‹ Um den Zwecken dieses Artikels zu genügen, bin ich der Darlegung des Fürsten gefolgt – wiewohl sie zweifellos in hohem Grade übertrieben ist.

Verwirrung. Man fand, wie selbst bei drei Prozent das jährliche Einkommen aus der Erbschaft nicht weniger denn dreizehn Millionen fünfhunderttausend Dollar betragen würde; was eine Million einhundertfünfundzwanzigtausend pro Monat bedeutete; oder sechsunddreißigtausendneunhundertsechsundachtzig pro Tag; oder eintausendfünfhunderteinundvierzig pro Stunde; oder sechsundzwanzig Dollar für jede Minute, die verstrich. So war denn der jeglichen Mutmaßungen gewohnte Pfad ganz und gar nicht mehr zu begehen. Die Leute wußten nicht, was sie sich vorstellen sollten. Es gab sogar etwelche, die da meinten, Mr. Ellison würde unverzüglich mindestens zweier Drittel seines Vermögens als eines gänzlich übertriebenen Überflusses entraten und hierbei durch Verteilung jener Überfülle seine Verwandten zuhauf zu reichen Leuten machen.

Gleichwohl überraschte es mich nicht, als ich merkte, daß er sich längst schon über einen Gegenstand entschieden hatte, welcher seinen Freunden soviel Kopfzerbrechen bereitete. Auch war ich ob der Art seines Entschlusses nicht sonderlich erstaunt. Er war ein Dichter, im weitesten und edelsten Sinne. Überdies verstand er den wahren Charakter, die hehren Ziele, die höchste Majestät und Würde des poetischen Empfindens. Die rechte Befriedigung dieses Gefühls, so spürte er instinktiv, lag in der *Erschaffung neuer Formen von Schönheit*. Gewisse Eigentümlichkeiten, sei es in seiner frühen Erziehung oder im Wesen seines Geistes, hatten der Art seiner moralischen Spekulationen sämtlich einen Anflug dessen verliehen, was man Materialismus heißt; und vielleicht war es dieser Zug, welcher, unmerklich, ihn zu der Einsicht führte, das vorteilhafteste, wenn nicht gar das einzig wahre Feld zur Ausübung des poetischen Empfindens bestünde in der Erschaffung neuer Seinsweisen rein *physischer* Schönheit. So kam es denn, daß er weder Musiker noch Dichter ward; wenn wir diesen letzteren Begriff in seinem gewöhnlichen Sinne gebrauchen. Oder vielleicht war es auch nur dieser seiner bereits erwähnten Ansicht zufolge, daß er weder das eine noch das andere geworden – der Ansicht nämlich, es liege in der Verachtung jeglichen Ehrgeizes einer der wesentlichen Grundsätze für Glückseligkeit auf Erden. Ja, ist es denn nicht tatsächlich möglich, daß ein Genie von *hohem* Range notwendigerweise wohl ehrgeizig ist, jenes des *höchsten* hinwieder unweigerlich *über* dem steht, was Ehrgeiz geheißen? Und mag es also nicht geschehen, daß mancher weit Größere denn Milton es zufrieden war und ist, ›stumm und unberühmt‹ zu bleiben? Ich glaube, die Welt hat es von Angesicht bisher noch nicht geschaut, und – es sei denn, daß durch eine Verkettung zufälliger Ereignisse ein Geist vom erhabensten Range zu solcher *Verve* getrieben, wie sie ihm zuwider – die Welt wird es auch *niemals* sehen, welch vollen Ausmaßes triumphaler Leistung die menschliche Natur in den bedeutsameren Werken der Kunst an und für sich fähig ist.

Mr. Ellison ward also weder Musiker noch Poet; obschon keinen Sterblichen wohl tiefere Zuneigung zur Musik wie auch zur Muse beseelte. Unter anderen Umständen denn solchen, mit denen er ausgestattet, ist es nicht unmöglich, daß er zum Maler geworden wäre. Der Bereich der Bildhauerkunst, obwohl dem Wesen nach streng poetisch, war doch zu eingeschränkt hinsichtlich Umfang und Bedeutsamkeit, als daß seine Aufmerksamkeit je sonderlich davon beansprucht gewesen. Und so hätte ich denn nun *sämtliche* Gebiete aufgezählt, darin selbst dem weitherzigsten Verständnis des poetischen Empfindens zufolge dieses Empfinden sich erklärtermaßen zu äußern vermöge. Ich meine hier die großzügigste allgemeine oder anerkannte Auffassung des Begriffes, wie ihn der Ausdruck ›poetisches Empfinden‹ enthält. Doch Mr. Ellison fand, es sei das reichste und durchaus das natürlichste und geziemendste Gebiet blindlings vernachlässigt worden. Keine Begriffsbestimmung habe den *Landschaftsgärtner* als einen Poeten erwähnt; gleichwohl vermochte sich mein Freund nicht der Einsicht zu verschließen, daß die Erschaffung eines Landschaftsparks der wahren Dichtkunst die großartigste aller Gelegenheiten böte. Ja, hier auf diesem Felde sei es, daß sich die Erfindungsgabe oder die Phantasie am vollkommensten zu entfalten vermöchten in endlosen Kombinationen von Formen neuer Schönheit; seien doch die Elemente, welche die Verbindung eingingen, allezeit und mit weitem Abstand die herrlichsten, welche die Erde aufzuweisen habe. In der Vielgestalt des Baumes und der Vielfarbenpracht der Blume erkannte er die unmittelbarste und energischste Anstrengung der Natur im Hinblick auf physische Schönheit. Und ebendiese Anstrengung zu lenken oder zu konzentrieren beziehungsweise, genauer gesagt, sie den Augen anzupassen, welche sie auf Erden schauen sollen, hieße, so erkannte er, die besten Mittel zu nutzen – und zum größten Vorteil sich zu mühen –, damit sich sein Schicksal als Poet erfülle.

›Sie den Augen anzupassen, welche sie auf Erden schauen sollen.‹ In seiner Erklärung solcher Ausdrucksweise hat Mr. Ellison viel zur Lösung dessen beigetragen, was mir stets ein Rätsel erschienen. Ich meine die Tatsache (welche nur Ignoranten bestreiten), daß in der Natur keine solchen Kombinationen von Landschaft existieren, wie sie der geniale Maler zu schaffen vermag. Paradiese, wie sie auf den Gemälden eines Claude leuchten, sind in der Wirklichkeit nicht zu finden. Auch in der bezauberndsten der natürlichen Landschaften wird stets ein Mangel oder eine Unmäßigkeit anzutreffen sein – viele Mängel und viele Unmäßigkeiten. Indes die einzelnen Komponenten, für sich betrachtet, auch höchste künstlerische Meisterschaft übertreffen mögen, wird doch die Ordnung der Teile stets zu wünschen übrig lassen. Kurz, es kann kein Standort eingenommen werden, von welchem aus der sichere Blick eines Künstlerauges nicht Grund zu Anstoß fände, und zwar daran, was mit dem *terminus technicus* die *Komposition* einer natürlichen Landschaft geheißen. Und dennoch, wie unverständlich ist dies! In jedem anderen Betrachte lehrt man uns, und dies zu Recht, die Natur als Höchstes zu erachten. Mit ihren Einzelheiten zu wetteifern, scheuen wir zurück. Wer wollte sich schon anmaßen, die Farben der Tulpe nachzuahmen oder das Ebenmaß des Maiglöckchens zu verbessern?

Die Kritik, die da von der Plastik oder der Porträtkunst meint, ›die Natur gelte es nicht zu imitieren denn vielmehr zu erhöhen‹, befindet sich im Irrtum. Keine malerischen noch bildhauerischen Kombinationen von einzelnen *Punkten* menschlicher Schönheit vermögen mehr denn der lebendigen und leibhaftigen menschlichen Schönheit, wie sie täglich uns erfreut, sich lediglich anzunähern. Byron, so oft er auch irrte, irrte doch nicht, da er sagte:

> Ich sah viel schönre Fraun von Fleisch und Bein,
> Als jemals war ein Ideal von Stein.

Einzig für die Landschaft gilt dies Prinzip des Kunstrichters; und da dessen Wahrheit er hier gespürt, ist es nur der vorschnelle Geist der Verallgemeinerung, welcher ihn verleitet hat, es in *allen* Bereichen der Kunst für gültig zu erklären. Da dessen Wahrheit er, wie gesagt, hier *gespürt*. Denn das Gefühl ist weder Pose noch Schimäre. Die Mathematik gewährt der absoluten Beweise nicht mehr, als das künstlerische *Empfinden* dem Künstler vergönnt. Er glaubt nicht nur, sondern *weiß* es genau, daß durch diese und jene, scheinbar willkürliche Ordnung des Gegenstandes, oder: diese Form, und nur dadurch, die wahre Schönheit entsteht. Doch sind seine Gründe noch nicht von der Reife, daß auf eine sprachliche Formel sie zu bringen wären. Es bleibt einer gründlicheren Analyse, als die Welt sie bisher kennt, vorbehalten, sie umfassend zu untersuchen und in Worte zu fassen. Dessenungeachtet wird seinen instinktiven Ansichten Bestätigung im übereinstimmenden Urteil all seiner Mitstreiter. Nehmen wir an, eine Komposition sei mangelhaft; nehmen wir an, es erfolge eine Verbesserung in der rein formalen Ordnung; nehmen wir nun weiter an, diese Verbesserung werde einem jeglichen Künstler auf der ganzen Welt vorgelegt; so würde jeder einzelne ihre Notwendigkeit zugestehen. Ja, weit mehr noch denn dies; zur Behebung des kompositorischen Defektes würde jedes einzelne Mitglied der Bruderschaft eben die nämliche Verbesserung *vorschlagen*.

Ich wiederhole, daß allein hinsichtlich der Anordnung

oder Zusammenstellung von Landschaften die *physische* Natur ›Erhöhung‹ zuläßt und daß ihre Verbesserungsmöglichkeit in diesem einen Punkte mir deshalb ein Rätsel blieb, welches bislang ich nicht zu lösen vermochte. Es war Mr. Ellison, welcher zuerst den Gedanken unterbreitet, wie das, was wir als Verbesserung oder Erhöhung natürlicher Schönheit betrachteten, in Wirklichkeit eine solche nur sei, was den irdischen oder menschlichen *Standpunkt* beträfe; wie jegliche Änderung oder jeglicher Eingriff in die elementare Szenerie möglicherweise einen Makel in dem Bilde bewirke, wenn wir dies Bild von einem entfernten Punkte im Himmel *im ganzen* betrachten könnten. »Es ist leicht verständlich«, sagt Mr. Ellison, »wie das, was ein Detail, aus der Nähe gemustert, vielleicht verbessern mag, zu gleicher Zeit einen allgemeinen und nur aus größerer Entfernung wahrzunehmenden Gesamteindruck verderben kann.« Er sprach mit Wärme über diesen Gegenstand: auch achtete er nicht so sehr auf dessen unmittelbare oder offensichtliche Bedeutung (welche gering nur ist) denn vielmehr auf den Charakter der Folgerungen, zu welchen dies führen könne, oder der indirekten, untergeordneten Neben-Sätze, die zu erhärten oder bestätigen dies helfen könne. Wäre es doch möglich, daß es eine Klasse von Wesen gäbe, menschlich einst, doch nun dem Menschen unsichtbar, für deren prüfenden Blick und für deren verfeinertes Schönheitsempfinden, und nicht für das unsrige, Gott den großen Landschaftsgarten *der ganzen Erde* angelegt.

Im Verlaufe unserer Diskussion nahm mein junger Freund Gelegenheit, einige Stellen von einem Autor zu zitieren, welcher, so heißt es, dieses Thema trefflich behandelt habe.

›In der Landschaftsgärtnerei‹, schreibt er, ›gibt es eigentlich nur zwei Stile: den natürlichen und den künstlichen. Der eine sucht auf die ursprüngliche Schönheit des Landes sich zu besinnen, indem er seine Mittel auf die Umgebung abstimmt; Bäume anpflanzt, welche mit den Hügeln oder der Ebene des benachbarten Landes harmonieren; diejenigen gefälligen Verhältnisse von Größe, Ebenmaß und Farbe aufdeckt und zur Geltung bringt, wie sie, dem gemeinen Beschauer verborgen, sich dem erfahrenen Kenner der Natur allerorten offenbaren. Das Ergebnis dieses natürlichen Stils in der Gartenkunst ist wohl eher in der Abwesenheit aller Mängel und Mißverhältnisse zu sehen – im Vorwalten einer schönen Ordnung und Harmonie – denn in der Schaffung irgendwelcher besonderer Wunderwerke oder außergewöhnlicher Dinge. Der künstliche Stil nun stellt sich in ebenso vielen Spielarten dar, als es verschiedene Geschmäcker gibt, die es zu befriedigen gilt. Er steht in einer gewissen allgemeinen Verwandtschaft mit den verschiedenen Stilen der Baukunst. Da gibt es die stattlich-majestätischen Alleen und Refugien von Versailles; italienische Terrassen; und einen vielfältig gemischten alt-englischen Stil, der eine gewisse Beziehung zur hiesigen gotischen oder englischen Tudor-Architektur hat. Was immer sich auch gegen Mißbräuche der künstlichen Landschaftsgärtnerei vorbringen läßt, so trägt eine Beimischung reiner Kunst in einer Parklandschaft doch höchlich zu ihrer Schönheit bei. Ist diese einesteils doch dem Auge wohlgefällig, als sie von Plan und Ordnung zeugt, und anderntheils moralisch-innerer Natur. Eine Terrasse mit einer alten bemoosten Balustrade beschwört dem Auge sogleich die schönen Gestalten herauf, welche sich dort dereinst ergingen. Die geringste Zurschaustellung von Kunst ist ein Beweis von Obsorge und menschlicher Anteilnahme.‹

»Aus dem, was ich bisher angemerkt habe«, sagte Mr. Ellison, »werden Sie verstehen, daß ich die hier vorgetragene Ansicht von der ›Besinnung auf die ursprüngliche Schönheit des Landes‹ ablehne. Die ursprüngliche Schönheit ist niemals so groß wie jene, welche noch hinzugefügt werden kann. Selbstverständlich hängt vieles von der Wahl eines Ortes mit *Möglichkeiten* ab. Was nun gesagt wird im Hinblick auf das ›Aufdecken und Zur-Geltung-Bringen jener gefälligen Verhältnisse von Größe, Ebenmaß und Farbe‹, so ist dies weiter nichts denn verschwommenes Gerede, welches viel oder wenig oder gar nichts besagen mag und keinerlei Anhaltspunkt gibt. Daß das eigentliche ›Ergebnis des natürlichen Stils in der Gartenkunst wohl eher in der Abwesenheit aller Mängel und Mißverhältnisse zu sehen sei denn in der Schaffung irgendwelcher besonderer Wunderwerke oder außergewöhnlicher Dinge‹, ist eine Behauptung, wie sie wohl besser zu dem im Schmutz wühlenden Verstande der Herde des Pöbels paßt denn zu den leidenschaftlichen Träumen des Genies. Das hier behauptete Verdienst ist im besten Falle ein negatives und gehört zu jener Art hinkender Kritik, wie sie, in der Literatur, Addison zu ihrem Gotte erheben würde. In Wahrheit ist es doch so, daß der Wert, welcher lediglich darin besteht, Un-Wert zu vermeiden, unmittelbar den Verstand anspricht und mithin sich in *Regeln* vorher anzeigen läßt, wogegen der erhabenere Wert, welcher in Erfinder- und Schöpferkraft flammend sich offenbart, einzig in den Ergebnissen zu fassen ist. Regeln gelten nur für die Vortrefflichkeiten der Vermeidung – für die Tugenden, die da negieren oder unterlassen. Darüber hinaus kann die kritische Kunst nur Vorschläge machen. Man kann uns vielleicht noch darin instruieren, eine Odyssee zusammenzubauen, doch ist es vergeblich, uns vorschwatzen zu wollen, *wie* ein ›Sturm‹ zu erschaffen sei, ein ›Inferno‹, ein ›Gefesselter Prometheus‹, eine ›Nachtigall‹ wie die von Keats oder die ›Mimose‹ eines Shelley. Ist das Werk aber einmal getan, das Wunder vollbracht, wird die Fähigkeit, es zu erfassen, Allgemeingut. Die Sophisten der *negativen* Schule, die aus schöpferischem Unvermögen über jegliche Schöpfung gespottet, findet man nun am lautesten applaudieren. Was in jenem Stadium des Prinzips, das einer Schmetterlingspuppe vergleichbar, ihren zimperlichen Verstand so beleidigt, verfehlt in seiner reifen Vollendung niemals, ihrem Instinkt für das Schöne oder Erhabene Bewunderung abzuringen.

Gegen die Bemerkungen unseres Verfassers über den künstlichen Stil der Gartengestaltung«, fuhr Mr. Ellison fort, »ist nun weniger einzuwenden. ›Eine Beimischung reiner Kunst in einer Parklandschaft trägt höchlich zu ihrer Schönheit bei.‹ Das ist richtig; und gleicherweise die Erwähnung der ›menschlichen Anteilnahme‹. Ich sage noch einmal, das hier bekundete Prinzip ist unbestreitbar; doch *mag* da gar noch etwas mehr dahinter sein. Könnte es doch ein Ziel geben, in voller Übereinstimmung mit dem angedeuteten Prinzip – ein Ziel, unerreichbar mit den Mitteln, wie sie dem Menschen gewöhnlich zu Gebote stehen, welches jedoch, falls erreicht, dem Landschaftsgarten einen Zauber verliehe, der über alle Maßen alles überträfe, was rein *menschliche* Anteilnahme zu bewirken vermag. Der wahre Dichter, so er über außergewöhnliche pekuniäre Mittel geböte, könnte möglicherweise, dieweil die notwendige Idee von *Kunst* oder *Anteilnahme* oder *Kultur* er beibehielte, seine Entwürfe gleichzeitig mit einer solchen Fülle und Neuartigkeit von Schönheit durchtränken, daß das Gefühl *überirdischen* Eingreifens sich einstellte. Es wird sich zeigen, wie er, indem er ein solches Ergebnis zustande bringt, sämtliche Vorteile von *Anteilnahme* oder *Gestaltung* wahrt, indes sein Werk von all dem Harten und rein Technischen der Kunst er befreit. In den schroffsten der Wildnisse – in den rauhesten der Landschaften der reinen Natur – offenbart sich die *Kunst* eines Schöpfers; doch wird *diese* Kunst nur sichtbar durch Reflexion; in keinem Betrachte hat sie die unverkennbare Kraft eines Gefühls. Wenn wir nun dieses Bewußtsein einer allmächtigen Planung in einem meßbaren Grade *harmonisiert* uns denken; wenn wir uns eine Landschaft vorstellen, darin *Fremdartigkeit*, Weite, Endgültigkeit und Großartigkeit so vereint sich finden, daß der Gedanke an Kultur oder Obsorge oder Beaufsichtigung geweckt wird seitens Geisteswesen, welche dem Menschen zwar verwandt, ihm aber überlegen sind – dann wäre das Empfinden der *Anteilnahme* bewahrt, indes die Kunst den Anschein einer intermediären oder sekundären Natur annimmt – einer Natur, welche weder Gott ist noch eine Emanation Gottes, sondern welche noch immer Natur ist in dem Sinne, daß sie das Kunstwerk der Engel ist, die da schweben zwischen Mensch und Gott.«

Und indem er an die praktische Verwirklichung einer Vision wie dieser seinen gigantischen Reichtum wandte –

in der Bewegung im Freien, wie sie aus der persönlichen Leitung seiner Pläne sich ergab – in dem unablässigen und nie versiegenden *Gegenstande* des Trachtens, welchen diese Pläne boten – in der hohen Vergeistigtheit des Zieles selbst – in der Verachtung jeglichen Ehrgeizes, wodurch er imstande, mehr zu erfühlen als zu erwirken – und schließlich in der Gemeinschaft und Anteilnahme eines ergebenen Weibes – mit alledem erwartete Ellison nur eines zu finden *und fand* es auch: die Befreiung von der Menschen gemeiner Sorge, dazu ein weit höheres Maß an vollkommener Glückseligkeit, denn jemals in den verzückten Tagträumen der Madame de Staël erglühte.

DAS GEHEIMNIS UM MARIE ROGÊT[1]

*Eine Fortsetzung zu den
›Morden in der Rue Morgue‹*

> Es gibt eine Reihe idealischer Begebenheiten, die der
> Wirklichkeit parallel läuft. Selten fallen sie zusam-
> men. Menschen und Zufälle modifizieren gewöhnlich
> die idealische Begebenheit, so daß sie unvollkommen
> erscheint und ihre Folgen gleichfalls unvollkommen
> sind. So bei der Reformation; statt des Protestantis-
> mus kam das Luthertum hervor.
>
> Novalis,[2] ›Moralische Ansichten‹

Es gibt nur wenige Menschen, selbst unter den besonnen-
sten Denkern, die nicht gelegentlich der jähe Schauder
eines vagen, doch schreckerregenden Halbglaubens an das
Übernatürliche gepackt hätte, da ihnen *Koinzidenzen* von
scheinbar so wunderbarer Natur begegnet, daß der Verstand es nicht vermocht, sie für *bloße* Zufälle zu halten.
Solche Empfindungen – denn die Halbgläubigkeit, von
der ich rede, besitzt niemals die volle Stärke des *Gedan-*

[1] Beim Erstabdruck von ›Marie Rogêt‹ wurden die nun beigefüg-
ten Fußnoten für unnötig erachtet; doch da seit der Tragödie, auf
welcher die Erzählung basiert, mehrere Jahre vergangen sind, erscheint es wohl angeraten, sie darzulegen und darüber hinaus einige Worte zur Erläuterung des allgemeinen Plans zu sagen. Ein
junges Mädchen, *Mary Cecilia Rogers*, wurde in der Nähe New
Yorks ermordet; und obwohl ihr Tod gewaltiges, lang anhaltendes
Aufsehen erregte, waren die ihn umgebenden Rätsel zu der Zeit,
da die vorliegende Arbeit niedergeschrieben und veröffentlicht
wurde (November 1842), noch ungelöst geblieben. Hierin ist der
Autor, unter dem Vorwande, vom Schicksal einer Pariser *grisette*
zu berichten, im kleinsten Detail getreulich den wesentlichen Tatsachen des wirklichen Mordfalles Mary Rogers gefolgt, wobei er
Nebensächlichkeiten nur entsprechend daran angepaßt hat. So ist
die gesamte, auf Fiktion gegründete Beweisführung auf die wirkli-

kens –, solche Empfindungen lassen sich selten gänzlich unterdrücken, es sei denn, man beruft sich auf die Lehre von den Möglichkeiten oder, wie der *terminus technicus* dafür heißt, die Wahrscheinlichkeitsrechnung. Nun ist diese Rechnung ihrem Wesen nach reine Mathematik; und so haben wir denn hier den anomalen Fall, daß die strengste, exakteste Wissenschaft Anwendung findet auf den unwirklichen Schatten der vagsten Spekulation, die so gar nicht greifbar.

Die außergewöhnlichen Umstände, welche ich nun mitzuteilen aufgerufen bin, bilden, so wird man feststellen, was die zeitliche Abfolge betrifft, die erste Phase einer Reihe kaum faßlicher *Koinzidenzen*, deren zweite oder Schlußphase alle Leser in dem Morde an MARY CECILIA ROGERS, der vor kurzem in New York geschah, wiedererkennen werden.

Als ich mich vor etwa einem Jahre in einer Arbeit des Titels ›Die Morde in der Rue Morgue‹ bemühte, einige sehr bemerkenswerte Züge im geistigen Charakter meines Freundes, des Chevaliers C. Auguste Dupin, zu schildern, wäre es mir nie eingefallen, daß ich das Thema jemals wieder aufgreifen würde. War es doch mein Anliegen gewesen, diesen Charakter zu beschreiben; und dieses Anliegen nun fand in der Folge der Umstände Erfüllung, welche ich zum Belege für Dupins Eigenart beigebracht hatte. Ich hätte chen, wahren Ereignisse anwendbar: und Ziel war es ja, die Wahrheit aufzuspüren.

›Das Geheimnis um Marie Rogêt‹ wurde fern vom Schauplatz der Greueltat verfaßt und ohne andere Mittel der Untersuchung, denn die Zeitungen sie boten. So entging dem Autor vieles, was er sich hätte zunutze machen können, wäre er an Ort und Stelle gewesen und hätte die Örtlichkeiten in Augenschein genommen. Es mag jedoch nicht unangebracht sein zu erwähnen, daß die Geständnisse von *zwei* Personen (deren eine die Madame Deluc der Erzählung ist), zu verschiedenen Zeiten, lange nach der Veröffentlichung abgelegt, nicht nur die allgemeine Schlußfolgerung vollauf bestätigten, sondern auch ganz und gar *sämtliche* hypothetischen Hauptumstände, welche zu dieser Folgerung geführt.

2 *nom de plume*, eigentlich von Hardenberg

noch andere Beispiele anführen können, doch mehr hätte ich damit auch nicht bewiesen. Indes haben nun jüngste Ereignisse in ihrer überraschenden Wendung mich aufgeschreckt, noch weitere Einzelheiten mitzuteilen, die etwas nach einem erzwungenen Geständnis aussehen mögen. Doch im Betrachte dessen, was mir kürzlich zu Ohren gekommen, wäre es nun wahrlich recht merkwürdig, wollte ich auch fürderhin über das, was ich schon vor so langer Zeit gehört und gesehen, Stillschweigen üben.

Als der Fall um den tragischen Tod der Madame L'Espanaye und ihrer Tochter abgeschlossen war, wandte der Chevalier sogleich seine Aufmerksamkeit von der Affäre ab und verfiel wieder in seine alte Gewohnheit verdrossener Träumerei. Jederzeit zur Zurückgezogenheit geneigt, schloß ich mich bereitwillig seiner Laune an; und so bewohnten wir denn weiter unsere Zimmer im Faubourg Saint-Germain, ließen die Zukunft Zukunft sein und dämmerten ruhig in der Gegenwart dahin, indem wir die schnöde Welt um uns in Träume spannen.

Doch diese Träume blieben nicht gänzlich ungestört. Es läßt sich leicht denken, wie die Rolle, welche mein Freund in dem Drama in der Rue Morgue gespielt hatte, ihren Eindruck auf die Phantasie der Pariser Polizei nicht verfehlt hatte. Bei ihren Emissären war der Name Dupins ein Begriff geworden. Da der einfache Charakter jener induktiven Schlüsse, vermittels derer er das Geheimnis gelüftet hatte, außer mir keinem Menschen, nicht einmal dem Präfekten, erklärt worden war, überrascht es natürlich keineswegs, daß man die Affäre für kaum weniger denn ein Wunder ansah beziehungsweise daß des Chevaliers analytische Fähigkeiten ihm den Ruf außerordentlicher Intuition eintrugen. Seine Offenheit hätte ihn dazu veranlaßt, einen jeden, der danach gefragt, eines Besseren zu belehren; doch seine indolente Gemütsart ließ keine Erörterung eines Gegenstandes zu, der ihm längst gleichgültig geworden. So geschah es denn, daß er dem Auge des Gesetzes wie ein Leitstern leuchtete; und der Fälle waren nicht wenige, bei denen die Präfektur versuchte, seine Dienste in Anspruch zu nehmen. Einer der bemerkenswertesten hierbei war der des Mordes an einem jungen Mädchen namens Marie Rogêt.

Dies Ereignis begab sich etwa zwei Jahre nach der Greueltat in der Rue Morgue. Marie, deren Tauf- und Familienname ob ihrer Ähnlichkeit mit denen des unglücklichen ›Zigarrenmädchens‹ sogleich aufmerken lassen werden, war die einzige Tochter der Witwe Estelle Rogêt. Der Vater war schon während ihrer Kindheit gestorben, und vom Zeitpunkte seines Todes an bis achtzehn Monate vor ihrer Ermordung, die den Gegenstand unserer Erzählung bildet, hatten Mutter und Tochter zusammen in der Rue Pavée Saint Andrée[1] gewohnt; wo Madame, unterstützt von Marie, eine Pension unterhielt. So gingen die Dinge dahin, bis Marie ihr zweiundzwanzigstes Jahr erreicht hatte und ihre große Schönheit die Aufmerksamkeit eines Parfümhändlers auf sich zog, welcher einen der Läden im Untergeschoß des Palais Royal innehatte und dessen Kundschaft vornehmlich aus den verzweifelten Abenteurern bestand, die jene Gegend unsicher machten. Monsieur Le Blanc[2] war sich wohl bewußt, welche Vorteile seiner Parfümerie daraus erwachsen müßten, wenn die schöne Marie darin bediente; und seine großzügigen Angebote wurden von dem Mädchen voller Eifer, von Madame freilich erst nach einigem Zögern angenommen.

Die Erwartungen des Ladenbesitzers erfüllten sich, und bald hatten die Reize der munteren *grisette* seinen Laden stadtbekannt gemacht. Wohl ein Jahr hatte Marie bei ihm in Dienst gestanden, als ihr plötzliches Verschwinden aus dem Laden ihre Verehrer in Aufregung versetzte. Monsieur Le Blanc sah sich außerstande, ihre Abwesenheit zu erklären, und Madame Rogêt war vor Angst und Sorge außer sich. Die Zeitungen griffen die Sache unverzüglich auf, und schon stand die Polizei im Begriffe, ernstliche Nachforschungen anzustellen, als eines schönen Morgens, nach Verlaufe einer Woche, Marie bei guter Gesundheit, doch

---

1 Nassau Street. – 2 Anderson

mit bekümmerter Miene wieder hinter ihrem gewohnten Ladentisch in der Parfümerie auftauchte. Natürlich wurde alle Nachfrage, sofern nicht rein privater Art, augenblicklich eingestellt. Monsieur Le Blanc bekundete nach wie vor totale Unwissenheit. Marie wie auch Madame erwiderten auf alle Fragen, sie habe die letzte Woche im Hause einer Verwandten auf dem Lande verbracht. So ward es denn ruhig um die Affäre, und bald war sie gänzlich in Vergessenheit geraten; denn das Mädchen nahm nicht lange danach endgültig Abschied von der Parfümerie, offensichtlich, um sich der zudringlichen Neugier zu entziehen, und suchte Zuflucht im Hause der Mutter in der Rue Pavée Saint Andrée.

Es mochte wohl drei Jahre nach dieser Heimkehr sein, daß ihre Freunde zum zweiten Male durch ihr plötzliches Verschwinden in Aufregung versetzt wurden. Drei Tage vergingen, ohne daß man etwas von ihr hörte. Am vierten aber fand man ihren Leichnam in der Seine[1] treiben, nahe dem Ufer, welches dem Viertel der Rue Saint Andrée gegenüberliegt, und an einer Stelle, die nicht allzuweit von der einsamen Gegend der Barrière du Roule[2] entfernt ist.

Die Abscheulichkeit dieses Mordes (denn daß es sich hier um einen Mordfall handelte, war sogleich klar), die Jugend und Schönheit des Opfers, vor allem aber dessen frühere Bekanntheit – all dies zusammen erzeugte eine ungeheure Erregung in den Gemütern der empfindsamen Pariser. Ich kann mich an kein vergleichbares Vorkommnis erinnern, das eine so allgemeine und so gewaltige Wirkung hervorgebracht hätte. Mehrere Wochen lang vergaß man über der Erörterung dieses einen, alles beherrschenden Themas selbst die wichtigsten politischen Tagesfragen. Der Präfekt unternahm ungewöhnliche Anstrengungen; und natürlich wurden die Kräfte der gesamten Pariser Polizei bis zum äußersten aufgeboten.

Anfangs, als die Leiche entdeckt wurde, nahm man nicht an, daß der Mörder den Nachforschungen, die unmittelbar

1 im Hudson. – 2 Weehawken

in Gang gesetzt wurde, für länger denn nur eine sehr kurze Zeit entgehen könnte. Erst nach Ablauf einer ganzen Woche erachtete man es für notwendig, eine Belohnung auszusetzen; und selbst da noch wurde diese Belohnung auf tausend Francs beschränkt. Inzwischen ging die Untersuchung nach Kräften, wenn auch nicht immer mit Verstand, voran, und zahlreiche Personen wurden ergebnislos vernommen; derweil die allgemeine Aufregung, da nach wie vor jegliche Spur fehlte, gewaltig wuchs. Am Ende des zehnten Tages hielt man es für ratsam, die ursprünglich ausgesetzte Summe zu verdoppeln; und als schließlich auch die zweite Woche verstrichen war, ohne irgendwelche Aufschlüsse zu erbringen, und das Vorurteil, das in Paris immer gegen die Polizei besteht, sich in mehreren ernsthaften *émeutes* Luft gemacht hatte, nahm es der Präfekt auf sich, die Summe von zwanzigtausend Francs ›für die Überführung des Meuchelmörders‹ auszusetzen beziehungsweise, falls es sich erweisen sollte, daß mehr als einer an der Tat beteiligt war, ›für die Überführung eines der Meuchelmörder‹. In der Bekanntmachung, welche diese Belohnung ankündigte, wurde auch jedem etwaigen Komplizen, der gegen seinen Kumpan Zeugnis ablegen würde, volle Straffreiheit zugesichert; und dem Anschlag war, wo immer er erschien, der private Aushang eines Bürgerkomitees angefügt, das zusätzlich zu der von der Präfektur ausgesetzten Summe noch weitere zehntausend Francs bot. Die gesamte Belohnung betrug also nicht weniger denn dreißigtausend Francs, was als eine außergewöhnliche Summe gelten muß, wenn man den bescheidenen Stand des Mädchens bedenkt sowie die Tatsache, daß Greueltaten wie die beschriebene in großen Städten doch recht häufig geschehen.

Nun zweifelte niemand mehr daran, daß das Geheimnis dieser Mordtat alsbald ans Licht käme. Doch wiewohl in ein oder zwei Fällen Verhaftungen erfolgten, die Aufklärung verhießen, wurde jedoch nichts aufgedeckt, was den Verdacht bestätigt hätte; und so wurden die Betreffenden bald darauf auf freien Fuß gesetzt. So seltsam es auch

scheinen mag, doch war schon die dritte Woche seit Entdeckung des Leichnams verstrichen, und verstrichen, ohne daß irgend Aufschluß gewonnen worden wäre, ehe auch nur ein Gerücht von den Ereignissen, welche die öffentliche Meinung so in Aufruhr versetzt hatten, Dupin und mir zu Ohren kam. In Forschungen vertieft, welche unsere ganze Aufmerksamkeit in Anspruch nahmen, war es schon nahezu einen Monat her, daß einer von uns ausgegangen war oder einen Besucher empfangen oder mehr als nur einen flüchtigen Blick auf die politischen Leitartikel in einer der Tageszeitungen geworfen hatte. Die erste Nachricht von dem Morde wurde uns von G – – höchstpersönlich überbracht. Am frühen Nachmittag des 13. Juli 18 – – sprach er bei uns vor und blieb bis spät in der Nacht. Er war verärgert über die Erfolglosigkeit all seiner Bemühungen, die Mörder aufzuspüren. Sein Ruf – so sagte er mit typisch Pariser *air* – stehe auf dem Spiele. Selbst seine Ehre sei betroffen. Die Augen der Öffentlichkeit seien auf ihn gerichtet; und es gebe wirklich kein Opfer, das er nicht gern für die Aufklärung des Geheimnisses bringen würde. Er schloß seine etwas komische Rede mit einem Kompliment über das, was er Dupins *Taktgefühl* zu nennen beliebte, und machte ihm ein direktes und gewiß großzügiges Anerbieten, dessen genaue Natur zu enthüllen ich mich nicht befugt fühle, das aber für den eigentlichen Gegenstand meiner Erzählung auch keine Bedeutung hat.
. Das Kompliment wies mein Freund zurück, so gut er es vermochte, den Vorschlag aber nahm er sofort an, obwohl dessen Vorteile nur zeitweiliger Natur waren. Nachdem nun dieser Punkt geregelt war, beeilte sich der Präfekt, sogleich seine eigenen Ansichten darzulegen, in die er lange Kommentare über die Zeugenaussagen einflocht; welch letztere noch nicht in unsere Hände gelangt waren. Er redete viel und ohne Zweifel in gelehrter Weise; wobei ich hier und da einen gelegentlichen Einwurf wagte, dieweil die Nacht sich schläfrig dahinschleppte. Dupin, der reglos in seinem gewohnten Lehnstuhl saß, war die Verkörperung respektvoller Aufmerksamkeit. Er trug während des gesam-

ten Gesprächs eine Brille; und ein gelegentlicher Blick hinter ihre grünen Gläser reichte hin, mich davon zu überzeugen, daß er während der ganzen sieben oder acht bleiernfüßig dahinschleichenden Stunden, welche dem Aufbruch des Präfekten vorausgingen, sich einem zwar leisen, darum aber nicht weniger tiefen Schlaf hingegeben.

Am Morgen besorgte ich auf der Präfektur einen umfassenden Bericht sämtlicher vorliegender Zeugenaussagen, dazu bei den verschiedenen Zeitungsbüros ein Exemplar jeder Nummer, von der ersten bis zur letzten, darin wichtige Informationen über diese traurige Angelegenheit veröffentlicht worden waren. Befreit von allem, was eindeutig widerlegt wurde, ergab sich aus dieser Masse an Mitteilungen der folgende Tatbestand:

Marie Rogêt verließ die Wohnung ihrer Mutter in der Rue Pavée St. Andrée am Sonntag, dem zweiundzwanzigsten Juni 18 – –, gegen neun Uhr morgens. Beim Fortgehen teilte sie einem Monsieur Jacques St. Eustache,[1] und nur ihm allein, ihre Absicht mit, den Tag bei einer Tante zu verbringen, welche in der Rue des Drômes wohnte. Die Rue des Drômes ist eine kurze und enge, doch belebte Verkehrsstraße unweit der Flußufer und etwa zwei Meilen von der Pension der Madame Rogêt entfernt, wenn man den kürzesten Weg rechnet. St. Eustache war der in Gnaden aufgenommene Freier Maries und logierte in der Pension, wo er auch seine Mahlzeiten einnahm. Er hatte seine Verlobte bei Einbruch der Dunkelheit abholen und sie nach Hause begleiten sollen. Am Nachmittag jedoch setzte ein heftiger Regen ein; und in der Annahme, sie werde die Nacht über bei ihrer Tante bleiben (wie sie es unter ähnlichen Umständen zuvor schon getan hatte), hielt er es nicht für nötig, sein Versprechen zu halten. Als dann die Nacht hereinbrach, hörte man Madame Rogêt (die eine kränkliche alte Dame war, siebzig Jahre alt) die Befürchtung äußern, sie werde ›Marie wohl niemals wiedersehen‹; doch ward diese Bemerkung zu der Zeit nur wenig beachtet.

[1] Payne

Am Montag stellte sich heraus, daß das Mädchen gar nicht in der Rue des Drômes gewesen war; und als der Tag ohne Nachricht von ihr vorüberging, nahm man an verschiedenen Punkten in der Stadt und Umgebung eine zögerliche Suche auf. Doch erst am vierten Tage nach ihrem Verschwinden ward Gewißheit über ihr Schicksal. An diesem Tage (Mittwoch, dem fünfundzwanzigsten Juni) erfuhr ein Monsieur Beauvais,[1] der zusammen mit einem Freunde in der Nähe der Barrière du Roule nach Marie gesucht hatte, an dem Seine-Ufer, welches der Rue Pavée St. Andrée gegenüberliegt, daß soeben von Fischern eine Leiche an Land gezogen worden sei, welche sie im Flusse treibend gefunden hatten. Als Beauvais die Tote sah, identifizierte er sie nach einigem Zögern als das Parfümeriemädchen. Sein Freund erkannte sie auf der Stelle.

Das Gesicht war mit dunklem Blute überzogen, das teilweise aus dem Mund geströmt war. Schaum, wie er im Falle bloß Ertrunkener auftritt, war nicht zu sehen. Es lag keine Entfärbung im Zellengewebe vor. Am Hals befanden sich blaue Flecke und Fingerabdrücke. Die Arme waren über der Brust gebeugt und erstarrt. Die rechte Hand war geballt; die linke halb geöffnet. Am linken Handgelenk sah man zwei kreisförmige Hautabschürfungen, die allem Anschein nach von Stricken herrührten oder von einem Strick, der mehrfach herumgeschlungen gewesen. Ein Teil des rechten Handgelenks war ebenfalls stark abgeschürft, desgleichen der Rücken über seine ganze Länge hin, besonders aber an den Schulterblättern. Um den Leichnam ans Ufer zu ziehen, hatten die Fischer zwar ein Seil daran festgebunden; doch rührte keine der Abschürfungen davon her. Am Halse war das Fleisch stark geschwollen. Platzwunden oder Prellungen, wie sie etwa auf die Wirkung von Schlägen deuteten, waren nicht sichtbar. Ein Stück Spitze fand man so fest um den Hals geschlungen, daß es dem Blick entging; es schnürte tief ins Fleisch ein und war mit einem Knoten festgebunden, der genau unter dem linken

[1] Crommelin

Ohr lag. Dies allein hätte ausgereicht, den Tod herbeizuführen. Das ärztliche Zeugnis sprach mit Gewißheit vom tugendhaften Charakter der Verstorbenen. Sie sei, so hieß es, brutaler Gewalt zum Opfer gefallen. Der Leichnam war, als man ihn fand, in solchem Zustande, wie er für Freunde keinerlei Schwierigkeit hätte bieten dürfen, diesen zu identifizieren.

Die Bekleidung war arg zerrissen und auch sonst in großer Unordnung. Im Obergewande war ein Streifen, etwa ein Fuß breit, vom unteren Saum bis zur Taille ein-, doch nicht abgerissen worden. Dieser war dreimal um den Leib geschlungen und mit einer Art Knoten im Rücken festgezogen. Das Unterkleid unter dem oberen Gewande war von feinem Musselin; und hieraus war ein achtzehn Zoll breiter Streifen vollständig herausgerissen – und zwar sehr gleichmäßig und mit großer Sorgfalt. Ihn fand man lose um den Hals geschlungen und mit einem festen Knoten gesichert. Über diesem Musselinstreifen und dem aus Spitze waren noch die Bänder eines Hutes festgeknüpft; daran hing noch der Hut. Der Knoten, mit welchem die Hutbänder zusammengebunden waren, sah nicht dem einer Dame gleich, sondern war ein Zieh- oder Seemannsknoten.

Nach der Identifizierung des Leichnams ward dieser nicht, wie üblich, ins Leichenschauhaus gebracht (war diese Formalität doch überflüssig), sondern in aller Eile nicht weit von der Stelle, da man ihn an Land gezogen, begraben. Durch die Bemühungen Beauvais' wurde die Angelegenheit mit Fleiß vertuscht, soweit dies möglich; und so waren schon mehrere Tage verstrichen, ehe die Öffentlichkeit sich regte. Eine Wochenzeitschrift[1] jedoch griff schließlich die Sache auf; der Leichnam wurde exhumiert und eine neuerliche Untersuchung angestrengt; doch nichts kam ans Licht, was nicht bereits bekannt gewesen wäre. Indes wurden die Kleidungsstücke nun der Mutter und Freunden der Verstorbenen vorgelegt und völlig als

---

1 der ›New York Mercury‹

diejenigen identifiziert, welche das Mädchen getragen hatte, als sie das Haus verlassen.

Unterdessen wuchs die Erregung stündlich. Mehrere Personen wurden festgenommen und wieder freigelassen. Ganz besonders geriet St. Eustache in Verdacht; und anfangs vermochte er auch nicht eine plausible Auskunft über seinen Aufenthalt an dem Sonntage zu geben, da Marie von zu Hause weggegangen war. Später dann legte er jedoch Monsieur G – – eidesstattliche Erklärungen vor, die ausreichend über jede Stunde des fraglichen Tages Rechenschaft ablegten. Als die Zeit verstrich und keine Entdeckung erfolgte, kursierten wohl tausend einander widersprechende Gerüchte, und die Journalisten ergingen sich eifrig in allerlei *Mutmaßungen*. Unter diesen fand am meisten Beachtung die Meinung, daß Marie Rogêt noch am Leben sei – daß der Leichnam, den man in der Seine gefunden hatte, der einer anderen Unglücklichen sei. Es ist nur recht und billig, daß ich dem Leser ein paar Passagen unterbreite, welche die erwähnte Vermutung zum Ausdruck bringen. Diese Stellen sind *wortgetreue* Übertragungen aus ›L'Etoile‹,[1] einem im allgemeinen mit viel Geschick geleiteten Blatte.

›Mademoiselle Rogêt verließ das Haus ihrer Mutter morgens am Sonntag, dem zweiundzwanzigsten Juni 18 – –, mit der angeblichen Absicht, ihre Tante oder irgendeine andere Verwandte in der Rue des Drômes zu besuchen. Von dieser Stunde an hat sie nachweislich niemand mehr gesehen. Es gibt von ihr keinerlei Spur oder Nachricht ... Bis jetzt hat sich auch niemand gemeldet, der sie an jenem Tage, nachdem sie aus der Türe des mütterlichen Hauses getreten, überhaupt noch gesehen hätte ... Wiewohl wir nun auch keinerlei Beweis besitzen, daß Marie Rogêt am Sonntag, dem zweiundzwanzigsten Juni, nach neun Uhr noch unter den Lebenden geweilt, so ist es doch gewißlich erwiesen, daß bis zu dieser Stunde sie am Leben war. Am

---

[1] der New Yorker ›Brother Jonathan‹, herausgegeben von H. Hastings Weld

Mittwochmittag, gegen zwölf, ward nun ein weiblicher Leichnam entdeckt, der in Ufernähe der Barrière du Roule dahintrieb. Das wären, selbst wenn wir annehmen, Marie Rogêt sei innerhalb von drei Stunden, nachdem sie das Haus ihrer Mutter verlassen hatte, in den Fluß geworfen worden, nur drei Tage von dem Zeitpunkt an, da sie von zu Hause weggegangen – auf die Stunde genau drei Tage. Aber es wäre töricht anzunehmen, daß der Mord, wenn überhaupt Mord an ihr begangen ward, hätte rasch genug vollbracht werden können, um es den Mördern zu ermöglichen, die Leiche noch vor Mitternacht in den Fluß zu werfen. Wer sich solch abscheulicher Verbrechen schuldig macht, wählt die Dunkelheit eher denn das Licht. ... So sehen wir denn, daß der Leichnam, falls die Tote, die man im Flusse gefunden, überhaupt Marie Rogêt *war*, lediglich zweieinhalb, höchstens drei Tage im Wasser gelegen haben konnte. Alle Erfahrung hat aber gezeigt, daß es bei Ertrunkenen oder Leichen, welche unmittelbar nach gewaltsamem Tode ins Wasser geworfen wurden, sechs bis zehn Tage braucht, bis die Zersetzung weit genug fortgeschritten ist, um sie wieder an die Wasseroberfläche zu bringen. Selbst wo eine Kanone über einem Leichnam abgefeuert wird und dieser hochkommt, noch ehe er wenigstens fünf oder sechs Tage im Wasser gelegen, sinkt er wieder hinab, wenn man ihn sich selbst überläßt. Wir fragen nun, was denn in diesem Falle ein Abweichen vom normalen Gange der Natur hätte verursachen sollen? ... Wenn die Leiche in ihrem derart zugerichteten Zustande bis Dienstag nacht am Ufer verwahrt worden wäre, so wäre doch am Ufer irgendeine Spur der Mörder zu finden. Auch ist recht zweifelhaft, ob die Leiche so bald schon an der Oberfläche treiben würde, selbst wenn man sie erst zwei Tage nach dem Tode hineingeworfen hätte. Und überdies ist es höchst unwahrscheinlich, daß Schurken, welche solch einen Mord wie den hier vermuteten begangen, den Leichnam ins Wasser geworfen hätten, so ohne jegliches Gewicht, das ihn zum Sinken gebracht, wo doch eine solche Vorsichtsmaßregel so leicht sich hätte treffen lassen.‹

Der Redakteur führt des weiteren dann zum Beweise an, der Leichnam müsse ›nicht drei Tage nur, sondern wenigstens fünfmal drei Tage‹ im Wasser gelegen haben, weil er so weit zersetzt schon gewesen, daß Beauvais große Mühe gehabt, ihn zu identifizieren. Dieser letztere Punkt ward jedoch vollkommen widerlegt. Ich fahre mit der Übersetzung fort:

›Welches sind also die Tatsachen, auf welche hin M. Beauvais behauptet, er hege keinen Zweifel, daß die Leiche die von Marie Rogêt sei? Er hat den Kleiderärmel aufgeschlitzt und, wie er sagt, Male gefunden, welche ihn von der Identität überzeugten. In der Öffentlichkeit nahm man nun allgemein an, diese Merkmale hätten in irgendwelchen Narben bestanden. Er aber rieb am Arm und fand darauf *Haare* – ein Umstand, der unseres Erachtens so unbestimmt ist, wie man es sich nur denken kann, und so wenig beweiskräftig wie etwa die Tatsache, daß man in dem Ärmel einen Arm fand. M. Beauvais kam in jener Nacht nicht nach Hause, sondern ließ Madame Rogêt ausrichten, und zwar Mittwochabend sieben Uhr, eine Untersuchung, die ihre Tochter betreffe, sei noch im Gange. Wenn wir gelten lassen, daß Madame Rogêt auf Grund ihres Alters und Kummers nicht imstande gewesen, hinüberzugehen (was schon ein großes Zugeständnis wäre), so hätte doch bestimmt jemand da sein müssen, der es der Mühe für wert gehalten hätte, hinzugehen und der Untersuchung beizuwohnen, wäre man der Meinung gewesen, die Leiche sei die von Marie. Aber keiner ging hin. In der Rue Pavée St. Andrée verlautete nicht das geringste über die Angelegenheit, das auch nur bis zu den übrigen Hausbewohnern gedrungen wäre. M. St. Eustache, der Liebhaber und zukünftige Gatte Maries, der im Hause ihrer Mutter logierte, sagt aus, er habe erst am nächsten Morgen erfahren, daß die Leiche seiner Verlobten gefunden worden sei, als M. Beauvais zu ihm ins Zimmer gekommen sei und ihm davon berichtet habe. Bei einer Nachricht wie dieser dünkt es uns doch befremdlich, wie kühl sie aufgenommen wurde.‹

Auf diese Weise versuchte die Zeitung, den Eindruck zu erwecken, als hätten Maries Verwandte eine Gleichgültigkeit bezeigt, wie sie gänzlich unvereinbar sei mit der Annahme, es hielten diese Verwandten die Leiche für die des Mädchens. Die Andeutungen liefen darauf hinaus: – daß Marie sich mit dem stillschweigenden Einverständnis der Ihren aus der Stadt begeben habe, und zwar aus Gründen, die ihre Tugendhaftigkeit in Zweifel zogen; und daß diese Angehörigen nun bei der Entdeckung eines Leichnams in der Seine, welcher dem Mädchen einigermaßen ähnlich sah, die Gelegenheit genutzt hätten, die Öffentlichkeit glauben zu machen, Marie sei tot. Aber ›L'Etoile‹ war wieder einmal voreilig gewesen. Es wurde klar bewiesen, daß eine solche angebliche Gleichgültigkeit gar nicht bestand; daß die alte Dame überaus hinfällig und so erschüttert war, daß sie keinerlei Verpflichtung nachkommen konnte; daß St. Eustache, weit davon entfernt, die Nachricht kühl aufzunehmen, vor Kummer so außer sich geriet und sich so rasend gebärdete, daß M. Beauvais einen Freund und Verwandten bewog, auf ihn achtzugeben und zu verhindern, daß er etwa der Untersuchung bei der Exhumierung beiwohne. Und obgleich ›L'Etoile‹ darüber hinaus noch behauptete, der Leichnam sei auf öffentliche Kosten wieder bestattet worden – die Familie habe ein vorteilhaftes Angebot eines privaten Begräbnisses entschieden abgelehnt – und kein Mitglied der Familie habe der Zeremonie beigewohnt –; obgleich, wie gesagt, all dies von ›L'Etoile‹ behauptet wurde, um den beabsichtigten Eindruck zu befördern ward doch *all* dies hinreichend widerlegt. In einer folgenden Nummer unternahm das Blatt dann den Versuch, Beauvais selbst zu verdächtigen. Der Redakteur schreibt:

›Nun kommt also ein anderes Licht in die Sache. Wie wir erfuhren, hat M. Beauvais, der im Begriff war auszugehen, zu einer Gelegenheit einmal, da eine gewisse Madame B – – im Hause der Madame Rogêt weilte, ihr gegenüber geäußert, daß man einen *gendarme* erwarte und daß sie, Madame B., diesem nicht das mindeste sagen dürfe, bis er zurückkehre, sondern ihm die Sache überlassen solle ... Wie die Dinge jetzt stehen, scheint M. Beauvais die ganze Angelegenheit in seinem Kopfe eingesperrt zu haben. Nicht ein einziger Schritt kann ohne M. Beauvais getan werden; denn welchen Weg man auch immer gehen mag, man stößt auf ihn ... Aus irgendeinem Grunde bestimmte er, niemand außer ihm solle mit den Vorgängen etwas zu tun haben, und die männlichen Anverwandten hat er, nach deren eigener Aussage, auf höchst sonderbare Weise beiseite gedrängt. Auch scheint er eine starke Abneigung dagegen bezeigt zu haben, den Verwandten die Besichtigung der Leiche zu gestatten.‹

Durch die folgende Tatsache erhielt der in solcher Weise auf Beauvais geworfene Verdacht den Anstrich von Wahrscheinlichkeit. Ein Besucher, der wenige Tage vor dem Verschwinden des Mädchens in sein Büro gekommen war, ihn dort aber nicht angetroffen hatte, hatte im Schlüsselloch der Tür eine *Rose* bemerkt und dazu auf einer daneben hängenden Schiefertafel den Namen ›Marie‹.

Soweit wir aus den Zeitungen ersehen konnten, schien der allgemeine Eindruck dahin zu gehen, daß Marie das Opfer einer *Bande* von Verbrechern geworden sei – daß diese sie über den Fluß geschleppt, mißhandelt und ermordet hätten. ›Le Commerciel‹[1] indessen, ein recht einflußreiches Blatt, war eifrig bemüht, diese weitverbreitete Meinung zu bekämpfen. Ich zitiere ein paar Stellen aus seinen Spalten:

›Wir sind überzeugt, daß die Nachforschungen bislang der falschen Fährte gefolgt sind, insofern sie sich auf die Barrière du Roule richteten. Es ist unmöglich, daß eine Person, die Tausenden so wohlbekannt war wie diese junge Frau, auch nur drei Häuserblocks weit gekommen sein sollte, ohne daß einer sie gesehen hätte; und hätte sie jemand gesehen, könnte er sich auch daran erinnern, denn sie interessierte alle, die sie kannten. Zu der Zeit, da sie

1 das New Yorker ›Journal of Commerce‹

weggegangen, waren die Straßen voller Menschen ... Es ist also unmöglich, daß sie zur Barrière du Roule oder zur Rue des Drômes hätte gehen können, ohne von einem Dutzend Personen erkannt zu werden; doch nicht einer hat sich gemeldet, der sie außerhalb des Hauses ihrer Mutter gesehen hätte, und es gibt, abgesehen von dem Zeugnis, welches sich auf diesbezüglich von ihr *geäußerte Absichten* bezieht, nicht den mindesten Beweis dafür, daß sie überhaupt ausgegangen. Ihr Kleid war zerrissen, um sie gewickelt und verknotet; und auf diese Weise ließ sich der Körper wie ein Bündel tragen. Wenn der Mord an der Barrière du Roule begangen worden wäre, so hätte keinerlei Notwendigkeit für eine derartige Vorkehrung bestanden. Die Tatsache, daß der Leichnam in der Nähe der Barrière im Wasser gefunden ward, ist noch lange kein Beweis dafür, wo er in den Fluß geworfen wurde ... Aus einem der Unterröcke des unglücklichen Mädchens war ein Stück, zwei Fuß lang und ein Fuß breit, herausgerissen und unter dem Kinn um den Hinterkopf ihr gebunden, wahrscheinlich um sie am Schreien zu hindern. Dies taten Kerle, welche kein Taschentuch besaßen.‹

Einen Tag oder zwei, bevor der Präfekt uns seinen Besuch gemacht, war der Polizei jedoch eine wichtige Information zugegangen, die zumindest den Hauptteil der Argumentation des ›Commerciel‹ über den Haufen zu werfen schien. Zwei kleine Jungen, Söhne einer Madame Deluc, gerieten, als sie in den Wäldern in der Nähe der Barrière du Roule umherstreiften, zufällig in ein Dickicht, worin drei oder vier große Steine lagen, die eine Art Sitz mit Rückenlehne und Fußbank bildeten. Auf dem oberen Stein lag ein weißer Unterrock; auf dem zweiten ein seidener Schal. Auch wurden hier noch ein Sonnenschirm, Handschuhe und ein Taschentuch gefunden. Das Taschentuch trug den Namen ›Marie Rogêt‹. Kleiderfetzen wurden an den Brombeerbüschen ringsum entdeckt. Der Erdboden war zertrampelt, das Gesträuch geknickt, und alles wies darauf, daß hier ein Kampf stattgefunden hatte. Zwischen dem Dickicht und dem Flusse waren die Einzäunungen umgestoßen, und der Boden zeigte Spuren, wie wenn eine schwere Last darauf entlanggeschleift worden wäre.

Eine Wochenzeitschrift, ›Le Soleil‹,[1] brachte die folgenden Kommentare zu dieser Entdeckung – Kommentare, die bloß die Meinung der gesamten Pariser Presse nachbeteten:

›Die Gegenstände haben offenbar sämtlich wenigstens drei oder vier Wochen dort gelegen; sie waren alle durch Regeneinwirkung stark verschimmelt und klebten vor Schimmel zusammen. Das Gras ringsum war gewachsen und hatte einige von ihnen überwuchert. Die Seide des Sonnenschirms war kräftiges Material, doch waren die Fäden innen schon ineinandergelaufen. Der obere Teil, wo sie zusammengefaltet und doppelt war, zeigte sich ganz verschimmelt und verrottet und zerriß beim Öffnen ... Die Fetzen ihres Kleides, welche von dem Dornengestrüpp herausgerissen worden, waren etwa drei Zoll breit und sechs Zoll lang. Ein Stück davon war der Saum des Kleides, und er war ausgebessert; das andere stammte aus dem Rock selbst, nicht dem Saum. Sie sahen aus wie abgerissene Streifen und hingen am Dornengestrüpp, wohl einen Fuß über dem Boden ... Es kann daher kein Zweifel daran bestehen, daß man den Ort dieser entsetzlichen Greueltat entdeckt hat.‹

Auf diese Entdeckung hin ergaben sich neue Spuren. Madame Deluc sagte aus, daß sie an der Landstraße nicht weit vom Flußufer, gegenüber der Barrière du Roule, ein Wirtshaus betreibe. Es sei eine gar einsame Gegend. Sonntags sei sie gewöhnlich das Ausflugsziel für allerlei Gesindel aus der Stadt, das in Booten über den Fluß setze. An dem fraglichen Sonntage nun, gegen drei Uhr nachmittags, sei ein junges Mädchen in Begleitung eines jungen Mannes von dunkler Gesichtsfarbe zum Wirtshaus gekommen. Die beiden seien eine Weile dageblieben. Als sie gegangen, hätten sie den Weg zu einigen dichten Wäldern in der Umgebung einge-

---

[1] ›Saturday Evening Post‹ in Philadelphia, herausgegeben von C. J. Peterson

schlagen. Madame Deluc sei auf das Kleid aufmerksam geworden, welches das Mädchen trug, sei es doch dem, wie es eine verstorbene Verwandte getragen, recht ähnlich gewesen. Besonders sei ihr ein Schal aufgefallen. Bald nachdem das Paar weggegangen, sei eine Bande von Raufbolden erschienen, habe herumgelärmt, gegessen und getrunken, ohne zu bezahlen, und sei dann demselben Weg gefolgt, wie ihn der junge Mann und das Mädchen genommen, sei in der Dämmerung ins Wirtshaus zurückgekehrt und dann, als ob sie es sehr eilig hätte, wieder über den Fluß gefahren.

Es sei bald nach Einbruch der Dunkelheit an diesem selben Abend gewesen, daß Madame Deluc wie auch ihr ältester Sohn in der Nähe des Gasthauses die Schreie einer Frauensperson vernommen. Die Schreie seien heftig, aber kurz gewesen. Madame D. erkannte nicht nur den Schal wieder, welcher in dem Dickicht gefunden worden, sondern auch das Kleid, das man an der Leiche entdeckt hatte. Ein Omnibus-Kutscher, Valence,[1] trat nun ebenfalls mit seinem Zeugnis hervor, daß er Marie Rogêt an dem fraglichen Sonntage in Begleitung eines jungen Mannes von dunkler Gesichtsfarbe habe mit einer Fähre über die Seine fahren sehen. Er, Valence, kenne Marie und habe sich in ihrer Identität gewiß nicht getäuscht. Die in dem Dickicht gefundenen Gegenstände wurden von Maries Verwandten sämtlich identifiziert.

Die Einzelheiten an Beweisen und Informationen, die ich solcherart auf Anregung Dupins aus den Zeitungen gesammelt, enthielten nur noch einen weiteren Punkt – doch war dies ein Punkt von anscheinend ungeheurer Tragweite. Alsbald nämlich nach der oben beschriebenen Entdeckung der Kleidungsstücke fand man in der Nähe der Stelle, welche allgemein nun als der Schauplatz der Gewalttat galt, den leblosen oder nahezu leblosen Körper von St. Eustache, Maries Verlobtem. Ein Fläschchen, leer, mit der Aufschrift ›Laudanum‹ lag neben ihm. Sein Atem zeugte von dem Gift. Er starb, ohne noch einmal gesprochen zu ha-

---

[1] Adam

ben. An seinem Leibe fand man einen Brief, welcher kurz seine Liebe zu Marie und die Absicht des Selbstmordes darlegte.

»Ich brauche Ihnen wohl kaum zu sagen«, meinte Dupin, als er die Durchsicht meiner Notizen beendet hatte, »daß dieser Fall weit verworrener ist als jener von der Rue Morgue; von welchem er sich in einem wesentlichen Betrachte unterscheidet. Hier handelt es sich um ein zwar scheußliches, aber doch *gewöhnliches* Verbrechen. Daran ist nichts, was besonders *outré* wäre. Es wird Ihnen aufgefallen sein, daß man aus diesem Grunde das Geheimnis für leicht lösbar gehalten hatte, wo dies doch, eben aus diesem Grunde, gerade für schwierig hätte gelten sollen. So hatte man es zunächst auch nicht für nötig erachtet, eine Belohnung auszusetzen. Die Schergen von G – – sahen sich sogleich imstande zu begreifen, wie und warum eine solche Greueltat *begangen worden sein könnte*. Sie vermochten sich in ihrer Phantasie einen Hergang – viele Arten des Hergangs – und ein Motiv – viele Motive – auszumalen; und weil es nicht ausgeschlossen war, daß von diesen zahlreichen Möglichkeiten von Hergang und Motiv eine die tatsächliche gewesen sein *konnte*, haben sie es denn für erwiesen genommen, daß es eine davon gewesen sein *mußte*. Doch die Leichtigkeit, mit der man zu diesen verschiedenen Vorstellungen gelangt, und die gar große Wahrscheinlichkeit, die eine jede an sich hatte, wären wohl besser als Hinweis auf die Schwierigkeiten verstanden worden, welche bei der Aufklärung zu gewärtigen, denn als Anzeichen für eine leichte Lösbarkeit. Ich habe schon früher einmal bemerkt, wie die Vernunft sich, wenn überhaupt, bei ihrer Suche nach der Wahrheit ihren Weg anhand dessen ertastet, was aus der Ebene des Gewöhnlichen herausragt, und wie in Fällen wie diesem gar nicht so sehr gefragt werden sollte ›Was ist geschehen?‹ als vielmehr ›Was ist geschehen, das noch nie zuvor geschehen ist?‹. Bei den Untersuchungen im Hause der Madame L'Espanaye[1] waren G – –s

---

[1] Siehe ›Die Morde in der Rue Morgue‹.

Beamte entmutigt und verwirrt von eben dem *Ungewöhnlichen*, welches aber gerade einem wohlgeregelten Verstande das sicherste Omen des Erfolgs bedeutet hätte; dieweil derselbe Verstand angesichts des gewöhnlichen Charakters all dessen, was sich im Falle des Parfümeriemädchens dem Auge bot, wohl hätte verzweifeln mögen, während die Beamten der Präfektur nichts denn leichten Sieg darin witterten.

Im Falle der Madame L'Espanaye und ihrer Tochter hatte von allem Anfang unserer Untersuchung an kein Zweifel daran bestanden, daß da ein Mord verübt worden war. Der Gedanke an Selbstmord war von vornherein ausgeschlossen. Auch hier sind wir gleich zu Beginn jeglicher Annahme von Selbstmord enthoben. Die an der Barrière du Roule entdeckte Leiche wurde unter Umständen aufgefunden, die uns keinen Raum für etwaige Unklarheiten in diesem wichtigen Punkte lassen. Nun ist aber die Vermutung laut geworden, der aufgetauchte Leichnam sei nicht der von Marie Rogêt, in deren Falle ja für die Überführung des Mörders – oder der Mörder – die Belohnung ausgesetzt ist und einzig im Hinblick auf deren Fall wir mit dem Präfekten unser Übereinkommen getroffen. Wir beide kennen diesen Herrn recht wohl. Es ist nicht tunlich, ihm allzusehr zu trauen. Ob wir nun bei unseren Nachforschungen von der gefundenen Leiche ausgehen, von daher also uns auf die Spur eines Mörders begeben, um dann doch zu entdecken, daß diese Leiche die einer anderen Person als Marie ist; oder ob wir von der lebenden Marie ausgehen, sie auch finden, doch eben nicht ermordet – in beiden Fällen vergeuden wir unsere Mühe; denn es ist ja Monsieur G – –, mit dem wir es zu tun haben. Daher ist es denn schon unsretwegen, wenn nicht gar um der Gerechtigkeit willen unerläßlich, daß unser erster Schritt darin bestehen muß, die Identität der Leiche mit der vermißten Marie Rogêt festzustellen.

Für die Öffentlichkeit haben die Argumente von ›L'Etoile‹ Gewicht gehabt; und daß dieses Blatt selbst von ihrer Bedeutung überzeugt ist, geht schon aus der Art und

Weise hervor, wie es einen seiner Artikel zum Gegenstande beginnt – ›Mehrere der heutigen Morgenblätter‹, heißt es dort, ›sprechen von dem *beweiskräftigen* Artikel in unserer Montagsausgabe‹. Mir scheint dieser Artikel höchstens recht kräftig den Eifer seines Verfassers zu beweisen. Wir sollten doch nicht vergessen, daß es im allgemeinen unseren Zeitungen viel mehr darum geht, Aufsehen zu erregen – Eindruck zu machen, als darum, die Sache der Wahrheit zu fördern. Letzteres Ziel wird nur dann verfolgt, wenn es sich mit ersterem deckt. Das Blatt, welches lediglich in die allgemeine Meinung einstimmt (so wohlbegründet diese Meinung auch sein mag), erntet beim Pöbel keinen Glauben. Die große Masse betrachtet als tiefsinnig nur den, der *scharfe Widerrede* gegen die allgemeine Ansicht führt. In der Logik nicht minder denn in der Literatur ist es das *Epigramm*, welches sich der unmittelbarsten und allgemeinsten Wertschätzung erfreut. In beiden hat es das geringste Verdienst.

Ich will damit sagen, daß es bei der Ansicht, Marie Rogêt lebe noch, wohl eher die Mischung aus Epigramm und Melodram ist und nicht etwa wahrhafte Plausibilität, was ›L'Etoile‹ zu dieser Vorstellung bewogen und ihr eine günstige Aufnahme in der Öffentlichkeit gesichert hat. Untersuchen wir doch einmal die Hauptpunkte der Argumentation dieses Blattes; und bemühen wir uns dabei, die Zusammenhanglosigkeit zu vermeiden, mit welcher sie ursprünglich vorgetragen ward.

Das erste Anliegen des Schreibers ist, auf Grund der Kürze der Zeit, welche zwischen Maries Verschwinden und der Entdeckung des im Wasser treibenden Leichnams lag, zu beweisen, daß dieser Leichnam nicht der Maries sein könne. Die Verminderung dieser Zeitspanne auf das kleinstmögliche Maß wird mithin sogleich ein Zweck desjenigen, der so argumentiert. In der Hast, mit der er diesem Ziel zustrebt, verfällt er nun gleich zu Beginn in bloße Vermutung. ›Es wäre töricht anzunehmen‹, sagt er, ›daß der Mord, wenn überhaupt Mord an ihr begangen ward, hätte rasch genug vollbracht werden können, um es den Mördern zu ermöglichen, die Leiche noch vor Mitternacht in den Fluß zu werfen.‹ Da fragen wir denn sogleich und ganz selbstverständlich, *wieso?* Wieso wäre es töricht anzunehmen, der Mord sei *binnen fünf Minuten*, nachdem das Mädchen das Haus ihrer Mutter verlassen, begangen worden? Wieso wäre es töricht anzunehmen, der Mord sei zu einer beliebigen Zeit des Tages verübt worden? Es hat doch zu allen Stunden Ermordungen gegeben. Hätte aber der Mord irgendwann am Sonntag zwischen neun Uhr morgens und einer Viertelstunde vor Mitternacht stattgefunden, so wäre durchaus genügend Zeit gewesen, ›die Leiche noch‹ vor Mitternacht in den Fluß zu werfen‹. Diese Annahme läuft also genau darauf hinaus – daß der Mord überhaupt nicht am Sonntag begangen worden sei – und wenn wir ›L'Etoile‹ dies zugestehen, mögen wir ihm gleich alle möglichen Freiheiten einräumen. Der Absatz, so ließe sich vorstellen, der mit den Worten ›Es wäre töricht anzunehmen, daß der Mord usw.‹ beginnt, mag er auch im ›L'Etoile‹ stehen, wie er steht, hat im Hirn seines Verfassers tatsächlich vielleicht *so* gelautet: ›Es wäre töricht anzunehmen, daß der Mord, wenn überhaupt Mord an ihr begangen ward, hätte rasch genug begangen werden können, um den Mördern zu ermöglichen, die Leiche noch vor Mitternacht in den Fluß zu werfen; es wäre töricht, wie gesagt, all dies anzunehmen und gleichzeitig auch anzunehmen (wozu wir entschlossen sind), daß die Leiche *nicht nach* Mitternacht hineingeworfen worden sei‹ – ein Satz, der an sich schon genugsam inkonsequent ist, aber doch nicht so ausgesprochen widersinnig wie der gedruckte.

Ginge es mir lediglich darum«, fuhr Dupin fort, »gegen diesen Passus in der Argumentation von ›L'Etoile‹ triftige *Gründe anzuführen*, so könnte ich es wohl dabei belassen. Doch nicht mit ›L'Etoile‹ haben wir es zu tun, sondern mit der Wahrheit. Der fragliche Satz hat so, wie er da steht, nur eine Bedeutung; und diese Bedeutung habe ich klar und deutlich festgestellt; doch ist es wesentlich, daß wir hinter den bloßen Worten nach dem Gedanken suchen, den diese Worte offensichtlich ausdrücken sollten, auch wenn dies nicht gelang. Was der Zeitungsschreiber hatte sagen wollen, war wohl dies: zu welcher Tages- oder Nachtzeit am Sonntag dieser Mord auch begangen wurde, es sei unwahrscheinlich, daß die Täter es gewagt hätten, die Leiche noch vor Mitternacht zum Fluß zu tragen. Und hierin liegt nun wirklich die Annahme, gegen die ich Beschwerde führe. Man geht einfach davon aus, daß der Mord an einem Orte und unter Umständen begangen worden sei, die es notwendig machten, die Leiche zum Fluß zu *tragen*. Nun könnte die Mordtat ja aber auch am Flußufer verübt worden sein oder gar auf dem Flusse selbst; und somit hätte man die Leiche jederzeit, sei es bei Tage oder bei Nacht, in den Fluß werfen können, es wäre die nächstliegende und unmittelbarste Art und Weise gewesen, sich ihrer zu entledigen. Sie können sich wohl denken, daß ich hier nichts als wahrscheinlich verstanden wissen will oder etwa als meine Meinung. Bis jetzt war mein Anliegen nicht auf die *Tatsachen* des Falles gerichtet. Ich möchte Sie nur vor dem ganzen Tenor warnen, in welchem die *These* des ›L'Etoile‹ gehalten, indem ich Ihre Aufmerksamkeit darauf lenke, wie *einseitig* sie schon im Ansatz ist.

Nachdem das Blatt auf diese Weise eine Grenze gezogen hat, die zu seinen eigenen vorgefaßten Ansichten paßt; nachdem es also einfach angenommen hat, der Leichnam Maries, so er dies wäre, könne nur sehr kurze Zeit im Wasser gelegen haben, führt es sodann weiter aus:

›Alle Erfahrung hat aber gezeigt, daß es bei Ertrunkenen oder Leichen, welche unmittelbar nach gewaltsamem Tode ins Wasser geworfen wurden, sechs bis zehn Tage braucht, bis die Zersetzung weit genug fortgeschritten ist, um sie wieder an die Wasseroberfläche zu bringen. Selbst wo eine Kanone über einem Leichnam abgefeuert wird und dieser hochkommt, noch ehe er wenigstens fünf oder sechs Tage im Wasser gelegen, sinkt er wieder hinab, wenn man ihn sich selbst überläßt.‹

Diese Behauptungen sind stillschweigend von sämtlichen Blättern in Paris hingenommen worden, mit Ausnahme von ›Le Moniteur‹.[1] Dies letztere Blatt bemüht sich wenigstens, jenen Passus in dem Artikel anzufechten, in welchem von ›Ertrunkenen‹ die Rede ist, und zitiert dazu etwa fünf oder sechs Fälle, in denen man die Leichen von Personen, die, wie man wußte, ertrunken waren, schon nach Ablauf einer kürzeren Zeit, als ›L'Etoile‹ so hartnäckig behauptet, an der Oberfläche treibend gefunden hatte. Doch liegt etwas überaus Unphilosophisches in diesem Versuch des ›Moniteur‹, die allgemeine Behauptung von ›L'Etoile‹ durch Zitieren einiger besonderer Fälle widerlegen zu wollen, die gegen jene Behauptung sprechen. Selbst wenn es möglich gewesen wäre, fünfzig statt nur fünf Beispiele dafür anzuführen, wie Leichen bereits nach zwei oder drei Tagen wieder oben schwammen, so hätte man dennoch in diesen fünfzig Beispielen mit Fug und Recht nur die Ausnahmen zu der Regel von ›L'Etoile‹ sehen dürfen, solange die Regel selbst nicht widerlegt war. Läßt man aber die Regel gelten (und diese bestreitet ›Le Moniteur‹ ja nicht, wenn er nur ihre Ausnahmen hervorhebt), behält die Argumentation von ›L'Etoile‹ ihre volle Kraft; denn diese Argumentation erhebt ja keinen Anspruch darauf, es als mehr denn eine Frage der *Wahrscheinlichkeit* zu begreifen, ob die Leiche in weniger als drei Tagen wieder an die Oberfläche gekommen sei; und diese Wahrscheinlichkeit wird so lange dem Standpunkt von ›L'Etoile‹ zuneigen, wie die so kindisch angeführten Gegenbeispiele nicht eine hinreichende Zahl ergeben, um eine Gegenregel aufstellen zu können.

Sie werden sogleich sehen, wie sich die ganze Auseinandersetzung um dieses Kapitel, wenn überhaupt gegen etwas, dann gegen die Regel selbst richten sollte; und zu diesem Behufe müssen wir die *logische Grundlage* der Regel untersuchen. Nun, im allgemeinen ist der menschliche Körper weder viel leichter noch viel schwerer als das Wasser der Seine; das heißt, das spezifische Gewicht des

---

[1] der New Yorker ›Commercial Advertiser‹, herausgegeben von Oberst Stone

menschlichen Körpers, in seiner natürlichen Beschaffenheit, gleicht in etwa dem der Süßwassermenge, die er verdrängt. Die Körper von fetten und fleischigen Personen mit dünnen Knochen, und allgemein die von Frauen, sind leichter als die von mageren und grobknochigen und die von Männern; und das spezifische Gewicht des Wassers eines Flusses unterliegt in gewisser Weise dem Einfluß der Gezeiten vom Meere her. Doch wenn wir diese Gezeiten außer Betracht lassen, läßt sich sagen, daß auch in Süßwasser überhaupt nur *sehr* wenige menschliche Körper *von selbst* untergehen. Fast jeder, welcher in einen Fluß fällt, ist imstande, obenauf zu treiben, wenn er das spezifische Gewicht des Wassers einigermaßen zu seinem eigenen ins Verhältnis bringt – das heißt, wenn er seinen ganzen Körper bis auf einen geringstmöglichen Rest untertauchen läßt. Die richtige Lage für einen, der nicht schwimmen kann, ist die aufrechte Haltung des Fußgängers an Land, wobei der Kopf gänzlich zurückgeworfen und eingetaucht ist; einzig Mund und Nase sollten noch herausschauen. Unter solchen Umständen wird man finden, daß man ohne Schwierigkeit und ohne Anstrengung oben bleibt. Es ist jedoch offensichtlich, daß die Gewichte des Körpers und der von ihm verdrängten Wassermenge sich sehr genau die Waage halten und daß schon eine Kleinigkeit einem von beiden ein Übergewicht verschaffen kann. Ein Arm zum Beispiel, aus dem Wasser gestreckt und somit seiner Unterstützung beraubt, ist ein zusätzliches Gewicht, welches bereits genügt, den ganzen Kopf unter Wasser zu drücken, während der zufällige Beistand des kleinsten Stückchens Holz uns befähigt, den Kopf so weit zu heben, daß wir uns umsehen können. Nun ist es aber so, daß einer, der des Schwimmens ungewohnt, in seinem verzweifelten Ringen unweigerlich die Arme hochwirft, indes er versucht, den Kopf in seiner üblichen senkrechten Lage zu halten. Mit dem Ergebnis, daß Mund und Nase untertauchen und bei dem Bemühen, unter Wasser zu atmen, Wasser in die Lungen dringt. Ein gut Teil gelangt auch in den Magen, und der ganze Körper wird schwerer um die Gewichtsdifferenz zwischen der Luft, welche diese Hohlräume ursprünglich gefüllt, und der Flüssigkeit, die nun darinnen ist. Diese Differenz reicht in der Regel aus, den Körper untersinken zu lassen; doch reicht sie nicht aus im Falle von Personen mit dünnen Knochen und einer abnormen Menge von schlaffem Fleische oder Fett. Solche Menschen schwimmen selbst nach dem Ertrinken an der Oberfläche.

Nehmen wir nun an, der Leichnam sei auf den Grund des Flusses gesunken, so wird er dort bleiben, bis auf irgendeine Weise sein spezifisches Gewicht wieder geringer wird als das der von ihm verdrängten Wassermenge. Diese Wirkung tritt durch Zersetzung und dergleichen ein. Im Ergebnis des Zersetzungsprozesses entsteht Gas, welches das Zellgewebe und alle Hohlräume aufbläht und jenes *gedunsene* Aussehen erzeugt, das so schrecklich ist. Wenn diese Aufblähung so weit fortgeschritten ist, daß der Leichnam wesentlich an Volumen zugenommen hat, ohne aber an *Masse* oder Gewicht entsprechend zuzunehmen, so wird sein spezifisches Gewicht geringer als das des verdrängten Wassers, und er steigt alsbald wieder an die Oberfläche. Der Verwesungsprozeß wird aber von zahllosen Umständen modifiziert – wird beschleunigt oder gehemmt von zahllosen Wirkungsfaktoren; zum Beispiel von Hitze oder Kälte der Jahreszeit, von Mineralgehalt oder Reinheit des Wassers, von dessen Tiefe oder Seichtheit, Strömung oder Stagnation, von der körperlichen Beschaffenheit des Leichnams, dessen Gesundheit oder Krankheit vor dem Tode. So leuchtet es denn ein, daß wir auch nicht mit annähernder Genauigkeit den Zeitpunkt bestimmen können, zu welchem der Leichnam durch Zersetzung wieder emporsteigen wird. Unter gewissen Bedingungen kann dies Ergebnis binnen einer Stunde eintreten; unter anderen hinwieder findet es vielleicht überhaupt nicht statt. Es gibt chemische Extrakte, durch welche die leibliche Hülle *für immer* vor Verwesung bewahrt werden kann; einer davon ist das Bichlorid des Quecksilbers. Doch von der Zersetzung einmal ganz abgesehen, kann im Magen, und meistens geschieht dies auch, durch Gärung pflanzlicher Stoffe (oder in anderen

Hohlräumen aus anderen Ursachen) sich Gas bilden, welches ausreicht, den Körper so aufzublähen, daß er an die Oberfläche kommt. Die Wirkung, welche durch Abfeuern einer Kanone erzielt wird, beruht auf simpler Erschütterung. Diese kann den Leichnam entweder aus dem weichen Schlamm oder Schlick lösen, darin er eingebettet ist, und ihm so das Aufsteigen ermöglichen, falls andere Wirkungsfaktoren ihn bereits entsprechend dazu vorbereitet haben; oder sie kann die Festigkeit einiger faulender Teile des Zellgewebes überwinden; wodurch die Hohlräume sich unter dem Einfluß des Gases weiter ausdehnen.

Nachdem wir nun die gesamte Weisheit dieses Gegenstandes vor uns ausgebreitet haben, können wir mit ihrer Hilfe leicht die Behauptungen in ›L'Etoile‹ überprüfen. ›Alle Erfahrung hat aber gezeigt,‹ schreibt das Blatt, ›daß es bei Ertrunkenen oder Leichen, welche unmittelbar nach gewaltsamem Tode ins Wasser geworfen wurden, sechs bis zehn Tage braucht, bis die Zersetzung weit genug fortgeschritten ist, um sie wieder an die Wasseroberfläche zu bringen. Selbst wo eine Kanone über einem Leichnam abgefeuert wird und dieser hochkommt, noch ehe er wenigstens fünf oder sechs Tage im Wasser gelegen, sinkt er wieder hinab, wenn man ihn sich selbst überläßt.‹

Dieser ganze Abschnitt muß nun als ein Gespinst aus Inkonsequenz und Inkohärenz erscheinen. Die Erfahrung zeigt nämlich durchaus *nicht*, daß es bei ›Ertrunkenen‹ sechs bis zehn Tage *brauche*, bis die Zersetzung weit genug fortgeschritten, um sie wieder an die Wasseroberfläche zu bringen. Sowohl die Wissenschaft als auch die Erfahrung zeigen, daß der Zeitpunkt ihres Auftauchens unbestimmt ist und notwendigerweise sein muß. Wenn darüber hinaus ein Körper durch Abfeuern einer Kanone an die Oberfläche gekommen ist, so sinkt er eben *nicht* ›wieder hinab, wenn man ihn sich selbst überläßt‹, jedenfalls nicht eher, als die Zersetzung so weit fortgeschritten ist, daß sie dem entstandenen Gase zu entweichen erlaubt. Doch ich möchte Ihre Aufmerksamkeit auf die Unterscheidung lenken, welche hier zwischen ›Ertrunkenen‹ und ›Leichen, welche unmittelbar nach gewaltsamem Tode ins Wasser geworfen wurden‹, gemacht wird. Obschon der Schreiber den Unterschied gelten läßt, faßt er beide doch in ein und derselben Kategorie. Ich habe ja nun gezeigt, wie es kommt, daß der Körper eines Ertrinkenden spezifisch schwerer wird als sein Wasservolumen und daß er überhaupt nicht sinken würde, wenn er nicht verzweifelt um sich schlüge und dabei die Arme aus dem Wasser streckte oder unter Wasser nach Atem ränge – wodurch an Stelle der ursprünglichen Luft nun Wasser in die Lungen dringt. Doch dieses Umsichschlagen und Nach-Luft-Schnappen entfällt ja nun bei ›Leichen, welche unmittelbar nach gewaltsamem Tode ins Wasser geworfen wurden‹. Somit würde denn im letzteren Falle *der Körper in der Regel überhaupt nicht hinuntersinken* – eine Tatsache, welche ›L'Etoile‹ offensichtlich unbekannt ist. Erst wenn die Zersetzung schon sehr weit fortgeschritten wäre – wenn das Fleisch weitgehend von den Knochen sich gelöst hätte –, dann allerdings, doch *erst dann*, würde der Leichnam unserem Blick entschwinden.

Und was sollen wir nun von dem Argumente halten, daß die gefundene Leiche deswegen nicht die Marie Rogêts sein könne, weil erst drei Tage vergangen waren, da man diese Leiche an der Oberfläche treibend fand? Wäre sie ertrunken, so wäre sie, eine Frau, möglicherweise nie hinabgesunken; oder wäre sie gesunken, so wäre sie vielleicht nach vierundzwanzig Stunden oder gar noch eher wieder aufgetaucht. Doch keiner nimmt an, sie sei ertrunken; und wenn sie also starb, ehe sie in den Fluß geworfen wurde, so hätte man sie jederzeit danach an der Oberfläche treibend finden können.

›Aber‹, sagt ›L'Etoile‹, ›wenn die Leiche in ihrem derart zugerichteten Zustande bis Dienstagnacht am Ufer verwahrt worden wäre, so wäre doch am Ufer irgendeine Spur der Mörder zu finden.‹ Hier fällt es zunächst schwer, die Absicht des Beweisführenden zu erkennen. Er will etwas vorwegnehmen, das seiner Meinung nach ein Einwand gegen seine Theorie wäre – nämlich: daß der Körper zwei Tage an Land gelegen habe und dabei schnell verwest sei –

schneller als unter Wasser. Der Schreiber nimmt also an, daß in diesem Falle die Leiche schon am Mittwoch an die Oberfläche gekommen sein *könnte*, und meint, daß dies *nur* unter solchen Umständen möglich gewesen wäre. Folglich hat er nichts Eiligeres zu tun, als zu beweisen, daß die Leiche *nicht* an Land gelegen habe; denn in dem Falle ›wäre doch am Ufer irgendeine Spur der Mörder zu finden‹. Ich nehme an, Sie lächeln ob dieses *sequitur*. Sie vermögen nicht einzusehen, wie die bloße Zeitdauer, welche die Leiche *länger* an Land gelegen, es hätte bewirken können, die Spuren der Mörder zu *mehren*. Ich auch nicht.

›Und überdies‹, so fährt unser Blatt nun fort, ›ist es höchst unwahrscheinlich, daß Schurken, welche solch einen Mord wie den hier vermuteten begangen, den Leichnam ins Wasser geworfen hätten, so ohne jegliches Gewicht, das ihn zum Sinken gebracht hätte, wo doch eine solche Vorsichtsmaßregel so leicht sich hätte treffen lassen.‹ Man achte hier doch nur einmal auf die lächerliche Verworrenheit der Gedanken! Niemand – nicht einmal ›L'Etoile‹ – zieht in Zweifel, daß *an dem gefundenen Körper* ein Mord begangen wurde. Zu auffällig sind die Spuren von Gewalt. Unserem Schreiber geht es einzig und allein um den Nachweis, daß diese Leiche nicht die Maries sei. Er möchte beweisen, daß *Marie* nicht ermordet wurde – nicht etwa, daß die Leiche es nicht sei. Doch seine Bemerkung beweist eben nur den letzteren Punkt. Hier ist eine Leiche, die nicht mit einem Gewicht beschwert ist. Mörder, welche sie hineingeworfen, hätten es nicht versäumt, ein Gewicht daran zu befestigen. Darum wurde sie nicht von Mördern ins Wasser geworfen. Dies ist alles, was bewiesen wird, wenn überhaupt etwas bewiesen wird. Die Frage der Identität wird nicht einmal gestreift, und ›L'Etoile‹ hat sich die ganze große Mühe gegeben, um lediglich das zu bestreiten, was sie nur einen Augenblick zuvor anerkannt hatte. ›Wir sind vollkommen davon überzeugt‹, schreibt das Blatt, ›daß der gefundene Körper der einer ermordeten weiblichen Person ist.‹

Und dies ist nicht das einzige Mal, selbst in diesem Teile

des Themas nicht, wo unser Logiker unwissentlich wider sich selbst argumentiert. Wie schon gesagt, ist es sichtlich sein Anliegen, die Zeitspanne zwischen Maries Verschwinden und der Entdeckung der Leiche so weit wie möglich zu verringern. Dennoch ertappen wir ihn dabei, wie er höchst *nachdrücklich hervorhebt*, daß von dem Augenblicke an niemand das Mädchen mehr gesehen, da sie das Haus ihrer Mutter verlassen hatte. ›Wir besitzen keinerlei Beweis‹, heißt es, ›daß Marie Rogêt am Sonntag, dem zweiundzwanzigsten Juni, nach neun Uhr noch unter den Lebenden weilte.‹ Da sein Argument ganz offensichtlich *einseitig* ist, hätte er wenigstens diese Sache außer acht lassen sollen; denn wäre es bekannt, daß doch irgend jemand Marie, sagen wir am Montag oder Dienstag, gesehen hätte, so hätte sich die fragliche Zeitspanne erheblich reduziert und ergo, nach seiner eigenen Logik, auch die Wahrscheinlichkeit, daß die Leiche die der *grisette* sei. Dessenungeachtet ist es höchlich amüsant zu beobachten, wie ›L'Etoile‹ auf diesem Punkte beharrt, im guten Glauben, er befördere ihre allgemeine Argumentation.

Lesen Sie nun nochmals jenen Abschnitt dieser Beweisführung durch, der sich auf die Identifizierung des Leichnams durch Beauvais bezieht. Was das *Haar* auf dem Arm betrifft, so ist ›L'Etoile‹ ›sichtlich unredlich gewesen. M. Beauvais, der ja kein Schwachkopf ist, hat unmöglich bei der Identifizierung der Leiche nur vorbringen können, daß *Haar auf ihrem Arm* sei. Kein Arm ist *ohne* Haar. Die *Allgemeinheit* der Ausdrucksweise von ›L'Etoile‹ hat die Äußerung des Zeugen einfach verfälscht. Er muß von irgendeiner *Besonderheit* dieses Haars gesprochen haben. Es muß eine Besonderheit der Farbe, der Menge, der Länge oder der Lage gewesen sein.

›Ihr Fuߋ, schreibt das Blatt, ›war klein – das sind wohl tausende Füße. Ihr Strumpfband ist nun ganz und gar kein Beweis – ebensowenig ihr Schuh – denn Schuhe und Strumpfbänder werden kartonweise verkauft. Dasselbe darf man wohl von den Blumen an ihrem Hute sagen. Eine Sache, welche M. Beauvais so hartnäckig hervorhebt, ist die, daß die Schnalle an dem gefundenen Strumpfbande versetzt worden war, um es enger zu machen. Das besagt überhaupt nichts; denn die meisten Frauen finden es schicklicher, ein Paar Strumpfbänder mit nach Hause zu nehmen und sie dort den Gliedmaßen, die sie umschließen sollen, anzupassen, anstatt sie in dem Laden, wo sie diese kaufen, anzuprobieren.‹ Hier fällt es schwer zu glauben, daß der Beweisführende dies ernst meine. Hätte M. Beauvais bei der Suche nach dem Körper Maries einen Leichnam entdeckt, dessen allgemeine Gestalt und Erscheinung dem vermißten Mädchen entsprach, so wäre er (von der Frage der Bekleidung einmal ganz abgesehen) durchaus berechtigt gewesen, sich die Meinung zu bilden, seine Suche habe Erfolg gehabt. Wenn er nun zusätzlich zu dem Punkte der allgemeinen Gestalt und Statur noch eine Eigentümlichkeit der Behaarung auf dem Arme vorgefunden, wie an der lebenden Marie er sie bemerkt hatte, so hätte dies seine Meinung füglich bestärkt; und die Zunahme an Gewißheit mochte sehr wohl im Verhältnis zu der Eigentümlichkeit oder Ungewöhnlichkeit des Haarmerkmals gestanden haben. Wenn nun die Füße Maries klein waren und die der Leiche auch, so wüchse die Wahrscheinlichkeit, daß die Leiche die Maries sei, nicht in einem bloß arithmetischen, sondern in einem höchlich geometrischen oder akkumulativen Verhältnis. Kommen zu all dem noch Schuhe hinzu, wie sie Marie bekanntermaßen am Tage ihres Verschwindens getragen, so vergrößern selbige, mögen diese Schuhe auch noch so kartonweise verkauft werden, die Wahrscheinlichkeit bis zu einem an Gewißheit grenzenden Maße. Was an und für sich kein Identitätsbeweis wäre, wird durch seine bestätigende Zusatz-Behauptung zu höchst sicherem Beweis. Werden dann noch am Hute Blumen präsentiert, welche denen ähnlich sind, wie sie die Vermißte getragen, so suchen wir nach nichts anderem mehr. Schon bei *einer* Blume nur suchten wir nach keinem weiteren Beweise – wie aber, wenn es nun zwei oder drei oder gar mehr sind? Jede weitere vervielfacht die Beweiskraft – *addiert* nicht nur Beweis zu Beweis, sondern *multipliziert* mit Hunderten oder Tausenden. Entdecken wir nun an der Toten noch Strumpfbänder, wie die Lebende sie benutzte, so wäre es fast töricht, noch fortzufahren. Diese Strumpfbänder aber fand man gar enger gemacht, indem ein Haken versetzt worden war, ganz genauso, wie Marie die ihren enger gemacht hatte, kurz bevor sie das Haus verlassen. Da wäre es nun schon Wahnsinn oder Heuchelei, wollte man noch zweifeln. Was ›L'Etoile‹ in bezug auf diese Verkürzung des Strumpfbandes sagt, nämlich daß dies gang und gäbe sei, zeigt nichts weiter, als wie hartnäckig das Blatt auf seinen Irrtum pocht. Die elastische Natur des Haftstrumpfbandes belegt an und für sich schon das *Ungewöhnliche* der Verkürzung. Was so beschaffen ist, sich selber anzupassen, bedarf wohl notwendigerweise nur äußerst selten anderweitiger Anpassung. Es muß wohl im strengsten Wortsinne reiner Zufall gewesen sein, daß diese Strumpfbänder Maries das beschriebene Engermachen nötig hatten. Sie allein schon hätten ihre Identität hinreichend erwiesen. Nun verhält es sich aber nicht so, daß man nur die Strumpfbänder der Vermißten an dem Leichnam fand oder ihre Schuhe, oder ihren Hut, oder die Blumen an ihrem Hut, oder ihre Füße, oder ein besonderes Kennzeichen auf dem Arm, oder ihre allgemeine Gestalt und Erscheinung – sondern es verhält sich doch so, daß die Leiche all und jedes dieser Kennzeichen, sie *alle miteinander* aufwies. Könnte als sicher gelten, daß der Herausgeber von ›L'Etoile‹ unter solchen Umständen *wirklich* noch Zweifel hegte, so brauchte es in seinem Falle gewiß nicht noch einer Kommission *de lunatico inquirendo*. Ihn dünkte es wohl scharfsinnig, das Geschwätz der Advokaten nachzubeten, welche sich meistenteils damit begnügen, die recht-winkligen Verordnungen der Gerichte herunterzubeten. Ich möchte hier anmerken, daß sehr vieles von dem, was ein Gericht als Beweis ablehnt, dem Verstande als bester Beweis gilt. Denn das Gericht, das sich von den allgemeinen Grundsätzen der Beweisführung leiten läßt – den anerkannten und *verbrieften* Grundsätzen –, ist nicht geneigt, in besonderen Fällen davon abzuweichen. Und diese unerschütterliche Prinzipientreue, im Vereine mit rigoroser Mißachtung jeglicher widerstreitender Ausnahme, ist ja wohl eine sichere Methode, in langen Zeiträumen ein *Maximum* erreichbarer Wahrheit zu erreichen. Die Praxis, *en masse*, ist daher wohl weise; doch gilt es als nicht weniger gewiß, daß sie im einzelnen ungeheure Irrtümer hervorbringt.[1]

Was nun die gegen Beauvais gerichteten Verdächtigungen betrifft, so sind Sie wohl nur zu bereit, sie augenblicklich abzutun. Sie haben den wahren Charakter dieses verehrten Herrn natürlich schon erkannt. Er ist ein *Wichtigtuer*, mit viel Romantik und wenig Witz. Wer derart veranlagt ist, wird sich bei einer *wirklich* aufregenden Gelegenheit leicht so benehmen, daß er sich bei den Überschlauen oder Übelgesinnten selber in Verdacht bringt. M. Beauvais hatte (wie aus Ihren Notizen hervorgeht) einige persönliche Unterredungen mit dem Herausgeber von ›L'Etoile‹ und verärgerte diesen, indem er die Ansicht zu äußern wagte, der Leichnam sei, ungeachtet der Theorie des Herausgebers, wirklich und wahrhaftig der Maries. ›Hartnäckig bleibt er bei seiner Behauptung‹, schreibt das Blatt, ›der Leichnam sei der Maries, doch kann er außer den von uns bereits kommentierten keinen weiteren Umstand nennen, um auch andere davon zu überzeugen.‹ Nun, ohne daß wir wieder auf die Tatsache zurückkommen wollen, daß ein stärkerer Beweis, ›um auch andere davon zu überzeugen‹, sich *überhaupt nicht* hätte anführen las-

---

1 ›Eine Theorie, welche sich auf die Eigenschaften eines Gegenstandes gründet, verhindert, daß dieser nach seinen Zwecken erklärt wird; und wer Regeln mit Rücksicht auf ihre Ursachen bestimmt, hört auf, sie nach ihren Ergebnissen zu beurteilen. So zeigt die Jurisprudenz einer jeden Nation, daß das Gesetz, wird es zur Wissenschaft und zum System, aufhört, Gerechtigkeit zu sein. Die Irrtümer, zu welchen die blinde Anhänglichkeit an Klassifikations*prinzipien* das gemeine Recht verleitet hat, lassen sich daran ersehen, wie oft die Gesetzgebung einschreiten mußte, um das Billigkeitsrecht wiederherzustellen, welches ihrem Schema verlorengegangen.‹ Landor

sen, sei doch die Bemerkung erlaubt, daß man sich sehr wohl vorstellen kann, wie ein Mann in einem Falle dieser Art von etwas überzeugt wäre, ohne dabei imstande zu sein, auch nur einen einzigen Grund vorbringen zu können, der andere zu überzeugen vermöchte. Nichts ist wohl unbestimmter als Eindrücke von persönlicher Identität. Jedermann erkennt seinen Nachbarn wieder, doch dürften sich nur wenige Fälle finden, wo einer dann auch imstande wäre, einen *Grund* für dieses Wiedererkennen zu nennen. Der Herausgeber von ›L'Etoile‹ hatte kein Recht, M. Beauvais' nicht von Vernunft geleitete Überzeugung übelzunehmen.

Die verdächtigen Umstände, welche ihn belasten, passen, so wird man finden, viel besser zu meiner Hypothese *romantischer Wichtigtuerei* denn zu den Andeutungen von Schuld, wie sie unser Zeitungslogiker anklingen läßt. Hat man sich einmal zu wohlwollenderer Interpretation bequemt, fällt es auch nicht schwer, die Rose im Schlüsselloch zu verstehen; das ›Marie‹ auf der Schiefertafel; die Behauptung, er habe ›die männlichen Verwandten beiseite gedrängt‹; seine ›Abneigung, den Verwandten die Besichtigung der Leiche zu gestatten‹; seine Warnung gegenüber Madame B – –, nicht mit dem *gendarme* zu sprechen, bevor er (Beauvais) zurückkehre; und schließlich seine offensichtliche Entschlossenheit, ›niemand außer ihm solle mit den Vorgängen etwas zu tun haben‹. Es scheint mir außer Frage zu stehen, daß Beauvais ein Verehrer Maries war; daß sie mit ihm kokettierte; und daß er ehrgeizig darauf bedacht war, als ihr intimer Freund und Vertrauter zu gelten. Ich werde zu diesem Punkte nichts weiter sagen; und da das vorliegende Beweismaterial die Behauptung von ›L'Etoile‹ hinsichtlich der *Gleichgültigkeit* auf Seiten der Mutter und der anderen Verwandten vollauf widerlegt – einer Gleichgültigkeit, die unvereinbar wäre mit ihrer mutmaßlichen Überzeugung, es sei der Leichnam der des Parfümeriemädchens –, werden wir nun im weiteren fortfahren, als sei die Frage der *Identität* zu unserer vollkommenen Zufriedenheit geklärt.«

»Und was«, fragte ich hier, »halten Sie von den Ansichten des ›Commerciel‹?«

»Daß sie ihrem Wesen nach weit mehr Beachtung verdienen als alles, was zu diesem Thema verbreitet worden ist. Die aus den Prämissen abgeleiteten Schlüsse sind einsichtig und scharfsinnig; allerdings gründen sich die Prämissen in wenigstens zwei Fällen auf mangelhafte Beobachtung. ›Le Commerciel‹ möchte zu verstehen geben, Marie sei nicht weit vom Hause ihrer Mutter von einer Bande gemeiner Kerle ergriffen worden. ›Es ist unmöglich‹, unterstreicht das Blatt, ›daß eine Person, die Tausenden so wohlbekannt war wie diese junge Frau, auch nur drei Häuserblocks weit gekommen sein sollte, ohne daß einer sie gesehen hätte.‹ Das ist die Vorstellung eines Mannes, der schon lange in Paris ansässig ist – der im öffentlichen Leben steht – und dessen Gänge in der Stadt sich meist auf den Umkreis öffentlicher Gebäude beschränken. Er ist sich bewußt, daß *er* kaum von seinem *Bureau* ein Dutzend Häuserblocks weit gehen kann, ohne daß er erkannt und gegrüßt wird. Und da er weiß, wie viele Leute er selber kennt und wie viele ihn kennen, vergleicht er diese seine Bekanntheit mit der des Parfümeriemädchens, findet keinen großen Unterschied zwischen ihnen beiden und gelangt alsbald zu dem Schlusse, daß sie auf ihren Gängen gleichermaßen Bekannte hätte treffen müssen wie er auf den seinen. Dies hätte aber nur dann der Fall sein können, wenn ihre Gänge von demselben unveränderlichen, methodischen Charakter gewesen wären und sich in derselben *species* begrenzter Gegend bewegt hätten wie die seinen. Seine Wege führen ihn hierhin und dahin in regelmäßigen Abständen innerhalb eines bestimmten Umkreises, wo es von Leuten wimmelt, welche seiner Person schon deshalb Beachtung schenken, weil sie ob ähnlich gearteter Tätigkeiten Interesse verbindet. Die Gänge Maries aber dürften im allgemeinen doch wohl unstet gewesen sein. In diesem besonderen Falle versteht es sich als höchst wahrscheinlich, daß sie einen Weg eingeschlagen hatte, der mehr als nur durchschnittlich von den ihr gewohnten Wegen abwich.

Die Parallele, welche unseres Erachtens ›Le Commerciel‹ im Geiste vorgeschwebt haben muß, wäre nur haltbar unter der Voraussetzung, daß die beiden Personen die ganze Stadt durchquert hätten. In diesem Falle, gesetzt, ihrer beider Bekanntenkreis wäre gleich groß, bestünden auch gleiche Chancen, daß beide eine gleich große Zahl von Begegnungen hätten. Ich für mein Teil halte es nicht nur für möglich, sondern für mehr als wahrscheinlich, daß Marie zu jeder beliebigen Zeit jeden der vielen Wege zwischen ihrer eigenen Wohnung und der ihrer Tante hätte gehen können, ohne auch nur einen einzigen Menschen zu treffen, den sie kannte oder dem sie bekannt war. Wollen wir diese Frage im vollen und rechten Lichte besehen, so müssen wir uns ständig vor Augen halten, welch großes Mißverhältnis doch besteht zwischen den persönlichen Bekanntschaften selbst der größten Pariser Berühmtheit und der ganzen Bevölkerung von Paris selbst.

Doch wieviel Beweiskraft der Hypothese des ›Commerciel‹ trotz allem noch innewohnen mag, wird diese doch stark geschwächt, wenn wir *die Stunde* in Erwägung ziehen, zu der das Mädchen ausgegangen. ›Zu der Zeit, da sie weggegangen‹, sagt ›Le Commerciel‹, ›waren die Straßen voller Menschen.‹ Aber nicht doch. Es war neun Uhr morgens. Nun, es stimmt schon, um neun Uhr morgens herrscht in den Straßen der Stadt ein einziges Menschengewimmel, an jedem Tage der Woche *außer am Sonntag*. Sonntags um neun aber sind die meisten Leute wohl größtenteils zu Hause und *bereiten sich auf den Kirchgang vor*. Keinem aufmerksamen Beobachter kann entgangen sein, wie so merkwürdig verlassen die Stadt von etwa acht bis zehn Uhr morgens an jedem Sabbat aussieht. Zwischen zehn und elf wimmelt es dann wieder in den Straßen von Menschen, nicht aber zu so früher Stunde wie der genannten.

Es gibt noch einen weiteren Punkt, wo allem Anschein nach die *Beobachtung* seitens des ›Commerciel‹ zu wünschen übrigläßt. ›Aus einem der Unterröcke des unglücklichen Mädchens‹, heißt es da, ›war ein Stück, zwei Fuß lang und ein Fuß breit, herausgerissen und unter dem Kinn und um den Hinterkopf ihr gebunden, wahrscheinlich, um sie am Schreien zu hindern. Dies taten Kerle, welche kein Taschentuch besaßen.‹ Ob dieser Gedanke wohlbegründet ist oder nicht, werden wir später noch untersuchen; doch mit ›Kerlen, die kein Taschentuch besitzen‹, meint der Herausgeber nun offensichtlich die niedrigste Sorte Lumpengesindel. Und das sind nun freilich gerade die Leute, die man immer im Besitze von Taschentüchern finden wird, selbst wenn es ihnen an Hemden fehlen sollte. Gewiß haben Sie selber schon Gelegenheit gehabt festzustellen, wie absolut unentbehrlich dem abgefeimtesten Halunken in den letzten Jahren das Taschentuch geworden ist.«

»Und was«, fragte ich, »sollen wir von dem Artikel in ›Le Soleil‹ halten?«

»Daß es jammerschade ist, daß sein Verfasser nicht als Papagei geboren wurde – in welchem Falle er das berühmteste Exemplar seiner Art gewesen wäre. Hat er doch lediglich die Einzelheiten der bereits veröffentlichten Meinung wiederholt; hat sie mit durchaus löblichem Fleiße aus dieser und jener Zeitung zusammengeschrieben. ›Die Gegenstände‹, sagt er, ›haben *offenbar* sämtlich wenigstens drei oder vier Wochen dort gelegen, und es kann *kein Zweifel* daran bestehen, daß man den Ort dieser entsetzlichen Greueltat entdeckt hat.‹ Die Tatsachen, welche ›Le Soleil‹ hier noch einmal darstellt, sind nun freilich sehr weit davon entfernt, mir die Zweifel, die ich in dieser Sache hege, zu zerstreuen, und wir wollen sie uns ausführlicher später in Verbindung mit einem anderen Kapitel des Themas gründlicher vornehmen.

Im Augenblick müssen wir uns mit anderen Nachforschungen befassen. Ihnen ist gewiß nicht entgangen, mit welch außerordentlicher Nachlässigkeit die Untersuchung des Leichnams erfolgte. Gewiß, die Frage der Identität war rasch entschieden – oder hätte es jedenfalls sein sollen; doch da galt es noch andere Punkte zu klären. War die Leiche in irgendeiner Hinsicht *beraubt* worden? Hatte die Verstorbene irgendwelchen Schmuck an sich getragen, als sie das Haus verließ? Wenn ja, war dieser noch vorhanden, als man ihre Leiche fand? Das sind durchaus wichtige Fragen, die bei der Beweisaufnahme gänzlich außer acht geblieben sind; und da wären noch andere, nicht minder von Belang, welchen man keinerlei Beachtung geschenkt hat. Wir müssen versuchen, uns durch persönliche Überprüfung darüber Klarheit zu verschaffen. Auch der Fall von St. Eustache muß erneut untersucht werden. Ich habe diesen Mann zwar nicht in Verdacht; doch wollen wir ganz methodisch vorgehen. Wir werden also zweifelsfrei feststellen müssen, was die *eidesstattlichen Aussagen* wert sind, welche er bezüglich seines Aufenthalts am Sonntag gemacht. Solche eidesstattlichen Aussagen werden gern zu Täuschungszwecken genutzt. Sollte sich jedoch hierbei nichts Unrechtes herausstellen, können wir St. Eustache aus unseren Nachforschungen ausklammern. Sein Selbstmord ist, so sehr dieser auch den Verdacht erhärten würde, fände sich Betrug in den Aussagen, ohne solchen Betrug in keiner Weise ein unerklärlicher Umstand oder für uns gar Anlaß, von der Linie gewohnter Analyse abzuweichen.

Im folgenden nun, so schlage ich vor, lassen wir die zentralen Punkte dieser Tragödie einmal beiseite und konzentrieren unsere Aufmerksamkeit auf das, was am Rande liegt. Bei Untersuchungen wie dieser ist es nicht der geringste, wenngleich ein häufiger, Irrtum, die Nachforschungen auf das Unmittelbare zu beschränken und dabei die Begleit- oder Nebenumstände gänzlich außer acht zu lassen. Es ist die sträfliche Praxis der Gerichte, die Beweisaufnahme und Verhandlung auf die engen Grenzen des augenscheinlich Relevanten einzuengen. Doch die Erfahrung hat gezeigt, wie es auch wahre Philosophie stets erweisen wird, daß ein großer, vielleicht der überwiegende Teil der Wahrheit aus dem scheinbar Irrelevanten erwächst. Im Geiste, wenn nicht gar getreu dem Buchstaben dieses Prinzips hat sich die moderne Wissenschaft entschlossen, *mit dem Unvorhergesehenen zu rechnen.* Aber vielleicht verstehen Sie mich gar nicht. Die Geschichte der menschlichen Erkenntnis hat so unablässig bewiesen, wie wir den nebensächlichen, beiläufigen oder zufälligen Ereignissen die allermeisten und wertvollsten Entdeckungen verdanken, daß es schließlich im Hinblick auf künftige Vervollkommnung geradezu zur Notwendigkeit wurde, nicht nur weit-, sondern weitestgehend Erfindungen, welche sich von ungefähr und gänzlich außerhalb des gewöhnlichen Erwartungshorizonts ergeben, zu berücksichtigen. Es kann nicht länger mehr als wissenschaftlich gelten, die Sicht auf Zukünftiges auf das nur zu gründen, was war und ist. Der *Zufall* ist als Bestandteil des Unterbaus anerkannt. Wir machen ihn zum Gegenstand absoluter Berechnung. Wir unterwerfen das Unvorhergesehene und Ungeahnte den mathematischen *Formeln* der Scholastiker.

Ich wiederhole, es ist schlicht und einfach eine Tatsache, daß der *überwiegende* Teil aller Wahrheit vom Nebensächlichen gewonnen ward; und es entspricht also nur dem Geiste des in dieser Tatsache enthaltenen Prinzips, wenn ich im vorliegenden Falle den ausgetretenen und bislang unergiebigen Boden des eigentlichen Geschehnisses verlasse und die Untersuchung auf die Begleitumstände lenke, in die es eingebettet ist. Während nun Sie die eidesstattlichen Aussagen auf ihre Richtigkeit hin überprüfen, werde ich noch einmal die Zeitungen durchsehen, und zwar noch umfassender, als Sie es bereits getan haben. Bisher haben wir nur das Feld unserer Untersuchung erkundet; aber es sollte mich doch wahrhaftig wundern, wenn uns eine so umfängliche Bestandsaufnahme der Presse, wie ich sie vorschlage, nicht die geringsten Anhaltspunkte böte, welche der Untersuchung eine *Richtung* wiesen.«

Ich folgte Dupins Anregung und machte mich an eine gründliche Überprüfung der eidesstattlichen Aussagen. Und diese führte zu der festen Überzeugung, daß es damit seine Richtigkeit habe und die Unschuld von St. Eustache somit feststehe. Inzwischen war mein Freund, und zwar mit einer peinlichen und, wie mir dünken wollte, völlig verfehlten Genauigkeit damit beschäftigt, die diversen Zeitungsstöße durchzusehen. Nach Ablauf einer Woche legte er mir die folgenden Auszüge vor:

›Vor etwa dreieinhalb Jahren hatte das Verschwinden

dieser selben Marie Rogêt aus der *parfumerie* des Monsieur Blanc im Palais Royal schon einmal einige Verwirrung, ähnlich der gegenwärtigen, gestiftet. Nach Ablauf einer Woche jedoch war Marie wieder hinter ihrem gewohnten *comptoir* erschienen, so gesund und frisch wie immer, bis auf eine leichte Blässe, wie sie an ihr sonst ungewohnt. Monsieur Le Blanc und ihre Mutter verbreiteten, sie sei lediglich bei einer Verwandten auf dem Lande zu Besuch gewesen; und die ganze Sache ward eiligst vertuscht. Wir nehmen an, daß es sich bei der derzeitigen Abwesenheit um eine Laune derselben Art handelt und daß nach Verlauf einer Woche oder vielleicht auch eines Monats sie wieder unter uns weilen wird.‹ – ›Abendblatt‹ – Montag, 23. Juni.[1]

›Eine Abendzeitung bezieht sich in ihrer gestrigen Ausgabe auf ein früheres geheimnisvolles Verschwinden von Mademoiselle Rogêt. Wie man weiß, hatte sich diese während der Woche ihrer Abwesenheit von Le Blancs *parfumerie* in der Gesellschaft eines jungen Marineoffiziers befunden, der als notorischer Verführer berüchtigt ist. Vermutlich führte, Fügung des Schicksals, ein Streit dazu, daß sie wieder heimkehrte. Wir kennen den Namen des besagten Lothario, der gegenwärtig in Paris stationiert ist, sehen aber aus naheliegenden Gründen davon ab, ihn öffentlich zu nennen.‹ – ›Le Mercurie‹ – Dienstagmorgen, 24. Juni.[2]

›Eine Gewalttat abscheulichster Art wurde vorgestern in der Nähe unserer Stadt verübt. Ein Herr, in Begleitung von Frau und Tochter, nahm in der Dämmerung die Dienste von sechs jungen Männern in Anspruch, welche müßig mit einem Boot in Ufernähe auf der Seine herumruderten, und ließ sich von ihnen über den Fluß setzen. Am anderen Ufer angekommen, stiegen die drei Passagiere aus, und da sie sich gerade so weit vom Ufer entfernt, daß sie das Boot nicht mehr sehen konnten, merkte die Tochter, daß sie ihren Sonnenschirm darin zurückgelassen hatte. Sie ging

---

1 ›New York Express‹. – 2 ›New York Herald‹

zurück, ihn zu holen, wurde von der Bande ergriffen, hinaus auf den Fluß gebracht, geknebelt, auf brutale Weise mißhandelt und schließlich unweit der Stelle, wo sie zuvor mit den Eltern das Boot bestiegen hatte, an Land gesetzt. Die Schurken sind für den Augenblick entkommen, doch die Polizei ist ihnen auf der Spur, und einige von ihnen werden bald gefaßt sein.‹ – ›Morgenblatt‹ – 25. Juni.[1]

›Wir haben ein paar Mitteilungen erhalten, welche darauf abzielen, die Schuld an dem kürzlich begangenen Verbrechen Mennais anzulasten;[2] doch da dieser Herr durch eine gerichtliche Untersuchung vollkommen entlastet wurde und die Argumente unserer diversen Korrespondenten mehr von Eifer denn Gründlichkeit zeugen, halten wir es nicht für angeraten, sie zu veröffentlichen.‹ – ›Morgenblatt‹ – 28. Juni.[3]

›Uns sind, allem Anschein nach von verschiedenen Quellen, mehrere überzeugend verfaßte Zuschriften zugegangen, welche soweit gehen, es als gewiß hinzustellen, daß die unglückliche Marie Rogêt einer der zahlreichen Banden gemeinen Gesindels zum Opfer gefallen ist, welche sonntags die Umgebung der Stadt unsicher machen. Auch wir neigen ganz entschieden zu dieser Annahme. Wir werden uns bemühen, einigen dieser Argumente demnächst hier Raum zu geben.‹ – ›Abendblatt‹ – Dienstag, 31. Juni.[4]

›Am Montag sah ein im Zolldienst stehender Schiffer ein leeres Boot auf der Seine treiben. Auf dem Boden des Bootes lagen Segel. Der Schiffer bugsierte es zum Bootsamt. Am nächsten Morgen war es von dort verschwunden, ohne daß irgendeiner der Beamten davon gewußt hätte. Das Steuerruder befindet sich jetzt noch auf dem Bootsamt.‹ – ›Le Diligence‹ – Donnerstag, 26. Juni.[5]

Als ich diese verschiedenen Auszüge durchlas, erschie-

---

1 ›New York Courier and Inquirer‹. – 2 Mennais gehörte zu denen, die ursprünglich verdächtigt und verhaftet, später aber mangels Beweises freigelassen wurden. – 3 ›New York Courier and Inquirer‹. – 4 ›New York Evening Post‹. – 5 ›New York Standard‹

nen sie mir nicht nur irrelevant, sondern ich vermochte mir auch nicht vorzustellen, in welcher Weise irgendeiner von ihnen mit der vorliegenden Angelegenheit in Zusammenhang gebracht werden könnte. So wartete ich denn auf Dupins Erklärung.

»Es ist im Augenblick nicht meine Absicht«, sagte er, »mich bei den ersten beiden dieser Auszüge *aufzuhalten*. Ich habe sie hauptsächlich deswegen abgeschrieben, um Ihnen die außerordentliche Nachlässigkeit der Polizei zu zeigen, die sich, soweit ich vom Präfekten erfahren konnte, nicht einmal die Mühe gemacht hat, den hier erwähnten Marineoffizier zu verhören. Doch wäre es ausgesprochen töricht, wollte man behaupten, zwischen dem ersten und zweiten Verschwinden Maries könne kein *denkbarer* Zusammenhang bestehen. Nehmen wir einmal an, das erste Fortlaufen des Mädchens habe mit einem Streit der Liebenden und der Heimkehr der Verführten geendet. Wir sind nun vorbereitet, in einem zweiten *Davonlaufen* (falls wir *wissen*, daß es sich erneut um ein solches handelt) eher den Hinweis auf eine neuerliche Annäherung desselben Verführers zu sehen als auf ganz neue Anträge eines zweiten Mannes – wir sind also vorbereitet, darin eher eine Wiederaufnahme der alten *amour* zu erblicken als den Beginn einer neuen. Die Chancen stehen zehn zu eins, daß wohl eher der Mann, der schon einmal mit Marie auf und davon gegangen war, ihr dasselbe wieder antrug, als daß ihr, die sich auf eine Entführung schon einmal eingelassen, selbige von einem anderen vorgeschlagen würde. Und hier möchte ich Ihre Aufmerksamkeit auf die Tatsache lenken, daß die Zeit, welche zwischen der ersten gesicherten und der zweiten vermuteten Entführung verstrichen ist, nur ein paar wenige Monate mehr beträgt, als im allgemeinen die Fahrten unserer Kriegsschiffe dauern. War der Liebhaber etwa bei seinem ersten Schurkenstreich durch die Notwendigkeit gestört worden, auf Fahrt zu gehen, und hat er dann nach seiner Rückkehr gleich die erste Gelegenheit ergriffen, die gemeinen Absichten zu erneuern, welche noch nicht gänzlich in die Tat umgesetzt worden waren – oder wenigstens noch nicht gänzlich *von ihm*? Von all diesen Dingen wissen wir nichts.

Sie werden nun jedoch einwenden, daß im zweiten Falle ja *keine* Entführung, wie vermutet, vorliege. Gewiß nicht – doch sind wir auch geneigt zu behaupten, es habe auch nicht die, vereitelte, Absicht dazu bestanden? Außer St. Eustache und vielleicht noch Beauvais finden wir keine anerkannten, keine offenen, keine ehrenwerten Freier Maries. Von keinem andern ist je die Rede. Wer ist dann aber der heimliche Liebhaber, von dem die Verwandten *(zumindest die meisten von ihnen)* so gar nichts wissen, mit dem sich Marie aber am Sonntagmorgen trifft und der so ganz ihr Vertrauen genießt, daß sie nicht im geringsten zögert, mitten im einsamen Gehölz der Barrière du Roule mit ihm zu verweilen, bis die Abendschatten sich herniedersenken? Wer ist dieser heimliche Liebhaber, frage ich, von dem zumindest die *meisten* Verwandten nichts wissen? Und was bedeutet die merkwürdige Prophezeiung, die Madame Rogêt am Morgen von Maries Weggang geäußert? – ›Ich fürchte, ich werde Marie nie wiedersehen.‹

Doch wenn wir uns auch nicht vorstellen können, daß Madame Rogêt in den Fluchtplan eingeweiht gewesen, dürfen wir nicht wenigstens annehmen, daß das Mädchen diese Absicht hegte? Als sie von zu Hause wegging, ließ sie wissen, daß sie ihre Tante in der Rue des Drômes besuchen wolle, und St. Eustache ward gebeten, sie nach Einbruch der Dunkelheit dort abzuholen. Nun spricht freilich diese Tatsache auf den ersten Blick stark gegen meine Hypothese – aber überlegen wir doch einmal. Daß sie sich *tatsächlich* mit irgendeinem Begleiter traf, mit ihm über den Fluß setzte und erst zu so später Stunde, nämlich um drei Uhr nachmittags, die Barrière du Roule erreichte, ist bekannt. Aber indem sie sich solcherart darauf einließ, diesen Menschen zu begleiten *(mit welcher Absicht auch immer – und ob nun ihre Mutter davon wußte oder nicht),* muß sie doch daran gedacht haben, welche Absicht sie beim Weggehen geäußert hatte und wie Erstaunen und Argwohn sich im Herzen ihres Verlobten, St. Eustache, regen würden, wenn er sie zur vereinbarten Zeit in der Rue des Drômes abholen käme und erführe, daß sie gar nicht dort gewesen, und wenn er überdies dann mit seiner beunruhigenden Kunde in die Pension zurückkehrte und feststellen müßte, daß sie noch immer ausbliebe. An all dies muß sie wohl gedacht haben, meine ich. Sie muß den Verdruß St. Eustaches, den Argwohn aller vorausgesehen haben. Sie konnte doch wohl kaum im Sinne gehabt haben, bei ihrer Heimkehr diesem Argwohn zu begegnen; dieser Argwohn wird nun aber für sie zu einem Punkt von so gar keinem Belange, sobald wir voraussetzen, daß sie *gar nicht* die Absicht hatte zurückzukehren.

Wir dürfen uns vielleicht vorstellen, daß sie folgendermaßen gedacht hat – ›Ich soll mit einer gewissen Person zusammentreffen, um mit ihr auf und davon zu gehen, oder aus bestimmten anderen, nur mir bekannten Gründen. Es ist notwendig, daß nichts Störendes dazwischenkommen kann – wir müssen genügend Zeit zur Verfügung haben, um etwaiger Verfolgung zu entgehen – ich werde also angeben, daß ich meine Tante in der Rue des Drômes besuchen und den Tag bei ihr verbringen werde – St. Eustache werde ich sagen, mich nicht vor Dunkelheit abzuholen – auf diese Weise ist meine Abwesenheit von zu Hause für die längstmögliche Zeit erklärt, ohne Anlaß für Argwohn oder Besorgnis zu geben, und ich gewinne mehr Zeit als auf irgendeine andere Art. Wenn ich St. Eustache bitte, mich bei Dunkelheit abzuholen, wird er ganz gewiß nicht früher kommen; doch wenn ich es gänzlich unterlasse, ihn darum zu bitten, so verringert sich die Zeit, die zum Entkommen bleibt, da man dann erwarten wird, daß ich desto früher heimkomme, und durch mein Ausbleiben um so eher in Unruhe geraten wird. Also, wenn ich *überhaupt* vorhätte, zurückzukehren – wenn ich also nichts weiter im Sinn hätte, als mit dem fraglichen Menschen ein wenig herumzuspazieren –, wäre es nicht gerade sehr klug von mir, St. Eustache darum zu bitten, mich abzuholen; denn wenn er kommt, muß er ja mit *Sicherheit* merken, daß ich ein falsches Spiel mit ihm getrieben habe – eine Tatsache, über die ich ihn für alle Zeit in Unwissenheit halten könnte, wenn ich von zu Hause wegginge, ohne ihm meine Absicht mitzuteilen, wenn ich vor Einbruch der Dunkelheit wiederkäme und dann erklärte, ich sei bei meiner Tante in der Rue des Drômes gewesen. Doch da es aber meine Absicht ist, *nie* mehr zurückzukehren – oder zumindest für einige Wochen nicht – oder nicht, bis gewisse Heimlichkeiten geschehen –, ist Zeitgewinn der einzige Punkt, der mich kümmert.‹

Sie haben in Ihren Notizen bemerkt, daß die allgemeine Meinung in bezug auf diese traurige Angelegenheit dahin geht, und von allem Anfang an dahin ging, das Mädchen sei das Opfer einer Verbrecher*bande* geworden. Nun ist, unter gewissen Umständen, die Volksmeinung nicht geringzuschätzen. Wenn sie von selbst entsteht – wenn sie sich auf ganz spontane Weise bildet –, sollten wir sie in Analogie zu jener *Intuition* sehen, wie sie dem einzelnen Genie eigen ist. In neunundneunzig von hundert Fällen würde ich mich an ihre Entscheidung halten. Wichtig ist aber dabei, daß wir keinerlei augenfällige Spuren von *Beeinflussung* feststellen. Es muß sich ganz strikt um der Öffentlichkeit *eigene* Meinung handeln; und den Unterschied zu erkennen und zu behaupten ist oft überaus schwierig. Im vorliegenden Falle will es mir scheinen, daß diese ›öffentliche Meinung‹ bezüglich einer *Bande* doch herbeigeführt worden ist durch den parallelen Vorfall, wie er im dritten meiner Auszüge ausführlich beschrieben steht. Ganz Paris befindet sich in Aufregung, da der Leichnam Maries gefunden worden ist, eines jungen, schönen, stadtbekannten Mädchens. Entdeckt wird dieser Leichnam im Fluß, er treibt an der Oberfläche dahin und weist Spuren von Gewalt auf. Nun wird aber bekanntgegeben, wie genau, oder doch annähernd, um die gleiche Zeit, da der Mord an dem Mädchen vermutlich begangen wurde, eine im Ausmaß zwar geringere, der Art nach aber doch ähnliche Gewalttat wie jene, welcher die Tote zum Opfer gefallen, von einer Bande junger Strolche an einem zweiten jungen Mädchen verübt worden ist. Sollte es da verwundern, daß nun die eine bekannte Untat das allgemeine Urteil bezüglich der anderen, unaufgeklärten beeinflußt? Dieses Urteil wartete auf Orientierung, und die bekannte Freveltat schien eine solche bestens anzubieten! Auch Marie ward im Flusse gefunden; und an ebendemselben Flusse war ja diese bekannte Schandtat begangen worden. Die Verbindung beider Ereignisse lag so, zum Greifen, auf der Hand, daß es wahrhaft verwunderlich gewesen wäre, wenn das Volk es *versäumt* hätte, diesen Zusammenhang zu erkennen und aufzugreifen. Doch in Wirklichkeit nun ist dieses eine Verbrechen, von dem es bekannt, daß es auf diese Weise begangen wurde, wenn überhaupt etwas, so ein Beweis dafür, daß das andere, welches beinahe zur gleichen Zeit geschah, *nicht* auf diese Weise begangen wurde. Es wäre ja nun wirklich ein Wunder gewesen, hätte es, während eine Bande von Strolchen an einem bestimmten Orte eine gänzlich unerhörte Schandtat beging, noch eine andere ähnliche Bande gegeben, welche an ähnlichem Orte, in ein und derselben Stadt, unter denselben Umständen, mit denselben Mitteln und Methoden, zu genau derselben Zeit ein Verbrechen genau derselben Art beging! Doch was ist es denn, das zu glauben die so vom Zufall *beeinflußte* Volksmeinung von uns verlangt, wenn nicht diese gar wundersame Kette von Koinzidenzen?

Bevor wir weitergehen, wollen wir uns doch den angeblichen Tatort im Dickicht an der Barrière du Roule einmal näher betrachten. Dieses Dickicht, obzwar nahezu undurchdringlich, liegt in nächster Nähe einer Landstraße. Darinnen befinden sich drei oder vier große Steine, die eine Art Sitzgelegenheit mit Rückenlehne und Fußbank bilden. Auf dem oberen Stein nun entdeckte man einen weißen Unterrock; auf dem zweiten einen seidenen Schal. Auch wurden hier noch ein Sonnenschirm, Handschuhe und ein Taschentuch gefunden. Das Taschentuch trug den Namen ›Marie Rogêt‹. Kleiderfetzen wurden an den Zweigen ringsum entdeckt. Der Erdboden war zertrampelt, das Gesträuch geknickt, und alles wies darauf, daß hier ein heftiger Kampf stattgefunden hatte.

Ungeachtet des Beifalls, mit welchem die Entdeckung dieses Dickichts von der Presse aufgenommen ward, und der Einmütigkeit, mit welcher man annahm, es bezeichne den tatsächlichen Schauplatz des Verbrechens, muß doch zugestanden werden, daß es guten Grund zum Zweifel gab. Ob es der Tatort *war*, mag ich glauben oder auch nicht – daran zu zweifeln, gab es jedenfalls vortrefflichen Grund. Hätte sich der *wirkliche* Tatort, wie ›Le Commerciel‹ meinte, in der Nachbarschaft der Rue Pavée St. Andrée befunden, so wären die Täter, angenommen, sie hielten sich noch in Paris auf, natürlich in Schrecken geraten darob, wie die allgemeine Aufmerksamkeit so scharfsinnig auf die rechte Spur gelenkt war; und bei Gemütern einer gewissen Sorte hätte sich sogleich die Einsicht geregt, wie doch einige Anstrengung nun erforderlich sei, diese Aufmerksamkeit wieder abzulenken. Und da das Gehölz an der Barrière du Roule sowieso schon in Verdacht geraten war, so mochte ihnen ganz natürlich der Einfall gekommen sein, die Gegenstände dort hinzulegen, wo man sie dann auch gefunden hatte. Es gibt keinen gültigen Beweis, auch wenn ›Le Soleil‹ dies annimmt, daß die gefundenen Gegenstände länger als ein paar Tage in dem Dickicht gelegen hätten; wogegen viele Indizien dafür sprechen, daß sie dort, ohne Aufmerksamkeit zu erregen, nicht die ganzen zwanzig Tage hätten liegen können, welche zwischen jenem verhängnisvollen Sonntag und dem Nachmittag verstrichen waren, da die Jungen sie gefunden. ›Sie waren alle durch Regeneinwirkung stark *verschimmelt*‹, sagt ›Le Soleil‹ und macht sich damit die Ansichten seiner Vorgänger zu eigen, ›und klebten vor *Schimmel* zusammen. Das Gras ringsum war gewachsen und hatte einige von ihnen überwuchert. Die Seide des Sonnenschirms war kräftiges Material, doch waren die Fäden innen schon ineinandergelaufen. Der obere Teil, wo sie zusammengefaltet und doppelt war, zeigte sich ganz *verschimmelt* und verrottet und zerriß beim Öffnen.‹ Was nun das Gras betrifft, welches ›ringsum gewachsen war und einige von ihnen überwuchert hatte‹, so ist klar, daß diese Tatsache einzig aus den Wor-

ten und somit der Erinnerung zweier kleiner Jungen sich
herleitete; denn diese Jungen hatten die Gegenstände ja
aufgehoben und mit nach Hause genommen, noch ehe sie
ein Dritter zu Gesicht bekommen hatte. Nun wächst aber
Gras, besonders bei warmem und feuchtem Wetter (wie es
zur Zeit des Mordes herrschte), immerhin zwei bis drei
Zoll an einem einzigen Tag. Ein Sonnenschirm, der auf
einem mit frischem Rasen bedeckten Boden liegt, kann
von dem aufsprießenden Gras also schon innerhalb einer
Woche völlig dem Blick verborgen sein. Und was diesen
Schimmel anlangt, auf dem der Herausgeber von ›Le Soleil‹ so hartnäckig besteht, daß er das Wort nicht weniger
denn dreimal in dem eben zitierten kurzen Absatz verwendet, weiß er denn wirklich nicht, wie es sich mit diesem
Schimmel verhält? Muß man ihm erst sagen, daß es sich
dabei um eine der vielen Sorten *fungus* handelt, deren ge-
wöhnlichstes Merkmal darin besteht, daß sie innerhalb von
vierundzwanzig Stunden entstehen und vergehen?

So sehen wir denn auf einen Blick, wie alles, was höchst
triumphierend zur Stützung der Meinung vorgebracht
wurde, die Gegenstände hätten ›wenigstens drei oder vier
Wochen‹ in dem Dickicht gelegen, absurderweise überhaupt nichts dazu beiträgt, diesen Umstand zu beweisen.
Andererseits ist es überaus schwer zu glauben, diese Gegenstände könnten in dem genannten Gehölz auch nur
länger als eine einzige Woche gelegen haben – länger
als von einem Sonntag zum andern. Wer die Umgebung
von Paris kennt, weiß, wie äußerst schwierig es ist, *Abgeschiedenheit* zu finden, außer weit draußen vor den Voror-
ten. Etwas Derartiges wie einen noch unerforschten oder
auch nur selten aufgesuchten Winkel inmitten seiner Wälder oder Wäldchen ist auch nicht einen Augenblick vorstellbar. Lassen Sie doch einmal einen, der die Natur von
Herzen liebt, von der Pflicht aber an den Staub und die
Hitze dieser großen Metropole gekettet ist – lassen Sie
einen solchen den Versuch wagen, selbst während der Wo-
chentage, seinen Durst nach Einsamkeit inmitten der
Schönheit der Natur in unserer unmittelbaren Umgebung

zu stillen. Auf Schritt und Tritt wird er den wachsenden Zauber vergällt finden, weil irgendein Strolch oder ein Trupp von Zechbrüdern mit Stimme und Person ihn hierin stört. Auch unterm dichtesten Blätterdach wird er die Einsamkeit vergeblich suchen. Hier sind ja gerade die Schlupfwinkel, wo sich der Pöbel am meisten tummelt – hier sind die Tempel am meisten entweiht. Krank am Herzen wird unser Wanderer wieder zurückflüchten in das verderbte Paris, wie zu einem weniger abscheulichen, weil weniger unpassenden Pfuhle der Verderbnis. Doch wenn die nähere Umgebung der Stadt schon während der Arbeitstage der Woche so überlaufen ist, um wieviel mehr erst am Sonntag! Gerade dann zieht es das Stadtgesindel, frei von den Zwängen der Arbeit oder der gewöhnlichen Gelegenheiten zum Verbrechen beraubt, in die Umgebung der Stadt, nicht etwa aus Liebe zum Ländlichen, das jeder Strolch im Grunde seines Herzens verabscheut, sondern um den Fesseln und Konventionalitäten der Gesellschaft zu entfliehen. Ihn gelüstet es weniger nach der frischen Luft und den grünen Bäumen denn nach der gänzlichen *Ungebundenheit* des Landes. Hier, im Wirtshaus an der Landstraße oder unter dem Blätterdach der Wälder, unbehelligt von anderen Blicken als denen seiner Zechkumpane, frönt er all den wahnsinnigen Ausschweifungen einer falschen Fröhlichkeit, wie Freiheit und Branntwein im Vereine sie zeugen. Ich sage nichts mehr, als was jedem unbefangenen Beobachter einleuchten muß, wenn ich wiederhole, der Umstand, daß die besagten Gegenstände in *irgendeinem* Dickicht in der unmittelbaren Umgebung von Paris länger als von einem Sonntag zum andern unentdeckt geblieben sein sollten, dürfte schon fast an ein Wunder grenzen.

Doch fehlt es auch nicht an anderen Gründen für den Verdacht, daß die Gegenstände in dem Dickicht zu dem Zwecke hingelegt wurden, die Aufmerksamkeit von dem wirklichen Schauplatz der Bluttat abzulenken. Richten Sie Ihr Augenmerk zunächst doch bitte einmal auf das *Datum* der Entdeckung dieser Gegenstände. Vergleichen Sie dies sodann mit dem Datum des fünften Auszugs, den ich aus den Zeitungen gemacht habe. Sie werden feststellen, daß die Entdeckung fast unmittelbar auf jene dringenden Zuschriften hin erfolgte, welche dem ›Abendblatte‹ zugegangen waren. Diese Zuschriften, wiewohl verschieden und offensichtlich aus verschiedenen Quellen, zielten sämtlich auf denselben Punkt – nämlich die Aufmerksamkeit auf eine *Bande* als die Täter und auf die Gegend der Barrière du Roule als den Tatort zu lenken. Nun geht es hier natürlich nicht um den Verdacht, daß infolge dieser Mitteilungen oder der von ihnen gelenkten öffentlichen Aufmerksamkeit die Jungen die Gegenstände erst gefunden hätten; sondern es mochte und mag sich sehr wohl der Argwohn aufdrängen, daß die Gegenstände einfach deswegen nicht *eher* von den Jungen gefunden wurden, weil sie sich eher noch gar nicht in dem Dickicht befanden; sind sie doch erst zu einem späteren Zeitpunkt, zum Datum dieser Zuschriften oder kurz zuvor, von den schuldbeladenen Verfassern der nämlichen Zuschriften dort hingelegt worden.

Dieses Dickicht war nun wahrlich einzig in seiner Art. Es war ungewöhnlich dicht. Innerhalb seiner natürlichen Einfriedung fanden sich drei außergewöhnliche Steine, *die einen Sitz mit Rückenlehne und Fußbank bildeten.* Und dieses Dickicht, so voller Naturkunstwerke, befand sich in unmittelbarer Nähe, *nur wenige Ruten entfernt*, von der Wohnung der Madame Deluc, deren Söhne das Gebüsch ringsum auf der Suche nach Sassafras-Rinde zu durchstreifen pflegten. Wäre es nun wohl sehr unbesonnen, wollte ich wetten – und zwar tausend zu eins wetten –, daß für diese Jungen niemals auch nur *ein Tag* verging, da nicht wenigstens einer der beiden sich in der schattenreichen Halle versteckte und auf deren natürlichem Throne Platz nahm? Wer eine solche Wette scheute, ist entweder nie selber ein Junge gewesen oder hat vergessen, wie Jungen sind. Ich wiederhole – es ist überaus schwer begreiflich, wie diese Gegenstände länger als einen Tag oder zwei unentdeckt in diesem Dickicht hätten liegen können; und es besteht mithin guter Grund zu dem Verdacht, trotz der entschiedenen Ignoranz von ›Le Soleil‹, daß sie erst zu einem verhältnismäßig späten Zeitpunkt dort hingelegt worden waren, wo man sie gefunden.

Es gibt aber noch andere und zwingendere Gründe für die Annahme, daß sie nachträglich hingelegt wurden, als ich sie bis jetzt vorgebracht habe. Und nun richten Sie Ihr Augenmerk doch bitte einmal auf das höchst künstliche Arrangement der Gegenstände. Auf dem *oberen* Steine lag ein weißer Unterrock; auf dem *zweiten* ein seidener Schal; ringsum verstreut waren ein Sonnenschirm, Handschuhe und ein Taschentuch mit dem Namenszug ›Marie Rogêt‹. Und dies ist nun gerade eine solche Anordnung, wie sie *natürlicher*weise ein nicht allzu scharfsinniger Mensch vornähme, wenn er die Gegenstände auf möglichst *natürliche* Weise zurechtlegen wollte. Es ist dies jedoch mitnichten ein *wirklich* natürliches Arrangement. Ich hätte vielmehr erwartet, die Gegenstände *sämtlich* auf dem Boden liegend und zertrampelt zu finden. Auf dem engen Raume dieser Laube wäre es doch wohl kaum möglich gewesen, daß bei dem ständigen Hin und Her vieler in einen Kampf verstrickter Personen Unterrock und Schal auf den Steinen liegengeblieben sein sollten. ›Alles wies darauf hin‹, heißt es, ›daß hier ein Kampf stattgefunden habe; und der Erdboden war zertrampelt, das Gesträuch geknickt‹ – doch Unterrock und Schal liegen da wie in ein Regal einsortiert. ›Die Fetzen ihres Kleides, welche von dem Dornengestrüpp herausgerissen worden, waren etwa drei Zoll breit und sechs Zoll lang. Ein Stück davon war der Saum des Kleides, und er war ausgebessert. Sie *sahen aus wie abgerissene Streifen.*‹ Hier hat sich ›Le Soleil‹ aus Versehen eines äußerst verdächtigen Ausdrucks bedient. Die so beschriebenen Stücke sehen nun tatsächlich ›wie abgerissene Streifen‹ aus; doch vorsätzlich abgerissen und mit der Hand. Es geschieht nur äußerst selten, daß aus einem Gewande wie dem hier vorliegenden ein Stück durch die Wirkung eines *Dorns* ›abgerissen‹ wird. Es liegt in der Natur solcher Gewebe, daß ein Dorn oder Nagel, bleibt er darin hängen, einen rechten Winkel hineinreißt – den Stoff also in zwei Längsrissen durchtrennt, die im rechten Winkel zueinander verlaufen und an einem Scheitelpunkte zusammentreffen, dort, wo der Dorn eingedrungen ist – doch ist es kaum vorstellbar, daß das Stück ›abgerissen‹ worden sein soll. Das habe ich noch nie erlebt und Sie wohl auch nicht. Um von solchem Gewebe ein Stück *ab*zureißen, bedarf es in nahezu jedem Falle zweier verschiedener Kräfte, die in verschiedenen Richtungen wirken. Wenn das Gewebe zwei Ränder besäße – wenn es sich zum Beispiel um ein Taschentuch handelte, und man wünschte davon einen Streifen abzureißen, dann und nur dann würde die eine Kraft dem Zweck genügen. Im vorliegenden Falle geht es aber um ein Kleid, und das hat nur einen Rand. Ein Stück aus seinem Innern herauszureißen, wo kein Rand vorhanden ist, könnte von Dornen nur durch ein Wunder bewerkstelligt werden, und ein *einzelner* Dorn brächte es nun gar nicht fertig. Doch selbst bei einem Rande wären zwei Dornen nötig, von denen der eine in zwei verschiedenen Richtungen, der andere in nur einer wirken müßte. Und auch dies nur unter der Voraussetzung, daß der Rand nicht eingesäumt ist. Ist er indessen gesäumt, wäre das Ganze so gut wie ausgeschlossen. Somit sehen wir denn, welch zahlreiche und beträchtliche Hindernisse dem ›Abreißen‹ von Stoffstücken durch die einfache Wirkung von ›Dornen‹ im Wege stehen; gleichwohl sollen wir nun gar glauben, nicht nur ein Stück, sondern viele seien solcherart abgerissen worden. ›Und eines davon war‹ noch dazu ›*der Saum des Kleides*‹! Ein anderes Stück ›stammte *aus dem Rock selbst, nicht dem Saum*‹ – das heißt, es war durch die Wirkung der Dornen vollständig aus dem randlosen Innern des Kleides gerissen! Daß man so etwas nicht glaubt, das ist, so meine ich, nun wirklich keinem zu verübeln; dennoch ergeben diese Dinge zusammengenommen vielleicht einen weniger plausiblen Grund zum Verdacht als der eine staunenswerte Umstand, daß die Gegenstände überhaupt von irgendwelchen *Mördern*, die genügend Vorsicht bewiesen hatten, an die Entfernung des Leichnams zu denken, in diesem Dickicht zurückgelassen worden sein sollten. Wenn Sie nun aber annehmen, ich wolle *bestreiten*, daß dieses Dickicht den Tatort vorstelle, dann haben Sie mich allerdings mißverstanden. Es mag durchaus *hier* ein Unrecht geschehen sein oder, was wahrscheinlicher ist, ein Unglücksfall im Wirtshaus der Madame Deluc. Doch ist dies nun wahrhaftig ein Punkt von geringem Belang. Schließlich sind wir ja nicht damit befaßt, den Tatort zu ermitteln, sondern die Mörder ausfindig zu machen. Was ich hier ausgeführt habe, ist nun, wenn ich es auch mit so umständlicher Genauigkeit getan, mit der Absicht geschehen, Ihnen erstens einmal die Torheit der so unbedingten und vorschnellen Behauptungen von ›Le Soleil‹ darzutun, zweitens und hauptsächlich aber, Sie auf allernatürlichstem Wege zu weiterem Nachdenken hinsichtlich der höchst zweifelhaften Frage anzuregen, ob dieser Mord nun das Werk *einer Bande* gewesen sei oder nicht.

Wir wollen diese Frage wieder aufnehmen, indem wir lediglich auf die empörenden Einzelheiten verweisen, welche der Wundarzt bei der Leichenschau festgestellt. Gesagt zu werden braucht hier nur, daß die *Folgerungen*, wie er sie bezüglich der Anzahl der Schurken veröffentlicht hat, von allen namhaften Anatomen in Paris mit vollem Recht als unzutreffend und absolut grundlos bespöttelt worden sind. Nicht, daß das Ganze sich nicht so zugetragen haben *könnte*, wie er gefolgert, sondern daß keinerlei Grund für eine solche Folgerung gegeben war: – dafür aber um so mehr für eine andere?

Wenden wir uns nun den ›Spuren eines Kampfes‹ zu; und lassen Sie mich fragen, was denn diese Spuren angeblich beweisen sollen. Eine Bande. Aber beweisen sie nicht vielmehr im Gegenteil, daß es eine Bande nicht gewesen sein kann? Was für ein *Kampf* mochte da wohl stattgefunden haben – was für ein Kampf, der noch dazu so heftig und so lange tobte, daß er nach allen Richtungen hin seine ›Spuren‹ hinterließ – zwischen einem schwachen und wehrlosen Mädchen und jener imaginären *Bande* von gemeinen Strolchen? Nur wenige derbe Arme, die lautlos zugepackt, und alles wäre vorüber gewesen. Das Opfer hätte ihnen völlig widerstandslos zu Willen sein müssen. Hier sollten Sie daran denken, daß die Argumente, welche gegen das Dickicht als den möglichen Tatort eingewendet wurden, größtenteils nur dann zutreffen, wenn es als der Schauplatz einer Gewalttat gelten soll, die von *mehr als nur einer einzigen Person* begangen worden wäre. Wenn wir uns aber nur *einen* Täter vorstellen, dann – und nur dann – ließe sich begreifen, daß der Kampf von so heftiger und hartnäckiger Natur gewesen, daß er sichtbare ›Spuren‹ hinterließ.

Und noch einmal. Ich habe schon erwähnt, wie verdächtig doch die Tatsache ist, daß die besagten Gegenstände *überhaupt* in dem Dickicht, wo man sie fand, liegengelassen wurden. Es scheint schon fast unmöglich, daß diese Schuldbeweise rein zufällig am Fundort zurückgelassen worden sein sollten. Die Geistesgegenwart (so ist jedenfalls anzunehmen) war groß genug, den Leichnam wegzuschaffen; und doch läßt man einen klareren Beweis als die Leiche selbst (deren Züge wohl rasch durch Verwesung zerstört worden wären) so auffällig am Tatort zurück – ich meine das Taschentuch mit dem *Namen* der Verstorbenen. Wenn dies ein Versehen war, so war es doch nicht das einer *Bande*. Es läßt sich nur als das Versehen eines einzelnen denken. Wir wollen doch mal sehen. Ein einzelner Mensch hat den Mord begangen. Er ist allein mit dem Geist der Verschiedenen. Entsetzen packt ihn angesichts dessen, was da reglos vor ihm liegt. Seine Leidenschaft hat sich ausgetobt, und in seinem Herzen ist nun mehr als genug Raum für das natürliche Grauen ob solcher Tat. Er besitzt nichts von jener Zuversicht, wie sie die Gegenwart mehrerer Personen unweigerlich einflößt. Er ist *allein* mit der Toten. Er zittert und ist verstört. Doch steht er vor der Notwendigkeit, sich des Leichnams zu entledigen. Er schleppt ihn zum Flusse, läßt aber die anderen Schuldbeweise hinter sich zurück; denn es ist schwer, wenn nicht unmöglich, die ganze Last auf einmal fortzuschaffen, leicht ist es dagegen, zurückzukehren und das übrige zu holen. Doch auf seinem mühseligen Wege zum Wasser verdoppeln sich die Ängste in ihm. Die Laute des Lebens säumen seinen Pfad. Ein dutzendmal wohl hört er den Tritt eines Beobachters oder vermeint ihn zu hören. Selbst schon die Lichter von der Stadt her verwirren ihn. Doch mit der Zeit, und nach langen und häufigen Pausen tiefer Seelenpein, erreicht er das Ufer des Flusses und entledigt sich seiner grausigen Last – vielleicht mit der Hilfe eines Bootes. Doch *nun*, welche Schätze hätte die Welt zu bieten – mit welcher Rache könnte sie drohen –, die es vermöchten, den einsamen Mörder zur Rückkehr über jenen mühseligen und gefahrvollen Pfad zu bewegen, zur Rückkehr in jenes Dickicht mit seinen Erinnerungen, die das Blut in den Adern erstarren lassen? Er kehrt *nicht* zurück, komme, was da wolle. Er *könnte* gar nicht zurück, auch wenn er es wollte. Sein einziger Gedanke ist: nur schleunigst fort von hier. *Für immer* wendet er diesem entsetzlichen Dickicht den Rücken und flieht, als gelte es, dem künftigen Zorn zu entrinnen.

Wie verhält es sich aber nun mit einer Bande? Ihre Anzahl hätte ihnen Zuversicht eingegeben; falls es an Zuversicht im Busen des abgefeimten Schurken überhaupt je mangeln sollte; und einzig abgefeimte Schurken sind es, welche die vermutlichen *Banden* bilden. Ihre Anzahl schon hätte, wie gesagt, das kopflose und panische Entsetzen nicht aufkommen lassen, wie es nach meiner Vorstellung den einzelnen Täter lähmte. Könnten wir uns auch bei einem, zweien oder gar dreien ein Versehen denken, so hätte ein vierter dies Versehen korrigiert. Sie hätten nichts zurückgelassen; denn ihre Anzahl hätte sie befähigt, *alles* auf einmal zu tragen. Eine *Rückkehr* wäre nicht nötig gewesen.

Bedenken Sie nun noch den Umstand, daß im ›Obergewande‹ der Leiche, da man sie gefunden, ›ein Streifen, etwa ein Fuß breit, vom unteren Saum bis zur Taille eingerissen, dreimal um den Leib geschlungen und mit einer Art Knoten im Rücken festgezogen war‹. Dies geschah zu dem offensichtlichen Zweck, einen *Haltegriff* zu schaffen, an welchem man die Leiche tragen konnte. Wäre es aber *mehreren* Männern auch nur im Traum eingefallen, sich eines solchen Hilfsmittels zu bedienen? Dreien oder vieren hätten die Gliedmaßen der Leiche nicht nur einen ausreichenden, sondern den besten Halt geboten. Die Vorrichtung ist das Werk eines einzelnen; und dies bringt uns zu der Tatsache, daß ›zwischen dem Dickicht und dem Flusse die Einzäunungen umgestoßen waren und der Boden deutlich Spuren zeigte, wie wenn eine schwere Last darauf entlanggeschleift worden sei‹. Doch hätten sich nun aber *mehrere* Männer der überflüssigen Mühe unterzogen, einen Zaun umzustoßen, nur um einen Leichnam hindurchzuzerren, den sie im Handumdrehen über jeden beliebigen Zaun hätten *hinüberheben* können? Hätten *mehrere* Männer eine Leiche überhaupt so entlanggeschleift, daß davon auffällige Schleif*spuren* zurückgeblieben wären?

Und hier müssen wir nun auf eine Bemerkung von ›Le Commerciel‹ zurückkommen; eine Bemerkung, auf die ich schon bis zu einem gewissen Grade eingegangen bin. ›Aus einem der Unterröcke des unglücklichen Mädchens‹, schreibt das Blatt, ›war ein Stück herausgerissen und unter dem Kinn um den Hinterkopf ihr gebunden, wahrscheinlich um sie am Schreien zu hindern. Dies taten Kerle, welche kein Taschentuch besaßen.‹

Ich habe zuvor bereits die Ansicht geäußert, daß ein echter Ganove niemals *ohne* Taschentuch ist. Aber nicht darauf möchte ich jetzt im besondern hinweisen. Daß diese Binde nicht in Ermangelung eines Taschentuches zu dem von ›Le Commerciel‹ vermuteten Zwecke Verwendung fand, erhellt schon daraus, daß im Gebüsch ein Taschentuch lag; und daß dies nicht mit der Absicht geschehen war, ›sie am Schreien zu hindern‹, geht daraus hervor, daß man ebendiese Binde dem vorgezogen, was diesem Zweck so viel besser entsprochen hätte. Doch ist in den Worten der Zeugenaussage die Rede davon, man habe den fraglichen Stoffstreifen ›nur lose um den Hals geschlungen und mit einem festen Knoten gesichert‹ gefunden. Diese Worte sind zwar reichlich vage, weichen aber doch wesentlich ab von dem, was ›Le Commerciel‹ schreibt. Der Streifen war achtzehn Zoll breit, und wenngleich aus Musselin, hätte er daher, der Länge nach gefaltet oder zusammengedreht, ein festes Band ergeben. Und so zusammengedreht wurde er ja auch gefunden. Daraus schließe ich nun folgendes: Nachdem der einzelne Mörder den Leichnam an der um seine Mitte *geknüpften* Schlinge eine Strecke weit getragen hatte (ob nun von dem Dickicht oder sonstwoher), fand er, daß bei dieser Trageweise die Last doch über seine Kräfte gehe. Er beschloß also, diese Last zu ziehen – und daß er dies *getan*, beweisen die Schleifspuren ja deutlich. Zu diesem Zwecke ward es notwendig, etwas Strickartiges an einer der Extremitäten zu befestigen. Am besten eignete sich dazu wohl der Hals, würde der Kopf doch dann ein Heruntergleiten verhindern. Und da besann sich der Mörder zweifellos auf die Schlinge, welche er um die Lenden der Leiche geknüpft hatte. Diese hätte er wohl auch verwendet, wäre sie nicht fest um den Leichnam geschlungen, wäre der *Knoten* nicht hinderlich gewesen ebenso wie die Überlegung, daß der Streifen nicht von dem Kleide ›abgerissen‹ war. Also war es leichter, aus dem Unterrock einen neuen Streifen herauszureißen. Das tat er denn auch, befestigte ihn um den Hals und *schleifte* so sein Opfer zum Ufer des Flusses. Daß diese ›Bandage‹, die nur mit Mühe und Zeitverlust zu bewerkstelligen war, dazu ihren Zweck nur unvollkommen erfüllte – daß diese Bandage *überhaupt* Verwendung fand, beweist, daß die Notwendigkeit zu ihrem Gebrauch Umständen entsprang, die erst zu einem Zeitpunkt auftraten, da das Taschentuch nicht mehr verfügbar war – das heißt also, wie wir es angenommen haben, nach dem Verlassen des Dickichts (falls es das Dickicht war) und auf dem Wege zwischen dem Dickicht und dem Fluß.

Doch die Aussage von Madame Deluc (!), so werden Sie nun sagen, weist doch nachdrücklich darauf hin, daß sich genau oder doch annähernd zur Zeit des Mordes eine *Bande* in der Nähe des Dickichts herumgetrieben habe. Das gebe ich gerne zu. Ich frage mich, ob sich nicht ein *Dutzend* Banden, wie Madame Deluc sie beschrieben, genau oder doch *ungefähr* zum Zeitpunkt dieser Tragödie in der Umgebung der Barrière du Roule herumgetrieben hat. Aber die

Bande, welche den strengen Tadel, dazu das freilich etwas säumige und sehr verdächtige Zeugnis von Madame Deluc herausgefordert hat, ist die *einzige* Bande, von welcher diese ehrenwerte und gewissenhafte alte Dame uns meldet, daß sie ihren Kuchen gegessen und ihren Branntwein getrunken habe, ohne sich der Mühe zu unterziehen, dafür zu zahlen. *Et hinc illae irae?*

Worin *besteht* denn aber nun die genaue Aussage von Madame Deluc? ›Eine Bande von Raufbolden sei erschienen, habe herumgelärmt, gegessen und getrunken, ohne zu bezahlen, und sei dann demselben Wege gefolgt, wie ihn der junge Mann und das Mädchen genommen, seien in der *Dämmerung* ins Wirtshaus zurückgekehrt und dann, als ob sie es sehr eilig hätten, wieder über den Fluß gefahren.‹

Nun, daß sie es ›sehr eilig‹ gehabt, ist den Augen der guten Madame Deluc möglicherweise als noch viel *eiliger* vorgekommen, da sie im Geiste noch immer des Jammerns kein Ende fand, welche Gewalt man ihrem Kuchen und Bier angetan – Kuchen und Bier, auf deren Bezahlung sie im stillen noch immer gehofft haben mochte. Warum hätte sie sonst wohl die *Eile* so betonen sollen, wo es doch schon *Dämmerung* war? Es ist gewiß nichts Verwunderliches daran, daß selbst eine Bande Strolche es *eilig* hat, nach Hause zu kommen, wenn in kleinen Booten ein breiter Fluß zu überqueren ist, wenn ein Unwetter droht und wenn es Nacht *werden will*.

Ich sage: *werden will*; denn es war *noch nicht* Nacht. Es herrschte erst *Dämmerung*, als die ungebührliche Eile dieser ›Raufbolde‹ die gestrengen Augen der Madame Deluc so kränkte. Wir erfahren aber, daß an ebendiesem Abend Madame Deluc wie auch ihr ältester Sohn ›in der Nähe des Gasthauses die Schreie einer Frauensperson vernommen‹. Und mit welchen Worten bezeichnet nun Madame Deluc die Zeit, zu welcher an jenem Abend diese Schreie zu hören waren? Es sei *bald nach Einbruch der Dunkelheit* gewesen, sagt sie. Doch ›bald *nach* Einbruch der Dunkelheit‹ heißt zumindest *Dunkelheit*; und ›*in der Dämmerung*‹ meint jedenfalls noch Tageslicht. Somit wäre also mehr als klar, daß die Bande die Barrière du Roule verlassen hatte, *noch ehe* diese Schreie Madame Deluc zu Ohren (?) gekommen. Und obwohl in all den vielen Berichten über die Zeugenaussagen die diesbezüglichen in Rede stehenden Ausdrücke deutlich und unverändert gebraucht werden, ganz so wie ich sie in dieser Unterhaltung mit Ihnen gebraucht habe, so ist doch bislang noch keinem der Zeitungsblätter wie auch keinem der Polizeischergen diese ungeheuerliche Diskrepanz irgendwie aufgefallen.

Ich möchte den Argumenten gegen *eine Bande* nur noch eines hinzufügen; dieses *eine* aber hat, zumindest für meine Begriffe, ein gänzlich unwiderstehliches Gewicht. Unter den gegebenen Umständen, da eine beträchtliche Belohnung ausgesetzt ist und jeder Kronzeuge volle Straffreiheit genießen soll, ist es auch nicht einen Augenblick vorstellbar, daß nicht schon längst irgendein Mitglied *einer Bande*, seien es gemeine Strolche oder auch bloß eine Schar irgendwelcher Männer, seine Komplizen verraten hätte. Jeden einzelnen einer so gestellten Bande beherrscht nicht so sehr die Gier nach Belohnung oder das Verlangen, davonzukommen, als die *Angst vor Verrat*. So übt er denn fleißig und beizeiten Verrat, auf daß *er nicht verraten werde*. Daß das Geheimnis noch nicht gelüftet ist, beweist wohl am allerbesten, daß es tatsächlich ein Geheimnis ist. Die Greuel dieser dunklen Tat sind nur *einem* oder zwei lebenden Menschen bekannt und Gott.

Fassen wir nun die mageren, doch sicheren Früchte unserer langen Analyse zusammen. Wir sind zu der Ansicht gelangt, daß es sich entweder um einen verhängnisvollen Unglücksfall handelt, welcher sich unter dem Dache von Madame Deluc zugetragen, oder um einen Mord, welchen in jenem Dickicht an der Barrière du Roule ein Liebhaber oder wenigstens ein vertrauter und heimlicher Freund der Verstorbenen verübt. Jener Vertraute ist von dunkler Gesichtsfarbe. Diese Gesichtsfarbe, die ›Schlaufe‹ im Trageband und der ›Schifferknoten‹, mit dem das Hutband verknüpft war, deuten auf einen Seemann. Daß er mit der Verstorbenen Umgang hatte, einem lebenslustigen, doch nicht verdorbenen jungen Mädchen, zeigt, daß er mehr als ein gemeiner Matrose war. Dies bestätigen auch die recht gut und eindringlich abgefaßten Zuschriften an die Zeitungen. Der Umstand, daß Marie, wie ›Le Mercurie‹ meldet, schon einmal davongelaufen war, legt den Gedanken nahe, diesen Seemann mit dem ›Marineoffizier‹ gleichzusetzen, der bekanntlich die Unglückliche zuerst auf Abwege geführt hatte.

Und hierzu paßt nun vortrefflich die Überlegung, daß jener Mann mit der dunklen Gesichtsfarbe nach wie vor verschwunden ist. Lassen Sie mich die Bemerkung einstreuen, daß die Gesichtsfarbe dieses Mannes dunkel, ja schwarzbraun ist; es war keine gewöhnliche Bräune, welche den *einzigen* Punkt bildete, dessen sich sowohl Valence als auch Madame Deluc erinnerten. Doch warum ist dieser Mann verschwunden? Wurde auch er von der Bande getötet? Wenn ja, warum gibt es dann nur *Spuren* von dem ermordeten *Mädchen*? Den Schauplatz beider Verbrechen müßte man selbstverständlich als ein und denselben sich denken. Und wo ist sein Leichnam? Höchstwahrscheinlich hätten sich die Mörder doch beider Leichen auf die nämliche Weise entledigt. Doch darf man möglicherweise sagen, daß dieser Mann am Leben ist und ihn nur die Angst, des Mordes beschuldigt zu werden, davon abhält, sich zu melden. Diese Überlegung, so ist wohl anzunehmen, dürfte für ihn jetzt bestimmend sein – zu diesem späten Zeitpunkt –, da inzwischen Zeugen ausgesagt haben, daß er mit Marie gesehen wurde – zur Tatzeit wäre sie wohl kaum von Belang gewesen. Ein Unschuldiger wäre dem ersten Antrieb gefolgt und hätte die Mordtat gemeldet und mitgeholfen, die Verbrecher zu identifizieren. Das hätte schon die *Klugheit* geboten. Man hatte ihn mit dem Mädchen gesehen. Auf einem offenen Fährschiff war er mit ihr über den Fluß gefahren. Die Mörder anzuzeigen wäre selbst einem Idioten als das sicherste und einzige Mittel erschienen, sich selbst vom Verdacht zu befreien. Wir können uns nicht vorstellen, daß er an der Greueltat jenes verhängnisvollen Sonntagabends sowohl selber unschuldig sein als auch nichts davon wissen sollte. Doch nur unter solchen Umständen ließe es sich denken, daß er, falls er überhaupt noch am Leben ist, unterlassen hätte, die Mörder anzuzeigen.

Und welche Mittel stehen uns nun zu Gebote, die Wahrheit zu ergründen? Wir werden feststellen, wie sich diese, indes wir voranschreiten, vervielfachen und an Klarheit gewinnen werden. Gehen wir doch dieser ersten Entführungsaffäre einmal so recht auf den Grund. Erforschen wir die ganze Geschichte ›des Offiziers‹, seine gegenwärtigen Umstände wie auch seinen Aufenthalt zur genauen Zeit des Mordes. Und vergleichen wir die verschiedenen Zuschriften, welche bei dem ›Abendblatt‹ eingegangen sind und worin die Schuld einer *Bande* zugeschoben wird, sorgfältig miteinander. Ist das getan, so wollen wir diese Zuschriften auf Stil und Handschrift hin wiederum mit jenen vergleichen, welche zu einem früheren Zeitpunkt an das Morgenblatt gesandt worden waren und so heftig auf der Schuld von Mennais beharrten. Und ist auch dies alles getan, sollten wir wiederum diese verschiedenen Schriftstücke mit der bekannten Handschrift des Offiziers vergleichen. Versuchen wir weiter, durch wiederholtes Befragen von Madame Deluc und ihren Söhnen wie auch des Omnibuskutschers Valence etwas mehr über die äußere Erscheinung und das Auftreten des ›Mannes von dunkler Gesichtsfarbe‹ zu erfahren. Geschickt gestellte Fragen dürften nicht verfehlen, von manchen der Betreffenden zu diesem besonderen Punkte (oder zu anderen) Informationen zu gewinnen – Informationen, von denen die Betreffenden selber vielleicht nicht einmal wissen, daß sie sie besitzen. Und gehen wir nun noch den Spuren des *Bootes* nach, welches am Montagmorgen, dem dreiundzwanzigsten Juni, von dem Schiffer aufgegriffen ward und dann einige Zeit vor der Entdeckung des Leichnams vom Bootsamte wieder verschwand, *ohne das Steuerruder* und ohne daß der diensthabende Beamte etwas gemerkt hätte. Lassen wir dabei die gebührende Vorsicht und Beharrlichkeit walten, werden wir dieses Boot unfehlbar ausfindig machen; denn nicht nur kann es von dem Schiffer, welcher es aufgefischt hat, identifiziert werden, sondern es ist ja noch das *Steuerruder* vorhanden. Und das Steuerruder eines *Segelbootes* hätte wohl keiner, der ein ruhiges Gewissen hat, so ohne Nachfrage verloren gegeben. Und hier lassen Sie mich innehalten, um eine Frage einzuschalten. Daß dieses Boot aufgegriffen worden war, wurde durch keinerlei *Anzeige* öffentlich bekanntgemacht. In aller Stille ward es zum Bootsamte gebracht, und in aller Stille verschwand es wieder von dort. Doch der Eigentümer oder Nutzer – wie *konnte* er schon so zeitig, nämlich am Dienstagmorgen, ohne daß eine Anzeige erschienen war, über den Verbleib des am Montag aufgegriffenen Bootes unterrichtet sein, wenn wir nicht davon ausgehen, daß er in irgendeiner Verbindung zur *Marine* stand – daß fortwährende persönliche Beziehung ihm von den kleinsten Vorkommnissen – den unbedeutendsten Lokal-Neuigkeiten Kenntnis gab?

Als ich davon gesprochen, wie der einzelne Mörder, allein, seine Last ans Ufer schleifte, habe ich bereits die Wahrscheinlichkeit angedeutet, daß er ein *Boot* benutzt habe. Nun sollten wir uns darüber klar sein, daß Marie Rogêt *tatsächlich* von einem Boot ins Wasser geworfen wurde. Das dürfte gewiß der Fall gewesen sein. Den Leichnam konnte man ja schlecht dem seichten Wasser am Ufer anvertrauen. Die eigentümlichen Male auf Rücken und Schultern des Opfers verraten die Spanten eines Bootes. Daß die Leiche, von keinem Gewichte beschwert, gefunden wurde, bestärkt diesen Gedanken ebenfalls. Wäre sie vom Ufer aus hineingeworfen worden, so hätte man ein Gewicht daran befestigt. Wir können uns das Fehlen eines solchen nur durch die Annahme erklären, daß der Mörder versäumt hatte, sich vorsorglich damit zu versehen, ehe er vom Ufer abstieß. Als er den Leichnam dann dem Wasser übergab, hat er fraglos sein Versäumnis bemerkt; doch da war dem nicht mehr abzuhelfen. Jedes Risiko wäre wohl nun einer Rückkehr an jenes verfluchte Ufer vorzuziehen gewesen. Nachdem sich der Mörder also seiner grausigen Last entledigt, hat er sich eilends stadtwärts gewandt. Dort, an irgendeiner dunklen Uferstelle, ist er dann an Land gesprungen. Doch das Boot – hat er das festgebunden? Wohl nicht, er wird in viel zu großer Eile gewesen sein, um an solche Dinge wie das Festmachen eines Bootes noch zu denken. Überdies mochte es ihm gar vorgekommen sein, wie wenn er mit dem Boote ein Beweisstück gegen sich selber an der Anlegestelle festmachte. Sein natürlicher Gedanke mußte sein, so weit wie möglich alles von sich zu werfen, was mit seinem Verbrechen in Beziehung stand. So ist er also nicht nur selber von der Landestelle geflüchtet, sondern dürfte auf keinen Fall zugelassen haben, daß das *Boot* dort verblieb. So hat er es denn gewiß treiben lassen, ihm wohl gar noch einen Stoß versetzt. Überlegen wir also weiter. – Am Morgen wird der Schurke von maßlosem Entsetzen gepackt, als er erfährt, daß das Boot aufgegriffen worden ist und an einem Orte festliegt, den er alltäglich aufzusuchen pflegt – an einem Orte, den aufzusuchen ihn vielleicht gar die Pflicht heißt. In der nächsten Nacht schafft er es fort, *ohne daß er gewagt hätte, nach dem Steuerruder zu fragen. Wo* aber ist nun dieses steuerlose Boot? Das herauszufinden soll eines unserer ersten Ziele sein. Mit dem ersten Schimmer, der uns davon vergönnt, wird der Morgen unseres Erfolgs anbrechen. Dieses Boot soll uns mit einer Schnelligkeit, die uns selber überraschen wird, zu dem führen, der es zur Mitternacht des verhängnisvollen Sonntags benutzte. Bestätigung wird sich an Bestätigung reihen, und man wird den Mörder aufspüren.«

(Aus Gründen, welche wir nicht näher darlegen wollen, die vielen Lesern aber einleuchten werden, haben wir uns die Freiheit genommen, aus dem uns übergebenen Manuskripte hier jenen Abschnitt wegzulassen, welcher die *Verfolgung* der von Dupin gewonnenen, dem Anschein nach winzigen Spur im einzelnen beschreibt. Wir halten es lediglich für angeraten, in Kürze festzustellen, daß man zu dem gewünschten Ergebnis kam; und daß der Präfekt, obschon mit Widerstreben, die Bedingungen seiner Übereinkunft mit dem Chevalier genauestens erfüllte. Mr. Poes

Artikel schließt mit den folgenden Worten. – *Die Herausgeber*[1])

Es versteht sich von selbst, daß ich von Koinzidenzen spreche *und nichts anderem*. Was ich weiter oben zu diesem Thema gesagt habe, muß genügen. In meinem Herzen hat der Glaube an das Übernatürliche keine Heimstatt. Daß die Natur und ihr Gott zweierlei sind, wird kein denkender Mensch leugnen. Daß letzterer, der erstere geschaffen, diese ganz nach Willen beherrschen oder verändern kann, steht ebenso außer Zweifel. Ich sage ›nach Willen‹; denn um das Wollen geht es dabei und nicht, wie logischer Aberwitz unterstellt hat, um Macht. Es steht nicht in Rede, daß die Gottheit ihre Gesetze nicht ändern *könnte*, sondern daß wir Gott beleidigen, wenn wir uns eine mögliche Notwendigkeit für eine Änderung vorstellen. Ihrem Ursprunge nach sind diese Gesetze geschaffen, *alle* Zufälle und Möglichkeiten zu umfassen, welche in der Zukunft liegen *könnten*. Für Gott ist alles JETZT!

So wiederhole ich denn, daß ich von diesen Dingen nur als von Koinzidenzen spreche. Und ferner: Man wird aus dem, was ich berichte, ersehen, daß zwischen dem Schicksal der unglücklichen Mary Cecilia Rogers, soweit dieses Schicksal bekannt ist, und dem Schicksal einer gewissen Marie Rogêt bis zu einem gewissen Punkte in ihrer Geschichte eine Parallelität besteht, ob deren wunderbarer Genauigkeit der Verstand, so er darüber nachdenkt, in Verlegenheit gerät. Wie gesagt, all dies wird man sehen. Aber nicht einen Augenblick lang nehme man an, es sei beim weiteren Fortgang der traurigen Geschichte von Marie, von dem erwähnten Zeitpunkt an, und beim Aufspüren des Geheimnisses, welches sie umhüllte, bis zu seinem *dénouement* insgeheim meine Absicht gewesen, etwa eine Ausweitung dieser Parallele anzudeuten oder gar zu unterstellen, daß die Maßnahmen, wie man sie in Paris zur Entdeckung des Mörders einer *grisette* ergriff, oder Maßnahmen, welche auf ähnlichen Schlußfolgerungen be-

---

1 des Magazins, in dem der Artikel erstmalig abgedruckt war

ruhen, auch zu einem ähnlichen Ergebnis führen müßten.

Denn was den letzteren Teil der Vermutung betrifft, sollte man bedenken, daß schon die geringfügigste Abweichung in den Tatsachen der beiden Fälle höchst erhebliche Fehlschlüsse zeitigen könnte, indem sie die beiden Geschehen in ihrem Verlaufe auf ganz verschiedene Bahnen lenkte; ganz wie in der Arithmetik ein Versehen, welches an und für sich unbedeutend sein mag, schließlich vermöge der Multiplikation allenthalben im Verlaufe des Rechenprozesses zu einem Ergebnis führt, welches sehr weit von der Wahrheit entfernt ist. Und was den ersteren Teil angeht, so dürfen wir nicht aus den Augen verlieren, daß gerade die Wahrscheinlichkeitsrechnung, auf die ich mich bezogen habe, jeglichen Gedanken an eine Ausweitung der Parallele verbietet: – sie mit um so größerer und entschiedenerer Bestimmtheit verbietet, als diese Parallele bereits über eine weite Strecke und genau gegeben ist. Dies ist einer jener anomalen Lehrsätze, die sich anscheinend auf alles andere denn mathematisches Denken berufen, und doch ist es einer, mit dem nur der Mathematiker etwas anzufangen weiß. Nichts ist zum Beispiel schwieriger, als den bloßen Durchschnittsleser davon zu überzeugen, daß die Tatsache, daß ein Spieler beim Würfeln zweimal nacheinander Sechsen gewürfelt hat, hinreichend Grund ist, mit höchstem Einsatz darauf zu wetten, daß beim dritten Male keine Sechsen gewürfelt werden. Eine dementsprechende Andeutung wird vom Verstand gewöhnlich sofort zurückgewiesen. Es will nicht einleuchten, daß die beiden Würfe, die doch abgeschlossen sind und nun vollkommen der Vergangenheit angehören, Einfluß auf den Wurf ausüben können, der erst in der Zukunft existiert. Die Chance, Sechsen zu würfeln, scheint genau noch so zu sein, wie sie zu jeder beliebigen Zeit war – das heißt, sie scheint nur dem Einfluß der verschiedenen anderen Würfel zu unterliegen, welche mit dem Würfel sonst noch möglich sind. Und dies ist eine Überlegung, die so über die Maßen einleuchtend erscheint, daß alle Versuche, sie zu bestreiten, häufiger mit einem spöttischen Lächeln aufgenommen werden denn mit respektvoller Aufmerksamkeit. Den hierin liegenden Irrtum darzulegen – einen groben, unheilschwangeren Irrtum – kann ich mir innerhalb der mir im Augenblick gezogenen Grenzen nicht anmaßen; und für den wissenschaftlich-philosophischen Leser bedarf es dessen auch nicht. Hier mag es genügen festzustellen, daß er einen aus einer unendlichen Reihe von Fehlern darstellt, wie sie auf dem Pfade der Vernunft erstehen ob deren Neigung, die Wahrheit *im Einzelnen* zu suchen.

DAS VERRÄTERISCHE HERZ

Fürwahr! – reizbar – sehr, gar fürchterlich reizbar waren meine Nerven gewesen und sind es noch; doch warum gleich behaupten *wollen*, ich sei verrückt? Das Leiden hatte meine Sinne geschärft – beileibe nicht zerrüttet – oder abgestumpft. Recht eigentlich war der Gehörsinn über die Maßen fein. Ich hörte alle Dinge im Himmel und auf Erden. Ich hörte viele Dinge in der Hölle. Wie, bin ich denn also verrückt? Hören Sie gut zu! und haben Sie acht, wie wohlgesund – wie ruhig ich Ihnen die ganze Geschichte erzählen kann.

Wie der Gedanke mir zuerst in den Sinn gekommen, weiß ich unmöglich zu sagen; doch als ich ihn einmal gefaßt, quälte er mich Tag und Nacht. Zweck war es nicht. Leidenschaft war es nicht. Ich mochte den alten Mann. Er hatte mir niemals Unrecht zugefügt. Er hatte mich niemals gekränkt. Nach seinem Golde gelüstete mich nicht. Es war wohl sein Blick! ja, das war es! Eines seiner Augen glich dem eines Geiers – ein blaßblaues Auge mit einem Häutchen darüber. Sooft sein Blick auf mich fiel, stockte mir das Blut in den Adern; und so reifte in mir denn nach und nach – so ganz allmählich – der Entschluß, dem Alten das Leben zu nehmen und so auf immer von dem Auge mich zu befreien.

Und das ist nun der springende Punkt. Sie meinen, ich sei verrückt. Verrückte aber wissen doch nichts. Da hätten Sie aber *mich* nun sehen sollen. Sie hätten nur einmal sehen sollen, wie klug ich vorgegangen bin – mit welcher Vorsicht – mit welchem Vorbedacht – mit welcher Verstellung ich ans Werk gegangen! Nie war ich freundlicher zu dem alten Manne denn während der ganzen Woche, bevor ich ihn getötet. Und jede Nacht, um Mitternacht, drückte ich die Klinke seiner Türe nieder und öffnete sie – oh, so sacht! Und war dann die Öffnung groß genug, den Kopf hindurchzustecken, schob ich eine Blendlaterne hinein, die fest, ach, so fest geschlossen war, daß kein Licht hervorschimmerte, und dann ließ ich den Kopf folgen. Oh, hätten Sie gesehen, wie listig ich dies angefangen, Sie hätten gelacht! Langsam bewegte ich ihn – ganz, ganz langsam, daß ich den alten Mann nicht im Schlafe störte. Eine Stunde brauchte ich dazu, bis ich den ganzen Kopf so weit durch die Öffnung gesteckt hatte, daß ich den Alten sehen konnte, wie er in seinem Bette lag. Ha! – hätte sich ein Verrückter so schlau wohl angestellt? Und dann, wenn ich den Kopf richtig darinnen hatte, blendete ich behutsam die Laterne auf – oh, so behutsam – behutsam (denn die Scharniere quietschten) – blendete ich sie gerade so weit auf, daß ein einziger dünner Strahl auf das Geierauge fiel. Und dieses tat ich während sieben langer Nächte – jede Nacht genau zur Mitternacht –, doch immer fand ich das Auge geschlossen; und so war es unmöglich, das Werk zu vollbringen; denn nicht der alte Mann war's, der mich quälte, sondern seines Bösen Auges Böser Blick. Und jeden Morgen, wenn der Tag anbrach, trat ich kühn in seine Kammer und redete gar unverzagt mit ihm, indem ich in herzlichem Tone beim Namen ihn rief und mich erkundigte, wie er die Nacht verbracht habe. Sehen Sie, so hätte er schon ein sehr scharfsinniger alter Mann sein müssen, um zu argwöhnen, daß ich in jeder Nacht, genau um zwölf, bei ihm hineinschaute, indes er schlief.

In der achten Nacht war ich beim Öffnen der Türe noch vorsichtiger als sonst. Der Minutenzeiger einer Uhr rückt schneller vor, als meine Hand dies tat. Niemals noch vor dieser Nacht hatte ich das Ausmaß meiner eigenen Kräfte – meines Scharfsinns so *gespürt*. Kaum vermochte ich meine Triumphgefühle zu bändigen. Zu denken, daß ich da war und ganz allmählich die Türe öffnete, indes er nicht einmal im Traume etwas von meinen heimlichen Taten oder Gedanken ahnte! Ich mußte regelrecht kichern bei dem Gedanken; und er hörte mich wohl; denn plötzlich, als hätte ihn etwas erschreckt, bewegte er sich im Bett. Nun denken Sie vielleicht, ich hätte mich zurückgezogen – aber nicht doch. Sein Zimmer war in dichtes Dunkel gehüllt, wie Pech so schwarz (denn aus Angst vor Einbrechern waren die Fensterläden fest verschlossen), und so wußte ich, daß er nicht sehen konnte, wie die Tür sich öffnete, und ruhig schob ich sie denn weiter auf, immer weiter.

Ich hatte den Kopf schon drinnen und wollte gerade die Laterne aufmachen, da glitt mein Daumen an dem blechernen Riegel ab, und der alte Mann fuhr im Bette hoch und schrie – »Wer ist dort?«

Ich hielt ganz still und sagte nichts. Eine volle Stunde lang regte ich keinen Muskel, und während dieser ganzen Zeit hörte ich nicht, daß er sich wieder hinlegte. Noch immer saß er im Bett und lauschte – genau wie ich es Nacht um Nacht getan, da auf die Totenuhren in der Wand ich gehorcht.

Alsbald vernahm ich ein leises Stöhnen, und ich wußte, es war das Stöhnen, wie es Todesangst hervorbringt. Nicht Schmerz oder Gram – o nein! –, es war der leise gedämpfte Laut, der vom Grunde der Seele aufsteigt, wenn übergroßes Entsetzen darauf lastet. Mir war dieser Laut wohlbekannt. So manche Nacht, genau zur Mitternacht, wenn alles schlief, ist er hervorgequollen aus meiner Brust und hat mit seinem fürchterlichen Echohall das Grauen noch vertieft, welches mich gequält. Wie gesagt, ich kannte ihn wohl. Ich wußte, was der alte Mann empfand, und er tat mir leid, obschon es im Herzen mich erfreute. Ich wußte, er hatte wach gelegen, seit dem ersten leisen Geräusch, da er sich im Bette umgedreht. Seither war in ihm die Angst immerzu gewachsen. Er hatte versucht, sich einzubilden, sie sei grundlos, doch war es ihm nicht gelungen. ›Es ist nichts denn der Wind im Kamine‹, hatte er auf sich eingeredet – ›es ist nur eine Maus, die über die Dielen huscht‹, oder: ›Es ist bloß ein Heimchen, welches nur einmal gezirpt.‹ Ja, mit derlei Vermutungen hat er sich immer wieder zu trösten versucht: doch alles vergebens. *Alles vergebens;* weil der Tod sich ihm genaht, vor ihn getreten war mit seinem schwarzen Schatten und das Opfer darein gehüllt hatte. Und es war die traurige Gewalt dieses unsichtbaren Schattens – welche ihn – obwohl er nichts sah noch hörte – die Gegenwart meines Kopfes im Zimmer *spüren* ließ.

Als ich lange Zeit voller Geduld gewartet hatte, ohne zu vernehmen, daß er sich hingelegt hätte, beschloß ich, die Laterne um einen kleinen – einen winzig, winzig kleinen Spalt zu öffnen. So öffnete ich sie denn – Sie können sich nicht vorstellen, wie leise, leise –, bis schließlich, wie der Faden eines Spinnengewebs, ein einziger matter Strahl aus dem Spalt hervorschoß und auf das Geierauge fiel.

Es war offen – weit, weit offen – und Wut packte mich, da ich darauf starrte. Ich sah es mit vollkommener Deutlichkeit – das ganze fahle Blau, mit dem gräßlichen Schleier darüber, und erschauerte bis aufs Mark; doch vom Gesicht oder der Gestalt des alten Mannes vermochte ich sonst nichts zu erblicken: denn gleichsam instinktiv hatte ich den Strahl genau auf den verdammten Fleck gerichtet.

Und da – habe ich Ihnen nicht gesagt, daß das, was Sie für Wahnsinn halten, nichts anderes ist denn eine Überschärfe der Sinne? –, also da, sage ich, drang an meine Ohren ein leiser, dumpfer, behender Laut, ganz so wie eine Uhr klingt, wenn man sie in Watte wickelt. Auch *diesen* Laut kannte ich wohl. Es war das Herz des alten Mannes, das da schlug. Dies steigerte meine Wut, wie Trommelschlag des Soldaten Mut anspornt.

Doch selbst jetzt noch hielt ich an mich und blieb still. Ich atmete kaum. Reglos verharrte ich mit der Laterne. Ich versuchte, wie ruhig ich den Strahl auf das Auge gerichtet halten konnte. Unterdessen wuchs das höllische Getrommel des Herzens immer mehr. Schneller, immer schneller ward es mit jedem Augenblick und lauter und immer lauter. Der alte Mann *muß* panische Angst gehabt haben. Lauter, wie gesagt, pochte es, lauter mit jedem Augenblick! – hören Sie mir auch gut zu? Ich habe Ihnen doch gesagt, daß meine Nerven reizbar sind: o ja. Und hier nun, mitten in der Nacht, in der schrecklichen Stille dieses alten

Hauses, erregte mich dies sonderbare Geräusch bis zu unbändigem Entsetzen. Doch noch einige weitere Minuten hielt ich an mich und stand still. Aber das Pochen ward lauter, lauter! Ich meinte, dies Herz müsse zerspringen. Und da packte mich eine neue Sorge – ein Nachbar könne dies Pochen hören! Für den alten Mann war die Stunde gekommen. Mit gellendem Gebrüll riß ich die Laterne vollends auf und sprang ins Zimmer. Er schrie auf, einmal, ein einziges Mal nur. Im Augenblick hatte ich ihn auf den Fußboden gezerrt und das dicke Bett über ihn gezogen. Darauf lächelte ich froh, war doch die Tat soweit vollbracht. Doch minutenlang noch schlug das Herz weiter mit gedämpftem Pochlaut. Das störte mich aber nicht; durch die Wand hindurch wäre das nicht zu hören. Endlich verstummte es. Der alte Mann war tot. Ich nahm das Bett fort und musterte prüfend den Leichnam. Ja, er war tot, mausetot. Ich legte meine Hand auf sein Herz und ließ sie eine ganze Weile dort liegen. Da war kein Klopfen mehr. Es schlug nicht mehr. Er war mausetot. Sein Blick würde mich nimmermehr quälen.

Wenn Sie noch immer denken sollten, ich sei verrückt, dann werden Sie aber jetzt Ihre Meinung ändern, wenn ich Ihnen nun berichte, welche kluge Vorkehrungen ich ergriff, die Leiche zu verbergen. Die Nacht schwand dahin, und ich arbeitete hastig, doch in aller Stille. Zuallererst zerstückelte ich den Leichnam. Ich trennte den Kopf ab sowie die Arme und Beine.

Darauf hob ich drei Dielen vom Fußboden der Kammer auf und verstaute alles zwischen den Verbandstücken. Dann schob ich die Bretter wieder so geschickt, so kunstgerecht an ihren Platz zurück, daß keines Menschen Auge – nicht einmal *seines* – etwas Unrechtes daran hätte erkennen können. Da war nichts wegzuwaschen – kein Fleck irgendwelcher Art – keinerlei Blutspur. Dazu war ich zu umsichtig vorgegangen. Ein Bottich hatte alles aufgenommen – ha! ha!

Als ich diese Arbeiten vollbracht hatte, war es vier Uhr – und noch immer finster wie zur Mitternacht. Als die

Uhr die Stunde schlug, klopfte es an der Haustür. Leichten Herzens ging ich hinunter, sie zu öffnen – denn was hatte ich *nun* noch zu fürchten? Herein traten drei Männer, die sich mit vollendeter Höflichkeit als Polizeibeamte vorstellten. Ein Schrei sei in der Nacht von einem Nachbarn gehört worden; Verdacht auf verbrecherisches Tun sei geweckt; Anzeige sei erstattet worden auf der Polizeiwache und sie (die Beamten) wären nun entsandt, das Anwesen zu durchsuchen.

Ich lächelte – denn *was* hatte ich zu fürchten? Ich hieß die Herren willkommen. Geschrien, so sagte ich, habe in einem Traume ich selber. Der alte Mann, meldete ich ferner, weile auf dem Lande. Ich führte meine Besucher durch das ganze Haus. Ich bat sie, doch zu suchen – *gründlich* zu suchen. Ich geleitete sie schließlich zu *seiner* Kammer. Ich zeigte ihnen seine Schätze, sicher verwahrt, unangetastet. Im Überschwang meines Selbstvertrauens brachte ich Stühle ins Zimmer und forderte sie auf, doch *hier* von ihrer Mühsal auszuruhen, indes ich selber im tollkühnen Übermut meines vollkommenen Triumphes meinen eigenen Stuhl genau auf die Stelle rückte, darunter die Leiche des Opfers ruhte.

Die Polizisten waren zufrieden. Mein *Auftreten* hatte sie überzeugt. Ich fühlte mich außerordentlich wohl, gänzlich unbefangen. Sie setzten sich, und dieweil ich munter Antwort gab, plauderten sie von gewöhnlichen Dingen. Doch alsbald spürte ich, wie ich bleich ward, und wünschte sie fort. Der Kopf schmerzte mir, und in den Ohren vermeinte ich ein Klingen zu hören: doch noch immer saßen sie da, noch immer schwatzten sie. Das Klingen ward deutlicher: – es dauerte an und ward immer deutlicher: ich redete ungezwungener daher, um das Gefühl loszuwerden: doch es dauerte an und gewann an Bestimmtheit – bis ich schließlich merkte, daß es *gar nicht* meine Ohren waren, die da klangen.

Zweifellos ward ich nun *sehr* bleich – doch fließender redete ich dahin und mit lauterer Stimme. Doch das Geräusch schwoll an – und was konnte ich nur tun? Es war *ein leiser, dumpfer, behender Laut – ganz so wie eine Uhr klingt, wenn man sie in Watte wickelt.* Ich rang nach Atem – und doch hörten es die Polizisten nicht. Ich redete schneller – leidenschaftlicher; doch das Geräusch schwoll immer weiter an. Ich erhob mich und debattierte um Nichtigkeiten, in höchsten Tönen und mit heftigen Gebärden; doch das Geräusch ward immer lauter. Warum nur *wollten* sie nicht gehen? Mit schweren Schritten ging ich auf und ab, wie wenn die Bemerkungen der Männer mich wütend aufgebracht – doch das Geräusch ward immer lauter. O Gott! was *konnte* ich nur tun? Ich schäumte – ich tobte – ich fluchte! Ich ergriff mit Schwung den Stuhl, auf welchem ich gesessen hatte, und kratzte damit auf den Dielen herum, doch das Geräusch übertönte alles und schwoll beständig an. Es ward lauter – lauter – immer *lauter!* Und noch immer plauderten die Männer munter daher und lächelten. War es denn möglich, daß sie nichts hörten? Allmächtiger Gott! – nein, nein! Sie hörten es wohl! – sie hegten schon Verdacht! – sie *wußten!* – sie machten sich nur lustig über mein Entsetzen! – so dachte ich damals, und so denke ich noch jetzt. Doch alles, nur nicht diese Pein. Alles ertragen, nur nicht diesen Hohn. Ich hielt dies scheinheilige Lächeln nicht mehr aus! Ich spürte, ich müsse schreien oder sterben! – und da – wieder! – horch! lauter! lauter! lauter! *lauter!* –

»Ihr Schurken!« schrie ich, »genug eurer Heuchelei! Ich gestehe die Tat! – reißt die Dielen auf! – hier, hier! – sein gräßliches Herz, es schlägt!«

DER GOLDKÄFER

> Heda! Holla! Der Kerl tanzt ja wie toll!
> Er ist wohl von der Tarantel gestochen.
> ›Alle im Unrecht‹

Vor vielen Jahren schloß ich enge Freundschaft mit einem Mr. William Legrand. Er stammte aus einer alten Hugenottenfamilie und hatte einst Wohlstand gekannt; doch durch eine Reihe von Mißgeschicken war er in Armut geraten. Um der Demütigung, welche seinen Verhängnissen folgte, zu entgehen, verließ er New Orleans, die Stadt seiner Väter, und ließ sich auf Sullivan's Island nieder, nahe Charleston, Süd-Carolina.

Dieses Eiland ist gar einzig in seiner Art. Es besteht aus wenig mehr denn Meeressand und erstreckt sich über rund drei Meilen Länge. Seine Breite geht an keiner Stelle über eine Viertelmeile hinaus. Vom Festlande trennt es ein kaum wahrnehmbarer Bach, der durch eine Wildnis von Schilf und Schlamm dahinsickert, ein Lieblingsaufenthalt des Sumpfhuhns. Die Vegetation ist, wie man sich denken kann, spärlich oder zumindest nur zwergenhaft. Keinerlei Bäume, nur irgend hochgewachsen, sind zu sehen. Am westlichen Ende, wo Fort Moultrie steht und wo es ein paar elende Holzhäuser gibt, während des Sommers bewohnt von Leuten, welche vor Charlestons Staub und Fieber geflohen, mag man zwar die stachlige Zwergpalme antreffen; sonst aber ist die ganze Insel, mit Ausnahme dieser westlichen Spitze und eines Streifens harten, weißen Strandes an der Seeküste, mit dichtem Unterwuchs von jener süßduftenden Myrte bedeckt, welche bei den Gartenbaukünstlern Englands so überaus geschätzt wird. Der Strauch erreicht hier oftmals eine Höhe von fünfzehn oder zwanzig Fuß und bildet ein fast undurchdringliches Dickicht, dessen Wohlgeruch schwer in der Luft lastet.

In der tiefsten Abgeschiedenheit dieses Dickichts, nicht weit von dem östlichen oder entfernteren Ende der Insel, hatte sich Legrand eine kleine Hütte gebaut, welche er bewohnte, als ich rein zufällig seine Bekanntschaft machte. Diese reifte bald zur Freundschaft – denn der Einsiedler hatte vieles an sich, das Interesse und Hochachtung erwekken mochte. Ich fand ihn wohlgebildet und von ungewöhnlichen Geistesgaben, doch vergiftet von Misanthropie und launischen Stimmungsumschwüngen unterworfen, welche zwischen Begeisterung und Schwermut wechselten. Er hatte viele Bücher bei sich, doch schlug er sie nur selten auf. Seinen hauptsächlichen Zeitvertreib bildeten Jagen und Fischen oder auch gemächliche Spaziergänge, bei denen er am Strand und durch die Myrten dahinschlenderte, auf der Suche nach Muscheln oder entomologischen Exemplaren – um seine Sammlung der letzteren hätte ihn wohl selbst ein Swammerdamm beneidet. Auf diesen Ausflügen begleitete ihn gewöhnlich ein alter Neger namens Jupiter, der zwar freigelassen worden war, noch ehe die Familie ins Unglück geriet, den aber weder Drohungen noch Versprechungen zu bewegen vermochten, das aufzugeben, was er für sein Recht ansah, seinem jungen ›Massa Will‹ auf Schritt und Tritt zu folgen. Es ist nicht unwahrscheinlich, daß Legrands Angehörige, welche ihn für einigermaßen wirr im Kopfe hielten, es verstanden hatten, Jupiter diese Halsstarrigkeit eigens einzuflößen, damit er den unsteten Gesellen unter Aufsicht und Obhut nähme.

Auf der Breite von Sullivan's Island sind die Winter selten sehr streng, und im Herbst des Jahres ist es schon ein recht ungewöhnliches Ereignis, wenn einmal ein Feuer notwendig wird. Um die Mitte des Oktobers 18 – – kam jedoch ein bemerkenswert kalter Tag. Kurz vor Sonnenuntergang bahnte ich mir einen Weg durch das immergrüne Gestrüpp zur Hütte meines Freundes, den ich schon mehrere Wochen lang nicht besucht hatte – wohnte ich doch zu der Zeit in Charleston, neun Meilen von der Insel entfernt, und die Möglichkeiten der Hin- und Rückreise standen hinter den heutigen weit zurück. Als ich die Hütte erreicht hatte, klopfte ich an, wie es meine Gewohnheit war, suchte, da ich keine Antwort erhielt, nach dem Schlüssel, dessen Versteck ich kannte, öffnete die Tür und trat ein. Ein treffliches Feuer brannte auf der Herdstatt. Das war eine Überraschung, doch keineswegs eine unangenehme. Ich warf den Überrock ab, rückte mir einen Lehnstuhl vor die knisternden Holzscheite und wartete geduldig, daß meine Gastgeber heimkehrten.

Bald nach Einbruch der Dunkelheit kamen sie und hießen mich aufs herzlichste willkommen. Jupiter, der von einem Ohr zum andern grinste, hantierte geschäftig, ein paar Sumpfhühner zum Abendessen zu bereiten. Legrand hatte einen seiner Anfälle – wie soll ich es sonst nennen? – von schwärmerischer Begeisterung. Er hatte nämlich eine unbekannte zweischalige Muschel gefunden, die eine ganz neue Gattung darstellte, und überdies mit Jupiters Hilfe einen Skarabäus gejagt und auch gefangen, der seines Wissens überhaupt noch nicht bekannt war, bezüglich dessen er aber am andern Morgen meine Meinung hören wollte.

»Und warum nicht heute abend?« fragte ich, indes ich mir die Hände über dem Feuer rieb und die ganze *tribus* der Skarabäen zum Teufel wünschte.

»Ach, wenn ich doch nur gewußt hätte, daß Sie hier waren!« sagte Legrand, »aber es ist so lange her, daß ich Sie gesehen habe; und wie hätte ich ahnen können, daß Sie mich ausgerechnet heute abend besuchen kämen? Auf dem Heimweg habe ich nämlich Lieutenant G – – vom Fort getroffen und ihm dummerweise den Käfer geliehen; so können Sie ihn also unmöglich vor morgen sehen. Bleiben Sie doch die Nacht über hier, und gleich bei Sonnenaufgang soll Jup ihn holen. So etwas Entzückendes gibt es in der ganzen Schöpfung nicht noch einmal!«

»Was? – den Sonnenaufgang?«

»Unsinn! nein – den Käfer. Er hat die Farbe von leuchtendem Gold – ist etwa so groß wie eine dicke Hickorynuß – und hat zwei pechschwarze Flecken am einen Ende des Rückens und einen weiteren, etwas längeren, am andern. Die *Antennen* sind –«

»Da is *kein* Tinn nich drin, Massa Will, sach ich Ihn doch andauernd«, unterbrach ihn hier Jupiter, »das is 'n Goldkäfer, massiv, durch un' durch, in- un' auswendich, bloß de Flügel nich – hab im Leem noch nie nich 'nen Käfer gesehn, der halb so schwer war.«

»Nun, mag schon sein, Jup«, erwiderte Legrand, ein bißchen ernster, wie mir schien, als der Fall erforderte, »aber ist denn das gleich ein Grund, daß du deswegen die Hühner da anbrennen läßt? Die Färbung« – hier wandte er sich mir zu – »ist wirklich fast dazu angetan, Jupiters Ansicht zu rechtfertigen. Einen glänzenderen metallischen Schimmer, als er von den Schuppen ausgeht, haben Sie noch nie gesehen – doch darüber können Sie erst morgen urteilen. Inzwischen kann ich Ihnen eine ungefähre Vorstellung von seiner Gestalt geben.« Mit diesen Worten setzte er sich an einen kleinen Tisch, auf welchem sich zwar Feder und Tinte befanden, doch kein Papier. Selbiges suchte er nun in einem Schubfach, fand aber keins.

»Macht nichts«, sagte er schließlich, »das hier tut es auch«; und damit zog er aus seiner Westentasche einen Fetzen hervor, der mir wie sehr schmutziges Propatriapapier dünkte, und skizzierte mit der Feder eine flüchtige Zeichnung darauf. Dieweil er dies tat, blieb ich auf meinem Platz am Feuer, denn mich fröstelte noch immer. Als die Skizze fertig war, reichte er sie mir herüber, ohne dabei aufzustehen. Wie ich sie entgegennahm, war lautes Knurren zu vernehmen, dem ein Kratzen an der Tür folgte. Jupiter öffnete diese, und ein großer Neufundländer, der Legrand gehörte, stürmte herein, sprang an mir hoch und überhäufte mich mit Liebkosungen; denn ich hatte ihm bei früheren Besuchen viel Aufmerksamkeit bezeigt. Als seine Freudensprünge vorüber waren, sah ich mir das Papier an und war, um die Wahrheit zu sagen, nicht wenig bestürzt über das, was mein Freund da zu Papier gebracht hatte.

»Je nun!« sagte ich, nachdem mein Blick einige Minuten lang darauf verweilt, »dies ist mir ein gar sonderbarer Skarabäus, muß ich gestehen: mir gänzlich neu: dergleichen habe ich noch nie gesehen – es sei denn, es wäre ein Schädel oder ein Totenkopf – solchem gleicht er mehr denn allem sonst, was *mir* je vor Augen gekommen ist.«

»Ein Totenkopf!« wiederholte Legrand – »Oh – ja – hm, auf dem Papier hat er zweifellos ein wenig davon an sich. Die beiden oberen schwarzen Flecke sehen wie Augen aus, wie? Und der längere da unten wie ein Mund – und dazu ist die Form des Ganzen noch oval.«

»Vielleicht«, sagte ich; »aber, Legrand, ich fürchte, Sie sind kein großer Künstler. Ich muß schon warten, bis ich den Käfer selber sehe, wenn ich mir ein Bild von seinem Aussehen machen soll.«

»Nun ja, ich weiß nicht recht«, sagte er ein wenig verdrießlich, »ich zeichne doch wohl ganz leidlich – *sollte* es wenigstens – denn ich hatte gute Lehrer und schmeichle mir, nicht ganz auf den Kopf gefallen zu sein.«

»Aber, mein Lieber, dann ist es Ihnen wohl um einen Scherz zu tun«, sagte ich, »das hier ist ein ganz passabler *Schädel* – ja, ich darf sagen, das ist ein ganz *vortrefflicher Schädel*, nach den landläufigen Vorstellungen zu urteilen, die man von solchen physiologischen Dingen hat – und Ihr *Skarabäus* muß der absonderlichste *Käfer* auf der ganzen Welt sein, wenn er dem hier ähnlich sieht. Je nun, auf diesen Fingerzeig hin mögen wir gar einen höchst schaurigen Aberglauben heraufbeschwören. Ich nehme an, Sie werden den Käfer *scarabaeus caput hominis* oder so ähnlich nennen – in den Naturgeschichten gibt es ja viele derartige Namen. Doch wo sind denn hier die *Antennen*, von denen Sie sprachen?«

»*Die Antennen!*« sagte Legrand, der sich bei dem Gegenstande merkwürdig zu erregen schien; »Sie müssen die *Antennen* doch gewißlich sehen. Ich habe sie so deutlich gezeichnet, wie sie's an dem Insekte selber sind, und denke doch, das sollte genügen.«

»Schon gut, schon gut«, sagte ich, »das mag ja sein – trotzdem kann ich sie nicht erkennen«; und ich gab ihm ohne weitere Bemerkung das Papier zurück, wollte ich ihm doch auf keinen Fall die gute Laune verderben; doch erstaunte mich nicht wenig die Wendung, welche die Sache genommen; seine Verstimmung wollte mich recht rätselhaft bedünken – und was die Zeichnung des Käfers betraf, so waren darauf ganz bestimmt *keine Antennen* ersichtlich, und das Ganze wies nun einmal eine überaus frappierende Ähnlichkeit mit dem gewöhnlichen Aussehen eines Totenkopfes auf.

Er nahm das Papier überaus mürrisch entgegen und stand schon im Begriffe, es zusammenzuknüllen, offenbar um es ins Feuer zu werfen, als ein zufälliger Blick auf die Zeichnung urplötzlich seine Aufmerksamkeit zu fesseln schien. Im Augenblick überzog eine heftige Röte sein Gesicht – im nächsten ward er leichenblaß. Darauf musterte er einige Minuten lang die Zeichnung sehr eingehend, und zwar an seinem Platze. Endlich stand er auf, nahm eine Kerze vom Tische und begab sich in die hinterste Ecke des Raumes, wo er sich auf einer Seemannskiste niederließ. Hier unterzog er das Papier abermals eifrig einer Prüfung, wobei er es nach allen Seiten wendete. Er sprach jedoch kein Wort, und sein Verhalten erstaunte mich ungemein; doch hielt ich es für das klügste, seine wachsende Verstimmung nicht durch irgendeine Bemerkung noch zu verschlimmern. Alsbald zog er aus seinem Rock eine Geldtasche, legte das Papier sorgsam hinein und tat beides in ein Schreibpult, welches er verschloß. Nun ward er wieder gefaßter in seinem Auftreten; seine ursprüngliche schwärmerische Begeisterung war freilich gänzlich geschwunden. Doch wirkte er nicht so sehr verdrießlich als zerstreut. Wie der Abend langsam dahinging, versank er mehr und mehr in Träumerei, aus der ihn kein noch so witziger Einfall meinerseits aufzurütteln vermochte. Es war eigentlich meine Absicht gewesen, die Nacht in der Hütte zu verbringen, wie ich es schon häufig zuvor getan hatte, doch da ich meinen Gastgeber in dieser Stimmung sah, hielt ich es für tunlich, mich zu verabschieden. Er drängte mich auch gar nicht zu bleiben, doch als ich ging, schüttelte er mir sogar noch herzlicher als sonst die Hand.

Es war wohl einen Monat danach (und während dieser Zeit hatte ich nichts von Legrand zu sehen bekommen), daß ich in Charleston den Besuch seines Dieners Jupiter empfing. Noch nie hatte ich den guten alten Neger so niedergeschlagen gesehen, und ich fürchtete schon, meinem Freunde sei ein ernstliches Unglück zugestoßen.

»Nun, Jup«, sagte ich, »was gibt's? – wie geht es deinem Herrn?«

»Hm, ehrlich gesacht, Massa, ihm tut's gar nich so wohl gehn, wie's ihm sollte.«

»Nicht wohl! Es tut mir aufrichtig leid, das zu hören. Worüber klagt er denn?«

»E-m! das isses ja! – tut nie nich klagen auf was – is aber gant serr krank.«

»*Sehr* krank, Jupiter! – warum hast du das nicht gleich gesagt? Muß er das Bett hüten?«

»Nee, das nich! – gar nich was hüten – das isses ja, wo de Schuh drücken tut – ich mach mir gant serr Sorgen um arme Massa Will.«

»Jupiter, ich wollte, ich würde verstehen, wovon du sprichst. Du sagst, dein Herr sei krank. Hat er dir denn nicht gesagt, was ihm fehlt?«

»No, Massa, müssn dadrum nich gleich krumm nehm' – Massa Will sacht, fehlen tut-m gar nix – aber warum tut er dann mit so 'nem Gesich' rumgehn, Kopp lässer häng' un' de Schuldern hoch, un' is weiß wie 'n Gespenst? Un' dann de Siffern, die er immer mach' –«

»Was macht er, Jupiter?«

»Siffern mit de Figgurn auf de Schiefertafel – de komischsten Figgurn, die 'ch je gesehn hab. Ich kriech's langsam mit de Angs', sach ich Ihn. Muß mächtich aufpassn auf 'm heutertachs. Neulich isser mir aus'rissn, noch eh' de Sonne rauf, un' war de ganten lieben Tach fort. 'ch hatt mir 'nen großen Stock gemach', um ihm 'ne tüchtich' Tracht zu verpassn, wenn er heimkommen tät – aber 'ch bin so 'n dumme Kerl, hab's nich können übers Hert bringn – de Massa sah so erbärmlich aus.«

»Äh? – was? – ach so! – Im ganzen denke ich, du solltest lieber nicht zu streng mit dem armen Kerl sein – schlag ihn nur nicht, Jupiter – das verträgt er nämlich nicht besonders gut – aber hast du denn gar keine Ahnung, was diese Krankheit hervorgerufen haben kann oder vielmehr sein verändertes Betragen? Ist irgend etwas Unangenehmes vorgefallen, seit ich bei euch war?«

»Nee, Massa, *seitdem* is garr nix Un-genehm's passiert – *davor*, fürcht ich – 's war grad an dem Tach, wo Sie da warn.«

»Wie? Was meinst du damit?«

»Na, Massa, ich mein' de Käfer da – das isses.«

»Den was?«

»De Käfer – 'ch bin gant sicher, daß Massa Will is 'biss'n wor'n von de Goldkäfer da ir'ndwo inne Kopp.«

»Und welche Ursache hast du, Jupiter, für eine derartige Annahme?«

»Sach' genuch, Massa, Mund un' Klaun. Ich hab nie nich so 'n verd – – – n Käfer gesehn – der beiß' doch alles, was 'm nahe komm'. Massa Will hat 'n zuers' gefangn, aber hat 'n mächtich gleich wieder loslassn müssn, sach ich Ihn – un' da musser gebissn wor'n sin. Selber, mir hat dem Käfer sein Maul überhaup' nich gefalln, ich hätt 'n nie nich mit meine Finger angefaßt, aber 'ch hab 'n mit 'm Stück Papier gefangn, das 'ch gefundn hab. Wickel 'n rein inne Papier und stopp 'm Stück davon inne Mund – so hab ich's gemach'.«

»Und du denkst also, daß dein Herr wirklich von dem Käfer gebissen worden ist und daß der Biß ihn krank gemacht hat?«

»Ich denk da gar nie nich – 'ch weiß das. Warum tut er denn nu soviel vonne Gold träum', wenn nich darum, weil de Goldkäfer 'n'bissen hat? Hab schon früher davon gehört, so isses mit 'n Goldkäfern.«

»Aber woher willst du denn wissen, daß er von Gold träumt?«

»Woher 'ch das weiß? na, weil er im Schlaf davon redet – darum tu ich's wissen.«

»Nun, Jup, vielleicht hast du recht, doch welchem glücklichen Umstand verdanke ich denn die Ehre deines heutigen Besuches?«

»Äh – was is, Massa?«

»Bringst du mir irgendeine Botschaft von Mr. Legrand?«

»Nee, Massa, 'ch bring bloß de Pistel hier«; und damit überreichte mir Jupiter ein Billett, welches folgendermaßen lautete:

>MEIN LIEBER ...!

Warum haben Sie sich so lange nicht sehen lassen? Sie sind doch hoffentlich nicht so töricht gewesen, irgendeine kleine *brusquerie* meinerseits übelzunehmen? Doch nein, das ist ausgeschlossen.

Seit Sie hier waren, habe ich allerlei Ursache zur Sorge. Ich muß Ihnen etwas erzählen, weiß jedoch kaum, wie ich's anfangen soll oder ob ich es überhaupt erzählen soll.

Mir ist es in den letzten Tagen nicht sonderlich gut gegangen, und der arme alte Jup plagt mich fast bis zur Unerträglichkeit mit seiner gutgemeinten Fürsorge. Ob Sie's wohl glauben? – hatte er sich neulich doch mit einem riesigen Stock versehen, um mich zu züchtigen, weil ich ihm entwischt war und den ganzen Tag *solo* in den Hügeln auf dem Festland verbracht habe. Ich glaube wahrhaftig, nur mein schlechtes Aussehen hat mich vor einer Tracht Prügel bewahrt.

Seit Ihrem Besuch habe ich meiner Sammlung nichts Neues mehr hinzugefügt.

Wenn Sie nur irgend können, kommen Sie doch mit Jupiter herüber. Bitte kommen Sie! Ich möchte Sie noch *heute abend* sehen, es geht um eine wichtige Angelegenheit. Ich versichere Ihnen, die Sache ist von höchster Wichtigkeit.

Immer der Ihrige

WILLIAM LEGRAND<

Es lag etwas im Tone dieses Briefes, das mich zutiefst beunruhigte. Der ganze Stil klang so ganz und gar nicht wie Legrand. Wovon mochte er nur träumen? Von welcher neuen Grille war sein so erregbares Hirn besessen? Welche >Sache von höchster Wichtigkeit< konnte denn *er* schon zu erledigen haben? Was Jupiter von ihm berichtet hatte, ließ nichts Gutes ahnen. Ich fürchtete, daß der anhaltende Druck des Unglücks den Verstand meines Freundes schließlich doch gänzlich zerrüttet habe. Ohne auch nur einen Augenblick zu zögern, machte ich mich darum bereit, den Neger zu begleiten.

Am Ufer angekommen, bemerkte ich auf dem Boden des Bootes, in dem wir uns einschiffen sollten, eine Sense und drei Spaten, alle offenbar ganz neu.

»Was hat das alles zu bedeuten, Jup?« fragte ich.

»Is Sense, Massa, un' Spaten.«

»Ja, freilich; doch was machen die hier?«

»Is Sense un' Spaten, die 'ch unbeding' für Massa Will hab müssn kaufen inne Stadt un' wo 'ch den Deibel hab massich Geld für tahlen müssen.«

»Aber was, im Namen alles Geheimnisvollen, will dein ›Massa Will‹ denn mit Sense und Spaten anfangen?«

»Das is mehr, als *ich* weiß, un' de Deibel soll mich holen, wenn's nich auch mehr is, als er selber weiß. Aber is alles von wegen de Käfer da.«

Da ich fand, daß von Jupiter, dessen ganzer Verstand offenbar von ›de Käfer da‹ in Anspruch genommen war, mir keine Gewißheit ward, stieg ich nun ins Boot und segelte ab. Bei einer schönen frischen Brise liefen wir bald in die kleine Bucht nördlich von Fort Moultrie ein, und ein Fußmarsch von zwei Meilen brachte uns zur Hütte. Es war gegen drei am Nachmittag, als wir ankamen. Legrand hatte uns schon mit großer Ungeduld erwartet. Er ergriff meine Hand mit einem nervösen *empressement*, der mich erschreckte und in meinem bereits gefaßten Verdacht bestärkte. Seine Miene war geradezu gespenstisch bleich, und die tiefliegenden Augen funkelten in unnatürlichem Glanze. Nach einigen Erkundigungen bezüglich seines Befindens fragte ich, da mir nichts Besseres einfiel, ob er den Skarabäus von Lieutenant G – – schon zurückbekommen habe.

»O ja«, antwortete er, indem er heftig errötete, »ich habe ihn gleich am nächsten Morgen von ihm wiederbekommen. Nichts vermöchte mich je von diesem Skarabäus zu trennen. Wissen Sie, daß Jupiter völlig recht damit hat?«

»Womit?« fragte ich, eine trübe Vorahnung im Herzen.

»Mit seiner Vermutung, es sei ein Käfer aus *echtem Gold*.« So sprach er mit tiefernster Miene, und ich verspürte unsägliche Betroffenheit.

»Dieser Käfer soll mein Glück machen«, fuhr er mit triumphierendem Lächeln fort, »er soll mir wieder zu meinen Familienbesitztümern verhelfen. Kann es also wundernehmen, daß ich ihn so hochschätze? Da es Fortuna gefallen hat, ihn mir zum Geschenk zu machen, muß ich mich seiner nur noch entsprechend bedienen, und ich werde zu dem Golde kommen, dessen Wegweiser er ist. Jupiter, bring mir den Skarabäus!«

»Was! de Käfer da, Massa? Ich will de Käfer da lieber nich stör'n – den müssense sich selber hol'n.« Hierauf erhob sich Legrand mit ernster, würdevoller Miene und brachte mir den Käfer aus einem Glasbehälter, darin er eingeschlossen war. Es war ein prächtiger Skarabäus und damals den Naturforschern noch unbekannt – in wissenschaftlicher Hinsicht natürlich also ein großer Glücksgewinn. Er hatte zwei runde, schwarze Flecke am einen Ende des Rückens und einen länglichen am anderen. Die Schuppen, überaus hart und glänzend, wirkten ganz und gar wie poliertes Gold. Das Insekt wog auffallend schwer, und wenn ich alle Dinge in Erwägung zog, so konnte ich Jupiter für seine Ansicht darüber kaum tadeln; was aber davon zu halten war, daß Legrand diese Meinung teilte, das wußte ich bei meinem Leben nicht zu sagen.

»Ich habe Sie holen lassen«, sagte er in pathetischem Tone, als ich die Untersuchung des Käfers beendet hatte, »ich habe Sie holen lassen, da ich Ihren Rat und Beistand mir erhoffe, wenn es gilt, den Zwecken förderlich zu sein, welche das Schicksal und der Käfer – «

»Mein lieber Legrand«, rief ich, ihn unterbrechend, »Sie fühlen sich gewiß nicht wohl, und Sie sollten sich vorsichtshalber einiger kleiner Maßregeln unterziehen. Sie sollten sich zu Bette legen, und ich bleibe ein paar Tage bei Ihnen, bis Sie es überstanden haben. Sie fiebern ja und – «

»Fühlen Sie mir den Puls«, sagte er.

Ich tat es und fand, ehrlich gesprochen, nicht das mindeste Anzeichen von Fieber.

»Aber Sie können krank sein, auch wenn Sie kein Fieber haben. Erlauben Sie mir dies eine Mal, Ihr Arzt zu sein. Zuerst einmal legen Sie sich ins Bett. Alsdann – «

»Sie irren sich«, fiel er mir ins Wort, »mir geht es so gut, wie ich es bei der Aufregung, unter der ich leide, nur erwarten kann. Wenn Sie mir wirklich wohlwollen, so werden Sie diese Aufregung lindern helfen.«

»Und wie soll das geschehen?«

»Sehr einfach. Jupiter und ich begeben uns auf eine Expedition in die Berge auf dem Festland, und bei dieser Expedition werden wir die Hilfe eines Menschen brauchen, auf den wir uns verlassen können. Sie sind der einzige, zu dem wir Vertrauen haben. Ob das Ganze zu gutem oder schlechtem Ende kommt, die Erregung, welche Sie jetzt an mir wahrnehmen, wird, so oder so, sich legen.«

»Ich möchte Ihnen nur zu gern in jeder erdenklichen Weise gefällig sein«, erwiderte ich; »doch wollen Sie etwa sagen, daß dieser infernalische Käfer irgend etwas mit Ihrer Expedition in die Berge zu tun hat?«

»Aber ja.«

»Dann, Legrand, kann ich bei einem so absurden Unternehmen nicht mit von der Partie sein.«

»Das bedaure ich, bedaure ich sehr – denn da müssen wir es allein versuchen.«

»Allein versuchen! Dieser Mann ist ganz gewiß verrückt! – doch halt! – wie lange gedenken Sie denn fortzubleiben?«

»Wahrscheinlich die ganze Nacht. Wir werden unverzüglich aufbrechen und auf jeden Fall bis Sonnenaufgang zurück sein.«

»Und wollen Sie mir bei Ihrer Ehre versprechen, daß Sie, sobald dieser Ihr kindischer Einfall vorüber ist und die Sache mit dem Käfer (du großer Gott!) zu Ihrer Zufriedenheit erledigt ist, dann nach Hause zurückkehren und meinem Rat unbedingt folgen werden, wie dem Ihres Arztes?«

»Ja; das verspreche ich; nun wollen wir aber aufbrechen, denn wir haben keine Zeit zu verlieren.«

Schweren Herzens begleitete ich meinen Freund. Wir gingen gegen vier Uhr los – Legrand, Jupiter, der Hund und ich. Jupiter hatte die Sense und die Spaten bei sich – er bestand darauf, alles allein zu tragen – mehr aus Angst, so schien mir, daß ja keines der Geräte in Reichweite seines Herrn sich befinde, denn aus übergroßem Fleiße oder Gefälligkeit. Sein Betragen war über die Maßen störrisch, und ›dieser verd – – – te Käfer‹ waren die einzigen Worte, welche während des ganzen Weges seinem Munde entschlüpften. Was mich selbst betraf, so war ich mit ein paar Blendlaternen beladen, indes Legrand sich mit dem Skarabäus begnügte, den er an das Ende von einem Stückchen Peitschenschnur gebunden hatte; und dieses wirbelte er beim Gehen mit der Miene eines Geisterbeschwörers hin und her. Als ich diesen letzten, klaren Beweis für die geistige Verwirrung meines Freundes bemerkte, vermochte ich kaum die Tränen zurückzuhalten. Ich hielt es jedoch für das beste, seiner Laune nachzugeben, zumindest im Augenblick, oder doch bis ich mit Aussicht auf Erfolg energischere Maßnahmen ergreifen könnte. Unterdessen bemühte ich mich, jedoch vergebens, ihn nach dem Ziel der Expedition auszuhorchen. Nachdem es ihm gelungen war, mich zur Teilnahme zu überreden, schien er nicht gewillt, sich auf ein Gespräch über irgendein Thema minderer Wichtigkeit einzulassen, und all meine Fragen würdigte er keiner anderen Antwort als: »Wir werden sehen!«

Mit Hilfe eines Skiffs überquerten wir die Bucht an der Spitze der Insel, und nachdem wir die Steilküste des Festlands erklommen hatten, gingen wir in nordwestlicher Richtung weiter, dahin durch einen ungeheuer wilden und wüsten Landstrich, wo keinerlei Spur eines menschlichen Fußes sich fand. Legrand schritt entschlossen voran; nur hier und da hielt er einen Augenblick lang inne, um sich an gewissen Wegzeichen, die er sich allem Anschein nach bei einer früheren Gelegenheit geschaffen, zu orientieren.

Auf diese Weise setzten wir unseren Weg etwa zwei

Stunden lang fort, und die Sonne wollte soeben untergehen, als wir in eine Gegend kamen, die noch unendlich viel öder war als alle, welche wir bis dahin gesehen hatten. Es war eine Art Tafelland nahe dem Gipfel eines fast unzugänglichen Berges, dicht bewaldet vom Fuß bis zur Spitze, dazwischen riesige Felsblöcke, die lose auf dem Boden zu liegen schienen und in vielen Fällen lediglich vom Halt der Bäume, an welche sie sich lehnten, daran gehindert wurden, in die Täler drunten hinabzustürzen. Tiefe Schluchten, in verschiedenen Richtungen, verliehen der Landschaft ein noch strengeres, ernsteres Gesicht.

Die natürliche Plattform, welche wir erklommen, war dicht mit Dornengestrüpp bewachsen, durch welches wir uns, so stellten wir bald fest, unmöglich ohne die Sense hätten einen Weg bahnen können; und auf Geheiß seines Herrn machte sich Jupiter also daran, für uns einen Pfad zum Fuße eines riesigen Tulpenbaumes freizulegen, welcher zusammen mit wohl acht oder zehn Eichen auf dem Plateau stand und sie sämtlich, wie auch alle anderen Bäume, die ich bis dahin je gesehen, durch die Schönheit von Laubwerk und Gestalt, durch die weite Ausbreitung seiner Zweige und durch die allgemeine Majestät seiner Erscheinung weit übertraf. Als wir diesen Baum erreicht hatten, wandte sich Legrand an Jupiter und fragte ihn, ob er glaube, da hinaufklettern zu können. Der alte Mann wirkte ein wenig betroffen ob dieser Frage, und eine Weile gab er keine Antwort. Schließlich trat er an den gewaltigen Stamm, schritt langsam um ihn herum und musterte ihn mit peinlicher Aufmerksamkeit. Als er mit seiner Untersuchung geendet, sagte er nur:

»Ja, Massa, Jup klettert auf jeden Baum, den er in sei'm Leben sieht.«

»Dann hinauf mit dir, so schnell wie möglich, denn bald wird es zu dunkel sein, um für unser Unternehmen noch genügend sehen zu können.«

»Wie weit muß ich rauf, Massa?« fragte Jupiter.

»Klettre zuerst den Hauptstamm hinauf, und dann

werde ich dir sagen, wie es weitergeht – doch halt! – hier – nimm den Käfer mit.«

»De Käfer da, Massa Will! – de Goldkäfer da!« schrie der Neger und wich entsetzt zurück – »zu was muß 'n de Käfer da mit auf 'n Baum 'nauf? – Verd – – – t will 'ch sein, wenn 'ch 's mach!«

»Wenn du Angst hast, Jup, so ein großer starker Neger wie du, einen harmlosen kleinen toten Käfer anzufassen, nun, dann kannst du ihn an dieser Schnur mit hinaufnehmen – doch wenn du ihn nicht auf irgendeine Weise mit hinaufnimmst, so sehe ich mich leider gezwungen, dir mit dieser Schaufel den Schädel einzuschlagen.«

»Was is 'n nu los, Massa?« sagte Jup, Scham ließ ihn offenbar einlenken, »immer wollense gleich so 'n Krach mit 'm alten Nigger anfangn. Hab doch bloß Spaß gemach'. *Ich* un' Angst vor de Käfer da! 'ch mach mir nix draus, is mir egal, de Käfer da!« Damit nahm er vorsichtig das äußerste Ende des Strickes in die Hand, und indem er sich das Insekt so weit vom Leibe hielt, wie die Umstände dies zulassen wollten, schickte er sich an, den Baum zu erklettern.

In seiner Jugend hat der Tulpenbaum oder *Liriodendron tulipiferum*, der prächtigste Baum der amerikanischen Wälder, einen ganz besonders glatten Stamm und wächst oft zu großer Höhe ohne Seitenäste; doch im reiferen Alter wird die Rinde knorrig und uneben, indessen viele kurze Äste an dem Stamme herauswachsen. So war denn im gegenwärtigen Falle die Besteigung gar nicht so schwierig, wie es aussah. Indem Jupiter also den riesigen Zylinder so fest wie möglich mit Armen und Knien umklammerte, mit den Händen einige Vorsprünge ergriff und mit den nackten Zehen auf anderen Halt suchte, wand er sich schließlich, nachdem er ein- oder zweimal nur knapp dem Sturze in die Tiefe entgangen, in die erste große Gabelung hinauf und schien das ganze Unterfangen damit im wesentlichen für vollbracht zu halten. Tatsächlich war das *Risiko* der Heldentat nun vorüber, wenngleich sich der Kletterer etwa sechzig oder siebzig Fuß hoch über dem Boden befand.

»Wie nu weiter, Massa Will?« fragte er.

»Halte dich an den größten Ast – den auf dieser Seite«, sagte Legrand. Der Neger gehorchte unverzüglich und offenbar mit nur geringer Mühe; höher, immer höher stieg er hinauf, bis durch das dichte Laubwerk, das ihn umhüllte, von seiner gedrungenen Gestalt nichts mehr zu sehen war. Bald darauf hörten wir seine Stimme herunterschreien.

»Wie weit 'nauf noch?«

»Wie hoch bist du denn?« fragte Legrand.

»Schon sooo weit«, erwiderte der Neger; »kann 'n Himmel sehn oom durch 'n Baum.«

»Der Himmel soll dich nicht kümmern, sondern paß auf, was ich sage. Schau am Stamm hinunter und zähle die Hauptäste unter dir auf dieser Seite. An wie vielen Ästen bist du schon vorbei?«

»Eins, twei, drei, vier, fümf – an fümf groß'n Ästen vorbei, Massa, hier hüben.«

»Dann klettre noch einen Ast höher hinauf.«

Nach wenigen Minuten ließ sich die Stimme wieder hören, die uns verkündete, daß der siebente Ast erreicht sei.

»Und jetzt, Jup«, rief Legrand, sichtlich sehr erregt, »jetzt möchte ich, daß du auf dem Ast entlangkletterst, so weit vor du nur irgend kannst. Wenn dir irgend etwas Sonderbares auffällt, sag mir Bescheid.«

Spätestens da schwand endgültig auch der letzte Zweifel, den ich an der Geistesgestörtheit meines armen Freundes noch gehegt haben mochte. Es blieb mir nichts weiter übrig, als zu dem Schlusse zu gelangen, daß er vom Wahnsinn befallen sei, und ernstlich sorgte ich mich nun, wie ich ihn wohl zur Heimkehr bewegen könne. Während ich noch darüber nachdachte, was wohl am besten zu tun sei, erscholl erneut Jupiters Stimme.

»Hab Angs, soo viel Angs, tu mich auf dem Ast hier nich serr weit vor trau'n – Ast is 'n gantes Stück morsch un' tot.«

»*Tot* hast du gesagt, der Ast ist *tot*, Jupiter?« schrie Legrand mit zitternder Stimme.

»Jawoll, Massa, is mausetot – res'los hinüber – da is kein Leem nich mehr drin.«

»Was um Himmels willen soll ich bloß tun?« fragte Legrand, anscheinend in größter Not.

»Tun!« sagte ich, froh über die Gelegenheit, ein Wort einwerfen zu können, »nun, kommen Sie mit nach Hause und gehen Sie zu Bett. Kommen Sie doch – seien Sie vernünftig. Es wird schon spät, und im übrigen, denken Sie daran, was Sie versprochen haben.«

»Jupiter«, schrie er, ohne mich auch nur im mindesten zu beachten, »hörst du mich?«

»Ja, Massa Will, tu Ihn' deutlich hör'n.«

»Dann prüfe das Holz einmal genau mit deinem Messer und sieh nach, ob du meinst, es sei *sehr* morsch.«

»Is morsch, Massa, bestimmt«, erwiderte der Neger wenige Augenblicke später, »aber doch nich so serr morsch, als wie 's sein gekonnt. Kann viellei' 'n Stückchen weiter auf 'm Ast, is wahr, ich alleine.«

»Du alleine! – was meinst du damit?«

»Na, ich mein de Käfer da. Is serr schwer, de Käfer da. Ich wer'n woll ers'mal runterfalln lassn, un' dann tut der Ast nich brechen, wenn bloß 's Gewicht von ein' Nigger drauf is.«

»Du infernalischer Schuft!« schrie Legrand, sichtlich erleichtert, »was kommst du mir mit solchem Unsinn? Wenn du den Käfer fallen läßt, brech ich dir das Genick, das schwör ich dir, Jupiter! Hörst du mich?«

»Ja, Massa, müssn arm Nigger nich gleich so anbrülln.«

»Na, schön! nun hör gut zu! – wenn du auf dem Ast da so weit vorrutschst, wie du es für sicher hältst, und dabei den Käfer nicht losläßt, schenke ich dir einen Silberdollar, sobald du wieder unten bist.«

»Bin schon, Massa Will – ja, wirklich«, erwiderte der Neger prompt, »bin fas' gan' draußen am Ende.«

»*Am Ende!*« Legrand kreischte nachgerade. »Willst du sagen, du bist am Ende des Astes?«

»Fas' am Ende, Massa – o-o-o-oh! Herrjemine! was is 'n das hier auf 'm Baum?«

»He!« schrie Legrand in höchstem Entzücken, »was ist da?«

»Ach, 's is nix als 'n Schädel – hat eins doch sein Kopp auf 'm Baum liegn lassn, un' de Krähn ha'm jed's bissel Fleisch davon runtergepickt.«

»Ein Schädel, sagst du! – sehr schön! – wie ist er am Ast befestigt? – Was hält ihn?«

»Gleich, Massa; muß ers' nachsehn. Na, das is ja 'ne serr komische Sach', wirklich – da is 'n großer dicker Nagel in dem Schädel da drin, der hält 'n fes' am Baum.«

»Also, Jupiter, jetzt tu genau, was ich dir sage – hörst du?«

»Ja, Massa.«

»Dann paß auf! – suche das linke Auge des Schädels.«

»Hum! Huh! das is gut! na, da is doch überhaup' kein Auge nich mehr da.«

»Du elender Dummkopf! weißt du, was rechts oder links ist?«

»Ja, weiß ich – un' ob ich's weiß – links is de Hand, wo 'ch holthacken tu.«

»Ganz recht! Du bist Linkshänder; und dein linkes Auge ist auf derselben Seite wie deine linke Hand. Nun, da kannst du doch, denke ich, das linke Auge im Schädel finden oder die Stelle, wo das linke Auge einmal gewesen ist. Hast du's?«

Hierauf gab es eine lange Pause. Endlich fragte der Neger:

»Is das linke Auge von dem Schädel da auch auf derselben Seite als de linke Hand von dem Schädel da? – weil der Schädel da nämlich überhaup' kein bissel Hand nich hat – aber is egal! Ich hab's linke Auge nu – hier isses linke Auge! was muß ich da nu mit machn?«

»Laß den Käfer hindurchfallen, soweit die Schnur reicht – aber sei vorsichtig und laß den Strick ja nicht los.«

»Is gemach', Massa Will; is ja nu kinderleichtich, de Käfer da durchs Loch zu stecken – guckn Se mal da unten!«

Während dieser Unterhaltung war von Jupiter selbst nichts zu sehen gewesen; doch der Käfer, welchen er herabgelassen hatte, ward jetzt am Ende der Schnur sichtbar und glitzerte wie eine Kugel aus glänzendem Golde in den letzten Strahlen der untergehenden Sonne, von welchen einige noch schwach die Anhöhe erhellten, auf der wir standen. Der Skarabäus hing gänzlich frei zwischen den Zweigen und wäre, hätte Jupiter ihn losgelassen, zu unseren Füßen niedergefallen. Sogleich ergriff Legrand die Sense und säuberte damit einen kreisrunden Platz von wohl drei oder vier Yards Durchmesser, genau unter dem Insekt, und als er damit fertig war, befahl er Jupiter, die Schnur loszulassen und von dem Baum herunterzukommen.

Nachdem mein Freund mit großer Sorgfalt genau an der Stelle, wo der Käfer heruntergefallen war, einen Pflock in den Boden geschlagen hatte, zog er nun aus seiner Tasche ein Bandmaß. Ein Ende davon befestigte er an jenem Punkte des Baumstammes, welcher dem Pflock am nächsten lag, rollte das Maß auf, bis es den Pflock erreichte, und rollte es von da in der Richtung, wie sie bereits von den beiden Polen, Baum und Pflock, festgelegt war, auf eine Länge von fünfzig Fuß weiter auf – während Jupiter das Dornengestrüpp mit der Sense abschlug. Auf dem so gewonnenen Flecken ward ein zweiter Pflock in den Boden getrieben und um diesen, als Zentrum, ein ungefährer Kreis von etwa vier Fuß Durchmesser beschrieben. Legrand ergriff nun selber einen Spaten, gab einen Jupiter und einen mir und bat uns, doch so schnell wir es vermochten, uns ans Graben zu machen.

Ehrlich gesagt, ich hatte noch niemals besonderen Geschmack an solcherart Zeitvertreib gefunden, und zumal in jenem Augenblick hätte ich am liebsten abgelehnt; denn es wollte schon Nacht werden, und ich fühlte mich von all der körperlichen Anstrengung, die ich schon geleistet hatte, doch recht erschöpft; aber ich sah keinen Weg, dem zu entgehen, und hatte Angst, durch eine Weigerung den Gleichmut meines armen Freundes noch mehr zu stören. Ja, wäre auf Jupiters Hilfe Verlaß gewesen, so hätte ich freilich nicht gezögert und den Versuch gewagt, den Wahnsinnigen mit Gewalt nach Hause zu schaffen; doch kannte ich die Gemütsart des alten Negers nur zu wohl, als daß ich hätte hoffen dürfen, er werde mir, unter welchen Umständen auch immer, in einer persönlichen Auseinandersetzung mit seinem Herrn beistehen. Ich zweifelte nicht daran, daß den letzteren eine der unzähligen, im Süden so verbreiteten abergläubischen Vorstellungen von einem vergrabenen Schatz befallen habe und daß seiner Phantasie durch den Fund des Skarabäus Bestätigung geworden, oder vielleicht gar durch die Hartnäckigkeit, mit welcher Jupiter behauptete, es sei ›ein Käfer aus echtem Gold‹. Ein Geist, der zum Wahnsinn neigt, ließe sich nur zu willig von solchen Einflüsterungen verleiten – noch dazu, wenn diese mit vorgefaßten Lieblingsideen übereinstimmten –, und dann rief ich mir auch ins Gedächtnis zurück, wie der arme Kerl von dem Käfer als dem ›Wegweiser zu seinem Glück‹ gesprochen hatte. Dies alles verdroß und verwirrte mich gar sehr, doch endlich beschloß ich, aus der Not eine Tugend zu machen – mit aller Kraft zu graben und somit den Träumer nur um so eher durch den Augenschein zu überzeugen, wie irrig seine Ansichten seien.

Nachdem die Laternen angezündet waren, gingen wir alle mit einem Eifer ans Werk, welcher einer vernünftigeren Sache würdig gewesen wäre; und als das Licht auf unsere Gestalten und die Gerätschaften fiel, mußte ich unwillkürlich denken, welch eine malerische Gruppe wir doch bildeten und wie seltsam und verdächtig unsere Arbeit doch einem Eindringling erscheinen mußte, den der Zufall zu uns verschlagen hätte.

Zwei Stunden lang gruben wir ohne Unterlaß. Gesprochen wurde dabei nur wenig; und am meisten störte uns das Gekläff des Hundes, welcher an unserem Tun außerordentlich regen Anteil nahm. Schließlich vollführte er einen solchen Lärm, daß wir zu fürchten begannen, es könnten irgendwelche Landstreicher in der Gegend aufmerksam werden – oder vielmehr war dies Legrands Sorge – ich meinerseits wäre über jede Unterbrechung froh gewesen, die es mir vielleicht möglich gemacht hätte, den rastlosen Phantasten heimzuschaffen. Schließlich bereitete Jupiter dem Krach recht wirksam ein Ende, da er mit einer Miene verbissener Entschlossenheit aus dem Loche stieg, dem

Tier mit einem seiner Hosenträger die Schnauze zuband und dann, unter tiefem Frohlocken, wieder an seine Arbeit zurückkehrte.

Als die erwähnte Zeit verstrichen war, hatten wir eine Tiefe von fünf Fuß erreicht, und doch zeigten sich noch keinerlei Anzeichen eines Schatzes. Darauf folgte eine allgemeine Pause, und ich begann schon zu hoffen, daß die Farce damit zu Ende sei. Legrand jedoch, wiewohl sichtlich verwirrt, wischte sich nachdenklich die Stirn und begann von neuem. Wir hatten den gesamten Kreis von vier Fuß Durchmesser ausgegraben und gingen nun daran, die Begrenzung ein wenig zu verbreitern und um noch zwei Fuß tiefer zu graben. Doch noch immer kam nichts zum Vorschein. Schließlich kletterte der Goldsucher, den ich aufrichtig bedauerte, aus der Grube, bitterste Enttäuschung in jedem Zuge seines Gesichts, und schickte sich langsam und widerwillig an, seinen Rock wieder anzuziehen, den er zu Beginn der Arbeit abgelegt hatte. Während der ganzen Zeit unterließ ich jedwede Bemerkung. Auf ein Zeichen seines Herrn begann Jupiter die Werkzeuge einzusammeln. Als das getan und der Hund von seinem Maulkorb befreit war, wandten wir uns in tiefem Schweigen heimwärts.

Wir hatten vielleicht ein Dutzend Schritte in dieser Richtung getan, als Legrand mit lautem Fluch auf Jupiter zutrat und ihn am Kragen packte. Der verblüffte Neger riß Mund und Augen auf, so weit er es nur vermochte, ließ die Spaten fallen und sank in die Knie.

»Du Schurke«, sagte Legrand, wobei er die Silben zwischen zusammengepreßten Zähnen hervorzischte – »du infernalischer schwarzer Halunke! – sprich, ich sage dir! – antworte mir auf der Stelle, ohne Ausflüchte! – welches – welches ist dein linkes Auge?«

»Oh, verflicks', Massa Will! Is das hier nich bestimm' mein linkes Auge?« brüllte der entsetzte Jupiter und legte die Hand auf sein *rechtes* Sehorgan, wo er sie mit verzweifelter Hartnäckigkeit liegenließ, wie wenn er fürchtete, sein Herr würde es ihm im nächsten Augenblick ausquetschen.

»Hab ich mir's doch gedacht! – Wußte ich's doch! – hurra!« schrie Legrand, ließ den Neger los und vollführte eine Reihe von Luftsprüngen und Drehungen, sehr zur Verblüffung seines Dieners, welcher sich von den Knien erhob und stumm von seinem Herrn zu mir und dann wieder von mir zu seinem Herrn blickte.

»Los! wir müssen zurück«, sagte der letztere, »das Spiel ist noch nicht verloren«; und abermals schritt er auf dem Weg zum Tulpenbaum voran.

»Jupiter«, sagte er, als wir den Fuß des Baumes erreichten, »komm her! – wie war der Schädel an den Ast genagelt, mit dem Gesicht nach außen oder dem Aste zu?«

»'s Gesich' war außen, Massa, so daß die Krähn gut ran konnten an de Augen, ohne weiteres.«

»Also schön, und durch welches Auge hast du dann den Käfer heruntergelassen, dies hier oder das da?« – hierbei berührte Legrand erst das eine, dann das andere von Jupiters Augen.

»'s war das Auge, Massa – das linke Auge – genau wie 's ham gesacht«, und da war es sein rechtes Auge, auf das der Neger zeigte.

»Das genügt – wir müssen es noch einmal versuchen.«

Damit versetzte mein Freund, an dessen Wahnsinn ich nun gewisse Anzeichen einer Methode erkannte oder zu erkennen meinte, den Pflock, welcher die Stelle markierte, wo der Käfer heruntergefallen war, an eine Stelle, die etwa drei Zoll westlich der früheren lag. Als er nun wie zuvor das Bandmaß vom nächsten Punkt des Stammes zu dem Pflock auszog und es dann in einer Geraden auf die Länge von fünfzig Fuß ausrollte, war eine Stelle bezeichnet, die um mehrere Yards von dem Punkte entfernt lag, an welchem wir gegraben hatten.

Um diese neue Position ward nun ein Kreis, etwas größer als vorher, beschrieben, und abermals gingen wir mit dem Spaten an die Arbeit. Ich war furchtbar müde, doch ohne daß ich so recht verstanden hätte, was meinen Sinneswandel bewirkt, verspürte ich gar keine große Abneigung mehr gegen die mir auferlegte Arbeitsmüh. Auf ganz unerklärliche Weise war in mir Interesse – nein, geradezu Begeisterung geweckt. Vielleicht lag da etwas in dem ganzen überspannten Gebaren Legrands – etwas wie Vorbedacht oder Überlegung, das mich beeindruckte. Ich grub voller Eifer, und hin und wieder ertappte ich mich dabei, wie ich doch tatsächlich – und das sah schon sehr wie Erwartung aus – nach dem vermeintlichen Schatze Ausschau hielt, dessen Vision meinem unglücklichen Gefährten den Geist verwirrt hatte. Zu einer Zeit nun, da solche Phantastereien ganz und gar von mir Besitz ergriffen hatten und da wir wohl schon anderthalb Stunden am Werke waren, unterbrach uns abermals das wütende Geheul des Hundes. Im ersten Falle war seine Unruhe offenbar nur einer Laune oder Verspieltheit entsprungen, jetzt aber schlug er einen bitteren und ernsten Ton an. Gegen Jupiters erneuten Versuch, ihm einen Maulkorb anzulegen, wehrte er sich wütend, sprang in das Loch hinab und wühlte wie wild mit den Pfoten die Erde auf. In wenigen Sekunden hatte er eine Menge menschlicher Gebeine aufgedeckt, die zwei vollständige Skelette bildeten, dazwischen lagen mehrere Metallknöpfe und etwas, das wie der Staub von verrottetem Wollstoff aussah. Ein oder zwei Spatenstiche förderten die Klinge eines großen spanischen Dolches zutage, und als wir weitergruben, kamen drei oder vier lose Gold- und Silbermünzen ans Licht.

Bei deren Anblick vermochte Jupiter seine Freude kaum noch zu zügeln, die Miene seines Herrn aber verriet maßlose Enttäuschung. Er drängte uns jedoch, unsere Bemühungen fortzusetzen, und kaum waren die Worte über seine Lippen, als ich strauchelte und vornüber fiel, weil ich mich mit der Stiefelspitze in einem großen Eisenring verfangen hatte, der halb im lockeren Erdreich begraben war.

Nun arbeiteten wir voller Eifer, und noch nie habe ich zehn aufregendere Minuten erlebt. In dieser Zeit hatten wir dann gänzlich eine längliche Holzkiste freigelegt, die, ihrer vollkommenen Erhaltung und wunderbaren Härte nach zu schließen, offensichtlich einem Mineralisierungsprozeß unterworfen gewesen – vielleicht durch das Bichlorid des Quecksilbers. Diese Kiste war dreieinhalb Fuß lang, drei Fuß breit und zweieinhalb Fuß tief. Sie war mit schmiedeeisernen Bändern fest gesichert, die, vernietet, das Ganze wie eine Art Gitterwerk umgaben. Auf beiden Seiten der Kiste, nahe dem Deckel, befanden sich drei Eisenringe – sechs insgesamt –, daran sechs Personen gut anfassen konnten. Unsere vereinten, aufs äußerste angespannten Anstrengungen erreichten lediglich, die Truhe um ein weniges nur aus ihrer Lage zu verrücken. Wir erkannten sogleich die Unmöglichkeit, eine so große Last wegzuschaffen. Zum Glück bestand der einzige Verschluß des Deckels aus zwei Gleitriegeln. Diese zogen wir zurück – zitternd und keuchend vor Verlangen. Im nächsten Augenblick lag ein Schatz von unschätzbarem Werte gleißend vor uns. Als die Strahlen der Laternen in das Loch fielen, blitzte aus einem wirren Haufen von Gold und Juwelen eine Glitzerglut herauf, die unsere Augen vollkommen blendete.

Ich maße mir nicht an, die Gefühle beschreiben zu wollen, mit denen ich darauf starrte. Äußerstes Erstaunen herrschte natürlich vor. Legrand wirkte vor Erregung ganz erschöpft und sprach kaum. Jupiters Miene verfärbte sich minutenlang zu so tödlicher Blässe, wie sie nach der Natur der Dinge ein Negergesicht nur anzunehmen vermag. Er schien benommen – wie vom Donner gerührt. Bald darauf fiel er in dem Loche auf die Knie, vergrub seine nackten Arme bis zu den Ellenbogen in Gold und ließ sie darin, ganz als genieße er den Luxus eines Bades. Endlich rief er mit einem tiefen Seufzer, wie im Selbstgespräche, aus:

»Un' das is alles von de Goldkäfer da gekomm'! de hübsche Goldkäfer! das arme kleine Goldkäferchen, wo 'ch so wüst beschimpf' hab! Schäms' dich gar nich, Nigger? – Nu sach schon!«

Zu guter Letzt mußte ich Herrn wie Diener wachrütteln, daß es doch ratsam sei, den Schatz fortzuschaffen. Es wurde schon spät, und es galt nun, sich alle Mühe zu geben, um noch vor Tagesanbruch alles in Sicherheit zu bringen. Was zu tun sei, war schwer zu sagen; und viel Zeit ging über der Beratung dahin – so wirr waren unser aller

Gedanken. Schließlich erleichterten wir die Kiste dadurch, daß wir zwei Drittel ihres Inhalts herausnahmen, worauf wir imstande waren, sie mit einiger Mühe aus dem Loch zu heben. Die entnommenen Gegenstände verbargen wir unter dem Dornengestrüpp und ließen als Wache den Hund zurück, welcher von Jupiter den strikten Befehl erhielt, sich unter gar keinem Vorwande etwa von der Stelle zu rühren noch das Maul aufzumachen, bis wir wiederkämen. Dann begaben wir uns in aller Eile mit der Kiste auf den Heimweg; die Hütte erreichten wir wohlbehalten, doch nach entsetzlicher Mühe um ein Uhr morgens. Erschöpft, wie wir waren, lag es nicht in der menschlichen Natur, sogleich Weiteres zu unternehmen. So ruhten wir denn bis zwei Uhr aus und aßen zur Nacht; gleich darauf brachen wir wieder zu den Hügeln auf, ausgerüstet mit drei derben Säcken, die sich zum Glück auf dem Anwesen gefunden hatten. Kurz vor vier langten wir wieder bei der Grube an, teilten den Rest der Beute so gleichmäßig wie möglich unter uns auf, ließen die Löcher offen und machten uns wieder nach der Hütte auf, wo wir zum zweiten Mal unsere goldene Last abluden, gerade als die ersten Streifen der Morgendämmerung über den Baumwipfeln im Osten aufleuchteten.

Wir waren nun gänzlich erschöpft; doch die starke Anspannung ließ uns keine Ruhe finden. Nach einem unruhigen Schlummer von etwa drei oder vier Stunden Dauer erhoben wir uns wie auf Verabredung, um unseren Schatz zu begutachten.

Die Kiste war bis zum Rande voll gewesen, und wir brachten den ganzen Tag und den größten Teil der folgenden Nacht damit zu, ihren Inhalt gründlich in Augenschein zu nehmen. Eine gewisse Ordnung etwa oder Verteilung war nicht zu erkennen gewesen. Alles war wahllos aufeinandergehäuft. Als wir alles sorgfältig sortiert hatten, fanden wir uns im Besitze eines sogar noch größeren Reichtums, als wir zunächst angenommen. An gemünztem Gelde lagen weit über vierhundertfünfzigtausend Dollar vor uns – wenn man den Wert der Stücke so exakt wie möglich nach den derzeit geltenden Tabellen schätzte. Nicht das kleinste Stückchen Silber war darunter. Alles pures Gold aus alter Zeit und von großer Mannigfalt – französisches, spanisches und deutsches Geld, dazu ein paar englische Guineen und einige Stücke, dergleichen wir noch nie zuvor erblickt. Da waren mehrere sehr große und schwere Münzen, die so abgegriffen waren, daß wir ihre Inschriften nicht mehr erkennen konnten. Amerikanisches Geld fand sich nicht dabei. Den Wert der Juwelen zu schätzen erwies sich als schwieriger. Da gab es Diamanten – einige von ihnen über die Maßen groß und schön – einhundertzehn insgesamt, und nicht einer davon war klein; achtzehn Rubine von bemerkenswertem Glanze; dreihundertzehn Smaragde, alle wunderschön; und einundzwanzig Saphire, dazu ein Opal. Diese Steine waren sämtlich aus den Fassungen gebrochen und lose in die Kiste geworfen worden. Die Einfassungen selber, die wir aus dem übrigen Golde herausklaubten, sahen aus, als wären sie mit Hämmern zerschlagen worden, damit sie nicht mehr wiederzuerkennen wären. Zu alledem kam noch eine gewaltige Menge gediegenen Goldschmucks: nahezu zweihundert massive Finger- und Ohrringe; kostbare Ketten – dreißig, wenn ich mich recht entsinne; dreiundachtzig sehr große und schwere Kruzifixe; fünf goldene Weihrauchgefäße von hohem Wert; eine ungeheure goldene Punschbowle, verziert mit ziseliertem Weinlaub und bacchantischen Gestalten; überdies zwei köstlich gebosselte Schwertgriffe, und noch viele andere kleinere Gegenstände, an die ich mich nicht mehr erinnern kann. Das Gewicht dieser Kostbarkeiten betrug über dreihundertundfünfzig Pfund Handelsgewicht; und in diese Schätzung habe ich noch nicht einmal einhundertsiebenundneunzig prächtige goldene Uhren eingeschlossen; darunter drei, von denen jede mindestens fünfhundert Dollar wert war. Viele von ihnen waren sehr alt und als Zeitmesser wertlos; hatten doch die Werke mehr oder weniger unter Korrosion gelitten – doch alle waren sie reich mit Steinen besetzt und steckten in Gehäusen von hohem Wert. Wir schätzten den gesamten Inhalt der Kiste in jener Nacht auf anderthalb Millionen Dollar; und bei dem späteren Verkauf des Geschmeides und der Juwelen (ein paar behielten wir zum eigenen Gebrauch) stellte sich heraus, daß wir den kostbaren Fund noch bei weitem unterschätzt hatten.

Als wir schließlich unsere Sichtung beendet hatten und die damalige gespannte Erregung sich einigermaßen gelegt hatte, unternahm es Legrand, der wohl sah, daß ich vor Ungeduld beinahe verging, die Lösung dieses so außerordentlichen Rätsels zu erfahren, alle damit verbundenen Umstände ausgiebig und im Detail zu schildern.

»Sie erinnern sich doch«, sagte er, »an jenen Abend, da ich Ihnen die grobe Skizze gab, die ich von dem Skarabäus gemacht hatte. Auch können Sie sich wohl noch besinnen, daß es mich ziemlich verdroß, als Sie darauf beharrten, meine Zeichnung ähnele einem Totenkopfe. Zunächst, als Sie diese Behauptung aufstellten, hielt ich es für einen Scherz; doch später fielen mir die sonderbaren Flecke auf dem Rücken des Insekts ein, und ich mußte bei mir zugeben, daß Ihre Bemerkung tatsächlich nicht ganz unbegründet sei. Dennoch ärgerte mich, wie Sie über meine zeichnerischen Fähigkeiten spotteten – denn ich gelte für einen recht guten Künstler –, und so wollte ich den Pergamentfetzen, als Sie ihn mir zurückgaben, schon zusammenknüllen und wütend ins Feuer werfen.«

»Den Papierfetzen, meinen Sie«, sagte ich.

»Nein; es sah zwar ganz wie Papier aus, und zuerst hielt ich es auch dafür, doch als ich darauf zu zeichnen begann, merkte ich sofort, daß es ein Stück sehr dünnen Pergamentes war. Es war recht schmutzig, Sie erinnern sich. Nun gut, als ich eben drauf und dran war, es zusammenzuknüllen, fiel mein Blick auf die Skizze, welche Sie sich angesehen hatten, und Sie können sich wohl meine Verblüffung vorstellen, als ich doch wahrhaftig die Abbildung eines Totenkopfes gerade da erblickte, wo ich meines Wissens den Käfer gezeichnet hatte. Einen Augenblick lang war ich viel zu verwirrt, um richtig denken zu können. Ich wußte, daß meine Zeichnung im einzelnen von dieser ganz und gar verschieden war – obgleich im allgemeinen Umriß eine gewisse Ähnlichkeit bestand. So nahm ich denn eine Kerze, setzte mich ans andere Ende des Raumes und ging daran, das Pergament genauer zu untersuchen. Als ich es umdrehte, sah ich auf der Rückseite meine eigene Skizze, ganz so, wie ich sie gemacht hatte. Mein erster Gedanke war nun nichts als Überraschung ob der wirklich bemerkenswerten Ähnlichkeit im Umriß – ob der einzigartigen Koinzidenz, wie sie sich in dem Umstand fand, daß auf der anderen Seite des Pergamentes, ohne daß ich es wußte, genau unter meiner Zeichnung des Skarabäus ein Schädel gewesen sein sollte und daß dieser Schädel nicht nur im Umriß, sondern auch in der Größe meiner Skizze so ungemein ähnlich war. Wie gesagt, die Einzigartigkeit dieses Zusammentreffens betäubte mich geradezu. Das ist gewöhnlich die Wirkung solcher Koinzidenzen. Der Geist müht sich ab, einen Zusammenhang herzustellen – eine Folge von Ursache und Wirkung –, und wenn er dazu nicht imstande ist, befällt ihn so etwas wie eine zeitweilige Lähmung. Doch als ich mich von dieser Betäubung erholte, dämmerte mir allmählich eine Überzeugung, die mich weit mehr noch bestürzte als die Koinzidenz. Ich begann mich deutlich, ja mit Bestimmtheit zu erinnern, daß *keinerlei* Zeichnung auf dem Pergament gewesen war, als ich meinen Skarabäus darauf skizziert hatte. Ich war mir dessen vollkommen gewiß; denn ich entsann mich, wie ich das Pergament zuerst auf die eine und dann die andere Seite gewendet hatte, um die sauberste Stelle zu suchen. Wäre der Schädel da bereits darauf gewesen, so hätte ich ihn doch gar nicht übersehen können. Hier stand ich tatsächlich vor einem Rätsel, welches ich nicht zu erklären vermochte; doch selbst damals schon war es mir, als glimme, glühwürmchengleich, in den entlegensten und geheimsten Kammern meines Verstandes eine undeutliche Vorstellung jener Wahrheit auf, wie sie das Abenteuer der vergangenen Nacht aufs glänzendste bewiesen hat. Sogleich erhob ich mich und verwahrte das Pergament sicher und verschob alles weitere Nachdenken, bis ich allein wäre.

Als Sie gegangen waren und Jupiter fest schlief, widmete ich mich einer methodischeren Untersuchung der Angelegenheit. Zuerst einmal überlegte ich, auf welche Art und Weise das Pergament in meinen Besitz gelangt war. Die Stelle, wo wir den Skarabäus entdeckt hatten, lag an der Küste des Festlands, etwa eine Meile östlich der Insel und nur wenig über der Hochwassermarke. Als ich nach dem Käfer griff, biß er mich recht heftig, woraufhin ich ihn fallen ließ. Ehe nun Jupiter das Insekt anfaßte, das auf ihn zugeflogen war, sah er sich mit der ihm eigenen Vorsicht nach einem Blatt oder dergleichen um, womit er zufassen könne. In dem Augenblicke war es nun, daß sein Blick wie auch der meine auf das Stückchen Pergament fiel, das ich damals für Papier hielt. Es lag halb im Sande vergraben, nur eine Ecke ragte hervor. Nahe der Stelle, wo wir dies fanden, bemerkte ich die Überreste dessen, was einstmals offenbar den Rumpf einer Pinasse vorgestellt hatte. Das Wrack schien bereits sehr, sehr lange dort gelegen zu haben; denn eine Ähnlichkeit mit Bootsspanten war kaum noch zu erkennen.

Na schön, Jupiter hob also das Pergament auf, wickelte den Käfer hinein und gab ihn mir. Bald darauf machten wir uns auf den Heimweg und trafen unterwegs Lieutenant G – –. Ich zeigte ihm das Insekt, und er bat, es mit zum Fort nehmen zu dürfen. Auf meine Zusage hin steckte er es sogleich in seine Westentasche, ohne das Pergament, in welches es eingewickelt gewesen und das ich in der Hand behalten hatte, während er den Käfer gemustert. Vielleicht fürchtete er, ich könne mich anders besinnen, und hielt es für das beste, sich der Beute umgehend zu versichern – Sie wissen ja, wie sehr er sich für alles begeistert, was mit Naturgeschichte zusammenhängt. Zur gleichen Zeit muß ich, ohne daß es mir bewußt gewesen wäre, das Pergament mir in die eigene Tasche gesteckt haben.

Sie erinnern sich wohl, als ich an den Tisch trat, um von dem Käfer eine Skizze anzufertigen, fand ich dort, wo es gewöhnlich lag, kein Papier. Ich schaute in die Schublade und fand auch da keines. Darauf suchte ich in meinen Taschen in der Hoffnung, einen alten Brief dort zu haben – und da stieß meine Hand auf das Pergament. Ich schildere

Ihnen derart genau, auf welche Weise es in meinen Besitz gelangt; denn die Umstände haben sich mir besonders nachhaltig eingeprägt.

Zweifellos werden Sie nun glauben, meine Phantasie sei recht lebhaft – doch hatte ich bereits eine Art *Zusammenhang* hergestellt. Zwei Glieder einer großen Kette hatte ich miteinander verbunden. An einer Meeresküste lag ein Boot, und nicht weit von dem Boot fand sich ein Pergament – *kein Papier* – mit dem Bilde eines Schädels darauf. Natürlich werden Sie fragen: ›Wo ist da der Zusammenhang?‹ Darauf erwidere ich, daß der Schädel oder Totenkopf das wohlbekannte Zeichen der Piraten ist. Bei allen Gefechten wird die Flagge mit dem Totenkopf gehißt. Wie gesagt, der Fetzen war Pergament und nicht Papier. Pergament ist dauerhaft – beinahe unzerstörbar. Unwichtige Angelegenheiten werden wohl kaum Pergament anvertraut; denn zu den bloß gewöhnlichen Zwecken des Schreibens oder Zeichnens eignet es sich nicht annähernd so gut wie Papier. Diese Erwägung legte den Schluß nahe, mit dem Totenkopf habe es etwas auf sich – etwas von großem Belang. Auch versäumte ich nicht, auf die *Form* des Pergaments genau zu achten. Obschon eine seiner Ecken durch irgendeinen Zufall zerstört worden war, konnte man doch noch erkennen, daß die ursprüngliche Form länglich gewesen. Ja, es war genau ein solcher Streifen, wie man ihn für ein Merkzeichen wählen würde – für die Aufzeichnung einer Sache, welche lange in Erinnerung bleiben und also sorgfältig aufbewahrt werden soll.«

»Aber«, warf ich ein, »Sie sagen doch, der Schädel sei *gar nicht* auf dem Pergament gewesen, als Sie den Käfer zeichneten. Wie kommen Sie dann auf einen Zusammenhang zwischen dem Boot und dem Schädel – da letzterer ja, wie Sie selber zugeben, erst zu einem späteren Zeitpunkt gezeichnet worden sein muß (Gott allein weiß, wie oder von wem), also *nach* Ihrem Skarabäus?«

»Ah, darum dreht sich ja das ganze Geheimnis; wenngleich mir in diesem Punkte die Lösung verhältnismäßig wenig Mühe bereitete. Meine Schritte waren sicher und konnten nur ein einziges Ergebnis zeitigen. Zum Beispiel bewegten sich meine Gedanken in folgender Richtung: Als ich den Skarabäus zeichnete, war auf dem Pergament keinerlei Schädel sichtbar. Als ich die Zeichnung beendet hatte, überließ ich sie Ihnen und beobachtete Sie aufmerksam, bis Sie mir diese zurückgaben. *Sie* haben also den Schädel nicht gezeichnet, und sonst war niemand da, der es hätte tun können. So war es also nicht durch menschliches Tun geschehen. Und dennoch war es geschehen.

Als meine Überlegungen so weit gediehen waren, versuchte ich, mich an jeden Vorfall innerhalb des fraglichen Zeitraumes zu erinnern, was mir auch in aller Deutlichkeit gelang. Es war kaltes Wetter gewesen (oh, welch seltener und glücklicher Zufall!), und ein Feuer brannte im Herde. Ich war erhitzt von körperlicher Anstrengung und saß am Tisch. Sie hatten sich jedoch einen Stuhl nahe ans Feuer gerückt. Gerade, als ich Ihnen das Pergament in die Hand gedrückt hatte und Sie darin begriffen waren, es zu betrachten, kam Wolf, der Neufundländer, herein und sprang an Ihnen hoch. Mit der linken Hand streichelten Sie ihn und wehrten ihn ab, während Sie Ihre rechte, die das Pergament hielt, unachtsam zwischen den Knien herunterhängen ließen, in nächster Nähe zum Feuer. Einmal dachte ich schon, es hätte Feuer gefangen, und wollte Sie schon zur Vorsicht mahnen, doch noch ehe ich etwas sagen konnte, hatten Sie es zurückgezogen und sich in seine Betrachtung vertieft. Als ich nun all diese Einzelheiten bedachte, zweifelte ich nicht einen Augenblick, daß *Hitze* als die Kraft gewirkt, welche auf dem Pergament den Schädel, welchen ich darauf abgebildet fand, ans Licht gebracht hatte. Ihnen ist sicher bekannt, daß es chemische Präparate gibt und seit undenklichen Zeiten gegeben hat, mit deren Hilfe es möglich ist, so auf Papier oder Velin zu schreiben, daß die Schriftzeichen nur dann sichtbar werden, wenn man sie der Einwirkung von Feuerhitze aussetzt. Zaffer, in *aqua regia* digeriert und mit der vierfachen Gewichtsmenge Wasser verdünnt, wird manchmal verwendet; das ergibt eine grüne Tinte. Löst man Kobaltregulus in Salpetergeist, erhält man eine rote. Diese Farben verschwinden nach längerer oder kürzerer Zeit, wenn das so beschriebene Material abkühlt, werden aber bei neuerlicher Erhitzung wieder sichtbar.

Nun untersuchte ich den Totenkopf mit großer Sorgfalt. Seine Begrenzungslinien – also die Linien der Zeichnung, welche dem Rande des Velins am nächsten lagen – waren weit *deutlicher* als die anderen. Es zeigte klar, daß die Wärmeeinwirkung unvollkommen oder ungleichmäßig gewesen war. Ich entfachte sogleich ein Feuer und setzte jeden Teil des Pergaments glühender Hitze aus. Zunächst bestand die Wirkung einzig darin, daß die schwachen Linien des Schädels stärker hervortraten; doch als ich in dem Experiment beharrlich fortfuhr, wurde in der Ecke des Streifens, welche der Stelle, da der Totenkopf gezeichnet war, diagonal gegenüberlag, eine Gestalt sichtbar, die ich zunächst für eine Ziege hielt. Bei näherer Betrachtung gewann ich aber die Überzeugung, daß es ein Zicklein, ein Kitz, sein sollte.«

»Ha! ha!« sprach ich, »gewiß habe ich kein Recht, Sie auszulachen – anderthalb Millionen sind eine viel zu ernste Sache, um darüber zu spaßen –, aber Sie wollen doch nicht etwa ein drittes Glied in Ihrer Kette einführen – Sie wollen doch wohl nicht eine besondere Beziehung zwischen Ihren Piraten und einer Ziege herstellen – Piraten haben, wie Ihnen bekannt sein dürfte, mit Ziegen gar nichts zu tun; für die sind wohl doch die Landwirte zuständig.«

»Aber ich habe ja gerade gesagt, daß die Figur *keine* Ziege war.«

»Na schön, dann eben ein Ziegenkitz – das dürfte ja wohl so ziemlich dasselbe sein.«

»Ziemlich, aber eben nicht ganz«, sagte Legrand. »Vielleicht haben Sie schon von einem gewissen *Kapitän Kidd*[1] gehört. Ich habe in der Gestalt des Tieres gleich eine Art wortspielerischer oder hieroglyphischer Unterschrift gesehen. Ich sage Unterschrift; weil die Lage auf dem Velin diesen Gedanken nahelegte. Der Totenkopf in der diagonal gegenüberliegenden Ecke sah auf ebensolche Art wie ein

---

1 *kid*: engl., Kitz, Zicklein. – Anm. d. Übers.

Stempel oder Siegel aus. Aber was so gar nicht in mein Konzept passen wollte, war, daß alles andere fehlte – der Hauptinhalt meines vermeintlichen Dokuments – der Text zu meinem Kontext.«

»Sie erwarteten wohl, zwischen Stempel und Unterschrift einen Brief zu finden.«

»Irgend etwas der Art. Tatsache ist, ich fühlte mich unwiderstehlich durchdrungen von einer Vorahnung kommenden großen Glücks. Warum, vermag ich kaum zu sagen. Vielleicht war es letzten Endes eher ein Wunsch denn wirklicher Glaube – aber wissen Sie, daß Jupiters albernes Gerede, der Käfer bestehe aus massivem Gold, eine bemerkenswerte Wirkung auf meine Phantasie hatte? Und dann diese Reihe von Zufällen und Koinzidenzen – dies alles war so *höchst* außergewöhnlich. Ist Ihnen aufgefallen, welch bloßer Zufall es war, daß sich all diese Ereignisse gerade an dem *einzigen* Tag des ganzen Jahres zutrugen, an dem es bisher kühl genug gewesen war oder gewesen sein mochte, um Feuer zu machen, und daß ohne das Feuer oder ohne das Dazwischenkommen des Hundes in eben genau dem Augenblick, da er erschien, ich niemals des Totenkopfes ansichtig und somit auch nie Besitzer des Schatzes geworden wäre?«

»Fahren Sie doch fort – ich brenne vor Ungeduld.«

»Nun gut; Sie haben natürlich von den vielen Geschichten gehört, die da im Gange – den tausend vagen Gerüchten, die da im Schwange, daß Kidd und seine Spießgesellen irgendwo an der atlantischen Küste Geld vergraben haben sollen. Diese Gerüchte nun müssen irgendwie auf Tatsachen beruhen. Und daß die Gerüchte sich schon so lange und so ausdauernd halten, konnte, wie mir schien, einzig von dem Umstande herrühren, daß der vergrabene Schatz *noch immer* in der Erde lag. Hätte Kidd seine Beute eine Zeitlang versteckt und sich später wiedergeholt, so wären die Gerüchte wohl kaum in ihrer gegenwärtigen, unveränderten Form zu uns gedrungen. Es wird Ihnen nicht entgangen sein, daß in all den Geschichten einzig von Schatzsuchern die Rede ist, nicht aber von glücklichen Findern. Hätte der Pirat sein Geld wieder an sich gebracht, dann wäre es ruhig um die Sache geworden. Mir wollte scheinen, daß irgendein Zufall – etwa der Verlust eines Merkzeichens, in welchem die genaue Stelle angegeben – ihn der Mittel beraubt habe, den Schatz wieder zu bergen, und daß dieser Zufall seinen Gefolgsleuten zu Ohren gekommen sein muß, die sonst wohl nie etwas davon erfahren hätten, daß überhaupt ein Schatz versteckt worden war, und die durch ihre vergeblichen, weil aufs Geratewohl unternommenen Versuche, diesen wiederzufinden, die Geschichten überhaupt erst in die Welt und dann allgemein in Umlauf gesetzt hatten, die heute so verbreitet sind. Haben Sie je davon gehört, daß entlang der ganzen Küste irgendein bedeutender Schatz gehoben worden wäre?«

»Nie.«

»Doch alle Welt weiß, daß Kidd ungeheure Reichtümer angehäuft hatte. Ich nahm es daher für erwiesen an, daß die Erde sie noch immer barg; und es wird Sie nun kaum überraschen, wenn ich Ihnen sage, daß ich Hoffnung, ja fast Gewißheit verspürte, das Pergament, welches auf so seltsame Weise sich fand, enthalte das einst verlorengegangene Dokument über den Ort des Verstecks.«

»Doch wie sind Sie denn nun vorgegangen?«

»Ich hielt das Velin noch einmal ans Feuer, nachdem ich es zu größerer Hitze entfacht hatte; doch nichts zeigte sich. Da kam mir der Gedanke, meine Erfolglosigkeit könne möglicherweise an dem Schmutzüberzug liegen; also spülte ich sorgfältig das Pergament ab, indem ich warmes Wasser darüber goß, und als dies getan war, legte ich es in eine Zinnpfanne, den Schädel nach unten, und stellte die Pfanne auf ein Holzkohlenfeuer. Nach wenigen Minuten, als die Pfanne gründlich erhitzt war, nahm ich den Streifen heraus und fand ihn zu meiner unaussprechlichen Freude an mehreren Stellen gesprenkelt; es sah aus wie in Reihen angeordnete Figuren. Noch einmal legte ich also das Pergament in die Pfanne und ließ es eine weitere Minute darin. Als ich es dann wieder herausnahm, sah das Ganze so aus, wie Sie es jetzt hier sehen.«

Damit reichte mir Legrand das Pergament, welches er erneut erhitzt hatte, zur Ansicht. Zwischen dem Totenkopf und der Ziege standen mit roter Farbe in ungelenker Schrift die folgenden Charaktere geschrieben:

53‡‡†305))6*;4826)4‡.)4‡);806*;48†8¶60))85;;]8
*;:‡*8†83(88)5*†;46(;88*96*?;8)*‡(;485);5*†2:*‡(
;4956*2(5*−4)8¶8*;4069285);)6†8)4‡‡;1(‡9;4808
1;8:8‡1;48†85;4)485†528806*81(‡9;48;(88;4(‡?
34;48)4‡;161;:188;‡?;

»Aber«, sagte ich und gab ihm den Streifen zurück, »ich tappe noch genauso im dunkeln wie zuvor. Und warteten meiner auch all die Juwelen von Golkonda bei der Lösung dieses Rätsels, bei Gott, ich vermöchte es nicht, sie mir zu verdienen.«

»Und dennoch«, sagte Legrand, »ist die Lösung keineswegs so schwierig, wie Sie Ihnen nach dem ersten flüchtigen Blick auf die Zeichen vorkommen mag. Diese Charaktere bilden, wie jedermann leicht erraten mag, eine Geheimschrift – das heißt, sie haben eine Bedeutung; doch nach allem, was man von Kidd weiß, konnte ich mir nicht vorstellen, daß er sich auf das Ausklügeln besonders raffinierter Chiffren verstanden hätte. Ich stellte mich also von vornherein darauf ein, daß diese hier zu der simpleren Sorte gehöre – freilich aber so beschaffen sei, daß sie primitivem Seemannsverstand ohne den Schlüssel gänzlich unlösbar erscheinen mußte.«

»Und Sie haben sie tatsächlich entschlüsselt?«

»Ohne weiteres; habe ich doch schon ganz andere Chiffren aufgelöst, die zehntausendmal komplizierter verschlüsselt waren. Die Umstände und eine gewisse geistige Neigung haben mich an derlei Rätselspielen Gefallen finden lassen, und es darf bezweifelt werden, ob menschlicher Scharfsinn überhaupt ein Rätsel der Art zu ersinnen vermag, welches nicht menschlicher Scharfsinn, mit gehörigem Fleiße, zu lösen vermöchte. Ja, als ich erst einmal zusammenhängende und lesbare Charaktere festgestellt hatte, wandte ich kaum einen Gedanken auf die bloße Schwierigkeit, ihren Sinn zu erschließen.

Im vorliegenden Falle – ja, in allen Fällen von Geheimschrift – gilt die erste Frage der *Sprache*, in der sie abgefaßt ist; denn die Prinzipien der Lösung hängen, besonders was die simpleren Chiffren angeht, vom Geist ab, welcher dem jeweiligen Idiom eigentümlich, und ändern sich entsprechend. Im allgemeinen gibt es nun keine andere Möglichkeit, als (geleitet von Wahrscheinlichkeiten) sämtliche Sprachen durchzuprobieren, die dem, welcher die Lösung unternimmt, geläufig sind, bis die richtige gefunden ist. Doch bei der Chiffre, die wir hier vor uns haben, sind wir durch die Unterschrift aller Schwierigkeit enthoben. Das Wortspiel mit dem Namen ›Kidd‹ ist in keiner anderen Sprache denn der englischen verständlich. Wäre diese Erwägung nicht gewesen, hätte ich es zunächst mit Spanisch und Französisch versuchen müssen, denjenigen Sprachen also, in welchen ein Geheimnis dieser Art von einem Piraten der karibischen Gewässer wohl natürlicherweise abgefaßt worden wäre. Wie die Dinge aber lagen, nahm ich also an, es sei dies ein englisches Kryptogramm.

Wie Sie sehen, gibt es keinerlei Abstände zwischen den Wörtern. Wären die Wörter voneinander getrennt, so hätte ich es mit einem verhältnismäßig leichten Problem zu tun gehabt. In einem solchen Falle hätte ich mit einer Kollation und Analyse der kürzeren Wörter begonnen, und wäre ein Wort aus nur einem einzigen Buchstaben vorgekommen, was ja höchstwahrscheinlich ist (zum Beispiel *a* oder *I*), hätte ich die Lösung für gesichert angesehen. Doch da keine Aufteilung vorlag, ging ich als erstes daran, die häufigsten Buchstaben zu ermitteln und ebenso die am wenigsten häufigen. So habe ich sie denn alle gezählt und folgende Tabelle aufgestellt:

Das Zeichen 8 kommt 33 mal vor.
; " 26 " ".
4 " 19 " ".
‡) " 16 " ".

*	„	13	„	„ .
5	„	12	„	„ .
6	„	11	„	„ .
†1	„	8	„	„ .
0	„	6	„	„ .
9 2	„	5	„	„ .
: 3	„	4	„	„ .
?	„	3	„	„ .
¶	„	2	„	„ .
] – .	„	1	„	„ .

Nun ist *e* im Englischen der Buchstabe, welcher am häufigsten vorkommt. Danach geht die Reihenfolge: *a o i d h n r s t u y c f g l m w b k p q x z*. E dominiert jedoch in so außerordentlichem Maße, daß kaum ein einzelner Satz von einiger Länge zu finden sein dürfte, in welchem es nicht der vorherrschende Buchstabe wäre.

Somit haben wir also gleich zu Beginn die Grundlage für etwas, das über bloße Vermutung hinausgeht. Der allgemeine Nutzen, der aus der Tabelle zu ziehen ist, liegt auf der Hand – doch bei dieser unserer speziellen Geheimschrift werden wir ihrer Hilfe nur zu einem kleinen Teil bedürfen. Da unser häufigstes Zeichen *8* ist, wollen wir damit beginnen, es für das *e* des natürlichen Alphabets zu nehmen. Um die Richtigkeit dieser Annahme zu prüfen, wollen wir doch einmal sehen, ob *8* häufig paarweise auftritt – denn im Englischen wird *e* sehr oft verdoppelt – in solchen Wörtern zum Beispiel wie *meet, fleet, speed, seen, been, agree* usw. Im vorliegenden Falle finden wir es nicht weniger denn fünfmal doppelt, obgleich das Kryptogramm nur kurz ist.

Nehmen wir also an, *8* sei *e*. Von allen *Wörtern* der englischen Sprache ist nun der bestimmte Artikel *the* das häufigste; sehen wir also nach, ob sich nicht in der gleichen Anordnung drei Zeichen wiederholen, deren letztes *8* ist. Stellen wir eine solche Zeichengruppe wiederholt fest, so dürfte sie höchstwahrscheinlich das Wort *the* darstellen. Bei der Durchsicht stoßen wir auf nicht weniger denn sieben solche Folgen, und zwar mit den Zeichen *;48*. Wir dürfen daher annehmen, daß das Semikolon *t*, *4* das *h* und *8* das *e* vertritt – das letztere ist nun wohl bestätigt. Damit ist ein großer Schritt getan.

Haben wir aber bereits ein einzelnes Wort festgestellt, sind wir imstande, einen überaus wichtigen Punkt zu bestimmen; nämlich diverse Anfänge und Endungen anderer Wörter. Nehmen wir doch zum Beispiel einmal den vorletzten Fall, da die Kombination *;48* vorkommt – nicht weit vom Ende des Textes. Wir wissen, daß das unmittelbar folgende Semikolon den Anfang eines Wortes darstellt, und von den sechs Charakteren, welche nach diesem *the* kommen, kennen wir nicht weniger denn fünf. Setzen wir nun also für diese Charaktere die Buchstaben ein, welche sie unseres Wissens vertreten, wobei wir für den einen unbekannten einen Zwischenraum frei lassen –

t eeth.

Hier sehen wir uns nun sogleich imstande, das *th* auszusondern, da es keinen Teil des mit dem ersten *t* beginnenden Wortes bildet; denn wenn wir das gesamte Alphabet nach einem Buchstaben durchgehen, welcher in die Lücke passen könnte, stellen wir fest, daß sich kein Wort bilden läßt, das dieses *th* enthalten könnte. So engt sich das Ganze ein auf

t ee,

und probieren wir nun, falls nötig, wie zuvor das Alphabet noch einmal durch, so kommen wir zu dem Wort *tree* als der einzig möglichen Lesart. Somit haben wir einen weiteren Buchstaben gewonnen, *r*, vertreten durch *(*, dazu nebeneinander die Wörter *the tree*.

Schauen wir nun ein kleines Stück weiter, so stoßen wir erneut auf die Kombination *;48* und nutzen dieses nun zur *Abgrenzung* des unmittelbar Vorhergehenden. Wir erhalten also diese Folge:

the tree ;4(‡?34 the,

beziehungsweise lautet diese, wenn wir die uns bekannten Buchstaben einsetzen, nun so:

the tree thr‡?3h the.

Wenn wir nun an Stelle der noch unbekannten Charaktere Zwischenräume lassen oder Pünktchen setzen, so lesen wir:

the tree thr...h the,

worauf sogleich das Wort *through* in die Augen springt. Diese Entdeckung bringt uns aber nun drei neue Buchstaben ein, *o*, *u* und *g*, vertreten durch ‡, ? und 3.

Sehen wir den Text nun genau nach Kombinationen aus den uns bekannten Charakteren durch, so finden wir nicht weit vom Anfang die folgende Gruppe:

83(88, oder *egree,*

was eindeutig der Schluß des Wortes *degree* ist und uns als neuen Buchstaben das *d* beschert, vertreten durch †.

Vier Buchstaben hinter dem Wort *degree* entdecken wir die Kombination

;46(;88*.

Übertragen wir die bekannten Zeichen und geben die unbekannten wie zuvor durch Pünktchen wieder, so lesen wir:

th.rtee.,

eine Folge, die sogleich das Wort *thirteen* nahelegt und uns abermals mit zwei neuen Buchstaben ausrüstet, *i* und *n*, vertreten durch 6 und *.

Wenden wir uns nun dem Anfang des Kryptogramms zu, so finden wir da die Kombination

53 ‡‡†.

Übertragen wir diese wie zuvor, so erhalten wir

.good,

was uns die Gewißheit gibt, daß der erste Buchstabe *A* ist und die beiden ersten Worte *A good* lauten.

Um Verwirrung zu vermeiden, ist es jetzt an der Zeit, daß wir unseren Schlüssel, soweit wir ihn entdeckt haben, in einer Tabelle darstellen. Und das sieht so aus:

5	steht für	a
†	"	d
8	"	e
3	"	g
4	"	h

6	"	i
*	"	n
+	"	o
+	"	
(	"	r
;	"	t.

Wir haben also nicht weniger als zehn der wichtigsten Buchstaben dargestellt, und es ist sicher nicht nötig, mit den Einzelheiten der Lösung fortzufahren. Ich habe wohl genug gesagt, um Sie davon zu überzeugen, daß Chiffren dieser Art leicht zu entschlüsseln sind, und Ihnen einen Einblick in das logische *Grundprinzip* ihrer Entzifferung zu geben. Doch seien Sie versichert, daß unser Beispiel hier zu den allereinfachsten Sorten von Kryptographie gehört. Es bleibt mir nur noch, Ihnen die vollständige Übertragung der enträtselten Zeichen auf dem Pergament zu geben. Sie lautet:

›*A good glass in the bishop's hostel in the devil's seat twenty-one degrees and thirteen minutes northeast and by north main branch seventh limb east side shoot from the left eye of the death's-head a bee line from the tree through the shot fifty feet out.*‹[1]

»Aber«, sagte ich, »das Rätsel bedünkt mich um nichts gebessert. Wie sollte es nur möglich sein, aus all dem Kauderwelsch von *devil's seat, death's-head* und *bishop's hostel* einen Sinn herauszuholen?«

»Ich gestehe«, erwiderte Legrand, »daß die Sache noch immer recht schwierig aussieht, wenn man sie flüchtig betrachtet. Mein erstes Bestreben war nun, das Ganze in die natürlichen Abschnitte einzuteilen, wie sie der Kryptograph im Sinn gehabt.«

»Sie meinen, Interpunktion zu setzen?«

»So ungefähr.«

»Aber wie war das zu bewerkstelligen?«

»Ich habe mir überlegt, daß der Schreiber seine Wörter

---

[1] ›*Ein gutes Glas in Bishop's Hotel auf dem Teufelssitz einundzwanzig Grad und dreizehn Minuten Nordnordost Hauptast siebter Zweig Ostseite schieß vom linken Auge des Totenkopfes eine gerade Linie vom Baum durch den Schuß fünfzig Fuß fort.*‹ – Anm. d. Übers.

absichtlich ohne Abtrennung ineinander übergehen ließ, um die Lösung zu erschweren. Nun, verfolgt ein Mann, der nicht allzu großen Geistes ist, diesen Zweck, so dürfte er mit ziemlicher Sicherheit des Guten zuviel tun. Sobald er nun im Verlaufe der Abfassung bei einem Absatz im Thema anlangt, wie er ganz natürlich einen Gedankenstrich erfordern würde oder einen Punkt, so wäre er nur um so mehr geneigt, seine Zeichen gerade an dieser Stelle noch enger als sonst aneinanderzusetzen. Wenn Sie sich im vorliegenden Falle das Manuskript einmal daraufhin ansehen, so werden Sie ohne weiteres fünf solche Stellen ungewöhnlich dichter Häufung entdecken. Ich folgte diesem Hinweis und gliederte das Ganze folgendermaßen:

›Ein gutes Glas in Bishop's Hotel auf dem Teufelssitz – einundzwanzig Grad und dreizehn Minuten – Nordnordost – Hauptast siebter Zweig Ostseite – schieß vom linken Auge des Totenkopfes – eine gerade Linie vom Baum durch den Schuß fünfzig Fuß fort.‹«

»Selbst diese Einteilung«, sagte ich, »läßt mich noch immer im dunkeln.«

»Mir ging es ebenso«, entgegnete Legrand, »ein paar Tage lang; indessen ich in der Umgegend von Sullivan's Island eifrig nach einem Bauwerk forschte, das den Namen ›Bishop's Hotel‹ führte; denn das veraltete Wort *hostel* behielt ich selbstverständlich nicht bei. Da ich nichts in Erfahrung bringen konnte, stand ich schon im Begriffe, meine Suche auf ein größeres Gebiet auszudehnen und systematischer vorzugehen, als mir eines Morgens mit einem Mal der Gedanke durch den Kopf fuhr, dieses ›Bishop's Hotel‹ könne vielleicht etwas mit einer alten Familie namens Bessop zu tun haben, welche vor undenklichen Zeiten sich im Besitze eines alten Herrenhauses befunden, etwa vier Meilen nördlich der Insel. Also begab ich mich hinüber zu der Plantage und nahm bei den älteren Negern dort meine Erkundigungen wieder auf. Schließlich sagte mir eine der bejahrtesten Frauen, sie habe von einem Orte namens *Bessop's Castle* gehört, und meinte, sie könne mich wohl hinführen, aber ein ›Kastell‹ sei es nicht, auch keine Herberge, sondern ein hoher Felsen.

Ich bot ihr an, ihr ihre Mühe gut zu lohnen, und nach einigem Zögern willigte sie ein, mich zu der Stelle zu begleiten. Wir fanden diese ohne große Schwierigkeit, worauf ich die alte Frau entließ und daranging, die Stelle zu untersuchen. Das ›Kastell‹ bestand aus einer regellosen Ansammlung von Klippen und Felsen – unter den letzteren fiel einer ob seiner Höhe wie auch seiner vereinzelten und künstlichen Erscheinung besonders auf. Ich erklomm seinen Gipfel und wußte dann nicht so recht, was ich nun weiter tun sollte.

Während ich noch mit mir zu Rate ging, fiel mein Blick auf einen schmalen Vorsprung in der Ostwand des Felsens, vielleicht ein Yard unterhalb der Spitze, auf der ich stand. Dieser Vorsprung ragte etwa achtzehn Zoll weit heraus und war nicht mehr als einen Fuß breit, während eine Nische im Felsen darüber ihm eine grobe Ähnlichkeit mit einem der hohlrückigen Stühle verlieh, wie sie unsere Vorfahren in Gebrauch hatten. Ich hegte keinen Zweifel, daß dies hier der ›Teufelssitz‹ sei, von welchem in dem Manuskripte die Rede, und nun war mir, als begreife ich das volle Geheimnis des Rätsels.

Das ›gute Glas‹, so erkannte ich, konnte sich auf nichts als ein Fernrohr beziehen; denn in anderem Sinne wird das Wort ›Glas‹ von Seeleuten kaum verwendet. Hier war also, das sah ich sogleich, ein Fernglas zu benutzen, von einem ganz bestimmten Blickwinkel aus, *der keinerlei Abweichung zuließ*. Auch zögerte ich nicht anzunehmen, daß die Ausdrücke ›einundzwanzig Grad und dreizehn Minuten‹ und ›Nordnordost‹ als Anweisungen für die Einstellung des Glases zu verstehen seien. Höchlich erregt über diese Entdeckungen, eilte ich nach Hause, holte ein Teleskop und kehrte zu dem Felsen zurück.

Ich ließ mich auf den Vorsprung hinab und merkte, daß es unmöglich war, anders als in einer einzigen bestimmten Stellung darauf zu sitzen. Dieser Umstand bestätigte meinen zuvor gefaßten Gedanken. Nun schickte ich mich an, das Glas zu gebrauchen. Natürlich konnten die ›einundzwanzig Grad und dreizehn Minuten‹ nichts anderes meinen als die Richthöhe über dem sichtbaren Horizont, denn die horizontale Richtung war eindeutig mit den Worten ›Nordnordost‹ vorgegeben. Letztere Richtung stellte ich sogleich mittels eines Taschenkompasses fest; dann richtete ich das Glas, so gut ich es zu schätzen vermochte, auf einen Höhenwinkel von einundzwanzig Grad aus und bewegte es vorsichtig auf und ab, bis meine Aufmerksamkeit von einer kreisförmigen Spalte oder Öffnung im Blattwerk eines gewaltigen Baumes gefesselt ward, der seinesgleichen in der Ferne überragte. Im Mittelpunkt dieses Spaltes gewahrte ich einen weißen Fleck, konnte aber zunächst nicht ausmachen, was es war. Als ich das Teleskop schärfer eingestellt hatte, blickte ich abermals hin und erkannte es nun als einen menschlichen Schädel.

Diese Entdeckung stimmte mich so zuversichtlich, daß ich das Rätsel als gelöst betrachtete; denn der Ausdruck ›Hauptast, siebter Zweig, Ostseite‹ konnte nur die Stelle bezeichnen, an der sich der Schädel auf dem Baume befand, während ›schieße vom linken Auge des Totenkopfes‹ hinsichtlich der Suche nach einem vergrabenen Schatze auch nur eine Deutung zuließ. Ich verstand nun, daß der Plan darin bestand, eine Kugel vom linken Auge des Schädels herabfallen zu lassen, und daß eine gerade Linie oder, anders ausgedrückt, der kürzeste Weg vom nächstgelegenen Punkt des Baumstammes durch ›den Schuß‹ (bzw. die Stelle, wo die Kugel heruntergefallen war) und von dort auf eine Strecke von fünfzig Fuß verlängert, einen ganz bestimmten Punkt anzeigen würde – und unter diesem Punkte hielt ich es zumindest für *möglich*, daß da ein Schatz verborgen läge.«

»All dies«, sagte ich, »ist ungemein einleuchtend, und obschon sinnreich erdacht, ist es doch einfach und klar. Und was geschah, als Sie das ›Bishop's Hotel‹ verlassen hatten?«

»Nun, nachdem ich mir die Lage des Baumes genau eingeprägt hatte, wandte ich mich wieder heimwärts. Sobald ich jedoch den ›Teufelssitz‹ verlassen hatte, verschwand der kreisförmige Spalt; auch danach konnte ich keinen Blick mehr davon erhaschen, wie sehr ich mich auch wenden mochte. Was mir bei der ganzen Sache wirklich genial vorkommt, ist die Tatsache (und wiederholtes Experiment hat mich überzeugt, daß es eine Tatsache *ist*), daß die besagte kreisrunde Öffnung von keinem anderen erreichbaren Standpunkte aus sichtbar ist denn ebenjenem, den der schmale Vorsprung an der Felswand gewährt.

Bei dieser Expedition zum ›Bishop's Hotel‹ hatte mich Jupiter begleitet, der zweifellos schon etliche Wochen mein zerstreutes Wesen bemerkt hatte und ganz besondere Vorsicht walten ließ, mich nicht allein zu lassen. Am nächsten Tage aber, da ich sehr zeitig aufgestanden war, gelang es mir, ihm zu entwischen, und ich ging in die Berge hinüber, den Baum zu suchen. Nach vieler Mühsal fand ich ihn dann. Als ich abends heimkehrte, wollte mein Diener mir eine Tracht Prügel verabreichen. Mit dem Rest des Abenteuers sind Sie, glaube ich, ebensogut bekannt wie ich.«

»Ich nehme an«, sagte ich, »beim ersten Grabungsversuch haben Sie die Stelle wohl durch Jupiters Dummheit verfehlt, weil er den Käfer durch das rechte statt das linke Auge des Schädels fallen ließ –«

»Ganz recht. Dieser Fehler ergab für den ›Schuß‹ eine Abweichung von etwa zweieinhalb Zoll – das heißt für die dem Baum am nächsten gelegene Stelle des Pflocks, und hätte sich der Schatz *unter* dem ›Schuß‹ befunden, so wäre der Irrtum nicht weiter bedeutungsvoll gewesen; doch ›der Schuß‹ und der nächste Punkt des Baumes waren lediglich zwei Punkte, die Richtung einer Linie zu bestimmen; so ward der Fehler, mochte er zunächst auch noch so gering sein, natürlich immer größer, je weiter wir die Gerade verlängerten, und als wir fünfzig Fuß weit gegangen waren, hatten wir die rechte Spur dann gänzlich verloren. Wäre ich nicht im tiefsten Innern so fest davon überzeugt gewesen, daß tatsächlich hier irgendwo ein Schatz vergraben läge, so wäre all unsere Mühe wohl gar umsonst gewesen.«

»Ich denke mir«, sagte ich, »auf den absonderlichen Einfall mit dem *Schädel* – eine Kugel durch das Auge fallen zu lassen – war Kidd wohl durch die Piratenflagge gekommen. Ohne Zweifel empfand er so etwas wie poetische Konsequenz darin, sein Geld durch dieses ominöse Standeszeichen wiederzugewinnen.«

»Vielleicht; doch es will mich nicht anders bedünken, als daß der gesunde Menschenverstand genausoviel mit der Sache zu tun hatte wie poetische Konsequenz. Um vom Teufelssitz aus sichtbar zu sein, mußte der Gegenstand, war er klein, unbedingt *weiß* sein; und nichts vermag nun einmal so wie der menschliche Schädel, allen Wetterunbilden ausgesetzt, das Weiß zu bewahren oder gar noch zu bleichen.«

»Doch Ihr pathetisches Gerede und Ihr Gehabe, da Sie den Käfer hin und her schwenkten – wie überaus wunderlich! Ich war sicher, Sie wären verrückt geworden. Und warum haben Sie darauf bestanden, den Käfer statt einer Kugel durch den Schädel fallen zu lassen?«

»Nun, ehrlich gesagt, ich ärgerte mich etwas über Ihre offensichtlichen Zweifel an meinem Verstande, und so beschloß ich, Sie stillschweigend, auf meine eigene Weise, durch ein klein wenig bescheidene Mystifizierung zu bestrafen. Aus diesem Grunde schwenkte ich den Käfer hin und her, und aus diesem Grunde ließ ich ihn vom Baume herunterfallen. Eine Bemerkung Ihrerseits bezüglich seines großen Gewichtes hat letzteren Gedanken mir eingegeben.«

»Ja, ich verstehe; und nun bleibt mir nur noch ein Punkt, der mir Kopfzerbrechen bereitet. Was sollen wir von den Skeletten halten, die wir in dem Loche gefunden haben?«

»Das ist eine Frage, welche ich ebensowenig zu beantworten vermag wie Sie. Es scheint jedoch nur eine einzige plausible Erklärung dafür zu geben – und doch wäre es schrecklich, müßte man an eine solche Greueltat glauben, wie meine Vermutung sie enthielte. Es ist klar, daß Kidd – falls es wirklich Kidd ist, der diesen Schatz versteckt hat, woran ich aber nicht zweifle –, es ist klar, daß er Hilfe bei dem mühseligen Werke gehabt haben muß. Doch als die ärgste Arbeit getan war, mag er es für tunlich gehalten haben, alle Mitwisser seines Geheimnisses zu beseitigen. Da genügten vielleicht schon ein paar Hiebe mit einer Hacke, dieweil die Mithelfer noch in der Grube tätig waren; vielleicht brauchte es auch ein Dutzend – wer will das sagen?«

DER SCHWARZE KATER

Für diese gar schauerliche und doch so einfache Geschichte, die ich hier zu Papier bringen will, erwarte ich weder noch erbitte ich Glauben. Fürwahr, Tollheit wär's, würde ich darauf rechnen in einem Falle, wo selbst die eignen Sinne ihrem eignen Zeugnis nicht trauen wollen. Doch toll bin ich mitnichten – und ganz gewiß auch träume ich nicht. Aber morgen heißt es sterben, und so möchte ich heute meine Seele wohl erleichtern. Der Zweck, den ich unmittelbar mir vorgesetzt, ist dabei der, frei heraus, in bündiger Kürze und ohne zu deuten der Welt eine Reihe von bloß alltäglichen Ereignissen zu unterbreiten. In ihren Folgen haben diese Geschehnisse mich erschreckt – gepeinigt – vernichtet. Dennoch will ich nichts zu erklären versuchen. Mir haben sie kaum anderes als Grauen gebracht – vielen werden sie wohl weniger schrecklich denn *baroque* anmuten. Vielleicht findet sich hiernach gar ein Verstand, der meine Phantasmen aufs Gewöhnliche zurückführt – ein Verstand, ruhiger, logischer und weit weniger erregbar, als der meinige ist, der in den Umständen, welche ich mit Grauen hier erzähle, nichts weiter erblickt denn eine gewöhnliche Folge von ganz natürlichen Ursachen und Wirkungen.

Von klein auf war ich bekannt für meinen fügsamen und gutmütigen Charakter. Meine Weichherzigkeit trat gar so auffällig hervor, daß meine Gefährten mich darob gern hänselten. Ganz besonders liebte ich Tiere und ward von meinen Eltern mit gar vielerlei vierbeinigen Lieblingen verwöhnt. Mit diesen verbrachte ich die meiste Zeit, und nie war ich so glücklich, wie wenn ich sie füttern und streicheln durfte. Diese Wesenseigenart wuchs mit meinem Heranwachsen, und im Mannesalter ward sie mir ein

Hauptquell der Freude. Wer einmal Zuneigung zu einem treuen und klugen Hunde gehegt, dem brauche ich wohl kaum zu erklären, welcher Natur beziehungsweise wie intensiv die Befriedigung ist, die daraus entspringt. Es liegt etwas in der selbstlosen und aufopfernden Liebe einer unvernünftigen Kreatur, das unmittelbar jedem zu Herzen geht, dem häufig Gelegenheit ward, die schnöde Freundschaft und wankende Treue des bloßen *Menschen* zu erproben.

Ich heiratete früh und war glücklich, in meinem Weibe eine verwandte Seele zu finden. Als sie meine Vorliebe für Haustiere bemerkte, versäumte sie keine Gelegenheit, deren wohlgefälligste anzuschaffen. Wir hatten Vögel, Goldfische, einen prächtigen Hund, Kaninchen, ein Äffchen und einen *Kater*.

Dieser letztere war ein bemerkenswert großes und schönes Tier, vollkommen schwarz und in erstaunlichem Maße klug. War von seiner Intelligenz die Rede, so kam meine Frau, die im Grunde ihres Herzens nicht wenig von Aberglauben angesteckt war, häufig auf den alten Volksglauben zu sprechen, wonach alle schwarzen Katzen verkleidete Hexen seien. Nicht daß es ihr je *ernst* mit diesem Punkte gewesen wäre – und ich erwähne die Sache überhaupt nur aus keinem besseren Grunde als dem, daß sie mir zufällig eben jetzt eingefallen.

Pluto – so hieß der Kater – war mein Liebling und Spielgefährte. Ich allein fütterte ihn, und er begleitete mich, wohin im Hause auch immer ich mich wandte. Mit Mühe gar nur konnte ich ihn daran hindern, mir auch durch die Straßen zu folgen.

Solcherart währte unsere Freundschaft über mehrere Jahre, während welcher mein allgemeines Temperament und Wesen – durch das Werk des Teufels Alkohol – (ich schäme mich, dies zu gestehen) eine radikale Wandlung zum Schlimmeren erfuhr. Von Tag zu Tag ward ich übellaunischer, reizbarer, rücksichtsloser gegenüber den Gefühlen anderer. Ich ließ mich hinreißen, ausfällige Reden gegen meine Frau zu gebrauchen. Schließlich vergriff ich mich sogar gewalttätig an ihr. Natürlich bekamen auch meine Tiere den Wandel in meiner Gemütsart zu spüren. Ich vernachlässigte sie nicht nur, sondern mißhandelte sie. Für Pluto aber hatte ich mir immerhin noch genügend Rücksicht bewahrt, die mich davon abhielt, ihn zu malträtieren, wie ich es ohne alle Bedenken mit den Kaninchen, dem Äffchen, ja selbst dem Hunde tat, wenn sie mir zufällig oder aus Anhänglichkeit über den Weg liefen. Doch mein Leiden gewann immer mehr Gewalt über mich – denn welches Leiden ist schon dem Alkohol gleich! –, und schließlich begann selbst Pluto, der nun langsam alt und infolgedessen ein wenig grämlich ward – also selbst Pluto begann die Wirkungen meines bösartigen Wesens zu spüren.

Eines Nachts, als ich arg betrunken von einer meiner Wirtshaustouren in der Stadt nach Hause kam, bildete ich mir ein, der Kater meide meine Nähe. Ich packte ihn; woraufhin er mir, ob meiner Heftigkeit erschrocken, mit den Zähnen eine leichte Wunde an der Hand beibrachte. Im Augenblick ward ich von dämonischer Wut besessen. Ich kannte mich selbst nicht mehr. Mir war, als fliehe meine ureigene Seele mit einem Male aus meinem Körper; und eine mehr denn teuflische Bosheit, vom Branntwein genährt, durchschauerte jede Faser meines Leibes. Ich zog ein Federmesser aus meiner Westentasche, klappte es auf, packte das arme Tier bei der Kehle und schnitt ihm mit Bedacht eines seiner Augen aus der Höhle. Ich werde rot, ich brenne, ich schaudere, indes ich diese verdammenswerte Greueltat niederschreibe.

Als mit dem Morgen die Vernunft mir wiederkehrte – als ich den Rausch der nächtlichen Ausschweifung ausgeschlafen hatte –, empfand ich ob des Verbrechens, dessen ich schuldig geworden, ein Gefühl aus Grauen halb und halb aus Reue; doch war es bestenfalls ein schwaches und zwiespältiges Gefühl, und die Seele blieb davon unberührt. Ich stürzte mich aufs neue in den Alkohol und hatte bald jegliche Erinnerung an die Tat im Weine ertränkt.

Unterdessen erholte sich der Kater langsam wieder. Die Höhle des verlorenen Auges bot zwar einen gar gräßlichen

Anblick, doch schien er keine Schmerzen mehr zu leiden. Er streifte ganz wie sonst durchs Haus, doch floh er, wie zu erwarten, in panischem Schrecken, sobald ich näher kam. Noch war mir so viel von meinem alten Herzen geblieben, daß diese offenkundige Abneigung seitens eines Geschöpfes, welches mich einst so geliebt hatte, mich anfangs doch betrübte. Aber bald machte dies Empfinden Verärgerung Platz. Und dann kam, wie um mich endgültig und unwiderruflich zu vernichten, der Geist der WIDERNATUR über mich. Jener Geist, den die Philosophie so gänzlich außer acht läßt. Doch bin ich mir nicht mehr gewiß, daß meine Seele lebt, als ich es bin, daß die Widernatur einer der Urtriebe des menschlichen Herzens ist – eine der unteilbaren Elementarkräfte oder -empfindungen, welche die Richtung des menschlichen Charakters bestimmen. Wer hat sich nicht schon hundertmal dabei ertappt, wie er etwas Schändliches oder Törichtes aus keinem anderen Grunde getan denn aus dem Wissen, daß er es *nicht* sollte? Verspüren wir nicht wider all unsere bessere Einsicht eine fortwährende Neigung, das zu verletzen, was *Gesetz* ist, nur weil wir es als solches verstehen? Dieser Widergeist nun sollte mich, wie gesagt, endgültig vernichten. Es war dies unergründliche Verlangen der Seele, *sich selbst zu quälen* – der eigenen Natur Gewalt anzutun – Unrecht zu tun allein um des Unrechts willen –, das mich dazu trieb, die dem harmlosen Tiere zugefügte Unbill fortzusetzen und schließlich zu vollenden. Eines Morgens legte ich ihm kühlen Blutes eine Schlinge um den Hals und hängte es am Aste eines Baumes auf; – erhängte es, wobei mir die Tränen aus den Augen strömten und die bitterlichste Reue mir das Herz beschwerte; – erhängte es, nur *weil* ich wußte, daß es mich geliebt hatte, und *weil* ich spürte, daß es mir keinerlei Grund zu Ärgernis gegeben; – erhängte es, *weil* ich wußte, daß ich damit eine Sünde beging – eine Todsünde, die meine unsterbliche Seele so gefährden würde, daß sie diese – falls derlei überhaupt möglich – selbst der unendlichen Gnade des Allbarmherzigen und Allschrecklichen Gottes entrückte.

In der Nacht nach jenem Tage, an welchem diese grausame Tat geschehen, ward ich vom Schrei »Feuer!« aus dem Schlafe geweckt. Die Vorhänge meines Bettes standen in Flammen. Das ganze Haus brannte lichterloh. Nur mit knapper Not konnten meine Frau, ein Dienstmädchen und ich der Feuersbrunst entkommen. Es ward alles zerstört. Mein gesamtes irdisches Hab und Gut war dahin, und ich ergab mich hinfort der Verzweiflung.

Ich bin über die Schwäche erhaben, zwischen dem Unglück und der Greueltat etwa einen Folgezusammenhang von Ursache und Wirkung herstellen zu wollen. Doch zähle ich eine Kette von Tatsachen auf – und möchte dabei auch nicht das geringste nur mögliche Glied aus- oder unvollständig lassen. Am Tage nach dem Brand besichtigte ich die Ruinen. Die Mauern waren, bis auf eine, eingestürzt. Und diese eine war eine nicht sehr starke Trennwand etwa in der Mitte des Hauses, an der das Kopfende meines Bettes gestanden hatte. Der Putz hatte hier weitgehend der Einwirkung des Feuers widerstanden – eine Tatsache, welche ich darauf zurückführte, daß er erst vor kurzem aufgetragen worden war. Um diese Mauer hatte sich eine dichte Menschenmenge versammelt, und viele Leute schienen mit recht peinlicher und angelegentlicher Aufmerksamkeit eine bestimmte Stelle zu mustern. Die Worte »sonderbar!«, »merkwürdig!« und andere ähnliche Ausrufe erregten meine Neugier. Ich trat näher und erblickte, gleichsam wie ein Basrelief in die weiße Fläche gemeißelt, die Gestalt einer riesengroßen *Katze*. Der Eindruck war von wahrhaft wunderbarer Genauigkeit. Um den Hals des Tieres lag eine Schlinge.

Als ich zuerst dieser Geistererscheinung ansichtig wurde – denn ich vermochte es kaum für weniger zu nehmen –, war ich außer mir vor Staunen und Entsetzen. Doch schließlich kam mir Nachdenken zu Hilfe. Die Katze hatte, so fiel mir ein, in einem an das Haus angrenzenden Garten gehangen. Auf den Feueralarm hin hatten sich sogleich die Menschen in den Garten gedrängt – und da mußte wohl einer das Tier vom Baume abgeschnitten und durch ein offenes Fenster in meine Schlafkammer geworfen haben. Dies war vermutlich in der Absicht geschehen, mich aus dem Schlafe zu wecken. Der Einsturz der anderen Wände hatte dann das Opfer meiner Grausamkeit in die Masse des frisch aufgeworfenen Putzes gepreßt; dessen Kalk nun hatte im Verein mit den Flammen und dem Ammoniak des Kadavers das Bild zustande gebracht, wie ich es sah.

Wiewohl ich solcherart meiner Vernunft, wenn nicht gänzlich meinem Gewissen, für den erschreckenden Umstand, wie ich ihn soeben geschildert, gar leicht und geschwind eine Erklärung gefunden hatte, verfehlte dieser doch nichtsdestoweniger, auf meine Phantasie einen tiefen Eindruck zu machen. Monatelang vermochte ich mich nicht von dem Bilde des Katers zu befreien; und während dieser Zeit kehrte in meinen Geist ein halbes Gefühl zurück, das Reue schien, aber keine war. Es kam soweit, daß ich den Verlust des Tieres bedauerte und mich in den üblen Spelunken, in denen ich nun Stammgast geworden, nach einem andern Haustiere derselben Art und einigermaßen ähnlicher Erscheinung umsah, das seine Stelle einnehmen sollte.

Eines Nachts, da ich halb betäubt in einer schon mehr als nur verrufenen Kaschemme saß, ward meine Aufmerksamkeit ganz plötzlich auf etwas Schwarzes gelenkt, das oben auf einem der ungeheuren Oxhoftfässer voll Gin oder Rum ruhte, aus denen die Einrichtung des Raumes hauptsächlich bestand. Ich hatte schon minutenlang unverwandt auf dieses Faß gestarrt, und was mir nun gar verwunderlich vorkam, war die Tatsache, daß ich das Ding dort oben nicht schon vorher bemerkt hatte. Ich trat hinzu und berührte es mit der Hand. Es war ein schwarzer Kater – ein sehr großes Tier – genausogroß wie Pluto und ihm in jeder Hinsicht überaus ähnlich, nur in einer nicht. Pluto hatte nirgendwo an seinem Leibe ein weißes Haar besessen; doch dieser Kater hatte einen großen, obgleich nicht scharf umrissenen weißen Fleck, welcher nahezu die ganze Brust bedeckte.

Auf meine Berührung hin erhob er sich sogleich, schnurrte laut, rieb sich an meiner Hand und wirkte ob meiner Aufmerksamkeit recht entzückt. Dies war nun genauso ein Tier, wie ich es suchte. Sogleich erbot ich mich, es dem Wirte abzukaufen; der aber erhob gar keinen Anspruch darauf – kannte das Tier gar nicht – hatte es noch nie zuvor gesehen.

Ich streichelte das Tier immerzu weiter, und als ich mich anschickte, nach Hause zu gehen, zeigte das Tier Neigung, mich zu begleiten. Ich ließ es geschehen; hin und wieder, indes ich auf meinem Weg voranschritt, bückte ich mich und strich ihm übers Fell. Zu Hause angekommen, fühlte es sich sogleich heimisch und ward augenblicklich der Liebling meiner Frau.

Ich für mein Teil aber spürte bald eine Abneigung gegen das Tier in mir aufsteigen. Dies war nun genau das Gegenteil dessen, was ich erwartet hatte; doch – ich weiß nicht, wie es kam und warum das so war – seine offenkundige Zuneigung zu mir empfand ich als lästig und höchlich zuwider. Ganz langsam und allmählich steigerte sich dies Gefühl von Ekel und Verdruß zu erbittertem Haß. Ich mied die Kreatur; ein gewisses Schamgefühl und die Erinnerung an meine frühere grausame Tat hielten mich davon ab, ihr körperlich etwas zuleide zu tun. Es vergingen einige Wochen, da ich sie weder schlug noch anderweitig mißhandelte; doch allmählich – ganz langsam und allmählich – fing ich an, sie mit unsäglichem Widerwillen zu betrachten, und schweigend floh ich ihre verhaßte Gegenwart wie den Hauch der Pestilenz.

Was zweifellos meinen Haß auf das Tier noch verstärkte, war die Entdeckung, welche ich am andern Morgen gemacht, nachdem ich es mit heimgebracht hatte, daß ihm nämlich, genau wie Pluto, auch eines seiner Augen fehlte. Dieser Umstand jedoch machte es meiner Frau nur desto lieber, die, wie ich bereits gesagt habe, in hohem Maße jene Menschlichkeit des Fühlens besaß, wie sie einst auch für mein Wesen kennzeichnend und der Quell vieler meiner schlichtesten und reinsten Freuden gewesen war.

Mit meiner Abneigung gegen diesen Kater schien jedoch dessen Vorliebe für mich zu wachsen. Er folgte mir auf Schritt und Tritt mit einer Hartnäckigkeit, wie sie dem Leser wohl nur schwer begreiflich zu machen ist. Wann immer ich mich niedersetzte, hockte er sich unter meinen Stuhl oder sprang mir auf die Knie, um mich mit seinen widerwärtigen Liebkosungen zu überhäufen. Erhob ich mich, um wegzugehen, drängte er sich mir zwischen die Füße und brachte mich dadurch fast zu Fall, oder er schlug seine langen und scharfen Krallen in meinen Anzug, um auf diese Weise mir bis zur Brust hinaufzuklettern. Wiewohl es mich zu solchen Zeiten danach verlangte, ihn mit einem Hieb zu töten, ward ich dann doch davon zurückgehalten, zum Teil durch die Erinnerung an mein früheres Verbrechen, hauptsächlich aber – ich will es nur gleich bekennen – durch absolute *Furcht* vor diesem Tiere.

Es war dies nicht eigentlich Furcht vor körperlicher Unbill – und doch wüßte ich nicht so recht, wie ich es sonst benennen sollte. Beinahe schäme ich mich zu gestehen – ja, selbst hier in der Verbrecherzelle schäme ich mich beinahe zu gestehen –, daß all das Entsetzen und Grauen, welche das Tier mir eingeflößt, noch größer gar geworden war durch ein Schreckbild, wie es schrecklicher sich nicht denken läßt. Mehr als einmal hatte meine Frau meine Aufmerksamkeit auf die Natur des Flecks von weißem Haar gelenkt, von welchem ich bereits gesprochen habe und der den einzigen sichtbaren Unterschied ausmachte zwischen dem fremden Tiere und jenem, welches ich umgebracht. Der Leser wird sich erinnern, daß diese Markierung zwar groß, ursprünglich aber doch sehr unbestimmt gewesen war; doch nach und nach – so ganz allmählich, ja beinahe unmerklich, so daß mein Verstand sich lange Zeit sträubte, es für etwas anderes denn Einbildung zu nehmen – hatte sie am Ende unerbittlich deutliche Umrisse angenommen. Sie stellte nun einen Gegenstand dar, den zu nennen mich schaudert – und um dessentwillen vor allem ich das Scheusal haßte und fürchtete und mich seiner entledigt hätte, *hätt ich es nur gewagt* – es war nun, wie gesagt, das Abbild eines greulichen – eines gespenstisch grausigen Dinges – es war ein GALGEN! – oh, finstres, gräßlich Werkzeug des Schreckens und des Frevels – der Seelenangst, des Todes!

Und nun war ich wahrlich elender denn alles Elend bloßer Menschennatur. Und *eine unvernünftige Kreatur*, deren Artgenossen ich verachtungsvoll getötet – *ein unvernünftig Vieh* hatt es vollbracht, *mir* – mir, einem Menschen, geschaffen zum Bilde des Höchsten Gottes – so viel unerträglichen Leids zu tun! Ach! weder bei Tage noch bei Nacht kannt ich mehr der Ruhe Segen! Tagsüber ließ das Tier mich nicht einen Augenblick allein; und des Nachts schreckt ich aus dem unaussprechlichen Grauen grausiger Träume wohl stündlich auf, um den heißen Odem *des Dinges* auf meinem Gesicht zu spüren und sein ungeheuerliches Gewicht – ein fleischgewordener Alp – den abzuschütteln ich nicht vermochte – lastend immerdar auf meinem *Herzen*!

Unter dem Drucke solcher Qualen erlag auch der letzte Rest, der noch an Gutem in mir war. Böse Gedanken wurden meine einzigen Vertrauten – die schwärzesten und schlimmsten aller Gedanken. Die Übellaunigkeit meines gewöhnlichen Naturells steigerte sich zum Haß auf alle Dinge und die ganze Menschheit; indes mein Weib, klaglos, ach, die sanftmütigste aller Dulderinnen, unter den häufigen, jähen und zügellosen Zornesausbrüchen, denen ich mich nun blindwütig hingab, am meisten zu leiden hatte.

Eines Tages begleitete sie mich auf irgendeinem Haushaltsgange in den Keller des alten Gebäudes, das unsere Armut uns zu bewohnen zwang. Der Kater folgte mir die steile Treppe hinab, und als ich seinetwegen beinahe kopfüber hinabgestürzt wäre, packte mich rasende Wut. In meinem Zorne vergaß ich die kindische Furcht, welche bislang meiner Hand gewehrt hatte, hob eine Axt und holte zu einem Streiche gegen das Tier aus, der ihm natürlich auf der Stelle tödlich geworden wäre, hätte er getroffen, wie ich es wünschte. Doch dieser Streich ward von der Hand meiner Frau aufgehalten. Ob dieses Eingreifens zu mehr denn teuflischer Wut gereizt, entwand ich meinen Arm ihrem Griffe und grub die Axt ihr ins Gehirn. Ohne ein Stöhnen fiel sie auf der Stelle tot um.

Nachdem diese greuliche Mordtat vollbracht, ging ich sogleich und in vollem Bedachte daran, den Leichnam zu verbergen. Ich wußte, daß ich ihn weder bei Tage noch bei Nacht aus dem Hause schaffen konnte, ohne Gefahr zu laufen, von den Nachbarn gesehen zu werden. So mancher Plan kam mir in den Sinn. Eine Zeitlang dachte ich daran, die Leiche in ganz kleine Teile zu zerstückeln und diese zu verbrennen. Dann wieder war ich entschlossen, im Kellerboden ein Grab dafür auszuheben. Darauf erwog ich, sie in den Brunnen im Hof zu werfen – oder sie unter den üblichen Vorkehrungen wie eine Handelsware in eine Kiste zu packen und diese dann von einem Gepäckträger aus dem Hause holen zu lassen. Schließlich verfiel ich auf etwas, das mir ein weit besseres Verfahren dünkte denn alles Bisherige. Ich beschloß, die Leiche im Keller einzumauern – so wie es im Mittelalter die Mönche mit ihren Opfern getan haben sollen.

Zu einem solchen Zwecke war der Keller wohl geeignet. Seine Mauern waren locker gebaut und erst kürzlich ringsum mit einem groben Mörtel verputzt worden, der in der feuchten Luft noch nicht hart geworden war. Überdies befand sich in einer der Wände ein Vorsprung, wo einmal ein blinder Kamin oder Schornstein gewesen, den man ausgefüllt und dem übrigen Keller angeglichen hatte. Ich zweifelte nicht im mindesten, daß ich an dieser Stelle leicht die Ziegel entfernen, den Leichnam hineinstecken und das Ganze wieder zumauern könne wie zuvor, so daß kein Auge irgend etwas Verdächtiges zu entdecken vermöchte.

Und in dieser Rechnung sah ich mich nicht getäuscht. Mit Hilfe eines Brecheisens entfernte ich leicht die Ziegel, und nachdem ich die Leiche sorgsam gegen die Innenwand gelehnt hatte, stützte ich sie in jener Stellung ab und richtete mit wenig Mühe den ganzen Maueraufbau wieder so her, wie er ursprünglich dagestanden hatte. Nachdem ich mit jeder nur erdenklichen Vorsicht Mörtel, Sand und

Haare beschafft hatte, stellte ich einen Putz her, der von dem alten nicht zu unterscheiden war, und trug ihn sehr sorgfältig auf das Mauerwerk auf. Als ich damit fertig, war ich zufrieden, daß alles in rechter Ordnung sei. Die Mauer bot nicht im mindesten den Anschein irgendeines Eingriffs. Den Schutt auf dem Boden beseitigte ich mit peinlichster Sorgfalt. Triumphierend schaute ich mich um und sprach bei mir: – ›Hier wenigstens ist meine Mühe nicht umsonst gewesen.‹

Als nächstes suchte ich nach dem Tiere, welches die Ursache so vielen Elends gewesen war; denn ich war endlich fest entschlossen, es zu töten. Hätte ich es in diesem Augenblick zu entdecken vermocht, so wäre sein Schicksal besiegelt gewesen; doch wie es schien, war das schlaue Tier ob der Heftigkeit meiner vorherigen Wut gewarnt und vermied es, mir bei meiner derzeitigen Gemütsverfassung unter die Augen zu kommen. Es ist unmöglich, zu beschreiben oder auch nur sich vorzustellen, welch tiefes, welch seliges Gefühl der Erleichterung die Abwesenheit der verhaßten Kreatur mir im Busen weckte. Auch während der Nacht zeigte sie sich nicht – und so schlief ich denn, seit ich sie damals mit ins Haus gebracht hatte, wenigstens eine Nacht tief und fest; jawohl, *schlief*, sogar mit der Last des Mordes auf meiner Seele!

Der zweite und der dritte Tag vergingen, und noch immer kam mein Peiniger nicht. Wieder konnte ich als freier Mensch atmen. In seiner Angst war das Untier für immer aus dem Hause geflohen! Ich müßte es nimmer mehr wiedersehen! Ich war überglücklich! Die Schuld meiner finsteren Tat störte mich dabei nur wenig. Einige wenige Nachforschungen waren erfolgt, doch hatte ich alles prompt und willig beantwortet. Sogar eine Haussuchung hatte man vorgenommen – aber zu entdecken war natürlich nichts gewesen. Ich betrachtete also mein künftiges Glück als gesichert.

Am vierten Tage nach dem Meuchelmord erschien völlig unerwartet eine Abordnung der Polizei im Haus und ging abermals daran, das Anwesen gründlich zu durchsuchen. Doch der Unerforschlichkeit meines Versteckes gewiß, empfand ich nicht die mindeste Beunruhigung. Die Beamten forderten mich auf, sie bei ihrer Suche zu begleiten. Kein Winkel, keine Ecke blieb undurchsucht. Schließlich stiegen sie zum dritten oder vierten Male in den Keller hinab. Ich zitterte mit keinem Muskel. Mein Herz schlug ruhig wie das eines Mannes, der den Schlaf des Gerechten schläft. Ich durchschritt den Keller von einem Ende zum andern. Die Arme über der Brust verschränkt, ging ich leichten Schritts auf und ab. Die Polizisten waren es vollauf zufrieden und schickten sich an zu gehen. Die Freude in meinem Herzen aber war zu groß, als daß ich sie hätte unterdrücken können. Ich brannte darauf, wenigstens ein einziges Wort zu meinem Triumphe zu sagen und sie in ihrer Überzeugung von meiner Schuldlosigkeit doppelt sicher zu machen.

»Meine Herren«, sprach ich schließlich, als die Polizisten die Treppe schon hinaufstiegen, »ich freue mich, daß ich's vermocht, Ihre Verdächtigungen zu zerstreuen. Ich wünsche Ihnen allen Gesundheit und ein wenig mehr Höflichkeit. Übrigens, meine Herren, das – das Haus hier ist sehr gut gebaut.« (In dem tollen Verlangen, etwas leicht dahinzusagen, wußte ich kaum noch, was ich eigentlich redete.) – »Ja, ich darf wohl sagen, ein *ausnehmend* gut gebautes Haus. Diese Wände – Sie wollen schon gehen, meine Herren? –, diese Mauern sind fest zusammengefügt« – und damit pochte ich, im bloßen Überschwange prahlerischer Herausforderung, kräftig mit einem Stocke, den ich in der Hand hielt, genau auf diejenige Stelle der Ziegelmauer, dahinter der Leichnam – das Weib meines Herzens – stand.

Doch möge Gott mich beschützen und aus den Fängen des Erzfeindes erlösen! Kaum war der Widerhall meiner Schläge in Stille verklungen, da gab mir eine Stimme aus dem Grabesinnern Antwort! – ein Schrei, zuerst gedämpft, gebrochen, dem Schluchzen eines Kindes gleich, und dann rasch anschwellend zu einem langen, lauten und anhaltenden Geschrei, ganz widernatürlich und gar nicht menschlich – ein Heulen – ein klagendes Geschrill, aus Grauen halb und halb aus Triumph, wie es allein aus der Hölle aufsteigen mag, vereint aus den Kehlen der Verdammten in ihrer Pein und der Dämonen, die jauchzen und frohlocken ob der Verdammnis.

Torheit wär's, wollte ich davon sprechen, was ich selber da gedacht. Ohnmächtig wankte ich zur gegenüberliegenden Wand. Einen Augenblick lang verharrten die Männer auf der Treppe reglos im Übermaß von Entsetzen und Furcht. Im nächsten aber mühte sich ein Dutzend starker Arme an der Mauer. Sie fiel zusammen. Der Leichnam, bereits stark verwest, das Blut darauf geronnen, stand aufrecht vor den Augen der Betrachter. Auf seinem Kopfe aber saß, den roten Rachen aufgerissen, das einzige Auge feuersprühend, die abscheuliche Bestie, deren Verschlagenheit mich zum Morde verführt und deren anklagende Stimme mich dem Henker überliefert hatte. Ich hatte das Untier mit ins Grab gemauert!

MORGEN AUF DEM WISSAHICCON

Schon oft hat man im Vergleiche die Naturschönheiten Amerikas, im Großen wie im Kleinen, der Landschaft der Alten Welt gegenübergestellt – insbesondere der Europas –, und so groß die Begeisterung, mit welcher die Fürsprecher der jeweiligen Region stritten, so weit klafften ihre Meinungen auseinander. Es ist dies eine Debatte, die wohl nicht so bald ihr Ende finden dürfte, denn obschon auf beiden Seiten gar vieles gesagt worden ist, bleibt doch noch unendlich mehr darüber zu sagen.

Die renommiertesten der britischen Touristen, welche einen Vergleich gewagt, scheinen unsere nördliche und östliche Küste für so ziemlich alles zu halten, was in Amerika, zumindest in den Vereinigten Staaten, Beachtung verdient. Nur wenig sagen sie, weil noch weniger sie gesehen, von der prachtvollen Landschaft im Innern einiger unserer westlichen und südlichen Gegenden – zum Beispiel vom weit-weiten Tal Louisianas –, wo die wild-romantischsten Träume vom Paradiese Wirklichkeit geworden. Meistenteils begnügen sich diese Reisenden mit einer hastigen Besichtigung der *berühmten* Naturmerkwürdigkeiten des Landes – Hudson, Niagara, Catskill-Gebirge, Harper's Ferry, die Seen von New York, der Ohio, die Prärien und der Mississippi. Ja, sehenswert ist dies alles nun wahrlich, selbst für jenen, der da eben noch am burgengekrönten Rheine emporgeklommen oder
    am blauen Rauschen der pfeilschnellen Rhône dahingewandert; doch ist dies nicht *alles*, dessen wir uns rühmen können; ja, fürwahr, kühn wage ich zu behaupten, daß es auf dem Gebiete der Vereinigten Staaten zahllose stille, verborgene und kaum erforschte Winkel gibt, welche dem wahren Künstler oder kunstbeflissenen Lieb-

haber alles Großartigen und Schönen an Gottes Werken vollkommener dünken wird denn *alle* die wohlverzeichneten und höher geachteten Schauplätze miteinander, auf die ich hingewiesen.

Ja, tatsächlich liegen die wahren Paradiese des Landes weitab vom Pfade unserer eigenen, höchst zielstrebigen Reisenden – wie ungeheuer weitab, wie unerreichbar sind sie dann erst dem Fremden, welcher mit seinem Verleger zu Hause ein Übereinkommen getroffen hat, innerhalb einer vereinbarten Zeit einen Bericht von ganz bestimmtem Umfange über Amerika zu liefern, und nun diese Abmachung auf keine andere Art einzuhalten hoffen darf, als daß er, Notizbuch in der Hand, per Dampfer oder Eisenbahn nur auf den ausgefahrensten Verkehrswegen durchs Land reist.

Ich habe soeben das Tal von Louisiana erwähnt. Von allen weiträumigen Gegenden landschaftlicher Schönheit ist diese vielleicht die schönste. Keine Phantasiewelt kommt ihr gleich. Auch die vortrefflichste Einbildungskraft vermöchte aus ihrer übergroßen Lieblichkeit noch Anregung zu schöpfen. Und wahrlich, allein von *Schönheit* ist's, das sie geprägt. Wenig oder vielmehr nichts hat sie vom Erhabenen. Das Land sanft gewellt, durchwoben von phantastisch kristallenen Gewässern, zwischen blumenübersäten Uferhängen, im Hintergrunde Wälder, gigantisch, schimmernd, mannigfarben, von bunten Vögeln funkelnd, von Düften schwer – all dies fügt sich im Tale von Louisiana zur üppigsten Landschaft auf Erden.

Doch selbst in diesen herrlichen Gefilden sind die lieblicheren Stellen nur auf Nebenwegen zu erreichen. Ja, überhaupt, so der Reisende in Amerika die schönsten Landschaften sehen möchte, darf er diese weder mit der Eisenbahn noch mit dem Dampfschiff suchen, weder mit der Postkutsche noch mit seinem Privatgefährt, ja nicht einmal zu Pferde – sondern zu Fuß. *Wandern* muß er, über Schluchten springen, an jähen Abgründen seinen Hals riskieren oder aber auf den Anblick der wahrsten, reichsten und unaussprechlichsten Herrlichkeiten des Landes verzichten.

Eine solche Notwendigkeit besteht nun im größten Teile Europas nicht. In England schon gar nicht. Noch der allergrößte Dandy kann dort als Tourist jeden sehenswerten Winkel besuchen, ohne daß seine Seidenstrümpfe Schaden litten; so genauestens bekannt sind alle Sehenswürdigkeiten und so wohl organisiert die Mittel und Wege, sie zu erreichen. Dieser Betracht ward und wird nun freilich beim Vergleiche der Alten und Neuen Welt hinsichtlich ihrer Landschaft nie gebührend berücksichtigt. Der gesamten Schönheit der ersteren werden nur die bekanntesten und keinesfalls bemerkenswertesten Stellen in der allgemeinen Schönheit der letzteren gegenübergestellt.

Eine Flußlandschaft vereint in sich fraglos alle Hauptelemente der Schönheit und ist seit undenklichen Zeiten schon des Dichters Lieblingsthema. Doch läßt sich ein gut Teil dieses Ruhmes wohl darauf zurückführen, daß bereits an der Zahl Reisen in Flußgebieten gegenüber Gebirgsgegenden überwiegen. Auf die nämliche Weise ist in allen Ländern den großen Flüssen, weil sie gewöhnlich Verkehrswege darstellen, ein ungehöriges Maß an Bewunderung zuteil geworden. Sie ziehen mehr Blicke auf sich und sind infolgedessen auch weitaus mehr im Gespräch denn weniger aufdringliche, doch oft reizvollere Gewässer.

Ein einzigartiges Beispiel, meine Bemerkungen zu diesem Punkte zu belegen, bietet wohl der Wissahiccon, ein Bach (denn mehr ist er kaum), der sich etwa sechs Meilen westlich von Philadelphia in den Schuylkill ergießt. Nun ist der Wissahiccon von so bemerkenswerter Schönheit, daß er, flösse er in England, eines jeglichen Dichters Gegenstand, einer jeglichen Zunge Gesprächsstoff wäre, wenn, ja wenn nicht gar seine Ufer zu horrenden Preisen als Baugelände für die Villen der Reichen in Parzellen aufgeteilt wären. Doch ist es noch gar nicht lange her, wenige Jahre nur, daß der Wissahiccon mehr als nur vom Hörensagen bekannt, indes das breitere und also leichter schiffbare Gewässer, worein er fließt, lange schon als eines der lieblichsten Beispiele amerikanischer Flußlandschaften gepriesen wird. Der Schuylkill, dessen Schönheiten man stark übertrieben hat und dessen Ufer, zumindest in der Nähe Philadelphias, sumpfig sind wie die des Delaware, ist nun aber als Gegenstand pittoresken Reizes ganz und gar nicht vergleichbar mit dem bescheideneren und weniger bekannten Flüßchen, von dem hier die Rede.

Erst als Fanny Kemble in ihrem launigen Buch über die Vereinigten Staaten die Einwohner von Philadelphia auf die seltene Schönheit eines Gewässers hingewiesen hatte, das vor ihrer Türe lag, ward diese Schönheit von einigen wenigen abenteuerlustigen Spaziergängern aus der näheren Umgebung nicht mehr nur für möglich gehalten. Als aber das ›Tagebuch‹ aller Augen geöffnet hatte, floß der Wissahiccon alsbald gewissermaßen in Berühmtheit dahin. ›Gewissermaßen‹, sage ich, denn tatsächlich offenbart sich die wahre Lieblichkeit des Gewässers erst weit oberhalb der *Route* der philadelphischen Schönheitsjäger, welche nur selten weiter denn eine Meile oder zwei über die Mündung des Baches hinaus vordringen – aus dem gar trefflichen Grunde, weil hier die Fahrstraße endet. Dem Wagemutigen, der die schönsten Stellen sehen möchte, rate ich, auf der Ridge Road, die westwärts aus der Stadt hinausführt, bis zum zweiten Weg hinter dem sechsten Meilenstein zu gehen und diesem dann bis zum Ende zu folgen. So wird er zu einer der schönsten Stellen des Wissahiccon gelangen und kann sich in einem Skiff, oder indem er an den Ufern entlangklettert, flußauf- oder -abwärts begeben, ganz wie es ihm gefällt, und wird in jeder Richtung reich belohnt werden.

Wie ich schon gesagt habe oder doch hätte sagen sollen, ist der Bach recht schmal. Seine Ufer fallen meistens, ja fast überall, steil ab, werden sie doch von hoch aufragenden Hügeln gebildet, welche zum Wasser hin prächtiges Buschwerk bedeckt und in größerer Höhe einige der herrlichsten Waldbäume Amerikas krönen, unter denen das *Liriodendron tulipiferum* besonders auffällt. Die Ufer selbst sind jedoch aus Granit, scharf umrissen oder moosbedeckt, und in seinem sanften Flusse rekelt sich das klare Wasser daran hin, wie die blauen Wellen des Mittelmeeres über die Stufen der Marmorpaläste. Dann und wann ragt aus den Klippen ein kleines, fest umgrenztes *plateau* von üppigem Grase heraus, das einem Haus mit Garten die malerischste Lage böte, wie sie die reichste Phantasie sich vorzustellen vermag. Wie gewöhnlich, wenn die Ufer steil abfallen, schlängelt sich der Fluß in vielen jähen Windungen dahin, und somit ersteht vor dem Auge des dahinwandernden Betrachters der Eindruck einer endlosen Folge schier unbegrenzt verschiedenartiger kleiner Weiher oder, genauer, Bergseen. Den Wissahiccon sollte man jedoch nicht wie das ›schöne Melrose‹ bei Mondschein, auch nicht bei nur wolkigem Wetter besuchen, sondern im hellsten Glanze der Mittagssonne; denn die enge Schlucht, durch die er fließt, die hohen Hänge zu beiden Seiten und das dichte Laubwerk, dies alles zusammen läßt ein Dämmerdunkel, wenn nicht gar völlige Düsterkeit entstehen, die, sofern das helle Tageslicht sie nicht mildert, von der reinen Schönheit des Bildes nur ablenken.

Vor nicht langer Zeit besuchte ich das Flüßchen auf dem beschriebenen Wege und verbrachte den größten Teil eines schwülheißen Tages damit, in einem Skiff auf seinem Schoß dahinzutreiben. Nach und nach übermannte mich die Hitze, und indem ich mich dem Einfluß von Ort und Wetter wie auch der sanft fließenden Strömung überließ, sank ich in einen Halbschlummer, darin meine Phantasie in Visionen des Wissahiccon von dermaleinst schwelgte – der ›guten alten Zeit‹, da es noch nicht den Dämon Maschine gab, da von Picknicks niemand auch nur träumte, da ›Wassergerechtsame‹ weder ge- noch verkauft wurden und da auf den Graten dort droben die Rothaut allein dahinzog, mit dem Elch. Und derweilen diese Phantasiegebilde so nach und nach sich meiner bemächtigten, hatte der träge Bach mich Zoll um Zoll um einen vorspringenden Fels getragen, wo sich mir nun der Anblick eines anderen bot, welcher in einer Entfernung von vierzig oder fünfzig Yards die Sicht begrenzte. Es war eine steile felsige Klippe, die weit in den Fluß hervorragte und ungleich mehr von dem salvatorischen Charakter bot denn irgendein Teil des Ufers, das ich bislang passiert. Was ich auf diesem Felsen sah, obschon gewiß ein Gegenstand höchst ungewöhnlicher Natur in Anbetracht von Ort und Jahreszeit, hat mich zunächst weder verwundert noch erstaunt – so gar vollkommen und harmonisch stimmte es zusammen mit den Halbschlafphantasien, in denen ich befangen war. Ich sah oder träumte, ich sähe, da am äußersten Rande des Abgrunds stand, den Hals vorgereckt, die Ohren gespannt und die Haltung ganz Ausdruck von tieftrauriger Neugier, einer der ältesten und kühnsten jener Elche, die mit den Rothäuten meiner Phantasie verbunden gewesen waren.

Wie gesagt, einige Augenblicke lang war ich weder verwundert noch erstaunt ob dieser Erscheinung. Während dieser Zeit war meine Seele einzig von ungeheurem Mitgefühl erfüllt. Mich dünkte, der Elch blicke ebenso verdrossen wie erstaunt auf die deutliche Veränderung zum Schlechteren – die der Bach und seine Umgebung selbst innerhalb der letzten Jahre durch die harte Hand des Utilitariers erlitten. Doch als das Tier ganz leicht den Kopf bewegte, zerstob sogleich das Traumgespinst, das mich umfing, und ich erwachte, um zutiefst das Nochniedagewesene dieses Abenteuers zu empfinden. Ich erhob mich in meinem Skiff auf ein Knie, und dieweil ich noch zögerte, ob ich meine Fahrt anhalten oder mich näher an den Gegenstand meines Staunens herantreiben lassen sollte, vernahm ich, wie es rasch, aber vorsichtig von oben aus dem Gebüsch »Scht! Scht!« machte. Gleich darauf tauchte ein Neger aus dem Dickicht auf, schob behutsam die Zweige beiseite und schlich auf leisen Sohlen. In der einen Hand trug er etwas Salz und hielt dieses dem Elch entgegen, indes er sich sachte, doch stetig näherte. Das edle Tier, ein wenig unruhig zwar, versuchte nicht zu fliehen. Der Neger kam näher; hielt ihm das Salz hin; und sprach ein paar ermunternde oder auch beschwichtigende Worte. Sogleich senkte der Elch den Kopf und stampfte auf, legte sich dann aber ruhig nieder und bekam ein Halfter angelegt. So endete mein romantisches Erleben mit dem Elch. Es war ein *Haustier*, sehr alt und sehr zahm, und gehörte einer englischen Familie, die eine Villa in der Nähe bewohnte.

DAS DIDDELN ALS EINE
DER EXAKTEN WISSENSCHAFTEN
BETRACHTET

> Heißa, diddel didel,
> Die Katze und die Fiedel.

Seit Anbeginn der Welt hat es zwei Jeremiasse gegeben. Der eine schrieb eine Jeremiade über den Wucher und war Jeremy Bentham geheißen. Er ist von Mr. John Neal überaus bewundert worden und war ein großer Mann auf kleine Art. Dem andern verdankt die bedeutendste der exakten Wissenschaften ihren Namen, und er war ein großer Mann auf *große* Art – ja, ich darf wohl sagen, auf die allergrößte Art.

Das Diddeln – oder der abstrakte Begriff, welcher im Verb ›diddeln‹ sich ausdrückt – ist hinlänglich klar und verständlich, geht es doch schlichtweg um ›das Schwindeln oder Betrügen‹. Doch schon das Faktum, die Tat, die Sache des *Diddelns* ist einigermaßen schwierig zu definieren. Eine leidlich deutliche Vorstellung besagter Tätigkeit mögen wir aber gewinnen, wenn wir – nun nicht die Sache, das Diddeln selbst – sondern den Menschen definieren, und zwar als das Lebewesen, das diddelt. Wäre darauf seinerzeit Platon gekommen, wäre ihm die Schmach mit dem gerupften Huhn erspart geblieben.

Ganz zu Recht und zur Sache hatte sich Platon nämlich vor die Frage gestellt gesehen, warum ein gerupftes Huhn, das doch unbestreitbar ein ›zweibeiniges Wesen ohne Federn‹ sei, denn nicht, nach seiner eigenen Definition, ein Mensch wäre? Mir kann nun aber eine derartige Fragerei nichts anhaben. Der Mensch ist ein diddelndes Lebewesen, und es gibt *keinerlei* diddelndes Lebewesen *außer* dem Menschen. Da brauchte es schon einen ganzen Stall voll gerupfter Hühner, um das Gegenteil zu beweisen.

Was nun das Wesen, die nasgewitterte Essenz, das Prinzip des Diddelns oder Schwindelns ausmacht, ist in der Tat nur jener Sorte Mensch eigentümlich, die Männerrock und Beinkleider trägt. Der Rabe stiehlt; der Fuchs betrügt; das Wiesel überlistet; der Mensch aber diddelt. Diddeln ist nachgerade sein Schicksal. ›Der Mensch ward geschaffen zu trauern‹, sagt der Dichter. Aber nicht doch: – zum Diddeln ward er geschaffen. Das ist seines Lebens Ziel und Zweck – das *Ende,* zu welchem er gemacht. Und aus diesem Grunde sagen wir ja auch, hat einer das Diddeln erfahren, er sei ›*fertig*‹.

Das Diddeln ist, wenn man es recht bedenkt, ein Kompositum, dessen Ingredienzien lauten: Akribie, Interesse, Standvermögen, Scharfsinnigkeit, Wagemut, *nonchalance*, Originalität, Impertinenz und *Grinsen.*

Akribie: – Der Diddler ist peinlich genau. Er wirkt im kleinen. Sein Geschäft betreibt er *en detail*, gegen bar oder anerkannten Sichtwechsel. Sollte er jemals in Versuchung kommen, sich an hochfliegende Spekulation zu wagen, so geht er sofort seiner Eigenart verlustig und wird das, was wir ›Finanzier‹ nennen. Dies letztere Wort beinhaltet den Begriff des Diddelns in jeder Hinsicht, ausgenommen in puncto Größe. Ein Diddler mag so als ein Bankier *in petto* gelten – eine ›finanzielle Transaktion‹ als Diddeln à la Brobdingnag. Das eine verhält sich zum andern wie Homer zu ›Flaccus‹ – wie ein Mastodon zu einer Maus – wie der Schweif eines Kometen zu einem Schweineschwänzchen.

Interesse: – Der Diddler wird vom Eigennutz geleitet. Er verschmäht es, nur um des bloßen Diddelns *willen* zu diddeln. Er hat ein Ziel vor den Augen – seine Tasche – und die Ihre. Er ist immer auf die große Chance aus. Er sieht nur auf die Nummer Eins. Sie sind Numero Zwei und müssen schon für sich selber sorgen.

Standvermögen: – Der Diddler ist beharrlich. Er verliert nicht leicht den Mut. Und wenn auch die Banken bankrott gehen, ihn kümmert's nicht. Unentwegt verfolgt er sein Ziel und

Ut canis a corio nunquam absterrebitur uncto,
so läßt auch er nie ab von seinem Wilde.

Scharfsinnigkeit: – Der Diddler ist erfinderisch. Er verfügt über einen beträchtlichen konstruktiven Sinn. Er versteht sich auf Ränkeschmieden. Mit Phantasie und List geht er zu Werke. Wäre er nicht Alexander, so wäre er Diogenes. Wäre er nicht ein Diddler, so würde er Patent-Rattenfallen herstellen oder Forellen angeln.

Wagemut: – Der Diddler ist verwegen. – Er ist ein kühner Mann. Er trägt den Krieg nach Afrika. Er nimmt alles im Sturm. Er würde nicht die Dolche der *Frey-Herren* fürchten. Mit ein wenig mehr Klugheit hätte Dick Turpin einen guten Diddler abgegeben; mit etwas weniger Flunkerei auch Daniel O'Connell; mit einem oder zwei Pfund mehr Gehirn sogar Karl der Zwölfte.

Nonchalance: – Der Diddler gibt sich nonchalant. Er ist nie und nirgends nervös. Ja, Nerven hat er gar keine, *nie gehabt*. Er läßt sich nie hinreißen. Nie gerät er aus dem Häuschen – es sei denn, man setzt ihn vor die Türe. Kühl ist er – kalt wie eine Hundeschnauze. Gelassen ist er – ›gelassen wie ein Lächeln von Lady Bury‹. Leichten, ruhigen Sinns ist er – leicht und locker wie ein alter Handschuh oder die jungen Frauenzimmer im alten Bajá.

Originalität: – Der Diddler ist originell – daraus macht er sich ein Gewissen. Seine Gedanken gehören ihm. Er hielte es für verächtlich, die eines andern zu verwenden. Ein alter Trick ist ihm zuwider. Er gäbe eine Geldbörse zurück, da bin ich sicher, sollte sich herausstellen, daß er diese durch unoriginelles Diddeln erbeutet hätte.

Impertinenz: – Der Diddler tritt recht unverschämt auf. Ein Maulheld ist er, der große Reden führt. Er stemmt die Arme in die Seite. Steckt die Hände in die Hosentaschen. Grinst dir höhnisch ins Gesicht. Tritt dir auf die Hühneraugen. Frißt dir dein Essen weg, säuft deinen Wein, pumpt dich an, zieht dich an der Nase, tritt deinen Pudel und küßt deine Frau.

Grinsen: – Der *echte* Diddler beendet alles mit einem Grinsen. Doch das sieht niemand denn er selber. Er grinst, wenn sein Tagwerk vollbracht ist – wenn die ihm auferlegten Mühen getan – des Abends in seinem eignen Kämmerlein und gänzlich zu seinem Privatvergnügen. Er geht nach Hause. Verschließt die Türe. Legt die Kleider ab. Löscht die Kerze. Steigt ins Bett. Legt den Kopf aufs Kissen. Und ist all dies getan, dann *grinst* der Diddler. Das ist keine Hypothese. Es versteht sich ganz von selbst. Ich urteile *a priori*, und ohne Grinsen wäre Diddeln kein Diddeln.

Der Ursprung des Diddelns oder Schwindelns geht in die Kindheit des Menschengeschlechts zurück. Vielleicht war Adam der erste Diddler. Jedenfalls können wir die Wissenschaft weit zurück ins graue Altertum verfolgen. Die Neueren haben es nun freilich zu einer Perfektion gebracht, wie sie sich unsere dickschädligen Altvordern nie hätten träumen lassen. Ohne mich denn bei den ›alten Sprüchen‹ aufzuhalten, möchte ich mich also mit einer gedrängten Darstellung einiger der mehr ›neueren Exempel‹ begnügen.

Ein sehr guter Schwindel ist der folgende. Eine Hausmutter zum Beispiel, die ein Sofa wünscht, sieht man mehrere Möbelmagazine aufsuchen. Schließlich kommt sie zu einem, das eine vortreffliche Auswahl anbietet. An der Türe spricht sie ein höflicher und wortgewandter Mensch an und lädt sie ein, doch näher zu treten. Sie findet auch ein Sofa, welches ihren Zwecken wohl entspricht, und als sie nach dem Preise fragt, ist sie freudig überrascht, eine Summe genannt zu hören, welche um wenigstens zwanzig Prozent niedriger liegt, als sie erwartet hätte. Eilig schließt sie den Handel ab, erhält Rechnung und Quittung, hinterläßt ihre Adresse mit der Bitte, ihr das erworbene Stück doch so schnell wie möglich nach Hause zu liefern, und entfernt sich unter vielen Verbeugungen seitens des Ladeninhabers. Der Abend kommt, aber kein Sofa. Der nächste Tag vergeht, und noch immer keins. Ein Bediensteter wird ausgeschickt, sich wegen der Verzögerung zu erkundigen. Und da leugnet man doch den ganzen Handel. Man hat gar kein Sofa verkauft – kein Geld in Empfang genommen – solches hat nur der Diddler, der zu diesem Zwecke eben einmal den Geschäftsinhaber gespielt hatte.

Unsere Möbelmagazine sind ja gänzlich ohne Aufsicht

und bieten sich somit für einen Trick dieser Art geradezu an. Kunden treten ein, schauen sich die Möbelstücke an und gehen wieder, unbeachtet und ungesehen. Sollte einmal einer etwas kaufen oder den Preis eines Artikels erfragen wollen, so ist eine Glocke zur Hand, und dies wird für völlig ausreichend erachtet.

Gleichfalls ganz respektabel ist der folgende Diddelfall. Ein gut gekleidetes Individuum betritt einen Laden; macht eine Erwerbung im Werte von einem Dollar; entdeckt sehr zu seinem Ärger, daß seine Brieftasche in einem anderen Rocke steckengeblieben sein müsse, und sagt also zu dem Ladeninhaber – »Mein verehrter Herr, macht nichts! – wenn Sie die Güte haben wollen, mir das Paket nach Hause zu schicken? Doch halt! Ich glaube in der Tat, ich habe auch *dort* kein kleineres Geld als einen Fünf-Dollar-Schein. Doch Sie können mir ja vier Dollar als Wechselgeld *mit* dem Paket mitschicken, ja?«

»Sehr wohl, Sir«, erwidert der Ladeninhaber, welcher sogleich eine recht hohe Meinung von der Großherzigkeit seines Kunden hegt. ›Ich kenne welche‹, sagt er bei sich, ›die hätten sich die Sachen einfach unter den Arm geklemmt und wären mit dem Versprechen verschwunden, den Dollar zu bezahlen, wenn sie am Nachmittag wieder vorbeikämen.‹

Ein Laufbursche wird nun mit dem Paket samt Wechselgeld losgeschickt. Unterwegs begegnet ihm ganz zufällig der Käufer, der ausruft: »Ah! da ist ja mein Paket, wie ich sehe – ich dachte, du hättest es schon längst zu Hause abgegeben. Na schön, geh nur! Meine Frau, Mrs. Trotter, wird dir die fünf Dollar geben – ich habe diesbezüglich Anweisungen zurückgelassen. Das Wechselgeld könntest du aber genauso gut gleich *mir* geben – ich werde auf der Post etwas Silber brauchen. Sehr gut! Eins, zwei – ist das auch ein guter Vierteldollar? – drei, vier – stimmt! Sag nur Mrs. Trotter, daß du mich getroffen hast, und nun lauf zu und trödle ja nicht unterwegs.«

Der Junge trödelt mitnichten – aber er braucht doch sehr lange, bis er von seinem Botengange zurückkehrt –

denn da will sich nun gar keine Dame eben des Namens Mrs. Trotter finden lassen. Jedoch tröstet er sich damit, daß er nicht so dumm gewesen ist, die Sachen ohne das Geld dazulassen, und als er, darob mit sich selber zufrieden, den Laden dann wieder betritt, fühlt er sich empfindlich verletzt, ja indigniert, als sein Chef ihn fragt, was denn aus dem Wechselgelde geworden sei.

Ein sehr einfaches Diddelmanöver geht so: Dem Kapitän eines Schiffes, welches im Begriffe steht, unter Segel zu gehen, wird von einer amtlich aussehenden Person eine ungewöhnlich niedrige Rechnung über kommunale Gebühren präsentiert. Froh, so billig davonzukommen, und im Durcheinander hunderterlei Pflichten, die alle gleichzeitig auf ihn einstürmen, bezahlt er die geforderte Summe auf der Stelle. Etwa fünfzehn Minuten später wird ihm eine neuerliche und weit weniger wohlfeile Rechnung überreicht, und zwar von einem Manne, der alsbald keinen Zweifel daran läßt, daß der erste Kassierer ein Diddler gewesen und die ursprüngliche Kassierung ein Schwindel.

Und hier gleich noch etwas Ähnliches. Ein Dampfer macht soeben vom Kai los. Da sieht man, wie ein Reisender, einen Koffer in der Hand, in größter Eile angerannt kommt. Auf einmal hält er urplötzlich inne, bückt sich und hebt in höchlich aufgeregter Manier etwas vom Boden auf. Es ist eine Brieftasche, und – »Hat irgendein Herr seine Brieftasche verloren?« ruft er. Nun kann eigentlich keiner behaupten, er habe seine Brieftasche verloren; doch hebt große Aufregung an, als sich der Inhalt der Geldtasche als sehr wertvoll erweist. Das Schiff darf nun freilich nicht aufgehalten werden.

»Zeit und Flut warten auf niemand«, sagt der Kapitän.

»Um Gottes willen, so warten Sie doch nur noch ein paar Minuten«, sagt der Finder der Brieftasche – »der rechtmäßige Besitzer wird ja gleich auftauchen.«

»Kann nicht warten!« erwidert der Gewaltige; »losmachen, verstanden?«

»Was *soll* ich bloß machen?« fragt der Finder in großer Drangsal. »Ich bin dabei, das Land auf einige Jahre zu verlassen, und ich kann doch nicht guten Gewissens diese große Summe einfach in meinem Besitz behalten. Ich bitte Sie *vielmals* um Verzeihung, Sir« (hier wendet er sich an einen Herrn an Land), »aber Sie sehen wie ein ehrlicher Mann aus. *Wollen* Sie mir den Gefallen erweisen, diese Brieftasche an sich zu nehmen – ich *weiß*, ich kann Ihnen vertrauen – und eine Annonce aufzugeben? Die Scheine darin, sehen Sie, belaufen sich auf eine recht beträchtliche Summe. Der Eigentümer wird zweifellos darauf bestehen, Sie für Ihre Mühe zu belohnen –«

»*Mich!* – nein, *Sie!* – *Sie* haben doch die Tasche gefunden.«

»Naja, wenn Sie *unbedingt* wollen – dann nehme ich mir eben eine kleine Belohnung – nur damit Sie beruhigt sind. Lassen Sie mich mal sehen – o je, das sind ja alles Hunderter – du meine Güte! ein Hunderter, nein, so viel kann ich nicht nehmen – fünfzig würden völlig genügen, ganz gewiß –«

»Ablegen!« ruft der Kapitän.

»Aber ich kann gar nicht herausgeben auf hundert, und überhaupt, *Sie* sollten lieber –«

»Ablegen!« ruft der Kapitän.

»Schon gut!« schreit der Gentleman an Land, der soeben seine eigene Brieftasche in Augenschein genommen hat – »schon gut! *Ich* kann, ich mach das schon – hier ist ein Fünfziger der Bank von Nordamerika – werfen Sie mir die Tasche herüber.«

Und der übergewissenhafte Finder nimmt die fünfzig mit einem merklichen Zögern entgegen und wirft dem Gentleman, ganz wie gewünscht, die Brieftasche zu, indes der Dampfer sich qualmend und zischend auf die Reise macht. Etwa eine halbe Stunde nach seiner Abfahrt stellt sich die ›große Summe‹ als ›nachgeahmtes Gleichnis‹ nur heraus und das Ganze als ein kapitaler Diddelstreich.

Recht dreist ist auch die folgende Diddelei: Eine religiöse Versammlung oder dergleichen soll an einem bestimmten Orte im Freien abgehalten werden, der nur über eine abgabenfreie Brücke zu erreichen ist. An dieser Brücke nun postiert sich ein Diddler und setzt höflich alle Passanten von dem neuesten Bezirksgesetz in Kenntnis, wonach ein Brückenzoll zu entrichten sei, und zwar für Fußgänger ein Cent, für Pferde und Esel zwei und so weiter und so fort. Manche murren wohl, doch alle fügen sich, und der Diddler geht um ein paar fünfzig oder sechzig Dollar reicher nach Hause, wohlverdient. Denn dieses Abkassieren einer großen Menschenmenge ist ein ausgesprochen beschwerliches Geschäft.

Ein gefälliger Schwindel ist dieser: Ein Freund besitzt eine Schuldverschreibung des Diddlers, die ordnungsgemäß auf den gewöhnlichen, rot gedruckten Formularen ausgefüllt und unterschrieben ist. Der Diddler erwirbt nun ein oder zwei Dutzend dieser Vordrucke, und jeden Tag tunkt er einen davon in seine Suppe, läßt seinen Hund danach springen und gibt es ihm schließlich als *bonne bouche*. Wird nun der Wechsel fällig, geht der Diddler mit seinem Hunde zu dem Freund und bringt die Rede auf den Schuldschein. Der Freund holt diesen aus seinem *escritoire*, und wie er im Begriffe ist, diesen dem Diddler zu überreichen, da springt dessen Hund auf und verschlingt ihn sogleich. Der Diddler zeigt sich nicht nur überrascht, sondern verärgert und erzürnt ob des absurden Verhaltens seines Hundes und erklärt sich zur Gänze bereit, die Verpflichtung jederzeit zu tilgen, wenn der Beweis dafür wieder zum Vorschein kommen sollte.

Sehr geringfügig ist dieses Diddelstückchen: Eine Dame wird auf der Straße von einem Komplizen des Diddlers belästigt. Der Diddler selber eilt nun ihr zu Hilfe, und nachdem er seinem Freunde eine gehörige Tracht Prügel verabreicht hat, tut er es nicht anders, als daß er die Dame bis an ihre Haustüre begleitet. Die Hand auf dem Herzen, verbeugt er sich dort nun und verabschiedet sich von ihr mit höchster Ehrerbietung. Sie bittet ihn, als ihren Retter, doch einzutreten und sich ihrem großen Bruder und dem Herrn Papa vorstellen zu lassen. Unter Seufzen lehnt er ab. »Gibt es denn gar keine Möglichkeit, Sir«, murmelt sie, »wie ich Ihnen meine Dankbarkeit beweisen könnte?«

»Nun ja, Madam, schon. Wollen Sie so freundlich sein, mir ein paar Shilling zu leihen?«

Im ersten Schreck des Augenblicks ist die Dame entschlossen, geradewegs in Ohnmacht zu fallen. Nach nochmaliger Überlegung aber öffnet sie ihre Börse und spendiert klingende Münze. Dies ist nun, wie gesagt, nur eine winzigkleine Diddelei – denn eine ganze Hälfte der geborgten Summe ist ja an den Gentleman zu zahlen, der die Mühe des schimpflichen Spiels auf sich genommen hatte und obendrein noch stillhalten mußte, um sich dafür verprügeln zu lassen.

Um einen recht geringen, doch immer noch wissenschaftlichen Schwindel handelt es sich bei folgendem: Der Diddler begibt sich an die Theke eines Wirtshauses und verlangt ein paar Rollen gesponnenen Tabaks. Man reicht ihm diese, woraufhin er nach flüchtiger Begutachtung sagt: »Dieser Tabak gefällt mir nicht recht. Hier, nehmen Sie ihn wieder und geben Sie mir dafür ein Glas Brandy mit Wasser.«

Brandy und Wasser werden hingestellt, getrunken, und der Diddler wendet sich zur Tür. Doch gebietet ihm da die Stimme des Wirts Einhalt.

»Sir, Sie haben wohl vergessen, Ihren Brandy mit Wasser zu bezahlen.«

»Meinen Brandy mit Wasser zu bezahlen! – habe ich Ihnen denn nicht den Tabak für den Brandy mit Wasser gegeben? Was wollen Sie denn noch?«

»Aber, Sir, mit Verlaub, ich kann mich nicht erinnern, daß Sie den Tabak bezahlt hätten.«

»Was soll das heißen, Sie Schuft? – Habe ich Ihnen denn nicht den Tabak wiedergegeben? Ist *das*, was *dort* liegt, etwa nicht Ihr Tabak? Soll ich gar für etwas bezahlen, das ich überhaupt nicht genommen habe?«

»Aber, Sir«, sagt der Wirt, der nun nicht mehr recht weiß, was er sagen soll, »aber, Sir –«

»Kein Aber, Sir«, unterbricht ihn der Diddler, scheinbar

ungeheuer aufgebracht, und knallt die Tür hinter sich zu, als er sich aus dem Staube macht. – »Kein Aber, Sir, und bitte auch keinen Ihrer Tricks an Reisenden.«

Hier fällt mir nun wiederum eine sehr gewiefte Diddelei ein, die sich nicht zuletzt ob ihrer Einfachheit empfiehlt. Wurden in einer großen Stadt tatsächlich ein Portemonnaie oder eine Brieftasche verloren, setzt der Verlierer gewöhnlich in *eine* der Tageszeitungen ein Inserat mit ausführlicher Beschreibung.

Daraufhin nun kopiert unser Diddler die *Tatsachen* dieser Anzeige, doch ändert er die Überschrift, die allgemeine Ausdrucksweise und die *Adresse*. Das Original zum Beispiel ist lang und weitschweifig, trägt die Überschrift ›Brieftasche verloren!‹ und bittet darum, den Schatz, falls er gefunden werde, in der Tom Street Nr. 1 abzugeben. Die Kopie ist kurz und bündig, lediglich mit ›Verloren‹ überschrieben und nennt die Dick Street Nr. 2 oder Harry Street Nr. 3 als den Ort, wo der Eigentümer anzutreffen sei. Außerdem wird sie in mindestens fünf oder sechs Tageszeitungen des Datums aufgegeben, indes sie, was den Zeitpunkt betrifft, nur wenige Stunden nach dem Original erscheint. Sollte der tatsächliche Verlierer der Brieftasche dies lesen, so würde er wohl kaum argwöhnen, dies habe irgendeinen Bezug zu seinem eigenen Malheur. Aber natürlich stehen die Chancen fünf oder sechs zu eins, daß der Finder sich zu der vom Diddler bezeichneten Adresse begibt statt zu der, welche der rechtmäßige Besitzer angegeben hat. Der erstgenannte zahlt die Belohnung, steckt die Beute in die Tasche und empfiehlt sich.

Ganz ähnlich verhält es sich auch bei dieser Diddelei: Eine Dame von Welt hat irgendwo auf der Straße einen höchst wertvollen Diamantring verloren. Für dessen Wiedererlangung bietet sie vielleicht vierzig oder fünfzig Dollar Belohnung – in ihrer Anzeige gibt sie eine überaus genaue Beschreibung des Edelsteins und seiner Fassung und erklärt, daß die Belohnung, würde der Ring in der und der Straße Nummer soundso wieder abgegeben, unverzüglich gezahlt werde, ohne auch nur eine einzige Frage zu stellen.

Ein oder zwei Tage später, die Dame weilt außer Haus, läutet es an der Tür von Nummer soundso in der und der Straße; ein Dienstmädchen erscheint; die Dame des Hauses wird gewünscht, diese sei nicht da, heißt es, ob welcher überraschenden Mitteilung der Besucher sein bitterstes Bedauern äußert. Sein Anliegen sei überaus wichtig und betreffe die Dame höchstpersönlich. Ja, er habe das außerordentliche Glück gehabt, ihren Diamantring zu finden. Doch wäre es wohl am besten, wenn er ein andermal wiederkäme. »Keineswegs!« sagt das Dienstmädchen; und »Keineswegs!« sagen auch der Dame Schwester und Schwägerin, die sogleich herbeigerufen werden. Der Ring wird unter allerlei Lärm identifiziert, die Belohnung gezahlt und der Finder beinahe zur Tür hinausgeworfen. Die Dame kehrt zurück und zeigt sich nun durchaus ein wenig unzufrieden mit ihrer Schwester und Schwägerin, weil diese ganz zufällig vierzig oder fünfzig Dollar für eine Fälschung ihres Diamantringes gezahlt haben – eine Fälschung aus echtem Talmi und unzweifelhaftem Straß.

Doch da des Diddelns wirklich kein Ende ist, so fände auch dieser Essay keines, wollte ich auch nur der Hälfte all der Variationen oder Modifikationen andeutungsweise Erwähnung tun, welche diese Wissenschaft zuläßt. Ich muß diesen Aufsatz gewaltsam zum Schlusse bringen, und dies kann ich wohl am besten dadurch, daß ich summarisch von einem sehr ehrbaren, aber bis ins einzelne ausgeklügelten Diddelstreiche berichte, dessen Schauplatz, es ist noch gar nicht lange her, unsere Stadt gewesen und der später mit Erfolg in anderen, noch unbedarfteren Örtlichkeiten der Union wiederholt worden ist. Ein Herr mittleren Alters kommt aus unbekannter Gegend in die Stadt. In seinem Auftreten ist er bemerkenswert korrekt, vorsichtig, gesetzt und besonnen. Seine Kleidung ist peinlich sauber, doch einfach und unauffällig. Er trägt eine weiße Krawatte, eine weite Weste, die nur mit Blick auf Behaglichkeit gefertigt worden; dicksohlige, bequem aussehende Schuhe und Hosen ohne Steg. Ja, tatsächlich wirkt er ganz und gar wie der wohlhabende, ernste, korrekte und respektable ›Geschäftsmann‹ *par excellence* – einer jener Sorte Menschen mit rauher Schale und weichem Kern, wie wir sie ständig in den ach so überaus witzigen Gesellschaftskomödien zu sehen bekommen – Kerle, deren Worte ebenso viele Obligationen darstellen und die dafür bekannt sind, daß sie mit der einen Hand Guineen um Gotteslohn wegschenken, während sie mit der andern um des bloßen geschäftlichen Vorteils willen auch den allerletzten Bruchteil eines Hellers eintreiben.

Er macht viel Wesens darum, ehe er ein passendes Logis gefunden hat. Er mag keine Kinder. Er ist Ruhe gewohnt. Seine Gewohnheiten sind methodisch – und dann würde er es überhaupt vorziehen, bei einer privaten und achtbaren kleinen Familie von gottesfürchtiger Gesinnung unterzukommen. Der Preis spielt jedoch keine Rolle – nur *muß* er darauf bestehen, seine Rechnung am Ersten jedes Monats zu begleichen (jetzt ist der Zweite), und er bittet seine Wirtin, da er schließlich eine nach seinem Geschmack findet, auf *gar keinen* Fall seine Instruktionen zu diesem Punkte zu vergessen – sondern Rechnung *und* Quittung präzise um zehn Uhr am *ersten* Tage jedes Monats hereinzuschicken und dies unter gar keinen Umständen etwa auf den zweiten zu verschieben.

Nachdem diese Regelung also getroffen, mietet unser Geschäftsmann ein Büro in einem eher angesehenen denn vornehmen Viertel der Stadt. Nichts verabscheut er mehr als den bloßen Schein. »Hinter einer glanzvollen Fassade«, sagt er, »verbirgt sich selten etwas wirklich Solides« – eine Bemerkung, die auf das Gemüt seiner Wirtin einen so abgrundtiefen Eindruck macht, daß sie diese auf der Stelle mit einem Bleistift in ihre große Familienbibel einträgt, auf den breiten Rand der Sprüche Salomonis.

Der nächste Schritt besteht darin, etwa auf die folgende Art in den wichtigsten Sixpence-Geschäftsblättern unserer Stadt zu inserieren – die Zeitungen, die nur einen Cent kosten, werden als nicht respektabel gemieden – auch verlangen sie für alle Annoncen Vorauszahlung. Unser Geschäftsmann hält es nun aber mit dem Glaubensartikel, daß eine Arbeit nie bezahlt werden solle, bevor sie getan ist.

Gesucht! – Die Unterzeichneten, welche im Begriffe stehen, in der hiesigen Stadt ausgedehnte geschäftliche Unternehmungen zu beginnen, benötigen dafür die Dienste von drei oder vier intelligenten und tüchtigen Sekretären, welchen ein großzügiges Gehalt gezahlt wird. Erwartet werden die allerbesten Referenzen, nicht so sehr die Befähigung, sondern vornehmlich die Integrität betreffend. Da allerdings die zu erfüllenden Pflichten hohe Verantwortung einschließen und große Geldsummen notwendigerweise durch die Hände jener Angestellten gehen müssen, erachten wir es für ratsam, die Hinterlegung eines Pfandes von fünfzig Dollar von jedem bei uns beschäftigten Sekretär zu verlangen. Es braucht sich daher niemand zu bewerben, der nicht bereit ist, diese Summe den Unterzeichneten als Besitz zu überlassen, und der nicht höchst zufriedenstellende Zeugnisse seiner tadelsfreien Gesittung beibringen kann. Junge Herren mit gottesfürchtiger Gesinnung werden bevorzugt. Bewerber wollen sich zwischen zehn und elf Uhr vormittags und vier und fünf Uhr nachmittags melden bei Fa.

      Boggs, Hogs, Logs, Frogs & Co.
      Dog Street Nr. 110.

Bis zum Einunddreißigsten des Monats hat dieses Inserat etwa fünfzehn oder zwanzig junge Herren von gottesfürchtiger Gesinnung in das Büro der Herren Boggs, Hogs, Logs, Frogs und Compagnie geführt. Doch unser Geschäftsmann hat es nicht eilig, mit auch nur einem einen Vertrag abzuschließen – kein Geschäftsmann handelt *je* überstürzt –, und erst nach strengster Befragung eines jeden jungen Herren hinsichtlich der gottesfürchtigen Gesinnung werden seine Dienste engagiert und ihm die fünfzig Dollar quittiert, *lediglich* zur angemessenen Vorsorge seitens der respektablen Firma Boggs, Hogs, Logs, Frogs und Compagnie. Am Morgen des ersten Tages im nächsten Monat legt die Wirtin *nicht*, wie versprochen, die Rechnung vor – ein Versäumnis, dessentwegen sie zweifellos der höchst zufriedene Prinzipal der auf *ogs* endenden Firma streng getadelt hätte, hätte er es über sich gebracht, zu diesem Zwecke noch einen oder zwei Tage länger in der Stadt zu bleiben.

Wie die Dinge liegen, haben die Konstabler deswegen nun ihre liebe Not gehabt, viel Rennerei, hierhin und dorthin, und können am Ende doch weiter nichts tun denn mit höchstem Nachdruck zu erklären, unser Geschäftsmann sei ein ›Henn-ei‹ – womit sie, wie manche Leute meinen, zu verstehen geben wollten, er sei tatsächlich n. e. i. – worunter nun hinwiederum wohl der höchst klassische Ausdruck *non est inventus* begriffen werden dürfe. Unterdessen sind die jungen Herren allesamt nicht mehr ganz so gottesfürchtig gesonnen wie zuvor, derweil die Wirtin zum Preise von einem Shilling den besten Radiergummi ersteht und recht sorgfältig damit wegradiert, was irgendein Dummkopf mit Bleistift in ihrer großen Familienbibel vermerkt hat, auf dem breiten Rand der Sprüche Salomonis.

DIE BRILLE

Vor vielen Jahren war es Mode, den Begriff der ›Liebe auf den ersten Blick‹ ins Lächerliche zu ziehen; doch haben die Nachdenklichen nicht weniger denn die tief Empfindsamen stets vertreten, daß es sie gebe. Ja, moderne Entdeckungen auf dem Gebiete dessen, was man ethischen Magnetismus oder Magneto-Ästhetik heißen mag, machen es nun wahrscheinlich, daß die natürlichsten und folglich echtesten und intensivsten der menschlichen Leidenschaften jene seien, welche im Herzen gleichsam durch elektrische Sympathie, wie wenn ein Funke überspringt, entfacht werden – mit einem Worte, daß die vielversprechendsten und festesten seelischen Bande jene seien, welche auf den ersten Blick geknüpft werden. Das Bekenntnis, das abzulegen ich mich anschicke, fügt den bereits fast unzähligen Beispielen für die Wahrheit der Behauptung noch ein weiteres hinzu.

Meine Geschichte verlangt, daß ich ein wenig ins Detail gehe. Ich bin ein noch sehr junger Mann – nicht einmal zweiundzwanzig Jahre alt. Zur Zeit trage ich einen sehr gewöhnlichen und recht plebejischen Namen – Simpson. Ich sage ›zur Zeit‹, denn es ist noch gar nicht lange her, daß ich so heiße – habe ich doch erst im letzten Jahre diesen Familiennamen gesetzlich angenommen, um eine große Erbschaft antreten zu können, welche mir von einem entfernten Verwandten, Wohlgeboren Adolphus Simpson, hinterlassen ward. An das Vermächtnis war die Bedingung geknüpft, daß ich den Namen des Erblassers anzunehmen hätte; den Familien-, nicht den Vornamen; mein Taufname ist Napoleon Bonaparte – oder genauer, so lauten mein erster und mittlerer Rufname.

Den Namen Simpson nahm ich mit einigem Widerstreben an, da ich für meinen wirklichen Vatersnamen, Froissart, höchst verzeihlichen Stolz hegte – glaubte ich doch, daß ich eine Abstammung von dem unsterblichen Autor der ›Chroniken‹ herleiten könne. Apropos, da wir gerade beim Thema Namen sind, darf ich wohl, was die Namen einiger meiner unmittelbaren Vorfahren betrifft, eine einzigartige Koinzidenz des Klanges erwähnen. Mein Vater war ein Monsieur Froissart aus Paris. Seine Frau – meine Mutter, die er fünfzehnjährig heiratete – war eine Mademoiselle Croissart, älteste Tochter des Bankiers Croissart; dessen Frau wiederum, erst sechzehn, als sie in den Ehestand trat, war die älteste Tochter eines gewissen Victor Voissart. Monsieur Voissart hatte nun, wie gar sonderbar, eine Dame ganz ähnlichen Namens geehelicht – eine Mademoiselle Moissart. Auch sie war noch ein rechtes Kind, als sie sich vermählte; und insgleichen war ihre Mutter, Madame Moissart, erst vierzehn, als sie zum Altar geführt wurde. Diese frühen Eheschließungen sind in Frankreich so üblich. Hier aber haben wir nun Moissart, Voissart, Croissart und Froissart, alle in der geraden absteigenden Linie. Mein eigener Name freilich wurde dann, wie gesagt, Simpson, durch Gesetzesakt und mit so großem Widerwillen meinerseits, daß ich eine Zeitlang tatsächlich zögerte, ob ich die Erbschaft mit der daran geknüpften sinnlosen und ärgerlichen *Klausel* überhaupt antreten sollte.

Was das Äußere angeht, so hat mich die Natur keineswegs mangelhaft ausgestattet. Im Gegenteil, ich glaube, daß ich recht wohl geraten bin und das besitze, was neun Zehntel der Welt ein hübsches Gesicht nennen würden. An Körpergröße messe ich fünf Fuß und elf Zoll. Mein Haar ist schwarzlockig. Meine Nase leidlich gut. Meine Augen sind groß und grau; und wiewohl tatsächlich in einem sehr lästigen Grade schwachsichtig, so dürfte dennoch ihr Aussehen keinerlei solchen Defekt vermuten lassen. Die Sehschwäche selbst hat mich allerdings stets sehr inkommodiert, und ich habe keine Mittel unversucht gelassen – nur Augengläser habe ich nie getragen. Ein gutaussehender junger Mann, der ich bin, mag ich solche schon von Natur aus nicht und habe es stets entschieden abgelehnt, davon

Gebrauch zu machen. Ja, ich wüßte nichts, was das Gesicht eines jungen Menschen derart entstellt oder seinen Zügen in Gänze einen solchen Ausdruck von Ehrbarkeit aufprägt, wenn nicht gar von Frömmigkeit und Alter. Eine Lorgnette andererseits verleiht ausgesprochen einen geckenhaften und affektierten Anstrich. Bislang bin ich denn, so gut ich es eben vermochte, ohne beides ausgekommen. Doch schon zuviel dieser rein persönlichen Details, die schließlich von geringem Belange sind. Ich will mich damit begnügen, nur noch hinzuzufügen, daß ich von sanguinischem Temperamente bin, ein Heißsporn, unbesonnen und schwärmerisch – und daß ich mein ganzes Leben lang ein ergebener Frauenverehrer gewesen bin.

Eines Abends im letzten Winter betrat ich, in Gesellschaft eines Freundes, Mr. Talbot, eine Loge im P...-Theater. Es ward eine Oper gegeben, und das Programm verhieß eine höchst seltene Attraktion, so daß das Haus brechend voll war. Wir erschienen jedoch noch rechtzeitig, um die Vorderplätze zu bekommen, die man für uns reserviert hatte und zu denen wir uns unter einiger Mühe durchdrängten.

Zwei Stunden lang widmete mein Begleiter, der ein *fanatico* der Musik war, seine ungeteilte Aufmerksamkeit der Bühne; indessen vergnügte ich mich damit, das Publikum zu beobachten, das vorwiegend aus der eigentlichen *élite* der Stadt bestand. Nachdem ich mich in diesem Punkte zufriedengestellt, wollte ich meine Augen eben der *prima donna* zuwenden, als sie in einer der Privatlogen, welche bislang meiner Aufmerksamkeit entgangen waren, von einer Gestalt angezogen und gefesselt wurden.

Und würde ich tausend Jahre alt, nie könnte ich die heftige Gefühlswallung vergessen, mit der ich diese Gestalt betrachtete. Es war die eines weiblichen Wesens, des herrlichsten, das je ich geschaut. Das Gesicht war so weit der Bühne zugekehrt, daß mir einige Minuten lang kein Blick davon vergönnt war – doch die Form war *göttlich*; kein anderes Wort vermöchte zu genügen, sein wundervolles Ebenmaß auszudrücken – und selbst der Begriff ›göttlich‹ will mich jetzt, da ich ihn niederschreibe, geradezu lächerlich schwach bedünken.

Der Zauber lieblicher Frauengestalt – die Magie weiblicher Anmut – war stets eine Macht, der zu widerstehen mir unmöglich gewesen; hier aber fand sich der personifizierte, leibhaftige Liebreiz, das *beau idéal* meiner wildesten, schwärmerischsten Phantasiegesichte. Die Gestalt, welche der Logenbau nahezu in Gänze zu sehen erlaubte, war etwas über mittelgroß und näherte sich schon fast, ohne es wirklich zu erreichen, dem Majestätischen. Ihre vollkommene Fülle und *tournure* waren köstlich. Der Kopf, mir nur von hinten sichtbar, wetteiferte im Umriß mit dem der griechischen Psyche und ward eher ent- denn verhüllt von einer eleganten Haube aus *gaze aérienne*, die mich an des Apuleius *ventum textilem* erinnerte. Der rechte Arm hing über die Logenbrüstung, und sein erlesenes Ebenmaß machte jeden Nerv in mir erbeben. Oben war er in einen jener losen offenen Ärmel gehüllt, wie sie jetzt Mode sind. Dieser reichte nur wenig über den Ellbogen hinab. Darunter trug sie einen Ärmel aus zartem Gewebe, der dicht anlag und in einer Krause aus reicher Spitze endigte, welche höchst anmutig den Handrücken umspielte und einzig die zierlichen Finger frei ließ, an deren einem ein, wie ich sogleich erkannte, außerordentlich wertvoller Diamantring funkelte. Die herrliche Rundung des Handgelenks ward noch aufs feinste hervorgehoben von einem Armbande, das es umschloß und das ebenfalls von einer prächtigen *aigrette* aus Juwelen geschmückt und verschlossen ward – in nicht mißzuverstehenden Worten kündete es vom Reichtum wie dem verwöhnten Geschmack seiner Trägerin gleichermaßen.

Ich starrte wohl mindestens eine halbe Stunde zu dieser königlichen Erscheinung hinüber, wie wenn ich plötzlich zu Stein verwandelt worden wäre; und derweil spürte ich die volle Kraft und Wahrheit all dessen, was da über ›Liebe auf den ersten Blick‹ gesagt oder gesungen. Meine Empfindungen waren gänzlich anders denn alle, die ich bislang, selbst angesichts der gefeiertsten Proben weiblicher Schönheit, erfahren hatte. Eine unerklärliche und – ich muß es schon für eine solche nehmen – *magnetische* Sympathie von Seele zu Seele schien nicht nur meine Blicke, sondern meine ganzen Verstandes- und Gefühlskräfte auf diesen bewundernswürdigen Gegenstand vor mir zu bannen. Ich sah – ich spürte – ich wußte, daß ich zutiefst, wahnsinnig, unwiderruflich in Liebe entbrannt war – und dies sogar, ehe ich noch das Antlitz der Geliebten geschaut. Ja, so heftig war die Leidenschaft, die mich verzehrte, daß ich wahrlich glaube, sie wäre, wenn überhaupt, nur um weniges gemildert worden, hätten sich die noch ungeschauten Züge als nur von gewöhnlichem Charakter erwiesen; so gänzlich wider alle Norm ist die Natur der einzig wahren Liebe – der Liebe auf den ersten Blick –, und so wenig hängt sie in Wirklichkeit von den äußeren Bedingungen ab, welche sie nur zu schaffen und zu beherrschen scheinen.

Dieweil ich solcherart ganz in Bewunderung für diesen lieblichen Anblick versunken war, ließ eine plötzliche Unruhe im Publikum sie ihren Kopf mir halb zuwenden, so daß ich ihr Antlitz ganz im Profil erblickte. Seine Schönheit übertraf gar noch meine Erwartungen – und doch hatte es etwas an sich, das mich enttäuschte, ohne daß ich genau zu sagen wüßte, was dies war. Ich sagte, es ›enttäuschte‹ mich, doch trifft es dies Wort ganz und gar nicht. Meine Empfindungen waren beruhigt und verzückt zugleich. Weniger Hingerissensein lag darin und mehr stilles Entzücken – begeisterte Ruhe. Dieser Gefühlszustand mochte wohl aus dem madonnengleichen und matronenhaften Ausdruck des Gesichts herrühren; und doch erkannte ich sogleich, daß er nicht gänzlich hiervon hatte kommen können. Da war noch etwas anderes – irgendein Geheimnis, das ich nicht zu entdecken vermochte – irgend etwas im Ausdruck ihrer Züge, das mich leicht verwirrte, mich zugleich aber höchlich fesselte. Ja, ich befand mich genau in jener Gemütsverfassung, welche einen erregbaren jungen Mann zu allen möglichen Extravaganzen bereit macht. Wäre die Dame allein gewesen, ich hätte ganz zweifellos ihre Loge betreten und sie auf alle Fälle angesprochen; zum Glück aber befand sie sich in zwiefacher Begleitung – eines Herrn und einer auffallend schönen Frau, allem Anscheine nach ein paar Jahre jünger denn sie selber.

Ich wälzte in meinem Kopfe tausenderlei Pläne, wie ich es hiernach bewerkstelligen könnte, der älteren Dame vorgestellt zu werden oder doch jedenfalls erst einmal einen deutlicheren Blick von ihrer Schönheit zu erlangen. Gern hätte ich mich auf einen dem ihren näher gelegenen Platz begeben, doch war dies bei dem vollbesetzten Theater unmöglich; und die strengen Vorschriften des guten Tons untersagten seit kurzem in einem Falle wie diesem kategorisch den Gebrauch des Opernglases, selbst wenn ich mich so glücklich geschätzt hätte, eines bei mir zu haben – was ich aber nicht hatte –, und so saß ich denn verzweifelt da.

Endlich beschloß ich, meinen Begleiter darum zu bitten. »Talbot«, sagte ich, »*Sie* haben doch ein Opernglas. Geben Sie es mir.«

»Ein Opernglas! – nein! – was, meinen Sie, sollte *ich* wohl mit einem Opernglase anfangen?« Damit wandte er sich ungeduldig wieder der Bühne zu.

»Aber, Talbot«, fuhr ich fort und zog ihn an der Schulter, »so hören Sie doch, ja? Sehen Sie die Proszeniumsloge? – da! nein, die nächste! – Haben Sie jemals schon eine so schöne Frau gesehen?«

»Sie ist sehr schön, kein Zweifel«, sagte er.

»Wer mag das bloß sein?«

»Nanu, bei allen Engeln, Sie *wissen wirklich* nicht, wer das ist? ›Kennt Ihr sie nicht, erweist Ihr unbekannt Euch selbst.‹ Sie ist die berühmte Madame Lalande – die Schönheit des Tages *par excellence* und das Gespräch der ganzen Stadt. Dazu enorm reich – Witwe – und eine großartige Partie – ist gerade erst aus Paris gekommen.«

»Kennen Sie sie?«

»Ja – ich habe die Ehre.«

»Würden Sie mich ihr vorstellen?«

»Aber gewiß – mit dem größten Vergnügen; wann soll es sein?«

»Morgen um eins, ich treffe Sie bei B — —s.«

»Sehr schön; und nun *halten* Sie aber den Mund, *wenn* Sie können.«

Was dies letztere betrifft, so mußte ich Talbots Rat wohl folgen; denn gegen jede weitere Frage oder Andeutung zeigte er sich hartnäckig taub und war für den Rest des Abends ausschließlich mit dem beschäftigt, was auf der Bühne vor sich ging.

Unterweilen wandte ich kein Auge von Madame Lalande und hatte schließlich das Glück, daß mir ein voller Blick von vorn auf ihr Gesicht zuteil ward. Es war von ganz köstlicher Schönheit: dies hatte mein Herz mir natürlich schon vorher gesagt, auch wenn in diesem Punkte mir nicht von Talbot volle Gewißheit geworden wäre – doch noch immer beunruhigte mich jenes unbegreifliche Etwas. Endlich kam ich zu dem Schlusse, daß meine Sinne von einem gewissen ernsten, traurigen oder, genauer noch, müden Ausdruck beeindruckt seien, der dem Antlitz etwas von seiner Jugend und Frische nahm, doch nur, um ihm seraphische Zartheit und Majestät zu verleihen und damit natürlich meinem begeisterten und romantischen Temperament zehnmal so reizvoll zu erscheinen.

Während ich meine Augen solcherart weidete, merkte ich schließlich zu meiner tiefen Bestürzung an einem kaum wahrnehmbaren Stutzen seitens der Dame, daß sie plötzlich meines intensiven Starrens gewahr geworden. Doch war ich vollkommen in ihrem Banne und konnte den Blick nicht abwenden, auch nicht für einen Augenblick. Sie kehrte das Gesicht zur Seite, und abermals sah ich nur die gemeißelte Kontur ihres Hinterhauptes. Nach einigen Minuten, gleichsam von Neugier getrieben, ob ich noch immer zu ihr sähe, wandte sie langsam das Gesicht wieder herum und begegnete erneut meinem brennenden Blick. Sogleich schlug sie die großen dunklen Augen nieder, und eine tiefe Röte färbte ihre Wange. Doch wie groß war mein Erstaunen, als ich bemerkte, daß sie ein zweites Mal nicht nur den Kopf nicht abwandte, sondern doch wahrhaftig aus ihrem Gürtel eine Lorgnette zog – diese an die Augen hob – sie adjustierte – und mich dann hindurch betrachtete, unverwandt und mit Bedacht, mehrere Minuten lang.

Wäre mir zu Füßen ein Blitz herniedergefahren, ich hätte nicht gründlicher verblüfft sein können – doch nur verblüfft – nicht im mindesten gar beleidigt oder empört; wiewohl solch kühne Handlung bei jeder anderen Frau wahrscheinlich beleidigend oder empörend gewirkt hätte. Doch das Ganze geschah mit so viel Gleichmut – so viel *nonchalance* – so viel Gelassenheit – kurz, mit einem so offenkundigen Air höchster Lebensart –, daß nichts von bloßer Unverfrorenheit zu merken war und ich einzig Bewunderung und Überraschung empfand.

Ich beobachtete, wie sie es, da sie zuerst die Lorgnette gehoben, offenbar mit einer flüchtigen Betrachtung meiner Person zufrieden war und das Instrument schon sinken ließ, als sie, wie wenn sie sich anders besonnen, es wieder aufhob und so weiter mit unverwandter Aufmerksamkeit mich musterte, mehrere Minuten lang – ganz sicher und zu allermindest fünf Minuten lang.

Dies in einem amerikanischen Theater so auffallende Verhalten erregte nun das allgemeine Augenmerk und ließ im Publikum eine unbestimmte Bewegung aufkommen, ein *Geraune*, das mich einen Augenblick mit Verwirrung erfüllte, doch auf die Miene Madame Lalandes keinen ersichtlichen Eindruck machte.

Nachdem sie ihre Neugier – wenn es welche gewesen – gestillt, ließ sie das Glas sinken und widmete ihre Aufmerksamkeit wieder ruhig der Bühne; das Profil wie zuvor zu mir jetzt gewendet. Ich starrte weiter unablässig zu ihr hin, wiewohl ich mir der Unmanierlichkeit solchen Tuns voll bewußt war. Alsbald sah ich, wie der Kopf langsam und leicht die Stellung änderte; und gleich darauf war ich überzeugt, daß die Dame, derweilen sie vorgab, zur Bühne hin zu schauen, in Wirklichkeit mich recht angelegentlich betrachtete. Unnötig zu sagen, welche Wirkung dies Verhalten seitens einer so bezaubernden Frau auf mein erregtes Gemüt ausübte.

Nachdem sie mich wohl eine Viertelstunde lang auf

diese Weise gemustert hatte, wandte sich der schöne Gegenstand meiner Leidenschaft an den Herrn, der sie begleitete, und während sie sprach, konnte ich deutlich an den Blicken beider sehen, daß das Gespräch sich auf mich bezog.

Als es geendet, wandte sich Madame Lalande wieder der Bühne zu und schien für einige Minuten von der Vorstellung gefesselt. Als aber diese Zeit verstrichen war, geriet ich in äußerste Erregung, da ich sah, wie sie nun zum zweiten Male die Lorgnette aufklappte, welche ihr zur Seite hing, um sie wie schon zuvor direkt auf mich zu richten und ungeachtet des neuerlichen Gemurmels im Publikum mich von Kopf bis Fuß zu mustern mit eben der nämlichen wundersamen Gelassenheit, wie sie mir schon zuvor die Seele so entzückt hatte und so verwirrt.

Dieses außerordentliche Verhalten diente mir, indem es mich in einen wahren Taumel der Erregung stürzte – in ein vollkommenes Delirium der Liebe –, eher zur Ermutigung, denn daß es mich aus der Fassung gebracht hätte. Im wahnsinnigen Überschwange meiner Verehrung vergaß ich alles um mich her außer der Gegenwart und der majestätischen Schönheit des Bildes, das sich meinem starren Blicke bot. Und als ich das Publikum vollauf mit der Oper beschäftigt wähnte, ergriff ich endlich die Gelegenheit, suchte Madame Lalandes Blick und machte ihr sogleich eine leichte, doch unmißverständliche Verbeugung.

Sie errötete gar sehr – wandte dann die Augen ab – schaute sich dann langsam und vorsichtig um, offenbar um zu sehen, ob meine tollkühne Tat bemerkt worden sei – neigte sich dann zu dem Herrn hinüber, der neben ihr saß.

Ich empfand nun brennend die Ungehörigkeit, die ich begangen hatte, und erwartete nichts weniger, denn daß ich augenblicklich bloßgestellt mich sähe; derweil erschaute ich im Geiste die morgigen Pistolen, die in raschen und beunruhigenden Bildern an mir vorüberzogen. Jedoch spürte ich sogleich ungeheure Erleichterung, als ich sah, wie die Dame lediglich dem Herrn wortlos einen Theaterzettel reichte; der Leser aber mag sich einen schwachen Begriff von meinem Erstaunen machen – von meiner *abgrundtiefen* Verblüffung – meiner wahnsinnigen Verwirrung von Herz und Seele –, da sie gleich darauf, nachdem sie sich wieder verstohlen umgeschaut, ihre strahlenden Augen voll und unverwandt auf den meinen ruhen ließ, um dann mit leisem Lächeln eine schimmernde Reihe perlengleicher Zähne zu enthüllen und zweimal klar und bestimmt und unverkennbar zustimmend den Kopf zu neigen.

Natürlich ist es nutzlos, bei meiner Freude zu verweilen – bei meiner Verzückung – meinem grenzenlosen Herzensüberschwang. Wenn je ein Mensch toll war vor übermäßigem Glück, so ich in jenem Augenblick. Ich liebte. Liebte zum *ersten* Male – so empfand ich es. Es war erhabenste – unbeschreibliche Liebe. Es war ›Liebe auf den ersten Blick‹; und auf den ersten Blick war gleichfalls sie erkannt und *erwidert* worden.

Ja, erwidert. Wie und warum sollte ich daran auch einen Augenblick zweifeln? Wie anders vermöchte ich ein solches Verhalten wohl zu deuten – seitens einer Dame, die so schön – so reich – offenbar so wohlgebildet – von so feiner Lebensart – so hoher gesellschaftlicher Stellung – in jeder Hinsicht so ganz und gar respektabel war, wie ich es bei Madame Lalande doch versichert sein konnte? Ja, sie liebte mich – sie erwiderte die Schwärmerei meiner Liebe mit einer Schwärmerei, die ebenso blind – ebenso unnachgiebig – so unberechnend – so rückhaltlos – und so völlig grenzenlos war wie die meine! Diese köstlichen Phantasien und Gedanken wurden nun jedoch unterbrochen, da der Zwischenakt-Vorhang fiel. Die Zuschauer erhoben sich; und sogleich herrschte der übliche Tumult. Ich ließ Talbot abrupt stehen und gab mir alle Mühe, mir einen Weg in größere Nähe zu Madame Lalande zu bahnen. Nachdem mir dies in dem Gedränge nicht gelungen, gab ich schließlich die Jagd auf und wandte meine Schritte heimwärts; über meine Enttäuschung, daß ich es nicht vermocht hatte, wenigstens ihres Kleides Saum anzurühren, tröstete ich mich mit dem Gedanken, daß ich am andern Tage ja in geziemender Form von Talbot bei ihr eingeführt werden sollte.

Und dieser Tag kam schließlich; das heißt, nach einer langen und sich ungeduldig hinquälenden Nacht dämmerte endlich der Morgen herauf; und dann schlichen die Stunden bis eins im Schneckentempo dahin, langweilig und unzählbar. Doch selbst Stambul, so heißt es, hat ein Ende, und ein Ende nahm auch diese lange Frist. Die Uhr schlug. Als das letzte Echo verhallt, trat ich bei B – – s ein und fragte nach Talbot.

»Fort«, sagte der Diener – Talbots eigener.

»Fort!« erwiderte ich und taumelte ein halbes Dutzend Schritte zurück – »hören Sie mal gut zu, Sie Bürschchen, das ist ein Ding der Unmöglichkeit; das geht überhaupt nicht. Mr. Talbot ist *nicht* fort. Was soll das heißen?«

»Nichts, Sir: nur daß Mr. Talbot nicht da ist. Das ist alles. Er ist gleich nach dem Frühstück nach S – – hinübergeritten und hat Bescheid hinterlassen, daß er nicht vor einer Woche wieder in der Stadt wäre.«

Wie versteinert stand ich da vor Wut und Entsetzen. Ich bemühte mich um eine Antwort, doch die Zunge versagte mir den Dienst. Schließlich machte ich auf dem Absatz kehrt, bleiern fahl vor Grimm, und wünschte innerlich die ganze Sippschaft der Talbots in die tiefsten Tiefen des Erebos. Es lag auf der Hand, daß mein rücksichtsvoller Freund, *il fanatico*, seine Verabredung mit mir vollkommen vergessen hatte – sie vergessen hatte, sobald sie getroffen war. Zu keiner Zeit war er ein Mann, der sich sonderlich gewissenhaft an sein Wort hielt. Da war nichts zu machen; also unterdrückte ich meinen Ärger, so gut ich konnte, und schlenderte niedergeschlagen die Straße dahin, wobei ich jedem Bekannten, den ich traf, mit unnützen Erkundigungen nach Madame Lalande zusetzte. Vom Hörensagen, so fand ich, kannten sie alle – viele vom Sehen –, doch weilte sie erst ein paar Wochen in der Stadt, und daher gab es nur sehr wenige, die sich ihrer persönlichen Bekanntschaft rühmen konnten. Diese wenigen aber waren dennoch verhältnismäßig Fremde für sie, und so konnten oder wollten sie sich nicht die Freiheit nehmen, mich durch die Formalität eines Vormittagsbesuches bei ihr einzuführen. Während ich so noch verzweifelt dastand und mich mit einem Freundestrio über dies allbeherrschende Thema meines Herzens unterhielt, wollte es der Zufall, daß dieses Thema leibhaftig des Weges kam.

»So wahr ich lebe, da ist sie ja!« rief einer.

»Ausnehmend schön!« ein zweiter.

»Ein Engel auf Erden!« ein dritter.

Ich sah auf; und in einer offenen Kutsche, die langsam die Straße herab näher kam, saß die bezaubernde Erscheinung aus der Oper, begleitet von der jüngeren Dame, die mit ihr die Loge geteilt hatte.

»Ihre Begleiterin hat sich auch bemerkenswert gut gehalten«, sagte derjenige meines Trios, der zuerst gesprochen hatte.

»Erstaunlich«, sagte der zweite; »noch immer ein glänzendes Auftreten; aber die Kunst tut Wunder. Auf mein Wort, sie sieht sogar besser aus als vor fünf Jahren in Paris. Noch immer eine schöne Frau – meinen Sie nicht auch, Froissart? – Simpson, natürlich.«

»*Noch immer!*« sagte ich, »und warum auch nicht? Doch verglichen mit ihrer Bekannten ist sie wie ein Nachtlicht gegen den Abendstern – ein Glühwürmchen gegen den Antares.«

»Ha! ha! ha! – also, Simpson, Sie haben ein erstaunliches Feingefühl, Entdeckungen zu machen – originelle, meine ich!«

Und damit trennten wir uns, indes einer aus dem Trio einen kecken *vaudeville* zu summen begann, von dem ich nur die Zeilen verstand –

> Ninon, Ninon, Ninon à bas –
> A bas Ninon de Lenclos!

Während dieser kleinen Szene jedoch hatte eines mir gar sehr zum Troste gereicht, obgleich es die Leidenschaft nur nährte, von der ich verzehrt ward. Als der Wagen von Madame Lalande an unserer Gruppe vorüberrollte, hatte ich gemerkt, daß sie mich erkannte; ja, mehr noch, sie hatte mich mit dem engelhaftesten Lächeln beglückt, das sich denken läßt, unzweifelhaft zum Zeichen des Erkennens.

Was nun eine Einführung bei ihr betraf, so sah ich mich gezwungen, alle Hoffnung darauf aufzugeben, bis Talbot es für gut befinden würde, vom Lande zurückzukehren. In der Zwischenzeit suchte ich beharrlich sämtliche reputierlichen öffentlichen Vergnügungsstätten auf; und schließlich widerfuhr mir im Theater, da ich sie zum ersten Male gesehen, die übergroße Seligkeit, sie zu treffen und abermals mit ihr Blicke tauschen zu können. Dies geschah freilich erst, nachdem zwei Wochen ins Land gegangen waren. Unterweilen hatte ich jeden Tag nach Talbot in seinem Hotel gefragt, und jeden Tag hatte ich einen Wutanfall erlitten beim ewiggleichen ›Noch nicht heimgekommen‹ seines Dieners.

An besagtem Abend befand ich mich daher in einem Zustand, der schon bald an Wahnsinn grenzte. Madame Lalande, so hatte man mir erzählt, war Pariserin – war kürzlich erst aus Paris hierher gekommen – könnte sie nicht ganz plötzlich dahin zurückkehren? – zurückkehren, noch ehe Talbot wiederkäme – und könnte sie nicht so auf immer mir verloren sein? Der Gedanke war zu schrecklich, unerträglich. Da mein zukünftiges Glück auf dem Spiel stand, faßte ich den Vorsatz, mit mannhafter Entschlossenheit zu handeln. Kurzum, als das Theater zu Ende gegangen, folgte ich der Dame bis zu ihrer Wohnung, notierte mir die Adresse und sandte ihr am nächsten Morgen einen ausführlichen und sorgfältig abgefaßten Brief, darin ich mein ganzes Herz ausschüttete.

Kühn sprach ich, frei – mit einem Wort, ich sprach mit Leidenschaft. Ich verhehlte nichts – nicht einmal meine Schwäche. Ich ging auf die romantischen Umstände unserer ersten Begegnung ein – selbst auf die Blicke, die zwischen uns gewechselt worden waren. Ich ging so weit zu behaupten, daß ich von ihrer Gegenliebe überzeugt sei; indes ich diese Gewißheit und die Heftigkeit meiner eigenen Verehrung als zwei Entschuldigungen für mein ansonsten unverzeihliches Betragen anführte. Als dritte nannte ich meine Angst, sie könne die Stadt verlassen, noch ehe mir die Gelegenheit einer formellen Vorstellung würde. Ich schloß die glühendste schwärmerischste Epistel, die je verfaßt worden, daß ich offen meine weltlichen Umstände – meinen Reichtum – darlegte und ihr mein Herz und meine Hand antrug.

In unsäglich bang-gespannter Erwartung harrte ich der Antwort. Nachdem ein Jahrhundert, wie mich dünkte, verstrichen, kam sie.

Ja, *tatsächlich, sie kam*. So romantisch dies alles auch erscheinen mag, ich erhielt wirklich einen Brief von Madame Lalande – der schönen, der reichen, der abgöttisch verehrten Madame Lalande. – Ihre Augen – ihre wundervollen Augen – hatten ihr edles Herz nicht Lügen gestraft. Wie eine echte Französin, die sie war, hatte sie den freimütigen Geboten ihres Verstandes gehorcht – den großherzigen Regungen ihrer Natur – und alle konventionellen Prüderien der Welt geringgeachtet. Sie hatte meinen Antrag *nicht* verlacht. Sie hatte sich *nicht* in Schweigen geflüchtet. Sie hatte meinen Brief *nicht* ungeöffnet zurückgeschickt. Sie hatte mir sogar Antwort gesandt, geschrieben von ihren eigenen köstlichen Fingern. Der Brief lautete folgendermaßen:

›Monsieur Simpson wird geben Pardon, daß ich das schöne Sprache von sein Land nicht kann so gut schreiben wie möchte. Es ist nicht lange, daß ich bin angekommen, und habe noch nicht Gelegenheit, zu – *l'étudier*.

Was die Entschuldigung für die *manières*, ich will nun sagen, daß, *hélas!* – Monsieur Simpson haben nur zu gut erraten. Muß ich sagen mehr? *Hélas!* hab ich nicht sprechen zu viel?

EUGÉNIE LALANDE.‹

Dieses edelgesinnte *billet* küßte ich wohl millionenmal und beging seinetwegen ohne Zweifel tausend andere Überspanntheiten, die meinem Gedächtnis nun entfallen sind. Doch Talbot *wollte* noch immer nicht wiederkehren. Ach! hätte er sich auch nur die leiseste Vorstellung davon machen können, was sein Freund durch seine Abwesenheit erdulden mußte, wäre nicht seine mitfühlende Natur unverzüglich zu meiner Rettung herbeigeeilt? Doch immer noch kam er *nicht*. Ich schrieb. Er antwortete. Dringende Geschäfte hielten ihn auf – doch werde er in Kürze wiederkehren. Er bat mich, doch nicht ungeduldig zu sein – meine Erregung zu mäßigen – empfahl mir beruhigende Lektüre – nichts Stärkeres zu trinken als Rheinwein – und bei den Tröstungen der Philosophie Beistand zu suchen. Der Dummkopf! wenn er denn schon nicht selber kommen konnte, warum hat er dann nicht um der lieben Vernunft willen mir einen Empfehlungsbrief beilegen können? Ich schrieb wieder, flehte ihn an, mir doch sogleich einen zu senden. Mein Brief ward von eben *jenem* Diener mit dem folgenden Bleistiftvermerk auf der Rückseite *retour* geschickt. Der Schuft hatte sich also zu seinem Herrn aufs Land begeben:

›Ist gestern aus S – – fort, Ziel unbekannt – sagte nicht, wohin – oder wann zurück – ich hielt es daher für das beste, Ihren Brief retour gehen zu lassen, da ich Ihre Handschrift kenne und es Ihnen immer mehr oder weniger eilt.
Ergebenst
STUBBS.‹

Danach bedarf es wohl keiner besonderen Erwähnung, daß ich Herrn und Diener gleichermaßen in die Hölle wünschte – doch gereichte Zorn wenig zum Nutzen und Jammern mitnichten zum Trost.

Doch blieb mir ja noch ein Ausweg in meiner angeborenen Kühnheit. Bislang hatte sie mir gute Dienste erwiesen, und so beschloß ich denn, daß sie mir zum Ende verhelfen sollte. Außerdem, welchen Akt bloßen Formverstoßes *könnte* ich nach den Briefen, die zwischen uns gewechselt worden, in Grenzen, noch begehen, daß Madame Lalande daran Anstoß nehmen müßte? Seit der Affäre mit dem Brief hatte ich die Gewohnheit angenommen, ihr Haus zu beobachten, und so entdeckt, daß sie zur Dämmerung auf einem unter ihren Fenstern liegenden öffentlichen Platze zu promenieren pflegte, nur von einem Neger in Livree begleitet. Hier, in dem üppigen und schattigen Haine, im grauen Dämmer eines lieblichen Mittsommerabends, nahm ich meine Gelegenheit wahr und sprach sie an.

Um den sie begleitenden Diener desto besser zu täuschen, tat ich dies mit dem sicheren Auftreten eines alten und vertrauten Bekannten. Mit echt Pariser Geistesgegenwart verstand sie den Wink sogleich und streckte mir zum Gruße die bezauberndste kleine Hand hin. Der Diener blieb sogleich zurück; und nun sprachen wir, die Herzen bis zum Überfließen voll, lange und rückhaltlos von unserer Liebe.

Da Madame Lalande das Englische sogar noch weniger fließend sprach, als sie es schrieb, konversierten wir notwendigerweise in Französisch. In dieser lieblichen Zunge, der Leidenschaft so gut anstand, ließ ich der schwärmerischen Begeisterung meines Naturells freien Lauf und erflehte mit aller mir zu Gebote stehenden Beredsamkeit ihre Zustimmung zu einer sofortigen Heirat.

Ob dieser Ungeduld lächelte sie. Sie brachte die alte Geschichte vom Dekorum vor – jenem Popanz, der so viele von der Seligkeit abhält, bis die Gelegenheit zum Seligsein für immer dahin ist. Höchst unklug hätte ich unter meinen Freunden bekanntgemacht, bemerkte sie, daß ich ihre, Madame Lalandes, Bekanntschaft wünschte – somit, daß ich diese nicht besäße – somit gäbe es wiederum keine Möglichkeit, das Datum unseres ersten Kennenlernens zu verheimlichen. Und dann wies sie unter Erröten darauf hin, wie allerjüngsten Datums dies doch sei. Eine sofortige Heirat wäre völlig unschicklich – wäre gegen alle Regeln – wäre *outré*. All dies sagte sie mit einer bezaubernden *naïveté*, welche mich hinriß, dieweil sie mich doch auch betrübte und überzeugte. Sie ging sogar so weit, mich lachend der Voreiligkeit – ja, der Unklugheit zu zeihen. Sie bat mich, doch daran zu denken, daß ich wirklich nicht einmal wüßte, wer sie sei – wie ihre Aussichten wären, ihre Verbindungen, ihre Stellung in der Gesellschaft. Sie bettelte, doch unter Seufzen, meinen Antrag noch einmal zu überdenken, und nannte meine Liebe eine Verblendung – ein Irrlicht – eine augenblickliche Laune oder Einbildung – eine grundlose und unstete Schöpfung eben der Phantasie statt des Herzens. All dies äußerte sie, während die Schatten der lieblichen Dämmerung uns dunkel und immer dunkler umfingen – und dann stieß sie mit einem sanften Druck ihrer elfengleichen Hand in einem einzigen süßen Augenblick das ganze Gebäude ihrer Argumentation wieder um, das sie errichtet hatte.

Ich antwortete, so gut ich es vermochte – wie es nur ein wahrhaft Liebender vermag. Lange und voller Beharrlichkeit sprach ich von meiner Verehrung, meiner Leidenschaft – von ihrer übergroßen Schönheit und meiner eigenen schwärmerischen Bewunderung. Zum Schluß ging ich mit überzeugendem Nachdruck auf die Gefahren ein, die der Liebe Lauf umlauern – jenen ›Strom der treuen Liebe, der nie sanft rann‹ –, und leitete daraus ab, wie offensichtlich prekär es also sei, diesen Strom unnötig lang zu machen.

Dies letztere Argument schien schließlich ihre strenge Entschlossenheit zu erweichen. Sie gab nach; doch sei da noch ein Hindernis, sagte sie, das ich, des sei sie sicher, nicht gebührend bedacht. Dies sei nun ein etwas heikler Punkt – ganz besonders, da ihn eine Frau geltend machen solle; sie sehe aber, daß sie darauf hinweisen und ihre Gefühle opfern müsse; doch sei für *mich* kein Opfer zu groß. Sie spiele auf das Thema *Alter* an. Sei ich mir denn bewußt – sei ich mir denn vollkommen dessen bewußt, welcher Altersunterschied zwischen uns bestehe? Daß das Alter des Ehemannes das seiner Frau um ein paar Jahre – ja, um fünfzehn oder zwanzig gar – übertreffe, gelte in den Augen der Welt für zulässig, ja sogar für richtig; doch sei sie stets der Auffassung gewesen, daß *niemals* die Frau an Jahren den Mann übertreffen solle. Eine Diskrepanz von so unnatürlicher Art führe, ach! nur allzu häufig zu einem unglücklichen Leben. Nun wisse sie wohl, daß mein Alter zweiundzwanzig nicht übersteige; und im Gegensatze dazu sei ich hinwiederum mir vielleicht doch *nicht* darüber klar, daß die Jahre meiner Eugénie gar beträchtlich über diese Zahl hinausgingen.

In alledem lag ein Seelenadel – eine edle Aufrichtigkeit –, die mich entzückte – bezauberte – auf ewig in Fesseln schlug. Kaum vermochte ich der überschwenglichen Freude Einhalt zu tun, die mich gepackt.

»Meine allerliebste Eugénie«, rief ich, »was reden Sie da alles daher? Ihre Jahre übertreffen in einigem Maße die meinen. Doch was soll's? Die Sitten dieser Welt sind doch nur ebenso viele konventionelle Torheiten. Inwiefern unterscheidet sich denn Liebenden, wie wir es sind, ein Jahr von einer Stunde? Ich bin zweiundzwanzig, sagen Sie; zugegeben; ja, Sie dürfen mich genausogut sogleich dreiundzwanzig nennen. Und nun Sie, meine liebste Eugénie, Sie können doch nicht mehr Jahre zählen als – können doch nicht mehr zählen als – nicht mehr als – als – als – als –«

Hier hielt ich einen Augenblick inne, in der Erwartung, Madame Lalande werde mich unterbrechen und ihr wahres Alter ergänzen. Doch eine Französin ist selten direkt und hat auf eine peinliche Frage stets irgendeine, ihr eigene, kleine praktische Erwiderung parat. Im gegenwärtigen Falle nun ließ Eugénie, die schon eine Weile anscheinend nach etwas in ihrem Busen gesucht hatte, schließlich eine Miniatur ins Gras fallen, welche ich sogleich aufhob und ihr reichte.

»Behalten Sie dies!« sagte sie und lächelte auf ihre so hinreißende Weise. »Behalten Sie dies um meinetwillen – um deretwillen, die es nur allzu schmeichelhaft darstellt. Außerdem mögen Sie auf der Rückseite des Schmuckes vielleicht genau die Auskunft finden, welche Sie zu wünschen scheinen. Es wird jetzt freilich schon recht dunkel – doch können Sie's ja am Morgen in aller Muße sich betrachten. Inzwischen sollen Sie mich heute abend nach Hause begleiten. Meine Freunde wollen eine kleine musikalische *levée* halten. Ich kann Ihnen auch guten Gesang in Aussicht stellen. Wir Franzosen nehmen es nicht annähernd so pedantisch genau wie Sie hier in Amerika, und ich werde Sie ohne weiteres als einen alten Bekannten einschmuggeln können.«

Damit nahm sie meinen Arm, und ich geleitete sie heim. Die Wohnung war recht nobel und, wie ich glaube, geschmackvoll eingerichtet. Über dies letztere bin ich freilich kaum befugt zu urteilen; denn als wir ankamen, war es schon dunkel; und in amerikanischen Häusern der gehobenen Schicht sind während der Sommerhitze nur selten zu dieser, der angenehmsten Tageszeit Lichter zu sehen. Etwa eine Stunde nach meinem Eintreffen freilich ward eine abgeschirmte Argandsche Lampe im Hauptsalon entzündet; und dieser Raum, wie ich denn sehen konnte, war überaus geschmackvoll, ja sogar prächtig ausgestattet; doch zwei weitere Räume in der Flucht, in welchen die Gesellschaft sich hauptsächlich versammelt, hatte, blieben während des ganzen Abends in sehr angenehmem Dunkel. Es ist dies ein wohlüberlegter Brauch, läßt er den Gästen doch wenigstens die Wahl zwischen Licht und Schatten, und unsere Freunde jenseits des Wassers konnten gar nichts Besseres tun, denn diesen Brauch unverzüglich zu übernehmen.

Der Abend, den ich so verbrachte, war fraglos der köstlichste meines Lebens. Madame Lalande hatte die musikalischen Talente ihrer Freunde keineswegs überschätzt; und ein Gesang, wie ich ihn hier hörte, ist mir außerhalb Wiens in privatem Kreise wohl nie vortrefflicher zu Gehör gekommen. Der Instrumentalisten waren es viele, und alle verrieten sie außergewöhnliche Begabung. Die Vokalisten waren vorwiegend Damen, und nicht eine sang schlechter denn gut. Schließlich, da kategorisch nach ›Madame Lalande‹ gerufen ward, erhob sich diese unverweilt, ohne alles Zieren oder Sträuben, von der *chaise longue*, darauf sie neben mir gesessen, und begab sich, begleitet von einem oder zwei Herren und ihrer Freundin aus der Oper, zu dem Pianoforte im Hauptsalon. Ich hätte sie ja selbst dorthin begleitet, doch hielt ich es, unter den Umständen meiner Einführung im Haus, doch für besser, unbemerkt zu bleiben, wo ich war. So kam ich zwar um das Vergnügen, sie singen zu sehen, zu hören vermochte ich sie gleichwohl.

Der Eindruck, den sie bei der Gesellschaft hervorrief, schien geradezu elektrisierend – doch die Wirkung auf mich selber war gar mehr noch. Ich weiß nicht, wie ich sie angemessen beschreiben könnte. Zum Teil rührte sie zweifellos vom Gefühl der Liebe her, von welchem ich durchdrungen war; doch in der Hauptsache wohl daher, daß ich von der höchsten Empfindsamkeit der Sängerin überzeugt war. Es steht nicht in der Macht der Kunst, Arie oder Rezitativ leidenschaftlicheren *Ausdruck* zu verleihen, als es der ihre war. Ihr Vortrag der Romanze aus dem ›Otello‹ – die Schattierung, mit der sie die Worte ›*Sul mio sasso*‹ aus den ›Capuletti‹ wiedergab – klingt mir noch im Gedächtnis nach. Ihre tiefen Töne waren nun gänzlich wunderbar. Ihre Stimme umfaßte drei vollständige Oktaven und reichte vom D im Kontraalt bis zum hohen D des Soprans, und obgleich sie mächtig genug war, das San Carlo zu füllen, führte sie doch jede Schwierigkeit der Gesangskomposition mit peinlichster Präzision aus – Tonleitern auf- und abwärts, Kadenzen oder *fioritures*. Im Finale der ›Sonnambula‹ erzielte sie eine bemerkenswerte Wirkung bei den Worten –

> *Ah! non giunge uman pensiero*
> *Al contento ond 'io son piena.*

Hier modifizierte sie, in Anlehnung an die Malibran, die ursprüngliche Phrase Bellinis, insofern als sie ihre Stimme bis zum Tenor-G niedersteigen ließ, um dann in raschem Übergange das dreigestrichene hohe G anzuschlagen, wobei sie ein Intervall von zwei Oktaven übersprang.

Als sie nach diesen Wundern der Gesangeskunst sich vom Pianoforte erhob, nahm sie ihren Platz an meiner Seite wieder ein; woraufhin ich ihr in höchlichst begeisterten Worten mein Entzücken ob ihrer Darbietung zum Ausdruck brachte. Von meiner Überraschung erwähnte ich nichts, und doch war ich ganz aufrichtig überrascht; denn eine gewisse Kraftlosigkeit oder vielmehr ein gewisses zittriges Schwanken der Stimme im gewöhnlichen Gespräch hatten mich nicht ahnen lassen, daß sie als Sängerin besonderes Talent beweisen würde.

Unsere Unterhaltung war nun lang, ernst, ununterbrochen und völlig rückhaltlos. Sie ließ mich so mancherlei der früheren Begebnisse meines Lebens erzählen und lauschte jedem Wort meines Berichts mit atemloser Aufmerksamkeit. Ich verschwieg nichts – war ich doch der Meinung, ich habe ein Recht darauf, ihrer vertrauensvollen Zuneigung nichts zu verschweigen. Ermutigt von der Offenheit, die sie beim delikaten Punkte ihres Alters bezeigt, ging ich mit völliger Freimütigkeit nicht nur ausführlich auf viele meiner geringeren Fehler ein, sondern legte ein volles Bekenntnis jener innerlichen, ja sogar jener körperlichen Gebrechen ab, deren Eingeständnis ein so viel höheres Maß an Mut erfordert und einen desto sichereren Liebesbeweis darstellt. Ich berührte meine College-Flegeleien – meine Extravaganzen – meine Zechereien – meine Schulden – meine Liebeleien. Ich verstieg mich sogar dazu, ihr von einem leicht hektischen Husten zu sprechen, welcher mich einmal geplagt – von einem chronischen Rheumatismus – vom stechenden Schmerze einer ererbten Gicht – und zum Schlusse von der unangenehmen und lästigen, doch bislang sorgsam verheimlichten Schwäche meiner Augen.

»Was diesen letzteren Punkt betrifft«, sagte Madame Lalande lachend, »so war es sicherlich unklug von Ihnen, ihn zu gestehen; denn ohne dies Geständnis, das möchte ich doch für erwiesen annehmen, hätte wohl niemand Sie dieses Verbrechens geziehen. Apropos«, fuhr sie fort, »können Sie sich erinnern« – und hier bildete ich mir ein, wie sogar durch das Dunkel des Zimmers deutlich auf ihren Wangen ein Erröten sichtbar ward – »können Sie sich, *mon cher ami*, an diese kleine Sehhilfe erinnern, die nun an meinem Halse hängt?«

Bei diesen Worten drehte sie zwischen den Fingern die nämliche Lorgnette, welche mir in der Oper so viel Verwirrung bereitet hatte.

»Aber ja – ach! und ob ich mich daran erinnere«, rief ich aus und drückte leidenschaftlich die zarte Hand, welche mir die Gläser zur Ansicht hinhielt. Sie bildeten ein kompliziertes und großartiges Spielzeug, reich ziseliert und mit Filigran geschmückt, funkelnd von wertvollen Juwelen, wie selbst bei der mangelhaften Beleuchtung nicht zu übersehen war.

»*Eh bien! mon ami*«, hob sie wieder mit einem gewissen *empressement* an, der mich überraschte – »*eh bien, mon ami*, Sie haben inständig eine Gunst von mir erbeten, die unschätzbar zu nennen Ihnen gefiel. Sie haben mich gleich morgen um meine Hand gebeten. Sollte ich Ihrem Drängen – und, so darf ich hinzufügen, der Stimme meines eigenen Herzens – willfahren, hätte ich dann nicht das Recht, Sie um eine sehr – sehr kleine Gegengabe zu bitten?« – »Sprechen Sie!« rief ich mit einem Feuer, daß die Gesellschaft beinahe auf uns aufmerksam geworden wäre, und einzig deren Gegenwart hielt mich davon ab, mich meiner Angebeteten ungestüm zu Füßen zu werfen. »Sprechen Sie, meine Geliebte, meine Eugénie, mein ein und alles! – sprechen Sie – doch, ach! es ist ja schon gewährt, noch ehe es ausgesprochen.«

»So sollen Sie denn, *mon ami*«, sagte sie, »der Eugénie zuliebe, der Sie Ihr Herz geschenkt, diese kleine Schwäche überwinden, die Sie zuletzt gestanden – diese eher innerliche denn körperliche Schwäche – und die, lassen Sie sich versichert sein, dem Adel Ihrer wahren Natur so wenig ansteht – die so gar nicht zu der Aufrichtigkeit Ihres sonstigen Charakters passen will – und die Sie, falls man sie weiter gewähren läßt, ganz gewiß früher oder später in sehr mißliche Verlegenheiten bringen wird. Überwinden Sie um meinetwillen diese Affektation, die Sie, wie Sie ja selber zugeben, dazu verleitet, Ihre Sehschwäche stillschweigend oder indirekt zu leugnen. Denn indem Sie sich weigern, die üblichen Mittel zu ihrer Linderung zu gebrauchen, bestreiten Sie praktisch diese Schwäche. So werden Sie mich also wohl verstehen, wenn ich Sie bitte, doch eine Brille zu tragen: – ah, still! – Sie haben ja bereits eingewilligt, eine zu tragen, *mir zuliebe*. Sie werden also das kleine Spielzeug annehmen, das ich jetzt in meiner Hand halte und das, zwar bewundernswert als Sehhilfe, als Schmuckstück aber wirklich keinen sehr großen Wert besitzt. Sie sehen, daß es durch eine winzige Veränderung so – oder so – in Form einer Brille vor die Augen gesetzt oder in der Westentasche als Augenglas getragen werden kann. Doch haben Sie ja bereits eingewilligt, es *mir zuliebe* in der ersteren Weise und gewohnheitsmäßig zu gebrauchen.«

Diese Bitte – muß ich es gestehen? – verwirrte mich in nicht geringem Maße. Die Bedingung aber, mit der sie verknüpft war, ließ ein Zögern natürlich gar nicht in Frage kommen.

»Es gilt!« rief ich mit der ganzen Begeisterung, die ich im Augenblick aufbieten konnte. »Es gilt – von Herzen froh ist's abgemacht. Ihnen zuliebe opfere ich jede Empfindlichkeit. Heute abend noch trage ich dieses teure Augenglas *als* Augenglas und auf meinem Herzen; doch sobald der Morgen dämmert, der mir die Freude beschert, Sie mein angetrautes Weib nennen zu dürfen, will ich es mir auf die – auf die Nase setzen – und es hinfort stets dort tragen, in der weniger romantischen und weniger modischen, doch gewiß weit zweckdienlicheren Weise, wie Sie es wünschen.«

Unser Gespräch wandte sich nun den Einzelheiten zu, wie wir am nächsten Morgen alles halten wollten. Talbot, so erfuhr ich von meiner Anverlobten, sei soeben in der Stadt eingetroffen. Ich solle ihn gleich aufsuchen und eine Kutsche besorgen. Die *soirée* werde kaum vor zwei Uhr zu Ende gehen; und zu dieser Stunde solle das Gefährt dann vor der Türe stehen; dann, in dem Durcheinander, welches beim Aufbruch der Gesellschaft entstehen würde, könne Madame L. leicht unbemerkt einsteigen. Dann sollten wir beim Hause eines Geistlichen vorsprechen, der dienstbereit sei, dort getraut werden, Talbot absetzen und auf eine kurze Reise nach Osten weiterfahren; die vornehme Welt mochte zu Hause bleiben und die Lästerzungen betätigen, soviel sie nur wollte.

Nachdem wir dies alles geplant, verabschiedete ich mich sogleich und begab mich auf die Suche nach Talbot, konnte es unterwegs aber nicht lassen, in ein Hotel zu treten, um die Miniatur zu betrachten; und dies tat ich mit der wirksamen Hilfe der Lorgnette. Das Antlitz war über die Maßen schön! Diese großen leuchtenden Augen! – diese stolze griechische Nase! – diese dunklen üppigen Locken! – »Ah!« sprach ich frohlockend zu mir selber, »das ist nun in der Tat ein sprechend ähnliches Bildnis meiner Geliebten!« Ich wendete es auf die Rückseite und entdeckte die Worte – ›Eugénie Lalande – im Alter von siebenundzwanzig Jahren und sieben Monaten‹.

Ich traf Talbot zu Hause an und ging sogleich daran, ihn mit meinem glücklichen Geschick bekannt zu machen. Er bezeigte natürlich höchstes Erstaunen, doch wünschte er mir von Herzen Glück und bot mir jede Unterstützung an, die in seiner Macht stünde. Kurz, wir führten unseren Plan auf den Buchstaben getreu aus; und um zwei Uhr morgens, genau zehn Minuten nach der Trauungszeremonie, fand ich mich mit Madame Lalande – mit Mrs. Simpson, sollte es heißen – in einem geschlossenen Wagen, und mit großer Geschwindigkeit fuhren wir in nordöstlicher Richtung zur Stadt hinaus, genauer in halb nördlicher oder nordnordöstlicher Richtung.

Da wir die ganze Nacht über aufbleiben würden, so hatte es Talbot für uns bestimmt, sollten wir unsere erste Rast in C – – machen, einem etwa zwanzig Meilen von der Stadt entfernten Dorfe, dort ein zeitiges Frühstück einnehmen und etwas ausruhen, ehe wir unsere Reise fortsetzten. Genau um vier Uhr fuhr denn auch die Kutsche an der Tür des vornehmen Gasthofs vor. Ich half meinem angebeteten Weibe hinaus und bestellte sogleich das Frühstück. Inzwischen geleitete man uns in ein kleines Gastzimmer, und wir setzten uns dort nieder.

Es war jetzt fast, wenn nicht schon gänzlich, heller Tag; und als ich verzückt auf den Engel an meiner Seite blickte, kam mir auf einmal der sonderbare Gedanke in den Sinn, daß dies nun wirklich der allerallererste Augenblick seit meiner Bekanntschaft mit der gefeierten Schönheit Madame Lalandes sei, da mir eine nähere Betrachtung dieser Schönheit bei Tageslicht vergönnt.

»Und nun, *mon ami*«, sagte sie, nahm meine Hand und unterbrach so diesen Gedankengang, »und nun, *mon cher ami*, da wir unauflöslich eins sind – da ich deine leidenschaftlichen Bitten erhört und meinen Teil unserer Abmachung erfüllt habe –, darf ich wohl annehmen, du hast nicht vergessen, daß auch du eine kleine Gunst zu erweisen hast – ein kleines Versprechen, das du doch gewiß zu halten gedenkst. Ah! – laß mich sehen! Laß mich nachdenken! Ja; ganz leicht erinnere ich mich der genauen Worte des teuren Versprechens, das du Eugénie gestern abend gegeben. Hör zu! Folgendes waren deine Worte: ›Es gilt! – von Herzen froh ist's abgemacht. Ihnen zuliebe opfere ich jede Empfindlichkeit. Heute abend noch trage ich dies teure Augenglas als Augenglas und auf meinem Herzen; doch sobald der Morgen dämmert, der mir das Vorrecht gewährt, Sie mein angetrautes Weib nennen zu dürfen, will ich es mir auf die – auf die Nase setzen – und es hinfort stets dort tragen, in der zwar weniger romantischen und weniger modischen, doch gewiß weit zweckdienlicheren Weise, wie Sie es wünschen.‹ So lauteten die genauen Worte, mein geliebter Gatte, nicht wahr?«

»Gewiß«, sagte ich; »du hast ein hervorragendes Gedächtnis; und sei versichert, meine schöne Eugénie, ich meinerseits verspüre keinerlei Neigung, mich der Ausführung des geringfügigen Versprechens, welches sie enthalten, zu entziehen. Sieh mal! Schau her! Sie steht mir sogar – einigermaßen – nicht wahr?« Und hiermit rückte ich die Gläser, nachdem ich sie in die gewöhnliche Brillenform gebracht hatte, bedächtig an die rechte Stelle; Madame Simpson schob derweilen ihre Haube zurecht, verschränkte die Arme und setzte sich kerzengerade in ihrem Stuhl auf, in einer ein wenig steifen und gezierten, ja, ein wenig würdelosen Haltung.

»Du meine Güte!« entfuhr es mir beinahe im gleichen Augenblicke, da das Brillengestell mir auf der Nase saß – »Ach, du meine Güte! – nanu, was, was *mag* denn bloß mit dieser Brille sein?«, und schon hatte ich sie abgenommen, wischte sie sorgfältig mit einem seidenen Taschentuch ab und setzte sie wieder auf.

Doch wenn im ersten Augenblick mir etwas vor Augen gekommen war, das mich überraschte, so steigerte sich im zweiten diese Überraschung zu Staunen; und dies Staunen traf mich nun im Innersten – so ungeheuerlich war es – ja, ich darf wohl sagen, so – so entsetzlich. Was, im Namen alles Gräßlichen, hatte dies zu bedeuten? Konnte ich meinen Augen trauen? – *konnte* ich? – das war die Frage. War das – war das – war das etwa *rouge*? Und waren dies – und waren dies – waren dies *Runzeln* auf dem Gesicht von Eugénie Lalande? Und oh! oh, Jupiter! und all ihr Götter und Göttinnen, klein und groß! – was – was – was – *was* war aus ihren Zähnen geworden? Heftig schleuderte ich die Brille zu Boden, sprang auf und stand hoch aufgerichtet mitten im Zimmer vor Mrs. Simpson, die Arme in die Seite gestemmt, die Zähne fletschend und wutschnaubend, zugleich aber völlig sprach- und hilflos vor Schreck und vor Zorn.

Nun habe ich bereits gesagt, daß Madame Eugénie Lalande – will sagen, Simpson – die englische Sprache nur sehr wenig besser sprach, als sie diese schrieb; und aus diesem Grunde hat sie es zu Recht nie gewagt, sich ihrer zu gewöhnlichen Anlässen zu bedienen. Doch Wut treibt eine Dame zum Äußersten; und im vorliegenden Falle trieb sie Mrs. Simpson zum Aller-, Alleräußersten, nämlich zu dem Versuch, ein Gespräch in einer Sprache zu führen, die sie ganz und gar nicht beherrschte.

»Nun, Monsieur«, sagte sie, nachdem sie mich einige Augenblicke mit offenbar großer Verwunderung gemustert hatte – »nun, Monsieur! – und was denn? – was ist los? 'aben Sie etwa Tanz von Sankt Veit? Wenn isch Sie nischt gefallen, warum kaufen Sie den Katze im Sack?«

»Du elendes Miststück!« sagte ich und holte tief Luft, »du – du – du gemeine alte Hexe!«

»Exe? – alte? – isch bin doch garr nisch so serr alt! isch nisch eine Tag mehr als zweiundachtzig.«

»Zweiundachtzig!« stieß ich hervor und taumelte gegen

die Wand – »zweiundachtzig hunderttausend Paviane! Auf der Miniatur stand doch siebenundzwanzig Jahre und sieben Monate!«

»Abber gewiß! – Das is so! Schtimmt genau! abber der Bildnis sein gemacht vor fünfundfünfzig Jahr. Wie isch mein zweites Mann, Monsieur Lalande, 'ab ge'eiratet, da 'ab isch lassen machen den Bild fürr mein Tochter von mein erstes Mann, Monsieur Moissart.«

»Moissart!« sagte ich.

»Ja, Moissart«, sagte sie, indem sie meine Aussprache nachäffte, die, um die Wahrheit zu sagen, nicht die allerbeste war; »und was denn? Was wissen denn *Sie* von Moissart?«

»Nichts, du alte Vogelscheuche! – Ich weiß überhaupt nichts von ihm; ich hatte nur einmal einen Vorfahr dieses Namens.«

»Dies Name! Und was 'aben Sie zu sagen zu das Name? Is ein serr gutes Name; und auch Voissart – ist auch ein serr gutes Name. Mein Tochter, Mademoiselle Moissart, sie 'eiraten Monsieur Voissart; und die Name sind beide serr respektaabl Name.«

»Moissart?« rief ich, »und Voissart! nanu, was soll das heißen?«

»Was das soll 'eißen? – Isch meinen Moissart und Voissart; und wegen das, isch meinen auch Croissart und Froissart, wenn es misch paßt. Mein Tochter ihr Tochter, Mademoiselle Voissart, sie 'eiraten Monsieur Croissart, und dann wieder, mein Tochter ihr Enkeltochter, Mademoiselle Croissart, sie 'eiraten ein Monsieur Froissart; und isch denk, Sie sagen, *das* is keine serr respektaabl Name.«

»Froissart!« sagte ich, einer Ohnmacht nahe, »nun, aber gewiß, du willst doch nicht sagen Moissart und Voissart und Croissart und Froissart?«

»Doch«, erwiderte sie, lehnte sich ganz in ihrem Stuhl zurück und streckte ihre unteren Gliedmaßen lang aus; »doch, Moissart und Voissart und Croissart und Froissart. Abber Monsieur Froissart, er warr, was Sie nennen eine sehr große Dummkopf – ein serr großes Trottel wie Sie,

Monsieur – weil er 'at verlassen *la belle France*, um nach die dumme *Amérique* zu gehen – und wie er 'ier 'erkommen, 'at er ein serr dummes, ein serr, serr dummes Sohn gekriegt, so 'ab isch ge'ört, abber isch 'ab noch nisch den *plaisir*, ihn zu kennen – isch nisch und auch nisch mein Begleiterin, die Madame Stéphanie Lalande. Er 'eißen Napoleon Bonaparte Froissart, und isch denk, Sie sagen, das is auch keine serr respektaabl Name.«

Es mochte an der Länge oder am Charakter dieser Rede liegen, jedenfalls steigerte sich Mrs. Simpson in gar ungeheuerliche Erregung; und als sie unter großer Mühe zum Ende gekommen war, sprang sie wie behext von ihrem Stuhle hoch und ließ dabei ein ganzes Universum von Tournüren zu Boden fallen, als sie aufsprang. Einmal auf den Füßen, knirschte sie mit den Zähnen, fuchtelte mit den Armen, rollte die Ärmel hoch, hielt mir drohend die Faust vors Gesicht und schloß den Auftritt damit, daß sie sich die Haube vom Kopfe riß und mit ihr eine riesige Perücke vom wertvollsten und schönsten schwarzen Haar; mit gellendem Geschrei schleuderte sie das Ganze zu Boden, um dann darauf herumzutrampeln und rasend, außer sich vor Wut, einen Fandango darauf zu tanzen.

Unterdessen ließ ich mich entsetzt auf den Stuhl fallen, welchen sie frei gemacht hatte. »Moissart und Voissart!« wiederholte ich gedankenvoll, als sie eben einen ihrer Luftsprünge vollführte, und »Croissart und Froissart!«, dieweil sie einen anderen absolvierte – »Moissart und Voissart und Croissart und Napoleon Bonaparte Froissart! – na, du unsägliche alte Schlange, das bin *ich* – das bin *ich* – hörst du? – das bin *ich*« – hier schrie ich aus Leibeskräften – »das bin *i-i-ch*! *Ich* bin Napoleon Bonaparte Froissart! und auf ewig verdammt will ich sein, wenn ich nicht meine eigene Ururgroßmutter geheiratet habe!«

Madame Eugénie Lalande, *das heißt* Simpson – vormals Moissart –, war, so die nüchterne Tatsache, meine Ururgroßmutter. In ihrer Jugend war sie sehr schön gewesen, und selbst mit zweiundachtzig besaß sie noch die majestätische Größe, die statuarische Kopfform, die schönen Augen und die griechische Nase ihrer Mädchenzeit. Mittels dieser sowie Perlweiß, Rouge, falschem Haar, falschen Zähnen und falscher *tournure* wie auch der tüchtigsten Modistinnen von Paris gelang es ihr, unter den Schönheiten, *un peu passées*, der französischen Metropole eine achtbare Stellung zu behaupten. In diesem Betrachte mochte sie wirklich der berühmten Ninon de Lenclos nur wenig nachstehen.

Sie war unermeßlich reich, und als sie zum zweiten Male kinderlos Witwe geworden, besann sie sich auf meine Existenz in Amerika, und in der Absicht, mich zum Erben einzusetzen, stattete sie nun den Vereinigten Staaten einen Besuch ab, in Begleitung einer entfernten, ungemein schönen Verwandten ihres zweiten Gatten – einer Madame Stéphanie Lalande.

In der Oper nun war meine Ururgroßmutter durch mein Hinstarren auf mich aufmerksam geworden; und als sie mich durch ihre Lorgnette gemustert, war ihr eine gewisse Familienähnlichkeit mit ihr selber aufgefallen. Da ihr Interesse solcherart geweckt war und sie wußte, daß der Erbe, den sie suchte, sich tatsächlich in der Stadt aufhielt, erkundigte sie sich bei ihren Begleitern nach mir. Der Herr, der sich in ihrer Gesellschaft befand, kannte mich und erzählte ihr, wer ich sei. Die Auskunft, die sie nun erhalten, bewog sie zu erneuter Musterung; und dieser prüfende Blick nun war es, der mich so erkühnt hatte, daß ich mich in der bereits beschriebenen absurden Weise betrug. Sie jedoch erwiderte meine Verneigung unter dem Eindruck, ich hätte durch irgendeinen sonderbaren Zufall entdeckt, wer sie war. Als ich, von meiner Sehschwäche und den Toilettenkünsten getäuscht über Alter und Reize der fremden Dame, so begeistert von Talbot zu wissen verlangte, wer sie sei, nahm er selbstverständlich an, daß ich die jüngere Schönheit meinte, und teilte mir also vollkommen wahrheitsgemäß mit, sie sei ›die gefeierte Witwe, Madame Lalande‹.

Am nächsten Morgen traf meine Ururgroßmutter Talbot, den sie von Paris her kannte, auf der Straße; und ganz natürlich kam die Rede auch auf mich. Meine Sehschwäche ward nun erklärt, denn die war stadtbekannt, wenngleich ich von dieser traurigen Berühmtheit nicht das mindeste ahnte; und meine gute alte Verwandte mußte zu ihrem großen Verdrusse feststellen, daß sie sich getäuscht hatte, als sie annahm, ich wüßte, wer sie sei, und daß ich mich bloß zum Narren gemacht hatte, indem ich im Theater einer unbekannten alten Frau in aller Öffentlichkeit den Hof machte. Um mich für diese Unbedachtsamkeit zu strafen, heckte sie mit Talbot ein Komplott aus. Er ging mir absichtlich aus dem Wege, damit er mich nicht bei ihr vorstellen müsse. Die Erkundigungen, die ich auf der Straße über ›die liebliche Witwe, Madame Lalande‹ einzog, wurden natürlich auf die junge Dame bezogen; und so erklärt sich sehr leicht die Unterhaltung mit den drei Herren, welche ich getroffen, kurz nachdem ich Talbots Hotel verlassen hatte, ebenso ihre Anspielung auf Ninon de Lenclos. Ich hatte keinerlei Gelegenheit, Madame Lalande bei Tageslicht aus der Nähe zu sehen, und auf ihrer musikalischen *soirée* hinderte mich meine alberne Schwäche, welche mich die Hilfe einer Brille verschmähen ließ, wirksam daran, ihr Alter zu entdecken. Als ›Madame Lalande‹ zum Singen aufgefordert wurde, war die jüngere Dame gemeint; und sie war es auch, die aufstand, dem Ruf Folge zu leisten; um die Täuschung zu befördern, erhob sich meine Ururgroßmutter im gleichen Augenblick und begleitete sie ans Pianoforte im großen Salon. Hätte ich mich entschlossen, sie dahin zu begleiten, so habe sie vorgehabt, mir nahezulegen, aus Schicklichkeit zu bleiben, wo ich war; doch meine eigene kluge Einsicht machte dies unnötig. Die Gesänge, die ich so sehr bewunderte und die mich derart im Eindruck von der Jugend meiner Geliebten bestärkten, wurden von Madame Stéphanie Lalande vorgetragen. Das Augenglas ward deswegen überreicht, um den Schwindel noch mit Tadel zu würzen – das Epigramm der Täuschung noch mit Schärfe. Die Überreichung bot Gelegenheit, mir über Affektation die Lektion zu erteilen, mit der ich gar erbaulich bedacht ward. Beinahe überflüssig ist es, hinzuzufügen, daß die Gläser des Instruments von der alten Dame, die es zuvor getragen, gegen ein Paar ausgetauscht worden waren, welche besser zu meinen Jahren paßten. Tatsächlich paßten sie mir aufs genaueste.

Der Geistliche, der lediglich zum Scheine den fatalen Knoten geknüpft, war ein fideler Zechbruder Talbots und gar kein Priester. Er war jedoch ein vortrefflicher ›Kutscher‹; und nachdem er die Soutane gegen einen Überzieher getauscht hatte, lenkte er die Mietdroschke, die das ›glückliche Paar‹ aus der Stadt hinausfuhr. Talbot nahm neben ihm Platz. Die beiden Schurken waren also dabei, als ›der Fuchs zur Strecke gebracht‹ wurde, und durch ein halboffenes Fenster des Hinterzimmers im Wirtshaus amüsierten sie sich dann grinsend über das *dénouement* des Dramas. Ich glaube, ich werde sie wohl beide fordern müssen.

Nichtsdestoweniger bin ich *nicht* der Mann meiner Ururgroßmutter; und das ist ein Gedanke, der mir unendliche Erleichterung verschafft – doch *bin* ich der Mann von Madame Lalande – von Madame Stéphanie Lalande –, zwischen der und mir es sich meine gute alte Verwandte, ganz abgesehen davon, daß sie mich zu ihrem Alleinerben macht, wenn sie stirbt – falls dies jemals geschieht –, nicht die Mühe hat nehmen lassen, die Heirat zustande zu bringen. Und schließlich und endlich; mit *billets-doux* ist es bei mir ein für allemal vorbei, und nie und nimmer mehr sieht man mich ohne BRILLE.

EINE GESCHICHTE
AUS DEN RAGGED MOUNTAINS

Im Herbst des Jahres 1827, als ich in der Nähe von Charlottesville, Virginia, wohnte, machte ich zufällig die Bekanntschaft von Mr. Augustus Bedloe. Dieser junge Gentleman war in jeder Hinsicht bemerkenswert und weckte in mir höchste Teilnahme und Neugier. Unmöglich fand ich's, ihn zu begreifen, weder in seiner geistigen noch physischen Eigenart. Über seine Familie konnte ich keinen zufriedenstellenden Aufschluß gewinnen. Woher er kam, habe ich nie mit Gewißheit erfahren. Selbst bezüglich seines Alters – zwar nenne ich ihn einen jungen Gentleman – gab es etwas, das mich in nicht geringem Maße verwirrte. Ganz gewiß *wirkte* er jung – und er ließ es sich auch angelegen sein, von seiner Jugend zu sprechen –, doch gab es Augenblicke, da es mir nicht schwergefallen wäre, ihn mir als hundert Jahre alt vorzustellen. Aber in keinem Betrachte war er absonderlicher denn in seiner persönlichen Erscheinung. Er war ungemein groß und dünn. Ging stark gebeugt. Seine Gliedmaßen waren über die Maßen lang und mager. Die Stirn war breit und niedrig. Seine Gesichtsfarbe gänzlich blutlos. Der Mund groß und beweglich, und seine Zähne waren, zwar gesund, so doch in so wild-schauerlicher Weise uneben, als ich es je in eines Menschen Haupt gesehen. Sein Lächeln wirkte jedoch keineswegs etwa unfreundlich, wie man annehmen mochte; allerdings kannte es keinerlei Wandelbarkeit. Es war voll tiefer Schwermut – voll unveränderlichen und nie endenden Trübsinns. Seine Augen waren abnorm groß und rund wie die einer Katze. Auch verengten oder weiteten sich die Pupillen bei jedem Stärker- oder Schwächerwerden des Lichts ganz so, wie man es bei der Familie der Katzen beobachten kann. In Augenblicken der Erregung leuchteten die Augen in beinahe unvorstellbarem Maße; da schien ein Strahlenglanz von ihnen auszugehen, nicht reflektierten, sondern eigenes Lichts, wie eine Kerze oder die Sonne es entsendet; doch gewöhnlich blickten sie so völlig schal, verschleiert und stumpf, daß sie an die Augen eines lang begrabenen Leichnams erinnerten.

Diese Absonderlichkeiten des Äußeren bereiteten ihm offenbar viel Verdruß, und beständig spielte er in halb erklärender, halb entschuldigender Art darauf an, was mich, als ich es zum ersten Male hörte, sehr peinlich berührte. Bald hatte ich mich jedoch daran gewöhnt, und mein Unbehagen schwand. Es schien seine Absicht zu sein, nicht direkt zu behaupten als vielmehr nur anzudeuten, daß er körperlich nicht immer gewesen sei, was er jetzt war – daß eine lange Reihe neuralgischer Anfälle seine einst mehr denn gewöhnliche Schönheit des Äußeren zu dem gemacht hätten, was ich nun sah. Seit vielen Jahren ward er nun schon von einem Arzte namens Templeton behandelt – einem alten Herrn von vielleicht siebzig Jahren –, dem er zuerst in Saratoga begegnet war und von dessen Beistand er dort große Wohltat empfangen oder doch zu empfangen vermeint hatte. Und so ergab sich denn, daß Bedloe, der recht vermögend war, mit Doktor Templeton eine Übereinkunft traf, wonach der letztere gegen eine reichlich gewährte Jahresvergütung darein willigte, seine Zeit und ärztliche Erfahrung ausschließlich der Pflege dieses Kranken zu widmen.

Doktor Templeton war in seinen jüngeren Jahren weit gereist, und in Paris hatte er sich in großem Maße zu den Lehren Mesmers bekehrt. Und gänzlich vermittels magnetischer Heilverfahren war es ihm denn gelungen, die heftigen Schmerzen seines Patienten zu lindern; und dieser Erfolg hatte nun ganz natürlich dem letzteren einen gewissen Grad an Vertrauen zu den Anschauungen eingeflößt, daraus diese Heilmittel hergeleitet. Der Doktor freilich hatte, wie alle Enthusiasten, sein Möglichstes getan, seinen Schüler vollends zu bekehren, und sein Ziel schließlich auch insoweit erreicht, als er den Leidenden zu bewegen vermochte, sich zahlreichen Experimenten zu unterziehen.

Durch deren häufige Wiederholung war ein Ergebnis zustande gekommen, welches in unseren Tagen so gang und gäbe geworden ist, daß es wenig oder gar keine Aufmerksamkeit mehr auf sich zieht, welches jedoch zu der Zeit, von der ich schreibe, in Amerika kaum bekannt gewesen. Ich will damit sagen, daß zwischen Doktor Templeton und Bedloe nach und nach ein sehr bestimmter und stark ausgeprägter *rapport* oder eine magnetische Beziehung entstanden war. Allerdings möchte ich damit keinesfalls behaupten, daß dieser *rapport* über die Grenzen der einfachen einschläfernden Kraft hinausgegangen wäre; doch diese Kraft selbst war zu großer Intensität gediehen. Der erste Versuch, die magnetische Somnolenz herbeizuführen, war dem Mesmeristen gänzlich fehlgeschlagen. Der fünfte oder sechste zeitigte Erfolg, wenngleich nur sehr partiell und nach lang anhaltender Bemühung. Erst beim zwölften ward es ein vollständiger Triumph. Hiernach unterlag der Wille des Patienten dann rasch dem des Arztes, so daß zu der Zeit, da ich die beiden Herren kennenlernte, der Schlaf sich beinahe augenblicklich, nur durch die bloße Willensäußerung des Arztes einstellte, selbst wenn dem Kranken dessen Gegenwart gar nicht bewußt war. Erst jetzt, im Jahre 1845, da täglich Tausende zu Zeugen ähnlicher Wundertaten werden, wage ich diese anscheinende Unmöglichkeit als eine ernsthafte Tatsache zu berichten.

Bedloes Temperament war im höchsten Grade empfindsam, reizbar, schwärmerisch. Er besaß eine einzigartige lebhafte und schöpferische Phantasie; und diese ward zweifellos noch zusätzlich durch den gewohnheitsmäßigen Genuß von Morphium gestärkt, welches er in großen Mengen schluckte und ohne das er unmöglich existieren zu können meinte. Gewöhnlich nahm er allmorgendlich gleich nach dem Frühstück eine sehr beträchtliche Dosis davon zu sich – oder vielmehr unmittelbar nach einer Tasse starken Kaffees, denn er aß vormittags nichts – und machte sich dann allein oder nur in Begleitung eines Hundes auf, die Kette der wilden und öden Hügel zu durchstreifen, welche westlich und südlich von Charlottesville liegen und dort mit dem anspruchsvollen Namen ›Ragged Mountains‹, ›Rauhe Berge‹, benannt sind.

An einem trüben, warmen, nebligen Tage gegen Ende November und während des wunderlichen nachsommerlichen *Interregnums* zwischen den Jahreszeiten, das in Amerika ›Indianersommer‹ heißt, brach Mr. Bedloe wie gewöhnlich nach den Hügeln auf. Der Tag verging, und noch immer war er nicht zurückgekehrt.

Gegen acht Uhr des Abends standen wir schon im Begriffe, ob seines langen Ausbleibens nun doch in ernsthafter Sorge, uns nach ihm auf die Suche zu begeben, als er völlig unerwartet erschien, bei nicht schlechterem Befinden als sonst und in weit besserer denn seiner gewöhnlichen Stimmung. Was er von seinem Ausfluge und von den Begebnissen, die ihn aufgehalten, berichtete, war nun in der Tat recht sonderbar.

»Sie werden sich erinnern«, sagte er, »daß es heute morgen gegen neun Uhr war, als ich Charlottesville verließ. Ich lenkte meine Schritte augenblicklich zu den Bergen hin und trat gegen zehn in eine Schlucht, die mir gänzlich neu war. Höchlichst interessiert folgte ich den Windungen dieses Engpasses. Die Szenerie, die sich allerorten bot, dürfte zwar kaum großartig zu nennen sein, doch hatte ihre Erscheinung einen unbeschreiblichen und für mich köstlichen Anblick düster-einsamer Öde an sich. Die Abgeschiedenheit wirkte gänzlich unberührt. Ich konnte mich des Eindrucks nicht erwehren, daß der grüne Rasen und der graue Fels, darauf ich schritt, noch nie zuvor von eines Menschen Fuß betreten worden seien. So vollkommen abgelegen, ja unzugänglich, wenn nicht eine Reihe von Zufällen zu Hilfe kommen, liegt der Eingang der Schlucht, daß es keinesfalls unmöglich ist, daß ich tatsächlich der erste Abenteurer war – der allererste und einzige Abenteurer, der jemals in ihre verborgenen Tiefen eingedrungen.

Der dicke und eigentümliche Dunst oder Schleier, der dem Nachsommer eigen ist und der nun schwer über allem hing, trug ohne Zweifel dazu bei, die unbestimmten Eindrücke zu vertiefen, welche dies alles hervorrief. So dicht war dieser angenehme Nebel, daß ich zu keiner Zeit weiter denn ein Dutzend Ellen auf dem Pfade vor mir zu sehen vermochte. Dieser Pfad schlängelte sich in unendlichen Windungen dahin, und da die Sonne nicht sichtbar war, verlor ich bald jeglichen Sinn für die Richtung, in welcher ich wanderte. Unterdessen tat das Morphium seine gewohnte Wirkung – und zwar, der gesamten Außenwelt einen ungeheuren Reiz zu verleihen. Im Beben eines Blattes – im Farbschatten eines Grashalms – in der Form eines Kleeblattes – im Summen einer Biene – im Glitzern eines Tautropfens – im Hauch des Windes – in den linden Düften, die vom Wald herüberwehten – in alledem offenbarte sich ein ganze Welt von Suggestionen – eine kunterbunte Kette rhapsodisch verworrener Gedanken.

Darein versunken, wanderte ich stundenlang dahin, indes der Nebel um mich herum sich in solchem Maße verdichtete, daß ich schließlich gezwungen war, mir den Weg nur noch zu ertasten. Und da ergriff mich nun ein unbeschreibliches Unbehagen – eine Art nervösen Stockens und Bebens. Kaum wagte ich noch, einen Schritt zu tun, aus Angst, in einen Abgrund zu stürzen. Auch erinnerte ich mich seltsamer Geschichten, die man sich von diesen ›Ragged Hills‹ erzählte, und von dem unheimlichen und wilden Menschenschlag, der in ihren Hainen und Höhlen hause. Tausenderlei verschwommene Phantasien bedrückten und beunruhigten mich – Phantasien, die, eben weil sie verschwommen, um so mehr peinigten. Auf einmal ward meine Aufmerksamkeit von lautem Trommelschlag gefesselt.

Ich war natürlich baß erstaunt. Eine Trommel in diesen Bergen war ein nie gekanntes Ding. Wäre die Posaune des Erzengels erschallt, ich hätte nicht überraschter sein können. Doch da tat sich dem Interesse und der Verblüffung schon eine neue und noch erstaunlichere Quelle auf. Es erklang ein wildes Gerassel oder Geklirr, wie von einem Bunde gewaltiger Schlüssel – und im selben Augenblicke stürzte ein dunkelgesichtiger, halbnackter Mann schreiend an mir vorüber. Er kam mir so nahe, daß ich seinen heißen

Atem auf meinem Gesichte spürte. In der einen Hand trug er ein Instrument, das aus einer Reihe von Stahlringen bestand, welche er beim Laufen kräftig schüttelte. Kaum war er im Nebel verschwunden, als mit weit aufgerissenem Maul und funkelnden Augen ein riesiges Tier ihm lechzend hinterdreinstürmte. Wes Art dies war, darob konnte ich mich nicht irren. Es war eine Hyäne.

Der Anblick dieses Ungeheuers linderte meine Schrecken eher, denn daß er sie erhöhte – war ich mir doch jetzt gewiß, daß ich träumte, und ich versuchte, mich wieder zu wachem Bewußtsein aufzurütteln. Verwegen, rasch schritt ich aus. Ich rieb mir die Augen. Rief laut. Kniff mir die Glieder. Ein kleiner Springquell bot sich meinem Blick, und hier bückte ich mich und netzte mir Hände, Gesicht und Nacken mit dem Wasser. Das schien die zweifelhaften Empfindungen, die mich bislang gequält hatten, zu zerstreuen. Als ein neuer Mensch, wie mich dünkte, erhob ich mich und schritt stetig und zufrieden weiter auf meinem unbekannten Weg.

Schließlich, von der Anstrengung und einer gewissen bedrückenden Schwüle der Atmosphäre ermüdet, ließ ich mich unter einem Baume nieder. Alsbald kam matt schimmernd der Sonnenschein hindurch, und schwach, aber deutlich warf der Baum seinen Blätterschatten auf das Gras. Auf diesen Schatten starrte ich verwundert viele Minuten lang. Seine Beschaffenheit machte mich ganz starr vor Staunen. Ich blickte empor. Der Baum war eine Palme.

Nun erhob ich mich hastig und in einem Zustande fürchterlicher Erregung – denn die Einbildung, daß ich träume, wollte mir nicht länger mehr dienen. Ich sah – ich spürte, daß ich meiner Sinne vollkommen mächtig war – und diese Sinne brachten meiner Seele eine Welt ganz neuer und einzigartiger Empfindung. Die Hitze ward mit einem Male unerträglich. Ein sonderbarer Geruch hing schwer im Wind. Leis anhaltendes Rauschen, wie es aus einem vollen, doch sanft dahinfließenden Strome aufsteigt, drang mir ans Ohr, vermischt mit dem eigentümlichen Stimmengewirr einer großen Menschenmenge.

Indes ich noch in äußerstem Erstaunen lauschte, welches ich wohl nicht zu beschreiben versuchen muß, trieb ein starker, doch kurzer Windstoß den drückenden Nebel hinweg, als hätte ein Zauberer seinen Stab geschwungen.

Ich fand mich am Fuße eines hohen Berges und schaute hinab in eine weite Ebene, durch welche sich ein majestätischer Strom wand. Am Ufer dieses Flusses erhob sich eine morgenländisch anmutende Stadt, ganz so, wie wir es in ›Tausendundeiner Nacht‹ gelesen, die in ihrer Art aber gar noch einzigartiger wirkte denn alles, was wir dort geschildert finden. Von meinem Standort aus, hoch oben über der Stadt, vermochte ich alle Ecken und Winkel zu erblicken, wie wenn sie auf einer Karte eingezeichnet wären. Da schienen unzählige Straßen zu sein, die einander unregelmäßig nach allen Richtungen hin kreuzten, doch waren es eher lange, sich schlängelnde Gassen denn Straßen, in denen es von Menschen nur so wimmelte. Die Häuser wirkten pittoresk. Allenthalben zeigte sich ein Gewirr von Balkonen, Veranden, Minaretten, von Nischen und phantastisch geschnitzten Erkern. Da war ein Basar am andern; und dort lagen in unendlicher Vielfalt und Fülle prächtige Waren aus – Seiden, Musselin, die erstaunlichste Kunst der Messerschmiede, der herrlichste Schmuck, die köstlichsten Edelsteine. Daneben sah man allüberall Banner und Palankine, Sänften mit dicht verschleierten vornehmen Damen, prächtig herausgeputzte Elefanten, wunderlich-phantastisch geformte Götzenbilder, Trommeln, Fahnen und Gongs, Speere, silbern- und goldglänzende Keulen. Und inmitten der lärmenden Menge und des allgemeinen wirren Durcheinanders – inmitten unzähliger schwarzer und gelber Menschen in Turbanen und langen Gewändern und mit wallenden Bärten, da zogen zahllose Scharen von heiligen, mit Kopfbändern geschmückten Stieren dahin, während ungeheure Legionen von schmutzigen, doch heiligen Affen schnatternd und schreiend auf den Gesimsen der Moscheen herumkletterten oder auf den Minaretten und Erkern hockten. Vom Gewimmel der Straßen führten unzählige Stufen hinab zu den Badestellen an den Ufern des

Stromes, während der Fluß selbst sich nur mit Mühe seinen Weg durch die riesigen Flotten schwerbeladener Schiffe zu bahnen schien, die weit und breit seinen Wasserspiegel versperrten. Hinter der Stadt ragten allenthalben in majestätischen Gruppen die Palmen und die Kokosbäume auf, zusammen mit anderen gigantischen und unheimlich-zauberhaften Bäumen von gewaltigem Alter; und hier und da schimmerte wohl ein Reisfeld, die strohgedeckte Hütte eines Bauern, eine Zisterne, ein vereinzelter Tempel, ein Zigeunerlager oder ein einzelnes anmutiges Mädchen, das, einen Krug auf dem Kopfe, zu den Ufern des herrlichen Flusses auf dem Wege war.

Sie werden jetzt natürlich sagen, ich hätte geträumt; doch dem war nicht so. Was ich sah – was ich hörte – was ich fühlte – was ich dachte – das alles hatte nichts von der unverwechselbaren Eigenart des Traumes an sich. Alles war streng konsequent. Zuerst stellte ich, noch im Zweifel, ob ich wirklich wach sei, eine Reihe von Versuchen an, die mich bald davon überzeugten, daß ich es wahrhaftig war. Nun, wenn einer träumt und im Traume argwöhnt, daß er träume, so wird sich dieser Verdacht *unfehlbar bestätigen*, und der Schläfer wacht fast augenblicklich auf. So irrt Novalis nicht, wenn er sagt: ›Wir sind dem Aufwachen nah, wenn wir träumen, daß wir träumen.‹ Hätte ich die Vision, wie ich sie beschreibe, ohne den Verdacht gehabt, sie sei ein Traum, dann hätte sie durchaus auch ein Traum sein können, doch so, wie sie sich zutrug und sich dazu noch im Lichte von Argwohn und Prüfungen darstellte, sehe ich mich gezwungen, sie anderen Phänomenen zuzurechnen.«

»Darin haben Sie wohl auch nicht unrecht«, bemerkte Dr. Templeton, »doch fahren Sie fort. Sie erhoben sich nun und stiegen hinunter in die Stadt.«

»Ja, ich erhob mich«, setzte Bedloe fort, wobei er den Arzt mit einem Ausdrucke äußersten Erstaunens ansah, »ich erhob mich, wie Sie sagen, und stieg hinunter in die Stadt. Auf meinem Wege geriet ich in eine gewaltige Menschenmenge, welche sich durch alle Straßen in ein und dieselbe Richtung drängte und im ganzen Gebaren wildeste Erregung zeigte. Auf einmal und aus einem unbegreiflichen Antriebe packte mich ein ungeheures persönliches Interesse an dem, was da vor sich ging. Mir war, ich hätte eine wichtige Rolle zu spielen, ohne daß ich genau verstanden, welcherart diese sei. Gegen die Menge, die mich umwogte, empfand ich jedoch eine zutiefst feindselige Gesinnung. Ich entzog mich ihr, und rasch, auf einem Umwege, erreichte und betrat ich die Stadt. Hier befand sich alles in wildestem Tumulte und Streit. Eine kleine Gruppe von Männern, halb indisch, halb europäisch gekleidet und befehligt von teils britisch uniformierten Herren, stritt aufs heftigste mit dem Gassenpöbel, der sich lärmend zusammendrängte. Ich schloß mich der schwächeren Partei an, rüstete mich mit den Waffen eines gefallenen Offiziers und kämpfte, ich weiß nicht, gegen wen, mit dem wilden Mut der Verzweiflung. Wir erlagen bald der Übermacht und mußten in einer Art Pavillon Zuflucht suchen. Hier verbarrikadierten wir uns und waren fürs erste sicher. Durch ein Guckloch nahe beim Dachfirst erblickte ich eine ungeheure, furchtbar aufgebrachte Menschenmenge, welche einen glänzenden Palast, der über den Fluß hinausgebaut war, umzingelte und angriff. Alsbald ließ sich aus einem oberen Fenster dieses Palastes ein weibisch anmutender Mann herab, und zwar an einem aus den Turbanen seiner Diener gedrehten Strange. Ein Boot war zur Stelle, in welchem er an das gegenüberliegende Ufer des Stromes flüchtete.

Und nun bemächtigte sich meiner Seele ein neues Ziel. Ich sprach ein paar hastige, doch energische Worte zu meinen Gefährten, und nachdem es mir gelungen, einige wenige von ihnen für mein Vorhaben zu gewinnen, brachen wir in einem wütenden Ausfall aus dem Pavillon hervor. Wir stürzten uns mitten in die Menge, die ihn umwogte. Zunächst wich sie vor uns zurück. Dann sammelte sie sich wieder, kämpfte wie rasend und wich erneut zurück. Unterdessen wurden wir vom Pavillon weit fortgetrieben und verirrten und verstrickten uns in den engen Straßen unter hohen hervorstehenden Häusern, in Winkel, wohin nie ein

Sonnenstrahl gedrungen. Der Mob drang heftig auf uns ein, unablässig flogen die Speere, und ein wahrer Hagel von Pfeilen ging auf uns nieder. Diese letzteren waren sehr bemerkenswert und ähnelten in gewisser Hinsicht dem gekrümmten Kris der Malaien. Sie sollten den Leib einer kriechenden Schlange nachbilden und waren lang und schwarz mit einem vergifteten Widerhaken. Einer von ihnen traf mich an der rechten Schläfe. Ich taumelte und stürzte zu Boden. Sogleich überkam mich tödliche Übelkeit. Ich würgte – ich rang nach Luft – ich starb.«

»*Jetzt* werden Sie doch wohl kaum noch darauf bestehen«, sagte ich lächelnd, »daß Ihr ganzes Abenteuer kein Traum gewesen sei. Sie wollen doch nicht etwa behaupten, Sie wären tot?«

Als ich diese Worte sprach, erwartete ich natürlich, daß Bedloe schlagfertig mit einer witzigen Erwiderung parieren würde; zu meinem Erstaunen aber zögerte er, zitterte, ward entsetzlich bleich und schwieg. Ich blickte Templeton an. Der saß starr aufgerichtet auf seinem Stuhle – die Zähne klapperten ihm, und die Augen wollten ihm bald aus den Höhlen springen. »Weiter!« sagte er schließlich heiser krächzend zu Bedloe.

»Minutenlang«, so fuhr der letztere fort, »empfand ich – spürte ich nichts – als Dunkelheit und Nicht-Sein, im Bewußtsein des Todes. Endlich war es mir, als erschüttere meine Seele ein heftiger und jäher Schlag, wie von Elektrizität. Mit ihm kam das Gefühl von Spannkraft und von Licht. Dies letztere sah ich nicht – ich spürte es. Sogleich schien ich mich vom Boden zu erheben. Doch besaß ich keine körperliche, keine sichtbare, hörbare oder fühlbare Gestalt. Die Menge war verschwunden. Der Aufruhr hatte sich gelegt. Die Stadt befand sich in verhältnismäßiger Ruhe. Unter mir lag mein Leichnam, den Pfeil in der Schläfe, der ganze Kopf stark angeschwollen und entstellt. Doch all dies spürte ich nur – ich sah es nicht. Ich hatte für nichts Interesse. Selbst der Leichnam schien etwas zu sein, das mich nichts anging. Willenskraft besaß ich keine, doch war es, als würde ich vorwärtsgetrieben und schwebe gleichsam aus der Stadt hinaus, auf dem nämlichen Umwege, auf welchem ich sie betreten. Als ich die Stelle der Schlucht in den Bergen erreicht hatte, wo mir die Hyäne begegnet war, da erfuhr ich abermals einen Schock wie von einer galvanischen Batterie; das Gefühl der Schwere, des Willens, der Körperlichkeit kehrte zurück. Ich wurde wieder zu dem Ich, das ich gewesen, und lenkte meine Schritte stürmisch heimwärts – doch das Vergangene hatte nicht die Lebendigkeit des Realen verloren – und auch jetzt vermag ich es nicht, und wäre es nur für einen Augenblick, meinen Verstand dazu zu nötigen, es für einen Traum zu halten.«

»Das war auch keiner«, sagte Templeton mit tiefernster Miene, »doch wäre es schwierig zu sagen, wie sonst man es nennen sollte. Wir wollen es bei der Annahme bewenden lassen, daß die Seele des Menschen von heute kurz vor einigen wunderbaren psychischen Entdeckungen steht. Begnügen wir uns mit dieser Annahme. Was den Rest betrifft, so habe ich etwas zu erklären. Hier ist eine Aquarellzeichnung, welche ich Ihnen schon früher hätte zeigen sollen, doch hat mich bislang ein unerklärliches Gefühl des Grauens davon abgehalten.«

Wir schauten auf das Bild, das er uns hinhielt. Ich konnte daran nichts Außergewöhnliches erkennen; doch seine Wirkung auf Bedloe war ungeheuerlich. Er war einer Ohnmacht nahe, da er es ansah. Und doch war es lediglich ein Miniaturporträt – von wunderbarer Genauigkeit freilich – seiner eigenen recht bemerkenswerten Züge. Zumindest war dies mein Gedanke, als ich es mir betrachtete.

»Sie werden«, sagte Templeton, »das Datum dieses Bildes erkennen können – es steht, kaum sichtbar, hier in dieser Ecke – 1780. In diesem Jahre ward das Porträt gemalt. Es ist das Ebenbild eines toten Freundes – eines Mr. Oldeb –, zu dem ich während der Amtszeit von Warren Hastings in Kalkutta eine starke Zuneigung gefaßt hatte. Ich war damals gerade erst zwanzig Jahre alt. Als ich Sie, Mr. Bedloe, in Saratoga das erste Mal erblickte, war es die wunderbare Ähnlichkeit zwischen Ihnen und dem Bilde, welche mich bewog, mich Ihnen zu nähern, Ihre

Freundschaft zu suchen und jene Vereinbarungen mit Ihnen zu treffen, in deren Folge ich Ihr ständiger Begleiter ward. Dies zu erreichen, trieb mich zum Teil und vielleicht hauptsächlich die kummervolle Erinnerung an den Verstorbenen, doch zum Teil auch eine beklemmende und nicht gänzlich von Grauen freie Neugier bezüglich Ihrer Person.

In Ihrer minutiösen Schilderung der Vision, welche sich Ihnen inmitten der Hügel bot, haben Sie, und zwar haargenau, die indische Stadt Benares am Heiligen Strome beschrieben. Der Aufruhr, die Kämpfe, das Massaker waren tatsächliche Ereignisse beim Aufstande des Cheyte Singh, der 1780 stattfand und bei dem Hastings unmittelbare Lebensgefahr drohte. Der Mann, der an dem Seil aus Turbanen entkam, war Cheyte Singh selbst. Die Gruppe in dem Pavillon waren Sepoys und britische Offiziere unter der Führung von Hastings. Zu ihnen gehörte auch ich, und ich tat alles, was ich konnte, den tollkühnen und verhängnisvollen Ausfall des Offiziers zu verhindern, der dann im Menschengewimmel der Gassen durch den vergifteten Pfeil eines Bengalen fiel. Dieser Offizier war mein liebster Freund. Es war Oldeb. Aus diesen Manuskripten können Sie sehen« (hier brachte der Sprecher ein Notizbuch zum Vorschein, in welchem offenbar mehrere Seiten frisch beschrieben worden waren), »wie genau zu der Zeit, da in den Bergen Sie diese Dinge in Ihrer Vorstellung erlebten, ich hier zu Hause damit beschäftigt war, sie ausführlich zu Papier zu bringen.«

Etwa eine Woche nach diesem Gespräch erschien in einer Zeitung in Charlottesville der folgende Artikel:

›Wir haben die schmerzliche Pflicht, den Tod von Mr. Augustus Bedlo bekanntzugeben, einem Gentleman, den die Bürger von Charlottesville seit langem ob seiner Liebenswürdigkeit und vieler Tugenden schätzten.

Mr. B. litt bereits seit einigen Jahren an Neuralgie, welche schon des öfteren einen tödlichen Ausgang zu nehmen drohte; sie kann aber nur als mittelbare Ursache seines Ablebens gelten. Die unmittelbare Ursache war von ganz besonderer Einzigartigkeit. Bei einem Ausflug in die Ragged Mountains vor ein paar Tagen hatte sich der Verstorbene eine leichte Erkältung und Fieber zugezogen, und es kam zu einem starken Blutandrang zum Kopfe. Zu dessen Linderung wandte Dr. Templeton einen örtlichen Aderlaß an. Blutegel wurden an den Schläfen angesetzt. In erschreckend kurzer Zeit verstarb der Patient, woraufhin sich zeigte, daß in das Gefäß, welches die Blutegel enthielt, aus Versehen eine der giftigen wurmartigen *sangsues* geraten war, die hin und wieder in den umliegenden Teichen vorkommen. Dieses Tier saugte sich an einer kleinen Arterie in der rechten Schläfe fest. Wegen seiner starken Ähnlichkeit mit dem Echten Blutegel wurde dieses Versehen erst bemerkt, als es zu spät war.

NB. Die giftige *sangsue* von Charlottesville läßt sich vom Echten oder Deutschen Blutegel stets durch ihre schwarze Färbung unterscheiden, besonders aber durch ihre schlängelnden oder wurmartigen Bewegungen, welche denen einer Schlange ungemein ähneln.‹

Ich sprach nun mit dem Herausgeber des genannten Blattes über diesen bemerkenswerten Unglücksfall, als mir die Frage einfiel, wie es denn käme, daß man den Namen des Verstorbenen mit Bedlo angegeben hatte.

»Ich nehme an«, sagte ich, »Sie können diese Schreibung belegen, doch war ich nun immer der Meinung, der Name schreibe sich am Ende mit einem *e*.«

»Belegen? – nein«, erwiderte er. »Das ist bloß ein Druckfehler. Der Name Bedloe endet in der ganzen Welt auf *e*, und ich habe ihn mein Lebtag noch nicht anders geschrieben gesehen.«

»Dann«, stammelte ich, als ich auf dem Absatz kehrtmachte, »dann hat es sich in der Tat erwiesen, daß eine einzige Wahrheit wunderlicher ist denn alle Erfindung – denn Bedlo ohne *e*, was ist es anders als die Umkehrung von Oldeb? Und da redet dieser Mann von einem Druckfehler.«

DIE LÄNGLICHE KISTE

Vor einigen Jahren nahm ich einmal auf dem schönen Postschiff ›Independence‹, Kapitän Hardy, Passage von Charleston, Süd-Carolina, nach der Stadt New York. Wenn es das Wetter zuließ, sollten wir am Fünfzehnten des Monats (Juni) unter Segel gehen; und am Vierzehnten begab ich mich an Bord, um in meiner Kajüte noch einiges zu ordnen.

Wie ich feststellen konnte, sollten wir recht viele Passagiere haben, darunter eine mehr denn gewöhnliche Anzahl Damen. Auf der Liste standen mehrere Bekannte von mir; unter anderen Namen entdeckte ich zu meiner Freude den von Mr. Cornelius Wyatt, einem jungen Künstler, für den ich Gefühle inniger Freundschaft hegte. Er hatte mit mir gemeinsam an der C – – Universität studiert, wo wir seinerzeit sehr viel zusammen gewesen waren. Er besaß das gewöhnliche Temperament des Genies und stellte eine Mischung dar, darin sich Menschenhaß, Empfindsamkeit und Enthusiasmus vereinten. Mit diesen Eigenschaften verband er das wärmste und treueste Herz, welches je in eines Menschen Brust geschlagen.

Ich bemerkte, daß sein Name auf den Karten *dreier* Kabinen stand; und als ich noch einmal in der Passagierliste nachsah, fand ich, daß er für sich selbst, seine Frau und zwei Schwestern – seine eigenen – Passage gebucht hatte. Die Kajüten waren ausreichend geräumig, und jede besaß zwei Kojen, eine über der anderen. Diese Kojen waren freilich so überaus schmal, daß sie mehr denn einer Person nicht Platz boten; dennoch konnte ich nicht so recht begreifen, warum diese vier Personen *drei* Kabinen brauchten. Ich befand mich damals gerade in einer jener launischen Gemütsverfassungen, die einen Menschen ganz unnatürlich neugierig bezüglich Kleinigkeiten machen; und zu meiner Schande muß ich gestehen, daß ich ob der überzähligen Kabine mancherlei ungehörige und alberne Vermutungen anstellte. Das ging mich nun ganz gewiß nichts an; doch mit darum nicht geringerer Hartnäckigkeit beschäftigte ich mich damit, nach einer Lösung des Rätsels zu suchen. Endlich gelangte ich zu einem Schlusse, bei welchem ich mich höchlich wunderte, warum ich nicht früher darauf gekommen war. »Ein Dienstmädchen natürlich«, sagte ich; »wie dumm von mir, daß ich nicht eher an eine so einleuchtende Lösung gedacht habe!« Und dann nahm ich noch einmal die Liste zur Hand – doch hieraus war klar zu ersehen, daß *keinerlei* Dienstpersonal mitkommen sollte; wiewohl dies eigentlich vorgesehen gewesen war – denn die Worte ›und Dienstmädchen‹ waren zuerst hingeschrieben und dann durchgestrichen worden. ›Oh, gewiß ist es dann Extra-Gepäck‹, sagte ich nun bei mir – ›etwas, das nicht in den Laderaum soll – etwas, das er selbst im Auge behalten möchte – ah, ich hab's – ein Gemälde oder dergleichen – und darum hat er auch mit Nicolino, dem italienischen Juden, gehandelt.‹ Mit diesem Gedanken war ich es zufrieden, und für diesmal ließ ich es mit meiner Neugier gut sein.

Die beiden Schwestern Wyatts kannte ich sehr gut, sie waren äußerst liebenswerte und gescheite Mädchen. Geheiratet hatte er erst kürzlich, und so hatte ich seine Frau noch nie gesehen. Jedoch hatte er in meiner Gegenwart oft von ihr gesprochen, und zwar in der ihm eigenen schwärmerischen Art und Weise. Er beschrieb sie als überaus schön, geistvoll und gebildet. Daher war ich schon recht gespannt darauf, ihre Bekanntschaft zu machen.

An dem Tage, da ich das Schiff aufsuchte (dem Vierzehnten), sollten auch Wyatt und seine Begleitung kommen – so ließ mich der Kapitän wissen ¬, und in der Hoffnung, der jungen Frau vorgestellt zu werden, wartete ich eine Stunde länger an Bord, als ich eigentlich vorgehabt hatte; doch dann kam eine Entschuldigung. Mrs. W. sei ein wenig unpäßlich und wolle also nicht vor morgen, zur

Stunde der Abreise, an Bord kommen. Als der nächste Morgen gekommen war, machte ich mich von meinem Hotel zum Pier auf den Weg, als ich Kapitän Hardy traf, der mir mitteilte, ›umständehalber‹ (eine alberne, aber bequeme Redensart) werde die ›Independence‹ wohl erst in ein oder zwei Tagen auslaufen, und er werde, wenn es soweit wäre, herschicken und mir Bescheid geben. Dies dünkte mich recht seltsam, denn es wehte eine steife südliche Brise; doch da ›die Umstände‹ nicht zum Vorschein kommen wollten, so hartnäckig ich sie auch zu erforschen suchte, blieb mir nichts übrig, als wieder umzukehren und meine Ungeduld mit Muße zu verwinden.

Bald eine Woche lang blieb die erwartete Nachricht vom Kapitän aus. Endlich aber traf sie dann doch ein, und ich begab mich unverzüglich an Bord. Auf dem Schiff drängten sich die Passagiere, und allerseits herrschte das lärmende Treiben, wie es vor der Abfahrt eines Schiffes üblich ist. Wyatt und die Seinigen trafen etwa zehn Minuten nach mir ein. Da waren also die beiden Schwestern, die junge Frau und der Künstler – der letztere hatte gerade eine seiner üblichen Anwandlungen von mürrischer Misanthropie. Ich war nun freilich diese viel zu sehr gewohnt, um sonderlich darauf zu achten. Er stellte mich nicht einmal seiner Frau vor – diese Höflichkeit oblag nun notgedrungen seiner Schwester Marian – einem überaus reizenden und intelligenten Mädchen, die uns in wenigen hastigen Worten bekannt machte.

Mrs. Wyatt war dicht verschleiert gewesen; und als sie, mir für meine Verbeugung zu danken, den Schleier hob, muß ich gestehen, war ich doch recht befremdet. Doch wäre mein Befremden noch weit größer gewesen, hätte nicht lange Erfahrung mich gewarnt, den begeisterten Schilderungen meines Freundes, des Künstlers, nicht allzu blind zu vertrauen, wenn er in Kommentaren über des Weibes Schönheit sich erging. Sobald von Schönheit die Rede, das wußte ich sehr wohl, entschwebte er mit Leichtigkeit in die Gefilde des reinen Ideals.

Die Wahrheit ist, ich konnte nicht anders, als Mrs. Wyatt für eine ganz und gar unansehnliche Frau zu halten. Wenn sie auch nicht ausgesprochen häßlich war, so fehlte doch, meine ich, nicht allzuviel daran. Gekleidet war sie freilich in vorzüglichem Geschmack – und so hegte ich denn keinen Zweifel, daß sie meines Freundes Herz durch die dauerhafteren Reize des Geistes und der Seele bezaubert habe. Sie sprach nur sehr wenige Worte und ging sogleich mit Mr. W. in ihre Kajüte.

Nun war meine alte Neugier wieder geweckt. Ein Dienstmädchen war *nicht* dabei – *das* stand fest. Daher hielt ich nach dem Extragepäck Ausschau. Nach einiger Wartezeit erschien ein Karren auf dem Kai mit einer länglichen Kiste aus Fichtenholz, anscheinend das einzige, worauf man gewartet hatte. Gleich nachdem sie eingetroffen, gingen wir unter Segel, und schon bald hatten wir die Barre sicher hinter uns gelassen und lagen nach See zu.

Die fragliche Kiste war, wie schon gesagt, länglich. Sie maß etwa sechs Fuß in der Länge und zweieinhalb in der Breite – ich habe sie mir aufmerksam angesehen und bin auch gern genau. Nun war diese Form doch recht *merkwürdig*, und kaum hatte ich sie gesehen, da rechnete ich es mir zur Ehre an, wie genau meine Vermutung zutraf. Ich war, so wird man sich erinnern, zu dem Schlusse gekommen, das Extragepäck meines Künstlerfreundes werde aus Bildern oder wenigstens einem Bilde bestehen; denn ich wußte, er hatte wochenlang mit Nicolino in Verhandlung gestanden: – und nun war hier eine Kiste, welche ihrer Form nach möglicherweise nichts anderes auf der Welt enthalten konnte als ein Kopie von Leonardos ›Abendmahl‹; und eine Kopie eben des ›Abendmahls‹, angefertigt von Rubini dem Jüngeren zu Florenz, wußte ich schon geraume Zeit im Besitze Nicolinos. Diesen Punkt betrachtete ich daher zur Genüge geklärt. Beim Gedanken an meinen Scharfsinn mußte ich tüchtig in mich hineinlachen. Es war das erste Mal, soviel ich wußte, daß Wyatt mir eines seiner künstlerischen Geheimnisse vorenthielt; doch hier hatte er offenbar vor, mir ein Schnippchen zu schlagen und ein schönes Bild direkt unter meiner Nase nach New York zu schmuggeln, in der Annahme, ich wüßte nichts davon. Ich beschloß, ihn jetzt und fürderhin *ausgiebig* damit zu necken.

Eine Sache freilich bereitete mir nicht wenig Kopfzerbrechen. Die Kiste kam *nicht* in die Extra-Kabine. Sie ward in Wyatts eigene gestellt; und dort blieb sie auch und nahm fast den ganzen Fußboden ein – zweifellos zur gar großen Beschwerlichkeit für den Künstler und seine Frau – dies um so mehr, als der Teer oder die Farbe, mit welcher sie in riesigen Großbuchstaben beschriftet war, einen scharfen, unangenehmen und für *meinen* Geschmack ausgesprochen widerlichen Geruch ausströmte. Auf den Deckel waren die Worte gemalt – ›Mrs. Adelaide Curtis, Albany, New York. Fracht von Cornelius Wyatt, Esq. Diese Seite nach oben! Vorsicht! Nicht stürzen!‹

Nun war mir bekannt, daß Mrs. Adelaide Curtis in Albany die Schwiegermutter des Künstlers war – doch dann hielt ich die ganze Adresse für ein Täuschungsmanöver, welches speziell mich in die Irre führen sollte. Natürlich war ich fest davon überzeugt, daß die Kiste samt Inhalt niemals weiter nach Norden gelangen würden als bis zum Atelier meines misanthropischen Freundes in der Chambers Street, New York.

Die ersten drei oder vier Tage hatten wir schönes Wetter, obgleich der Wind recht voraus wehte; war er doch in nördliche Richtung umgeschlagen, sobald wir die Küste aus den Augen verloren hatten. Die Passagiere befanden sich folglich in guter Stimmung und zeigten sich zu Geselligkeit aufgelegt. Wyatt und seine Schwestern *muß* ich davon allerdings ausnehmen, sie verhielten sich gegenüber der übrigen Gesellschaft steif und, ich konnte mir nicht helfen, geradezu unhöflich. *Wyatts* Benehmen kümmerte mich dabei gar nicht sonderlich. Er war trüben Sinnes, sogar mehr noch als sonst – ja, er gab sich geradezu *grämlich* –, doch bei ihm war ich auf exzentrisches Gebaren gefaßt. Für die Schwestern freilich konnte ich keine Entschuldigung finden. Während des größten Teils der Fahrt zogen sie sich in ihre Kajüten zurück und weigerten sich entschieden, obwohl ich wiederholt in sie drang, mit irgendeinem Menschen an Bord Umgang zu pflegen.

Mrs. Wyatt selbst gab sich weitaus liebenswürdiger. Das heißt, sie war recht *geschwätzig*; und Geschwätzigkeit ist keine geringe Empfehlung auf See. Sie stand sich *außerordentlich* vertraut mit den meisten Damen; und zu meinem größten Erstaunen legte sie eine unzweifelhafte Neigung an den Tag, mit den Männern zu kokettieren. Sie amüsierte uns alle sehr. Ich sage ›amüsierte‹ – und weiß eigentlich kaum, wie ich es erklären soll. Die Wahrheit ist, ich fand bald heraus, daß man weit öfter *über* Mrs. Wyatt lachte denn *mit* ihr. Die Herren äußerten sich nur wenig über sie; die Damen aber nannten sie schon nach kurzer Zeit ›ein gutherziges Ding von nichtssagendem Äußeren, total ungebildet und ausgesprochen gewöhnlich‹. Das große Fragezeichen war nun, wie Wyatt überhaupt in eine solche Heirat geraten war. Gemeinhin hieß die Lösung Reichtum – doch dies, so wußte ich, traf hier ganz und gar nicht zu; denn Wyatt hatte mir erzählt, daß sie ihm keinen Dollar mitbrächte noch aus irgendeiner Quelle irgend etwas zu erwarten hätte. Geheiratet, so sagte er, habe er aus Liebe, einzig und allein aus Liebe; und seine Frau sei seiner Liebe mehr als wert. Wenn ich an diese Äußerungen von seiten meines Freundes dachte, so muß ich gestehen, sah ich mich vor einem Rätsel. Konnte es möglich sein, daß er langsam den Verstand verlor? Was sollte ich sonst davon halten? *Er*, ein so feingebildeter Mensch, so hochintelligent, so wählerisch, mit einem so empfindlichen Gespür für alles Mangelhafte und so überaus empfänglich für alles Schöne! Gewiß, die Dame schien *ihm* ja nun gar sehr zugetan zu sein – ganz besonders in seiner Abwesenheit – wo sie sich geradezu zum Gespött machte, weil sie beständig zitierte, was ihr ›geliebter Gatte, Mr. Wyatt‹ gesagt hatte. Das Wort ›Gatte‹ schien ihr auf immer und ewig – um einen ihrer delikaten Ausdrücke zu gebrauchen –, auf immer und ewig ›auf der Zungenspitze‹ zu liegen. Unterdessen merkten alle an Bord, daß *er sie* in der auffälligsten Weise mied und sich zumeist allein in seiner Kajüte einschloß, ja, man durfte tatsächlich sagen, daß er überhaupt nur dort weilte und seiner Frau völlige Freiheit ließ, sich nach Belieben in der allgemeinen Gesellschaft der Hauptkabine zu amüsieren.

Nach allem, was ich sah und hörte, schloß ich, daß der Künstler durch irgendeine unerfindliche Schicksalslaune, vielleicht auch in irgendeiner Anwandlung von schwärmerischer und eingebildeter Leidenschaft veranlaßt worden sei, sich mit einer Person zu verbinden, die weit unter ihm stand, und daß sich ganz naturgemäß baldiger und vollkommener Ekel eingestellt habe. Ich bedauerte ihn aus tiefstem Herzensgrunde – konnte ihm aber deswegen doch nicht ganz seine Verschwiegenheit in Sachen ›Abendmahl‹ verzeihen. Diese, so beschloß ich, sollte er mir noch büßen.

Eines Tages kam er an Deck, und wie ich es früher gewohnt gewesen, nahm ich seinen Arm und schlenderte mit ihm auf und ab. Seine düstere Stimmung jedoch (die mich unter den obwaltenden Umständen ganz natürlich bedünkte) schien gänzlich unvermindert anzuhalten. Er redete wenig, und dieses Wenige brachte er niedergeschlagen und mit offensichtlicher Anstrengung heraus. Ein- oder zweimal wagte ich einen Scherz, und er versuchte ein Lächeln, daß es einen erbarmen konnte. Der Ärmste! – wenn ich an *seine Frau* dachte, so mußte ich mich gar noch wundern, daß er es überhaupt übers Herz brachte, sich auch nur den leisesten Anschein von Heiterkeit zu geben. Schließlich wagte ich einen Vorstoß zur Sache. Ich beschloß, eine Reihe versteckter Insinuationen oder Anspielungen hinsichtlich der länglichen Kiste loszulassen – nur um ihm nach und nach zu erkennen zu geben, daß ich *keineswegs* die Zielscheibe oder das Opfer seines kleinen lustigen Täuschungsmanövers war. Meine erste Bemerkung sollte wie eine verdeckte Batterie das Feuer eröffnen. Ich sagte etwas über die ›merkwürdige Form *jener* Kiste‹; und während ich diese Worte sprach, lächelte ich wissend, zwinkerte ihm zu und tippte ihm mit dem Zeigefinger sacht gegen die Rippen.

Die Art, in der Wyatt diese harmlose Neckerei aufnahm,

überzeugte mich sogleich, daß er wahnsinnig sei. Zunächst starrte er mich an, als wäre es ihm unmöglich, den Witz meiner Bemerkung zu fassen; doch als deren Pointe seinem Gehirn langsam zu dämmern schien, sah es aus, als wollten ihm ebenso langsam die Augen aus den Höhlen treten. Dann wurde er hochrot – darauf schrecklich bleich – und dann brach er, als wäre er höchlichst amüsiert über das, was ich angedeutet hatte, in schallend lautes Gelächter aus, welches zu meiner Bestürzung allmählich immer kräftiger anschwoll und zehn Minuten oder gar länger anhielt. Zum Schlusse fiel er flach und schwer aufs Deck. Als ich hinzusprang, ihn aufzuheben, sah er aus wie *tot*.

Ich rief Hilfe herbei, und mit großer Mühe brachten wir ihn wieder zu sich. Als ihm das Bewußtsein wiederkehrte, redete er eine Weile unzusammenhängend vor sich hin. Schließlich ließen wir ihn zur Ader und brachten ihn zu Bett. Am nächsten Morgen hatte er sich wieder völlig erholt, soweit es jedenfalls seine körperliche Gesundheit betraf. Von seinem Geisteszustand möchte ich natürlich lieber nichts sagen. Während der restlichen Fahrt ging ich ihm aus dem Wege, wozu mir der Kapitän geraten hatte, der meine Ansichten bezüglich seines Wahnsinns zu teilen schien, mich aber warnte, doch diesbezüglich nichts irgend jemand an Bord gegenüber verlauten zu lassen.

Unmittelbar nach diesem Anfall Wyatts ereigneten sich diverse Umstände, welche dazu beitrugen, die Neugier, die mich bereits plagte, noch zu erhöhen. Unter anderem folgendes: Ich war nervös gewesen – hatte zuviel starken grünen Tee getrunken und schlief nachts darauf dann schlecht – ja, zwei Nächte konnte ich wirklich nicht behaupten, überhaupt geschlafen zu haben. Nun ging meine Kajüte wie die aller alleinreisenden Männer an Bord auf die Hauptkabine oder den Speisesaal hinaus. Wyatts drei Kajüten aber lagen nahe der Achterkabine, von der Hauptkabine nur durch eine leichte Schiebetür getrennt, die nie verschlossen war, nicht einmal nachts. Da wir fast ständig hart am Winde segelten und eine ganz schön steife Brise wehte, krängte das Schiff ganz beträchtlich nach Lee; und immer wenn die Steuerbordseite nach Lee hing, ging die Schiebetür zwischen den Kabinen auf und blieb offen, da niemand sich die Mühe nahm, aufzustehen und sie zu schließen. Meine Koje lag nun aber so, daß ich, wenn meine eigene Kajütentür offenstand ebenso wie die bewußte Schiebetür (und meine Tür war der Hitze wegen *stets* geöffnet), ganz deutlich in die Achterkabine blicken konnte, und zwar genau in den Teil davon, wo die Kajüten von Mr. Wyatt lagen. Nun, während der beiden (*nicht* aufeinanderfolgenden) Nächte, in denen ich wach lag, sah ich ganz klar, wie Mrs. W. sich gegen elf Uhr jede Nacht aus Mr. W.s Kajüte stahl und den Extra-Raum betrat, wo sie bis Tagesanbruch blieb, woraufhin sie von ihrem Gatten gerufen ward und zurückkehrte. Daß sie praktisch schon getrennt lebten, war deutlich. Sie hatten getrennte Zimmer, zweifellos in der Absicht einer endgültigeren Scheidung; und hierin läge also nun, so dachte ich, das Geheimnis der Extrakajüte.

Noch einen weiteren Umstand fand ich von höchstem Interesse. Während der beiden besagten schlaflosen Nächte und unmittelbar nachdem Mrs. Wyatt in der Extrakajüte verschwunden war, fielen mir gewisse sonderbare, behutsame, gedämpfte Geräusche in der Kajüte ihres Mannes auf. Nachdem ich eine Zeitlang mit gespannter Aufmerksamkeit darauf gelauscht, gelang es mir schließlich vollkommen, mir ihre Bedeutung zu erklären. Diese Geräusche entstanden, als der Künstler die längliche Kiste mittels Stemmeisen und Holzhammer öffnete – wobei der letztere offenbar mit weichem wollenen oder baumwollenen Zeug umwickelt oder gedämpft wurde, worein der Hammerkopf gehüllt war.

Auf diese Art bildete ich mir ein, genau den Augenblick unterscheiden zu können, da er den Deckel gänzlich losgestemmt hatte – und gleichfalls bestimmen zu können, wann er ihn dann überhaupt abnahm und auf die untere Koje in seiner Kajüte legte; dies letztere erkannte ich zum Beispiel an gewissen leisen Klopfgeräuschen, die entstanden, wenn der Deckel gegen die Holzkanten der Koje stieß, da Wyatt sich bemühte, ihn *sehr* sacht hinzulegen – auf dem Boden war kein Platz mehr dafür. Danach herrschte Totenstille, und beide Male konnte ich bis kurz vor Tagesanbruch nichts weiter vernehmen; es sei denn, ich darf vielleicht ein leises Geräusch, wie Schluchzen oder Murmeln, erwähnen, allerdings so unterdrückt, daß es kaum zu hören war – wenn nicht gar all diese letzteren Geräusche meiner eigenen Einbildung nur entsprangen. Wie gesagt, es *klang wie* Schluchzen oder Seufzen – doch natürlich konnte es keines von beidem gewesen sein. Eher möchte ich denken, daß ich Ohrenklingen hatte. Zweifellos ließ Mr. Wyatt, wie es seine Gewohnheit war, nur einem seiner Steckenpferde die Zügel schießen – frönte einer seiner Anwandlungen von Kunstbegeisterung. Er hatte seine längliche Kiste geöffnet, um seine Augen an dem Bilderschatz darin zu weiden. Daran war ja nun wirklich nichts, weswegen er *schluchzen* müßte. So wiederhole ich denn, daß mir meine Phantasie da einfach einen Streich gespielt haben muß, vom grünen Tee des guten Kapitäns Hardy ein wenig durcheinandergebracht. In jeder der beiden Nächte, von denen ich spreche, kurz vor Morgengrauen, vernahm ich deutlich, wie Mr. Wyatt den Deckel wieder auf die längliche Kiste legte und mit dem umwickelten Holzhammer die Nägel an ihren alten Stellen hineinschlug. Nachdem er dies vollbracht, trat er vollkommen angekleidet aus seiner Kajüte und ging, Mrs. W. aus der ihren zu holen.

Wir waren nun schon sieben Tage auf See und befanden uns auf der Höhe von Kap Hatteras, als aus Südwesten schwerer Sturm aufkam. Wir waren freilich bis zum gewissen Grade darauf gefaßt, da im Wetter sich schon geraume Zeit bedrohliche Vorboten bemerkbar gemacht hatten. Alles wurde also auf Sturm vorbereitet, unten wie oben in der Takelung; und als der Wind beständig auffrischte, lagen wir schließlich unter doppelt gerefftem Besan- und Vormarssegel beigedreht.

So getrimmt, fuhren wir achtundvierzig Stunden lang recht sicher dahin – das Schiff erwies sich als in vielerlei Hinsicht hervorragend seetüchtig und nahm in kaum nen-

nenswertem Maße Wasser auf. Danach jedoch hatte sich der Sturm zum Orkan verstärkt, und unser Achtersegel zerriß in Fetzen, wodurch wir so tief in ein Wellental gerieten, daß wir mehrere gewaltige Sturzseen übernahmen, eine unmittelbar nach der anderen. Durch dieses Malheur verloren wir drei Mann, die mitsamt der Kombüse über Bord gingen, und nahezu die ganze Backbordreling. Kaum waren wir wieder zur Besinnung gekommen, da ging das Vormarssegel in Fetzen, woraufhin wir ein Sturmstagsegel setzten, und mit diesem ging es einige Stunden lang recht gut, das Schiff lag nun weitaus stetiger auf den Wellen als zuvor.

Doch der Sturm hielt noch an, und es waren keinerlei Anzeichen für ein Abflauen zu erkennen. Die Takelage, so stellte sich heraus, war schlecht gesetzt und zu straff gespannt; und am dritten stürmischen Tag, gegen fünf Uhr nachmittags, ging bei einem heftigen Ruck nach Luv der Besanmast über Bord. Eine Stunde oder länger versuchten wir vergeblich, ihn loszuwerden, so gewaltig schlingerte das Schiff; und ehe es uns noch gelungen war, kam der Zimmermann achtern und meldete vier Fuß Wasser im Schiffsraum. Um unsere Not noch zu verschlimmern, mußten wir zu allem Unglück auch noch feststellen, daß die Pumpen verstopft und so gut wie unbrauchbar waren.

Nun war alles eitel Aufruhr und Verzweiflung – doch versuchte man, das Schiff dadurch zu erleichtern, daß man soviel von der Ladung über Bord warf, wie man erreichen konnte, und die beiden noch verbliebenen Masten kappte. Dies gelang uns schließlich auch – doch noch immer waren wir nicht imstande, etwas an den Pumpen zu unternehmen; und in der Zwischenzeit ward das Leck rasch größer und größer.

Bei Sonnenuntergang hatte der Sturm merklich an Heftigkeit nachgelassen, und als damit sich auch die See beruhigte, hegten wir noch die schwache Hoffnung, uns in den Booten retten zu können. Um acht Uhr abends rissen die Wolken luvwärts auf, und uns ward der Vorteil eines vollen Mondes – ein Glücksumstand, der aufs wunderbarste dazu beitrug, unseren verzweifelten Mut wieder aufzurichten.

Nach unsäglicher Mühe gelang es uns schließlich, die Pinasse ohne wesentlichen Zwischenfall über Bord hinabzulassen, und dahinein drängte sich nun die gesamte Mannschaft sowie die meisten der Passagiere. Diese Gruppe fuhr unverzüglich ab und erreichte nach vielen Leiden schließlich am dritten Tage nach dem Schiffbruch sicher Ocracoke Inlet.

Vierzehn Passagiere, dazu der Kapitän, blieben an Bord, entschlossen, ihr Schicksal der Jolle im Heck anzuvertrauen. Wir ließen diese ohne Schwierigkeit hinab, wiewohl wir sie nur durch ein Wunder davor bewahrten, daß sie volllief und unterging, als sie auf dem Wasser aufsetzte. Sobald die Jolle flott war, nahm sie den Kapitän und seine Frau, Mr. Wyatt und die Seinen, einen mexikanischen Offizier mit Frau und vier Kindern sowie mich selbst samt einem Negerdiener auf.

Natürlich hatten wir keinen Platz, irgend etwas anderes mitzunehmen außer einigen wenigen unbedingt nötigen Gerätschaften, etwas Proviant und die Kleider, die wir auf dem Leibe trugen. Niemandem wäre es eingefallen, auch nur zu versuchen, noch mehr zu retten. Wie groß mußte daher das Erstaunen aller gewesen sein, als Mr. Wyatt – wir waren schon ein paar Faden weit vom Schiffe fort – in den Achtersitzen aufstand und kühl von Kapitän Hardy verlangte, daß das Boot zurückkehren solle, um seine längliche Kiste aufzunehmen!

»Setzen Sie sich, Mr. Wyatt«, erwiderte der Kapitän einigermaßen streng; »Sie bringen uns noch zum Kentern, wenn Sie nicht ganz still sitzen bleiben. Unser Dollbord ist jetzt schon fast im Wasser.«

»Die Kiste!« schrie Mr. Wyatt, noch immer im Stehen – »die Kiste, sage ich! Kapitän Hardy, das können, das *werden* Sie mir nicht verweigern. Sie wiegt so gut wie nichts – kaum etwas – nicht das mindeste. Bei der Mutter, die Sie geboren – bei der himmlischen Liebe – bei Ihrer Hoffnung auf das Heil beschwöre ich Sie, ich *flehe* Sie an, kehren Sie um und holen Sie die Kiste!«

Einen Augenblick lang schien es, als wäre der Kapitän

von der inständigen Bitte des Künstlers gerührt, doch dann gewann er seine unnachgiebige Haltung wieder und sagte nur – »Mr. Wyatt, Sie sind *wahnsinnig*. Ich kann nicht auf Sie hören. Setzen Sie sich, sage ich, oder Sie bringen das Boot zum Sinken. Halt! – haltet ihn! – packt ihn! – er will über Bord springen! Da – hab ich's doch gewußt – er ist über Bord!«

Bei diesen Worten des Kapitäns sprang Mr. Wyatt tatsächlich aus dem Boot, und da wir uns noch im Windschatten des Wracks befanden, gelang es ihm mit beinahe übermenschlicher Anstrengung, ein Seil zu ergreifen, das von der Fockrüste herabhing. Gleich darauf war er an Bord und stürzte wie rasend hinunter in die Kabine.

Unterdessen hatte es uns achteraus vom Schiff und damit ganz aus seinem Windschatten getrieben, und wir waren nun auf Gnade oder Ungnade der noch immer hochgehenden See ausgeliefert. Wir mühten uns verzweifelt, umzukehren, doch unser kleines Boot war wie eine Feder im Sturmeshauch. Wir erkannten auf einen Blick, daß das Schicksal des unglücklichen Künstlers besiegelt war.

Während unsere Entfernung vom Wrack nun ungeheuer rasch wuchs, sahen wir, wie der Verrückte (denn nur dafür konnten wir ihn halten) von der Kajütentreppe auftauchte und mit geradezu gigantischer Kraft doch tatsächlich die längliche Kiste schleppte. Dieweil wir in grenzenloser Verwunderung hinüberstarrten, schlang er eilends mehrere Male ein dreizölliges Tau zuerst um die Kiste und dann um seinen Leib. Im nächsten Augenblick dann waren Mensch wie Kiste im Meer – und im Nu verschwunden, ein für allemal.

Eine Weile ließen wir in Trauer die Riemen ruhen, die Augen auf die Stelle geheftet. Schließlich ruderten wir fort. Wohl eine ganze Stunde brach keiner das Schweigen. Endlich wagte ich eine Bemerkung.

»Haben Sie gesehen, Kapitän, wie plötzlich sie untergegangen sind? War das nicht höchst merkwürdig? Ich muß gestehen, ich hatte die leise Hoffnung, daß er zu guter

Letzt doch gerettet würde, als ich sah, wie er sich an der Kiste festband und sich mit ihr dem Wasser anvertraute.«

»Selbstverständlich mußten sie sinken«, erwiderte der Kapitän, »und dazu blitzschnell. Freilich werden sie bald wieder hochkommen – *doch erst, wenn das Salz schmilzt.*«

»Das Salz!« rief ich.

»Still!« sagte der Kapitän und wies auf die Frau und die Schwestern des Verstorbenen. »Wir sollten zu passenderer Zeit über diese Dinge sprechen.«

Wir litten viel und entkamen mit knapper Not; doch das Glück war uns hold ebenso wie unseren Leidensgefährten in der Pinasse. Endlich landeten wir nach vier Tagen ungeheurer Qual mehr tot als lebendig am Strand gegenüber Roanoke Island. Hier blieben wir eine Woche, hatten nicht unter den Strandräubern zu leiden und bekamen schließlich Passage nach New York.

Etwa einen Monat nach dem Untergang der ›Independence‹ traf ich Kapitän Hardy zufällig auf dem Broadway. Natürlich wandte sich unser Gespräch dem Unglück zu, besonders aber dem traurigen Schicksal des armen Wyatt. So erfuhr ich denn die folgenden Einzelheiten.

Der Künstler hatte für sich, seine Frau, zwei Schwestern und ein Dienstmädchen Passage gebucht. Seine Frau war tatsächlich, wie er sie geschildert hatte, eine überaus schöne und gebildete Dame. Am Morgen des vierzehnten Juni (dem Tage, an welchem ich zum ersten Male das Schiff aufsuchte) ward sie ganz plötzlich krank und starb. Der junge Gatte war außer sich vor Schmerz – doch die Umstände ließen eine Verschiebung seiner Reise nach New York auf keinen Fall zu. Nun war es einerseits notwendig, den Leichnam seines vergötterten Weibes zu seiner Schwiegermutter zu bringen, und andererseits war das allgemeine Vorurteil nur zu gut bekannt, das ihn hindern würde, dies in aller Offenheit zu tun. Neun von zehn Passagieren wären eher von Bord gegangen, als daß sie zusammen mit einer Leiche die Fahrt angetreten hätten.

In diesem Dilemma richtete es nun Kapitän Hardy so

ein, daß die Tote – nachdem sie zunächst teilweise einbalsamiert und dann mit einer großen Menge Salz in einer Kiste passender Größe verstaut war – als Handelsgut an Bord gebracht werden sollte. Vom Ableben der Frau sollte nichts verlauten; und da es nun aber wohlbekannt war, daß Mr. Wyatt für seine Gattin die Fahrt gebucht hatte, erwies es sich als notwendig, daß während der Reise irgend jemand ihre Rollen spielen müßte. Hierzu ließ sich die Kammerzofe der Verstorbenen unschwer bewegen. Die Extrakajüte, zu Lebzeiten der Herrin ursprünglich für dieses Mädchen bestellt, ward nun einfach behalten. In dieser Kajüte schlief die Pseudo-Gattin natürlich jede Nacht. Tagsüber spielte sie, so gut sie es vermochte, die Rolle ihrer Herrin – die in Person, so hatte man umsichtig erkundet, keinem der Passagiere an Bord bekannt war.

Meine eigenen Irrtümer ergaben sich ganz natürlich aus meinem zu sorglosen, zu neugierigen und zu impulsiven Temperament. Doch in letzter Zeit geschieht es nur selten, daß ich des Nachts ruhig schlafe. Ich mag mich drehen und wenden, wie ich will, da ist ein Gesicht, das mich verfolgt. Und immerzu ist da ein hysterisches Lachen, das mir in den Ohren klingt.

ZU DIESER AUSGABE

Der Text folgt der Ausgabe: Edgar Allan Poe, Sämtliche Erzählungen in vier Bänden. Herausgegeben von Günter Gentsch. Zweiter Band: Die Morde in der Rue Morgue und andere Erzählungen. Aus dem Amerikanischen von Barbara Cramer-Nauhaus, Erika Gröger und Heide Steiner. insel taschenbuch 1529, Insel Verlag Frankfurt am Main und Leipzig 1993. © 1989 Insel-Verlag Anton Kippenberg, Leipzig

Der Übersetzung liegt die historisch-kritische Ausgabe von Thomas Ollive Mabbott zugrunde, die textlich abgesicherte Originalfassungen der Werke Poes enthält.

Die Morde in der Rue Morgue, S. 9. Originaltitel: The Murders in the Rue Morgue. Erstveröffentlichung: Graham's Magazine, April 1841. Textvorlage der Übersetzung von Barbara Cramer-Nauhaus: J.-Lorimer-Graham-Exemplar. Aus: op. cit., Bd. 1, S. 376-419
Sturz in den Malström, S. 53. Originaltitel: A Descent into the Maelström. Erstveröffentlichung: Graham's Magazine, Mai 1841. Textvorlage der Übersetzung von Heide Steiner: J.-Lorimer-Graham-Exemplar. Aus: op. cit., Bd. 1, S. 420-441
Feeneiland, S. 75. Originaltitel: The Island of the Fay. Erstveröffentlichung: Graham's Magazine, Juni 1841. Textvorlage der Übersetzung von Heide Steiner: The Works of the Late Edgar Allan Poe, Erster Teil, New York 1850. Aus: op. cit., Bd. 1, S. 442-448
Das Gespräch zwischen Monos und Una, S. 82. Originaltitel: The Colloquy of Monos and Una. Erstveröffentlichung: Graham's Magazine, August 1841. Textvorlage der Übersetzung von Heide Steiner: Tales. New York 1845. Aus: op. cit., Bd. 2, S. 499-510.
Mit dem Teufel ist schlecht wetten. Eine Geschichte mit einer Moral, S. 94. Originaltitel: Never bet the Devil your Head. A Tale with a Moral. Erstveröffentlichung: Graham's Magazine, September 1841. Textvorlage der Übersetzung von Heide Steiner: The Works

of the Late Edgar Allan Poe, Zweiter Teil, New York 1850. Aus: op. cit., Bd. 1, S. 449-461

Eleonora, S. 107. Originaltitel: Eleonora. Erstveröffentlichung: The Gift: a Christmas and New Years Present for 1842, 1841. Textvorlage der Übersetzung von Heide Steiner: Broadway Journal, 24. Mai 1845. Aus: op. cit., Bd. 1, S. 462-469

Drei Sonntage in einer Woche, S. 115. Originaltitel: Three Sundays in a Week. Erstveröffentlichung unter dem Titel: A Succession of Sundays, in: Saturday Evening Post, Philadelphia 27. November 1841. Textvorlage der Übersetzung von Heide Steiner: The Works of the Late Edgar Allan Poe, Zweiter Teil, New York 1850, mit aus der Erstveröffentlichung übernommenen Korrekturen. Aus: op. cit., Bd. 1, S. 470-478

Das ovale Porträt, S. 124. Originaltitel: The Oval Portrait. Erstveröffentlichung unter dem Titel: Life in Death, in: Graham's Magazine, April 1842. Textvorlage der Übersetzung von Heide Steiner: The Works of Late Edgar Allan Poe, Erster Teil, New York 1850. Aus: op. cit., Bd. 1, S. 479-482

Die Maske des Roten Todes, S. 128. Originaltitel: The Masque of the Red Death. Erstveröffentlichung unter dem Titel: The Mask of the Red Death. A Fantasy, in: Graham's Magazine, Mai 1842. Textvorlage der Übersetzung von Erika Gröger: The Works of the Late Edgar Allan Poe, Erster Teil, New York 1850. Aus: op. cit., Bd. 1, S. 483-490

Die Grube und das Pendel, S. 136. Originaltitel: The Pit and the Pendulum. Erstveröffentlichung: The Gift: a Christmas and New Years Present MDCCXLII, 1842. Textvorlage der Übersetzung von Erika Gröger: The Works of the Late Edgar Allan Poe, Erster Teil, New York 1850. Aus: op. cit., Bd. 1, S. 491-510

Der Landschaftspark, S. 156. Originaltitel: The Landscape Garden. Erstveröffentlichung: Snowden Ladies' Companion, Oktober 1842. Textvorlage der Übersetzung von Heide Steiner: The Works of the Late Edgar Allan Poe, Vierter Teil, New York 1856. Aus: op. cit., Bd. 1, S. 511-523

Das Geheimnis um Marie Rogêt. Eine Fortsetzung zu den ›Morden in der Rue Morgue‹, S. 169. Originaltitel: The Mystery of Marie Rogêt. A Sequel to ›The Murders in the Rue Morgue‹. Erstveröffentlichung: Snowdens Ladies' Companion, November und Dezember 1842 und Februar 1843. Textvorlage der Übersetzung von Heide Steiner: J.-Lorimer-Graham-Exemplar. Aus: op. cit., Bd. 1, S. 524-589

Das verräterische Herz, S. 235. Originaltitel: The Tell-Tale Heart. Erstveröffentlichung: Pioneer, Boston Januar 1843. Textvorlage der Übersetzung von Heide Steiner: The Works of the Late Edgar Allan Poe, Erster Teil, New York 1850. Aus: op. cit., Bd. 1, S. 590-596

Der Goldkäfer, S. 242. Originaltitel: The Gold Bug. Erstveröffentlichung: Teilabdruck in der Dollar Newspaper, 21. Juni 1843. Vollständiger Abdruck in der Ausgabe vom 28. Juni 1843. Textvorlage der Übersetzung von Heide Steiner: J.-Lorimer-Graham-Exemplar. Aus: op. cit., Bd. 1, S. 597-642

Der schwarze Kater, S. 288. Originaltitel: The Black Cat. Erstveröffentlichung: United States Saturday Post, 19. August 1843. Textvorlage der Übersetzung von Heide Steiner: Tales, New York 1845. Aus: op. cit., Bd. 1, S. 643-655

Morgen auf dem Wissahiccon, S. 301. Originaltitel: Morning on the Wissahiccon. Erstveröffentlichung: The Opal: A Pure Gift for the Holy Days, 1844. Textvorlage der Übersetzung von Heide Steiner: The Opal: A Pure Gift for the Holy Days, 1844. Aus: op. cit., Bd. 1, S. 656-661

Das Diddeln als eine exakte Wissenschaft betrachtet, S. 307. Originaltitel: Diddling Considered as One of the Exact Sciences. Erstveröffentlichung unter dem Titel: Raising the Wind; or, Diddling Considered as One of the Exact Sciences, in: Saturday Courier, 14. Oktober 1843. Textvorlage der Übersetzung von Heide Steiner: Broadway Journal, 13. September 1845. Aus: op. cit., Bd. 1, S. 662-675

Die Brille, S. 321. Originaltitel: The Spectacles. Erstveröffentlichung: Dollar Newspaper, 27. März 1844. Textvorlage der Übersetzung von Heide Steiner: The Works of the Late Edgar Allan Poe, New York 1850. Aus: op. cit., Bd. 1, S. 676-706

Eine Geschichte aus den Ragged Mountains, S. 352. Originaltitel: A Tale of the Ragged Mountains. Erstveröffentlichung: Godey's Magazine and Lady's Book, April 1844. Textvorlage der Übersetzung von Heide Steiner: Broadway Journal, 29. November 1845. Aus: op. cit., Bd. 1, S. 722-734

Die längliche Kiste, S. 365. Originaltitel: The Eblong Box. Erstveröffentlichung: Godey's Lady's Book, September 1844. Textvorlage der Übersetzung von Heide Steiner: The Works of the Late Edgar Allan Poe, Zweiter Teil, New York 1850. Aus: op. cit., Bd. 1, S. 707-721

Umschlagabbildung: Bridgeman Art Library, London

Englische und amerikanische Literatur im insel taschenbuch
Eine Auswahl

Elizabeth von Arnim
- Alle meine Hunde. Roman. Übersetzt von Karin von Schab. it 1502. 177 Seiten
- April, May und June. Übersetzt von Angelika Beck. it 1722. 88 Seiten
- Christine. Roman. Übersetzt von Angelika Beck. it 2211. 223 Seiten
- Einsamer Sommer. Roman. Übersetzt von Leonore Schwartz. Großdruck. it 2375. 186 Seiten
- Elizabeth und ihr Garten. Roman. Übersetzt von Adelheid Dormagen. Großdruck. it 2338. 216 Seiten
- In ein fernes Land. Roman. Übersetzt von Angelika Beck. it 2292. 402 Seiten
- Der Garten der Kindheit. Übersetzt von Leonore Schwartz. Großdruck. it 2361. 80 Seiten
- Jasminhof. Roman. Übersetzt von Helga Herborth. Großdruck. it 2363. 506 Seiten
- Liebe. Roman. Übersetzt von Angelika Beck. it 1591. 436 Seiten
- Sallys Glück. Roman. Übersetzt von Schamma Schahadat. it 1764. 352 Seiten
- Vera. Roman. Übersetzt von Angelika Beck. it 1808. 335 Seiten
- Verzauberter April. Roman. Übersetzt von Adelheid Dormagen. it 2346. 370 Seiten

Jane Austen
- Die Abtei von Northanger. Übersetzt von Margarete Rauchenberger. Mit Illustrationen von Hugh Thomson. it 931. 254 Seiten

- Anne Elliot. Übersetzt von Margarete Rauchenberger. Mit Illustrationen von Hugh Thomson. it 511. 549 Seiten
- Lady Susan. Ein Roman in Briefen. Übersetzt von Angelika Beck. it 1192. 253 Seiten
- Mansfield Park. Übersetzt von Angelika Beck. Mit Illustrationen von Hugh Thomson. it 1503. 579 Seiten
- Stolz und Vorurteil. Übersetzt von Margarete Rauchenberger. Mit Illustrationen von Hugh Thomson und mit einem Essay von Norbert Kohl. it 787. 439 Seiten
- Verstand und Gefühl. Übersetzt von Angelika Beck. Mit Illustrationen von Hugh Thomson. it 1615. 449 Seiten

Charlotte Brontë
- Jane Eyre. Eine Autobiographie. Überetzt von Helmut Kossodo. Mit einem Essay und einer Bibliographie herausgegeben von Norbert Kohl. it 813. 645 Seiten
- Der Professor. Übersetzt von Gottfried Röckelein. it 1354. 373 Seiten
- Shirley. Übersetzt von Johannes Reiher und Horst Wolf. it 1145 Seiten. 715 Seiten
- Über die Liebe. Herausgegeben von Elsemarie Maletzke. Übertragen von Eva Groepler und Hans J. Schütz. it 1249. 80 Seiten
- Villette. Übersetzt von Christiane Agricola. it 1447. 777 Seiten

Emily Brontë
- Die Sturmhöhe. Übersetzt von Grete Rambach. Großdruck. it 2348. 598 Seiten

Lewis Carroll
- Alice hinter den Spiegeln. Übersetzt von Christian Enzensberger. Mit Illustrationen von John Tenniel. it 97. 145 Seiten
- Alice im Wunderland. Übersetzt von Christian Enzensberger. Mit Illustrationen von John Tenniel. it 42. 138 Seiten

Kate Chopin
- Das Erwachen. Roman. Übersetzt von Ingrid Rein. it 2149. 222 Seiten

Daniel Defoe
- Glück und Unglück der berühmten Moll Flanders. Übersetzt von Martha Erler. Mit Illustrationen von William Hogarth und einem Essay von Norbert Kohl. it 707. 440 Seiten
- Robinson Crusoe. Übersetzt von Hannelore Novak. Mit Illustrationen von Ludwig Richter. it 41. 404 Seiten

Charles Dickens
- Bleak House. Übersetzt von Richard Zoozmann. Mit Illustrationen von Phiz. it 1110. 1031 Seiten
- David Copperfield. Mit Illustrationen von Phiz. it 468. 1245 Seiten
- Eine Geschichte aus zwei Städten. Mit Illustrationen von Phiz. it 1033. 506 Seiten
- Nikolaus Nickleby. Mit Illustrationen von Phiz. it 1304. 1022 Seiten
- Oliver Twist. Übersetzt von Reinhard Kilbel. Mit einem Nachwort von Rudolf Marx und Illustrationen von George Cruikshank. it 242. 607 Seiten
- Die Pickwickier. Mit Illustrationen von Robert Seymour, William Buss und Phiz. it 896. 1006 Seiten

D. H. Lawrence
- Liebesgeschichten. Übersetzt von Heide Steiner. it 1678. 308 Seiten

Katherine Mansfield
- Eine indiskrete Reise. Erzählungen. Ausgewählt von Franz-Friedrich Hackel. Übersetzt von Heide Steiner. Großdruck. it 2364. 214 Seiten

- Das Gartenfest und andere Erzählungen. Übersetzt von Heide Steiner. it 1724. 232 Seiten
- Reise in den Sommer. Erzählungen und Briefe. Großdruck. it 2388. 120 Seiten
- Über die Liebe. it 1703. 110 Seiten

Herman Melville
- Moby Dick. Übersetzt von Alice und Hans Seifert. Mit einem Nachwort von Rudolf Sühnel. it 233. 781 Seiten

Edgar Allan Poe
- Sämtliche Erzählungen. Herausgegeben von Günter Gentsch. Vier Bände in Kassette. it 1528-1531. 1568 Seiten
- Grube und Pendel. Schaurige Erzählungen. Übersetzt von Erika Gröger und Heide Steiner. it 2351. 188 Seiten
- Der Untergang des Hauses Usher. Meistererzählungen. Übersetzt von Babara Cramer-Nauhaus, Erika Gröger und Heide Steiner. it 1373. 182 Seiten

William Shakespeare
- Hamlet. Prinz von Dänemark. Übersetzt von August Wilhelm Schlegel. Mit Illustrationen von Eugène Delacroix. Herausgegeben und mit einem Essay versehen von Norbert Kohl. it 364. 270 Seiten
- Romeo und Julia. Übersetzt von Thomas Brasch. it 1383. 151 Seiten
- Die Sonette des William Shakespeare. Englisch und deutsch. Übersetzt von Wolfgang Kaußen. Mit einem Nachwort von Friedrich Apel. it 2228. 335 Seiten
- Die Tragödie des Macbeth. Übersetzt von Thomas Brasch. it 1440. 112 Seiten
- Was ihr wollt. Übersetzt von Thomas Brasch. it 1205. 132 Seiten
- Wie es euch gefällt. Übersetzt und bearbeitet von Thomas Brasch. it 1509. 121 Seiten

Mary Shelley
- Frankenstein oder Der moderne Prometheus. Übersetzt von Karl Bruno Leder und Gerd Leetz. Mit einem Essay und einer Bibliographie von Norbert Kohl.
it 1030. 373 Seiten

Mark Twain
- Mark Twains Abenteuer. Herausgegeben von Norbert Kohl. Fünf Bände in Kassette. it 1891-1895. 2496 Seiten
- Huckleberry Finns Abenteuer. Übersetzt von Barbara Cramer-Nauhaus. Mit Illustrationen der Erstausgabe von Edward W. Kembe. it 1892. 413 Seiten
- Reisen um das Mittelmeer. Vergnügliche Geschichten. it 1799. 215 Seiten

Klassische deutsche Literatur
im insel taschenbuch
Eine Auswahl

Wilhelm Busch. Gedichte. Ausgewählt von Theo Schlee. Mit Illustrationen von Wilhelm Busch. it 2531. 195 Seiten

Annette von Droste-Hülshoff
- Der Distel mystische Rose. Gedichte und Prosa. Ausgewählt von Werner Fritsch. it 2193. 170 Seiten
- Die Judenbuche. Ein Sittengemälde aus dem gebirgichten Westfalen. Mit einem Nachwort von Christian Begemann. it 2405. 128 Seiten
- Sämtliche Erzählungen. Herausgegeben von Manfred Häckel. it 1521. 234 Seiten
- Sämtliche Gedichte. Nachwort von Ricarda Huch. it 1092. 750 Seiten

Marie von Ebner-Eschenbach. Dorf- und Schloßgeschichten. Ausgewählt und mit einem Nachwort versehen von Joseph Peter Strelka. it 1272. 390 Seiten

Joseph Freiherr von Eichendorff
- Aus dem Leben eines Taugenichts. Mit Illustrationen von Adolf Schrödter und einem Nachwort von Ansgar Hillach. it 202. 154 Seiten
- Gedichte. Mit Zeichnungen von Otto Ubbelohde. Herausgegeben von Traude Dienel. it 255. 163 Seiten
- Gedichte. In chronologischer Folge herausgegeben von Hartwig Schultz. it 1060. 268 Seiten
- Liebesgedichte. Herausgegeben von Wilfried Lutz. it 2591. 280 Seiten
- Novellen und Gedichte. Ausgewählt und eingeleitet von Hermann Hesse. it 360. 325 Seiten

Theodor Fontane
- Briefe an Georg Friedlaender. Herausgegeben und mit einem Nachwort von Walter Hettche. Mit einem Essay von Thomas Mann. it 1565. 486 Seiten
- Effi Briest. Mit 21 Lithographien von Max Liebermann. it 138. 354 Seiten
- Ein Leben in Briefen. Ausgewählt und herausgegeben von Otto Drude. it 540. 518 Seiten
- Ein Sommer in London. Mit einem Nachwort von Harald Raykowski. it 1723. 252 Seiten
- Frau Jenny Treibel oder »Wo sich Herz zum Herzen findt«. Roman. Mit einem Nachwort von Richard Brinkmann it 746. 269 Seiten
- Gedichte. Ausgewählt und mit einem Nachwort von Rüdiger Görner. it 2221. 200 Seiten
- Grete Minde. Nach einer altmärkischen Chronik. Mit einem Nachwort von Peter Demetz. it 1157. 154 Seiten
- Meine Kinderjahre. Autobiographischer Roman. Mit einem Nachwort von Otto Drude. Mit Illustrationen und Abbildungen. it 705. 276 Seiten
- Der Stechlin. Mit einem Nachwort von Walter Müller-Seidel. it 152. 504 Seiten

Georg Forster. Reise um die Welt. Herausgegeben und mit einem Nachwort von Gerhard Steiner. it 757. 1039 Seiten

Johann Wolfgang Goethe
- Elegie von Marienbad. it 1250. 128 Seiten
- Erotische Gedichte. Gedichte, Skizzen und Fragmente. Herausgegeben von Andreas Ammer. it 1225. 246 Seiten
- Faust. Urfaust. Faust. Ein Fragment. Faust. Eine Tragödie. Paralleldruck der drei Fassungen. Zwei Bände. Herausgegeben von Werner Keller. it 625. 690 Seiten
- Gedichte. Sämtliche Gedichte in zeitlicher Folge. Herausgegeben von Heinz Nicolai. it 2281. 1264 Seiten

- Gedichte in Handschriften. Fünfzig Gedichte Goethes. Ausgewählt und erläutert von Karl Eibl. it 2175. 288 Seiten
- Goethe, unser Zeitgenosse. Über Fremdes und Eigenes. Herausgegeben von Siegfried Unseld. it 1425. 154 Seiten
- Goethe-Lesebuch. Eine repräsentative Auslese aus Werken, Briefen und Dokumenten. Herausgegeben und mit einem Nachwort von Katharina Mommsen. it 1375. 384 Seiten
- Goethe und die Religion. Aus seinen Werken, Briefen, Tagebüchern und Gesprächen. Ausgewählt und herausgegeben von Hans-Joachim Simm. it 2200. 450 Seiten
- Goethe für Gestreßte. Ausgewählt von Walter Hinck. it 2675. 144 Seiten
- Italienische Reise. Mit Zeichnungen des Autors. Herausgegeben und mit einem Nachwort von Christoph Michel. it 2289. 810 Seiten
- Die Kunst des Lebens. Aus seinen Werken, Briefen und Gesprächen zusammengestellt von Katharina Mommsen und Elke Richter. it 2300. 180 Seiten
- Das Leben, es ist gut. Hundert Gedichte. Ausgewählt von Siegfried Unseld. it 2000. 204 Seiten
- Lektüre für Augenblicke. Gedanken aus seinen Büchern, Briefen und Gesprächen. Auswahl und Nachwort von Gerhart Baumann. it 1750. 177 Seiten
- Märchen. Der neue Paris. Die neue Melusine. Das Märchen. Herausgegeben von Katharina Mommsen. it 2287. 232 Seiten
- Maximen und Reflexionen. Text der Ausgabe von 1907 mit der Einleitung Max Heckers, Nachwort Isabella Kuhn. it 200. 370 Seiten
- Novellen. Herausgegeben und mit einem Nachwort von Katharina Mommsen. Mit Zeichnungen von Max Liebermann. it 425. 293 Seiten
- Novelle. Herausgegeben von Peter Höfle. it 2625. 80 Seiten
- Ob ich dich liebe weiß ich nicht. Liebesgedichte. Herausgegeben von Karl Eibl. Großdruck. it 2396. 175 Seiten

- Sollst mir ewig Suleika heißen. Briefwechsel mit Marianne und Johann Jakob Willemer. Mit Abbildungen. Herausgegeben von Hans-J. Weitz. it 1475. 568 Seiten
- Verweile doch. 111 Gedichte. Herausgegeben von Marcel Reich-Ranicki. it 1775. 512 Seiten
- West-östlicher Divan. Mit Essays zum »Divan« von Hugo von Hofmannsthal, Oskar Loerke und Karl Krolow. Herausgegeben von Hans-J. Weitz. it 75. 400 Seiten

Der junge Goethe in seiner Zeit. In zwei Bänden und einer CD-ROM. Herausgegeben von Karl Eibl, Fotis Jannidis und Marianne Willems. it 2100. 1479 Seiten

Goethe und die Naturwissenschaften. Bis an die Sterne weit. Bearbeitet von Margit Wyder. Mit einem Essay von Adolf Muschg und Abbildungen. it 2575. 216 Seiten

Goethes Morgenlandfahrten. West-östliche Begegnungen. Herausgegeben von Jochen Golz. it 2600. 320 Seiten

Wilhelm Hauff
- Märchen. Herausgegeben von Bernhard Zeller. Mit Illustrationen von Theodor Weber, Theodor Hosemann und Ludwig Burger. it 216. 325 Seiten
- Das Wirtshaus im Spessart. Eine Erzählung. it 2584. 202 Seiten

Heinrich Heine
- Buch der Lieder. Mit zeitgenössischen Illustrationen und einem Nachwort von E. Galley. it 1957. 322 Seiten
- Sämtliche Gedichte in zeitlicher Folge. Herausgegeben von Klaus Briegleb. it 1963. 917 Seiten

Heinrich Heine. Leben und Werk in Daten und Bildern.
Herausgegeben von Joseph A. Kruse. it 615. 352 Seiten

Johann Gottfried Herder. Lieder der Liebe. it 2643. 120 Seiten

E. T. A. Hoffmann
- Die Abenteuer der Silvester-Nacht. Mit farbigen Illustrationen von Monika Wurmdobler. it 798. 81 Seiten
- Die Elixiere des Teufels. Mit Illustrationen von Hugo Steiner-Prag. it 304. 349 Seiten
- Der Sandmann. Mit Illustrationen von Hugo Steiner-Prag und einem Nachwort von Jochen Schmidt. it 934. 84 Seiten

Alexander von Humboldt
- Über das Universum. Die Kosmos-Vorträge 1827/28 in der Berliner Singakademie. Herausgegeben von Jürgen Hamel und Klaus-Harro Tiemann. it 1540. 235 Seiten
- Über die Freiheit des Menschen. Auf der Suche nach der Wahrheit. Herausgegeben von Manfred Osten. it 2521. 208 Seiten

Gottfried Keller
- Der grüne Heinrich. Erste Fassung. Mit Zeichnungen Gottfried Kellers. Zwei Bände. it 335. 874 Seiten
- Romeo und Julia auf dem Dorfe. Mit einem Nachwort von Klaus Jeziorkowski. it 756. 139 Seiten

Heinrich von Kleist
- Geschichte meiner Seele. Das Lebenszeugnis der Briefe. Herausgegeben von Helmut Sembdner. it 281. 449 Seiten
- Michael Kohlhaas. Aus einer alten Chronik. Nachwort von Jochen Schmidt. it 1352. 172 Seiten

Eduard Mörike. Die schönsten Gedichte. Herausgegeben von Hermann Hesse. Mit Zeichnungen des Autors.
it 2540. 220 Seiten

Karl Philipp Moritz
- Anton Reiser. Ein psychologischer Roman. Mit einem Nachwort von Max von Brück. it 2229. 533 Seiten
- Götterlehre. Herausgegeben von Horst Günther. Mit Fotografien. it 2507. 340 Seiten
- Reisen eines Deutschen in England im Jahr 1782. Mit einem Nachwort von Heide Hollmer. it 2641. 200 Seiten

Theodor Storm
- Eine Halligfahrt. Großdruck. it 2387. 80 Seiten
- Der Schimmelreiter. Mit Zeichnungen von Hans Mau und einem Nachwort von Gottfried Honnefelder. Großdruck. it 2318. 180 Seiten

Klassische französische Literatur
im insel taschenbuch
Eine Auswahl

Gustave Flaubert
- Romane und Erzählungen. 8 Bände. it 1861-1868. 2752 Seiten
- Bouvard und Pécuchet. it 1861. 448 Seiten
- Drei Erzählungen. it 1862. 288 Seiten
- Lehrjahre des Gefühls. it 1863. 496 Seiten
- Madame Bovary. it 1864. 432 Seiten
- November. it 1865. 160 Seiten
- Reise in den Orient. it 1866. 464 Seiten
- Salammbô. it 1867. 464 Seiten
- Die Versuchung des heiligen Antonius. it 1868. 272 Seiten

Edmond de Goncourt/Jules de Goncourt
Tagebücher. Aufzeichnungen aus den Jahren 1851-1870.
Ausgewählt, übertragen und herausgegeben von Justus Franz
Wittkop. Mit zeitgenössischen Abbildungen.
it 1834. 447 Seiten

George Sand
- Geschichte meines Lebens. Aus ihrem autobiographischen Werk. Auswahl und Einleitung von Renate Wiggershaus. Mit Abbildungen und Fotografien. it 313. 254 Seiten
- Indiana. Übersetzt von A. Seubert. Mit einem Essay von Annegret Stopczyk. it 711. 321 Seite
- Lélia. Übersetzt von Anna Wheill. Mit einem Essay von Nike Wagner. it 737. 289 Seiten
- Lucrezia Floriani. Roman. Übersetzt von Anna Wheill. it 858. 198 Seiten
- Ein Winter auf Mallorca. Übersetzt von Maria Dessauer. it 2102. 220 Seiten

- George Sand. Leben und Werk in Texten und Bildern. Von Gisela Schlientz. it 565. 407 Seiten

Emile Zola
- Das Geld. Übersetzt von Leopold Rosenzweig.
  it 1749. 554 Seiten
- Germinal. Übersetzt von Armin Schwarz. Mit Illustrationen von Renate Sendler-Peters. it 720. 587 Seiten
- Nana. Übersetzung und Nachwort von Erich Marx. Mit Illustrationen von Renate Sendler-Peters. it 398. 533 Seiten
- Thérèse Raquin. Roman. Übersetzt von Ernst Hardt.
  it 1146. 274 Seiten